ZODIAC ACADEMY

HERZLOSER HIMMEL

CAROLINE PECKHAM

SUSANNE VALENTI

BÜCHER VON CAROLINE PECKHAM & SUSANNE VALENTI

Ruthless Boys of the Zodiac
Dark Fae
Savage Fae
Vicious Fae
Broken Fae
Warrior Fae

Zodiac Academy
Origins (Novella)
The Awakening
Ruthless Fae
The Reckoning
Shadow Princess
Cursed Fates
The Big A.S.S. Party (Novella)
Fated Throne
Heartless Sky
Sorrow and Starlight
Beyond The Veil (Novella)
Restless Stars
The Awakening: As Told by The Boys (Alternate POV)
Live and Let Lionel (Alternate POV)

Darkmore Penitentiary
Caged Wolf
Alpha Wolf
Feral Wolf
Wild Wolf

Sins of the Zodiac
Never Keep

A Game of Malice and Greed
A Kingdom of Gods and Ruin
A Game of Malice and Greed

Age of Vampires
Eternal Reign
Immortal Prince
Infernal Creatures
Wrathful Mortals
Forsaken Relic
Ravaged Souls
Devious Gods

Dieses Buch ist dem Teil unserer Seelen gewidmet, den wir dafür geopfert haben. Ruhe in Frieden, Clive, du Seelenbrösel. Er ist in den mühsamen Tagen und Nächten abgebröckelt, die wir in die Fertigstellung dieses Buches gesteckt haben.

Zwischen dem Schreibbeginn um drei Uhr morgens und dem Feierabend um Mitternacht gab es so viele Tränen. So viel Lachen, Schmerz, Kummer und Freude.

Es gab Hot Cross Buns, gebutterten Toast, unzählige Kannen mit Tee und diverse Besuche unserer Eltern, die immer wieder in unser Büro geschlichen sind, um nach uns zu sehen. Und während all dieser Zeit wurden wir von unseren Lesern, die geduldig darauf gewartet haben, dass Clive für diese Geschichte geopfert wird, angefeuert.

Wir haben alles gegeben. Wir hoffen, dass es genug war.
Dies ist der Anfang vom Ende.
Wir sehen uns auf der anderen Seite.

WILLKOMMEN AN DER ZODIAC ACADEMY!

HIER IST DEIN CAMPUSPLAN.

Hinweis an alle Studenten: Vampirbisse, der Verlust von Körperteilen oder das Verirren im Wimmernden Wald gelten nicht als Entschuldigung für das Zuspätkommen zum Unterricht.

Klicke auf die Karte, um sie näher zu betrachten!

Zodiac Academy
Erd-Höhle
Pitball-Stadion
Saturn-Auditorium
Uranus-Krankenstation
Haus Aqua
Neptun-Turm
Lunar-Lounge
Wasser-Lagune
Pluto-Büro
Schwelende Quellen

Asteroidenplatz
Haus Terra
Jupiter Hall
Heulende Wiese
Orb
King's Hollow
Mars-Laboratorien
Wimmernder Wald
Erd-Observatorium
Venus-Bibliothek
Kammern des Merkur
Haus Aer
Luft-Bucht
Feuer-Arena

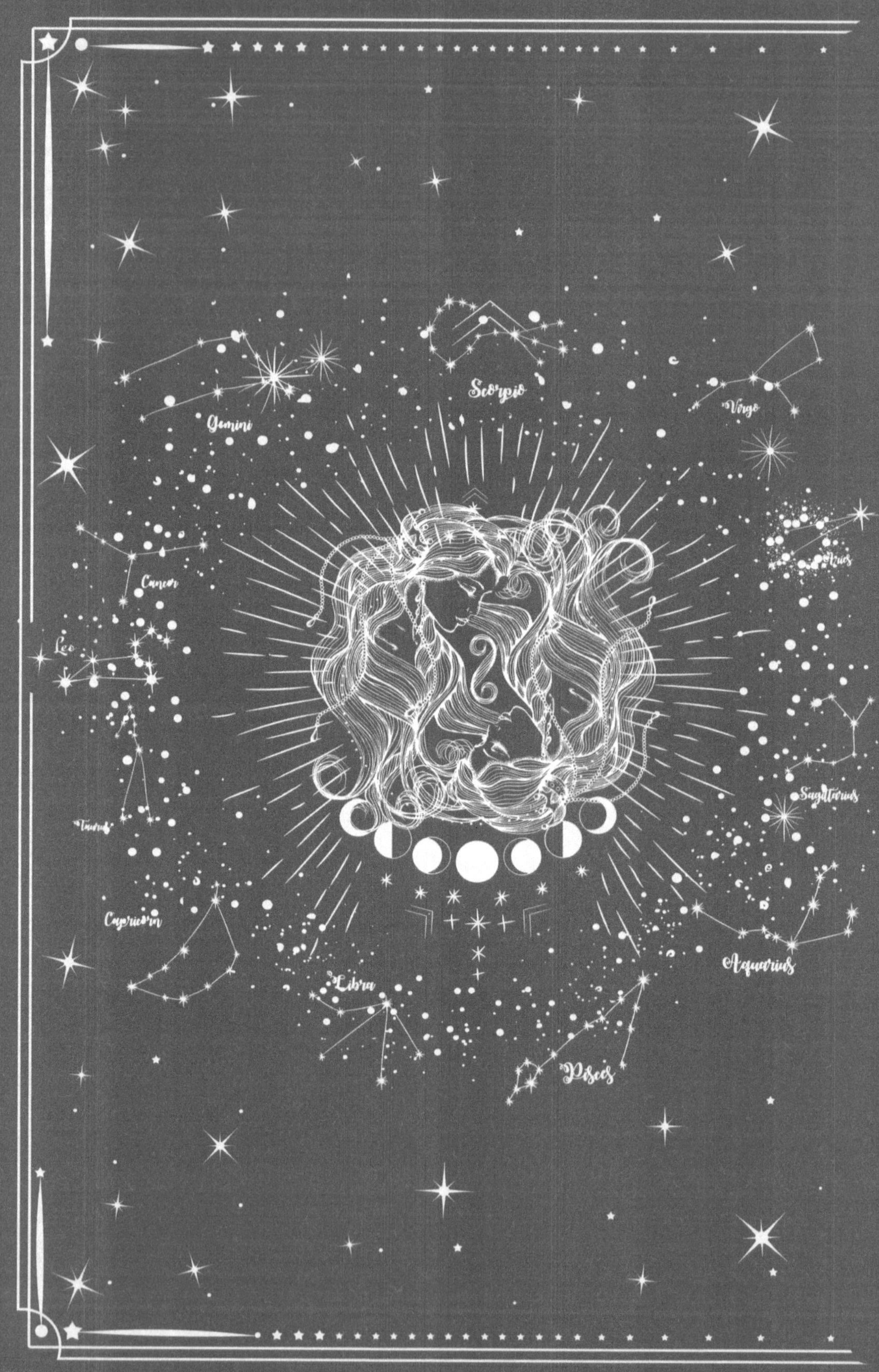

Gemini
Scorpio
Virgo
Cancer
Aries
Leo
Sagittarius
Taurus
Capricorn
Aquarius
Libra
Pisces

DARCY

KAPITEL 1

Adrenalin, Angst und Erleichterung – ein unglaublich intensiver Emotionsmix – durchströmten mich, während ich versuchte, das wilde Hämmern meines Herzens zu beruhigen und mich an die Tatsache zu klammern, dass es uns gut ging. Ich war – entgegen aller Wahrscheinlichkeit – von fast all denjenigen umgeben, die mir auf dieser Welt am wichtigsten waren. Wir waren Lionel Acrux und der Schattenprinzessin entkommen. Aber wie oft würden wir noch vor ihnen fliehen müssen, bevor es uns gelingen würde, sie von ihrem gestohlenen Thron zu stürzen und Solaria den Frieden zurückzubringen, der nur durch ihr Ende herbeigeführt werden konnte?

Dante segelte durch die flauschigen weißen Wolken, und ich genoss das unglaubliche Gefühl, auf einem Drachen zu reiten, während meine Gedanken die Ereignisse der letzten Stunden Revue passieren ließen. Seine mitternachtsblauen Schuppen vibrierten mit einem schwachen, aber konstanten Kribbeln von Elektrizität, und seine schiere Größe war unglaublich.

Ich war bisher nur ein einziges Mal auf dem Rücken eines Drachen geritten – bei unserer Flucht von jenem Friedhof, auf dem wir den Imperialen Stern geborgen hatten. Aber der Rausch der Flucht und das jähe Ende jenes Fluges hatten es mir kaum ermöglicht, ihn zu würdigen. Jetzt, da wir durch einen endlosen Himmel schwebten, mit den Sternen hell über uns und einem stillschweigend beobachtenden Mond, konnte ich nicht anders, als die pure Magie dieses Moments zu begreifen.

Ich war ein Mädchen, das im Pflegesystem der sterblichen Welt aufgewachsen war. Tyrannen zu bekämpfen und auf Drachen zu reiten, waren Träume, die ich nie zu verwirklichen gewagt hätte. Und doch waren wir hier. In der Welt, in die wir hineingeboren worden waren, um inmitten etlicher magischer Kreaturen und grausamer Schicksalsschläge zu herrschen. Ich hatte das Gefühl, angekommen zu sein. Dies war unser Zuhause.

Tory drückte meine Hand, die ich fest umklammert hielt, und ich lächelte sie mit Tränen der Erleichterung an, während ich mich in der

Tatsache sonnte, dass sie endlich von ihrem Band an dieses Monster befreit war. Befreit von den Schatten, befreit von dem Fluch, der sie und Darius getrennt hatte. Verdammt, es hatte sich so viel verändert, dass ich gar nicht wusste, wo ich anfangen sollte, aber ich war einfach so froh, sie in meinen Armen zu halten. Und zu wissen, dass sie nie wieder gezwungen sein würde, an Lionels Seite zurückzukehren.

So viele von uns hätten heute ihr Leben verlieren können, aber jetzt waren wir hier, segelten auf dem Rücken eines legendären Wesens von unseren Feinden davon, mit Atem in unseren Lungen und Hoffnung in unseren Herzen. Zumindest für den Moment.

Die Luft war eisig kalt, aber mein Phönix verbrannte die Kälte. Ich wärmte auch Orion, der sich an mich klammerte. Ich wollte einfach nur verweilen, in diesem Moment, seine Arme um mich geschlungen und meine Hand in der meiner Schwester, während sich die Nacht um uns herum öffnete und nichts als Frieden in diesem unerbittlichen Himmel herrschte.

»Du hast Lionel die Hand genommen, Tor«, sagte ich voller Bewunderung für meine Badass-Schwester.

Sie warf mir über die Schulter hinweg einen Blick zu, ihre dunklen Haare wehten um sie herum, und ich sah, dass sie Tränen in den Augen hatte – einige vermutlich vor Erleichterung, einige vor Angst. Aber der Wind, der um uns wehte, nahm sie mit sich.

»Er hat mir auch viel genommen«, antwortete sie düster, mit einem Hauch von unaussprechlichem Entsetzen in den Augen, das sie mit einem harten Blinzeln verdrängte, während sie einen Blick auf die anderen warf.

Ich wollte sie danach fragen, was seit unserem letzten Kontakt passiert war. Ich wusste, dass Lionel etwas Schreckliches getan haben musste, nachdem er herausgefunden hatte, dass sie sich aus seiner Gewalt befreit hatte. Aber ich kannte meine Schwester und selbst mithilfe einer Stillekuppel würde sie vor so vielen Anwesenden nichts davon besprechen wollen.

Aber natürlich registrierte ich, dass sie auch Max' Hand hielt, der vor ihr saß, und seine verkrampften Schultern waren ein Hinweis auf die Emotionen, die er ihr zu zügeln half. Das ungute Gefühl in meiner Magengegend wurde dadurch definitiv nicht besser. Wir alle hatten unter diesem Tyrannen gelitten. Aber ich vermutete, dass das Beste, was wir jetzt tun konnten, darin bestand, uns auf die Freiheit zu konzentrieren, die wir nur knapp erlangt hatten.

»Deine Sternverflucht-Ringe sind weg«, sagte ich ungläubig zu ihr und sie nickte, als wüsste sie es, als könnte sie es fühlen. »Vielleicht hat Darius etwas bewirkt? Dafür gesorgt, dass ihr zusammen sein könnt?«

»Vielleicht, aber … er hat Mildred geheiratet«, murmelte sie, den Blick auf ihren Schoß gerichtet, während sie die Zähne gegen den Schmerz dieser Wahrheit zusammenbiss. Ich drückte ihre Finger noch fester und schüttelte den Kopf, obwohl ich wusste, dass dem so war.

Xavier hatte uns darüber informiert, sobald er auf Dantes Rücken gelandet war und sich in seine Fae-Gestalt verwandelt hatte, um sich eine Weile auszuruhen. Tory hatte zum Horizont geblickt und nichts gesagt, während die Erben, Orion und ich Xavier nach jedem Detail ausgefragt hatten. Der einzige Trost, den wir in seiner Geschichte hatten finden können, war die Tatsache, dass Gabriel die Erben kontaktiert hatte, um ihnen zu sagen, dass sie Lionel angreifen müssten, um Orion und mich vor den Nymphen zu retten. Er hatte ihnen außerdem versichert, dass er Darius in Sicherheit bringen würde.

Aber keiner von uns wusste mehr als das, abgesehen von der Tatsache, dass die Bande gebrochen waren.

Wir hatten immer noch kein Wort von einem von ihnen gehört, und nur mein Glaube an unseren Bruder und seine Fähigkeiten gab mir die Gewissheit, dass es ihnen gut ging, wo auch immer sie waren.

»Was hat Darius getan?«, flüsterte Tory, und die Sorge in ihrem Tonfall ließ meine Brust schmerzen. Ich umarmte sie fester.

»Ich weiß es nicht, aber wir werden es herausfinden«, versprach ich, und sie nickte und lehnte sich zurück. Angesichts all der Zerstörung konnten wir nicht anders, als uns aneinanderzuklammern.

Ich ließ meine Gedanken nicht zu dem Fluch schweifen, der auf mir lastete. Gegenwärtig spürte ich nichts davon, rechnete aber halb damit, dass jeden Moment ein schreckliches Schicksal über mich hereinbrechen würde. Aber nichts geschah. Wir flogen einfach weiter in die Freiheit, mit dem Wind im Rücken und dem Wissen, dass uns zumindest ein kleiner Sieg gelungen war.

»Ich spüre ihn nicht mehr«, sagte Orion ängstlich und Tory sah ihn über meine Schulter hinweg an.

»Ich würde es fühlen, wenn er tot wäre«, sagte sie bestimmt und Orion entspannte sich ein wenig. Seine verkrampfte Haltung sprach dafür, wie sehr er um das Leben seines Freundes fürchtete.

»Bist du sicher?«, krächzte er, und sie nickte. Ihre Augen leuchteten mit dem Feuer ihrer Formgebung, und ich glaubte ihr. Sie war seine Gefährtin, sternverflucht oder nicht. Wenn jemand die Wahrheit über Darius' Schicksal kannte, dann sie.

»Alle unsere Feinde waren an der Schlacht beteiligt«, stimmte ich zu und strich mit meinen Fingern über Orions Arm, den er um mich geschlungen hatte. Ich fand die nackte Haut, wo einst das Symbol des Löwen gewesen war. »Es muss ihm gut gehen.«

»Ja«, sagte er bedrückt. »Das muss es wohl.« Obwohl hinter diesen Worten eine Schwere lag, die besagte, dass er sich nicht entspannen würde, bis er Darius mit eigenen Augen gesehen hatte, vertraute ich auf meine Schwester. Wenn sie davon überzeugt war, dass es ihm gut ging, dann war es auch so. Vielleicht wartete er auf uns, wohin auch immer wir flogen.

Ich konnte den Gedanken nicht ertragen, dass er sterben könnte. Tory brauchte ihn, seine Freunde brauchten ihn. Und Orion hatte heute bereits Clara verloren, wie viel mehr würden ihm die Sterne wirklich nehmen? Wie viel mehr würden sie uns nehmen?

Xavier kam mit einem Wiehern an unsere Seite, seine Flügel zerteilten die Wolken und seine Mähne hinterließ einen lilafarbenen Schimmer. Dante antwortete ihm mit einem leisen Schnauben und mein Magen rebellierte, als er durch die Wolkenmasse stieß und mit hoher Geschwindigkeit in den Tiefflug überging, während Xavier uns mit galoppierenden Hufen hinterherjagte.

Unterhalb des weißen Baldachins fiel mein Blick auf eine schneebedeckte Fläche, die sich in alle Richtungen über sanfte Hügel erstreckte. Ein endloser Wald säumte den Horizont, die Kiefern waren weiß, aber zwischen den Ästen herrschte Dunkelheit.

Als wir tiefer sanken, waren wir plötzlich von Magie umgeben. Meine

Nackenhaare sträubten sich, und ich zitterte, als sich unter uns ein altes Bauernhaus mit einer großen Scheune auf der einen Seite offenbarte.

Eine große Gruppe von Fae strömte in das Haus, die Hälfte von ihnen nackt, weil sie sich erst kürzlich verwandelt hatten, andere in blutbespritzter, vom Kampf gezeichneter Kleidung.

Hamish stand im Türrahmen und winkte die Leute vorbei. Seine große Gestalt, sein buschiger schwarzer Schnurrbart, seine Koteletten und seine Glatze stachen aus der Menge hervor. »Genau so! Schafft eure müden Knochen ins Haus! Heiße Duschen und buttrige Bagels für alle!«

»Wie passen all diese Leute in ein so kleines Haus?«, fragte ich entgeistert, als immer mehr Überlebende der Schlacht ins Haus gingen.

»Da muss irgendein Zauber im Spiel sein«, flüsterte Orion an meinem Ohr.

»Mitstreiter, seid gegrüßt! Hebt den Blick zum Himmel, um die wahren Königinnen herabsteigen zu sehen!«, rief Geraldine und meine Wangen wurden warm, als die ganze Menge aufschaute, um uns landen zu sehen. Einige fingen sogar an, zu jubeln.

Plötzlich stellte sich Geraldine auf Dantes Rücken, riss ihren silbernen Brustpanzer ab und schleuderte ihn in Max' Richtung. Er war gezwungen, ihn aufzufangen, gefolgt vom Kettenhemd, dem Rest ihrer Rüstung und ihrem Flegel – bis sie splitternackt war und er fluchend verlangte, dass sie sich wieder bedeckte.

Aber Geraldine ignorierte ihn, sprang von Dantes Rücken, sobald dieser sich dem Boden näherte, und verwandelte sich in ihre riesige Zerberusform. Sie reckte die drei Köpfe ihres gigantischen Hundes zum Himmel, während ihre Pfoten durch den Schnee rutschten und sie ein Heulen ausstieß.

Ich hatte keine Ahnung, wie sie das anstellte, aber zwischen dem Geheul ihrer drei Köpfe schaffte sie es irgendwie, eine Melodie anzustimmen, die sich wie eine königliche Fanfare anhörte. Ich wurde immer röter, während die Rebellen, die uns zwischenzeitlich entdeckt hatten, noch lauter jubelten.

Ich biss die Zähne zusammen, kurz bevor Dante auf dem Boden aufschlug. Es folgte ein Beben, das die Erde erschütterte und etwas Schnee vom Dach der Scheune neben uns ablöste. Er presste seine Flügel eng an seinen kräftigen Körper und duckte sich dann, damit wir absteigen konnten.

Wir kletterten von Dantes Rücken, wobei die meisten von uns Luftmagie nutzten, um auf den Boden zu gelangen, während Caleb mit der Gewandtheit seiner Formgebung einfach hinuntersprang.

Xavier landete leichtfüßig neben uns in seiner lilafarbenen Pegasusform. Er blieb stehen, und wir konnten seine Verwandlung in Wellen über ihn rollen sehen, bis er plötzlich nackt in seiner Fae-Gestalt vor uns stand.

»Der Bruder des Acrux-Erben!«, rief ein Mann in der Nähe alarmiert und zeigte auf ihn. »Schnell, fangt ihn, bevor er dem falschen König unseren Aufenthaltsort verrät! Beeilt euch!«

Orion schnippte mit dem Finger, woraufhin ein Schneeball in den Mund des Mannes krachte, um ihn zum Schweigen zu bringen, sodass er über seine eigenen Füße stolperte und auf seinem Hintern landete. Tory brach in Gelächter aus, ohne sich auch nur die Mühe zu machen, es zu verbergen. Ganz ehrlich, die beiden hatten wirklich einen schlechten Einfluss aufeinander, aber ich konnte nicht anders, als ihre kleine Freundschaft dennoch zu genießen.

»Er ist ein Verbündeter«, verkündete Orion und funkelte jeden an, der Xavier einen ängstlichen Blick zuwarf.

Die Leute, die uns am nächsten standen, tauschten Blicke aus und schauten überallhin – nur nicht zu Orion. Entsetzt wurden Worte wie »geächtet« und »Abschaum« gemurmelt. Ein Knurren bildete sich in meiner Kehle, und Feuermagie durchströmte mich, als meine Wut über ihre Ablehnung ihm gegenüber immer intensiver wurde.

»Scheint, als wärst du unsichtbar, Bro.« Seth, der mit entblößtem Schwanz direkt neben ihm stand – seine Blätterhose war offenbar vom Wind weggeweht worden –, tätschelte Orions Schulter, woraufhin dieser ihn so unsanft wegschubste, dass Seth in Caleb stolperte.

»Xavier ist unser Verbündeter«, bestätigte Tory den Anwesenden, und sie schenkten ihr sofort ihre Aufmerksamkeit, verneigten sich und nickten zustimmend.

»Das ist korrekt«, meldete sich auch Geraldine zu Wort. Sie stellte sich vor uns, stemmte die Hände in die Hüften und streckte ihre Brust raus. Sie hatte sich in ihre Fae-Gestalt zurückverwandelt, nachdem sie unsere Ankunft in den Himmel gebrüllt hatte, und die Kapuzenjacke, die ihr jemand um die Schultern gelegt hatte, fiel in den Schnee. Splitterfasernackt stand sie nun vor ihnen und presste ihre Arschbacken zusammen.

»Er ist unser herzensguter Pegasus-Freund, ein Fae so gut wie ein Kimmenfrosch auf einem Korallenfisch, und der heute tapfer an unserer Seite gekämpft hat.«

»Um des Mondes willen, Gerry«, knurrte Max und eilte nach vorn, um sich die Kapuzenjacke zu schnappen und wieder um sie zu wickeln, aber sie stieß ihn immer wieder mit dem Ellbogen weg, während sie ihre Rede fortsetzte.

»Und ja, er mag ein Acrux sein, Sohn des lümmelhaften Lumps, der den wahren Königinnen den Thron gestohlen hat, und ja, wir mögen ihn für eine feige Kreatur halten, deren Rückgrat so schlüpfrig ist wie das einer Nacktschnecke. Aber hört mich heute und hört mich immer wieder, denn Xavier Acrux hat bewiesen, dass er im Namen von Mylady Tory und Mylady Darcy kämpfen wird. Er hat bewiesen, dass jedes glitzernde Fitzelchen seines Wesens der wahren Sache gewidmet ist, der rechtmäßigen Sache ...«

»Können wir uns beeilen? Ich friere mir hier den Schwanz ab«, rief Seth, und als ich einen Blick in seine Richtung warf, sah ich, dass er sich eine weitere Hose aus Blättern bastelte.

Caleb berührte seinen Arm, die Hitze seines Feuerelements loderte unter seinen Fingern. Seth erschauderte, als die Wärme auf ihn überschwappte, und er grinste seinen Schwarm mit so viel Bewunderung in den Augen an, dass ich mich fragte, warum Caleb es weiterhin nicht bemerkt hatte.

Xaviers Wangen waren von der ganzen Aufmerksamkeit gerötet und er stand unbeholfen an der Seite, während er sein bestes Stück mit den Händen bedeckte.

»Weitergehen, weitergehen! Macht Platz für die wahren Königinnen!«, rief Hamish und bahnte sich einen Weg durch die Menge. Geraldine beendete ihre Rede und lief los, um ihren riesigen Vater zu umarmen.

Sein Schnurrbart war mit Schneeflocken gespickt, und er war in einen zotteligen Pelzmantel gekleidet, der ihn wie einen riesigen Biber aussehen ließ. Er trug einen Stapel Jogginghosen und Pullover in den Armen und verteilte die Sachen unter unseren nackten Freunden. Die Erben traten alle vor und legten ihre Phönix-Waffen in die Arme eines Rebellen, als erwarteten sie, von diesen Leuten bedient zu werden. Die Knie des Mannes knickten unter dem Gewicht der Waffen fast ein, aber er ließ sie nicht fallen, auch nicht, als Caleb nach Orions Schwert griff und es ebenfalls auf den Stapel warf, woraufhin der Mann vor Anstrengung quietschte.

Arschlöcher.

Dante verwandelte sich in seine Fae-Gestalt, zog sich eine Jogginghose an, ließ aber seine muskulöse Brust entblößt. Mit einem Nicken zu uns verschwand er in der Menge, als wäre er auf der Suche nach jemandem. Ich fragte mich, ob seine Familie hier war.

»Oh, Daddypops, du hast da draußen gekämpft wie eine heimtückische Hoppelkatze«, schwärmte Geraldine.

»Meine liebe Gerrykins, du hast gekämpft wie eine wahre Kriegerin des Naggaluff«, rief Hamish.

»Xavier?« Die Stimme einer Frau, die sich durch die Menge drängte, erreichte uns, und ich sah zu der Fremden auf, die jetzt auf ihn zustürmte. »Ich bin's«, sagte sie und strich mit der Hand über ihr Gesicht, sodass für einen kurzen Moment ihre wahren Züge zum Vorschein kamen. Xavier keuchte auf, als er seine Mutter Catalina erkannte. »Wo ist dein Bruder?«, fragte sie mit einem Hauch von Angst in ihrer Stimme.

»Ich weiß es nicht«, erwiderte er unsicher, während sie ihm einen Kuss nach dem anderen auf die Stirn und die Haare drückte, was ihn noch mehr erröten ließ. Die Umstehenden beobachteten sie überrascht und fragten sich sicherlich, wer zum Teufel sie war. Doch in diesem Moment schien es ihr egal zu sein, ihre Verbindung zu ihm oder ihre eigene Identität zu verbergen – trotz ihrer magischen Maske.

Tory rückte vor, um sie ebenfalls zu umarmen, und sie wechselten leise ein paar Worte, wobei Catalina das Fehlen der Ringe in ihren Augen bemerkte und Überraschung und Hoffnung ihre Züge durchzogen. Einen Moment lang beneidete ich meine Schwester darum, wie Catalina sie ansah, ihre Wange streichelte und sich vergewisserte, dass es ihr gut ging. Es war beinahe mütterlich, etwas, das ich in meinem ganzen Leben noch nicht erlebt hatte. Aber dann erinnerte ich mich an alles, was die beiden durchgemacht hatten, und verdrängte das Gefühl nachhaltig. Tory verdiente das mehr, als ich es jemals tun würde.

Ich warf einen Blick auf Orion und stellte fest, dass er sie mit der gleichen Sehnsucht in den Augen beobachtete, und ich erkannte den Schmerz in ihm, der auch in mir lebte. Er war so gut wie eine Waise, seit seine Mutter mit Lionel Acrux verbündet war, und ich wünschte, sein Vater wäre ihm nicht so jung genommen worden. Catalina entdeckte ihn und ihre Augen leuchteten, als sie auf ihn zustürzte und ihn fest umarmte, während er in ihren Armen innehielt.

»Ich bin so froh, dass es dir gut geht«, flüsterte sie, und Orion hob überrascht die Augenbrauen, als sie ihn auf Verletzungen untersuchte. Fast so, als wäre er ihr eigener Sohn. Ich trat zurück, um ihnen etwas Raum zu geben, und knetete meine Finger, während ich sie beobachtete.

»Ich muss mich bei dir entschuldigen«, sagte er zu ihr, brachte etwas Abstand zwischen Catalina und sich und drückte ihre Hand.

Catalina schüttelte ablehnend den Kopf. »Du konntest nicht wissen, dass er mich kontrolliert hat.«

»Ich hätte es wissen müssen«, knurrte Orion und sein Gesicht war verzerrt vor Bedauern. »Du warst nicht mehr die Frau, die ich als Kind kennengelernt habe. Ich dachte nur ... Ich weiß nicht, was ich dachte. Aber ich hätte begreifen müssen, dass du Hilfe benötigst.« Er ließ beschämt den Kopf sinken und Catalina streichelte seine Wange, um seinen Blick wieder auf den ihren zu lenken.

»Mach dir keine Vorwürfe, Lance«, betonte sie. »Lionel ist verantwortlich für das, was passiert ist.«

Orion nickte, doch die Schuldgefühle in seinen Augen blieben, als sie ihn losließ und zu Tory und Xavier zurückkehrte, wobei ihr Tränen des Glücks in den Augen standen.

Orion bewegte sich zielstrebig auf mich zu und ein Raunen ging durch die Menge, als er die Hand ausstreckte und seine Finger die meinen berührten. Er hielt inne, ließ seinen Blick zu den Rebellen wandern, die ihn mit einer Mischung aus Entsetzen und Abscheu anstarrten, und zog seine Hand sofort zurück.

Ich wollte sie gerade anschnauzen, weil sie es gewagt hatten, ihn so anzuschauen, aber in dem Moment rief Tory meinen Namen.

»Darcy?« Sie winkte mich mit besorgtem Blick zu sich heran, und ich ging zögernd auf sie zu, während Catalina mich warmherzig anlächelte.

»Alles in Ordnung?«, fragte ich.

»Xavier trägt nach wie vor die Schatten in sich, aber ich glaube, ich kann sie jetzt entfernen. Und ich glaube, mit dir zusammen könnte es noch einfacher sein.«

Sie streckte mir ihre Hand entgegen und ich nahm sie, woraufhin sich mein Phönix erhob, um den ihren zu treffen. Als wären sie zwei Hälften einer Seele – und vielleicht waren sie das auch. So hatte es sich schon immer angefühlt, als wären wir aus einer Einheit gemacht, losgelöst, aber nie ganz ohne den anderen. Ich wurde ruhig, und Xavier blickte nervös zwischen uns hin und her, als Tory eine Hand auf seine Brust legte. Mein Herz klopfte vor Aufregung, denn ich wusste, dass wir die Schatten von ihm entfernen mussten, um ihn vor Lavinia zu schützen, damit sie ihn nicht kontrollieren oder – noch schlimmer – uns hier an diesem Ort finden konnte.

»Flipp nicht aus«, warnte ich, und er nickte steif.

»Verstanden«, sagte er, obwohl ihn ein kleines Wiehern der Sorge verließ. Aber ich wusste, dass wir es jetzt schaffen konnten. Nachdem ich die Schatten aus Orion herausgebrannt hatte, wusste ich, wie es funktionierte. Es war, als würde ich mich mit den besten und hellsten Gefühlen in mir verbinden und diese nach vorn lenken. Es ging um Liebe und Hoffnung und all die Dinge, die wir uns von Lionel niemals würden nehmen lassen.

Ich spürte, wie sich Torys Phönixfeuer um meins schlängelte. Es brannte unter ihrer Handfläche, als Catalina ängstlich näher trat – offensichtlich machte sie sich Sorgen um ihren Sohn. Aber Xaviers Augen signalisierten ihr, dass sie uns vertrauen sollte, und eine Minute später züngelte das Feuer über seine Haut und flackerte in seinen Augen, um jeden Schatten in seinen Adern aufzuspüren und aus seinem Körper zu vertreiben.

Er seufzte, als das Fünfte Element ihn verließ; die Erleichterung, Lavinias

Einfluss entkommen zu sein, war deutlich in seiner Miene zu sehen. Er sackte ein wenig nach vorn, als Tory ihre Hand fallen ließ.

»Danke«, hauchte er und umarmte uns beide fest. Plötzlich schlang auch Catalina ihre Arme um uns und ich sah, dass Tränen über ihr Gesicht liefen.

»Ihr seid ein Geschenk der Sterne«, flüsterte sie und ich schüttelte leugnend meinen hochroten Kopf.

Als sie uns losließen, strich ich mir eine blaue Haarsträhne hinters Ohr; die Verlegenheit brannte heiß in meinem Nacken.

Max zerrte an meinem Arm, und ich drehte mich zu ihm um. »Kommt schon, kleine Vegas, sie lassen uns nicht rein, wenn ihr zwei nicht vorangeht.«

Ich bemerkte, dass die Menge Tory und mich genau beobachtete, und fragte mich, ob Max vielleicht recht haben könnte.

Hamish winkte uns zu sich und ich bewegte mich neben Tory, um ihm durch die Menge der Rebellen zu folgen. Orion lief hinter mir und war mir dabei so nah, dass ich ihn am ganzen Körper spüren konnte. Es tröstete mich, zu wissen, dass er da war, besonders nach allem, was wir durchgemacht hatten. Aber jedes Mal, wenn ich versuchte, mich umzudrehen und ihn näher an mich heranzuziehen, entfernte er sich weiter von mir. Der Abstand tat mir im Herzen weh, und ich hatte das schreckliche Gefühl, dass das Absicht war.

Die Leute verneigten sich vor Tory und mir und murmelten ein Dankeschön an die Sterne. Mein Atem stockte, als ich merkte, wie die Augen der Rebellen uns folgten. Es schien, als wären viele dieser Personen Royalisten, eingefleischte Anhänger der Vega-Linie, und es war seltsam, so viel Aufmerksamkeit auf einmal zu bekommen. Nicht einmal im A. N. U. S.-Club hatte ich das Gefühl, so genau beäugt zu werden.

Mein Herz klopfte noch heftiger, als wir das Bauernhaus erreichten und Hamish sich so tief verbeugte, dass seine Nase fast den Boden berührte, während er den rechten Arm ausstreckte, um uns zu signalisieren, durch die Türen zu treten.

»Willkommen im Burrows, Eure Königlichen Hoheiten«, verkündete Hamish stolz.

Erneuter Jubel ertönte und Tory warf mir einen verstohlenen Blick zu. Unsere Hände fanden instinktiv zueinander, als würden unsere Seelen zueinander gezogen. Dieser Moment fühlte sich irgendwie unendlich wichtig an. Als würden wir in eine Zukunft eintreten, die nur darauf gewartet hatte, von uns angenommen zu werden. Als würden wir endlich den Weg beschreiten, den wir gehen mussten, wenn wir den Thron jemals wirklich für uns beanspruchen wollten. Und jetzt, wo Lionel seinen schuppigen Hintern darauf gesetzt hatte, wollte ich ihn mehr denn je.

Tory lehnte sich nah zu mir und flüsterte: »Wenn wir jemals Königinnen werden, wird mein erstes Gesetz sein, dass uns niemand anstarren darf. Und damit wäre auch dein kleines Stalker-Problem gelöst.«

»Was?« Ich lachte und sie deutete mit dem Kinn über meine Schulter.

Ich drehte mich um und sah, dass Orion mir dicht auf den Fersen war und mich unverwandt anstarrte.

»Was willst du tun? Mich ins Gefängnis werfen?«, fragte Orion spöttisch.

»Nein, die Strafe für dieses Verbrechen sind stündliche Schwanztritte«, erklärte Tory mit einem Grinsen, aber dann glitt ihr Blick gen Himmel und ihre Belustigung erstarb genauso schnell, wie sie gekommen war. Ihre Gedanken waren wieder bei Darius. »Weiß er, wie man hierherkommt?«, fragte sie besorgt.

»Wir können ihm eine Nachricht schicken«, sagte ich entschlossen und schaute zu Hamish. »Haben Sie einen Atlas, den wir uns ausleihen können?«

»Abso-tal«, sagte er und nickte heftig. »Aber bitte, siezt mich nicht – dieser Ehre bin ich so wenig würdig wie ein Fliegenpilz den Titel eines Kaisers. Nun, tretet ein, tretet ein, und legt Euer Sternengelübde ab! Ein kleiner Schwur, aber von galaktischer Bedeutung, versteht sich. Wir haben Atlasse, die so meisterhaft verzaubert wurden, dass unser Standort selbst den neugierigsten Schnüfflern ein ewiges Rätsel bleibt. Die Einzigen, die seine Lage preisgeben können, sind die Mitglieder des offiziellen Pakts Initiativer Mächte zur Maskierung Edler Leitsätze.«

»Des was, bitte?«, fragte ich.

»Das sind sehr loyale Royalisten, die befugt sind, andere zum Burrows zu lotsen. Nur einige wenige kennen unseren Standort, damit er nicht von denen gefunden werden kann, die uns schaden wollen. Natürlich werdet Ihr, Myladys, in diesem Kreis willkommen geheißen, ebenso wie die Erben, wenn Ihr es wünscht«, erklärte Hamish, während wir eintraten. Er war nach wie vor hinter uns.

»Wollen wir wirklich den P. I. M. M. E. L.n beitreten?«, zischte Tory mir zu, und ich lachte auf.

Wir erreichten einen kleinen Eingangsbereich mit Holzfußboden und einer Mahagoni-Standuhr, die den Raum dominierte. Hamish schob sich an uns vorbei, als wir aufgereiht waren, und die Eingangstür schwang hinter uns zu, sodass wir alle in dem kleinen Raum eingeschlossen waren.

»Ich will auch zum Kreis gehören«, sagte Orion und Hamish sah ihn kurz an, bevor er ihn ignorierte. Seth schnaubte ein Lachen.

»Ignorieren Sie … ignoriere ihn nicht!«, knurrte ich, und meine Nackenhaare stiegen sofort in die Höhe, woraufhin mich Hamish alarmiert ansah und eine Hand auf seinen Mund legte.

»Aber Mylady, er ist ein Geächteter«, flüsterte er entsetzt, offensichtlich kaum in der Lage, das auszusprechen.

»Nicht in meinen Augen«, fauchte ich.

»Ich … Ich …«, stammelte Hamish; offensichtlich hatte er Mühe, damit klarzukommen.

»Das wird ihn dazu bringen, mich anzusehen«, murmelte Orion, schnitt sich den Daumen an seinem Reißzahn auf, drehte den Arm um und verteilte das Blut auf der Innenseite seines Unterarms. Das Zeichen der Zodiac-Garde erschien wie eine lebendige Tätowierung unter seiner Haut. Das silberne Schwert mit den Sternbildern sah so ätherisch aus, dass es fast glühte.

Hamish stieß ein Geräusch aus, das wie das Gurren einer würgenden Gans klang, dann fiel er auf die Knie, rollte die Augen zurück und fiel ohnmächtig zu Boden.

»Das ist wohl nach hinten losgegangen«, meinte Orion trocken, während ich mit Tory und Geraldine auf Hamish zueilte, um ihm auf die Beine zu helfen.

»Bei den Nippeln der Sterne«, murmelte er, als er wieder zu sich kam. »Ach, du Braunbürstige Hosenbiene! Beim Mond, verzeiht meine Ausdrucksweise, Myladys. Ich habe das Zeichen der Zodiac-Garde seit vielen Jahren nicht mehr gesehen, und dass es von niemand anderem als einem geächteten F…« Er bäumte sich auf und würgte bei diesen Worten. »Verzeiht mir, einem geächteten F...« Er würgte wieder laut und Orion fluchte leise, während die Erben lachten.

»Du da.« Geraldine wirbelte herum und zeigte mit einem anklagenden Finger auf Max, der sie überrascht ansah. Sein Lachen verschwand im Nu, während er verwirrt mit dem Finger auf sich selbst zeigte. »Ja, du, du ungehobelter Kabeljau, hol meinem Vater auf der Stelle einen Stuhl!«

Er nickte mehrmals, sah sich nach einem Stuhl um, stieß zwischenzeitlich mit Caleb zusammen, rannte dann aus dem Zimmer und kam eine Minute später mit drei – ja, drei! –Holzhockern im Arm zurück.

Er stellte sie ab, während Geraldine ihn zur Seite scheuchte, und Hamish ließ sich auf einen der Hocker fallen und tupfte sich die Stirn ab, während er wieder zu Kräften zu kommen versuchte.

»Wir dürfen nicht länger herumtrödeln. Wir müssen mit dem Sternengelübde fortfahren«, beharrte Hamish und winkte mich und Tory nach vorn. Er nahm jeweils eine unserer Hände, holte tief Luft und lächelte uns an. »Schwört Ihr, Tory und Darcy Vega, bei den Sternen, Lionel Acrux und seinen treuen Anhängern niemals zu verraten, wo sich dieser Ort befindet, und niemals über jemanden zu sprechen, den ihr hier an diesem Ort antrefft? Und schwört Ihr auch, niemals eine Person hier im Burrows ernsthaft zu verletzen oder zu töten?«

Wir stimmten beide zu und ein magisches Klatschen ertönte zwischen uns, bevor die Erben nach vorn traten, um ihr eigenes Versprechen abzulegen. Als alle ihr Gelübde gesprochen hatten und auch Hamish und Orion erfolgreich gewesen waren – Hamish hatte während seiner Worte gewürgt und aus dem Fenster geschaut, anstatt Orion direkt anzusehen –, stand Hamish wieder auf und führte uns alle zu der verschnörkelten Standuhr.

Sie war doppelt so hoch und breit wie ich und sah aus wie aus einem Märchen, mit filigranen Schnitzereien im Holz und vergoldeten Details, die im schwachen Licht schimmerten. Als ich mir das goldene Zifferblatt näher ansah, stellte ich fest, dass es nicht nur die Zeit anzeigte, sondern auch die Mondphasen, die Positionen der Sternbilder am Himmel und die Phasen der beiden Tagundnachtgleichen. Hinter einem Glasfenster in Form der Sonne schwang ein wunderschönes Pendel, dessen ständiges »Tick, Tick, Tick« den Raum erfüllte und aus der Nähe noch lauter wirkte.

»Um einzutreten, muss man seine Absichten gegenüber den Vegas äußern. Die Uhr erkennt die Wahrheit in jedermanns Seele«, erklärte Hamish dramatisch. »Niemand mit bösen Vorsätzen kann jemals in unseren geliebten Unterschlupf eindringen.«

Geraldine trat als Erste vor, neigte den Kopf zurück und sprach direkt zum Zifferblatt. »Ich will unseren wahren Königinnen nichts Böses.« Mit der Ermutigung ihres Vaters trat sie vor und öffnete die Tür in der Uhr, hinter der sich ein dunkler Gang befand, der von brennenden Laternen an den Wänden erhellt wurde. Sie trat ein und die Tür schnappte sofort hinter ihr zu.

Tory ging als Nächste und schaute mit einem zynischen Stirnrunzeln zur Uhr hinauf, das verriet, dass sie nicht davon überzeugt war, mit einer Uhr sprechen zu müssen, aber sie tat es trotzdem. »Ich will den Vegas nichts Böses.«

Sie öffnete die Tür, trat hindurch und ich machte einen Schritt nach vorn, wiederholte die Worte und folgte ihr.

Ein breiter Tunnel führte von uns weg in die Ferne, nur beleuchtet von brennenden Fackeln, die Wände waren aus der Erde selbst gehauen. Nachdem ich meiner Schwester in den kühlen Tunnel gefolgt war, bewegte ich mich sofort auf die nächstgelegene Fackel zu und fütterte meine magischen Reserven, während wir darauf warteten, dass die anderen uns einholten.

Als die Erben ankamen, stellten sie sich vor uns und ich spürte das Gewicht der Worte, die sie gerade in der Dunkelheit gesprochen hatten. Alle schienen darauf zu warten, dass wir sie in irgendeiner Form honorierten.

»Damit ist es wohl ein für alle Mal bewiesen«, sagte Caleb mit einem schiefen Grinsen und unterbrach damit die Spannung.

»Was? Dass wir beste Freunde sind?«, fragte Seth und wippte auf seinen Zehen vor und zurück, während er aufgeregt zwischen uns hin und her schaute.

»Ich hätte nie gedacht, dass das passieren würde«, sagte Max, strich mit der Hand durch seine kurzen Haare und grinste uns an.

»Tja, das liegt daran, dass du ein hinterhältiger Hundsfisch warst, als du die Vegas getroffen hast«, meinte Geraldine. »Und ich bin nicht ganz sicher, ob deine Hundsfisch-Zeiten wirklich und wahrhaftig hinter dir liegen, Maxy-Boy.«

»Ach, komm schon, Gerry, was muss ich denn noch tun, um mich zu beweisen?«, jammerte Max.

»Du könntest versuchen, keine lästige Languste zu sein.« Sie drehte ihm den Rücken zu und ging mit schwingenden Hüften weiter. Während alle anderen ihr folgten, blieb ich stehen und hielt Ausschau nach Orion, der in der dunkelsten Ecke des Ganges stand und kaum zu sehen war.

Hamish eilte an ihm vorbei, verbeugte sich tief vor mir und rief mir zu, ihm zu folgen, aber ich gesellte mich zu Orion.

»Wartest du auf mich, Blue?«, fragte Orion mit einem Hauch von Belustigung in der Stimme.

»Du siehst ein bisschen einsam aus da drüben im Schatten«, bemerkte ich.

»Ich habe die Gesellschaft der Schatten schon immer genossen«, erwiderte er. »Außerdem bin ich ein Vampir. Ich bin nicht einsam. Allein komme ich am besten zurecht.«

»Na, dann lauf ich wohl allein weiter«, erklärte ich freundlich, und er schoss so schnell an meine Seite, dass mir schwindlig wurde. Mit einem Grinsen nahm er meinen Arm.

»Anscheinend genieße ich die Gesellschaft deines Schattens mehr als alles andere«, sagte er mit tiefer Stimme, die meinen Puls zum Rasen brachte. »Also geh nur, Blue, ich werde direkt hinter dir sein.«

Keiner von uns rührte sich. Er intensivierte seinen Griff um meinen Arm, und die Hitze dieses einzigen unschuldigen Kontaktes brachte den Vulkan in meinem Körper zum Brodeln. Dieser Mann war das Berauschendste, was ich je erlebt hatte. Sein Zimtduft war wie eine Droge und machte mich so high, dass ich nicht mehr klar denken konnte.

»Danke«, hauchte ich. »Für alles, was du heute getan hast. Ich wäre tot, wenn du nicht gewesen wärst.«

In seinen Augen flackerte eine dunkle Emotion und ich spürte, wie meine Seele danach schrie, ihm näher zu kommen.

»Geht es dir gut?«, flüsterte ich und dachte an Clara. »Deine Schwester ...« Bei dem Gedanken, mich von Tory zu verabschieden, brannte meine Kehle. Wie war Orion überhaupt noch auf den Beinen?

Er ließ den Kopf hängen und legte die Stirn in Falten, während sich das Schweigen zwischen uns ausdehnte.

»Wenn ich ehrlich bin, Blue ... Na ja, ich dachte, ich würde daran zerbrechen, sie wieder zu verlieren. Aber ich ... bin erleichtert.« Schuldgefühle zierten seine Züge, und ich hielt den Atem an, während ich darauf wartete, dass er weitersprach. Sein Blick war nach wie vor zu Boden gerichtet. »Ich habe vor langer Zeit um meine Schwester getrauert, und heute habe ich die Wahrheit gesehen. Ihre Seele war in diesem Schattenmonster gefangen und jetzt ... Na ja, jetzt ist sie frei. Sie ist jenseits des Schleiers, wo sie hingehört. Sie ist bei meinem Vater.«

Der Zwiespalt in seinen Worten veranlasste mich, eine Hand zu heben, sein Kinn zu ergreifen und damit seinen Kopf nach hinten zu neigen, um seinen Blick einfangen zu können.

»Bin ich deshalb herzlos?«, fragte er, während er in meinen Augen die Antwort auf eine Frage zu suchen schien, die viel größer war als die, die er eben gestellt hatte.

»Nein«, schwor ich. In seinen Augen erkannte ich die uralte Trauer über den Verlust seiner Familie, aber da war auch Akzeptanz, als wäre ihm endlich eine Last von den Schultern genommen worden. Und ich verstand. So schrecklich der Gedanke auch war, ein Leben ohne meine Schwester an meiner Seite zu führen, so viel schlimmer war es, akzeptieren zu müssen, dass sie litt und sich nach ihrem Tod sehnte. Es hatte keine Hoffnung für Clara gegeben, als sie in den Klauen der Schattenprinzessin gefangen gewesen war, aber zumindest war sie jetzt von dieser Qual befreit. Sie konnte jenseits des Schleiers wieder sie selbst sein und vielleicht würde sie dort auch Frieden und Glück finden. »Ich verstehe es.«

»Das liegt daran, dass du viel zu nachsichtig mit meinen Sünden bist«, murmelte er und seine Finger wanderten meinen Arm hinauf, wobei sich eine Gänsehaut auf meiner Haut ausbreitete. Er schob meinen Ärmel beiseite und entblößte den schwarzen Handabdruck, den Lavinias Fluch dort hinterlassen hatte. Als er scharf einatmete, senkte ich den Blick – und stellte fest, dass der Abdruck nicht mehr da war. Meine Haut war so glatt und unberührt, als hätte sie mich nie angefasst. Die Unmöglichkeit dessen war wie ein Schock. Warum war der Abdruck weg? Was hatte das zu bedeuten?

Orion fluchte, packte mich an der Taille, zog uns näher an eine Wandleuchte heran und stellte mich ins Licht, um die nackte Haut mit hektischen Bewegungen zu untersuchen.

»Der Abdruck ... Er ist weg«, knurrte er, und in diesen Worten schwang ein Hauch von Hoffnung mit, der tief in meine Seele vordrang.

Ich versuchte, in mir nach dem Abdruck zu suchen, nach einer Spur dieser dunklen Macht, die Lavinia unter meine Haut gepresst hatte, aber da war nichts. Kein Flüstern der Schatten, keine krallenbewehrte Dunkelheit, die mich in ihre Tiefen hinabzuziehen versuchte.

»Glaubst du, dass mein Phönix den Fluch abgewehrt hat?«, fragte ich verzweifelt hoffend. Ich konnte fühlen, wie das feurige Wesen in mir brannte. Es war hellwach und so ungeheuer mächtig, dass ich mir sicher war, dass dies eine Möglichkeit sein konnte. Ich hatte gesehen, wozu mein Phönix fähig war. Er hatte die Schatten aus meinem Körper gebrannt, warum also nicht auch einen Schattenfluch?

Orion starrte mich an, als wäre ich ein vom Himmel gefallener Stern, eine Kreatur, die so mächtig war, dass sie selbst aus Magie bestand.

»Ja ... ich glaube, das hat er«, sagte er, und sein Vertrauen in meine Fähigkeiten war ihm deutlich anzusehen. »Wir kennen nicht alle Fähigkeiten der Phönixe, und du hast mich schon so oft überrascht, dass ich sicher bin, dass du es auch weiterhin tun wirst. Wenn du nichts fühlen kannst und es auch keine äußeren Anzeichen gibt, dann scheinst du nicht länger verflucht zu sein.«

Ich seufzte, eine unerträgliche Last fiel von meinen Schultern, während das Glück in meine Brust strömte wie ein Fluss ins Meer.

»Ich werde morgen mit Tory darüber sprechen«, beschloss ich, während ein Lächeln meine Lippen umspielte. Ich wollte nicht, dass sie sich Sorgen machte, solange Darius noch vermisst wurde.

Orion ließ seine dunklen Augen von meinem Arm zu meinem Gesicht wandern. Erleichterung spiegelte sich in seinem Gesicht wider und ein jugendliches Lächeln breitete sich auf seinen Lippen aus, wodurch das Grübchen in seiner rechten Wange hervortrat. Er schoss vor, drückte mich gegen die Wand und sein Atem vermischte sich mit meinem, als wir – aufgrund der Nähe zueinander – immer heftiger atmeten.

»Du bist wirklich außergewöhnlich«, knurrte er, die Härte seiner Muskeln drückte mich an die Wand und ich krallte meine Finger in sein Shirt, zog ihn näher zu mir, weil ich ...

»Entschuldigt, ich, ähm ...« Xavier räusperte sich und Orion trat einen Schritt zurück, während er sich zu Xavier umdrehte, der gerade durch die Uhr getreten war. »Ich habe nur meine Schnürsenkel gebunden, dann waren alle weg und ich habe vergessen, was alle gesagt haben. Aber ich, ähm, habe es herausgefunden, also ...«

»Kein Problem«, sagte ich, etwas gerötet, als Orion mich mit einer wilden Sehnsucht in den Augen ansah, die mich bis ins Innerste mit flüssiger Hitze erfüllte. Aber ich würde ihn mir schnappen, sobald wir die Gelegenheit dazu hatten. Es gab viel, worüber wir sprechen mussten. Aber noch viel mehr, was wir tun mussten.

Wir folgten den anderen, der Tunnel fiel steil unter meinen Füßen ab, bis er sich in einer weiten Höhle öffnete, von der aus weitere Gänge in alle Richtungen führten. Ein weicher grüner Moosteppich bedeckte den Boden und an den Wänden ringsum waren vergoldete geschnitzte Bilder von Lionel in seiner Drachenform zu sehen, wie er von Pegasus-Herden, Greifen, Mantikoren und Harpyien in die Luft gesprengt wurde. Auf einem Bild kletterten Tiberianische Ratten seinen Schwanz hinauf und bissen ihn, auf einem anderen ertränkten Sirenen ihn in einem See neben einer Vielzahl von anderen Wasserwandlern.

Ich lachte auf, während wir uns beeilten, die Gruppe einzuholen, die durch einen der Tunnel geführt wurde, über dessen gewölbtem Eingang »Die königlichen Gemächer« eingraviert und der auf beiden Seiten von zwei Kronen gesäumt war.

»Ihr werdet euch in Zweiergruppen aufteilen müssen«, rief Hamish. »Jedes Zimmer hat entweder ein Doppelbett oder zwei Einzelbetten, und wir haben ein kleines Platzproblem, bis einige unserer Erdelementare mit dem Ausgraben der fabelhaften neuen Tunnel fertig sind. Aber wir haben diesen Tunnel nur für euch holde Herrschaften reserviert, damit ihr ein wenig Privatsphäre habt.«

Ich schaute zu meiner Schwester und dann zu Orion. Nach allem, was bei der Schlacht geschehen war, wusste ich, dass ich ihm keinen Groll mehr entgegenbringen konnte. Er liebte mich nach wie vor – und ich liebte ihn so sehr, dass es wehtat. Also blieb mir nur, diese Worte auszusprechen und zu hoffen, dass wir den Graben zwischen uns überwinden und etwas noch Unzerbrechlicheres als zuvor aufbauen würden können.

»Ihr wollt jetzt sicher eure langen Strümpfe und Unterleibchen wechseln, also begebt euch in die königlichen Badehäuser hier. Links für die Damen und rechts für die Knaben.« Hamish deutete in die entsprechenden Richtungen, und wir folgten dem kurzen Steinweg, der sich am Ende gabelte. Getrocknetes Blut klebte an meiner Kleidung, und ich wollte unbedingt den Geruch von Rauch, Sand und Tod loswerden, der ebenfalls an mir haftete.

Ich fing Orions Blick auf, als wir uns voneinander trennen mussten, und in seinen Augen stand die dringende Bitte, ihn nicht zu verlassen. Aber wenn wir den Kampfschmutz loswerden wollten, blieb uns keine andere Wahl. Wir sahen einander an, bis ich abbiegen musste. Mein Mund blieb offen stehen, als ich die riesige Höhle mit den sprudelnden heißen Quellen sah, zwischen denen Palmen wuchsen und Wasserfälle über Felsen stürzten. Fae-Lichter schwebten durch die Luft und tauchten alles in ein bernsteinfarbenes Licht.

Ich zog mich aus und trat unter den Strom des nächsten Wasserfalls. Der heiße Wasserstrahl war wie ein Geschenk des Himmels, als ich die Augen schloss und einfach nur genoss. Tory stieg in eines der sprudelnden Becken, tauchte unter und erst auf der anderen Seite wieder auf. Sie stöhnte vor Erleichterung, als sie sich die Haare ausspülte.

»Bei den Pflanzen handelt es sich um Waschlilien«, rief Geraldine aus. »Schäumt einfach ein Blatt auf, um es als Seife oder Shampoo zu benutzen.« Sie riss ein Blatt von dem ab, was ich für eine Palme gehalten hatte, und begann, es unter ihre Achselhöhlen zu reiben. Das Blatt gab einen weißen Schaum von sich, und ich sah überrascht zu, bevor ich mir selbst ein Blatt von der nächsten Pflanze nahm. In dem Moment, in dem ich es über meine Haut rieb, bildete sich ein weicher, honigsüß duftender Schaum, den ich auf meinem ganzen Körper verteilte, bevor ich mir die Haare wusch und mich endlich wieder wie eine Fae fühlte.

Als wir sauber waren, benutzte ich Luftmagie, um mich abzutrocknen, und fand frische Kleidung an der Tür zum Badehaus hängen. Ich zog eine graue Jogginghose und ein weißes Tanktop an. Tory griff nach den Klamotten, ohne sie wirklich anzusehen, machte sich nicht einmal die Mühe, ihre Haare zu trocknen, und landete schließlich bei einer Jogginghose und einem Sweatshirt, die eindeutig für einen Mann gedacht waren, der etwa dreimal so groß war wie sie. Ich runzelte die Stirn und als Geraldine den Raum verließ, hielt ich Torys Hand fest, um sie davon abzuhalten, ihr zu folgen, da ich die Sorge in ihrem Gesicht sah.

»Ich bin sicher, es geht ihm gut«, flüsterte ich. »Er ist Darius Acrux.«

Sie nickte, aber ihre Augen waren glasig, und ich nahm sie in meine Arme. »Wir können wach bleiben, bis er hier ist«, versprach ich.

»Du solltest bei Orion sein.« Sie wich zurück und rieb schnell ihre Augen, bevor ihr die Tränen kamen. »Er hat gerade Clara verloren; er braucht dich jetzt mehr, als ich es tue.«

»Ich werde dich nicht allein lassen«, entgegnete ich sofort.

»Ich möchte allein sein«, flüsterte sie und biss sich auf die Lippe. »Ich muss es sein, okay? Ich glaube, wenn ich allein bin, kann ich vielleicht … spüren, dass er lebt. Und dann kann ich warten, anstatt diesen Ort auf der Suche nach ihm zu verlassen.«

»Tor …«, hauchte ich, weil ich den Gedanken hasste, heute Nacht nicht bei ihr zu sein. Ich wusste, dass mehr mit ihr los war als nur die Sorge um Darius. Sie war in Lionels Gewalt gewesen, seit er Orion und mich gefangen genommen hatte, und ich wusste, dass sie mir nicht das Schlimmste von dem erzählt hatte, was sie in den vergangenen Tagen durchgemacht hatte. Aber ich kannte meine Schwester und wusste, dass sie sich nur öffnen würde, wenn wir allein wären. »Ich muss bei dir sein.«

»Du musst bei ihm sein«, beharrte sie und drückte meinen Arm. »Ihr seid viel zu lange getrennt gewesen und hättet einander heute Nacht verlieren können. Du liebst ihn, oder nicht?«

»Ich …«, setzte ich an, aber Geraldines Stimme jenseits des Badehauses schnitt mir das Wort ab.

»Du schamloser Schürzenjäger!«, schrie sie, und auf ihre Stimme folgte ein lautes Klatschen.

»Lass mich in Ruhe, Grus!«, knurrte Orion als Antwort.

»Stehst hier draußen und belauschst die wahren Königinnen … Ich werde ihre Privatsphäre bis zu meinem letzten Atemzug verteidigen!«

Wir traten aus dem Badehaus und sahen, wie Geraldine Orion mit einer Aubergine schlug, die sie heraufbeschworen hatte, aber sie prallte immer wieder von dem Luftschild ab, der ihn umgab.

»Ich habe nicht gelauscht«, sagte Orion, als sein Blick auf uns fiel. »Ich habe nur auf dich gewartet.«

Sein Blick bohrte sich in meinen, und plötzlich wurde mir zu heiß. Der Drang, näher an ihn heranzukommen, machte mich verrückt.

Plätschern und Gelächter drang aus dem Badehaus der Männer und Tory und ich traten vor, um nachzusehen.

Caleb raste mit der Geschwindigkeit seiner Formgebung in einem der Becken herum und verwandelte das Wasser in einen Whirlpool, während Seth versuchte, aus dessen Mitte zu entkommen. Max schoss von einem Felsen aus Wassersalven auf Caleb und Xavier schleuderte ihm glitzernde Blasen in die Augen.

»Jungs!«, rief Geraldine aus, obwohl ein Lächeln um ihre Lippen tanzte. »Ihre Dödel machen sie manchmal zu echten Trotteln. Hier entlang, Myladys. Ihr müsst so müde sein wie Sandgänse im Schnee.«

Sie ging voran und Orion trat an meine Seite. Unsere Finger berührten sich und elektrische Impulse schossen durch meine Adern. Ich sah ihn nicht an, aber mein Atem wurde schwer und ich wusste, dass es viele Worte gab, die zwischen uns gesprochen werden mussten. Aber im Moment wollte ich einfach nur in seine Arme fallen und wieder Frieden in ihnen finden.

Geraldine führte uns tiefer in die Schlafquartiere, wo ovale Holztüren die Wände säumten und Wandleuchter den dunklen Tunnel erhellten.

»Das Lumpenpack kann sich selbst Zimmer aussuchen und ich werde heute Nacht bei Angelica schlafen, sobald sie sich zu den anderen Rebellen gesellt hat. Aber für euch, meine Königinnen, werden wir natürlich Quartiere bereitstellen, die euch würdig sind.«

Die Geräusche anderer Leute, die von Hamishs lauter Stimme angeführt wurden, drangen nun zu uns herüber, während sie sich auf den Weg zum Badehaus machten.

»Hier sind wir auch schon.« Geraldine stieß eine Tür zu ihrer Rechten auf, in die das königliche Wappen eingraviert war, und inspizierte den Raum. Darin befanden sich zwei Betten, über denen Blumen hingen, an einer Seite stand ein gedeckter Tisch mit Speisen und Getränken. »Ist das nach eurem Geschmack? Oder soll ich noch ein paar Blumen an die Wände zaubern? Soll ich die Betten vergolden? Oder vielleicht möchtet ihr, dass ich eure Kissen aufschüttle und euch ein altes Wiegenlied singe?«

»Wo ist Lance' Zimmer?«, fragte ich, weil ich ihn nach allem, was vorgefallen war, in meiner Nähe haben wollte.

»Oh, ähm …« Geraldine blickte den Korridor entlang, als Hamish mit einem breiten Lächeln auf dem Gesicht auf uns zukam.

»Wie sind die königlichen Gemächer?«, fragte er uns laut, ohne Orion überhaupt zu beachten, nachdem er seinen Blick an ihm vorbeigleiten lassen hatte. »Ist alles zu Eurer Zufriedenheit?«

»Wir haben gerade gefragt, wo Orions Quartier ist«, erklärte Tory und neigte den Kopf zur Seite, woraufhin Hamish sofort würgen musste.

»Sein … sein … Verzeiht mir, Myladys, aber er ist ein *Geächteter*. Er sollte in der Scheune schlafen. Oder vielleicht in der Spülküche …«

»In der Spülküche?« Ich wurde blass und schaute zu Geraldine, die ihre Hände zusammenschlug. »Wovon zum Teufel redet ihr? Ich will, dass er hier in meiner Nähe ist.«

»Oh, ähm, nun, ich …« Hamish sah Orion an und begann dann abermals, heftig zu würgen.

»Oh, um der Sterne willen, vergiss es, Hamish! Geraldine, kannst du uns einfach sagen, welches Zimmer für Darius gedacht ist?«, fragte Tory und Geraldine wirbelte mit weit aufgerissenen Augen herum.

»Aber natürlich, Mylady Tory, alles, was du willst, soll dir gehören.«

Geraldine eilte zum nächsten Zimmer, riss die Tür auf und warf einen prüfenden Blick in den Raum. »Ist dieser Raum hier geeignet?« Sie blickte über unsere Köpfe hinweg zu Hamish, der sich auf die Faust biss, um sich vom Übergeben abzuhalten, und ich spürte, wie meine Geduld schwand, während Orion einfach auf seine Füße hinunterblickte, als würde er diesen Schwachsinn bereitwillig akzeptieren.

»Das ist perfekt, Geraldine, danke«, sagte Tory, ohne sich die Mühe zu machen, in den Raum zu schauen. »Gibt es noch etwas für uns zu tun, bevor wir uns ausruhen, oder …«

»Nein, nein. Schlaft süß, meine reizenden Königinnen. Wir sehen uns morgen«, sagte Hamish hastig und warf Geraldine einen flüchtigen Blick zu, bevor er sich abwandte. Er biss erneut in seine Faust, nachdem er Orion noch einmal angesehen hatte, bevor er losrannte.

»Problem gelöst«, sagte Tory, während sie Orion in Richtung des Zimmers schob, das sie im Namen von Darius beansprucht hatte, bevor sie sich umdrehte und zum Gehen wandte. »Wir sehen uns später, Darcy, ich brauche nur etwas Zeit für mich.« Sie ging an uns vorbei, warf mir einen Blick zu und lächelte zum Abschied, während ich die Stirn runzelte und überlegte, ob ich ihr meine Gesellschaft aufzwingen oder einfach ihre

Entscheidung akzeptieren sollte, sich von mir zu entfernen, um einen klaren Kopf zu bekommen.

»Warte«, sagte Orion, trat vor und holte etwas aus seiner Tasche. Er hielt die wunderschöne Rubinkette in die Höhe, die Darius meiner Schwester geschenkt hatte, und ihre Augen weiteten sich vor Überraschung.

»Ich habe sie während der Schlacht für dich zurückerobert«, sagte er, und Tory nahm die Kette gierig entgegen und drückte sie fest zwischen ihren Fingern.

»Danke«, flüsterte sie. Die Tatsache, dass er sie gerettet hatte, schien ihr viel zu bedeuten.

Meine Lippen teilten sich vor Überraschung, als sie auf ihn zuging, ihn einarmig umarmte und seinen Rücken tätschelte, bevor sie ihn losließ.

»Warte, wenn das Band zerstört wäre, weil mein Schützling gestorben ist, wäre ich nach wie vor markiert«, stellte Orion plötzlich fest, während er den Ärmel hochzog, um die nackte Hautstelle auf seinem Arm zu präsentieren, die einst das Symbol des Löwen für Darius getragen hatte. »Selbst im Tod erlischt das Band nicht.«

»Dann werden wir wohl warten müssen, bis er mit einer Erklärung auftaucht«, sagte sie mit einem hoffnungsvollen Lächeln, aber ich sah, wie es wieder verschwand, als sie sich zurückzog und in ihr königliches Gemach schlüpfte.

Geraldine wirbelte herum und musterte zuerst mich und dann Orion, während sie ihre hellbraunen Haare glattstrich. »Also, ich bin einfach überglücklich, dass ihr zwei wieder zusammen seid.«

Ich räusperte mich und antwortete dann, ohne Orion anzusehen: »Sind wir nicht.« Verdammt, das war nicht richtig rübergekommen.

»Oh!«, keuchte Geraldine. »Verzeih mir meine Anmaßung, Mylady. Tja, vielleicht ist es besser so, nicht wahr? Was würden die Rebellen dazu sagen, wenn eine wahre Königin mit einem geächteten Fae zusammenbleibt – nichts für ungut, Orion.«

»Schon gut«, stieß er hervor. »Hast du nichts zu tun, Grus?«

Ihr Blick huschte von mir zu ihm, dann nickte sie mehrmals. »Oh, verzeiht mir meine scharfen Lippen, sie sind mit mir durchgegangen. Adieu und bis morgen. Der buttrigste aller Bagels wird dich nach deinem Schlummer erwarten, Darcy.« Sie verbeugte sich, lief dann hastig den Korridor entlang und betrat einen der Räume. Wir blieben allein zurück, während sich das Schweigen zwischen uns ausdehnte.

Ich ging auf den Raum zu, der für Darius und Orion bestimmt war, und spürte, wie mein Schatten mir folgte. Als ich mich umdrehte und den Blick hob, um dem seinen zu begegnen, beugte er sich vor und drückte seine Hand oberhalb meines Kopfes auf den Türrahmen.

»Bis später, Blue. Du kannst das Zimmer für dich allein haben.« Sein Kehlkopf wippte, während sein Blick zu meinem Mund wanderte. Seine Augen brannten mit dem gleichen intensiven Hunger, der auch unter meiner eigenen Haut kribbelte.

Er wollte sich schon entfernen, aber ich packte ihn am Shirt, stieß die Tür hinter mir weiter auf und zog ihn hinein.

»Hast du wirklich vor, anderswo zu übernachten?«, fragte ich, während ich ihn an mich zog. Er grinste.

»Ich werde sein, wo immer du mich haben willst, meine Schöne.«

Ich ließ ihn los und trat zurück, während er die Tür hinter sich ins Schloss fallen ließ. Mein Herz schlug kraftvoll in meiner Brust – wie die Flügel meiner Formgebung. Ich wollte diesen Mann mit jeder Faser meines Seins, und ich hatte es satt, meine Zeit damit zu verschwenden, von ihm getrennt zu sein. Wir hatten bewiesen, wie weit wir im Kampf füreinander gehen würden. Er hatte sich vor mir verbeugt, er hatte seine Treue auf jede erdenkliche Fae-Weise geschworen. Aber ich wollte ihm zeigen, dass wir gleichgestellt waren. Wenn er vor mir stand und die Königin in mir sah, stand ich vor einem König.

Ich zog mein Shirt über den Kopf und warf es weg, sodass meine Brüste entblößt waren, und ein Knurren entrang sich seiner Kehle, als er näher trat, meine Taille ergriff und mich eng an sich zog, als müssten wir einander berühren. Und sobald seine Hände auf mir lagen, wurde mir klar, dass es keine Mauern mehr gab, keine Regeln oder Gesetze, die uns trennten. Es gab nur uns – und es war uns egal, was die anderen in Solaria davon hielten.

»Bist du sicher, dass ich mein Zimmer nicht lieber mit jemand anderem teilen soll, Blue?«, fragte er mit einem amüsierten Glitzern in den Augen.

Es gab nur einen Ort, an dem ich ihn heute Nacht haben wollte, und das wusste er ganz genau. Er wollte nur, dass ich es aussprach. Aber diese ungestüme Energie zwischen uns würde mich ganz verzehren, wenn ich ihr nicht bald nachgab.

»Halt die Klappe, Lance«, sagte ich mit belegter Stimme.

»So vorlaut heute.« Er schob seine Finger in meine Haare und zog dann daran, sodass mein Kopf nach hinten fiel und er meinen Hals sehen konnte.

»Wenn du Blut willst, wirst du es dir erkämpfen müssen«, stichelte ich, schnippte mit den Fingern und bildete einen festen Luftschild um meinen Hals, der wie eine zweite Haut wirkte.

Er lächelte dämonisch, seine Augen funkelten angesichts der Herausforderung. »Man provoziert keinen Vampir, wenn man nicht gejagt werden will, Miss Vega.«

»Das hier ist kein Klassenzimmer, Professor. Wenn du mir eine Lektion erteilen willst, solltest du das besser mit deinen Händen tun.«

»Soll mir recht sein.« Er stieß mich aufs Bett, packte mich an den Hüften und warf mich so schnell auf den Bauch, dass ich auf der Matratze federte. Er entledigte mich meiner Hose und ließ seine Hand hart auf meinen Arsch klatschen. Ich schnappte nach Luft. Der stechende Schmerz wich dem Vergnügen und ich stöhnte auf.

Plötzlich ging die Tür auf, und ich fluchte, als Orion mich hochzog und hinter sich schubste, während ich meine verdammte Hose anzog.

»Wow, sorry! Ich wusste nicht, dass es hier gerade zugeht wie in Fifty Shades of Blue«, meinte Seth mit einem unverschämten Lachen. »Ich meine, ich wusste es, weil ich euch gehört habe, aber lasst euch von mir nicht stören. Ich habe schon alles gesehen – und ich meine wirklich alles. Ich habe mal zugesehen, wie ein Typ die Ohren eines Mädchens gefickt hat.«

Ich schielte hinter Orion hervor, der sofort mit seiner Vampirgeschwindigkeit mein Oberteil vom Boden nahm und es mir über den Kopf stülpte, um mich zu bedecken, sodass meine Arme durch den Stoff an meinen Seiten feststeckten. Schmollend schob ich meine Arme durch die Löcher und funkelte Seth mit zusammengekniffenen Augen an.

»Wirst du weiterhin in jedes Zimmer einbrechen, das ich bewohne?«, fragte ich und Seth grinste wölfisch.

»Nee, das ist auch mein Zimmer, liebste Mitbewohnerin.« Er ging direkt an uns vorbei und warf sich auf das Doppelbett.

Orion packte ihn sofort und warf ihn Richtung Tür, als würde er nicht mehr wiegen als ein Pitball, aber Seth bremste sich lässig mit einem Hauch von Luft ab, bevor er mit der Tür kollidieren konnte.

»Verschwinde!«, befahl Orion, aber Seth ignorierte ihn, drehte sich um und ging zur Wand neben der Tür, wo er die Hände hob und die Erde zu einem Einzelbett aus Stein formte, das er mit einer dicken Moosschicht überzog.

»Dann nehme ich wohl das Bett hier.« Er ließ sich darauf fallen und testete die Weichheit der moosigen Matratze, die er geschaffen hatte, indem er leicht auf der Oberfläche hüpfte. »Auf dem Mond war alles so weich. Weil wir nicht wirklich viel gewogen haben, versteht ihr? Es war wie eine riesige Hüpfburg.«

»Du wirst dir kein Zimmer mit uns teilen«, knurrte Orion und trat mit gestrafften Schultern auf ihn zu. Da war ich ganz seiner Meinung. Ich wollte endlich etwas Zeit mit Orion allein verbringen, aber ich war so erschöpft von dem Kampf, dass ich Mühe hatte, die Energie für diesen Streit aufzubringen.

Seth sah mich mit seinen großen Augen an, während er ein flauschiges Mooskissen in seine Arme nahm und es an seine Brust drückte. »Max ist mit Xavier gegangen, also bin ich bei Caleb gelandet«, hauchte er und sah mich flehend an.

»Na und?«, fauchte Orion, und Seth schnippte mit dem Finger, warf eine Stillekuppel um sich und mich und schnitt Orion folglich aus dem Gespräch aus.

»In seiner Nähe bekomme ich doch sicher wieder einen peinlichen Ständer«, flehte er. »So wie damals, als wir das letzte Mal in einem Bett geschlafen haben. Damals bin ich damit davongekommen, weil ich seine Arschritze, die sich wie ein Mondkrater angefühlt hat, dafür verantwortlich gemacht habe. Das wird er mir nicht noch einmal durchgehen lassen, Darcy. Er wird es herausfinden. Und das wird unsere Freundschaft ruinieren. Ich kann ihn nicht verlieren. Vielleicht komme ich über ihn hinweg, wenn ich nur etwas Zeit habe. Ich brauche Zeit. Bitte gib mir etwas Zeit. Ich kann zu niemand anderem gehen, weil du die Einzige bist, die davon weiß. Als ich dich hier drin gehört habe, dachte ich: ›Hey, meine Freundin Darcy wird mich aufnehmen. Sie würde mich nicht abweisen.‹« Er sah so erbärmlich aus und mein Herz zog sich zusammen, also nickte ich geschlagen.

Orion arbeitete gerade daran, die Stillekuppel zu durchbrechen, und der Ausdruck von wilder Wut in seinem Gesicht verriet mir, dass es eine echte Herausforderung werden würde, ihn davon zu überzeugen, Seth hier schlafen zu lassen.

Seth sah ihn ebenfalls an und grinste dann. »Soll ich ihn weiter eifersüchtig machen?«

»Was meinst du mit ›weiter eifersüchtig machen‹?«, fragte ich verwirrt, doch er lachte nur und ließ die Stillekuppel fallen.

Orion schnaubte, trat einen Schritt zwischen uns und sah mich an. »Worüber habt ihr gesprochen?«, fragte er mit besorgter Stimme, woraufhin ich die Stirn runzelte.

Ich warf einen Blick auf Seth hinter ihm, der heftig den Kopf schüttelte, und obwohl ich es hasste, Orion etwas vorzuenthalten, war dies nicht mein Geheimnis. Es stand mir nicht zu, darüber zu sprechen.

»Seth muss bleiben«, sagte ich, und Orion sah aus, als hätte ich ihn geohrfeigt.

»Warum?«, zischte er, und seine Fangzähne fuhren aus, als könnte er das Monster in ihm nicht länger zurückhalten.

»Er hat … Probleme mit Caleb«, sagte ich vorsichtig.

»Du kannst gern mit mir tauschen, Bro«, schlug Seth leichtfertig vor. »Warum gehst du nicht zu Cal? Ihr könntet etwas blutige Vampy-Zeit miteinander verbringen. Darcy und ich kommen hier schon klar. Allein. So wie in all den Monaten, in denen du im Gefängnis warst.«

Orion wirbelte mit seiner Vampirgeschwindigkeit herum und ich fing seine Hand eine Sekunde vor seinem Angriff auf. Ich hatte gespürt, wie er die Luft um mich herum in Bewegung gebracht und sogar meine Haare über meine Schultern geweht hatte.

Seth grinste Orion spöttisch an, offenbar in der Stimmung, sich seinen Todeswunsch zu erfüllen.

»Halt die Klappe, Seth!«, zischte ich. »Wenn du bleiben willst, kannst du kein Arschloch sein.«

»Aber das ist mein Hobby«, wimmerte er, während ich versuchte, Orions wütenden Blick von dem Wolf abzuwenden, der ihn anstachelte.

Schließlich richtete Orion seine Aufmerksamkeit auf mich, und mein Herz flatterte bei dem Anblick des wilden Tieres, das mich ansah. Er beugte sich so weit vor, bis er Nase an Nase mit mir war. Meine Lunge hörte auf, zu arbeiten, als sein Zimtduft mich umhüllte und er mich mit seiner Gegenwart gefangen hielt.

»Ich möchte dich für mich allein, Blue«, sagte er mit tiefer Stimme, die mir einen Schauer über den Rücken jagte. »Er kann sich eine andere Bleibe suchen.«

»Es gibt nicht genug Zimmer für alle«, rief Seth. »Und ehrlich gesagt, besteht auch ohne mich die Möglichkeit eines Mitbewohners für euch. Stinky Wanda, die Tiberianische Ratte, streunt da draußen herum und sucht jemanden, der sie aufnimmt. Hamish sagt, dass sie gern Nistmaterial aus anderer Leute Unterwäsche herstellt. Bei mir besteht zumindest keine Gefahr. Ich werde euch einfach mit Geschichten vom Mond unterhalten. Wir können Filmabende und Kuschelpartys veranstalten und …«

»Nein!«, blaffte Orion und drehte sich wieder zu ihm um. »Denkst du, ich teile mir die Luft mit dem Kerl, der sich an mein Mädchen rangemacht hat, während ich weg war?«

»Erstens war ich nicht dein Mädchen, während du weg warst. Weil du weg warst, logisch.« Ich stieß Orion in die Seite. »Und zweitens, wenn du noch einmal andeutest, dass ich mit Seth rumgemacht habe, werde ich Torys Schlagkraft wieder auf deinen Schwanz loslassen.«

Orion grunzte, schaute Seth mit zusammengekniffenen Augen an und musterte dann mich. »Ich will es von ihm hören.«

Ich drehte mich zu Seth um und bedeutete ihm, den Mund aufzumachen, während er sich auf dem Einzelbett ausbreitete und den Kopf mit den Händen abstützte.

»Na ja … da gibt es keine einfache Antwort, Lancey. Bin ich jemand, der dein Mädchen vögeln würde, wenn er die Chance dazu hat? Natürlich bin ich das.«

Orion machte einen Satz nach vorn und ich warf mich vor ihn, um ihn davon abzuhalten, Seth zu töten – obwohl ich nach diesem Kommentar halb versucht war, es selbst zu tun.

»Hatte ich in der Vergangenheit Fantasien, sie unter mir zu spüren? Sie meinen Namen schreien zu hören? Definitiv.«

»Seth«, knurrte ich, kurz davor, ihn mit etwas herbeigezaubertem Dreck zu ersticken, als Orion in einem Wirbel aus Geschwindigkeit um mich herumschoss und zielstrebig auf ihn zusteuerte. Er kollidierte mit dem Luftschild, den Seth um sich herum aufgebaut hatte, und begann sofort, mit wütender Kraft darauf einzuhämmern.

»Würden wir ein schönes Paar abgeben, gefeiert von ganz Solaria anstatt geächtet? Verdammt noch mal, das würden wir.« Seth betrachtete seine Fingernägel, während Orion versuchte, seinen Luftschild zu durchbrechen.

»Seth!«, rief ich mit wachsender Wut. Was trieb er da zum Teufel?

»Aber habe ich sie in ihrem Bett gefickt, in jeder Stellung, die mir eingefallen ist, einschließlich des *Hungrigen Vampirs*, um zu beweisen, dass ich sie lauter schreien lassen kann als du? Darüber lässt sich streiten.«

»Darüber lässt sich überhaupt nicht streiten. Wir hatten keinen Sex und dabei wird es bleiben«, knurrte ich.

Plötzlich durchbrach Orions Faust den Schild, und er stürzte sich wie ein Besessener auf Seth. Seine Fangzähne wurden sichtbar, als er auf ihm landete. Er begann, auf ihn einzuschlagen, aber seine Fäuste prallten gegen einen zweiten, noch engeren, Luftschild um Seth, der einfach nur breit grinste.

»Das ist eine seltsame Art, um einen Dreier zu bitten, aber ich bin dabei, wenn du es auch bist«, stichelte Seth.

»Um Himmels willen, hör auf damit!«, fuhr ich ihn an, warf die Hände in die Luft, riss Orion mit einem Luftzug von ihm weg und warf ihn auf das Bett hinter mir. »Seth, ich mache einen verdammten Mantel aus deinem schicken weißen Wolfspelz, wenn du nicht aufhörst, ihn aufzuziehen. Sag ihm die Wahrheit oder ich schmeiße dich höchstpersönlich hier raus!«

»Schon gut, schon gut, wir haben nicht gevögelt«, räumte Seth ein, und ich wandte mich Orion zu, der sich vom Bett abstieß und dessen Schultern sich unter seinen keuchenden Atemzügen hoben und senkten. Er ergriff meine Hand, zog mich mit einem schützenden Knurren an sich und ich packte sein Kinn, neigte seinen Kopf nach unten, damit er mich ansah. Sein Herz pochte, und der bloße Gedanke, dass ich mit jemand anderem zusammen gewesen sein könnte, erfüllte ihn mit einer solchen Verzweiflung, dass mein Ärger auf ihn dahinschmolz. Aber hey, mir in dieser Sache nicht zu glauben, ging echt gar nicht.

»Noch nicht«, flüsterte Seth.

»Halt die Klappe!«, schnauzte ich, als Orion sich versteifte, aber ich hielt sein Kinn fest, damit er mich weiter ansah.

»Er versucht, dich zu provozieren«, sagte ich, und er nickte, offenbar unfähig, einen Satz zu bilden. »Er kann heute Nacht hier bleiben, morgen finden wir ein anderes Zimmer für ihn.«

»Oder ich bringe ihn jetzt um und das Problem löst sich von selbst«, schlug er mit todernster Stimme vor.

»Ich fürchte, das kannst du nicht tun, Bro«, warf Seth ein. »Darcy und ich sind jetzt beste Freunde. Du würdest doch nicht ihren besten Freund töten, oder? Stell dir vor, was das mit ihr machen würde.«

Orions Schultern verkrampften sich, aber er sah mich weiterhin an und erkannte die Wahrheit in meinem Gesichtsausdruck.

»Lass es gut sein«, flehte ich. Er schien eine Entscheidung zu treffen, und seine Augen wurden dunkel. Dann hob er mich urplötzlich hoch, schoss mit mir zum Bett, zog mich in seine Arme und richtete mein Gesicht in die von Seth abgewandte Richtung, bevor er die Decke über uns zog.

Ich bewegte mich minimal, aber er knurrte sofort, schloss seine Arme noch fester um mich und zog mich dicht an seinen Körper.

»Hey, Mr. Psycho, ich kriege keine Luft.« Ich stupste seinen Arm an, und er lockerte seinen Griff ein wenig.

Seth begann, uns zum millionsten Mal mit Geschichten von seiner Reise zum Mond zu unterhalten, und Orion wirkte eine Stillekuppel um uns herum, um ihn auszublenden.

»Du musst runterkommen, Lance.«

Sein Atem war heiß an meinem Ohr, und ich fröstelte, als er flüsternd antwortete: »Ich habe Hunger. Und jetzt muss ich die Luft, die ich atme, mit dem Arsch teilen, der versucht hat, uns nach einem Kampf voneinander zu trennen, in dem ich dich fast verloren hätte.«

»Nun, bei einem dieser Dinge kann ich helfen.« Ich schob meine Haare aus dem Nacken, packte seinen Hinterkopf und zog seinen Mund auf meine Haut.

Seine Fangzähne bohrten sich in meinen Hals, und er stöhnte im selben Moment, in dem ein leises Stöhnen meine Lippen verließ. Der scharfe Stich des Bisses und das Gefühl seiner harten Muskeln um mich sandten einen Hitzeschwall zwischen meine Schenkel. Wie automatisch presste ich meinen Arsch gegen ihn, während Verlangen mich durchströmte. Als er genug getrunken hatte, zog er seine Fangzähne zurück. Sein Atem brannte auf meiner Wange, während die harte Länge seines Schwanzes gegen meinen Arsch drückte. Aber in dieser Hinsicht konnte ich nichts tun, solange Seth im Raum war.

Orion löste die Stillekuppel auf. Seth war still, und ich fragte mich, ob er bereits eingeschlafen war.

»Gute Nacht, Lance«, sagte ich leise und er drückte seine Lippen auf die weiche Stelle hinter meinem Ohr, während seine Finger über die Bisswunde fuhren, um sie zu heilen.

»Gute Nacht, Blue.«

»Gute Nacht, liebe Mitbewohner«, flüsterte Seth.

Gemini
Scorpio
Virgo
Cancer
Aries
Leo
Taurus
Sagittarius
Capricorn
Aquarius
Libra
Pisces

TORY

KAPITEL 2

Ich stand in der kühlen Winterluft, mein Atem bildete Nebelwölkchen vor mir, und meine nassen Haare tropften auf die übergroße schwarze Kapuzenjacke, die ich trug.

Geraldine hatte mich gesehen, als ich aus dem Schlafbereich geschlichen war, und etwas darüber gejammert, dass die maskuline Kleidung, die ich angezogen hatte, nicht für eine Königin geeignet wäre. Sie war losgestürmt und hatte geschworen, mir etwas Passenderes zu suchen. Max war ihr nachgelaufen und hatte damit den Weg zum Ausgang frei gemacht, auf den ich dann geradewegs zugegangen war.

Es war etwas schwierig gewesen, mich durch die Schar von Rebellen zu bewegen, die alle darauf warteten, ihren eigenen Schlafplatz in den Tunneln südlich des Burrows zugewiesen zu bekommen, aber ich hatte es geschafft. In Schatten gehüllt und mit gesenktem Kopf hatte ich mich durch die Menge zurück zu dem Tunnel geschoben, der zur Standuhr führte.

Natürlich befand sich vor dem Bauernhaus eine Gruppe von fünf Wachen der Rebellion, aber mit ein paar ausgewählten Worten und einem finsteren Blick hatte ich sie davon überzeugen können, mich für ein paar Minuten entkommen zu lassen.

Ich war viel zu lange eine Gefangene gewesen. Zum ersten Mal seit langer Zeit gehörte mein Geist wieder mir, ich war frei von Schatten und Fesseln und dem Willen der verdammten Sterne. Ich hatte fast vergessen, wie wahre Stille klang.

Ja, ich hatte die Wachen belogen, als ich versprochen hatte, nicht jenseits des Zaunes zu gehen, der das Farmhaus umgab, in dem das Burrows versteckt war, aber viel weiter war ich nicht gegangen. Die Scheune befand sich noch immer sicher innerhalb der sie umgebenden Schutzzauber, und ich musste wirklich nur ein paar Minuten mit meinen Gedanken allein sein.

Ich seufzte, lauschte der Stille, lehnte mich mit dem Rücken gegen das raue Holz des Scheunentors und blickte auf die atemberaubende Aussicht dahinter. Es war mitten in der Nacht, aber der helle Vollmond tauchte die Welt in silberne Schattierungen, die die weitläufige Bergkette mit ihrer Decke aus makellos weißem Schnee überirdisch schön erscheinen ließen.

Ich war barfuß und der Schnee brannte auf der ungeschützten Haut, aber ein Schwall von Phönixfeuer vertrieb das Gefühl schnell genug.

Ich atmete tief aus und beobachtete, wie das kleine Wölkchen davonsegelte, während ich meine Gedanken auf Lionel konzentrierte und mir grinsend viele bunte Ideen für seinen qualvollen Tod ausmalte – ohne auch nur einmal den Drang zu verspüren, ihn vor diesem Schicksal zu bewahren.

Meine Finger fuhren über die glatte Haut meines Arms, der einst von dem Widder-Zeichen gezeichnet gewesen war, das mich an ihn gebunden hatte. Ich schloss die Augen, während ich mich zum millionsten Mal fragte, wie zum Teufel es möglich war, dass das Wächterband gebrochen worden war.

Und das war nicht das einzige Band, das heute sein vorzeitiges Ende gefunden hatte …

Ich hatte mich noch nicht dazu hinreißen lassen, darüber nachzudenken, aber ich wusste, dass mich die Vorstellung, dass Darius und ich nicht länger sternverflucht waren, in völlige Panik versetzen würde. Der Spiegel im Badehaus war nur spärlich beleuchtet gewesen, aber trotzdem hatte ich mehrere Minuten lang auf meine abermals grünen Augen gestarrt. Die ganze Zeit über klopfte mein Herz sicher eine Million Mal pro Minute, aber ich weigerte mich, auch nur in Betracht zu ziehen, dass unser Fluch wirklich gebrochen sein könnte.

Denn wenn ich mir erlauben würde, daran zu glauben, nur um dann herauszufinden, dass es nicht so war, würde ich das vermutlich nicht überleben.

Ich musste mir sicher sein, dass es echt war. Ich musste ihn so oft berühren, küssen und streicheln können, wie ich wollte, ohne dass etwas zwischen uns kam. Und doch erschreckte mich der Gedanke daran auch. Ich ließ zu, all diese Gefühle für Darius Acrux zu empfinden, obwohl ich mir immer geschworen hatte, genau das niemals zuzulassen. Und das war in Ordnung gewesen, als es keine echte Chance für unser Zusammensein gegeben hatte. Aber jetzt … Ich war selbst an meinen besten Tagen ein kaum funktionierendes, abgefucktes Mädchen. Ich war bissig und schroff, stur bis zur Eigengefährdung und meistens verdammt unhöflich. Ich war das Mädchen, das niemand wollte und wurde immer schnell als Schlampe abgestempelt. Trotzdem hatte mir Darius mehr als deutlich gemacht, dass ich für ihn nicht das unerwünschte Mädchen war. Tatsächlich war ich mir ziemlich sicher, dass er nicht länger von mir getrennt sein wollen würde, sollte es wirklich nichts mehr geben, was uns aktiv auseinanderhielt.

Und der Gedanke daran erfüllte mich von innen heraus mit Licht und brachte mich dazu, nackt im Regen tanzen zu wollen. Am liebsten hätte ich in die Nacht hinaus geschrien, dass er mir gehörte, und jede Schlampe zerfleischt, die es wagen sollte, ihn auch nur eines Blickes zu würdigen … Gleichzeitig machte mir das alles auch eine Scheißangst.

Ich wusste nicht, wie ich jemandes Ein und Alles sein sollte. Ich war mir ziemlich sicher, dass ich nicht einmal mein eigenes Ein und Alles war. Ohne Darcy war ich nichts weiter als eine abgestumpfte Schlampe, die ständig Mist baute und sich nicht dafür entschuldigte. Und ich konnte das Gefühl nicht loswerden, dass Darius das nur allzu schnell herausfinden und mich dann überhaupt nicht mehr wollen würde. Wie sollte ich damit klarkommen, wenn ich mich noch heftiger in ihn verlieben würde, als ich es bereits getan hatte? Wie sollte ich es überleben, wenn er endlich den Vorhang zurückschob und erkannte, dass die Fae, die sich dahinter verbarg, nichts anderes war als ein verängstigtes kleines Mädchen, das keine Ahnung hatte, wie es die Frau sein sollte, die er sich wünschte?

Ich holte noch einmal tief Luft, schloss die Augen, um mich zu sammeln, und zwang meine Gedanken, sich von dem Feuer in meinen Gliedern zu lösen, das mich nur allzu deutlich an den Drachen erinnerte, von dem ich immer wieder träumte. Eine ganze Weile ließ ich mich im Nichts treiben, während ich versuchte, meine Gedanken zu sortieren.

Aber in der Dunkelheit war es unmöglich, nicht an jenes Zimmer am Weihnachtsabend zurückzukehren. Jenes Zimmer, in dem Lionel mich an einen Stuhl gefesselt und seine abartigen Haustiere auf mich gehetzt hatte.

Galle staute sich in meiner Kehle, als ich erneut spürte, wie Clara mir wiederholt die Klinge in den Bauch rammte, wie mein Blut heiß und schnell über meine Haut floss, während meine Schreie den Raum erfüllten und Vard sich in meinen Geist drängte.

»Wen liebst du, Roxanya?«

Immer und immer wieder waren mir diese Worte ins Ohr gezischt worden, während ich um mich geschlagen, geknurrt und auf den weichen Teppichen des Raumes, der einst meinem Vater gehört hatte, geblutet hatte. Aber dieses Mal hatte ich die Antwort, die sie mir hatten entreißen wollen, nicht preisgegeben. Ich hatte die Worte nicht gesagt, die Lionel mir mit seiner Folter hatte abringen wollen, während er mein Leiden mit Hitze und Lust in den Augen beobachtet hatte. Er mochte sich an meinem Schmerz aufgegeilt haben, aber ich hatte mich geweigert, ihm die Kontrolle über mein Herz zu überlassen.

»Wen liebst du, Roxanya?«, verlangte Lionel, als Clara sich zurückzog und die Qual in meinem Körper mich erneut zu verschlingen drohte. Aber sie ließen mich nicht ohnmächtig werden. Jedes Mal, wenn ich es tat, heilten sie mich einfach und fingen von vorn an, gaben mir Tränke, um das verlorene Blut wieder aufzufüllen, und sorgten dafür, dass dieser Kreislauf des Schreckens endlos weitergehen konnte.

Mein Kopf kippte zur Seite, aber Lionel packte mein Kinn und bohrte seine Fingernägel in meine Haut, woraufhin ich abermals zu bluten begann. Er zwang mich, ihn anzusehen.

»Ich kann dafür sorgen, dass es aufhört«, säuselte er, während sein Blick meinen Körper hinunterglitt und er meine Wunden, Schnitte und Verbrennungen, die mich kennzeichneten und mich als sein Spielzeug brandmarkten, regelrecht in sich aufsog. Aber das war ich nicht. Ich war Roxanya Vega, Tochter des Grausamen Königs, Schwester der mächtigsten und schönsten Frau, die ich je gekannt hatte, Kind der größten Seherin aller Zeiten. Ich war nicht dazu geboren, mich vor ihm zu verbeugen. Ich war dazu geboren, mich zu erheben.

»Ich liebe ihn«, presste ich zwischen zusammengebissenen Zähnen hervor und ignorierte das Aufflackern der Angst, das sich in meinem Innersten zu entzünden versuchte, als ich an Darius dachte, den Sohn dieses Monsters und den Mann, der mein gebrochenes Herz unwiderruflich gestohlen hatte. Es war mir egal, wie oft Vard versuchte, mich dazu zu zwingen, das Schlimmste von Darius anzunehmen. Denn ich hatte das Schlimmste von ihm gesehen, das Beste von ihm und alles dazwischen. Und er war in jeder Hinsicht mein perfekter Partner. Sie konnten also weder meinen Verstand noch mein Herz gegen ihn aufbringen, und ich hatte genug von den Lügen, genug davon, so zu tun, als wäre ich schwächer, als ich es war. Ich hatte mich ihrem Einfluss entzogen und würde nicht noch einmal auf ihren Bullshit hereinfallen.

Lionel knurrte, Rauch quoll zwischen seinen Zähnen hervor, als er sie fletschte, und endlich war da so etwas wie Akzeptanz in seinem Blick.

»Liebe«, höhnte er. »Na schön. Behalte deine Liebe für meinen aufsässigen Sohn, wenn sie dir so viel bedeutet, süße Roxanya. Aber sei dir über eins im Klaren: Ich werde deine Liebe nutzen, um dich zu brechen. Ich werde sie nehmen und zu meiner machen und damit eine Schlinge um deinen Hals legen, die sich nie lösen wird. Heute werde ich deinen Herzschmerz kosten und du wirst zusehen, wie ich meine Dominanz über dich und den Mann, für den du solche Gefühle bekundest, durchsetze. Du wirst der Preis sein, den ich ihm vorenthalte, und die Drohung, die ihn gefügig macht. Und er wird für dich das Gleiche sein. Ich brauche deine Liebe nicht, um dich zu besitzen. Ich brauche nur das Objekt deiner Begierde in meinen Fängen.«

Ich schnellte nach vorn, um meine Stirn gegen seinen Nasenrücken zu rammen, während ich mich gegen meine Fesseln stemmte, aber das verdammte Wächterband ließ mich innehalten. Lionel wich zurück, Wut erfüllte seine Züge, als er mich ansah, und die volle Wucht seiner Faust traf meinen Schädel so hart, dass ich den Halt zur Realität verlor und in den Abgrund stürzte.

Ich schluckte schwer angesichts dieser Erinnerungen und versuchte, mich in der Realität zu verankern und mich auf die Tatsache zu besinnen, dass ich ihm dieses Mal wirklich entkommen war. Es gab kein Wächterband mehr, das mich an ihn fesselte, keine Bedrohung, die über den Köpfen derer schwebte, die ich liebte. Nichts, was mich jemals wieder in seine Gesellschaft locken könnte, abgesehen von dem Versprechen, ihn tot zu meinen Füßen zu sehen, mit meiner Schwester an meiner Seite.

Ich schob die Hände in die Taschen der riesigen grauen Jogginghose, die ich trug, und ignorierte das Zittern in meinem Körper, weil ich meine Feuermagie verbannt hatte. Dann stand ich einfach nur da, genoss die stille Ruhe des Ortes und konzentrierte mich auf die Tatsache, dass wir in Sicherheit waren. Frei.

In der linken Tasche meiner Jogginghose befand sich ein Loch, und ich schob einen Finger hindurch und berührte die vernarbte Haut. Ich versuchte, den Schmerz nicht noch einmal zu spüren, den ich gefühlt hatte, als Lionel mir das Tattoo herausgebrannt hatte. Jemand, der besser ausgebildet war als ich, könnte die Narben, die er hinterlassen hatte, zweifellos heilen, aber ich hatte noch nicht nach jemandem gesucht, der dazu in der Lage war. Ich war mir ziemlich sicher, dass eine Heilung das Tattoo nicht reparieren würde, und ich hasste den Gedanken, dass es weg sein könnte, so sehr, dass ich lieber die Narbe behalten und so tun würde, als befände sich das Tattoo nach wie vor darunter.

»Ist es vollkommen eingebildet von mir, zu hoffen, dass du auf mich wartest?« Darius' Stimme ertönte aus der Dunkelheit und ich öffnete abrupt die Augen.

»Ja«, antwortete ich leise, während ich ihn musterte. Er stand in einem halb aufgeknöpften schwarzen Hemd und einer eleganten Hose vor mir – die

Sachen, die er bei seiner Hochzeit mit Mildred getragen hatte. Mein Herz raste wie wild, und meine Kehle wurde eng, als ich den sehr realen Mann vor mir sah, der vor mir auf dem Hügel stand. »Aber ich glaube, ich habe einfach immer auf dich gewartet, also könntest du recht haben.«

»Selbst als du mich gehasst hast?«, murmelte er und trat näher, sodass das Licht des Mondes auf seine schwarzen Haare fiel. Er kam immer näher, und das pochende Organ in meiner Brust bekam Flügel und schlug heftig damit. Sein bloßer Anblick schien zu reichen, es in die Lüfte zu erheben. Dann stand er vor mir – riesig wie eh und je –, und ich musste das Kinn heben, um ihn anzusehen, während die Distanz zwischen uns schwand.

»Ich hasse dich immer noch«, log ich, und ein Lächeln umspielte seine Lippen, bevor er noch näher trat. Die Luft zwischen uns wurde immer dichter vor Erwartung.

»Das Band ist gebrochen«, knurrte er. Seine pure Gegenwart ließ mich frösteln.

Seine Augen waren so dunkel, dass ich im schwachen Licht keinen Unterschied erkennen konnte, aber ich musste wissen, ob es wirklich wahr war, also bewegte ich meine Finger und rief ein Fae-Licht herbei, das seine Züge sofort in einen orangefarbenen Schimmer tauchte.

Das Licht glitzerte in seinen tiefbraunen Augen, und mir stockte der Atem, als ich nach den schwarzen Ringen suchte, die seine Iriden umgeben hatten. Sie waren weg.

Darius' Blick brannte sich in meinen, als er meine klaren grünen Augen musterte, und für eine lange Zeit standen wir einfach nur da und starrten einander an, während wir versuchten, uns an die Tatsache zu gewöhnen, dass sich unser Schicksal plötzlich geändert hatte. Dass all die Dinge, nach denen wir uns gesehnt hatten, plötzlich zum Greifen nah waren.

»Wie?«, flüsterte ich, weil ich Angst hatte, die Stille zu unterbrechen. Als fürchtete ich, die Sterne könnten zuhören, bereit, dieses Geschenk so schnell zu stehlen, wie sie es gemacht hatten.

Darius zögerte einen Augenblick zu lange und runzelte dann die Stirn, bevor er ausatmete und die Luft zwischen uns vernebelte. »Gabriel hat mich zu einem alten Palast gebracht, den unsere Art schon lange vergessen hat. Dort gibt es alte Magie, und ich habe die Sterne davon überzeugt, ihre Meinung über die Bande zu ändern«, sagte er mit rauer Stimme. »Es sieht so aus, als hätten sie zugestimmt.«

»Was zugestimmt?«, murmelte ich, und mein Herz schlug so schnell, dass ich den Klang meiner eigenen Stimme über das stürmische Pochen kaum wahrnehmen konnte.

Darius runzelte die Stirn, streckte die Hand aus, um meine Wange in seiner Handfläche zu halten, und atmete scharf ein, als die Hitze seiner Haut auf die eisige Kälte meiner traf.

»Warum bist du so kalt?«, fragte er prüfend, während er bereits die Wärme seines Elements in meine Haut drückte. Ein Frösteln, das nichts mit der Temperatur zu tun hatte, breitete sich in meinem Körper aus. Ich sehnte mich mit der Verzweiflung einer Seele, die schon viel zu lange nach seiner Berührung hungerte, nach ihm. Mein Körper reagierte sofort, mein Rückgrat krümmte sich und meine Brustwarzen verhärteten sich.

»Feuer erinnert mich an dich«, sagte ich.

»Und das ist ... schlecht?« Seine Stimme war heiser und seine dunklen Augen schienen direkt in meine Seele zu blicken, als er das fragte. Und ich war nicht dazu in der Lage, ihm die Antwort zu verweigern.

»Nur, weil ich weiß, dass ich dich nicht haben kann. Oder nicht haben konnte, um genau zu sein ...«

Ich blickte zum stillen Himmel, wo die Sterne weit über uns funkelten, und mein pochendes Herz schlug noch schneller, als mir klar wurde, dass sie nichts taten, um uns auseinanderzubringen. Keine Stürme, keine Erdbeben, keine auf uns scheißenden Greife. Nichts.

»Darius«, hauchte ich, als er sich vorbeugte, um den Abstand zwischen unseren Lippen zu verringern, aber meine Hand landete auf seiner Brust. »Wenn du mich jetzt küsst, glaube ich nicht, dass ich dich jemals wieder gehen lassen kann. Wenn das also nichts für dich ist, wenn du mit meinem sturen, selbstsüchtigen Arsch nicht umgehen kannst, dann geh bitte einfach weg. Denn ich kann mich diesem Moment nicht hingeben, wenn ich dich nicht in allen darauffolgenden Momenten haben kann.«

»Ich gehöre dir, Roxy«, knurrte er gegen meine Lippen. »Für jede einzelne Sekunde, die ich auf dieser Welt habe, gehöre ich dir. Und danach werde ich immer noch dir gehören, wo auch immer ich lande, nachdem ich gegangen bin. Ich werde immer dir gehören.«

Sein Mund traf den meinen und brachte alle anderen Einwände zum Schweigen, die ich vielleicht hatte vorbringen wollen. Ich schmolz in seinem Kuss, woraufhin sich seine Lippen gegen meine bewegten.

Ein Stöhnen entrang sich mir, und seine Zunge drang in meinen Mund ein und liebkoste meine, während er mich langsam küsste. Jetzt, wo wir es konnten, kosteten wir jede Sekunde aus. Die Sterne würden uns nicht auseinanderbringen, es gab keinen Grund zur Eile und die Art, wie er mich küsste, verriet mir, dass er auch keinerlei Absicht hatte, sich zu beeilen.

Ich schlang meine Arme fest um ihn und der Phönix in mir stieg an die Oberfläche und drängte gegen seinen Körper – eine Forderung, der ich ohne nachzudenken nachgab. Die Kreatur in mir übernahm die Kontrolle, tauchte unter seine Haut, bahnte sich einen Weg in ihn hinein, spürte die Schatten auf und zwang sie mit lodernder Kraft aus ihm heraus, bis wir beide keuchend in den Armen des anderen lagen.

»Heilige Scheiße, Roxy«, knurrte Darius gegen meine Lippen. »Wie ...«

»Ich bin damit fertig, mich von Lionel, seiner Schattenschlampe oder sonst jemandem kontrollieren zu lassen. Die können ihre verdammten Schatten behalten – wir werden nicht mehr durch ihre verdammte Macht an sie gebunden sein.«

Darius blickte auf mich herab, als würde er zum ersten Mal etwas in mir sehen, und ich hob mein Kinn, als er seine Finger in meine Haare schob und mein Gesicht mit einem hungrigen, schmerzenden Blick studierte.

»Du bist unglaublich«, sagte er leise. Meine Haut kribbelte unter der Intensität seines Blickes, bevor er sich vorbeugte, um meine Lippen erneut zu berühren. Meine Knie zitterten und die Schmetterlinge in meinem Bauch stoben auseinander.

»Lass uns wieder reingehen«, murmelte ich, zog mich gerade so weit zurück, dass ich zu ihm aufblicken konnte, und fuhr mit den Fingern über die rauen Stoppeln, die seinen Unterkiefer bedeckten. »Die anderen drehen schon durch deinetwegen, und ich kann mir ordentliche Kleidung besorgen und ...«

»Gabriel wird ihnen sagen, dass ich hier bin«, sagte er abweisend. »Und mir gefällt, was du trägst.«

Ich lachte leise, während ich mit meinen Händen über die Vorderseite seines Hemdes strich und meine Finger in dem dunklen Stoff verhakte. Ich trug beschissene alte Männerklamotten, hatte nasse Haare, ein ungeschminktes Gesicht und sah definitiv schrecklich aus, aber ich hatte den Eindruck, dass er das tatsächlich so meinte.

Aber während er mich so ansah, wuchs der Klumpen in meinem Hals und ich umklammerte den Stoff seines Hemdes noch fester. Jetzt, da ich mich daran erinnert hatte, warum er es trug.

»Du und Mildred«, murmelte ich, und der Gedanke an die beiden zusammen nach ihrer Hochzeit brannte wie Galle in meiner Kehle. »Habt ihr ...« Ich verstummte, weil ich nicht in der Lage war, die Frage zu stellen. Ich wusste, dass es unfair von mir war, mich darüber aufzuregen, dass er ihre Ehe vollzogen haben könnte. Aber verdammt, ich war ein Nervenbündel, seit er die Kapelle verlassen hatte, und ich musste es fast genauso dringend wissen, wie ich es nicht wissen wollte. Ich verstand, unter welchem Druck er gestanden hatte, ich kannte die Position, in die Lionel ihn gezwungen hatte, also würde ich einen Weg finden, darüber hinwegzukommen. Aber der Gedanke daran brachte mich trotzdem dazu, die ganze Welt niederbrennen und Mildred das verdammte Gesicht zerfetzen zu wollen.

»Nein«, knurrte Darius, und Abscheu flackerte über seine Züge. »Und ich hätte es auch dann nicht getan, wenn Gabriel mir nicht den Arsch gerettet hätte. Ich hatte vor, sie mithilfe einer Illusion glauben zu lassen, ich hätte sie gefickt, und dann wollte ich ... Na ja, ich habe keine Ahnung, aber das ist auch egal. Ich bin nicht verheiratet.«

»Bist du nicht?« Ich runzelte verwirrt die Stirn, und er grinste mich an, während er langsam den Kopf schüttelte und an mir vorbei greifend den schweren Balken, der die Tür verriegelte, beiseiteschob.

»Nein«, bestätigte er. »Dank deines Bruders. Aber vielleicht können wir später darauf zurückkommen? Der Punkt ist, ich bin nicht verheiratet, du bist nicht mit meinem Vater verbunden und wir sind nicht mehr sternverflucht.«

»Oh«, sagte ich und tadelte mich innerlich dafür, dass mir keine bessere Antwort darauf eingefallen war.

»Ja«, antwortete er und schob die Tür hinter mir auf. »Oh. Und nur für den Fall, dass es nicht klar war, Baby, ich gehöre niemandem außer dir. Vielleicht sollten wir also einfach heiraten, damit ich dir zeigen kann, wie eine richtige Hochzeitsnacht aussieht?«

Ein verrücktes Lachen entfuhr mir, und ich schüttelte den Kopf, während ich mich zurückzog, meine Finger in seinen Gürtel schob und ihn hinter mir her in die Scheune zog.

»Können wir es langsam angehen lassen?«, fragte ich und versuchte, bei dem Gedanken, ihn zu heiraten, nicht total auszuflippen. »Wir können ja mal sehen, ob wir es überhaupt eine Woche lang zusammen aushalten, ohne einander zu vermöbeln, und in zwanzig Jahren oder so über eine Heirat nachdenken?«

Ich erwartete, dass er lachen würde, aber seine Augen wurden dunkler, als er sich von mir in die Scheune ziehen ließ. Und für einen Moment hätte ich schwören können, dass sich Schmerz in seinen Zügen abzeichnete. Aber bevor ich mich darauf konzentrieren konnte, drückte er die Tür hinter sich zu und Dunkelheit umgab uns. Mein Fae-Licht war draußen geblieben.

»Was immer du willst, Roxy«, knurrte er, und ich keuchte, als er seine Hände um meine Taille schlang.

Mein Puls raste bei der Vorstellung, aber bevor ich mich zu sehr in die Fantasie einer Zukunft mit ihm verstricken konnte, führte er mich mit festem Griff rückwärts, sein Mund auf meinem und sein Kuss so brutal, dass es fast wehtat. Aber es war die beste Art von Schmerz, die ich mir vorstellen konnte.

Mein Rücken prallte gegen etwas, und bevor ich wusste, was geschah, hatte er mich hochgehoben und auf eine hölzerne Plattform gesetzt, die mit Stroh bedeckt war, dessen Duft überall um uns herum aufstieg.

Hinter mir in der Scheunenwand befand sich ein Loch, durch das Mondlicht hereinströmte, das uns in Silber hüllte und die starken Linien seiner Wangenknochen und seines Unterkiefers hervorhob. Er war so verdammt gut aussehend, dass mir der Atem stockte – wie ein mythologischer Halbgott, der gekommen war, um Herzen zu brechen und Jungfrauen aus ihren Häusern zu stehlen. Aber diese Gottheit war nicht gekommen, um mich zu verderben, sie war gekommen, um mich anzubeten. Die Tiefe der Gefühle in seinen dunklen Augen ließ meinen ganzen Körper mit einem Verlangen zittern, von dem ich sicher war, dass es nur von ihm gestillt werden konnte.

Seine Finger glitten unter den Saum meiner geliehenen Jacke, und seine Haut brannte heiß auf meiner, als er mich ihr langsam entledigte. Er ließ sich verdammt viel Zeit, sich meinen Körper zu offenbaren, bevor er den schwarzen Stoff tatsächlich beiseite warf.

Ein Knurren entwich ihm, als er entdeckte, dass ich darunter nackt war. Meine Nippel waren hart und meine Brust hob und senkte sich im Takt mit meinen Atemzügen.

»Du bist mehr, als ich verdiene, Roxy, aber ich bin nicht selbstlos genug, um dich aufzugeben«, sagte er mit dunkler Stimme. »Also werde ich mir heute Nacht Zeit für dich nehmen. Ich werde jeden einzelnen Zentimeter deines Fleisches mit meiner Berührung markieren, damit du mich nicht von deinem Körper abwaschen können wirst.«

»Große Worte, großer Mann«, stichelte ich, während ich meinen Blick über seine breite Gestalt schweifen ließ und die kräftigen Linien seiner Tätowierungen, die unter seinem Kragen hervorlugten, und die straffen Muskeln, die sich gegen seine Kleidung drückten, in mich aufnahm. »Wehe, du stehst nicht zu diesem Versprechen.«

Darius lächelte düster, und ich biss mir auf die Unterlippe, als wir einander einfach nur ansahen und in der Tatsache badeten, dass wir allein waren und die Sterne nichts dagegen tun würden, dass wir zusammen waren. Ich würde sie nicht mit meiner Magie bekämpfen oder meine Aufmerksamkeit auf etwas anderes als ihn richten müssen, und ich hatte vor, seine Haut genauso mit meiner Berührung zu brandmarken, so wie er es mir mit meiner versprochen hatte.

»Zieh dich aus!«, befahl ich und kniff die Augen zusammen, während ich auf die Überreste des Anzugs starrte, den er nach wie vor trug. »Ich will dich nicht in dem Outfit sehen, in dem du eine andere Frau hättest heiraten sollen.«

Seine Augen blitzten hungrig auf, und ich sah zu, wie er sich langsam daran machte, sein Hemd aufzuknöpfen, und mir Zentimeter für Zentimeter seiner tätowierte Haut zeigte.

Ich beobachtete ihn mit klopfendem Herzen, fuhr mit der Zunge über meine Unterlippe, während er sein Hemd öffnete und es schließlich von seinen breiten Schultern schüttelte, sodass ich nur noch die Tinte sah, die seine Haut schmückte. Mein ganzer Körper verkrampfte sich vor Verlangen.

Ich gab es auf, geduldig zu sein, beugte mich vor, um nach seinem Gürtel zu greifen, schob das Leder aus der Schnalle und fuhr mit den Fingern über das Tattoo auf seiner Hüfte, das ihn als mein kennzeichnete.

»Selbst wenn es eine echte Hochzeit gewesen wäre … Du weißt, dass ich immer nur dir gehören werde, oder?«, fragte Darius, während er mich dabei beobachtete, wie ich seine Hose aufknöpfte und dann zu seinen Füßen fallen ließ. Ich hielt inne.

Ein spöttischer Kommentar lag mir auf der Zunge, irgendeine Ablenkung oder ein Witz, irgendetwas, um von der Ernsthaftigkeit seiner Worte Abstand zu nehmen, die für mich so schwer zu akzeptieren waren. Aber als ich in seine dunklen Augen blickte, konnte ich das nicht.

Stattdessen streckte ich langsam meine Hand aus, legte sie auf die harten Stränge seiner Bauchmuskeln und ließ sie über seinen kraftvollen Körper gleiten, bis sie direkt auf seinem Herzen lag.

»Mein«, sagte ich mit kratziger, besitzergreifender Stimme – und ich meinte es mit jeder Faser meines Wesens.

Darius lächelte. Ein raubtierhaftes Leuchten schien in seinen Augen aufzuflackern, als er sich zu mir herunterbeugte, um mich zu küssen. Die Hitze seines Mundes und die Intensität dieses Kusses raubten mir schier den Atem.

Er küsste mich, als würde die Welt untergehen. Als wäre ich das Einzige, was noch übrig war. Die Bewegungen seiner Lippen auf meinen waren von einem verzweifelten, ursprünglichen Verlangen geprägt, das forderte, dass ich jetzt und für immer ihm gehörte. Ich gab dieser Forderung bereitwillig nach.

Darius hakte seine Finger im Bund meiner Hose ein, und ich stöhnte in seinen Mund, als ich meinen Hintern anhob, damit er mir die ausgebeulten alten Jogginghosen herunterziehen konnte. Er schien die maskuline Kleidung, das fehlende Make-up und meinen allgemeinen Zustand nicht einmal zu bemerken. Er küsste mich, als wäre ich die schönste Schöpfung auf dem Planeten, und ich war nichts als eine Sklavin seines Verlangens, mit dem er mich berührte.

Die Jogginghose leistete kaum Widerstand, als er mich ihrer entledigte, und Darius stöhnte, als er mich auch darunter nackt vorfand. Seine Hände strichen über die Rundung meines Hinterns, während seine Daumen über meine Hüftknochen kreisten.

Doch als seine Hand tiefer glitt und die raue Haut der Brandnarbe, die Lionel mir zugefügt hatte, gegen seinen Daumen kratzte, zog er sie plötzlich zurück. Mit einem animalischen Knurren berührte er vorsichtig die geschundene Haut.

»Ich werde ihn in Stücke reißen«, knurrte er grimmig, während seine Finger über die Narbe strichen, wo sich mein Tattoo für ihn befunden hatte. Die Wärme seiner heilenden Magie strömte aus seiner Handfläche, um die Narbe zu glätten. »Er hat mir eine Aufnahme von dem gezeigt, was er dir angetan hat. Ich kann nicht aufhören, daran zu denken. Die endlosen Klänge deiner Schreie hallen in meinem Schädel wider, und ich weiß, dass er das getan hat, weil er wusste, dass ich dich will … Dafür werde ich ihn verdammt noch mal vernichten, aber ich kann es nicht ungeschehen machen, und das bringt mich um.«

Ich beobachtete, wie Rauch aus seinen Lippen strömte und seine Augen sich zu Drachenschlitzen verengten, während seine Muskeln vor Wut zitterten. Er war eine gefährliche Kreatur, gewalttätig, stark, wild. Der Sohn seines Vaters. Ein Monster, genau wie ich es im Moment unserer ersten Begegnung erkannt hatte. Und wenn ich ein klügeres Mädchen gewesen wäre, hätte ich vielleicht Angst haben sollen. Vielleicht hätte ich die Chance nutzen sollen, vor ihm wegzulaufen, jetzt, da unser Band mich nicht mehr nach ihm schmachten ließ. Aber es gab keinen Teil von mir, der das noch wollte, und als Darius meine Haut geheilt hatte und sich von mir entfernen wollte, packte ich sein Handgelenk und weigerte mich, ihn gehen zu lassen.

»Roxy«, warnte er mich mit einem Knurren, das mir einen Schauer über den Rücken jagte und mir die Haare zu Berge stehen ließ.

»Darius«, knurrte ich zurück und krallte meine Finger in ihn, als er versuchte, sich von mir zu entfernen.

»Alles, was dieser Mann dir angetan hat«, sagte er mit vor Schmerz und Hass dunklen Augen, »vor allem, seit er gemerkt hat, was ich für dich empfinde … All das ist meinetwegen geschehen.«

»Nein«, widersprach ich, warf einen Blick auf meinen Oberschenkel und zog an seiner Hand, damit er mich noch einmal dort berührte, wo das Tattoo auf wundersame Weise unversehrt erschienen war. Das Tattoo, das ich mir hatte stechen lassen, um der ganzen Welt zu zeigen, was ich fühlte. Um ihm zu zeigen, was ich fühlte, ohne dass die Sterne es mir gewähren oder versuchen mussten, es zu leugnen. Das war es, was zählte. »Lionel ist Lionel. Und du bist du. Er mag versucht haben, seine Grausamkeit mit der Behauptung zu rechtfertigen, es hätte etwas damit zu tun, dich in Schach zu halten. Aber das ist Schwachsinn, und das wissen wir beide. Er hat es getan, weil er Angst vor dir hat, Darius. Er weiß, dass du der bessere Mann bist, er weiß, dass du stärker bist als er, und er weiß, dass du ihn zerstören würdest, wenn er dich nicht mit Tricks und Grausamkeit kontrollieren würde. Lass dir von ihm niemals das Gefühl geben, für etwas von dem, was er getan hat, verantwortlich zu sein.«

»Er hat mich nach seinem Vorbild geschaffen«, erwiderte er bedrückt. »Und ich habe mehr als einmal bewiesen, dass ich nicht besser bin als er.«

Meine Hand knallte auf sein Gesicht, noch bevor ich es überhaupt gemerkt hatte, und Darius knurrte, während er die goldenen Schlitze seiner Drachenaugen auf mich richtete.

»Du bist besser als er, Darius. Und du magst ein Monster sein, aber jetzt bist du mein Monster und ich will dich so, wie du bist.«

Wir sahen einander für einen endlos langen Moment an und plötzlich war sein Mund wieder auf meinem. Der Geschmack von Rauch lag auf seiner Zunge, und die Hitze des Feuers in seinen Gliedern brannte auf meiner durchgefrorenen Haut.

Ich ließ meine Hände über seine breiten Schultern gleiten und grub meine Finger in seine Haut, während er sich über mich beugte und mich mit seinem riesigen Körper dominierte, seine Hände auf der hölzernen Plattform zu beiden Seiten meiner Hüften abgestützt.

Meine Schenkel teilten sich, als er zwischen sie trat, und meine schmerzende Mitte verlangte verzweifelt nach mehr von ihm. Und endlich kam er näher und rieb seine Härte an meiner feuchten Hitze.

Ich packte seinen Nacken so fest, dass ich spürte, wie meine Fingernägel in seine Haut schnitten, und ein Knurren der Begierde dröhnte durch seine Brust, wo er an mich gedrückt war.

Er ließ seine Boxershorts fallen, trat sie zusammen mit seiner Hose von uns weg und packte mein Knie, um mein Bein um seine Taille zu schlingen. Als er erneut meine empfindliche Mitte berührte, wimmerte ich auf. Der Moment, den er meiner Klit widmete, war viel zu kurz.

»Ich liebe dich, Roxy«, knurrte er, zog sich zurück und umfasste mein Gesicht mit seiner freien Hand, sodass ich seinem Blick begegnete, während sein Schwanz meinen Eingang fand und er langsam in mich eindrang.

»Ich liebe dich, Darius«, keuchte ich zurück, und mein Atem stockte, als er mich dehnte und ausfüllte und mir sämtlichen Fokus nahm.

Ein Stöhnen puren Vergnügens entfuhr ihm. Er ließ sich Zeit, mich zu füllen, sein Griff um mein Knie wurde fester, als er mich genau so festhielt, wie er es haben wollte, bis jeder harte Zentimeter tief in mir steckte.

Als er vollständig in mir war, verharrten wir in Stille, unsere rauen Atemzüge trübten den Raum zwischen uns, und Dampfwolken stiegen von unseren Lippen auf, als die Hitze unserer feuerberührten Haut auf die kalte Luft traf.

Wir starrten uns mehrere Sekunden lang an und genossen das Gefühl, endlich allein, zusammen und vereint zu sein, ohne dass die Sterne am Himmel auch nur versuchten, uns zu trennen.

Und dann begann er sich zu bewegen.

Ich schrie auf, als er seine Hüften wiegte und sein Schwanz auf köstlichste Weise in mich stieß, während meine pochende Pussy sich fest um ihn schloss und Wellen der Lust durch meinen Körper sandte.

Ich blieb in aufrechter Position und grub meine Fingernägel in seine Schultern, während ich mich an ihn klammerte und meine Hüften im Takt mit seinen bewegte, ihn intensiv küsste und verlangte, dass er mir alles gab, was er hatte.

Das Holzpodest, auf dem ich saß, knarrte und ächzte unter den wilden Stoßbewegungen seiner Hüften. Splitter bohrten sich in meinen Arsch, während ich seinen Namen hauchte und nach mehr verlangte.

Darius packte ein Büschel meiner Haare und riss daran, sodass ich mich in seinem Griff nach hinten wölbte und ihm meine Brüste entgegenstreckte. Sofort stürzte er sich auf meine Nippel, während er mich weiter so hart fickte, dass ich Sterne sah.

»Mehr«, keuchte ich und schloss die Augen. Er hielt mich in dieser Position fest, sodass ich mich uneingeschränkt auf das Gefühl konzentrieren konnte, ihm ausgeliefert zu sein, während ich meine Ferse in seinen Arsch trieb und mit den Fingern über seinen Oberkörper kratzte.

Darius knurrte angesichts der Herausforderung in meiner Stimme und zog gleichzeitig an meinen Haaren und meinem Knie. Dadurch war ich gezwungen, mich noch weiter nach hinten zu beugen, bis sein Schwanz gegen diese magische Stelle in mir stieß, die die schönste Art von Vergessen versprach. Ich kam für ihn mit einem Schrei der Ekstase, der fast das Geräusch von zerbrechendem Holz übertönte, als das Podest, auf dem ich saß, nachgab.

»Fuck!«, fluchte Darius, als er zusammen mit den kaputten Brettern auf mich fiel, während ich in dem Strohhaufen landete, der darunter gestapelt war.

Ich lachte laut auf, als er mühsam versuchte, sein Gewicht von mir zu nehmen, und ich stupste ihn an der Schulter an, um ihn zu ermutigen, sich auf den Rücken zu rollen. Dann setzte ich mich rücklings auf ihn.

Mein Lächeln wurde breiter, als ich auf ihn hinunterblickte. Strohhalme klebten an seinen schweißnassen Bauchmuskeln, als würden wir an einer Art süßer Liebesfantasie teilnehmen – vielleicht hatte er mir ja gerade in der Scheune meine Unschuld geraubt, während mein Vater nicht zu Hause gewesen war.

»Ich liebe dieses verdammte Geräusch«, murmelte er und streckte die Hand aus, um einen Strohhalm aus meinen Haaren zu ziehen, während ich seinen Schwanz in die Hand nahm und begann, meine Finger daran auf und ab gleiten zu lassen.

»Ach ja?« Ich neigte den Kopf zur Seite, während ich mich auf die Knie schob, ignorierte das Kribbeln des Strohs auf meiner Haut und ließ mich erneut auf seinen riesigen Schwanz sinken, was ihn zum Stöhnen brachte. »Nun, ich liebe dieses verdammte Geräusch.«

»Ach ja?« Seine großen Hände packten meinen Arsch und ich ließ mich von ihm führen, während ich auf ihm zu reiten begann. Meine Pussy verlangte bereits nach mehr, obwohl die Nachbeben des Vergnügens, das er mir bereitet hatte, noch immer in meinem Körper nachhallten. »Also, ich liebe das Geräusch, wenn du auf meinem Schwanz kommst, Roxy. Ich liebe es, wie mich deine glitschige Pussy fest zusammendrückt und du mit so viel Lust schreist, dass ich sie in eine verdammte Flasche füllen könnte. Ich liebe es so sehr, dass ich dich dazu bringen werde, dieses Geräusch hundertmal für mich zu machen, bevor die Sonne aufgeht, um all die Orgasmen wiedergutzumachen, die ich dir nicht geben konnte, während wir verflucht waren.«

»Hundertmal?«, fragte ich schnaubend, aber meine Stimme wurde zu einem Keuchen, als er seine Hüften kräftig nach oben stieß und mir den verdammten Atem raubte. »Scheiße, du bist so verdammt groß«, beschwerte ich mich, aber der übermütige Ausdruck in seinem Gesicht ließ mich wissen, dass er meine Beschwerde nicht wirklich ernst nahm.

»Ja, Roxy, hundertmal. Warum nicht nach den Sternen greifen? Schließlich waren es diese Mistkerle, die uns so lange auseinandergehalten haben.«

Ich lachte erneut – und dieses Mal geradezu manisch –, während ich versuchte, diese neue Realität zu begreifen. Eine Realität, in der wir tatsächlich einfach zusammen sein konnten. Gleichzeitig wurden seine Stöße immer härter, und sein gieriger Blick fiel auf meine Brüste, die für ihn hüpften.

»Zeig mir, wie du dich selbst berührt hast. Damals, als du dir gewünscht hast, dass ich es tun könnte«, knurrte er, zweifellos davon überzeugt, dass ich genau das getan hatte. Ich stöhnte auf, anstatt mich zu beschweren, während er mich weiterhin hart von unten fickte und sich weigerte, sich von mir dominieren zu lassen, obwohl ich auf ihm saß.

Ich führte meine Hand zu meiner Klitoris und begann, sie für ihn zu bearbeiten. Mit meiner anderen Hand neckte ich meine Brustwarze, während er seine Finger in das Fleisch meines Arsches grub und mich noch härter fickte.

Ich stöhnte wieder, und das Geräusch war so laut, dass ich wusste, dass die Sterne alles hören konnten. Der Gedanke, ihre bescheuerte Entscheidung über unser Schicksal aufgehoben zu haben, machte mich noch heißer und ich spürte, wie ich mich dem Abgrund näherte.

Darius beobachtete mich mit so eindeutigem Verlangen, dass ich den Blick nicht von ihm abwenden konnte, nicht für eine Sekunde. Und als er mir befahl, für ihn zu kommen, gehorchte ich. Pure Lust strömte durch mich hindurch, als ich mich um ihn zusammenzog und ihn anflehte, sich mir in meiner Erlösung anzuschließen.

Stöhnend kämpfte er dagegen an, drehte uns noch einmal um und fixierte mich unter sich, während er mich tief in den Strohhaufen fickte. Sein Mund nahm meinen in einem brutalen Kuss in Besitz, der meine Lustschreie verschluckte, während er seine eigene Erlösung mit einer wilden Intensität verfolgte, die jeden Zentimeter meines Fleisches für ihn zum Leben erweckte.

Ich erwiderte jeden seiner Hüftstöße mit meinen eigenen, und als er schließlich mit einem Brüllen kam, das von seiner Formgebung zeugte, konnte ich nicht anders, als abermals für ihn zu kommen.

Meine Pussy pochte und pulsierte um ihn herum, und er drückte mich auf das Strohbett, während wir keuchend und zitternd in den Armen des anderen lagen.

Darius rollte sich auf die Seite und zog mich mit sich, sodass ich auf seiner Brust lag, meinen Kopf an seine erhitzte Haut gepresst, wo ich dem schweren Pochen seines Herzens lauschte, während wir wieder zu Atem kamen.

»Nichts wird uns jetzt wieder auseinanderreißen«, flüsterte ich in die Stille und schwor es bei den Sternen, die uns verflucht hatten.

Darius zögerte, bevor er antwortete, und ich drehte den Kopf, um zu ihm aufzuschauen. Ich spürte die Spannung in seinen Armen, als er sie um mich schloss.

»Das hier ist der einzige Ort, an dem ich jemals sein möchte«, sagte er, während er eine Hand ausstreckte, um mir eine Strähne dunkler Haare aus den Augen zu streichen. »Genau hier mit dir.«

Ich lächelte zu ihm auf und konnte kaum glauben, dass das real war. Dass ich mich so verdammt glücklich fühlen konnte, so kurz nachdem ich mich so verdammt hilflos gefühlt hatte. Aber es war etwas Besonderes, in seinen Armen zu liegen, und ich hatte das Gefühl, endlich dort zu sein, wo ich hingehörte. Und ich hatte nicht vor, dieses Gefühl so bald wieder loszulassen.

»Wir sollten wahrscheinlich reingehen und nach den anderen sehen«, sagte ich widerwillig, aber Darius schüttelte den Kopf, drehte sich um und drückte mich wieder ins Stroh.

»Ich bin mir ziemlich sicher, dass ich dir hundert Orgasmen versprochen habe und wir erst bei drei sind.«

»Ich glaube, es ist mir körperlich unmöglich, so viele Orgasmen hintereinander zu haben«, scherzte ich, aber der Blick, den er mir zuwarf, war von unstillbarer Lust geprägt, und ich hatte das Gefühl, dass er wirklich vorhatte, sein selbst gestecktes Ziel zu erreichen.

»Es gibt nur einen Weg, das herauszufinden, Baby. Warum entspannst du dich nicht einfach und lässt mich dich verwöhnen, bis du über mein Gesicht kommst? Denn wenn ich damit fertig bin, habe ich vor, jede verdammte Fantasie auszuleben, die ich seit unserer ersten Begegnung hatte. Und glaub mir, es gibt verdammt viele, die wir vor dem Morgengrauen durchgehen müssen.«

»Vor dem Morgengrauen?«, keuchte ich, als er meine Schenkel

auseinanderdrückte und seinen Mund auf meine Mitte senkte. Er sah mich mit diesen dunklen Augen an, während er direkt über meiner Mitte schwebte. Und ich zitterte vor Verlangen danach, dass er diese Distanz überbrückte.

»Hast du Angst, nicht mithalten zu können?«, stichelte er, und ich kniff die Augen zusammen.

»Ich habe eher Angst, dass du es nicht kannst«, gab ich zurück, bevor ich meine Hand in seine dunklen Haare schob und seinen Kopf nach unten drückte, damit er sein Versprechen einlösen konnte. Und schon bald keuchte und wand ich mich ich wieder unter ihm, während er mich erneut zum Höhepunkt brachte.

Scorpio
Virgo
Gemini
Aries
Cancer
Leo
Sagittarius
Taurus
Capricorn
Aquarius
Libra
Pisces

LIONEL

KAPITEL 3

Wut strömte durch meine Adern, und ich brüllte meinen Zorn gen Himmel. Ein Schwall von Drachenfeuer stieg in die Luft, während ich mich am Dach des höchsten Turms im Palast der Seelen festhielt. Der Stumpf meines rechten Vorderbeins blutete über die Ziegel, und meine verzweifelte Trauer über diese Niederlage fraß mich auf. Gefangen in meiner Formgebung blieb ich auf diesem Dach, wie ein gerade erst erwachtes Drachenjunges, das seine verdammten Emotionen noch nicht unter Kontrolle hatte. Diese Wut, die ich jetzt empfand, war weitaus stärker als alles, was ich je zuvor erlebt hatte.

Dieses Mädchen. Dieses verdammte Kind des Grausamen Königs hatte mich allein durch Glück und Timing in diese Lage gebracht. Ich konnte immer noch nicht begreifen, wie sie es gewagt hatte, mich so zu hintergehen – und das, nachdem ich alles getan hatte, um sie an mich zu binden. Aber irgendwie hatte sie das Unmögliche geschafft. In diesem kurzen Moment, in dem ich zu langsam auf die plötzliche Veränderung unseres Bandes reagiert hatte, war sie mit der Geschwindigkeit und Brutalität der Bestie, die sie gezeugt hatte, über mich hergefallen.

Ich brüllte erneut und verfluchte die Sterne dafür, dass sie mich so viele Jahre damit hatten verschwenden lassen, auf diesen Punkt hinzuarbeiten. Ich hatte zu lange gebraucht, um meine Krone zu beanspruchen. Die Sterne arbeiteten seit jeher gegen mich. Zuerst hatten sie Clara in die Fänge der Schatten gelockt, ohne mir ihre Macht zu geben, wie ich es erwartet hatte. Dann hatten sie mich auch noch glauben lassen, diese verdammten Vega-Mädchen wären als Säuglinge gestorben, wie sie es hätten tun sollen.

Und jetzt, da das Glück endlich damit angefangen hatte, mir alles, was ich verdiente, zu gewähren … Jetzt, da diese verdammte Krone endlich auf meinem Kopf saß … Jetzt verfluchten mich die Sterne mit dieser Unverschämtheit. Eine wahre Prüfung meiner Hingabe an unser großes Königreich und meine wahre Bestimmung.

Ich stieß ein erneutes Brüllen aus, und meine Krallen kratzten über die Dachziegel, als ich zu rutschen begann. Der Blutverlust hatte mich geschwächt, denn ich blutete nach wie vor aus diesem grotesken Stumpf, den ich nicht einmal anzusehen vermochte.

Dieser Verlust schmerzte mich mehr als der Verrat meiner Söhne.

Meine Hand. Meine verdammte Hand.

Wie sollte ich meine Magie mit der gewohnten Geschwindigkeit und Kraft wirken? Ich würde Jahre des Trainings brauchen, um meine früheren Fähigkeiten mit nur einer Hand ausführen zu können. Und selbst dann könnte ich möglicherweise nicht mit den anderen Ratsmitgliedern mithalten.

Alles, wofür ich so hart gearbeitet hatte, könnte durch die Rückkehr zweier Prinzessinnen verloren gegangen sein, die die Welt nur allzu gern hatte vergessen wollen.

Ich spie erneut Feuer in den Himmel, die Säure in meinem Bauch sickerte durch jeden Zentimeter meines Wesens. Es fiel mir schwer, diese Wut zu zügeln.

Ein scharfes Stechen lenkte meine Aufmerksamkeit auf sich, und ich fuhr herum. Mein Körper versteifte sich, als die Schatten in mir zu pochen und zu pulsieren begannen – einem Befehl folgend, der sich meiner Kontrolle und meinem Willen entzog. Plötzlich wurde mir schwindelig und ich stürzte von meinem Platz auf dem Turm. Gleichzeitig zwang mich die Dunkelheit, die durch meine Adern strömte, zur Verwandlung. Fast so, als hätte sie ihren eigenen Willen.

Vor Schreck schreiend, fiel ich – nun wieder in meiner Fae-Gestalt – immer tiefer, während Schatten um mich herum peitschten. Sie umschlossen meinen Körper, und bremsten meinen Fall, bis ich schließlich auf dem kalten Beton des Innenhofes auf dem Rücken landete.

Ein erstickter Schmerzenslaut entrang sich mir, als ich auf den Stumpf meines Arms fiel. Sofort schob ich mich auf die Knie und blickte zur Schattenprinzessin auf, die vor mir stand. Sie war in ein Kleid gehüllt, das vollständig aus Dunkelheit bestand, und ihre grausamen Augen flackerten mit dem Element, über das sie herrschte. Sie sah nicht mehr wie Clara aus, sie war eine Prinzessin der Dunkelheit, die wahre Frau hinter der Fassade des Mädchens, von dem ich geglaubt hatte, dass es an meiner Seite gewesen war. Ihre Züge waren härter, ihr Blick schärfer und die Neigung ihres Kinns deutete darauf hin, dass sie sich für mir ebenbürtig hielt – und nicht für meine Untergebene. Ich wusste nicht, was in dieser Schlacht mit ihr geschehen war, aber dies war nicht die Kreatur, die ich seit ihrer Rückkehr zu mir kontrolliert hatte.

»Heul nicht rum, Daddy«, sang sie, und jede Ähnlichkeit mit Clara war aus ihr gewichen, als wäre mein Haustier nie in ihr gewesen. Das Band zwischen uns war gebrochen, genauso wie das Band mit dem Vega-Mädchen. Obwohl ich das Gefühl hatte, dass die Verbindung zu Clara verloren gegangen war, als sie sich von diesem Körper verabschiedet hatte, nicht durch einen Trick der Sterne.

»Ich heule nicht«, knurrte ich und zwang mich, aufzustehen, obwohl mir schwindlig war. Ich legte meine linke Hand auf den Stumpf meines rechten Handgelenks, schob heilende Magie hinein, stoppte die Blutung, ließ die Haut über der Wunde zusammenwachsen und den Schmerz verschwinden. Ich konnte keine Hand nachwachsen lassen, wie ich es bei anderen Gliedmaßen konnte, das war eine der Grundregeln unserer Magie. Keine Kraftquelle konnte wiederhergestellt werden. Kopf, Herz oder Hände. Nichts davon konnte zurückgegeben werden, sollte es einmal zerstört sein.

Während ich arbeitete, beobachtete mich die Schattenprinzessin, den Kopf zur Seite geneigt. Die Schatten tanzten um sie herum, streichelten ihre Haut und zeigten mir immer wieder Teile davon, sodass ich einen Blick auf ihren nackten Körper darunter erhaschen konnte.

»Das ist eine Katastrophe«, zischte ich, wandte mich von ihr ab und schritt so nackt wie am Tag meiner Geburt an der Außenmauer des Palastes der Seelen entlang, auf der Suche nach einem Ziel, auf das ich meinen Zorn richten konnte.

»Sire!«, rief Jenkins, der gerade aus dem Gebäude geschossen gekommen war, mein alter Butler, der wie immer mit einem Gewand für mich bereitstand. Wenn es in diesem elenden Königreich einen einzigen Fae gab, für den ich irgendeine Art von Zuneigung empfand, dann war er es. Und das war der einzige Grund, warum ich ihn nicht in Stücke riss, um den Blutrausch zu stillen, der durch mich hindurchpochte, und stattdessen das Gewand über mich warf, um meinen Körper zu bedecken.

»Ich brauche einen vollständigen Kampfbericht und möchte wissen, wer daran beteiligt war. Ich will die Namen aller Fae, die sich gegen ihren König gestellt haben, und ich werde dafür sorgen, dass Köpfe rollen. Wenn du die Verantwortlichen nicht finden kannst, dann finde ihre Mütter, Brüder, Schwestern, Kinder oder ihre verdammten Haustiere. Die Hinrichtungen beginnen bei Tagesanbruch.«

Jenkins verbeugte sich tief und ich stapfte weiter, während ich die Leichen und die Schäden auf dem Gelände begutachtete. Das war inakzeptabel. Ich konnte diese Art von Ungehorsam in meinem Königreich nicht zulassen, und jetzt würde die Bevölkerung auf die öffentlichste und grausamste Weise, die ich mir vorstellen konnte, erfahren, welchen Preis die Auflehnung gegen ihren König hatte.

»Was soll ich nur ohne meine Hand machen?«, fragte ich die Sterne und funkelte sie an, während sie wie immer völlig unbekümmert zusahen.

Es spielte ohnehin keine Rolle. Ich war der Herr über mein eigenes Schicksal und das des gesamten Königreichs. Also würde ich die Entscheidung treffen, wie es für uns alle weitergehen sollte.

Meine Wirbelsäule kribbelte, als die Kreatur, die einst einen Körper mit Clara geteilt hatte, mir folgte, und ich kämpfte gegen den Drang an, mich zu ihr umzudrehen, da ich die Veränderung spürte, die hier stattgefunden hatte. Aus irgendeinem Grund war das Mädchen, das als Wächterin mit mir verbunden gewesen war, jetzt verschwunden, und ich hatte das Gefühl, dass ich hart daran arbeiten musste, meine Kontrolle über die Schattenschwingerin, die an ihrer Stelle geblieben war, zu verschärfen. Aber ich weigerte mich, vor der Veränderung zurückzuschrecken, weigerte mich, sie auch nur anzuerkennen, während ich weiter vor ihr herging und sie mir folgen ließ. Eine Erinnerung daran, wer hier herrschte.

Ich würde herausfinden müssen, was mit ihr geschehen war, und vielleicht auch meine Methoden zur Kontrolle über sie anpassen müssen. Aber wenn es eine Sache gab, die ich während meines Aufstiegs zur Macht gelernt hatte, dann war es, dafür zu sorgen, dass einen niemand jemals zögern sah.

Also würde ich sie so behandeln, als hätte sich nichts geändert, während ich nach einer Lösung suchte. Und wenn das Glück auf meiner Seite blieb, würde sie die Rolle, die ich für sie geschaffen hatte, weiterspielen, ohne dass ich ihre Leine würde kürzen müssen.

Ein Mann stieß einen Schreckensschrei aus, als ich mich ihm näherte. Seine weit aufgerissenen Augen waren das Einzige, was darauf hindeutete, dass er keine Leiche war. Ich betrachtete die gebrochenen Knochen, die aus seinem Körper ragten, und kam zu dem Schluss, dass er wahrscheinlich aus großer Höhe gefallen war. Aber ich erkannte ihn nicht. Und als seine Bitten um Gnade an meine Ohren drangen, schritt ich direkt auf ihn zu, setzte meinen nackten Fuß auf seine Kehle und drückte mein Gewicht nach unten, während er unter mir zu zappeln und zu strampeln begann.

Ich schnaubte, als ich sah, wie er sich vergeblich gegen mich wehrte, und genoss den Schrecken in seinen Augen, als er gezwungen war, zu akzeptieren, wer hier der mächtigere Fae war. Mein Zorn wurde durch einen flüchtigen Moment des Sieges getrübt. Das Leben wich aus seinem Blick und er fiel in die Verdammnis – passend für einen wertlosen Idioten, wie er einer war.

Die ganze Zeit über blieb die Schattenprinzessin dicht hinter mir, und ich spürte, wie sie mich mit neugierigen Blicken beobachtete, mich taxierte und nach Anzeichen von Schwäche suchte.

Egal, wie sehr ich mich anstrengte, ich konnte jetzt keinerlei Verbundenheit ihr gegenüber spüren, und mein Kopf drehte sich angesichts der möglichen Implikationen. Wie waren die Wächterbande durchbrochen worden? Und jetzt, da sie nicht mehr unter meinem Bann stand, wie schwierig würde es sein, die Kontrolle über sie zu behalten?

Ich trat über einen Mann hinweg, der so blutüberströmt war, dass ich von seinem Tod ausgehen musste. Doch als ich an ihm vorbeigehen wollte, schnellte seine Hand hervor, und er grub seine Finger in meine Haut, während er verzweifelt um Hilfe wimmerte.

Ich blickte verächtlich auf ihn hinab und war schon kurz davor, auch sein elendes Leben zu beenden. Doch bevor ich ihm den Todesstoß versetzen konnte, erkannte ich ihn.

Vard hustete eine Ladung Blut aus, seine Haut war blass, und er sah allgemein so aus, als stünde er kurz vor dem Tod.

Ich überlegte, ihn dort zum Sterben zurückzulassen. Oder ihm sogar selbst das Leben zu nehmen.

Er hatte mich heute Abend im Stich gelassen.

Was nützte ein Seher, der es nicht schaffte, eine so verheerende Wendung der Ereignisse vorherzusehen?

Aber als ich meine linke Hand hob, um ihn zu verbrennen, schlang sich eine Schattenpeitsche um mein Handgelenk, klammerte sich an die Dunkelheit, die in mir schlummerte, und ließ mich erstarren. Mein Herz setzte vor Überraschung aus – eine Emotion, die schnell von Wut abgelöst wurde, als mir klar wurde, was gerade vorgefallen war. Was sie gerade getan hatte.

»Vielleicht brauchen wir ihn noch, Daddy«, warnte die Schattenprinzessin, und ihre dunklen Augen trafen meinen wütenden Blick, als ich den Kopf in ihre Richtung drehte. Die Herausforderung in ihnen sorgte dafür, dass sich meine Nackenhärchen aufstellten. Ich musste sie im Zaum halten. Sie wieder unter meine Kontrolle bringen, bevor sie zu einem Problem wurde. Aber wenn dieser überlegene Blick in ihren Augen als Maßstab galt, dann war ich bereit, zu wetten, dass es nicht der klügste Weg wäre, sie hier und jetzt unter meinen Pantoffel zu zwingen. Sie war auf eine Weise mächtig, die ich nicht von mir behaupten konnte, und ohne meine Hand war ich stark im Nachteil. Aber ich war kein Narr. Und aus irgendeinem Grund stand sie immer noch an meiner Seite, also gab es vielleicht etwas Einfacheres als Gewalt, mit dem ich sie in Schach halten konnte.

»Wie du wünschst, meine Liebste«, sagte ich zu ihr in dem gleichen schmeichelnden Ton, mit dem ich sie beschwichtigt hatte, als sie noch durch ihre Verbindung zu Clara an mich gebunden gewesen war. Aber von diesem Mädchen war jetzt nichts mehr übrig, und als ich auf die ungewohnten, aber wunderschönen Züge dieser neuen und unbekannten Kreatur blickte, hatte ich das Gefühl, dass sie sich nicht so leicht besänftigen lassen würde.

Aber sie schien meine Worte trotzdem zu akzeptieren. Sie löste ihre Macht von mir, gab mir die Kontrolle über meinen Körper zurück und befreite mich aus dem Griff der Schatten.

Sie neigte den Kopf mit einem irren Lächeln, und ich sandte widerwillig gerade genug Heilmagie in Vards Körper, um ihn vor dem Tod zu bewahren, bevor ich mich abwandte und zurück zum Palast stürmte.

Ich brauchte mein verfluchtes Gold. Und meinen Thron. Und meine sternverdammte Krone.

Jenkins riss die Türen zum Palast weit auf, damit ich an unzähligen Wachen und FIB-Agenten vorbeischreiten konnte, die Überlebende versorgten oder festnahmen. Aber ich ignorierte sie alle, während ich direkt auf den Thronsaal zusteuerte.

Das Klatschen meiner nackten Füße hallte durch die riesige Halle, während ich direkt auf den Sitz der Macht zuschritt. Vor diesem Thron – und dem Grausamen König – hatte ich mich in meiner Jugend viel zu oft verneigen müssen. Aber letztlich hatte ich ihn gestürzt. Genauso wie ich diesen erbärmlichen Aufstand zerschlagen würde, angeführt von seinen unzureichend ausgebildeten Töchtern und all den wertlosen Fae, die sich ihnen angeschlossen hatten, um bei ihrem hoffnungslosen Versuch, meine Krone zurückzuerobern, zu helfen.

»Wo ist Darius?«, brüllte ich in die Leere, während Vard sich auf die Knie warf und die Schattenprinzessin begann, langsam durch den Raum zu gehen. Sie strich mit den Fingern über die vergoldeten Zierleisten und wirkte in ihrer eigenen Welt verloren. Die Schatten blieben stets an ihrer Seite.

Mein Blick folgte ihren Bewegungen, während ich die Veränderungen zu beurteilen versuchte. Wie würde ich meinen Griff um sie jetzt am besten intensivieren? Würde ich ihre gefügigere Seite wieder an die Oberfläche kitzeln können?

»Ich hole ihn, Mylord«, meinte Jenkins sofort. »Er scheint nach wie vor damit beschäftigt zu sein, seine Ehe zu vollziehen. Soll ich seine Braut gleich mitbringen?«

Ich unterdrückte ein Frösteln bei dem Gedanken an das abscheuliche Mädchen, das ich als Braut für meinen Erben hatte auswählen müssen, nickte aber. Ich wusste, dass ich anfangen musste, strategisch zu denken. Wir mussten der Presse gegenüber eine geschlossene Front präsentieren. Der Drachenkönig und sein frisch vermählter Erbe gegen einen Aufstand, der von den Töchtern des Grausamen Königs verursacht worden war.

Ich schnaubte, als ich daran dachte, wie die anderen Erben heute Abend gegen mich gekämpft hatten. Eine Tatsache, die es zu vertuschen galt. Ich würde die anderen Ratsmitglieder dazu bringen müssen, die drei Jungen zu denunzieren. Ich würde behaupten, dass die Vega-Hure sie alle monatelang mit ihrer verdorbenen Pussy betört und ihre verrückte Schwester ihnen mit ihren imaginären Krähen Flüche ins Ohr geflüstert hatte, bis sie alles geglaubt hatten. Die Ersatzerben würden ihre Plätze in der Thronfolge einnehmen, und ihre älteren Brüder würden hängen, bevor dies geschah, um sicherzustellen, dass keine losen Enden zurückblieben.

Ich setzte meine goldene Krone auf und schloss die Augen, während ich gegen die Wut in meinem Körper ankämpfte und versuchte, einen Plan zu entwickeln. Ich konnte das wieder in Ordnung bringen. Ich hatte schon gegen größere Widerstände gekämpft – und gewonnen.

Der Grausame König und seine arrogante Königin waren durch meine List und Überlegenheit gestorben, und ihre Nachkommen würden bald das gleiche Schicksal erleiden. Sobald sie tot waren, würde niemand mehr am Leben sein, der mir das Wasser reichen oder mich herausfordern konnte. Dann könnte ich in Frieden regieren, wie ich es von Anfang an beabsichtigt hatte. Ich würde Solaria zu der großen und wohlhabenden Nation machen, von der ich wusste, dass sie es sein könnte, sobald die Überlegenheit gewisser Formgebungen angenommen und Kreuzungen endgültig abgeschafft worden waren.

Die Minuten verstrichen, während ich mich auf meinen nächsten Schritt vorbereitete und auf die Rückkehr meines Sohnes wartete, um ihn in meine Pläne einzuweihen.

»Sire!« Eine schrille Stimme ließ mich zusammenzucken, und ich schaute auf, als Stella Orion mit zerzausten dunklen Haaren durch die Tür stürmte. »Oh, mein Liebster, ich habe mir solche Sorgen um dich gemacht!«

Sie stürmte auf mich zu, als wollte sie sich in meine Arme werfen, aber ich schnippte mit den Fingern und stoppte sie mit einer Barriere aus Luftmagie.

»Reicht es denn nicht, dass ich deine Tochter an deiner Stelle ficke? Hast du es denn immer noch nicht verstanden?«, knurrte ich. Meine Abscheu über ihre Verzweiflung stand mir sicherlich ins Gesicht geschrieben, aber ich hatte es satt, mich ihren Wahnvorstellungen über mich hinzugeben. Ich hatte im Moment weitaus dringendere Angelegenheiten zu erledigen und keine Zeit für diese lächerliche Frau.

»Ich weiß nicht, was du …«

»Einst warst du mir von Nutzen, Stella. Und es hat mir einen Kick gegeben, dich direkt vor der Nase deines Mannes zu ficken. Aber ich bin deiner überstrapazierten Fotze längst überdrüssig. Und jetzt bin ich auch des Klangs deiner Stimme leid.«

»Ich verstehe das nicht«, keuchte sie panisch, während ihr Blick auf die schöne Frau fiel, die weiterhin wie ein Raubtier auf der Jagd nach Blut durch den Raum schlich und dabei eine seltsame und unheimliche Melodie vor sich hin sang.

Ein Ausdruck der Verwirrung legte sich über Stellas Züge, und ich erkannte, dass sie weder wusste, dass ihre Tochter weg war, noch welche Kreatur nun an ihrer Stelle stand. Und ich hatte genauso wenig eine Antwort darauf, wie das geschehen war, wie sie, also war ich nicht in der Stimmung, darüber zu diskutieren. Vor allem nicht, da die Schattenprinzessin jedes Wort mitbekam und jede unserer Bewegungen beobachtete.

Genau genommen weigerte ich mich, nach außen hin auf die Veränderung der Kreatur zu reagieren, die die Herrschaft über die Schatten innehatte, während sie in Wahrheit der Hauptfokus meiner Pläne war. Ich musste sie auf die eine oder andere Weise wieder an mich binden.

»Du verstehst schon richtig, Stella«, höhnte ich. »Also hör auf, dich lächerlich zu machen, und verbeuge dich vor deinem König, wie es sich gehört. Bevor ich mich entscheide, dass ich dich lieber tot sehen würde.«

Stella warf Vard einen Blick zu, der immer noch zu meinen Füßen kniete, die Stirn auf die kalten Fliesen gepresst und die Hände vor sich ausgestreckt. Offensichtlich verstand er besser als sie, wie nahe ich daran war, Großputz zu machen.

»Wo ist Clara?«, hauchte sie. »Was ist heute hier passiert? Warum hast du mich nicht zur Hochzeit eingeladen?«

»Hast du mich nicht gehört, Weib?«, keifte ich.

Ihre Unterlippe zitterte, als sie auf die Knie sank, aber als mir ein Knurren entfuhr, ging sie schnell neben meinem anderen nutzlosen Handlanger vor mir zu Boden.

Ich spielte mit dem Gedanken, sie trotz ihrer Unterwerfung einfach zu töten, und fragte mich, welchen Nutzen sie mir überhaupt noch hatte. Aber das Geräusch eiliger Schritte lenkte meine Aufmerksamkeit wieder auf die Tür.

»Mein König!«, rief Jenkins mit entsetzter Stimme, als er sich mit einem Frühstückwagen, auf dem ein gefesseltes hässliches Mädchen kauerte, hinter sich herziehend in den Raum drängte.

»Was hat das zu bedeuten?«, herrschte ich ihn an und sprang auf. Darius' gefesselte und geknebelte Braut sah mich mit wachsamen Augen an; ihr Blick schnellte zwischen meinem Gesicht und dem Stumpf, wo meine Hand hätte sein sollen, hin und her.

»Ich habe sie gefesselt im Wandschrank des ehelichen Schlafgemachs gefunden. Von Darius fehlt jede Spur. Ich dachte, Ihr würdet sie selbst verhören wollen«, erklärte Jenkins, während er sich mit gefalteten Händen zurückzog. Ich trat näher an das Schwein von einer Frau heran.

Ich riss ihr den Knebel aus dem Mund, wobei die Haare ihres Schnurrbarts meine Finger streiften – mein Magen rebellierte vor Ekel.

»Sprich!«, befahl ich.

»Ich weiß nicht, was passiert ist!«, jammerte sie, während dicke Tränen aus ihren Augen flossen. Ich machte keine Anstalten, ihre Fessel zu lösen oder sie von dem Wagen zu lassen. »Ich war so aufgeregt, meinen Schatzipuh zu heiraten. Ich erinnere mich nur noch daran, dass ich gerade mein Kleid anziehen wollte. Dann bin ich gefesselt und allein in der Dunkelheit des Schranks aufgewacht.«

»Das ist vor der Hochzeit passiert?!«, donnerte ich, mein Blick schoss von ihr zu Jenkins, der hilflos den Kopf schüttelte. »Willst du mir sagen, dass ihr die Vereinigung nicht vollzogen habt?«

»Ich k-konnte nicht einmal mein Gelübde sprechen«, schluchzte sie, und ein Brüllen entfuhr mir, während ich den Wagen von mir wegstieß. Er krachte gegen die Wand und katapultierte sie zu Boden, wo sie vor Angst schreiend noch ein Stückchen weiter rollte.

»Mein eigener Sohn war daran beteiligt! Mein einziger Erbe!«, brüllte ich, und meine Wut wuchs irgendwie, während die Bestie in mir erneut nach Freiheit verlangte. Gleichzeitig versuchte ich, alle Puzzleteile zusammenzusetzen. Wie hatte er das geschafft? Wie hatten sie mich so hintergehen können?

Ich sah rot, als ich von ihr wegschritt, mein Hunger nach Rache bäumte sich in mir auf wie ein Tornado und drohte, jeden Teil von mir zu verschlingen.

»Schafft sie mir verdammt noch mal aus den Augen!«, schrie ich. Ich musste sie loswerden, bevor ich etwas Dummes tat – wie eine der einzigen reinrassigen weiblichen Drachen ihrer Generation zu töten. Jenkins packte sie an den gefesselten Knöcheln und begann, sie auf dem Bauch liegend aus dem Raum zu schleifen, während sie weiter vor sich hin schluchzte.

Meine Sicht schien regelrecht zu verschwimmen, als mich die ganze Tragweite dieses verdammten Angriffs traf und mir klar wurde, dass ich ohne das Einzige zurückblieb, das ich zur Sicherung meiner Herrschaft brauchte.

»Was soll ich denn ohne einen Erben machen?«, brüllte ich alle und niemanden an, während der Kristallleuchter über dem Thron klirrte, während meine Wut mich fast verzehrte.

Um mich herum wurde es dunkel und in meiner Rage brauchte ich einen Moment, um die Macht der Schatten zu erkennen, bevor die Schattenprinzessin in meinen Weg trat und die Macht ihrer dunklen Magie mit mir kollidierte.

Sie schleuderte mich zurück auf den Thron. Ein unglaublicher Schmerz schoss mir durch die Wirbelsäule, während Flüche von meinen Lippen schossen und der gesamte Raum in Dunkelheit gehüllt wurde.

Stella und Vard schrien, als die Macht der Schattenprinzessin auch auf sie übergriff, und sie verbannte sie aus dem Raum, schlug dann die Türen hinter ihnen zu und schritt schließlich die Stufen zu meinem Thron hinauf. In ihren Augen flackerte die Dunkelheit.

»Hör auf, wie ein Kleinkind zu jammern, und hebe dein Kinn wie ein wahrer König!«, knurrte sie, krümmte einen Finger in meine Richtung und nutzte ihre Kontrolle über die Schatten, die unter meiner Haut saßen, um meinen rechten Arm in ihre Richtung zu heben.

Ich schrie auf, als sich der Schmerz durch den zerstörten Stumpf am Ende meines Arms bohrte, unfähig, mich in irgendeiner Weise zu wehren, während sie ihre Magie gegen mich einsetzte. Mit quälender Langsamkeit schien nun etwas aus dem Stumpf zu wachsen.

Ich keuchte, als ich erkannte, dass Finger aus meiner eigenen Haut sprossen, deren Form vollständig aus Schatten bestand, die immer größer wurden, bis schließlich eine ganze Hand entstand, geformt aus ihrer dunklen Macht anstelle derjenigen, die ich verloren hatte.

»Na also, viel besser«, meinte sie erfreut und entließ mich ihrer Gewalt. Augenblicklich sprang ich auf, sodass ich sie überragte, packte sie mit meiner neuen Hand an der Kehle und starrte sie mit gefletschten Zähnen an.

»Was bist du?«, fragte ich und ließ meinen Blick über ihr Gesicht schweifen, während ich ihre Fremdartigkeit, ihre Kraft und ihre Schönheit wahrnahm.

»Ich bin deine Königin«, antwortete sie mit heiserer Stimme, weil ich sie so fest umklammerte. »Vor langer, langer Zeit hat dein Vorfahr geschworen, mich zu heiraten und mich auf den Thron der Flammen zu setzen. Octavius Acrux hat mir seine Hand versprochen. Ich bin Lavinia Umbra, und wir haben eine Abmachung getroffen, an die sich sein Nachkomme meiner Meinung nach halten sollte. Das bist du mir schuldig, Daddy.«

»Das beantwortet nicht meine Frage«, knurrte ich, während ich mein Wissen über meine Vorfahren durchforstete, um den Mann zu finden, von dem sie sprach. Ich fragte mich, wie lange sie schon darauf gewartet hatte, dieses sogenannte Versprechen erfüllt zu sehen, und warum es ursprünglich nicht eingehalten worden war.

»Ich bin die Königin meines Volkes. Die Anführerin der Schattengeborenen. Herrscherin über die Macht, die mir dieses ewige Leben geschenkt hat. Ich bin die Frau, deren Reich gestohlen wurde und deren Schicksal allzu lange auf das Schattenreich beschränkt war. Mir steht ein Acrux-König zu. Du gehörst *mir*.« Ihre Augen flammten in der Dunkelheit ihrer Macht auf, als ich meinen Griff um ihren Hals verstärkte, und sie lächelte manisch, als sie mir ohne eine Spur von Angst in die Augen sah. »Und du brauchst einen neuen Erben.«

»Was für einen Erben könnte eine Kreatur wie du mir gebären?«, höhnte ich, unfähig, zu glauben, dass dieses Ding Leben in einem Leib hervorbringen könnte, der bis zum Rand mit Schatten gefüllt war.

»Ich werde dir einen Erben schenken, der aus wahrer Macht geboren wird, mit Loyalität in seinen Adern – so intensiv wie die Schatten seiner Mutter und das Drachenfeuer seines Vaters.«

»Du kannst mir ein Drachenkind garantieren?«, forderte ich, und mein Blick wanderte über ihren Körper, von ihrer blassen Haut zu ihren fast schwarzen Lippen. Ich beobachtete, wie sich die Schatten um sie herum bewegten, als würde ich eine Grube voller Vipern im Auge behalten. Aber vielleicht war sie das, die Lösung, die ich brauchte. Eine Möglichkeit, sie an mich zu binden und sie mir gefügig zu machen. Alle guten Huren brauchten schließlich nur einen starken Mann, der sie zur Unterwerfung zwang, und ich konnte nicht behaupten, große Einwände dagegen zu haben, sie zu ficken. Sie war schön, auch wenn sie von Dunkelheit durchdrungen war.

»Ich kann dir ein Kind garantieren, das mächtiger ist als alle, die vor ihm geboren wurden. Er wird ein Drache mit Elementar- und Schattenmagie sein und an deiner Stelle regieren, so wie du es dir immer für deinen wahren Erben erträumt hast. Aber zuerst musst du mich zu deiner Königin machen.«

Ich konnte den Hunger nach der Macht über meinen Thron in ihr schmecken und zögerte, diesem Wahnsinn zuzustimmen. Wollte ich dieser Kreatur wirklich den Thron zugestehen?

Ihre Hand schnellte hervor und sie umklammerte meine Eier. Ein Zischen entwich mir, als sie mir in die Augen starrte, und obwohl sich mein Griff um ihren Hals verstärkte, zuckte sie nicht einmal zusammen.

»Mir steht ein Acrux-König zu«, warnte sie, ihre Augen wirr und erfüllt von bösen Versprechungen. »Aber wenn du mich nicht zu deiner Königin machst, kann ich dir deine Männlichkeit einfach aus dem Leib reißen und stattdessen einen deiner Söhne beanspruchen. Zerreißen, zerfetzen, zerrupfen, zerquetschen. Also, entscheide dich weise, Daddy. Denn ich bin bereits die Prinzessin der Schatten, und ich werde mir nicht ein zweites Mal verweigern lassen, was mir zusteht.«

Ich stöhnte vor Unbehagen, als sie ihre Hand nicht entfernte, und nickte zustimmend.

»Ich werde dich zu meiner Königin machen«, willigte ich ein, und ein

Lächeln erhellte ihre todbringenden Lippen, als sie mich losließ, als wäre nichts geschehen. »Aber zuerst müssen wir unsere Kontrolle über das Königreich festigen.«

Ihr Blick wanderte über mich, als ich ihre Kehle noch fester zusammendrückte, und schließlich nickte sie. Die Schatten wichen zurück, sodass ich etwas leichter atmen konnte, da ich sie wieder unter meinem Kommando hatte.

»Wie du wünschst, mein König. Lass uns anfangen.«

Scorpio
Gemini
Virgo
Cancer
Aries
Leo
Sagittarius
Taurus
Capricorn
Aquarius
Libra
Pisces

ORION

KAPITEL 4

Ich war bis spät in die Nacht aufgeblieben, in der Hoffnung, Darius' Ankunft zu hören, aber stattdessen erreichten nur entfernte Fürze und das Gestöhne von jemandem, der ein paar Türen weiter Sex hatte, meine Ohren. Die hätten – um der Vampire willen – doch wirklich eine Stillekuppel nutzen können. Aber nein, das hatten sie nicht.

Schließlich war ich mit Darcy in meinen Armen vor Erschöpfung eingeschlafen. Ich hasste Seth mit jeder Faser meines Wesens dafür, dass er mir den Abend verdorben hatte. Die Echos der Schlacht verfolgten mich und hielten mich fest, bis ich wieder einmal an der Schrecklichkeit des Ganzen zu ersticken drohte. Ich durchlebte imyumer wieder aufs Neue, wie Clara in meinen Armen gestorben war, bis sich diese Erinnerung in meine Seele gebrannt hatte. Aber ich konzentrierte mich auf den Frieden, den sie mit dem Verlassen dieser Welt gefunden hatte, und erinnerte mich daran, dass es ihr jetzt besser ging, wo auch immer sie war. Und in gewisser Weise hatte ich sie wirklich gerettet, nur eben nicht so, wie ich es mir vorgestellt hatte. Ihre Seele war frei von Lavinia und jenseits des Schleiers würde sie keine Qualen mehr erleiden. Meine Schwester hatte endlich zur Ruhe gefunden, und dafür musste ich dankbar sein.

Ich erwachte aus einem unruhigen Schlaf, weigerte mich aber, die Augen zu öffnen, und zog Darcy lediglich fester an mich. Ich fragte mich, ob ich sie innerhalb dieser Höhlen entführen könnte, um sie als mein zu markieren, bevor sie mir wieder entglitt.

Ich kuschelte mich in die Haare, die meine Wange berührten, runzelte aber die Stirn, als ich den männlichen Geruch wahrnahm, der von ihr ausging. War das das Aroma der Waschlilien, das nach wie vor an ihr haftete? Wie gern hätte ich sie mit meinem eigenen Geruch umhüllt. Ich schlang meine Arme enger um sie, und als ich langsam aus dem Dämmerzustand des Schlafes erwachte, wurde mir klar, dass sie sich überhaupt nicht richtig anfühlte. Sie war zu muskulös, zu groß … Ich riss die Augen auf, während sich ein Knurren in meiner Kehle bildete, und wusste, dass ich diesen Tag mit einem grausamen Mord beginnen würde.

»Capella!«, brüllte ich und schleuderte ihn von mir weg durch den Raum, sodass er mit einem Aufschrei gegen die Wand prallte und splitternackt auf dem Boden landete. Er sah sich verwirrt um.

»Du hast mir die veddammde Nase gebroched!« Er hielt eine Hand hoch, um sich zu heilen, während Blut auf seine nackte Brust tropfte, und ich schoss blitzschnell aus dem Bett und stürmte auf ihn zu, um ihm den Rest zu geben, prallte aber stattdessen gegen einen Luftschild, den er zwischen uns geworfen hatte.

»Was zum Teufel hast du in unserem Bett gemacht?«, schrie ich. »Und wo zum Teufel ist Blue?« Ich schaute mich hektisch um, aber im Zimmer waren nur der Köter und ich. Das bedeutete, dass es keine Zeugen geben würde, wenn ich ihm die Wirbelsäule herausriss und ihm in den Arsch stopfte.

»Es war kalt da drüben.« Seth zeigte auf sein eigenes Bett. »Und durch den Schlitz unter der Tür ist kalte Luft reingekommen.«

»Du bist ein Luftelementar«, fauchte ich und stolzierte vor seinem Schild auf und ab, während ich – hungrig nach einem Kampf – nach Luft schnappte.

»Ja, und ein Werwolf.« Er stand auf und wischte sich das Blut von seiner inzwischen verheilten Nase auf seinem Handrücken ab. »Ich brauche Streicheleinheiten. Ohne Streicheleinheiten friere ich und fühle mich einsam. Und Darcy ist zum Frühstück gegangen, also waren deine Bärenarme ungenutzt. Ich wollte nur ein wenig kuscheln. Ich verstehe nicht, was das Problem ist.« Er griff nach einer Jogginghose und zog sie an.

»Ich kuschle nicht«, schnauzte ich.

»Lügner«, höhnte er. »Du kuschelst die ganze Zeit mit Darcy und Darius. Aber was ist mit meinen Knuddels, Lance? Was. Ist. Mit. Meinen. Knuddels?«

»Du bist verdammt noch mal verrückt«, zischte ich, und er stieß ein Wimmern aus und trat mit großen Welpenaugen auf mich zu. Als würde das bei mir funktionieren.

Es klopfte an der Tür, und ich hätte es fast ignoriert, um Seths Luftschild in Stücke zu sprengen und ihn mit bloßen Händen zu erwürgen. Aber dann hörte ich Gabriels Stimme von draußen – und die drei Worte versetzten mich in helle Aufregung.

»Darius ist zurück.«

Mit angehaltenem Atem wirbelte ich herum, stürmte mit der Geschwindigkeit meiner Formgebung auf die Tür zu und riss sie auf, um meinem Interstellaren Verbündeten gegenüberzutreten. Er grinste, zog mich in eine Umarmung und klopfte mir auf die Schulter.

»Wo ist er?«, fragte ich. »Was ist passiert?«

»Er war die Nacht über mit Tory zusammen«, sagte er.

»Die ganze Nacht?«, schrie ich und trat zurück. »Warum bist du nicht früher zu mir gekommen?«

»Glaub mir, die hättest du nicht unterbrechen wollen. Ich musste mich die ganze Nacht über beschäftigen, damit ich nicht von Visionen geplagt werde, wie meine Schwester von einem verdammten Acrux gefickt wird.«

»Beim Mond, warum sollten dir die Sterne das zeigen?« Ich verzog das Gesicht.

»Weil sie Arschlöcher mit einem kranken Sinn für Humor sind, Orio. Jetzt geh zu ihm, bevor er von den Erben belagert wird. Er wird in zwei Minuten im Speisesaal sein. Geh direkt zum Ende des Ganges, dann links und schließlich geradeaus, bis du da bist.«

»Hat jemand Erben gesagt?«, rief Seth hinter mir, und ich klopfte Gabriel zum Dank auf die Schulter und rannte los, bevor der Köter mitkommen konnte.

Ich rannte durch die Steintunnel, bog links ab und ging schnurstracks durch die Doppeltüren aus Holz in eine riesige Höhle, die voller Fae war. Die Leute wurden still, als ich zum Stehen kam und sie mich in meiner Jogginghose erblickten.

»Ist das nicht der geächtete Professor, der eine Vega mit Dunkler Manipulation gefügig gemacht hat?«, zischte jemand.

»Warum ist er hier?«

»Er sollte sich schämen.«

»Ich würde lieber sterben, als geächtet zu werden. Ich würde mir direkt vor Gericht die Kehle durchschneiden.«

Ein würgendes Geräusch lenkte meine Aufmerksamkeit auf Hamish, der mich offensichtlich auch entdeckt hatte. Er krümmte sich und schien Mühe zu haben, die Haferflocken, die er gegessen hatte, nicht zu erbrechen. Seine Augen tränten und er drehte sich auf seinem Stuhl, damit er mich nicht ansehen musste. Ich biss die Zähne zusammen und versuchte, zu ignorieren, wie alle anderen mir den Rücken zukehrten und so taten, als würde ich nicht existieren. Bisher hatte ich mich nicht oft mit dem ganzen Mist auseinandersetzen müssen, der damit einherging, ein Geächteter zu sein – aber hier unten sah es so aus, als würde ich ihm nicht entkommen können.

Ich entdeckte Blue, die mit Geraldine und einer Gruppe von A. N. U. S.-Mitgliedern am anderen Ende des Saals saß, und ihr Blick traf den meinen, als würde sie magnetisch von mir angezogen. Sie erhob sich von ihrem Platz, aber ich schüttelte kaum merklich den Kopf, weil ich nicht wollte, dass sie zusammen mit einem geächteten Fae gesehen wurde. Mir gefror das Blut in den Adern. Mein Leben war irreparabel ruiniert. Ich würde nie wieder als gleichwertiges Mitglied der Gesellschaft angesehen werden. Darcy und ich waren offiziell am Ende. Denn wie könnte ich jemals wieder hoffen, mit einer Vega-Prinzessin auszugehen? Es würde ihren Namen beschmutzen und die Unterstützung, die sie in Bezug auf den Thron hatte, zerstören. Es war schlimm genug, dass sie dachten, ich hätte ihr tatsächlich etwas angetan, um mir meinen Platz im Gefängnis zu verdienen. Aber in gewisser Weise war diese Situation noch schlimmer. Ich war ein in Ungnade gefallener Fae und es gab kein schrecklicheres Schicksal für meine Art.

Ich vergaß für einen Moment meinen ruinierten Ruf, als Darius hinter mir meinen Namen rief.

Ich drehte mich um und sah, wie er mit seinem Arm um Torys Schultern dastand, seine Augen so leuchtend braun wie vor dem Fluch der Sterne. Mein Herz machte einen Sprung, als er Tory näher zu sich zog, und kein einziges Beben erschütterte die Erde. Der Himmel schien sich nicht darum zu kümmern. Der Fluch war weg, das war offensichtlich, und ich hätte mich nicht mehr für die beiden freuen können.

»Was hast du getan?«, fragte ich erstaunt und legte meine Hand auf die Stelle, an der jahrelang das Zeichen des Löwen geprangt hatte. Es war verschwunden. Meine Fesseln waren endlich zerbrochen, mein Leben war wieder mein eigenes und nicht mehr an jemand anderen gebunden. Und die Schwere des Ganzen wurde mir erst jetzt bewusst, als ich die Wahrheit in seinem Blick sah. Er hatte es wirklich geschafft. Irgendwie hatte er die Fesseln gesprengt.

»Ich habe zu den Sternen gebetet und sie haben geantwortet«, sagte er mit einem Lächeln, das so hell war, wie ich es seit Jahren nicht mehr bei ihm gesehen hatte. Ich hatte fast vergessen, dass er so lächeln konnte, ohne von tausend Sorgen niedergedrückt zu werden.

»Das ergibt keinen Sinn«, meinte ich ungläubig. Kopfschüttelnd trat ich auf ihn zu. Wie standen die Dinge jetzt zwischen uns? Ich wusste nicht, was wir ohne das Band waren. Ja, wir waren auch zuvor Freunde gewesen, aber wir hatten uns in den Jahren danach so sehr verändert. Was, wenn wir uns nun nicht mehr so nahestanden? Was, wenn uns das auseinanderbringen würde?

Ich verdrängte diese Ängste aus meinem Kopf, schoss mit einem Satz nach vorn und versetzte ihm einen Schlag in den Bauch. Er krümmte sich, während ich lauthals lachte, und richtete ihn wieder auf, wobei ich versucht war, es noch einmal zu tun – nur, um zu beweisen, dass ich es konnte. Das Grinsen auf seinem Gesicht zeigte, dass er bereit für den Kampf war.

Doch bevor wir in einen richtigen Kampf ausbrechen konnten, tauchten die anderen Erben auf, stürzten sich auf ihn und zogen ihn und Tory in eine enge Umarmung, während Seth vor Freude heulte. Sie alle stimmten ein, bis die Menge im Raum jubelte. Ich sah einfach nur zu und fühlte mich völlig fehl am Platz. Mein Herz schien um zwei Größen zu schrumpfen.

»Freut euch, ihr Lieben! Die wahren Königinnen und die Erben des Celestia-Rates sind endlich vereint auf ihrem Weg zu Freiheit und Wohlstand für uns alle!«, rief Geraldine. Ihre Stimme hüpfte magisch verstärkt durch den Raum und veranlasste immer mehr Fae, beim Anblick meines besten Freundes zu jubeln, während ich von ihm weggedrückt wurde.

Die Menge, die mich keines Blickes würdigte, schob sich an mir vorbei. Ich wurde immer weiter zurückgedrängt, und meine Kehle fühlte sich eng an. Ich starrte über ihre Köpfe hinweg zu Darius, während Max seine Haare zerzauste und Caleb auf und ab sprang. Seth hüpfte aufgeregt im Kreis.

Darcy mit Geraldine im Schlepptau schaffte es ebenfalls zu der Gruppe, und sie alle umarmten einander erneut und drehten sich praktisch im Kreis, während Geraldine zu singen begann.

»Ach, heut ist ein herrlicher Tag. Die Sterne strahlen auf uns herab«, sang sie, und der halbe Raum stimmte mit ein – offenbar schienen alle dieses doch sehr willkürliche Lied zu kennen. »Ach, der Mond leuchtet hell am Himmelszelt. Er funkelt für die ganze Welt.«

Seth heulte nun noch lauter und ein ganzer Heulchor wurde von einer großen Gruppe im hinteren Teil des Saals angestimmt, die ich als die Oscuras erkannte. Und wenn sie hier waren …

»Muss traurig sein, keine Freunde zu haben.« Eine Hand landete auf meiner Schulter, und ich drehte mich um. Leon Night stand vor mir, seine langen goldenen Haare trug er offen und er hatte die breite Brust aufgeplustert. Er war in Gabriels Jahrgang an der Aurora Academy gewesen, und ich hatte ein paar Mal gegen ihn Pitball gespielt, als ich noch Student der Zodiac Academy gewesen war. Dann hatte er sich für eine Profi-Karriere entschieden und den Traum verwirklicht, der auch mein eigener gewesen war.

»Ich bin trotzdem dein Freund, Alter«, sagte er mit dem Grinsen eines

Löwen. »Es muss einsam sein hier hinten. Ganz allein, ohne die anderen.«

»Ich komme schon klar«, murmelte ich und mein Blick fiel auf Darcy. Seth hob sie auf seine Schultern, und Darius folgte seinem Beispiel einen Augenblick später mit Tory. Ich knirschte mit den Zähnen. Es kostete mich meine ganze Kraft, nicht einzugreifen, als Darcy lachte und ihre Schwester mit Freudentränen in den Augen umarmte.

Verdammt, mein Mädchen verdiente das. Das taten sie beide. Seit ich sie nach Solaria gebracht hatte, war in ihrem Leben so viel Mist passiert, durch den sie sich hatten kämpfen müssen.

»Ich käme nicht klar, wenn *ich* ein Geächteter wäre«, sagte Leon traurig. »Ich kann mir tatsächlich kein schlimmeres Schicksal vorstellen. Ich würde lieber von Säureschnecken gefressen oder von einem Bärenwandler zerkaut und verschlungen oder von einem wirklich, wirklich, wirklich, wirklich, wirklich ...«

»Ich hab's verstanden«, brummte ich.

»... wirklich hohen Gebäude geworfen werden«, beendete er seinen Satz mit einem mitfühlenden Lächeln. »Mist, ich muss los, Kumpel. Ich habe Dantes Pop-Tarts mit Glimmerkleber bestrichen.«

Er flüchtete in die Menge und ich sah, wie sich Dante mit seiner riesigen Gestalt einen Weg zu ihm zu bahnen versuchte, während er Anstalten machte, Leon anzuschreien – aber seine Lippen waren mit einem dicken lila Schleim verschlossen, sodass er nur ein wütendes Knurren von sich geben konnte.

Ich beobachtete Darcy, bis meine Augen brannten und ich mich daran erinnerte, zu blinzeln. Schließlich schlüpfte ich zurück in den Schatten in der Ecke des Raumes. Es war eine Erleichterung, den angewiderten Blicken zu entgehen, den Rücken, die mir zugewandt waren, und den Beleidigungen, die mir entgegengeschleudert wurden. Ich wurde behandelt wie die personifizierte Pest. Ich versuchte, mir nichts anmerken zu lassen, aber es war mir nicht egal. Obwohl ich nur mir selbst die Schuld daran geben konnte. Mir war schon damals im Gerichtssaal klar gewesen, welches Schicksal mir bevorstand, als ich mich als Monster präsentiert hatte. Und ich hatte gewusst, wie wenig ich Blue deswegen je wieder bedeuten konnte.

Solange sie zur Königin wird, wie es ihr Schicksal ist, hat sich das alles gelohnt.

Xavier und Catalina kamen zum Frühstück, obwohl sie sich nach wie vor hinter ihrer falschen Identität tarnte, und eine neue Runde von Lachern und Schluchzern entbrannte, als sie Darius umarmten. Einen Moment lang herrschte so viel Frieden im Raum, dass es mir schwerfiel, mich daran zu erinnern, dass wir am Anfang eines wahrscheinlich ziemlich blutigen Krieges standen.

Als das Gesinge und Getanze endlich ein Ende fanden, drückte ich mich an der Seite der Höhle entlang zur Tür und in die Dunkelheit des Tunnels. Ich hatte keine Lust, mich von allen behandeln zu lassen, als würde ich nicht existieren, und wartete stattdessen in einer dunklen Nische, bis jemand mit einem frischen Kaffee in der Hand auftauchte. Mein Plan war es, besagten Kaffee zu stehlen und anschließend die Läden hier abzuklappern. Ich wollte herausfinden, ob sie die Zutaten hatten, die ich für das Elixier der Zodiac-Garde benötigte. Dann wollte ich entscheiden, wer ein guter Kandidat für die Aufnahme in die Garde sein könnte. Ich würde die nächsten sechs Wochen damit verbringen, das Elixier von Grund auf neu zu brauen, und es gab ein paar Dinge, die ich selbst würde beschaffen müssen. Aber das war etwas, auf das ich mich konzentrieren konnte. Etwas, das mich von dem Gefühl ablenken würde, dass das Band zwischen Darius und mir nun weg war. Und von der Tatsache, dass er mich jetzt vielleicht gar nicht mehr brauchte.

Gabriel trat auf den Korridor, und ich wusste, dass es keinen Sinn hatte, mich vor ihm zu verstecken, denn seine Augen fielen trotz der Dunkelheit sofort auf mich.

»So macht man sich keine Freunde, Orio«, stichelte er, und ich zuckte mit den Schultern.

»Ich bin nicht auf der Suche nach Freunden«, erklärte ich ruhig.

»Bist du sicher?« Er bedachte mich mit diesem funkelnden Seherblick, der mir weismachen sollte, dass er es besser wusste als ich. Aber das tat er nicht. Wenn sich Darius nicht mehr zu meiner Gesellschaft hingezogen fühlte, würde ich mich damit abfinden. Auch wenn mir allein der Gedanke daran einen Stich ins Herz versetzte.

Und Blue?

Der Gedanke, dass sie bei den Erben war und mit Geraldine und ihrer Schwester lachte, ließ mich zusammenzucken. Sie sah so aus, als wäre sie endlich da, wo sie hingehörte, und mal ehrlich, wo passte da ein geächteter Loser hin?

»Du bist zu hart zu dir selbst«, knurrte Gabriel, kam auf mich zu und bedachte mich mit strengem Blick.

»Ich habe nichts gesagt.« Ich verschränkte die Arme vor der Brust und setzte meine bevorzugte Mir-scheißegal-Miene auf. Er schnalzte mit der Zunge wie eine Glucke.

»Es ist deine Aura. Ich kann in dir lesen wie in einem Buch«, sagte er energisch. »Aber ich sehe, dass du nicht in der Stimmung bist, darüber zu reden. Also, warum gehst du nicht einfach und tust das, was du zu tun geplant hast?«

Ich runzelte die Stirn. »Ich habe etwas geplant?«

Er seufzte, als wäre es manchmal furchtbar anstrengend, jedermanns Zukunft zu sehen. »Das Elixier der Zodiac-Garde.«

»Richtig, ja. Ich wollte die Läden überprüfen.«

»Ich habe bereits alles, was wir brauchen, besorgt. Jetzt musst du nur noch das Rothium-Gras vom Verkümmerten Berg holen.«

»Aber diese Zutat brauche ich doch erst in ein paar Wochen«, erwiderte ich verwirrt.

»Vertrau mir!«, drängte er und wollte schon an mir vorbeigehen, aber ich hielt ihn am Arm fest und warf ihm einen abschätzigen Blick zu.

»Wie hat Darius das gemacht?« Es war mir nach wie vor ein Rätsel, wie er das geschafft hatte.

»Ganz ehrlich? Ich bin mir nicht sicher. Ich kann die Entscheidungen der Sterne nicht sehen, also weiß ich nicht, was er mit ihnen besprochen hat. Und er war nicht sehr gesprächig, als er aus der Kammer gekommen ist, in der er den Deal gemacht hat. Er wollte unbedingt zu euch allen zurück, also haben wir uns auf den Weg hierher gemacht.« Er runzelte die Stirn und wandte den Blick ab. Ich spürte, dass er mir noch etwas verheimlichte.

»Was ist los?« Ich intensivierte meinen Griff um seinen Arm.

Er lächelte mich an und schüttelte den Kopf. »Nichts, Orio. Nur der Fluch des Sehers. Zu viele Schicksale, zu viele unbeantwortete Fragen.«

Ich nickte und ließ ihn gehen, obwohl ich von dieser Antwort nicht ganz überzeugt war. Gabriel wusste, wann er mir nichts sagen durfte, um den Lauf des Schicksals nicht zu beeinflussen, also musste ich darauf vertrauen, dass die Dunkelheit, die ihn bedrückte, überwunden werden konnte, solange wir seiner Führung folgten. Und da er mich ermutigt hatte, das Rothium-Gras zu sammeln, schien mir heute ein Ausflug bevorzustehen.

Gabriel ging in den Speisesaal und ich nutzte den Schwung meiner Vampirgeschwindigkeit, rannte ins Badehaus, um mich zu waschen, anzuziehen und mein Phönix-Schwert an meiner Hüfte zu befestigen, bevor ich durch die dunklen Gänge sauste. Schließlich erreichte ich die Tür in der Uhr, die ins Bauernhaus führte. Ich hatte schon ein paar Mal mit Darius auf dem Verkümmerten Berg Nymphen gejagt, und heute wollte ich kein Risiko eingehen.

Ich durchquerte die Eingangshalle und trat hinaus in den eisigen Wind. Die vier Wachen, die dort postiert waren, sahen mich mit hochgezogenen Augenbrauen an.

»Ohne Erlaubnis darfst du nicht gehen«, sagte einer von ihnen, während die anderen den Blick von mir abwandten und offensichtlich versuchten, ihre Pflichten mit dem Wunsch in Einklang zu bringen, sich von dem geächteten Fae vor ihnen abzuwenden.

»Wessen Erlaubnis?«, knurrte ich verärgert.

»Von einem Grus oder einer Vega«, sagte er und verzog angewidert das Gesicht. »Jetzt geh wieder rein, du geächtete Ratte. Alternativ hängt in der Scheune ein Seil. Du weißt schon, falls du dich abmurksen willst.«

»Der war gut, Jim«, sagte einer der anderen Typen, während der Rest seiner kleinen Kumpels leise lachte, ohne sich auch nur zu mir umzudrehen.

Meine Fangzähne fuhren aus, als ich dieses Arschloch, das ich in Sachen Stärke zweifellos übertraf, anstarrte. Das Monster in mir hob den Kopf und forderte mich auf, ihn daran zu erinnern, wer er war. Ein Aspekt des Geächtetseins war, dass es mir gesetzlich nicht erlaubt war, andere Fae herauszufordern. Aber da ich ohnehin bereits auf der Flucht und mir das Gesetz gänzlich egal war, hatte ich nicht vor, mich an die Regeln zu halten.

Ich schoss nach vorn und holte mit der Faust aus – wie ich es auch in Darkmore getan hatte. Ich erwischte den Kerl unvorbereitet und meine Fingerknöchel kollidierten mit seinem schmierigen Gesicht. Er schlug auf dem verschneiten Boden auf, seine Lippe war aufgeplatzt und von ihr tropfte Blut. Er hob eine Hand, um mich abzuwehren, und die anderen drehten sich um und sahen mich an.

»Du nichtsnutziger *Abschaum*, dafür lasse ich dich aus dem Burrows werfen«, zischte Jim und schleuderte mir Wassermagie entgegen, aber wie ich vorausgesagt hatte, war er nicht annähernd so stark wie ich. Mit einer einzigen Handbewegung ließ ich das Wasser erstarren – der felsenfeste Eiszapfen rammte keinen Augenblick später sein Bein.

»Argh!«, jammerte er.

»Wie hast du ihn genannt?« Darcys Stimme brachte mein Herz zum Rasen, und ich drehte mich zu ihr um. Sie kam gerade aus dem Bauernhaus marschiert, ihre blauen Haare flatterten hinter ihr her, und in ihren Augen loderten Flammen. Ihren Blick hatte sie auf das Stück Scheiße zu meinen Füßen gerichtet.

»M-Mylady Gwendalina«, stammelte Jim und senkte unterwürfig den Kopf. »Ich bin mir sicher, dass Ihr Euch in der Gegenwart Eures Peinigers unwohl fühlt. Wir können ihn aus dem Burrows entfernen. Das ist überhaupt kein Problem.«

»Ich habe dich etwas gefragt«, knurrte sie und starrte ihn von oben herab an. Und ja, ich wurde an Ort und Stelle hart.

»Ich habe ihn n-nichtsnutzigen Abschaum genannt«, stieß Jim hervor.

»Er ist mehr, als du jemals sein wirst«, zischte sie. »Und wenn du noch einmal so mit ihm sprichst, werde ich *dich* aus dem Burrows verstoßen, hast du mich verstanden?«

»J-ja, Lady Gwendalina.«

»Mein Name ist Darcy«, knurrte sie, packte meine Hand, trat über ihn und zog mich von ihnen weg, während ich sie mit pochendem Puls anstarrte.

»Du kannst nicht mitkommen«, sagte ich plötzlich, als ich erkannte, dass Gabriel sie geschickt haben musste. »Es ist nicht sicher für dich, hier wegzugehen. Lionel wird die ganze Welt auf die Suche nach dir geschickt haben.«

Mit leuchtendem Blick drehte sie sich zu mir um. »Das klang nach einem Befehl.«

»Vielleicht war es das auch«, sagte ich und meine Stimme klang scharf.

»Du kannst nicht für mich entscheiden«, sagte sie und hob ihr Kinn. Ich starrte sie nach wie vor an, der Raum zwischen uns knisterte vor Anspannung.

Ich seufzte und wir gingen weiter über die flache Wiese vor dem Bauernhaus, bis wir die magische Grenze des Burrows überschritten hatten.

»Ich versuche nur, dich zu beschützen. Ich werde nie aufhören, das zu tun.« Ich stoppte sie, als sie einen Beutel mit Sternenstaub aus ihrer Tasche holte.

»Tja, Gabriel hat gesagt, dass du nicht ohne die Zustimmung einer der wahren Königinnen von hier weggehen darfst.« Sie zog spöttisch eine Augenbraue hoch und ein Knurren entrang sich meiner Kehle. Verdammter Gabriel!

Sie wandte sich von mir ab und schüttelte ihre Haare. »Dann sehen wir uns wohl später wieder, was? Wenn ich zurück bin.«

»Du scheinst den Ärger regelrecht provozieren zu wollen«, warnte ich und mein Schwanz zuckte angesichts ihrer Haltung. Ich wollte diese Spannung zwischen uns durchbrechen und sie zurückfordern, aber ich wusste nicht, ob ich noch ein Recht dazu hatte. Wir mochten einander geliebt haben, aber es gab nach wie vor zu viele Gründe, nicht zusammen zu sein. Nicht zuletzt die Tatsache, dass man mir meinen Status genommen hatte und ich ihr nie das würde bieten können, was sie verdiente.

»Vielleicht tue ich genau das«, erwiderte sie mit funkelnden Augen. Sie erhob sich auf Zehenspitzen und war mir plötzlich so nah, dass ihr Atem meinen Mund streichelte. Ein hungriges Geräusch verließ mich, als ich mich nach vorn beugte, um den Abstand zwischen uns zu überwinden.

Ich würde mir das Herz herausschneiden, um diesen Mund zu beanspruchen.

»Denk an den Verkümmerten Berg«, flüsterte sie, bevor ich versuchen konnte, einen Kuss zu stehlen. Das Bild des Berges tauchte in meinem Kopf auf, eine Sekunde bevor sie eine Prise Sternenstaub über uns warf.

Wir wurden in das Gewebe zwischen den Welten gerissen und wirbelten kurz durch das wunderschöne Sternenmeer, bevor meine Füße wieder festen Boden berührten und Darcy leichtfüßig neben mir landete, ohne dass ihre Schritte ins Wanken gerieten. Irgendwie vermisste ich meine tollpatschige kleine Prinzessin, aber als sie auf den losen Kies am Fuße des Berges trat, rutschte sie aus und mein Wunsch wurde erfüllt.

»Steinige Wichser«, fluchte sie.

Ich schoss nach vorn und fing sie grinsend auf, woraufhin sie mit rosafarbenen Wangen zu mir aufblickte.

»Wer legt denn eine Ladung Schindeln an den Fuß eines verdammten Berges?«, schimpfte sie.

»Schieben wir es doch auf die Sterne.« Ich lachte leise und ein Lächeln umspielte ihren Mund, als sie nickte.

Wir standen einen Moment zu lange da, berührten einander noch immer und verharrten in den unausgesprochenen Worten, die mich langsam in den Wahnsinn trieben. Dann drehte sich Darcy um und betrachtete die Aussicht, die uns erwartete, und ich wusste, dass jetzt nicht der richtige Zeitpunkt war, um das Thema anzusprechen. Ich brauchte einen Moment länger, um meinen Blick von ihr abzuwenden und den Berg zu betrachten, der sich über uns erhob und der angeblich vor langer Zeit von einem Vega-Fürsten gesegnet worden war.

»Also, wo ist das Rothium-Gras?« Sie ging auf einen grünen Fleck in der Nähe einer Tierspur zu.

»Es könnte überall auf diesem Berg sein«, sagte ich mit einem Stirnrunzeln. »Das ist es nicht. Es ist rosa.«

»Oh.« Sie richtete sich auf und zeigte auf die Tierspur. »Dann sollten wir uns wohl besser auf die Suche machen.«

Sie betrat den schmalen Pfad, und ich musste mich praktisch bücken, um auch auf den überwucherten Pfad zu passen, wo die dornigen Sträucher über die Höhe der Kreatur, die diese Spur angelegt hatte, hinausragten. Als Darcy merkte, dass ich an jedem Dornenbusch, an dem wir vorbeikamen, hängen blieb, nutzte sie ihre Erdmagie, um die Sträucher um uns herum zu teilen und sie zurückzudrücken, damit ich weitergehen konnte, ohne sie zu berühren.

Wir kletterten den gewundenen Pfad hinauf und suchten das Gras, während mein Blick gelegentlich zu Darcys Hintern wanderte und ich mich zwingen musste, mich zu konzentrieren. Aber sie war die Definition von Ablenkung.

Wir suchten jeden Felsen und jeden grasbewachsenen Hügel ab, aber von dem bunten Gras, das wir brauchten, war nichts zu sehen.

»Ich wette, es ist ganz oben«, meinte Darcy lachend und blickte auf die unglaubliche Aussicht, die sich uns bot, als wir einen hohen Kamm erklommen hatten.

»Zumindest verbringe ich den Tag mit dir auf diesem Berg«, murmelte ich.

»Was?«, rief sie zurück und warf einen Blick über ihre Schulter. Das Licht tauchte sie in einen herrlichen Dunst, und sie war so verdammt schön, dass es schien, als hätten die Sterne sie aus meinen verzweifeltsten Fantasien gepflückt.

Ich öffnete den Mund, um zu antworten, aber dann ertönte ein rasselndes, saugendes Geräusch zu meiner Rechten. Starr vor Schreck fing ich Darcys Blick auf und hob mit angespannten Muskeln mein Schwert zum Angriff.

Nymphen.

Gemini
Scorpio
Virgo
Cancer
Sagittarius
Leo
Taurus
Sagittarius
Capricorn
Aquarius
Libra
Pisces

DARCY

KAPITEL 5

Ich hob die Hände, Phönixfeuer züngelte an meinen Fingerspitzen, während ich auf die Kreaturen lauschte, die in den dichten Büschen am Berghang lauerten.

Orion machte sich für den Angriff bereit, den Kopf zur Seite geneigt, während auch er den Bewegungen der Nymphen folgte.

Ich wirkte eine Stillekuppel um uns herum und zog sie fest zusammen, damit wir nicht gehört wurden, als wir uns in die Deckung der Bäume zurückzogen.

»Wie viele?«, fragte ich; Adrenalin durchströmte meine Adern.

»Drei«, entgegnete er, und seine Augen wurden dunkel.

»Wir haben schon mehr erledigt«, gab ich zurück. Irgendwie freute ich mich auf den Kampf. Das Kämpfen fühlte sich mittlerweile fast so normal an wie das Atmen, und ich wusste, dass es damit zu tun hatte, dass ich meine innere Fae angenommen hatte. Wir lebten für Herausforderungen und den Nervenkitzel eines Kampfes, und ich würde unseren Feinden jetzt genauso entschlossen gegenübertreten, wie ich es in der Arena getan hatte. Nichts würde jemals so furchterregend sein wie die Situation, in die ich dort geworfen worden war – auf dem Boden kniend, ahnend, dass ich den Mann, den ich liebte, sterben sehen würde. Ich wusste instinktiv, dass ich es jetzt mit jedem Gegner aufnehmen konnte. Vielleicht könnte ich sogar den verdammten Lionel Acrux besiegen, wenn er sich entschließen würde, vor meiner Tür aufzutauchen.

»Du solltest deine Schnelligkeit nutzen, um dich von hinten an sie heranzuschleichen«, schlug ich vor, und Orion sah mich stirnrunzelnd an. Ein weiteres Rasseln schallte durch die Luft, und ich spürte, wie es mich Stück für Stück von meiner Magie abschnitt.

»Ich lasse dich nicht allein«, erklärte er schlicht, hob sein Schwert und richtete seinen Blick auf die Büsche vor uns.

Ich biss die Zähne zusammen angesichts seiner Sturheit. In seinen Augen funkelte dieser ursprüngliche Beschützerinstinkt, der ihn zu einem Höhlenmenschen machte.

»Wie oft muss ich dir noch sagen, dass ich keinen Schutz brauche?«, zischte ich.

»Und wie oft muss ich dir noch sagen, dass ich dich trotzdem beschützen werde?«, konterte er in seinem strengen Professorenton, was mich nur noch mehr verärgerte.

»Du bist zum Verrücktwerden.« Ich schnaubte.

»Und du bist süß, wenn du wütend bist. Sollen wir noch mehr Fakten übereinander zum Besten geben, Blue, oder stattdessen lieber ein paar Nymphen töten?« Er grinste mich verschmitzt an, und ich fuhr mir mit der Zunge über die Zähne.

Süß? Oh, ich werde ihm zeigen, wie süß ich bin.

Ich hob die Hände und sprengte die Büsche vor uns mit einer Flamme aus rotem und blauem Phönixfeuer weg, wodurch die drei Nymphen sichtbar wurden, die in ihren verwandelten Formen den Hügel herauf auf uns zuliefen. Ihre hungrigen roten Augen waren auf uns gerichtet und ihre Fühler nach uns ausgestreckt. Sie waren wie zum Leben erwachte Bäume, ihre Haut bestand aus einem dicken rindenartigen Panzer, der schwer zu durchdringen war, aber sicherlich nicht unmöglich.

Ich rannte auf sie zu, das Höllenfeuer in meinen Adern wartete nur darauf, entfesselt zu werden.

»Es ist eine Vega!«, rief eine der Nymphen, und es hörte sich an, als würde Holz an Metall reiben. »Tötet sie nicht, bringt sie zum König!«

»Nicht, bevor ich einen Geschmack von dieser Magie bekommen habe«, grunzte eine weitere Nymphe, und ich setzte eine Feuerwalze frei, die die Form von Flügeln annahm, auf sie zu schwebte und zwei von ihnen rücklings zu Boden warf. Die andere Nymphe war schneller und schoss auf uns zu, woraufhin Orion blitzschnell an mir vorbeiraste. Er schwang sein Schwert, das der Länge nach loderte, und rammte es direkt in die Brust der Nymphe. Sie starb kreischend und zerfiel zu Asche, während ich so schnell wie möglich den Hügel hinunter zu den anderen Nymphen rannte, die bereits im Begriff waren, sich wieder aufzurappeln.

Ihr Rasseln drang an meine Ohren, und plötzlich schien sich eine beklemmende Dunkelheit in meinem Hinterkopf auszubreiten. Eine Wut, wie ich sie noch nie zuvor verspürt hatte, stieg in mir auf, und ich hüllte meine Hände in Flammen, bevor ich auf die nächste Nymphe zustürzte und in wilder, ungezügelter Wut auf sie eindrosch. Ihre Fühler schlitzten meinen Rücken auf und ein Schmerzensschrei entfuhr mir, kurz bevor ich einen Feuerball direkt in die Brust der Nymphe schickte und ihn dort wachsen ließ. Dann sah ich dabei zu, wie die Bestie vor mir zu Asche wurde. Eine perverse Befriedigung erfüllte mich, während das Feuer in meinen Handflächen erlosch und das Gefühl der Macht berauschend durch meine Adern strömte.

Jenseits des Aschehaufens rannte nun auch die letzte Nymphe auf mich zu. Ich hob die Hände und fletschte die Zähne, während ich mich darauf vorbereitete, es mit ihr aufzunehmen. Ich sehnte mich danach, sie zu töten – für all das Leid, das meine Freunde erfahren hatten, für die Leute, die im Palast der Seelen gestorben waren, für meinen Vater, dessen Name in den Schmutz gezogen und dessen Magie von diesen Monstern gestohlen worden war. Und ich wollte es selbst tun. Ich musste spüren, wie sie durch meine Hand starb.

Ich ließ meine Flügel von meinem Rücken schnellen, erhob mich auf

Augenhöhe mit der riesigen Nymphe und streckte die Hände aus, während ich darauf wartete, dass sie mit mir kollidierte. Doch bevor es dazu kam, schoss Orion auf sie zu, schwang sein Schwert und enthauptete sie mit einem wütenden Hieb, der seinen Bizeps anschwellen und das schwarze Blut der Kreatur über seine Brust spritzen ließ.

Er erreichte den Boden zur selben Zeit wie der Kopf der Nymphe. Letzterer zerfiel zu Asche, und Orion blickte mit einem dunklen Lächeln zu mir auf.

Heißes, dickes Blut rann meinen Rücken hinunter, und mein Sweatshirt war durch meine Flügel fast vollständig verbrannt. Die Fetzen an meiner Brust hingen nur noch lose an meinem Körper, während der Geruch von Tod und Feuer in der Luft hing.

Ich flog auf Orion zu und landete vor ihm; die Wut pulsierte wie ein lebendiges Wesen durch meinen Körper.

»Das war mein Opfer«, knurrte ich.

»Du blutest und hast kein Feuer entzündet. Ich wollte nicht das Risiko eingehen, dass die Nymphe dir so nahe kommt, wie die andere es geschafft hat«, sagte er mit einer gewissen Härte in der Stimme.

»Ich bin keine Jungfrau in Nöten, die es zu retten gilt«, knurrte ich und stieß ihn in die Brust, woraufhin seine Reißzähne hervorschnellten, während er unverzüglich näher kam. Doch dann wurden seine Augen weicher, als er das Blut bemerkte, das von meinem Rücken auf den Boden tropfte.

»Du bist verletzt.« Er streckte die Hand aus, um mich zu heilen, aber ich schlug sie weg. »Warum bist du so wütend auf mich?«, fragte er und der Damm aus Emotionen in meiner Brust brach.

»Ich bin wütend, weil ich Angst habe«, gab ich eilig zu. »Denn wenn du weiterhin versuchst, mich zu retten, wirst du dich vielleicht eines Tages zwischen den Tod und mich stellen. Und er wird dich mir entreißen.« Die Offenbarung meiner schlimmsten Angst war schier unerträglich. »Oder vielleicht landest du wieder in Darkmore, weil du Entscheidungen für uns triffst, ohne mich zu fragen. Und dann verliere ich dich aufs Neue.«

»Das ist Liebe, Blue«, antwortete er ernst und packte meine Handgelenke, als ich ihn erneut wegstoßen wollte, nur um etwas von dieser brennenden Wut herauszulassen, die sich durch meinen Körper schlängelte. »Du hast mir unzählige Male den Arsch gerettet. Du tust es für mich, aber du kannst es nicht ertragen, dass ich mich revanchiere. Und weißt du, warum?«

Ich antwortete nicht, sondern knirschte mit den Zähnen, während ich versuchte, meine Handgelenke aus seinem Griff zu befreien. Aber er hielt mich unerbittlich fest und drückte meine rechte Handfläche gegen sein pochendes Herz.

»Weil du dich – außer von deiner Schwester – noch nie von jemandem hast lieben lassen. Du misstraust der Welt und dafür hast du verdammt gute Gründe, aber ich bin nicht dein Feind. Ich weiß, dass ich dir wehgetan habe, aber nur, weil meine Liebe zu dir größer ist als jede Galaxie in diesem Universum. Ich war unglücklich, bevor du in mein Leben getreten bist. Aber du hast einen Mann in mir geweckt, den ich verdammt noch mal mag. Und ich will ihn fast genauso wenig verlieren, wie ich dich verlieren will. Also ja, ich werde mich bei jeder Gelegenheit zwischen dich und den Tod stellen, und vielleicht macht dir das Angst, aber mir macht es keine Angst, Blue. Es gibt meinem Leben einen Sinn, den ich noch nie zuvor gespürt habe, und ich will ihn nie wieder verlieren.«

»Ich kann dir nicht beim Sterben zusehen.« Meine Stimme zitterte und verriet meine Angst vor dieser Möglichkeit. »Das würde ich nicht überleben, Lance. Schwöre mir, dass du nicht sterben wirst!«

Wir waren dem Tod in dieser Arena so nahe gekommen. Ich hatte sein Ende fast mitansehen müssen – und das war das Schmerzhafteste gewesen, was ich je erlebt hatte. Deshalb wollte ich jetzt stark genug sein, um es mit der ganzen Welt aufzunehmen und eine Feuerwand um ihn herum zu errichten, durch die kein Feind jemals dringen könnte.

»Das kann ich nicht versprechen, meine Schöne.« Er trat näher, ließ meine Handgelenke los und zeichnete stattdessen mit seinem Daumen die Linie meines Wangenknochens nach. »Aber ich kann dir versprechen, dass ich alles tun werde, um nicht zu sterben. Solange du das Gleiche versprichst.«

Ich nickte und lehnte mich in seine Berührung; eine heiße Träne kullerte über meine Wange, und er wischte sie weg, bevor er seine Hand fallen ließ. Und plötzlich lösten sich die Barrieren zwischen uns, und das Tier in mir bäumte sich erneut auf, wollte ihn näher zu sich ziehen und ihn gleichzeitig für all den Schmerz bestrafen, den er mir zugefügt hatte. Aber wie konnte ich wütend sein, wo er doch alles für mich getan hatte und dafür geächtet wurde? Niemand sah ihm auch nur in die Augen. Es war unerträglich.

Ich ließ mein Phönixfeuer über meinen Körper lodern, um meine Kleidung zu Asche zu verwandeln, die sich zu meinen Füßen sammelte. Meine Flügel schlugen sanft auf meinem Rücken, als ich zu Lance Orion aufsah. Mit diesem einen Blick gab ich ihm alles, was ich war. Sein Kehlkopf wippte, als sein Blick an mir hinabglitt und er meine harten Nippel und meinen glühenden, schmerzenden Körper betrachtete, der ganz allein ihm gehörte. Aber bevor sein Blick noch weiter nach Süden wandern konnte, löschte ich die Flammen, die meinen Körper bedeckten, und stürzte mich auf ihn. Mein Mund traf auf seinen, während ich gleichzeitig mit den Flügeln schlug und mich mehrere Zentimeter vom Boden entfernte.

Seine Hände bewegten sich zu meinem Rücken und heilten sofort die Wunden, die die Nymphe dort hinterlassen hatte. Und ich stöhnte, als er mich mit intensiven und fordernden Zungenschlägen küsste. Wieder schien sich eine Welle der Wut in mir zu erheben, die eine Lawine des Chaos mit sich brachte. Sie verzehrte mich so sehr, dass ich Orions Rücken zerkratzte und ein tiefes Knurren meine Lippen verließ, das mich dazu drängte, ihn zu beißen. Also versenkte ich meine Zähne in seiner Unterlippe.

Orion fluchte auf eine Art, die mir verriet, dass es ihm gefiel. Aber als ich mich zurückzog, sah ich, dass seine Lippen bluteten und ich sein Blut auf meinem eigenen Mund trug. *Ups.*

In seinen Augen tanzte die Dunkelheit, und plötzlich packte er mich, schlang meine Schenkel um seine Hüften und drückte meinen Arsch zusammen, während er mich an die Härte seines Schwanzes presste, der sich durch den Stoff seiner Hose drückte. Er saugte den letzten Rest seines Blutes von meinen Lippen, und ich akzeptierte die Tatsache, dass ich durch die lange Trennung von ihm zu einer kleinen Wildkatze geworden war. Vollkommen normal, den superheißen Vampir-Ex-Freund zu vernaschen, oder? Mhm.

Meine Nägel bohrten sich in seine Schultern, und ich ließ meine Flammen über seinen Körper gleiten, um seine Klamotten zu verbrennen, ohne ihn dabei zu verletzen. In diesem Moment wollte ich mich um nichts anderes kümmern, als ihm näher zu kommen.

Ich hob die Hüften und die glatte Spitze seines harten Schwanzes stieß gegen meine Mitte. Ich keuchte auf, als er mich erneut an sich zog und meine Hüften so lenkte, dass ich meine Erregung auf seinem Schaft verteilte.

Ich wimmerte vor Verlangen, und er stieß ein leises dunkles Lachen aus, bevor er mir einen weiteren unzüchtigen Kuss entlockte. Ich fröstelte vor lauter Vorfreude, wissend, dass er im Begriff war, mich zu beanspruchen.

»Nimm mich«, flehte ich. »Ich gehöre dir, seitdem du mich zum ersten Mal *Blue* genannt hast.«

Er seufzte, als wären diese Worte ein Geschenk der Sterne, und stieß hart in mich hinein. Ich schlug mit den Flügeln, um mich zu stabilisieren, während ich aufschrie und den Kopf nach hinten warf. Meine Haare loderten in Flammen aus reinstem Blau auf.

Orion drückte meinen Hintern fester, während er stöhnend meine Hüften steuerte und meinen ganzen Körper nur mit der Kraft seiner Arme auf und ab bewegte, um wieder und wieder in mich zu stoßen.

»Sieh mich an!«, befahl er, und ich hob den Kopf. Meine Augen waren verhangen vor Lust, aber ich sah, wie sein Brustkorb wackelte, als er angestrengt ein- und ausatmete. Die Intensität seines Blickes schickte eine Flut der Lust durch mein Innerstes, und ich keuchte, stöhnte und hielt mich an seinen Schultern fest, während meine Flügel unaufhörlich weiterschlugen und uns im Gleichgewicht hielten.

Das Ganze war so intensiv, dass ich mich bereits auf einen unmöglichen Höhepunkt zubewegte. Mit jedem Hüftstoß seinerseits und jeder Wölbung meines Rückens rieb meine Klit über sein Geschlecht. Wir wurden zu einem perfekten Wesen der absoluten Lust, während sein Schwanz die köstlich süße Stelle in mir traf.

In einer langsamen erschütternden Welle der Lust kam ich schließlich. Geschwächt schmiegte ich meinen Körper an seinen, woraufhin sich unsere Münder trafen. Er fickte mich durch meinen Orgasmus hindurch, während seine Zunge den Geschmack meiner Zunge aufsaugte.

Bevor ich herausfinden konnte, wo oben und wo unten war, bewegte er sich mit vampirischer Geschwindigkeit, positionierte mich auf dem trockenen Boden und schoss hinter mich. Er drückte mich auf Hände und Knie, legte eine Hand auf meinen Rücken, kniete sich hinter mich und ließ seine Hand so fest auf meinen Hintern klatschen, dass ich aufschrie.

»Lance«, bettelte ich atemlos. Ich wollte mehr, ich brauchte mehr. Ich wollte alles, was er zu bieten hatte. Schmerz, Vergnügen, – ganz egal, solange es von ihm kam.

Ich ließ meine Flügel verglühen und die Glut um uns herum versprühen, als er seine Hand meine Wirbelsäule hinaufgleiten ließ und diese unglaubliche Stelle zwischen meinen Schulterblättern streichelte, die mich vor Verlangen zittern ließ.

»Ich habe dich geschont, Blue«, sagte er und strich mit seiner Hand über den brennenden Abdruck, den er auf meinem Hintern hinterlassen hatte. Aber er machte keine Anstalten, ihn zu heilen. »Aber du hast dich vor meinen Augen zur stärksten Fae entwickelt, die ich kenne. Und ich weiß, dass dir das gefällt.« Er versohlte mir erneut den Hintern, sogar noch härter als zuvor, aber dieses Mal widmete er sich der Rückseite meines Oberschenkels, was mir einen Schrei und ein Stöhnen entlockte.

»Willst du herausfinden, warum keine andere Formgebung so gut ficken kann wie meine?«, fragte er eingebildet, und ich warf einen Blick über meine Schulter. Seine Haare waren zerzaust und seine Augen so voller Lust, dass meine Pussy vor Verlangen pulsierte.

»Ja«, keuchte ich und meine Haut kribbelte, begierig nach seinen Berührungen, während in meiner Brust die Neugier brannte.

Er grinste, während er seinen herrlichen Schwanz erneut an meinem Eingang positionierte und jeden einzelnen Zentimeter in einem einzigen Stoß in mich schob. Ich sah nur noch Sterne. Ich stöhnte seinen Namen, während ich die Augen schloss, und er versohlte mir kräftig den Hintern, während ich mich an seine Größe in mir gewöhnte.

»Schau mich an! Ich will die Sterne in deinen Augen explodieren sehen, wenn du kommst«, sagte er und ich tat, was er verlangte. Ich sah ihm zu, wie er seine Hand unter mich schob, meine Klit fand und Wassermagie auf meine empfindliche Haut zielte. Lust jagte durch meinen Körper, als seine Finger sich schnell – so unglaublich schnell – zu bewegen begannen.

O mein Gott.

Er nutzte die Gaben seiner Formgebung, sodass seine Finger praktisch auf meiner glitschigen Mitte vibrierten. Ich konnte meinen nächsten Orgasmus kaum zurückhalten. Meine Hüften bebten vor Verlangen, dass er sich in mir bewegte.

»Bitte«, keuchte ich.

»Mach dich bereit«, sagte er mit einem Hauch von Belustigung in der Stimme, und ich wappnete mich – gerade noch rechtzeitig, denn er begann bereits, in mich zu stoßen. Sein Schwanz passte sich dem Tempo seiner Finger an, und ich kam kaum noch zu Atem. Es fühlte sich fast so an, als würde er in mir vibrieren, als er mit unvorstellbarer Geschwindigkeit in mich eindrang und meine Innenwände ihn fester umklammerten, woraufhin er vor Lust knurrte.

Er fickte mich immer schneller und härter, bis ich über seine gesamte Länge kam. Mein Mund gab verzerrte Laute von sich, und ein weiterer Orgasmus jagte bereits den letzten. Die Lust machte mich schwach, während mein ganzer Körper zitterte.

Er packte meine Hüften und hielt mich genau dort, wo er mich haben wollte, während er immer wieder in mich eindrang. Während sein Schwanz meinen G-Punkt traf, übten seine Finger eine unheilvolle Magie auf meine übersensibilisierte Klitoris aus.

»Noch mal!«, befahl er.

»Ich kann nicht«, keuchte ich, denn ich war mir sicher, dass dem so war. Aber seine Hand landete erneut auf meinem Hintern, und eine weitere Welle der Lust schoss durch meinen Körper.

»Du kannst«, erklärte er lachend, und ich stöhnte auf, was seine verdammte Behauptung untermauerte. Er zeigte keine Gnade mit mir.

Meine Knie schmerzten, und ich krallte meine Finger in den Boden, um mich daran zu hindern, nach vorn zu fallen. Ich nahm alles, was er mir gab, mit der Bitte nach mehr auf den Lippen, als ich erkannte, dass ich die Grenze erreichen wollte, zu der er mich drängte.

Als er mich irgendwie in eine weitere gewaltige Erlösung lockte und meine Pussy sich fest um seinen Schwanz schloss, hauchte er eine Reihe von Schimpfwörtern, dann erstarrte er tief in mir, füllte mich aus und stöhnte durch sein eigenes Vergnügen, während sich seine Finger schmerzhaft in meine Hüften gruben und er mir jeden Tropfen von sich gab. Er schob sich noch mehrmals langsam in mich hinein, und ich ließ den Kopf zu Boden fallen, als die Kraft aus meinem Körper wich.

Er glitt aus mir heraus und fiel zurück. Ich setzte mich auf, drehte mich zu ihm um und musterte ihn in seiner ganzen Nach-dem-Sex-Pracht: Seine Haare waren ein Wirrwarr aus verschwitzten Strähnen auf seiner Stirn und seine Muskeln so hart, dass sich seine Bauchmuskeln bei jedem Keuchen, das er ausstieß, bewegten. Er hielt meinen Blick fest, und in seinen Augen erwartete mich eine dunkle Oase, während ein Lächeln seine Lippen umspielte.

»Du hast uns sämtliche Klamotten vom Leib gebrannt«, sagte er, dann fing er an zu lachen und das Geräusch war so ansteckend, dass ich sofort mitmachte.

»Wie kommen wir jetzt zurück ins Burrows, ohne gesehen zu werden?« Ich kroch an seine Seite, legte mich neben ihn und drehte mich auf den Rücken, um in den azurblauen Himmel zu blicken.

»Da hat jemand eindeutig nicht gut genug aufgepasst, Miss Vega«, scherzte er.

»Was meinst du?« Ich sah ihn mit einem Stirnrunzeln an.

»Vampirgeschwindigkeit«, erklärte er. »Ich kann uns so schnell transportieren wie der verdammte Wind. Niemand wird uns sehen.«

Ich saugte an meiner Unterlippe, die nach wie vor nach ihm schmeckte, und stellte glücklich fest, dass seine Berührung die ganze Wut in meiner Brust vertrieben hatte.

»Wir müssen nach wie vor das Rothium-Gras finden«, sagte ich, aber er hob eine Hand und deutete hinter mich, woraufhin ich mich umdrehte und das leuchtend rosafarbene Gras entdeckte, das dort unter einem Busch wuchs.

»Ich glaube, das haben wir bereits.«

Seufzend gab ich ihm die Wärme meiner Formgebung, während ich mich an ihn schmiegte, weil ich diesen Moment zwischen uns noch nicht beenden wollte.

»Sind wir ... wieder zusammen, Blue?«, fragte Orion nach einer Weile, und mein Herz wäre vor Glück fast explodiert.

»Ich glaube nicht, dass wir jemals wirklich getrennt waren, Lance«, flüsterte ich und drehte den Kopf, um ihn anzusehen, wobei ich ein Zögern in seinen Augen entdeckte. Aber er blinzelte und vertrieb es, stattdessen leuchtete sein Blick vor Seligkeit und er beugte sich vor, um mir einen Kuss zu geben, der mich für immer beanspruchen sollte. Es war ein Kuss, der schwor, dass wir uns nie wieder trennen, sondern mit der Kraft des Mondes umeinander kämpfen würden. Und dass, egal, wohin es uns trieb, der andere immer folgen würde.

Scorpio
Gemini
Virgo
Cancer
Aries
Leo
Taurus
Sagittarius
Capricorn
Aquarius
Libra
Pisces

CALEB

KAPITEL 6

Ich hatte eine weitere Nacht damit verbracht, mich hin und her zu wälzen, während mein Gehirn all das hatte Revue passieren lassen, was geschehen war – vom Kampf bis hin zu der Flucht um unser verdammtes Leben. Im Namen der Rebellion gegen Lionel Acrux hatten wir alles zurückgelassen.

Tatsächlich war es mehr als eine Rebellion. Indem wir uns gemeinsam mit den Vegas klar gegen ihn positioniert hatten, war offensichtlich, dass wir am Weihnachtstag einen Bürgerkrieg ausgerufen hatten. Fortan würden wir dafür kämpfen, zu gewinnen.

Später, gegen Morgengrauen, war ich schließlich eingeschlafen – mit der Frage im Hinterkopf, wo zum Teufel Seth mal wieder steckte. In seiner Abwesenheit hatte ich das gesamte Bett in Beschlag genommen, um an diesem seltsamen Ort etwas Ruhe zu finden.

Ein lautes Klopfen erschütterte die Tür, und ich stöhnte auf und verfluchte denjenigen, der versuchte, mich zu wecken. Ich rief auch ein oder zwei auserlesene Beleidigungen, während ich mein Kissen über den Kopf zog.

»Cal?« Max' besorgte Stimme erreichte mich, und ich runzelte die Stirn, als ich die Welle von Emotionen spürte, die durch die Tür hereinströmte. Er wirkte besorgt.

»Was ist los?«, fragte ich nervös, richtete mich auf und setzte meine Magie ein, um die Tür zu entsperren.

Max betrat augenblicklich den Raum und kam mit einem Atlas in der Hand auf mich zu. Hamish hatte uns nicht lokalisierbare Exemplare ausgehändigt, damit wir auch außerhalb dieses Ortes auf dem Laufenden bleiben konnten.

»Lionel ist bereits gegen unsere Familien vorgegangen«, knurrte er und hielt mir das Gerät hin. Mein Herz setzte einen Schlag aus, als ich an meine Mutter, meinen Vater und meine Geschwister dachte.

Meine Augen weiteten sich, als ich den Artikel las, den er mir vor die Nase hielt – und der vor weniger als einer Stunde in der *Celestial Times* gedruckt worden war.

Ein neues Zeitalter für Solaria!

Der Celestia-Rat hat seine Unterstützung für die drei neuen Erben angekündigt, die ihre Plätze einnehmen werden, wenn die Zeit für die Nachfolge gekommen ist. Hadley Altair, Ellis Rigel und Athena Capella sind nach den schockierenden Ereignissen, in deren Verlauf sich die eigentlichen Erben alle von ihrem bisherigen Lebensweg abgewandt und sich den labilen und unzuverlässigen Vega-Zwillingen angeschlossen haben, nun die direkten Nachfolger.

Seit Monaten kursieren Berichte über die seltsame Macht, mit der die Vega-Mädchen die Aufmerksamkeit der vier Jungen auf sich gezogen haben. Jungen, die einst eine so vielversprechende Zukunft vor sich hatten.

Es heißt, dass Gwendalina (Darcy) Vega schon seit Langem durch Gedankenkontrolle diejenigen, die ihr am nächsten stehen, davon überzeugt hat, an die Raben zu glauben, die sie angeblich sieht. Nachdem sie die Existenz dieser Raben glaubhaft gemacht hat, nutzt sie diese Illusion, um diejenigen, die sie zu kontrollieren sucht, mit Lügen und Wahnvorstellungen zu füttern – genau, wie es die Phönixe vor tausend Jahren getan haben.

Es wurde einst ausführlich dokumentiert, wie hinterlistig und gefährlich die Formgebung der Phönixe sein kann, wenn ihre abartigen Fähigkeiten auf alle möglichen schrecklichen und bewusstseinsverändernden Arten zum Einsatz kommen.

Leider gibt es keine Hoffnung, die Opfer wieder in ihren früheren Zustand zurückzuversetzen, sobald die Macht der Phönixe einmal dazu benutzt wurde, ihren Geist zu infizieren. Als klar wurde, dass diese Mädchen ihre böse Magie gegen die Erben dieses Königreichs einsetzen, war der Zeitpunkt für eine Rettung leider bereits verstrichen. Ganz zu schweigen davon, dass es zu riskant wäre, sie mit ihrem jetzt verdorbenen Geist jemals in eine Machtposition zu bringen.

Auch die Berichte über die Sexmagie, die Roxanya (Tory) Vega gegen die ehemaligen Erben eingesetzt hat, mehren sich. Erst kürzlich wurde entdeckt, dass es sich auch hierbei um eine Macht handelt, die die Phönixe der Legende nach einst besaßen.

Einige ihrer Art verfügten über Verführungs- und Liebesmagie, die weitaus gefährlicher ist als selbst die Gaben der Inkubi. Wer einmal mit einer solchen Kreatur geschlafen hat, ist an sie gebunden. Indem sie ihren Körper für solch unzüchtige und promiskuitive Handlungen missbraucht, stiehlt Roxanya tatsächlich Teile der Seelen der Männer, mit denen sie Geschlechtsverkehr hatte, und bindet sie an ihren Willen. Mittlerweile sind viele Berichte ans Licht gekommen, die beweisen, dass sie regelmäßige und, wie manche sagen würden, vulgäre sexuelle Beziehungen mit allen vier ehemaligen Erben hatte. Sie arbeitet weiter daran, sie alle unter ihre Kontrolle zu bringen, und so haben die Vega-Zwillinge den Geist und den Körper der Jungen gefangen genommen, von denen wir einst hofften, dass sie unser Königreich anführen würden.

Aber verzagt nicht! Unser Königreich lässt sich nicht so leicht in die Knie zwingen. Angesichts der beunruhigenden Ereignisse, die sich mit den ehemaligen Erben zugetragen haben, setzen der Celestia-Rat und unser König selbst große Hoffnungen und Vertrauen in ihre Nachfolger. Ein hellerer Morgen steht bevor. Doch jetzt besteht die Befürchtung, dass der von den Töchtern des Grausamen Königs angeführte Rebellenaufstand das Leben unserer treuen Bürger gefährden könnte.

Unser König wird unermüdlich daran arbeiten, diesen kleinen Aufstand machthungriger Fae zu unterdrücken, die sich im Schatten herumtreiben und es nicht wagen, ihn direkt herauszufordern.

Er wird vor nichts zurückschrecken, um die Sicherheit seines Volkes zu gewährleisten, und wir alle sollten ihn für das loben, was er bereits im Namen unseres Schutzes unternommen hat.

Viele Angriffe der Nymphen wurden erfolgreich abgewehrt und die Kreaturen unter Kontrolle gebracht, sodass die Bedrohung, die sie einst darstellten, gebannt ist. Nun stellt er sich gern der Herausforderung, uns alle vor dieser neuen und besorgniserregenden Gefahr für unsere großartige Nation zu schützen.

Unter dem Artikel befand sich eine Bilderserie – darunter auch Fotos unserer Familien, die bisher von der Presse ferngehalten worden waren. Da waren Bilder von Darius und mir, wie wir vor Monaten mit Tory im Club getanzt hatten, einige von mir und ihr bei der Jagd – sogar eines, auf dem ich sie über einen Tisch im *Tarot*-Klassenzimmer beugte. Es war verpixelt und offensichtlich von einem perversen Arschloch aufgenommen worden, aber man konnte sehen, wie ihr Rock hochgeschoben worden war und meine Hose halb herunterhing, auch wenn man unsere Gesichter nicht erkennen konnte.

Dann waren da Bilder von ihr und Darius in verschiedenen emotionalen Momenten, ein Foto, auf dem sie Max küsste, nachdem er sie mit seinem Sirenengesang verführt hatte, und mehrere von Seth, der seinen Arm um sie geschlungen hatte und ihr etwas ins Ohr flüsterte, was höchstwahrscheinlich nur eine Art Drohung gewesen war. Aber in Kombination mit den anderen Fotos trugen auch sie dazu bei, das Bild von Torys Sexharem zu zeichnen.

Die Bilder von Darcy und uns waren ebenso sorgfältig ausgewählt worden. Einige zeigten uns lachend mit ihr beim Pitball-Training, auf anderen sahen wir sie an, als wären wir in sie verliebt. Es gab sogar ein Bild von mir, auf dem ich mit gesenktem Kopf vor ihr kniete. Ich war mir fast sicher, dass das Bild beim Binden meiner Schnürsenkel aufgenommen worden war. Viele der Fotos zeigten sie zusammen mit Seth, unter anderem davon, wie er ihr Zimmer an der Academy betrat, und sogar ein paar, auf denen sie über ihm stand, nachdem sie ihm dieses eine Mal gehörig den Hintern versohlt hatte.

Dann war da eine ganze Seite mit perfekt inszenierten Bildern unserer Geschwister, die ausgewählt worden waren, um unseren Platz einzunehmen.

Als hätte Machtanspruch überhaupt nichts zu bedeuten und Lionel könnte einfach so eine Entscheidung aus einer Laune heraus treffen. Ich ließ den Blick über das Gesicht meines Bruders schweifen und war mir sicher, dass ich dort Anspannung sehen konnte, als er für das Foto posierte. Meine Kehle wurde eng, und ich fragte mich, womit Lionel ihm gedroht hatte, damit er bei dieser Sache mitspielte.

»Fuck!«, stieß ich hervor, ließ den Atlas in meinen Schoß fallen und schaute zu Max auf, der sich das Gesicht rieb.

»Mein Dad würde Ellis niemals als Erbin unterstützen«, sagte er. »Nicht, ohne dazu gezwungen zu werden. Er hat mich immer entschlossen unterstützt, und sie hat nur ein verdammtes Element. Außerdem könnte sie mich genauso wenig besiegen, wie selbst zum verdammten Mond fliegen.«

»Ja, das Ganze stinkt nach diesem Arschloch mit der Krone«, stimmte ich knurrend zu.

»Wir müssen mit den anderen reden. Seth ist …«

»Seth ist was?«, fragte Seth, der gerade aufgetaucht war, seinen Kopf durch die Tür steckte und uns angrinste.

»Zeig es ihm!«, grunzte ich, sprang aus dem Bett und suchte nach Klamotten.

Ich hatte etwas Zeit damit verbracht, meine Erdmagie in diesem Raum einzusetzen, den ich als Schlafzimmer nutzen durfte, also besaß ich einen Kleiderschrank, ein richtiges Bett, einen Spiegel und sogar Bettwäsche, die ich in einem mehrstündigen Prozess von Grund auf hergestellt hatte, indem ich dazu übergangen war, meine eigene Baumwolle zu spinnen. Der Spiegel war einfacher erhitzter Sand mit einem Holzrahmen, und die restlichen Möbel bestanden ebenfalls aus Holz, das mithilfe meiner Magie an Ort und Stelle gewachsen war. Ich hatte sogar eine Immerflamme in eine Glaslampe über dem Bett platziert und mir einen Teppich aus Gras gemacht, der so weich war, dass er sich unter meinen nackten Füßen wie Seide anfühlte. Ich war nicht umsonst der Terra-Erbe. Auch wenn ich das jetzt möglicherweise gar nicht mehr war.

Ich ließ meine Boxershorts fallen, zog frische Sachen an, versuchte, mich wegen der geliehenen Sachen nicht zu echauffieren, und nahm mir vor, meine eigene Kleidung zu entwerfen, wenn ich das nächste Mal ein paar Stunden totzuschlagen hatte. Entweder das oder ich würde shoppen gehen. Wir waren Rebellen, keine verdammten Obdachlosen, verdammt noch mal.

Ich spürte, wie ich beim Umziehen beobachtet wurde, und drehte mich um, wobei ich für den Bruchteil einer Sekunde Seths Blick auffing. In dem Moment nahm er den Atlas und ließ sich auf mein Bett fallen, um den Artikel zu lesen.

Bei dem Gedanken, ihn beim Starren ertappt zu haben, kribbelte es auf meiner Haut, und ich runzelte die Stirn. Warum gefiel mir das so? Aber als ein wehmütiges Heulen von seinen Lippen kam, ging ich auf ihn zu. Ich knirschte mit den Zähnen, als ich seinen Schmerz hörte.

»Das ist eine gute Sache«, sagte ich, setzte mich neben ihn und legte meine Hand auf seine Schulter, während Max sich auf seine andere Seite fallen ließ.

»Inwiefern ist das eine gute Sache?«, fragte Seth und ließ seine dunklen Augen in meine Richtung schnellen. Ich drückte seine Schulter fester.

»Weil sie mitspielen. Ich kenne meine Mutter und sie würde Hadley nie den Vorzug geben, es sei denn, er würde mich herausfordern und gewinnen.

Das ist es, was wahre Fae tun. Sie beanspruchen ihre verdammte Macht. Sie würde ihn nie einfach so meinen Platz einnehmen lassen – es sei denn, sie weiß, dass es der einzige Weg ist, unsere Familie zu schützen.«

»Er hat recht«, bestätigte Max. »Denk doch mal darüber nach! Lionel wird sie bedroht haben, und allem Anschein nach ist er mit den Schatten und dieser Schattenhexe unter seinem Kommando mächtiger als unsere Eltern. Wenn sie sich nicht fügen, könnte er sie töten.«

»Dann sollten sie vielleicht auch weglaufen?«, überlegte Seth. »Sie könnten alle hierherkommen, sich uns anschließen und …«

»Wir müssen einen Weg finden, mit ihnen in Kontakt zu treten«, sagte ich entschlossen. »Und wir brauchen auch Darius' Meinung dazu. Wo ist er?«

»Er fickt Tory Vega, was sonst«, sagte Max mit einem spöttischen Schnauben. »Ich weiß, dass ihr keine Sirenen seid, aber diese Menge an Lust spürt ihr doch sicherlich auch, oder nicht?«

Ich lachte leise, schüttelte den Kopf und stand auf.

»Die können nicht immerzu nur ficken«, gab ich zu bedenken. »Die schlafen wahrscheinlich oder so. Außerdem müssen die auch mal was essen.«

»Wir werden ja sehen.« Max ging zur Tür. Ich setzte mich ebenfalls in Bewegung, warf aber einen Blick zurück und sah, dass Seth unbewegt auf meinem Bett saß und völlig niedergeschlagen auf den Boden starrte.

»Hey!«, fuhr ich ihn an, schoss auf ihn zu, packte ihn an den Haaren und riss daran, damit er mich ansah. »Kein Schmollen! Wir kriegen das schon hin.«

Seths Augen weiteten sich, und er nickte langsam, während seine Zunge seine Lippen befeuchtete und meine Aufmerksamkeit für einen Moment auf sich zog.

»Na gut«, erklärte er grinsend. »Aber du musst nicht gleich einen auf Dom machen.«

»Pah, es würde dir gefallen, wenn ich den Dom raushängen lassen würde«, gab ich zurück, zog etwas fester an seinen Haaren und genoss es, ihn so unter mir zu haben.

»Vielleicht würde es das«, antwortete er, und als sich unsere Blicke trafen, verschwand der scherzhafte Ton in unserem Gespräch und mein Puls beschleunigte sich angesichts dieser verrückten Idee.

Ich bewegte mich einen Schritt auf ihn zu und ließ meinen Blick über sein Gesicht schweifen, während er mich mit einer Art Verletzlichkeit in den Augen ansah – als wollte er mir etwas sagen, ohne es auszusprechen. Und ich wollte unbedingt wissen, was das war.

»Kommt ihr Wichser jetzt oder was?«, rief Max von draußen, und ich ließ Seths Haare los, lachte laut auf, trat einen Schritt zurück und bedeutete ihm mit einem Nicken, mir zu folgen.

»Scheint, als müssten wir das verschieben«, neckte ich ihn und Seth lachte fast schon manisch.

»Sieht ganz so aus. Sag mir einfach, wo und wann – ich bringe den Knebel und die Handschellen mit.«

Ich schmunzelte angesichts der Lächerlichkeit dieser Idee, und Seth ging an mir vorbei, als wir den Korridor erreichten. Dabei rempelte er mich so heftig an, dass ich gegen die verdammte Wand knallte.

»Arschloch«, rief ich ihm nach, und er zeigte mir über seine Schulter den Mittelfinger, bevor er loslief, um Max einzuholen, und mich zurückließ.

Ich folgte ihnen durch die sogenannten königlichen Gemächer, die Korridore, die uns als Unterkunft dienten, und die grob behauenen Tunnel, die aus nichts anderem als dem Fels bestanden, in den sie geschlagen worden waren. An den Wänden brannten in bestimmten Abständen Immerflammen, um den Weg zu erhellen.

Max blieb vor der Tür zu Torys und Darius' Zimmer stehen und klopfte laut, während Seth und ich uns neben ihn stellten.

Es folgte eine lange Pause, aber niemand antwortete. Und obwohl ich meine Ohren spitzte, hörte ich kein Geräusch jenseits der Tür.

»Bist du sicher, dass sie hier sind? Denn wenn ja, benutzen sie eine Stillekuppel«, sagte ich und Max stöhnte.

»Um all die verdammten Sexgeräusche zu übertönen«. Er warf uns einen Hab-ich-ja-gesagt-Blick zu.

»Wenigstens einer von uns kommt zum Zug«, brummte Seth, und ich zog überrascht eine Augenbraue hoch.

»Du etwa nicht? Du hast mir doch gesagt, dass du dir kein Zimmer mit mir teilen willst, weil du planst, deine Nächte damit zu verbringen, dir von einem heimlichen Liebhaber einen runterholen zu lassen.«

Max schnaubte. »Wahrscheinlich hat er damit seine verdammte Hand gemeint, genau wie ich es heutzutage tue. Wusstet ihr, dass sich Gerry nach wie vor nicht mit mir abgibt? Obwohl ich jetzt ein sternverdammter Rebell bin?«

»Seth?«, hakte ich nach und runzelte die Stirn, als er den Blick abwandte und auf die Tür zu Darius' Zimmer zuging. Er legte seine Hand darauf, als plante er, das Schloss aufzubrechen.

»Ein Gentleman genießt und schweigt«, antwortete er, ohne mich anzusehen, während er sich auf die Tür konzentrierte, und ich warf Max einen verwirrten Blick zu. Doch der zuckte nur mit den Schultern. Er schien sich eindeutig mehr für sein Geraldine-Drama zu interessieren als für Seths nächtliche Eskapaden.

Ich schürzte die Lippen und ließ die Fragen fallen. Es war mir ohnehin scheißegal, mit wem er es trieb.

»Ich hab's!«, verkündete Seth, und einen Augenblick später schwang die Tür auf und gab den Blick auf Darius und Tory frei, die zusammen im Bett lagen. Doch anstatt sie, wie wir alle erwartet hatten, beim animalischen Liebesspiel zu erwischen, fanden wir sie eng aneinandergeschmiegt vor.

Tory lag mit geschlossenen Augen und tief atmend in Darius' Armen, während er mit seinen Fingerspitzen über ihren Rücken strich. Die Bettlaken waren so weit über sie gezogen, dass der Großteil ihres Körpers vor uns verborgen war.

Sein Blick fiel sofort auf uns, aber in dem kurzen Moment zuvor hatte ich in seinem Gesichtsausdruck eine tiefe Zufriedenheit gesehen, als er sie beobachtet hatte. Ein Knoten in meiner Brust löste sich, als ich erkannte, dass dieser Albtraum wenigstens eine gute Sache mit sich gebracht hatte. Die Sterne waren endlich gezwungen gewesen, ihre Meinung zu überdenken, und es sah so aus, als hätte sich alles, was die beiden durchgemacht hatten, gelohnt.

Darius runzelte die Stirn, sichtlich unbeeindruckt von der Unterbrechung. Er schnippte mit den Fingern, um die Stillekuppel aufzulösen, bevor er das Laken fester um Tory zog, um ihren Körper vor unseren Blicken zu verbergen.

»Was ist los?«, knurrte er mit leiser Stimme, um sie nicht zu wecken, während sich seine Muskeln in Erwartung eines Kampfes anspannten.

»Nichts Lebensbedrohliches«, beruhigte ich ihn, bevor er ausflippen konnte.

»Aber wir müssen reden«, drängte Max. »Und wir haben nicht alle Sex auf Abruf, also hör auf, Salz in unsere Wunden zu streuen, und komm raus, um mit uns zu reden.«

Darius rollte bei der halbherzigen Stichelei mit den Augen, stand langsam auf und entlockte Tory dabei ein protestierendes Murmeln. Schläfrig griff sie nach ihm.

»Ich dachte, ich schulde dir zum Aufwachen einen Blowjob?«, murmelte sie, packte seinen Arm und brachte ihn zum Innehalten.

»Darauf komme ich später definitiv zurück, Baby. Aber im Moment stehen drei Arschlöcher vor der Tür«, antwortete Darius und beugte sich zu ihr hinunter, um ihr einen Kuss auf die Haare zu drücken.

Tory drehte sich zu uns und öffnete die Augen einen Spaltbreit. Darius beugte sich vor, um sicherzustellen, dass das Laken über ihren Brüsten blieb, um sie vor unseren Blicken zu schützen, und ein besitzergreifendes Knurren entfuhr ihm, während sein Drache uns aus den Tiefen seiner Augen heraus anstarrte – eine klare Warnung.

»Wollt ihr Arschlöcher nur ihn, oder muss ich meinen Hintern ebenfalls aus dem Bett wuchten?«, fragte sie uns, rieb sich mit der Faust den Schlaf aus einem Auge und gähnte.

»Nur den Drachen, danke, Sweetheart«, bestätigte ich, und sie nickte, griff nach einem Kissen und zog es demonstrativ über ihr Gesicht.

»Die soll mir nicht noch mal behaupten, keine Prinzessin zu sein.« Seth verließ schnaubend den Raum, als Darius in Jeans und Turnschuhen auf uns zukam, ohne sich die Mühe zu machen, ein Shirt überzuziehen.

Es war kalt hier unten unter der Erde, mitten in der verfluchten Pampa, aber für die Feuerelementare unter uns war das kein allzu großes Problem.

Darius und Seth gingen vor Max und mir, und mein Blick wanderte über das Tattoo auf dem Rücken meines Freundes. Ich betrachtete den Phönix und den Drachen auf seiner Haut, die sich in einer Art Kampf zu befinden schienen. Ich hatte das Bild schon immer gemocht, aber jetzt wirkte es anders als zuvor. Denn statt der Hitze des Gefechts, die ich immer darin gesehen hatte, erinnerte es mich jetzt mehr an einen Tanz. Zwei Raubtiere, die auf ihresgleichen getroffen waren und um nichts weiter kämpften als um den Nervenkitzel der Gesellschaft des anderen und die Herausforderung, die sie darstellten.

Wir gingen in die große Höhle, die für die Mahlzeiten vorgesehen war, und Seth suchte sich einen Platz in der Mitte des runden Raumes aus, wo ein einfacher Tisch und Sitzgelegenheiten aus den Felsen gehauen worden waren. Er sah genauso aus wie jeder andere Tisch hier, aber ich vermutete, dass es seine Lage vorn in der Mitte war, die ihn anzog. Der kreisförmige Grundriss der gewölbten Höhle erinnerte tatsächlich ein wenig an den Orb.

Bevor er sich hinsetzen konnte, fuchtelte ich mit der Hand und versprühte Magie in Richtung der Steinbank, baute eine Lehne aus Holz und Blättern, die sich beim Wachsen miteinander verflochten, und polsterte das Ganze dann mit einer Schicht blutroter Rosen, deren Blütenblätter weicher als Seide waren. Ich hörte erst auf, als die Bank unserer Lieblingscouch ähnelte.

Seth grinste breit, während er eine Stillekuppel um uns herum erzeugte, dann ließ er sich auf den modifizierten Sitz sinken und ich nahm meinen Platz neben ihm ein und stupste ihn mit dem Ellbogen an.

»Ich wusste, dass du ohne die Annehmlichkeiten von zu Hause nicht zurechtkommen würdest«, neckte ich ihn und er schubste mich zurück.

»Sagt der Typ, der seine unterirdische Höhle so eingerichtet hat, als würde sie in ein Fünfsternehotel gehören«, witzelte Seth.

»Hey, niemand hat gesagt, dass ein Rebell in Elend leben muss«, gab ich zurück und schubste ihn erneut, aber bevor wir in einen ausgewachsenen Ringkampf verfallen konnten, schob Max uns auseinander und setzte sich zwischen uns.

»Hört auf, miteinander zu flirten, und konzentriert euch stattdessen auf das Problem hier!«, schnauzte er und schob eine ganze Wagenladung ernsthafter Energie in unsere Richtung, um die Stimmung zu drücken. Es war nur Spaß gewesen, warum fühlte ich mich also plötzlich unbehaglich?

Darius las den Artikel auf dem Atlas und ignorierte uns alle, während er den neuesten Schwachsinn zur Kenntnis nahm, der uns um die Ohren gehauen worden war. Mein Magen knurrte und ich sah mich hoffnungsvoll um.

»Der Service hier ist ein verdammter Witz«, murmelte ich und blickte zwischen den Rebellen hin und her, die alle an verschiedenen Tischen versammelt waren und von denen jeder sein eigenes Essen aß und Kaffee trank, während keiner von ihnen geneigt schien, uns etwas davon zu bringen.

Wir zogen viele Blicke auf uns, selbst nach ein paar Tagen hier unten, und es war offensichtlich, dass die meisten von ihnen uns kein bisschen vertrauten. Aber da wir mächtige Typen waren und die Vegas höchstpersönlich für uns gebürgt hatten, schien niemand geneigt zu sein, seine Gedanken über die Gründe, aus denen sie uns nicht mochten, zu äußern, sodass wir größtenteils auf uns allein gestellt waren.

»Hier gibt es keinen Service«, antwortete Darius. »Du bist nur ein arroganter Wichser, der nicht bemerkt hat, dass das, was du bisher hier zu dir genommen hast, von einem von uns gebracht wurde. Es war kein niederer Fae, der es dir serviert hat, wie du es gewohnt bist.«

»Jetzt mal langsam«, sagte Seth und schob sich auf seinem Sitz nach vorn, während ich angesichts dieses Hinweises zusammenzuckte. »Willst du mir sagen, dass das Essen, das wir gegessen haben, nicht nur von fragwürdiger Qualität ist, sondern dass es hier auch keinen Service gibt?«

»Korrekt, Arschloch. Das sind Rebellen, die in einer verdammten Höhle leben. Es gibt keinen Catering-Service, genauso wenig wie es einen Wäscheoder Reinigungsservice gibt ...«

»Ich soll also schmutzige Klamotten tragen, solange ich hier unten bin?«, unterbrach ich ihn und setzte diesen Einkaufsbummel mental ganz oben auf meine verdammte Liste, denn das kam absolut nicht infrage. »Ich habe nicht einmal Wassermagie.«

»Hey, ich kann deine Sachen waschen, wenn du mein Zimmer mit Erdmagie schick machst, wie du es mit deinem gemacht hast«, meinte Max und ich nickte zustimmend.

»Abgemacht.«

»Ihr seid verdammte Prinzessinnen.« Darius schüttelte den Kopf, während sich Seth weiterhin entsetzt umsah, als würde er erwarten, dass jeden Moment ein Kellner aus dem Nichts auftauchte.

»Oh, also willst du nicht, dass Seth und ich dein Zimmer schön herrichten?«, konterte ich. »Oder nennst du es jetzt einfach nur noch Fickpalast?«

Darius grinste und zuckte mit den Schultern. »Okay, okay. Wenn ihr zwei Arschlöcher das Zimmer hübsch macht – für Roxy natürlich –, dann suche ich euch etwas zu essen.«

»Pfft, als ob du es nicht für dich selbst hübsch haben wollen würdest«, antwortete ich. »Das Mädchen ist im Reich der Sterblichen ohne verdammtes Geld aufgewachsen. Sie kennt sich mit diesen Bedingungen viel besser aus als du, und das weißt du genau.«

»Ein Grund mehr, warum sie nicht noch einmal darunter leiden sollte«, erwiderte Darius. »Warum überlegt ihr euch nicht, wie ihr mit dieser Situation mit euren Familien umgehen wollt, während ich uns etwas zu essen besorge?«

»Kling gut«, stimmte ich mit einem Achselzucken zu, als wäre es keine große Sache. Aber Seth sackte mit einem Stöhnen der Erleichterung praktisch in seinem Sitz zusammen, und ich konnte nicht leugnen, dass ich froh war, dass ich mich nicht selbst um diese Essenssache kümmern musste. Klar, wenn sie etwas zum Aussuchen hätten, wäre das in Ordnung, aber was, wenn von mir erwartet wurde, tatsächlich etwas zu kochen? Fuck, ich war für diesen Scheiß nicht geeignet.

»Also, was unternehmen wir?«, fragte Max, rieb sein Gesicht und lehnte sich wieder auf seinem Stuhl zurück, während er sich im Raum umsah, als würde er jemanden suchen. Wahrscheinlich Grus. Der Mann war echt über beide Ohren verknallt.

»Ich kann mich mit meiner Mutter treffen«, sagte ich. »Wir haben einen Plan für den Fall, dass so etwas passiert. Es gibt einen Ort, an den ich gehen kann, um sie zu kontaktieren. Sie hat dort einen Kristall deponiert, der mit dem Stein in ihrem Ehering verbunden ist. Außer ihr und mir weiß niemand davon, also ist es sicher.«

»Scheiße. Warum ist meinem Dad so etwas nicht eingefallen?«, fragte Max.

»Oder meiner Mutter«, fügte Seth verärgert hinzu.

»Habt ihr keine Notfallpläne mit euren Familien ausgearbeitet?«, fragte ich überrascht und beide schüttelten den Kopf. »Na ja, ich schätze, nach dieser ganzen Geschichte mit ihrem verschwundenen Bruder hat sie wohl beschlossen, die Sicherheit unserer Familie ernster zu nehmen.«

»Ist es denn wirklich sicher für dich, da hinzugehen?«, fragte Seth, die Stirn in Falten gelegt.

»Meine Mutter hat sich nicht gegen mich gestellt«, entgegnete ich bestimmt, weil ich das in jeder Faser meines Wesens wusste. »Sie liebt mich und würde das Geheimnis dieses Ortes mit ins Grab nehmen. Außerdem ... muss ich sicher sein, dass es meiner Familie gut geht. Ich muss mich vergewissern, dass sie wohlauf sind.«

»Sie weiß wahrscheinlich auch über unsere Familien Bescheid«, fügte Max hinzu und Seth sah mich hoffnungsvoll an.

»Ja«, stimmte ich zu. »Sie sind alle in der gleichen Situation, also sollte sie wissen, wie es ihnen geht.«

»Aber ... wenn Lionel meine böse Stiefmutter umbringen will, werde ich mich nicht beschweren«, fügte Max hinzu, was mir ein Grinsen entlockte.

»Ich mache mich auf den Weg, sobald wir gegessen haben«, sagte ich und wir alle drehten uns um, in der Hoffnung, Darius mit einem riesigen Tablett mit Essen für uns zurückkommen zu sehen. Aber stattdessen entdeckten wir Geraldine in einem engen rot-blauen Jumpsuit mit der Aufschrift »A. N. U. S.

Forever« über ihren Brüsten in den Raum schreiten. Sie hielt einen riesigen Teller voller buttriger Bagels in der Hand und einen weiteren, der alle möglichen Arten von Belägen enthielt.

»Macht Platz für das Frühstück der wahren Königinnen!«, rief sie, während sie auf uns zuschritt. Mein verdammter Magen knurrte, als der Duft dieser köstlichen Kreationen über uns hinwegwehte.

»Oh, verdammt, ja«, stöhnte Seth und stand in dem Moment auf, als sich Geraldine an uns vorbeischob und ihre Schätze auf dem Tisch neben unserem abstellte.

Sie machte sich daran, den Tisch so zu dekorieren, wie ich unsere Couch hergerichtet hatte, schuf zwei Stühle, die groß genug waren, um sie wohl als Throne bezeichnen zu können, und stellte sie an die beiden Enden des langen Steintisches, den sie ausgewählt hatte. Dann schmückte sie den Tisch mit Blumen und breitete das Essen darauf aus.

Mehrere andere A. N. U. S.-Mitglieder eilten mit einem Krug Orangensaft und einer großen Cafetière, gefüllt mit frischem Kaffee, herbei, bevor sie auch Teller, Tassen und Gläser abstellten.

»Wie kommt es, dass die Vegas bedient werden?«, jammerte Seth und durchbrach die Stillekuppel, die uns umgab, damit Geraldine ihn hören konnte.

»Willst du ernsthaft fragen, warum die wahren und glorreichen Monarchen unseres gerechten und edlen Landes das mächtigste Frühstück überhaupt verdienen, bevor sie mit ihrem Trainingstag beginnen, um den heimtückischen Drachen zu besiegen?«, höhnte Geraldine laut. »Ich denke, die Antwort auf diese dümmste aller Fragen ist mehr als klar, selbst für einen niederen Köter, einen lästigen Barrakuda und einen scharfzahnigen Streuner.«

»Komm schon, Gerry, gib uns ein paar von diesen Bagels«, versuchte es Max, stand auf und ging auf sie zu. »Du weißt, dass die Vegas unmöglich alle essen können ...«

»Seht!«, rief Geraldine, streckte den Arm aus und hätte Max beinahe eine verpasst, als sie durch den Raum auf den Tunnel zeigte, aus dem Darcy und Tory gerade auftauchten – und nicht unbedingt begeistert darüber zu sein schienen, dass jetzt alle in ihre Richtung starrten. Darcy trug ein weißes Shirt und verwaschene Bluejeans, aber Tory hatte sich lediglich eines von Darius' Shirts übergeworfen und ein paar dicke Socken angezogen und sah ziemlich genervt aus, weil sie im Mittelpunkt der Aufmerksamkeit stand. »Was haben wir denn da? Zwei leuchtende Sterne, die abgestiegen sind, um uns mit ihrer Schönheit zu beglücken? Zwei makellose Edelsteine, die uns mit ihrer Anwesenheit beehren wollen? Zwei höchst anmutige ...«

»Hör auf, Geraldine!«, bettelte Tory, während sie mit ihrer Schwester durch die Menge schlüpfte. »Ich trete in einen verdammten Hungerstreik, wenn ich gezwungen bin, diese Art von Begrüßung jedes Mal zu ertragen, wenn ich auf der Suche nach Essen herkomme.«

»Ihr habt Mylady gehört!«, brüllte Geraldine. »Wendet eure Blicke ab und geht wieder euren Geschäften nach!«

Tory verzog das Gesicht und Darcy war knallrot, als sie es bis zum Tisch schafften und jeder im Raum demonstrativ überall hinschaute, nur nicht zu ihnen.

»Guten Morgen, werte Damen!«, rief Hamish, der gerade mit einer Schale frischer Früchte in den Armen durch den Raum eilte, und mein Magen knurrte, als ich mir das verdammte Festmahl ansah, das für die Vegas aufgetischt worden war. »Wie geht es Euch an diesem wundervollen Tag – ahhh!«

Sein Gruß verwandelte sich in einen Schreckensschrei, als Orion in den Raum schoss und sich auf den Stuhl neben Darcy fallen ließ, als sie auf einem der Throne Platz nahm, die Geraldine für sie geschaffen hatte. Unser ehemaliger *Grundlagen-der-Magie*-Professor funkelte ihn finster an.

»Mylady, seid Ihr sicher, dass Ihr mit ihm speisen wollt? Einem geächteten Tölpel wie … wie … ihm?«

Hamish schien es nicht über sich zu bringen, Orions Namen auszusprechen, und ich konnte mir ein Lachen auf seine Kosten nicht verkneifen.

»Ich will ihn hier haben«, sagte Darcy bestimmt. »Wir sind zusammen.«

Hamish wurde blass, und Seth hüpfte auf seinem Stuhl auf und ab, während Tory sie angrinste. Orion warf Darcy einen Blick zu, als wollte er etwas einwenden, und Hamish brach in Schweiß aus.

»Dank mir«, sagte Seth aufgeregt.

»Was soll das denn heißen?«, fragte Orion und kniff die Augen zusammen, während er seine Hand nach der Ananas in der Obstschale ausstreckte.

Seth machte eine Geste, als würde er den Mund verschließen und den Schlüssel wegwerfen, während Orion seine Finger drohend um die Ananas krümmte. Darcy legte eine Hand auf seinen Arm und zog ihn von seiner Waffe der Wahl weg, woraufhin Orions Blick langsam zu ihr glitt und die Todesdrohung darin verschwand.

»Dieses Gespräch ist noch nicht vorbei«, warnte Orion Seth, aber dieser zuckte nur mit den Schultern, und ich versuchte, seinen Blick einzufangen, unsicher, was er vorhatte und warum ich nicht eingeweiht war.

»Erinnerst du dich daran, dass ich gesagt habe, wir sollten unsere Beziehung angesichts meiner Stellung in der Gesellschaft für uns behalten?«, murmelte Orion in Richtung Darcy.

»Ja, und erinnerst du dich daran, dass ich dir erklärt habe, wie egal mir ist, was andere Leute darüber denken, dass ich mit dir zusammen bin?« Daraufhin warf Darcy ihm einen strengen Blick zu, und sie starrten einander so lange an, bis sie sich in einer Pattsituation wiederfanden.

Hamish räusperte sich. »Verzeiht mir, Mylady, aber der geächtete Fae hat nicht ganz unrecht.« Er verzog das Gesicht und schluckte, als würde ihm die Galle hochkommen, und fuhr dann fort: »Es ist am besten, wenn das ein Geheimnis bleibt, bis ihr unweigerlich getrennte Wege im Leben geht.«

Orions Schultern wurden starr, und er verzog das Gesicht vor Schmerz. Aber er sagte nichts, und ich musste zugeben, dass mir das Arschloch irgendwie leidtat.

»Wir werden nicht getrennte Wege gehen«, zischte Darcy und Hamish senkte respektvoll den Kopf.

Er schaffte es, sein stummes Würgen zu unterdrücken, als er Orion entsetzt ansah, sich dann von ihm abwandte und meine Aufmerksamkeit auf Darius und seine Mutter lenkte, die am anderen Ende des Raumes standen, zusammen lächelten und sogar lachten. Sie versteckte sich nach wie vor hinter einer Illusion, damit sie niemand erkannte, aber ein aufmerksamer Beobachter würde sicherlich bemerken, wie viel Zeit sie mit Darius und Xavier verbrachte. Mit ein wenig Kombinationsgabe wäre es ein Leichtes, hinter ihr Geheimnis zu kommen.

Ich beobachtete, wie Hamish auf sie zuging, sich mit dem Handrücken die Stirn tupfte und verzweifelt auf Orion zeigte, während Catalina mitfühlend seinen Arm tätschelte.

Darius zog sich aus ihrer Interaktion zurück und kam mit einem Teller in der Hand auf uns zu. Angesichts der Ankunft unseres Essens wurde ich munterer.

»Das ist das Beste, was ich zustande bringen konnte«, sagte Darius und ließ den Teller mit Toast vor uns auf den Tisch fallen, woraufhin Seth vor Entsetzen aufstöhnte.

»Warum ist da nur Butter drauf?«, fragte ich.

»Und warum ist die Butter nicht bis zum Rand verteilt?«, fügte Seth hinzu.

»Rieche ich verbranntes Brot?«, fragte Max, nahm eine Scheibe und präsentierte die schwarze Unterseite.

»Ich habe noch nie versucht, mit meiner Magie Toast zu machen, okay?«, brummte Darius. »Wäre es dir lieber, ich hätte einfach ungebackenes Brot mitgebracht?«

»Als diese Horrorshow?« Seth starrte entgeistert auf den Teller. »Ja, das wäre es.«

Tory lachte, als wir alle zu den nicht besonders appetitlich aussehenden Toastscheiben griffen, bevor sie einen großen Bissen von dem buttrigsten Bagel nahm, den ich je gesehen hatte. Sie stöhnte vor Vergnügen, während sie aß.

Darius wandte sich von uns ab, goss ihr eine Tasse Kaffee ein, die er genau nach ihrem Geschmack verfeinerte, und stellte sie neben ihren Teller, bevor er sich vorbeugte, um ihr einen Kuss auf die Haare zu drücken.

Er wollte sich gerade zurückziehen und zu uns zurückkehren, aber sie griff nach seinem Gürtel, zog ihn wieder zurück, rutschte von ihrem eigenen Platz und schubste ihn hinein, bevor sie sich grinsend auf seinen Schoß fallen ließ.

»Hey, inwiefern ist das bitte fair?«, fragte Seth, während Max weiterhin versuchte, Geraldines Blick zu erhaschen, die sich daran machte, Bagels zu belegen, und dabei ein Lied sang, das von einem lästigen Thunfisch zu handeln schien, der in einem Fischkuchen gebacken wurde.

»Er hat sich letzte Nacht einen ordentlichen Appetit erarbeitet«, antwortete Tory und grinste uns an, als Darius' Hand auf ihrem Oberschenkel landete, direkt unter dem Saum ihres übergroßen Shirts. »Und er braucht Energie, wenn er heute Abend wieder mit mir mithalten will.«

Darius beugte sich vor und flüsterte ihr etwas ins Ohr, woraufhin sie errötete – ich entschied, nicht zu lauschen. Sie schlug ihm in gespielter Wut auf die Brust, biss sich dann auf die Lippe und sagte: »Vielleicht.«

»Oh, also müssen wir nur einer Vega zu einer Ladung Orgasmen verhelfen, um uns einen Platz am Leckerbissen-Tisch zu verdienen, oder was?«, fragte Seth, als wäre das eine Art Herausforderung.

»Nun, technisch gesehen habe ich einer Vega eine Ladung …«, begann ich, aber Darius schnitt mir mit einem Knurren das Wort ab.

»Beende diesen Satz nicht, Caleb!«, knurrte er. »Oder ich schwöre, ich schneide dir den Schwanz ab und werfe ihn in das Tablett mit den Würstchen da drüben.«

»Oh, es gibt Würstchen?«, fragte Seth hungrig, während ich kapitulierend die Hände hob und meinen Witz nicht weiterverfolgte.

Wahrscheinlich war es am besten, den Drachen nicht damit zu reizen, dass sein Mädchen und ich eine gemeinsame Vergangenheit hatten.

»Komm schon, Darcy«, wimmerte Seth und musterte sie mit seinen besten Welpenaugen, als er nach wie vor keine Mini-Würstchen entdeckte. »Wir haben gerade schlechte Nachrichten in Bezug auf unsere Familien erhalten und sitzen an diesem seltsamen Ort fest, wo uns niemand mag. Wir sind wirklich, wirklich hungrig, aber wir wissen nicht, wie wir uns wie normale Leute selbst versorgen sollen, und jetzt werden wir verhungern und ...«

»Wirst du die Klappe halten, wenn du einen Bagel im Mund hast?«, schoss es aus Darcy heraus, und er tat wieder so, als würde er seine Lippen schließen, und nickte heftig. Ich lachte. »Na gut. Dann könnt ihr drei euch zu uns setzen – aber nur, solange ihr brav seid. Beim ersten unverschämten Benehmen landet ihr wieder am Losertisch und müsst euch mit verbranntem Toast begnügen.«

Tory lachte über den Witz ihrer Schwester, aber ich widerstand dem Drang, gegen diese Einschätzung unserer aktuellen sozialen Stellung zu protestieren – ein anständiges Frühstück war mir das wert.

Wir ließen uns gegenüber von Orion und Geraldine nieder und hörten Orion zu, der uns darüber informierte, wie weit er mit dem Brauen seines tollen Tranks war.

Seths Arm berührte immer wieder meinen, während wir aßen, und ich akzeptierte seine wölfische Art und stupste ihn sogar ab und zu selbst an. Ich genoss es, ihm ein wenig Rudel-Sicherheit zu geben, auch wenn ich das selbst eigentlich nicht gebraucht hätte. Aber ich war genauso wie er von meiner Familie getrennt, abgeschnitten und an diesem seltsamen Ort, also war es nur logisch, dass unser selbst ernanntes Alpha-Rudel näher zusammenrückte, während wir uns an die Veränderungen hier gewöhnten.

Als wir mit dem Essen fertig waren, weihte ich Geraldine in meinen Plan ein, Informationen von meiner Mutter einzuholen, und trotz ihrer Warnungen, dass ich »in der Wildnis da draußen«, wie sie die normale Welt zu nennen schien, »mit äußerster Vorsicht vorgehen sollte«, brachte sie ihren Vater dazu, meinem Ausflug zuzustimmen. Nicht, dass sie mich hätten aufhalten können, aber es erschien mir sinnvoll, zumindest um Erlaubnis zu bitten – und sei es nur, um den Frieden zu wahren.

Seth folgte mir in das Bauernhaus, das den Eingang zum Burrows verbarg, und trat dann mit mir hinaus in die Schneelandschaft, die das versteckte Refugium umgab, bis wir die magische Grenze erreichten, die das Gelände verborgen hielt.

»Was hältst du davon, wenn ich mitkomme?«, schlug er vor – offensichtlich machte er sich Sorgen um mich –, aber ich schüttelte den Kopf.

»Es lohnt nicht, dich auch in Gefahr zu bringen«, sagte ich entschieden. »Ich werde im Handumdrehen wieder zurück sein.«

»Ich warte hier«, schwor er und verschränkte die Arme vor der Brust, um sich vor der Kälte zu schützen – und um deutlich zu machen, dass er sich nicht von seiner Entscheidung würde abbringen lassen.

»Okay«, stimmte ich zu, schnippte mit der Hand und entfachte ein Feuer neben ihm, um ihn warm zu halten, während ich weg war.

Seth stürzte sich auf mich, als ich die Barriere überqueren wollte, riss mich in seine Arme und drückte mich fest an sich, während sein satter, erdiger Duft meine Sinne einhüllte. Ich atmete tief ein.

»Pass auf dich auf!«, knurrte er grimmig. »Ich liebe dich.«

»Ich liebe dich auch, Alter«, erwiderte ich lachend und tätschelte seinen

Rücken, als er sich in meiner Umarmung anspannte. »Ich liebe jeden Einzelnen von euch. Und ich werde klarkommen. Du wirst schon sehen.« Ich lehnte mich zurück, nahm sein Gesicht in die Hände und drückte Feuermagie in seine Haut, um ihn zu wärmen, während er mich mit einem Blick bedachte, der mich schlucken ließ.

»Hör auf, mich so anzusehen, als würdest du mich nie wieder sehen«, neckte ich ihn in meinem Versuch, die Spannung zu brechen, aber sie schien nur noch intensiver zu werden.

»Wenn ich dich nie wieder sehen würde, müsste ich mir das Herz aus der Brust schneiden, um nicht gezwungen zu sein, in dieser Qual weiterzuleben«, raunte er, und ich runzelte die Stirn, als ich die Intensität dieser Worte spürte.

»Ich komme wieder«, versprach ich, und er nickte und trat entschlossen einen Schritt zurück, woraufhin meine Hände von seinem Gesicht fielen.

Ich schenkte ihm ein letztes beruhigendes Lächeln und trat dann durch die prickelnde Energie der magischen Barriere, die uns hier schützen sollte, bevor ich einen Beutel mit Sternenstaub aus meiner Tasche zog und mir eine Prise über den Kopf warf.

Die schneebedeckte Berglandschaft verschwand, als ich zwischen die Welten gerissen wurde, und die Sterne schüttelten mich ordentlich durch, bevor sie mich an meinem Ziel absetzten.

Ich landete sanft in der sonnenverbrannten Wüste, und das, obwohl der Boden uneben war – dank meiner Fähigkeiten war ich schnell darin, meine Balance wiederzufinden.

Ich schaute mich vorsichtig um und blinzelte gegen das Licht des strahlend blauen Himmels und der gleißenden Sonne an, während ich den Sternenstaub bereithielt, nur für den Fall, dass es hier irgendein magisches Erkennungssystem gab, das das FIB auf meine Anwesenheit aufmerksam machte. Es war höchst unwahrscheinlich. Meine Mutter würde diesen Ort nicht einmal unter Folter verraten, aber mit Lionels Talent für Dunkle Manipulation konnte ich nichts ausschließen.

Nach ein paar Minuten des Wartens entschied ich, dass außer den hoch über mir kreisenden Bussarden niemand hier war, also ging ich los. Dieser Ort lag buchstäblich in der Mitte von Nirgendwo. Es war ein willkürliches Fleckchen mitten in der Kerdianischen Wüste, mit nichts als Sand und Ödland im ganzen Umkreis. Verdammt, wir waren nicht einmal mehr in Solaria. Die Gegend gehörte zum südlichen Königreich Voldrakia, wo die Mutter der Vega-Zwillinge geboren worden war – nicht, dass jemand diese endlose Weite von Nichts genutzt hätte.

Zwar konnte ich nicht sehen, wonach ich suchte, aber ich wusste, dass es hier war, vergraben unter dem Sand und auf mich wartend, denn der Sternenstaub hatte mich zweifelsohne an den richtigen Ort gebracht.

Mit erhobenen Händen griff ich mit meiner Erdmagie in den Sand, der mich umgab. Ich durchsuchte den Sand, bis ich den Puls der Magie meiner Mutter spürte, die diesen Ort schützte, und schob ihn dann beiseite, bis ein großer schwarzer Felsbrocken darunter zum Vorschein kam.

Ich trat an ihn heran, legte meine Handfläche flach darauf und passierte sämtliche Zauber, die auf ihn gewirkt worden waren und die jeden Außenstehenden von diesem Ort verjagen würden, bevor er nahe genug herankam, um den Stein auch nur zu berühren.

Indem ich meine Magie in den Stein drückte, beschwor ich den darin verborgenen Schatz und zog den Edelstein heraus, bis er schimmernd in meiner Hand lag.

Nachdem ich mich erneut umgesehen hatte, schickte ich ein Flackern meiner Magie in den weißen Opal, damit dieser meine magische Signatur lesen konnte und meine Mutter über meinen Aufenthaltsort informiert wurde.

Ich machte mich auf eine lange Wartezeit gefasst, da ich nicht wusste, was sie würde unternehmen müssen, um ihr Verschwinden zu tarnen, aber kaum einen Herzschlag später erschien sie in einem Blitz aus Sternenstaub und legte ihre Arme um mich. Ein erleichtertes Schluchzen kam über ihre Lippen.

»O mein Liebling, ich habe mir solche Sorgen gemacht«, keuchte sie und schmiegte ihren Kopf an meine Schulter, während ich meine Arme um sie in ihrem grauen Kleid schlang. Sie sah aus, als wäre sie bei einer offiziellen Veranstaltung gewesen, wenn man von ihrem Outfit ausging, und ich hatte das Gefühl, wesentlich mehr Grund zu haben, mir Sorgen um sie zu machen, als andersherum.

»Mir geht's gut, Mom. Was ist mit euch?«, fragte ich besorgt.

»Wir machen das Beste daraus«, sagte sie. Der Ärger in ihrem Tonfall war unverkennbar, als sie sich zurückzog und die Tränen aus dem Gesicht wischte. Meine Mutter war eine liebevolle Frau, die keine Angst vor Gefühlen hatte, aber sie wusste, wie sie sie unterdrücken konnte, wenn sie es für ihre Arbeit tun musste. Und ich konnte sehen, wie sie ihre professionelle Fassade auch jetzt aufsetzte. »Sag mir nicht, wo du bist. Sag mir nur, dass es den anderen gut geht, damit ich die Nachricht an Tiberius und Antonia weitergeben kann.«

»Ja, es geht uns allen gut, Mom. Ich schwöre, du musst dir keine Sorgen machen. Die Vegas sind ebenfalls in Sicherheit.«

Sie nickte, und Erleichterung spiegelte sich in ihren Augen wider, die genau den gleichen marineblauen Farbton hatten wie meine.

»Gut. Ich habe nur ein paar wenige Augenblicke – ich nehme an einer Ratssitzung mit dem sogenannten König teil und habe mich gerade auf die Toilette entschuldigt.«

»Was zum Teufel, Mom?«, rief ich aus, und die Angst, dass sie erwischt werden könnte, beschleunigte meinen Herzschlag.

»Es ist okay. Es ist viel einfacher, direkt vor seiner Nase zu verschwinden, als irgendetwas zu versuchen, wenn ich im Haus bin. Er hat Spione auf uns alle angesetzt, und obwohl ich zuversichtlich bin, dass ich sie bei Bedarf umgehen könnte, bleibt es auf diese Weise viel unauffälliger. Nimm das hier!« Sie reichte mir ein kleines, in braunes Leder gebundenes Tagebuch, aber als ich es aufschlug, erwarteten mich nur leere Seiten.

»Es ist mit meinem Schreibstein verbunden. Was auch immer ich auf meinen Stein schreibe, verschwindet auf meiner Seite und erscheint hier wieder. Wir werden dir alle Informationen zukommen lassen, die wir haben.«

»Warum schließt ihr euch uns nicht einfach an?«, fragte ich, aber sie schüttelte bereits den Kopf.

»Wir müssen in seiner Nähe sein. Ihr braucht Leute, die von innen gegen ihn arbeiten, und wir würden es ohnehin nie schaffen, alle Leute da rauszuholen. Er wird es auf jeden absehen, den wir lieben oder auch nur leiden können, wenn wir versuchen, uns von ihm abzuwenden. Bisher glaubt er in seiner Arroganz, dass wir alle damit zufrieden sind, ihm zu dienen, wie wir es mit dem Grausamen König getan haben. Wir können ihn in diesem Glauben lassen, während ihr die Kraft sammelt, die ihr braucht, um ihm gegenüberzutreten.«

»Aber was ist, wenn er einen Zyklopen gegen dich einsetzt oder Dunkle Manipulation oder etwas noch Mächtigeres?«, zischte ich und hielt ihre Hand fest, als würde sie mich jeden Moment verlassen.

»Ich habe keine Angst vor Lionel Acrux«, höhnte sie. »Er mag sich zwar durch Betrug das Kommando über die Schatten erschlichen haben, aber er ist nicht mächtiger als ich. Tatsächlich ist er kaum ein Abglanz des Mannes, der sein Bruder gewesen wäre, wenn er an seine Stelle getreten wäre, anstatt unter so mysteriösen Umständen zu sterben.«

Jeder kannte die Gerüchte über den angeblichen Unfall, der Lionels älteren Bruder Radcliff ins Grab gebracht hatte. Es bestand schon seit Langem der Verdacht, dass Lionel für den Tod seines Bruders verantwortlich war – er hatte seinen Platz einnehmen wollen, ohne sich ihm jemals wie ein Fae stellen zu müssen. Sein Vater hatte die Gerüchte damals zerstreut, aber wenn man sich den Lionel, den wir jetzt kannten, ansah, würde ich darauf wetten, dass Radcliffs Tod nichts anderes als kaltblütiger Mord gewesen war.

»Bist du sicher?«, fragte ich, unwillig, sie gehen zu lassen, obwohl ich sehen konnte, dass sie sich bereits entschieden hatte. Und sie neigte dazu, sich nicht von einmal getroffenen Entscheidungen abbringen zu lassen.

»Ja, Caleb, mach dir keine Sorgen um mich. Pass nur gut auf das Buch auf, und wir werden den Rest schon irgendwie regeln. Wenn du nicht willst, dass mich alle für die langsamste Klogängerin der Welt halten, muss ich jetzt los.«

Ich lachte leise und ließ mich noch einmal fest von ihr umarmen.

»Behalte auch den Edelstein. Aktiviere ihn, wenn du Informationen erhältst, die darauf hindeuten, dass mein Leben in Gefahr ist. Das gilt auch für Antonia und Tiberius. Drücke deine Kraft einmal in den Stein, wenn mein Leben in Gefahr ist, zweimal hintereinander, wenn es um Antonias Familie geht, und dreimal für Tiberius. Wenn du es viermal tust, wissen wir, dass wir alle fliehen müssen. Ich werde dafür sorgen, dass wir entsprechende Pläne haben, sollte es dazu kommen.«

»Ich weiß nicht, wie lange es dauern wird, bis ich dich wiedersehe«, flüsterte ich, zog sie in meine Arme und fühlte mich fast wieder wie der kleine Junge, der sich immer zu ihr ins Bett geschlichen hatte, wenn sie erst spät von einer Ratssitzung nach Hause gekommen war – obwohl ich jetzt um einiges größer war als sie.

»Ich werde immer in deinem Herzen sein, Caleb. Und du wirst immer in meinem sein.« Sie drückte mir einen Kuss auf die Wange, drückte mich ein letztes Mal, trat dann einen Schritt zurück und verschwand in einem Wirbel aus Sternenstaub.

Mein Magen zog sich zusammen, als ich sie gehen sah, in dem Wissen, dass sie sich wieder in die Hände dieses Psychopathen begab, und mit der Befürchtung, dass ich meine Mutter gerade zum letzten Mal gesehen haben könnte. Unsere Eltern waren in ganz Solaria die Fae, die seiner Macht am nächsten kamen. Sie waren die offensichtlichste Bedrohung für ihn.

Und vielleicht war ihm die öffentliche Meinung vorerst wichtig genug, um zu versuchen, sie auf Linie zu bringen, anstatt sie einfach zu töten. Aber langfristig? Ich traute ihm kein verdammtes Stück. Was wirklich nur bedeutete, dass wir noch härter daran arbeiten mussten, ihn so schnell wie möglich zu

Fall zu bringen.

Ich holte tief Luft, nahm meinen eigenen Sternenstaub aus der Tasche und kehrte der Wüste den Rücken, als ich mich in die Umarmung der Sterne fallen ließ.

Ich landete wieder in der kalten, verschneiten Landschaft, in der sich das Burrows befand, und schaute mich noch einmal um, ohne das Farmhaus oder etwas anderes zu entdecken, das darauf hingewiesen hätte, dass sich die Rebellenhochburg direkt unter meinen Füßen befand. Die Illusionen hier waren unglaublich stark und ich war mir sicher, dass ich den Ort überhaupt nicht gefunden hätte, wenn ich nicht bereits seine Position kennen würde und das Recht besäße, ihn zu betreten.

Ich machte mich auf den Weg und richtete meinen Blick dabei auf den weit entfernten schneebedeckten Berg, bis ich auf den Widerstand der magischen Barriere stieß. Ich knirschte mit den Zähnen, als die Kraft der Magie mich durchdrang, und im nächsten Moment tauchten das Bauernhaus und die Scheune neben einem Ring aus zertrampeltem Schnee auf, der am Rand der Barriere entlang verlief.

Ich runzelte die Stirn angesichts der Fußabdrücke, durch die sogar der Schlamm sichtbar war, bevor das Heulen eines Wolfes mich herumfahren ließ – gerade noch rechtzeitig, bevor ich von einem großen weißen Wolf angesprungen wurde.

Seth warf mich zu Boden, worauf ich ein »Uff« ausstieß. Dann lag ich lachend im Schnee, als er seine Zunge mittig über mein Gesicht fahren ließ.

»Bäh!« Ich schlug ihn weg, und sein aufgeregtes Jaulen verwandelte sich in Gelächter, als er sich zurückverwandelte, sich auf mich setzte und breit grinste.

»Alter, ich bin auf und ab gegangen, seit du weg bist«, begann er. »Ich bin so verdammt aus dem Häuschen, das ist unglaublich. Ich glaube nicht, dass ich mich jemals so gefreut habe, dein hübsches Gesicht zu sehen.«

»Ach ja? Wie dankbar bist du denn, mich lebend und wohlauf wiederzusehen?«, fragte ich und ließ meinen Blick über seinen Hals schweifen, bis er auf seinem unter der Haut pochenden Puls landete.

»Ich hab's kapiert – du willst mich nur wegen meines Blutes«, meinte er mit einem Schnauben, lehnte sich aber zurück und gewährte mir freie Sicht auf seine Bauchmuskeln, ganz zu schweigen von seinem Schwanz, der halb aufgerichtet war. Andererseits schien er in letzter Zeit immer einen Steifen zu haben, also begann ich zu glauben, dass es eine Wolfssache sein musste. In seinem Rudel war es immer nur um Sex gegangen, also hatte sich sein Körper vielleicht an die Anforderung gewöhnt, so viele von ihnen zu befriedigen.

»Starrst du auf meinen Schwanz?«, fragte Seth und neigte den Kopf, während er auf mich herabblickte, und ich wandte meinen Blick wieder seinem Gesicht zu.

»Eher auf deine Oberschenkelarterie«, antwortete ich schnell, obwohl das nicht ganz stimmte.

»Ach ja? Na ja, wenn du mich überwältigst, kannst du mich vielleicht auch dort beißen«, neckte er, und mein Grinsen wurde geradezu dämonisch, als ich spürte, wie die Blutlust durch meine Adern strömte.

»Versprochen?«, fragte ich.

»Versprochen«, antwortete er, bevor er sich von mir abstieß und schnell in Richtung Scheune davonrannte, wobei er seinen nackten Hintern im blassen

Tageslicht vollständig zur Schau stellte.

Ich versuchte, ihm nachzuschießen, aber ich stand wie angewurzelt da – ich hatte es nicht einmal bemerkt, wie er mich mit Erdmagie bewegungsunfähig gemacht hatte.

Fluchend durchtrennte ich die Wurzeln, die an meinem Shirt und meinen Jeans hingen, bevor ich mich aufrappelte und die Verfolgung aufnahm.

Seth schleuderte einen Blizzard aus Luftmagie auf mich, während er weiter zur Scheune rannte, und hätte mich fast umgehauen. Ich schaffte es gerade so, auszuweichen und so schnell auf seine andere Seite zu gelangen, dass er die Windrichtung nicht mehr rechtzeitig ändern konnte, um mich aufzuhalten.

Er stürmte in die Scheune und ich jagte ihm direkt hinterher. Der Geruch von Blut lag in der Luft, und ich verlor die Kontrolle über das Tier in mir, prallte gegen seinen Rücken, wirbelte ihn herum und schleuderte ihn gegen die verrottende Holzwand der Scheune.

Seth fluchte und holte zu einem Schlag aus, aber ich tauchte darunter hindurch, ging vor ihm auf die Knie, packte sein Bein und riss es zur Seite, bevor ich meine Reißzähne in die dicke Ader an der Seite seines Oberschenkels bohrte.

»Verdammt, bei … den … Sternen … *Fuck!*«, keuchte Seth, packte meine Haare und zog mich näher zu sich heran, während ich sein Bein mit meiner rechten Hand festhielt und meine Handfläche gegen seine festen Bauchmuskeln presste, um ihn zu stabilisieren.

Die Menge an Blut, die ich trank, reichte aus, um mir ein Knurren der puren Lust zu entlocken, während ich gierig schluckte. Sein Blut und der Adrenalinschub der Jagd machten mich hart, und ich presste meine Finger gegen die festen Erhebungen seines Sixpacks.

»Cal … bei den Sternen, Cal, das ist so verdammt … Ich kann nicht … Heilige Scheiße!«, stieß Seth hervor, und ich spürte, wie sein Schwanz meine Wange berührte, als auch er hart wurde, seine Finger immer noch fest in meinen Haaren verkrallt, während mein Puls in die Höhe schoss und ich für einen Moment erstarrte, als mir klar wurde, wo genau ich ihn biss und wie das aussehen könnte.

Aber … er zog mich näher zu sich heran, anstatt mich von sich wegzustoßen. Und obwohl ich mich wahrscheinlich selbst hätte zurückziehen sollen, war das das Letzte, was ich wollte.

Mein Herz raste immer schneller, während ich weiter an seinem Oberschenkel saugte, und mir kam eine verrückte Idee, als mein eigener Schwanz gegen den Stoff meiner Boxershorts scheuerte. In mir tobte ein Bedürfnis, das ich nicht genau benennen konnte, aber ich begann langsam, meine Hand über Seths Bauchmuskeln zu bewegen.

»Caleb, bist du sicher, dass du …« Seth stöhnte, als ich fester an seinem Oberschenkel saugte, noch mehr von seinem köstlichen Blut in meinen Mund zog und ihn zweifellos aus dem Gleichgewicht brachte, indem ich mehr nahm, als ich es tun sollte. Aber ich konnte nicht anders. Ich war süchtig nach seinem Geschmack und konnte nicht anders, als gierig zu sein, wenn es darum ging, mich auf diese Weise von ihm zu ernähren.

Ich knurrte warnend, als er sein Gewicht verlagerte, und er fluchte, als sein Schwanz über meine Wange strich – eine Forderung, die ich in meinem eigenen Körper widerhallen fühlte. Eine Forderung, über deren Erfüllung ich ernsthaft nachzudenken begann.

Ein nasser Tropfen landete auf meiner Wange, und ich zuckte kurz zusammen, bevor ein zweiter Tropfen direkt daneben auf meine Haut fiel.

»Was zum Teufel ist das?«, zischte Seth, bevor ein alarmierender Schrei über seine Lippen kam und er mich mit so viel Kraft zurückstieß, dass ich reagieren musste.

Ich riss meine Fangzähne aus seinem Bein und warf den Kopf zurück, um ihn anzusehen, unsicher, was ich sagen oder tun sollte …

Ein nasser Spritzer traf mich erneut im Gesicht, als ich sah, dass er an die Decke über uns starrte, und ich fluchte laut auf, als ich den Körper entdeckte, der von den Dachsparren hing. Oder was von einem Körper übrig war. Und als ich die Augen zusammenkniff und meine geschärfte Sicht nutzte, um durch die Dunkelheit zu sehen, entdeckte ich die Körperteile anderer Opfer – sie waren überall verstreut.

Blut und Gedärme füllten den Raum über unseren Köpfen und der weit geöffnete Mund eines Fae, der in einem endlosen Schrei gefangen zu sein schien, starrte von oben auf uns herab.

»Verdammte Scheiße, was zum Teufel hat das angerichtet?«, murmelte ich, während ich mich aufrappelte und meine Sinne auf alles um uns herum richtete, um sicherzustellen, dass uns nichts aus den Schatten anspringen würde.

»Ich glaube, das ist die Gruppe von Rebellen, die hier draußen Wache hätte halten sollen«, sagte Seth, legte seine Hand um meinen Arm und zog mich zum Ausgang zurück, wobei er für alle Fälle einen Luftschild um uns herum bildete. »Hörst du etwas?«

Ich konzentrierte mich so gut ich konnte, aber wenn hier etwas war, dann entweder in einer Stillekuppel verborgen oder es bewegte sich nicht und atmete nicht. Bei dem Gedanken, dass unsere Feinde meinen Freunden so nahe sein könnten, fröstelte ich.

»Nichts«, bestätigte ich und suchte die Schatten nach Bewegungen ab, fand aber auch dort nichts.

»Wir sollten es den anderen sagen«, sagte Seth mit Nachdruck, und ich nickte, ließ mich von ihm zum Ausgang zurückziehen und das Blutbad hinter mir, während sich mein Magen zu einem Ball zusammenzog.

»Komm schon. Wir müssen sicherstellen, dass es den anderen gut geht. Bist du sicher, dass niemand an dir vorbeigekommen ist, während du auf mich gewartet hast?«, fragte ich, und meine Haut kribbelte vor Nervosität, während ich meine Sinne auf alles um uns herum gerichtet hielt.

»Ziemlich sicher«, sagte Seth, der sich mit geneigtem Kopf umsah, während er zweifellos seine Fähigkeiten einsetzte, um die Umgebung zu überprüfen, genau wie ich. »Aber ich bin gerannt und habe mich auf dich konzentriert. Es besteht also durchaus die Möglichkeit, dass jemand, der schnell ist, an mir vorbeigekommen ist. Ich war nicht gerade in höchster Alarmbereitschaft.«

Ich nickte. »Dann müssen wir uns vergewissern, dass alle in Sicherheit sind«, sagte ich, während mich die Angst packte. Ich hievte Seth auf meinen Rücken, bevor ich zum Farmhaus rannte, um die anderen zu suchen.

Ich hatte keine Ahnung, wie ein Haufen Wachen abgeschlachtet worden war, ohne dass jemand etwas mitbekommen hatte, aber wir mussten herausfinden, was zum Teufel hier passiert war.

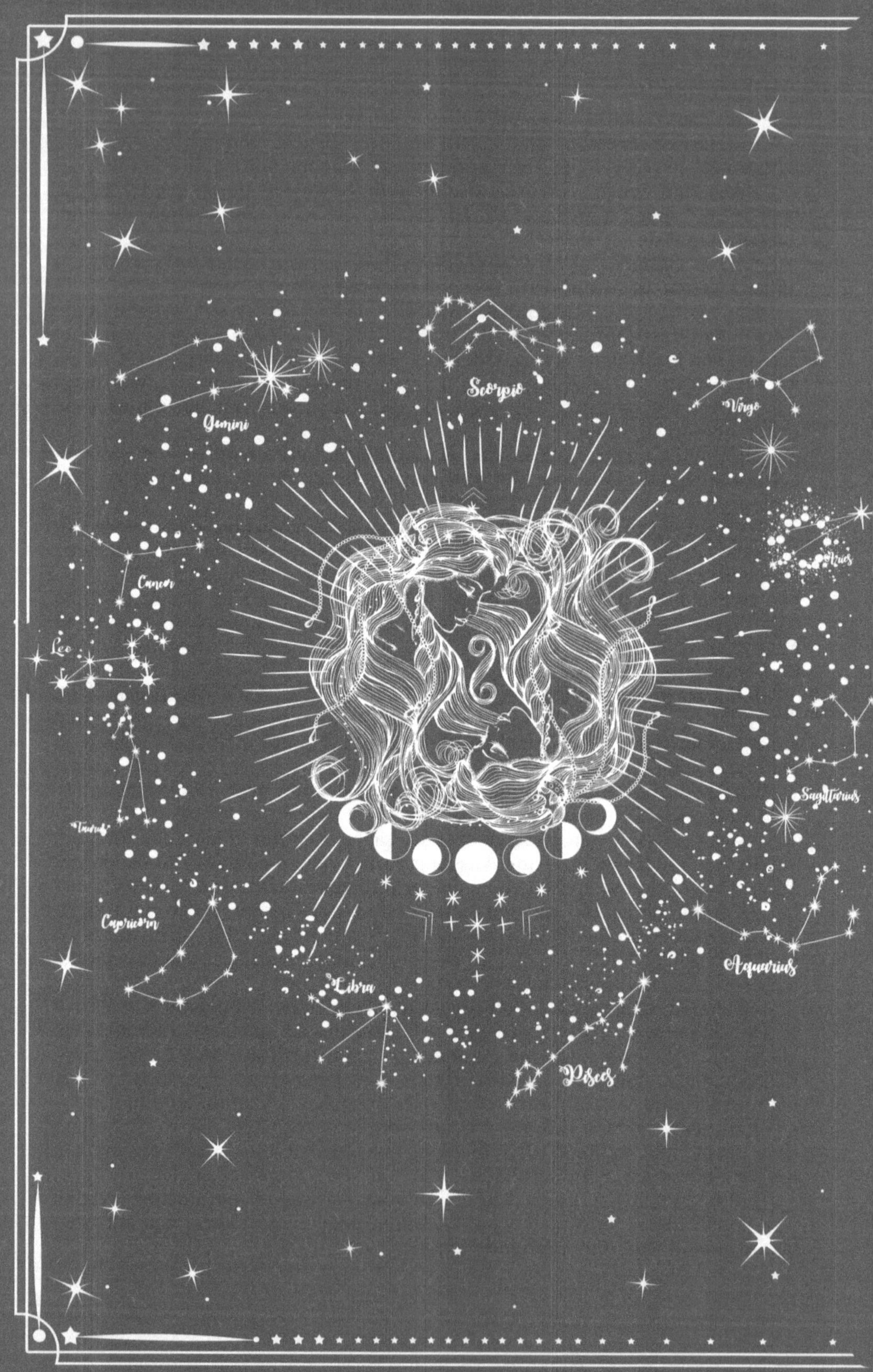

Scorpio
Virgo
Gemini
Aries
Cancer
Leo
Sagittarius
Taurus
Capricorn
Aquarius
Libra
Pisces

DARCY

KAPITEL 7

Ich faulenzte auf einem in die Felsen integrierten Stuhl, lehnte mich an Orions nackte Brust und beobachtete, wie Xavier, Max und Geraldine in einem der sprudelnden Becken mit einem Wasserball Fangen spielten. Geraldine hatte beschlossen, dass das Badehaus für Mädchen in den königlichen Gemächern heute Morgen für Tory und mich zum Entspannen genutzt werden sollte – trotz meiner Proteste –, aber es fiel mir schwer, mich weiter zu beschweren, während Orion immer wieder mit seinen Fingern durch meine Haare fuhr und ich vor lauter Zufriedenheit fast anfing zu schnurren wie ein Löwenwandler.

Tory und Darius waren in ihr Zimmer gegangen, um »etwas zu holen«, und bislang nicht zurückgekehrt, also beschloss ich, nicht darüber nachzudenken, warum das so war. Ich bedauerte es irgendwie, Seth bei Orion und mir übernachten zu lassen, da wir jetzt nirgendwo Privatsphäre hatten. Obwohl es hier scheinbar unendlich viele Tunnel gab, schien es auch unendlich viele Fae zu geben, und als wir uns letzte Nacht davongeschlichen hatten, um etwas Zeit für uns zu haben, hatten uns nur Orions Vampirohren davor bewahrt, von ein paar Oscura-Wölfen in ihrer verwandelten Form auf einem Streifzug erwischt zu werden. Er hatte mir so schnell das Höschen hochgezogen, dass ich das Zwicken nach wie vor spüren konnte, dann war er mit mir im Arm in die Dunkelheit gerannt, damit uns niemand sah.

»Besteht die Möglichkeit, jemanden zu kontaktieren, der nicht Teil der Rebellion ist, Geraldine?«, fragte Xavier mit gerunzelter Stirn.

»Wen denn, mein lieber Xavier?« Ihre großen Brüste hüpften in dem winzigen grünen Bikini, den sie trug und der mit kleinen Zerberussen übersät war.

»Sofia«, antwortete er, und seine Wangen färbten sich ein wenig rosa, als Max ihm den Wasserball zuwarf und er ihn auffing, bevor er ihn zu Geraldine warf.

»Oh, die süße Sofia, unsere glitzernde galoppierende Freundin«, seufzte

Geraldine. »Aber nein, Xavier, wir können nur Kontakt aufnehmen, wenn es von äußerster Dringlichkeit ist. Schon ein einfaches Gespräch mit ihr könnte sie dem Risiko eines Verhörs durch Zyklopen aussetzen.«

Xavier ließ den Kopf hängen und meine Aufmerksamkeit wurde auf Darius und Tory gelenkt, die den Raum betraten. Sie trug einen roten Bikini, der zu meinem blauen passte; beim Stoff handelte es sich um eine Schlangenhaut-Imitation. Geraldine hatte Tory gestern bei einem der Besorgungsgänge ein paar Sachen aussuchen lassen, aber wir hatten weiterhin nicht viele Kleidungsstücke zur Auswahl.

Ich winkte ihr zu und sie kam im Laufschritt herüber, ihre Hand fest in Darius', als sie ihn mit sich zog. Er trug nur seine schwarz-goldenen Badeshorts, und ich konnte mir ein Grinsen angesichts ihrer passenden Tätowierungen nicht verkneifen. Meine Schwester war diesem Drachen gegenüber verdammt weich geworden, auch wenn sie es auf coole statt auf rührselige Weise zeigte.

Orion bewegte sich unter mir, als Tory sich auf die Liege neben uns fallen ließ, und Darius sah ihn an, während er stehen blieb.

»Hey, Bruder«, sagte er, für eine Sekunde mit einem Ausdruck der Unsicherheit in den Augen.

»Hey«, sagte Orion, räusperte sich und ich spürte eine Unbehaglichkeit zwischen ihnen, die mich verwirrte. Was war los?

Tory schien nichts davon zu bemerken, nahm ein Handtuch, das am Ende ihrer Liege gefaltet war, und legte es auf ihr Gesicht. »Weckt mich zum Mittagessen. Ich muss etwas Schlaf nachholen.«

Ich musste lachen und schaute zu Darius, der noch immer dort stand, seinen Blick auf Orion gerichtet und dann zu den anderen im Pool schweifend.

»So spielt man kein Wasserball«, erklärte er spöttisch, marschierte auf sie zu und formte einen riesigen Wasserball in seiner Handfläche, der sich drehte und Wasser versprühte. Er schleuderte ihn auf Xavier, der ihn ins Gesicht bekam, aus dem Pool geschleudert wurde und auf dem Boden landete.

»Ah, du Arschloch!« Xavier sprang auf, formte einen ebenso mächtigen Wasserball in seiner Hand und warf ihn mit voller Wucht auf seinen Bruder.

Darius versuchte, sich zu ducken, aber der Ball traf ihn in der Brust und er stolperte ein paar Schritte rückwärts.

Max brach in Gelächter aus, und sie alle verfielen in ein wildes Spiel, das Geraldine sehr ernst zu nehmen schien. Sie erschuf explosive Wasserbälle, die die anderen alle in verschiedene Richtungen fliehen ließen, während sie wie eine Kriegerin aus dem Amazonas brüllte.

»Willst du mitspielen?«, fragte ich Orion neugierig, während ich mich aufsetzte und mich grinsend darauf vorbereitete, mitzumischen.

»Nee … geh du nur«, sagte er und ich warf ihm einen skeptischen Blick zu.

»Was ist los?«, fragte ich, da ich in seinem Gesichtsausdruck etwas Trauriges wahrnahm und sein Blick erst zu Darius und dann wieder zu mir wanderte.

»Ich …«, begann er, wurde aber sofort von der Ankunft der beiden anderen Erben unterbrochen.

»Mord!«, schrie Seth und ich drehte mich zu ihnen um und sah ihn splitternackt und mit großen Augen auf Calebs Rücken hängen.

Caleb hatte Blut an der Wange, und für einen Moment zog ein Lächeln über mein Gesicht, weil ich eine Art Prank erwartete, aber ihre Mienen veranlassten mich dazu, aufzustehen.

»Was meinst du damit?«, fragte Geraldine.

»Einige der Wachen wurden draußen in der Scheune in Stücke gerissen«, erklärte Caleb ernst und ließ Seth von seinem Rücken.

»Fuck!« Orion war sofort auf den Beinen und ich eilte zu Tory, die bereits völlig weggetreten war.

»Wassislos?«, nuschelte sie, nachdem ich sie geweckt hatte, und mein Herz klopfte unregelmäßig.

»Einige Wachen wurden getötet«, sagte ich, und ihre Lippen teilten sich vor Überraschung.

»Wir müssen unverzüglich meinen Vater holen«, verkündete Geraldine und kletterte aus dem Pool, woraufhin sie triefend nass zur Tür rannte.

»Jeder sollte seine Waffen holen«, meinte ich besorgt, denn die Angst, dass unsere Feinde hier sein könnten, ging mir unter die Haut.

»Wartet hier!«, knurrte Orion, bevor er aus dem Badehaus schoss, und es vergingen kaum ein paar Sekunden, bis er mit allen Phönix-Waffen in der Hand zurückkam, sie verteilte und Seth eine Jogginghose gegen die Brust knallte, damit er sich bedecken konnte.

»Oh, wow, danke, Freund«, sagte er, bevor er sie anzog.

»Ich tue allen anderen einen Gefallen, nicht dir«, murmelte Orion.

»Weil mein Megapimmel so einschüchternd ist«, stimmte Seth mit einem ernsten Nicken zu, woraufhin Caleb sich für einen Moment umdrehte, um seinen Schwanz zu betrachten, bevor er wieder wegschaute, als hätte er gar nicht hinsehen wollen. »Ich entschuldige mich für eure Minderwertigkeitskomplexe.«

Orion knurrte, ignorierte ihn aber, als wir alle aus dem Badehaus in die Richtung eilten, in die Geraldine gegangen war.

Darius und Orion fielen zurück, um neben Tory und mir zu gehen, und meine Hand berührte die meiner Schwester, während wir einen besorgten Blick austauschten.

Als wir den Tunnel erreichten, der zum Bauernhaus führte, drängten sich dort bereits etliche Fae.

»Was ist passiert?«, rief jemand.

»Ist König Lionel hier?«, schrie ein anderer panisch.

»Er ist nicht der verdammte König«, knurrte Tory gereizt.

»Immer mit der Ruhe!«, rief Hamish von irgendwo weiter vorn. »Wir werden der Sache schleunigst auf den Grund gehen.«

Wir bahnten uns einen Weg durch die Menge, und ich schaute zu Orion auf, der über die meisten Leute vor uns hinwegsehen konnte.

»Was ist los?«, fragte ich und er sah mich kopfschüttelnd an.

»Sieht aus, als würde Hamish mit einer Gruppe Fae nach draußen gehen«, sagte er, nahm meinen Arm und zog mich näher zu sich heran, als erwartete er, dass ich jeden Moment angegriffen werden könnte.

Als die Menge uns kommen sah, bildete sie eine Schneise, um uns durchzulassen, und wir schafften es nach vorn, wo wir auf Hamishs Rückkehr warteten, während Geraldine mit leiser Stimme mit Catalina sprach. Als er schließlich vom Bauernhaus zurückkam, war sein Gesicht vor Sorge blass und mein Puls wurde schneller.

»Es hat einen Zwischenfall gegeben«, rief Hamish und benutzte Magie, um seine Stimme durch das gesamte Burrows hallen zu lassen. »Das Zyklopen-

Verhör wird sofort beginnen. Bitte kehrt in eure Zimmer zurück und wartet, bis ihr gerufen werdet.«

»Können wir helfen?«, fragte ich und trat auf ihn zu.

»Nein, Mylady Darcy«, sagte er. »Bitte kehrt in Eure Zimmer zurück. Wir werden den Schuldigen schnell finden.«

»Glaubst du, dass Lionel dahinterstecken könnte?«, fragte Tory, die ihre rechte Hand zur Faust ballte, während Catalina stocksteif wurde, als sie den Namen ihres Mannes hörte.

»Bisher gibt es keine Anzeichen für einen weiteren Angriff«, sagte Hamish. »Aber wir werden natürlich sehr wachsam sein.« Er winkte uns fort und Geraldine sah uns mit Tränen in den Augen an.

»Myladys, verzeiht mir! Ich würde euch niemals absichtlich an einen Ort der Gefahr und des Blutvergießens bringen«, krächzte sie schluchzend.

»Es ist nicht deine Schuld«, sagte ich leise, aber sie bedeckte ihr Gesicht und heulte, während Orion meinen Arm ergriff und mich wegzog.

Wir wurden von der Menge zurück in die königlichen Gemächer getrieben, und ich kaute nervös auf meiner Lippe, als die anderen begannen, sich auf ihre Zimmer zu verteilen. Ich hielt Tory fest, bevor sie gehen konnte, und umarmte sie fest.

»Er ist nicht hier, Tor«, sagte ich, und sie nickte.

»Wenn er es doch ist, werde ich ihm auch die andere verdammte Hand nehmen«, knurrte sie, und die Stärke in ihrer Stimme zauberte ein Lächeln auf meine Lippen.

»Wir werden ihm außerdem die Beine abtrennen und ihn zum Ertrinken in den Fluss werfen«, stimmte ich zu, bevor wir uns trennten.

Darius nickte uns zu und zog sie über den Flur in Richtung des Zimmers, das sie seit seiner Rückkehr zu ihrem gemacht hatten. Ich hatte Tory gegenüber nichts darüber gesagt, dass sie direkt mit ihrem neuen Freund zusammengezogen war. Ich war mir halbwegs sicher, dass sie ausflippen würde, sollte ich sie darauf ansprechen. Und ich wollte nicht, dass sie ihn auf die Suche nach einem anderen Zimmer schickte, weil sie Angst hatte, zu schnell zu viel zu riskieren. Das Ganze hatte sich schon so lange angebahnt, und ich war einfach nur froh, sie so oft lächeln zu sehen.

Wir betraten unser Zimmer, Seth war uns dicht auf den Fersen, und die Tür fiel hinter uns ins Schloss. Aus den Fluren drangen immer noch besorgte Stimmen.

»Ähm, Darcy?«, flüsterte Seth und zog mich am Ärmel, während Orion zum Schrank ging, um sich etwas zum Anziehen zu holen.

»Ja?«, fragte ich.

»Ich weiß, dass das jetzt nicht der richtige Zeitpunkt ist, aber ...« Er wirkte eine Stillekuppel um uns herum und meine Neugier war geweckt. »Bevor wir diese Leichen in der Scheune gefunden haben, waren Cal und ich dort drin und ich war nackt, und er war auf den Knien und hat meinen Schwanz betatscht.«

»Was?« Ich schnappte nach Luft. »Wirklich?«

»Na ja ... nein, aber seine Wange. Und sein Ohr ein bisschen.«

»Wovon redest du?« Ich runzelte die Stirn, ich wollte nicht urteilen, aber war das eine Art perverser Scheiß, von dem ich noch nie gehört hatte? Denn eine Schwanz-Ohr-Sache klang für niemanden besonders lustig.

»Er hat mich gebissen«, sagte er und wippte auf seinen Zehen vor und zurück. »Er hat mich genau hier gebissen.« Er zog seine Jogginghose runter, um mir die Stelle zu zeigen, aber entblößte in derselben Bewegung seinen Schwanz, und eine Sekunde später war es, als würde ihn ein Güterzug überrollen.

Orion rammte ihn gegen die Wand hinter mir, und ich fuhr mit einem Keuchen herum, als er Seth mit einer Hand würgte. Seths Hose sammelte sich derweil an seinen Knöcheln, während er Orion unschuldig anblinzelte.

»Was zum Teufel denkst du, was du da tust?«, schrie Orion, und im nächsten Moment schleuderte Seth ihn mit einem Luftwirbel weg, sodass Orion gegen die gegenüberliegende Wand flog und einen Riss in der Mitte der Wand verursachte.

Orion landete auf dem Boden, aber Seth blies ihm weiterhin gewaltige Luftstöße entgegen, um ihn zurückzuhalten. Mit einem lässigen Grinsen drehte er sich zu mir um, während er mit der freien Hand seine Hose hochzog.

»Jedenfalls hatte ich einen Ständer, während er mich biss, und ich schwöre, er hat ein bisschen damit geflirtet. Seine Hand hat sich über meine Bauchmuskeln bewegt und so weiter«, erzählte er beschwingt, und ich warf Orion einen Blick zu, unsicher, ob ich dieses Gespräch fortsetzen sollte, während er mit einem diabolischen Gesichtsausdruck darum kämpfte, zu uns zu gelangen. Aber Seth redete einfach weiter und wirkte sogar eine Stillekuppel um Orion, als dieser anfing, ihn zu beschimpfen, damit er den Rest seiner Geschichte erzählen konnte.

»Und ich habe eine wirklich gute Idee, was meinen nächsten Schritt angeht«, sagte er und sah aus, als könnte er es kaum erwarten. »Ich werde Gay Chicken mit ihm spielen.«

»Gay Chicken?« Ich runzelte die Stirn.

»Ja, weil Cal sehr ehrgeizig ist, verstehst du? Er kann es nicht ertragen, zu verlieren. Also werde ich ihn einfach dazu herausfordern, für mich schwul zu werden, und er wird nicht in der Lage sein, die Herausforderung abzulehnen, weil er damit seine Niederlage eingestehen müsste. Dann wird er voll schwul und zusammen werden wir immer schwuler, bis wir in zehn Jahren verheiratet sind und vierzehn Kinder haben. Er wird immer noch so entschlossen an der Herausforderung festhalten, und unsere Kinder werden nur bisweilen fragen, warum Daddy C am Wochenende immer in diese Strip-Bars mit den vollbusigen Damen geht und …«

»Das ist eine schreckliche Idee«, unterbrach ich ihn, und er sah niedergeschlagen aus, als hätte er wirklich gedacht, dass er es dieses Mal geschafft hätte. Ich hatte Mitleid mit ihm und legte ihm seufzend eine Hand auf die Schulter. »Sag ihm einfach die Wahrheit, Seth.«

Er runzelte die Stirn und spielte mit seinen Daumen. »Was hältst du davon, wenn du ihn fragst, ob er mich mag, während ich mich unter einem Fass in der Nähe verstecke? Und wenn er dann sagt, dass er nicht auf mich steht, kann ich raushüpfen und sagen, dass es nur ein Prank war.« Er musste sich kurz konzentrieren, als Orions Luftmagie seine eigene zu durchdringen begann und dessen Gesichtsausdruck sich dabei verfinsterte.

»Ich rede mit ihm, wenn du willst, aber er hat jedes Mal das Thema gewechselt, wenn ich es angesprochen habe«, sagte ich traurig.

»Ich weiß, aber das liegt daran, dass ihr zwei mehr Zeit braucht, um euch aneinander zu gewöhnen. Verbringe Zeit mit ihm, werde seine neue beste Freundin, dann wird er sich dir anvertrauen.« Seine Augen leuchteten wie zwei riesige Münzen, und ich nickte verständnisvoll. Verdammt, er war zu süß, wenn er seinen Welpenblick aufsetzte.

»Na gut, aber du musst aufhören, Orion aufzuziehen. Und könntest du irgendwie sein Freund sein? Er sagt, er braucht keine Freunde mehr, aber ich sehe, wie er euch beobachtet, wenn ihr alle Spaß habt, und das bricht mir irgendwie das Herz, weil er immer nur allein dasteht …«, sagte ich mit gerunzelter Stirn. »Ich glaube, er braucht euch mehr, als er jemals zugeben würde.«

»Ja, es ist wirklich traurig, nicht wahr? Die Art, wie er uns anstarrt, wenn wir zusammen spielen«, sagte er mit einem leisen Wimmern in der Stimme. »Armer, trauriger, kleiner Lance Orion. Mit seinen geplatzten Träumen, zwei gescheiterten Karrieren, seinem Status als geächteter Fae …«

»Das reicht«, knurrte ich warnend, und er nickte ernst.

»Wir werden bald beste Freunde sein, Darcy. Versprochen.« Er schlang seinen kleinen Finger um meinen. »Aber jetzt werde ich ihn loslassen und um mein Leben rennen, also wäre es toll, wenn du mir aus dem Weg gehen könntest, Babe.« Er zwinkerte mir zu, ließ den Sturm los, der Orion zurückgehalten hatte, peitschte die Tür mit seiner Luftmagie auf und flog mit hoher Geschwindigkeit auf einer Wolke aus der Tür. Sein Lachen hallte zu uns zurück.

Orion schoss ihm in hohem Tempo hinterher, aber ich warf ein Netz aus Ranken aus, um ihn aufzufangen, zog ihn zurück und schleuderte ihn aufs Bett.

Er knurrte und versprühte förmlich Gift, während er das Netz von sich schob und mühsam versuchte, aufzustehen. Aber ich stürzte mich auf ihn wie eine Katze, setzte mich auf seinen Schoß und presste meinen Mund lächelnd auf seinen, während ich die Wölbung seines Schwanzes durch seine Hose rieb.

»Ich weiß, was du vorhast, Blue«, warnte er mich, während seine Hand den Imperialen Stern umklammerte, der nach wie vor an einer Kette um meinen Hals hing, und so fest daran zog, dass mein Herz schneller schlug, während ich meine Zunge zwischen seine Lippen schob.

»Ich weiß auch, was ich tue«, neckte ich, und er fluchte, als ich meine Hüften erneut kreisen ließ.

Ich vergaß alles um mich herum, als er mit zwei Fingern meine winzige Bikinihose beiseite- und mit einem kehligen Knurren in mich schob. Es war vielleicht kein guter Zeitpunkt, aber da wir hier ohnehin auf unser Verhör warten mussten und der Tod in diesen Tagen an jeder Ecke zu lauern schien, würde ich mir einen Moment mit meinem Mann stehlen und ihn hemmungslos ficken.

Gemini
Scorpio
Virgo
Cancer
Libra
Leo
Taurus
Sagittarius
Capricorn
Aquarius
Libra
Pisces

TORY

KAPITEL 8

Ich drückte Darius gegen unsere Schlafzimmertür, küsste ihn stürmisch und legte meine Hände an seinen Hosenbund, während mein Herz in einem panischen Rhythmus pochte. Ich musste mich echt anstrengen, die grausamen Erinnerungen daran, Monstern ausgeliefert zu sein, aus meinem Kopf zu verbannen.

»Roxy«, knurrte Darius gegen meine Lippen, zog sich zurück und unterbrach unseren Kuss, aber ich bewegte meinen Mund einfach zu seinem Hals und küsste mich Richtung Süden, während ich seine Shorts nach unten zog. *»Roxy«*, sagte er mit mehr Protest in seiner Stimme und legte seine Hände auf meine Arme, um mich festzuhalten, aber ich ignorierte ihn erneut und ließ mich vor ihm auf die Knie fallen.

»Ich will, dass du meinen Mund fickst, Darius«, rief ich ihm zu, während ich meine Hand in seine Shorts schob und er ein Drachenknurren ausstieß, als ich seine feste Länge in meinen Griff nahm und erwartungsvoll meine Lippen leckte.

»Bei den Sternen!«, stöhnte Darius frustriert und fluchte vor sich hin, während er mein Handgelenk packte, bevor ich ihn noch weiter necken konnte, und mich wieder auf die Beine zog.

»Was?«, fuhr ich ihn an, als er mich mit seinem Blick fixierte. Ich griff erneut nach seinem Schwanz, aber er hatte seine Shorts bereits wieder hochgezogen und schüttelte den Kopf.

»Erzähl mir davon!«, beharrte er. »Ich habe diesen Ausdruck in deinen Augen gesehen, als Hamish von dem Zyklopen-Verhör gesprochen hat. Und ich weiß, dass Vard …«

Ich befreite mich aus seinem Griff. Ein Knoten der Anspannung bildete sich in meiner Magengegend, als ich an das dachte, was ich in der Nacht vor seiner Hochzeit durchgemacht hatte. Die Erinnerungen wollten mich aufs Neue überwältigen, und ich hätte am liebsten gekotzt.

»Mein Phönix ist zurück«, antwortete ich und versuchte, das Ganze abzutun, während ich mich von ihm abwandte und aufs Bett zuging. Ich nahm eines seiner Shirts und zog es über meinen Bikini, wobei ich versuchte, den Schmerz der Zurückweisung zu ignorieren, den er mit seiner Abweisung in mir ausgelöst hatte. Das schwarze Shirt war viel zu groß, aber ich fühlte mich besser, fast so, als könnte ich mich darin verstecken wie in einer Kuscheldecke. »Niemand dringt unbefugt in meinen Kopf ein.«

»Das macht die Sache für dich nicht einfacher«, erwiderte er. »Ich weiß, was sie dir angetan haben. Ich weiß, was du allein bei der Vorstellung fühlen musst, jemand könnte in deinen Kopf eindringen.«

»Mir geht es gut«, versicherte ich ihm, während mein Puls gegen mein Trommelfell pochte, als ich mich an das übelkeitserregende, widerliche Gefühl erinnerte, diesen verdammten Kotzbrocken in meinem Kopf herumkriechen zu hören. Ich dachte an all die Dinge, die er mir hatte weismachen wollen, und an die Angst, die er mit all meinen guten Erinnerungen in Bezug auf Darius vermischt hatte.

»Das tut es nicht«, erwiderte er schroff, trat hinter mich, packte meinen Arm und wirbelte mich herum. Mein Herz machte einen Satz bei der plötzlichen Berührung, und das Feuer in meiner Faust flammte auf, als er mich zwang, ihn anzusehen. Das Echo der Angst, die sie versucht hatten, in mir zu schüren, klang noch einige Sekunden lang unter meiner Haut nach, bevor ich es verdrängte.

»Du kannst mit mir darüber reden«, beharrte Darius, seine Hand auf meiner Wange, während mein Atem immer schneller wurde. Ich musste die Augen schließen, um die Erinnerungen zu verdrängen. Aber sie verschwanden nicht. Und plötzlich fühlte es sich nicht mehr so an, als läge seine Hand auf meiner Wange. Es war Lionel, der meinen Blick nach oben zwang, um den seinen zu treffen, während ich vor Schmerzen keuchte und mit meiner von meinem eigenen Blut glitschigen Haut angekettet vor ihm saß.

»Rühr mich nicht an!«, knurrte ich und wich zurück. Ich spürte, wie das Feuer meine Arme emporkroch und meinen Körper bedeckte, um mir zu Hilfe zu kommen, wie es in jener Nacht nicht möglich gewesen war.

Ich prallte rücklings gegen die Wand und war mir vage bewusst, dass jemand meinen Namen rief, aber alles, was ich fühlen konnte, war die Hitze der Feuermagie auf meiner Haut, während mein Phönix begraben wurde. Und dann war da dieser unglaubliche Schmerz, als ein Messer zwischen meine Rippen glitt.

Eine Hand umschloss meinen Hals und ignorierte die Verbrennungen, die mein Feuer ihr zufügte. Dabei rief er immer weiter meinen Namen, und plötzlich übertönte das Geräusch einer splitternden Tür das Kreischen in meinem Schädel. Nur passierte das nicht wirklich in meinem Kopf, und als ich die Augen aufriss, fand ich mich zusammengerollt auf dem Boden wieder. Darius beugte sich über mich und seine Augen blitzten vor Sorge.

»Es ist alles in Ordnung, kleine Vega«, sagte Max leise und nahm meine Hand. Seine Haut war kühl von der Wirkung seiner Wassermagie, und seine tiefen Augen luden mich zur Flucht ein – ein Angebot, das ich bereitwillig annahm, während ich darum kämpfte, mich davon abzuhalten, gegen die Wand zu treten.

Eine andere Hand griff nach mir, und als ich mich umdrehte, sah ich meine Schwester. Ihr Blick versprach Frieden, während sie fest meine Hand drückte. Ich brannte weiterhin, aber das Feuer konnte ihr nichts anhaben.

»Komm schon«, sagte Max, und seine Stimme war durchdrungen von der Magie seiner Art. Er half mir, meine Panik hinter mir zu lassen und diese Erinnerungen stattdessen mit Hass und Wut zu verbinden. Denn ich würde mich nicht vor jenen Arschlöchern in die Knie zwingen lassen, die mir das angetan hatten. Sie hatten mich betäubt und bewegungsunfähig gemacht – offensichtlich hätten sie keine Chance gehabt, meine Abwehr zu durchdringen, wenn ich Zugang zu meinem Phönix gehabt hätte.

Ich ließ diesen Hass und diesen Wunsch nach Rache in mir aufwallen, bis ich fast platzte, und dann überließ ich es Max, diese Flammen zum Verglimmen zu bringen. Schließlich kehrte ich in die Gegenwart zurück, und Max schenkte mir ein Gefühl von Frieden und Ruhe, das ich gierig aufnahm. Ich atmete tief durch, als das Feuer, das mich verzehrt hatte, endlich erlosch.

Darius schob seine Hand von meinem Hals in meine Haare, sein Blick war wachsam, als er meine Reaktion auf ihn beobachtete. Ich musste gegen die Tränen ankämpfen, die in meinen Augen brannten. Seine Haut war verrußt und seine Shorts hingen stellenweise in Fetzen von seiner Haut, aber er hatte bereits alle Brandwunden geheilt, die ich ihm zugefügt hatte, sodass ich mich zumindest nicht mit den Schuldgefühlen befassen musste, die ich sonst verspürt hätte.

»Das warst nicht du, das weiß ich«, schwor ich, und er nickte, beugte sich vor und drückte mir einen Kuss auf die Haare, während Max mich mit seiner beruhigenden Magie erfüllte und mein Puls sich endlich beruhigte.

»Es lag aber an mir«, antwortete er, zog sich zurück und ließ mich los, als ich ihn stirnrunzelnd ansah.

»Das glaube ich nicht«, antwortete ich entschieden, und Darcy rutschte näher an mich heran, legte ihren Arm um meine Schultern und hielt meine Hand weiterhin fest.

»Wir alle wissen, dass Lionel und seine Gefolgsleute dafür verantwortlich sind«, bemerkte sie bestimmt. »Lasst nicht zu, dass er sich zwischen das Glück stellt, das ihr beide zusammen gefunden habt. Vor allem nicht aus irgendeinem unsinnigen Gefühl der Schuld, Darius.«

Ein trauriges Lächeln umspielte seine Lippen, als er sich vor uns erhob. »Die Spitzmaus zeigt Zähne.«

»Das weißt du ganz genau«, bestätigte sie. »Und ich werde es beweisen, wenn du auch nur in Betracht ziehst, dich jetzt abzuwenden. Tory braucht dich. Also vergiss deinen Selbsthass und sei der Mann, den sie braucht!«

»Autsch«, murmelte Max und warf Darius ein Grinsen zu, während er zustimmend nickte.

»Okay, okay. Aber ich werde keinen verdammten Zyklopen in deine Nähe lassen, Roxy. Ich werde Hamish sagen, dass er dir in Bezug auf diese Morde einfach glauben muss – es sei denn, er will, dass ich einen neuen begehe.«

Ich stieß ein Lachen aus, und Darius lächelte, während er sich seiner ruinierten Shorts entledigte und sie beiseitewarf, bevor er seine Haut mit einem Wasserzauber säuberte. Darcy und Max schauten weg, offensichtlich nicht daran interessiert, ihn nackt zu sehen, aber ich behielt ihn im Blick. Es war, als würde ich meine eigene Strip-Show bekommen, und ich biss mir auf die Lippe, als ich beobachtete, wie seine nassen Bauchmuskeln glitzerten, während er sich die Haut schrubbte.

Das kalte Gefühl, als würde ein Eimer Eis auf meine Libido geschüttet, überkam mich und ich warf Max einen bösen Blick zu, während er unschuldig zuckte.

»Du musst dich noch ein wenig zusammenreißen«, sagte er zur Erklärung. »Kein Augenfick mit dem Drachen.«

Darius warf mir einen Blick zu, der voller Versprechungen für später war, zog dann ein frisches Shirt und saubere Jeans an und ging zur Tür. »Pass auf sie auf, Darcy!«, sagte er, bevor er ging, und Darcy schnalzte mit der Zunge.

»Ich glaube, dein Freund muss daran erinnert werden, welchen Platz er auf der Liste deiner favorisierten Personen einnimmt«, murmelte sie.

»Oh, er weiß Bescheid«, versicherte ich ihr. »Noch ein paar Orgasmen und er könnte es sogar in die Top Ten schaffen.«

Max lachte leise, als er meine Hand losließ, und ich sah ihn an, während wir beide darauf warteten, ob ich es allein schaffen würde. Aber dies war nicht unser erstes Rodeo, und wir waren mittlerweile ziemlich gut aufeinander eingespielt, sodass ich nicht überrascht war, als mein Herzschlag gleichmäßig blieb und mich nichts als Hass und der Wunsch nach Rache erfüllten, wenn ich an Lionel, Vard und die Schattenprinzessin dachte.

»Danke«, murmelte ich, und er lächelte mir zu, obwohl ich die Erschöpfung in seinen Augen sehen konnte, die vorher nicht da gewesen war. Denn jetzt trug er meine Angst und meinen Schmerz in sich.

»Jederzeit, kleine Vega.« Er stand auf und verließ den Raum, ein ersticktes Schluchzen jenseits der Tür verriet mir, dass Geraldine draußen auf ihn gewartet hatte.

»Oh, du salziger Seelöwe«, lobte sie ihn. »Unter dieser von Seepocken überzogenen Schale hast du ein Herz aus Gold, nicht wahr, Maxy?«

»Äh … ja?«, antwortete er, und seine Stimme klang bereits besser.

»Komm, ich mache dir ein paar Snacks, um deine Kräfte wiederherzustellen«, meinte sie, und ich lauschte, wie sie gemeinsam durch den Korridor gingen, bis wir schließlich allein waren.

»Wie hoch ist die Wahrscheinlichkeit, dass es hier unten jemanden gibt, der nichts von meinem Ausraster weiß?«, fragte ich mit leiser Stimme, und Darcy wandte den Blick ab, während sie so tat, als würde sie darüber nachdenken.

»Nun … du hattest keine Stillekuppel, also haben Lance und Caleb dich definitiv gehört. Seth war derjenige, der mich holen wollte, obwohl ich bereits auf dem Weg war. Und offensichtlich hat Geraldine auch etwas mitbekommen …«

»Hoffen wir, dass es nur unsere Gruppe war«, murmelte ich, obwohl es mir nicht wirklich peinlich war. Ich würde liebend gern jedes Arschloch, das mich für meinen Nervenzusammenbruch belächelte, herausfordern, wenigstens eine Nacht – wenn nicht die gesamte Zeitspanne, die ich hatte ertragen müssen – in der Gesellschaft meiner Peiniger zu verbringen. Und das, ohne einen Knacks zu bekommen.

»Wir könnten Gerüchte über einen Ghul in den Tunneln verbreiten, wenn du willst«, erklärte sie und drückte mich fest an sich. Ich wusste, dass sie mein Leid teilte.

»Ich bin hier«, erinnerte ich sie und vielleicht auch mich selbst. »Frei.« Ich zeigte auf die unversehrte Hautstelle an meinem Arm, wo das Zeichen des Widders mich einst markiert hatte, und ein aufrichtiges Lächeln huschte über ihr Gesicht, als sie nickte.

»Dank Darius.« Sie warf einen Blick zur Tür, runzelte dann die Stirn und wandte sich wieder mir zu. »Hat er dir genau erzählt, was passiert ist? Wie hat er die Sterne dazu gebracht, die Bande zu lösen?«

»Er hat nur gesagt, dass er sie angefleht hat. Und dass sie auf ihn gehört haben«, antwortete ich und konnte das Lächeln nicht verbergen, das sich jetzt auf meine Lippen schlich. »Ich schätze, unser Glück war überfällig.«

»Ja, das war es«, stimmte sie zu, aber sie blickte nach wie vor skeptisch drein, und ich neigte den Kopf, als mir klar wurde, dass sie etwas verschwieg.

»Was ist?«, fragte ich.

»Hoffentlich nichts«, antwortete sie schnell.

»Aber?«

Darcy stieß einen Seufzer aus, wodurch eine Strähne ihrer tiefblauen Haare in ihr Gesicht flog. »Die Schattenprinzessin hat während des Kampfes versucht, mich zu verfluchen.«

»Was?«, keuchte ich, löste mich von der Wand und setzte mich auf, damit ich sie direkt ansehen konnte. Sie erklärte, dass die echte Schattenprinzessin Lavinia hieß und Claras Körper in Besitz genommen hatte. Orion hatte seiner Schwester einen Dolch in den Körper stoßen müssen, um ihre Seele zu befreien, und die Schattenschlampe war an ihrer Stelle zurückgeblieben. Aber ich kam nicht von dem Wort »verfluchen« los.

»Was hat sie dir angetan?«, fragte ich ängstlich.

»Nichts, glaube ich«, versicherte sie mir schnell. »Hier auf meinem Arm war ein Mal, als sie den Fluch hinterlassen hat.« Sie krempelte den Ärmel hoch, um mir ihren Arm zu zeigen, aber es war nicht eine einzige Sommersprosse zu sehen. »Aber es ist wieder verschwunden. Lance und ich glauben, dass mein Phönix es aus mir herausgebrannt hat.«

»Wirklich?«, fragte ich zweifelnd, packte ihren Arm und drehte ihn hin und her, um ihn genauer zu untersuchen, aber es war nichts zu sehen.

»Wirklich«, schwor sie. »Ich fühle mich prächtig, und unsere Phönixe haben schon eine Menge Mist aus unseren Körpern vertrieben. Es scheint also nur logisch, dass mich mein Phönix auch davor beschützt hat.«

Ich nickte langsam, und Erleichterung durchströmte mich.

»Und du fühlst dich wirklich gut?«, fragte ich, verärgert über mich selbst, dass ich sie nicht schon früher nach dem Kampf gefragt hatte. Aber ehrlich gesagt war ich einfach nur froh gewesen, den Schrecken dieses Tages für eine Weile vergessen zu können.

»Ja. Ich fühle mich großartig. Ich hoffe, diese Schlampe weint sich irgendwo in den Schlaf, weil ihr dummer Fluch nicht gewirkt hat«, scherzte sie und ich grinste.

»Du bist eben ein echter Badass«, antwortete ich wissend.

»Da sind wir schon zu zweit«, sagte sie.

»Sollen wir uns ein paar Snacks klauen und Trash-TV schauen, während wir darauf warten, dass Hamish die Verhöre erledigt?«, fragte ich, und ihr Lächeln wurde breiter.

»Wehe, es gibt keine Schokolade in diesen Tunneln.«

»Wo wäre dann überhaupt der Sinn des Lebens?«, klagte ich und sie lachte.

»Ich sehe schon die Schlagzeilen: Die Vega-Zwillinge sterben bei gemeinsamem schokoladenbedingtem Selbstmord«, sagte sie und ich kicherte.

»Ich glaube, unsere größere Sorge hier ist ein hinterlistiger weißer Wolf, der sich unsere Schokolade unter den Nagel reißt«, fügte ich hinzu und kniff die Augen zusammen, um zur Tür zu schauen, falls Seth sich aufgrund der bloßen Erwähnung von Snacks bereits in der Nähe aufhielt.

»Dann greifen wir besser zuerst zu, Tor, denn ich schwöre bei Gott, ich werde eine Armee von Flöhen herbeirufen, um den Hundejungen zu erledigen, sollte er unsere Schokolade auch nur anrühren.«

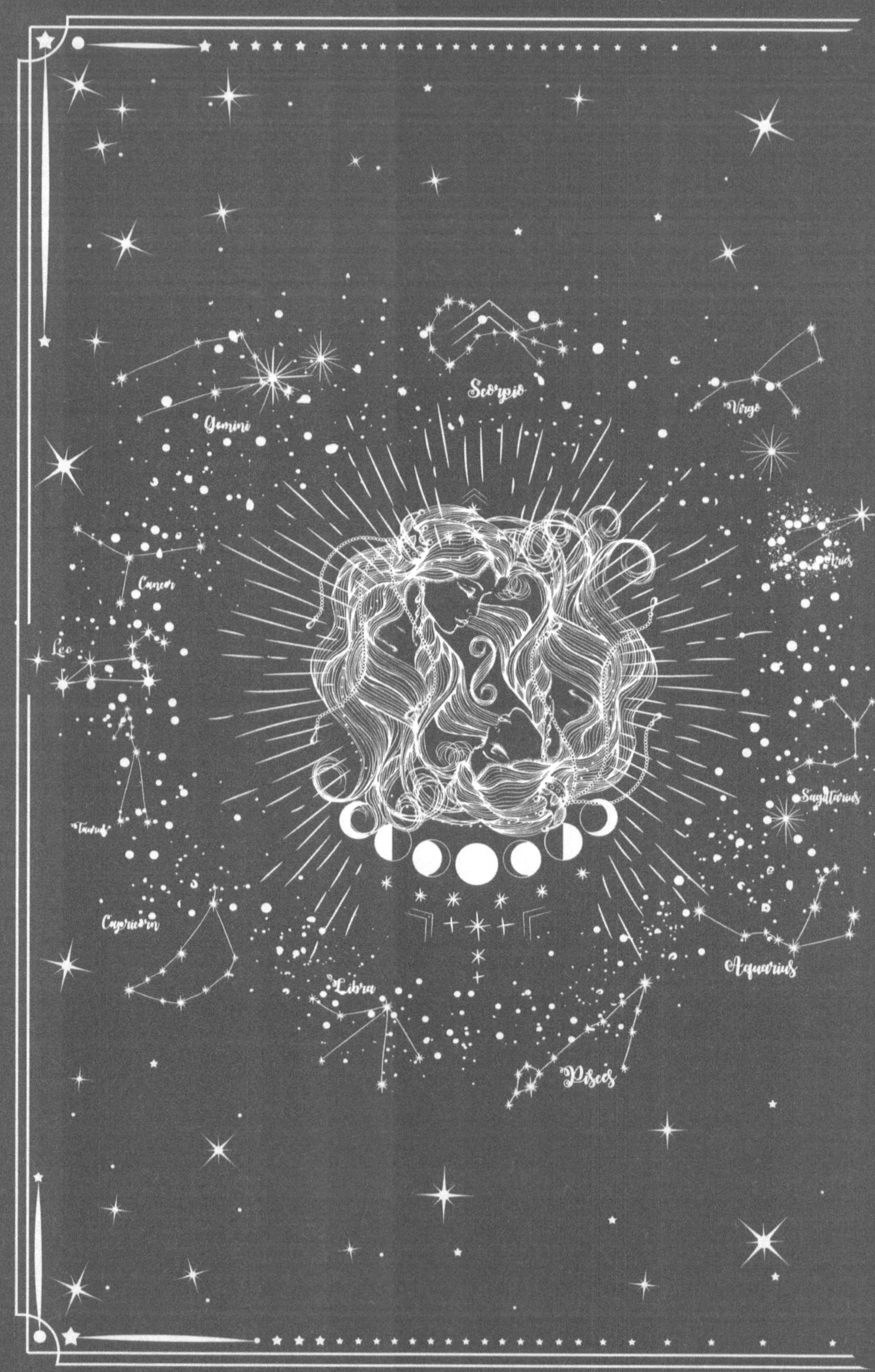

Gemini
Scorpio
Virgo
Cancer
Aries
Leo
Sagittarius
Taurus
Capricorn
Aquarius
Libra
Pisces

DARCY

KAPITEL 9

Darius schaffte es, sowohl Tory als auch mich vor dem Verhör zu bewahren. Nach allem, was in letzter Zeit vorgefallen war, freute ich mich, etwas Zeit mit meiner Schwester allein verbringen zu können. Wir futterten uns durch zwei riesige Schokoriegel, während wir über alles Mögliche redeten und in Erinnerungen an alte Zeiten schwelgten. Dann half ich ihr, ein paar Riegel in ihrem Zimmer zu verstecken, da ich wusste, dass Seth sie aufspüren würde, wenn ich sie auch nur in die Nähe meines Zimmers bringen sollte.

Das Verhör brachte keinen Schuldigen zutage. Was entweder bedeutete, dass der Täter seinen Verstand trainiert hatte, um die Wahrheit vor einem Zyklopen zu verbergen, was verdammt schwierig war, oder dass er nicht hier war und wahrscheinlich die Barriere der Anlage durchbrochen hatte, um diese Männer zu töten. Ich war mir nicht sicher, welcher dieser Gedanken mich mehr beunruhigte, aber beide führten zu unzähligen unbeantworteten Fragen, die mich nervös machten.

Ich saß zwischen Orion und Tory im Speisesaal, an unserem Tisch befanden sich außerdem die Erben sowie Geraldine und Xavier. Wir diskutierten endlose Spekulationen über den Mörder. Am meisten Angst machte mir die Theorie, dass dies etwas mit dem »Mann mit dem aufgemalten Lächeln« aus Gabriels Prophezeiung zu tun haben könnte.

Wir hatten den ganzen Tag nicht mit unserem Bruder sprechen können, da er bei den Verhören ausgeholfen und versucht hatte, etwas zu sehen. Aber jetzt saß er auf der anderen Seite des Raumes mit seiner Familie, und als ich seinen Blick auffing, stand er auf, kam zu uns und setzte sich uns gegenüber neben Geraldine. Ich entdeckte Justin Masters, der sie sehnsüchtig von einem Tisch voller Royalisten aus ansah und an einem Bagel knabberte.

»Gibt es Neuigkeiten?«, fragte Darius sofort, und die Anspannung in seiner Haltung verriet seine Besorgnis angesichts dieser Situation.

Tory streichelte geistesabwesend seinen Arm und wandte sich dann an unseren Bruder, in der Hoffnung, dass er uns die ersehnte Antwort geben würde.

Gabriel schüttelte den Kopf, und um seine grauen Augen mit den silbernen Ringen bildeten sich Stressfalten. »Nein. Aber ich hoffe, das bedeutet, dass dieser Vorfall nichts mit euch zu tun hat. Vielleicht hatte jemand hier Streit mit den Wachen, was ich nicht sehen könnte, weil es die, die mir wichtig sind, nicht betrifft. Andererseits …«

»Was?«, stieß ich hervor, während Orions Hand unter dem Tisch auf mein Knie fiel und es beruhigend drückte.

»Es könnte auch sein, dass dies in irgendeiner Weise mit den Nymphen zusammenhängt. Ihre Bewegungen kann ich nicht sehen, da die Schatten sie vor mir verbergen. Aber die Angriffe wirkten brutaler, als es ihr üblicher Stil ist«, meinte Gabriel nachdenklich. »Wir können es nicht ausschließen. Aber wenn es Nymphen waren, dann haben sie irgendwie die magische Grenze überwunden, die diesen Ort schützt. Und das scheint höchst unwahrscheinlich …«

»Könnten wir Nymphen unter uns haben?«, fragte Tory langsam und warf den anderen Anwesenden im Raum einen misstrauischen Blick zu. »Wir hatten keine Ahnung, dass Diego eine Nymphe ist, und wir haben ihn jeden Tag auf dem Campus gesehen.«

»Wie können wir Nymphen in ihrer unverwandelten Gestalt von anderen Fae unterscheiden?«, fragte Max und kniff die Augen zusammen, als wären alle um uns herum getarnte Feinde.

»Können wir nicht«, sagte Orion schlicht.

»Kann ich wohl«, erwiderte Darius übermütig. »Ihre Augen sind anders.«

»Bullshit, das denkst du immer, aber es stimmt nicht«, gab Orion zurück. »Warum hast du dann Diego übersehen, wenn du den Unterschied erkennst?«

»Ich wusste schon immer, dass mit dem Mützenjungen etwas nicht stimmt«, sagte Darius achselzuckend.

Mein Herz blutete für Diego, und ich dachte an seine Mütze, die jetzt im Nachttisch in unserem Zimmer verstaut war. Vielleicht warteten darin weitere Antworten auf uns … Vielleicht sollte ich noch einmal versuchen, einen Blick in das Netz der Seelen zu werfen.

»Ich verstehe immer noch nicht, wie er den Test der Sterne bei der *Abrechnung* bestanden hat.« Max schüttelte den Kopf.

»Ich hätte wissen müssen, dass er eine Nymphe ist, als ich damals sein Blut geschmeckt habe. Schade, dass ihr Blut nicht schwarz ist, wenn sie in ihrer Fae-Gestalt sind, sonst wäre es mir aufgefallen.« Orion verzog das Gesicht bei der Erinnerung. »Ich habe einfach vermutet, dass er eine der Formgebungen besitzt, der ich … weniger zugetan bin.«

»Wie die Heptischen Kröten?«, fragte Caleb mit einem wissenden Nicken.

»Ja, oder die Trauernden Nacktschnecken«, sagte Orion und ahmte ein Würgen nach, während Caleb lachte.

»Hast du schon mal einen Eisbär-Wandler probiert? Die schmecken wie Snow Cones«, meinte Caleb aufgeregt.

»Na ja, nichts schmeckt so gut wie eine Vega«, stichelte Orion, und Caleb fletschte die Zähne, während sie einander anstarrten.

»Ach ja? Versuch mal, den mächtigsten Werwolf Solarias zu jagen«, sagte Caleb mit einem Grinsen und Orion zeigte nun ebenfalls seine Fangzähne.

»Ich würde lieber das Blut einer Kröte trinken als noch einmal von ihm«, höhnte Orion, während Caleb seinen Arm um Seth legte. Seths Augenbrauen schossen in die Höhe, als er ihn ansah.

Mein Herz zog sich zusammen, als ich die Hoffnung in seinen Augen sah, aber nichts deutete darauf hin, dass Caleb mehr tat, als einfach nur seine Quelle zu beschützen. Verdammt, ich hoffte wirklich, dass es mehr als das war. Seth zuliebe. Mein flauschiger Wolfsfreund mochte in der Vergangenheit ein Arschloch gewesen sein, aber er hatte dieser Tage ein so weiches Herz und ich wollte ihn wirklich glücklich sehen.

»Bullshit«, knurrte Caleb. »Ich wette, du hast dir seine Adern unzählige Male angesehen, seit wir hier sind.«

»Warum sollte ich mich für das Blut eines Köters interessieren? Ich habe eine Vega-Prinzessin als Quelle«, sagte Orion stolz.

»Ist es überhaupt legal für geächtete Fae, Quellen zu beanspruchen?«, fragte Caleb munter, schob eine Hand in seine blonden Locken und intensivierte seinen Griff um Seth. Orion versteifte sich, als wäre er geschlagen worden, und ich konnte sehen, wie in seinen Augen ein Krieg ausbrach.

»Nenn ihn nicht so!«, zischte ich.

»Mach dir keine Sorgen, Schönheit. Gleich wird er sein eigenes Blut schmecken.« Orion erhob sich von seinem Stuhl und Caleb stand ebenfalls auf, beide bereit für einen Kampf.

»Um Hyacinth der Ersten willen! Setzt euch hin, ihr aufgeblasenen, scharfzahnigen Velociraptoren!«, Geraldine schlug mit der Faust auf den Tisch. »Wir haben einen Mörder in unserer Mitte, und das Spiel ist eröffnet. Wir müssen dieses Rätsel lösen, bevor einer von uns des Nachts abgeschlachtet aufgefunden wird. Oder würdet ihr diese Diskussion lieber führen, während wir die Einzelteile unseres geliebten Xaviers aufsammeln? Denn seien wir ehrlich, mit seiner süßen Unschuld und sanften Seele ist er ein gefundenes Fressen.«

»Hey!«, protestierte Xavier mit einem Mund voller Lasagne. »Ich bin nicht unschuldig.«

»Eine völlig unabhängige Randbemerkung«, meinte Orion in Richtung Xavier, während er und Caleb sich wieder auf ihre Plätze fallen ließen. »Ich brauche das Blut einer Jungfrau für das Elixier der Zodiac-Garde. Macht es dir etwas aus, wenn ich mir nach dem Essen etwas von dir hole?«

Xavier schluckte keuchend, während sich seine Wangen knallrot färbten. »Ich bin keine Jungfrau.«

Darius lachte schallend und Tory gab ihm einen Klaps auf den Arm, während der Rest der Erben in Gelächter ausbrach. Geraldine krümmte sich keuchend, während sie sich die Seite hielt.

»Bei meiner Karussell fahrenden Großtante Gweneth! Diesen Lacher habe ich an einem düsteren Abend wie dem diesem gebraucht, lieber Xavier. Danke«, sagte Geraldine und wischte sich die Tränen aus den Augenwinkeln.

»Das war kein Scherz«, widersprach Xavier. »Ich hatte jede Menge … Sex.«

»Mit wem?«, fragte Darius und lehnte sich auf seinem Stuhl zurück, wobei er die Arme vor der Brust verschränkte.

»Mädchen«, platzte es aus Xavier heraus. »Mit vielen Mädchen. Ich habe Mädchen vor mir knien lassen, während ich mein … Horn an ihren feuchten … Teilen gerieben habe.«

»Alter, bitte fick endlich jemanden! Es tut weh, dich über etwas reden zu hören, das du noch nie getan hast.« Caleb zeigte auf einen anderen Tisch, an dem eine Gruppe Mädchen zusammensaß, und Xavier versteifte sich augenblicklich.

»Ich bin keine Jungfrau«, beharrte er, und seine Wangen wurden irgendwie noch röter.

»Ist schon okay, Bro.« Seth beugte sich über den Tisch zu ihm und senkte die Stimme. »Wie wäre es, wenn ich dir ein paar Sachen beibringe? Dich mit einer netten Orgie langsam an die Sache heranführe, hm? Ich könnte fünf oder sechs dieser heißen Oscura-Wölfe da drüben dazu bringen, dich durchzuficken.«

»Fünf oder sechs ...« Xavier schluckte sichtbar.

»Nicht jeder hat sein erstes Mal im Rahmen einer verdammten Orgie, Seth«, entgegnete Max lachend.

»Das sollte sich ändern«, beharrte Seth. »Du kannst dich auch danach noch an Einzelsessions wagen. Wenn fünf andere Leute um dich herum ficken, kannst du beim Zuschauen lernen und dir Tipps von den besten Lovern holen, während sie deine Hüften führen. Es ist wie Schwimmunterricht.«

Alle lachten, sogar Orion, aber er fing sich schnell wieder und verwandelte sein Lächeln in einen finsteren Blick, als wäre er beleidigt, dass der Wolf ihn zum Lachen gebracht hatte.

»Können wir das Thema meines kleinen Bruders bei einer Orgie hinter uns lassen?«, fragte Darius.

»Ich wollte mich noch bei dir entschuldigen, Gabriel«, sagte ich und kaute besorgt auf meiner Lippe, während ich den Blick meines Bruders auffing.

»Weswegen? Oh«, sagte er, als er die Antwort sah, und nickte. »Weil das Haus, das ich mit Erdmagie für meine Familie gebaut habe, von Lionel Acrux schwer beschädigt wurde, als er euch gefangen genommen hat.«

»Ja ... das«, sagte ich traurig.

»Ja, mir tut es auch leid, Noxy«, fügte Orion hinzu.

»Ich werde euch das bestimmt nicht vorwerfen«, meinte Gabriel und winkte ab. »Außerdem habe ich schon einen neuen Anbau *gesehen*, den ich mit einem Hallenbad versehen werde. Also macht euch nichts draus.«

Erleichterung durchströmte mich, obwohl ich immer noch vorhatte, für diesen Schaden aufzukommen. Und ich würde ihm auch einen riesigen Korb mit all seinen Lieblingssachen besorgen, wenn dieser Krieg vorbei war.

»Was hast du sonst noch über den Krieg *gesehen*?«, unterbrach Darius ihn. »Ich will nicht ewig in diesem Erdloch bleiben. Wann können wir meinen Vater angreifen?«

»Ich warte noch darauf, eine Gelegenheit zu *sehen*«, versprach Gabriel. »Du weißt, dass ich es dir sagen werde, sobald sich eine ergibt. Seid einfach allzeit bereit. Da die Schattenprinzessin die meisten meiner Visionen über Lionel blockiert, bekomme ich möglicherweise nur ein kleines Zeitfenster, um einen Weg zu finden, ihn zu erwischen. Gegebenenfalls müssen wir dann schnell handeln.« Er erhob sich von seinem Sitz, ging zurück zu seinem Tisch und drückte seiner Frau einen Kuss auf die Lippen, bevor er ihr den kleinen Jungen aus den Armen nahm und ihn an seine Brust presste. Ich hatte meinen Neffen noch nicht annähernd genug geknuddelt, aber ich beschloss, dass das heute Abend definitiv auf meiner Agenda stand.

Orion folgte meinem Blick und kniff mich leicht, um meine Aufmerksamkeit auf sich zu lenken. »Möchtest du auch eins?«, murmelte er, und seine Augen wurden dunkel.

»Eines Tages«, sagte ich, streckte die Hand aus und strich mit dem Daumen über das Grübchen in seiner rechten Wange. Ich stellte mir vor, wie süß das bei einem winzigen Baby aussehen würde. Er wich zurück, und mein Herz zerbrach bei dieser Geste. Stirnrunzelnd wandte er sich von mir ab.

»Du etwa nicht?«, fragte ich.

Er nahm meine Hand unter dem Tisch, drückte sie und sandte ein Beben purer Hitze durch meinen Körper. Aber er antwortete mir nicht.

»War das ein Nein?«, fragte ich nach. Die Vorstellung, dass er in dieser Hinsicht nicht auf einer Wellenlänge mit mir sein könnte, machte mir klar, wie sehr ich mir eine Zukunft mit Kindern wünschte.

»Mein Status als Geächteter würde auf unsere Kinder übertragen«, erklärte er mit fester, aber leiser Stimme, und ich öffnete den Mund, um zu sagen, wie lächerlich das war. Ein Schrei unterbrach mich.

»Cowabunga!« Eine schockierend vertraute Stimme sorgte dafür, dass sich meine Vagina automatisch zusammenzog, und ich drehte mich erschrocken um. Professor Washer schritt durch die Holztüren, zwei große Koffer schwebten hinter ihm. Er trug einen lilafarbenen Trainingsanzug aus Velours, dessen Oberteil geöffnet war, um seine gebräunte, gewachste Brust zu enthüllen, und dessen Unterteil zwei Nummern zu klein wirkte. Es schmiegte sich an seine muskulösen Oberschenkel und – noch schrecklicher – an die Beule zwischen seinen Beinen.

»Oh, zum Teufel noch mal«, sagte Orion leise, als Washer uns sofort entdeckte und schnurstracks auf unseren Tisch zusteuerte. Als er näher kam, bemerkte er Orion, der neben mir saß, und schnappte nach Luft, wobei er mit zitterndem Finger auf ihn zeigte.

»Liebes Mädchen, tritt zur Seite! Dieser Mann ist ein Krimineller. Er hat deinen Verstand vernebelt, dich dazu gebracht, schreckliche Dinge mit ihm zu tun, und selbst widerliche, ekelhafte Dinge mit deinem Körper angestellt. Ich habe den Bericht wieder und wieder gelesen, jedes noch so kleine Detail habe ich mir eingeprägt, damit ich weiß, wie ich dir am besten helfen kann, dich zu erholen.«

»Das reicht!«, fuhr ich ihn an, sprang von meinem Stuhl und kletterte auf den Tisch. Aber ich kannte den Zauber nicht, um meine Stimme lauter zu machen, also stockte ich und wandte mich an Orion. »Kannst du den Lautersprechen-Zauber auf mich wirken?«

»Warum?«, fragte er besorgt und warf einen Blick auf die Rebellen.

Ich drehte mich stattdessen zu Seth um und winkte ihn näher zu mir heran. »Kannst du?«

»Klar, Babe.«

»Wage es ja nicht!« Orion erhob sich von seinem Stuhl, aber Seth streckte bereits seine Hand aus, strich mit seinen Fingern über meine Kehle und eine kühle Magie durchströmte sie. Und dann schrie ich los: »Lance Orion ist kein Verbrecher!« Alle im Raum zuckten zusammen. Ups, ich hätte wohl nicht schreien sollen, während das Stimmenlautermachding aktiv war.

»Darcy, hör auf!«, befahl Orion, aber ich ignorierte ihn.

Ich räusperte mich, und das Geräusch hallte schmerzhaft laut durch den Raum, während Hamish bei der bloßen Erwähnung des Namens meines Freundes in der Ecke zu würgen begann. Und ich hatte es so verdammt satt.

»Er hat vor Gericht gelogen, um mich zu schützen. Er wusste, dass ich andernfalls meinen Platz an der Zodiac Academy verlieren würde. Also hört auf, ihn wie ein Monster zu behandeln! Er hat mich nicht verletzt, missbraucht oder in irgendeiner Weise verzaubert.« Ich schaute zu Orion hinunter, aber er lächelte nicht, sondern streckte die Hand nach mir aus und versuchte, mich vom Tisch zu ziehen.

»Bitte, Blue«, flehte er.

Ich tänzelte ihm aus dem Weg. Ich wollte, dass die Welt erkannte, wer er war, dass sie die Opfer sah, die er für Darius, für mich, für das ganze Königreich gebracht hatte. Also würde ich nicht einfach hier sitzen und die Leute so tun lassen, als würde er nicht existieren.

»Also hört auf, ihn zu ignorieren und zu erniedrigen!«, rief ich, aber die einzige Antwort war ein unangenehmes, widerhallendes Schweigen.

Tory schaute zu mir auf, leckte über ihre Lippe und klatschte, um die Menge in Stimmung zu bringen. Aber die Anwesenden folgten ihrem Beispiel nicht, selbst als sie Darius mit dem Ellbogen anstieß und er ein paar mitleidige, langsame Klatscher beisteuerte.

»Kein missbilligendes Klatschen, Arschloch«, zischte Tory.

»Jede Art von Applaus ist verdammt peinlich«, murmelte Darius, und mir lief es kalt den Rücken hinunter, als das entfernte Geräusch von Hamishs Würgen zu mir vordrang.

»Komm runter!«, knurrte Orion, seine Augen flackerten, und meine Wangen glühten, weil ich seine Unterstützung in dieser Sache nicht bekam.

»Komm zu mir hier hoch!«, entgegnete ich. »Sag ihnen die Wahrheit!«

Er schüttelte den Kopf, und Tory und Darius warfen sich einen verstohlenen Blick zu, während sich Geraldine die Haare raufte und einen alarmierten Blick in den Raum warf.

»Lobt die eloquente Redekunst von Mylady!«, rief sie plötzlich. »Wie leidenschaftlich ihr Plädoyer ist, wie herzlich und ... wunderschön formuliert. Sie glänzt wie ein Sternstein in einem Mondstrahl mit ihrer Leidenschaft und Prosa!«

Mehrere Leute klatschten, was noch schlimmer war, weil sie jetzt nur noch wegen der Art und Weise applaudierten, wie ich gesprochen hatte, und nicht mehr wegen der Worte, die ich gesagt hatte.

Leises Gemurmel erhob sich, und Seth jammerte vor Unbehagen – ein Geräusch, das meine Haut vor Scham brennen ließ.

Ich kletterte vom Tisch und rutschte auf meinen Stuhl. Orion griff unter dem Tisch nach meiner Hand, aber ich riss sie weg. Ich konnte nicht glauben, dass er nicht für mich eingetreten war, nicht mit mir dort oben gestanden und der Welt gezeigt hatte, wer er wirklich war.

Alle im Raum wandten ihm hastig wieder den Rücken zu, und meine Kehle wurde eng.

»Warum sagst du ihnen nicht die Wahrheit?«, flüsterte ich Orion zu, und er sah mich mit einem Ausdruck des Konflikts in den Augen an.

»Weil es keinen Unterschied machen würde. Es tut mir leid, Blue.«

Diese Worte trafen mich mitten ins Herz, und ich starrte auf die Hände in meinem Schoß und fühlte mich wie eine komplette Idiotin, weil ich so vor dem ganzen Raum hängen gelassen worden war.

Washer kam näher und versuchte, meine Gefühle mit seinen Sirenenfähigkeiten zu lesen.

»Wenn du Sorgen jeglicher Art hast und dir etwas von der Seele reden möchtest, meine Liebe, dann komm zu mir«, säuselte Washer und Orion knurrte.

»Sie wird sich dir nicht nähern, Brian«, zischte er und Washer zwang sich, ihn anzusehen.

»Aber, aber, ich wollte kein Tamtam veranstalten. Ich komme in der Tat mit Geschenken.« Er drehte sich um und deutete auf die großen Koffer hinter ihm. »Ich habe die Sachen der Vega-Schwestern von der Academy mitgebracht. Ich habe gekündigt, versteht ihr? Die Academy geht den Bach runter, und ehrlich gesagt bin ich mir ziemlich sicher, dass Elaine mich umbringen lassen wollte. Also, hier bin ich.« Er strahlte Tory und mich an. »Oh, und ich habe noch eine Überraschung für euch. Ich habe all eure kleinen Schlübber und Büxen von Hand gewaschen, damit sie seidig frisch für eure königlichen Hinterteile sind.«

»Bitte was?«, fauchte Tory.

»Bitte sagt mir, dass *Schlübber und Büxen* nicht das sind, was ich denke«, murmelte ich.

»Ihr müsst wirklich besser auf eure delikaten Wäschestücke aufpassen, Mädels. Tangas und Strings können ein winziges bisschen ausfransen, wenn sie nicht regelmäßig mit einer guten Seife eingerieben werden. Ich benutze eine sanfte, schäumende, weiße Seife, die ich selbst herstelle. Ich gebe euch irgendwann mal eine Probe. Ich nenne sie *Washers Essenz*.« Er zwinkerte.

»Was zum Teufel soll das denn bitte heißen?«, knurrte Darius, Rauch stieg zwischen seinen Zähnen auf, und ich packte Orions Arm, um ihn davon abzuhalten, aufzustehen. Obwohl es vielleicht nicht die schlechteste Idee war, ihn à la Psycho-Vampir zusammen mit Darius auf Washer zu hetzen.

»Es ist ein Geheimrezept, Dummerchen. Fröhliches Futtern!«, sagte er, ging zu Catalina und Hamish und umarmte sie. Sein Hintern wackelte bei jeder Umarmung hin und her.

Argh! Großartig, ich dachte, ich hätte den Widerling zum letzten Mal gesehen.

Ich stellte fest, dass alle immer noch hart daran arbeiteten, ihre Blicke von Orion abzuwenden, und ließ entmutigt die Schultern hängen. »Ich verstehe nicht, warum sie mit diesem Scheiß nicht aufhören.«

»Weil es beim Ächten eines Fae mehr als nur um ein Gesetz geht, Blue«, sagte Orion und senkte den Blick. Auch er schämte sich dafür und das brach mir mehr als alles andere das Herz. Meine Wut auf ihn ließ ein wenig nach, weil ich sah, dass dies etwas war, das ich nicht wirklich verstand, aber es tat immer noch weh. »Es ist eine kulturelle Angelegenheit und die Leute wollen nicht damit in Verbindung gebracht werden. Und es ist nichts, was rückgängig gemacht werden kann. Ich bin dankbar für das, was du versucht hast, meine Schöne, aber der Welt zu befehlen, mich anzuerkennen, wird nicht funktionieren.«

Ich seufzte. Was für eine beknackte Scheiße! Welchen Sinn hatte es, eine »wahre Königin« zu sein, wenn sie nicht auf das hörten, das mir so wichtig war?

»Ja, allein deine Anwesenheit an unserem Tisch bringt uns um tausend Coolness-Punkte runter«, sagte Seth seufzend. »Aber das ist okay, Bro, wir wollen trotzdem deine Freunde sein, nicht wahr, Cal?« Er stieß ihn mit dem Ellbogen an, und Caleb beäugte Orion, während sich ein leises Knurren auf seinen Lippen bildete.

»Nein, danke«, murmelte er, als Orion sich angesichts der Herausforderung in seinen Augen aufrichtete.

Ich wusste, dass ihre Formgebung sie zu einem gewissen Konkurrenzdenken antrieb, aber ich hatte wohl einfach noch nie so viel Zeit mit den beiden zusammen verbracht, um zu erkennen, wie tief dieser Instinkt saß.

»Ich bin hin- und hergerissen, Mylady Darcy«, sagte Geraldine zu mir. »Zwischen meiner Loyalität zu dir und meinem Instinkt, deinen Orry-Mann zu meiden, bis er nicht mehr als ein Schatten in meiner Peripherie ist. Aber für dich, meine Königin, kann ich jedes Hindernis überwinden.«

»Danke, Geraldine«, sagte ich.

Geraldine erhob sich von ihrem Stuhl, ging zu Orion und umarmte ihn von hinten. Er erstarrte, als wäre er gerade ausgepeitscht worden. »Ich sehe dich, Lance Azriel Orion. Meine Augen sind weit geöffnet und da bist du, ein knackiger Apfel, der auf den Brüsten der Sterne balanciert.«

»Danke«, presste er hervor. »Nicht dafür, ein Tittenapfel zu sein. Aber das andere.« Unbeholfen tätschelte er ihre Hand, während er subtil versuchte, ihre Arme von sich zu lösen. Sie eilte mit einem erstickten Schluchzen zu ihrem Platz zurück.

»Würde es helfen, wenn ich jedem, der dich ignoriert, einen Schlag in die Eier verpassen würde?«, fragte Tory, und ich lachte.

»Ist das deine Antwort auf alles, kleine Wilde?« Orion grinste, und sie schien tatsächlich darüber nachzudenken.

»Meistens, ja«, stimmte sie zu und Darius runzelte die Stirn.

»Wie kommt es dann, dass du mir noch nie einen Schlag in den Schwanz verpasst hast?« Er klang fast so, als würde er sich ausgeschlossen fühlen, und sie machte eine Show daraus, ihre Finger vor seinem Gemächt zu einer Faust zu ballen.

»Bist du sicher, dass du all die Schwanzschläge einlösen willst, die dir zustehen?«, fragte sie neckisch.

»Schwanzschlag-Zeit«, hauchte Seth, holte seinen Atlas heraus und drückte auf Aufnahme.

»Sie wird deinen Schwanz in den Orbit schicken, wenn sie dir gibt, was dir zusteht«, warnte Max Darius und versuchte, Geraldines Hand in seine zu nehmen, aber sie stieß ihn mit einer Gabel von sich weg.

»Was fällt dir ein, in meinen persönlichen Essbereich einzudringen, du Langustenkrebs?«, fuhr sie ihn an, wobei sie ihn noch fester mit der Gabel stupste, sodass er fluchend seine Hand wegzog.

Wir beendeten unser Mahl und verbrachten den Rest des Abends damit, darüber zu diskutieren, wer der Mörder sein könnte, nur um immer wieder zu denselben Schlussfolgerungen zu kommen: Es könnte jeder sein. Also mussten wir auf der Hut sein, unsere Türen mit Sicherheitszaubern versehen und immer mindestens zu zweit unterwegs sein. Umgeben von meinen Freunden hatte ich nicht annähernd so viel Angst, wie ich sie vielleicht hätte haben sollen. Ich gehörte zu den mächtigsten Fae Solarias, und wenn jemand es mit einem in diesen Tunneln lauernden Schurken aufnehmen konnte, dann wir.

Als wir den Speisesaal verlassen hatten, lud ich alle in unser Zimmer ein, um noch einmal Diegos Mütze auszuprobieren. Caleb runzelte die Stirn, als wir dort ankamen, und begann sofort, die Wände mit Moos zu schmücken und die Decke mit glitzernden silbernen Bändern zu versehen. Ich lächelte angesichts der hübschen Magie, während ich mit Tory einige Stühle und ein Sofa aus Stein formte, und Seth überzog sie mit dickem Moos, bevor sich alle hinsetzten.

Darius wirkte ein paar Immerflammen, um den Raum zu beheizen, und ich setzte mich mit gekreuzten Beinen auf das Bett neben einer der Flammen, woraufhin sich Orion neben mich fallen ließ. Caleb und Seth nahmen das Sofa in Beschlag, während die anderen es sich auf den Stühlen bequem machten. Ich warf einen Blick auf Orion, dann erzählte ich alles, was wir über Lavinia erfahren hatten, einschließlich der Visionen, die wir gesehen, und der Dinge, die wir zuvor von der Mütze erfahren hatten. Alle hörten mit gebannter Aufmerksamkeit zu. Schließlich nahm ich Diegos Mütze aus dem Nachttisch, weil ich wusste, dass es Zeit war, nach weiteren Antworten zu suchen. Welche Geheimnisse würde die Mütze noch bergen?

Ich ertappte mich dabei, die Mütze einfach nur anzustarren. Mein Herz schmerzte und meine Kehle war eng vor Trauer. Tränen sammelten sich in meinen Augen, als ich an meinen Freund und das Opfer dachte, das er für uns im Wald gebracht hatte, als er versucht hatte, es mit Lavinia aufzunehmen.

Stille legte sich über den Raum und Geraldine schniefte laut.

»Unser lieber bemützter Freund«, krächzte sie. »Wir werden ihn nicht vergessen. Ich werde ein Liedchen über seine Seelenmütze und seine liebe *abuela* schreiben, und wir werden es so laut zu den Sternen singen, dass er es jenseits des Schleiers hören kann.«

Ich nickte, schenkte Geraldine ein trauriges Lächeln und wandte mich dann meiner Schwester zu, die mir einen ermutigenden Blick zuwarf.

»Wir müssen uns alle an den Händen halten, um die Erinnerungen sehen zu können«, erklärte ich.

Seth ergriff Calebs Hand und Max seine andere, bevor er auch Geraldines Hand nahm, und wir schlossen den Kreis mit Xavier, Darius und Tory.

»Bist du sicher, dass wir mit dieser Seelenmützen-Sache experimentieren sollten?« Tory warf der Mütze einen nervösen Blick zu, und ich wusste, dass sie sich wieder Sorgen um die Schatten machte.

»Ist schon gut, Baby. Ich bin bei dir«, sagte Darius. Als sie ihn ansah, loderte das Feuer ihrer Formgebung in ihren Augen, und ich musterte die beiden mit klopfendem Herzen. Schließlich nickte Tory zustimmend.

»Seid ihr alle bereit?«, fragte ich, und alle nickten, was mein Herz in Erwartung dessen, was wir sehen könnten, höherschlagen ließ. Wir hatten schon unzählige Male über Diego gesprochen, aber niemand von uns hatte Antworten in Bezug auf ihn gefunden. War er eine Anomalie? Die einzige Nymphe mit einer guten Seele? Oder gab es da draußen noch mehr wie ihn?

Ich nahm Orions Hand, zog mir dann mit der anderen die Mütze über, bevor ich nach Tory griff. Als ihre Finger die meinen trafen, wurde ich in die Dunkelheit der Schatten gerissen, stürzte in ihre Tiefen und spürte die Anwesenheit aller, die mir folgten.

Ein Keuchen entrang sich meiner Kehle, als die weiße Wolke des Seelennetzes vor uns erschien, und ich spürte, wie Diego aus ihrem Inneren nach mir griff.

Er schlang seine Finger um meinen Arm, obwohl ich niemanden sehen konnte, aber dann kam er näher. Seine Stimme hallte um mich herum, und ich spürte, wie auch Tory in seine Nähe gelockt wurde.

»Es ist Zeit, die Wahrheit zu erfahren, amigas.«

Er zog uns in das Netz, und ich wappnete mich für das, was kommen würde, als ich tief in die Vergangenheit und in eine längst vergessene Erinnerung fiel.

Als ich die Augen öffnete, wusste ich instinktiv, um wessen Erinnerung es sich handelte. Es war Diegos.

Ich hielt ein kleines blaues Pegasus-Spielzeug zwischen Daumen und Zeigefinger und ließ es vor mir herumfliegen, während ich im Schlamm hinter meinem Haus kniete. Ich hatte das Spielzeug am Ufer des Flusses unten im Wald angespült gefunden, und obwohl ich wusste, dass ich es mamá *hätte geben sollen, wusste ich auch, dass sie es wegwerfen würde, wenn ich es täte. Sie hasste alles, was mit den Fae zu tun hatte, aber insgeheim wollte ich mehr über sie wissen. Alles.*

Ich dachte an das Kind, dem dieser kleine Pegasus gehört hatte. Ob es wohl schon wusste, welche Formgebung es eines Tages besitzen würde? Wie es sich anfühlen würde, wenn seine Kräfte erweckt wurden? Schienen die Sterne auf dieses Kind hinab und beschützten es?

Mamá *mochte die Sterne nicht. Sie behauptete, sie hätten unsere Art verflucht und dass wir deshalb nie viel Geld oder Essen hatten. Mein Magen knurrte in der Hoffnung auf eine Mahlzeit, die es heute Abend vielleicht nicht geben würde, aber daran war ich gewöhnt. Und während ich dieses kleine blaue geflügelte Pferd vor meinen Augen betrachtete, fühlte ich nicht viel, außer dem imaginären Leben, das ich mir für mich selbst erträumte.*

Wie wäre es wohl, zu fliegen?

Eine Herde zu haben, Magie in meinen Adern und die Gaben der Sterne?

Würden die Sterne mich mögen, wenn ich ein Fae wäre? Würde ich bei Tageslicht durch die Straßen gehen können, anstatt mich immerzu verstecken zu müssen?

Plötzlich umklammerte eine starke Hand meinen Nacken und zerrte mich auf die Füße, während eine andere mir den kleinen Pegasus aus den Fingern riss. Ich wurde gegen die Wand geschleudert und starrte meinen Onkel Alejandro an, der das Spielzeug in seiner Hand angewidert angrinste. Mein Puls pochte wie verrückt in meinen Ohren.

»Was ist das?«, zischte er, aber ich brachte keine Antwort heraus, weil ich vor Angst kaum sprechen konnte. »Antworte mir, Diego!«

»Nur ein Spielzeug«, stotterte ich.

»Hat mein Neffe im Schlamm gespielt und davon geträumt, ein Fae zu sein?«, knurrte er, und ich schüttelte mehrmals den Kopf, während ich spürte, wie jeder Tropfen Blut aus meinem Gesicht verschwand.

Er schnalzte mit der Zunge und ließ dann Feuer in seiner Handfläche auflodern, um den kleinen Pegasus zu verschlingen. Etwas in mir trieb mich an, mit einem Schrei nach vorn zu springen, und ich griff nach dem Pegasus und verbrannte mir die Fingerspitzen, als ich versuchte, ihn zu retten. Aber Alejandro stieß mich mit seiner anderen Hand zurück, und ich sah zu, wie der Pegasus zu einem blauen Klumpen wurde, den er schließlich mit einem Zischen ins Gras fallen ließ.

»Sei froh, dass deine Mutter dich nicht damit erwischt hat!« Er trat näher, rückte das leuchtend rote Tuch an seinem Hals zurecht, während er mich prüfend ansah und mit der Hand über seine kurzen dunklen Locken strich. »Wie alt bist du jetzt? Acht?«

»Zehn«, flüsterte ich und wünschte mir, er würde verschwinden. Aber der Ausdruck in seinen Augen erfüllte mich mit Furcht, denn ich konnte sehen, dass er noch lange nicht mit mir fertig war.

»Alt genug«, sagte er leise und nickte entschlossen. »Komm. Du kannst mir helfen.« Er schob mich vor sich her, und mein Mund wurde trocken vor Angst, als er mich zu seinem Auto dirigierte.

Als er die Tür öffnete und mich auf den Rücksitz drückte, kam meine Großmutter die Verandastufen des Hauses hinuntergeeilt. Ihre alten Beine schleppten sie in meine Richtung, während Panik in ihren Augen aufflackerte.

»Alejandro, wohin bringst du ihn?«, fragte sie.

»Es ist Zeit, dass er einer von uns wird. Der Junge ist zu weich geworden«, erklärte mein Onkel, stieg ins Auto und verriegelte die Türen.

Meine abuela versuchte, die Hintertür zu öffnen, und schaute mich alarmiert an, während sie verzweifelt den Kopf schüttelte. »Er ist doch noch ein Baby!«

Meine Handflächen schwitzten, als ich ihre Angst sah, und mir wurde ganz flau im Magen. Alejandro startete den Motor und fuhr in Richtung Wald.

»Warte!«, rief sie ihm nach, aber er hörte nicht auf sie und meine Hände zitterten nun, als Alejandro tiefer in den dunklen Wald fuhr, der an unser Grundstück grenzte.

»Onkel Alejandro?«, stammelte ich. »I-ich möchte jetzt zurück.«

»Es gibt kein Zurück. Du musst eine echte Nymphe werden. Du musst ihren Einfluss zulassen, dann wirst du vielleicht endlich zu jemandem, auf den diese Familie stolz sein kann.«

Ich wurde still und dachte darüber nach. Ich wollte, dass meine Familie stolz auf mich war. Ich schien mamá immer zu enttäuschen und Alejandro mochte mich überhaupt nicht. Mein Vater schenkte mir nie wirklich Aufmerksamkeit, aber vielleicht würde er es tun, wenn ich ihn stolz machte.

Das Auto holperte über den Weg und die Dunkelheit um uns herum wurde immer dichter. Das Tageslicht verschwand fast vollständig, als wir uns auf den Weg zu Alejandros Arbeitsschuppen machten. Ich hatte hier eigentlich nichts zu suchen, aber ich war einmal hierhergekommen, um mir alles anzusehen. Nur einmal. Ich hatte nämlich ein kratzendes, klirrendes Geräusch aus seinem Schuppen gehört, das mir nicht geheuer gewesen war, und war daraufhin weggerannt und nie wieder in den Wald zurückgekehrt.

Jetzt steuerten wir wieder darauf zu. Ich erinnerte mich an diese Geräusche, und ich versteifte mich vor Angst. Ich wollte nicht zu seinem Arbeitsschuppen. Ich wollte nicht sehen, was sich darin befand.

Der Weg führte bald den Hügel hinauf, auf dem der Schuppen stand, und die Bäume lichteten sich in Richtung des Gipfels und öffneten den Blick auf eine weite Fläche, auf der die Holzkonstruktion stand – nicht mehr als ein Schatten unter der sterbenden Sonne. Der Türgriff war aus Knochen gefertigt, in den ein Schädel mit zwei hohlen Augen eingraviert war, die von den Monstern flüsterten, die hinter dieser Tür lauerten.

Alejandro stieg aus dem Auto und riss die Tür neben mir auf, aber ich rührte mich nicht. Ich konnte es nicht. Ich war wie erstarrt und hatte Angst und wollte einfach nur nach Hause in die Arme meiner Großmutter.

»Raus!«, brüllte Alejandro, aber ich schüttelte heftig den Kopf, als Zeichen meiner Weigerung.

Er griff ins Auto, packte mich am Shirt und zog mich aus dem Auto, sodass ich keine andere Wahl hatte, als ihm zum Schuppen zu folgen.

»Bitte«, flüsterte ich, meine Stimme war so leise, dass sie kaum zu hören war. »Ich will da nicht rein.«

Aus dem Schuppen drangen das Rasseln von Ketten und ein Stöhnen, das mir einen Schauer über den Rücken jagte.

Alejandro legte eine Hand auf meine Schulter und ignorierte meine Bitten, während er mich zur Tür führte. Er legte seine Handfläche auf die Oberfläche, wodurch sie entriegelt wurde, und schob die Tür auf. Drinnen warteten Dunkelheit ... und ein Wimmern auf uns.

Ich blinzelte in die Schwärze, und meine Lippen teilten sich, als ich ein gefesseltes und angekettetes Mädchen im Teenageralter sah. Aber dann drehte sich mein Magen um, und ich versuchte, zu fliehen, als ich die beiden blutigen Stümpfe sah, die dort waren, wo ihre Hände hätten sein sollen.

Aber mein Onkel hielt mich fest, schob mich in den Schuppen und ließ mich vor ihr auf die Knie fallen. Sie war geknebelt, ihre Augen waren groß vor Angst und ihre blonden Haare im Bereich ihrer Schultern verfilzt.

Ich krabbelte rückwärts, um zu entkommen, und stieß gegen Alejandros Beine, als er die Tür hinter uns zuschlug und das Licht einschaltete. Die einzelne Glühbirne über uns warf harte Schatten auf ihr Gesicht, aber ich konnte ihre grünen Augen jetzt deutlicher sehen, und die Panik in ihnen weckte den Wunsch in mir, wegzurennen und nie wieder anzuhalten.

Alejandro ging an mir vorbei zur Rückseite des Schuppens, wo etliche Werkzeuge an der Wand hingen. Mir wurde übel, als ich die unzähligen getrockneten Blutflecken auf dem Betonboden bemerkte, die mir sagten, dass dieses Mädchen nicht das erste war, das hierhergebracht worden war.

»Ich möchte, dass du deine rechte Hand in einen Fühler verwandelst, Diego«, wies mich Alejandro beiläufig an, als wären wir in keinem Horror-Mordschuppen, und ich schaffte es, aufzustehen und zur Tür zu gelangen. Aber als ich an der Klinke rüttelte, musste ich feststellen, dass die Tür fest verschlossen war.

Ich drehte mich um, drückte den Rücken ans Holz und starrte auf das Mädchen auf dem Boden, das durch den Knebel um Gnade winselte. Ich wollte den Schlüssel finden, der sie befreien und aus diesem Schuppen bringen könnte. Aber vor allem wollte ich einfach nur rennen und rennen und rennen, bis meine Füße bluteten und ich nicht mehr weiter von meinem furchterregenden Onkel wegkommen konnte.

»Tu, was ich sage, Diego!«, schnauzte er, und ich tat es, schaute auf meine zitternde rechte Hand und verwandelte sie in den langen holzähnlichen Fühler meiner Art. Ich konnte mich verwandeln, seit ich fünf war, und ich wusste, wozu meine Fühler gut waren. Mamá hatte mir gesagt, dass ich eines Tages krank werden würde, wenn ich sie nicht benutzte. So krank, dass ich schließlich sterben würde. Obwohl es manchmal so aussah, als wollte sie, dass das passierte.

»Du willst kein Fae sein, sobrino«, sagte Alejandro mit dunkler Stimme. »Aber du willst ihre Macht, wie alle unserer Art. Und du kannst sie dir nehmen. Wir sind ihre Jäger, wir stehen weiter oben in der Nahrungskette, und eines Tages werden wir uns wieder erheben und unseren rechtmäßigen Platz in dieser Welt als ihre Herrscher einnehmen. Vergiss das nicht! Die Schattenprinzessin wird dafür sorgen.«

»Ich will niemandem wehtun«, stieß ich mit schwerer Zunge hervor, während das Mädchen auf dem Boden zu zappeln begann wie ein Tier in einer Falle. Das gefiel mir nicht. Mir gefiel nichts davon. Ich wollte einfach nur nach Hause gehen und nie wieder zurückkommen.

Alejandro wirbelte herum. In der Hand hielt er ein scharf aussehendes Messer, mit dem er jetzt auf mich zeigte. »Drück deinen Fühler in ihr Herz!«

Ich schüttelte den Kopf und er trat nach vorn, ließ die Klinge über die Wange des Mädchens kratzen und brachte sie dazu, gegen ihren Knebel zu schreien, während ihr Blut auf den Boden spritzte.

»Ich werde dich zusehen lassen, wie ich sie in Stücke schneide, wenn du noch einen Moment zögerst, Diego«, sagte er mit einem krankhaften Ausdruck in den Augen, der mich davon überzeugte, dass er es ernst meinte. Und ich hatte solche Angst davor, dass das passieren könnte, dass ich nach vorn stolperte und meinen Arm ausstreckte.

Mit einem grausamen Lächeln packte Alejandro mein Handgelenk und legte die Spitze meines Fühlers an ihr Herz. Ich spürte es sofort, diese tiefe Energiequelle in diesem Wesen. Dieser Fae. Und mein Puls verlangsamte sich, während ein Instinkt in mir aufloderte und mir befahl, mir diese Energie zu nehmen. Ich war hungrig. So, so hungrig nach dieser Energie, dass es in mir schmerzte.

»Genau so«, schnurrte Alejandro und drückte mein Handgelenk fester, während mein Fühler in ihr Fleisch schnitt und sie gegen ihren Knebel schrie.

Aber in der Sekunde, in der ich Blut sah, schüttelte ich das Gefühl dieses Instinkts ab, kämpfte dagegen an und versuchte, meine Hand zurückzuziehen.

»Nein, ich will nicht«, flehte ich, während das Mädchen vor Schmerzen stöhnte. »Ich will ihr nicht wehtun.«

Tränen liefen über meine Wangen, als Alejandros Griff immer stärker wurde. In der nächsten Sekunde durchtrennte er ihre Kehle und heißes, nasses Blut spritzte auf mich, sodass ich vor lauter Schock blinzeln musste.

»Sie ist trotzdem tot«, zischte er. »Nimm ihr die Kraft oder ich schneide dir als Nächstes die Kehle durch.« Er presste meinen Fühler erneut fest gegen ihre Haut, als sie anfing, an ihrem eigenen Blut zu ersticken, und ich kniff die Augen zusammen, während ich mich in ihre Haut bohrte und dabei immer tiefer eindrang.

Ich will nicht, ich will nicht, ich will nicht.

»Genau so«, säuselte Alejandro aufgeregt. »Spürst du die Verbindung zu ihrer Macht? Sie ist nicht die mächtigste Fae, aber wenn du stärker bist, möchtest du ihre Magie vielleicht durch die einer anderen ersetzen. Du kannst die Macht mehrerer Fae nicht anhäufen, Diego, aber du kannst sie austauschen, wenn du bereit bist, das Element einer begabteren Fae zu beanspruchen.«

Ich wehrte mich, solange ich es konnte, aber dann ertönte ein seltsames Flüstern in meinem Kopf, das sanfte Streicheln einer Frauenstimme: »Nimm es an, Diego. Die Fae haben dir Unrecht getan. Nimm es und schließe dich uns an.«

Die Stimme hatte etwas so Verlockendes an sich, dass ich nicht anders konnte, als auf sie zu hören. Mein Fühler verschwand im Muskel ihres Herzens, und ich keuchte, als Magie meinen Arm hinaufschoss und sich Welle um Welle in mich ergoss. Ich zitterte angesichts des Gefühls, es in meine Adern strömen zu spüren. Dann wickelte sich die Magie um mein Herz, drang darin ein und schlug Wurzeln.

Für eine Sekunde vergaß ich alles andere. Ich ertrank einfach nur in dem unglaublichen Gefühl, von all dieser Kraft erfüllt zu sein. Aber als sich der Rausch in mir legte, riss ich die Augen auf. Vor mir lag das Mädchen, tot. Ihre leblosen Augen starrten mich so anklagend an, dass wieder etwas in mir zerbrach.

Ich entriss ihr meine Hand, verwandelte sie wieder in ihre normale Form und machte einen Schritt nach hinten, als mir das Grauen dessen, was ich getan hatte, bewusst wurde.

Überall war Blut, ich konnte es riechen, und ich musste mich beherrschen, um nicht zu würgen, als mein Rücken die Tür berührte.

Alejandro zog mich zurück, öffnete die Tür mit einem zufriedenen Lächeln auf den Lippen, und stieß mich ins Gras, woraufhin ich schnell von ihm weg kroch und die kühle Luft einatmete. Und plötzlich bäumte sich etwas anderes in mir auf – dunkle Schatten sammelten sich auf meiner Haut, während sie sich ihren Weg in mich hinein bahnten und mich durch diese brutale Tat mit der Dunkelheit ihrer Natur verbanden. Die Macht einer Art Gottheit schien an den Fäden meines Herzens zu ziehen und mich so entschlossen zu ergreifen, als wäre sie ein Teil von mir. Und als sie erneut zu mir sprach, wusste ich, dass dies die Schattenprinzessin war, von der mir meine Familie erzählt hatte. »Du bist jetzt einer von uns.«

Völlig erschüttert wurde ich aus der Erinnerung gerissen, und ich hatte Mühe, die Schrecken zu verarbeiten, die ich gerade erlebt hatte. Aber ich hatte kaum Zeit, mich zu erholen, bevor ich in Diegos Erinnerungen zurückversetzt wurde und sah, wie er neben seinem Onkel auf die Tore der Zodiac Academy zuging – eine Dunkelheit in seiner Aura, die ihm als Kind gefehlt hatte.

»Wiederhole deine Anweisungen!«, befahl mein Onkel, und ich nickte, während er eine Stillekuppel um uns herum erzeugte. Es war einer der wenigen grundlegenden Zauber, die er beherrschte, zusammen mit dem Knacken von Schlössern und dem Einfluss, den er über seine gestohlenen Elemente hatte.

»Ich werde alles über die Anwendung von Fae-Magie lernen und dir und mamá *sämtliche Informationen zukommen lassen«, sagte ich. Mein Kopf spielte angesichts dieser Aufgabe verrückt. Was, wenn ich in der Sekunde, in der ich den Campus betrat, erwischt würde? Ich würde getötet werden und weder meine* mamá, *mein* padre *noch Alejandro würden versuchen, mich zu retten. In dem Moment, in dem ich durch die Tore der Zodiac Academy ging, war ich auf mich allein gestellt. Und doch ... war es mir egal. Seit dem Tod meiner Großmutter wollte ich nur noch von meiner Familie weg, und der einzige Traum, den ich mein ganzes Leben lang gehegt hatte, war es, ein Teil der Fae-Welt zu sein. Also hatte ich diesem* loco Plan *zugestimmt, weil es meine Chance war, die Fae-Welt von innen zu sehen. Meine Großmutter hatte mir die Mütze gestrickt, die ich jetzt trug und die mich mit dem Netz der Seelen verband. Sie hatte zusätzliche Schutzzauber hinzugefügt, die verhinderten, dass die Schatten zu tief in meinen Geist eindrangen. Diese Mütze allein gab mir das Gefühl, ich selbst zu sein, also nahm ich sie selten ab. Wenn ich es tat, konnte ich die Schattenprinzessin in meinem Kopf flüstern hören, und ich hatte Angst davor, wie leicht es war, unter ihr Kommando zu geraten.*

»Und?«, knurrte Alejandro. Der nächste Teil war der beängstigendste. Diese ganze Sache war so überstürzt geplant worden, dass ich nicht im Entferntesten darauf vorbereitet war.

»Falls die Vega-Schwestern aufgespürt und zur Academy gebracht

werden, muss ich in ihre Nähe kommen und einen Weg finden, sie dir und mamá zu übergeben«, sagte ich, wobei mir das Herz bis zum Hals schlug. Sie waren die Vega-Schwestern, die stärksten Fae im ganzen Königreich. Wie sollte ich das jemals schaffen?

»Und wenn du es nicht schaffst?«, fragte Alejandro mit einem finsteren Blick, der mir das Gefühl gab, winzig und unbedeutend zu sein.

»Dann wirst du mich töten«, krächzte ich.

»Ja. Langsam«, betonte, als würde er das Wort genießen. Ich hatte im Laufe der Jahre gesehen, zu welchen monströsen Dingen dieser Mann fähig war, und ich wollte ihm niemals ausgeliefert sein. »Und niemand wird dich vermissen, denn du wirst nichts als ein Versager sein. Das ist deine einzige Chance, deine Mutter stolz zu machen. Lionel Acrux hat deine Schulgebühren bezahlt, und du wärst gut beraten, diese Gelegenheit, die er dir bietet, nicht zu vergeuden.«

Ich nickte und rang die Hände, während ich den Druck dieser Aufgabe wie eine Schlinge um meinen Hals spürte.

»Aber wenn du Erfolg hast, Diego, wirst du in unserer Familie als würdig angesehen werden«, sagte er mit einem vielsagenden Blick. »Also enttäusche uns nicht!«

»Das werde ich nicht«, flüsterte ich, obwohl ich keine Ahnung hatte, wie ich das anstellen sollte.

Alejandro ließ mich am Tor zurück und ich fand mich inmitten anderer Studenten wieder, die für ihr Erwachen hergebracht worden waren. Ich warf einen Blick zurück und sah, wie er in der Ferne kleiner wurde. Die Fesseln des Elternhauses, dem ich mein ganzes Leben lang als Sklave gedient hatte, lockerten sich ein wenig. Als ich die riesigen gotischen Gebäude der Elite-Fae-Academy betrachtete, blieb vor Ehrfurcht mein Mund offen stehen. Der Campus war fantástico, *schöner als alles, was ich je gesehen hatte, und trotz der Last auf meinen Schultern strömte Aufregung durch mein Blut. Und ich fragte mich, ob ich vielleicht das Glück haben könnte, hier einen Hauch von Freiheit zu erfahren. Zumindest für eine kurze Zeit.*

Schließlich erreichten wir eine riesige Wiese, die sich unter den Sternen vor mir erstreckte. Ich hob den Blick zum Himmel, der klarer zu sein schien als je zuvor, und sah den wirbelnden blauen und rosafarbenen Pfad der Milchstraße, die sich durch den Himmel schlängelte und aus unzähligen leuchtenden Sternen bestand.

Als sich alle in der Mitte der Wiese in einem Kreis aufgestellt hatten, tauchten wie aus dem Nichts zwei Mädchen und ein großer Mann auf. Mein Herz machte einen gewaltigen Satz. Eine Sekunde später wurde mir klar, dass sie wohl Sternenstaub benutzt haben mussten, um zu uns zu gelangen. Alle starrten die beiden an und flüsterten ihre Namen, was bestätigte, dass es sich tatsächlich um die Vega-Zwillinge handelte. Ich fixierte sie mit meinem Blick und spürte, wie mein Herz heftig unter meinen Rippen pochte. Sie wirkten ein wenig verloren, als der Mann sie anwies, sich dem Kreis anzuschließen, und ich blickte zwischen ihren perfekten und quasi identischen Gesichtern hin und her. Ein beklemmendes Gefühl überkam mich, als ich mir vorstellte, was mit ihnen geschehen würde, wenn mein Plan aufging.

Die Professorin in der Mitte des Kreises begann, zu den Sternen zu singen, und ich legte den Kopf in den Nacken, um zu ihnen aufzuschauen. Meine

Hände zitterten leicht vor Aufregung, weil ich wusste, was ich als Nächstes tun musste. Ich hatte das Luftelement, das ich vor all den Jahren gestohlen hatte, nur selten benutzt, aber Alejandro hatte mich gezwungen, damit zu üben, um sicherzustellen, dass ich mein eigenes Erwachen vortäuschen konnte. Und als Professor Zenith das Luftelement aufrief, strömte Luft aus meinen Fingerspitzen, sodass das Gras um mich herum raschelte, wie bei allen anderen auch. Ich atmete erst wieder ein, als sie verkündete, dass wir Luftelementare waren, ohne dass auch nur ein verdächtiger Blick in meine Richtung fiel.

Ich ließ den Kopf sinken und warf erneut einen Blick auf mein Schicksal, während sich die Schatten unter meiner Haut bewegten. Diese beiden Mädchen mussten sterben, sonst würde ich es tun. Und ich war nur dankbar, dass ich nicht derjenige sein würde, der ihnen den Todesstoß versetzen würde.

Ich verließ die Erinnerung, nahezu gelähmt vor Schock. Diego hatte geplant, uns seinem Onkel und seiner Mutter zu übergeben? Ich hatte nicht einmal Zeit, das zu verarbeiten, bevor ich in eine weitere seiner Erinnerungen fiel und mich in einem dunklen Wald wiederfand.

Ich schlich durch die Bäume des Wimmernden Waldes und suchte den Boden nach dem ab, was ich brauchte, um meine Magie wiederherzustellen. Nachdem ich vor Jahren die Magie dieser abgeschlachteten Fae gestohlen hatte, war ich an ihre Macht gebunden, so wie ihre Formgebung daran gebunden gewesen war. Mein Onkel hatte mir erzählt, dass sie ein Zerberus gewesen war, also musste ich, um meine Magie wieder aufzuladen, das tun, was alle Zerberusse taten und mich an Aconitum laben – oder Wolfswurz, wie manche es nannten. Ich hatte gehört, dass die Pflanze hier draußen in den Wäldern wuchs, und jetzt, da ich spürte, wie meine Magie nachließ, musste ich schnell etwas davon finden und sie wieder aufladen.

Hier draußen wimmelte es von anderen Formgebungen. Fae in ihrer verwandelten Form stapften durch die Dunkelheit um mich herum, aber niemand kam mir zu nahe, während ich meine Suche fortsetzte, tiefer in die Bäume eindrang und das Licht meines Atlas zur Bodenbeleuchtung nutzte.

Schließlich entdeckte ich die violettfarbenen Blumen, nach denen ich gesucht hatte, kauerte mich hin, schaltete das Licht meines Atlas aus und stopfte mir ein paar Büschel in die Taschen. Ich aß auch einige der Blumen, kaute mich durch die Blüten und Stängel und genoss den Geschmack dieser Pflanze, die eigentlich ein tödliches Gift enthalten sollte, aber die Quelle meiner Magie wieder auffüllte.

Als ich so viele Blumen wie möglich gesammelt hatte, stand ich auf und machte mich auf den Weg zurück zum Pfad.

Irgendwo hinter mir hörte ich den dumpfen Aufprall eines großen Tieres, und ein Zittern durchlief mich angesichts der Macht der Fae an diesem Ort. Es faszinierte mich und machte mir gleichermaßen Angst, denn ich wusste, dass sie sich alle gegen mich wenden und mich in Stücke reißen würden, wenn sie herausfänden, was ich war.

Als ich es zurück zum Weg geschafft hatte, entdeckte ich ein Mädchen, das im Dunkeln den Weg entlangging. Allein.

Sie hatte blaue Haarspitzen, und mein Puls beschleunigte sich, als ich an die Aufgabe dachte, die mir hier übertragen worden war. Ich könnte mich von hinten an sie heranschleichen, mich in meine Nymphenform verwandeln und sie überwältigen. Vielleicht würde mich niemand dabei sehen. Vielleicht könnte ich sie lange genug unterwerfen, um sie vom Campus zu bringen und meinen Onkel und meine Mutter anzurufen, damit sie sie abholten.

Ich kaute nervös auf meiner Wange, während ich ihr folgte, mich in den Bäumen direkt neben dem Weg aufhielt und versuchte, mich zu konzentrieren. Ich könnte das schaffen.

Ich dachte an die Fae, die ich in Alejandros Schuppen getötet hatte – mit den abgetrennten Händen und der Angst in ihren Augen. Mein Magen rebellierte bei der bloßen Erinnerung daran, und es war nicht die letzte Fae, die ich so gesehen hatte. Auch wenn ich mir wünschte, es wäre so. Alejandro spielte gern mit den Fae in seiner Gewalt, und er hatte mich oft genug zusehen lassen, um etwas in mir zu zerbrechen. Aber ich hatte noch nie mit diesen Fae gesprochen, sie nie vor ihrem grausamen Ende gesehen. Das hier war anders. Ich hatte im Unterricht neben Darcy gesessen. Sie war nett zu mir gewesen. Sie schien mich sogar ein wenig zu mögen.

Meine Hände zitterten, und ich zupfte am Saum meiner Mütze, während ich mich auf die Stärke meiner Großmutter besann, obwohl sie mich jetzt wahrscheinlich für dasd hassen würde, was aus mir geworden war.

Ich folgte Darcy, überlegte, was ich tun sollte, und dachte an den schrecklichen Tod, der mich erwartete, wenn ich sie und ihre Schwester nicht gefangen nahm. Aber ich war noch nicht lange hier, es gab noch so viel in der Welt der Fae, das ich sehen wollte. Und die Vega-Schwestern in die Finger zu bekommen, war sowieso nicht meine einzige Aufgabe. Ich sollte meiner Familie Informationen über das zukommen lassen, was ich in den Kursen über den Umgang mit meiner Magie gelernt hatte. Also ... warum heute Abend handeln?

Ein Zweig knackte unter meinem Fuß, und ich unterdrückte einen Fluch und duckte mich hinter einem Baum, als Darcy sich umdrehte, um in meine Richtung zu schauen. Mierda.

Als sie sich wieder in Bewegung setzte, huschte ich so leise wie möglich über den Weg, um zwischen den Bäumen auf der anderen Seite zu verschwinden. Ich tauchte tiefer in die Schatten ein und beschloss, zum Aer-Turm zurückzukehren und mich an einem anderen Tag darum zu kümmern. Es war ohnehin zu früh. Viel zu früh.

Die Erinnerung änderte sich abrupt, und ich fand mich in der Bar *Andromeda* in Tucana wieder – unser erster Besuch dort mit Diego und Sofia.

»Washer ist total pervers«, flüsterte Sofia und kicherte dann. Das Geräusch brachte mich zum Grinsen. Sie war schon etwas Besonderes, diese chica. *Sie strahlte förmlich, wenn sie glücklich war, und manchmal wieherte sie sogar. Ich war fasziniert von ihr und ihrer Formgebung und konnte manchmal meinen Blick kaum von ihr abwenden.*

»Müssen wir deshalb in seinen Kursen Badeanzüge tragen, die kaum unseren Hintern bedecken?«, fragte Darcy, und ich sah sie an.

»Darauf würde ich wetten, chica«, *antwortete ich lachend und stupste sie in die Rippen, wobei das Geräusch nur allzu echt klang.*

Ich stand vor einem echten Problem mit meinem Plan, jetzt, da ich mich den Vega-Zwillingen erfolgreich angenähert hatte. Ich begann nicht nur, sie mehr zu mögen, als ich zugeben wollte, sondern mir gefiel auch dieses Leben viel zu sehr. Ich war so frei. Ich konnte tun, was ich wollte. Ich hatte mein eigenes Zimmer, meinen eigenen Bereich, und ja, manchmal konnten die Lehrer verdammt nervig sein – besonders der, der gerade an der Bar saß und wie ein schleimiger *pendejo* aussah. Aber trotzdem war es immer noch der beste Ort, an dem ich je in meinem Leben gewesen war. Und vielleicht war es kein Zufall, dass ich noch nichts gegen die Vegas unternommen hatte. Aber das endete heute. Und obwohl mein Lächeln in jedem Moment, den ich bisher mit ihnen verbracht hatte, echt gewesen war, war ich voller Angst. Denn Alejandro und meine Mutter wurden ungeduldig und wollten, dass ich etwas gegen sie unternahm.

Wir leerten unsere Teller, und ich überprüfte unauffällig meinen Atlas unter dem Tisch, während die anderen sich unterhielten. Mein Magen verkrampfte sich, als ich die Nachricht meines Onkels sah.

Alejandro:
Ich werde ungeduldig. Wie lange noch?

Ich tippte eine Antwort, und versuchte, ruhig und gleichmäßig zu atmen.

Diego:
Vielleicht ist der heutige Abend nicht geeignet.

Alejandro:
Es ist der perfekte Abend. Enttäusche mich nicht – oder du wirst es bereuen!

Meine Hände zitterten und mir stieg die Galle in die Kehle, als ich meinen Atlas zurück in die Tasche steckte und an meiner Mütze zupfte. Ich wünschte, ich könnte jetzt mit meiner Großmutter sprechen und sie um Rat fragen. Aber ich war heute Abend auf mich allein gestellt, und die Angst davor, was Alejandro mir antun würde, brachte mich dazu, die Schuldgefühle, die sich in meinem Bauch wanden, zu verdrängen und mich auf den Plan vorzubereiten, den ich aufgestellt hatte.

»Shots!«, verkündete ich, stand von meinem Platz auf und versuchte, meine zitternden Hände zu beruhigen.

»Ja!«, rief Sofia, und die Zwillinge lachten, als ich zur Bar schritt und versuchte, mich auf das vorzubereiten, was kommen würde.

Für einen Moment ließ ich die Schatten tiefer unter meine Haut gleiten, erlaubte ihnen, mir meine Angst zu nehmen. Dann konzentrierte ich mich wieder.

Ich bestellte die Shots an der Bar und warf einen Blick auf Professor Orion, der sich gerade einer Frau an den Hals zu werfen schien. Er schien abgelenkt zu sein, als die Shots vor mir abgestellt wurden, und ich holte das Fläschchen mit der pulverisierten Maniokknolle aus meiner Jacke und streute schnell etwas davon in zwei der Kurzen.

Meine Kehle war eng, als ich das Fläschchen wieder in meine Tasche steckte, Orion einen ängstlichen Blick zuwarf, aber feststellte, dass er quer durch den Raum starrte. Und als ich seinem Blick zu Darcy Vega folgte, zog ich eine Grimasse und sammelte die Shots ein.

Ja, es gefiel mir, unter den Fae zu leben, aber eine Art mochte ich überhaupt nicht, und das waren die Vampire. Sie benutzten andere als Blutbeutel, stahlen, was sie brauchten, und ehrlich gesagt erinnerte mich das an meine eigene Art. Ich hatte gesehen, wozu Nymphen fähig waren, und wenn ich diesen Teil von mir eintauschen könnte, um irgendeine Art von Fae zu sein, würde ich es tun. Ich würde alles sein wollen, nur kein Vampir.

Ich ging zurück zum Tisch, und runzelte die Stirn, als ich Geraldine Grus auf meinem Platz sitzen sah. Mein Nacken brannte. Ich hielt die Shots außerhalb ihrer Reichweite, als sie versuchte, sich einen zu schnappen, und mein Puls raste, während ich versuchte, die Situation unter Kontrolle zu bringen. Mir war übel, aber alles, woran ich denken konnte, war, von Alejandro aufgeschlitzt zu werden, wenn ich das nicht durchzog. Und die Angst davor reichte aus, um mich dazu zu bringen, an diesem Plan festzuhalten.

»Ist das nicht deine Gang da draußen?«, fragte ich Geraldine und nickte zum Fenster, woraufhin sie nach Luft schnappte.

»Kosmischer Karottenkuchen!« Sie sammelte ihre Buttons ein, sprang von ihrem Stuhl auf und machte einen Knicks vor den Vegas. »Majestäten, verzeiht mir, aber ich muss gehen.«

»Dir sei verziehen«, sagte Tory leichthin.

»Ich kann in einer Stunde zurück sein«, rief Geraldine. »Dann können wir tanzen wie flippige Flamingos auf einer Funk-Fete.« Sie rannte aus der Bar und ließ mich mit einem Hindernis weniger zurück. Aber ich hörte nicht einmal die nächsten Worte der Mädchen, da mein Puls so laut in meinen Ohren dröhnte, dass er alles andere übertönte. Ich hasste mich für das, was aus mir geworden war, für das, was aufgrund meiner Handlungen heute Abend passieren würde. Aber ich war auch ein erbärmlicher Feigling, der nicht sterben wollte.

Ich ließ mich seufzend auf meinen Stuhl fallen. »Wer braucht einen Drink?«

Ich wollte gerade die beiden mit Maniok versetzten Shots an die Zwillinge weitergeben, als Sofia sich auf sie stürzte, einen davon schnappte und ihn in einem Zug leerte.

Santa mierda*!*

Bevor ich den anderen in die Finger bekam, hatte sie auch den in der Hand und leerte ihn. Panik durchströmte mich.

»Sofia!«, keuchte ich entsetzt.

Ich wurde aus der Erinnerung gerissen und so schnell in eine andere geworfen, dass mir schwindelig wurde.

»Was hast du getan?!«, brüllte Alejandro und drückte mich mit seiner Hand an der Kehle gegen mein Auto, das am Straßenrand stand. Sofia schlief auf dem Rücksitz, ohnmächtig von der konsumierten Maniokknolle. Mein Onkel hatte mich auf dem Rückweg zur Zodiac Academy fast von der Straße gedrängt, und jetzt wusste ich, dass ich erledigt war. Toter als tot. Er würde mir dieses Versagen nicht verzeihen.

»Es war ein U-Unfall«, stotterte ich entsetzt. »Sofia hat die Shots getrunken.«

»In Tucana wetteifert heute Nacht ein weiteres Nest von Nymphen um die Magie der Vegas, Diego«, zischte er. »Wenn sie die beiden vor uns in die Hände bekommen und ihre Magie für sich beanspruchen, werde ich dich dafür

bezahlen lassen. Ich will alle vier Elemente in meinen Besitz bringen.« Ein manisches Glitzern trat in seinen Blick.

Alejandro ließ seinen Blick über meine Schulter auf den Rücksitz des Wagens gleiten, und ich versuchte, mich schützend vor Sofia zu schieben. Bitte wach nicht auf!

»Du kannst sie nicht töten«, platzte ich heraus und er sah mich spöttisch an.

»Und warum nicht? Glaubst du wirklich, du kannst sie für dich beanspruchen?« Er lachte kalt und befeuchtete seine Lippen.

»Wenn sie stirbt, fliegt meine Tarnung auf. Ich wurde als Letzter mit ihr gesehen«, sagte ich verzweifelt, denn ich wusste, wenn ich ihm das nicht verkaufte, würde er sie töten. Und das konnte ich nicht zulassen.

Er dachte darüber nach, und auf seiner Stirn bildete sich eine Falte der Irritation. »Vielleicht bin ich es leid, darauf zu warten, dass du deine Nützlichkeit beweist. Du hast es schon bei der ersten Hürde vermasselt, warum sollte ich dich überhaupt an die Academy zurückkehren lassen?«

»Ich werde eine weitere Chance bekommen. Und ich bin erst seit Kurzem dort. Ich kann nach wie vor Zauber lernen, damit du deine Magie besser einsetzen kannst. Das ist doch auch wichtig, oder nicht?«, fragte ich und versuchte, nicht flehend zu klingen, als seine Finger an meinem Hals zu Fühler wurden und begannen, sich unter meine Haut zu graben.

»Hm«, grunzte er, zog seine Hand zurück, ballte sie zu einer Faust und schlug sie mir mit einem harten Schlag in den Magen.

Ich krümmte mich und umklammerte mit einem schmerzhaften Stöhnen meinen Bauch, während Alejandro sich zurückzog.

»Verschwinde!«, blaffte er, und ich stieg ins Auto und versuchte, es mit hektischen Fingern zu starten. »Du wirst sie bald zu mir bringen, Diego.«

Ich nickte, setzte den Wagen in Gang und raste mit panischer Angst in der Brust die Straße hinunter.

Was zum Teufel sollte ich tun?

Heilige Scheiße! Diego hatte in jener Nacht versucht, unsere Drinks zu manipulieren, um uns an seinen verrückten Onkel auszuliefern? Ich spürte die Anwesenheit meiner Schwester und zog sie an meine Seite, während mich Schock und Wut durchströmten, aber dann fiel ich wieder und tauchte tief in eine andere Erinnerung ein.

»Fallender Stern will sich mit uns treffen«, sagte Darcy und Sofia wippte vor Aufregung auf den Fußballen vor und zurück.

Mein Herz krampfte sich zusammen, als Darcy sich zum Gehen bewegte, und meine Hand schoss hervor, um sie festzuhalten. »Warte, ist das eine gute Idee? Was, wenn es nicht sicher ist?«

Ich wusste nicht, wer dieser Fallender Stern war, aber wenn er gefährlich war, konnte ich die Zwillinge nicht zu ihm gehen lassen. Ich redete mir ein, dass es daran lag, dass ihr Tod durch jemand anderen genauso schlimm wäre, als hätte ich selbst versagt. Doch tief in mir wusste ich, dass es mehr war. Mehr, als ich mir einzugestehen traute. Ich fing an, sie zu mögen. Und als ich Sofia ansah, wurde mir klar, dass ich diesen kleinen Freundeskreis, den wir gebildet hatten, zu beschützen versuchte. Ich wollte nicht, dass sich etwas änderte, denn zum ersten Mal in meinem Leben war ich glücklich.

»*Das ist es*«, *versprach Darcy.* »*Fallender Stern hat uns geholfen. Warum sollte er oder sie uns etwas antun?*«

Ich tauschte einen besorgten Blick mit Sofia, und Tory rollte mit den Augen und ging weg. »*Der Drops ist gelutscht, Diego. Finde dich damit ab.*«

Ich runzelte die Stirn, als Darcy entschuldigend mit den Schultern zuckte und die beiden gemeinsam in Richtung Bibliothek gingen.

»*Hey Sofia, du siehst so heiß aus wie ein Regenbogen auf einer Wolke, Baby*«, *rief Tyler Corbin und kam mit schwungvollem Schritt auf uns zu.*

Ich mochte Tyler nicht. Vor allem, weil er alles besaß, was ich mir je gewünscht hatte, und es ihn nicht einmal zu interessieren schien. Ich hatte gesehen, wie er sich in einen Pegasus verwandelt hatte und mit Sofia geflogen war – die beiden waren das Schönste, was ich je gesehen hatte. Und ich hatte mir so sehr gewünscht, mit ihm zu tauschen und an seiner Stelle mit ihr an meiner Seite durch die Wolken zu fliegen.

Sofia errötete, und ich sah zu, wie sie mit den Wimpern in seine Richtung klimperte. Meine Kehle wurde eng. »*Du solltest zu ihm gehen und Hallo sagen*«, *presste ich hervor, und sie zog eine Augenbraue hoch.*

»*Bist du sicher?*«, *fragte sie, und ich nickte steif und sah zu, wie sie auf ihn zutrabte, um mit ihm zu reden. Zusammen gingen sie in Richtung Ball. Ich tat das nur ungern, aber ich musste den Zwillingen folgen und sicherstellen, dass ich dabei nicht gesehen wurde.*

Als ich davon überzeugt war, dass mich niemand beachtete, schlich ich mich zur Bibliothek, schlüpfte hinein und eilte leise durch die Regalreihen, während ich Torys und Darcys Schritten folgte.

Als ich die Eisentreppe im hinteren Teil der Bibliothek erreichte, zog ich meine Schuhe aus und nahm sie in die Hand, um lautlos die Metallstufen zu dem breiten Balkon zu erklimmen, von dem aus ich die Bücherregale unter mir überblicken konnte.

Ich hielt mich in den Schatten auf, während ich die Zwillinge in den Regalen unter mir suchte. Mein Herz schlug wie wild, als ich sie entdeckte – zusammen mit Professor Astrum.

»*Es tut mir leid, dass ich mich nicht schon früher zu erkennen gegeben habe*«, *sagte er mit rauer Stimme, und meine Lippen teilten sich vor Schreck. Dieser Typ war Fallender Stern.*

Er fing an, über den Grausamen König zu sprechen, und ich zog meinen Atlas aus der Tasche, richtete ihn auf die drei und filmte – ich war mir sicher, dass dieses Gespräch unglaublich wichtig war. Erschrocken lauschte ich, wie er Lionel Acrux beschuldigte, die Nymphen in den Palast des Grausamen Königs geführt zu haben, um ihre Eltern zu ermorden. Mein Onkel hatte jahrelang mit ihm zusammengearbeitet, und obwohl er mir nie viel über ihre Allianz erzählt hatte, musste ich zugeben, dass der Verdacht dieses Mannes goldrichtig zu sein schien. Aber wenn er schon mit dem Finger auf uns zeigte, was wusste er dann noch? Was, wenn er mir auf der Spur war? Er könnte die Mädchen vor mir gewarnt haben.

Aber als er Darius Acrux und Professor Orion beschuldigte, unsere Art während der letzten Nymphenangriffe kontrolliert zu haben, entspannte ich mich wieder. Damit lag er völlig daneben. Die beiden hatten nichts damit zu tun. Die Nymphen kamen in letzter Zeit häufiger aus ihren Verstecken, weil die Schattenprinzessin uns immer lauter aufforderte, ihren Befehlen zu folgen.

Meine Panik wuchs, und ich fürchtete, hier entdeckt zu werden, also eilte ich zurück zur Treppe, eilte lautlos nach unten und bewegte mich zwischen den Stapeln zum Ausgang.

Ein Knarren ertönte, als ich auf eine alte Bodendiele trat. Mit pochendem Herzen beschleunigte ich meinen Schritt, wobei ich so leise wie möglich blieb. Endlich schaffte ich es nach draußen und huschte an die Seite des Gebäudes.

Ich schob meine Füße in die Schuhe und klammerte mich an die Schatten, während ich weiterlief und überlegte, was ich tun sollte. Ich wusste, dass ich nur eine Wahl hatte.

Ich suchte die Nummer meines Onkels heraus, schickte ihm das Video und lehnte mich mit dem Rücken gegen die Wand, während ich auf eine Antwort wartete. Die kam eine Minute später, als er mich anrief, und ich antwortete im Flüsterton.

»Hallo.«

»Gute Arbeit, Diego. Endlich erweist du dich als nützlich«, knurrte er. »Ich möchte, dass du das Amulett benutzt, das ich dir heute Abend gegeben habe. Wir treffen uns am östlichen Zaun.«

»Okay. Was hast du vor?«, fragte ich, voller Angst, dass mein Onkel hierherkommen könnte. Aber er hatte bereits aufgelegt.

Ich seufzte, schob meinen Atlas zurück in die Tasche und zog mir meine Mütze über die Ohren, während ich beschloss, zurück zum Aer-Turm zu gehen, das Amulett zu holen und mich dann zur Party zu begeben. Während ich in den dunkler werdenden Himmel starrte, fragte ich mich, ob die Sterne mich wirklich so hassten, wie es meine Mutter zu glauben schien.

Die Erinnerung sprang zu einem späteren Zeitpunkt in jener Nacht, und ich wurde in Diegos Körper zurückversetzt. Er schlüpfte gerade aus dem Orb und rannte in Richtung des Ostzauns.

Adrenalin durchströmte meine Glieder, als ich so schnell wie möglich über den Campus rannte. Mein schickes Jackett flatterte hinter mir her, während ich die dunklen Wege entlanglief und versuchte, nicht in Panik zu geraten. Was hatte mein Onkel vor?

Als ich den Zaun erreichte, kam er zwischen den Bäumen zum Vorschein, mit meiner mamá *an seiner Seite. Die beiden waren ganz in Schwarz gekleidet, abgesehen von den Strickwaren, die meine* abuela *ihnen geschenkt hatte.*

»Beeilung!«, schnauzte meine mamá, *und Alejandro deutete auf den Boden zu meinen Füßen.*

Ich nahm das Amulett aus meiner Innentasche, drückte es in die Erde und spürte die dunkle Magie, die ihm innewohnte. Es bohrte sich tiefer in den Boden, und die magische Barriere vor ihnen knisterte und wurde von Schatten umhüllt. Die beiden traten hindurch und Alejandro nutzte die Hitze seiner Feuermagie, um die Gitterstäbe zu verbiegen, damit er und meine mamá *durch den Zaun auf das Gelände gelangen konnten.*

Ich starrte sie an, voller Angst vor dem, was sie jetzt vorhatten. Ich wusste, dass ich dafür verantwortlich sein würde. Aber als Alejandro näher kam, mich ansah und dabei seine Oberlippe zurückzog, wusste ich, dass ich keine andere Wahl hatte. Er packte mich im Nacken, drehte mich herum und schob mich vor sich her.

»Bring mich zu Astrum!«, knurrte er.

»Der alte Mann ist seinem Schicksal schon viel zu lange entkommen«, säuselte mamá *aufgeregt und mir lief ein Schauer über den Rücken.*

»Was meinst du damit?«, fragte ich und sah sie an, woraufhin ihre Augen verächtlich über mich hinwegglitten.

»Er ist alt genug, um Bescheid zu wissen«, sagte Alejandro, während er einen Blick mit seiner Schwester tauschte.

»Er hat im Palast gearbeitet, als wir die Royals getötet haben«, erklärte mamá *mit einem schiefen Lächeln auf den Lippen, das meinen Magen vor Schreck verkrampfen ließ.*

»Ihr ... Was?«, hauchte ich, denn ich war mir sicher, dass sie sich nur über mich lustig machten.

»Was glaubst du, woher ich all meine Kraft habe, idiota*?« Alejandro grinste und spielte mit den Flammen in seinen Handflächen, worauf meine Kehle noch enger wurde. »Ich bin die stärkste Nymphe in Solaria.«*

»Das liegt daran, dass du nicht geteilt hast«, schnauzte mamá *ihn an. »Die Königin hat allerdings unglaublich süß geschmeckt, als sie gestorben ist. Ich kann nicht sagen, dass ich das missen möchte.« Sie grinste boshaft, und ich konnte meine Füße nicht mehr bewegen. Ich starrte sie einfach nur an, während ich sacken ließ, was sie gesagt hatten.*

»Ihr habt die Eltern der Vega-Schwestern getötet?«, krächzte ich.

»Ja«, sagte Alejandro mit Stolz in der Stimme. »Das verdanken wir Lionel Acrux.«

»Er hat es genossen, dabei zuzusehen, wie sie uns getreten und gekratzt haben, nicht wahr? Unsere Freunde haben sie für uns festgehalten«, erzählte mamá*, und die Vorstellung ließ mir die Galle in der Kehle aufsteigen. »Ich glaube, er genießt den Tod sogar noch mehr als du, Alejandro.«*

»Niemand genießt ihn mehr als ich«, sagte er düster, packte mich am Arm und schob mich weiter. »Aber sieh dir deinen Sohn an, er kann nicht einmal den Gedanken an Blut ertragen.«

»Er ist in jeder Hinsicht ein Abbild Miguels«, meinte mamá *angewidert, aber ich wusste nicht, wie ich einem Mann ähneln konnte, der kaum sprach und keine Gefühle zu haben schien.*

Meine Beine fühlten sich taub an, als ich weiter in Richtung Orb ging, wo ich Astrum zuletzt gesehen hatte. Ich fragte mich, ob es einen Weg gab, alle auf die Nymphen auf dem Campus aufmerksam zu machen, ohne mich selbst zu enttarnen. Auf diese Weise könnte ich mit ihnen abrechnen, meine Probleme für immer loswerden und in dieser Welt bleiben und einfach weiter vorgeben, ein Fae zu sein.

»Ich will heute Abend eine Vega in die Finger bekommen«, sagte mamá *gierig, während sie ihren Schritt beschleunigte. »Lass es uns hinter uns bringen, Alejandro!«*

»Ich will nicht, dass sie hier sterben«, schnurrte er. »Wir sollten sie nach Hause bringen. Wenigstens eine von ihnen.«

Ich dachte wieder an das Mädchen in dem Schuppen und verlangsamte meinen Schritt, weil ich die Vorstellung nicht ertragen konnte, die Zwillinge an diesem abscheulichen Ort zu sehen.

»Ihr werdet ihnen hier nicht zu nahe kommen können. Zu viele Fae«, versuchte ich. »Es wird auch nicht einfach sein, Professor Astrum allein zu erwischen.«

Alejandro wirbelte herum, krallte seine Hand in mein Hemd und ließ wütende Flammen nur wenige Zentimeter von meinem Gesicht entfernt flackern. In seinen Augen sah ich den Dämon, der in ihm wohnte. »Das sind die Worte eines Feiglings«, brummte er. »Ich will heute Nacht töten, sobrino, und wenn es kein Fae ist, dann wirst du es vielleicht sein. Und vielleicht wird es ein langes, aufreibendes Spiel.«

Ich schüttelte den Kopf und versuchte verzweifelt, seine Hand von mir wegzuschieben, während meine mamá mich mit kalter Distanz beobachtete. Der Hass in den Augen meines Onkels ließ mich vor Schreck zusammenzucken, und ich wollte am liebsten verschwinden, um mich ihm nicht stellen zu müssen.

»Okay, okay«, stieß er hervor, woraufhin er mich losließ und mir bedeutete, weiterzugehen. Ich stolperte los und führte sie schwer atmend zum Orb.

Als wir uns dem goldenen Gebäude näherten, sah ich Professor Astrum auf dem Rasen davor stehen und mit geschlossenen Augen zu den Sternen hinaufschauen, als würde er irgendwie mit ihnen sprechen.

Ich musterte meinen Onkel und mamá ängstlich, als sie ihn so gierig fixierten, als wäre er ihre nächste Mahlzeit. Am liebsten hätte ich ihm zugerufen, wegzulaufen.

Sonst war niemand in der Nähe, die Party im Orb war immer noch in vollem Gange, aber draußen hingen keine Studenten herum. Ich verstand nicht, warum Professor Astrum einfach so dastand, aber als er die Augen öffnete und den Kopf senkte, um uns anzusehen, sprach er: »Ah, natürlich«, meinte er seufzend und nickte. »Ich konnte meinen Tod nicht sehen, nur die Dunkelheit, die mich nach dieser Nacht erwartet. Aber jetzt ergibt alles einen Sinn.«

Alejandro und mamá stürmten auf ihn zu und ich hastete hinter ihnen her. Das Flehen auf meinen Lippen erstarb, als mein Onkel etwas zu ihm sagte.

»Wo sind deine hübschen Sterne, Seher? Beschützen sie dich heute nicht?«, fragte er spöttisch.

»Die Sterne warten auf mich.« Er schaute auf die Uhr an seinem Handgelenk und nickte mit ernster Miene, als Alejandro und mamá ihn von beiden Seiten bedrängten.

Ich blieb stehen und schaute zum Orb und wieder zurück, während ich überlegte, ob ich versuchen sollte, Hilfe zu holen. Wenn ich es bis dorthin schaffte und die Lehrkräfte auf die Anwesenheit der Nymphen aufmerksam machte, würden sie vielleicht gefasst und getötet. Dann wäre ich endlich frei.

Astrums Blick fiel auf mich, und er runzelte die Stirn, als ihm etwas klar zu werden schien. Ich war so von meiner Angst überwältigt, dass ich nicht einmal daran gedacht hatte, mich vor ihm zu verstecken, bevor ich mich zu erkennen gegeben hatte.

Er schaute wieder zu den Sternen und murmelte etwas. Seine Augen weiteten sich, als sein Blick verständnisvoll auf mich fiel.

Alejandro trat ihm in die Kniekehlen, und Astrum fiel zu Boden. Keine Spur von Magie flackerte in seinen Händen auf, als er sich mit diesem Schicksal abzufinden schien. Aber ich wollte, dass er kämpfte, dass er sich erhob und die Monster angriff, die links und rechts von ihm standen. Mehr noch, ich wollte selbst gegen sie kämpfen, mich zur Wehr setzen und mich weigern, ihre Befehle weiter zu befolgen.

Stattdessen war ich vor Angst wie erstarrt und konnte nur zusehen, wie meine mamá kalt lachte und ihre Hände zu Nymphen-Fühlern umfunktionierte. Sie schritt zielstrebig auf ihn zu, während ihr Rasseln die Luft durchdrang,

Astrums Magie blockierte und sich dann mit Alejandros Rasseln verband, bis Astrum geschwächt vor ihnen lag. Dabei hatte er keine Sekunde lang den Anschein gemacht, sich wehren zu wollen.

Mamá trieb ihre Fühler in seine Brust und Astrum warf den Kopf mit einem Lächeln auf den Lippen zurück. Er murmelte die Namen des Vega-Königs und der Vega-Königin, als könnte er sie irgendwie vor sich sehen.

Alejandro erlaubte meiner mamá, Astrum einige Sekunden lang zu quälen, bevor er sie beiseiteschob und seine eigenen Fühler mit einem brutalen Schlag in Astrums Brust rammte. Blut spritzte auf den Boden. Ich wusste, dass sie nicht vorhatten, ihm seine Magie zu nehmen. Ich hatte schon öfter gesehen, wie sie sich an der Magiequelle von Fae berauscht hatten, ohne sie jemals gegen die Elemente einzutauschen, die sie bereits für sich beansprucht hatten.

Astrum wandte den Blick nicht vom Himmel ab und Alejandro knurrte wütend, weil er nicht die gewünschte Reaktion bekam. Und als Astrum nach hinten auf den Boden sackte, entfachte Alejandro ein wütendes Feuer, das den Professor verbrannte, während Alejandro über das von ihm angerichtete Gemetzel grinste. Die riesigen Flammen wärmten meine Wangen, während ich zurückstolperte und zusah, wie das Feuer immer höher wuchs und Astrums Körper zu einem Nichts unter ihm verbrannte.

Mamá spuckte in die Flammen, und mein Blick huschte zum Weg, als ein gellender Schrei hinter dem lodernden Feuer ertönte, das uns die Sicht versperrte. Alejandro packte mamá am Arm, und die beiden rannten an mir vorbei und warfen mich fast um. Sie entkamen, bevor sie entdeckt wurden.

Ich stand geschockt da und versuchte, meinen Verstand zu sammeln, als immer mehr Studenten aus dem Orb strömten und ich eine Runde drehte, bevor ich mich zu ihnen gesellte. Dabei klammerte ich mich an die Schatten, um nicht gesehen zu werden.

Mein Mund war zu trocken und der Geruch des Todes hing überall, als ich mich in die Menge drängte und mit den panischen Studenten verschmolz.

»Zur Seite! Sofort!«, rief Professor Orion, und er stürmte mit Darcy und Tory auf den Fersen durch die Menge. Darcys Haare waren abgeschnitten und Torys Augen funkelten panisch, woraufhin sich mein Magen zusammenzog. Was war mit ihnen geschehen?

»Wer war das?«, murmelte ein Junge hinter mir.

»Meinst du, das war eine Nymphe?«, flüsterte ein anderes Mädchen. Die Panik in mir erhob sich wie ein aufkommender Sturm.

Ich musste sie ablenken, ich musste sie glauben lassen, dass es etwas anderes war.

»Was zum Teufel ist das?«, flüsterte Darcy ängstlich und blinzelte in die tobenden Flammen.

»Ich habe bisher nur Drachenfeuer so brennen sehen«, sagte ich so laut, dass meine Stimme zu hören war. Ich griff auf, was Astrum den Zwillingen erzählt hatte, und lenkte damit die Aufmerksamkeit auf Darius, in der Hoffnung, keinen Verdacht auf mich oder meinesgleichen zu ziehen. Denn ich wusste, dass mich ein schreckliches Schicksal erwartete, wenn ich meine Familie verriet, und vielleicht hatte mein Onkel recht. Vielleicht war ich ein Feigling.

Ich konnte spüren, wie mich Diegos Panik von jener Nacht umhüllte, und hatte keine Ahnung mehr, was ich denken sollte, als ich in die Zukunft katapultiert wurde. Die Momente verschwammen vor meinen Augen. Ich sah, dass es Diego gewesen war, der die Nymphen auf den Campus gelassen hatte, als sie damals aufs Pitball-Feld gestürmt waren. Und ich sah, wie er das Fläschchen mit dem Maniokknollen-Pulver aus dem Fenster in die Büsche am Fuße des Aer-Turms geworfen hatte, um es vor den Razzien des FIB zu verstecken. Ich sah, wie wütend er gewesen war, als Orion die Schatulle seiner Großmutter zerbrochen hatte, und wie verlegen er gewesen war, als Orion seine heimliche Schwärmerei für Sofia vor den anderen Agenten offenbart hatte.

Ich sah die Nacht, in der er seinen Onkel auf den Campus gelassen und ich mit ihm im Astronomieturm gekämpft hatte, aber ich sah auch, wie Diego gehofft hatte, ich würde seinen Peiniger töten. Wie er gebetet hatte, dass ich nur stark genug wäre, ihn zu vernichten.

Dann wurde ich in eine andere Erinnerung geworfen. Alejandro würgte ihn im Wald am Rande des Campus. Seine Sicht verschwamm, während sein Onkel von ihm verlangte, härter zu arbeiten, um meine Schwester und mich zu ihm zu bringen. Ich konnte Diegos Verzweiflung spüren und seine absolute Sehnsucht, sich von seiner Familie und seiner Nymphenform zu befreien und Fae zu sein wie seine Freunde. Wie wir. Die Personen, die er wirklich zu lieben begonnen hatte und um die er sich auf eine Weise sorgte, wie er es noch nie für jemanden empfunden hatte.

Dann war ich in Diegos Zimmer und sah zu, wie er seine Mütze abnahm und auf dem Schreibtisch liegen ließ, während er seine Ärmel herunterzog, um die blauen Flecken zu verdecken, die sein Onkel ihm zugefügt hatte. Im nächsten Moment war ich mit ihm im Wald, wo er meine Hand ergriff, als wir gemeinsam zum Fairy Fair gingen. Ohne seine Mütze glitten die Schatten tiefer unter seine Haut und die Schattenprinzessin flüsterte ihm böse Befehle ins Ohr. Es fiel ihm leichter, kalt zu sein, mich in seinen Bann zu ziehen und zu versuchen, mir näherzukommen, wie sein Onkel es verlangt hatte. Deshalb hatte er mich geküsst, deshalb hatte er versucht, mit mir zu flirten. Aber die ganze Zeit über hatte er gelitten, weil Sofia mit Tyler zusammen gewesen war und er gewusst hatte, dass sie sich nie für ihn entscheiden würde. Und er glaubte in seiner Seele, dass es daran lag, dass er kein Fae war.

Die Schatten hatten sich während des Fairy-Fair-Jahrmarkts tief in ihn hineingefressen, und er hätte beinahe seinen Verstand an sie verloren, als die Schattenprinzessin seine Seele angerufen und ihn mit Wut auf die Fae-Art erfüllt hatte. Deshalb hatte er mich angeschnauzt und mich eine Hure genannt. Er hatte seinen Geist so tief in die Schatten fallen lassen, dass sie ihn fast vollständig verschlungen hatten. Sobald er seine Mütze an jenem Abend wieder aufgezogen hatte, war er voller Reue und Schmerz gewesen. Und ich spürte die Schläge, die er von Alejandro hatte einstecken müssen, weil er ihn erneut im Stich gelassen hatte.

Plötzlich landete ich in der Nacht der *Abrechnung* und in einer Erinnerung, in der ich durch Diegos Augen zu den Sternen aufblickte. Er zitterte vor Angst.

Über meinem Kopf leuchtete schimmernd die Ziffer drei, ein Zeichen dafür, wie schlecht ich bisher abgeschnitten hatte. Aber jetzt würde die Abrechnung *der entscheidende Faktor sein, und ich war mir sicher, dass ich entweder endgültig nach Hause geschickt oder von den Sternen als das entlarvt werden würde, was ich war.*

Ich warf einen Blick auf die Vegas, und das schlechte Gewissen nagte an mir, weil ich mich auf dem Fairy Fair so benommen hatte. Ich war mir sicher, dass ich unsere Freundschaft ruiniert hatte, obwohl ich nicht wusste, warum mich das überhaupt kümmerte. Ich hatte letzte Nacht versucht, ihnen wehzutun, hatte versucht, das zu tun, was Alejandro von mir verlangt hatte, und sie endlich zu ihm zu bringen. Aber selbst mit den Schatten im Schlepptau hatte ich versagt. Und jetzt spürte ich die Last dessen, was aus mir geworden war, spürte, wie sich mein Herz in meiner Brust schwarz färbte. Ich hatte dieses Spiel satt, und es war so ermüdend, die Mädchen zu verraten, die mir wirklich ans Herz gewachsen waren. Aber was für ein Freund war ich überhaupt? Sie würden mich hassen, wenn sie die Wahrheit wüssten. Und jetzt war alles umsonst gewesen, weil ich die Sterne nicht belügen konnte. Sie würden mich als das sehen, was ich war – wenn sie sich überhaupt die Mühe machten, mich zu beurteilen.

Rektorin Nova wies uns an, auf der Wiese einen Kreis zu bilden und uns an den Händen zu fassen, wie wir es beim Erwachen getan hatten, und ich wartete mit angehaltenem Atem darauf, dass das Schicksal über mich hereinbrechen würde.

Als Zenith zu den Sternen rief, hob ich den Blick zu den schimmernden Lichtpunkten, und ein Schauer durchlief mich, bevor sich der gesamte Himmel in einem Wirbel zu drehen schien. Plötzlich stand ich in einer Kammer der Dunkelheit und schien dort zu schweben, als würde ich nichts wiegen, als wäre ich nichts. Und für eine Sekunde war es eine Erleichterung, zu spüren, dass die Welt hinter mir lag und nichts mehr von mir verlangt werden würde.

Ich fragte mich, ob es das für mich gewesen war. Ob meine Zukunft aus einer Leere bestand, in der es keine Sterne gab, keine mächtigen Wesen, die sich die Mühe machten, ihren Blick auf jemanden zu richten, der so wertlos war wie ich.

Aber dann füllte ein Flüstern meinen Kopf, das sich anhörte, als wäre es aus dem Stoff des Universums selbst gewebt.

»Betrüger«, hauchte es. »Wir sehen dich, Sohn der Schattengeborenen. Und es ist Zeit, dich der Abrechnung zu stellen.«

Ich schluckte schwer und fragte mich, ob sie mich jetzt bestrafen, mich vielleicht sogar töten würden. Und vielleicht war das besser, als in ein Leben zurückzukehren, in dem ich immer wieder zum Monster gemacht werden würde.

»Eine große Last liegt auf dir, ein Pfad aus Dunkelheit und Licht vor deinen Füßen. Welchen Weg wirst du wählen?«

»Ich kann ... wählen?«, fragte ich überrascht.

»Alle Geschöpfe der Sterne können wählen.«

»Aber ich bin kein Fae«, sagte ich mit belegter Stimme und schüttelte den Kopf.

»Du bist ein Kind der Grausamkeit und des Unglücks, aber du bist trotzdem unser Kind.«

»Ich verstehe nicht. Bitte, sagt mir, was ich tun soll. Wie kann ich die Vegas beschützen, ohne dafür zu sterben?«, flehte ich.

»Der Tod ist deine größte Angst.«

»Ja«, krächzte ich.

»*Wovor fürchtest du dich, Sohn der Schattengeborenen?*«

»*Davor, nichts zu sein*«, *hauchte ich.* »*Davor, zu verschwinden und nie etwas Gutes erlebt zu haben.*«

»*Kennst du denn nichts Gutes?*«, *fragten die Sterne, und die Dunkelheit lichtete sich und zeigte mir, wie ich mit meinen Freunden lachte. Das Lächeln auf meinem Gesicht war mir so fremd, dass ich meine Hand hob, um meine eigenen Lippen zu berühren.*

Die Vision verblasste wieder und Tränen sammelten sich in meinen Augen. »*Ich muss sie zu meinem Onkel bringen*«, *schluchzte ich halb.* »*Wenn ich das nicht tue, wird er. Er wird ...*«

Die Vision veränderte sich und zeigte mir dieses Schicksal, mich angekettet in diesem dunklen Schuppen im Wald, meine Hände abgeschnitten und Alejandro, der mit einem Messer in der Hand und einem finsteren Lächeln auf den Lippen über mir stand. Ich schrie und versuchte, es auszublenden, aber egal, ob meine Augen geschlossen waren oder nicht, es war alles, was ich sehen konnte.

»*Bitte ... hört auf! Hört auf!*«, *schrie ich, und die Vision verblasste wieder und ließ mich in der drückenden Dunkelheit zurück. Aber das war mir lieber als die Visionen der Sterne.*

»*Ich will nichts mehr sehen*«, *flüsterte ich.*

»*Was tut ein Fae, wenn er mit dem Rücken zur Wand steht, Sohn der Schattengeborenen?*«

»*Ich weiß es nicht*«, *krächzte ich.*

»*Was tut ein Fae, wenn er mit dem Rücken zur Wand steht, Sohn der Schattengeborenen?*«

»*Ich weiß es nicht – ich bin kein Fae!*«, *rief ich, und meine Stimme versagte, als der Schmerz dieser Worte mich durchzog.* »*Aber ich wünschte, ich wäre einer*«, *murmelte ich, während mir eine Träne über die Wange lief.*

»*Ein Fae stellt sich seinen Ängsten*«, *flüsterten die Sterne.*

Ich ließ den Kopf hängen.

»*Was tut ein Fae, wenn er mit dem Rücken zur Wand steht, Sohn der Schattengeborenen?*«

»*Er kämpft*«, *sagte ich leise, wissend, dass dies die richtige Antwort war, aber auch wissend, dass ich keiner von ihnen war.*

»*Was macht ein Fae mit seinem Herzen?*«, *fragten die Sterne und ich runzelte die Stirn und dachte nach.*

»*Er liebt*«, *entschied ich.*

»*Und was tut ein Fae, um seines Platzes in Solaria würdig zu sein?*«

Ich legte die Stirn in Falten, aber die Antwort fiel mir leicht von den Lippen. »*Alles.*«

»*Du hast unsere Prüfungen bestanden.*« *Die Sterne entließen mich aus ihrem Griff, und ich konnte kaum glauben, dass ich bleiben durfte, dass ich für würdig befunden wurde, die Zodiac Academy zu besuchen. Es ergab keinen Sinn, und doch war es das Beste, was ich je erlebt hatte. Und für einen Moment konnte ich fast spüren, wie es war, ein Fae zu sein.*

Ich wurde aus der Erinnerung geholt, und wieder blitzten etliche Bilder vor meinen Augen auf. Ich sah, wie Diego mit seinem Gewissen rang, wie er immer wieder Alejandro entgegentrat und dessen Zorn auf sich zog.

Ich sah, wie er Torys Drink im Orb manipulierte, um sie zu seinem Onkel zu bringen, und spürte dann seine Erleichterung, als Darius eingriff und er erneut Alejandros Bestrafungen ausgesetzt war. Aber jetzt schien er es zu bevorzugen und fand Stärke in seinen Handlungen, indem er beschloss, den Schmerz auf sich zu nehmen, anstatt die Wünsche seines Onkels wirklich zu erfüllen.

Ich sah, wie er mit seinen Freunden lachte und jede Sekunde seiner Zeit an der Zodiac Academy genoss, und ich sah, wie er direkt vor meinen Augen stärker wurde. Stärker, als ich es wahrgenommen hatte, als er noch bei uns gewesen war.

Ich versank in einer anderen Erinnerung, die mein Herz vor Angst stocken ließ, denn ich wusste, was kommen würde, als ich – in diesem Fall wortwörtlich – in seine Fußstapfen trat, seine Kleidung ablegte und seine Mütze an einen Ast im Wald hängte, der an Stellas Grundstück grenzte.

Ich verwandelte mich in meine Nymphenform und spürte, wie die Kraft der Schattenprinzessin durch meine Adern strömte, als ich zum Kampf gerufen wurde. »Zeit zu kämpfen. Zeit zu töten. Komm mir zu Hilfe!«

Alejandro und mamá *schossen durch das nahe gelegene Waldstück, wo sie gegen Darcy und einige der Erben kämpften.*

Die Schatten lockten mich tiefer und tiefer, aber ich wollte nicht gehen. Nicht heute Nacht. Nicht, solange Darcy und Tory in Gefahr waren. Meine abuela *hatte mir gesagt, dass ich stark genug war, um gegen den Willen der Schattenprinzessin zu kämpfen, wenn ich nur daran glaubte. Und heute Abend hatte ich diese Stärke endlich in mir gefunden. Ich weigerte mich, länger ein Spielball dieser Kreatur zu sein.*

Zwar war ich an die Academy geschickt worden, um sie zu fangen, aber ich hatte es satt, das Spiel meines Onkels zu spielen.

Und jetzt, wo sie in Gefahr waren, würde ich sie nicht im Stich lassen. Sie waren mir treu gewesen und ich würde ihnen im Gegenzug treu sein, selbst wenn das bedeutete, dass mein Onkel sah, was ich war. Ich hatte jetzt Freunde. Sie würden mir helfen. Sie hatten meine Verbindung zu den Schatten akzeptiert, also konnten sie vielleicht auch akzeptieren, dass ich eine Nymphe war. Denn ich hatte es satt, zu lügen und sie zu verraten.

Heute Abend würde ich an ihrer Seite stehen und wie der Fae kämpfen, der ich sein wollte. Und ich würde beten, dass sie mir vergeben könnten, wenn sie die Wahrheit erfuhren.

»Ich weiß nicht, wer du bist, aber du bist nicht Clara Orion. Du bist nur ein hohles Ding voller Schatten und Tod«, fauchte Darcy, als ich mich von hinten an die Schattenprinzessin heranschlich und spürte, wie die Sterne ihren Blick auf mich richteten.

»Okay, und wofür entscheidest du dich, Darcy Vega? Die Schatten oder den Tod?« Die Schattenprinzessin spreizte ihre Finger, und Darcys Augen weiteten sich, als sie sich zum Blocken bereit machte. In diesem Moment wusste ich, dass sie zu langsam reagieren würde, um sich zu schützen.

Ich stürzte nach vorn, rammte meine Fühler mit einem Brüllen des Trotzes in den Rücken der Schattenprinzessin und hob sie vom Boden, als ich meinen Arm ausstreckte. Meine Lunge arbeitete schwer und der Triumph des Sieges durchströmte mich, als dieser goldene Moment jede meiner Adern erhellte. Ich fühlte mich wie ein Gott, weil ich endlich etwas gegen die Monster unternahm, deren Sklave ich immer gewesen war.

Darcy schleuderte einen Feuerball, um die Schlampe zu erledigen, aber die Schattenprinzessin wirbelte herum, um ihm auszuweichen. Sie griff nach den Schatten in mir, woraufhin ich gezwungen war, sie fallen zu lassen, und ich knurrte frustriert, als sie mit den Knien auf dem Boden aufschlug.

Bevor Darcy erneut angreifen konnte, schoss die Schattenprinzessin mit einem Schub Vampirgeschwindigkeit davon.

Ich warf Darcy einen stolzen Blick zu, wurde aber schnell unsicher, als sie die Hände hob und die Stirn runzelte. Offensichtlich versuchte sie, herauszufinden, ob ich ihr Feind war oder nicht.

Ich trat einen Schritt zurück und verneigte mich vor einer der wahren Königinnen, denn das waren sie und ihre Schwester. Ich hatte gesehen, wie sie zu den unfassbar mächtigen Fae herangereift waren, und ich würde mich ihnen gern zu Füßen werfen und ihnen auf jede erdenkliche Weise dienen. Sie wussten es vielleicht nicht, aber sie hatten mir eine Familie und ein Zuhause gegeben, und ich würde ihnen das auf jede erdenkliche Weise zurückzahlen.

Plötzlich sprang die Schattenprinzessin auf meinen Rücken. Meine Reaktion kam zu spät und sie rammte mir ihre Klinge in die Brust.

Ich brüllte auf, aber der Ton erstarb, als sie das Messer immer und immer wieder in meine Brust rammte, bis ich nur noch Schmerz fühlte. Dann lag ich blutüberströmt und benommen auf dem Boden.

Es war alles so schnell gegangen, und ich empfand es als unmöglich, Luft zu holen, während ich spürte, wie die Sterne immer näher kamen.

»Sohn der Schattengeborenen, erinnerst du dich, was Fae mit ihren Ängsten machen?«, flüsterten mir die Sterne zu, während Angst mein pochendes Herz erfüllte.

»Du wagst es, deine Prinzessin anzugreifen?«, knurrte die Schattenprinzessin, als sie sich über mich beugte, und ich nickte, denn die Antwort auf die Frage der Sterne war jetzt so klar wie nie zuvor.

Ich wage es. Denn Fae stellen sich ihren Ängsten. Und ich habe fast genauso viel Angst vor dir wie vor dem Tod.

Darcy schleuderte eine Stichflamme aus Phönixfeuer auf sie, aber die Schattenprinzessin wich ihr aus, und für einen Moment verdunkelte sich meine Sicht, als ich das Bewusstsein verlor.

Als ich aufwachte, hatte ich mich bereits verwandelt und lag jetzt nackt im Schlamm. Blut floss nach wie vor über meine Brust und der Tod rief meinen Namen. Ich konnte die Sterne durch die Bäume sehen, die so hell leuchteten, dass es fast wie Tag schien.

»Diego?«, keuchte Darcy und ließ sich neben mich fallen, während sich Entsetzen in ihren Zügen abzeichnete. Sie legte ihre Hände auf meine Brust und versuchte, die Wunden zu heilen, aber ich wusste, dass es viel zu spät war. Dabei gab es noch so viel mehr, was ich sagen wollte. Aber vor allem gab es eine Sache.

»Es tut mir so leid, Darcy«, presste ich hervor, weil ich wollte, dass sie es hörte. Gleichzeitig wusste ich, dass ich nicht genug Zeit hatte, meine Gründe zu erklären.

»Ich verstehe nicht«, schluchzte sie, immer noch bemüht, den Blutfluss zu stoppen, aber ich war bereits am Wegdämmern. »Max!«, schrie sie und drehte

sich zu ihm um, aber ich umklammerte ihren Arm in der verzweifelten Hoffnung, dass sie nicht ging, wo ich doch nur noch Augenblicke vom Tod entfernt war.

»Fae-Magie kann mich nicht heilen«, flüsterte ich.

»Wie kannst du ... wie kannst du hier sein?«, krächzte sie, Tränen liefen über ihre Wangen, und ich hasste es, sie meinetwegen weinen zu sehen. Aber es erinnerte mich daran, dass sie mich mochte, dass mich wirklich jemand mochte. Und ich hatte etwas bedeutet auf dieser Erde, in einer Welt, in der ich nichts hätte bedeuten sollen.

»Ich bin nicht dein Feind«, schwor ich und hoffte, dass sie das verstand. Sie ergriff meine Hand und drückte sie fest, und meine Angst ließ ein wenig nach. Mein Herzschlag verlangsamte sich, und die Sterne über mir flüsterten von meinem Ende, also musste ich ihr den Schlüssel zu allem geben, was ich wusste. Informationen, die ihr helfen könnten, meinen Onkel, meine Mutter und sogar Lionel Acrux zu besiegen. »Du wirst sehen ... Du musst ... meine Mütze nehmen.« Ich hustete und Blut staute sich in meiner Kehle, der Geschmack war überall, aber der Schmerz verwandelte sich jetzt in eine kalte Taubheit.

Darcy wischte mir das Blut von den Lippen, der Kummer stand ihr ins Gesicht geschrieben, als sie versuchte, mich festzuhalten. Und es fühlte sich so, so gut an, auf diese Weise gewollt zu werden. Zu wissen, dass ich vermisst werden würde.

»Halte durch!«, flehte sie. »Es muss doch etwas geben, was ich tun kann.«

Ich schüttelte kaum merklich den Kopf, denn ich verstand, was die Sterne jetzt von mir verlangten. Ich musste mich meiner Angst stellen – und meine Angst war der Tod. Ich hoffte nur, dass mich im Tod etwas anderes als Dunkelheit erwartete, dass es einen Platz für mich unter den Sternen gab.

»Ich wollte nur nützlich sein. War ich das? War ich ein guter Freund?«, fragte ich, während eine Träne über meine Wange rann, weil ich wusste, dass ich Sofia, Tory oder Geraldine nie wieder sehen würde. Die Freunde, die mir das Leben ermöglicht hatten, von dem ich immer geträumt hatte.

»Du bist der allerbeste Freund, Diego«, versprach Darcy, und bevor der Tod mich endgültig übermannte, durchströmte mich pures Glück. Ich fühlte mich wie ein Fae, der einen würdigen Tod starb. Für eine Freundin. Seine Königin.

Und als ihr Gesicht aus meinem Blickfeld verschwand und ich an einen Ort entglitt, an dem es viel wärmer und sicherer war, spürte ich, wie meine Großmutter meine Hand ergriff und sie mich in ihre Arme zog. Ihre Stimme war so vertraut und tröstlich, als sie mich hielt. »Ich bin so stolz auf dich, Diego.«

Ich wurde aus den Schatten der Mütze gezwungen und stellte fest, dass mein Gesicht tränenüberströmt war. Orion zog mich auf seinen Schoß und ich weinte mich an seiner Schulter aus, nachdem ich diesen schrecklichen Abschied noch einmal hatte durchleben müssen.

Geraldine heulte hinter mir und schluchzte Diegos Namen, während Orion meinen Rücken streichelte.

Es war so viel zu verarbeiten, und ich wusste nicht, ob ich ihm überhaupt böse sein sollte für das, was er getan hatte. Denn letztlich hatte er sein Leben gegeben, um mich zu retten, und er hatte sich entschieden, uns die Wahrheit zu sagen – er hatte nur nie die Chance dazu bekommen.

Als ich mich schließlich umsah, wirkten die Erben und Xavier in Gedanken versunken; Tory wischte sich die Tränen aus den Augenwinkeln.

Orion nahm mir die Mütze vom Kopf, warf sie aufs Bett und küsste meine feuchte Wange. Ich riss mich zusammen, aber der Kummer in meiner Brust wollte sich einfach nicht verflüchtigen.

»Der Mützenjunge hieß Diego? Ich könnte schwören, dass es Darnell war«, murmelte Darius zu Tory, und sie schlug ihm mit einem gemurmelten Fluch, dass er ein Arschloch sei, auf den Arm.

»Er ist nicht umsonst gestorben«, sagte Geraldine, stand auf und schniefte laut, während sie ihre Tränen zurückhielt. »Wir werden seine tapfere Seele rächen und die böse Hexe vernichten, die ihn unter die Erde gebracht hat.«

Ich nickte zustimmend und sah zu meiner Schwester, die ihre Hand ausstreckte, um meinen Arm zu drücken. Und ich sah das Verlangen nach Rache in ihren Augen genauso deutlich, wie ich es in mir spürte.

»Sie wird sterben«, knurrte ich. »Genau wie Alejandro.«

»Auch im Namen unserer Mutter und unseres Vaters«, knurrte Tory.

»Wir werden sie schreiend und um Gnade bettelnd in den Tod schicken und die Elemente unserer Eltern aus ihren Adern reißen«, zischte ich.

Geraldine küsste ihre Faust und hielt sie an ihre Brust. »Für die wahren Königinnen!«

Gemini
Scorpio
Virgo
Cancer
Leo
Taurus
Capricorn
Libra
Sagittarius
Aquarius
Pisces

ORION

KAPITEL 10

»Also können Nymphen auch … gut sein?«, fragte Xavier und stützte die Ellbogen auf die Knie, während er Darcy ansah, als hätte sie eine Antwort darauf. Dabei hatten wir alle das Gleiche gesehen.

Ich mochte Diego nicht besonders, aber ich hatte ihn ein wenig ins Herz geschlossen, als ich einen Blick in seine beschissene Kindheit geworfen hatte. Es war schwierig, meine inneren Instinkte abzuschütteln, die vor Wut darüber kochten, was er hätte tun können. Er hatte versucht, die Vegas unter Drogen zu setzen – bei Tory war es ihm sogar *gelungen*. Er hätte ihr weiß der Himmel was antun können, wenn Darius nicht eingeschritten wäre. Er hatte geplant, sie zu seiner psychotischen Mutter und seinem Onkel zu bringen. Wie konnte ich ihm das verzeihen?

Ja, er mochte unter Androhung seines eigenen Todes gehandelt haben, aber meine Reißzähne kribbelten dennoch, wenn ich die beiden Mädchen ansah. Sie waren in eine Welt mit mehr Feinden geraten, als sie hatten zählen können. Sogar einer ihrer sogenannten Freunde hatte gegen sie intrigiert.

»Gut ist ein starkes Wort«, knurrte Darius. »Er hat die Zwillinge verarscht und hätte sie umbringen können.« Er ergriff Torys Hand, und seine Knöchel wurden weiß, als er sie umklammerte. Rauch quoll zwischen seinen Zähnen hervor. »Wenn ich in jener Nacht im Orb nicht eingeschritten wäre, könnte sie jetzt tot sein.«

»Ich wusste, dass ich nicht so besoffen hätte sein sollen. Ich vertrage einiges an Alkohol«, murmelte Tory. »Aber dann bin ich in deinem Zimmer aufgewacht und war mehr damit beschäftigt, was ich mit dir angestellt haben könnte, als herauszufinden, warum ich so betrunken gewesen war.«

»Ich hätte misstrauischer sein sollen.« Darius seufzte, und in seinen Augen flackerte Feuer.

»Ich auch«, sagte Tory. »Aber ich habe mich von dem ganzen Mist zwischen uns und meinen Albträumen ablenken lassen …«

»Albträume, die ich dir beschert habe«, erwiderte Darius, während er sie mit gerunzelter Stirn ansah. Seine Schuldgefühle angesichts der Art und Weise, wie er sie behandelt hatte, waren ihm deutlich ins Gesicht geschrieben. Sie hob ihr Kinn und sah ihn an. Es war kein Freifahrtschein, aber sie machte auch kein großes Ding daraus.

»Tja, ich habe keine Angst vor dem Ertrinken mehr«, antwortete sie und stieß einen tiefen Atemzug aus. »Meine Albträume haben heutzutage ein viel konkreteres Gesicht. Aber ich hätte erkennen müssen, was Diego damals getan hat. Vielleicht wäre dann alles anders gekommen.«

Darcy streckte die Hand nach ihr aus und schüttelte den Kopf.

»Er hat es nicht freiwillig getan«, sagte Darcy und ich rutschte auf meinem Sitz hin und her, während ich sie ansah. Sie bedeutete mir verdammt noch mal alles, und obwohl ich ihr Argument verstand, konnte ich nur daran denken, dass Diego beinahe für ihren Tod verantwortlich gewesen wäre. Und das weckte ein Monster in mir, das gewalttätiger war als jeder Kriminelle, den ich in Darkmore getroffen hatte.

Meine Beschützerinstinkte kratzten an meiner Brust, und es fiel mir sehr schwer, über die Tatsache hinwegzusehen, dass Diego verdammtes Maniokknollen-Pulver in die Drinks von Darcy und ihrer Schwester getan hatte. Ja, er war bedroht worden. Ja, ich konnte verstehen, warum er es getan hatte. Und trotzdem war ich mir ziemlich sicher, dass ich ihn umgebracht hätte, wenn er jetzt vor mir stehen würde. Denn er hatte das Leben meines Mädchens in Gefahr gebracht.

»Du solltest besser als die meisten wissen, wie es ist, gezwungenermaßen Dinge zu tun, die man nicht tun will«, sagte Tory und hob die Augenbrauen, woraufhin Darius mit der Zunge über seine Zähne fuhr.

»Touché«, murmelte er und Seth, Caleb und Max warfen sich einen Blick zu.

»Ich mochte seine Mütze noch nie«, meinte Seth nachdenklich. »Jetzt weiß ich auch, warum. Ich muss ihre böse Aura gespürt haben.«

Caleb warf ihm einen leeren Blick zu. »Ach komm, du hast einen Scheiß gespürt.«

»Habe ich sehr wohl«, beharrte Seth. »Diese Mütze hat mir immer eine Gänsehaut bereitet.«

»Ich habe dem Jungen nie wirklich Aufmerksamkeit geschenkt«, sagte Max stirnrunzelnd. »Sonst hätte ich ihn vielleicht besser einschätzen können. Er hatte einfach ein total unauffälliges Gesicht, wisst ihr? In einem Moment war er noch da … und dann war es, als hätte ich völlig vergessen, dass er überhaupt existiert hat. Sogar jetzt habe ich seine Mütze viel deutlicher vor Augen als sein Gesicht. Aber das könnte auch daran liegen, dass ich die Mütze vor mir sehe.« Er zeigte auf das Strickstück und blinzelte konzentriert, als würde er versuchen, sich daran zu erinnern, wie Diego ausgesehen hatte.

»Vielleicht ist das eine Nymphenkraft«, mutmaßte Seth kryptisch. »Vielleicht hat er uns dazu gebracht, seine Anwesenheit zu vergessen, um uns nachts mit seinen Fühlern auszusaugen.«

»Ihr seid doch immer so sehr damit beschäftigt, die Könige der Welt zu spielen, dass ihr wahrscheinlich neunzig Prozent der Studenten, mit denen ihr die Academy besucht, nicht beim Namen kennt«, entgegnete ich trocken, und die Erben überlegten, bevor sie mir zustimmend zunickten.

»Da ist was dran«, sagte Seth. »Mir hat mal ein Mädchen sieben Nächte hintereinander einen geblasen. Sie hatte meinen Namen auf ihren Nacken tätowiert und mir ein Mixtape mit all meinen Lieblingssongs gemacht. Und ich habe sie die ganze Zeit einfach nur *Blowie* genannt, weil ich mir ihren Namen nicht merken konnte.«

»Du bist eben ein Arschloch.« Caleb lachte.

»Ich kann mir Namen einfach nicht merken«, erklärte Seth unschuldig.

»Letzte Nacht hast du jeden einzelnen Spieler der Solarischen Pitball-Liga und ihre Sternzeichen aufgezählt«, erinnerte ihn Max.

»Weil du mit mir um zehn Auren gewettet hast, dass ich es nicht kann.« Seth zuckte mit den Schultern.

»Also kannst du dir auf magische Weise Hunderte von Namen merken, wenn es um zehn Auren geht?«, fragte Max.

»Für zehn Auren kann ich endlos viele Dinge tun, Max«, verkündete Seth mit einem übermütigen Grinsen. »Ich könnte einen dreifachen Rückwärtssalto im Stand und ohne Luftmagie für zehn Auren machen.«

»Ha!« Max lachte und verschränkte die Arme vor der Brust. »Na dann mach mal!«

»Wir kommen vom Thema ab«, warf ich frustriert ein, bevor Seth aufstehen konnte, um zu versuchen, sich zu beweisen. »Der Punkt ist, dass wir möglicherweise anerkennen müssen, dass Nymphen nicht von Natur aus böse sind.«

Darius fuhr mit der Hand über sein Gesicht. »Ich habe so viele Nymphen getötet.«

»Das haben wir alle«, sagte ich düster.

»Und sie haben alle versucht, uns zu schaden«, fügte Max mit einem entschiedenen Nicken hinzu. »Ich kann ihre Absichten spüren. Wir haben noch keine Nymphe getötet, die uns nicht auch hatte töten wollen. Ich hätte es gefühlt, wenn sie dazu gezwungen worden wären.«

»Gott sei Dank«, flüsterte Darcy und rieb sich die Augen. Ich erkannte, dass sie höllisch erschöpft aussah. Ich hoffte, dass die Mütze ihr nicht geschadet hatte, denn ich würde persönlich wieder darin eintauchen, um Diegos Seele zu erwürgen, wenn es so wäre. »Aber was bedeutet das jetzt für uns? Ändert das etwas?«

»Vielleicht nicht«, sagte Tory. »Vielleicht war Diego anders. Die Schatten haben offensichtlich versucht, ihn zu verderben, und er hatte seine Mütze, um gegen sie anzukämpfen. Aber ich habe noch nie eine andere Nymphe mit Mütze gesehen, also ist es naheliegend, dass sie alle verdorben sind.«

»Aber wenn es die Schatten sind, die sie korrumpieren, bedeutet das dann nicht, dass sie ohne die Schatten nicht grundsätzlich böse wären?«, überlegte Darius, und ich rutschte unbehaglich auf meinem Stuhl hin und her.

»Armer, armer Diego«, seufzte Geraldine und ließ den Kopf hängen.

Stille legte sich über den Raum, denn niemand hatte eine definitive Antwort auf das, was wir gerade gesehen hatten. Und als Darcy erneut ihre Augen rieb und ihr Gesicht immer blasser wurde, wusste ich, dass sie sich ausruhen musste.

»Ich glaube, ich habe ausgemützt«, murmelte sie, und ich beugte mich vor, um ihr einen Kuss auf die Schläfe zu geben.

»Du bist hundemütze«, scherzte ich, und sie schmunzelte leise, was mein Herz höherschlagen ließ. Doch dann verschwand ihr Lächeln wieder und ihre Augen wurden dunkler – ihre Gedanken waren zweifellos zu Diego zurückgekehrt.

Es dauerte nicht lange, bis sich alle auf den Weg zur Tür machten. Xavier und die Erben sprachen immer noch über die Nymphen, während Geraldine Max das Shirt halb vom Leib riss, um sich damit die feuchten Augen zu trocknen.

Ich stand auf, nahm die Mütze vom Bett und steckte sie in meine Gesäßtasche, um sicherzustellen, dass Blue nicht auf die Idee kam, sie heute Abend erneut aufzusetzen. Sie lehnte sich an Tory und sah aus, als würde sie gleich einschlafen. Aber ich konnte sehen, dass sie einen Moment für sich brauchten, als sie einander einen typischen Zwillingsblick zuwarfen.

»Wir sehen uns gleich, Baby«, sagte Darius, der das auch bemerkt hatte, und küsste Tory, bevor er den anderen zur Tür folgte, sich noch einmal umdrehte und meinen Blick einfing.

Instinktiv machte ich einen Schritt auf ihn zu, aber Seth legte seinen Arm um ihn und zerrte ihn in den Flur, woraufhin sich die Tür zwischen uns schloss.

Ich fuhr mit der Zunge über meine verlängerten Fangzähne, und in mir stieg der Drang auf, den Köter in seine Schranken zu weisen. Aber dann richtete ich meinen Blick wieder auf Blue, sah die Erschöpfung in ihren Augen und vergaß alles andere außer ihr. Ich schoss an ihre Seite und betrachtete ihre blassen Gesichtszüge, eine Sekunde bevor sie gegen meine Brust stolperte, als würde sie gleich ohnmächtig werden. Alarmiert packte ich ihre Taille und drückte sie an mich, während ich ihren Gesichtsausdruck studierte.

»Ups«, sagte sie gähnend.

»Was ist los?«, fragte ich, während Tory die Hand ihrer Schwester ergriff.

»Nichts, ich bin nur müde. Es muss die Mütze gewesen sein«, meinte Darcy mit schwacher Stimme und einem Anflug von Erschöpfung in ihren tiefgrünen Augen.

»Du siehst todmüde aus«, äußerte Tory besorgt und zog Darcy zum Bett. »Du solltest dich hinlegen.«

Darcy nickte, ließ sich bereitwillig ins Bett fallen und rollte sich wie eine Katze neben den Kissen zusammen. Sie schloss die Augen, als Tory sich neben sie legte und einen Arm um ihre Schwester legte.

Darcy lächelte zufrieden, hob die Hand und legte sie auf Torys Arm, und meine Ängste verschwanden, da ich wusste, dass es für sie keinen besseren Ort gab als bei ihrer anderen Hälfte.

»Ich lasse euch etwas ausruhen«, erklärte ich, und Darcy summte zustimmend, während ich zur Tür ging.

»Ich liebe dich«, flüsterte sie, bevor ich ging, und ich schaute zu ihr zurück. Diese drei kleinen Worte machten meine Welt so unglaublich heller.

»Ich liebe dich mehr, meine Schöne.« Ich trat aus dem Zimmer, schloss die Tür hinter mir und sah, wie Darius mit den Erben und Xavier herumalberte, während es so aussah, als hätte sich Geraldine aus dem Staub gemacht.

Caleb schoss mit hoher Geschwindigkeit im Kreis um sie herum, während sie versuchten, ihm einen Hieb zu verpassen, und dabei wie Idioten johlten. Ich war wie gebannt von ihrer unerschütterlichen Verbundenheit.

Ich wollte mich gerade davonmachen, um Noxy aufzuspüren und zu fragen, ob er ein bisschen mit mir abhängen wollte, als Seth mich entdeckte und vor Aufregung bellte.

»Lance, komm spielen!«, rief er, aber ich verschränkte nur die Arme vor der Brust. Caleb schoss an Seth vorbei und verpasste ihm einen so kräftigen Schlag, dass sein Kopf zur Seite kippte und Xavier ein Lachen ausstieß. Seth jagte ihm nach und versuchte, sich zu rächen, aber Caleb war so schnell wie der Wind und verpasste ihm bei jeder Runde eine Ohrfeige, was Seth noch mehr in Rage versetzte. Bei seinen Versuchen, ihn zu fangen, setzte er allerdings nie seine Magie ein.

»Orion ist zu langweilig, um mitzuspielen«, meinte Max abwertend und setzte ein schelmisches Lächeln auf.

»Warum sollte ich ein Spiel spielen, das ich in fünf Sekunden gewinnen kann?«, erwiderte ich und er lachte.

»Dann beweise es!«, ermutigte mich Max, und ich hätte fast einen Schritt nach vorn gemacht, aber dann fiel mein Blick wieder auf Darius.

Er sah aus, als wollte er etwas sagen, aber kein Wort verließ seinen Mund. Voller Zweifel fragte ich mich, ob er lieber Zeit mit seinen Freunden allein verbringen wollte. Vielleicht war es ihm unangenehm, mich wegzuschicken. Vielleicht konnte er es nicht ertragen, in der Nähe des Mannes zu sein, mit dem er die letzten Jahre hatte verbringen müssen und mit dem er Nacht für Nacht im Bett gekuschelt hatte, ohne es jemals wirklich zu wollen. Vielleicht war ich eine stetige Erinnerung an die Kontrolle seines Vaters über ihn, und vielleicht würden wir uns immer weiter voneinander entfernen, bis wir uns schließlich völlig fremd waren.

Allein der Gedanke daran erzeugte ein Ziehen in meinem Bauch, und ich suchte nach den Worten, die das Ganze wieder in Ordnung bringen könnten. Aber ich fand sie nicht. Er war so viele Jahre unfreiwillig an mich gebunden gewesen – jetzt musste ich ihm klaglos den Freiraum geben, der ihm verwehrt worden war. Das hatte er sich wirklich verdient. Doch die Trennung von ihm war auf eine Art und Weise schmerzhaft, die nichts mit magischen Banden zu tun hatte. Ich vermisste ihn einfach, verdammt noch mal. Caleb riss bei seiner nächsten Runde an Seths Haaren, woraufhin dieser mit einem Knurren losstürmte, um ihn zu fangen. Stattdessen prallte er hart mit Xavier zusammen. Xaviers Haare versprühten Glitzer, und Caleb fegte erneut an ihm vorbei und schlug dabei Seth ins Gesicht. Seine rechte Wange leuchtete nun knallrot, und Max grölte vor Lachen.

»Dann komm und fang mich, Cal!«, schrie Seth, sprang auf und rannte in Calebs Zimmer. Er schlug die Tür zu, bevor Caleb ihm hatte folgen können – und dieser knallte dagegen.

Caleb schob sich fluchend ins Zimmer, und Max und Xavier rannten ihnen hinterher, während Seth herausfordernd brüllte.

Ich blieb mit Darius allein auf dem Flur zurück. Die Stille klang in meinen Ohren wie eine Glocke, die den Tod unserer Freundschaft einläutete.

Ich räusperte mich und trat einen Schritt zurück, als er seinen Freunden nachsah, denn ich wollte es ihm leichter machen, indem ich mich aus der Situation entfernte.

»Wir ... äh, sehen uns später?«, fragte ich, aber Darius kam mit einem Stirnrunzeln auf mich zu, während ich mich zum Gehen bereit machte.

Ich blieb stehen – verdammt, ich hatte so viel zu sagen –, aber meine Stimme blieb mir im Hals stecken.

Also wandte ich mich ab, aber in diesem Moment sprach er meinen Namen auf eine Art und Weise aus, die mit tausend Hoffnungen und Bedauern verbunden zu sein schien. »Lance?«

Ich drehte mich um und hob die Augenbrauen, während der Raum zwischen uns ein wenig zu schrumpfen schien. »Ja?«

»Du weißt, dass nicht alles nur vorgetäuscht war, oder?«, fragte er und seine Augen brannten mit den Flammen seiner Formgebung.

Mein Herz sank, denn ich wusste, was gleich kommen würde. Die Entschuldigung, das Eingeständnis, dass wir zwar in gewisser Weise Freunde waren, aber keine Freundschaft hatten, wie er sie mit den Erben besaß. Er würde Raum und Zeit brauchen, um sich an ein Leben ohne unser Band zu gewöhnen, aber damit würde auch Distanz einhergehen. Und ich wusste einfach nicht, ob wir uns davon erholen könnten.

»Ja, ich weiß«, sagte ich seufzend. »Aber ich weiß auch, dass ich jetzt eine Erinnerung an die Ketten deines Vaters bin. Also genieße deine Freiheit, Darius. Wirklich. Du hast es verdient, Zeit mit denjenigen zu verbringen, deren Gesellschaft dir nicht aufgezwungen wird. Ich schwöre, dass ich dir nichts davon übel nehme.«

Schmerz blitzte in seinen Augen auf, während er einen weiteren Schritt auf mich zuging. »Denkst du das wirklich, Bruder?«

»Ist es denn nicht so?« Meine Angst vor der Antwort war wie ein rasiermesserscharfes Netz in meiner Brust.

Er schüttelte den Kopf und kam noch näher, und ein Teil von mir – ein verdammt großer Teil – wollte meine Arme um ihn legen, als würde uns das Band nach wie vor zusammenhalten. Dieses Mal aber war es keine magische Kraft, die uns verband, sondern reine Freundschaft und echte Liebe zu einem Mann, mit dem ich meine härtesten Tage geteilt hatte.

»Komm schon, Darius!«, rief Max aus Calebs Schlafzimmer, aber Darius wandte den Blick nicht von mir ab.

»Sie warten auf dich«, murmelte ich, aber Darius trat nur noch näher an mich heran.

»Ich glaube, ich werde mich ein bisschen aufs Ohr hauen«, sagte er und warf mir einen spitzen Blick zu. Diese Worte waren mir so verdammt vertraut nach all den Jahren, in denen wir miteinander verbunden gewesen waren, und sie hatten bisher immer nur eines bedeutet.

»Ach ja?« Ich runzelte unsicher die Stirn angesichts der Andeutung in seinen Worten. *Will er das, von dem ich glaube, dass er es will?*

Er nickte, lief an mir vorbei und ging in Richtung seines Zimmers, das weiter hinten im Korridor lag. Ich sah ihm nach, und als er dort ankam, schaute er mich an und neigte den Kopf in Richtung Tür – ein eindeutiges Angebot. Ein Lächeln umspielte meine Lippen, das er sofort erwiderte, und ich folgte ihm schnellen Schrittes, als er durch die Tür trat.

Er ließ sich auf das große Bett in der Mitte des Zimmers fallen, holte etwas Goldschmuck aus seinem Nachttisch und begann, die großen Armreifen, klobigen Ketten und Ringe anzulegen, während ich mir die Schuhe auszog.

»Bist du sicher?«, fragte ich und er nickte wieder, was mein Grinsen noch breiter werden ließ, bevor ich mich zu ihm aufs Bett stürzte.

Er warf sich auf mich und versuchte, mich zum kleinen Löffel zu machen, aber ich musste nicht mehr nach seiner Pfeife tanzen, also wehrte ich mich und wir beide kämpften wie Wolfswelpen. Lachend teilten wir sogar ein paar spielerische Hiebe aus.

Schließlich legten wir uns nebeneinander, unsere Köpfe auf demselben

Kissen, während das Stück meiner Seele, das gefehlt hatte, endlich wieder an seinen Platz zurücksprang.

Ich konnte den Frieden in seinen Augen sehen, als wir uns ansahen, und mein Herz war überglücklich, meinen Freund wiederzuhaben. Ganz zu unseren eigenen Bedingungen.

»Ist das merkwürdig?«, fragte er.

»Definitiv«, bestätigte ich. »Vielleicht haben wir ja beide ein paar Rudeltiere in unserer Ahnenreihe.«

»Sagen wir einfach, dass es so ist«, erwiderte Darius und lachte.

»Kein Wort zu Seth!«, warnte ich. »Er versucht ständig, mir Umarmungen aufzudrängen, aber ich gebe nicht nach.«

»Ha! Der Tag, an dem du Seth umarmst, wird der Tag sein, an dem mein Vater mir den Thron mit einer hübschen kleinen Schleife übergibt.«

»Vielleicht könntest du ihn daran erinnern, denn der Hundejunge scheint meine Gesellschaft viel zu sehr zu genießen«, sagte ich mit einer Grimasse, und Darius schnaubte und streckte seine Hand aus, um meine Haare zu zerzausen.

»Vielleicht solltest du etwas nachsichtiger mit ihm sein«, schlug er vor.

»Warum?« Ich knurrte sofort und meine Nackenhaare richteten sich auf. »Er hat sich mit Darcy und mir angelegt, als wir unsere Beziehung verheimlicht haben. Er hätte derjenige sein können, der uns verrät. Mühelos. Und obwohl ich weiß, dass er es nicht war, bin ich nach wie vor nicht davon überzeugt, dass er uns nicht nur zu seinem eigenen kranken Vergnügen geoutet hätte.«

»Ja, er ist ein Arschloch, aber er hätte euch nicht verraten. Er spielt nur manchmal gern Gott. Er ist high von der Macht, wie so ziemlich alle von unserer Sorte. Und ich sage nicht, dass das, was er getan hat, verzeihlich ist. Aber was er seitdem getan hat, könnte reichen, um sich zu rehabilitieren.«

»Und das wäre?«, fragte ich.

»Du weißt schon, all die Fotos und der ganze Scheiß, den er dir geschickt hat, von ihm und Gw…« Ich fletschte die Zähne und er änderte mitten im Wort die Richtung. »Darcy? Das war alles dazu gedacht, um dich eifersüchtig zu machen. Damit du um sie kämpfst. Er hat damit geprahlt, seit ihr euch versöhnt habt. Er denkt, den ganzen Ruhm für eure jetzige Beziehung einheimsen zu können. Ich bin überrascht, dass er es dir noch nicht selbst gesagt hat.«

Ich kniff die Augen zusammen, auf der Suche nach Anzeichen für eine Lüge, aber Darius schien das wirklich zu glauben.

»Bullshit«, zischte ich. »Und selbst wenn das wahr wäre, denkst du, ich würde ihm dafür danken? Dafür, dass er mich verarscht hat, dafür, dass er mich hat glauben lassen, dass er … dass er und sie …« Ein Knurren entrang sich meiner Kehle, als ich die absolute, mörderische Wut, die ich bei dem bloßen Gedanken an sie beide zusammen verspürte, zu unterdrücken versuchte.

»Na ja, es hat funktioniert, oder nicht?« Darius hob eine Augenbraue, und das Grinsen auf seinen Lippen verriet mir genau, auf wessen Seite er stand.

»Wie lange weißt du schon davon?«, fragte ich misstrauisch und fixierte meinen besten Freund mit strengem Blick.

»Seit du mich gebeten hast, herauszufinden, ob zwischen den beiden etwas läuft.« Er zuckte unschuldig mit den Schultern.

Ein Moment angespannter Stille verging, dann stürzte ich mich auf ihn und wir fielen in einen weiteren erbitterten Kampf um die Vorherrschaft. Ich nutzte meine Vampirstärke, um ihn an der Kehle auf die Matratze unter mir zu drücken, und er versetzte mir einen Schlag in die Rippen, der mir die Luft aus der Lunge drückte, während er nach wie vor breit grinste.

»Du Arschloch!«, zischte ich, aber sein Grinsen verwandelte sich in ein lautes Lachen, und ich erkannte, wie verdammt glücklich er endlich war. Meine Wut verebbte, und ich ließ ihn los und legte mich wieder neben ihn. »Fick dich«, murmelte ich, während er weiter lachte, und schließlich lächelte auch ich.

Wir lachten zusammen, und ich genoss den Frieden in diesem Raum, der nach allem, was wir durchgemacht hatten, so unglaublich unwirklich schien. Verdammt, die Situation war vielleicht nicht perfekt – schließlich beherrschte Lionel immer noch die Welt und die Gesellschaft fiel unter seinem Kommando Stück für Stück auseinander. Aber hier unter der Erde war ich in Gesellschaft meiner besten Freunde und der verdammten Liebe meines Lebens, also würde ich mich nicht beschweren. Ich hatte zu lange im Schatten gelebt, und es war an der Zeit, so lange wie möglich ins Sonnenlicht zu treten.

»Du hast mich also verarscht, was?« Ich stieß Darius mit dem Ellbogen an, als er sich auf die Seite rollte, um mich anzusehen.

»Seth hat dich verarscht. Ich habe ihn nur gewähren lassen«, erklärte er unschuldig. »Also, wirst du ihm danken oder ihm eine verpassen?«

»Ich werde ihm eine verdammte Ananas in den Arsch rammen«, murmelte ich.

»Er ist ein guter Kerl«, drängte Darius und ich schnaubte. »Na gut, er ist ein bisschen sadistisch, aber er hat ein gutes Herz. Besser als die meisten, um ehrlich zu sein. Es macht nur nicht immer den Eindruck.«

»Ich werde nie in der Stimmung sein, nach seinem Herz aus Gold zu suchen, Darius. Ich habe genug Freunde. Vor allem jetzt, da ich dich wiederhabe«, sagte ich stur, unwillig, meine Meinung über den Köter zu ändern.

»Du hast mich nicht verloren«, meinte er mit einem Schnauben.

»Kurzzeitig hat es sich so angefühlt«, murmelte ich. »Du und die Erben … Ich werde das für dich nie sein. Aber ich werde hier sein. Immer. Wann immer du mich brauchst.«

Er legte die Stirn in Falten. »Ich werde auch immer für dich da sein, Lance. Und du bist nicht so anders als die Erben, weißt du. Du magst sie lediglich nicht genug, als dass du das wahrhaben wollen würdest.«

»Das ist ein Haufen arroganter Arschlöcher«, sagte ich abweisend und schüttelte den Kopf.

»Das bin ich auch.« Darius grinste. »Aber mich magst du.« Er kniff mich in die Wange, und ich schlug seine Hand weg, obwohl ich zugeben musste, dass er nicht ganz unrecht hatte.

Meine Hand fiel auf etwas Kühles und Hartes auf dem Bett, und als ich den Blick senkte, sah ich die Silbermünze, die das Tagebuch meines Vaters barg. Sie musste aus meiner Tasche gefallen sein, also hob ich sie auf, untersuchte sie und löste den Schutzzauber, sodass das ledergebundene Buch in meiner Hand erschien.

»Wann ist Vollmond?«, fragte ich laut, und Darius griff nach der goldenen Uhr auf seinem Nachttisch, auf deren Zifferblatt sich die Mondphasen am unteren Rand entlangzogen.

»Heute Nacht«, sagte er und warf einen Blick auf das Tagebuch. »Willst du es noch einmal lesen?«

»Ja«, sagte ich entschlossen. Ich hatte mir die magischen Worte für den Imperialen Stern eingeprägt, als ich das Buch zuletzt hatte lesen können, aber es gab noch vieles, was ich mir nicht gemerkt hatte. Ich musste den Zwillingen die Worte so schnell wie möglich beibringen, für den Fall, dass sie jemals die Chance bekämen, sie zu benutzen. Wir mussten vorbereitet sein – obwohl ich Darius' Gesichtsausdruck ansah, dass er nicht gerade glücklich über meine neue Rolle als Meister der Garde war. Und ich wollte nicht, dass zwischen uns etwas ungesagt blieb, auch wenn er zuvor behauptet hatte, darüber nicht streiten zu wollen.

»Also … hast du immer noch vor, Lionel herauszufordern?«, fragte ich, und Darius nickte entschlossen und seine Augen leuchteten vor Leidenschaft. Es war das, worauf wir Jahr für Jahr hingearbeitet hatten, und ich stand immer noch fest an seiner Seite, wenn es darum ging, seinen psychotischen Vater zu besiegen. Nur sah ich jetzt einen anderen Weg, dies zu tun.

»Natürlich«, knurrte er inbrünstig, während Rauch zwischen seinen Zähnen hervorquoll. »Sobald Gabriel eine Chance sieht, ihn anzugreifen, werde ich ihn herausfordern – und gewinnen.«

»Und du wirst seinen Thron besteigen?«, fragte ich mit einer gewissen Schärfe in der Stimme, weil ich wusste, wozu das führen könnte.

»Die Erben und ich werden schon eine Lösung finden«, sagte er, ohne mir in die Augen zu sehen. »Entweder fordern sie ihre Eltern heraus oder ihre Eltern treten beiseite und wir bilden einen neuen Rat. Einen, dem es gelingt, Solaria Frieden zu bringen.«

»Und was ist mit den Zwillingen?«, fragte ich knurrend, während er seine Augen in meine bohrte. Sein Unterkiefer zuckte.

»Ich bin Fae, Lance. Was soll ich deiner Meinung nach tun? Mich wie ein Schwächling verbeugen? Nach allem, was mein Vater uns angetan hat?«

»Wie ein Schwächling?«, zischte ich. »Ist es das, was du von mir denkst?«

»Also hast du dich tatsächlich vor ihnen verbeugt?«, fragte er schockiert, als wüsste er das nicht bereits. Aber was hatte er erwartet? Ich war der Meister der Zodiac-Garde. Und ich liebte eine Vega-Prinzessin.

»Ich habe mich in der Arena vor Darcy auf die Knie geworfen«, gab ich zu und starrte ihm direkt in die Augen. »Sie ist meine Königin, ob durch die Wahl der Sterne oder durch ein Schicksal, das ich selbst in die Hand genommen habe. Ich war schon immer dazu bestimmt, mich vor ihr zu verneigen.«

»Und Roxy ist meine Königin. Aber sie ist nicht Solarias Königin«, sagte Darius und hob das Kinn, während sein Gesichtsausdruck von Sturheit geprägt war. Ich presste die Zähne zusammen, als ich spürte, dass wir auf zwei Seiten eines unüberwindbaren Abgrunds standen.

»Herrsche mit ihnen gemeinsam!«, flehte ich.

»Das ist kein Märchen, Lance. Die verlorenen Prinzessinnen werden nicht auf magische Weise die Welt retten«, antwortete er. »Denk doch mal logisch! Selbst jetzt wissen sie kaum etwas über unsere Welt. Sie könnten die meisten Städte Solarias nicht auf einer Karte lokalisieren. Sie kennen die alten Gesetze nicht, genauso wenig wie die Feinheiten der Bedürfnisse einzelner Formgebungen. Sie haben nicht das lebenslange Wissen, das ein Herrscher benötigt, um gut zu regieren. Nicht so, wie die Erben und ich es tun.«

»Dann bring es ihnen bei!«, forderte ich. »Das werde ich auch. Zusammen könnten wir sie auf diese Rolle vorbereiten.«

»Ich sage nicht, dass wir ihnen nicht die Chance geben werden, diese Dinge zu lernen. Aber die Wahrheit ist, dass es Jahre dauern würde, bis sie auch nur die Hälfte von dem verstehen, was den anderen Erben und mir seit unserer Geburt eingetrichtert wurde. Ich denke nicht an den Thron oder meine persönliche Herrschaft, ich denke an Solaria. Und unser Königreich wieder der Regentschaft der Vega-Linie zu unterstellen, ergibt keinen Sinn, wenn sie nicht die beste Wahl sind, um unser Volk zu Frieden und Wohlstand zu führen. Du kennst die Pläne, die die anderen Erben und ich entwickelt haben, um in diesem Königreich Veränderungen zum Besseren herbeizuführen. Sollen wir alles, wofür wir unser ganzes Leben lang gearbeitet haben, einfach wegwerfen, nur weil die Thronfolge besagt, dass sie eine hübsche Krone tragen sollten und wir nicht?«

»Ich bitte dich, dein Wissen zum Einsatz zu bringen. Unterrichte die Vegas, damit sie auf dem Thron sitzen können, und steh ihnen als Ratgeber zur Seite.«

»Die Erben brauchen die Befugnis, echte Veränderungen in Solaria bewirken zu können. Sie dürfen nicht durch die Herrschaft eines Monarchen in ihren Entscheidungen eingeschränkt werden. Und egal, wie gut die Vegas als Königinnen auch sein könnten, Tatsache ist, dass sie nicht genug wissen, um diese Entscheidungen zu treffen. Sie sind nicht darauf vorbereitet, jene Beschlüsse zu erlassen, die notwendig sind, um die erforderlichen Veränderungen zu erzwingen. Und der Celestia-Rat kann nicht zur Unterwerfung gezwungen werden, wenn es um Entscheidungen geht, die das Leben von Millionen von Fae betreffen – und das von Mädchen, deren Unwissenheit sie unfähig macht, die Probleme vollständig zu verstehen«, zischte er entschlossen und seine Augen wurden zu Schlitzen. »Mein Vater hat das Königreich als Geisel genommen, er hat mein ganzes Leben als Geisel genommen, er hat auch dich jahrelang als Geisel genommen, ganz zu schweigen davon, was er Roxy angetan hat. Und ich werde ihn für jedes einzelne seiner Verbrechen bezahlen lassen und ihm den Thron entreißen, damit er sieht, dass er mit mir seinen eigenen Untergang geschaffen hat.«

Ich streckte die Hand aus, um sie auf seinen Arm zu legen, weil ich dieses Bedürfnis in ihm verstand. Das tat ich wirklich, verdammt noch mal, aber der Thron musste nicht der Höhepunkt seines Racheplans sein. Er konnte all das haben und trotzdem die Vegas anleiten. Es war der bessere Weg.

»Steckt da noch mehr dahinter?«, fragte ich und runzelte die Stirn, als ich in seinen Augen die Intensität seines Wunsches las, Lionels Herrschaft zu beenden.

Darius wandte den Blick von meinem ab, verzog das Gesicht und schüttelte den Kopf, offenbar frustriert von mir, weil ich seine Meinung über die Übernahme der Krone durch die Vegas nicht teilte. Aber ja, ich wusste, was er meinte, und ja, sie mussten unbedingt weitergebildet werden, um dieses Königreich richtig regieren zu können. Und doch schien es mir, als könnten die Erben dieses System zum Wohle aller verbessern – wenn sie nur einen Weg finden würden, den Celestia-Rat so zu reformieren, wie es einst vorgesehen gewesen war, und die Monarchie zu unterstützen, anstatt sich ihr zu widersetzen.

»Ich kann mich nicht vor ihnen verbeugen, Lance. Nicht, solange ich weiß, dass sie nicht die bessere Wahl für unser Königreich sind. Es geht nicht um Eitelkeit oder Ego oder irgend so einen Mist. Verdammt, es ist gut möglich, dass ich diesen Krieg nicht überlebe und gar nicht mehr mitbekomme, wie sich die Dinge entwickeln. Aber im Falle meines Todes möchte ich, dass Xavier meinen Platz einnimmt, nicht die Vegas, denn er versteht ebenfalls, was zum Regieren erforderlich ist. Und das tun sie einfach nicht.«

»Du vergisst, dass dein Vater derjenige war, der euch viele dieser Lektionen beigebracht hat«, murmelte ich, und er nickte zustimmend.

»Ich glaube, ich habe bewiesen, dass ich jetzt mein eigener Mann bin. Ich distanziere mich von seiner Grausamkeit und habe aus erster Hand erfahren, welchen Schaden diese Art von Führung anrichten kann. Aber wenn du wirklich glaubst, dass ich ihm zu ähnlich bin, um diesen Platz einzunehmen, dann sag es!«, forderte er mich heraus, und ich schüttelte den Kopf, um das klar zu verneinen.

»Du hast etwas Dunkles in dir, Darius, aber du bist nicht wie dein Vater. Du weißt, dass mein Vertrauen in dich nie geschwankt hat. Ich möchte nur, dass du in Betracht ziehst, dich mit den Schwestern zu vereinigen und unter ihnen zu herrschen.«

»Ich weiß. Aber solange ich weiß, dass sie nicht die besseren Herrscher für Solaria sind, kann ich das nicht als Option in Betracht ziehen.«

Ich drückte seinen Arm, wo ich ihn noch immer hielt, um ihn wissen zu lassen, dass ich das verstand, auch wenn ich nicht der gleichen Meinung war. Er atmete langsam aus, um meine Gefühle in dieser Angelegenheit anzuerkennen.

Langsam griff er nach meiner Hand, die ich auf seinen Arm gelegt hatte, und nickte mir zu. Dies würde uns nicht entzweien. Wir waren zwar unterschiedlicher Meinung, aber nicht zerstritten. Und ich war erleichtert, dass nichts an den Grundfesten unserer Freundschaft rütteln konnte.

Ich seufzte und legte meinen Kopf auf das Kissen, während er das Gleiche tat. Das vertraute Pochen seines Herzschlags erinnerte mich an die unzähligen Nickerchen, die wir zusammen eingelegt hatten. Und während wir schweigend dalagen, spürte ich, wie ich in den Frieden des Schlafes fiel. Ich ließ mich mit meinem Bruder an meiner Seite davontreiben, in dem Bewusstsein, dass wir miteinander verbunden waren, unabhängig von Lionels Macht, die uns aneinander gekettet hatte. Wir würden einander immer den Rücken stärken, und ich wusste jetzt, dass sich daran nichts ändern würde.

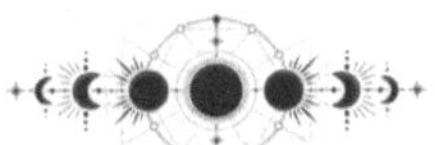

»O mein Gott!« Es war Darcys Stimme, die da zu mir vordrang, aber ich konnte mich nicht ganz vom Schlaf lösen, um sie zu lokalisieren. »Das ist einfach zu niedlich!«

»Ssschh, du weckst sie noch auf, und ich brauche ein Foto, um sie damit aufzuziehen«, flüsterte Tory.

»Sie kuscheln!«, quiekte Darcy und Tory brachte sie abermals zum Schweigen, schien aber nun selbst ein Lachen unterdrücken zu müssen.

»Das nennt man eine Männerumarmung«, sagte Darius mit verschlafener Stimme, und ich öffnete meine Augen ein bisschen – um festzustellen, dass wir uns eng aneinander gekuschelt hatten.

»Alte Gewohnheiten legt man eben nicht so leicht ab«, stieß ich hervor.

Ein Luftzug brachte mich dazu, meinen Blick zur Seite schnellen zu lassen, und ich sah, wie Darcy mit einem Grinsen im Gesicht auf mich zusprang. Ich war froh, zu sehen, dass es ihr besser ging, und das Leuchten in ihren Augen löste einen Knoten in meiner Brust.

Ich fing sie auf, bevor sie mit mir kollidierte, schob sie zwischen Darius und mich und drückte sie fest an meinen Körper, während ich die Augen wieder schloss. Tory landete als Nächste auf dem Bett und Darius packte sie und schob sie neben ihre Schwester. Wir rückten beide näher zusammen, sodass sie zwischen uns eingequetscht waren.

Darcy versuchte, sich zu befreien, aber ich umklammerte sie fester und knabberte leicht an ihrem Ohr. »Bleib!«, wies ich sie an.

»War das ein Befehl?« Sie stieß mir mit dem Ellbogen in die Brust, und ich grinste, als ihr Lachen den Raum erfüllte.

»Muss ich dich wieder in den Schwanz boxen, Lance?«, fragte Tory und ich öffnete abermals die Augen, zerzauste ihre Haare und brachte sie völlig durcheinander, während Darius sie festhielt, damit sie nicht entkommen konnte.

»Neeeein, nicht den Schwanz! Du machst ihn kaputt, dabei brauche ich ihn noch«, beschwerte sich Darcy, woraufhin ich leise lachte.

»Wie wäre es, wenn ich ihn kaputt mache und du im Gegenzug bei Darius Hand anlegen kannst?«, fragte Tory im Plauderton, und ich könnte schwören, dass mein Schwanz versuchte, Reißaus zu nehmen und sich vor dieser herzlosen Schwanzjägerin in Sicherheit zu bringen.

»Hey!«, knurrte Darius, als die beiden ihre kleinen Finger ineinander hakten, um den Deal zu besiegeln.

Ich packte Blues Arm, während Darius nach Torys griff, und gemeinsam lösten wir ihre Hände voneinander, bevor sie unsere Schwänze für alle Sterne sichtbar verdammen konnten.

»Ahhh, Kuschelparty?«, rief Seth, der die Tür aufgestoßen hatte und nun hereingestürzt kam wie ein Welpe, der sein Herrchen suchte.

»Nein!«, blaffte ich, eine Sekunde bevor er aufs Bett sprang und anfing, alle zu betatschen. Mich eingeschlossen. Das würde nicht ungestraft bleiben.

»Argh!« Ich kämpfte darum, ihn von meinem Gesicht wegzubekommen, während er seinen Kopf an meinem rieb, aber bevor ich ihn wie einen Pitball, der für den Pit bestimmt war, durch den Raum werfen konnte, knallten zwei weitere massive Körper auf uns drauf und die Mädchen kreischten.

Max und Caleb lachten und zerquetschten uns zwischen sich, während Seth vor Vergnügen heulte.

»Kicherumarmung!«, verkündete Max und übertrug sein Gefühl der Heiterkeit auf uns alle, bis wir lachten. Aber ich schob meine mentalen Schutzschilde hoch, um ihn zu blockieren, und knurrte, als Seths Stoppeln über mein Gesicht kratzten.

Fluchend hielt ich Darcy fest, zog sie aus dem Haufen und vom Bett, verwandelte das Tagebuch wieder in seine Münzform, steckte es in meine Tasche und warf einen Blick auf die Uhr.

»Es ist Vollmond«, flüsterte ich ihr zu, woraufhin ihr Lachen verstummte. »Komm mit mir nach draußen.«

Sie lächelte verführerisch, und ich griff nach den Kordeln ihrer Jogginghose und zog sie an ihnen näher zu mir heran, während mir dunkle Gedanken durch den Kopf gingen. Sie und ich. Draußen. Allein. Niemand würde uns zusammen sehen, dafür würde ich sorgen. Und sobald ich sie bei mir hatte, würde ich eine Mauer aus Eis um uns herum errichten und sie dort gefangen halten, bis ich in ihr versunken war, ihr Körper um meinen geschlungen und ein flehentliches Bitten auf ihren Lippen.

»Der Mond?« Seth sprang auf, und Max hörte auf, Belustigung in die anderen zu drücken. »Ich will den Mond auch sehen. Ich komme mit!«

»Ja, ich könnte ebenfalls etwas frische Luft vertragen«, stimmte Max zu.

Keine Chance!

»Ich auch, dieser Raum riecht nach Lagerfeuer. Darius hat wieder schlafgeraucht«, fügte Caleb hinzu und deutete auf die Rauchschwaden oben an der Decke.

»Ich liebe es, wenn er das macht.« Tory küsste Darius, woraufhin dieser sofort eine kleine Rauchwolke gegen ihre Lippen blies, während sie grinste.

»Nein«, sagte ich nur, packte Darcy, warf sie über meine Schulter und schoss mit hoher Geschwindigkeit zur Tür hinaus.

Ich rannte durch die Tunnel zum Ausgang, stellte Darcy vor mir ab und grinste sie an. Sie lächelte nicht zurück, sondern schürzte nur die Lippen.

»Das war unhöflich«, sagte sie, aber ich trat näher an sie heran, schob ihre Haare über ihre Schulter und verflocht meine Finger darin.

»Und?« Ich beugte mich vor und knabberte mit meinen Zähnen an ihrer Unterlippe, aber sie drückte eine Hand auf meine Brust und trat zurück.

»*Und* du könntest zumindest versuchen, mit ihnen auszukommen«, schlug sie vor.

Ich schoss hinter sie, legte meine Hand auf ihre Kehle und neigte ihren Kopf zur Seite, um ihren Hals meinen Reißzähnen zugänglich zu machen.

»Mmm. Oder ich könnte dein sonnenscheinsüßes Blut trinken und dich dann an einem ungestörten Ort atemlos vögeln.« Meine Reißzähne trafen auf einen dichten Luftschild über ihrer Haut und ein Knurren entwich meiner Kehle. »Spielst du die Unnahbare, Blue?«

Meine Instinkte erwachten, während mein Hunger nach ihr zunahm, und ich strich mit meinem Daumen über ihren Hals, während ich nach Schwachstellen in ihrer Verteidigung suchte. Aber verdammt, sie wurde immer besser.

»Vielleicht gebe ich dir einen Schluck, wenn du versprichst, nett zu den Erben zu sein«, erklärte sie neckisch. Aber wenn sie glaubte, mit mir spielen – und gewinnen – zu können, würde sie gleich herausfinden, wie es war, gegen einen Mann anzutreten, dessen Name durch das Sternbild des Jägers definiert wurde.

»Nett ist nicht mein Ding«, warnte ich sie, als ich ihre Kehle losließ und stattdessen anfing, sie zu umkreisen, meine Augen auf meine schöne, unglaublich köstlich aussehende Beute gerichtet. Das Spiel war zu verlockend, um ihm zu widerstehen, und solange sie nicht weglief und ich sie nicht verfolgte, brach ich nicht den Vampir-Kodex. Ich konnte mich kontrollieren, aber ich wusste auch, wie man Grenzen ausreizte.

»Mir gegenüber bist du sehr nett«, bemerkte sie.

»Nett?« Ich lachte und zeigte ihr so viele Zähne, dass sie wissen musste, dass ich im Moment nichts als ein Tier war. »Bin ich nett zu dir, Blue? Küsse ich dich nett? Ficke ich dich nett? Versohle ich dir den Hintern nett?« Ich blieb hinter ihr stehen, nahm eine ihrer Arschbacken in meine Hand und beugte mich vor, um an ihrem Ohr zu sprechen. »Oder küsse ich dich, als wären unsere Zungen aus Feuer und Eis? Ficke ich dich, als ginge die Welt unter? Als wärst du die Göttin meines Seelenheils? Versohle ich dir den Hintern so fest, dass du es überall spürst? Damit du genau weißt, wem du gehörst?«

Sie drehte sich zu mir um, und als ich ihren Blick auffing, sah ich, wie sich die Lust von den anderen sieben Todsünden abhob.

»Ich gehöre niemandem«, sagte sie, und in ihrem Blick brannte eine Herausforderung, als wollte sie, dass ich ihr bewies, dass sie es eben doch tat.

»Tja, ich schon«, sagte ich, während ich den Kopf nach unten neigte. Schatten glitten über mich, als ich dem nächsten Wandleuchter den Rücken zuwandte. »Ich gehöre dir, meine Schöne, lasse mich von dir fesseln und versklaven. Aber ich bin nicht der Typ, der tut, was man ihm sagt. Ich bin der Typ, der die geheimen Wünsche in deinen Augen aufspürt und sie dir Stück für Stück erfüllt. Ich bin derjenige, der deine verdorbensten Wünsche zum Leben erweckt. Es ist meine verdammte Berufung, dich zu befriedigen, Blue.«

Ihr Arsch traf die Tür, die zum Bauernhaus führte, und ich drückte meine Hand oberhalb ihres Kopfes auf das Holz, hielt sie dort gefangen, während ich meine Unterlippe schmeckte und wünschte, es wäre ihre. Ihr Blick war verhangen, und ihre Brust hob und senkte sich mit ihren beschleunigten Atemzügen. Aber ich wollte, dass sie noch schneller atmete und meinen Namen hauchte, als könnte er ihr Erlösung bringen. Es war anstrengend, mich vor den Rebellen von ihr fernhalten zu müssen, und da Seth unser Zimmer teilte, erwischte ich sie nur selten allein. Aber jetzt hatte ich sie, und ich hatte nicht vor, sie vor dem Morgengrauen gehen zu lassen.

»Lass uns nach draußen gehen«, sagte ich, und meine Stimme klang jetzt nur noch nach Sex, als mein Blick auf diesen perfekten Mund fiel, dem ich gleich unsägliche Dinge antun würde.

»Ich liebe den Mond und der Mond liebt mich«, sang Seth irgendwo hinter uns, und ich hätte meine Faust durch die Wand schlagen können. Gab es an diesem verdammten Ort keine Privatsphäre? »Oh, hey, Mondfreunde, wollen wir uns den Mond zusammen ansehen? Die anderen kommen auch gleich. Sie haben etwas davon gesagt, euch ein wenig allein lassen zu wollen. Aber hey, warum habt ihr uns eingeladen, wenn ihr für euch sein wollt?«

»Wir haben euch nicht eingeladen«, sagte ich gereizt.

»Seltsam, so etwas zu deinem Mondfreund zu sagen, Mondfreund«, sagte Seth mit einem spöttischen Grinsen im Gesicht.

Darcy beugte sich zur Seite, um an mir vorbeizuschauen, aber ich rührte mich nicht, selbst als sie eine Hand auf meine Brust legte, um mich dazu zu zwingen.

»Wir sind keine Mondfreunde«, presste ich hervor.

»Und das ist eine ganz furchtbare Mondfreund-Aussage, Lance«, sagte Seth leichthin. Ich war mir sicher, dass er mich aufziehen wollte – und bei den Sternen, es funktionierte.

»Hör auf, *Mondfreunde* zu sagen!«, knurrte ich.

»Was ist ein Mondfreund?«, fragte Darcy neugierig.

»Gibt es nicht«, brummte ich.

»Äh, gibt es sehr wohl. Und ich weiß das, weil ich schon auf dem Mond war«, erklärte Seth großspurig.

»Wirklich?« Ich sah ihn mit ausdrucksloser Miene an und trat auf ihn zu. »Ich hatte ja keine Ahnung.«

»Ja, ich war letzten Sommer dort. Cal hatte mir ein Ticket besorgt. Und als ich dort war, gab es diesen wirklich gut aussehenden Krater, der meinen Namen geflüstert hat und …«

»Ich weiß«, blaffte ich, weil ich diese verdammte Geschichte nicht zum tausendsten Mal hören wollte.

»Aber du hast gesagt …«, begann er.

»Das war sarkastisch gemeint«, zischte ich und er lachte schallend.

»Ach Lance, du bist so eifersüchtig, weil ich auf dem Mond war. Scheiße, die würden keinen geächteten Fae auf den Mond lassen, was? Oder vielleicht doch, aber dann würden sie dich dort lassen, damit du den Leuten hier auf der Erde nicht noch mehr Unbehagen bereitest …«, sagte er nachdenklich und mein finsterer Blick wurde noch düsterer. »Nee, so respektlos würden die dem Mond gegenüber dann doch nicht sein.«

Darcy ergriff meine Hand und zog mich durch die Tür, bevor ich beschloss, dem Köter das Genick zu brechen.

Als er uns folgte, überlegte ich, ob es sich lohnte, umzukehren und einen weiteren Monat auf den nächsten Vollmond zu warten, damit wir das hier ohne Seth machen konnten. Aber verdammt, mir fiel kein guter Grund dafür ein.

Das Gefühl der magischen Schutzzauber durchströmte mich, als wir aus der Uhr traten, die den Eingang zum Burrows verbarg, und uns dann zur Tür des Bauernhauses begaben.

Ich versuchte, Seth bewusst zu ignorieren, während er mir weitere seiner Geschichten vom Mond auftischte, aber es war unmöglich. Das Einzige, was mich davon abhielt, ihm endgültig den Mund zu stopfen, war Darcys Hand, die die meine drückte, und die Blicke, die sie mir immer wieder zuwarf und die besagten, dass es nicht gut ankommen würde, den Wolf zu töten.

Als wir es nach draußen geschafft hatten und die Wachen vor uns auftauchten, zog ich meine Hand aus Darcys und trat ein paar Schritte hinter die beiden, woraufhin sie mir stirnrunzelnd einen Blick über die Schulter zuwarf. *Gewöhn dich daran, meine Schöne. Ich werde dich nicht mit mir runterziehen.*

»Prinzessin Darcy. Mein Name ist Barney von Bonderville und ich stehe zu Ihren Diensten. Bitte, lasst mich Euch von diesem geächteten Ungeziefer wegbringen.« Der nächste Wächter senkte den Kopf, bevor er mir einen angewiderten Blick zuwarf.

Wut vergiftete mein Blut, aber ich wich noch ein Stück weiter zurück und drückte mich in die Schatten vor dem Bauernhaus, während Seth und Darcy in den Schein der Fae-Lichter der Wachen traten. Ich verabscheute es, mich jedes Mal zurückhalten zu müssen, wenn jemand mich beleidigte, aber wenn ich jedem, der so über mich sprach, die Knochen bräche, wäre die gesamte Rebellion in Gefahr.

»Er ist kein Ungeziefer«, knurrte Darcy ihn an und er verbeugte sich noch tiefer. Ich fand es verdammt großartig, dass sie sich so für mich einsetzte, aber ich musste sie wirklich dazu bringen, damit aufzuhören. Wenn sie so weitermachte, würde man anfangen, ihren Verstand infrage zu stellen.

»Verzeihung. Wie kann ich Euch helfen?«, fragte Barney.

»Sorg einfach dafür, dass wir nicht gestört werden«, sagte sie scharf, und die Wachen traten alle zurück, als sie an ihnen vorbeischritt. Ein Blick über ihre Schulter verriet ihr, dass ich nicht direkt hinter ihr war.

Ihre Augen fanden sofort die meinen, obwohl ich mir sicher gewesen war, dass man mich hier im Dunkeln kaum sehen konnte, aber Blue war immer dazu in der Lage, mich aufzuspüren.

»Lance, lauf neben mir!«, befahl sie mit erhobenem Kinn, und es lag mir fern, einen Befehl meiner Königin zu ignorieren. Ich eilte an ihre Seite und stapfte mit ihr durch den tiefen Schnee, obwohl meinem geschärften Gehör die gemurmelten Worte zwischen den Wachen nicht entgingen. Und sofort begann ich, meine Entscheidung, an ihrer Seite zu gehen, zu hinterfragen, solange wir noch in Sichtweite waren. Wenn sie das dem Rest der Rebellen und dem Volk erzählten und Wind davon bekämen, dass wir ein Paar waren, könnte Darcy ihre Unterstützung verlieren. Ich könnte es nicht ertragen, dafür verantwortlich zu sein.

»Warum schleppt sie diesen nutzlosen Verbrecher mit sich herum?«, fragte dieser verdammte Barney von Arschhausen.

»Er muss ihr irgendwie nützlich sein, aber hoffen wir, dass das nicht mehr lange anhält.«

»Ja, sie wird ihn schon bald abservieren. Dann wird er wieder in den Hintergrund der Gesellschaft rücken, wo er hingehört.«

Meine Wirbelsäule kribbelte bei diesen Worten, und der Drang, mich zu wehren und ihnen das Maß meiner Stärke zu zeigen, wallte in mir auf wie ein Tsunami. Technisch gesehen war mir dieses Recht entzogen worden. Aufgrund meines Status war es mir nicht erlaubt, einen Fae zum Kampf herauszufordern. Und obwohl es mir scheißegal war, das Gesetz zu brechen, vermutete ich, dass diese Arschlöcher mich dafür einsperren würden. Darcy und Tory mochten hier die Macht haben, aber das ganze Prinzip war zu tief in unserer Art verwurzelt, um meinen Status als Geächteten zu ignorieren, nachdem dieser so öffentlich, so offiziell gemacht worden war.

Selbst wenn die Vegas eines Tages den Thron besteigen und mich für meine Verbrechen begnadigen würden, war der Schaden bereits angerichtet. Ich würde nie als würdig für eine Vega-Prinzessin angesehen werden. Aber solange sie mich wollte, würde ich heimlich zu ihr kommen und mich ihr weiterhin vollständig hingeben. Tief im Inneren wusste ich, dass sie irgendwann an Thronfolger würde denken müssen, sobald sie sich neben ihrer Schwester auf den Thron gesetzt hatte. Und ein geächteter Fae konnte keine legitimen Erben hervorbringen. Kein Fae in diesem Land würde sie als das anerkennen, selbst wenn Darcy es befehlen würde. Das war unsere Art. Wer war ich also, ihr das zu nehmen? Ihren Kindern diese Bürde aufzuerlegen? Ich hatte mich nie als Vater gesehen, aber … Na ja, mit ihr schien mir alles möglich.

Mein Blick fiel über Darcys Kopf hinweg auf Seth, als wir durch den Schnee stapften und einem Fae-Licht folgten, das Darcy auf dem Weg zur Grenze gewirkt hatte.

»Darius hat etwas Interessantes über dich gesagt, Köter«, sagte ich und er sah mich neugierig an.

»Ging es um die Nippel-Sache? Kann ich dir beibringen, wenn ihr es ausprobieren wollt«, meinte er aufgeregt.

»Igitt!« Darcy rümpfte die Nase. »Was für eine Nippel-Sache?«

»Antworte nicht darauf!«, knurrte ich, als Seth den Mund öffnete. Ich hatte null Lust, von dem seltsamen Sex-Scheiß zu hören, den er in seiner Freizeit veranstaltete.

»Worum ging es dann?«, fragte Seth und sah noch neugieriger aus.

»Offensichtlich hast du mich nur so provoziert, um mich in Bezug auf Darcy eifersüchtig zu machen, damit ich versuche, sie zurückzugewinnen.«

Ich warf ihm einen scharfen Blick zu, und ein Lächeln breitete sich auf seinem Gesicht aus, als Blue ihn ebenfalls fragend ansah.

Seth schob eine Hand in seine langen dunklen Haare und grinste wie ein Arschloch. »Ich kann meine geheimen Pläne als Mastermind weder bestätigen noch dementieren.«

»Okay, dann lass es mich so formulieren: Entweder hast du mir Fotos von euch beiden geschickt, um mich zur Weißglut zu bringen, oder du hast wirklich versucht, mit ihr anzubandeln. Dann machst du gerade die letzten Schritte in Richtung deines verdammten Grabes.« Ich lächelte dämonisch, legte einen Arm um Darcys Taille und zog sie an mich, als wir außer Sichtweite der Wachen waren.

»Seth?«, drängte sie, als er zwischen uns hin und her blickte und über seine Antwort nachzudenken schien.

»Okay, die Wahrheit ist – ja, ich habe dich wie ein geiles kleines Klavier gespielt, dessen Tasten seit einem Jahrzehnt nicht mehr berührt wurden«, sagte Seth mit einem breiten und übermütigen Lächeln, das ich ihm am liebsten aus dem Gesicht geschlagen hätte.

»Willst du mich verarschen?«, knurrte Darcy, und Feuer sprühte aus ihren Haaren, als sie Anstalten machte, sich auf ihn zu stürzen. Aber ich hielt sie fest, meinen Blick fest auf den Wolf gerichtet, der uns auf jede erdenkliche Weise manipuliert hatte.

»Warum?«, fragte ich gemessenen Tons, während ich überlegte, wie ich das angehen sollte. Ich könnte ein vernünftiger Typ sein. Wenn die Definition von vernünftig darin bestand, diesen Erben an einen Baum zu fesseln und ihn wie eine Piñata zu schlagen, bis seine Eingeweide hervorquollen.

»Sei nicht wütend!«, flehte er mit einem kehligen Winseln und richtete seinen Blick dabei vor allem auf Darcy. »Ich weiß, wie beschützerische Arschlöcher funktionieren. Lance war total am Aufgeben, weil er der Meinung war, damit das Richtige zu tun. Er ist ein großmütiger Mistkerl, verstehst du? Also musste ich ihm einen Schubs geben, indem ich ihn glauben ließ, ich würde dich in mein Bett holen und wie eine brave kleine Beta durchficken.«

Allein bei der Vorstellung wurden meine Reißzähne länger, und ich schoss auf ihn zu, prallte aber im selben Moment, in dem mich ein heftiges Erdbeben zu Boden warf, gegen einen Luftschild.

»Siehst du?«, fragte Seth unschuldig und warf Darcy einen treudoofen Blick zu. »Er ist so empfindlich. Er ist wie ein Chihuahua in Gorillagröße.«

Ich knurrte, schlug mit meiner Hand auf seinen Luftschild ein und ließ ihn zu Eis erstarren, bevor ich meine Faust so fest dagegen schleuderte, dass ein Loch darin entstand. Er schrie auf, als ich seinen Knöchel packte und auch diesen zu Eis werden ließ. Seine Beine wurden unter meiner Kraft so steif wie Bretter, bevor er nach vorn kippte, durch das Eis brach und auf mir landete.

»Hör auf!«, keuchte Darcy und schob Seth von mir runter, sodass er mit dem Rücken auf dem Boden aufschlug, seine Beine immer noch aneinander gefroren und sein Körper so starr wie ein Lineal.

Ich stand auf und klopfte mir den Schnee vom Hintern, während sich Seth mit Luftmagie wie eine Art unbeholfene Vogelscheuche aufrichtete.

»Auch ein Weg, Danke zu sagen. Ohne mich wärt ihr nicht einmal wieder zusammen.« Er schaukelte hin und her, während die Luftmagie ihn aufrecht hielt, und seine gefrorenen Stiefel berührten gerade so den Boden.

»Ohne dich wären wir nicht durch die Hölle gegangen, weil wir Angst hatten, dass du den Leuten von uns erzählen könntest«, fuhr ich ihn an.

»Das hätte ich nie getan.« Er rollte mit den Augen, verschränkte die Arme vor der Brust und schaukelte weiterhin vor und zurück. »Du bist so dramatisch, Lance.«

»Oh, *ich* bin dramatisch?«, höhnte ich. »Alles an deinem lächerlichen Plan war dramatisch.«

»Deshalb werden wir so gute Freunde sein, sobald du aufhörst, an diesem albernen Groll festzuhalten. Weißt du, was man über Groll sagt? Es ist, als würde man Killblaze nehmen und gleichzeitig erwarten, dass der Feind high wird und sich umbringt. Aber ich werde nie high sein und mich umbringen, Lance. Ich werde immer hier sein, als dein Freund. Gib einfach nach, Bro. Es ist unvermeidlich. Genauso unvermeidlich, wie ihr beide es seid.«

»Das ist irgendwie süß«, meinte Darcy und klimperte mit den Wimpern in meine Richtung.

»Nein.« Ich zeigte auf sie. »Fall nicht auf diesen Scheiß rein! Er benimmt sich wie ein Welpe, wenn er etwas will, aber er ist und bleibt der wilde Wolf, der dir die Haare abgeschnitten hat, Blue. Ich werde nie vergessen, wie es sich angefühlt hat, dich nach seiner Gewalttat auf dem Boden zu sehen.«

»Ach komm, ich habe meinen Freunden schon viel Schlimmeres angetan und sie lieben mich trotzdem. Ich habe Max einmal drei Stunden lang in einem Raum voller Mantikor-Fürze eingesperrt – und ich sage dir, es war eine Aufgabe, die da reinzukriegen. Darcy konnte sich ihre Haare wenigstens mit einem einfachen Trank nachwachsen lassen, Max hat bis heute Albträume. Er kann sich nicht einmal in der Nähe eines Mantikors aufhalten, ohne sich unwohl zu fühlen. Und du hast den gesamten Haarwuchsprozess beschleunigt, nicht wahr, Professor Professional?« Er warf mir einen spitzen Blick zu. »Darcy hat mir erzählt, dass du ihr geholfen hast, an diesen Trank zu kommen. Das war nicht sehr faeisch von dir, was? Du wirst für dieses Mädchen zum Sterblichen, und jetzt verstehe ich es. Sie ist deine Mondblume. Selten, mit muskulösen Blütenblättern und goldenen Locken, die man einfach in die Faust nehmen möchte, während man ihn ... *sie* ... zum Lächeln bringt.«

»Wovon redest du?«, entgegnete ich.

»Der Punkt ist, dass sie etwas Besonderes ist.« Er sah Darcy mit einem hündischen Grinsen an. »Sie und Tory sind etwas Besonderes. Und all der Scheiß, den wir ihnen angetan haben? Na ja, nenn mich ein Arschloch, aber ich denke, das hat sie erst zum Blühen gebracht.«

»Ich meine, ich werde dir nie dafür danken, aber ich denke, ihr habt euch damit selbst ins Aus geschossen.« Darcy zuckte mit den Schultern. »Wir haben euch gesagt, dass wir den Thron nie wollten, aber dann habt ihr uns so lange bedrängt, bis wir ihn mehr wollten, als ihr es euch vorstellen könnt.«

»Irgendwann hättet ihr ihn sowieso gewollt«, sagte er, und in seinen Augen lag jetzt eine Herausforderung. »Aber ich mag ein bisschen Wettbewerb, Baby, ich würde mich mehr als freuen, dich zu besiegen, wenn es so weit ist.«

»Wir werden sehen«, warf Darcy zurück, und ich runzelte die Stirn, als ich bemerkte, wie sie sich ansahen. Und zum ersten Mal, seit ich wieder in Darcys Leben getreten war, ihre Freundschaft richtig wahrnahm. Und verdammt, das Ganze kam mir bekannt vor. Es war die Art von Verbindung, die ich zu Gabriel empfand.

Mein Blick glitt zu Seth, während ich mir auf die Wange biss, weil ich wusste, dass ich diesen Typen nie mögen würde. Aber vielleicht könnte ich mich vorerst höflich verhalten. Um Blues willen.

Ich schnippte mit den Fingern und ließ das Eis schmelzen, das seine Beine zusammenhielt. Überrascht schüttelte er sie aus, um das Gefühl in ihnen wiederzuerlangen.

»Sind wir gerade echte Mondfreunde geworden?«, fragte er mit hoffnungsvollem Blick.

»Absolut nicht.« Ich drehte ihm den Rücken zu, marschierte durch den Schnee davon und schaute zum Mond auf, während ich die Münze aus meiner Tasche zog und sie wieder in das Tagebuch meines Vaters verwandelte.

Ein Wiehern erregte meine Aufmerksamkeit, und ich entdeckte Xavier, der über uns flog und in den spärlichen Wolken kreiste, die wie Watte am dunklen Himmel hingen. Ein Lächeln huschte über meine Lippen, als er ein Rad schlug und dann eine Rolle durch die Luft machte, wobei das lilafarbene Glitzern das Licht des Mondes einfing, als es von seiner Mähne durch die Luft rieselte.

Ich steckte zwei Finger in den Mund und pfiff, um ihn auf mich aufmerksam zu machen, und er wieherte zur Begrüßung, während er in Richtung Boden segelte und sanft vor mir landete. Ich streckte die Hand aus, um seine Nüstern zu reiben, und er schnaubte fröhlich, bevor er noch näher kam und sein Kinn in einer Pferdeumarmung auf meine Schulter legte.

»Hey, Xavier.« Ich tätschelte seine Schulter und bemerkte den Pegobag auf seinem Rücken. Als er sich in seine Fae-Gestalt verwandelte, streifte er ihn ab und holte ein paar Kleidungsstücke heraus. Er zog eine Jogginghose und ein Shirt an, während er vor Kälte zitterte.

»Was macht ihr hier draußen?«, fragte er, als auch Darcy und Seth zu uns stießen. Ich hielt das Tagebuch hoch und er schnaubte vor Neugier. »Kann ich mich zu euch gesellen?«

»Klar, solange du mir etwas Blut gibst.« Ich grinste und er seufzte mit hängenden Schultern.

»Na gut, aber erzähl niemandem, dass ich eine Du-weißt-schon-was bin«, sagte er leise.

»In Ordnung«, stimmte ich zu. »Aber ich meine, das weiß doch ohnehin jeder.«

»Ja, jeeeeder«, warf Seth ein. »Ich habe es heute Nachmittag acht Leuten erzählt und das sind Schwätzer, Xavier, echte Schwätzer. Ich würde sagen, dass sie es jeweils mindestens drei weiteren Leuten erzählt haben, also …« Er begann, an seinen Fingern zu zählen, und Darcy schlug seine Hände nach unten, um ihn zu stoppen.

»Das ist nichts, wofür du dich schämen musst«, sagte sie und Xavier sah sie mit Hoffnung in den Augen an.

»Wirklich?« Er warf erst mir und dann ihr einen Blick zu. »Bist du auch noch eine?«, flüsterte er aufgeregt, und ich brach in Gelächter aus.

»Oh, ähm …«, sagte sie und biss sich auf die Lippe, bevor auch sie loslachte. Ihr Blick traf den meinen, als ich ihr ein anzügliches Lächeln schenkte.

»Ja, ja, ich verstehe schon«, murmelte Xavier, und seine Ohren wurden knallrot, als er uns mit geschürzten Lippen ansah.

Seth lachte jetzt auch, was die Situation sofort weniger lustig machte, als er meinen Blick auffing und nickte. Mein Lächeln erstarb, während ich ihn stattdessen finster anfunkelte, Blues Arm ergriff und sie an mich zog.

»Darcys Beine sind geschmeidiger als Erdnussbutter, wenn es um dich geht, was, Lance?« Seth wackelte mit den Augenbrauen, und ich entblößte als Antwort meine Reißzähne.

»Halt die Klappe, Seth!«, knurrte Darcy, und für einen Moment wurde sie in meinen Armen zu einem wilden, wütenden Tiger.

Ich schaute überrascht auf sie hinab, sah, wie sie ihn anknurrte, und grinste mein Mini-Monster an. Vielleicht hätte ich sie einfach auf den Köter loslassen sollen.

»Wow, Baby, soll ich mich verwandeln, damit du meinen pelzigen Schwanz jagen kannst?« Seth wackelte mit dem Hintern, woraufhin sie nach ihm schlug, und ich dachte mir, *scheiß drauf,* und ließ sie los. Sie sprang knurrend auf ihn zu und ich verschränkte die Arme vor der Brust, während ich zusah, wie sie sich austobte und ihn mit einem Luftstoß zu Boden schleuderte, woraufhin er wie ein Welpe aufjaulte. Er benutzte eine Liane, um sie von den Füßen zu reißen, und sie knallte rücklings in den Schnee. Mit einem aufgeregten Jaulen stürzte er sich auf sie und drückte ihr eine Handvoll Schnee ins Gesicht.

»Hey!«, schnauzte ich, und Xavier starrte mich überrascht an. Aber mein Mädchen formte mit ihrer Magie bereits einen großen Schneeball, ließ ihn eine Sekunde lang über ihm schweben, bevor sie ihn wie einen Hut auf seinen Kopf fallen ließ und ihn mit einem Lachen zu einem Schwanz formte, wobei sie auch zwei Eier über seinem Gesicht modellierte.

Sein gedämpfter Schrei drang aus dem Schnee, während er von ihr rollte und versuchte, den Schneeschwanz von seinem Gesicht zu kratzen.

Ich grinste angesichts seines panischen Zappelns, beugte mich hinunter, um Darcy auf die Beine zu helfen, und drückte ihr einen Kuss auf die kühle Wange.

»Gut gemacht.« Ich konnte nicht anders, als sie zu loben, und es war, als wären wir wieder auf dem Campus und ich ihr Lehrer. Ich war halb versucht, ihr außerdem ein paar Hauspunkte zu geben.

Sie taumelte für eine Sekunde gegen mich und blinzelte heftig. Mit gerunzelter Stirn fuhr ich mit meinen Fingern durch ihre Haare, um den Schnee zu entfernen, der daran klebte.

»Alles in Ordnung?«, fragte Xavier und trat näher unter Darcys Fae-Licht, das immer noch über uns schwebte und ein wenig flackerte. Fast so, als würde ihre Magie schwinden.

»Sie ist ein Monster«, klagte Seth, während er aufstand und nach Luft schnappte, bevor er wie ein Verrückter grinste. »Und das ist verdammt genial.«

Darcy lächelte und meine Besorgnis ließ nach, als Hitze von ihrer Haut aufstieg und Dampf um ihre Haare waberte, um den letzten Schnee von ihrem Körper zu schmelzen.

Eine verschwommene Bewegung und ein Rauschen erregten meine Aufmerksamkeit, und als ich herumwirbelte, sah ich Caleb mit Darius auf dem Rücken – und Max und Tory, die unsicher auf jedem seiner ausgestreckten Arme balancierten.

»Ich hab doch gesagt, dass ich euch alle auf einmal tragen kann«, meinte Caleb mit einem übermütigen Grinsen, während er sie alle abstellte.

»Du hast mir fast das Bein gebrochen, als du gegen die Wand gerannt bist, Alter«, beschwerte sich Tory, während sie ein Feuer in ihren Händen entzündete, um sie aufzuwärmen.

»Die Betonung liegt auf fast«, sagte Caleb und Seth lachte.

Darius versetzte Caleb mit einem herausfordernden Grinsen einen Schlag in die Niere. »Wenn du ihr das Bein brichst, breche ich dir dein hübsches Gesicht.«

»Du warst schon immer so eifersüchtig auf mein hübsches Gesicht. Dir scheint jede Ausrede recht zu sein, um die Konkurrenz loszuwerden, was, Darius?«, stichelte Caleb und Darius rempelte ihn an. Aber dank seiner Leichtfüßigkeit tanzte Caleb einfach um ihn herum und gesellte sich zu Seth.

»Gerry hat gesagt, dass sie auch zu uns stößt.« Max blickte hoffnungsvoll auf seinen Atlas, und seine Augen glitzerten, während er die Umgebung scannte, als könnte sie jeden Moment auftauchen.

»Wann fragst du sie endlich, ob sie mit dir ausgeht?«, fragte Caleb.

»Ich habe sie schon fünfzigmal gefragt«, erklärte Max verzweifelt. »Jedes Mal nennt sie mich einen blöden Barsch oder etwas ähnlich Verkorkstes und verfällt dann in eine Art Meeressprache, die ich einfach nicht verstehe. Aber es macht mich so verdammt hart, dass ich mich kaum noch konzentrieren kann.«

Tory und Darcy warfen einander einen verstohlenen Blick zu und lachten dann los.

»Was?«, fragte Max. »Wisst ihr etwas über diese Fischsprache?«

»Nö«, meinte Tory grinsend. »Aber es ist verdammt witzig.«

»Sie scheint Fisch zu mögen, also denke ich, dass es ein Zeichen von Zuneigung ist«, erklärte Darcy nachdenklich und Max' Gesicht hellte sich augenblicklich auf.

»Ich weiß, dass sie mich will, ich weiß nur nicht, ob sie mich will will. Versteht ihr, was ich meine?« Max seufzte.

»Du könntest versuchen, sie zu fragen?«, schlug ich vor.

»Sorry, aber den Rat eines Typen anzunehmen, der eine Studentin gevögelt hat, dafür ins Gefängnis gegangen ist und jetzt geächtet wird, scheint nicht die beste Idee zu sein. Trotzdem danke, Kumpel«, entgegnete Max lässig, und ich biss die Zähne zusammen.

»Sei kein Arschloch!«, knurrte Darius, aber das war mir scheißegal. Die Abneigung der Erben brachte mich nicht um den Schlaf. Ich hätte auch zehn Schlaftabletten nehmen und mich auf ein flauschiges Wölkchen legen können, so entspannt war ich in dieser Hinsicht.

»Vielleicht solltest du die Capella-Schwelführungstechnik ausprobieren«, empfahl Seth.

»Und was zum Teufel ist das?« Max kniff die Augen zusammen.

»Ich würde meine beiden Hände darauf verwetten, dass er sich das gerade ausgedacht hat«, sagte ich.

»Nope, das ist mein Powermove«, beharrte Seth. »Halb Schwelen, halb Verführung. Komm her, Cal, lass mich ihnen zeigen, wie es funktioniert.« Er zupfte an Calebs Shirt und zog ihn zu sich heran. Alle beobachteten sie mit gespannter Aufmerksamkeit.

»Was machst du da?«, murmelte Caleb leise.

»Wirst du schon sehen«, erklärte Seth, beugte sich vor, bis sie Nase an Nase waren, und ließ dann seinen Blick auf Calebs Mund sinken. Seth befeuchtete seine Lippen, und Lust sammelte sich in seinen Augen, als er seine Hand über Calebs Brust gleiten ließ, ohne den Blick von seinem Freund abzuwenden.

Plötzlich hatte ich das Gefühl, etwas sehr Intimes zu beobachten, und warf einen Blick auf Darcy, deren Augen neugierig zwischen den beiden hin und her huschten.

Calebs Hand wanderte für den Bruchteil einer Sekunde zu Seths Taille, fast so, als würde er ihn näher zu sich ziehen wollen, bevor er ihn einen Schritt zurückstieß und sich mit derselben Hand durch die Haare fuhr, wobei er leise lachte.

»Verpiss dich, Mann, dieser Scheiß funktioniert vielleicht bei deinem Rudel, aber nicht bei mir«, sagte er abweisend, und ich könnte schwören, dass Seth ein leises Wimmern von sich gab.

Was zum Teufel war das denn? *Ach ja, richtig, interessiert mich einen feuchten Dreck.*

»Sollen wir jetzt zur Buchsache übergehen?«, schlug Darcy aufgeregt vor und blickte zu mir auf. Auch die anderen richteten ihre Aufmerksamkeit auf mich.

»Wartet auf mich, liebe Burrows-Freunde!«, rief Geraldine über den Schnee hinweg, während sie auf einem Eisstück, das sie unter ihren Füßen erzeugt hatte, auf uns zugeglitten und schließlich anmutig neben Max zum Stehen kam. Ihre hellbraunen Haare flatterten um ihre Schultern.

Ich wedelte mit dem Finger durch die Luft und eine Eiswand schoss in die Höhe, um uns zu isolieren. Darius entzündete ein Feuer in unserer Mitte, und sofort wurde es warm. Meine Eiswand jedoch war hart, solide und unerschütterlich.

Caleb machte sich daran, moosige Sitzgelegenheiten zu schaffen, und ich unterdrückte den Drang, die Augen zu verdrehen. Musste er denn immer alles in einen verdammten Palast verwandeln?

Ich setzte mich trotzdem hin und schlug das Tagebuch meines Vaters auf meinem Schoß auf, während die Strahlen des Mondes von oben auf uns fielen.

Wir saßen über eine Stunde da, während ich sämtliche Machtwörter des Imperialen Sterns aufzählte und Geraldine sich die Dinge, die er vollbringen konnte, auf einem Stück sternverdammtem Papyrus notierte, das sie mit ihrer Erdmagie beschworen hatte – mit einem Stift aus Rinde und einer ebenfalls von ihr heraufbeschworenen organischen Tinte.

Tory und Darcy wiederholten jedes Wort, das ich sprach, aber es war klar, dass die Erben sie sich im Laufe der Zeit auch einprägten, ihre Gesichter voller Konzentration. Und ich hoffte, dass das nicht bedeutete, dass sie auf die Idee kamen, den Stern zu benutzen, falls sie jemals den Thron beanspruchen sollten. Er war für die Vegas bestimmt, und ich konnte spüren, wie das Zeichen der Zodiac-Garde unter der Haut meines Unterarms juckte, wenn ich daran dachte, dass jemand anderes seine Macht nutzen könnte.

Ich erreichte die letzte leere Seite des Tagebuchs und fuhr mit dem Daumen über das Papier, um meinen Vater ein letztes Mal zu spüren. Es stimmte mich traurig, das Ende seiner Notizen erreicht zu haben.

Geraldine rollte den Papyrus zusammen und fertigte eine stabile Holzkiste dafür an, die sie schließlich versiegelte.

»Sapperlot, das war eine wahrhaft wunderbare Nacht. Aber meine Knochen sind müde und ich muss mich verabschieden, damit ich mich noch vor Einbruch der Nacht um meine Lady Petunia kümmern kann.«

»Warum kann ich mich nicht um deine Petunia kümmern?«, fragte Max schmollend, und Geraldine versetzte ihm mit der Holzkiste einen Klaps auf den Kopf.

»Weil du eine quengelige Quappe bist, Maxy-Boy. Wenn du dir mehr Gedanken über deinen Nolly machen würdest, könntest du meinen Rasen vielleicht noch heute Abend gießen.« Sie ging zur Eiswand, schnitzte eine Tür hinein und trat in die Nacht hinaus.

»Was ist ein Nolly?«, murmelte Max, der verzweifelt die Stirn runzelte, aber niemand hatte eine Antwort für ihn.

»Ist das ein Sternzeichen?«, fragte Darcy plötzlich, während sie sich zu mir beugte. Sie roch nach Erdbeeren und der süßesten Versuchung überhaupt.

»Hm?«, fragte ich, zu abgelenkt von ihren vollen Lippen und großen Augen, um etwas anderes zu tun, als sie anzustarren. Sie tippte auf die Seite, auf der sich mein Daumen nach wie vor befand, und ich senkte den Blick und sah, dass oben auf dem Papier zwei kleine Zwillingssymbole erschienen waren.

»Was zum Teufel …«, hauchte ich.

Sie strich mit dem Finger über eines der Symbole, woraufhin es plötzlich von innen heraus zu leuchten begann. »Ach, du Scheiße! Tory, komm mal her«, drängte sie.

Tory wechselte auf meine andere Seite und Darcy führte ihre Hand auf das andere Symbol, woraufhin es ebenfalls zu leuchten begann. Plötzlich erstrahlte die gesamte ansonsten leere Seite in Licht und enthüllte Sternzeichen um Sternzeichen. Sie alle bildeten einen Tierkreisring, der das Bild einer aufgehenden Sonne umgab.

Die Details waren wunderschön, zarte Linien, die die Symbole miteinander verbanden, und handgezeichnete Bilder der Sternbilder, die den Kreis umgaben. Darüber hinaus gab es Zeichnungen von Edelsteinen, die mit jedem der Sternzeichen verbunden waren. Ich hatte bereits Kurse darüber gegeben, wie Edelsteine die Gaben jedes Sternzeichens verstärken konnten, wenn sie in verschiedenen magischen Praktiken verwendet wurden. Aber etwas an diesen spezifischen Steinen verlieh dem Bild einen Hauch von Macht. Sogar meine Nackenhaare richteten sich auf.

Darunter befand sich eine handschriftliche Notiz von meinem Vater, und ich spürte, wie sich mein Magen zusammenzog, als ich eine weitere Verbindung zu ihm herstellte. In diesem Moment fühlte ich mich ihm so nah, als würde er mir über die Schulter schauen.

»Was steht da?«, fragte Darius, und ich las die Worte laut vor, während alle gespannt zuhörten.

»Sechs wurden gefunden und sechs gingen verloren. Dies sind die Steine der ursprünglichen Zwölf. Sie alle müssen vereint werden, um das Gleichgewicht im Königreich wiederherzustellen und die Zodiac-Garde zu reformieren. Findet die sechs, die wir im Kelch der Flammen geborgen haben.«

»Was bedeutet das?«, fragte Tory neugierig, während ich mir mit meinem Reißzahn in den Daumen schnitt und in die Luft vor mir griff. Ich schob meine Finger durch das Mondlicht, beschwor den Kelch in meine Fingerspitzen und zog ihn aus der Atmosphäre. Die anderen beobachteten voller Ehrfurcht, wie der wunderschöne silberne Kelch das Licht des Mondes einfing.

Lateinische Wörter, die in kunstvoller Kalligrafie in seine Seite graviert waren, erregten meine Aufmerksamkeit.

Ego meum sanguinem confirmo in Vega regali acie.

»Ich verspreche mein Blut der königlichen Vega-Linie«, übersetzte ich.

Mein Vater hatte diese Worte schon zuvor in seinem Tagebuch erwähnt. Wenn es an der Zeit war, neue Mitglieder in die Garde aufzunehmen, mussten sie sie sprechen. Und ich musste zugeben, dass es mich mit einem Kribbeln erfüllte, daran zu denken, die Garde zu reformieren.

Ich untersuchte das warme Metall sorgfältig und hielt dabei nach Anzeichen von Edelsteinen Ausschau, die in die glänzende Oberfläche eingelassen waren, aber ich fand nichts.

Darcy nahm mir den Kelch aus der Hand, neigte ihn zu Boden – und plötzlich fielen sechs wunderschöne Edelsteine in den Schnee zu meinen Füßen.

»Ohhh, wie sie glänzen«, hauchte sie und bückte sich, um einen großen Diamanten aufzuheben, während Darius ein besitzergreifendes Knurren ausstieß und sich auf die Knie in den Schnee warf, um einige der anderen aufzusammeln.

»Das sind nicht deine, Darius.« Tory entriss sie ihm, aber er hatte dieses wilde Funkeln in den Augen, das er immer bekam, wenn er in der Nähe von Schätzen war, und versuchte, sie ihr wieder aus den Fingern zu reißen.

»Ich werde mich um sie kümmern«, erklärte er bestimmt. »Gib sie mir!«

Xavier lachte wiehernd, als Darius versuchte, den Diamanten aus Darcys Faust zu bekommen, und ich schnellte nach unten, um ihn selbst zu ergreifen. Schließlich hielt ich ihn über seinen Kopf, um ihn im Feuerschein zu untersuchen.

»Der Diamant ist dem Sternzeichen Widder zugeordnet«, erklärte ich, während Darius weiterhin versuchte, ihn mir abzunehmen.

Ich warf ihn in die Luft, sodass er die anderen Steine fallen ließ, um den Diamanten aufzufangen, und ich sammelte diese aus dem Schnee auf, während er auf den Diamanten fiel.

»Mondstein. Für das Sternzeichen der Zwillinge«, sagte ich und fuhr mit dem Daumen über den wunderschönen schimmernden Stein in meiner Handfläche. Alle hatten die gleiche ovale Form und Größe, waren so breit wie mein Daumen und vollkommen glatt. Ich konnte die Kraft dieser Steine förmlich spüren. Sie waren makelloser als alles, was ich je gesehen hatte.

»Was ist das für einer?«, fragte Darcy und zeigte auf einen dunkelroten Stein. Xavier, Seth, Caleb und Max standen auf, um ihn sich genauer anzusehen.

»Der Rubin steht für das Sternzeichen Krebs«, erklärte ich, während Darius sich mit funkelnden Augen auf die Edelsteine in meiner Handfläche konzentrierte.

»Gib sie mir!«, befahl er, aber die Erben hielten ihn an den Schultern fest, um ihn zu bremsen, seine Faust immer noch fest um den Diamanten geschlossen.

»Die gehören nicht dir, sie gehören der Garde«, erwiderte Tory grinsend. »Wenn du nicht beitreten willst, kannst du nicht mit ihnen spielen.«

»Niemals«, zischte Darius.

Als Nächstes drehte ich den hellgrünen Edelstein in meiner Hand. »Das ist Peridot für …«

»Löwe«, knurrte Darius. »Mein Sternzeichen. Mein Edelstein. Meins.«

»Beruhige dich, Bruder«, versuchte es Xavier, aber Darius war in einem

Drachenschatzrausch; seine Augen blitzten golden und Rauch quoll aus seinem Mund.

Tory reichte mir den letzten der insgesamt sechs Steine, und beim Anblick des unglaublichen blauen Saphirs leuchteten Darcys Augen auf.

»Jungfrau«, sagte ich, und das Mondlicht brachte den Edelstein auf wunderbare Weise zum Glitzern.

»Ich werde sie sicher aufbewahren«, beteuerte Darius.

»Darf ich den Diamanten sehen?«, fragte Tory und streckte ihre Hand aus, aber Darius umklammerte ihn nur noch fester.

Die Erben zwangen ihn auf den Rücken, und Seth setzte sich auf seine Brust, während Caleb seine Vampirstärke einsetzte, um seine Finger auseinanderzudrücken.

»Nein!«, knurrte Darius, als Max ihn zu fassen bekam und mir zuwarf.

»Böser Drache«, neckte Tory ihn, aber Darius kämpfte nur noch härter, um den anderen zu entkommen, die große Mühe hatten, ihn festzuhalten.

»Und das ist ein Smaragd für das Sternzeichen Stier.« Ich spürte die Kraft der Steine in meiner Handfläche; ihre Schönheit war absolut fesselnd.

Ich schob alle sechs zurück in den Kelch und führte das Gefäß zurück ins Mondlicht, woraufhin das Ganze verschwand. Im nächsten Moment kollidierte ein Drachenwandler mit mir.

Ich fiel von meinem Sitz und schlug mit dem Rücken auf dem Boden auf, während Darius verzweifelt nach meinen Händen griff.

»Bring sie zurück!«, befahl er, seine Augen leuchteten golden und waren zu Schlitzen verengt.

»Nö.« Ich lächelte spöttisch und er brummte frustriert und inbrünstig. »Aber lass es mich wissen, wenn du deine Meinung änderst und doch Mitglied der Garde werden willst. Ich werde bald neue Mitglieder rekrutieren. Vielleicht könnte ich dich dann zum Hüter der Steine machen.«

»Arschloch«, murmelte er, als er aufstand, aber ich konnte sehen, wie die Spannung aus seiner Haltung wich, jetzt, da die Edelsteine außer Sichtweite waren.

Ich richtete mich auf, nahm das Tagebuch, das auf Darcys Schoß lag, und stellte fest, dass die Seite des Tierkreises wieder leer war.

»Ich schätze, wir müssen die anderen finden …«

»Und wie sollen wir das anstellen?« Tory schaute skeptisch drein.

»Hm … Edelsteine wie diese sind sehr selten. Es muss Aufzeichnungen über sie geben«, überlegte ich. »Aber leider ist das Buch, in dem sich weitere Informationen befinden könnten, in meinem Büro an der Zodiac Academy. Es heißt *Steine des Himmels* und erzählt von allen bekannten mächtigen Steinen Solarias, die in den letzten zweitausend Jahren gefunden wurden.«

»Natürlich hast du ein solches Buch«, sagte Darcy mit einem neckischen Lächeln und ich grinste sie an.

»Tja, dort nützt es uns nichts.« Caleb seufzte. »Wie kommen wir da ran?«

»Ich werde Gabriel morgen früh danach fragen«, sagte ich. »Vielleicht gibt es noch eine Kopie, die wir beschaffen können … obwohl das eine besonders seltene Ausgabe war, die mir mein Vater gegeben hat. Wenn er wollte, dass ich diese Steine finde, hat er mir das Buch vielleicht aus einem bestimmten Grund gegeben.«

»Glaubst du wirklich, dass wir irgendwelche willkürlichen Edelsteine brauchen? Wozu ist die Garde überhaupt gut?«, fragte Max. »Für mich klingt das nach einem Haufen altem, traditionellem Bullshit. Und es ist ja nicht so, dass die Vegas überhaupt regieren werden.«

Tory versetzte ihm einen Schlag gegen den Arm. »Bist du dir da sicher, Angeber?«

Er grinste, ließ Wasser zwischen seinen Fingern hindurchgleiten, während er sie herausfordernd ansah.

»Wir können das hier und jetzt herausfinden, wenn ihr darauf aus seid, den Arsch versohlt zu bekommen«, meinte er, und der Ausdruck in Torys Augen verriet, dass sie definitiv versucht war.

»Lance' Vater hätte sich nicht so viel Mühe gegeben, um sicherzustellen, dass er über diese Dinge Bescheid weiß, wenn es nicht wichtig wäre«, sagte Darcy und lenkte die Aufmerksamkeit aller wieder auf das eigentliche Thema, und ich nickte zustimmend.

»Na schön, wir werden die mystischen Steine oder was auch immer finden. Aber jetzt bin ich müde«, sagte Seth und gähnte.

»Hier.« Unvermittelt trat Xavier auf mich zu und schnitt sich mit einem Eiszapfen die Handfläche auf. »Du benötigst Blut für das Elixier, richtig?«, murmelte er, und ich lächelte zum Dank, erschuf eine kleine Phiole aus Eis und sammelte, was ich von ihm brauchte, bevor ich sie verschloss und in meine Tasche steckte.

Ich ließ die Eiswand um uns herum schmelzen, und wir machten uns auf den Weg zurück zum Burrows, während ich in nachdenkliches Schweigen darüber verfiel, wie ich an dieses Buch kommen könnte. Es war ja nicht so, dass wir einfach auf den Campus zurückmarschieren und es holen konnten. Die Academy war gegenwärtig der gefährlichste Ort für uns in ganz Solaria – abgesehen vom Thronsaal des falschen Königs.

Ich ließ mich zurückfallen, als die Wachen uns begrüßten, und hielt genug Abstand zu den Zwillingen, um sie nicht durch meine Anwesenheit zu beschämen. Die Wachen musterten mich trotzdem, runzelten die Nase und flüsterten leise miteinander, während sie mich abschätzten.

Ich hatte gewusst, dass ein Leben als Geächteter beschissen sein würde. Aber es war viel schlimmer als erwartet. Es war, als hätte ich ein dauerhaftes Brandzeichen auf der Stirn, das mich als ansteckend kennzeichnete, und ich wusste nicht, wie ich ein Leben lang damit zurechtkommen sollte. Vor allem, weil ich mir so lange gewünscht hatte, Darcy öffentlich als mein zu deklarieren. Aber jetzt war ich abermals gezwungen, unsere Beziehung geheim zu halten. Es war unerträglich, und ich wusste, dass sie auch nicht glücklich darüber war. Aber es gab einfach keine andere Möglichkeit.

Als wir zu den Tunneln zurückkehrten und es bis zu den königlichen Gemächern geschafft hatten, schaute Darcy sich nach mir um. In ihren Augen brannte ein Verlangen, das ich stillen wollte.

Die anderen wünschten eine gute Nacht, als sie hinter ihnen zurückblieb, und als sie meine Seite erreichte, waren wir allein und die Luft dick vor Verlangen.

»Hör auf, in der Nähe der Rebellen Abstand zu mir zu halten!«, sagte sie, und eine Falte bildete sich zwischen ihren Augen, als ich meinen Kopf zur Seite neigte.

»Es ist besser so, meine Schöne«, antwortete ich, während ich über meine Schulter blickte, um sicherzustellen, dass uns niemand beobachtete.

Sie ergriff meine Hand, zog mich in die königlichen Räumlichkeiten und den Seitengang hinunter, der zu den privaten Badehäusern führte, bevor sie mich abrupt zum Stehen brachte.

»Was habe ich dir darüber gesagt, zu meinen Gunsten Entscheidungen zu treffen?«, fragte sie streng, als die Dunkelheit uns verschlang. Das Flackern der Wandleuchte am anderen Ende des Tunnels erreichte uns nur knapp.

»Ich bin ein Geächteter, Blue. Ich glaube nicht, dass du verstehst, was das bedeutet«, sagte ich ernst.

»Und ich glaube nicht, dass du verstehst, dass es mir egal ist, was das bedeutet. Ich werde dafür kämpfen, dass jeder sieht, wie würdig du bist. Ich werde dafür sorgen, dass sie alle diesen dummen Titel vergessen, der dir verliehen wurde«, erklärte sie entschlossen. Und dafür liebte ich sie.

»So einfach ist das nicht.« Ich spielte mit einer ihrer Haarlocken und genoss es, wie das dunkle Blau im Feuerschein glitzerte.

Die Lust vernebelte meine Gedanken, als ich dieses fesselnde Wesen vor mir anstarrte. Ich wollte sie auf jede erdenkliche Weise. Und das immer.

»Ja, das ist es«, beharrte sie. »Du bist mir ebenbürtig. Der Mann, den ich liebe. Und ich werde nicht zulassen, dass du dich weiterhin wie ein minderwertiger Fae benimmst. Tatsächlich möchte ich dir beweisen, wie viel du mir bedeutest ...«

Sie ließ ihre Hand über meine Brust gleiten und saugte kurz an ihrer Unterlippe, bevor sie langsam auf die Knie und den harten Steinboden sank, was meinen Puls in die Höhe schießen ließ.

»Nein. Steh auf, Blue!«, knurrte ich und beugte mich vor, um sie hochzuziehen, aber sie schlug meine Hände weg; ein gefährliches Feuer flackerte in ihren Augen.

»Ich werde für dich knien, so wie du für mich knien würdest. Du bist mein König und ich werde mir für dich die Knie wund scheuern, bis du genug hast«, sagte sie eindringlich, und ich wurde plötzlich so hart für sie, dass ich es kaum mehr aushielt.

Sie drückte meinen Schwanz durch meine Jogginghose, ihren Blick auf meinen gerichtet, während ich eine Hand an der Wand hinter ihr abstützte und mich ihren Wünschen hingab. Ich war schließlich auch nur ein Fae. Und angesichts ihrer Worte und der Art, wie ihre großen grünen Augen mich musterten, wurde ich schwach. Für sie zerbrach ich in tausend kleine Glasscherben.

Sie zog meine Hose nach unten, befreite meine Länge und beugte sich vor, um mit ihrer Zunge die Unterseite meines Schwanzes zu berühren. Ich stöhnte vor Verlangen nach mehr, als sie mich mit ihrer Zunge, die eine Waffe hätte sein können, neckte, bevor sie mich in die Hand nahm und die Spitze meines zuckenden Schwanzes zwischen ihre Lippen saugte.

»Blue«, seufzte ich, und meine freie Hand fiel auf ihre Haare, als sie mich tiefer in sich aufnahm. Ihr Mund war heiß, feucht und perfekt um mich herum, als sie anfing, den Ansatz meines Schwanzes zu pumpen.

Ich fluchte und stöhnte, als sie ihre Zunge über meine Eichel gleiten ließ. Ich wollte diesen Moment so lange wie möglich auskosten.

»So verdammt schön«, knurrte ich, und mein Atem wurde schwerer, als ihre Hand in festen, engen Bewegungen meinen Schaft auf und ab glitt – eine Aufforderung, mich ihr schon jetzt hinzugeben. »Sieh mich an, Blue!«

Sie hob den Blick, und ich stützte mich noch entschlossener an der Wand ab, während sie mich mit diesem einen Blick in ihren Bann zog. Ihre Lippen waren gerötet und glänzten, während meine Finger durch ihre Haare glitten und ich die Führung übernahm, meine Hüften nach vorn schob, um diesen perfekten Mund zu ficken.

Meine Reißzähne schossen hervor, als sie mich immer tiefer in ihren Hals nahm und stöhnte, als würde sie jede Sekunde genießen, in der sie mich befriedigte. Allein dieses Geräusch schickte eine weitere Welle Blut in meinen Schwanz, während ich die unvermeidliche Erlösung bekämpfte, die sie von mir verlangte.

Sie sah mich unverwandt an, die Flammen ihrer Formgebung flackerten in ihren Augen, während ihre Zunge erneut an der Unterseite meines Schwanzes entlangglitt.

Meine Muskeln wurden starr, und eine Haarsträhne fiel mir in die Augen, als ich auf sie hinunterstarrte, gebannt von dieser Kreatur, der ich vollends gehörte – inklusive des wertlosen Staubs, der meine Seele ausmachte.

Ihre Hand glitt zu meinem Arsch und sie vergrub ihre Fingernägel in meiner Haut, während sie mich auffordernd anfunkelte. Und ich war verdammt noch mal zu schwach, um auch nur zu versuchen, mich noch länger zurückzuhalten.

Ich stieß tief in ihren Mund, fixierte sie dort, wo ich sie haben wollte, und kam mit einem Knurren. Das Vergnügen durchzuckte mich wie ein Erdbeben.

Sie schluckte jeden Tropfen und leckte und saugte sich an meinem Schwanz entlang, während ich durch das Nachbeben meiner absoluten Verdammnis zitterte.

Dann zog ich sie auf ihre Füße, drückte sie gegen die Wand und versenkte meine Zunge zwischen ihren talentierten Lippen. Ich schmeckte mich an ihr und ließ mich von ihr und dem, was sie mit mir anstellte, berauschen. Sie war alles. Der hellste verdammte Stern, den es im Universum gab. Und aus irgendeinem unbekannten Grund wollte sie mich.

Ich zog meine Jogginghose mit einer Hand hoch und küsste sie intensiv und langsam, meine Hand immer noch fest in ihren Haaren vergraben, während ihre heiße Zunge die meine jagte und ein leises Stöhnen aus ihrem Mund in meinen überging.

»Du hältst meine Leine, dir gehört mein Halsband, Darcy Vega. Ich werde immer in der Nähe sein und dich aus der Dunkelheit beobachten, solange du mich dort haben willst.« Ich küsste sie auf den Mundwinkel, und meine Fangzähne streiften ihre Lippe, während der Hunger in mir immer größer wurde.

Sie hob ihre Hand, ließ eine Rasierklinge aus Eis durch ihre Finger gleiten und schnitt damit ihren Daumen auf. Ich stürzte mich gierig darauf und saugte an ihrem Daumen, während sie mich mit geschlossenen Augen ansah. Der Geschmack ihres Blutes war wie Faextasy auf meiner Zunge.

»Du bist für das Sonnenlicht bestimmt, Lance Orion. Also wirst du mit mir darin stehen oder wir bleiben zusammen im Dunkeln«, erklärte sie leidenschaftlich, und ich erwiderte ihren Blick. Der Geschmack des Sonnenlichts, von dem sie gesprochen hatte, war auf meiner Zunge. Sie war mein Schicksal, daran gab es keinen Zweifel. Ich würde ihr so weit ins Licht folgen, bis ich erblinden würde, oder so tief in die Dunkelheit, dass ich für immer verloren wäre.

»Ist das ein Befehl, meine Königin?«, fragte ich mit einem spöttischen

Unterton in der Stimme, während ich meine Hand in ihre Jogginghose schob. Sie trug kein Höschen und war triefend nass für mich.

Bevor sie antworten konnte, stieß ich zwei Finger in sie hinein, und sie legte den Kopf mit einem Stöhnen zurück, das mich abermals hart werden ließ. Und ich wusste, dass ich jede verbleibende Stunde dieser Nacht entweder in ihr oder mit ihr verbringen würde. Denn sie würde mich nicht zum Kommen bringen, ohne dass ich den Gefallen zehnfach erwiderte.

»Ja«, keuchte sie atemlos, als ich sie mit meiner Hand fickte und zusah, wie sie für mich zusammenbrach. »Das ist ein verdammter Befehl, mein König.«

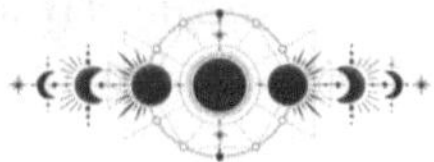

»Wir wollen die wütenden Worte des Tages hören, Sir!«, rief Seth, der auf seinem Stuhl auf und ab hüpfte. »Sonst ist es nicht das Gleiche.«

Ich schaute mich in dem Klassenzimmer um, das Caleb, Seth und die Zwillinge für unsere täglichen Unterrichtsstunden in einer Höhle in der Nähe der königlichen Gemächer eingerichtet hatten.

Es gab noch weitere Klassenzimmer im Haupttrakt des Burrows, die von anderen jungen Fae, die hier lebten, für ihre Ausbildung genutzt wurden, aber diese Klasse war etwas Besonderes.

Zum einen war es meine, und zum anderen handelte es sich um einen sehr kleinen Kreis von Studenten, die ich in jeder freien Stunde, die wir finden konnten, nach besten Kräften unterrichten wollte. Washer unterrichtete ebenfalls Kurse, und es gab auch Freiwillige unter den Rebellen, die dafür sorgten, dass keiner der Jugendlichen auf seine Ausbildung verzichten musste. Aber ich ließ ihn nicht in dieser Gruppe mitmischen, es sei denn, sie brauchten ausdrücklich Wasserelementar-Training.

Obwohl es hastig errichtet worden war, war das Klassenzimmer ein beeindruckendes Beispiel für die Macht der Erdmagie. Jeder Schreibtisch war eigens für seinen Benutzer angefertigt worden, inklusive Name und Element, die in das versteinerte graue Holz eingraviert worden war. Das Holz selbst war in Form gewachsen und dann zu Stein verhärtet worden. Die Wände waren hoch und ein gewölbtes Dach hing weit über unseren Köpfen. Ein silbernes Wasserbecken schwebte über uns, in dem blasse Fae-Lichter hingen, um die Illusion von Sonnenlicht in unserem unterirdischen Versteck zu erzeugen.

Die Lehmwände waren mit hellgrauen Kacheln verkleidet, die jeweils mit kleinen Sternzeichen-Symbolen oder Schnitzereien von Fae verschiedener Formgebungen verziert waren. Im hinteren Teil des Raumes befand sich ein Bereich für den Sportunterricht und eine Arena, die mit Ranken abgesperrt war und sich innerhalb eines magischen Schildes befand, um jegliche unkontrollierte Magie darin einzudämmen.

Es gab außerdem ein glitzerndes Wasserbecken in einer Ecke und ein loderndes Feuer hinter meinem Schreibtisch, sowie eine blühende Grünfläche voller Blumen für Erdelementarunterricht. Und schließlich war da eine Ecke voller Windräder und Schleifen, die sich in einer magischen Brise drehten.

Dies war nicht der einzige Ort im Burrows, der eine Umgestaltung erhalten hatte. Da so viele Erdelementare unter der Erde gefangen waren und wenig mit ihrer Zeit anfangen konnten, hatte sich der Ort in einen unterirdischen Palast verwandelt, in dem sich die Erben viel wohler zu fühlen schienen.

Caleb und Tory hatten die letzten Versorgungsfahrten übernommen und nun waren alle in unserer Gruppe wie verdammte Könige und Königinnen gekleidet. Ich beschwerte mich auch nicht gerade. Darcy hatte bei ihnen knapp geschnittene Unterwäsche bestellt, die ich bei jeder Gelegenheit genüsslich mit den Zähnen abstreifte oder in Fetzen riss. Meistens veranstaltete sie mit einem kleinen Schmollmund eine Mini-Beerdigung für die Überreste und warf die Fetzen in den Müll, aber ich hatte nicht vor, um die Scheißdinger zu trauern. Es machte einfach viel zu viel Spaß, sie zu zerstören.

Ich überflog meine Notizen für den heutigen Unterricht. Ich brachte ihnen alles bei, was ich wusste, und sorgte dafür, dass keiner von ihnen etwas verpasste, während wir hier unten im Burrows festsaßen und auf eine Chance warteten, Lionel anzugreifen.

Zwischen seinen eigenen Unterrichtsstunden verbrachte Gabriel Zeit in der Verstärkungskammer, die wir gemeinsam gebaut hatten. Er versuchte, Wege zu finden, um nicht nur zu Lionel zu gelangen, sondern auch die Edelsteine zu finden, die mein Vater mir zu beschaffen aufgetragen hatte. Aber mit jeder Woche, die verging, wurden wir alle ein bisschen verrückter, während wir auf eine Gelegenheit warteten.

Hier unten festzusitzen, war erdrückend, egal, wie viel Arbeit investiert worden war, um den Ort schöner zu machen. Und wenn Gabriels ständige Versicherung nicht gewesen wäre, dass ein Versuch, hier rauszukommen, um gegen Lionel zu kämpfen, in unserer Vernichtung enden würde, wäre ich mir sicher gewesen, dass wir es alle schon längst gewagt hätten.

»Zum hundertsten Mal, das ist kein echtes Klassenzimmer und du musst mich nicht mit Sir anreden«, sagte ich entnervt und drückte mir für einen Moment die Finger auf die Augen.

Tory saß auf Darius' Schreibtisch und seine Hand wanderte immer höher ihren Rock hinauf, während sie seine Haare streichelte, während Max, Xavier und Caleb hinten im Raum einen Eisball zwischen sich hin und her warfen. Darcy kaute auf einem Bleistift herum und warf mir unentwegt Blicke zu, was höllisch ablenkend war, während Seth ununterbrochen redete und Fragen stellte, die nichts mit dem Unterricht zu tun hatten. Geraldine war die Einzige, die aufmerksam zuhörte, mit kerzengeradem Rücken und ihrem Atlas in der Hand.

»Okay, das reicht!«, rief ich und alle verstummten.

Ich hatte das nicht tun wollen. Ich hatte versucht, sie zu unterrichten, ohne den Professor raushängen zu lassen – dieser Teil meines Lebens gehörte nun endgültig der Vergangenheit an. Aber das Ganze wurde langsam lächerlich.

»Miss Vega, bewegen Sie Ihren Arsch auf Ihren eigenen Platz.« Ich schickte einen Luftstoß in Richtung Tory, der sie auf den Stuhl neben Darius schleuderte. Sie öffnete überrascht den Mund. »Rigel, Acrux und Altair, wenn Sie noch einen verdammten Eisball in meinem Klassenzimmer werfen, werde ich Sie durch die Wand jagen. Dann können Sie vergessen, jemals wieder hierherzukommen, um auch nur eine einzige Sache zu lernen.« Ich holte ihren Eisball mit einem Luftschwall zu mir und schickte ihn in Richtung Tür, wo er in tausend Stücke zersprang. Die drei sanken langsam und schockiert auf ihre Stühle.

»Was würde passieren, wenn ein Fae mit einer großen Formgebung drei Leute verschlucken und sich dann wieder in seine Fae-Gestalt zurückverwandeln würde? Würde er sterben? Ich glaube, das würde er«, sinnierte Seth laut. »Tatsächlich kenne ich ein paar nervige Leute, die wir als Köder zu Lionel schicken könnten. Wenn er sie frisst, könnten wir ihm einen Pfeil mit dem Mittel zur Formgebungsunterdrückung in den Arsch schießen und peng. Toter Drache. Nervige Leute gefressen. Win-win.«

»Capella, wenn Sie in dieser Stunde noch eine weitere sinnlose Frage stellen, werde ich Sie in Ihrer Werwolfform gewaltsam mit drei Leuten füttern und Ihre Theorie auf die Probe stellen«, knurrte ich und nahm ihm die Luft zum Atmen, als er den Mund öffnete, um zu antworten.

»So heiß«, sagte Darcy leise, während sie mich beobachtete und auf ihrem Stuhl hin und her rutschte. Ihre Augen füllten sich mit Verlangen.

»Miss Vega, wenn Sie mich weiter so ansehen, werde ich Sie hier hochbringen, über meinen Schreibtisch beugen und vor allen versohlen. Ist es das, was Sie wollen?«, fragte ich und versuchte, zu ignorieren, wie mein Schwanz zuckte.

Sie überlegte eine Sekunde, warf dann einen Blick auf ihre Schwester und schüttelte den Kopf. Ihre Wangen färbten sich rosa, als sie sich zurücklehnte und den Bleistift von ihren Lippen nahm.

Es wurde still im Raum, und ich sah mich mit hochgezogenen Augenbrauen um. Verdammte Scheiße, das hatte funktioniert.

Ich drehte mich zu der Tafel um, die Geraldine für mich angefertigt hatte, und schrieb in fetten Großbuchstaben, bevor ich sie energisch unterstrich.

<u>IHR KÖNNT LIONEL ACRUX NICHT SCHLAGEN, WENN IHR NICHT EINMAL EINFACHSTE VERDAMMTE ZAUBER KENNT.</u>

Ich drehte mich um und starrte sie alle an, und Geraldine begann sofort, mitzuschreiben.

»Ihr habt bereits viel Zeit mit Highspells Schwachsinnsunterricht verschwendet, wollt ihr noch mehr davon verplempern?«, fragte ich – wobei ich wieder zum Du zurückkehrte, schließlich waren wir nicht an der Academy und ich war nicht ihr Professor. Trotzdem schauten sie mich alle wie gehorsame kleine Mäuse an. Perfekt. »In Ordnung.« Ich wandte mich wieder der Tafel zu und schrieb das heutige Lernziel darauf: »Aura-Erkennung ist unerlässlich, wenn man seinen Feinden gegenübersteht. Sie kann sehr subtil sein, und unter den gegenwärtigen Umständen, angesichts der begangenen Morde, ist es wichtiger denn je, dass wir wachsam sind. Die Aura kann die wahren Absichten eines Fae verraten.«

»Ich bin aber eine Sirene. Ich kann die Emotionen anderer Leute leicht erkennen. Ich brauche kein Aura-Training«, sagte Max abweisend und Geraldine drehte sich auf ihrem Sitz um.

»Auren sind etwas anderes als Emotionen, du starrer Stachelrochen«, sagte sie und er schmollte.

»Korrekt«, stimmte ich zu. »Du magst in der Lage sein, Emotionen zu erkennen, aber wenn deine Feinde starke emotionale Schutzschilde oder einfach nur Spaß daran haben, schlechte Taten zu begehen, wie willst du dann in der Lage sein, sie besser zu erkennen als jemanden, der sein Abendessen genießt? Auren sind effektiver, um die Absichten einer Person zu lesen. Es ist eine subtilere und weitaus schwieriger zu perfektionierende

Fähigkeit, aber sie kann einen genaueren Einblick in den Charakter einer Person geben.«

»Wenn du so gut darin bist, warum hast du dann den Mörder noch nicht gefunden?«, fragte Caleb und warf einen Blick auf Seth neben ihm, der sich abmühte, angesichts der Blockade seiner Sauerstoffzufuhr Luft zu bekommen.

Er lag halb über den Tisch gebeugt, und ich schnippte mit den Fingern, um ihn vom Ersticken zu befreien, woraufhin er sofort gierig nach Luft schnappte.

»Es gibt Hunderte von Fae im Burrows, und die meisten von ihnen wollen absolut nichts mit mir zu tun haben, Altair«, stieß ich hervor. »Wenn ich euch alle darin ausbilden kann, dann hat vielleicht einer von euch mehr Erfolg als ich, den Schuldigen zu finden.«

Endlich schenkten mir alle ihre volle Aufmerksamkeit, als ich begann, die Feinheiten der Aura-Erkennung zu erklären. Doch bevor ich sie dazu bringen konnte, das Theoretische aneinander auszuprobieren, flog die Tür auf und Hamish kam mit einem Taschentuch vor dem Mund herein.

»Lance Orion, ich muss d…« Er würgte in das Taschentuch und ich stieß einen müden Seufzer aus. »Dich sprechen«, presste er hervor und fuchtelte dann mit der Hand, wodurch er mich offensichtlich mit einer Illusion überzog. Ich funkelte ihn böse an.

»Warum hast du ihn in eine Lampe verwandelt?«, knurrte Darcy, als Hamish durch den Raum auf mich zukam.

»Es ist nur ein klitzekleines bisschen einfacher, ein lebloses Objekt anzusprechen als ihn, Mylady«, plapperte Hamish.

»Ich kann mich daran gewöhnen, wenn ich mich auf einen Punkt direkt über seiner Schulter konzentriere, Papa«, meinte Geraldine, während ich meine Hände zu Fäusten ballte.

»Was willst du, Hamish?«, brummte ich, und er beugte sich vor, umklammerte seinen Bauch und würgte, was mich nur noch wütender machte.

Die Erben brachen in Gelächter aus, während sich Hamish mit seinem Taschentuch über die Mundwinkel fuhr, als hätte er sich gerade tatsächlich ein bisschen übergeben müssen.

»Entschuldige, es ist dein Status als Geächteter, verstehst du?«, murmelte Hamish. »Er ist ziemlich stark.«

»Na, dann lass uns dieses Gespräch mit doppelter Geschwindigkeit führen, ja?«, drängte ich, weil ich es hinter mich bringen wollte. Hamish nickte, offenbar unfähig, mich selbst in Lampenform anzusehen. Die Glühbirne flackerte, während ich sprach.

»Wir müssen über deine Rolle als Meister der Zodiac-Garde sprechen.« Er würgte mehrmals trocken, bevor er weitersprechen konnte. »Ich bin hier, um mich als Ersatz für diese Rolle anzubieten. Es wird ein ziemliches Tohuwabohu und Trara geben, wenn wir unsere treuesten Royalisten bitten, der Garde unter der Leitung eines …« Er würgte. »Eines geäch…« Er würgte erneut und ich kratzte mir entnervt mit der Hand übers Gesicht.

»Genug, Hamish!«, sagte ich. »Meine Position wurde nicht nur von mir gewählt, sondern auch von meinem Vater und den Sternen. Ich kann nicht tun, worum du mich bittest. Das Schicksal hat entschieden. Das kann ich nicht ändern.«

»Er ist der rechtmäßige Gardemeister«, erklärte Darcy bestimmt, und Hamish sah sie an, während er sich eine Schweißperle von der Stirn wischte.

»Aber was wird aus der galanten Garde? Wie soll sie jemals wiederaufgebaut werden? Unter der Herrschaft eines geächteten Gauners wird sich niemand ihr anschließen«, sagte er entsetzt, fiel dann auf die Knie und ergriff Darcys Hand. »Bitte, Mylady, denkt an die Kinder!«

»Welche Kinder? Und Orion ist die richtige Person für den Job. Es ist sein Schicksal. Warum könnt ihr nicht alle diesen dummen Mist in Bezug auf seinen Status einfach sein lassen?«, fragte sie, und Hamish sackte vornüber, hustete wie eine Katze, die einen Haarball im Hals hat. Aber er brachte nichts als Luft hervor, und die Erben lachten immer lauter.

»Oh, süßer, sensibler Daddipops.« Geraldine sprang auf und half ihm auf die Beine. Er schwankte ein wenig, als sie ihn zur Tür führte. »Wir werden diese titanische Aufgabe bewältigen. Es muss einen Weg geben, über seine … Schmach hinwegzusehen«, flüsterte sie, und Hamish kämpfte mit einem weiteren Würgereiz, als sie ihn zur Tür hinausführte.

Ich verschränkte die Arme vor der Brust und schnippte mit den Fingern, um die Illusion zu zerstreuen, die er mir auferlegt hatte, während ein nagendes Gefühl mir verriet, dass Hamish vielleicht recht hatte. Niemand würde mich jemals als Gardemeister respektieren. Wie sollte ich die Garde wieder aufbauen, wenn die meisten Leute hier mich nicht einmal ansahen?

Das Elixier würde heute Abend fertig werden, und ich hatte kein einziges Mitglied im Sinn, das ich initiieren könnte. Die Erben würden sich sicherlich nicht in den Dienst der Vegas stellen, und bei Geraldine und ihrem Vater war ich mir nicht sicher, ob sie es ertragen würden, sich anzuschließen, solange ich das Sagen hatte.

Fuck!

Ich begegnete Blues Blick, und sie zerstreute mit diesem einen Blick zumindest einige meiner Sorgen. Ihr Glaube an mich war unerschütterlich, aber das änderte nichts an der Wahrheit der Situation. Ich hatte den Respekt fast aller Fae in Solaria verloren. Wie sollte ich eine alte königliche Vereinigung zugunsten der Vegas wiederbeleben?

Vielleicht hatte Hamish recht, vielleicht wäre es besser, wenn ich die Leitung abgeben könnte. Aber ich war jetzt an diese Rolle gebunden, ich konnte nichts dagegen tun. Und als ich mit den Fingern über meinen inneren Unterarm strich, wo das Gardezeichen versteckt war, fühlte ich mich sehr beschützerisch gegenüber dieser Aufgabe.

Mein Vater hatte sich das für mich gewünscht, die Mutter der Zwillinge hatte mich an diesem Ort stehen sehen — hatte ich mich irgendwo auf dem Weg des Schicksals verlaufen? Hatten sie meinen Status als Geächteten nicht vorausgesehen? Oder hatten sie immer erwartet, dass ich die Rolle an jemanden weitergeben würde, der würdiger war?

Ich wandte mich wieder der Tafel zu und schrieb ein paar Anmerkungen zum Aura-Thema auf, während die anderen immer lauter plapperten. Mein Herz wurde schwer, und ich hatte das Gefühl, Blue und ihre Schwester im Stich zu lassen. Und was am schlimmsten war, ich hatte Angst, dass ich wirklich so nutzlos war, wie es die Welt jetzt von mir glaubte.

Scorpio
Gemini
Virgo
Cancer
Aries
Leo
Sagittarius
Taurus
Capricorn
Aquarius
Libra
Pisces

DARIUS

KAPITEL 11

Roxy lag in meinen Armen, ihre dunklen Haare fielen über meine Brust und sie atmete schwer. Ein Lächeln lag auf ihren Lippen, und gelegentlich stieß sie einen Seufzer aus.

Ich selbst hatte kaum geschlafen. Tatsächlich benutzte ich zu diesem Zeitpunkt so viele Munter- und Wachmacher, die ich mir von einem der Rebellen brauen ließ, dass ich kaum schlief. Ich wollte einfach keinen Moment der Zeit, die ich hatte, mit Schlafen verschwenden.

Acht Wochen waren bereits vergangen, und ich hatte das Gefühl, dass ich kaum einen Bruchteil der Zukunft beansprucht hatte, die ich mir mit ihr wünschte. Ich ließ diese Zeit wie Sandkörner durch eine Sanduhr rinnen und wusste, dass ich wirklich anfangen musste, Vorbereitungen für das zu treffen, was passieren würde, sobald mein Pakt mit den Sternen auslief.

Ich hatte bereits jede freie Minute mit Xavier verbracht und ihm dabei geholfen, seine Magie zu verfeinern, damit er bereit war, meine Position im Rat einzunehmen, wenn meine Zeit abgelaufen war. Er hingegen glaubte, ich wollte ihm helfen, für den Krieg stärker zu werden.

Der Schmerz in meiner Brust angesichts der Realität meines Schicksals betraf nicht einmal all die Dinge, die ich verlieren und nicht erleben können würde. Es ging um dieses Mädchen, dem mein Herz gehörte, und um die Zukunft mit mir, die ihr verwehrt bleiben würde. Um meinen Bruder, die anderen Erben, Lance und den Schmerz, den mein Verlust ihnen allen bereiten würde. Hier lag der Ursprung meiner Schuldgefühle. Und dennoch hatte ich mit keinem von ihnen auch nur ein Wort über den Deal verloren, den ich geschlossen hatte.

Vielleicht war ich im Grunde meines Herzens ein Feigling. Aber nicht deshalb verschwieg ich ihnen diese Wahrheit. Ich wollte, dass sie sich auf unsere Chancen konzentrierten, meinen Vater und seine Anhänger zu Fall zu bringen. Und ich wusste, dass sie alle, wenn dies ans Licht käme, einen Weg suchen würden, mein Schicksal zu beeinflussen – so wie sie es getan hatten, als sie entschlossen gewesen waren, unser sternverfluchtes Los zu verändern.

Aber so war es nicht. Ich hatte diesen Deal aus freiem Willen geschlossen. Ich hatte mein Leben für das ihre und das ihrer Schwester gegeben, weil ich wusste, dass sie das Leben viel mehr verdienten als ich. Ja, ich hasste meinen Vater und arbeitete mit aller Kraft gegen ihn, aber im Grunde war ich doch immer noch das Geschöpf, das er geschaffen hatte. Aber dieses Mädchen in meinen Armen war so viel mehr als das. Sie war so viel mehr wert als ich.

Roxy bewegte sich, rollte sich auf den Rücken und biss auf ihre volle Unterlippe, während ihr erneut ein leises Stöhnen entschlüpfte. Mein Schwanz wurde bei diesem Geräusch sofort hart. Sie war genauso unersättlich wie ich, und dank unserer neugewonnenen Freiheit, uns einander auf jede von uns gewünschte Art und Weise zu beanspruchen, waren auch die letzten Barrieren zwischen uns gefallen.

Wir fickten jede Nacht wie die Tiere, fielen uns dann keuchend und grinsend in die Arme und erzählten einander Geschichten. Ich wollte alles über sie wissen, über die Orte, an denen sie aufgewachsen war, über die Bindung zwischen ihr und ihrer Schwester und über alles, was sie durchgemacht hatte. Und sie war genauso daran interessiert, mich kennenzulernen. Keiner von uns hielt sich zurück, auch nicht, wenn es um die hässliche Wahrheit jener Dinge ging, die wir überlebt hatten. Und darin lag eine ungemeine Freiheit und Schönheit. So lange Zeit hatte ich meine Geheimnisse niemandem anvertrauen können. Mein Vater hatte sie mit seiner Dunklen Manipulation in mir eingeschlossen, sodass ich keiner einzigen Seele davon hätte erzählen können.

Roxy sah mich nie mit Mitleid an, wenn ich von den Zeiten erzählte, in denen er mich geschlagen hatte, oder von den grausamen Lektionen, die er mich hatte lernen lassen. Stattdessen flammte in ihren Augen dieser unendliche Hass auf meinen Vater und eine Gier nach seinem Tod auf, die mein Herz höherschlagen ließ, weil ich wusste, dass sie mich so innig liebte.

Und als sie mir von ihrem Leben erzählte, davon, wie sie zu stehlen gelernt hatte, um ihr Überleben und das ihrer Schwester zu sichern, zeigte ich auch kein Mitleid. Ich war einfach nur stolz auf die Stärke und Unerschütterlichkeit, die sie gefunden hatte, um zu überleben und sich trotz des beschissenen Schicksals, das ihnen zugeteilt worden war, zu der starken Frau zu entwickeln, die sie jetzt war.

Sie hatte dieser Tage kaum noch Albträume und schien endlich Frieden in ihrem Schlaf gefunden zu haben, wenn sie zusammengerollt in meinen Armen lag. Nur gelegentlich suchte sie noch Max' Hilfe auf. Ich wusste, dass es keine sofortige Heilung für die Narben gab, die mein Vater in ihren Erinnerungen hinterlassen hatte. Aber sie hatte jetzt so viel Gutes in ihrem Leben, dass es schien, als könnte sie sich an dieses Gefühl klammern. Als würde sie nicht mehr von den Dingen geplagt, die sie durchgemacht hatte. Ihre Erlebnisse hatten sie nur noch härter und stärker gemacht – und zu der Fae-Königin, zu der sie geboren worden war.

Roxy stöhnte erneut, und dann kam ein einziger Satz über ihre Lippen, der mehr als deutlich machte, wovon sie träumte. Ein übermütiges Grinsen huschte über meine Lippen.

»Mehr, Darius.«

Und ich würde mein Mädchen nicht im Stich lassen, wenn sie so nett darum bat.

Ich drückte ihr einen Kuss auf den Hals, der sie frösteln ließ und sie dazu brachte, ihren Rücken vom Bett zu wölben. Ihre festen Nippel entlockten mir ein Stöhnen, als ich meinen Mund tiefer bewegte, um sie zu erreichen.

Ich fuhr mit meiner Hand über ihre nackte Seite, fand das Tattoo, das sie sich hatte stechen lassen, und streichelte die Haut dort, bevor ich ihre Brustwarze in meinen Mund nahm und sie ein wenig lauter stöhnen ließ.

Ernsthaft, ihre Haut schmeckte nach verdammter Zuckerwatte – so süß und berauschend, dass ich nie genug davon bekommen würde. Sie wand sich unter mir, aber als ich den Blick hob, fand ich ihre Augen immer noch geschlossen, während sie weiterhin zwischen Schlaf und Wachsein tanzte. Um fair zu sein – ich hatte in der vergangenen Nacht alles gegeben, um sie zu erschöpfen, sodass sie den Schlaf wahrscheinlich dringender benötigte als einen weiteren Orgasmus. Ein guter Mann hätte sie vielleicht schlafen lassen. Aber ich würde nie so tun, als wäre ich ein guter Mann, wenn es um sie ging.

Ich kniete mich zwischen ihre Beine, drückte ihre Schenkel auseinander und schaute auf ihren Körper hinunter, während Lust und Verlangen durch mich pulsierte. Einer Sache war ich mir sicher: Selbst wenn ich sie ein Leben lang lieben würde, wäre das nicht genug. Aber ich hatte kein Leben lang Zeit. Ich hatte noch zehn Monate. Also musste ich so viel Liebe, Lust und Vergnügen wie möglich in diese Zeit packen, während ich gleichzeitig versuchte, meinen Vater aus dieser Welt zu verbannen und ihr ein sicheres Leben zu ermöglichen, wenn ich nicht mehr da war.

Ich fragte mich, ob sie nach mir jemand anderen finden würde, und mein Blick wanderte zu dem unbezahlbaren Rubin-Anhänger, den sie um den Hals trug. Ein besitzergreifendes Knurren bildete sich in meiner Kehle, wenn ich nur daran dachte, dass sie jemals von einem anderen berührt werden könnte.

Vielleicht hätte ich mir wünschen sollen, dass sie Liebe fand, wenn ich weg war. Aber ich war kein selbstloser Mann, und allein der Gedanke daran erfüllte meine Adern mit einer unbändigen Wut und dem hungrigen Verlangen, dieses Jahr damit zu verbringen, sie so gründlich für mich zu beanspruchen, dass ich wusste, dass kein anderer Mann jemals in der Lage sein würde, meiner Erinnerung gerecht zu werden.

Egoistisch? Ja. Aber scheiß drauf! Sie gehörte mir.

Ich ließ mich zwischen ihre Schenkel fallen, während diese ungerechte Wut immer noch in mir brodelte, ihre Beine weit auseinander und ließ meine Zunge direkt durch die Mitte ihrer nassen Pussy gleiten, wobei ein hungriges Knurren aus mir herausbrach, als ich sie schmeckte. Sie war bereits so erregt.

Ich saugte an ihrer Klit, und Roxy wachte mit einem Keuchen vollständig auf. Ein Fluch verließ ihre Lippen, als ich fest an ihr saugte, bevor ich sie mit dem Eifer eines Verhungernden weiterleckte.

Ich war rasend vor Wut bei dem bloßen Gedanken, dass jemand anderes auch nur daran denken könnte, sie zu berühren, und das Tier in mir stieg an die Oberfläche meiner Haut und verlangte, dass ich sie vollständig einforderte und sie daran erinnerte, wem sie jetzt gehörte.

Roxy stöhnte laut und stemmte die Hüften gegen mich, während ich sie leckte und an ihrer Klit saugte. Sie fickte mein Gesicht, wobei sie mit den Händen über ihre Brüste strich und ihre Nippel stimulierte, um das Vergnügen noch zu steigern.

Ich knurrte an ihrer süßen Mitte, stieß zwei Finger in sie, während sie nach mir stöhnte, und brachte sie mit nur wenigen Handbewegungen zum Abgrund.

Ihr Rücken wölbte sich und sie schrie wunderschön, während ihre feuchte Pussy meine Finger fest umklammerte. Und ich leckte weiter, bis sie aufhörte, um mich herum zu pulsieren, um ihr Vergnügen so lange wie möglich aufrechtzuerhalten.

In dem Moment, in dem sie sich zurück auf die Matratze fallen ließ, packte ich ihre Hüften, drehte sie auf den Bauch und nutzte diesen Moment der Schwäche und der Erschöpfung, um sie zu dominieren, bevor sie erneut mit mir um die Kontrolle kämpfte.

Ich packte ihren runden Arsch, drückte ihr Fleisch zusammen und stöhnte, als ich meinen Schwanz in sie stieß, wobei ich sie flach auf dem Bett liegen ließ. Ich knurrte ihren Namen, als ich spürte, wie die perfekte Enge ihres Körpers meinen Schaft umschloss.

Ihre Lustschreie erfüllten den Raum, und das Bett knallte so hart gegen die Wand, dass ich das Holz protestierend knarren hörte. Und ich fickte sie hart, während ich ihren Körper unter mir fixierte.

Ich presste meine Brust auf ihren Rücken, küsste und biss in ihren Nacken, während sie ihre Hände in die Laken schob und sie mich zwischen den Bewegungen meiner Hüften verfluchte.

»Mein«, knurrte ich an ihrem Ohr, während sie versuchte, sich gegen mich zu stemmen. Die Rundung ihres Hinterns fühlte sich so gut an, als ich in sie eindrang, dass ich nicht anders konnte, als eine Hand zwischen uns zu schieben und meine Finger gegen ihre andere Öffnung zu drücken.

»O mein Gott!«, keuchte sie – ich hatte schon lange gelernt, dass das in ihrer Sprache so etwas wie »verdammt ja« bedeutete –, und ich grinste, als ich meine Finger in ihr Arschloch schob, während ich ihre Pussy noch härter fickte.

Roxy kam hart und schnell. Ihr Körper umklammerte den meinen und entlockte mir ein Brüllen der Lust, als ich mich tief in ihr ergoss und in einer dominanten Geste, die dem Tier in mir entstammte, in ihre Schulter biss. Ich konnte mich verdammt noch mal nicht beherrschen, wenn ich in ihrer Nähe war. Sie brachte meine animalische Seite zum Vorschein und forderte ihre Aufmerksamkeit. Und meine Bestie war genauso verzweifelt, Roxy zu beanspruchen, wie ich.

Ich zog mich zurück, ließ mich neben ihr aufs Bett fallen, nahm sie in meine Arme und grinste, als sie versuchte, mich wütend anzusehen.

»Arschloch«, murmelte sie und streckte die Hand aus, um die Konturen meines Unterkiefers nachzufahren. Mein Grinsen wurde breiter, was sie nur noch mehr anstachelte.

»Ich kann nichts dafür«, protestierte ich, da ich wusste, dass sie etwas gegen dieses Dominanzgehabe hatte. Aber ich hatte auch herausgefunden, dass sie trotz ihres Protests jedes Mal noch viel härter kam, wenn ich sie so behandelte. Roxy war vielleicht nicht von Natur aus unterwürfig, aber es gefiel ihr verdammt gut, wenn ich es schaffte, sie unter mich zu zwingen, während wir fickten.

»Das wirst du büßen«, sagte sie, und ihre Lippen zuckten vor Vergnügen, was bedeutete, dass sie bereits darüber nachdachte, wie sie mir das nächste Mal eine Lektion erteilen könnte. Sie hatte es schon mehr als einmal geschafft, mich ausreichend abzulenken, um mich mit ihrer Erdmagie zu fesseln. Dann hatte sie die Kontrolle übernommen und mich geritten, anstatt sich von mir in die Matratze drücken zu lassen. Aber ich konnte nicht behaupten, dass ich gegen diese Art von Bestrafung wirklich etwas einzuwenden hatte.

»Manchmal bin ich eben besitzergreifend.« Ich zuckte mit den Schultern, packte ihren Hintern mit einer Hand und zog sie näher zu mir, damit ich diese vollen Lippen küssen und noch mehr von ihr schmecken konnte.

»Was war es dieses Mal?«, neckte sie mich. »Habe ich wieder irgendeinen Typen angelächelt?«

Ich lachte höhnisch, als wäre das lächerlich, obwohl ich sie letzte Woche ganz Alphadrache in einen Seitentunnel gezerrt und gegen eine Wand gefickt hatte, nachdem ich sie mit diesem rebellischen Arschloch mit den Grübchen hatte lachen sehen. Aber darum ging es nicht.

»Bei Drachen dreht sich alles um Schätze«, erklärte ich, und sie neigte den Kopf zur Seite, während sie mich ansah. Ihre dunklen Haare fielen auf meinen Arm und enthüllten die Bissspuren, die ich auf ihrer Schulter hinterlassen hatte, als ich zum Tier geworden war und sie gebissen hatte.

»Ja, ich habe die riesige Truhe bemerkt, die die Hälfte unseres Zimmers einnimmt«, stichelte sie. »Ganz zu schweigen von der Tatsache, dass ich jeden zweiten Tag mit Goldmünzen am Hintern aufwache.« Sie streckte die Hand aus und zog eine Münze von der Matratze hinter mir, um ihren Standpunkt zu unterstreichen. Ich grinste sie an.

»Das Wichtigste für meine Art ist es, den wertvollsten Schatz zu finden, den man sich vorstellen kann, und ihn dann zu behüten und vor jeder Bedrohung zu schützen. Und du, Roxanya Vega, bist mir wichtiger als alles Gold und alle Juwelen der Welt zusammen. Ich würde für den Rest meines Lebens auf sie verzichten, wenn ich dafür einen Moment in deinen Armen stehlen könnte, in dem du mich so ansiehst, wie du es gerade tust. Es gibt nichts, was ich nicht tun würde, um dich zu beschützen und dafür zu sorgen, dass du mir gehörst. Ich will dich mit all der Gier und all dem Zorn des Monsters in mir. Und ich will dich mit dem Verlangen von tausend Drachen besitzen, die einen unbezahlbaren Schatz bewachen. Aber mehr als all das will ich dich einfach nur so lieben. Endlos, brutal und besitzergreifend. Jetzt, da du mir gehörst, werde ich dich für nichts auf der Welt aufgeben.«

»Nicht einmal für den Thron?«, frotzelte sie, und somit war der einzige verbleibende Spannungsfaktor zwischen uns wieder zur Sprache gekommen. Aber ich schüttelte den Kopf.

»Du wirst eine umwerfende Ratsgattin abgeben«, neckte ich sie, und sie versetzte mir einen Schlag gegen die Brust, der stark genug war, um einen blauen Fleck zu verursachen. »Au!«, beschwerte ich mich, als sie mir einen Blick zuwarf, der andeutete, dass der nächste Schlag noch viel härter ausfallen würde.

»*Du* wirst ein hinreißender Königinnengemahl sein«, konterte sie. »Du weißt schon, hübsch, gut im Bett ... schweigsam.«

Lachend stürzte ich mich auf sie, zog sie unter mich und rang mit ihr, während sie sich wie eine Straßenkatze wehrte. Ihr schrilles Lachen hallte durch den Raum, während sie versuchte, mir in die Eier zu treten.

Doch bevor wir noch weiter in die Falle der gegenseitigen Umarmung tappen konnten, hallte ein angsterfüllter Schrei durch den Tunnel vor unserem Zimmer und wir verstummten beide.

»Darcy«, keuchte Roxy, obwohl es überhaupt nicht nach ihrer Schwester geklungen hatte.

Aber nachdem Cal und Seth vor Wochen diese toten Wachen entdeckt hatten, machten wir uns alle Sorgen um die Leute hier unten, die wir liebten.

Ich rollte mich von ihr runter und warf ihr Jeans und einen schwarzen Pullover zu, bevor ich mir einen grauen Trainingsanzug anzog und mir ein Paar Turnschuhe schnappte.

Wir waren in wenigen Augenblicken aus der Tür und schlossen uns der Flut der anderen Burrows-Bewohner an, die ebenfalls aufgeschreckt waren. Roxy stieß einen erleichterten Gruß aus, als wir die blauen Haare ihrer Schwester in der Gruppe vor uns entdeckten. Lance war bei ihr und er ergriff ihren Arm und brachte sie zum Stehenbleiben, damit wir sie einholen konnten.

Roxy eilte auf sie zu und ergriff Darcys Hand. Die beiden tauschten erleichterte Blicke aus und murmelten beruhigende Worte, während ich mich neben sie stellte.

»Was ist los?«, fragte ich und beäugte Lance, der angestrengt lauschte, um weitere Informationen zu erhalten.

»Ich glaube, eine weitere Leiche wurde gefunden«, erklärte er mit dunkler Stimme. Und die Angst in seinen Augen entsprach meiner eigenen.

Wenn jemand hier unten Anschläge auf Rebellen verübte, dann war mehr als klar, wer ihre wahren Ziele waren – die Mädchen, die zwischen uns standen. Aber wir hatten bei den Sternen geschworen, als wir das Burrows betreten hatten. Jeder, der hier unten war, hatte den Schwur ablegen müssen, ihnen keinen Schaden zufügen zu wollen. Vielleicht lagen wir falsch, aber mein Bauchgefühl verriet mir, dass dem nicht so war. Ich wusste nur nicht, wie sie es anstellten, ohne dass Hamish das Brechen der Schwüre aufspürte.

Drachenfeuer flackerte in mir auf, wenn ich daran dachte, dass jemand versuchen könnte, den Zwillingen etwas anzutun, und ich legte einen Arm um Roxys Schultern und zog sie an meine Seite, während ich die Augen zusammenkniff und die Fae beobachtete, die an uns vorbeischwärmten.

»Wir sollten nachsehen, wer es war«, sagte Darcy eindringlich, nahm Roxys Hand und zog sie mit sich, die sich sofort aus meinem Griff löste.

»Tory auch, hm?«, murmelte Lance, als wir uns beeilten, mit ihnen Schritt zu halten, während wir dem riesigen Tunnel folgten. Die Erdelementare hatten auch hier hart gearbeitet, und die Wände waren jetzt alle mit grauem Stein verkleidet. Eine dekorative Gewölbedecke ließ die Tunnel weniger bedrückend wirken und zahlreiche Wasser- und Feuerspiele schmückten die Wände. »Darcy weigert sich, mir zu erlauben, sie so zu beschützen, wie ich es gern tun würde.«

»Weil sie verdammt stur sind«, brummte ich und grinste dann, weil Roxy mich gehört hatte und mir nun über die Schulter den Mittelfinger zeigte.

»Ja. Erklär mir noch mal, warum wir mit ihnen zusammen sind«, neckte Lance, aber da wir beide weiter hinter ihnen hertrotteten wie zwei unterworfene kleine Wachhunde, während wir sie unverhohlen abcheckten, schien die Antwort auf diese Frage irgendwie sinnlos.

Wir schafften es bis zum Speisesaal, wo sich etliche Fae am Eingang zu dem Tunnel drängten, der zu den gemeinschaftlichen Badehäusern führte.

»Macht Platz für die wahren Königinnen!«, brüllte Geraldine und ließ ihrer Forderung ein hündisches Bellen folgen, woraufhin der Rest der Rebellen sofort Haltung annahm und zurückwich, um die Vegas passieren zu lassen.

Wir blieben dicht hinter ihnen, und ich spannte mich kurz an, als ein weiterer Vampir an unsere Seite schoss. Ich entspannte mich sofort wieder, als ich Cal erkannte, der neben mich trat und Seth von seinem Rücken ließ.

»Habt ihr heute Morgen schon Max, Xavier und meine Mutter gesehen?«, fragte ich besorgt und suchte in der Menge nach den Personen, die ich liebte, in der Hoffnung, einen von ihnen zu entdecken.

»Ja, ich musste mir vorhin etwas Zahnpasta von Max leihen und Xavier war bei ihm im Zimmer«, meinte Caleb, den Blick fest auf den Tunnel vor uns gerichtet, während wir in schnellem Tempo weitergingen.

»Und ich habe deine Mutter vor ein paar Minuten gesehen. Sie hat zusammen mit Hamish in der Küche Essen zubereitet«, fügte Seth hinzu. »Sie hat mich einen ungezogenen Welpen genannt und mich weggejagt, als ich versucht habe, ein paar Kekse zu stehlen, die für die Zwillinge bestimmt sind. Die Vegas bekommen alles, was sie wollen, also müssen sie eben als meine Snackquelle herhalten. Wenigstens lässt Tory immer etwas für mich herumliegen.«

Er sah leicht angesäuert aus, und ich schnaubte belustigt. Mir war nie aufgefallen, dass meine Mutter sich fürs Kochen interessierte, aber seit wir hier waren, stürzte sie sich mit ganzem Herzen in die Arbeit. Sie half dabei, die Mahlzeiten für die Rebellen zuzubereiten, während Hamish sich um sie herumdrückte, ihr süße Komplimente zuflüsterte und sie küsste, wann immer er dachte, dass niemand hinsah.

Ich wollte gegen die Vorstellung protestieren, dass meine Mutter mit einem verdammten Grus anbandeln könnte – aber sie sah so verdammt glücklich aus, wenn ich sie mit ihm sah, dass es mir unmöglich war, ein Problem mit ihrer Beziehung zu haben. Sie verdiente etwas Gutes und jemanden, der sich wirklich um sie kümmerte, nachdem sie jahrelang an meinen Vater gefesselt gewesen war.

Lance warf mir angesichts der Tatsache, dass es denjenigen, die uns am nächsten standen, gut ging, einen erleichterten Blick zu. Einen Moment später bogen wir in Richtung der Badehäuser der Männer ab – und der Gestank des Todes traf uns hart und unvermittelt.

Fleischklumpen und Blut besprenkelten den Boden, Teile eines zerfetzten Körpers waren an den Wänden verteilt und ein abgetrennter Kopf, dessen tote Augen voller Schrecken zu sein schienen, trieb in der Mitte des zentralen Beckens.

»Oh, bei der Liebe zum knolligen, ewigen Mond!«, rief Geraldine.

»Was zum Teufel war das?«, murmelte Darcy und verzog angewidert die Nase, als sie die Überreste der Leiche betrachtete.

»Viele Fae wären in ihrer Formgebung dazu in der Lage«, meldete sich Seth zu Wort. »Drachen, Mantikore, Löwen, Bären, Wölfe …«

»Ein Vampir hätte auch keine Probleme damit«, fügte Caleb hinzu und Seth nickte nachdenklich. »Kann jemand Zahnabdrücke sehen? Oder Kratzspuren? Kann mir mal jemand den Arm reichen?«

»Ich fasse keinen ekligen abgetrennten Arm an, Alter«, antwortete Roxy mit einem Schaudern.

»Niemand fasst irgendetwas an!«, rief Geraldine. »Wir müssen eine vollständige Untersuchung durchführen.«

»O mein Gott, ich glaube, ich weiß, wer das ist«, hauchte Darcy und trat näher an die Wasserlache heran, während sie den schwimmenden Kopf musterte, der langsam in der Strömung des Wassers kreiste. »Ist das nicht der Wachmann, der draußen Dienst hatte, als wir zum Verkümmerten Berg aufgebrochen sind, Lance? Barney von irgendwas?«

»Ah ja«, meinte er, als er näher trat, um einen Blick darauf zu werfen. »Der Typ war ein Arschloch.«

Geraldine keuchte, während sie sich empört zu ihm umdrehte, aber bevor sie etwas dagegen sagen konnte, den Toten als Arschloch zu bezeichnen, stieß einer der Rebellen einen Schrei aus.

»Neeeeeeein, nicht Barney von Bonderville!« Das Mädchen stürzte schluchzend vor, und ich tauschte einen Blick mit den anderen aus, bevor wir uns alle wortlos zurückzogen und eilig in den Tunneln verschwanden.

Wir machten uns auf den Weg zum Speisesaal, und ich hob den Blick zur gewölbten Decke, die mit goldenen Stalaktiten verziert war, deren Glanz die Aufmerksamkeit meines inneren Drachen auf sich zog, wie es einst der Orb getan hatte.

Ein Wasserfall ergoss sich im hinteren Teil der Höhle in ein glitzerndes Becken, an dessen Rand eine steinerne Sitzecke errichtet worden war. Die Wand ringsum war mit den Symbolen der Sternzeichen verziert, die in strahlend blauen Fae-Lichtern leuchteten. Das Becken war voller Auren, die Fae hineingeworfen hatten, um sich die Gunst der Sterne im Krieg zu wünschen, und ich hatte auch ein paar kostbare Kristalle darin gesehen, die mir ins Auge gefallen waren. Es war verlockend, auch ein paar der Münzen herauszuholen, aber es wäre wohl ein mieser Zug, die Wünsche der Leute zu stehlen.

Die Tische waren aus Stein, die meisten von ihnen rund, mit Ausnahme des großen rechteckigen Tisches in der Mitte, der für die »wahren Königinnen« und ihr Gefolge bestimmt war. Dahinter stand die Statue eines Phönix, mit ausgebreiteten Flügeln und offenem Schnabel, als würde er einen Schrei ausstoßen. Ein Feuer brannte an seiner Basis und noch mehr Münzopfergaben waren in diese Flammen geworfen worden.

Auf dem Boden glitzerten Sternbilder – glänzende Juwelen, die in den Stein eingelassen worden waren –, und rechts im Raum war die Wand mit einer detaillierten Karte von Solaria bemalt, an der einige der künstlerisch begabteren Fae noch immer arbeiteten. Jede Ecke unseres Königreichs war eingezeichnet, von der Polarhauptstadt bis hinunter zum Neptunischen Meer.

Leises Flüstern und misstrauische Blicke beherrschten die Höhle, während alle im Raum einander ansahen und sich fragten, ob die Person neben ihnen vielleicht ein Mörder war. Ich biss die Zähne angesichts der Spannung zusammen. Als ob wir noch etwas anderes bräuchten, worüber wir uns Sorgen machen müssten, während wir versuchten, uns darauf vorzubereiten, es mit meinem Vater aufzunehmen. Jeden Tag wurden neue Gesetze erlassen und Ankündigungen veröffentlicht, die immer mehr Fae in Gefahr brachten, und die Rebellen arbeiteten unermüdlich daran, Tiberianische Ratten, Sphinxe und Minotauren umzusiedeln, während seine Nymphen die Fährte aufnahmen.

Die Höhlen wurden täglich erweitert, um all die neuen Flüchtlinge unterzubringen, was bedeutete, dass Seth, Caleb, Geraldine und die Zwillinge einen Großteil ihrer Zeit damit verbrachten, ihre Erdmagie einzusetzen, um hier unten ein immer tieferes Labyrinth zu erschaffen, in dem sie alle unterkommen konnten.

Eugene Dipper hatte das Kommando über die Tiberianischen Ratten übernommen. Ihre Quartiere bestanden aus winzigen Tunneln, die niemand außer ihnen in ihrer verwandelten Form betreten konnte. Er bestand darauf, dass es keinem von ihnen etwas ausmachte, sich zum Schlafen zu verwandeln, damit sie weniger Platz beanspruchten. Das einzige Problem war, dass die Ratten viel Nistmaterial benötigten und aus irgendeinem unbekannten Grund eine starke Vorliebe für Unterwäsche hatten – was bedeutete, dass alles, was zum Waschen geschickt wurde, aus den Wäschehöhlen verschwand.

Die anderen bewegten sich in Richtung der Mitte der Höhle und ich folgte ihnen, aber eine Hand packte meinen Ellbogen, bevor ich mehr als ein paar Schritte machen konnte. Als ich mich umdrehte, sah ich Gabriel Nox vor mir stehen, meinen Arm fest umklammert und mit einem finsteren Funkeln in den Augen. Er war shirtlos und stellte seine Flügel – wie immer – zur Schau. Ich zog eine Augenbraue hoch, um ihn wissen zu lassen, dass ich nicht besonders erfreut war, von ihm aufgehalten zu werden.

»Wir müssen uns unterhalten«, meinte er bestimmt, bevor er sich umdrehte und in Roxys Richtung grinste, kurz bevor sie sich umdrehte, um nach mir zu sehen. Er winkte ihr freundlich zu, woraufhin sie strahlend zurücklächelte, als ginge sie davon aus, wir beide hätten irgendeine süße Bruder-und-Freund-Sache vor. Sobald sie sich abwandte, funkelte er mich erneut böse an.

»Hast du gerade mein Mädchen verarscht?«, fragte ich ihn und er beugte sich näher zu mir, immer noch mit vernichtendem Blick.

»Wer im Glashaus sitzt, sollte nicht mit Steinen werfen, Darius«, zischte er.

»Was soll das denn bitte heißen?«, fragte ich.

»Sag du es mir! Du bist derjenige, der nach Weihnachten keine Zukunft mehr zu haben scheint.«

Mein Herz setzte einen Schlag aus, und ich biss die Zähne zusammen, warf einen Blick in Calebs und Lance' Richtung, um sicherzugehen, dass sie ihn mit ihren Vampirfähigkeiten nicht gehört hatten. Gleichzeitig fragte ich mich, ob dieses Arschloch eine Ahnung von meinem Deal mit den Sternen hatte oder ob er nur herumstocherte. Ich gab zu, dass ich ihm so gut wie möglich aus dem Weg gegangen war, seit wir wieder zur Gruppe gestoßen waren, weil ich nicht wollte, dass er einen Blick in meine Zukunft warf. Aber ich vermutete, dass sie so eng mit Roxys verbunden war, dass es für ihn unmöglich war, sie nicht zu *sehen*. So oder so – ich wollte nicht, dass die anderen mithörten, also wirkte ich eine Stillekuppel und deutete mit dem Kinn auf einen leeren Durchgang zu unserer Rechten, bevor ich mich hinein duckte.

»Du weißt nicht, wovon du sprichst«, knurrte ich, trat auf ihn zu und versuchte, ihn einzuschüchtern, aber er fixierte meinen Blick und grinste hämisch.

»Ich denke, wir wissen beide, dass ich das sehr wohl tue. Also sag mir, Arschloch, welchen Deal hast du mit den Sternen gemacht, um die Bande zu sprengen, die dir und meiner Schwester auferlegt wurden?«, fragte er, als hätte er das Recht, meine Angelegenheiten zu kennen.

Am liebsten hätte ich ihm eine reingehauen. Ich hatte diesen Arsch noch nie gemocht. Er lachte immer mit Lance über ihre kleinen Insiderwitze oder benahm sich so überheblich, weil er diese verdammte Gabe des Sehens hatte. Aber ich musste zugeben, dass er mir den Arsch gerettet hatte, als es um Mildred gegangen war, und wenn er mich nicht in diese sternverdammte Höhle gebracht hätte, wären Roxy und Darcy jetzt vielleicht tot.

Ich wandte mich von ihm ab, trat ein paar Schritte in die Dunkelheit, wischte mir mit der Hand über das Gesicht und versuchte, den Zorn meines Drachens zu verbannen und rational darüber nachzudenken. Er hatte die Gabe des Sehens. Und obwohl wir einander nicht nahe waren, bedeutete ihm meine Verbindung zu Roxy offenbar genug, um einen Blick in mein Leben werfen zu können. Offensichtlich hatte er bereits herausgefunden, dass meine Zukunft in zehn Monaten am Weihnachtstag ziemlich abrupt enden würde.

Die Tatsache, dass er das *gesehen* hatte, traf mich wie ein Schlag in die Magengrube. Ja, ich hatte gewusst, dass es kommen würde. Ich war ja kein Vollidiot. Aber ich hatte auch versucht, im Moment zu leben und die Liebe und das Leben zu genießen – von beidem hatte ich erst seit meiner viel zu frischen Befreiung aus der Kontrolle meines Vaters einen Vorgeschmack bekommen. Es waren bereits acht Wochen vergangen, aber es fühlte sich nicht so an. Es kam mir wie ein einziger Augenblick vor und war kaum ein Vorgeschmack auf alles, was ich mir immer erträumt hatte, für mich beanspruchen zu können. Ein Jahr würde nie ausreichen, aber jetzt konnte ich sehen, dass die Zeit so kurz war, dass ich daran zerbrechen würde.

Ich wandte mich wieder Gabriel zu, und der Schmerz bohrte sich tief in meine Brust, als ich mich zwang, der Wahrheit ins Auge zu sehen und mich dem zu stellen.

»Sie waren dem Tod geweiht«, sagte ich mit brüchiger Stimme, als ich mich an die Visionen erinnerte, die ich hatte ertragen müssen. »Die Sterne haben mir ihr Schicksal offenbart und mir gezeigt, wie dieser Kampf ausgehen würde, sollte ich nicht handeln. Wenn ich diesen Deal nicht geschlossen hätte, wären entweder Roxy oder ihre Schwester oder vielleicht sogar beide gestorben. Genau, wie du es gesagt hast.«

»Welchen Deal?«, fragte er mit steifer Haltung, als würde er sich auf einen Schlag vorbereiten. Ein Schlag, von dem er bereits wusste, dass er kommen würde.

Ich starrte ihn mehrere Sekunden lang an, wohl wissend, dass diese Wahrheit Wirklichkeit werden würde, sobald ich sie aussprach. Ich würde die Kontrolle darüber verlieren. Ich würde sie in die Realität projizieren und gezwungen sein, mich mit den Konsequenzen auseinanderzusetzen.

Ja, es hatte mich mit unglaublicher Angst erfüllt, Roxy verlieren zu können. Weshalb ich mehr als bereit gewesen war, den Deal einzugehen, um mein Leben gegen ihres einzutauschen. So stark fühlte ich für sie. Aber ich hatte nicht gewusst, wie es sich anfühlen würde, sie wirklich zu lieben und von ihr geliebt zu werden. Und dieses Glück, das ich für uns ergaunert hatte, eilte einem unvermeidlichen Ende entgegen, das ihr nur noch mehr Schmerz bereiten würde. Und das war etwas, von dem ich mir geschworen hatte, es nie wieder zu tun.

Die Worte fielen mit einer solchen Geschwindigkeit von meinen Lippen, dass ich vor Schmerz fast zerbrach, als sie mir entglitten. »Ich habe mein Leben gegen ihres eingetauscht. Ich habe ein Jahr Zeit, um ihr die Welt zu Füßen zu legen. Dann werden die Sterne ihr alles entreißen, indem sie mich in ihre Umarmung rufen.«

Gabriels Mund stand offen, und ich konnte sehen, dass er nicht damit gerechnet hatte, dass diese Worte über meine Lippen kommen würden. Verdammt, ich hatte selbst nicht damit gerechnet, bis sie sich ihren Weg gebahnt hatten. Aber da war sie – die hässliche, ungeschminkte Wahrheit. Und jetzt krallte sie sich an ihn, wie sie sich an mich krallte.

»Das wird sie zerstören«, hauchte er. Und der Schmerz in seinen Augen galt dem Mädchen, das ich so sehr liebte, dass etwas in mir zerbrach.

»Ich weiß«, würgte ich hervor. Ich spürte die rohe Brutalität dieser Wahrheit, als ich sie aussprach. »Ich bin schwach. Ich weiß, ich hätte mich von ihr fernhalten sollen. Ich hätte dieses Jahr damit verbringen sollen, dafür zu sorgen, dass sie ihre Liebe zu mir verliert, damit es weniger wehtut, wenn es so weit ist, aber ich … ich bin nichts ohne sie, Gabriel. Sie ist das einzige Mädchen, das den liebenswerten Mann unter der Oberfläche gesehen hat. Sie hat sich weder für meine Position, meine Macht noch meinen Reichtum gekümmert. Sie hat mich gesehen und mich dazu gebracht, ein besserer Mann zu werden. Für sie. Sie ist jede Fantasie, die ich je hatte, und jeder Traum, an den ich je zu denken gewagt habe. Aber sie ist sogar noch besser als das, weil sie real ist. Ich kann sie nicht aufgeben. Ich könnte mir genauso gut jetzt gleich eine Klinge durchs Herz treiben.«

»Fuck!«, stieß Gabriel aus, und seine Augen wurden glasig, als er etwas zu *sehen* schien, während er langsam den Kopf schüttelte, als wollte er das Schicksal, das sich vor mir abzeichnete, leugnen. Aber ich wusste, dass er es nicht konnte. Die Macht der Sterne an jenem Ort war so immens gewesen, dass ich wusste, dass es keinen Weg gab, sie zu leugnen. Ich hatte meinen Handel mit ihnen gemacht. Der Preis war nicht verhandelbar. »Es tut mir leid, Darius … Ich sehe keine andere Zukunft für dich …«

Gabriels Gesicht war schmerzverzerrt, als würde er bereits die Zukunft *sehen*, die Roxy bevorstand. Und dieser eine Blick verriet mir, dass ihr dies mehr Schaden zufügen würde als all die schrecklichen Dinge, denen ich sie in der Vergangenheit ausgesetzt hatte. Ich hatte mein Leben für ihres gegeben, aber ich war derjenige, der bei diesem Handel ungeschoren davonkam.

»Ich hatte keine andere Wahl«, murmelte ich. »Ich konnte sie nicht sterben lassen.«

Gabriel nickte hoffnungslos, bevor er einen Schritt auf mich zumachte und mich fest in die Arme schloss. Es kam so unerwartet, dass ich erstarrte, unsicher, was zum Teufel ich davon halten sollte, von einem Mann, der mir seit unserer ersten Begegnung so deutlich zu verstehen gegeben hatte, dass er mich nicht mochte.

»Bitte sag den anderen nichts davon«, flehte ich. »Ich weiß, was sie tun werden. Sie werden sich darauf konzentrieren wollen, dieses Schicksal zu ändern, einen anderen Handel abzuschließen und zu versuchen, mich zu retten, obwohl es hoffnungslos ist. Aber wir müssen den Fokus darauf legen, meinen Vater zu töten und die Nymphen zu vernichten, nicht zu vergessen diese Schattenschlampe, die mit ihm zusammenarbeitet. Sie können diese Zeit nicht mit mir verschwenden. Was ist, wenn sie durch ein Hinauszögern mehr Leben verlieren als nur das meine?«

Gabriel zog sich zurück und runzelte die Stirn, nickte aber langsam. »Du hast recht«, sagte er, weil er auch diese Zukunft zu *sehen* schien. »Sie werden sich darauf konzentrieren, dich zu retten, anstatt ihn zu vernichten, und …«

»Und es gibt trotzdem keine Hoffnung für mich, richtig?«, fragte ich.

Fast wünschte ich, er würde mir sagen, dass ich falschlag, obwohl ich bereits wusste, dass er es nicht tun würde.

»Es tut mir leid, Darius«, antwortete er und schüttelte den Kopf. »Ich verspreche, dass ich weiterhin in deine Zukunft blicken werde, um nach Möglichkeiten zu suchen, aber ...«

»Ja«, meinte ich bitter und versuchte, nicht an all die Dinge zu denken, für die ich über dieses Ultimatum hinaus leben wollte. Es spielte jetzt ohnehin keine Rolle mehr. Ich musste mich darauf konzentrieren, was ich mit der Zeit anfangen konnte, die ich hatte.

»Was bedeutet das für deine Absichten, den Thron zu besteigen?«, fragte Gabriel, und ich atmete tief aus.

»Ich weiß es nicht mehr. Ich bin zum Herrschen geboren, aber jetzt ist es mein Schicksal, zu sterben. Aber ich bin nach wie vor der Meinung, dass die Vegas nicht genug darüber wissen, wie man dieses Königreich regiert, um einfach den Thron zu beanspruchen und es zu tun. Sie wissen wenig bis gar nichts darüber, wie unser politisches System funktioniert, und sie mögen mächtig sein, aber sie wissen nicht alles, was sie wissen müssten, um erfolgreich regieren zu können. Alles, was ich je wollte, war, dass unser Königreich besser regiert wird als in der Vergangenheit. Und ich bin noch nicht davon überzeugt, dass zwei von Sterblichen aufgezogene Mädchen das besser können als meine Brüder, die seit ihrer Geburt in die Gepflogenheiten unserer Welt eingeführt wurden. Wir haben unzählige Pläne, wie wir Solaria und das Leben seiner Bewohner verbessern können. Ich bezweifle, dass die Vegas überhaupt wissen, wo sie anfangen sollen.«

»Also würdest du Xavier deinen Platz im Rat einnehmen lassen?«, fragte Gabriel. Er äußerte sich nicht zu meinen Gedanken zum Thema Thron, obwohl ich davon ausgehen musste, dass er dafür war, dass seine Schwestern ihn beanspruchten. Aber er konnte doch sicher *sehen*, was diese Zukunft für unser Königreich bedeuten würde, also war er vielleicht die richtige Person, um ihn um Rat zu fragen.

»Ja«, stimmte ich zu. »Um ehrlich zu sein, habe ich so viel Zeit wie möglich mit ihm verbracht, um ihm zu helfen, seine magischen Fähigkeiten zu stärken. Er hat als Kind bereits die gleichen Lektionen in Politik und Regierungsführung erhalten wie ich, und er ist ohnehin ein besserer Mann als ich.«

Gabriel nickte. »Ich kann mir diese Zukunft als Möglichkeit vorstellen. Das Königreich wird von den anderen Erben und deinem jüngeren Bruder regiert. Aber das ist eine von vielen Möglichkeiten, die sich uns im Moment bieten, und der Weg zu fast allen von ihnen ist mit Tod gepflastert. Am wahrscheinlichsten ist es derzeit, dass dein Vater uns alle mit der Zeit auslöschen wird und seine brutale Herrschaft weitergeht.«

»Das wird sie nicht«, knurrte ich wütend. »Wenn es eine Sache gibt, die ich vor meinem Tod unbedingt erreichen will, dann ist es, zu sehen, wie diesem Bastard der Kopf von seinem verräterischen Körper gerissen wird.«

Gabriel öffnete den Mund, um zu antworten, aber stattdessen erstarrte er. Seine Augen huschten hin und her, als er etwas sah, das jenseits meines Verständnisses lag, während die Sterne ihm eine Vision schenkten.

»Wir müssen gehen«, keuchte er, als er wieder zu sich kam, und die Angst in seiner Stimme ließ mein Herz rasen.

»Was ist los? Hat er uns gefunden? Werden wir angegriffen?«, fuhr ich ihn an.

»Nicht hier. Nicht wir. Er behauptet, dass die Pegasus-Herde, zu der dein Bruder gehört hat, mit den Rebellen in Verbindung steht. Er hat eine Ausmerzung angeordnet.«

»Eine was?«, brüllte ich, während Feuer durch meine Glieder schoss, als mein Drache in Erwartung eines Kampfes den Kopf hob.

»Du musst deinen Bruder finden. Wenn ihr beide – nur ihr beide – jetzt aufbrecht, habt ihr eine Chance, es vor ihm zur Academy zu schaffen. Aber Darius, jede Sekunde, die du verschwendest, könnte ein weiteres Leben fordern. Du musst dich beeilen.«

»Wo ist er?«, fragte ich, wohl wissend, dass ich ihm in dieser Sache vertrauen musste, wenn ich nicht das Blutbad riskieren wollte, das er bereits *vorausgesehen* hatte.

»Er ist mit deiner Mutter und Hamish außerhalb der Küchen. Es fällt mir schwer, viel von dem zu sehen, was auf dem Campus passieren wird, aber ich weiß, dass unsere Zukunft besser aussehen wird, wenn du die Pegasus-Herde retten und Lance' Dunkle-Magie-Ausrüstung beschaffen kannst.«

»Verstanden«, sagte ich und schob mich an ihm vorbei, während seine letzten Worte mir nachjagten, als ich in einen Sprint verfiel.

»Lauf, Darius! Das Schicksal ändert sich mit jeder Sekunde!«

Scorpio
Gemini
Virgo
Cancer
Aries
Leo
Sagittarius
Taurus
Capricorn
Aquarius
Libra
Pisces

XAVIER

KAPITEL 12

Im Burrows herrschte aufgrund des Todes eines weiteren Rebellen Chaos, und mein Herz raste wie donnernde Hufe, als ich mich durch die Menge auf die Suche nach meiner Familie machte. Ich entdeckte meine Mutter, ihre Gestalt durch einen perfekten Verhüllungszauber verborgen, der sie wie eine einfache Frau aussehen ließ. Ihre dunklen Haare waren zu einem Pferdeschwanz gebunden, aber ihre Augen hatten die gleiche tiefbraune Farbe wie immer.

Sie stand an Hamishs Seite, der die Rebellen in ihre Zimmer zurückschickte, und in seinen Augen schimmerte eine Panik, die mich beunruhigte. Es gab keine Hinweise auf den Mörder, und jetzt, da dieser erneut zugeschlagen hatte, fragte ich mich, wer wohl als Nächstes an der Reihe sein würde.

Ich erreichte meine Mutter, und sie umklammerte meine Hand und zog mich an sich. Ihr vertrauter Geruch umgab mich, als ich sie umarmte. Ich war inzwischen größer als sie, und sie schmiegte sich mühelos an mich, wobei sie ihren Kopf an meine Schulter legte.

»Geht es dir gut?«, flüsterte sie, und ihre Worte waren von Sorge erfüllt.

»Mir geht es gut. Was ist mit Darius?«

»Ihm geht es auch gut«, schwor sie und drückte mich einen Moment fester an sich, ließ dann aber los und sah zu mir auf, als wollte sie mich irgendwohin in Sicherheit bringen. Aber ich war kein Baby mehr und hatte zu viele Jahre damit verbracht, eingesperrt zu sein und meine eigenen Schlachten nicht schlagen zu können. Wenn es an diesem Ort eine Bedrohung gab, würde ich mich ihr verdammt noch mal an der Seite derjenigen stellen, die ich liebte.

Ich stieß ein leises Wiehern aus, als Hamish meinen Rücken tätschelte.

»Mach dir keine Sorgen, Sportsfreund«, versprach er und warf mir einen väterlichen Blick zu – oder zumindest einen, der dem eines Vaters so nahe wie nur möglich kam. Mein Vater hatte mich jedenfalls nie so angesehen.

»Ich verstehe einfach nicht, wie es hier unten einen Mörder geben kann«, sagte ich und stampfte wütend mit dem Fuß auf. »Wir haben einige der mächtigsten Fae in Solaria auf die Jagd nach ihm geschickt. Warum hat Gabriel nichts *gesehen*? Warum können uns die Zyklopen keine Antworten geben?«

Hamish schüttelte verzweifelt den Kopf und ich konnte sehen, unter welchem Druck er stand, als er mit der Hand über seinen kahlen Kopf und über seine Koteletten fuhr. »Das ist in der Tat ein Karpfen von einem Rätsel, lieber Xavier. Aber sei versichert, wir werden den Unhold finden, der hier unten sein Unwesen treibt, und dafür sorgen, dass er dem Zorn der Sterne ins Auge blicken muss.«

Ich nickte, obwohl mir immer noch mulmig zumute war. Ich wünschte, ich könnte mehr tun, um zu helfen.

»Xavier!« Darius' dröhnende Stimme übertönte das hektische Geschwätz der Rebellen, und ich sah, wie er sich durch die Menge drängte, um zu uns zu gelangen. Mom nahm ihn in den Arm und begutachtete ihn gründlich, während Hamish mit seinem großen Körper die Sicht der Menge auf uns versperrte, um ihnen einen Moment der Privatsphäre zu verschaffen.

»Was ist los?«, fragte ich, als ich etwas Dunkles in den Augen meines Bruders sah.

»Ich brauche deine Hilfe.« Er packte meinen Arm, nickte Mom und Hamish zum Abschied zu und führte mich durch die Menge.

»Was ist los?«, fragte ich, aber er antwortete nicht, sondern beschleunigte sein Tempo, bis ich gezwungen war, neben ihm zu traben, während er durch einen schmaleren Tunnel zum Ausgang des Burrows rannte.

Er erzeugte eine Stillekuppel um uns herum und warf mir einen flüchtigen Blick zu, während wir die Uhr erreichten und ins Bauernhaus schlüpften. »Gabriel hatte eine Vision«, sagte er mit leiser Stimme.

»Was für eine Vision?«, fragte ich besorgt, da ich spürte, dass etwas nicht stimmte, als wir in die eisige Luft eilten, wo der Schnee dicht und schnell auf die Wachen fiel.

»Ihr braucht die Erlaubnis der Vegas, um das …«, begann einer der Wachen, aber Darius streckte ihn mit einem Wasserstrahl zu Boden und fletschte die Zähne in Richtung der anderen, die nervöse Blicke austauschten.

Wir rannten an ihnen vorbei, als sie sich neu zu formieren versuchten, und Darius zog einen Beutel mit Sternenstaub aus der Tasche, während wir direkt auf die Grenze zusteuerten. In der Sekunde, in der wir hindurchtraten, warf er eine Prise des Staubs über unsere Köpfe. Mir blieb keine Zeit, zu fragen, wohin wir unterwegs waren, denn wir wurden bereits in die Sterne gezogen und durch eine glitzernde Galaxie aus Licht gewirbelt, bevor wir auf den weichen Boden zwischen zwei dicken Büschen befördert wurden.

Ich schaute mich überrascht um, als ich den Außenzaun der Zodiac Academy entdeckte und hinter den Stäben einen Blick auf das Erd-Territorium erhaschte.

»Was zur Hölle machen wir hier?«, zischte ich alarmiert.

»Hör zu!«, knurrte Darius und trat näher an mich heran, während eine Welle der Dringlichkeit über ihn hereinbrach. »Gabriel hat vorausgesehen, dass deine Herde heute getötet wird. Sie wurden als Verräter denunziert. Wir haben nur wenig Zeit, um sie herauszuholen. Und ich habe keinen Zweifel, dass Vater eine neue Grenze um den Campus gezogen hat, um ihn auf unsere Rückkehr hierher aufmerksam zu machen. Sobald wir diesen Zaun passieren, wird er wissen, wo wir sind.« Ein ängstliches Wiehern entwich mir, als ich an Sofia dachte. Und diesen verdammten Tyler. Darius legte mir eine Hand auf den Mund, um mich zum Schweigen zu bringen. »Deine Herde wird sterben, wenn wir uns nicht beeilen. Wir haben keine Zeit zu verschwenden. Schaffst du das, Bruder?«

Ich nickte. Meine Angst wich der Entschlossenheit, als ich an diejenigen dachte, die mich unter ihre Flügel genommen hatten, die mich akzeptiert hatten, obwohl viele von ihnen meinen Vater fürchteten. Und als ich an Sofia dachte, an ihre sanfte Seele und all die Worte, die wir in den Monaten, in denen ich im Haus meines Vaters eingesperrt gewesen war, gewechselt hatten, wusste ich, dass ich heute alles tun würde, um sie zu retten. Sie war meine Rettung gewesen, und so würde ich die ihre sein.

»Gehen wir!«, knurrte ich, und meine Stimme bekam für einen Moment die raue Schärfe eines Drachen. Darius nickte, klopfte mir auf die Schulter und ging zum Zaun.

Er trat durch einen der Gitterstäbe, der nichts als eine Illusion war, und ich folgte ihm, während ich spürte, wie die Magie eines mächtigen Aufspürzaubers über mich hereinbrach. Ich erkannte die Macht meines Vaters und ein Schauer durchfuhr mich. Er wusste jetzt also Bescheid. Und er würde kommen, um uns zu holen. Mir wurde klar, dass ich lieber sterben würde, als in seine Gefangenschaft zurückzukehren.

Wir beide legten einen Sprint hin und rannten über das Gelände, während Darius mächtige Verhüllungszauber um uns herum wirkte, um uns die beste Chance zu geben, Vater so lange wie möglich zu entkommen.

»Wo könnten sie sein?«, rief Darius mir zu, als wir eine steile Böschung hinunter und durch eine Baumgruppe rannten. So weit vom Zentrum des Campus entfernt waren keine Studenten unterwegs, aber es würde nicht lange dauern, bis wir auf jemanden stießen.

Ich rechnete im Kopf aus, welcher Tag heute war, und versuchte, mich an meinen Stundenplan zu erinnern. Dann keuchte ich auf.

»Sie werden alle im Kurs *Formgebung für Fortgeschrittene* sein«, sagte ich und bog an der Weggabelung nach links ab, während Darius sich mir anschloss, als ich ihn zu den Hügeln im östlichen Teil des Erd-Territoriums führte.

»Zweifellos hat Vater diesen Moment genau deshalb gewählt«, knurrte Darius. »Wenn sie alle zusammen sind, können sie leichter gemeinsam vernichtet werden.«

Ein Schnauben der Wut entrang sich mir, während ich mein Tempo beschleunigte, und wir beide bewegten uns so schnell, wie es auf zwei Beinen möglich war, in Richtung meiner Herde.

Ein ohrenbetäubendes, erschreckend vertrautes Gebrüll durchschnitt die Luft wie ein Donnerschlag, und ich sah Darius voller Angst in die Augen. Vater war hier.

»Schaff sie hier raus! Ich werde ihn ablenken.« Darius warf mir den Beutel mit Sternenstaub zu, und ich scheiterte beim Versuch, ihn aus der Luft aufzugangen, während er begann, sich auszuziehen.

»Warte!«, rief ich panisch nach meinem Bruder, aber er wandte sich von mir ab, sprang in die Luft und verwandelte sich in seine riesige goldene Drachenform, um dem Gebrüll meines Vaters mit einem eigenen Gebrüll zu antworten. »Darius – sei vorsichtig!«, flehte ich, als er mit zwei kraftvollen Flügelschlägen in den Himmel aufstieg und sein Schatten mich für einen Moment verschluckte, bevor er mit einem Schwall von Höllenfeuer über den Campus flog.

Mein Atem wurde hektischer, als ich auf einen weiteren Weg bog und die östlichen Hügel in Sicht kamen. Dort entdeckte ich meine Herde, die sich gerade ihrer Klamotten entledigte, um sich auf ihre Verwandlung vorzubereiten. Einige von ihnen zeigten jedoch zum Himmel – sie hatten Darius und vielleicht auch meinen Vater entdeckt. Das Echo ihres Gebrülls erfüllte die Luft, und als ich den nächsten Hügel hinaufrannte, warf ich einen Blick über die Schulter, um den Himmel nach ihnen abzusuchen.

Vater jagte Darius durch die Wolken, ihre Flügelspitzen schnitten durch das Weiß, bevor mein Bruder abrupt nach oben zog und am Himmel verschwand.

Das riesige jadegrüne Biest – mein Vater – folgte ihm. Feuer strömte aus seiner Lunge, und mein Herz schlug wie wild, als auch er in den Wolken verschwand und ihre Silhouetten in einem orangefarbenen Feuerschein erstrahlten.

»Sofia!«, rief ich und drehte mich nach ihr um, während ich auf meine Herde zulief und mit der Hand winkte, um ihre Aufmerksamkeit zu erregen.

Ich konnte sie nicht unter ihnen ausmachen, aber Tyler drehte sich um, sein Hemd in der Hand und seine Haare zerzaust, weil er es sich vom Kopf gerissen hatte.

»Xavier?«, rief er, und seine blauen Augen weiteten sich vor Überraschung, als der Rest meiner Herde mich auf sie zurennen sah.

»Mr. Acrux?« Professor Clippard keuchte und kam mir im Laufschritt den Hügel herunter entgegen. »Was in Solaria machen Sie …« Sein Ausruf wurde unterbrochen, als ein Feuersturm durch die Wolken über uns schoss und der monströse Kopf meines Vaters sie durchbrach. Mit weit aufgerissenem Maul verbrannte er meinen Professor bei lebendigem Leib, und sein Wehgeschrei erstarb fast augenblicklich, als sein geschwärzter Körper zu einem Aschehaufen zerfiel.

Schreie ertönten, und der Schrecken schnürte mir fast die Luft ab. Trotzdem zwang ich mich, weiter auf meine Herde zuzugehen.

Vater stürzte aus den Wolken herab, seinen Blick auf mich gerichtet, während sich sein Maul erneut weitete. Sein Blick war voller Wut und Hass, woraufhin mein Magen rebellierte. Ich streckte meine Hände mit einem Schrei der Wut aus und schickte einen Wirbel aus Feuer und Wasser in einer unglaublich kraftvollen Explosion von mir weg. Ich traf sein Gesicht, und er stieß ein wütendes Brüllen aus, weil ich ihn aus der Bahn geworfen hatte.

Er flog jetzt so tief, dass ich mich fallen ließ, um dem Schlag seines Schwanzes auszuweichen, als er über mich hinwegsegelte. Doch ich zwang mich sofort wieder auf die Beine und rannte zu meiner Herde auf dem Hügel.

Darius stürzte aus den Wolken und schickte einen Feuerstrahl auf unseren Vater, der die ganze Welt in ein tiefrotes Licht tauchte. Er drängte Vater von uns weg und gab uns eine weitere Chance, zu entkommen.

»Folgt mir! Lionel ist hier, um euch alle zu töten!«, rief ich, während Tyler mich mit großen Augen und voller Schock anstarrte, bevor er sich in seinen großen silbernen Pegasus verwandelte und mit einem Wiehern allen befahl, zuzuhören.

Alle verwandelten sich schnell, während ich hektisch zwischen ihnen hin und her schaute. Sofia konnte ich immer noch nicht entdecken, aber sie musste hier sein. Wo sollte sie sonst sein?

Ich schnappte mir Tylers Klamotten, schnappte mir eine Handvoll seiner

Mähne und schwang mein Bein über seinen Rücken, bevor er mich aufhalten konnte. Er bäumte sich wütend auf, aber ich schloss meine Knie um seine Seiten und weigerte mich, ihn loszulassen.

»Ich werfe den Sternenstaub über die Herde, sobald wir die Grenze passiert haben«, rief ich, und er wieherte wütend, versuchte aber nicht wieder, mich abzuwerfen.

Tyler galoppierte los und hob dann in den Himmel ab, während alle um mich herum mit den Flügeln schlugen und ihm so schnell wie möglich in Richtung der äußeren Grenze folgten.

Ein wütendes Gebrüll verriet mir, dass mein Vater uns gesehen hatte, aber ich drehte mich nicht um, auch nicht, als ein Feuerball über mich hinwegflog, auf den Boden stürzte und ein Loch in die Grashügel von Haus Terra sprengte.

Mein Herz setzte einen Schlag aus, als ich die Herde voller Verzweiflung nach Sofia absuchte. Aber ich konnte sie nicht entdecken.

Studenten auf dem Campus schrien, rannten in Deckung und sahen schockiert zu uns auf, als wir über sie hinwegflogen.

Wir flogen so schnell über die Grenze, dass ich durch die Kraft der Magie, die mich überrollte, fast von Tylers Rücken gestoßen wurde.

»Flieg über die Herde!«, wies ich Tyler an, und er tat, wie ihm befohlen, drehte sich um die eigene Achse und flog über die Pegasus-Herde, während ich Sternenstaub über sie warf, mit dem Wunsch, dass er sie zum Burrows bringen würde. Sie verschwanden mit einem Wiehern in der glitzernden Luft – eine klare Aufforderung an uns, ihnen zu folgen.

Aber als auch die letzten von ihnen weg waren, wusste ich mit Sicherheit, dass Sofia nicht unter ihnen gewesen war.

»Wo ist sie?!«, rief ich und zerrte an Tylers Mähne, um seinen Kopf herumzureißen, woraufhin Panik in seinen Augen aufleuchtete.

Er wandte sich wieder der Grenze zu, und ich hielt mich fest, als er durch sie hindurchflog. Ich beobachtete den wütenden Kampf zwischen meinem Bruder und meinem Vater. Darius gewann immer wieder an Boden, aber er hatte tiefe Kratzspuren an der Seite und sein Bein war von einer Verbrennung gezeichnet. Lionel schien es nicht viel besser zu ergehen – seine Schnauze blutete und sein Schwanz war zerfetzt, aber keiner von beiden machte Anzeichen, langsamer zu werden.

Ein Schatten ließ meinen Kopf herumschnellen, und ein Keuchen blieb mir im Hals stecken, als ich die Schattenprinzessin auf einem Turm aus wirbelnden Schatten aufsteigen sah. Sie war auf der Jagd nach Beute.

»Lande!«, zischte ich Tyler zu und er fiel wie ein Stein vom Himmel. Seine Hufe schlugen auf dem Boden des Wimmernden Waldes auf, und ich betete, dass sie uns nicht gesehen hatte.

Ich rutschte von seinem Rücken, blickte durch die Bäume nach oben und presste einen Finger auf meine Lippen, als sich die Schatten über den Himmel bewegten und sie wie ein todbringender Vogel darüber segelte. Tyler drückte sich enger an mich, während wir uns an die Dunkelheit unter den Bäumen schmiegten, und ich hielt den Atem an, als sie über mir vorbeischwebte.

»Verwandle dich«, flüsterte ich Tyler zu und er gehorchte. Er zog seine Kleidung an, als ich sie ihm reichte, und fuhr sich mit der Hand durch die Haare.

»Was zum Teufel ist hier los?«, raunte er, während er eine Stillekuppel um uns herum wirkte.

»Mein Vater hat beschlossen, unsere Herde als Verräter zu brandmarken. Er ist gekommen, um euch alle zu töten«, sagte ich. Meine Kehle war wie ausgetrocknet. »Wir müssen Sofia von hier wegbringen.«

Tyler nickte ernst und deutete durch den Wald in die Ferne. »Sie sitzt in der Jupiter Hall bei Highspell nach.«

»Fuck!«, fluchte ich. »Die Schlampe wird sie direkt an ihn ausliefern.«

Tyler zückte seinen Atlas und schickte Sofia eine SMS, und ich lehnte mich über seine Schulter, um zu sehen, was er schrieb.

Tyler:
Lionel ist hier. Ich komme und hole dich.

Sofia:
Highspell hat mich in Orions Büro eingesperrt. Ich versuche, die Tür aufzubekommen.

Tyler:
Halte durch, Baby.

Er steckte seinen Atlas zurück in die Tasche und rannte durch die Bäume davon. Ich hielt mit ihm Schritt, unsere Arme trafen immer wieder aufeinander, während unser gemeinsames Ziel ein Feuer in meinen Adern entfachte.

Das Brüllen und Poltern des Drachenkampfes über uns hallte durch die Luft, und ich betete, dass mein Bruder stark genug war, ihn noch ein wenig länger aufzuhalten.

Tyler wirkte Verhüllungszauber um uns herum, und ich unterstützte ihn, so gut ich konnte, mit meinem begrenzten magischen Wissen. Aber durch Darius' und Orions Unterricht wurde ich immer besser darin, zumindest so gut, dass die Schatten uns umarmten, während wir uns bewegten. Ich konnte nur hoffen, dass das reichte.

Gemini
Scorpio
Virgo
Cancer
Leo
Sagittarius
Taurus
Capricorn
Aquarius
Libra
Pisces

DARIUS

KAPITEL 13

Ich brüllte aus voller Kehle, während ich durch die Luft wirbelte, und drehte mich herum, um meinem Vater in einem Aufeinandertreffen von Krallen und Hass zu begegnen. Ich schnappte mit den Kiefern und stürzte mich auf seine Kehle, wobei ich mich ganz der Macht der Bestie hingab, die meinen Körper teilte.

Vater antwortete mit einem herausfordernden Brüllen, als er auf mich zustürmte. Mit seinen jadegrünen Flügeln schlug er hart auf mich ein, während er mit den Krallen seiner Vorderpfoten auf mich zusteuerte. Ich riss überrascht die Augen auf, als ich den Schattenfuß sah, der jenen Fuß ersetzte, den Roxy ihm genommen hatte.

Ich fauchte wütend. Ich hasste die Tatsache, dass er offensichtlich einen Weg gefunden hatte, den Verlust zu verschmerzen, obwohl ich den Anblick des Schadens, den Roxy ihm zugefügt hatte, trotzdem genoss. Er schien zu zögern, seinen neuen Körperteil zu benutzen, und ich nutzte dieses Zögern zu meinem Vorteil, als ich nach links ausholte, meine Flügel eng an meinen Körper presste und schnell auf seine Flanke zustürzte, wobei ich meine Zähne in seinen Flügel bohrte, als wir kollidierten.

Lionel brüllte vor Schmerz, als ich mit meinen kräftigen Kiefern an seinem Flügel riss. Sein Blut lief heiß und schnell über meine Zunge und ließ das Tier siegessicher brüllen, während wir auf den Boden zurasten.

Er bohrte seine Zähne in mein Hinterbein, während ich weiter an seinem Flügel zerrte, und ich trat kräftig aus, meine Krallen kratzten über seine Brust und spalteten die grünen Schuppen, die seinen Körper bedeckten. Sein Blut ergoss sich in die Baumkronen unter uns, kurz bevor wir in sie krachten.

Wir stürzten durch das Blätterdach, wobei sein Körper die Hauptlast des Aufpralls abbekam, während ich auf ihm liegen blieb. Ich trat erneut zu, wodurch ich es schaffte, seine Zähne aus meiner Haut zu lösen, gerade als wir auf dem Boden aufschlugen.

Ein gewaltiger Knall hallte durch den Wald, in dem wir gelandet waren, und mehrere Bäume stürzten zu Boden, während wir weiter mit Zähnen und Krallen kämpften und ich es schaffte, meine Füße an seiner Seite zu platzieren. Ich bäumte mich auf, seinen Flügel immer noch zwischen meinen Zähnen, und ein Schmerzensschrei entfuhr seinen Lippen, als ich daran riss und ihn fast von seinem Rücken löste, während ich all meine Kraft einsetzte, um ihn zu zerstören.

Mein Vater verwandelte sich zurück, bevor ich die Aufgabe beenden konnte. Sein viel kleinerer Fae-Körper fiel zwischen meine Klauen, bevor ich ihn unter meinem Fuß zerquetschen konnte. Blut lief seinen Rücken hinunter, und er entkam der Zerstörung, die ich seinem Drachen zugefügt hätte.

Ich riss meinen Kopf herum und brüllte ihn an, als er seine Luftmagie einsetzte, um sich von mir wegzustemmen. Ich schickte die volle Kraft meines Drachenfeuers hinter ihm her.

Er warf trotzig die Hände in die Luft, schirmte sich vor der Kraft meines Angriffs ab und zwang mich, mich ebenfalls zurückzuverwandeln, als er einen Speer aus Schatten und Feuer auf mein Herz schleuderte.

Ich landete auf meinen Füßen und wirkte eine Eiskuppel, um mich vor seinem Speer zu schützen und Lionel gleichzeitig mit Wasser zu beschießen. Mit zusammengebissenen Zähnen wartete ich auf seinen nächsten Angriff.

»Du hattest so viel Potenzial, Darius«, rief er bitter. »Du hättest großartig sein können. Aber du trägst das schwache Herz deiner Mutter in dir.«

»Die einzigen Schwächen, die ich besitze, hast du mir geschenkt«, knurrte ich und stemmte mich gegen seinen nächsten Schlag.

»Ich werde dir diese Gedanken schon noch austreiben, Junge«, rief er zurück, als ich eine Mischung aus Feuer und Eis auf ihn herabfallen ließ. Ich spürte, wie meine Kraft gegen seinen Luftschild peitschte, während er darum kämpfte, ihn aufrechtzuerhalten.

»Du hast nichts mehr, was mich aufhalten könnte, Vater«, höhnte ich. »Was bedeutet, dass ich mich nie wieder von dir verprügeln lassen werde. Tatsächlich habe ich die feste Absicht, dir noch heute die Kehle herauszureißen und diesen verdammten Krieg endgültig zu beenden.«

Unvermittelt ließ ich meine Schilde fallen und stürmte mit einem Kampfschrei auf ihn zu, der in ein Brüllen überging, als ich mich mitten im Lauf verwandelte, in meiner gewaltigen goldenen Drachenform nach vorn sprang und seinen Schild mit einem Feuerinferno durchbohrte.

Die Augen meines Vaters weiteten sich vor Schreck, während er versuchte, seinen Schild gegen mich zu halten. Aber ich stürzte mich mit meinem ganzen Gewicht darauf und schlug voller Wut mit meinen Krallen um mich.

Seine Magie verglühte und sein Schild zersprang, sodass er gezwungen war, sich ebenfalls zu verwandeln. Seine jadegrünen Schuppen fingen die Wucht meiner Kraft auf, während er mit den Klauen seines Schattenfußes nach mir schlug.

Ein Schmerzensschrei entrang sich meiner Kehle, als er meine Seite traf. Die Schatten verbrannten mich von innen heraus, nachdem sie sich unter meine Haut geschlängelt und sich in die tiefsten Winkel meines Wesens gegraben hatten.

Ich warf mich mit aller Kraft auf ihn und beförderte ihn zu Boden. Meine überlegene Stärke und Größe verschafften mir hier den Vorteil. Dann stürzte ich mich auf ihn, schloss meine Zähne um seine Kehle und ließ sein Blut zwischen meine Kiefer fließen.

Vater strampelte unter mir und stieß Schreie des Schmerzes aus, als ich den Kopf schüttelte. Meine Zähne bohrten sich durch Schuppen und Haut, während ich versuchte, dem Ganzen ein Ende zu bereiten. Ihn zu töten. Alles, was er mir und denjenigen, die ich liebte, angetan hatte, schoss mir immer wieder durch den Kopf.

Ich wollte, dass er für sie blutete, für sie brannte und verdammt noch mal für sie starb.

Ich hatte endlich bewiesen, wer von uns der stärkere Fae, der bessere Drache war. Und jetzt würde ich ihm seinen hinterhältigen, rachsüchtigen Schädel vom Hals reißen und ganz Solaria von seiner tyrannischen Herrschaft befreien.

Doch bevor ich mich in der Freude über diesen Sieg verlieren konnte, drang ein Schrei der Wut an meine Ohren. Ein mächtiger Hieb traf meine Seite, hüllte mich in Schatten und schleuderte mich mit der Wucht eines Tornados von meinem Vater weg. Ich stieß ein schmerzverzerrtes Brüllen aus, als ich durch die Bäume krachte.

Ich schlug hart auf dem Boden auf, presste meine Flügel fest an meine Seiten, während sich meine Krallen in den Boden gruben, und versuchte, mich davon abzuhalten, weiterzurollen. Als ich mich umdrehte, sah ich Lavinia, die vor dem blutenden Körper meines Vaters stand.

»Na, na, ungezogener Junge«, schnurrte sie, hob die Hände und grinste mich mit blutverschmierten Zähnen an, während sich Schatten um sie herum sammelten. »Ich kann nicht zulassen, dass du mir meinen König wegnimmst. Es sei denn, du bietest an, seine Rolle zu übernehmen?«

Ich stemmte die Füße in den Boden, brüllte sie an, schickte eine Fontäne meines Drachenfeuers über sie hinweg und setzte den Wald um sie herum in Brand. Die Schatten türmten sich zu einer Wolke auf und schossen in die Baumkronen über mir.

Mein Feuer erlosch und ich legte den Kopf in den Nacken und schaute gerade noch rechtzeitig nach oben, um zu sehen, wie sie mit einem wilden Schrei und einem Ausdruck der Freude in den Augen von den Bäumen über mir herabstürzte.

Ich riss den Kopf herum und versuchte, sie mit meinen Kiefern zu packen, aber sie schaffte es, zur Seite auszuweichen, auf meinem Rücken zwischen meinen Flügeln zu landen und mit ihren Fäusten auf meine Schuppen einzuschlagen. Schattenspeere fuhren direkt durch mich hindurch und ich grunzte vor Schmerz.

Sofort verwandelte ich mich wieder und rollte mich von ihr weg, während wir auf den brennenden Boden des Waldes fielen. Mit ausgestreckten Händen wirkte ich meine Feuermagie auf sie.

Sie schickte Schatten auf mich zu, um meinen Angriff zu kontern, und in dem Moment, in dem unsere Kräfte aufeinanderprallten, schnippte ich mit den Fingern und schleuderte Eisklingen gegen ihren Rücken, in der Hoffnung, sie damit aufzuspießen, während sie sich auf mein Feuer konzentrierte.

Doch bevor die Klingen sie treffen konnten, tauchten weitere Schatten auf, um sie abzufangen und beiseite zu werfen. Lavinia lachte und richtete ihre Kräfte mit noch größerer Wucht auf mich.

Ich fluchte, als das gesamte Ausmaß ihrer Kontrolle über das dunkle Element mit meiner Magie kollidierte, mein Feuer auslöschte und mich fast getroffen hätte, bevor ich es schaffte, einen Schild aus Eis zwischen uns zu errichten.

Stöhnend spürte ich, wie das Gewicht der Schatten auf meine Magie drückte, und ich musste alles, was ich hatte, in die Aufrechterhaltung des Schildes investieren, sodass ich nichts mehr übrig hatte, um es gegen sie einzusetzen.

Die Wunde an meiner Seite blutete stark, und ich stieß einen Fluch aus, als ich durch die Macht ihrer Kraft mehrere Schritte zurückgeworfen wurde.

Ich schöpfte all meine Kraft, bündelte alles, was ich hatte, in einem mächtigen Schlag, hüllte meine Faust in Flammen und kanalisierte meine Kraft in diesen einen wütenden Angriff, um sie auszuschalten. Gleichzeitig bereitete ich mich darauf vor, meinen Schild fallen zu lassen.

In dem Moment, in dem ich ihn fallen ließ, prallten die Schatten auf mich ein und ich ließ die Wut meiner Kraft frei, steckte alles, was ich noch hatte, in den Hieb, während ich meine Flammen dazu brachte, sie zu verschlingen. Die verdorbene Kraft ihrer Schatten schleuderte mich durch die brennenden Bäume.

Ich prallte mit dem Rücken hart gegen einen dicken Baumstamm, und der Schmerz, der durch meinen Körper hallte, rührte von der Wunde her, die mir mein Vater zugefügt hatte. Schimpfend ging ich zu Boden. Der letzte Rest meiner Magie zitterte in meinen Fingerspitzen, als ich mich erschöpft und blutend auf dem Waldboden wiederfand.

»Ist das alles, was du draufhast, Drachensohn?«, rief Lavinia durch die Bäume und ich zischte vor Schmerz, als ich mich wieder auf die Beine zwang. Ich hasste die Tatsache, dass sie meinem Angriff so leicht standgehalten hatte, und wusste in meiner Seele, dass ich das den Schatten zu verdanken hatte. Ihre Verbindung zum Schattenreich machte ihre Macht unendlich, und angesichts meiner eigenen Erschöpfung war ich nichts weiter als Beute, darauf wartend, von ihr gefunden zu werden.

Ich wollte unseren Kampf fortsetzen, aber da meine Magie nachließ und ihre dunkle Macht ewig zu sein schien, wusste ich, dass ich damit kein Glück haben würde.

Schatten wanden sich zwischen den Bäumen vor mir wie Schlangen, die sich auf der Jagd nach etwas Fressbarem durch das Unterholz bewegten. Ich spuckte auf den Boden, bevor ich mich von ihnen abwandte und in den Himmel entschwand, wobei ich mich brüllend in meine Drachenform verwandelte – eine klare Herausforderung an sie, mir zu folgen.

Wenn ich schon von hier fliehen musste, dann nicht, ohne meine Mission zu erfüllen.

Lavinia nahm die Verfolgung auf, als ich davonflog, und ich knurrte, während ich mich schneller vorwärtsdrängte, um mich in Richtung der Wolken zu bewegen und etwas Deckung zu gewinnen. Ich hoffte, dass sie mich weiter verfolgen würde, um Xavier eine bessere Chance zur Flucht zu geben.

Ich hatte zwar keine Magie mehr, aber ich hatte Drachenfeuer, Zorn und Krallen auf meiner Seite. Wir würden bald herausfinden, wie gut sie sich dagegen behaupten konnte.

Gemini
Scorpio
Virgo
Cancer
Aries
Leo
Taurus
Sagittarius
Capricorn
Aquarius
Libra
Pisces

XAVIER

KAPITEL 14

Wir schafften es unbemerkt bis zum Rand des Wimmernden Waldes, aber das große offene Areal zwischen hier und der Jupiter Hall machte mich nervös. Vor allem, weil ich in der Ferne die Schattenprinzessin auf einer Wolke der Dunkelheit über dem Orb segeln sah. Sie blickte zu den Wolken und schien darin etwas zu suchen.

»Wie schnell kannst du rennen?«, fragte ich Tyler.

»Schnell genug, um dieser schattigen Schlampe zu entkommen«, sagte er entschlossen.

»Scheiße, wir machen das wirklich, was?«, fragte ich, während ich mich auszog, um mich zu verwandeln. Dabei starrte ich unentwegt zur Schattenprinzessin hoch.

»Was ist los, Xavier? Hast du Angst?«, stichelte Tyler, und ich schnaubte empört.

»Niemals«, entgegnete ich energisch, und wir schauten zum Himmel, wo die Schattenprinzessin uns gerade den Rücken zuwandte und uns damit ein kleines Zeitfenster eröffnete.

»Wer zuerst da ist.« Er zwinkerte mir zu, machte einen Satz nach vorn und verwandelte sich. Ich folgte seinem Beispiel. Wir blieben beide auf dem Boden und galoppierten so schnell wir konnten in Richtung Jupiter Hall.

Ich wagte nicht, Lavinia anzusehen, mein Blick war fest auf den Eingang vor uns gerichtet, während unsere Hufe über das Gras donnerten. Ich war von dem Bedürfnis getrieben, Sofia zu erreichen, sie hier rauszuholen und in die Sicherheit des Burrows zu bringen.

Irgendwie, fast schon unvorstellbar, schafften wir es nach drinnen, wo wir unsere Fae-Gestalten annahmen und uns nackt und nach Luft hechelnd im Atrium umsahen.

Alles war ruhig, und nach ein paar weiteren Sekunden ging ich davon aus, dass wir das Risiko eingehen konnten, keinem Lehrer über den Weg zu laufen. Wir rannten über den gefliesten Boden und die Treppe hinauf in Richtung von Orions altem Büro.

Ich erreichte die Tür zuerst, drückte mit beiden Händen dagegen und konzentrierte eine riesige Menge Erdmagie auf meine Fingerspitzen.

»Mach einen Schritt zurück, Sofia!«, rief ich.

»Xavier?«, krächzte sie, und Aufregung und Angst lagen in ihrem Tonfall.

»Ja, ich bin's«, sagte ich und schleuderte dann meine Kraft gegen die Tür, sodass sie in hundert Stücke zersprang und durch den Raum flog.

Ich rannte in den Raum, und Sofia prallte mit mir zusammen, schlang ihre Arme um mich, während ich mein Kinn auf ihre goldenen Haare legte und sie an mich drückte.

»Geht es dir gut?«, fragte ich, während sich Tyler ihr von der anderen Seite näherte und seinen Kopf an ihren schmiegte. Aber ich hatte nicht die Kraft, ihn wegzustoßen. Ich war einfach nur erleichtert, sie wieder in meinen Armen zu halten und mich von ihrem süßen Duft umhüllen zu lassen. Am liebsten hätte ich sie nie wieder losgelassen.

Über ihren Kopf hinweg begegnete ich Tylers Blick, und ich sah darin das gleiche Bedürfnis, das auch in mir lebte. Für einen Moment schien ich mich in seinen Augen zu verlieren, und ich war unglaublich erleichtert, dass er nicht durch die Hand meines Vaters gestorben war. Und das, obwohl ich ihn neunundneunzig Prozent der Zeit nicht mochte.

Ich ließ Sofia los und hob die Augenbrauen, als ich die Asche auf ihren Wangen sah. Sie legte die Stirn in Falten, trat dann zurück und zeigte mit schuldbewussten Augen auf einen Stapel brennender Bücher auf dem Boden. Ein paar weitere lagen daneben, offensichtlich aus Orions Schrank.

»Highspell hat mich dazu gezwungen, sie in Vorbereitung auf das ›neue Zeitalter‹ zu verbrennen«, meinte sie verbittert. »Zuerst hat sie mich das Buch über Phönixe vernichten lassen.«

Mein Herz zog sich zusammen, da ich wusste, wie sehr Orion seine Bücher liebte. Und plötzlich fiel mir ein, dass er ein bestimmtes Buch brauchte, um mehr über die Edelsteine des Tierkreises zu erfahren. Ich griff nach einer leeren Tasche, die an einem Haken neben dem Türrahmen hing, und stopfte die restlichen Bücher hinein. Mein Herz sang vor Freude, als ich den Wälzer »Steine des Himmels« darunter fand. Ich warf mir die Tasche gerade über die Schulter, als ein schriller Schrei durch den Korridor hallte.

»Miss Cygnus!«, schrie Highspell. »Der König höchstpersönlich hat Sie in ein Nebula-Inquisitionszentrum beordert!«

Das Klackern von High Heels war zu hören, und Tyler verwandelte sich in seine Pegasusform, während ich mich mit aller Kraft durch die Zaubersprüche arbeitete, die das Fenster verriegelten – mit Erfolg. Das Glas flog in alle Richtungen, sodass es weit offen stand, und ich warf Sofia auf Tylers Rücken, bevor ich mich hinter sie setzte und meine Arme um ihre Taille schlang.

»Stopp!«, kreischte Highspell und rannte mit ausgestreckten Armen auf uns zu, aber Tyler hob seinen Schweif und furzte ihr eine Ladung Glitzer ins Gesicht, bevor er durch das offene Fenster sprang und sich fallen ließ. Ihr Eiszauber verfehlte uns um Zentimeter, die tödlichen Klingen flogen über uns hinweg.

Tylers Flügel schnellten heraus und fingen uns auf, bevor wir auf dem Boden aufschlugen, und mir wurde flau im Magen, als er sich wieder in die Senkrechte begab und in Richtung Himmel schoss.

Mein Blick blieb an Darius hängen, der gerade über Haus Ignis durch die Luft sauste, sich dabei verwandelte und durch das Fenster stürzte, das in sein altes Zimmer führte. Ich stieß einen angsterfüllten Schrei aus, als Lavinia auf dem Dach landete, Ranken aus Schatten durch das Buntglas schossen und riesige Stücke davon zu Boden stürzten. Eine Feuerwolke schoss aus Darius' Zimmer und züngelte über Lavinias Körper, woraufhin sie aufschrie, einen Turm aus Schatten errichtete und sich aus dem Staub machte. Zurück blieben Tausende von glitzernden Glasscherben.

Darius sprang mit einer Tasche in der Hand aus den Fenstertrümmern, nahm wieder seine goldene Drachenform an und schnappte sich die Tasche mit seinen Zähnen. Ich hatte keine verdammte Ahnung, wofür er gerade seinen Hals riskiert hatte, aber als er auf uns zuschwebte und seinen Kopf ruckartig bewegte, um uns zur Flucht aufzufordern, beschleunigte Tyler rasant in Richtung Grenze.

Ich hielt den Sternenstaub in einer Hand bereit, während ich mit der anderen Sofia an mich drückte und meine Augen auf Lavinia über meiner Schulter gerichtet hielt. Die Schattenprinzessin schien es nach wie vor auf Darius abgesehen zu haben – Schatten züngelten aus ihren Händen, während sie ihn mit ihren schwarzen Augen beobachtete.

Ich wieherte Tyler ermutigend zu, und er flog irgendwie noch schneller auf den Zaun zu, der unsere Freiheit markierte. Aber mein Bruder war offenbar noch nicht fertig damit, seinen Hals zu riskieren, denn er drehte ab und flog schnell und wütend auf den hundert Meter entfernten Parkplatz zu.

»Darius!«, rief ich ihm panisch zu, während Lavinia ihm mit mörderischem Blick folgte.

Aber Darius war schneller, riss mit seinen Krallen das Dach des Parkplatzes auf und hakte sich an einem makellosen Superbike ein, während riesige Brocken aus Mauerwerk auf die schönen Autos dort niederprasselten. Er war schon wieder in Bewegung, bevor Lavinia auch nur in seine Nähe kam, und flog mit dem Motorrad in seinen Klauen und siegesgewisser Haltung auf uns zu.

Plötzlich stürzte sich die Schattenprinzessin auf ihn, Schattenspiralen wickelten sich um ihre Arme und pulsierten mit einer unheimlichen Energie. Riesige Rauchsäulen schossen aus ihr heraus und versuchten, Darius zu erfassen. Ich wieherte vor Entsetzen, streckte eine Hand aus und durchtrennte eine der Rauchsäulen mit einem Wasserstrahl.

Die peitschenden Schatten versuchten, Darius an sich zu binden, und für eine Sekunde sah ich den Tod meines Bruders drohen, als Lavinia sich ihm näherte.

»Schneller!«, brüllte ich meinen Bruder an, und er wirbelte scharf herum und schoss durch die Schatten. Er strahlte pure Entschlossenheit aus, als Lavinia ihre volle Kraft auf uns richtete und der gesamte Himmel sich angesichts ihrer entsetzlichen Macht schwarz färbte.

Tyler sprang zur Seite, um einer Explosion ihrer Schatten zu entgehen, und Sofia schrie, als sie von seinem Rücken stürzte. Einen Moment später zerriss ihre Kleidung und sie nahm ihre rosafarbene Pegasusform an. Sie flog jetzt unter uns, und mein Herz raste vor Angst um sie.

Sie flog schnell, gewann an Höhe und wieherte vor Schreck, als Lavinia einen Speer aus Schatten direkt auf sie schoss und sie zwang, über uns eine Schleife zu fliegen. Ich schrie auf.

»Verwandle dich zurück!«, brüllte ich und klang dabei so kommandierend wie ein Dom. Sie gehorchte sofort, stürzte durch den Himmel und fiel direkt auf uns zu, während die Schatten sie nur um Haaresbreite verfehlten.

Ich streckte die Hand nach ihr aus, während Tyler erschrocken wieherte, schnappte sie mir und drückte sie fest an mich. Meine Wangen wurden heiß, als sie ihren nackten Körper an meinen presste, während sie mich mit großen Augen dankbar und überrascht anstarrte.

»Los!«, rief Sofia panisch, und ich spürte die Hitze von Darius' Atem in meinem Rücken, als wir es gerade so über die Grenze schafften. Sobald ich das magische Kribbeln auf meiner Haut spürte, warf ich den Sternenstaub, und stellte sicher, dass ich genug nach hinten warf, um auch meinen Bruder zu erreichen.

Wir wurden in den Äther gerissen. Mein Kopf drehte sich, als wir für einen Moment unkontrolliert zu rotieren schienen, bevor wir in einem Himmel voller Schneeflocken ausgespuckt wurden. Um uns herum war es still.

Darius brüllte erleichtert und beschleunigte sein Tempo, um neben uns zu fliegen. Er richtete ein goldenes Auge in meine Richtung, um herauszufinden, ob es mir gut ging, und ein Lachen der absoluten Erleichterung purzelte über meine Lippen.

»Heilige Scheiße, Xavier!« Sofia drehte den Kopf, um mich anzusehen. Ihre kurzen blonden Haare flogen im Wind, und ihre Augen waren voller Ehrfurcht.

Ich beugte mich vor, um sie zu küssen, das Verlangen brannte in mir heller als die Sonne, aber gerade als ich den Kopf senkte, schlug Tyler kräftig mit den Flügeln. Ich rutschte auf seinem Rücken nach vorn, und mein Mund kollidierte stattdessen mit ihrem Auge, was den Moment völlig ruinierte.

Verdammter Tyler.

Tyler wieherte ein Lachen und ich starrte wütend vor mich hin. Mit leicht geröteten Wangen drehte sich Sofia wieder nach vorn, um sich umzusehen. Wir folgten Darius, der gerade auf dem schneebedeckten Boden landete, wo er das Motorrad und die Tasche neben sich platzierte. Der Rest meiner Herde schaute geschockt zu, wie wir ankamen, offensichtlich unfähig, das Burrows zu finden. Vermutlich fragten sich alle, warum zum Teufel ich sie an diesen verlassenen Ort mitten im Nirgendwo gebracht hatte.

Ich sprang hinter Sofia von Tylers Rücken, und Erleichterung überkam mich, als ich die Pegasus-Herde ansah, sie durchzählte und mir fast sicher war, dass sie alle da waren.

Sowohl Tyler als auch Darius verwandelten sich in ihre Fae-Gestalten zurück, und ich nahm Sofias Hand, weil ich sie nicht loslassen wollte, nachdem wir dem Tod so nahe gekommen waren.

»Was ist das für ein Ort?«, hauchte Sofia und zitterte vor Kälte, bevor sie ihr Feuerelement einsetzte, um sich zu wärmen. Ich bemühte mich, nicht auf ihre Brüste zu schauen, die mich geradezu anzustarren schienen.

»Das Versteck der Rebellen«, erklärte ich. »Ihr werdet jetzt hierbleiben müssen.«

Tyler lächelte breit, und seine Augen glitzerten vor Aufregung. »Hammer! Wir sind jetzt auf der Flucht, Baby.« Er packte Sofia und zog sie aus meinem Griff, aber als Darius meinen Blick auffing, fand ich einen weiteren Grund, wütend zu sein.

Ich wirbelte zu ihm herum und zeigte auf das Motorrad, für das er seinen

Hals riskiert hatte. »Was zum Teufel hast du dir dabei gedacht? Du hättest draufgehen können.«

Darius rang erschöpft nach Luft – der Kampf gegen unseren Vater hatte ihm alles abverlangt. Mein Blick fiel auf eine blutige Wunde an seiner Seite, die er mit der Hand bedeckte. Er verzog das Gesicht, als er den Mund öffnete, um zu antworten, und brach stattdessen im Schnee zusammen.

»Darius!«, schrie ich vor Schreck, rannte auf ihn zu und fiel neben ihm auf die Knie. Ich wusste bislang nicht, wie man heilte, aber ich legte trotzdem meine Hände auf die Wunde. Meine Finger waren sofort voller Blut – und Panik – flehte ich meine Magie an, mir zu helfen.

»Ich bin ja da, Bro« Tyler ließ sich neben mir zu Boden fallen, rollte Darius auf die Seite und legte seine Hände auf die Wunde. Meine Schultern zitterten, während Tyler an seiner Heilung arbeitete. Er legte die Stirn in Falten vor Anstrengung, und die Krallenspuren in Darius' Seite schlossen sich nur schmerzhaft langsam.

»Warum funktioniert es nicht?«, fragte ich, und Tyler schüttelte hilflos den Kopf.

»Es erfordert mehr Magie als erwartet. Ich verstehe nicht …«

»Schattenwunde«, grunzte Darius, und ein Geräusch der Erleichterung entwich mir, als er sich zu regen begann und dann sogar die Augen aufschlug, um mich anzusehen. »Um sie zu heilen, ist einiges mehr an Macht notwendig.«

Ich nickte zum Zeichen meines Verständnisses, legte meine Hand auf Tylers Schulter und drückte meine Macht in ihn, um sie mit seiner verschmelzen zu lassen.

Tylers Augen weiteten sich vor Überraschung, als er erkannte, was ich ihm anbot, aber es dauerte nicht lange, bis er seine Barrieren fallen ließ. Unsere Magie vereinte sich zu einem kraftvollen Strom, der mir den Atem raubte und ihn vor Verzückung stöhnen ließ.

»Fuck, bist du mächtig«, keuchte er und starrte mich überrascht an, als er die volle Wucht meiner Magie spürte.

»Nicht so mächtig wie ich«, murmelte Darius, unfähig, sich zu beherrschen, obwohl er blutend am Boden lag.

»Stimmt«, gab ich zu, denn natürlich war das das Erste, was unser Vater überprüft hatte, nachdem meine Magie erweckt worden war. Und er hatte recht. Was die Machtstufen anging, war ich nicht so stark wie mein älterer Bruder. »Aber ich habe drei Elemente«, stichelte ich, und Darius lachte leise – ein Geräusch, das sich schnell in ein Fluchen verwandelte.

Tyler zog an meiner Magie und nutzte sie, um seine eigene zu verstärken, während er Darius weiterheilte und die Wunde allmählich vernarbte.

»Das genügt«, sagte Darius nach ein paar weiteren Minuten, obwohl die Wunde immer noch blutete. »Lance muss das zu Ende bringen. Aber für den Moment komme ich zurecht.«

»Wirklich?«, fragte ich, während ich nach wie vor seinen Arm umklammerte und jetzt fest drückte, während die Panik, ihn zu verlieren, langsam nachließ. Das würde ich nicht überleben. Ich brauchte meinen Bruder mehr als alles andere. Er war mein Fels in der Brandung.

»Wirklich«, bestätigte er, aber es sah so aus, als würde es immer noch höllisch wehtun. Zumindest war die Farbe in sein Gesicht zurückgekehrt.

»Jag mir nicht noch mal einen solchen Schrecken ein!«, zischte ich und verpasste ihm einen Schlag auf den Arm. Er runzelte kurz die Stirn, bevor er sich aufraffte, um sich vor mich zu setzen.

»Danke, Tyler«, murmelte er und Tyler zuckte mit den Schultern, als wäre es nichts, stand auf und winkte Sofia zu sich.

Verdammt, er nervte mich tierisch, aber er hatte gerade meinen Bruder gerettet und dafür war ich ihm echt dankbar.

»Du weißt, dass du auch ohne mich zurechtkommen würdest, oder?«, fragte er, und ein schmerzvolles Wiehern entfuhr mir, während ich den Kopf schüttelte.

»Nein, würde ich nicht«, sagte ich. »Wie kannst du das sagen? Ohne dich wäre ich verloren, Darius.«

»Du bist stark«, drängte er, packte mich im Nacken und zog mich nach vorn, um seine Stirn auf meine zu legen. »Du bist der gute Acrux. Vater hat dich nicht verdorben.«

»Du bist nicht verdorben«, knurrte ich. »Du bist der beste Typ, den ich kenne.«

Er lachte trocken und ließ mich los. »Hast du dir den Kopf gestoßen?«

»Du hast schlimme Dinge getan, Darius, aber das macht dich nicht zu einem schlechten Kerl«, beharrte ich, und er schüttelte wieder den Kopf.

»Schlechte Taten schaffen schlechte Leute«, sagte er, stand auf und zog mich mit sich hoch.

»Nein«, widersprach ich. »Es ist der Grund hinter den schlimmen Dingen, der einen Charakter ausmacht. Und du hast noch nie etwas Schlechtes getan, ohne zu versuchen, es aus einem guten Grund zu tun.«

Er seufzte und sah aus, als würde er weiterstreiten wollen, aber dann gab er nach und legte einen Arm um meine Schultern. »Na gut, aber schreib nicht *Hier liegt ein Heiliger* auf meinen Grabstein. Ich will, dass die Worte aufrichtig sind. So wie *Hier liegt eine absolute Legende.*«

Ich schob seinen Arm von mir und warf ihm einen bösen Blick zu. »Das ist nicht witzig, Darius.«

Er rollte mit den Augen, nahm die Tasche, die er aus Haus Ignis mitgenommen hatte, setzte sie auf das Motorrad und schob es in Richtung Burrows.

»Was ist in der Tasche?«, fragte ich neugierig, während ich gemeinsam mit ihm der Herde folgte.

»Ich habe mir Orions Dunkle-Magie-Ausrüstung geschnappt. Außerdem schulde ich den Zwillingen ein paar Sachen, die sie im Reich der Sterblichen zurückgelassen haben«, sagte er mit zusammengekniffenen Augen. Dann deutete er mit dem Kinn auf die Tasche, die an meiner Seite hing. »Was hast du gefunden?«

»Orions Bücher«, sagte ich, grinste selbstgefällig, klappte die Tasche auf und kramte in den Büchern, die ich gerettet hatte. Ich zog ein gebundenes Buch heraus, dessen Einband aussah, als wäre er mit bunten Edelsteinen besetzt, und las den Titel auf dem Buchrücken: *Steine des Himmels*.

»Das ist das Buch, das er wollte, richtig?«, fragte ich Darius hoffnungsvoll und hielt es ihm unter die Nase. Mein Bruder grinste, bevor er mir die Haare zerzauste.

»Gut gemacht, Arschloch«, sagte er liebevoll, obwohl ich nicht übersah, dass er erneut eine Hand auf die Wunde an seiner Seite drückte. »Er wird sich wie ein Kind freuen, wenn er die sieht. Ich wette um fünfzig Auren, dass er ›Bei den Sternen!‹ sagen wird. Wie ein kleiner Junge an Weihnachten.«

Ich lachte und drückte seine Hand, um die Wette zu besiegeln, während wir gemeinsam mit der Herde durch die magische Barriere traten.

Die Wachen schrien überrascht auf, als sie uns entdeckten, und einer von ihnen verkündete, Hamish holen zu wollen, um die Neuankömmlinge den Schwur ablegen zu lassen, damit die das Burrows betreten konnten.

Meine Aufmerksamkeit fiel auf Sofia, die vor mir ging, während Tyler sie führte. Die beiden flüsterten miteinander, aber als ihr Blick den meinen traf, kribbelte es heiß in meiner Magengrube, und ich ertappte mich dabei, wie ich sie albern angrinste. Es war so verdammt schön, sie wiederzusehen, und jetzt, da sie hier war, wusste ich, dass ich mich überwinden und ihr sagen musste, was ich fühlte. Der Gedanke, dass sie heute hätte sterben können, war schrecklich, und ich wollte keine Sekunde länger damit verschwenden, ihr die Wahrheit vorzuenthalten. Sicher, das Ganze könnte nach hinten losgehen. Sie könnte sich ohne zu zögern für Tyler entscheiden. Aber dann wüsste ich wenigstens, woran ich war.

Ich musste nur zuerst eine passende Geste machen. Sicherstellen, dass ich der beste Pegasus für sie war. Und ich war mir ziemlich sicher, dass ich wusste, was zu tun war, um das zu gewährleisten.

Darius rollte das Motorrad in das Bauernhaus, die Tasche über der Schulter, und ich war erleichtert, endlich die kalte Luft zu verlassen und zu spüren, wie die Energie meines Vaters meinen Geist endlich verließ.

»Darius!« Orions Stimme drang zu uns, ein Luftzug und eine verschwommene Bewegung signalisierten seine Ankunft, eine Sekunde bevor er mit meinem Bruder zusammenstieß und ihn zu Boden warf. »Wo zum Teufel warst du?«

Darius begann, zu erklären, während Orion ihn auf Wunden untersuchte, die blutige Verletzung an seiner Seite stirnrunzelnd betrachtete und seine Hand frustriert darauf presste. Er murmelte etwas darüber, nichts davon gespürt zu haben, bevor die beiden einen Blick teilten, der in einem Lachen endete.

Ich sah zu, wie er mit zusammengebissenen Zähnen und voller Konzentration die Wunde heilte, und Darius erzählte grummelnd von Vaters neuer Schattenhand. Mein Herz zog sich zusammen. Natürlich hatten wir das Arschloch nicht einfach mit einem nutzlosen Stumpf zurücklassen können, der es uns erleichtert hätte, ihm gegenüberzutreten, wenn die Zeit gekommen war. Nein. Jetzt hatte er eine Schattenhand, die mächtiger war als die, die er verloren hatte. Ernsthaft, die verdammten Sterne lachten uns sicherlich aus, weil wir geglaubt hatten, diesen kleinen Sieg errungen zu haben.

Orion schaffte es schließlich, die Wunde zu heilen, allerdings blieben einige rosafarbene Linien an der Seite seines Körpers zurück, die, wie er sagte, weiter geheilt werden müssten, um vollständig zu verschwinden. Ich seufzte erleichtert, als Darius wieder aufstand.

Seine Haut war von weiteren Schnitten und Wunden gezeichnet, aber Orion wirkte schlaff und ausgelaugt – offensichtlich hatte er seine gesamte Magie für die Schattenwunde eingesetzt.

»Möchte jemand etwas Blut spenden?«, fragte er und warf einen Blick auf die Herde, aber Darius schüttelte den Kopf.

»Der Rest ist oberflächlich. Darum kann ich mich selbst kümmern, sobald ich zurück bei meinem Gold bin.«

Orion runzelte die Stirn, als wäre er damit nicht wirklich einverstanden, nickte aber zustimmend, bevor er losschoss und ihm so schnell Jeans besorgte, dass er zurück war, bevor ich blinzeln konnte. Darius zog sie an und Tyler und Sofia – immer noch splitternackt – schmollten.

»Keine Klamotten für uns?«, brummte ich, und Orion warf mir einen entschuldigenden Blick zu, während er seinen Nacken rieb.

»Sorry, eine alte Angewohnheit aus meiner Zeit als sein Wächter«, murmelte er. »Ich kann euch auch was besorgen …«

»Schon gut«, sagte Sofia. »Lasst uns einfach reingehen.«

Ich verlor den Kampf, Sofia nicht anzustarren, und mein Blick fiel auf ihre perfekten runden Brüste und ihre glitzernde Vajazzle-Pussy. Verdammt, sie war wunderschön. Ich wusste nicht, was ich mit mir anfangen sollte, und jedes Mal, wenn ich in ihre Richtung schaute, erhaschte ich einen Blick auf Tylers verflucht ansehnlichen Schwanz, als würde er versuchen, meine Aufmerksamkeit zu erregen. Argh!

Ich zwang mich, stattdessen Orion anzusehen, erinnerte mich an die Bücher, die ich dabeihatte, und klammerte mich an diese Ausrede, um nicht länger einen auf Jungfrau zu machen und Sofia anzuglotzen.

»Die sind für dich.« Ich öffnete meine Tasche und hielt ihm zuerst das Buch über Edelsteine hin. Orions Mund blieb offen stehen, als er mir das Buch aus der Hand nahm und es vorsichtig umdrehte, als wäre es das Kostbarste auf der Welt.

»Bei den Sternen!«, keuchte er, nahm mir die Tasche ab und kramte mit einem jugendlichen Lächeln im Gesicht in den Büchern. Ich musste lachen, als Darius mir einen spitzen Blick zuwarf und mir klar wurde, dass ich gerade fünfzig Auren verloren hatte, aber der Ausdruck auf Orions Gesicht war es definitiv wert.

»Ich fürchte, Highspell hat einige deiner anderen verbrannt«, meinte ich mit gerunzelter Stirn und bereute es sofort, das gesagt zu haben, denn Orion sah aus, als hätte ich ihm gerade erzählt, seinen Welpen ermordet zu haben.

»Verbrannt?«, krächzte er, und ich nickte und warf ihm einen entschuldigenden Blick zu, während er die Tasche mit den Büchern an seine Brust drückte, als wollte er nicht, dass sie hörten, was mit ihren Freunden geschehen war.

»Tut mir leid, Mann.« Darius legte eine Hand auf Orions Schulter und er knurrte.

»Ich werde diese Hexe mit dem falschen Gesicht umbringen«, fauchte er, seine Reißzähne fletschend, während er seine Bücher noch fester umklammerte. Und ich war mir ziemlich sicher, dass dieses Versprechen an sie gerichtet war. Der Typ würde definitiv töten, um seine Bücher zu rächen.

»Ich hab dir auch was mitgebracht«, sagte Darius, holte eine große Holztruhe aus seiner Tasche und reichte sie ihm, was Orion ein weiteres Lächeln entlockte.

»Meine komplette Ausrüstung?«, fragte er aufgeregt und Darius nickte.

Orion schüttelte die Truhe, und sie klapperte, als wäre etwas Schweres darin.

»Hast du die Knochen auch dabei?«, fragte er, und Darius lächelte dunkel, warf einen Blick über seine Schulter und wirkte dann eine Stillekuppel um uns drei, bevor er antwortete. Er ergriff den Lenker des Motorrads und schob es in Richtung Tunneleingang, gerade als Hamish die hinter der Uhr verborgene Tür öffnete und heraustrat.

»Ich habe mich nicht all die Jahre darauf vorbereitet, dunkle Magie gegen

Vater einzusetzen, um dann einfach alles zu vergessen, wenn endlich der Tag kommt, ihn zu Fall zu bringen.«

Orion nickte eifrig. »Dann können wir deine Lektionen bald wieder aufnehmen.«

»Willkommen, edle Recken und holde Fae!«, rief Hamish eifrig, und Darius ließ die Stillekuppel fallen. »Tretet vor, um euer Gelübde abzulegen, und wir werden euch im Handumdrehen drinnen unterbringen.«

Tyler schritt mit einem warnenden Schnauben auf die anderen Herdenmitglieder zu, die alle Platz machten, um ihn vorzulassen, und er führte Sofia mit sich, damit sie ihr Gelübde ablegen konnten.

Darius ging an ihnen vorbei, lenkte das Motorrad in den Tunnel und schritt voran in den beeindruckenden Gang, der mit seiner gewölbten Decke und den hellgrauen Wänden fast so aussah, als gehörte er in ein Herrenhaus und nicht unter die Erde.

Wir schlenderten gemeinsam tiefer ins Burrows, und mir wurde klar, wie still es war. »Findet eine weitere Durchsuchung statt, um den Mörder zu finden?«, fragte ich mit leiser Stimme.

»Hamish hat die Zyklopen erneut im Einsatz«, sagte Orion mit einem Nicken und einer sorgenvollen Falte auf der Stirn. »Aber wenn sie nicht bald etwas finden, müssen wir die Sache wohl selbst in die Hand nehmen.« Er und Darius tauschten einen finsteren Blick aus, der mir genau verriet, wie sie vorhatten, Informationen aus den Leuten herauszubekommen, und ich stieß ein nervöses, leises Wiehern aus.

»Hast du einen Verdacht?«, fragte Darius Orion, nachdem er erneut eine Stillekuppel um uns gelegt hatte.

»Na ja, wir vertrauen auf die Zyklopen, wenn es darum geht, die Wahrheit herauszufinden. Wer könnte seine Beteiligung besser verbergen als einer von ihnen?«, fragte Orion, und ein Schauer der Angst lief mir über den Rücken.

»Glaubst du wirklich, dass es einer von ihnen sein könnte?« Ich fröstelte bei der Erinnerung an das letzte Verhör und das aufdringliche Gefühl, als sich der Zyklop in meinen Kopf gedrängt hatte.

»Scheint ein guter Ausgangspunkt zu sein«, entgegnete Orion und Darius nickte.

»Ich werde nicht ruhen, bis das geklärt ist«, knurrte Darius.

»Dann sollten wir ihnen einen Besuch abstatten«, sagte Orion.

»Ich komme nach. Ich muss zuerst zu Roxy«, sagte Darius, und Orion nickte zum Abschied, bevor er in einem Seitentunnel verschwand und mit der Dunkelheit verschmolz wie ein lebendig gewordener Schatten. Ich war mehr als froh, ihn dieser schwierigen Aufgabe zu überlassen.

Ich verlangsamte mein Tempo und wartete auf meine Herde, während sie ihre Schwüre ablegten. Bald führte ich sie tiefer in das beeindruckende Labyrinth aus Tunneln, das hier unten angelegt worden war, um die Rebellen zu verstecken.

Es herrschte eine unruhige Stimmung, ein leichtes Zittern durchlief die Herde, und ich strich ihnen instinktiv mit den Händen über den Rücken, um sie zu beruhigen.

Mein Herz schmerzte wegen Professor Clippards Tod, und mein Hass auf meinen Vater wurde noch ein wenig intensiver, während ich versuchte, die Mitglieder meiner Formgebung zu beruhigen, die er heute hatte töten wollen.

Ich trabte zu Tyler und Sofia, und sie zog mich sofort mit einem leisen Wiehern an sich. Mein Puls schoss in die Höhe, als sie ihre nackten Kurven an meinen Körper presste, und mein Schwanz wurde augenblicklich hart – was sie definitiv spürte. Aber sie zog sich nicht zurück, und ich konnte nicht anders, als mit meinen Fingern über die empfindliche Stelle zwischen ihren Schulterblättern zu streichen, was ihr ein leises Wiehern entlockte, während sie für mich zitterte.

Ich ignorierte Tyler, der mich mit zusammengekniffenen Augen ansah, als ich sie festhielt und versuchte, seinen Arm von ihr wegzudrücken. Aber er ließ nicht los. Meine Hand streifte seine, und mir wurde warm, als er mich berührte.

»Danke für alles, Kumpel«, sagte Tyler übertrieben freundlich, als ich Sofia losließ. Ich wünschte, ich hätte eine verdammte Hose an. Mein Schwanz stand auf halbmast und das war nichts, was ich verstecken konnte. »Wir übernehmen ab hier.«

»Sei kein Arschloch!«, sagte Sofia und stampfte mit dem Fuß auf. Tyler schnaubte empört und musterte mich dann erneut. »Er hat heute unser Leben gerettet.« Sofias hellblaue Augen glitzerten, und mein Brustkorb schwoll vor Stolz an. »Besteht eine Möglichkeit, mit unseren Familien zu sprechen? Ich habe keinen Atlas.«

»Hamish kann Nachrichten an Familien übermitteln. Aber ihr könnt sie nicht direkt kontaktieren. Er wird euch einen Atlas geben, aber der kann nur für das private Netzwerk des Burrows verwendet werden«, sagte ich und sie runzelte die Stirn. Ihre Sorge um ihre Familie war deutlich zu spüren. »Ich werde Hamish bitten, sich noch heute der Sache anzunehmen«, versprach ich.

Tyler nickte, und seine selbstbewusste Maske verrutschte für eine Sekunde. Auch er machte sich Sorgen, und ich wusste, dass ich das für sie tun musste.

»Sind Tory und Darcy hier?«, fragte Sofia hoffnungsvoll.

»Ja, komm mit. Sie werden sich freuen, dich zu sehen.« Ich ging voran, und sie folgten mir. Darius schwang sich auf das Motorrad, startete den Motor und fuhr durch den Tunnel, wobei das Dröhnen des Motors von den Wänden widerhallte.

Erst jetzt wurde mir klar, wie nahe sie heute alle dem Tod gekommen waren, und eine Welle der Angst überrollte mich. Wenn wir auch nur eine Sekunde langsamer gehandelt hätten, wenn Gabriel den Angriff nicht kommen *gesehen* hätte …

Bei dem Gedanken, Sofia – und ja, auch diesen verdammten Tyler – zu verlieren, stockte mir der Atem. Tyler mochte ein Arschloch sein, aber die Vorstellung, dass er im Feuer meines Vaters hätte sterben könnte, ließ mich vor Angst zittern. Jetzt war meine Herde hier, und ich musste sie beschützen. Und ich würde dafür sorgen, dass mein psychotischer Erzeuger nie wieder in ihre Nähe kommen konnte.

Gemini
Scorpio
Virgo
Cancer
Aries
Leo
Taurus
Sagittarius
Capricorn
Aquarius
Libra
Pisces

TORY

KAPITEL 15

Ich ging im Speisesaal des Burrows auf und ab und schaute zwischen der großen Uhr an der Wand und dem Tunnel, der zum Bauernhaus führte, hin und her, während ich darauf wartete, dass Darius und Xavier auftauchten. Ich hatte keine Ahnung, wie lange sie brauchen würden, um von der Academy hierherzufliegen, oder wie weit entfernt der Campus war, und wusste auch nicht, wie viel Sternenstaub sie bei sich hatten und ob es reichen würde, um die gesamte Herde zu transportieren. Es war also unmöglich, einzuschätzen, wie lange ich würde warten müssen, und Gabriel sagte mir lediglich immer wieder, dass ich Geduld haben sollte. Aber scheiß auf Geduld.

»Es geht ihm gut«, beruhigte mich Darcy, die sich neben mich gestellt hatte und meine Hand drückte. Die restlichen Rebellen waren in ihre Zimmer zurückgeschickt worden, während die Ermittlungen zum jüngsten Mord durchgeführt wurden, aber ich hatte mich geweigert, eingesperrt zu werden, und wartete stattdessen hier – obwohl ich mich draußen aufgehalten hätte, wenn ich ein echtes Mitspracherecht gehabt hätte.

Ich warf Gabriel einen Blick zu und fragte mich, ob er vielleicht noch etwas anderes gesehen hatte, das seine Vermutung stützen würde.

»Solange Darius nicht vor lauter Wut den Kopf verliert, müsste er wohlbehalten zurückkommen. Aber ich kann nur schwer erkennen, was genau passiert ist – wahrscheinlich, weil die Schatten irgendwie darin verwickelt sind. Es gibt verschiedene Zukunftsszenarien, die seine Rückkehr zeigen, also stehen die Chancen gut«, erklärte er kryptisch – was mich nicht wirklich beruhigte. Denn seit wann war Darius Acrux jemals gut darin, nicht den Kopf zu verlieren?

»Ich könnte es nicht ertragen, wenn ihm etwas zustößt«, murmelte ich und erlaubte mir diesen einen Moment der liebestrunkenen Schwäche, während ich auf meine Unterlippe biss und versuchte, mich daran zu erinnern, wie verdammt stark dieser Mann war.

»Darius mag vieles sein, aber er würde buchstäblich Himmel und Erde in

Bewegung setzen, um bei dir zu sein«, sagte Gabriel. »Ich bin sicher, dass er alles in seiner Macht Stehende tut, um schnell zu dir zurückzukehren.«

Ich schnalzte mit der Zunge, weil ich wusste, dass das die Wahrheit war, aber ich wurde das ungute Gefühl in meiner Magengrube trotzdem nicht los.

»Ich habe das Gefühl, dass alles, was wir hier tun, zu lange dauert«, sagte ich. »Wir haben darum gekämpft, uns von Lionel zu befreien, haben ihm eine Hand abgenommen, es geschafft, den Imperialen Stern zu erlangen und ihn vor ihm zu verstecken – und doch sitzen wir hier in einem Höhlennetzwerk herum, bekommen Lektionen in Magie und helfen dabei, weitere Höhlen für tausend Schutzsuchende zu bauen, anstatt das Ganze einfach zu beenden.«

»Es ist nicht der richtige Zeitpunkt«, entgegnete Gabriel, und sein Seufzen verriet mir, dass es ihn ebenfalls wütend machte, aber auch bestätigte, dass sich nichts geändert hatte.

»Ich will ihn einfach nur tot zu meinen Füßen haben«, knurrte ich. »Ist das zu viel verlangt? Dass der Vater meines Freundes vor meinen verdammten Füßen qualvoll verblutet?«

»Wow, du wirst wirklich bissig, wenn du dir Sorgen machst«, neckte Darcy.

»Ich mache mir keine Sorgen«, antwortete ich, »ich bin stinksauer. Ich werde ihm in seinen schuppigen Arsch treten, wenn er zurückkommt, weil er einfach so ohne mich abgehauen ist.«

Gabriel lachte leise, als hätte er so rein gar nichts gegen die Idee einzuwenden, und ich grinste ihn an.

»Hier«, meinte Seth hinter mir, und als ich mich umdrehte, sah ich ihn mit einem Cupcake mit einem großen B darauf vor mir stehen. »Du siehst aus, als könntest du etwas zu essen gebrauchen.«

»In Form eines Cupcakes mit dem willkürlichen Buchstaben B?«, fragte ich und zog eine Augenbraue hoch.

»Jepp. Du wirst deine Energie zweifellos für den ganzen wilden Sex brauchen, den du und Darius später haben werdet.«

»Spar dir die sexuellen Anspielungen in Bezug auf meine Schwestern für Zeiten auf, in denen ich nicht in Hörweite bin, ja?«, schlug Gabriel missmutig vor. »Es ist schlimm genug, dass die Sterne mir Ausschnitte davon zeigen, ohne dass ich mir auch noch Gespräche darüber anhören muss.«

Seth hatte einen teuflischen Gesichtsausdruck aufgesetzt, als hätte er gerade eine Herausforderung angenommen. Ich rollte mit den Augen, während ich mich halb darauf freute, Gabriel dabei zuzusehen, wie er seine Gabe einsetzte, um Seth in dem kleinen Spiel zu schlagen, das seine glasigen Augen anzukündigen schienen.

»Woher hast du den überhaupt?«, fragte Darcy und zeigte auf den Cupcake.

»Der stand einfach so in der Küche herum«, antwortete Seth grinsend.

»Und warum das B?«, fragte ich, ohne nach dem Kuchen zu greifen, den er mir weiterhin hinhielt.

»Ich wusste nicht, dass du so pingelig bist, was den Buchstaben angeht, den ich gewählt habe. Wäre dir ein anderer lieber gewesen? Vielleicht hätte ich dir das T geben sollen.«

»Es gab ein T?«, fragte ich.

»Ja. Da waren etliche von diesen Cupcakes, und auf jedem war ein Buchstabe aus blauem Zuckerguss. Zusammen haben sie *Happy Birthday Brodie* ergeben.« Seth grinste und ich zog die Augenbrauen hoch.

»Also hast du jemandem seine Geburtstagskuchen geklaut?«, fragte Darcy ihn und schaute ihn gleichzeitig amüsiert und entsetzt an.

»Nein, nicht alle. Nur die Hs, Bs und Ps … um ehrlich zu sein, habe ich fast alles mitgenommen, aber die letzten drei habe ich stehen lassen. Die Glasur war einfach nicht so gut wie bei diesem hier und ich wollte keinen minderwertigen Cupcake essen.«

Ich betrachtete den blauen Zuckerguss an seinem Mundwinkel und lachte, als mir klar wurde, was er gerade getan hatte. »Du hast also jemandem an seinem Geburtstag die Cupcakes geklaut? Und die einzigen, die du zurückgelassen hast, bilden das Wort *die* – also stirb! –, und das kurz nachdem ein anderer Mann zufällig tot aufgefunden wurde? Du bist ein verdammter Psycho.«

Gabriel lachte mit mir, während Seth die Stirn runzelte und Darcy sich die Hand vor den Mund schlug, als würde sie sich wirklich bemühen, das nicht lustig zu finden – erfolglos.

»Oh, es gibt Kuchen?« Caleb schoss auf uns zu, legte seinen Arm um meine Schultern und drückte mich kurz, während ich Seth schnell den Cupcake abnahm.

»Meiner«, stichelte ich, nahm einen großen Bissen und entlockte ihm ein Herausforderung-angenommen-Grinsen. Er stürmte auf Seth zu, nahm sein Gesicht in die Hand und hielt ihn fest, damit er ihm den Zuckerguss von den Mundwinkeln lecken konnte.

»Bei den Sternen, Cal!«, keuchte Seth, aber Caleb lachte nur und drückte Seths Unterkiefer noch ein Stück weiter nach hinten, um ihm die Zähne in den Hals zu rammen.

Seth griff nach Calebs Nacken, während dieser von ihm trank, und zog ihn mit einem wolfsähnlichen Knurren, das sich verdammt heiß anhörte, näher zu sich heran. Ich tauschte einen Blick mit Darcy, während Caleb seinen ganzen Körper mehrere Sekunden lang eng an Seths drückte, bevor er sich schließlich mit einem reumütigen Grinsen von ihm löste.

»Du wirst nachlässig, Mann«, neckte er ihn. »Was war das denn für eine Jagd?«

»Ich wurde davon abgelenkt, ein fantastischer Freund zu sein«, protestierte Seth, während er weiterhin Caleb im Blick behielt, der jetzt die Hand ausstreckte, die Bisswunde an Seths Hals heilte und schließlich das restliche Blut von seinem eigenen Daumen leckte.

»Hm, manche könnten dich für nachlässig halten. Oder denken, dass du tatsächlich willst, dass ich dich beiße.«

»Pah!« Seth schubste ihn so fest, dass man es kaum noch als spielerisch bezeichnen konnte, und seine Wangen färbten sich rosa. »Ich mag es einfach, mit jemandem zu kämpfen, der mir ebenbürtig ist, das ist alles.«

»Dann solltest du dich das nächste Mal vielleicht wehren, anstatt es mir so verdammt leicht zu machen.« Caleb schoss grinsend von uns weg, woraufhin Seth ihm noch eine ganze Weile nachstarrte.

Als er sich wieder zu uns umdrehte, schob er die Finger durch seine langen dunklen Haare und fixierte meine Schwester.

»Darcy, ich muss super dringend mit dir über den Zustand dieser Steine sprechen«, sagte er plötzlich.

»Steine?«, fragte ich verwirrt, während Seth nickte.

»Ja. Das kann nicht warten. Und ich brauche etwas zum Aufmuntern«, fügte er hinzu und entriss mir meinen halb gegessenen Cupcake.

»Hey!«, fauchte ich ihn an, aber er schob sich bereits das ganze Ding in den Mund und zog Darcy von uns weg, während sie mir ein entschuldigendes Lächeln schenkte. »Was zum Teufel war das denn?«

»Ich weiß es nicht und ich will es auch nicht wissen«, antwortete Gabriel. »Ich will definitiv nicht mehr darüber erfahren, was in diesem Wolf vor sich geht. Was ich weiß, reicht mir völlig.«

Bevor ich antworten konnte, neigte er sein Gesicht zu dem Gang, der an die Erdoberfläche führte, und ich keuchte, als ich mich in die entsprechende Richtung drehte.

All meine Sorgen waren wieder da, während ich in Erwartung ihrer Ankunft den Atem anhielt. Ich wusste, dass Gabriel ihnen gesagt hatte, allein aufbrechen zu müssen, aber das hieß nicht, dass es mir gefiel. Und ich würde Darius gehörig die Meinung geigen, sobald ich sicher war, dass es ihm gut ging.

Bevor ich mich noch verrückter machen konnte, kündigte ein lautes Geräusch die Ankunft einer Gruppe weiter oben im Tunnel an, und meine Lunge schien regelrecht in sich zusammenzufallen, nachdem ich erleichtert ausgeatmet hatte. Ich rannte los, um Darius und Xavier in Empfang zu nehmen.

Das Dröhnen eines Motors brachte mich dazu, die Augen aufzureißen. Völlig geschockt starrte ich geradeaus, als Darius aus der Dunkelheit des Tunnels schoss – auf dem Rücken des limitierten Superbikes, das er mir gekauft hatte. Eine ganze Pegasus-Herde rannte nackt und in ihrer Fae-Gestalt hinter ihm her.

Ich sah Xavier ganz vorn rennen, und als ich die Gruppe scannte, entdeckte ich auch Tyler und Sofia direkt hinter ihm. Mein Herz machte einen Freudensprung, als ich sie wiedersah.

Darius hielt direkt auf mich zu; die Räder rutschten über den Steinboden des Speisesaals, als er das Bike herumriss und vor meinen Füßen zum Stehen kam.

Ich sah das Blut, das die rechte Seite seines Gesichts bedeckte und seine gesamte Seite markierte, doch im nächsten Moment zog er mich bereits in seine Arme und küsste mich so innig, dass mir die Luft wegblieb.

Ich schmolz an seinem Körper und erwiderte seinen Kuss, während sich die Scherben meiner Seele neu zusammensetzten und so heftig für ihn brannten, dass es sich anfühlte, als würde mein ganzer Körper glühen.

Seine Zunge glitt in meinen Mund, und er knurrte besitzergreifend, während mich der männliche Geruch von Rauch und Zedernholz umhüllte und ich das wütende Schlagen seines Herzens gegen meine Brust spürte. Und ich wusste, wie nahe er einem viel schlimmeren Schicksal gekommen war.

Abrupt stieß ich ihn zurück, ließ meine Faust hervorschnellen und traf seine Brust – was verdammt wehtat, weil seine blöden Muskeln steinhart waren. Es fühlte sich an, als würde man gegen eine Wand schlagen. »Wehe, du machst mir noch mal so viel Angst«, knurrte ich, bevor ich mich von ihm abwandte und auf meine Freunde zuschritt.

»Roxy!«, rief Darius mir nach, aber ich zeigte ihm nur den Mittelfinger über meine Schulter und ging weiter.

Geraldine eilte auf die Herde zu; einen riesigen Klamottenberg ließ sie von einer Windböe hinter sich herschweben.

»Grausige Forellenkapelle! Fürchtet euch nicht, denn jetzt ist Grussy zur Stelle!«, rief sie zur Begrüßung und schnippte mit den Fingern, um eine Gruppe Rebellen herbeizurufen, die ihr bis hierher gefolgt waren, um bei der Verteilung der Kleidung an die Pegasus-Herde zu helfen.

Ich sah, wie Catalina Xavier umarmte und er sie fest an sich drückte. Auch seine Haut war voller Blut, und bei dem Gedanken an die Gefahr, in der sie sich befunden hatten, wurde mein Herz um einiges schwerer.

Sofia quietschte, als sie mich auf sich zukommen sah, und ich schlang meine Arme um sie, obwohl sie splitternackt war.

»Scheiße, ich habe dich vermisst«, flüsterte ich, als sie meine Umarmung erwiderte und ein ersticktes Lachen ausstieß.

»Der Campus ist so leer ohne euch«, antwortete sie, als sich zwei weitere Arme dazugestellten und ich mich schließlich zwischen ihr und Tyler wiederfand, der sich von hinten um mich schlang.

»Wehe, das sind deine Eier, die da gegen meinen Arsch drücken«, warnte ich ihn grinsend. Ich brachte einfach nicht die Kraft auf, wütend zu sein – die Erleichterung darüber, dass sie hier waren und es ihnen gut ging, war zu groß.

»Meine Eier gehören dem Mädchen auf der anderen Seite dieses Sandwichs«, antwortete Tyler. »Also mach dir keine Sorgen, Prinzessin.«

Ich schnaubte angesichts der Verwendung meines Titels und ließ mich noch einen Moment länger drücken, bevor ein angepisster Drache hinter uns knurrend meine Aufmerksamkeit auf sich zog.

»Oh, Tyler, es gibt da wahrscheinlich etwas, das du über Darius und mich wissen solltest …«, begann ich. Weiter kam ich nicht, denn Tyler wurde bereits von der Kraft eines Drachenwandlers im Biestmodus weggerissen. Als ich mich umdrehte, sah ich ihn einige Meter entfernt auf dem Boden liegen. Und Darius marschierte mit einem gefährlichen Funkeln in den Augen auf ihn zu.

»Wo sind die schwarzen Ringe in deinen Augen hin?«, fragte Tyler, während er vom Boden aus zu Darius aufblickte. Dann sah er auch mich an, und als der Groschen fiel, stieß er einen erstickten Laut aus. »Das gibt's doch nicht! Wie habt ihr …«

Er wurde unterbrochen, als Darius sich auf ihn stürzte, aber ich schaffte es, einen Luftschild zwischen ihnen zu errichten, bevor er angreifen konnte. Ich trat einen Schritt nach vorn, um Darius' Arm zu ergreifen, daran zu ziehen und ihn dazu zu zwingen, mich wahrzunehmen.

»Hey, Alter, die einzigen Eier, die mich interessieren, sind deine, auch wenn sie in absehbarer Zukunft nicht in meine Nähe kommen werden – und das hast du diesem kleinen Stunt zu verdanken. Du weißt schon, indem du einfach so abgehauen bist«, schnauzte ich ihn an.

Darius ignorierte mich, und Rauch quoll zwischen seinen Lippen hervor, während er Tyler böse anstarrte. Dieser hob unschuldig die Hände, während er immer noch splitternackt auf dem Boden lag.

»Ich hab's verstanden, sie gehört dir. Auch wenn das nach der Tatsache, dass ihr verdammt noch mal sternverflucht wart, null Sinn ergibt. Aber was soll's. Nachricht angekommen. Keine nackten Umarmungen mehr, egal, wie emotional provokativ das Wiedersehen ist«, versprach Tyler, und Sofia wippte unruhig von einem Fuß auf den anderen, während sie zusah.

Darius sah immer noch ziemlich mordlustig aus, also griff ich nach seinem Kinn und zwang ihn, mir in die Augen zu sehen.

»Ich gehe mal davon aus, dass du am Ende deiner Kräfte bist«, meinte ich.

Meine Verärgerung darüber, dass er sich in eine solch verletzliche Position gebracht hatte, war enorm. Zweifellos hatte er einen verdammt guten Grund dafür, aber im Moment war ich sauer auf ihn, weil er sich selbst in Gefahr gebracht hatte, ohne dass ich ihm den Rücken hatte stärken können. Vernunft gehörte also gerade nicht zu meinem Vokabular.

Darius grunzte zustimmend, aber ohne ein Wort zu verlieren, und ich intensivierte meinen Griff um sein Kinn – eine deutliche Warnung. Dabei bohrte ich meine Fingernägel gerade so tief in seine Haut, dass ihm klar sein musste, wie ernst ich es meinte.

»Anstatt meine Freunde anzugreifen, solltest du dich lieber waschen und mit Gold überschütten, um deine Reserven wieder aufzufüllen. Meinst du nicht auch? Ich komme zu dir, sobald ich mich vergewissert habe, dass Sofia und Tyler gut angekommen sind. Wir müssen dringend über diesen Macho-Scheiß reden.«

»Komm mir nicht mit diesem Wir-müssen-reden-Mist, Roxy. Ich bin kein Haustier, das du abrichten kannst. Und wenn ich diesem Arschloch die Scheiße aus dem Leib prügeln will, weil er mein Mädchen mit seinem Schwanz betatscht hat, dann werde ich das verdammt noch mal tun«, erwiderte er.

Ich machte einen Schritt auf ihn zu und hob meinen Mund zu seinem, küsste ihn aber nicht. Leise sagte ich dann: »Zu deinem Pech, Darius, habe ich noch jede Menge Magie in Reserve und stelle mich zwischen dich und Tyler. Wenn du also nicht glaubst, dass du es ohne einen Tropfen Magie in deinen Adern mit mir aufnehmen kannst, schlage ich vor, dass du in dein Zimmer zurückgehst, bevor ich dir vor all diesen reizenden Leuten den Arsch poliere.«

Darius knurrte, beugte sich zu mir vor und legte seine Hand um meinen Hals. Sein Daumen wanderte zu meinem Pulspunkt, der heftig pochte, während er mich durch den Griff an meinem Hals näher zu sich zog.

»Du solltest es besser wissen, als einen Drachen zu bedrohen, Roxy«, sagte er und berührte dabei mein Ohr, als er seinen Mund so dicht über meine Haut bewegte, dass ein Kribbeln meinen Rücken hinunterlief. »Vielleicht sollte ich dich daran erinnern, warum das so ist.«

»Nur zu, Arschloch, ich habe keine Angst vor dir.« Ich hob mein Kinn, machte keinen Versuch, seine Hand von meinem Hals zu entfernen, und suhlte mich in seiner Angepisster-Alpha-Energie, die er verströmte. Gleichzeitig blieb ich standhaft und forderte ihn heraus, mir zu zeigen, was er draufhatte.

Darius intensivierte den Druck an meinem Hals ein winziges bisschen, beugte sich weiter vor und flüsterte mir etwas ins Ohr, sodass mein ganzer Körper vor Energie nur so sprühte – eine Energie, die ich nur erlebte, wenn ich diese Bestie provozierte. »Du hast Glück, dass ich es mag, wenn du mich beschimpfst, Baby.«

Ganz plötzlich ließ er mich los, schob sich an mir vorbei und ließ mich mit der Leere hängen, die seine Aura hinterlassen hatte.

Ich verdrehte die Augen und versuchte, die Illusion aufrechtzuerhalten, dass mich sein Monster gänzlich kaltließ, was mir zweifellos kläglich misslang, da ich praktisch den ganzen Boden vollsabberte und auf seinen Hintern starrte, während er wegging. Argh, diese Jeans!

Ich ließ den Luftschild fallen, der Tyler geschützt hatte, und bot ihm eine Hand an, während er ein leises Pfeifen ausstieß.

»Ich benötige Zugang zu einem Atlas und die Zugangsinformationen der FaeBook-Gruppe, die ihr hier betreibt. Wie habt ihr sie genannt? *Rebels Forever? Nieder mit dem König? Steck dir deinen Drachenarsch sonst wo hin?* Bitte sag mir, dass es etwas Eingängiges ist.«

»Keinen Schimmer. Soweit ich weiß, ist hier bisher nicht viel in Sachen Social Media passiert. Es ist ein geschlossenes System, sodass wir Beiträge und Nachrichten nur mit anderen Leuten im Burrows teilen können. Ich verbringe die meiste Zeit im Training mit Orion und den Erben, also …«

»Wow, Moment! Der geächtete Professor ist hier? Hashtag – haben sie es beim Nachsitzen getrieben? Hashtag – vom Vampir verführt?«

»Keine Hashtags«, sagte ich bestimmt, streckte die Hand aus, um ihm den Mund zuzuhalten, und sah mich nach Darcy, Sofia und Xavier um, die sich gerade umarmten. Darcy war also in ihrem eigenen Sandwich gefangen, ha!

Anstatt mit mir zu streiten, folgte Tyler meinem Blick, schnaubte dann wütend und stampfte mit dem Fuß auf, als ich meine Hand zurückzog.

»Oh, verdammt noch mal, er macht sich bereits an mein Mädchen ran«, brummte er und seine Augen verengten sich zu Schlitzen, als er Xavier ansah. »Schau ihn dir an! Er hat die ganze verdammte Zeit über eindeutig trainiert. Er ist ganz: *Hey, Sofia, schau dir meinen knackigen Arsch und meine Waschbrettbauchmuskeln an. Und wusstest du, dass ich dich beim Bankdrücken unter einem Regenbogen locker stemmen könnte?* Argh!«

Tyler lief hastig auf sie zu, und ich schloss mich ihm lachend an.

»Hey, Xavier!«, rief Tyler mit einem strahlenden Lächeln, als die Umarmung endete, und ich tauschte ein Grinsen mit Darcy aus. Sofia war hier bei uns und sicher vor dem Monster, das derzeit unser Königreich beherrschte.

»Oh, hey«, antwortete Xavier, und sein Blick wanderte abschätzend – typisch Mann! – über Tyler, bevor er auf seinem Schwanz verweilte, der, wie ich zugeben musste, auch versucht hatte, meine Aufmerksamkeit zu erregen. Nicht, dass ich mich auch nur im Geringsten für Tylers Schwanz interessiert hätte, aber er war superglänzend und mit Edelsteinen und so einem Scheiß bedeckt, sodass er irgendwie ins Auge fiel. »Ich bin so froh, dass wir es geschafft haben, euch zu retten.«

»Du warst so mutig«, sagte Sofia zu Xavier, klimperte verführerisch mit den Wimpern und biss auf ihre Unterlippe.

»Könntet ihr euch bitte was anziehen?«, unterbrach ich und hielt eine Hand vor meine Augen, um den Schwanz des Bruders meines Freundes zu verdecken, der diesen ganz ungeniert baumeln ließ.

»Oh, es tut mir so leid, dass dich sein unspektakulärer Schwanz beleidigt, Tory«, sagte Tyler todernst, drehte sich um und griff mit einem Schwung Erdmagie nach einem Satz Klamotten vom schwebenden Haufen hinter Geraldine. Er reichte Sofia einen Trainingsanzug, die diesen sofort anzog, während er und Xavier sich ebenfalls etwas überwarfen. Darcy versuchte, nicht zu lachen, während die beiden Typen ein Wettrennen zu veranstalten schienen, wer zuerst seine Kleidung anhatte.

Tyler gewann mit etwa einer halben Sekunde Vorsprung, und Xavier stampfte mit dem Fuß auf wie ein Dreijähriger, dem gerade gesagt worden war, dass er keine Süßigkeiten bekommen würde.

»Ich habe gerade Sofia erzählt, dass wir ein Zimmer für sie und Tyler in den königlichen Gemächern herrichten können«, meinte Darcy, als wir uns alle stillschweigend darauf einigten, das Rennen nicht zu besprechen. »Ich denke, wir können eins entbehren, weil ...« Sie warf erst Xavier einen Blick zu, dann Catalina und räusperte sich dann unbehaglich.

»Du meinst, weil Catalina jede Nacht in Hamishs Zimmer schleicht, anstatt in ihrem eigenen zu schlafen?«, fragte ich, woraufhin Xavier die Nase rümpfte.

»Sie denkt, dass Darius und ich nichts davon mitbekommen haben«, murmelte er und warf einen Blick auf seine Mutter, die Hamish dabei half, die restlichen Herdenmitglieder mit Kleidung zu versorgen. »Und ich glaube nicht, dass sie es zugeben würde, wenn du sie danach fragst. Also müssen sie sich vielleicht tatsächlich ein Zimmer in den neuen Tunneln nehmen.« Er beäugte Sofia, und ich konnte sehen, dass er nicht wirklich wollte, dass sie so weit weg war. Das Burrows wurde immer größer, und es gab so viele Schutzsuchende hier, dass die neuesten Abschnitte buchstäblich ein paar Kilometer unter der Erde lagen. Es gab neue Badehäuser und Küchen, die von denjenigen betrieben wurden, die in diesen Teilen lebten, und wenn sie dort unten landeten, würden wir wahrscheinlich nicht mehr viele von ihnen zu Gesicht bekommen.

»Ich kümmere mich um Catalina. Ihr führt die beiden herum und ich melde mich bei euch, sobald alles geklärt ist.«

Xavier warf mir einen Blick zu, der besagte, dass er ernsthaft daran zweifelte, dass das funktionieren würde. Aber ich grinste nur überheblich, bevor ich mich auf den Weg machte, um mit seiner Mutter zu sprechen, die gerade mit dem letzten Pegasus fertig zu werden schien.

»Wunderbar gemacht, Kitty«, murmelte Hamish, und seine Hand streifte ihren Rücken, als sie ihm ein strahlendes Lächeln schenkte. Mal ganz im Ernst, ich konnte das Glück förmlich spüren, das von ihr ausging.

»Entschuldigt die Störung«, sagte ich und kam näher, um sie auf mich aufmerksam zu machen. Erschrocken fuhren sie auseinander, als hätte ich den ganzen Austausch nicht bemerkt.

»Flippiger Firlefanz, Ihr habt mich aber erschreckt, meine Königin«, raunte Hamish und drückte sich die Hand auf die Brust, als ich ihn anlächelte.

»Weil ihr dachtet, subtil zu sein mit den süßen Nichtigkeiten, die ihr einander zuflüstert?«, stichelte ich, und Hamish wurde knallrot, während Catalinas volle Lippen sich überrascht teilten.

Sie war wirklich eine schöne Frau, und das war jetzt, wo sie hier war, noch viel deutlicher. Sie trug schlichte Kleider, die ihrer Figur schmeichelten, ohne sie zur Schau zu stellen, und ihre langen dunklen Haare waren offen und mit winzigen Blumen verziert, die sie mit ihrer Erdmagie dort platziert hatte. Die perfekten Dutts waren verschwunden. Ihre Illusion war nach wie vor intakt, aber Orion hatte uns letzte Woche gelehrt, durch einfache wie die ihre hindurchzusehen. Und weil ich bereits wusste, dass die Illusion da war, musste ich mich nicht besonders anstrengen, um ihr wahres Ich zu sehen.

Ihr Lächeln war nicht mehr aufgesetzt, sondern strahlte vor echtem Glück. Endlich konnte sie Zeit mit ihren Söhnen verbringen und sie mit der Liebe überschütten, die sie so lange bei ihr vermisst hatten. Sie schenkte diese mütterliche Liebe auch Darcy und mir, wann immer sich die Gelegenheit dazu bot, sowie Lance und sogar Geraldine. Es war, als würde sie vor Liebe förmlich platzen. So lange waren diese Gefühle in ihr gefangen und gefesselt gewesen, dass sie, jetzt, da sie frei war, nicht anders konnte, als ihre Liebe an alle zu verteilen, sooft sie konnte. Und obwohl es mir schwerfiel, es auszudrücken, liebte ich es, dass sie sich mir gegenüber wie eine Mutter verhielt. Sie hatte mir sogar ein paar Mal die Haare gemacht, und mein Herz war danach ganz leicht und flatterig gewesen. Ich wusste nicht, wie ich ihr das erklären konnte, aber irgendwie hatte ich das Gefühl, dass sie es wusste, weil sie selbst so lange auf diese Art von Zuneigung hatte verzichten müssen, dass sie dieses Dilemma bei anderen einfach leicht erkannte.

»Wissen die Jungs Bescheid?«, fragte sie und blickte sich nach ihnen um, aber Darius war schon lange weg und Xavier tat so, als hätte er unser Gespräch nicht mitbekommen.

»Jeder weiß Bescheid«, erwiderte ich mit ausdrucksloser Miene, und Hamish schlug sich die Hand vor die Stirn.

»Bei den Sternen, ich habe deinen guten Namen beschmutzt, Mylady«, keuchte er.

»Ich bin mir ziemlich sicher, dass Lionel meinen Namen schon vor langer Zeit beschmutzt hat. Du weißt schon, damals, als er angefangen hat, mich an seine Freunde auszuleihen, um sich politische Vorteile zu verschaffen«, murmelte sie bitter, und ich verzog bei dem Gedanken das Gesicht.

»Nun, Lionel übt gerade noch, mit links zu masturbieren, also hoffen wir mal, dass er sich heutzutage nicht einmal selbst befriedigen kann«, knurrte ich, und Hamish schnappte erneut nach Luft.

»Sapperlot!«

Catalina jedoch stieß ein leises Lachen aus, also stand ich zu meiner Aussage. Ich hatte bei vielen Gelegenheiten klargestellt, dass ich ohnehin nicht das Zeug zu einer Prinzessin hatte, und meine unverblümte Zunge war wohl das kleinste Problem.

»Der Punkt ist, Xavier wäre überglücklich, wenn Sofia ein Zimmer in seiner Nähe bekommen könnte, weil er diese ganze Dom-Sache mit ihr am Laufen hat. Ich denke, es ist auch wichtig für ihn, in der Nähe einiger seiner Herdenmitglieder zu sein, nachdem er die letzten Monate hier eingesperrt war, ohne einen anderen Pegasus zu Gesicht bekommen zu haben. Also hatte ich gehofft, dass sie dein Zimmer haben könnten, da du deine Nächte sowieso mit deinem neuen Boy-Toy verbringst ...«

»Gütiger Himmel, vergebt mir!«, wimmerte Hamish und ich zog überrascht eine Augenbraue hoch. Fae waren in der Regel nicht prüde, was solche Dinge anging, aber er sah aus, als würde er auf eine Öffnung im Boden hoffen. Alles, um sich vor diesem Gespräch zu retten.

»Was ist das Problem?«, fragte ich.

»Hammy glaubt, dass außerehelicher Geschlechtsverkehr schön und gut ist, solange keine Liebe im Spiel ist. Und da wir, ähm ... das L-Wort gesagt haben, findet er, dass wir heiraten sollten, wenn wir weiterhin ... körperlich miteinander verkehren wollen.« Catalina wurde so rot wie eine Tomate – und das war das Süßeste überhaupt.

»Also, ähm ... willst du ihn denn heiraten?«, fragte ich, unsicher, ob es das war, was sie hatte sagen wollen, oder ob sie abgelehnt hatte.

»Nun, technisch gesehen bin ich noch mit Lionel verheiratet, da ich nicht wirklich gestorben bin. Wenn ich also versuchen würde, erneut zu heiraten, würde kein Band entstehen und die Sterne würden es ablehnen. Man kann in einer polyamoren Verbindung mehrere Partner heiraten, aber in dieser

Situation würden die Sterne wissen, dass ich nicht ehrlich bin.« Catalina wirkte plötzlich ganz traurig, und Hamish zog sie an seine Seite und küsste sie auf den Kopf.

»Ich möchte nur dich als meine Braut ehren, meine Liebe, glaube keinen Moment lang, dass ich dich wegen deiner elenden Verbindung zu diesem Schurken weniger schätze«, murmelte er.

»Was wäre nötig, um dich vom Echsenkönig scheiden zu lassen?«, fragte ich. Wären wir vielleicht in der Lage, ein Hintertürchen zu finden?

»Die Ehe zwischen zwei Fae kann per Gesetz aufgelöst werden – aber in diesem Fall müssten wir Papiere einreichen, die ihm zugestellt würden. Wodurch er erfahren würde, dass ich noch am Leben bin. Ich habe darüber nachgedacht. Wir sind hier sicher, aber …«

»Ich werde nicht zulassen, dass sich meine Kitty erneut in die Schusslinie dieser Bedrohung begibt. Es sei denn, sie ist wirklich bereit dazu«, knurrte Hamish fürsorglich, und seine Stimme klang irgendwie hundeartig, was von seiner Formgebung zeugte.

»Gibt es Alternativen?«, fragte ich.

»Der Tod«, hauchte sie und zuckte dann mit den Schultern.

»Der Grausame König hatte also nicht die Macht, Ehen aufzulösen?«, fragte ich und dachte an die Autorität, die die alten sterblichen Könige einst innehatten. Irgendwie glaubte ich, gehört zu haben, dass sie dazu in der Lage gewesen waren, Ehen zu scheiden. Andererseits könnte ich auch falschliegen. Geschichte war noch nie mein bestes Fach gewesen.

»Mylady … ich glaube, diese Macht hatte er tatsächlich«, keuchte Hamish und sah mich mit hoffnungsvollen Augen an.

»Dann könnten seine Töchter vielleicht auch darüber verfügen?«, schlug ich vor, wobei sich ein Lächeln auf mein Gesicht schlich, während mich Catalina mit kaum unterdrückter Aufregung anstarrte.

»Vielleicht! Oh, schnabulierender Sportsfreund, glaubt Ihr, dass das möglich wäre?«, schwärmte Hamish.

»Ich weiß nicht, was müssten wir denn tun?«, fragte ich und sah mich nach Darcy und Geraldine um, die gerade mit Gabriel gesprochen hatten. Ich winkte sie zu uns.

»Gabriel hat gesagt, dass es funktionieren wird«, meinte Darcy, woraufhin sich auch die anderen zu ihr umdrehten. »Ohne weitere Erklärung.«

»Hat er vielleicht auch gesagt, was wir tun müssen?«, fragte ich und grinste, als ich begriff, was das bedeutete.

»Er hat nur gesagt, dass wir unsere Magie verbinden, die Sterne adressieren und ihnen davon berichten sollen. Was auch immer das bedeuten soll.« Sie zuckte mit den Schultern.

»Was in aller Welt geht hier vor, Myladys?«, fragte Geraldine und schaute zwischen mir und ihrem Vater hin und her, der Catalina nach wie vor an seine Seite drückte.

»Ihre königlichen Majestäten werden versuchen, meine geliebte Kitty aus den Klauen dieses ungehobelten Thronräubers zu holen«, sagte Hamish aufgeregt. »Sie werden sie aus ihren Fesseln befreien und dafür freigeben, auf die natürlichste Art und Weise umworben zu werden.«

»Und für Normalos?«, fragte mich Darcy, während Geraldine in Tränen ausbrach.

»Wir werden versuchen, Catalina eine Stern-Scheidung zu ermöglichen«, erklärte ich und Darcy lächelte breit.

»Okay, dann mal los.« Sie griff nach meiner Hand, und ich nahm die ihre, drückte meine Magie an die Oberfläche meiner Haut, um sie mit ihrer zu verbinden, und wartete darauf, dass sie die Barrieren fallen ließ, die uns trennten.

Darcy runzelte die Stirn, und ich legte den Kopf schief, während ich sie verwirrt ansah und darauf wartete, dass sie ihre Kraft mit mir teilte. Ich hatte noch nie zuvor so auf sie warten müssen; unsere Magie wollte immer verzweifelt kollidieren und sich vereinen, sodass die Pause mehr als nur ein wenig seltsam war.

»Ist alles in Ordnung?«, murmelte ich, als sie die Zähne zusammenbiss.

»Ja. Ich bin heute nur etwas schlapp«, sagte sie frustriert, gerade als ihre Magie auf meine traf und ich angesichts der Kollision nach Luft schnappte, während ich mich daran gewöhnte, die geballte Kraft unserer Einheit spüren zu können.

Ich legte den Kopf in den Nacken und schaute in Richtung der Sterne jenseits des Höhlendaches, unsicher, ob ich die Worte tatsächlich aussprechen musste oder was sie von uns wollten. Aber sobald ich daran dachte, die Ehe zwischen Catalina und Lionel auflösen zu wollen, spürte ich die Gegenwart der Sterne um uns herum.

Ich atmete scharf ein, als das Flüstern der ewigen Wesen durch die Luft strich und wie weiche Finger durch meine Haare glitt. Wir sahen einander an, während wir beide unsere Absichten klar vor Augen hatten, und wie ein plötzlicher Regenguss auf meinen Wangen spürte ich, wie das magische Band, das wir zu beeinflussen versuchten, zerriss.

Die Sterne schienen sich über die Erleichterung zu amüsieren, die mich durchströmte, und ehe ich mich versah, zogen sie sich zurück, ließen uns wieder allein und wandten ihre Aufmerksamkeit anderen Dingen zu. Mir blieb nur noch, meine Magie zurückzuziehen und sie von Darcys zu trennen.

Ich ließ ihre Hand los und sie stolperte ein bisschen, konnte sich aber in letzter Sekunde noch stabilisieren und lachte über sich selbst, während sie eine Entschuldigung murmelte.

»Hat es funktioniert?«, rief Geraldine. Ihre Augen waren weit aufgerissen und ihre Hände gefaltet, während sie verzweifelt auf die Neuigkeit wartete.

Hamish und Catalina hielten sich an den Händen und schauten uns ebenfalls hoffnungsvoll an. Grinsend nickte ich.

»Du bist frei«, sagte ich zu Catalina, und Hamish heulte wie ein Hund, der nach Blut lechzte, als er sie in seine Arme schloss und sie nach hinten neigte, als würden sie einen alten Hollywood-Film zum Abschluss bringen. Er küsste sie leidenschaftlich, und Geraldine schluchzte.

Als sie sich endlich voneinander lösten, ging Hamish auf ein Knie, zog eine saphirblaue Schachtel aus seiner Gesäßtasche, klappte den Deckel auf und überreichte Catalina einen Ring mit einem Rosenquarzkristall von der Größe eines verdammten Hühnereis. Allerdings blieben ihm die Worte im Hals stecken und er brachte kein einziges Wort heraus.

»Ja!«, rief sie, stürzte sich auf ihn und küsste ihn so stürmisch, dass sie beide zu Boden fielen und der Ring irgendwo zwischen ihnen zerquetscht wurde. Lachend zogen wir uns zurück und versuchten, uns von ihrer überschwänglichen Darbietung nicht auch umwerfen zu lassen.

»Die Hochzeit soll bei Neumond stattfinden, um den wunderbarsten aller Segen zu erhalten!«, verkündete Geraldine und rannte ohne ein weiteres Wort davon, die Arme in der Luft rudernd, während sie aufgeregt bellte.

»Ist nicht in zwei Tagen schon Neumond?«, fragte Darcy grinsend, während wir uns noch ein wenig weiter zurückzogen. Denn Hamish und Catalina waren mittlerweile dazu übergegangen, wie zwei notgeile Teenager herumzuknutschen.

»Wenn jemand in zwei Tagen die Hochzeit des Jahrhunderts auf die Beine stellen kann, dann ist es Geraldine Grus«, antwortete ich, während wir uns auf den Weg zu den königlichen Gemächern machten.

»Wie hart wirst du Darius dafür rannehmen, weil er einfach so auf und davon ist?«, neckte mich Darcy, die mich nur zu gut kannte.

Ich grinste und zuckte unschuldig mit den Schultern. »Nur so hart, wie er es verkraften kann. Außerdem habe ich den schrecklichen Eindruck, dass er sich selbst etwas vorgemacht hat, indem er glaubt, ich sei weich geworden, seit wir richtig zusammen sind. Ich glaube, er muss daran erinnert werden, wem genau er sich hier verschrieben hat.«

»Na ja, warne mich einfach, wenn hier unten der Dritte Weltkrieg ausbricht, denn ich habe das Gefühl, dass du in dieser Sache deinen Meister gefunden hast. Und ich mache mir ein wenig Sorgen, dass ihr das Höhlendach zum Einsturz bringen könntet, wenn ihr so richtig loslegt.«

Ich lachte, ohne ihr zu widersprechen, denn sie kannte mich gut genug, um zu wissen, dass jeglicher Einwand meinerseits Bullshit wäre.

Wir gingen getrennte Wege, als wir die königlichen Gemächer erreichten, wo wir Geraldine schluchzend von den Neuigkeiten berichten hörten. Ich machte mich auf den Weg zu meinem Drachen, um ihm die Hölle dafür heißzumachen, dass er mir einen solchen Schrecken eingejagt hatte.

Ich schritt schnell den Korridor entlang, erreichte unser Zimmer und deaktivierte die magischen Schlösser, um die Tür weit aufzustoßen.

Mein Herz raste wie verrückt, als mein Blick auf ihn fiel, und ich blieb stehen, während ich ihn betrachtete, wie er im Mittelpunkt eines Schatzhaufens lag – Ketten um den Hals, Ringe an den Fingern und ein paar Kronen, die schräg auf seinem Kopf saßen.

Seine Brust war immer noch nackt, und Blut färbte seine tätowierte Haut. Etliche Wunden waren noch immer nicht verheilt, und ich vermutete, dass das daran lag, dass ihm die Magie fehlte. Ich runzelte die Stirn, als ich vier erhabene rosa Narben an seiner Seite entdeckte, und mir stockte der Atem, als ich mich an die Wunde erinnerte, die Clara mir zugefügt hatte, als sie versucht hatte, mich ins Schattenreich zu ziehen. Tausend Fragen darüber, was zum Teufel an der Academy passiert war, schossen mir durch den Kopf, aber ich hielt inne, um mir einen Moment Zeit zu geben, diesen Gefühlsschwall zu verarbeiten.

Ich war wütend und verängstigt; die Tiefe meiner Gefühle für den schönsten meiner Albträume war so erdrückend, dass ich kaum atmen konnte.

Darius hatte die Augen geschlossen und atmete schwer. Und als ich so dastand, wich meine Verärgerung der Erleichterung, ihn wieder bei mir zu haben.

Es ging ihm gut. Er war hier. Er war mein.

Das war alles, was wirklich zählte. Außerdem hatte er geholfen, Sofia,

Tyler und den Rest ihrer Herde zu retten, also konnte ich es nicht wirklich rechtfertigen, auf ihn wütend zu sein.

Scheiße. Vielleicht werde ich tatsächlich weich.

Ich schloss leise die Tür hinter mir, verriegelte sie wieder und hüllte mich in eine Stillekuppel, damit ich ihn nicht störte, als ich weiter in den Raum ging. Das Zimmer fühlte sich seltsamerweise wie ein Zuhause an, obwohl es sich nur um eine Höhle unter der Erde handelte. Aber da Darius Caleb dazu gebracht hatte, Möbel und kleine Annehmlichkeiten für den Raum zu schaffen, und in der Ecke einen Kamin mit einer immer lodernden Flamme gebaut hatte, fühlte ich mich einfach unglaublich wohl hier. Kleine weiße Blumen schmückten die Felswände, ein weicher Moosteppich bedeckte den Boden und ein winziger Wasserfall lief in einem endlosen Rinnsal die gegenüberliegende Wand hinunter. Irgendwie fühlte es sich einfach nach … unserem Reich an. Es war unser eigenes kleines Stückchen Frieden, weit weg von der Welt da draußen.

Ich trat näher an Darius heran, neigte den Kopf, als ich ihn ansah, und genoss diesen seltenen Anblick seiner völlig entspannten Gesichtszüge, während er einfach nur dalag. Das Monster in ihm schlummerte und der Mann selbst war so schmerzhaft schön, dass ich den Blick nicht abwenden konnte.

Ich konnte mich nicht daran erinnern, wann ich ihn zuletzt beim Schlafen erwischt hatte. Er hielt mich immer in seinen Armen, während ich einschlief, und weckte mich dann unweigerlich jeden Morgen mit seinem Mund – entweder auf meinen Lippen oder auf einem anderen Teil meines Körpers, wenn ich besonders viel Glück hatte.

Dann standen wir auf und begaben uns an die Erdoberfläche, um unsere Sporteinheit zu absolvieren, die aus endlosen Runden um das geschützte Gebiet über der Erde bestand, bevor wir gemeinsam frühstückten – wobei er darauf achtete, mir jeden Tag einen Kaffee zu holen. Dabei sah ich ihn eigentlich nie schlafen, und jetzt, da ich es getan hatte, begriff ich langsam, wie seltsam das war. Schlief er immer so wenig? Ich hatte nie die Gelegenheit gehabt, das herauszufinden, bevor wir hierhergekommen waren, aber es kam mir seltsam vor, dass er nie vor mir einschlief oder nach mir aufwachte.

Ich kletterte aufs Bett, meine Stillekuppel sorgte dafür, dass ich mucksmäuschenstill war, auch als sein Schatz sich unter mir bewegte. Einige der Münzen fielen sogar zu Boden, als ich mich in Richtung seines Schoßes vorarbeitete.

Darius murmelte etwas im Schlaf, und seine Hände wanderten zu meinen Schenkeln, an denen er mich ein wenig näher an sich heranzog. Schließlich ließ ich die Stillekuppel fallen.

Aber sein Griff war locker, sein Atem noch tief und seine Stirn in Falten gelegt. Mein Herz verkrampfte sich.

Ich streckte die Hand aus und ließ meine Finger über die Tätowierung an seiner linken Hüfte gleiten, die er sich für mich hatte stechen lassen und die unter dem Hosenbund seiner Jeans verschwand. Meine Augen wanderten über die Worte. *Es gibt nur sie.*

Fuck, ich liebte diesen Mann.

Ich schob meine Hände an seiner Brust nach oben und drückte die heilende Magie, die sich in meinen Handflächen sammelte, in ihn hinein, suchte nach den Schnitten und Prellungen, heilte die Wunde an seiner Schläfe, wo das

Blut geronnen war, und fand eine gebrochene Rippe, die ich ebenfalls sofort wieder zusammenfügte.

Ich war mir nicht sicher, ob ich wissen wollte, welche Hölle er überlebt hatte, während er von mir getrennt gewesen war.

Es erforderte einiges an Magie und viel Konzentration, aber da das Feuer hinter mir loderte, füllten sich meine Reserven fast so schnell wieder auf, wie ich sie leerte.

Als ich fertig war, seufzte ich. Und mir wurde klar, dass ich meine Augen geschlossen hatte, um mich zu konzentrieren. Ich öffnete sie wieder und sah, dass Darius' Blick auf mir ruhte. Sein Griff um meine Schenkel wurde so fest, dass ich das Gefühl hatte, er würde mich genauso festhalten, wie ich ihn in diesem Moment festhielt.

»Scheiße, ich wollte gar nicht einschlafen«, sagte er mit gerunzelter Stirn und sah ehrlich sauer aus, was mich zum Lachen brachte. Ich streichelte seinen Unterkiefer und genoss es, wie seine Bartstoppeln über meine Haut kratzten.

»Entschuldigst du dich gerade tatsächlich dafür, eingeschlafen zu sein?«, neckte ich ihn, aber das minderte nicht das Unbehagen in seinen dunklen Augen.

»Ich will einfach nichts verpassen«, sagte er, strich mit der Hand über sein Gesicht und entließ einen magischen Funken, der wie ein Strahl reinen Sonnenlichts aussah. Er legte sich auf seine Haut und ließ seine Augen noch intensiver leuchten, bevor er seine Hand wieder auf meinen Oberschenkel legte und dort über meine Hose strich, wo meine Tätowierung war.

»Was war das?«, fragte ich und legte den Kopf neugierig zur Seite, weil er nun kein bisschen müde aussah. Sein Blick war intensiv und glitt über mich, als hätte er Angst, ich könnte verschwinden, wenn er wegschaute.

»Nur ein Zauber, der mir Energie gibt und mich wach hält«, meinte er achselzuckend. »Als ich hier ankam, hatte ich nicht die Magie dafür. Meine Augen müssen zugefallen sein ...«

»Was ist so schlimm daran, einzuschlafen?«, fragte ich und bewegte meine Finger von seinem Kiefer zu seinem Nacken und über das Flammenmuster, das sich über seine Schulter und auf seine Brust wand, um die Buchstaben zu suchen, die er darin versteckt hatte. Das Blut, der Schmutz und der Rauch des Kampfes, an dem er teilgenommen hatte, klebten noch an seiner Haut, aber ich machte keinen Versuch, es abzuwaschen, da ich es mochte, seine rohe, verletzliche Wahrheit auch auf seinem Körper zu sehen.

Darius sah mich lange an, beantwortete meine Frage aber nicht. Stattdessen ließ er die Sekunden verstreichen, und ich glaubte schon, er würde nicht mehr antworten. Schließlich tat er es doch.

»Ich wünschte, wir könnten einfach für immer hierbleiben«, murmelte er mit leiser und rauer Stimme, als würde er versuchen, die Stille nicht mit seinen Worten zu trüben. »Die Zeit hinter dieser Tür stillstehen lassen und ewig in diesem Moment leben.«

»Das ist kein Leben«, antwortete ich, wobei ich ihn anlächelte, als ich mich über seine Hüften beugte und spürte, wie sich die harte Länge seines Schwanzes fordernd gegen mich drückte.

»Was ist es dann?«, fragte er, wie ein ausgehungerter Mann, der um Essensreste bettelte. Mein Herz schmerzte, als ich die Narben sah, die Lionel ihm sowohl innen als auch außen zugefügt hatte.

»Zum Leben gehört es, jeden Moment zu ergreifen und ihn auszukosten«, antwortete ich. »Ein gut gelebtes Leben sollte voller Abenteuer, Gefahren und Leidenschaft sein.«

»Klingt nach jedem Moment, den wir zusammen verbringen«, antwortete er, während sich seine Hände zu meiner Taille bewegten. Er schob den Saum meines Shirts ein Stück nach oben, während ich nickte, und seine heiße Haut berührte die meine auf köstlichste Art und Weise.

»Ich denke, unser Leben ist ziemlich perfekt«, stimmte ich zu. »Willst du mir sagen, was in der Tasche ist?«

Darius blickte auf die Tasche, die er mitgebracht hatte und die jetzt neben dem Bett lag, und atmete langsam aus.

»Sei mir nicht böse.«

»Das scheint unwahrscheinlich.«

»Du bist zum Verrücktwerden«, warf er mir vor. »Du weißt nicht einmal, warum ich dich bitte, nicht wütend zu werden.«

»Die Tatsache, dass du das fragen musst, ist Warnung genug, dass du Mist gebaut hast. Also behalte ich mir das Recht vor, auszurasten«, antwortete ich mit einem Achselzucken, das ihm ein Knurren entlockte.

»Na schön. Erinnerst du dich daran, wie ich zusammen mit den anderen Erben in die Welt der Sterblichen gegangen bin, um deinen Ex zu vermöbeln?«

»Wie könnte ich das vergessen? Das Video, wie du ihn blutig geschlagen hast, war für etwa sechs Monate im Grunde mein Lieblingsporno.«

»Ernsthaft?«

»Na ja, ich konnte dich damals nicht haben, also bin ich ziemlich gut darin geworden, mich selbst zu befriedigen. Die Inspiration war willkommen«, neckte ich ihn.

»Wildes Mädchen«, sagte er mit heißer Stimme.

»Also, erzähl weiter!«, drängte ich, als sich seine Hand meinem Hosenbund näherte. Seufzend hielt er inne.

»Okay, okay. Nachdem wir ihm und seinen Punk-Freunden ordentlich die Leviten gelesen haben, wollten wir uns den Ort ansehen, an dem ihr gelebt habt, bevor ihr zur Academy gekommen seid.«

Ich wurde still und versuchte, das Gesagte irgendwie zu verarbeiten, während mein Blick wieder zu der Tasche schweifte. Der Saum eines abgetragenen Pullovers rief Erinnerungen in mir wach.

»Oh.«

»Wir wollten uns nicht in eure Angelegenheiten einmischen«, sagte er, während er meine Hand nahm und mein Kinn berührte, um mich dazu zu bringen, ihn anzusehen. »Wir wollten dort nur ein paar Fotos von uns machen oder so. Wir dachten, ihr würdet das lustig finden. Wir hatten nicht wirklich erwartet, dass es so …«

Ich kämpfte gegen die Scham an, die ich bei dem Gedanken empfand, dass die vier reichsten Arschlöcher ganz Solarias in der beschissenen Bude gewesen waren, in der wir einst gelebt hatten, und zwang mich, seinen Blick festzuhalten.

»Also habt ihr unsere Sachen zurückgebracht?«, fragte ich.

»Ich habe dort erkannt, warum du so sauer warst, dass ich dir deine Klamotten vom Leib gebrannt habe. Warum dir dieses bisschen Geld so viel bedeutet hat …«

»Es war nicht nur ein bisschen Geld«, fuhr ich ihn an. »Es war verdammt noch mal alles, was wir hatten.«

»Roxy …«, begann Darius, aber ich unterbrach ihn, indem ich seufzte. Ich musste mich zwingen, das alles hinter mir zu lassen. Es lag ohnehin längst hinter uns. Und wenn ich ganz ehrlich zu mir selbst war, musste ich zugeben, dass ich froh war, dass er es gesehen hatte. Denn ich konnte erkennen, dass er es jetzt wirklich verstand, und ich war mir nicht sicher, ob er das jemals getan hätte, wenn er nicht selbst dort gewesen wäre.

»Schon okay«, sagte ich. »Danke, dass du die Sachen aufbewahrt hast.«

»Das ist alles?«, fragte er misstrauisch.

»Ich bin nicht völlig irrational«, betonte ich, woraufhin er die Augenbrauen hochzog, als würde das nicht stimmen.

»Und ich bin kein hitzköpfiges Arschloch«, antwortete er und brachte mich zum Lachen.

»Was ist passiert, während du weg warst?«, fragte ich und meine Fingerspitzen bewegten sich zu den vier rosafarbenen Narben an seiner Seite. Er schaute auf sie hinunter, während ich die erhabenen Rillen nachzeichnete. »Was ist das?«

»Lavinia hat meinem Vater eine Schattenhand geschenkt, um die zu ersetzen, die du ihm genommen hast«, antwortete Darius verdrossen, und ich knurrte wütend.

»Oh, dieser Wichser!«, schnaubte ich verärgert. »Er ist so ein verdammter Arsch. Warum konnte er nicht einfach in einem Loch irgendwo über seine verlorene Hand heulen und sich selbst bemitleiden? Ich wette, er war auch noch so verdammt selbstgefällig dabei.«

»Er sah nicht so selbstgefällig aus, als ich ihn mit Zähnen und Klauen angegriffen habe. Das hier war ein Glückstreffer.« Darius' Hand landete über meiner auf seinen Narben. »Aber ich hatte ihn verdammt noch mal, Roxy. Ich war so nah dran, ihm seinen elenden Kopf abzureißen.«

Ich lächelte angesichts des Feuers in seinen Augen, obwohl ich wusste, dass es ein Aber geben würde.

»Lavinia?«, vermutete ich und er nickte.

»Ja. Dieses Stück Scheiße, das dem Namen der Fae absolut nicht würdig ist, hat sich mal wieder den Arsch von ihr retten lassen«, grunzte er.

»Tja, dann hoffen wir mal, dass er sich jetzt die Wunden leckt und Albträume davon hat, wie du ihm in den Arsch trittst«, sagte ich und versuchte, mich auf das Positive zu konzentrieren, denn das war zumindest ein kleiner Erfolg. Wenn wir nur Lavinia aus dem Spiel nehmen könnten, dann könnten wir diesen Krieg vielleicht gewinnen und Lionels Herrschaft endgültig beenden.

»Das habe ich wirklich.« Er lächelte grimmig, und ich liebte diesen blutrünstigen Ausdruck in seinen dunklen Augen.

»Wirst du mir zeigen, wie ich das heilen kann?«, fragte ich und strich mit meinen Fingern über seine Narben. »Denn als ich deine anderen Wunden geheilt habe, hat diese nicht auf die gleiche Weise reagiert.«

»Du musst wesentlich mehr Kraft aufwenden«, seufzte er. »Die Schatten verderben die Wunde und machen sie resistent gegen unsere Magie. Aber mir geht es gut. Ich werde mich selbst darum kümmern, sobald ich mich erholt habe.« Er schob seine Finger in das Gold, auf dem er saß, aber ich schüttelte den Kopf.

»Vergiss es!«, sagte ich, während ich seinen Blick festhielt, meine Magie in seine Haut drückte und daran arbeitete, den Heilungsprozess der Narben fortzusetzen. Sie widersetzten sich, wie er gesagt hatte, und ich runzelte die Stirn, während ich immer mehr Magie in ihn hineinzwang. Das Feuer in meinem Rücken verstärkte meine Kraft, und langsam glätteten sich die Narben, bis nichts mehr von ihnen übrig war. Ich zitterte ein wenig vor Anstrengung, weil ich so viel Magie auf einmal angewandt hatte.

Darius richtete sich auf, sodass er unter mir saß, und seine Lippen streiften die meinen, als er seinen Griff um meine Taille verstärkte.

»Ich verdiene dich immer noch nicht«, sagte er. »Aber ich liebe dich mit allem, was mein elendes Herz zu bieten hat. Und ich werde dir das mit jedem Moment, der mir auf dieser Erde geschenkt wird, beweisen. Bis zu meinem letzten Atemzug. Also nein, Roxy, ich will nicht schlafen. Weil ich mich weigere, auch nur eine Sekunde zu verschwenden, die ich mit dir verbringen darf. Ich will jede einzelne Sekunde für mich beanspruchen und daran arbeiten, sie deiner würdig zu machen.«

Die Aufrichtigkeit dieser Worte raubte mir den Atem, und als er mich mit seiner sanften und unnachgiebigen Besessenheit küsste, fühlte ich mich, als würde mein ganzes Wesen für ihn zerfallen.

Er zwang seine Zunge zwischen meine Lippen, und ich stöhnte leise, während ich mit zitternden Fingern seinen Gürtel öffnete, um das Gewicht seiner Liebe zu akzeptieren – trotz meines natürlichen Instinkts, zu glauben, dieser Liebe nicht würdig zu sein. Denn wenn Darius Acrux mich ansah, als wäre ich seine ganze Welt, fühlte es sich für ein abgestumpftes, verschlossenes Mädchen wie mich nach ziemlich viel Druck an, dem gerecht zu werden. Und doch war sein Vertrauen in meinen Wert so stark, dass es unmöglich war, es zu leugnen.

Wir zogen einander mit langsamen, intensiven und bedächtigen Bewegungen aus, und ich atmete heftig zwischen den Küssen, die uns aneinander fesselten und mich zu ersticken drohten.

Darius hielt mich, als wäre ich das Kostbarste, was er je besessen hatte, und als ich auf die harte Länge seines Schwanzes sank, floss unsere Magie aus uns heraus und verschmolz miteinander.

Das Gefühl, auf allen Ebenen von Darius besessen zu werden – Körper, Herz, Magie und Seele –, verzehrte mich, als sein Schwanz Zentimeter für köstlichen Zentimeter in mich eindrang, bis ich schließlich in jeder Hinsicht von ihm erfüllt war.

Unser Kuss kam zum Erliegen, und wir wurden still, als wir uns ansahen, jeder Teil von uns vereint, während seine Kraft und sein Körper mich beherrschten und ich bereitwillig seinen Forderungen zum Opfer fiel, während ich ihn im Gegenzug für mich beanspruchte.

Als wir uns wieder in Bewegung setzten, wurde jedes einzelne Fragment meiner Seele für ihn lebendig, und als er mich zu einem Höhepunkt trieb, der mir die Luft raubte und jede Faser meines Körpers auflodern ließ, wusste ich, dass es kein Zurück von dem hier – von uns – mehr geben würde.

Darius Acrux hatte mein Herz erobert. Und ich forderte seins im Gegenzug.

Gemini
Scorpio
Virgo
Cancer
Aries
Leo
Taurus
Sagittarius
Capricorn
Aquarius
Libra
Pisces

GERALDINE

KAPITEL 16

»Heiliger Holunderbusch, was für ein prächtiger Tag, um in eine Familie von Dragonern einzuheiraten!«, rief ich, schleuderte meine Bettdecke von mir und traf dabei eine ziemlich erschrocken dreinschauende Angelica im Gesicht. Ich sprang mit hüpfenden Brüsten aus dem Bett, nackt wie am Tag meiner Geburt, um meine Lady Petunia an diesem glorreichen Tag ein wenig auszulüften. Mal ehrlich, manchmal erweckte Angelica den Eindruck, als müsste sie einmal kräftig von einem Basilikumbusch geschüttelt werden, um die Hautschuppen aus ihren Ohren zu entfernen. »Sitz nicht einfach da und glotze, du Dusselchen, wir haben viel zu tun und nur achtzehn Stunden Zeit. Zieh dir robuste Sachen an, meine Liebe – der heutige Abend wird unvergesslich. Nichts im Himmel oder auf Erden wird in der Lage sein, diese mächtigsten aller Pläne zu durchkreuzen. Also, voran, meine heißblütige Reptilienfreundin, denn wir haben keine Zeit für dein Getrödel!«

Ich riss die Tür auf und stürmte auf den Korridor. Dabei stieß ich fast mit dem schlüpfrigen Seelachs zusammen, als ich zum Badehaus eilte, um meine Begonien in Erwartung des Tages zu wässern.

»Ach, Maxy-Boy, pass auf, wo du hinsabberst, sonst rutscht noch jemand aus«, schimpfte ich und schloss seinen offen stehenden Mund mit einem kräftigen Tippen meines Zeigefingers, bevor ich im Eiltempo weiterging.

»Wo zum Teufel sind deine Klamotten?«, stotterte er und kroch hinter mir her wie eine Schlange – wieder einmal von meinen weiblichen Reizen angezogen.

»An einem Morgen wie diesem habe ich keine Zeit für Gewänder«, antwortete ich. Plante er etwa, mir endlos hinterherzulaufen? Und falls ja – könnte ich ihn und seine Muskelkraft wohl beim Dekorieren gebrauchen?

»Jeder hat Zeit für verfluchte Gewänder, Gerry. Jeder wird deine Titten sehen, wenn du weiter so herumläufst. Und dann muss ich alle umbringen. Und das wiederum bringt eine Menge Aufräumarbeit mit sich und …«

Ich blieb abrupt stehen und wirbelte herum, sodass er direkt mit mir zusammenstieß, weil er mein Anhalten nicht rechtzeitig bemerkt hatte. Er griff nach der üppigen Wölbung meiner Hintertür, um sich vor einem Sturz zu bewahren, und ich verpasste ihm einen ordentlichen Schlag auf die Nase, der ihn erneut zurückwarf.

»Fass mich bis nach der Hochzeit nicht mehr an, du lüsterner Laternenfisch«, rief ich und wedelte abweisend mit der Hand, während ich ein Blatt auf jede meiner Brustwarzen und eine Petunie auf Lady Petunia wirkte, um sein Gegaffe zu unterbinden. »Bis dahin habe ich keine Zeit fürs Rasenwässern.«

»Ich hatte nicht vor, dich zu betatschen. Ich bin fast auf meinen Hintern gefallen, als du so abrupt stehen geblieben bist«, fauchte er. »Und ich wollte sagen … Moment mal, hast du gerade nach der Hochzeit gesagt? Ich meine … danach steht das durchaus im Raum?«

»Es ist eine Hochzeit, oder nicht?« Ich war mir nicht sicher, ob er sich beim Zusammenprall mit meinen hüpfenden Hildas eine Gehirnerschütterung zugezogen hatte.

»Was wäre das für eine Hochzeit, wenn die Brautjungfer am Ende des Abends nicht einen Aal in ihrem Yoni hätte?«

»In deinem … Was zur Hölle ist ein Yoni?«, fragte er und runzelte die Stirn angesichts der Blätter, die meine Lady-Knospen verdeckten, als wären sie so gar nicht zu seiner Zufriedenheit. Ich verdrehte die Augen. So ignorant in Bezug auf den weiblichen Körper. Tss. Offen gesagt, war ich mir nicht sicher, ob er ohne meine Hilfe wüsste, wo er seine Hände hinzutun hatte und wo nicht. Das Tal zwischen meinen Brötchen gehörte nicht dazu.

»Tja, wenn du das nicht weißt, sollte ich mir vielleicht jemanden suchen, der das tut.« Ich warf verzweifelt die Hände in die Luft und drehte mich von ihm weg, um ihm einen Blick auf die fragliche Körperöffnung zu gewähren, während ich in rasantem Tempo davonlief. Ich hatte schon viel zu viel Zeit mit diesem nervtötenden Nashornfisch vertrödelt.

»Du kannst so nicht herumlaufen!«, schrie Max mir hinterher, aber ich winkte nur ab und ging weiter in Richtung Badehaus, um meine Petunie zu waschen und meine Kissen zu erfrischen.

»Aus dem Weg!«, brüllte ich und brach in einen Sprint aus, als ich die Höhle erreichte, in der sich die königlichen Bäder befanden. Ein paar Frühaufsteher schrien erschrocken auf und mussten zur Seite springen, als ich mit Anlauf ins Becken sprang.

Ich tauchte wieder auf wie ein Schwan, der seine grauen Daunen abgeworfen und sich endlich in weiße Federn gehüllt hatte. Mit einer Waschlilie schrubbte ich mich gründlich, wobei ich mich jedem Fleck und jeder noch so kleinen Ritze widmete, bevor ich mich mit einem kalten Schwall Eiswassermagie übergoss und wieder aus dem Becken sprang. Eine Petunie und zwei grüne Blätter trieben hinter mir übers Wasser, während ich das Badehaus bereits wieder verließ und zurück in Richtung meines Zimmers schritt.

Die widerspenstige Winterkrabbe wartete wie erwartet im Korridor auf mich, und ich seufzte dramatisch und hüllte mich in Moos, um meinen Körper zu bedecken, bevor er mich noch weiter züchtigen konnte.

»Mach dich nützlich, wenn du mich schon beschatten willst. Du kannst mir die Haare trocknen«, rief ich über die Schulter, als ich an ihm vorbeiging, um ihm keine Gelegenheit zu geben, erneut mit seinem Geplapper loszulegen.

»Du bist heute ziemlich launisch, Gerry, weißt du das?«, fragte er, während ein warmer Luftzug um mich herumwirbelte und mich so gründlich abtrocknete, dass ich durch das Aneinanderreiben meiner Oberschenkel praktisch ein Feuer hätte entfachen können.

»Wenn ich die Vorbereitungen schnell hinter mich bringen könnte, würde das meinen Stress erheblich mildern. Aber die Liste ist endlos und die Zeit vergeht wie im Flug.« Ich schob mich zurück in mein Zimmer und ließ die Tür vor seinen Augen zufallen, bevor ich die Magie, die meinen wohlgeformten Körper bedeckte, abwarf und mir eine Jeans-Latzhose und ein weißes T-Shirt anzog.

Angelica war zum Glück zwischenzeitlich aufgestanden und gerade im Prozess, sich anzuziehen. Ich vergewisserte mich, dass sie das Hochzeitsessen, das wir nach der Trauung auftischen würden, unter Kontrolle hatte.

Ich ging achtmal die Details mit ihr durch, um sicherzugehen, dass sie alles verstanden hatte – kein buttriger Bagel würde außen vor bleiben! Erst als ich zufrieden war, erlaubte ich ihr, mit dem Anziehen ihres BHs weiterzumachen.

Ich drehte mich um und riss die Tür wieder auf. Ich wollte direkt zum Ort der Festlichkeiten gehen, um mit dem Dekorieren zu beginnen, aber stattdessen fand ich mich mitten in einer Fleischmarkt-Auseinandersetzung wieder: Sowohl Maxy-Boy als auch der liebe Justin standen jenseits meiner Tür und starrten einander an.

»Wo bin ich denn hier gelandet?« Ich stemmte die Hände in die Hüften, während ich auf eine Antwort auf meine Frage wartete.

»Ich bin gekommen, um dir heute meine Hilfe anzubieten, meine süße Grussy«, erklärte Justin und rückte seine Tweedjacke zurecht – eine klare Provokation an den unausstehlichen Erben zu seiner Linken.

»Ich war zuerst hier und ich bin mir ziemlich sicher, dass sie jemanden mit magischen Fähigkeiten braucht, die für die Organisation einer Hochzeit nützlich sind. Du bist nur gut darin, Dinge zu verbrennen. Es sei denn, du hast vor, in der Küche auszuhelfen?«

»Wunderbar, es scheint, als hättet ihr eine Lösung gefunden, ohne dass mein Eingreifen nötig war«, sagte ich und klatschte entschlossen in die Hände. »Justin, du darfst Angelica in der Küche helfen, und ich nehme den lästigen Lachs mit nach oben, damit er mir beim Dekorieren helfen kann.«

Ich schob mich zwischen den beiden durch und erstickte fast an der Menge an Testosteron, die den Korridor erfüllte, während Max herausfordernd grinste. Justin hingegen schmollte – wie so oft – wie eine kleine Seeschnecke. Der Junge brauchte wirklich von Zeit zu Zeit einen kräftigen Klaps mit einer Sardine.

»Hast du über meine Frage nachgedacht? Mich als dein Date zur Hochzeit mitzunehmen?«, fragte Justin, während er sich beeilte, an meine Seite zu treten. Frustriert stöhnte ich auf.

»Ich habe dir doch gesagt, dass dies eine exklusive Veranstaltung ist. Wir wollen nicht, dass jeder Hans, Franz und Justin dabei ist. Nur die persönlich eingeladenen Gäste meines Papas und seiner Liebsten, Lady Catalina, werden anwesend sein. Und da keiner der beiden um deine Anwesenheit gebeten hat, ist sie auch nicht erforderlich.«

»Warte!« Justin packte mich am Arm und brachte mich zum Stehen. Wir hatten zwischenzeitlich den Speisesaal erreicht und ich drehte mich um und sah ihn mit einem genervten Seufzen an. Wirklich, manchmal hatte er das

Gemüt eines Kleinkindes mit Zahnschmerzen. »Als dein Verlobter ist meine Einladung doch gewiss garantiert. Hamish wird bald mein Schwiegervater sein, also …«

Ein Knurren, das einer Bestie aus der Höhle der Sünde hätte entringen können, ertönte. Meine Haare wurden von einem heftigen Windstoß aufgewirbelt, und einen Augenblick später wurde Justin zurückgeschleudert und mit einem lauten Knacken an die nächstgelegene Wand gepinnt. Ein Geräusch, das verriet, dass vermutlich etwas kaputtgegangen war. Wahrscheinlich sein Ego, aber dessen konnte man sich nicht sicher sein.

Max stellte sich wie ein Pfau mit blühenden Federn vor ihn und fletschte die Zähne, während er ihn nach wie vor mit Luftmagie gegen die Wand drückte.

»Lass die Finger von ihr!«, warnte er, mittlerweile voll im Alphamodus. Und ich musste zugeben, dass meine Quelle zu sprudeln begann, als ich sah, wie der Kraken auf jenen Kerl losging, der dazu auserkoren war, an meiner Seite zu stehen. »Sie hat dir gesagt, dass du nicht eingeladen bist. Also kapier es endlich, oder ich helfe dir dabei, herauszufinden, wo dein Platz ist!«

»Mein Platz ist an ihrer Seite«, knurrte Justin mit zerzausten blonden Haarsträhnen vor den Augen. »Du bist derjenige, der seinen Platz in all dem hier vergisst. Warum bist du überhaupt hier? Du bist den Vegas gegenüber nicht loyal.«

»Ich bin Solaria gegenüber loyal«, antwortete Max und erlöste Justin von der Luftmagie, mit der er ihn an die Wand gepresst hatte, während ich mir auf die Lippe biss und diesen Mumpitz beobachtete. »Aber wenn du ein Problem mit mir hast, bin ich gern bereit, es mit dir aufzunehmen.«

Flammen loderten in Justins Handflächen auf, und Max grinste so dreist, wie er es schon das eine oder andere Mal getan hatte, als er beim Plündern meiner Meereshöhle erfolgreich gewesen war.

Mein Herz klopfte wie eine Herde wildgewordener Minotauren, und ich fächelte mir ein wenig Luft zu, als es wirklich zu einem Kampf zu kommen schien. Feuerball traf gegen Wasserstrahl, woraufhin eine riesige Dampfwolke über uns allen drei entstand, als sich die beiden aufeinander stürzten.

Fäuste und Zauber flogen, und ich genoss den kleinen Nervenkitzel, der sich einstellte, als sie um mich kämpften wie um ein Stück Fleisch, auf dem sie herumkauen wollten. Schließlich wandte ich mich ab, schritt von dannen und tauchte aus der Dampfwolke auf wie ein Gorilla aus dem Nebel.

Ein treues A. N. U. S.-Mitglied erwartete mich am Ausgang mit meinen buttrigen Bagels. Ich bedankte mich freundlich und erinnerte ihn daran, wie wichtig es war, dass Myladys an diesem Morgen wie immer ein königliches Frühstück bekamen, bevor ich den Tunnel entlangging, der zum Bauernhaus führte.

Schreie und die Klänge des anhaltenden Kampfes verfolgten mich, und ein selbstgefälliges kleines Lächeln umspielte meine Lippen, das Lady Petunia in helle Aufregung versetzte. Es war nicht sehr damenhaft von mir, die Raufbolde, die um meine Aufmerksamkeit rangen, so zu feiern, aber ich konnte nicht anders, als das mentale Bild zu genießen, wie Maxy-Boy das niedliche Gesicht des süßen Justin in den Boden rammte.

Es war nicht so, dass ich meinen zukünftigen Ehemann nicht mochte. Aber ich wusste einfach, dass das Tändeln mit seinem Torkelmännchen nie an den Tanz mit dem Delfin herankommen würde. Und das machte mich ein bisschen traurig. Wenn Maxy-Boy nur seinen Fehler einsehen, sich vor meinen Königinnen verbeugen, ein paar gefühlvolle Hobbys wie Stricken aufnehmen und sich zu einer geeigneten Alternative machen würde, hätte ich mich vielleicht sogar der Fantasie hingegeben, die Vereinbarung zwischen Justin und mir zu beenden und mit ihm in den Meeresschaum zu hüpfen. Daddy hätte nichts dagegen. Er wollte nur, dass ich glücklich war. Aber das spielte keine Rolle, denn ich hatte mein Wort gegeben, und ich war eine Frau, die zu ihrem Wort stand. Das hatte mir meine liebe, süße, völlig tote Mama beigebracht. Außerdem war das Einzige, was mein Glück gewährleisten konnte, die Vega-Königinnen auf dem Thron zu sehen – und einen Ehemann an meiner Seite zu haben, der genauso viel Freude an diesem Schicksal hatte wie ich.

Ich seufzte bedauernd angesichts der Tatsache, dass mein lüsterner Lachs niemals dieser Mann würde sein können, und wandte meine Aufmerksamkeit wieder der anstehenden Aufgabe zu, während ich den Tunnel hinauflief, der zum Bauernhaus führte und in die raue Morgenluft hinausging.

Es war März, und der Geruch von Frühling lag in der Luft, obwohl der Schnee im Norden noch immer nicht geschmolzen war. Aber aus dem Wald ertönte Vogelgezwitscher, und die eine oder andere Osterglocke steckte ihr Köpfchen in Erwartung einer üppigen Blüte in die Höhe.

Ich schaute mich um und richtete meinen Blick schließlich auf die Stelle, die ich mir jenseits der magischen Barriere ausgesucht hatte – dort, wo die Berge abfielen und die Aussicht wunderschön war. Ein Schrei der puren Freude entrang sich mir.

Ich spazierte über den frostigen Boden, tastete mit meiner Erdmagie die Umgebung ab und genoss die Fülle meiner Kraft, nachdem ich die letzte Nacht unter dem Mond verbracht hatte, um Eisenhut zu sammeln.

Als ich Schritte hörte, hob ich den Kopf und entdeckte Mylady Tory, die am Rand der magischen Barriere entlanglief, die uns alle beschützte, und vor Freude kreischte, während kein Geringerer als der verflixte Dragoner ihr nachjagte und versuchte, sie in seine Arme zu schließen. Es erfüllte mein Herz mit Sternenlicht, sie so lächeln zu sehen, und ich strahlte noch mehr, als er sie zu Boden riss und sie es schaffte, ihm ihr Knie in seine Männerkekse zu rammen, während sie fielen.

Das herrliche Geräusch eines Drachen, der die Beschädigung seines kostbaren Schatzes verfluchte, erfüllte die Luft und ich seufzte, als ihr Lachen folgte. Jetzt musste er sich nur noch vor ihnen verbeugen, seinen Anspruch auf den Celestia-Rat zurücknehmen und als ihr ergebener Hausmann weiterleben, um die nächste Generation von Vega-Prinzen und -Prinzessinnen für den Thron vorzubereiten, während sie das Königreich an der Seite ihrer Schwester regierte, wie es die Sterne vorgesehen hatten.

Ich wandte meine Aufmerksamkeit der anstehenden Aufgabe zu und sank auf ein Knie, um mithilfe meiner Erdmagie die Hochzeitsstätte zu gestalten. Zuerst errichtete ich aus dem Boden selbst eine Pergola und erhob sie auf ein Podest, das sich zu den Sternen hin erhob, bevor ich mich den Sitzgelegenheiten widmete, die ich in zwei ordentlichen Reihen dahinter anordnete. Es sollten nur acht Gäste sein, die diesem freudigen Ereignis beiwohnen würden. Daddy hatte darum gebeten, dass die Vegas und ich anwesend waren, während Catalina ihre Söhne und die anderen Erben dabeihaben wollte. Es war auch die Rede von der Teilnahme eines gewissen geächteten Ex-Professors gewesen.

Aber als der arme Daddy in Ohnmacht gefallen war und sich fast den Kopf an einem Felsen zertrümmert hatte, war beschlossen worden, dass es das Beste sei, wenn er wegbliebe, um mit der ihm auferlegten Schande den Zauber ihrer Vereinigung nicht zu verderben.

Schwere Schritte ertönten hinter mir, und ich drehte den Kopf, sobald ich den Rohbau meines Designs fertiggestellt hatte. Maxy-Boy kam mit zerfetztem Shirt und angesengten Augenbrauen auf mich zu, aber der arrogante Schwung seiner Bewegungen verriet mir, dass er Justin ordentlich in seine Schranken verwiesen hatte.

»Du bist einfach gegangen«, warf er mir vor und stellte sich hinter mich, woraufhin ich mich ebenfalls aufrichtete.

»Ich habe zu tun. Wie du sehr wohl weißt«, schimpfte ich und streckte die Hand aus, um ihm einen Klaps auf den Oberkörper zu verpassen, wobei meine Hand auf seine feste Brustmuskulatur traf und auf seiner herrlich dunklen Haut verweilte. »Aber erzähl, hat er geschrien wie ein Salamander in einer Jauchegrube?«

Max lachte leise und grausam, beugte sich vor und überragte mich mit seiner gewaltigen Aura, während er seinen Mund an mein Ohr legte.

»Ich habe ihn dazu gebracht, nach seiner Momma zu betteln und sich einzupissen«, knurrte er, nahm meine Finger in seine und nutzte seine Gabe, um mir einen Blick auf die Erinnerung zu gewähren.

Ein Schauer lief mir über den Rücken, als ich es zuließ, und ich lächelte amüsiert, als er mir den Moment zeigte, in dem er Justin mit seiner brutalen Kraft überwältigt und mit seiner Sirenengabe eine Welle des Schreckens über ihn hatte rollen lassen, woraufhin Justin geweint, gebettelt – und sich tatsächlich eingenässt hatte.

»Oh, du bist ein böser, böser Barrakuda, nicht wahr?«, murmelte ich, während meine Hand über seinen Oberkörper glitt und die kräftigen Stränge seiner Bauchmuskeln nachzeichnete. Er stöhnte leise unter meiner Berührung.

»Ich mag es nicht, dass dieser Wichser versucht, dich mir wegzunehmen«, sagte er – ein offensichtliches Bekenntnis seiner Hingabe, obwohl wir beide wussten, dass sie uns nicht weiterbringen würde.

»Er kann nicht wegnehmen, was niemandem gehört«, erwiderte ich seufzend, zog meine Hand zurück und dachte an die Arbeit, die ich noch zu erledigen hatte. Aber natürlich ließ er sich nicht so einfach abwimmeln.

»Du gehörst mir, Gerry. Du bist nur zu blind, um es zu sehen.«

Ich fing abermals seinen Blick auf, runzelte die Stirn angesichts der Dreistigkeit seines Tonfalls und erstickte das kleine Tänzchen, das Lady Petunia in meiner Unterwäsche zu veranstalten versuchte.

»Ich habe heute keine Zeit zum Schäkern«, begann ich, woraufhin er sich kurz umsah und schließlich nickte.

»Okay. Wenn du dich darauf konzentrieren musst, alles hier hübsch zu machen und zum Funkeln zu bringen, dann hast du in mir den perfekten Mann an deiner Seite. Ich kann mit Wassermagie Dinge tun, die dich um den Verstand bringen würden, Gerry.«

Max nahm meine Hand und ich schaute überrascht auf unsere verschränkten Finger, als ich spürte, wie seine Magie gegen die Barriere der meinen drückte und sich anbot.

»Und wenn du etwas wirklich Fantastisches erschaffen willst, dann sollten wir zusammen daran arbeiten«, fügte er mit einem herausfordernden Tonfall und einem Zwinkern in den Augen hinzu.

Dieser hinterhältige Hundehai würde mich eines Tages noch umbringen.

Trotz aller Gründe, die ich hatte, einem problematischen Erben zu misstrauen, strömte meine Magie zu der Stelle, die er berührte. Und meine Kraft vibrierte förmlich bei dem skandalösen Gedanken, mit seiner zu verschmelzen.

»Das ist geradezu Blasphemie«, murmelte ich, ohne mich von ihm zu lösen.

»Ach, komm schon, Gerry. Es ist ja nicht das erste Mal, dass du einen Teil von mir in dir hast.«

Ich lachte über seinen Scherz und nickte zustimmend. »Na gut, dann lass uns unsere Tentakel noch einmal verflechten, Maxy-Boy. Ich will sehen, was du draufhast.«

Sein Grinsen wurde breiter, und ich schob meine Barrieren beiseite, was mir bei einem Schurken wie ihm viel leichter fiel, als es der Fall hätte sein sollen. Unsere Magie verschmolz – und oh, was für eine Fusion das war!

Ich keuchte angesichts des Stroms seiner Macht unter meiner Haut und stöhnte fast, als Wasser und Luft durch meinen Körper strömten, meine eigene Magie trafen und sich mit ihr zu einer wilden Welle vereinigten. Meine Macht über die Erde stabilisierte uns, aber die Gewalt unserer kombinierten Wassermagie riss mich fast mit in eine Flut von Glückseligkeit, von der ich nie mehr zurückkommen wollte.

»Oh, nasse Begonien an einem Sonntagmorgen«, stöhnte ich. Es fühlte sich so gut an, von ihm ausgefüllt zu werden.

»Ja«, keuchte Max und seine Augen leuchteten erregt, weil er mich ebenfalls in sich spürte. »Genau.«

Ich kicherte laut, und meine Heiterkeit entlockte auch ihm ein Lächeln. Schließlich wandte ich mich wieder der Arbeit zu, und wir begannen, die Hochzeitsstätte unserer Träume zu gestalten.

»Das wird eine unvergessliche Nacht«, gurrte ich, während wir arbeiteten, und Max rückte näher an mich heran, legte seine Arme um meine Taille, um den Kontakt zwischen uns zu verstärken. Und ich protestierte nicht im Geringsten dagegen.

»Ja, Gerry. Es wird perfekt«, versprach er und ich glaubte ihm, dass er es auch wirklich so meinte.

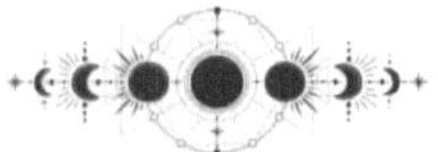

Wir vollendeten unser Werk gerade noch rechtzeitig. Die elegante Pergola, in der die Hochzeit stattfinden sollte, war mit Millionen von winzigen Sternenblumen geschmückt, die nur im Licht der Sterne blühten, die jeden Moment auftauchen würden, da die Sonne bereits hinterm Horizont verschwunden war.

Alles funkelte mit zartem Frost, und jede einzelne Schneeflocke war so gestaltet, dass sie die Initialen H und C enthielt, die in ewiger Liebe miteinander verflochten waren. Mein schwindeliges Herz glühte förmlich.

Über den Sitzen, die aus reinweißem Holz gefertigt worden waren, hingen flieder- und rosafarbene Blumen in allen Variationen, die selbst im schwachen Licht des aufgehenden Mondes schimmerten.

»Oh, was für ein freudiger und höchst prächtiger Abend«, keuchte ich, und die Heulsuse in mir gewann die Oberhand – ein Schluchzen löste sich von meinen Lippen und Tränen stiegen mir in die Augen.

Ein fester Arm schloss sich um meine Schultern, und ich ließ mich an den schlüpfrigen Seelachs sacken. Mein Herz zog mich näher zu ihm, und ich vergrub mein Gesicht in seiner Brust und atmete seinen rohen Männerduft an, als wäre er Balsam für meine Sinne.

»Du hast großartige Arbeit geleistet, Gerry«, sagte er und drückte mir einen sanften Kuss auf die Haare, woraufhin ich noch lauter schluchzte.

»Du weißt genau, dass es ohne deine Magie nur ein Bruchteil von dem wäre, was es jetzt ist«, schimpfte ich, und er lachte leise.

»Ich habe dir zwar meine Magie geliehen, um die Arbeit zu erledigen, aber das hier ist allein dein Werk. Dein Vater wird begeistert sein.«

»Meinst du?«, fragte ich und neigte den Kopf zurück, um ihn anzusehen. Er streckte die Hand aus und wischte mir mit einem sanften Lächeln die Tränen von den Wangen. Oh, und dieses Lächeln bahnte sich augenblicklich einen Weg in mein Herz und schlug dort Wurzeln.

Ach, es war doch wirklich zu schade, dass er eine solch fürchterliche Forelle war.

»Ich weiß es«, schwor er, wobei sein Blick auf meinen Mund fiel und mich glauben ließ, dass er im Begriff war, sich einen Kuss zu stehlen. Stattdessen räusperte er sich und wich zurück. »Du hast nicht viel Zeit, um dich anzuziehen, Gerry. Ich möchte nicht, dass du zu spät kommst, nachdem du dich so angestrengt hast, alles auf die Beine zu stellen.«

»Oh, grundgütige Galaxien, du hast vollkommen recht«, rief ich und schaute zum Mond hinauf, um die Zeit abzuschätzen. »Ich habe nur ein paar Augenblicke, um mich vorzubereiten.«

Ich drehte mich von meiner fabelhaften Flunder weg und machte mich in Windeseile auf den Weg zurück ins Burrows. Eilig sprintete ich zu meinem Zimmer, wo sich Myladys mit mir treffen sollten.

In den Gängen herrschte reges Treiben, aber ich senkte den Kopf, straffte die Schultern und stieß einen warnenden Schrei aus, dass alle zur Seite gehen sollten, während ich durch die Menge stürmte und alle Trödler zu Boden warf, die nicht schnell genug zur Seite gegangen waren.

Ich riss die Tür zu meinem Zimmer auf und staunte nicht schlecht, als ich die beiden Vega-Prinzessinnen vorfand, die in ihren atemberaubenden Taftkleidern, die ich extra für diesen Anlass hatte anfertigen lassen, wie wahre Königinnen aussahen.

Tory rümpfte die Nase, als sie die vielen Lagen des moosgrünen Rocks betrachtete, der um sie herum wallte, und ich marschierte auf sie zu, ergriff ihr Kinn und fixierte sie mit meinem Blick.

»Zweifle nicht an der Schönheit, die du ausstrahlst, meine holde Königin! Ich versichere dir, dass du dieses atemberaubende Kleid trägst – nicht andersherum. Also fürchte dich nicht!«

»Ähm, das war nicht das, was ich ...«

»Die Kleider sind wirklich etwas ganz Besonderes, Geraldine, danke«, unterbrach mich Darcy und schenkte mir ein breites Lächeln, wobei ihre Zähne wie Sterne glitzerten. Ich hatte ihr das gleiche Kleid in einem leuchtenden Orangeton ausgesucht, der hervorragend zu ihren blauen Haaren passte, und als ich zwischen den beiden hin und her schaute, hätte ich fast wieder angefangen zu schluchzen.

»Ich glaube aber nicht, dass wir durch die Tür passen«, fügte Tory hinzu. »Vielleicht, wenn ich ein paar Schichten abnehme …«

Ich lachte über ihren Scherz und schwamm durch die Weiten ihrer Röcke, um mein eigenes rosafarbenes Kleid zu holen, das im gleichen Stil geschnitten war.

»Ich weiß, dass ich nur eine einfache Dienerin der Krone bin«, sagte ich, als ich mich entkleidete und in mein Kleid schlüpfte, ohne sie dabei anzusehen. »Und ich kann nicht einmal ausdrücken, welche Ehre es für mich ist, im Partnerlook mit euch an diesem besonderen Anlass teilzunehmen. Ich hatte nie Geschwister, aber ich weiß, dass die Liebe, die ich für euch beide empfinde, dem entspricht, was ich für meine eigenen Schwestern empfunden hätte.«

»Ach, Scheiße, jetzt werd nicht so rührselig, sonst zieh ich mir den verdammten Hut auch noch auf«, stichelte Tory, während sie – durch das Kleid dezent an ihrer Bewegungsfreiheit gehindert – auf mich zuwatete und ihre Arme um mich schlang, während Darcy das Gleiche von der anderen Seite aus tat.

»Wir können uns so glücklich schätzen, dich zu haben, Geraldine«, fügte sie hinzu. Mein unwürdiges Herz zersprang in Millionen Stücke, die sich unter den Sternen verteilten, um im Himmel in ewigem Glück weiter zu leuchten.

»Oh, Myladys«, keuchte ich. »Selbst wenn Lionel Acrux hier auftauchen und mich heute Nacht umbringen sollte, könnte ich dank dieser freundlichen Worte und der Liebe, die ich in meinem Herzen für euch hege, zufrieden und unendlich glücklich sterben.«

»Mein Gott, Geraldine, so etwas darfst du nicht sagen«, sagte Tory und schlug mir auf den Arm, um mich zurechtzuweisen. »Damit forderst du das Schicksal ja geradezu heraus. Warum sagst du nicht gleich: *Jetzt kann nichts mehr schiefgehen* oder *Ich hatte das Gefühl, dass alles in Ordnung kommt*, hm?«

Darcy lachte. »Fordere die Sterne nicht heraus, sich gegen uns zu wenden! Sie haben schon genug Spaß daran, uns zu verarschen, ohne von uns ermutigt zu werden. Ich schwöre, ein paar von den funkelnden Scheißern haben Lance und mich echt böse angeschaut, als wir gestern Abend draußen spazieren gegangen sind.«

»Verzeiht«, meinte ich mit einem Kichern. Aber ich wusste, dass heute Abend nichts schiefgehen würde. Diese Vereinigung war schon gesegnet gewesen, bevor sie überhaupt begonnen hatte – jetzt mussten wir nur noch zu dem Teil kommen, an dem sie sich das Jawort gaben.

Meine Königinnen halfen mir, mein Make-up aufzutragen – so gut es angesichts der Enge unserer Kleider eben möglich war –, bis wir schließlich zu dritt vor dem Spiegel standen und uns bewunderten.

Orange, Rosa und Grün kämpften um die Vorherrschaft, während wir versuchten, uns eng aneinanderzudrücken, um uns zu bewundern, und ich kicherte beim Anblick unserer drei kleinen Köpfe, die aus dem Taftmeer herauslugten. Zusammen waren wir ein farbenfroher Zerberus, und das war so unendlich herrlich, dass ich fast wieder geweint hätte.

»Wir sehen … wow«, sagte Tory, die unser Spiegelbild ebenfalls betrachtete. Sie schien viel zu verblüfft zu sein, um auch nur ein Lächeln zustande zu bringen.

»Ja«, hauchte Darcy, ebenfalls mit offenem Mund. »Wow.«

»In der Tat: Wow!«, sprudelte es aus mir heraus, und wir lachten alle, während wir unsere Füße in unsere Stilettos steckten und zur Tür gingen.

»Ach, scheiß drauf«, meinte Tory und warf einen letzten Blick in den Spiegel, bevor sie die Tür aufzog und uns nach draußen lotste. »Jetzt wird Hochzeit gefeiert!«

Ich legte die Hände an meinen Mund, als wir in den Tunnel gingen, und wies alle so laut an, zur Seite zu gehen, damit die wahren Königinnen passieren konnten, dass meine Stimme sicherlich durch das gesamte unterirdische Tunnelnetzwerk hallte. Oh, und wie sie meinem Kommando folgten. Die Leute staunten und zeigten mit aufgerissenen Augen auf sie. Einigen von ihnen wurde beim Anblick meiner Majestäten, die so königlich aussahen, sogar so schwindelig, dass sie nervöse Lacher ausstießen.

»Das könnte der beste Tag meines Lebens sein«, stieß ich hervor, als wir unsere Parade durch die Höhlen fortsetzten, um das neue Schicksal meines Vaters zu feiern.

»Das ist fantastisch, Geraldine«, sagte Darcy und legte mir eine Hand auf die Schulter, als wir das Bauernhaus erreichten und das Getuschel und die Lobeshymnen der Leute hinter uns ließen.

Ich führte sie nach draußen in die Nacht und freute mich über die Sternblumen, die auf der Pergola blühten, wo die Hochzeit stattfinden sollte.

Die Erben und Xavier waren bereits eingetroffen – sie alle sahen in ihren schwarzen Smokings wirklich elegant aus –, und ihre Augen wurden groß, als sie sich zu uns umdrehten.

»Bei den durchgeknallten Sternen!«, keuchte Seth begeistert, während er das Bild, das Myladys und ich boten, auf sich wirken ließ. »Wisst ihr eigentlich, dass ihr ausseht wie …«

Caleb legte eine Hand auf Seths Mund, bevor er dieses zweifellos vulgäre Kompliment beenden konnte, und ich kicherte schüchtern, während ich den Anblick von so viel gut verpacktem Männerfleisch bewunderte.

»Ihr seht … umwerfend aus, Mädels«, sagte Caleb und, bei den Sternen, er sah wirklich verblüfft aus.

Tory schnaubte auf ihre unladylike und doch so liebenswerte Art, die ihre Freude darüber verriet, dass sie alle unsere Kleidung so sehr zu schätzen wussten. Und ich konnte nicht anders, als mit den Wimpern in Richtung Maxy-Boy zu klimpern, der die Kontrolle über seine Sprache verloren zu haben schien.

Wir gingen zu unseren Plätzen, und Darius und Xavier traten vor, um uns zu helfen, ein wenig Platz zu schaffen, damit unsere voluminösen Röcke auch ordentlich verstaut werden konnten.

»Gefalle ich dir?«, fragte Tory und schenkte ihrem teuflischen Drachen ein Tausend-Watt-Lächeln, während er sie von oben bis unten musterte.

»Verdammt, Roxy, ich weiß, dass ich wirklich verliebt bin. Denn selbst dieses Kleid hat meinem Begehren keinen Abbruch getan«, murmelte Darius, während er ihr auf ihren Platz half, und ich war hin und weg, als ich sah, wie er sie in ihrem Kleid bewunderte.

»Dann solltest du besser versuchen, dich zu beherrschen«, flüsterte sie zurück. »Es wäre eine Schande, wenn es durch deine Feuermagie zu Asche verbrennen würde, während du versuchst, mich da rauszuholen.«

Darcy lachte und ich verbarg mein eigenes Lachen unter meiner Hand. Sie waren wirklich perfekt füreinander. Ich runzelte die Stirn, als ich darüber nachdachte, schaute zum Himmel und fragte mich, ob er den beiden wohl eine weitere Chance als Elysische Gefährten geben könnte. Dieses Mal würden sie es sicher von ganzem Herzen akzeptieren. Und das verdienten sie doch.

Bevor ich zu lange darüber nachdenken konnte, kündigten Schritte Papas Ankunft an, und ich sprang quietschend auf, breitete meine Arme aus und schlug Xavier dabei versehentlich ins Auge.

»Au!«, fluchte er und stolperte einen Schritt zurück, woraufhin ich herumwirbelte, um mich zu entschuldigen.

»Es tut mir so leid, mein lieber Bruder, aber keine Sorge – ich habe dir zu Ehren unserer neuen Verwandtschaft ein Geschenk mitgebracht, das den Schmerz sicher lindern wird.« Ich streckte die Hand aus, um die Röcke meines Kleides zu heben, raschelte und kramte, bis ich die beiden Geschenke für meine neuen Brüder gefunden hatte. Ich hätte fast wieder gequiekt, als ich mich fragte, was sie mir wohl schenken würden.

»Bruder?«, murmelte Xavier und wandte sich an Darius. Er wirkte so überwältigt von meinem neuen Anspruch auf ihn, dass er keine Worte für seine Gefühle zu finden schien.

Darius warf mir einen Blick zu, der so voller Geschwisterliebe war, dass er es nicht einmal schaffte, sein Gesicht zu einer Reaktion zu bewegen. Der blanke Schock verschleierte den Jubel, von dem ich wusste, dass er sich unter der Oberfläche verbarg.

»Vielleicht gebt ihr mir eure Geschenke besser später«, schlug ich vor und fächelte mir die Augen, die jetzt überzulaufen drohten. »Ich glaube, ich gerate völlig aus der Fassung, wenn ich sie jetzt öffne.«

»Geschenke?«, wiederholte Xavier – so überwältigt von seinen Gefühlen, dass er offensichtlich vergessen hatte, worum es hier überhaupt ging.

Darius öffnete den Mund, aber Tory hatte einen plötzlichen Kniekrampf, der sie dazu veranlasste, ihm einen Tritt gegen das Schienbein zu verpassen. Er stöhnte vor Schmerz, als er stattdessen zu ihr sah.

»Vielleicht macht ihr das morgen früh? Du willst doch nicht, dass Geraldine ihr Make-up ruiniert«, sagte sie spitz.

»O ja, das klingt perfekt«, stimmte Darcy zu und nickte heftig. Das süße Lämmchen war offensichtlich ganz aufgeregt angesichts der bevorstehenden Feier und konnte sich kaum zurückhalten.

»Ja«, stimmte ich hektisch zu. »Heben wir uns das für den Morgen auf, wenn ich völlig ausrasten kann, ohne dass es sich auf diesen schönen Tag auswirkt.«

Ich überreichte die Geschenke, die ich für meine neuen Brüder besorgt hatte, und beide bedankten sich mit einem Stirnrunzeln, das gleichermaßen von Neugierde und Vorfreude zu zeugen schien.

Ich beobachtete gebannt, wie Xavier sein Geschenk auspackte und neben dem Gedicht, das ich für ihn geschrieben hatte, ein Bund aus sieben perfekten Karotten zum Vorschein brachte. Sein Lächeln erhellte den verdammten Mond.

»Das ist ... großartig«, sagte er, während er bereits über sein Festmahl sabberte – und ich brach angesichts des Schwalls an Gefühlen, den ich in ihm spürte, in Tränen aus. Schluchzend warf ich mich in seine Arme, drückte ihn an meine Brust und schwor, ihn so zu lieben, wie es sich für eine große Schwester gehörte. Er war so sprachlos, dass er einfach nur meinen Rücken tätscheln und zustimmend nicken konnte, aber ich spürte, wie sich die Verbindung zwischen uns zu einem festen und unzerbrechlichen Band formte, von dem ich wusste, dass es bis zu unserem Tod bestehen bleiben würde.

»Eine Goldmünze?«, fragte Darius, und ich drehte mich zu ihm um und nickte tränenüberströmt, während ich auf die Münze zeigte.

»Ich habe das heutige Datum eingravieren lassen«, verkündete ich – der Tag, an dem wir eine Familie wurden.

Darius grinste mich an und schüttelte den Kopf, als wüsste er nicht recht, was er dazu sagen sollte.

»Darf ich mal sehen?«, fragte Darcy und streckte die Hand danach aus, aber er knurrte und schloss seine Faust darum, bevor er sie in seine Tasche steckte und »mein« murmelte. Ein waschechter, Schätze hortender Dragoner eben.

Ich drehte mich um und eilte auf Papa zu, als ich bemerkte, wie er sein Gewicht von einem Fuß auf den anderen verlagerte und nervös seinen Schnurrbart glättete, während er immer wieder über seine Schulter den kurzen, leeren Gang hinunterblickte. Er trug einen schnittigen, taubenblauen Anzug mit vielen Rüschen und einem rosafarbenen Halstuch, das aus einer Tasche herausschaute und zu meinem Kleid passte.

»Was sagst du mir immer, wenn ich nervös bin?«, blaffte ich ihn an.

»Kinn hoch, Brust raus und lass sie nicht sehen, dass du heulst«, antwortete er streng und versuchte, seinen eigenen Rat zu befolgen, während er sein Rückgrat aufrichtete. Ich nickte energisch und richtete seine Fliege, während Darius und Xavier davonschlurften, um die Braut abzuholen.

Ich stand da wie ein Pelikan, der seinen Fisch verloren hatte, und als eine warme Hand meinen Arm ergriff, ließ ich zu, dass Max mich wegzog und mich zu meinem Platz zurückbrachte.

Darcy nahm meine Hand, sobald ich zwischen ihr und ihrer Schwester saß. Mein Herz raste wie ein Pinguin an Land, der versuchte, einem Eisbären zu entkommen – unbeholfen und stümperhaft, aber dennoch entschlossen.

Musik erklang, als Catalinas Ankunft den magischen Zauber auslöste, den ich über die Pergola gelegt hatte, und ich kreischte wie eine Todesfee, als meine Aufregung die Oberhand gewann. Augenblicklich drehte ich mich zu der Braut um, die sogleich meine Stiefmama werden würde.

Meine Gedanken kreisten um meine eigene Mama, die ich vor so vielen Monden verloren hatte, und mein Herz schluchzte leise. Ich vermisste sie. Für einen Moment hätte ich schwören können, dass ich ein Flüstern in der Frühlingsbrise hörte und die Hand meiner geliebten Mama über meine Wange streicheln fühlte. Eine weitere Träne rann sanft aus meinem Auge und tropfte von meinem Kinn – und irgendwie fühlte ich mich getröstet. Ich war mir sicher, dass sie in irgendeiner Form hier war und hinter dem Schleier hervorlugte, um zuzusehen, wie mein geliebter Papa sein Glück wiederfand.

Catalina trat gemeinsam mit ihren Söhnen nach vorn; ihr Lächeln war so hell wie der erste Sonnenstrahl in der Morgendämmerung, ihre Haut so schimmernd wie der Teich von Anu, in dem der Schlüssel zum ewigen Leben liegen sollte, und ihr blassrosafarbenes, handgenähtes Hochzeitskleid war sittsam und schillernd zugleich. Es schmiegte sich an ihre Figur und sah dennoch königlich und elegant aus.

Ich war so sehr damit beschäftigt, vor Aufregung zu quieken und meinen Vater in unendlicher Liebe und Bewunderung anzustarren, als sie ihn erreichte, dass ich völlig vergaß, dass ich bei der Prozession eigentlich still sein sollte.

Ich drückte meine Hand auf den Mund, um meine Freudenschreie zu unterdrücken, und Darcy fluchte leise, als sie die Finger ausschüttelte, die ich in meiner Aufregung gequetscht hatte.

Ich weinte wieder, als die beiden ihre Gelübde sprachen – die Reinheit ihres Lächelns und die Ehrlichkeit ihrer Liebe leuchteten so hell, dass es unmöglich war, den Blick abzuwenden, als sie sich füreinander entschieden und sich für den Rest der Zeit zu einem Leben voller Liebe und Verpflichtung verschrieben.

Es war so bezaubernd wie ein brillanter Bonobo in einem Blazer auf einem buttrigen Bagel. Und als die Sterne ihre Bitte erfüllten und sie aneinander banden, sprang ich auf und schrie mein Glück in die Welt hinaus. Ich stürzte mich auf die beiden und drückte sie an mich, während ich vor lauter Freude schluchzte.

Gemini
Scorpio
Virgo
Cancer
Aries
Leo
Sagittarius
Taurus
Capricorn
Aquarius
Libra
Pisces

SETH

KAPITEL 17

Ich rannte durch die Tunnel, die Zunge seitlich aus dem Mund hängend und die Bourbonflasche in der Hand. Ich war höllisch aufgeregt, als ich aus der Höhle rannte, in der die Hochzeit zu einer chaotischen Party verkommen war, seit Hamish und Catalina zu Bett gegangen waren.

Alle anderen waren stockbesoffen, nur ich nicht. Meine Schulter knallte gegen die Wand, ich stolperte zur Seite und rammte die gegenüberliegende Wand. Wem wollte ich hier etwas vormachen? Ich war so dicht wie eine Raumkapsel – und ich hatte etwas vor. Etwas Großes. Ich erreichte unsere Zimmertür, stieß sie auf und sah Orion auf dem Bett liegend – mit seinem glänzenden kleinen Edelsteinbuch auf der nackten Brust und einem hoffnungsvollen Funkeln in den Augen. Als er erkannte, dass ich es war und nicht Darcy, verfinsterte sich seine Miene, aber ich marschierte mit der Bourbonflasche in der Hand auf ihn zu.

»Alle haben Spaß«, verkündete ich.

»Großartig«, erwiderte er schroff.

»Aber du bist hier ganz allein. Wie ein einsamer Eisbär.« Ich krabbelte aufs Bett, wobei ich die Bourbonflasche hinter mir versteckte. Er kniff die Augen zusammen.

»Das war ich. Aber jetzt ist da ein Hund, der mich ärgern will«, sagte er.

»Lass mich mal sehen«, drängte ich und griff nach seinem Buch, aber er riss es sich von der Brust und legte es mit einem Schub von Vampirgeschwindigkeit in die Nachttischschublade.

Ich hatte gar nicht richtig zugehört, als er uns vorhin von den Erkenntnissen aus seinem glitzernden Edelsteinbuch erzählt hatte. Meine Aufmerksamkeit hatte einem Schokoriegel in Tory Vegas Tasche gegolten. Ein Schokoriegel, der jetzt unter meinem Kopfkissen lag. Es war süß, dieses Snack-Jagdspiel, dass sie immer wieder mit mir spielte. Manchmal versteckte sie die Snacks so gut, dass es fast den Anschein machte, als wollte sie nicht, dass ich sie fand. Aber das tat ich immer.

»Was willst du, Seth?«, knurrte er und ich hielt ihm mit einem verschmitzten Grinsen die Flasche hin.

»Ich habe dir ein Geschenk mitgebracht.«

»Vergiftet?«, fragte er misstrauisch und ich schürzte die Lippen.

Ich warf den Kopf zurück und heulte traurig auf. Dass er so etwas über seinen Mondfreund dachte, pah! Aber er stürzte sich auf mich und schlug mir eine Hand vor den Mund, um mich aufzuhalten.

»Was ist los mit dir? Geh zurück auf die Party!« Er schubste mich weg und ich fiel auf den Boden, kletterte zurück aufs Bett und streckte ihm erneut die Flasche hin. Dabei ließ ich keine Gelegenheit aus, ihn zu betatschen.

»Darcy hat mich gebeten, dich zu holen«, log ich. Damit wollte ich Darcy überraschen. Mein Plan war es, sie in gute Stimmung zu bringen und sie dann erneut zu bitten, Cals Gedanken auszuloten. Es war das perfekte Verbrechen. Aber sie war in der Regel am weichsten, wenn Orion in der Nähe war. Außerdem wäre das vielleicht eine gute Gelegenheit für uns, einander auch ein bisschen näherzukommen.

»Hat sie das?«, fragte er mit leuchtenden Augen, und ich nickte und winkte mit dem Bourbon. »Aber du musst aufholen, denn alle anderen haben schon ordentlich einen sitzen.«

Langsam nahm er die Flasche entgegen, öffnete sie und schnupperte daran.

»Komm schon, Darcy würde mich kastrieren, sollte ich dich unter irgendwelche Drogen setzen«, sagte ich. »Es ist nur ein Geschenk, nichts weiter.«

Er sah mich mit nach wie vor zusammengekniffenen Augen an, bevor er einen Schluck Bourbon nahm, und ich lächelte wölfisch.

»Darf ich dir ein Geheimnis verraten?«, flüsterte ich und beugte mich vor, um mein Kinn auf seine Schulter zu legen.

»Nein«, antwortete er unverblümt und nippte weiter an dem Bourbon, während er versuchte, mich loszuwerden. Aber mein Kinn blieb einfach auf diesem kräftigen Muskelstück liegen.

»Es ist ein gutes«, flüsterte ich. »Eins, das mich ruinieren könnte.«

Er runzelte die Stirn und beobachtete mich, während er einen weiteren Schluck Bourbon nahm. Seine dunklen Augen funkelten neugierig. »Ach ja?«

»Ja. Aber wenn ich dir diese Macht gebe, Lance Orion, musst du mein Freund sein«, sagte ich und stupste sein Grübchen an. »Mein allerbester Freund. Verstanden?«

»Klar«, meinte er leichthin, und obwohl das Echo meines nüchternen Gehirns andeutete, dass er mich gerade wahrscheinlich völlig zum Narren hielt, gab mein betrunkenes Gehirn grünes Licht.

»Ich bin in meinen besten Freund verliebt«, verriet ich mein schrecklichstes Geheimnis.

»Darius?«, fragte er entsetzt.

»Nein.« Ich knuffte ihn.

»Max?«

»Nein!«

»Darcy?«, knurrte er bedrohlich.

»Nein«, zischte ich mit aufeinandergepressten Zähnen. »Vergiss es!« Ich stieß mich vom Bett ab, aber hielt inne, als er den Namen sagte, der mich so durcheinanderbringen konnte, als hätte er einen direkten Draht zu meiner Seele.

»Caleb?«, fragte er und seine Stimme wurde ein wenig weicher.

»Ja«, murmelte ich und drehte mich mit einem Wimmern wieder zu ihm um. »Ich liebe ihn. Aber er wird diese Liebe nie erwidern, weil er nicht … weil er nicht auf … weil ich einen riesigen … und er einen ebenso großen … und … oh!« Ich ließ mich aufs Bett fallen und vergrub mein Gesicht an Orions Brust, woraufhin er warnend knurrte und mich zurückstieß.

Ich schaute zu ihm auf, stellte fest, dass seine Reißzähne zu sehen waren und zeigte auf sie. »Warte, du hast Reißzähne. Du musst also die Antwort kennen, nach der ich gesucht habe. Macht es dich an, Blut zu trinken? Angenommen, du trinkst von einem hässlichen Kobold, der wie ein Regenbogen schmeckt, würdest du dann einen Steifen bekommen? Oder musst du deine Blutbeutel heiß finden, um geil zu werden? Verrat es mir, Lance, wie wirst du hart?!«

Eine Bewegung am Rand meines Blickfeldes zog meine Aufmerksamkeit auf sich. Ich ließ meinen Kopf herumschnellen und entdeckte Justin Masters, der uns mit weit aufgerissenen Augen durch die offene Tür ansah. Sein Mund stand vor Schock offen.

»Wie viel hast du gehört?!«, brüllte ich, bereit, ihm die Ohren abzuschneiden und jedem einzelnen Mitglied seiner Familie zu drohen, damit er niemals ein Wort über das Gehörte verlor.

Er wich einige Schritte zurück, und Angst durchzuckte seine Züge.

»N-nur, dass du Professor Orion gefragt hast, wie er hart wird«, stotterte er, und ich atmete erleichtert auf, eilte zur Tür und schlug sie ihm vor der Nase zu.

»Den Sternen sei Dank«, meinte ich erleichtert.

»O ja«, sagte Orion sarkastisch, während er mich anglotzte. »Den Sternen sei Dank.«

Ich wirbelte herum, wirkte eine Stillekuppel und sprang zurück aufs Bett, während Orion noch mehr Bourbon trank. Es war fast so, als wollte er betrunken sein, um meine Gesellschaft zu ertragen. Aber das konnte es nicht sein. Ich war doch so reizend.

»Also?«, fragte ich. »Macht dich Darcys Blut geil, weil es ihr Blut ist? Oder ist es das Blut selbst, dass dich erregt? Bist du schon mal allein durch Blut geil geworden? Ich muss es wissen, Lance. Hör auf, mir diese Dinge vorzuenthalten!«

Er seufzte, ließ die Flasche sinken und warf mir einen verärgerten Blick zu. »Na gut«, meinte er mit einem Schnauben. »Ja, ich bin auch schon von mächtigem Blut hart geworden.«

»Vor Darcy?«, fragte ich und er nickte, ohne mir in die Augen zu sehen, da er offensichtlich nicht darüber reden wollte. Aber das würde er tun.

»Wessen Blut war es? Hast du sie – oder ihn – gefickt? Oder war es ein Oger? Hast du den Oger gefickt?«

»Es war Darius, okay?«, schnauzte er, und meine Lippen teilten sich.

»Bei den Sternen … du hast Darius gefickt. Das erklärt alles.«

»Nein, das habe ich nicht«, wehrte er ab. »Sein Blut hat mich angemacht, mehr nicht.«

»Klar.« Ich zwinkerte ihm zu. »Es ist okay, Lance. Wir sind hier unter uns. Du kannst mir die Wahrheit sagen. Hast du den herabschauenden Werwolf mit ihm gemacht? Oder ihn auf deiner Milchstraße reiten lassen?«

»Wir haben nicht gefickt«, brummte er, und ich seufzte.

»Warum sagst du mir dann, dass ihr es getan habt?«, fragte ich.

»Habe ich nicht«, erklärte er ungläubig.

»Okay, okay, du behauptest also, du bist für deinen besten Freund hart geworden und hast ihn nicht reingesteckt?« Ich musste das klären, denn das ergab einfach keinen Sinn.

»Ich war verrückt nach seinem Blut. Außerdem war das damals, zur Zeit unseres Wächterbandes. Und damit etwas völlig anderes«, meinte er stirnrunzelnd. »Das gibt keine Auskunft darüber, was Caleb für dich empfindet.«

»Hm … du meinst also, ich sollte Cal mithilfe des Wächterbandes an mich binden, um unwiderstehlich für ihn zu sein?«

»Nein, das habe ich nicht gesagt.«

»Aber angenommen, ich wüsste, wie ich das anstellen könnte …«

»Seth!«, zischte er und ich seufzte.

»Ja, ja, würde ich niemals tun. Aber weißt du, was ich tun könnte …«

»Ihm die Wahrheit sagen?«, schlug er vor, woraufhin ich nur abwinkte.

»Mach dich nicht lächerlich, jetzt klingst du schon wie Darcy.«

»Es ist also lächerlich, ihm die Wahrheit zu sagen, aber es ist nicht lächerlich, deinen besten Freund mittels Wächterband an dich zu binden, damit er in Versuchung gerät, dich zu ficken?«

»Ganz genau.« Ich nickte. »Lance, ich versuche, eine Lösung zu finden, die mir ermöglicht, ihn zu haben, ohne es ihm sagen zu müssen. Ich will aus dem Schneider sein, wenn die Sache aus dem Ruder läuft und er mir eine Abfuhr erteilt.«

Er schüttelte den Kopf. »Hast du jemals die Verantwortung für deinen eigenen Mist übernommen, Seth Capella? Wie ein wahrer Fae?«

Ich dachte darüber nach und musterte meinen neuen Freund stirnrunzelnd, bevor ich ihm die Flasche aus der Hand nahm und einen ordentlichen Schluck trank. »War das eine rhetorische Frage?«

»Nein.«

»Hmm, macht aber ganz den Eindruck, als wäre es eine. Also, gehen wir jetzt zur Party, oder was?« Ich sprang vom Bett und machte mich auf den Weg zur Tür, drehte mich aber noch einmal zu ihm um, bevor ich auf den Flur trat. Plötzlich fühlte ich mich unglaublich verletzlich. »Du wirst doch niemandem davon erzählen, oder? Vor allem nicht Cal? Wenn er davon erfährt und meine Gefühle nicht erwidert, werde ich ihn verlieren. Und ich kann ihn nicht verlieren. Ich habe so eine Scheißangst, ihn zu verlieren.«

Er runzelte die Stirn, stand auf und zog sich ein T-Shirt über, bevor er mir die Bourbonflasche aus der Hand riss. Dabei ließ er mich ganz schön zappeln; das Geheimnis hing wie ein Schwert über meinem Kopf.

»Nein. Obwohl du es verdient hättest, diese Bombe platzen zu sehen, werde ich nicht so tief sinken, wie du es in der Vergangenheit getan hast.«

»Hey, ich habe nie jemandem von dir und Darcy erzählt«, konterte ich. »Nicht einmal den anderen Erben. Das war alles nur ein Spiel.«

Er schlüpfte in seine Turnschuhe und schoss blitzschnell an meine Seite, wobei ein grausames Lächeln seine Lippen umspielte. »Und wie sicher bist du, dass ich keine eigenen Spielchen auf Lager habe, Capella?«

Ich lachte düster – diese psychotische Seite gefiel mir. Sie erinnerte mich an mich. Und ich war großartig. »Nur zu. Aber ich habe jetzt eine Geheimwaffe. Darcy ist meine beste Freundin. Also zeig ruhig, was du draufhast.«

Er blitzte mich mit seinen Reißzähnen an, dann öffnete er die Tür und ich sprang auf seinen Rücken, bevor er von mir wegschießen konnte, wobei seine

Vampirgeschwindigkeit mir fast ein Schleudertrauma bescherte. Ich heulte vor Aufregung laut auf und hielt mich fest, als er fluchend in Richtung der Höhle rannte, wo der Rest unserer Freunde feierte.

Mein Heulen wurde zu einem Jaulen, als er so abrupt stehen blieb, dass ich auf den Steinboden knallte. Mein rettender Luftzauber kam eine Sekunde zu spät. Er lachte hämisch und ich konnte nicht anders, als mitzulachen, während ich wieder aufstand und ihm einen herausfordernden Blick zuwarf.

»Du magst es also gern etwas rauer, was, Lancey?« Ich rannte mit Kampfgeschrei auf ihn zu, aber er sprang mir aus dem Weg und verschwand durch die Tür der Party. Ich wirbelte herum, um ihm zu folgen, verlor aber sofort das Interesse an dem Spiel, als ich Caleb entdeckte, der mit freiem Oberkörper auf dem Tisch zwischen den anderen saß. Fünf Bierflaschen schwebten mit der Öffnung nach unten über seinem Kopf. Sein Mund war weit aufgerissen, während Max die Flüssigkeit an seine Lippen lenkte und er schluckte. Die Hälfte landete auf seiner nackten Brust, und mein Schwanz stand aufrecht wie ein Soldat zum Appell, als ich auf seine glitzernden Bauchmuskeln und die Bewegung seines Kehlkopfes starrte, als er wieder und wieder schluckte. *STAY* von The Kid LAROI und Justin Bieber ertönte aus einem Atlas – und wurde sofort zu meinem liebsten Song aller Zeiten.

Verdammt!

»Lance!«, kreischte Darcy und sprang von ihrem Stuhl inmitten des Meeres aus orangefarbenem Taft. Er fing sie in der Luft auf, drückte sie an sich und betrachtete amüsiert ihr unendlich hässliches Kleid.

Es war nur noch unsere Gruppe hier, und das war einfach herrlich. Das hier war mein richtiges Rudel. Ich brauchte keine täglichen Blowjobs, keine Creampies und nicht mein Eierkitzeln, um glücklich zu sein. Ich meine, klar, ich würde diese Dinge mit Cal machen, wenn ich dazu in der Lage wäre, aber dieser Tage lebte ich tatsächlich hundertprozentig zölibatär – was für einen Werwolf eine verdammt große Sache war. Ich holte mir nicht einmal mehr so oft einen runter, weil ich dabei immer nur an meinen besten Freund dachte und mich schuldig fühlte, weil ich so besessen von ihm war. Ich hatte das Ganze also auf etwa zweimal am Tag reduziert.

»Hey, meine Schöne, was zur Hölle ist das bitte?«, fragte Orion und zupfte an dem hellen Stoff, während sie an seiner Brust lachte.

»Mein Kleid«, meinte Darcy, ihre Stimme von seinem Shirt gedämpft.

»Ein prächtiges Kleid für eine Königin von Solaria!«, rief Geraldine.

»Und ich dachte schon, ein Kürbis hätte auf sie gekotzt«, sagte Orion grinsend und Geraldine schlug wütend auf den Tisch.

»Du hast überhaupt keinen Geschmack, Lance Orion. Du würdest sie wie eine gewöhnliche Bohnensprosse herumlaufen lassen.«

»Sie kann tragen, was immer sie will, solange ich derjenige bin, der ihr die Klamotten später vom Leib reißt.« Er schenkte Darcy ein verruchtes Lächeln und Tory warf ihm eine leere Bierflasche an den Kopf. Seine Hand schnellte hervor und er fing sie in letzter Sekunde auf, während er sie angrinste. »Problem?«

»Du treibst ekelhafte Sachen mit meiner Schwester«, beschwerte sie sich.

»Sagt das Mädchen, dessen Hand nur wenige Zentimeter vom Schwanz meines besten Freundes entfernt ist.« Orion deutete auf die Stelle, an der Torys Hand auf Darius' Oberschenkel lag.

»Stimmt«, sagte Xavier und nahm einen Schluck von einer glitzernden Flasche Bacarroti Ice.

»Touché«, meinte Tory und lehnte sich auf ihrem Stuhl zurück.

»Wenn du mich weiter aus meinen Klamotten reißt, habe ich bald keine mehr«, schimpfte Darcy, obwohl ihre Augen so funkelten, als würde es ihr nicht viel ausmachen.

»Genau das ist meine Absicht«, scherzte er und Darcy lachte. Die beiden konnten offensichtlich nicht damit aufhören, einander anzustarren. Es war süß, und ich war *überhaupt* nicht eifersüchtig auf diese Art von unerschütterlicher Bindung. Seufz, wem wollte ich hier etwas vormachen?

Mein Blick fiel wieder auf Caleb, der gerade den Kopf senkte, um mich anzusehen. Das Bier aus den Flaschen, die Max über ihm schweben ließ, lief über seine Haare und auf seine Schultern, während er sich mit dem Handrücken den Mund abwischte. Was das geringste seiner Probleme war, denn er war jetzt klatschnass. Aber bei den Sternen, ich hätte nichts dagegen, ihn sauber zu lecken.

»Seth Capella!«, rief Geraldine, die neben Max saß. »Du hast deinen Zug verpasst. Jetzt wirst du jemanden herausfordern müssen, etwas besonders Fieses zu tun.«

Ein Grinsen huschte über mein Gesicht, als ich auf den Tisch zuging und mir ein Bier aus einem großen Eimer aus Eis holte, den Max vorhin gewirkt hatte. Das weiße Tischtuch war schmutzig von den Getränken, die darauf verschüttet worden waren, aber der Rest der Location war noch ziemlich gut erhalten, mit glitzernden Fae-Lichtern an der Decke und wunderschönen Eis- und Blumendekorationen überall. Es war so schön, dass ich am liebsten gekotzt hätte. Aber auf eine gute Art und Weise.

Orion nahm neben Darius Platz und zog Darcy auf seinen Schoß, während Tory über Darius kletterte, um ihre Schwester zu umarmen. Sie wirkte voll wie ein Aquarium, als sie sich wie eine Katze an sie kuschelte. Nüchtern war sie nicht gerade umarmungsfreudig. Als ich das letzte Mal versucht hatte, mit ihr zu kuscheln, hatte sie mir einen Kinnhaken verpasst. Ich fragte mich, ob jetzt ein guter Zeitpunkt sein könnte, um einen zweiten Versuch zu wagen.

»Also, was hast du dir überlegt, Capella?«, fragte Geraldine, und ich saugte an meiner Unterlippe, als ich zu Caleb aufblickte. Ich nippte an meinem Bier, während ich mich für eine Aufgabe zu entscheiden versuchte. Cal schien glücklich zu sein, dort oben sitzen zu bleiben, während Max mit dem Finger schnippte und die leeren Bierflaschen auf den Tisch hinter ihm plumpsen ließ.

Meine Gedanken rasten, während ich überlegte, mit welcher Herausforderung ich mehr darüber würde erfahren können, ob Cal auf mich stand oder nicht. Und mein kleiner betrunkener Verstand hatte eine Idee.

»Also gut. Ich fordere jeden auf, eine Flasche Bier zu trinken. Der Letzte, der austrinkt, muss mich küssen.« Ich grinste breit und fing Calebs Blick auf. Seine Lippen teilten sich, dann zuckte er mit den Schultern, als würde es nichts bedeuten. Vielleicht war dem auch so, vielleicht aber auch nicht.

»Roxy spielt nicht mit«, verkündete Darius mit einem dragonischen Knurren.

»Darcy auch nicht«, mischte sich Orion ein, und ich musterte sie mit einem leisen Lachen.

»Ihr wollt mich wohl ganz für euch allein, was?« Ich schnaubte und

Darius zeigte mir den Finger, während Orion mich mit einem hohlen Blick bedachte. Aber ich merkte, dass der Bourbon mittlerweile eine Wirkung auf ihn hatte, denn seine wütenden kleinen Augen waren nicht mehr ganz so blutrünstig wie sonst.

»Gerry kann auch nicht mitspielen«, meinte Max, aber Geraldine beschwor eine Steckrübe und haute ihm damit eins um die Ohren.

»Unsinn, Maxy-Boy!«, rief sie. »Ich nutze keine Ausreden, um ein Spiel der Kühnheit und des Witzes auszusitzen. Ich werde dieses Biest frontal angreifen.«

Max warf mir einen Blick zu, der verriet, dass er mir die Zunge herausschneiden würde, sollte ich es wagen, auch nur einen Versuch in dieser Richtung zu starten. Aber Geraldine Grus war definitiv nicht mein Ziel in diesem Spiel.

»Okay«, rief Caleb, sprang vom Tisch und landete mit einem schiefen Grinsen vor mir. Er holte eine Bierflasche aus dem Eiskühler und stieß mit mir an, ohne den Blickkontakt zu mir zu unterbrechen. »Dann mal los.«

Max, Geraldine, Darius, Xavier und Orion griffen ebenfalls nach vollen Bierflaschen, und ich lächelte sie an, während mein Herz noch stärker klopfte und ich mich fragte, wie das hier wohl weitergehen würde. Wenn Cal mich insgeheim wollte, würde er sicher langsam trinken und das Spiel verlieren. Oder? Das musste einfach klappen.

»Auf die Plätze ... fertig ... los!«, rief ich, und Bierflaschen wurden gehoben.

Max musterte Geraldine immer wieder von der Seite und trank selbst langsamer, damit er hinter ihr zurückblieb. Ich knirschte mit den Zähnen und betete, nicht ihn küssen zu müssen, nur damit er Gerry vor meinen köstlichen Lippen retten konnte. Ja, er war heiß und es würde mich bestimmt auch etwas anturnen, aber sein Mund war nicht der, von dem ich diesen Kuss einfordern wollte.

Orion und Darius hatten ihre Drinks innerhalb von zwei Sekunden geleert und auch Xavier schien auf dem besten Weg zu sein, mit ihnen gleichzuziehen. Meine Aufmerksamkeit galt aber vor allem Caleb. Seine Flasche war noch mindestens halb voll, und als er meinen Blick auffing, trommelte mein Puls wie wild. Hoffnung und Freude erfüllten mich.

Schließlich leerte auch Geraldine ihre Flasche und schnappte erstmal nach Luft. Max schloss sich ihr an und überließ das Rennen Xavier und Caleb.

»Wow, wie schlimm wäre es, wenn wir uns küssen müssten, was?«, meinte ich zu Caleb und lachte nervös. »Richtig schlimm, oder?«

»Geschafft!«, verkündete Xavier und mein Herz hob ab, flog zum Mond und drehte fünfzig Runden um ihn herum, bevor es in einen Krater stürzte, um sich dort niederzulassen.

Es passiert wirklich.
Es ist kein Traum.
Caleb beendete seinen Drink einen kurzen Moment später und ließ die Flasche von seinen feuchten Lippen gleiten. Unsere Freunde lachten und feuerten uns an, als wäre das ein fetter Witz. Aber insgeheim war es kein Witz. Es war das, was ich mir seit langer Zeit wünschte, und jetzt trat er näher an mich heran, seine Augen auf meinen Mund gerichtet. Ich ging ebenfalls auf ihn zu und mir stockte der Atem.

»Dann komm mal her, Sweetheart. Gib mir einen Kuss«, meinte Caleb frech, hielt sich an meinem Hemd fest und zog mich so nah an sich heran, dass ich bereits das Bier auf seinen Lippen schmecken konnte.

Sein Lächeln gehörte zum Spiel, aber seine marineblauen Augen waren todernst und sie verschlangen mich genauso, wie ich ihn verschlingen wollte. Zumindest wollte ich das glauben. Dass es einen tieferen Grund dafür gab, dass er als Letzter durchs Ziel gegangen war. Und sicherlich würde ich das mit Gewissheit wissen, sobald wir uns geküsst hatten. Ich würde es fühlen können, ohne ihn fragen zu müssen. Und er würde es auch spüren, und dann, und dann …

»Moment!«, rief Max, als Calebs Lächeln schwächer wurde und seine Augen sich mit einem Verlangen in meine bohrten, das ich bis ins Innerste meines Wesens spürte. »Xavier hat sein Bier nicht ausgetrunken.«

»Du bist echt eine Petze, Alter«, beschwerte sich Xavier und Caleb drehte sich zu ihnen um, während ich ihn mit zuckendem Unterkiefer anstarrte. Sein Griff um den Stoff meines Hemds wurde angespannter.

»Tja, dann schummle halt nicht«, erwiderte Max und ich zwang mich, ebenfalls hinzusehen. Mein Herz wurde schwer, als ich die Bierflasche sah, die noch mehrere Zentimeter Flüssigkeit am Boden hatte.

Max schüttelte die Falsche als Beweis dafür, dass Xavier das Spiel nicht beendet hatte, und mein Magen verkrampfte sich vor Elend.

»Nein«, flüsterte ich, und Caleb richtete seinen Blick wieder auf mich. Ich zwang mich, einen Schritt zurückzutreten, denn er hielt nach wie vor mein Hemd fest, als könnte er nicht loslassen.

Aber dann tat er es doch, grinste zuerst und lachte dann laut auf. Fast so, als wäre er erleichtert.

»Den Sternen sei Dank«, rief Caleb und vielleicht war das nur eine Lüge, aber es fühlte sich nicht so an. Seine Worte waren wie ein Messer in meiner Brust, das mir das Herz herausschnitt.

Xavier erhob sich seufzend und kam auf mich zu. Plötzlich sah ich mich damit konfrontiert, Darius' verdammten kleinen Bruder küssen zu müssen, und Caleb entfernte sich, um sich neben Max zu setzen.

Nein. Verdammt, nein! Das war nicht fair. So war das nicht geplant gewesen.

Xavier sah mich stirnrunzelnd an und ich packte ihn im Nacken, drückte ihn mit einem Knurren an mich und küsste ihn mit so viel Biss, dass er ein protestierendes Wiehern ausstieß. Dann schob ich ihn von mir weg und leerte mein Bier in einem Zug aus, bevor ich mich auf den Stuhl neben Orion und Darcy warf.

Darcy sah mich mitleidig an, während das Spiel weiterging, aber ich setzte ein falsches Lächeln auf und tat so, als wäre mein Herz nicht gerade mit Füßen getreten worden. Als hätte ich nicht das furchtbare Gefühl, zurückgewiesen worden zu sein. Denn das war ich nicht, aber irgendwie war ich das doch.

»Ich bin dran!«, rief Geraldine und deutete mit dem Finger auf Orion. »Du bist bisher viel zu leicht davongekommen.«

»Ich bin gerade erst gekommen«, sagte er, während er einen Schluck aus seiner Bourbonflasche nahm.

»Korrekt«, sagte sie. »Also fordere ich dich heraus, für den Rest des Abends und auch morgen beim Frühstück sämtliche A. N. U. S.-Erkennungszeichen zu tragen, die ich von meinem Zimmer hierherschleppen kann.«

Orion rümpfte die Nase, während Darcy und Tory in Gelächter ausbrachen und aufgeregt nickten. Stöhnend gab er schließlich nach.

»In Ordnung«, stimmte er zu. »Her damit.«

»Komm, Lachsmann, ich brauche deine kräftigen Arme.« Geraldine sprang auf und zog Max hinter sich her, der ihr bereitwillig zu folgen schien, während er auf ihren Hintern starrte, obwohl ich keine Ahnung hatte, wie er durch den kilometerlangen rosafarbenen Taft, der ihn bedeckte, etwas sehen konnte.

Caleb schaute zu mir rüber, während er sich ein weiteres Bier holte, und ich fuhr mit den Fingern durch meine Haare und tat so, als wäre ich die Ruhe selbst, obwohl ich innerlich am Sterben war.

»Ich kann nicht glauben, dass du mich gebissen hast, Alter. Küsst du immer so?« Xavier berührte seine geschwollene Unterlippe.

»Habe ich dich gerade entjungfert, was raue Küsse angeht?«, fragte ich. »Oder habe ich dich allgemein Kuss-entjungfert?« Ich keuchte entsetzt auf.

»Hey«, knurrte Darius mich an und ich zuckte unschuldig mit den Schultern.

»Was? Er hätte nicht schummeln sollen, wenn er nicht mundgefickt werden wollte. Ich kann nichts dafür, dass es sein erstes Mal war.«

»Seth«, zischte Darius. »Ich musste schon mit ansehen, wie du meinen verdammten Bruder geküsst hast, als wäre er einer deiner kleinen Wolfsrudel-Betas. Können wir jetzt aufhören, darüber zu reden?«

»Schon gut, schon gut«, sagte ich, wich zurück und sah zu Xavier, dessen Wangen rot wurden. »Tut mir leid, Mann. Aber wenn du ein paar Tipps zum Kirschenknacken brauchst, stehe ich dir gern zur Verfügung.«

»Wer knackt Xaviers Kirschen?« Tyler betrat den Raum mit Sofia im Arm, und Xavier fluchte leise vor sich hin.

»Seht mal, wen wir auf dem Flur gefunden haben!«, rief Geraldine, die mit Max, der mit einem Arm voller A. N. U. S.-Fanartikeln hinter ihr herlief, in die Höhle zurücktänzelte.

Tyler grinste Xavier an, während er sich ein paar Bierflaschen schnappte, Sofia eine reichte und sich dann gemeinsam mit ihr zu ihm setzte.

»Was ist mit deiner Lippe passiert?«, fragte Sofia und streckte die Hand aus, um sie zu heilen, woraufhin Xaviers Röte noch tiefer wurde.

»Seth hat mich gebissen«, murmelte er.

»Es war echt schräg«, sagte Tory nachdenklich. »Es war ein absolut wütender Kuss, fast so, als hätte er versucht, Xaviers Mund abzureißen.«

Caleb ließ seinen Blick zu mir schweifen, während ich Mühe hatte, mein Lächeln aufrechtzuerhalten.

»Sagt diejenige, die Darius küsst, als wollte sie sein ganzes Gesicht essen«, entgegnete ich.

»Das tue ich nicht«, protestierte sie, während Darius ein Lachen ausstieß.

»Um auf Xaviers Kirsche zurückzukommen«, meinte Tyler leichthin und funkelte Xavier bösartig an. »Du bist also immer noch Jungfrau, was, Kumpel?«

»Halt die Klappe«, knurrte Xavier. »Ich bin keine Jungfrau.«

»Es ist völlig in Ordnung, dass der Mond noch nicht auf deinen zarten Leib geschienen hat, Xavier«, sagte Geraldine, während sie zu Orion trat und ihn anleitete, die A. N. U. S.-Klamotten anzuziehen. Offensichtlich hatte er genug Bourbon getrunken, um bereitwillig in die Sachen zu schlüpfen.

»Der Mond hat auf meinen … Ich meine, ich habe keinen zarten Leib«, stotterte Xavier.

»Es ist aber ein recht simpler Leib, nicht wahr?«, spöttelte Tyler. »Kein einziger Edelstein in Sicht.«

»Dagegen ist nichts einzuwenden«, betonte Sofia und stieß Tyler mit dem Ellbogen in die Rippen.

»Aber Strasssteine machen dich an, nicht wahr, Baby?«, fragte Tyler grinsend, und Sofia wurde rot. »Was hast du über meine gesagt? Dass sie deine Pussy zum Glitzern bringen?«

»Ja, aber das heißt doch nicht, dass jeder sie haben muss«, protestierte sie.

Darcy rutschte von ihrem Stuhl und half Orion, einen silbernen Overall anzuziehen, auf dessen Rücken und Schrittbereich A. N. U. S. aufgestickt war. Geraldine hängte ihm ein A.N.U.S-Medaillon um den Hals, bevor sie ihm ein A. N. U. S.-Abzeichen anheftete und ihm ein A. N. U. S.-Barett auf den Kopf setzte. Darcy wickelte eine Gürteltasche um seine Hüfte und schnallte sie fest, während er noch mehr Bourbon trank und wir anderen ihn auslachten. Er sah verdammt lächerlich aus, vor allem als Geraldine ihn mit blinkenden Neonaufklebern eindeckte und Tory ihm je einen auf die Wangen drückte.

»Glücklich?«, fragte Orion, während ein dämliches Lächeln über sein Gesicht huschte.

»Ja, und ich werde noch glücklicher sein, wenn du in diesem Aufzug zum Frühstück kommst«, sagte Darcy und lachte. »Du siehst so verdammt süß aus.«

»Mich schaut sowieso keiner an, meine Schöne«, erinnerte er sie.

»Jetzt schon«, murmelte Darius, der zwischen Belustigung und Verärgerung darüber hin- und hergerissen zu sein schien, dass sein Freund sich als Vega-Anhänger verkleidet hatte. Dafür war es offensichtlich ein wenig spät. Orion war mittlerweile überzeugter Royalist und stand auch dazu. Aber ich vermutete, dass er diese Herausforderung bereuen würde, sobald er wieder nüchtern war.

»Ich bin dran«, sagte Orion mit einem wilden Lächeln und behielt Geraldine im Auge, während er sich zurücklehnte. »Du musst dieses furchtbare Hinfort-Lied singen. Aber so, als würdest du die Erben lieben, nicht die Vegas.«

»Du lümmeliger Lump«, keuchte Geraldine, fiel vor den Füßen der Zwillinge auf die Knie und schüttelte den Kopf. »Ich würde niemals den Namen meiner holden Ladys beschmutzen.«

»Es ist doch nur ein Spiel, Geraldine«, sagte Tory.

»Es macht uns wirklich nichts aus«, versprach Darcy, während sie sich auf Orions Schoß fallen ließ. »Und ich würde es so gern hören.«

Geraldine stieß einen erstickten Laut aus, nickte dann, stand langsam auf und hob ihr Kinn, als sie zu singen begann. Und während alle davon abgelenkt waren, wie sie sich durch das Lied quälte, das uns und nicht die Vegas pries, wirkte ich unauffällig eine Stillekuppel um Darcy und Orion und lehnte mich näher an sie heran.

»Er will mich nicht«, stöhnte ich, und Orion zuckte zusammen, als er merkte, dass ich direkt an seinem Ohr war.

Darcy runzelte die Stirn und tätschelte meinen Kopf. »Das weißt du doch gar nicht.«

»Hey, lasst mich reiiiiiiin!« Tory stupste ihre Schwester an, während sie einen Stuhl an Darius vorbei zu uns schob, und Darcy sah mich mit einem hoffnungsvollen Flehen in den Augen an.

»Sie wird niemandem davon erzählen«, erklärte sie und ich wimmerte.

»Ehrenwort?«, fragte ich und Darcy nickte.

»Ehrenwort. Außerdem kennt sie Caleb ziemlich gut, also kann sie vielleicht helfen.«

Sie kannte Caleb wirklich ziemlich gut. Sie kannte sogar seinen Schwanz ziemlich gut. Wahrscheinlich könnte sie mir sogar sagen, was ihm im Schlafzimmer gefiel und wie wichtig ihre Titten und ihre Vajooza für ihn waren. Ich meine, wie groß war die Wahrscheinlichkeit, dass es ihm Spaß gemacht hatte, sie in Männerkleidung zu stecken und mit rauer Stimme sprechen zu lassen, während er sie nach vorn gebeugt und ab und zu Thorsten genannt hatte? Sicher, ich hatte kein Problem damit, dass er auch auf Titten stand, denn es war ja nicht so, dass ich sie selbst hasste. Aber wenn er sie wenigstens ein paar Mal dazu gebracht hätte, zu Bernard zu werden, dann hätte ich einen Funken Hoffnung, dass er wenigstens schwanzneugierig war. Es war zumindest möglich, oder?

Ich schnippte mit den Fingern, um Tory in die Kuppel zu lassen, und sie blickte zwischen uns allen hin und her und lehnte sich an ihre Schwester.

»Erzählen wir einander Geheimnisse?«, flüsterte sie verschwörerisch. »Hast du ein Geheimnis, Lance?«

Er überlegte und nickte. »In der Tat, das habe ich. Ich habe ein Geheimnis über Gabriel, aber ich kann es niemandem erzählen. Aber es ist so verdammt lustig.« Er fing an, zu lachen, und die Zwillinge stürzten sich sofort auf ihn.

»Worum geht es?«, fragte Darcy, während Tory ihre Bierflasche in seine Richtung schwenkte.

»Raus damit!«, flehte Tory. »Es ist das Recht eines Mädchens, ein paar peinliche Sachen über seinen Bruder in petto zu haben.«

»Komm schon, Lance«, flehte Darcy mit großen Augen. »Gabriel hat mich neulich in eine Pfütze fallen lassen, obwohl er es kommen *gesehen* hat. Er hat gelacht wie ein Idiot, also will ich mich rächen.«

»Das geht nicht«, sagte er und schüttelte den Kopf. »Ich habe geschworen, es niemandem zu erzählen. Ihr müsst versuchen, es aus ihm herauszubekommen.«

»Wenn du es uns sagst, werde ich …« Darcy beugte sich vor und flüsterte ihm etwas ins Ohr, was ihm ein Knurren entlockte. Ich hüpfte aufgeregt auf meinem Stuhl.

»Hat sie dich damit gelockt, sie an jeder Tür ficken zu dürfen? Vorn und hinten? In jeder beliebigen Reihenfolge? Und ohne anklopfen zu müssen?«, fragte ich, und Darcy drehte sich um und schlug mir auf den Arm, was Orion ein zufriedenes Lächeln entlockte.

»Was ist dein Geheimnis, Seth?« Torys Blick fiel wieder auf mich, und ich seufzte und schaute zu Caleb hinüber, der immer noch von Geraldine abgelenkt zu sein schien, während Tyler sie filmte und Sofia sich kaputtlachte.

»Es ist Caleb«, murmelte ich vor mich hin.

»Was?« Tory lehnte sich näher an mich heran.

»Es ist Caleb«, wiederholte ich lauter.

»Was ist mit ihm?«, fragte sie und ich warf ihm noch einen Blick zu, bevor ich mit der Wahrheit herausplatzte. Ich war ohnehin zu betrunken, um jetzt noch irgendeinen Filter zu haben.

»Ich liebe ihn. Ich bin in meinen besten Freund verliebt und ein verdammter Loser, weil er mich nie zurück lieben wird. Und jedes Mal, wenn ich denke, dass er auch etwas für mich empfinden könnte, erkenne ich, dass ich mir nur etwas vormache. Aber ich halte mich auch an die winzige Chance, dass ich mir vielleicht doch nichts einbilde. Aber dann kommen dämliche Pferdejungs daher, die ihr Bier nicht austrinken und Küsse stehlen, die eigentlich für heiße Vampire gedacht sind, und schon sind wir hier, Tory. Hier sind wir, verdammt noch mal.«

»Wow«, hauchte sie und tauschte einen Blick mit Darcy aus. »Du magst Caleb?«, fragte sie schockiert.

»Ja«, sagte ich fest und ließ mich nach vorn fallen, um mein Gesicht an Orions Schulter zu vergraben, der versuchte, mich wegzustoßen, aber ich hielt mich fest. »Ich glaube, das tue ich schon länger, als ich zugeben möchte, denn da war dieses eine Mal in den Schwelenden Quellen. Es sollte ein Dreier mit irgendeinem Mädchen werden, aber das ist gegangen und wir haben uns ein bisschen geküsst. Aber er leugnet, dass es je passiert ist, also bin ich vielleicht verrückt. Ich glaube einfach, dass ich das endlich klären muss, versteht ihr?«

»Dann frag ihn«, drängte Darcy und ich hob den Kopf, drehte mich zu ihr um und nahm ihre Wangen in meine Hände.

»Nein, das werde ich nicht tun«, sagte ich starrköpfig. »Ich kann mich der Ablehnung nicht stellen. Ich kann ihm nicht in die Augen sehen, wenn er mich abweist und sagt, dass ich mir das alles nur eingebildet habe. Das werde ich nicht tun, Darcy. Werde ich nicht.«

Orion packte meine Arme, riss meine Hände vom Gesicht seiner Freundin und entblößte seine Reißzähne, aber ich riss mich los und griff stattdessen nach Torys Gesicht.

»Sag mir, dass du eine Idee hast. Du hast Darius lange Zeit nicht gesagt, dass du ihn magst. Du hast hübsch drum herum getanzt. Wie hast du herausgefunden, dass er dich mag, ohne zuzugeben, dass du ihn auch magst? Ich muss es wissen, Tory. Wie konntest du dich so lange davor drücken, ihm die Wahrheit zu sagen? Ich brauche deine Fähigkeiten.«

»Wenn wir von Anfang an ehrlich zueinander gewesen wären, hätten wir vielleicht nicht so viel Zeit vergeudet«, sagte sie und schürzte die Lippen, als ich ihre Wangen zusammenpresste.

Mit einem verärgerten Seufzen ließ ich sie los. »Nutzlos. Ich brauche einen soliden Plan. Ein Plan, der Caleb dazu zwingt, mich zu küssen, ohne dass er weiß, dass ich ihn küssen will, damit ich seine Schwanztuation deuten kann, während wir Schwanz an Schwanz sind. Dann werde ich es wissen. Ich werde es einfach wissen. Und ich hatte den perfekten Plan, aber Xavier hat mir mal wieder einen Strich durch die Schwanz-Rechnung gemacht.«

»Mal wieder?«, fragte Tory aufgeregt, aber in dem Moment zog Caleb einen Stuhl heran und ließ sich neben mich fallen.

»Wovon redet ihr?«, fragte er und ich ließ die Stillekuppel fallen, während mein Herz bis zum Hals schlug.

»Lance hat einen mysteriösen Hodenausschlag«, war das Erste, was mir in den Sinn kam, und Orion warf mir einen vernichtenden Blick zu, wobei er seine Lippen schürzte, um mir zu widersprechen, und seine Faust hob, als wollte er mich schlagen.

Darcy hielt sein Handgelenk fest und warf ihm einen subtilen, flehenden Blick zu, während sie seine Hand wieder nach unten drückte, und er – ganz das folgsame Arschloch – gab nach.

Tory lachte schnaubend, als Caleb die Augenbrauen hochzog. »Oh ... Scheiße, sorry, Bro«, sagte er unbeholfen. Und wenn Blicke töten könnten, hätte Orions Blick mein Hirn schon längst verbrannt.

»Wir haben gerade über seine besten Möglichkeiten gesprochen, aber wenn er nicht bald behandelt wird, fallen ihm die Eier ab«, sagte ich traurig und tätschelte Orions Arm, woraufhin Darcy leicht den Kopf schüttelte, um ihn zu warnen, mich nicht umzubringen.

»Hast du sie gesehen?«, flüsterte Caleb mir alarmiert zu und ich nickte ernst.

»Ja, es ist nicht gut. Sie sehen aus wie zwei lilafarbene Birnen, die einfach nur so da hängen, bereit, von seinem kaputten Schwanzbaum zu fallen«, sagte ich traurig.

Orion stürzte sich auf mich, und ich sprang schnell von meinem Stuhl und zog Caleb mit mir fort, während Darcy Orion abfing und ihre Zunge zwischen seinen Lippen schob. Er wehrte sich noch ein paar Sekunden lang, bevor sie sich schamlos an ihm rieb und er nachgab. Morgen würde er mir wahrscheinlich dankbar sein, denn es sah so aus, als würde er heute Nacht verdammt viel Sex haben. Ja, morgen würde er definitiv dankbar dafür sein. Außerdem, was war schon ein kleines Verfaulte-Eier-Gerücht zwischen Freunden?

Ich ließ mich neben Xavier auf die andere Seite des Tisches fallen, um eine gesunde Distanz zwischen meinem potenziellen Mörder und mir zu schaffen, woraufhin sich Cal neben mich setzte.

»Gegen einen Nullachtfünfzehn-Schwanz ist nichts einzuwenden«, sagte Tyler, während er einen Arm um Sofias Stuhllehne legte und über sie hinweg zu Xavier sah. »Ich meine, manche Leute würden sagen, dass es ein perfekter Schwanz ist, der einen wahren Dom ausmacht, aber du bist nur ein Sub. Es spielt also keine Rolle.«

Xavier stampfte mit dem Fuß auf und starrte ihn herausfordernd an. Ich griff mit meiner Hand in eine Schüssel mit Chips auf dem Tisch und führte das Knabberzeug langsam zu meinem Mund, während ich das Gespräch beobachtete.

»Ich könnte ein Dom sein«, sagte Xavier fest. »Und das werde ich auch.«

Sofia blickte durch ihre Wimpern zu ihm auf und dann wieder zu Tyler, während sie sich auf die Lippe biss, als könnte sie sich nicht entscheiden, wer von beiden sie mehr faszinierte. »Du musst nichts tun, womit du dich nicht wohlfühlst, Xavier«, sagte sie.

»Ja, Xavier«, sagte Tyler mit einem strahlenden Lächeln. »Aber wenn es dich stört, warum machen wir nicht eine Umfrage, um herauszufinden, was bei unserer Art beliebter ist?« Er nahm seinen Atlas aus der Tasche und drehte ihn in seiner Hand. »Am besten wäre es, wenn wir ein paar Fotos zum Vergleich hätten.«

»Bei den Sternen! Mit Schwanzfotos?«, raunte Sofia.

»Ja. Aber nur, wenn Xavier nicht zu feige ist«, sagte Tyler und schaute zu ihm.

»Bin ich nicht«, sagte Xavier sofort und blähte seine Brust auf, und ich schob mir noch ein paar Chips in den Mund. Das war herrlich.

Tyler stand auf, und ich warf Cal einen amüsierten Blick zu, als Tyler seinen Hosenbund nach vorn zog und ein Foto von seinem Schwanz machte, bevor er den Atlas an Xavier weitergab. Xavier stand sofort auf, zog den Bund seiner eigenen Hose nach vorn, machte ein Foto und gab dann den Atlas zurück.

Ich warf einen verstohlenen Blick auf Darius, der sicher ausflippen würde, wenn er wüsste, dass sein Bruder sein Gehänge in den sozialen Medien posten wollte, aber er war von Tory abgelenkt, die ihm Pralinen aus einer Schachtel in den Mund schob. Eine Schachtel, von der ich annahm, dass sie wollte, dass ich sie ihr entwendete. Das Snackspiel hatte begonnen.

»Ähm, Xavier«, sagte Caleb. »Das ist keine gute Idee.«

Xavier ignorierte ihn, während Tyler hektisch anfing, den FaeBook-Beitrag zu tippen. Caleb, der offensichtlich nicht wusste, was er tun sollte, schaut ebenfalls in Darius' Richtung.

»Gepostet«, verkündete Tyler, steckte seinen Atlas zurück in die Tasche und grinste Xavier an. »Mein Schwanz gegen deinen, Kumpel. Möge der beste gewinnen.«

Ich holte meinen Atlas aus der Tasche – verdammt neugierig auf diesen Beitrag – und öffnete FaeBook, während Cal sich näher an mich heranlehnte, um über meine Schulter mitzulesen. Sein männlicher Duft stieg mir in die Nase und brachte mich dazu, ihm noch näher kommen zu wollen.

Tyler Corbin:

Ohhh, hat jemand einen Pimmelkrieg ausgerufen? Denn wir sind im Begriff, eure Newsfeeds mit einem #Ständer-off zu beleidigen. Es ist kein Geheimnis, dass sich Xavier Acrux um den Posten als Dom MEINER Herde bemüht hat. Also, möge der beste Schwanz gewinnen!

Mach die Augen zu und stell dir vor, du läufst über eine wilde und ungezähmte Wiese. Deine Nippel streifen die Grashalme und die Mondfinsternis über dir drängt dich in Richtung des #perfektenpimmels. Was begegnet dir, wenn deine Wünsche erfüllt werden? Ist es ein #dekorierterdong, der im Mondlicht glitzert, ein schwanztakuläres Meisterwerk, das groß und stolz dasteht, geschmückt mit #penisperlen und #hosenschlangenschätzen?

Oder ist es ein #langweiligerlümmel ohne ein einziges glänzendes Detail an seinem schlichten Ding-a-ling?

Kommentiere unten, um in der ultimativen #schlachtderschwänze für den Schimmer eines #glanzlosenglieds oder die Pracht eines #zündendenzauberstabs zu stimmen.

Kommentare
Oceanis Deason:

Meine Sterne! Ich bin ja immer für ein paillettiertes Prachtexemplar zu haben, aber die Größe dieses ungeschmückten Leviathans sorgt gerade für ganz schöne Wellen in meinen Gewässern #whychoose #glitzerding #hartundlangdarfimmerran

Benny Buttons:

Ist das ein Schwanzosaurus Rex, den ich da sehe? Vielleicht möchte er meine Schatzkiste plündern, um nach dem fehlenden Gold zu suchen? #dukannstmeinejuwelenstehlen #wasschenkstdudemhengst

Stephen Mulgrew:
Ich liebe simple Dinge, und dieses Mammut ist etwas ganz Besonderes!
#ichmagdenwimpelsimpel #dieadernmüssenzusehensein

Harvey Gleamstone:
Ich brauche etwas Gebimmel auf meinem Pimmel #glitzerspritzer #pejazzle

Telisha Mortensen:
Hauptsache haarig, würde ich sagen #jemehrdestobesser
#keinekapitäneohnemähne

Lucy Burfoot:
Bei den Sternen! Ich habe eine #glamourpussy, die zu deinem
#schimmerndenschwert passen könnte, wenn du etwas Inspiration für
ein Pejazzle brauchst, Xavier! #einbisschentamtamfürdeinenzipfel
#dekoriererenstattkastrieren

Ich lachte laut auf, während Caleb an meinem Ohr schmunzelte, und ich drehte den Kopf, weil er mir so nahe war, dass es wehtat. Ich schluckte den Kloß hinunter, der in meinem Hals aufstieg, als er meinen Blick für eine Sekunde erwiderte. Und mir wurde aufs Neue bewusst, wie verzweifelt verknallt ich war, als seine dunkelblauen Augen mich verschluckten.

»Wenn du einen dieser Jungs für einen Kehlenfick auswählen müsstest, welchen würdest du wählen?«, fragte ich ihn ganz subtil.

Cal runzelte die Stirn, als er sich die Bilder noch einmal ansah, bevor er den Kopf schüttelte. »Ich soll zwischen dem kleinen Bruder meines besten Freundes oder dem Risiko wählen, an einem losen Schwanzsteinchen zu ersticken? Nein, danke«, antwortete er lachend und ich schnaubte, weil er sich nicht direkt gegen den Schwanz ausgesprochen hatte, sondern nur gegen diese speziellen Schwänze. Aber was wäre, wenn noch ein anderer Schwanz zur Auswahl stünde? Was dann?

Ich überlegte, ob ich ihm ein Foto von meinem Schwanz schicken sollte, aber selbst mein betrunkenes Gehirn erkannte, dass das ein bisschen zu viel wäre. Es sei denn, ich forderte jeden Kerl im Raum zu einem Wer-hat-den-besten-Schwanz-Wettbewerb heraus und ließ Cal darüber urteilen. Aber was, wenn ich nicht gewinnen würde? Nein, das konnte ich mir nicht antun. Schließlich würde ich gegen Darius' talentierten Megaschwanz und Orions Jumbo-Geheimwurst antreten müssen, von der ich gehört hatte, dass sie so begabt war, dass sie Wünsche erfüllten konnte. Und dann war da noch Max' Sirenen-Slammer, der wahrscheinlich jeden in diesem Raum anturnen konnte, sobald man ihm in die Augen sah. Verdammt, es musste einen besseren Weg geben.

Caleb lehnte sich zurück und unterhielt sich mit Max, während ich ihm immer wieder verstohlene Blicke zuwarf. Und als seine Hand an seine Seite fiel und mein Bein berührte, könnte ich schwören, dass tausend Stromstöße jeden Nerv in meinem Körper zum Leben erweckten. Er bewegte sie nicht und seine Finger berührten mich kaum, und doch war es, als würde er sie über jeden Quadratzentimeter meiner Haut gleiten lassen. Und mir wurde klar, wie hoffnungslos am Arsch ich war. Ich war zu tief gefallen, zu schnell, und jetzt gab es kein Zurück mehr. Ich befand mich auf Kollisionskurs mit Caleb Altair und fürchtete mich davor, was passieren würde, wenn ich auch nur ein Wort davon nach außen dringen ließe. Denn ich war mir sicher, dass das unseren absoluten Ruin bedeuten würde.

274

hoffnungslos am Arsch ich war. Ich war zu tief gefallen, zu schnell, und jetzt gab es kein Zurück mehr. Ich befand mich auf Kollisionskurs mit Caleb Altair und fürchtete mich davor, was passieren würde, wenn ich auch nur ein Wort davon nach außen dringen ließe. Denn ich war mir sicher, dass das unseren absoluten Ruin bedeuten würde.

Scorpio
Gemini
Virgo
Aries
Cancer
Leo
Taurus
Sagittarius
Capricorn
Aquarius
Libra
Pisces

LIONEL

KAPITEL 18

Ich schritt den langen Korridor im FIB-Verhörzentrum hinunter. Einige Agenten verfolgten mich, und ein Hauch von vorsichtigem Respekt lag in der Luft – ich musste zugeben, dass mir das gefiel.

Zu lange hatten mich diese Rebellen ausgebremst. Zu lange hatte ich mit ihnen Katz und Maus gespielt, und das in einem Spiel, in dem es den Mäusen nur allzu leichtzufallen schien, sich zu verstecken. Zu lange hatte ich den unerträglichen Geschmack des Scheiterns auf meiner Zunge gehabt. Aber das war jetzt endlich vorbei.

Agent Hoskins hielt den Kopf respektvoll gesenkt, während er mich zu dem Raum führte, in dem die Gefangene festgehalten wurde, und die Tür für mich weit aufzog. Ich trat wortlos ein, Vard dicht auf den Fersen, der mit seinem schwarzen Mantel den Boden hinter sich fegte.

»Ist sie das?«, fragte Vard und betrachtete die blutverschmierte, gebrochene Frau, die mit an ihrem Rücken gefesselten Händen dasaß – wahrscheinlich das Einzige, was sie aufrecht auf dem Stuhl hielt.

»Ich will, dass ihr vor ihrer Hinrichtung jedes schmutzige Rebellengeheimnis aus dem Kopf getrieben wird.«

»Ja, mein König«, säuselte Vard und leckte seine hellen Lippen, während in seinem roten Schattenauge ein dunkler Sturm wirbelte. Er zog seine Kapuze vom Kopf und enthüllte seine schütteren Haare.

Die Frau wimmerte, und ich war hin- und hergerissen zwischen einem Schnauben und einem Lächeln, als sie ihren erschrockenen Blick hob, um dem meinen zu begegnen.

Ich hockte mich auf die Kante des Verhörtisches vor ihr, während Vard den leeren Stuhl nahm, auf dem normalerweise der ermittelnde Agent saß, und sich vor sie setzte, abwartend und bereit, auf meinen Befehl hin zuzuschlagen.

Ich holte meinen Atlas aus der Tasche und öffnete den letzten Artikel, den diese Frau über mich veröffentlicht hatte. Meine Haut kribbelte. Endlich hatte ich diesen Dorn in meinem Auge vor mir sitzen. Und ich wusste, dass ich ihn noch vor Ende des Tages endgültig vernichten würde.

»Der Aufstieg des falschen Königs«, las ich, während meine Wut unter der Oberfläche meiner Haut brodelte und meine Feuermagie meinen Körper umspielte. »Von Felicity Corbin.«

Felicity hob ihr Kinn, als sie ihren eigenen Namen hörte. Ihre geschwollenen Gesichtszüge verrieten Verachtung und Respektlosigkeit, selbst nach stundenlanger, harter Befragung durch das FIB. In ihren Augen flackerte nach wie vor dieser trotzige Funken, als glaubte sie wirklich daran, eine wahre Fae zu sein. Als würde mir ihr Trotz angesichts meiner Macht überhaupt etwas bedeuten.

Ich übersprang den Großteil des Geschwafels, das sie in ihrem Schundblatt veröffentlicht hatte, und kam zu dem Teil, der dafür sorgen würde, dass sie brannte.

»Der selbst ernannte ›mächtigste Mann von Solaria‹ hat wenig getan, um die Krone für sich zu beanspruchen. Stattdessen haben Schatten und dunkle Magie seine Macht begründet. Ohne die Hilfe dieser dunklen und verdorbenen Elemente wäre er nicht mächtiger als der Rest des Celestia-Rates – und würde es auch nie sein. Noch schlimmer ist, dass die Macht, die er ausübt, schon lange verboten war, bevor er seinen unwürdigen Hintern auf den Thron gesetzt hat. Das allein sollte seinen Anspruch zunichtemachen und ihn zum Verrotten nach Darkmore schicken.« Ich schaute über diesen pervers provokativen Bullshit, den sie immer wieder über mich veröffentlicht hatte, zu ihr auf und fragte mich, wie lange sie noch brauchen würde, um zu brechen.

Das Verhör hatte nichts von Interesse ergeben. Laut FIB wusste sie nicht, wo sich die Rebellen versteckten, aber ich war mir sicher, dass sie enge Verbindungen zu ihnen hatte. Ihr royalistisches Gefasel und ihr ständiges Gejammer über die Behandlung ihrer Art und die der anderen verräterischen Formgebungen hatten mehr als deutlich gemacht, wo ihre Loyalität lag. Und bald würde sie die Folgen dieser Hingabe zu spüren bekommen. Aber ich musste zugeben, dass ich ein wenig überrascht angesichts des fortwährenden Trotzes in ihren Augen war, als sie mich jetzt verächtlich ansah.

»Die wahren Königinnen werden sich erheben«, zischte sie und Blut tropfte aus ihrer aufgeplatzten Lippe über ihr Kinn. »Wenn sie ihre Macht vollständig erlangt haben, werden sie dich holen kommen. Sie werden die Krone ihres Vaters von deinem Kopf reißen, dich vom Thron stoßen und ganz Solaria zeigen, was für ein kleiner Mann du wirklich bist.«

Ich versetzte ihr eine so harte Ohrfeige, dass sie fast vom Stuhl fiel. Das Knacken gebrochener Knochen erfüllte die Luft. Sie hing schlaff vom Stuhl, nur ihre gefesselten Hände hielten sie auf dem Stuhl, der selbst mit dem Boden verschraubt war.

»Tu es, Vard!«, knurrte ich und richtete mich auf, damit ich sie in meiner vollen Größe überragte. Ich wollte, dass sie sah, wie groß dieser kleine Mann war. »Und sorge dafür, dass es weh tut!«

Vards Lächeln wurde noch breiter, als er sich nach vorn lehnte, Felicitys gelbbraune Haare packte und sie aufrecht zwang, damit sie seinem Blick standhalten konnte, während er sich verwandelte. Ich beobachtete, wie sein tiefrotes Schattenauge mit seinem normalen Auge verschmolz und der dunkle Wirbelsturm darin Felicity erzittern ließ, als er ihren Blick zwang, sich mit seinem zu verbinden.

Mit einem verzerrten Lächeln auf seinem vernarbten Gesicht zog er sie in die verdorbenen Tiefen seines Geistes. Ihre Schreie drangen durch den Raum, als er sich daran machte, jedes einzelne Geheimnis aus den Tiefen ihres Gehirns zu holen. Aber als er alles, was er konnte, aus ihrem wertlosen Kopf herausgekratzt hatte und ihr Verstand irreparabel vernarbt war, wusste ich, dass sie mir nichts würde bieten können. Damit war sie eine Verschwendung von absolut tauglichem Sauerstoff.

Als ich mit dem Warten fertig war, schob ich Vard beiseite und entzündete ein Feuer zu ihren Füßen, das um die Stuhlbeine züngelte und ihre eigenen Beine versengte. Ihr Kopf fiel nach hinten, als sie einen Schmerzensschrei ausstieß, und ich lächelte und erhob mich mit einem Luftstoß über sie, um sicherzustellen, dass sie nur mich sehen konnte.

»Sehe ich immer noch wie ein kleiner Mann aus?«, fragte ich und beugte mich ganz nah zu ihr, um ihre Angst zu schmecken. Ich lockte die Flammen, zu wachsen, um sie zu verbrennen, zu verkohlen, zu verzehren.

Sie zitterte heftig, während sie einen weiteren Schrei zurückhielt, aber durch die Angst und den Schmerz in ihren Augen erhob sich eine weitere Welle der Rebellion. »Du bist nichts weiter als ein Parasit, der im Haus der wahren Königinnen lebt. Mögen sie dich töten und lange, lange herrschen!«

Ich fauchte, hob meine Hand und ließ mein Feuer auf diese Höhe wachsen. Und diese elende Frau stieß ihre letzten Schreie aus, als es sie verschlang.

Ich behielt sie im Auge, sah zu, wie die Haut von ihren Knochen schmolz, und hörte, wie die schmerzhaften Schluchzer in ihrer Kehle erstarben. Mein Blick blieb schließlich an einem Medaillon hängen, das um ihren Hals hing.

Als sie nur noch Asche und Knochen war, löschte ich die Flammen und griff nach der goldenen Kette. Ich riss so fest daran, dass ihr verkohlter Kopf von ihrem Körper abgetrennt wurde, drehte das Medaillon in meiner Handfläche um und nahm meinen neuen Schatz in Empfang. Er war von hoher Qualität, aber eine Anordnung von Diamanten auf der Vorderseite in Form eines Pegasus verunstaltete es. Ich fuhr mit dem Daumen darüber und ließ die Oberfläche des Goldes schmelzen, um die Edelsteine zu lösen und sie in meine Jackentasche fallen zu lassen.

Dann öffnete ich das Medaillon und entdeckte das Foto eines Jungen, von dem ich annahm, dass er Felicitys Sohn war; er war ungefähr so alt wie mein Erbe und seine Haare glitzerten golden.

Ich grinste und drückte meinen Daumen auf das Foto, um es zu Asche zu verbrennen, bevor ich die Halskette in meine Tasche fallen ließ und mich an Vard wandte: »War sonst noch etwas in ihrem Besitz?«

»Nur ein Beutel mit Sternenstaub, Mylord«, sagte er. »Es scheint, dass sie dem FIB schon seit einiger Zeit ausweicht, indem sie mit ihrer Herde von Ort zu Ort zieht.«

»Wie können sie es wagen, ihren König mit einer von den Drachen hergestellten Kreation herauszufordern?«, zischte ich und schritt an ihm vorbei zur Tür, während er mir hinterherhuschte. »Informiere die Presse, dass heute Nachmittag ein neues Gesetz verkündet wird. Ich verbiete allen Formgebungen, Sternenstaub mit sich zu führen – außer den Drachen oder denen, die eine Erlaubnis des Königs haben. Jeder, der im Besitz von Sternenstaub erwischt wird, soll wegen Hochverrats angeklagt werden.«

»Ja, Majestät«, sagte Vard. »Eine wunderbare Entscheidung, mein König.«
Ich verließ das FIB-Hauptquartier und schnürte meinen Mantel, während

der Wind um mich herum peitschte und eine Schar von Fotografen auf mich zustürmte, um mich abzufangen. Ein Ring von FIB-Agenten hielt sie zurück, aber ich hielt einen Moment auf der Treppe inne und ließ sie ihre Fotos machen, während meine Brust anschwoll und ein zufriedenes Lächeln mein Gesicht erfüllte.

»Eine weitere Verräterin ist beseitigt«, rief ich mit Stolz in der Stimme, während unzählige Fotos gemacht und Fragen gestellt wurden, die ich nicht beantworten wollte. Ich würde heute Abend eine Erklärung abgeben und …

Ein lautes Platschen veranlasste mich, nach unten zu schauen. Etwas Nasses lag auf dem Boden zu meinen Füßen, und ich verzog das Gesicht angesichts des Scheißhaufens, der über meinen Schuhen explodiert war.

»Mylord«, keuchte Vard und griff nach meinem Arm, aber ich schob ihn mit einem Knurren von mir weg, als ein riesiger, übel riechender Scheißhaufen auf seine Schulter klatschte und Teile davon auf meine Brust spritzten.

»Argh!«, knurrte ich und riss den Kopf hoch, um herauszufinden, woher der Scheiß gekommen war. Dort sah ich ein lilahaariges Mädchen, das mir irgendwie bekannt vorkam. Es saß auf dem Rücken eines Greifs, der den Schwanz hochhielt, um eine weitere Ladung seiner Fäkalien in meine Richtung zu befördern. Ich versuchte, mit Luftmagie zu verhindern, dass er mich traf, aber ich befand mich immer noch innerhalb der magiefreien Zone, die das FIB-Hauptquartier umgab, und so konnte ich nicht aufhalten, dass ein weiterer Scheißhaufen auf mein Gesicht niederging und ich vor Ekel und Empörung nach hinten taumelte.

Ich wischte mir das Zeug aus den Augen, die Substanz begann bereits zu brennen und zu jucken, bevor ich meinen Feind mit einem wütenden Brüllen ins Visier nahm.

»Es lebe der König der Scheißhaufen!«, rief sie.

»Ergreift sie!«, brüllte ich, während das FIB sich beeilte, sich in Position zu bringen, aber das Mädchen warf bereits Sternenstaub über sich und den Greif, auf dem sie ritt, und verschwand im Äther. Ein Brüllen entrang sich meiner Kehle.

Ich drehte mich zur Presse um und sah, dass hundert Kameras auf mich gerichtet waren, während ich versuchte, mir die Scheiße aus den Augen zu wischen, denn das Brennen wurde immer stärker.

Ich eilte zu meinem Auto und bellte Vard an, mir zu folgen, als mein Fahrer die Tür öffnete, und sprang auf den Rücksitz, riss mir den Mantel vom Rücken und wischte mir über die Augen.

»Oh, Daddy, wie peinlich«, sagte Lavinia von irgendwo neben mir, und ich drehte mich zu ihr um, während Rauch aus meiner Nase quoll. »Wenn sie versucht hätte, dich zu töten, wärst du mausetot. Und ich eine sehr einsame Königin.« Sie lachte, und ich schloss meine Hand um ihren Hals, um sie zum Schweigen zu bringen.

»Mach dich nicht über mich lustig!«, knurrte ich warnend. »Im Umkreis von hundert Metern um das FIB-Hauptquartier kann niemand Zauber wirken. Sie hätte mich mit nichts Tödlichem treffen können.«

Ich spürte, wie sich meine Schattenhand erhob, sich um meine eigene Kehle schloss und so fest zuzog, dass mir die Luft wegblieb. Panik stieg in mir auf, als ich darum kämpfte, die Kontrolle über die Hand wiederzuerlangen, die sie mir geschenkt hatte, und versuchte, meinen eigenen Willen in sie zu zwingen. Nein.

»Sprich nicht in diesem Ton mit mir!«, zischte sie, und ihr Blick verriet die Macht, die sie hatte.

Überall im Auto breiteten sich Schatten aus, und ich versuchte, sie mit dem Element der Luft von mir wegzupusten, aber ihre Macht war zu groß. Sie fesselte mich mit Schatten, zwang mich auf den Sitz und kletterte auf mich, während sie dämonisch lächelte.

Ich rang nach Luft, während die Wut in mir immer heißer brannte. Wie konnte sie es wagen, ihre Macht gegen mich einzusetzen? Ohne mich war sie nichts. *Nichts!*

»Armer, wütender, kleiner Daddy«, säuselte sie, packte mein Hemd und riss es mit einem scharfen Ruck auf, sodass die Knöpfe durch die Gegend flogen. Sie ließ mich wieder atmen, und ich knurrte und wehrte mich gegen ihren Griff.

»Wie kannst du es wagen?«, knurrte ich. »Lass mich sofort los und verbeuge dich vor deinem König!«

Sie lachte geradezu manisch und kratzte so stark an meiner Brust, dass die Haut aufriss. Dann setzte sie meine Schattenhand erneut gegen mich ein und brachte mich dazu, mich so heftig ins eigene Gesicht zu schlagen, dass ich mir Prellungen zuzog und sogar Blut auf meiner Zunge schmeckte.

»Dummer Junge, du bist doch mein. Mein, mein, mein. Mein Acrux-König«, sagte sie mit einem gefährlichen Funkeln in den Augen. Abermals versuchte ich, mich zu befreien, denn ich fürchtete mich vor der Macht, mit der sie mich erdrückte und ihr auslieferte. Das war inakzeptabel. Ich musste meine Kontrolle über sie stärken und ihr zeigen, wer ihr Herr war.

»Du wirst deinem König gehorchen!«, brüllte ich, als sie auf mir auf und ab hüpfte.

»Ähm, Majestät?«, fragte Vard kleinlaut aus dem vorderen Bereich des Wagens.

»Was?«, knurrte ich.

»Es sieht so aus, als gäbe es heute Nachmittag in der Stadt Nostria einen Protest gegen Euren Anspruch auf den Thron«, sagte er und seine Augen wurden glasig, als er eine Vision zu haben schien. »Wenn wir uns jetzt auf den Weg machen, können wir die Rebellen noch vor Beginn der Demonstration verhaften.« Er sah mich nicht direkt an, sondern tat so, als würde er die Situation, in der ich mich mit Lavinia befand, nicht bemerken, während er seinen Blick auf die Heckscheibe richtete.

Ihr Griff wurde plötzlich schwächer, und ich konnte mich aufsetzen, wobei ich meine Schattenhand ängstlich betrachtete. Sie hatte entschieden zu viel Macht über mich. Ich musste sie wieder unter meine Kontrolle bringen, und als sie in den Fußraum schlüpfte und begann, ihre Lippen zu befeuchten, um sich auf meinen Schwanz vorzubereiten, war ich froh, dass ihre unterwürfige Seite zurückkehrte.

»Bring mich nach Hause!«, befahl ich, während ich versuchte, das brennende Jucken in meinen Augen oder den Geruch von Scheiße, der nach wie vor an mir haftete, zu ignorieren. »Aber ich werde sie nicht gefangen nehmen, Vard. Jeder Rebell, den ich heute in die Finger bekomme, wird sterben.«

Gemini
Scorpio
Virgo
Cancer
Aries
Leo
Sagittarius
Taurus
Capricorn
Aquarius
Libra
Pisces

XAVIER

KAPITEL 19

Ich scrollte durch die Kommentare von unzähligen Mitgliedern der Pegasus-Formgebung, die auf Tylers FaeBook-Post reagiert hatten, und erklärten, dass ein verzierter Schwanz besser sei. Obwohl auch genug Leute die Größe meines Schwanzes kommentiert hatten, weshalb mein Selbstvertrauen nun nicht vollends hinüber war. Es war ja nicht so, dass ich einen schmucklosen Schwanz haben wollte. Vor nicht allzu langer Zeit hatte ich sogar beschlossen, ihn zu verzieren. Aber eine Schlacht und unsere Flucht waren dazwischengekommen und ich hatte nicht mehr die Zeit gehabt, darüber nachzudenken, wie ich meinen Schwanz verschönern könnte.

Seufzend machte ich mich auf den Weg zum Speisesaal und steckte meinen Atlas weg, weil ich es satthatte, mir Tylers hübschen Schwanz online anzusehen. Sofia war gestern Abend mit auf sein Zimmer gegangen, und ich hatte einmal mehr den Eindruck gehabt, bei dieser ganzen Pegasus-Sache zu versagen. Meine Instinkte jedoch wollten nicht aufgeben; sie verlangten, dass ich die Position als Dom der Herde einnahm und Sofia als meine Gefährtin beanspruchte. Und genau das hatte ich auch vor. Mit einem nackten Schwanz war das aber unmöglich, so viel stand fest.

Nein, ich musste meinen Schwanz aufmotzen, ihm einen neuen Look verpassen, um ihn zum König der Schwänze zu krönen. Das würde es Tyler zeigen. Er würde beim Anblick meines schillernden Schwanzes zittern, und dann würden wir sehen, wem die Herde folgen wollte. Dann würden wir …

Ich entdeckte einen Kerl vor mir, den ich im Speisesaal schon beim Tätowieren gesehen hatte, und folgte ihm nun. Seine glänzenden schwarzen Haare waren zu einem Zopf gebunden, und das locker sitzende Tanktop, das er trug, zeigte die unzähligen DisFae-Tattoos auf seinen Armen. Er war groß, seine muskulösen Arme waren braun gebrannt und sahen stark genug aus, um jemandem den Schädel zu zertrümmern. Er hatte allgemein eine Furcht einflößende Ausstrahlung, die mich zögern ließ, mich ihm zu nähern. Aber so einfach würde ich mich nicht abschrecken lassen. Vielleicht war er ja schließlich die einzige Hoffnung für meinen Schwanz.

Ich beschleunigte mein Tempo und räusperte mich, um seine Aufmerksamkeit zu erregen, aber er drehte sich nicht um.

»Ähm, entschuldige bitte«, meinte ich, und er sah sich stirnrunzelnd um, bevor er weiterging, als hätte er nicht bemerkt, dass ich höflich lächelte und auf seine Antwort wartete.

Ich trabte hinter ihm her, bewegte mich an seine Seite und versuchte, mit seinem rasanten Tempo mitzuhalten.

»Du machst doch Tattoos, oder?«, fragte ich ihn, und er musterte mich mit zusammengekniffenen Augen.

»Vielleicht«, murmelte er. »Willst du eins?«

»Nein … Aber ich hätte gern ein paar Piercings. Machst du die auch?«, fragte ich hoffnungsvoll, und er ließ seinen Blick abschätzend über mich schweifen.

»Bist du nicht der Acrux-Junge?«

»Ja«, sagte ich und hob mein Kinn. »Und?«

Er musterte mich noch etwas eindringlicher und zuckte dann mit den Schultern. »Was willst du? Ohrringe?« Er lachte bei dem Gedanken, und mir wurde ganz heiß, als ich mich anschickte, ihm zu erklären, was ich wirklich wollte.

»Nein. Ich will meinen … du weißt schon.« Ich neigte den Kopf in Richtung meines Schwanzes, woraufhin mich der Typ perplex ansah.

»Was?«, fragte er verwirrt.

»Du weißt schon … Ich will meinen …«, ich senkte meine Stimme zu einem Flüstern, »Schwanz piercen lassen.«

Er grölte vor Lachen, und die Hitze in meinem Nacken wanderte zu meinen Wangen, während ich weiterhin versuchte, meinen Mann zu stehen.

»Also? Kannst du das oder nicht?«, zischte ich.

Er fuhr mit dem Daumen nachdenklich über die Knöchel seiner rechten Hand und schüttelte dann den Kopf. »Ich kann es, aber ich werde es nicht tun.«

»Warum nicht?« Ich stampfte mit dem Fuß auf und er wölbte die Augenbrauen.

»Weil ich nicht will.« Er wollte seinen Schritt beschleunigen, aber ich hielt ihn am Arm fest und zerrte daran, damit er mich wieder ansah. Was er auch tat. Und der Todesblick, den ich erntete, reichte aus, um ihn loszulassen.

»Komm schon, ich werde dich bezahlen. Und im Gegenzug tue ich auch etwas für dich. Was willst du?«, fragte ich, woraufhin er nachzudenken schien.

»Egal, was?«, hakte er nach, und ich nickte.

»Alles«, stimmte ich zu, und er legte den Kopf schief.

»Kennst du Gabriel Nox?«, fragte er.

»Ja, was ist mit ihm?«

»Na ja, er ist ein alter Freund von mir und er nutzt seine Gabe gern, um mich zu verarschen. Neulich hat er mir gesagt, dass er *gesehen* hat, wie ich am letzten Pfannkuchen ersticke – sollte ich ihn denn essen. Aber dann hat *er* ihn gegessen; mir ist also klar, was er damit bezwecken wollte. Er hat mich zum Narren gehalten, verdammt noch mal.«

»Okay … und was soll ich dagegen tun?«

»Ich will mich an ihm rächen«, sagte er grinsend. »Aber ich kann es nicht selbst tun, denn darauf wäre er vorbereitet. Solltest du allerdings derjenige sein …«

»Was genau soll ich denn machen?« Ich runzelte die Stirn.

»Ich darf nichts von dem wissen, was du tust, sonst sieht er es kommen. Aber ich will, dass du ihn so fett verarschst, dass er sich nie wieder mit mir anlegen wird.«

»Du weißt schon, dass er dieses Gespräch *sehen* könnte, oder?«, sagte ich, denn ich wusste, dass meine Chancen, Gabriel Nox einen Streich zu spielen, genauso groß waren wie die, mich in einen Drachen zu verwandeln, wie es mein guter alter Daddy immer gewollt hatte.

»Nee, der ist gerade beschäftigt«, sagte er mit einem wissenden Grinsen. »Also, haben wir einen Deal?« Er streckte mir seine tätowierte Hand entgegen.

»Schwanzpiercing zuerst?«, bestätigte ich, und er nickte, also schob ich meine Handfläche in seine und ein magisches Klatschen ertönte, als wir den Deal besiegelten. Ich hatte keine Ahnung, wie ich meinen Teil der Abmachung erfüllen sollte, aber ich würde es versuchen.

»In Ordnung, ich besorge, was ich brauche. Du weißt, wo der Oscura-Clan untergebracht ist?«

Ich nickte zustimmend, denn ja, jeder wusste, wo sich das Rudel der skrupellosen Werwölfe niedergelassen hatte – man konnte sie zu jeder Tages- und Nachtzeit heulen, feiern oder ficken hören. Zumindest, wenn die Stillekuppeln nicht aktiviert worden waren. Rosalie und Dante Oscura kamen jeden Morgen mit ihrem riesigen Rudel im Schlepptau im Speisesaal an, was viel Aufmerksamkeit auf sich zog. Ich war sogar ein paar Mal mit den Erben und den Zwillingen dort unten gewesen, um mit ihnen zu feiern, und es hatte wirklich viel Spaß gemacht.

»Kurz vor ihren Quartieren befinden sich eine Reihe von Räumen für meine Familie und mich. Ich benutze den ersten auf der linken Seite für meine Arbeit. Triff mich dort in zehn Minuten!«

Ich nickte und galoppierte aufgeregt wiehernd in die entsprechende Richtung. Ich schnappte mir einen Apfel und ein paar Karotten, als ich am Buffet vorbeikam, und war dankbar, dass niemand, den ich kannte, in der Nähe war, als ich durch die gewundenen Tunnel ging, die zum Revier des Oscura-Clans führten.

In dem Raum, in den mich der Tätowierer geschickt hatte, befand sich ein kleiner Loungebereich mit ein paar Sofas und Stühlen, die aussahen, als wären sie aus geflochtenem Moos gefertigt.

Ich kaute aufgeregt auf meinem Apfel herum, bevor ich mich an meine Karotten machte und meine Füße auf den hölzernen Couchtisch legte, während ich auf die Ankunft meines neuen Freundes wartete. Als er mit einer Schachtel in den Armen auftauchte, setzte ich mich aufrecht hin und schluckte ein Stückchen Karotte hinunter.

»Wie war noch gleich dein Name?«, fragte ich fröhlich.

»Carson«, antwortete er, stellte die Schachtel auf den Tisch und klappte den Deckel auf.

Ich schnappte nach Luft, beugte mich vor und betrachtete die furchterregend aussehende Nadel, die sich zusammen mit einer Tätowiermaschine im Inneren befand.

»Also gut, bringen wir es hinter uns. Hose runter und leg dich auf die Couch!«, wies Carson mich an, und ich zitterte nervös, bevor ich Hose sowie Boxershorts fallen ließ und mich auf die moosigen Kissen legte. Mein *Horn-and-Raised*-T-Shirt und meine Regenbogensocken ließ ich an.

»Was ist mit den Piercings?«, fragte ich. »Muss ich mir nicht etwas aussuchen?«

»Such dir aus, was du willst«, sagte er. »Ich bin ein Erdelementar. Ich kann Metall und Edelsteine nach deinen Wünschen gestalten. Ich brauche nur eine Vorstellung davon, was du hier willst. Ein Prinz Faebert?«

Ich schüttelte den Kopf, da ich genau wusste, was ich wollte. »Eine Faekobsleiter«, sagte ich ohne einen Hauch von Zweifel in meiner Stimme. »Im Regenbogenstil.«

Er starrte mich mit seinen dunkelgrünen Augen an, die vor Belustigung glänzten. »Bist du dir sicher? Der ganze verdammte Schwanz?«

»Ja«, sagte ich nickend. »Das ganze Ding. Von oben bis unten, vorn und hinten, so glitzernd und glänzend, wie du es hinbekommst.«

Er strich mit der Hand über die Bartstoppeln an seinem Kinn und holte dann die große Nadel aus der Schachtel. »Das wird verdammt wehtun.«

»Kannst du nicht währenddessen heilen?«, protestierte ich wimmernd.

»Nee, nicht mein Stil. Ich heile danach.« Er grinste grausam, schob meine Beine beiseite, setzte sich neben mich auf die Couch und packte meinen Schwanz grob an, sodass ich erschrocken aufwieherte. »Bereit? Auf drei.«

Ich nickte nervös, als er die Nadel an meinem Schaft ausrichtete, und unterdrückte ein weiteres Wiehern, als er sich daran machte, meinen verdammten Schwanz damit aufzuspießen.

»Drei.« Er drückte die Nadel durch meine Haut und ich wieherte so laut, dass das Dach bebte.

»Ahhhhhh!«

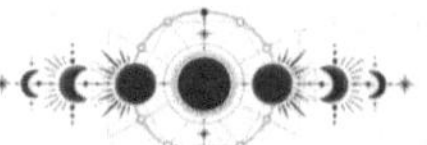

»Du kannst jetzt unter dem Kissen hervorkommen«, sagte Carson und ich spürte, wie seine heilende Magie endlich meinen Schwanz entlanglief. Warum? Warum, verdammt noch mal, hatte er das getan, ohne meinen verdammten Schwanz vorher zu betäuben? Ich hatte ihn angefleht, es zu tun, ihm Gold und Reichtümer versprochen, die seine kühnsten Träume übertrafen, aber er hatte weiterhin darauf bestanden, dass Schmerzen zu seinem Prozess gehörten, und mich die ganze Zeit über in Qualen gelassen.

Ich atmete erleichtert auf, als der Schmerz endlich nachließ, und schob das Kissen von meinem Kopf. Mir kam es vor, als wäre ich bei einer Horrorshow zugegen gewesen, bei der mein Schwanz in Stücke geschnitten und wie Sushi auf meinem Schoß serviert worden war. Warum hatte ich einem willkürlichen Fremden vertraut, mit einer verdammten Nadel darauf einzustechen? Hatte ich den Verstand verloren? Er hätte ihn verstümmeln, irreparabel ruinieren können.

Ich starrte auf die felsige Decke der Höhle, voller Angst, hinzusehen und zu entdecken, welches Schicksal meinem wertvollen Schwanz widerfahren war. Denn ich war mir fast sicher, dass ich einen schrecklichen, schrecklichen Fehler gemacht hatte. Aber als ich versucht hatte, zu fliehen, nachdem meine Männlichkeit schon halb verloren gewesen war, hatte mich Carson festgehalten und gesagt, ich könne es mir immer noch anders überlegen, wenn er fertig sei. Aber konnte ich das? Würde Heilmagie meinen Schwanz jemals wiederherstellen, sollte er ihn kaputt gemacht haben?

»Ich habe mir ein bisschen kreative Freiheit genommen«, sagte Carson.

»Komm schon, sieh es dir an, Arschloch. Wenn es dir nicht gefällt, nehme ich sie raus.«

Ich atmete tief ein, hoffte, dass eine Reparatur wirklich möglich wäre, sollte ich sie brauchen, und sprach ein stilles Gebet zu den Sternen, während ich mich zwang, nach unten zu schauen.

Der Atem stockte mir in der Brust, als ich die absolute Perfektion sah, die mich anstarrte. Eine Leiter aus miteinander verbundenen Stäben verlief über die gesamte Länge meines Schafts, und die schönsten Edelsteine, die ich je gesehen hatte, malten einen Regenbogen. Auch durch meine Eichel war ein Stab gezogen worden, an dessen Enden sich jeweils ein Diamant befand, und als ich nach meinem Schwanz griff, spürte ich, dass sich das ineinander verschlungene Netz von Stäben auch an der Unterseite meines Schwanzes entlang zog.

»Bei den Sternen«, hauchte ich und fuhr mit dem Daumen über jeden glänzenden Stein, der meinen Schwanz schmückte. Ich wusste ohne den geringsten Zweifel, dass ich offiziell den besten Pejazzle in ganz Solaria hatte. Dies war das Werk eines Schwanzpiercing-Gottes, einer Pimmelschmuck-Gottheit.

»Und?«, grunzte Carson und ich sah zu ihm auf, während mich die Dankbarkeit in Wellen durchströmte.

Ich stürzte mich auf ihn und schlang meine Arme um seine Schultern. Er versteifte sich in meinem Griff, murmelte etwas davon, dass sein Leben von überfreundlichen Leuten überschwemmt sei, und klopfte mir dann unbeholfen auf die Schulter.

»Gefällt es dir?«

»Es ist unglaublich.« Ich löste mich von ihm, sprang auf und eilte zu einer Lampe, um mich im Licht genauer zu betrachten. Die Faekobsleiter glitzerte, als würden tausend Sonnen in ihr leben, und ein Wiehern reiner Freude entfuhr mir. »Wie kann ich mich dafür revanchieren? Ich kann dir Gold besorgen, so viel du willst.«

»Zieh einfach deinen Teil unseres Deals durch, dann sind wir quitt«, sagte er mit einem leichten Grinsen auf den Lippen, und ich nickte. Ich war mir sicher, dass ich einen Weg finden würde, denn ich schuldete diesem Kerl so verdammt viel.

Ich musste Sofia und Tyler sofort meinen Schwanz zeigen. Ich musste Tyler unter die Nase reiben, dass ich den besten Schwanz der Welt hatte.

Ich brach in Gelächter aus, wirkte eine dicke Regenwolke um meinen nackten Arsch und meine Kronjuwelen, bevor ich aus dem Gang sprintete, durch den Speisesaal rannte und auf ihr Zimmer zulief, wobei ich durch etliche Tunnel schoss und bei jeder Kurve auf meinen Regenbogensocken ausrutschte.

Als ich ihr Zimmer erreicht hatte, stieß ich die Tür ohne anzuklopfen auf und ließ die Wolke verschwinden, um meinen ganzen Schwanz zu entblößen, der nun vor Aufregung hart war und jeden funkelnden Stein in seiner ganzen Pracht zeigte. »Ha! Sieh dir jetzt meinen Schwanz an, Tyler!«

Aber Tyler und Sofia waren nicht allein. Tory und Darcy waren da und tätschelten Tylers Schulter, während sich Sofia auf seinem Schoß zusammengerollt hatte. Auch die Erben standen hinter ihnen und sogar Orion war verdammt noch mal da. Es wurde noch schlimmer, denn offensichtlich hatten sich auch Hamish, meine Mutter, Geraldine und ihre verdammten

A. N. U. S.-Freunde Angelica und Justin diesem verdammt intensiv aussehenden Treffen angeschlossen.

»Tylers Mutter ist tot, Xavier«, sagte Sofia entsetzt, während sie zu mir aufblickte, ihre Augen voller Tränen. Tyler sah mich durch einen Schleier der Verzweiflung in seinem Gesicht an.

Und mein Schwanz blieb einfach stehen. Nur langsam schien ihm die Luft auszugehen, während sich diese ganze Shitshow abspielte, in der ich augenscheinlich die Hauptrolle übernommen hatte.

»Beim Licht eines unheiligen Mondes!«, schrie Geraldine und schirmte ihre Augen ab. »Was für ein Zeitpunkt, deinen langen Lümmel zu enthüllen!«

»Xavier«, zischte Darius. »Zieh dir verdammt noch mal was an!«

»Hier, Baby-Boy.« Mom griff nach einer Jogginghose, warf sie mir zu und ich schlüpfte hinein, wobei ich fast auf den Hintern fiel, während mich alle ansahen. Meine Wangen brannten so heiß wie die Sonne.

Nein.

Warum passierte das?

Warum?!

Die Scham über das, was ich getan hatte, sorgte dafür, dass mein Verstand nur langsam das Ausmaß der Situation begriff. Aber als Tyler sein Gesicht in Sofias Nacken vergrub und alle anderen darüber diskutierten, was man tun könnte, um sich an Lionel zu rächen, wurde mir klar, dass sie nicht einfach gestorben war. Mein Vater hatte sie getötet. Und ich war nur Minuten, nachdem Tyler die Nachricht erreicht hatte, mit steifem Schwanz in sein Zimmer gestürmt.

»Es tut mir leid«, platzte ich heraus und eilte zu Tyler, während mich Scham, Entsetzen und Trauer in heftigen Wellen überkamen. »Es tut mir so leid. Ich hatte keine Ahnung.«

»Lass uns ihnen etwas Raum geben«, sagte Darcy leise, mit Tränen in den Augen, als sie Tyler ansah und nach Torys Hand griff.

Langsam verließen sie alle den Raum, und mein Bruder versuchte, mich ebenfalls nach draußen zu schieben, aber ich stemmte mich mit den Fersen in den Boden und schüttelte den Kopf. Ich musste etwas sagen, etwas tun. Ich konnte nicht einfach weggehen. Nicht nach dem, was ich getan hatte. Ich musste für meine Herde da sein.

Darius ließ mich los und als die Tür ins Schloss fiel, trat ich näher an Tyler heran, während Sofia in beruhigenden Kreisen über seinen Rücken strich.

»Was kann ich tun?«, krächzte ich.

»Nichts«, sagte Tyler mit leiser Stimme, und ein leises Wimmern der Verzweiflung entfuhr mir.

Ich kletterte zu ihnen aufs Bett, um ihnen Trost zu spenden, um meiner Art nahe zu sein, während ich spürte, wie sich ihr Leid mit der Luft in diesem Raum vermischte. Ich schlang meine Arme um sie beide, und Tyler blickte auf, seine geröteten Augen trafen auf meine. Wir waren nach wie vor Rivalen, aber als er leise schnaubte, konnte ich erkennen, dass er genauso glücklich war wie ich, das jetzt beiseitezulegen. Und er lehnte sich an mich, während ich seinen Kopf streichelte, und Sofias süßer Duft verschmolz mit seinem kräftigeren Aroma.

Wir senkten die Köpfe und schwiegen, während das Gewicht von Tylers Trauer uns alle niederdrückte. Und mein Hass auf meinen Vater wuchs zu einer fast greifbaren Sache an, die danach verlangte, gestillt zu werden.

Er hatte meiner Herde einen Schlag versetzt, und ich fühlte mich verpflichtet, mein Horn in sein Herz zu stoßen und ihn dafür bluten zu lassen. Aber im Moment konnte ich nichts weiter tun, als Tyler all den Trost zu spenden, den ich zu geben hatte. Und zu beten, dass Tyler nicht daran zerbrechen würde. Denn er war zwar mein Rivale, aber mir wurde klar, dass er für mich auch mehr als das geworden war. Ich sorgte mich um ihn auf eine Weise, die ich nicht wirklich verstand, und unser Kampf um die Vorherrschaft würde daran nichts ändern. Er war ein Teil der Familie, die ich für mich selbst gefunden hatte, meiner Herde, und ich begrüßte diese Verbindung zu ihm, wie ich meine eigene Formgebung begrüßt hatte. Und das war etwas, das mein Vater uns nie würde nehmen können.

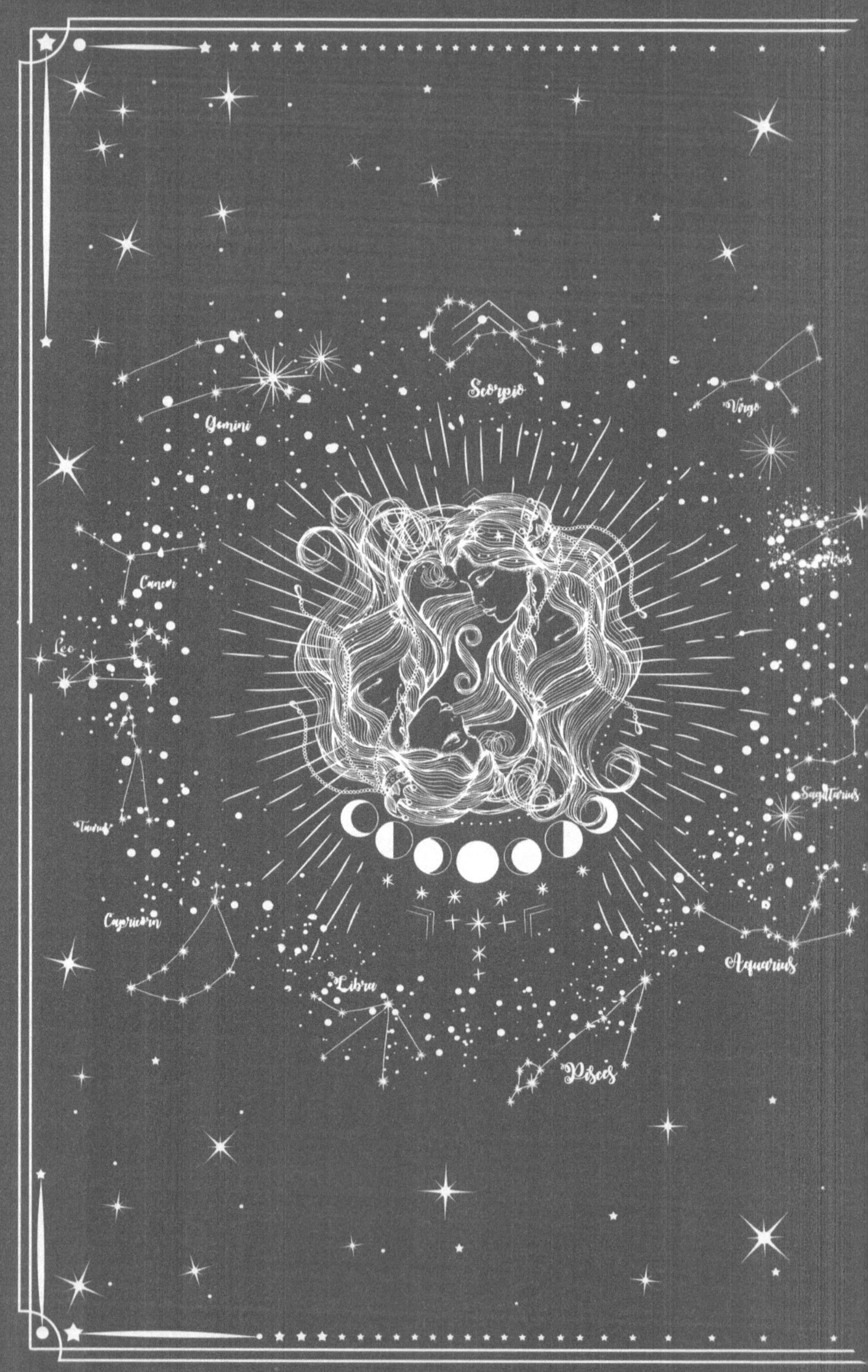
Scorpio
Gemini
Virgo
Pisces
Cancer
Leo
Taurus
Sagittarius
Capricorn
Aquarius
Libra
Pisces

TORY

KAPITEL 20

Ich saß auf Darius' Schoß, meine Stirn an seine gepresst, während sich unsere schweren Atemzüge vermischten. Ich grinste vor mich hin, während ich versuchte, die Energie aufzubringen, uns abzutrocknen. Es war mir tatsächlich gelungen, ihn so sehr abzulenken, dass ich ihn mittels Eismagie an einen Stuhl hatte fixieren können, bevor ich auf seinen Schoß geklettert war und die Kontrolle übernommen hatte. Ich hatte ihn zu einem Höhepunkt geritten, von dem mein verdammter Kopf auch jetzt noch schwirrte, während die Hitze seines Drachens das Eis allmählich geschmolzen hatte. Es hatte sich um eine definitiv heiße Angelegenheit gehandelt – und wir beide waren klatschnass gewesen, als er sich endlich befreit hatte und mit einem Knurren in mir gekommen war, das meinen ganzen Körper vor Lust hatte erzittern lassen.

Seine Magie kribbelte noch immer auf meiner Haut, und ich legte meine Hände auf seine Brust und spürte seinen festen Herzschlag, während seine Hände auf meiner Taille verweilten. Wir blieben einfach so sitzen und genossen das Gefühl, so miteinander verbunden zu sein.

Fast ein Monat war vergangen, seitdem Darius und Xavier die Pegasus-Herde vom Campus gerettet hatten, und inzwischen hatten wir viel Zeit damit verbracht, weitere ihrer Artgenossen aus Nebula-Inquisitionszentren zu bergen und die Hinweise zu nutzen, die wir erhalten hatten, um Lionels Verfolgung ihrer Formgebung zu stoppen.

Gabriel und seine Familie hatten daran gearbeitet, das Ausmaß von Vards Gabe zu testen, indem sie bei Kundgebungen und Pressekonferenzen aufgetaucht waren, um Lionel kleine Schläge zu versetzen, die Vards Fähigkeiten auf die Probe stellen sollten. Sie konnten nicht wirklich hart zuschlagen, da Lionel nie in der Öffentlichkeit auftauchte, ohne von Schutzzaubern umgeben zu sein oder Antimagie-Zonen um sich zu haben, die das FIB errichtet hatte. Aber in den Zeitungen kursierten etliche Fotos des falschen Königs, der mit Greifenscheiße bedeckt war, mit Sahnetorte besprenkelt und sogar mit Klebstoff beschmiert, der mit Pegasus-Glitzer vermischt worden war. Ich war mir nicht ganz sicher, was Gabriel über Vards Fähigkeiten herausfand, aber es war verdammt lustig, zu sehen, wie Lionels Tag ein ums andere Mal ruiniert wurde.

Darius und ich sollten uns eigentlich mit den anderen in Darcys Zimmer treffen, um über weitere Anti-Lionel-Strategien zu sprechen. Aber Darius hatte mir einen Klaps auf den Hintern gegeben und gesagt, es kaum erwarten zu können, später ungezogene Dinge damit anzustellen. Ich hatte dieses dominierende Alpha-Glitzern in seinen Augen gesehen, also war ich gezwungen gewesen, ihn daran zu erinnern, wer in dieser Beziehung das Sagen hatte. Und das war ich.

»Manchmal wünschte ich, der Grausame König wäre nie gestorben«, murmelte er fast zu sich selbst, während er mich festhielt. »Dann denke ich darüber nach, wie anders alles gewesen wäre, wenn er es geschafft hätte, meinen Vater aufzuhalten, bevor das alles passiert ist. Wie viel länger ich mit dir gehabt hätte …«

Ich seufzte, legte meine Finger unter seinen Unterkiefer und neigte sein Kinn so, dass er mich ansah.

»Wir haben alle Zeit der Welt«, sagte ich. »Die Vergangenheit ist vorbei. Wir können sie nicht ändern, also warum darüber nachdenken?«

Er runzelte die Stirn und ließ seine Hände meine Wirbelsäule hinaufgleiten, bis er meine Schulterblätter dort streichelte, wo meine Flügel unter meiner Haut schlummerten. Ich krümmte den Rücken und stöhnte leise vor Erregung.

»Roxy, am Weihnachtstag, als ich dachte …«

Es klopfte an der Tür, und ich drehte meinen Kopf, um in ihre Richtung zu schauen.

Max rief uns zu: »Ich fasse diese Pause der zügellosen Lust so auf, dass ihr aufgehört habt, zu ficken, und nur noch die Kuschelkacke macht. Also lasst uns bitte nicht länger auf euch warten, sondern bewegt eure Ärsche hier rein, damit wir planen können.«

Ich lachte leise, unfähig, mich auch nur im Geringsten schlecht zu fühlen, weil ich sie hatte warten lassen, während der Mann in meinen Armen seinen Griff um mich verstärkte und ich zu ihm zurückblickte. Wir hatten verdammt lange auf diesen Moment des Glücks warten müssen, also würde ich ihn so oft wie möglich auskosten.

»Gebt uns zehn Minuten«, rief ich.

»Nein«, blaffte Max. »Darius ist in fünf Minuten wieder einsatzbereit. Dann kommt die nächste Runde, in der wir zusehen müssen, wie die verdammten Wände wackeln, während Gerry uns Geschichten über die Gärtner erzählt, die ihren verdammten Rasen bewässert haben. Und ich schwöre beim Mond, dass ich Amok laufen werde, wenn sie auch nur einen einzigen anderen Typen als mich erwähnt.«

»Es ist echt seltsam, dass du weißt, wie lange es dauert, bis ich wieder einen hochbekomme, Arschloch«, rief Darius mit amüsierter Stimme zurück.

»Es ist auch super unangenehm für mich, ständig so viel Lust zu spüren, aber ihr zwei hört einfach nie auf.«

Ich lachte, als Max' Schritte sich von der Tür entfernten und Darius seinen Kopf zu mir drehte.

»Er liegt ohnehin falsch«, sagte er und bewegte seine Hüften unter mir, sodass ich keine Illusionen mehr darüber hatte, wie hart er bereits war. Ich biss mir auf die Lippe angesichts der Versuchung in seinen dunklen Augen.

»Du wolltest etwas über Weihnachten sagen«, sagte ich und versuchte, einen klaren Kopf zu bewahren, denn wir waren zu diesem Zeitpunkt wirklich spät dran.

»Vergiss es«, sagte er und schüttelte leicht den Kopf. »Es ging nur darum, wie verdammt gut du ausgesehen hast, als ich dich am Ende des Ganges auf mich warten gesehen habe. Ich weiß, dass es nicht unser Hochzeitstag hätte sein sollen, aber ich habe Jahre in dem Wissen verbracht, eines Tages mit dieser Hexe Mildred verheiratet zu werden. Und ich kann dir gar nicht sagen, wie oft ich von einem Mädchen wie dir fantasiert habe.«

»Einem Mädchen wie mir?«, neckte ich ihn, aber er lächelte auf meinen spielerischen Tonfall hin nicht, sondern drückte sich nur weiter nach oben, bis seine Lippen die meinen berührten und mir der Atem stockte.

»Nein. Nicht *wie* dir. Du. Es ging immer nur um dich. Schon bevor ich dich überhaupt zu Gesicht bekommen habe, ging es um dich, Roxy. Um dich allein.«

Er küsste mich – und ich verliebte mich aufs Neue in ihn. Nicht so, wie ich es bereits getan hatte, sondern auf diese absolut fesselnde Art und Weise, die mir bis in die Tiefen meiner Seele klarmachte, dass es für mich auch immer nur um ihn gegangen war und gehen würde. Er war der Einzige für mich. Wir waren so eng miteinander verbunden, dass wir keine Sterne brauchten, um uns das zu gewähren. Es war unser Schicksal, wir hatten es uns ausgesucht, dafür gekämpft und es mit Blut, Schmerz und Liebeskummer errungen. Und kein vom Himmel geschenktes Band war auch nur damit vergleichbar. Ich wollte keine silbernen Ringe in meinen Augen. Ich wollte nur diesen Mann vor mir und das Wissen, dass wir diejenigen waren, die gekämpft hatten, um einander zu beanspruchen, ohne die Hilfe oder Führung von irgendwelchen himmlischen Wesen zu benötigen. Denn dieses Schicksal gehörte uns. Und niemand außer uns konnte es beanspruchen.

Widerwillig zog ich mich zurück, schmeckte ihn auf meinen Lippen und ließ unsere Magie in einer Mischung aus Feuer und Luft zusammenkommen, die uns abtrocknete und meine Haare so weit in Ordnung brachte, dass ich nicht mehr wie frisch durchgefickt aussah.

Darius stand auf, hob mich hoch, als würde ich nichts wiegen, und schritt durch den Raum, während ich meine Arme um seinen Hals schlang und meinen Blick über die markanten Konturen seines Gesichts schweifen ließ – die dunklen Stoppeln an seinem Kinn, die Sorgenfalte, die ihn nie ganz zu verlassen schien.

Er stellte mich neben dem Kleiderschrank ab, den Caleb für uns gebaut hatte, zog ein weißes T-Shirt und eine schwarze Jogginghose an und holte dann ein paar Sachen für mich heraus. Ich grinste ihn an, als er auf ein Knie sank und ein schwarzes Höschen über meine Schenkel zog, während er mich mit einem gefährlichen Blick in den Augen ansah, der versprach, dass er mich schon bald wieder ausziehen würde.

Als Nächstes half er mir in ein Paar Stonewashed-Jeans, stand langsam auf, zog sie mir über den Po und knöpfte sie für mich zu. Dann zog er mich am Hosenbund einen Schritt nach vorn, damit er mir einen Kuss stehlen konnte.

Ich stöhnte in seinen Mund, während seine Hände meine Brüste streichelten und an meinen Brustwarzen zupften – gerade so stark, dass es schmerzte. Schließlich löste er sich von meinen Lippen und streifte mir ein langärmeliges grünes Croptop über den Kopf.

»Ich weiß, was du vorhast«, warf ich ihm vor und schaute zu ihm auf, als er vorsichtig meine langen dunklen Haare aus dem Kragen meines Shirts zog.

»Und das wäre?«, brummte er, und seine Lippen streiften mein Ohr.

»Du versuchst, mich in Stimmung zu bringen, damit du mich später wieder unter dich zwingen und einen auf Alpha machen kannst.«

»Tu nicht so, als würde dir das nicht gefallen, Roxy. Du kommst immer am härtesten, wenn ich dich unter mir habe.«

Er wich zurück, bevor ich ihn schlagen konnte, und sein tiefes Lachen entlockte mir ein Lächeln, während ich gegen den Wunsch ankämpfte, ihm meinen Schuh gegen den Kopf zu werfen. Ich entschied mich für einen netten Mittelweg und zeigte ihm stattdessen den Mittelfinger, zog meine High-Top-Sneaker an und spazierte vor ihm aus dem Raum.

Darius schien mein trotziges Verhalten vor allem zu amüsieren, und ich nahm mir vor, ihn nicht mehr so einfach mit seinem Scheiß davonkommen zu lassen. Aber es war heutzutage viel schwieriger, ihm böse zu sein, als es früher der Fall gewesen war – und das lag vor allem an diesen verdammten Orgasmen, die er mir ständig bescherte. Ich hatte ihn neulich angeschrien und ihn ein Eidechsenarschloch mit einem Ego von der Größe eines Jupitermondes genannt, und er hatte mich aufgefordert, ihn weiter zu beleidigen, während er auf die Knie gegangen war und seinen Kopf unter meinen Rock geschoben hatte. Natürlich hatte ich sofort vergessen, warum ich überhaupt wütend auf ihn gewesen war. Ich war mir sicher, dass ich mich irgendwann daran erinnern und ihm dafür die Hölle heißmachen würde, aber fürs Erste war ich wie geblendet von der Erinnerung an diesen Orgasmus und konnte mich beim besten Willen nicht daran erinnern, warum ich darauf aus gewesen war, ihn mit allen Schimpfwörtern zu belegen, die es gab.

Ich öffnete die Tür zu Darcy und Orions Zimmer und meine Zwillingsschwester sah mich an und verdrehte dramatisch die Augen. Schulterzuckend und unschuldig wie ein Lamm schlüpfte ich in den Raum und setzte mich neben Caleb, der allein auf der Couch saß.

Er lächelte mich an, veränderte seine Haltung und legte seinen Arm auf meine Rückenlehne, während die anderen uns begrüßten oder weniger subtile Kommentare darüber murmelten, wie lange wir sie hatten warten lassen.

»Ich würde sagen, es tut mir leid, aber das tut es nicht«, sagte Darius mit einem Achselzucken, als er sich auf der anderen Seite des Raumes neben Orion setzte, seinen Blick von mir zu Caleb schweifen ließ und eine kleine Warnung knurrte, die, wie ich vermutete, auf den Arm gerichtet war, der hinter mir lag.

Caleb ignorierte ihn, grinste amüsiert und sah zu mir statt zu dem Drachenarschloch. »Wir haben gerade über das Problem gesprochen, dass die Nymphen von den Schatten verdorben werden«, erklärte er und zeigte auf Diegos Mütze, an der Seth gerade schnüffelte, während er mit überkreuzten Beinen auf dem Bett saß. »Denn wenn euer kleiner, Strickwaren liebender Freund kein böses, hirnloses Wesen gewesen war, solange die Mütze ihm geholfen hatte, diese Seite auszublenden, dann erscheint es nur logisch, dass die Schatten zumindest teilweise dafür verantwortlich sind, dass die Nymphen die ganze verdammte Zeit über so psycho agieren.«

»Sie sind aber nach wie vor die Bösen«, fügte Max hinzu, und mein Blick fiel auf ihn und Geraldine, die neben ihm saß. »Wie auch immer man es dreht und wendet, sie erhalten ihre Magie, indem sie die unsere stehlen, und das tun sie, indem sie uns töten.«

»Oh, natürlich sieht das dein einfaches kleines Würstchen von einem Verstand so«, tadelte Geraldine. »Aber unser lieber Diego hat niemandem seine Fühler ins Herz gerammt, während er an der Academy war. Er hat keinen einzigen Finger in irgendeine meiner Körperöffnungen gesteckt, und ich war bei vielen Gelegenheiten in seiner Gesellschaft.«

»Du wurdest von einer verdammten Nymphe angegriffen, als er in jener Nacht versucht hat, die Zwillinge unter Drogen zu setzen«, sagte Max empört, und Geraldine seufzte laut, während Orion mit der Hand über sein Gesicht fuhr, als würde er zu den Sternen beten, um ihm Kraft zu geben.

»In der Vision, in der wir Diego dabei beobachtet haben, wie er seine Kräfte von dem Fae-Mädchen erhalten hat, das Alejandro in seinem Mordschuppen eingesperrt hatte, scheint er zum ersten Mal sowohl die Schatten gespürt als auch den Ruf der Schattenprinzessin gehört zu haben. Was, wenn die erstmalige Benutzung seiner Fühler dem allerersten Verwenden der Gaben unserer Formgebung entspricht? Wenn er auf diese Weise diese Seite von sich erweckt und den Schatten Einlass gewehrt hat?«, fragte ich.

Orion nickte nachdenklich, beugte sich vor und tippte mit dem Finger auf das Buch, das vor ihm lag. Der Buchrücken schien mit Smaragden geschmückt zu sein. »Darius und ich haben während unserer Jagd auf die Nymphen in den letzten Jahren festgestellt, dass sie dunkle Objekte sammeln – Dinge, die leicht mit den Schatten in Verbindung gebracht werden können. Diego hat erwähnt, dass seine Familie die Schattenprinzessin wie eine Art Gottheit behandelt. Was, wenn sie ihren Rufen folgen und diese Objekte benutzen, um sich intensiver mit den Schatten zu verbinden, damit sie sie besser hören können? Das würde sie der Kreatur, die sie verehren, näher bringen und ihr gleichzeitig mehr Einfluss auf sie ermöglichen. Ein Einfluss, den sie während ihrer Versuche, einen Weg zurück ins Reich der Fae zu finden, gebraucht hat.«

»Es muss mehr dahinterstecken als die Verbindung ein paar dunkler Objekte«, entgegnete Darius. »Wann immer wir sie mit derartigen Dingen erwischten, haben sie diese getragen. Was, wenn sie versucht haben, die Objekte irgendwohin zu bringen?«

»Wie können wir herausfinden, wohin?«, fragte Darcy und zwirbelte eine dunkelblaue Haarlocke um ihren Finger.

»Donnerwetter, ich glaube, ich weiß es«, platzte es aus Geraldine heraus. Sie hatte ihre Hand gehoben, als wären wir in der Schule und als hätte sie dem Lehrer eine Antwort zu bieten. Orion schlüpfte wieder in seine Professorenrolle, ohne es überhaupt zu bemerken, und zeigte auf sie, um ihr das Wort zu erteilen. »Wir fangen einen dieser heimtückischen Schurken ein. Und unser ganz persönlicher lästiger Lachs nutzt seine Fähigkeiten, um im Nymphy-Kopf herumzustochern.« Sie blickte aufgeregt zu Max, der eine Augenbraue hob.

»Du willst, dass ich eine Nymphe verhöre?«, fragte er. Die Vorstellung und die Herausforderung darin schienen ihn zu erregen.

»Das könnte funktionieren«, meinte Seth eifrig, drückte sich hoch und hüpfte ein wenig auf dem Bett herum. »Du könntest einen auf Hardcore-

Sirene machen und dem holzigen Ding alle Geheimnisse direkt aus dem Gehirn angeln.«

»Es ist nicht sonderlich gut gelaufen, als unsere Eltern versucht haben, eine Nymphe zu verhören«, gab Caleb zu bedenken und rutschte auf seinem Sitz nach vorn, sodass sein Knie das meine berührte und Darius ihn erneut warnend anknurrte.

»Das liegt daran, dass eure Eltern, genau wie ihr vier, keine Raffinesse haben«, rief Geraldine. »Man fängt Forellen nicht mit einem Haken und erwartet, dass sie einen zu ihrem Versteck führen. Man lässt einen glitschigen Wurm an ihrem Atemloch hinuntergleiten und kitzelt ihre Tentakel, bis sie einem ihre Geheimnisse so bereitwillig preisgeben wie ein Gnu.«

»Forellen haben weder Atemlöcher noch Tentakeln«, murmelte Max verwirrt, und Geraldine stöhnte dramatisch, hielt sich die Handfläche vor die Augen und schlug ihm fast mit dem Ellbogen ins Gesicht.

»Erlöst mich von den linearen Gedanken der Männer!«, rief sie.

»Ich glaube, Grus will sagen, dass du die Nymphe einlullen solltest, bevor sie überhaupt merkt, dass du da bist«, übersetzte Orion, während ich lachte. »Damit sie sich dir öffnet – anstatt zu versuchen, jemanden anzugreifen oder ihre Geheimnisse zu verbergen.«

»Das wird doch nicht wehtun, oder?«, fragte Darcy besorgt, und Gott segne meine verdammte Schwester für ihre süße Seele. Klar, sie hatte einen Haufen Nymphen getötet – wirklich, einen ganzen Haufen! –, aber ich wusste, dass sie sich seit der ganzen Diego-Sache Sorgen machte, Unschuldige anzugreifen. Und damit lag sie wohl nicht ganz falsch.

»Das wird es nicht, meine Schöne«, sagte Orion und sah sie an, als hätte er sich gerade noch ein bisschen mehr in sie verliebt.

»Du wirst eine Nymphe verführen müssen«, sagte ich, lachte und zeigte auf Max, der mich finster ansah.

»Halt die Klappe!«, knurrte er. »Das mache ich nicht.«

»Glaubst du, du kannst es nicht?«, stichelte Darius und Max zuckte zusammen.

»Ich könnte dich von Tory wegverführen, wenn ich es verdammt noch mal wollte, Arschloch. Zweifel nicht an meiner Macht!«

»Beweis es!«, sagte ich.

»Du willst, dass ich Darius verführe?«, neckte Max, und ich warf einen Blick auf meinen großen Drachenfreund und fragte mich, ob meine Eifersucht lange genug in den Hintergrund treten könnte, damit ich die Show genießen konnte. Doch dann fiel mein Blick auf Seth, der immer noch wie ein Welpe auf dem Bett hinter ihm herumsprang.

»Nee. Ich habe eine bessere Idee«, sagte ich. »Bring stattdessen Seth und Cal dazu, rumzumachen.«

Seths Lippen teilten sich, und er warf mir einen halb tödlichen, halb liebevollen Blick zu, während ich grinsend an meinen Masterplan dachte. Subtil? Nicht wirklich. Aber trotzdem genial.

»Zu einfach«, entgegnete Max abfällig, winkte ab und ruinierte meinen Masterplan, woraufhin sich Caleb neben mir gerade hinsetzte.

»Also, besorgst du uns jetzt die Informationen, die wir brauchen, oder was?«, fragte Orion und unterbrach unser Spiel mit seinem autoritären Professorenton.

»Sind es Informationen oder Nymphormationen?«, fragte ich und lachte über meinen eigenen Witz, woraufhin Darcy mit mir zusammenbrach, während die anderen uns nur ansahen, als wären wir verrückt geworden. »Das war verdammt witzig«, brummte ich, als keiner von ihnen mitlachte.

»War es nicht, Babe«, sagte Seth und schüttelte den Kopf, als wäre ich eine arme, bemitleidenswerte Seele. »Du bist nicht die Witzige. Versuch einfach, dich auf deine schnippische, zickige Art zu beschränken, ja? Das passt besser zu dir.«

Ich öffnete den Mund, um zu protestieren, aber Darius drehte sich um und schlug ihm auf den Arm, bevor ich es tun konnte. »Sag ihr nicht, dass sie nicht lustig sein kann, du Arschloch!«, warnte er wie mein persönlicher dunkler Ritter.

»Dann sag mir mal eins, Darius«, sagte Seth ernst und fixierte ihn mit seinem Blick. »Hast du gelacht?«

Es folgte Stille, als Darius mich ansah, wohl wissend, dass er nicht gelacht hatte. Ich versuchte, darüber verärgert zu sein, während die anderen alle in Gelächter ausbrachen. Caleb prustete als Erster los und schubste mich spielerisch an, als ich versuchte, meine Empörung über einen völlig berechtigten Witz zu verbergen. Aber ich gab nach, als Seth auf uns sprang und ich mich einen Moment später auf dem Grund eines Hundehaufens wiederfand.

Ich spürte, wie Darius auf den Haufen sprang, als mir die Luft aus der Lunge gepresst wurde, und ich trat und schlug um mich, bevor er es schaffte, die anderen von mir herunterzuziehen, sie auf ihre Hintern zu werfen, den Platz zu stehlen, auf dem Caleb gesessen hatte, und mich auf seinen Schoß zu ziehen.

»Papa hat regelmäßig Berichte über die Bewegungen der Nymphen erhalten. Er kennt die Standorte mehrerer bekannter Vagabunden, denen der falsche König Unterkünfte in der Nähe des Palastes der Seelen zur Verfügung gestellt hat. Wir könnten uns an eine dieser Beherbergungen anschleichen, wie zwei Gänse auf der Suche nach einem Gänserich«, schlug Geraldine mit leuchtenden Augen vor.

»Vielleicht solltest du ohne Grus gehen«, erwiderte Orion, als Max aufstand – jetzt, da Geraldine bereit war, ihn zu begleiten, viel bereitwilliger anmutend. »Damit du dich auf die Aufgabe konzentrieren kannst, die Nymphe zu verführen. Und nicht sie.«

»Ach, du meine Güte, du hast recht, du Verschmähter du«, gurrte Geraldine und ließ sich sofort wieder auf ihren Platz fallen. »Papa wird dir ihren Aufenthaltsort verraten, und ich werde hierbleiben, um dich nicht von deiner galanten Arbeit abzulenken.«

»Großartig«, grunzte Max und ging zur Tür. »Will jemand mitkommen oder soll ich allein gehen?«

»Na schön, ich komme mit«, sagte Darius, stand auf und setzte mich wieder auf meinen eigenen Platz, während er eine Hand auf meiner Schulter ließ, als wollte er mich zwingen, zurückzubleiben. Aber ich hatte nicht wirklich Interesse daran, mich an die Nymphen heranzuschleichen und Max bei seinem Vorhaben zuzusehen, also hätte er sich darüber keine Sorgen machen müssen.

»Viel Spaß, Jungs«, rief ich, als Seth und Caleb ebenfalls aufstanden. Die vier grinsten einander voller Vorfreude auf ihren kleinen Jagdausflug an.

»Kommst du mit, Lance?«, fragte Darius, als sie es bis zur Tür geschafft hatten, aber er schüttelte den Kopf.

»Ich glaube, ich habe vorhin etwas in diesem Buch gefunden, aber ich brauche noch etwas Zeit, um es zu verstehen, also werde ich das zu Ende bringen«, antwortete Orion. Seine kleinen, gierigen Hände hatten sich bereits besitzergreifend um das Edelsteinbuch geschlungen, und ich konnte nicht anders, als ihn anzugrinsen, weil er so ein Streber war.

»Du bist zu süß.« Darcy küsste ihn auf die Wange und er lächelte.

»Ich glaube, ich gehe schwimmen und mache dann ein Nickerchen«, verkündete ich und schaute zwischen den Mädchen hin und her. »Möchtet ihr mitkommen?«

»Ich bin dabei«, stimmte Darcy zu, als Lance das Buch öffnete und seine Nase hineinsteckte, als hätte er bereits vergessen, dass wir hier waren.

»Na, da wird doch der Hund in der Pfanne verrückt! Als ob ich Nein zu etwas Mädelszeit mit meinen Königinnen sagen würde«, keuchte Geraldine, und ich grinste, als wir zur Tür gingen.

»Ich schreibe Sofia und Angelica«, sagte Darcy, holte ihren Atlas heraus und ich lächelte, während wir den Korridor entlanggingen.

Dieser Ort war zwar nur eine vorübergehende Realität, weit weg von dem Krieg, der über uns in Solaria tobte, aber es war ein Zufluchtsort, den ich verdammt noch mal so lange wie möglich genießen wollte. Denn hier unten mit meiner Schwester, Darius und meinen Freunden war es, als wäre die Zeit stehen geblieben. Alles war so perfekt, dass ich am liebsten auf Pause gedrückt hätte und für immer hiergeblieben wäre.

Gemini
Scorpio
Virgo
Cancer
Aries
Leo
Taurus
Sagittarius
Capricorn
Aquarius
Libra
Pisces

DARCY

KAPITEL 21

Ich ließ den Imperialen Stern zwischen meinen Fingern kreisen, während ich in einem der sprudelnden Becken im Badehaus faulenzte, zufrieden seufzte und davon träumte, später am Tag mit Tory und Gabriel fliegen zu gehen. Manchmal schleuderten wir Feuerringe in die Luft und rasten durch sie hindurch, wobei wir drei einander mit Zaubersprüchen belegten, um zu versuchen, die anderen aus dem Konzept zu bringen. Es war ein schmutziges Spiel, bei dem wir am Ende alle in Gelächter ausbrachen, und keiner von uns hatte eine Ahnung, wer die meisten Runden gewonnen hatte, wenn wir wieder reingingen — obwohl Gabriel immer behauptete, er hätte *gesehen*, dass er der Gewinner gewesen war.

Ich gewöhnte mich langsam an seine kleinen Pranks, die er uns mithilfe seiner Gabe spielen konnte, und es war verdammt schwer, sich an ihm zu rächen. Dennoch schafften es Tory und ich immer öfter, indem wir lernten, in seiner Gegenwart unberechenbar zu handeln. Einmal hatten wir es sogar geschafft, eine Illusion auf sein Hemd zu zaubern, nachdem er eine Runde geflogen war, und als er seine Flügel verbannt und es angezogen hatte, waren die Worte *Crabby Gabby* auf der Rückseite zu sehen gewesen. Er hatte es während des halben Abendessens getragen, bevor er es bemerkt, uns verflucht und versprochen hatte, sich schnell zu rächen. Es schien mir fast unmöglich, mich an eine Zeit zu erinnern, bevor er in mein Leben getreten war, und ich wollte all die Jahre, die wir verloren hatten, wiedergutmachen.

Tory faulenzte neben mir, während mir Angelica, Sofia und Geraldine in der Whirlpoolwanne gegenübersaßen.

»Wie geht es Tyler, Sofia?«, fragte ich, und mein Herz schmerzte angesichts seines Verlusts.

»Ganz okay. Na ja … nicht wirklich. Aber er gibt sich tapfer«, sagte sie mit trauriger Stimme. »Xavier ist unglaublich. Er bringt Tyler alles, was er braucht, und sorgt dafür, dass es ihm an nichts fehlt. Aber das hat mir auch klargemacht, dass … Na ja …« Sie seufzte.

»Was denn, meine süße Sofia?«, drängte Geraldine, während glitzernde Tränen in Sofias Augen schimmerten.

»Ich möchte nicht, dass Tyler und Xavier wieder anfangen zu streiten. Wenn wir drei zusammen sind, erleben wir eine Art Frieden, wie ich ihn nur von zu Hause kenne«, flüsterte sie. »Und ich weiß, dass Tyler das auch fühlt, auch wenn er es nicht zugeben will. Wir sind eine Herde, und es fühlt sich richtig an, das einfach zu genießen.«

»Stehst du immer noch auf Xavier oder ist das nur eine Pegasus-Dom-Sache?«, fragte Tory.

Rosafarben glitzernde Tränen liefen über Sofias Wangen ins Wasser. »Ich bin in beide verliebt«, gab sie leise zu, als hätte sie diese Worte schon eine Ewigkeit in sich getragen. »Und es bringt mich jedes Mal um, sie streiten zu sehen. Es fühlt sich so gut an, Zeit mit ihnen zu verbringen, ohne dass sie einander anschnauzen. Ich will nicht, dass das endet.« Sie schlug sich die Hand vor den Mund, als sie das sagte. »Ich meine nicht, dass ich nicht will, dass Tylers Schmerz endet. So habe ich das nicht gemeint.«

»Natürlich nicht«, sagte ich und bewegte mich durchs Becken, um sie zu umarmen. Geraldine und Angelica umringten uns und drückten uns fest an sich, und auch Tory gesellte sich einen Augenblick später dazu und tätschelte Sofias Kopf, bevor wir uns wieder voneinander lösten.

Sofia holte tief Luft und wischte ihre Tränen weg. »Ich will einfach nur Frieden in meiner Herde. Und ich weiß, dass die Verhältnisse immer noch unausgewogen sind, das spüre ich. Aber solange Xavier den Sub spielt, um Tyler zu besänftigen, ist zumindest alles harmonisch. Und bei den Sternen, manchmal, wenn sich die beiden nachts von beiden Seiten an mich kuscheln, kann ich nicht anders, als darüber nachzudenken, wie es wäre, sie als meine Hengste zu beanspruchen. Beide.«

»Nicht schlecht, Herr Specht«, meinte Tory grinsend, und Sofia lachte.

»Das ist bei Pegasus-Herden doch ziemlich üblich, oder?«, fragte Angelica.

Sofia nickte mit einem leisen Schniefen. »Ja, aber nicht bei Doms. Ein Dom könnte sich problemlos mit zwei oder mehr Subs verbinden, aber Tyler und Xavier sind beide so eigensinnig, dass sie nie ein Gleichgewicht miteinander finden würden. Was sie angeht, werde ich mich entscheiden müssen.«

»Wenn ich meine bescheidene Meinung dazu äußern darf«, sagte Geraldine und lehnte sich zurück, woraufhin wir sie alle ansahen. »Ein Typ – oder vier – zwischen den Laken ist ja schön und gut, wenn es darum geht, ein Baguette in Essig einzulegen. Aber wenn es um Herzensangelegenheiten geht, wäre eine ganze Schwadron von purpurn behelmten Kriegern nicht zufriedenstellend. Also, rocken Tyler und Xavier deine U-Boote und überschütten sie deine Herzmuscheln mit frischen Wellhornschnecken? Bringen sie deine Lady Petunia dazu, den Ding-Dang-Tango zu tanzen und im Takt dazu zu pulsieren?«

»Ich bin mir nicht sicher, was du damit sagen willst, Geraldine«, sagte Sofia entschuldigend.

»Ich weiß nicht, wie ich es noch deutlicher ausdrücken kann, meine kleine rosafarbene Pegafreundin«, erklärte Geraldine frustriert.

»Sind sie beide gut für dein Herz?«, übersetzte ich, ziemlich sicher, dass es das war, worauf Geraldine hinauswollte.

»Ich denke, das könnten sie sein«, meinte Sofia verzweifelt. »Aber ich bin so hin- und hergerissen. Wie soll ich mich jemals entscheiden?«

»Vielleicht könntest du eine Münze werfen?«, schlug Angelica vor, woraufhin Geraldine sie nass spritzte.

»Koboldkram«, schimpfte diese. »Das Schicksal von Sofias teurer Petunie und ihrer Herzmuscheln darf nicht vom Wurf einer unglückseligen Münze abhängen. Nein, sie muss sich durch die schwarze und stürmische Nacht dieser Emotionen kämpfen, auf den Wellen reiten wie ein Einhorn aus dem Nimmermehr. Sie muss mit gefestigtem Herzen und einer soliden Entscheidung an die Ufer ihres auserwählten Kandidaten treten.«

»Hallo zusammen«, ertönte plötzlich eine sanfte Stimme.

Wir drehten uns um, und ich sah, wie Catalina mit einem Teller Kekse in der Hand den Raum betrat. Sie trug einen hochgeschlossenen schwarzen Badeanzug, und Hamish folgte ihr in einer neonpinken Badehose – sein großer Körper behaart wie der eines Bärenmarders.

»Stört es euch, wenn wir uns ein bisschen zu euch gesellen? Ich habe Snacks mitgebracht«, sagte Catalina und wir rutschten alle ein Stück zur Seite, als die beiden ins Wasser stiegen.

Catalina setzte sich zu meiner Linken und Hamish positionierte sich hinter ihr, während sie die Kekse verteilte. Ich stöhnte vor Genuss, als ich einen großen Bissen davon nahm.

»Ein Rezept meiner Schwester Brenda«, erklärte Hamish, als er das Tablett am Rand des Pools abstellte. »Sie hat meiner Gerrykins beigebracht, wie man Bagels macht, als sie noch ganz klein war, nicht wahr, Poppet?«

Der Gedanke, mit einer Familie wie der von Geraldine aufzuwachsen, und die Wärme einer solchen Liebe ließ mein Herz vor Sehnsucht höherschlagen.

»Das hat sie, Papa. Zu Weihnachten haben wir immer thematisch passende Bagels gebacken. Zimt und Eierlikör, Brandy und Spekulatius. Oh, ich kann es kaum erwarten, das wieder zu tun. Ich werde uns einen ganzen Berg von Bagels backen.«

»Hast du Weihnachtstraditionen, Angelica?«, fragte Hamish, und sie nickte.

»Meine Mutter hat uns an Heiligabend immer mit aufs Dach genommen, wo wir die Sterne beobachtet haben. Wir haben uns gegen Mitternacht in Decken gekuschelt und Glühwein getrunken. Es gibt nichts Besseres«, säuselte sie, und mein Herz zog sich noch mehr zusammen, als ich zu Tory schaute und den gleichen Schmerz in ihren Augen sah.

»Meine Familie und ich gehen immer zum Weihnachtssingen«, sagte Sofia, und ihre Augen leuchteten auf. »Wir ziehen diese riesigen albernen Weihnachtspyjamas in unseren Pegasusformen an. Der halbe Spaß besteht darin, in sie hineinzukommen, während wir verwandelt sind, und wir alle lachen uns kaputt dabei. Wer zuletzt angezogen ist, muss außerdem eine alberne Mütze tragen, auf dem das Wort *Flappagus* steht«, erzählte sie kichernd. »Wir fliegen in unserer Nachbarschaft von Haus zu Haus, verwandeln uns wieder in unsere Fae-Gestalten – in denen unsere Klamotten natürlich viel zu groß sind – und singen für unsere Nachbarn.«

»Oh, was für ein Spaß! Eines Tages muss ich mich euch bei dieser Fröhlichkeit anschließen«, rief Geraldine.

»Habt ihr irgendwelche Familientraditionen?« Angelica schaute zu Tory und mir, und Stille legte sich über uns, während wir einander ansahen.

»Ähm …« Ich kaute unbeholfen auf meiner Lippe herum.

»Weihnachten ist nicht wirklich unser Ding«, erklärte Tory und versuchte, das Thema zu wechseln.

»Heilbutt! Ihr müsst doch irgendeine Tradition haben«, drängte Geraldine, und alle schauten uns gespannt an, während sich mein Magen verkrampfte und mir immer heißer wurde.

»Na ja, wir machen eine Schneeballschlacht«, sagte ich.

»Natürlich macht ihr das!«, rief Geraldine. »Und was noch? Kuschelt ihr euch danach ans Feuer, macht es euch mit einer Tasse heißem Tee gemütlich und packt eure Geschenke aus?«

»Wir haben tatsächlich nie Geschenke bekommen«, meinte ich verlegen.

»Keine Geschenke?« Sofia schnappte nach Luft, und Tory begann, sich übermäßig für ihre Nägel zu interessieren, während uns alle weiterhin anstarrten.

»Wir hatten einander«, versicherte ich ihnen – aber dann sahen sie alle noch viel mitleidiger aus.

»Aber ihr müsst doch eine liebe und quirlige Pflegemutter gehabt haben? Und eine Pflegeschwester mit einer Vorliebe für Süßes und herzliche Umarmungen?«, fragte Geraldine – verzweifelt hoffend, dass das stimmte. Mir wurde klar, warum wir diese Dinge nie zuvor mit ihr besprochen hatten. Wir hatten ihr ein paar Bruchstücke aus unserer Vergangenheit erzählt, aber sie wäre am Boden zerstört, wenn sie wüsste, wie schlimm es wirklich gewesen war.

»Wir hatten niemanden«, sagte Tory unverblümt, und ich spürte, wie diese Worte in der Leere in meiner Brust widerhallten.

»Wir waren zusammen. Aber sonst hatten wir niemanden«, bestätigte ich und warf Tory einen Blick zu, woraufhin sie mir halbherzig zulächelte.

Plötzlich berührte Catalina meinen Arm, und als ich zu ihr aufschaute, war ihr Gesicht vor Rührung angespannt. »Ihr verdient etwas Besseres.«

Mein Herz schmolz dahin, als ich den Blick erkannte, mit dem sie mich in letzter Zeit immer ansah. Sie war so natürlich mütterlich, dass sie uns alle mühelos unter ihre Fittiche genommen hatte. Und ich sehnte mich so sehr danach, diesen Teil meiner selbst auszufüllen, dass es mir leichtfiel, sie gewähren zu lassen und mich in der Zuneigung zu baden, die wir von unserer eigenen Mutter nie erfahren hatten.

»Vielleicht könnten wir dieses Jahr ein paar neue Traditionen schaffen?«, schlug Catalina vor, und ihre Augen leuchteten, während sie hoffnungsvoll zwischen Tory und mir hin und her blickte. »Im Laufe der Jahre gab es so viele Dinge, die ich mit meinen Jungs erleben wollte, aber Lionel hat es nie erlaubt ...« Sie stieß einen scharfen Atemzug aus. »Der Punkt ist, dass wir alle – ihr beide, meine Jungs, Lance und ich – viele Dinge verpasst haben. Aber das ist kein Grund, sie weiterhin zu verpassen. Fällt euch etwas ein, was ihr gern machen würdet?«

»Ich hätte nichts gegen ein Rennen an Heiligabend«, sagte Tory und grinste freudig erregt. »Ich könnte Darius jedes Jahr ein neues Motorrad besorgen und es ihm frühzeitig geben, nur um ihn rechtzeitig zu den Festtagen in einem Rennen zu besiegen.«

»Oh, und wir könnten alle zusehen«, entgegnete Catalina begeistert. »Wir könnten jedes Jahr Familienpullover stricken und sie beim Rennen tragen und festliche Leckereien backen, die wir essen, während wir zuschauen.«

»Ich habe mich schon immer gefragt, wie man Mince Pies macht«, meinte ich achselzuckend, da mir die Idee, etwas Neues zu lernen, irgendwie gefiel.

»Und ich mochte Mince Pies schon immer gern«, fügte Tory hinzu und brachte mich zum Lachen.

»Wir könnten am Neujahrstag fliegen gehen«, schlug ich vor. »Lance könnte auf Darius reiten und wir könnten Gabriels Familie einladen.«

»Gerry und ich könnten unter dir herlaufen und dich anfeuern«, fügte Hamish begeistert hinzu, aber Catalina schüttelte den Kopf.

»Nein. Ihr solltet auf mir reiten«, sagte sie, und ihre Wangen färbten sich rot, als sie die Idee aussprach.

»Auf dem Rücken eines Drachen?«, keuchte Hamish. »Mylady, welch einen Skandal wir verursachen würden.«

»Lionel wird sich im Grab umdrehen«, erwiderte Catalina schelmisch, und wir alle lachten hoffnungsvoll bei dem Gedanken, dass er tot sein könnte.

»Was noch?«, fragte ich aufgeregt und grinste noch breiter, als ich daran dachte, an einem so großen Familienweihnachtsfest teilzunehmen.

»Wir könnten unseren eigenen Baum und unsere eigenen Girlanden wachsen lassen«, fügte Catalina hinzu, und auch ihre Begeisterung war deutlich zu spüren.

»Und die Hallen mit festlichem Flitterkram schmücken!«, rief Geraldine. »Flamberbam-Kekse backen, Mistelzweige aufhängen, Lebkuchen-Iglus bauen, Elfenfallen aufstellen, eine Gewürzgurke einlegen, ein paar Obdachlose waschen, auf einer Stachelbeere tanzen, den Nackt-Jive hinlegen, einen stacheligen Tannenzapfen zwischen unsere Pobacken klemmen, um eine Weihnachtspinienreinigung vorzunehmen, uns mit einer schlecht gelaunten Eule anfreunden, Schleifen in die Schnürsenkel von Fae binden, die vergessen haben, wie und …«

»Schalt mal einen Gang runter, Poppet, du verlierst schon wieder den Durchblick«, unterbrach Hamish sie, als Geraldine ohne Luft zu holen weiterredete und ihr Gesicht dabei immer röter wurde. »Du willst doch nicht, dass ich den Elfen des Weihnachtsmanns erzähle, dass du wieder zu überschwänglich warst, oder?«

»Nein, Papa«, stimmte sie zu, schlug sich mit der Hand auf den Mund und ließ sich im Wasser zurückfallen.

O mein Gott, sie glaubt immer noch an den Weihnachtsmann.

»Das klingt alles großartig«, sagte Tory und lachte. »Es wäre wirklich schön, ein Weihnachtsfest zu genießen, wie wir es hätten haben können, wenn Lionel uns unsere Familie nicht gestohlen hätte.«

»Ich wäre geehrt, wenn ihr mich als Teil eurer Familie betrachten würdet«, sagte Catalina, und Tränen schimmerten in ihren Augen. Mein Herz schwoll an. Wie viel wir alle gemeinsam erreichen könnten, wenn wir diesen Krieg erst einmal gewonnen hätten.

»Das würde mich sehr freuen«, murmelte ich, und Tory nahm meine Hand unter Wasser, um mir zu zeigen, dass sie dem zustimmte.

»Ihr hättet es wirklich verdient, Eure liebe Mutter und Euren tapferen Vater kennenzulernen«, sagte Hamish schroff, und Wut färbte seine Wangen. »Oh, was würde ich dafür geben, sie wiederzusehen. Euer Vater und ich haben zusammen an der Zodiac Academy studiert, wisst Ihr? Er war ein wahrer Pionier, der immer nach den Sternen gegriffen hat. Ich war in der Abschlussklasse, als er angefangen hat, aber Donnerwetter, er hat mich begeistert wie ein Bonbon eine Krähe. Wir haben uns angefreundet, als wir zusammen im Pitball-Team waren, versteht Ihr?«

»Ihr wart Freunde?«, hauchte ich, völlig fasziniert von der Verbindung, die er zu unserem Vater gepflegt hatte.

»Das waren wir in der Tat«, bestätigte Hamish und lächelte über eine Erinnerung, die ich ihm gern aus dem Kopf gepflückt hätte, um sie selbst zu sehen.

»Wie war er denn so?«, fragte Tory und rückte näher an mich heran, während Hamish seine Arme wieder auf die Seiten der Wanne legte.

»Oh, er war natürlich ein Hallodri, jedes Mädel lag ihm zu Füßen. Aber er hatte schon damals die Ausstrahlung eines wahren Königs. Seine Macht war unvergleichlich, seine Magie so wunderschön, dass mir oft die Tränen kamen. Und obwohl seine Beliebtheit grenzenlos war, blieb er immer bescheiden. Er schätzte seine Privatsphäre und zeichnete gern. Seine Kunst war wundervoller als das Funkeln des Mondes auf einem Hügel.«

Mir stockte der Atem. Ich hatte schon lange nicht mehr gezeichnet, aber es war eine Tätigkeit, die ich früher geliebt hatte. Und als ich hörte, dass mein Vater dieser Leidenschaft ebenfalls nachgegangen war, bekam ich Lust, ein weiteres Bild zu malen. Früher hatte ich immer gemalt, um der Realität zu entfliehen, aber seit ich nach Solaria gekommen war, hatte ich dieses Ventil nicht mehr gebraucht. Es war einfach immer etwas los hier.

»Was noch?«, drängte Tory, und Hamish begann, uns mit Geschichten über unseren Vater zu unterhalten, der als Wasserwand im Pitball-Team aktiv gewesen war. Geraldine kreischte auf – natürlich, weil das auch ihre Position war. Ich verlor mich in dem Meer von Geschichten, die ein Bild von dem Mann zeichneten, den ich nie kennenlernen würde. Meine Sehnsucht, ihn zu treffen, war so groß, dass sie eine alte Wunde in meiner Brust aufriss.

Ich hatte mich immer gefragt, wie es wohl wäre, einen Vater zu haben. Das Konzept war mir so fremd, dass es mir schwerfiel, mir Hail überhaupt als Vater vorzustellen. Und als ich meinen Kopf zur Seite neigte und neue Bilder von ihm in meinem Kopf entstanden, fühlte ich mich dem Mann, den ich nie wirklich kennenlernen würde, ein wenig näher. Ich hoffte, dass er eines Tages, wenn ich durch den Schleier trat, dort mit Leidenschaft und Liebe in seinem Herzen auf mich warten würde – genau so, wie Hamish ihn beschrieben hatte. Ich wünschte nur, unser erstes Treffen müsste nicht im Tod stattfinden.

Nach einer Weile verabschiedeten sich Hamish und Catalina, und Angelica machte sich auf den Weg zu ihrem Freund, während eine schwere Art von Stille über uns alle hereinbrach.

Geraldine wischte sich die Augen. »Euer lieber Vater wäre vor Stolz für euch erstrahlt wie die Sonne im Hochsommer, meine Königinnen.«

Bevor ich antworten konnte, tauchte ein Kopf aus dem Wasser auf, der uns alle vor Schreck aufschreien ließ.

»Huhu! Ich bin's nur«, verkündete Washer, während er sich vollständig aus dem Wasser erhob und seine gewachste Brust zur Schau stellte. Seine blaugrünen Sirenen-Schuppen lösten sich von seiner Haut und verschwanden. »Ich habe in meiner Sirenenform ein Bad in den Tiefen des Pools genommen. Kein Grund zur Sorge.«

»Warst du die ganze Zeit dort unten?«, keuchte Tory, während ich mit den Beinen strampelte, um von ihm wegzukommen. Natürlich streifte ich dabei sein Bein, und ich verkrampfte mich augenblicklich.

»Ja, das Becken ist viel, viel tiefer als man denkt. Ich war ganz unten auf dem Boden und habe meine Hüftschwünge geübt«, erklärte er glucksend und schaute zwischen uns hin und her. Ich tauchte tiefer unter Wasser, während sein Blick über mich hinwegglitt.

»Verschwinde von hier!«, knurrte ich.

»Ja, du verkrusteter alter Krabbenfresser, das ist das königliche Bad!«, schimpfte Geraldine. »Wie bist du überhaupt in das Badehaus der wahren Königinnen gekommen?«

»Ich habe meine Mittel und Wege«, schnurrte Washer, kletterte aus dem Pool und begann, in der winzigen Badehose, die er trug, ein paar Ausfallschritte zu machen. »Ich habe den Schutzzauber nur ein wenig mit der Hüfte angestoßen und schon hat er sich für mich gelöst. Hier drin ist es viel feuchter. Und ich mag es feucht.«

»Verschwinde!«, knurrte Tory und zeigte auf die Tür.

»Na gut, na gut«, seufzte er und machte seine Ausfallschritte in Richtung Tür, wobei ihm die Badehose in die Arschritze rutschte und ich erschauderte.

»Ich werde die Schutzzauber verstärken, Myladys. Verzeiht mir!«, sagte Geraldine und ließ den Kopf hängen. »Ich habe euch enttäuscht.«

»Es ist nicht deine Schuld, dass er ein totaler Widerling ist«, sagte ich, und Geraldine nickte traurig.

»Leider werden Widerlinge eben immer Widerlinge bleiben. Aber ich werde die Zauber trotzdem verstärken, keine Sorge.« Sie sprang aus dem Wasser, eilte zur Tür und begann, die Schutzzauber zu wirken, die nur bestimmten Personen den Durchgang erlaubten. »Hinfort, du übler Taugenichts! Und behalte deine Mondkugel für dich – hier herrscht ab sofort Mondfinsternis.«

Gemini
Scorpio
Virgo
Cancer
Aries
Leo
Sagittarius
Taurus
Capricorn
Aquarius
Libra
Pisces

CALEB

KAPITEL 22

Der Sternenstaub spuckte uns in der Moon Street aus, vor einem der begehrtesten Anwesen der Stadt, nur einen Steinwurf von dem Gelände entfernt, das den Palast der Seelen umgab.

Einst hatten viele der politisch einflussreichsten Familien des Königreichs hier gelebt, aber das war vorbei. Lionel hatte diese Häuserzeile und mehrere andere in der Stadt in Besitz genommen und sie den Nymphen geschenkt, damit sie sie im Namen des sogenannten Friedens nutzen konnten, den er mit ihnen ausgehandelt hatte.

Das Haus war strahlend weiß mit imposanten Außenwänden, die dunkle Schatten auf die Straße warfen, und einer Veranda, die von beeindruckenden Säulen in Form der Formgebungen getragen wurde. Von Minotauren bis hin zu grimmig dreinblickenden Medusen und Harpyien war das Mauerwerk so kunstvoll und schön, dass die Säulen fast lebendig wirkten.

Frühlingsvögel zwitscherten in den nahen Bäumen, und ich genoss die Wärme der Luft, jetzt, da der Wechsel der Jahreszeiten voll im Gange war.

Meine Haut kribbelte, als ich die Straße hinunterblickte. Die Illusionszauber, die wir gemeinsam gewirkt hatten, schimmerten auf meiner Haut, als sie das Morgenlicht von uns abprallen ließen und alle Aufmerksamkeit von unserer Position ablenkten.

Darius übernahm die Führung, indem er die Stufen des großen Stadthauses hinaufeilte. Wir anderen blieben dicht hinter ihm, während er zur Tür ging und seine Hand auf das Holz legte, um nach magischen Schlössern zu suchen.

Seths Schulter berührte die meine, und ich warf ihm einen flüchtigen Blick zu. Die Illusion erlaubte es uns, einander zu sehen, auch wenn niemand sonst dazu in der Lage war, sodass ich den aufgeregten Ausdruck in seinen erdbraunen Augen erkennen konnte.

»Bereit?«, neckte ich ihn, und er grinste breit. Magie knisterte an seinen Fingerspitzen, und er sprühte nur so vor Energie.

»Ich bin so was von bereit, mich endlich richtig zu wehren«, antwortete er mit einem wölfischen Knurren auf den Lippen. »Und es fühlt sich doch so an, als würden wir endlich damit loslegen, nicht wahr?«

»Ja, vermutlich«, stimmte ich zu.

»Wir sollten etwas Verrücktes machen, um zu feiern, wenn das hier gut läuft«, sagte er. »Zum Beispiel eine Party schmeißen, Basejumping machen, Cage-Fighting, Karaoke oder so etwas. Was würdest du tun, wenn du nach Herzenslust feiern könntest?«, fragte er und stieß seinen Arm wieder gegen meinen. Meine Muskeln verkrampften sich auf die aufregendste Art und Weise.

»Ich muss jagen«, sagte ich sofort, und mein Blick wanderte zu seinem Hals, während ich mich in der Fantasie verlor, meinen Mund auf seine Haut zu legen und das heiße Rauschen seines Blutes zwischen meinen Lippen zu spüren, während ich seinen Körper unter meinem fixierte. »Und ich brauche Sex«, fügte ich ohne nachzudenken hinzu.

Seths Augenbrauen schossen in die Höhe, und er blinzelte mich ein paar Mal an, woraufhin ich realisierte, was ich gerade gesagt hatte. Ich lachte und schüttelte den Kopf, um das Verlangen nach seinem Blut zu vertreiben. In dem Moment erklärte Darius, dass es keine magischen Schlösser oder Schutzzauber an dem Ort gab. Das war tatsächlich keine Überraschung. Selbst Lionel war nicht so dumm, den Nymphen beizubringen, ihre Magie zu nutzen und Zauber zu wirken, die so leicht gegen unsere Art eingesetzt werden könnten.

»Okay, ich werde sicherstellen, dass drinnen alle schlafen, bevor wir einbrechen«, sagte Max. »Wir wollen nicht, dass sie unsere Magie spüren und in Alarmbereitschaft versetzt werden, bevor wir überhaupt nahe genug sind, um eine von ihnen zu manipulieren. Ihr solltet sicherstellen, dass eure mentalen Schutzschilde aktiviert sind, sonst werdet ihr gleich ebenfalls schnarchen.«

Ich nickte gemeinsam mit den anderen und verstärkte meine Barrieren, obwohl sie eigentlich keiner Verstärkung bedurften. Sie waren in letzter Zeit immer solide, denn meine Gedanken waren zu zerstreut und meine Gefühle zu verwirrend, als dass ich zulassen konnte, dass er sie aufgriff. Ich hatte keine Lust auf das Drama, das mit seinen Fragen einhergehen würde, sollte er mitbekommen, was mir durch den Kopf ging. Vor allem, da einiges davon eine Bedrohung für das Gleichgewicht darstellen könnte, das wir zu viert aufrechterhielten.

Ich warf einen weiteren Blick auf die Straße, die mir ziemlich vertraut war, da sie nicht weit von meinem Elternhaus entfernt lag. Meine Mutter hatte mich mehrmals über das Tagebuch kontaktiert, um mir mitzuteilen, dass es ihnen gut ging. Außerdem teilte sie uns regelmäßig Lionels Zeitplan mit, sodass wir immer wussten, wo er sich aufhielt. Nicht, dass uns das viel brachte, schließlich war er immer mit einer Entourage von Drachen unterwegs, stand bei Veranstaltungen unter dem Schutz des FIB und ließ sich auf Schritt und Tritt von der Schattenprinzessin verfolgen. Aber Gabriel hatte ein Team darauf angesetzt, Lionels Verteidigung bei öffentlichen Veranstaltungen zu durchbrechen und herauszufinden, wie leicht es für Vard war, unsere Bewegungen zu verfolgen.

Ich spürte, wie Max' Macht meine Schilde berührte, und konnte nicht anders, als zu gähnen, obwohl ich seine Gaben mit meiner eigenen Stärke konterte. Zwischenzeitlich versuchte er, jeden auszuschalten, der nahe genug war, um unsere Anwesenheit zu spüren.

Ich warf einen Blick auf die leere Straße und fragte mich, wie lange wir es riskieren konnten, hier herumzuhängen, bevor eine der Nymphen unsere Macht spürte und Alarm schlug. Wir mussten schnell arbeiten, um das zu vermeiden.

Max nickte, als er fertig war, und Darius packte den Türgriff, schmolz ihn und das Schloss, bevor er die Tür weit aufstieß, damit wir vier hineingehen konnten.

Wir ließen die Illusionen fallen, sobald die Tür hinter uns geschlossen war, und ich entfernte mich von den anderen und zog meine Phönixfeuer-Dolche. Ich rannte in jeden Raum des Hauses und wieder hinaus, um zu ermitteln, mit wie vielen Nymphen wir es zu tun hatten, aber entdeckte nur eine in der Küche, die über der Theke zusammengesunken war und neben dem Herd fest schlief.

Ich kam vor den anderen zum Stehen, die nur ein paar Schritte ins Haus geschafft hatten, und grinste sie übermütig an, während ich meine Waffen wieder verstaute und meine Finger in meine blonden Locken schob, um sie zu bändigen.

»Er ist in der Küche und ein verdammt großer Kerl. Der Rest des Hauses ist sauber«, verkündete ich und erntete ein Grinsen von Seth und ein Nicken von Darius.

Max marschierte an mir vorbei in die von mir angegebene Richtung, seine Gabe vor sich herschiebend und ein Gefühl von Frieden und Vertrauen ausstrahlend. Marineblaue Schuppen bedeckten nun seine Haut und lugten an den Säumen seiner Klamotten hervor.

Wir blieben dicht hinter ihm, als er in die Küche ging und sich der Nymphe näherte, die immer noch in ihrer Fae-ähnlichen Gestalt schlafend auf der Küchentheke lag.

Mein Herz raste, als wir uns dieser Kreatur näherten, die der Feind unserer Art sein sollte und in dieser Form doch genau so aussah wie wir. Es war schwer, die Gefahr im Auge zu behalten, die auch so von ihr ausging.

Max streckte die Hand aus, um die Nymphe am Arm zu berühren, und ich trat näher und legte meine Hand auf Max' Schulter, um zu sehen, welche Erinnerungen er der Nymphe entlocken konnte.

Seth ergriff meine Hand, gerade als ich in die Gedanken unseres Feindes gezogen wurde, und ich schlang meine Finger um seine und hielt ihn fest.

Dunkelheit umhüllte uns, während Max versuchte, die Erinnerungen zu sortieren. Ich erhaschte flüchtige Blicke auf das Leben, das diese Kreatur geführt hatte, mit Orten und Gesichtern, die sich um mich herum so schnell bewegten, dass es unmöglich war, sie vollständig voneinander zu unterscheiden, bis eines plötzlich vor uns zum Stillstand kam und ich es mir genauer ansehen konnte.

Eine Nymphe in verwandelter Form schlich durch die Bäume eines dunklen Waldes, hier und da ein Fleckchen Schnee auf dem Boden. Die Hand hatte sie fest um etwas Rotes geschlossen, das im durch die Bäume einfallenden Licht schimmerte.

Die Kreatur, in deren Geist wir uns gerade befanden, ging hinter der anderen Nymphe her und lauschte dem Flüstern, das aus ihrem eigenen Geist zu kommen schien und sie weiter den abschüssigen Pfad hinauf drängte.

Der Geschmack der Schatten umhüllte meine Zunge, und ich war mir halb bewusst, dass Seth wimmerte. Darius, der Max' anderen Arm festhielt, versteifte sich.

»Füttert mich damit. Macht mich stärker«, flüsterte die Schattenprinzessin in den Geist der Nymphen, und sie beschleunigten ihr Tempo, durchquerten

immer dichter werdende Wälder, bevor sie auf eine riesige Lichtung traten, auf der sich eine Pyramide aus Onyxstein zum Himmel erhob.

Die Vision flackerte um uns herum, und ich sah, wie sich eine neue Erinnerung entfaltete, als die Nymphe den rot-goldenen Teller auf einen riesigen Altar legte, der aus dem pechschwarzen Stein geschnitzt zu sein schien, aus dem die Pyramide bestand, in der wir uns jetzt befanden.

Der ganze Altar war mit Ritzungen einer Frau verziert, die ich als die Schattenhure erkannte, die Lionel stets an seiner Seite hatte und die an verschiedenen Schlachten und sexuellen Handlungen beteiligt war.

Als die Nymphe den Teller abstellte, begann der gesamte Raum, mit einer dunklen und zügellosen Energie zu vibrieren. Derweil pulsierte der Bereich über dem Altar und dehnte sich aus. Dunkelheit schien sich von selbst zu formen, während die Schatten durch einen Riss in unser Reich glitten und die Forderungen der Schattenprinzessin in den Gedanken der Nymphe lauter wurden.

Auf dem Altar befanden sich noch andere Gegenstände, die alle mittels Schattenranken mit dem Spalt verbunden zu sein schienen, der im Raum darüber flackerte, die die Luft verpestete und mir Galle in den Rachen steigen ließ.

»Wo sind wir hier?« Max' Stimme hallte durch den Raum, sein Tonfall klang so verlockend und verführerisch, dass ich etwas sagen wollte, ohne die Antwort zu kennen.

Die Nymphe fiel seinen Forderungen zum Opfer und weitere Bilder blitzten vor uns auf, die sich so schnell bewegten, dass ich nicht folgen konnte, als sie uns zeigte, wie sie an diesen Ort gelangt war und wo er sich im äußersten Osten unseres Königreichs befand.

»Wie viele Fae hast du getötet?«, fragte Max als Nächstes, und ich knirschte mit den Zähnen, als mir Erinnerungen geschenkt wurden, wie sie mit anderen Nymphen zusammengearbeitet hatte. Gemeinsam waren sie in die Häuser unschuldiger Fae eingebrochen, hatten sie abgeschlachtet und ihre Fühler in die Herzen von Männern, Frauen und Kindern gestoßen. Ich konnte ihren Hunger spüren, ihr Bedürfnis nach dieser Macht, als wäre es in ihre Seelen geschrieben.

Es gab noch mehr dieser Erinnerungen, und schließlich kochte mein Blut vor Wut. Ich spürte die Grausamkeit und Gewalt dieser Kreatur so intensiv, dass ich von dem Wunsch erfüllt wurde, die Nymphe vor mir und alle, die ihr ähnlich waren, vom Angesicht der Erde zu tilgen.

Die Vision endete abrupt, und ich zuckte zusammen, als ich aus ihr gerissen wurde und mich wieder in der Küche wiederfand. Blut besprenkelte mein Gesicht, und ich amtete vor Überraschung scharf ein.

Seth hielt meine Hand noch immer, und Max sah genauso schockiert aus, wie ich mich fühlte, als wir alle zu Darius aufblickten, der neben dem abgetrennten Kopf der Nymphe stand – mit seiner blutverschmierten Axt in der Hand und einem Knurren auf den Lippen, das mich für einen Moment an seinen Vater erinnerte.

»Wir müssen diesen Altar zerstören«, sagte er entschlossen und holte einen Beutel mit Sternenstaub aus seiner Tasche.

Er warf den Sternenstaub über uns vier, bevor wir etwas erwidern konnten, und wir wurden durch die Umarmung der Sterne geschleudert und innerhalb von Sekunden wieder außerhalb der magischen Barriere abgesetzt, hinter der sich das Burrows verbarg.

»Ich habe diesen Tod so gespürt, als wäre es mein eigener gewesen, Arschloch«, fuhr Max Darius an und verpasste ihm einen Kinnhaken.

»Sie musste sterben«, zischte Darius, ließ seine Axt fallen und versetzte ihm ebenfalls einen Schlag.

»Nicht, solange ich in ihrem verdammten Kopf war!«, schrie Max wütend und stürzte sich auf Darius. Seth zog mich einen Schritt zurück, bevor sie in uns hineinpflügen konnten.

Ich drehte mich zu ihm um, sah, dass auch sein Gesicht voller Blut war, und streckte die Hand aus, um etwas davon mit meinem Daumen von seiner Wange zu wischen.

»Sieht so aus, als hätten wir doch noch eine ganze Menge Nymphen zu töten«, sagte ich grinsend, und das Lächeln, das er mir daraufhin schenkte, raubte mir den Atem.

»Sollen wir zuerst reingehen, damit wir diejenigen sind, die die Neuigkeiten überbringen?«, fragte er mit einem kurzen Blick auf Darius und Max, die sich weiterhin zwischen den Frühlingsblumen balgten. Ich nickte, rannte los und riss ihn mit mir nach drinnen, um die anderen zu suchen.

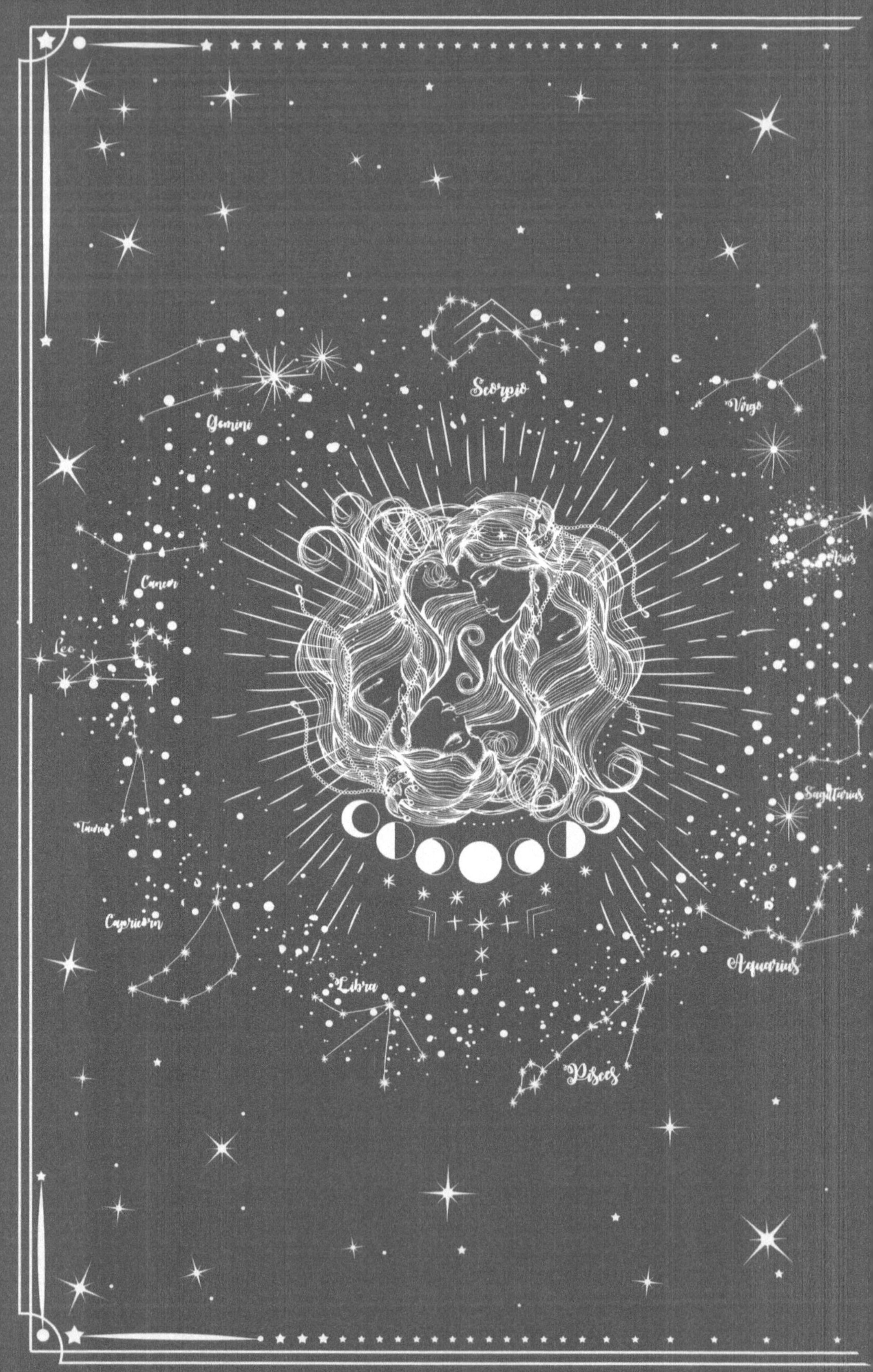

Gemini
Scorpio
Virgo
Cancer
Aries
Leo
Taurus
Sagittarius
Capricorn
Aquarius
Libra
Pisces

TORY

KAPITEL 23

»**W**ir werden für eine Ablenkung sorgen.«

Ich schaute auf. Gabriels Stimme hatte mich aus meinem Nickerchen auf der Liege im Badehaus gerissen. Es war so warm und schwül hier, dass ich mich geradezu gezwungen gefühlt hatte, ein paar Minuten Ruhe zu finden, um den Schlaf nachzuholen, den Darius mir so beharrlich stahl. Und ja, dafür würde ich auch krause Haare in Kauf nehmen.

»Wofür brauchen wir eine Ablenkung?«, fragte Darcy von ihrer Position im warmen Wasser aus. Sie sah gerade Geraldine dabei zu, wie sie in einer riesigen Meerjungfrauenmuschel, die sie sich aus Erdmagie gefertigt hatte, über die Oberfläche des Beckens schwebte. Sofia faulenzte mit geschlossenen Augen im Pool hinter ihr.

»Ich weiß es nicht. Die Schatten verbergen es vor mir, also werde ich keine große Hilfe sein, aber ich habe bereits *gesehen*, wie meine Familie und ich heute Abend ein Nebula-Inquisitionszentrum angreifen. Lionel und seine Schattenhure werden also uns statt euch verfolgen.« Gabriel salutierte, drehte sich um und verschwand so schnell, wie er aufgetaucht war. Offenbar hatte er sich für sein Schicksal entschieden und wusste, dass es uns nicht betreffen würde.

»Sei vorsichtig!«, rief ich ihm nach, und er lachte leise. Bevor er auf den Korridor trat, rief er noch zurück: »Ihr solltet zurück zu Orion gehen. Die Erben werden jeden Moment zurückkehren, und Darius ist total aufgedreht und will unbedingt etwas töten.«

»Das ist nichts Neues«, antwortete ich.

Er entfernte sich lachend von uns, und ich zwang meinen schläfrigen Hintern, sich aufzurichten, als auch die anderen aus dem Pool stiegen. Geraldine paddelte mit ihrer Muschel an den Beckenrand und sang dabei ein Liedchen über einen lüsternen Lachs.

Nachdem alle trocken und angezogen waren, machten wir uns auf den Weg zu Orions und Darcys Zimmer. Sofia verabschiedete sich, um Xavier und Tyler zu suchen, da sie vorhatten, heute Nachmittag mit der Herde durch die Wolken zu fliegen.

Ich folgte Darcy und Geraldine ins Zimmer, wo Orion im Schneidersitz mitten auf dem Bett saß. Seine Haare sahen aus, als hätte er hundertmal die Finger hindurchgeschoben, und seine Nase steckte so tief in den Seiten seines Edelsteinbuches, dass er wahrscheinlich den Klebstoff schmecken konnte, mit dem es gebunden war.

»Scheiße, Alter, du siehst aus, als hättest du meine Schwester mit dieser Hardcover-Mieze betrogen«, neckte ich ihn, und er sah grinsend auf, während er das Buch vor sich ablegte.

»Oha, muss ich ihr den Rücken brechen?«, neckte Darcy, während er sich mit einem tiefen Lachen die zerzausten Haare aus den Augen schob.

»Ich glaube, ich habe etwas gefunden«, sagte er, winkte uns näher heran und zeigte auf einen Text, der absolut nicht auf Englisch geschrieben war. »Schaut mal, hier geht es um die zwölf Steine der Zodiac-Garde.«

»Potz Blitz Pumpernickel!«, stieß Geraldine hervor.

»Oh«, säuselte Darcy und setzte sich zu ihm aufs Bett, während ich mich auf einen Stuhl fallen ließ. »Was genau steht da über die Steine?«

»Nicht viel«, seufzte Orion. »Es ist tatsächlich nur dieser eine kleine Abschnitt. Aber er deutet an, dass die Steine einst von den Oberhäuptern zwölf mächtiger Familien gehütet wurden, von denen jede ein einzelnes Sternzeichen repräsentiert hat. Dann habe ich mich an eine Passage eines anderen Buches erinnert.« Er drehte sich um, griff nach einem der vielen Bücher, die auf dem Bett hinter ihm lagen, und blätterte so vorsichtig wie möglich durch die Seiten des staubigen Wälzers, bevor er uns eine handgeschriebene Seite zeigte. »Dies ist ein Bericht über Prophezeiungen, die in den letzten paar hundert Jahren vorhergesagt wurden und die sich bewahrheitet haben – oder auch nicht. Im Grunde geht es um jede Prophezeiung, die ein bedeutender Seher von den Sternen erhalten, sich aber nicht auf Ereignisse in seinem Leben bezogen hat. Als Junge war ich davon besessen, alte Prophezeiungen aufzuspüren und herauszufinden, was sie bedeuteten und ob sie sich bewahrheitet hatten oder nicht.«

»Schon kapiert, deine Freunde waren die Bücher. Aber warum sieht es so aus, als würdest du dir jeden Moment in die Hose machen?«, unterbrach ich ihn, da ich eine ganze Reihe von Erinnerungen an seine Lesegewohnheiten in der Kindheit in meiner Zukunft sah, wenn ich ihn nicht wieder auf den richtigen Weg brachte. Darcy schien seine Begeisterung für Bücher zu teilen, und ich wäre am liebsten aus dem Raum gegangen, bevor sie in eine Art Bücherorgie verfielen, von der ich wirklich nichts mitbekommen wollte.

»Richtig, ja, also, das ist eine fast vierhundert Jahre alte Prophezeiung, in der es heißt: *Die Wiedervereinigung der Steine der Zodiac-Garde wird den Beginn einer neuen Herrschaft markieren.*«

Orion schaute mit einem breiten Grinsen zwischen meiner Schwester und mir hin und her, und Geraldine schrie auf, bevor sie sich die Hand an die Stirn schlug und in sich zusammensackte.

»Heilige Scheiße, Geraldine!«, rief ich, sprang von meinem Stuhl und drehte sie auf den Rücken, um heilende Magie in ihren Körper zu schieben. Was zum Teufel war gerade passiert?

»Geht es dir gut?«, fragte Darcy besorgt, als sie sich ebenfalls vorbeugte, und Geraldine begann, etwas vor sich hin zu murmeln.

»Die Zeit ist nahe, die Zeit ist nahe, die Zeit ist nahe …«

»Was?«, fragte ich und schaute alarmiert zu Orion, der über uns stand. Aber bevor ich ausflippen und mich fragen konnte, ob sie eine eigene Vision hatte, sprang Geraldine auf und streckte die Arme in die Luft. Mit unglaublich lauter Stimme – sie hatte diesen Zauber zur Stimmverstärkung auf sich selbst gewirkt und jetzt hallten ihre Worte im gesamten Burrows wider – rief sie: »DIE ZEIT IST NAHE!«

»Himmelherrgott!« Ich hielt mir die Hände vor die Ohren, und Darcy zuckte heftig zusammen, während Geraldine in Tränen ausbrach und den Zauber glücklicherweise beendete, bevor sie vor uns auf die Knie fiel.

»Wir müssen die Steine wieder vereinen und den Beginn eurer Herrschaft markieren, meine Königinnen«, keuchte sie zwischen Schluchzern, und mein rasender Herzschlag begann sich endlich zu beruhigen, als mir klar wurde, dass sie lediglich einen A. N. U. S.-Anfall hatte.

»Du hast uns zu Tode erschreckt, Geraldine«, schimpfte Darcy, während Orion den Kopf schüttelte und sich wieder seinen wertvollen Büchern widmete.

»Also, wo sind die restlichen Steine?«, fragte ich und schaute ihn an. Könnte eine jahrhundertealte Prophezeiung wirklich irgendeinen Wert haben?

»Verschollen. Schon seit Generationen«, erwiderte Orion seufzend. »Ich habe in einigen anderen Büchern Aufzeichnungen gefunden, die sie mit verschiedenen Namen erwähnen. Und ich bin mir fast sicher, dass sie sich alle auf diese zwölf Steine beziehen. Die bekanntesten unter ihnen sind die Edelsteine von Lariom, die angeblich vor Hunderten von Jahren der wertvollste Besitz eines Drachen namens Hermiod waren. Er liebte sie mehr als das Leben selbst, und die Sterne verfluchten ihn mit ihrem Verlust, weil er sie über alles andere gestellt hatte. Es ist ein Kindermärchen, dem ich nie wirklich Glauben geschenkt habe, aber wenn ein Fünkchen Wahrheit darin steckt, dann könnten wir sie vielleicht aufspüren …«

»Hat jemals jemand versucht, sie zu finden?«, fragte Darcy und kam näher, um sich das berühmte Kieselsteinbuch genauer anzusehen, während ich mich wieder auf meinen Sitz fallen ließ.

»Oh, unzählige Fae haben es versucht, Hoheit«, antwortete Geraldine, die sich nun ebenfalls die Bücher ansah. »Die Edelsteine von Lariom sind ein begehrter Schatz, von dessen Existenz noch nie ein Fae wirklich Beweise erbringen konnte. Und dennoch haben sich viele auf die Suche gemacht. Es heißt, es sei das hoffnungsloseste Unterfangen ganz Solarias. Die Jagd nach den Steinen wird die endlose Weite, die sinnlose Suche, das Leben des Narren, die idiotischste aller Reisen und die Hoffnung des Verrückten genannt.«

»Danke, Geraldine, ich glaube, wir haben es kapiert«, knurrte Orion. »Aber vielleicht war der Zeitpunkt einfach nicht der richtige. Schließlich haben wir schon sechs der Steine gefunden.«

Die Tür öffnete sich hinter uns, bevor sie etwas darauf erwidern konnte, und die Erben betraten den Raum, Max mit einer blutigen Nase und Darius mit einer aufgeplatzten Lippe.

»Was ist passiert?«, fragte ich und stand auf, als mein Blick auf die Verletzungen und das Blut fiel, das sie alle bedeckte.

»Mach dir keine Sorgen, Babe«, meinte Seth beiläufig. »Darius hat gerade eine Nymphe enthauptet, woraufhin Max eine Prügelei mit ihm vom Zaun gebrochen hat, sobald wir wieder hier waren, weil ihm sein Timing nicht gefallen hat. Keine große Sache.«

»Oh.« Ich setzte mich wieder hin, und Darius warf mir einen finsteren Blick zu, weil meine Besorgnis so schnell verflogen war. Aber es ging ihm offensichtlich gut, also würde ich nicht wie eine Glucke um ihn herumschwirren.

»Ihr habt sie getötet?«, hauchte Darcy.

»Diese Nymphe war böse, kleine Vega«, versprach Max. »Wir haben gesehen, was sie unseren Artgenossen angetan hat.«

Darcy ließ erleichtert die Schultern sinken, und ich musste zugeben, dass auch ich erleichtert war. Wenn es da draußen glückliche kleine Nymphenfreunde gab, wollte ich nicht, dass Darius sie enthauptete. Aber wenn er ein oder zwei tötete, die ihre Freizeit damit verbrachten, unschuldige Fae zu ermorden, würde ich sicherlich nicht darüber urteilen.

»Kommst du nicht her, um mich zu heilen, Baby?«, stichelte Darius.

»Keine Chance. Leg dich nicht mit deinen Freunden an, wenn du die Konsequenzen nicht tragen kannst«, spottete ich. »Außerdem will ich hören, was ihr von der Nymphe erfahren habt.«

»Ja, erzählt uns, was ihr herausgefunden habt«, ermutigte Orion, setzte sich aufs Bett und sprang dann wieder auf, weil er fast mit seinem Hintern auf einem der Bücher gelandet war.

»Alles in Ordnung, Mann?«, fragte Caleb ihn und legte den Kopf schief. »Macht dir dein Eierausschlag immer noch Probleme?«

»Was? Nein!«, blaffte Orion und warf Seth einen tödlichen Blick zu, der nur unschuldig mit den Schultern zuckte.

»Oje, ein Ausschlag auf deinem Gemächt!«, rief Geraldine. »Ich kann dir eine spezielle Salbe herstellen. Ich werde meinen Papa fragen, ob er noch einen Vorrat an Warzenschleim hat und …«

»Ich habe alles unter Kontrolle, danke, Geraldine«, knurrte Orion, und ich kicherte, als er Seth einen weiteren vernichtenden Blick zuwarf, der ihm einen langsamen und brutalen Tod versprach. Darcy sah mich an, und wir hätten uns beinahe totgelacht, doch dann fiel Orions Blick auf uns. Seine dämonischen Professorenaugen hatten den unheimlichen Effekt auf uns, dass uns das Lachen im Halse stecken blieb. Der Typ war echt begabt darin, den autoritären Lehrer raushängen zu lassen, auch wenn ihm sein alter Job nie gefallen hatte. »Erzählt uns einfach, was ihr vier herausgefunden habt!«

»Zwischen dem Reich der Fae und dem der Schatten klafft ein Riss, der Lavinia mit Macht speist. Die Nymphen haben ihr dabei geholfen, ihn mit diesen dunklen Artefakten zu stützen«, erklärte Darius, nahm einen Atlas vom Tisch, klappte eine Karte von Solaria auf, zoomte auf einen Abschnitt des tiefen Waldes im äußersten Osten des Königreichs und zeigte darauf. »Dort befindet sich ein Tempel oder etwas in der Art – und darin befindet sich besagter Riss. In der Gegend scheint es von Nymphen nur so zu wimmeln.«

»Die Frage ist, wie wir einen Riss zwischen den Reichen schließen können«, meinte Seth, als er sich mir gegenüber auf einen Stuhl fallen ließ.

»Mit dunkler Magie«, antwortete Orion in ernstem Ton. »Aber das wird nicht einfach zu erreichen sein.«

»Wen interessiert schon einfach?«, fragte ich. »Ich will wissen, ob es machbar ist oder nicht.«

»Ich denke, es wird Lavinia schwächen, wenn wir es schaffen«, fügte Darius hinzu. »Wir hatten definitiv den Eindruck, dass die Artefakte ihre

Macht verstärkten – zusammen mit dem Riss. Das war, bevor sie in unser Reich gekommen ist, aber es ist nur logisch, dass all das ihr auch dabei hilft, die Schatten in unser Reich zu locken.«

»Die Vision, die uns von Lavinia gezeigt wurde, hat von ihrer Verbannung durch die Vega-Königin ins Schattenreich erzählt. Diese hat den Riss geschlossen, um die verbleibenden Nymphen von seiner Macht fernzuhalten«, fügte Darcy nachdenklich hinzu. »Vielleicht würde das Schließen dieses Risses sie also tatsächlich schwächen.«

»In der Gegend halten sich sicher unzählige Nymphen auf«, protestierte Orion und beugte sich vor, um die Karte zu studieren, die Darius auf einem Atlas aufgerufen hatte. »Keine Ahnung, wie viele Nymphen sie tatsächlich zur Bewachung abgestellt haben. Aber eins ist sicher: Es wird nicht einfach sein.«

»Das kennen wir doch schon, oder nicht?« Ich zuckte mit den Schultern und erntete einen dieser glühenden Blicke von meinem Drachen, der mir klarmachte, wie verhasst ihm unsere Anfangssituation war.

Ich lächelte amüsiert, während er mich weiterhin missmutig betrachtete. Ich hatte ihn zwar einst gehasst, aber es wäre für uns beide viel einfacher gewesen, wenn wir von Anfang an offen über unsere Gefühle und die gegenseitige Anziehung gesprochen hätten. Oder auch wenn er sich in Bezug auf mich gegen den Willen seines Vaters gestellt hätte. Aber das war nicht unsere Geschichte. Und ich war mir nicht sicher, ob ich ihn so leidenschaftlich lieben würde, wenn es anders gekommen wäre. Unsere Story war vielleicht kein hübsches kleines Märchen voller Liebesgedichte und Rosen, aber sie war rau, brutal und echt. Sie gehörte uns, und ich hatte jeden verdammten Moment gespürt.

»Vielleicht sollten wir sie einfach so richtig hart treffen«, schlug Darcy vor. »Wir haben hier eine ganze Armee, die nur darauf wartet, zuzuschlagen. Warum greifen wir nicht mit voller Wucht an und zeigen Lionel, wozu wir fähig sind?«

»Dafür haben wir nicht genug Sternenstaub«, gab Max zu bedenken. »Da Lionel den Zugang beschränkt, wird es schwierig, sicherzustellen, dass wir genug haben, um ihn selbst weiter zu nutzen.«

»Wir kriegen das schon hin«, sagte Caleb mit einem übermütigen Achselzucken. »Mit ein paar Nymphen kommen wir schon klar.«

»Und wie wir das hinkriegen«, stimmte Seth zu. »Wir sind Phoen Dream, Bitchy Flame Eyes, Wolfman, Bitey C, Fish Fury, Dragzilla, Professor Shame und Batty Betty.«

»Fang nicht schon wieder mit diesem Scheiß an«, stöhnte Darius, als Geraldine laut über den Namen lachte, den er ihr gegeben hatte, und mein Lächeln wurde ebenfalls breiter. Ich war immer noch überrascht, wenn ich sah, wie er sich in Gegenwart seiner Freunde so verdammt normal verhielt. Die Arschlochfassade verrutschte gerade genug, dass etwas Licht durchkam, wenn er von Leuten umgeben war, denen er vertraute.

»Ach, komm schon!«, knurrte Orion. »Wenn ich schon einen beschissenen Spitznamen haben muss, dann doch bitte wenigstens einen, der nichts mit meinem Geächteten-Status zu tun hat.«

»Ha, da will jemand einen niedlichen Spitznamen von Seth«, neckte ihn Darcy, und Orion seufzte, als Seth sofort die Gelegenheit ergriff, ihn aufzuziehen.

»Es ist schwer, deinen Status nicht aufzugreifen. Schließlich ist er so offensichtlich, Lance«, erwiderte Seth ohne mit der Wimper zu zucken. »Du solltest dich dem Ganzen einfach stellen und einen Club der Geächteten gründen – mit geächteten Freunden, die auf geächtete Abenteuer gehen.«

»Oder ich könnte dir die Haare abschneiden und dich damit erwürgen, wie wäre das?«, erwiderte Orion.

»Wow, Professor Shame ist aber mies gelaunt heute«, murmelte Seth, woraufhin Darcy mit einem Finger schnippte und ihm einen Strahl Wasser die Nase hochschickte – ein perfekter Treffer.

»Ah!«, kreischte er.

»Lass seinen Status aus dem Spiel!«, beharrte Darcy.

»Na gut«, seufzte Seth. »Ich lasse mir etwas anderes einfallen. Professor Shame bleibt aber vorerst. Als Platzhalter.«

»Wir sollten uns wegen dieses Altars mit Gabriel beraten«, sagte Darius und lenkte uns zurück zur eigentlichen Aufgabe.

»Gabriel kann uns nicht helfen«, sagte ich und schürzte die Lippen. »Aber er hat gesagt, dass er und seine Familie Lionel und Lavinia für uns ablenken werden. Ich denke, dass wir sie am besten aus heiterem Himmel angreifen und so hart wie möglich zuschlagen sollten.«

»Ihre Majestät hat recht«, stimmte Geraldine mit einem ernsten Nicken zu. »Wir müssen uns tief in ihre dunkelsten Abgründe begeben, durch jede erdenkliche Ritze und jeden erreichbaren Spalt stoßen, sie niederringen und knallen, bis sie um Erlösung betteln.«

»Ja, genau. Lasst sie uns so lange knallen, bis sie nicht mehr können«, meinte Max grinsend, während Geraldine nach Luft rang.

»Sei nicht so vulgär, du stupider Seeigel!«, jammerte Geraldine und versetzte ihm einen solchen Kinnhaken, dass er fast mit dem Kopf gegen den Tisch vor ihm knallte.

»Wenn dieser Riss Lavinia tatsächlich mehr Kontrolle über ihre Schatten verschafft, werden sie ihn mit aller Macht verteidigen«, warnte Orion. »Ich bezweifle ernsthaft, dass wir uns einfach so Zutritt verschaffen können. Außerdem wird Lionel wahrscheinlich auftauchen, wenn wir zu lange herumlungern, und wir sind nach wie vor nicht bereit, ihn zur Strecke zu bringen.«

»Und er wird wahrscheinlich die Drachengilde an seiner Seite haben«, ergänzte Darius.

»Wenn Gabriel in eines seiner Inquisitionszentren einbricht, sollte uns das zumindest etwas Zeit verschaffen«, sagte ich, und Orion nickte, während er darüber nachdachte.

»Warum spielen wir dann nicht einfach unsere Stärken aus?«, schlug Seth vor.

»Die da wären?«, fragte Darcy neugierig.

»Du hast es vielleicht noch nicht bemerkt, Babe, aber ich kann ein ganz schöner Angeber sein, wenn es die Gelegenheit erfordert.«

»Die Gelegenheit erfordert es nie, aber das scheint dich nicht zu stören«, erwiderte Orion, und Darius schnaubte belustigt.

»Da bin ich anderer Meinung.« Seth hob das Kinn. »Zum Beispiel erfordert es diese Situation auf jeden Fall. Wir könnten sie von außen angreifen, vielleicht ein paar ihrer Freunde schnappen und sie an Pfähle binden. Ihre kleinen Nymphenkumpels würden ihre Schreie hören und herbeieilen, um ihnen zu helfen.«

»Und dann?«, fragte ich. Was würde es uns bringen, sie anzulocken? Wie würden wir dadurch leichter an den Riss herankommen?

»Während sie abgelenkt sind, saust Cal los und sprengt ihren Riss in tausend Stücke, bevor sie überhaupt merken, dass er da ist«, erklärte Seth und grinste Caleb an, dem diese Idee zu gefallen schien.

»Ja, ich spiele gern den Helden, wenn es der Sache weiterhilft.« Caleb fuhr kokett mit den Fingern durch seine blonden Locken, während sein Blick an Seth hängen blieb.

»Du kannst den Riss nicht sprengen«, knurrte Orion und schüttelte den Kopf. »Es ist ein Riss im Gewebe, das unsere Reiche trennt. Im Gegensatz zur offenen Brücke zum Reich der Sterblichen, ist der Riss gefährlich. Wir müssen ihn versiegeln, damit die Schatten nicht mehr hindurchschlüpfen können. Wenn wir das falsch angehen, könnten wir ihn sogar noch vergrößern und Lavinia und den Nymphen mehr Macht verleihen, anstatt sie ihnen zu nehmen.«

»Willst du behaupten, ich würde das nicht hinbekommen?«, fragte Caleb und zog eine Augenbraue hoch.

»Ich will behaupten, dass es dunkle Magie und eine Menge Konzentration erfordern wird. Und selbst dann bin ich mir nicht sicher, ob es möglich ist. Der Riss ist vermutlich unglaublich instabil. Eine falsche Bewegung und wir könnten ihn noch weiter aufreißen und mehr Schatten in unser Reich lassen, anstatt sie wegzusperren. Und wer weiß, was dann mit uns allen passiert«, antwortete Orion barsch.

»Nun, wenn es jemand schaffen kann, dann du, Lance«, betonte Darius, und wir alle wandten uns unserem ehemaligen Professor zu, der die Stirn runzelte.

»Es wird gefährlich sein«, sagte er, und Darcys Kehlkopf wippte, als sie ihn ansah.

»Heutzutage ist alles gefährlich, Alter«, betonte ich, und er nickte widerwillig zustimmend.

»Ich vermute, dass man dafür eine Bindenadel braucht, ein wirklich dunkles Artefakt, für dessen Handhabung keiner von euch ausgebildet wurde«, fügte Orion nachdenklich hinzu.

»Das ist die Art von Angriff, den wir ausführen müssen«, sagte Darius entschlossen. »Ich bin dafür. Ich kann den Angriff anführen, um die Nymphen abzulenken und sie aus dem Tempel zu locken. Aber wenn du dich konzentrieren musst, während du daran arbeitest, den Riss zu schließen, kannst du nicht allein gehen. Du musst jemanden mitbringen, dem du vertrauen kannst und der dir den Rücken freihält.«

»Ich komme mit«, erklärte Darcy sofort, aber Orion schüttelte den Kopf.

»Ich fürchte, es wird sehr schwierig sein, dort unbemerkt reinzukommen. Ich muss mich mit Höchstgeschwindigkeit bewegen und das kann ich nicht, wenn ich jemanden trage. Es ist besser, wenn ich allein gehe, Blue.«

»Oder du nimmst den stärksten Vampir Solarias mit«, warf Caleb ein, das Kinn herausfordernd nach oben gestreckt, während er Orion ansah. »Ich kann auf dich aufpassen und mich um sämtliche Bedrohungen kümmern, die auf uns zukommen könnten. Und all das, ohne dabei auch nur ins Schwitzen zu geraten.«

»Oh, und wie du das kannst!« Seth lachte leise und seine Augen leuchteten, während Orion schwieg. In seinem Blick brodelte Ablehnung.

Darcy streckte die Hand aus, um Orions Arm zu ergreifen, und warf ihm einen strengen Blick zu. »Wenn du es nicht riskieren kannst, jemanden zu tragen, dann ist Caleb deine einzige Wahl. Er ist stark und du kannst ihm vertrauen. Wo also liegt das Problem?«

»Ja, du musst mich nur nett fragen. Dann werde ich dich auf jeden Fall beschützen, Lance«, sagte Caleb und lächelte zuckersüß – der Anblick seiner hervorlugenden Fangzähne machte die Wirkung allerdings sofort wieder zunichte.

Orion knurrte, sichtlich unbeeindruckt von der Idee, und ich runzelte die Stirn, weil ich mich seltsam an eine Tierwelt-Show erinnert fühlte, in der zwei Raubtiere am Rande ihres Reviers aufeinandergestoßen waren und nun bis zum Tod kämpfen würden, um das Recht zu beanspruchen, an den nächsten Baum zu pissen.

»Ohhh, geht es nur mir so oder wird es hier gerade verdammt heiß?«, fragte Geraldine laut und fächelte sich Luft zu, während die beiden Vampire sich mit unverhohlener Abneigung anstarrten. »Dieses ganze Testosteron wird noch eine der anwesenden Ladys schwängern, wenn ihr Jungs nicht einen Weg findet, einen Gang runterzuschalten.«

»Ja, akzeptiert es, Jungs! Der Plan steht bereits fest«, sagte ich, krümmte meine Finger und ließ Phönixflammen darüber züngeln. Der Gedanke an den Kampf erregte mich. »Darcy und ich werden die Gruppe anführen, die die Nymphen ablenkt und sie aus dem Tempel lockt. Ihr zwei müsst euch nur reinschleichen, während wir sie beschäftigen, und das Schattenloch mit diesem schicken Nadel-Dingsbums reparieren. Ganz einfach.«

»Du führst hier überhaupt gar nichts an, Roxy«, knurrte Darius, griff nach meinem Arm und zog mich näher zu sich heran, während sich seine Pupillen zu warnenden Schlitzen verengten. »Du hast bisher nur an einer Handvoll Überfälle auf Nymphen teilgenommen. Ich werde nicht zulassen, dass du deinen Hals riskierst, um zu beweisen, dass du etwas kannst, wovon du nicht die geringste Ahnung hast.«

»Oh, da ist er ja«, sagte ich, beugte mich vor und legte meine Hände auf die Armlehnen von Darius' Stuhl, auf den er sich zwischenzeitlich gesetzt hatte. Ich starrte in die Dunkelheit seiner Augen und bereitete mich darauf vor, meine Flammen darauf loszulassen. »Das Arschloch, das immer noch denkt, dass er unseren Thron mehr verdient als wir – die Erben, die geboren wurden, um darauf zu sitzen.«

»Und da ist *sie*«, antwortete er mit leiser Stimme, während wir jenen endlosen Streit erneut zum Leben erweckten, der die Luft zwischen uns knistern ließ. »Das kleine Mädchen, das glaubt, dass eine Krone auf ihrem Kopf sie dazu befähigt, ein Königreich zu regieren, von dem sie nichts versteht.«

»Sollen wir Schere, Stein, Papier spielen, um zu entscheiden, wer die Truppe anführt?«, flüsterte Seth. »Es sieht so aus, als würde dieses Starrduell den ganzen Tag dauern. Und wir haben Nymphen zu töten …«

Caleb lachte laut auf und auch Max schnaubte, aber ich hielt Darius' Blick stand und wartete darauf, in seinem großen Ego einen Anflug von Zweifel zu entdecken. Aber alles, was ich sah, war ein Drache, der sich mal wieder sicher war, es am besten zu wissen. Manchmal würde ich ihm lieber in den Schwanz treten, als ihn für die schönen Dinge zu benutzen.

»Darius hat recht«, sagte Orion hinter mir, und ich zwang mich, meinen

Blick auf ihn zu richten. »Er ist der Erfahrenste unter euch, wenn es darum geht, gegen die Nymphen zu kämpfen. Er sollte euer Team anführen.«

»Ach, sollte er das?«, fragte Darcy mit zusammengekniffenen Augen. Aber bevor unser Streit eskalieren konnte, sprang Geraldine auf und warf den Tisch um, sodass wir alle gezwungen waren, zurückzutreten. Darius aber blieb einfach auf seinem Platz sitzen, spreizte die Beine wie jemand, der glaubte, enorm große Eier in der Hose zu haben, und zuckte nicht einmal mit der Wimper.

»Myladys, lasst uns aufbrechen! Ich habe ein Geschenk für euch, das ihr im Kampf tragen könnt, und wir haben keine Zeit, mit diesen ungehobelten Rüpeln Faxen zu machen. Ich schlage vor, dass wir uns alle so geschwind wie möglich in der Scheune treffen. Ihr anderen geht und holt eure Waffen aus euren Zimmern – wir können hier nicht einfach herumsitzen, lümmeln und trödeln, wo doch die Nymphen von unseren hübschen und sterngebundenen Händen in den Tod geschickt werden müssen.«

Ich wollte protestieren, aber Geraldine packte mich und Darcy an den Handgelenken und zerrte uns prompt aus dem Raum, wobei uns die Erben und Orion geschockt nachstarrten.

Verdammt, dieses Mädchen weiß, wie man einen Abgang hinlegt.

»Ich war noch nicht fertig damit, Darius zu sagen, wo er sich hinficken soll«, brummte ich, als Geraldine mich in einer Art Laufschritt mitzerrte.

»Ich weiß, Mylady«, sagte Geraldine, warf einen Blick über die Schulter und eilte dann weiter, ohne auch nur ein einziges Mal ihren Griff um meine Schwester oder mich zu lockern. »Aber das ist das Problem. Dein lieber Dragoner ist geblendet von seiner unglücklichen Erziehung, dem Bedürfnis, sich seiner Position und deiner Liebe würdig zu erweisen, seinem Löwen-Stolz, der Sturheit des Mars selbst und nicht zu vergessen dem verzweifeltsten Wunsch seines Herzens, dich zu beschützen. Mit ihm ist nicht vernünftig zu reden, und ich dachte, es wäre klug, dir die vergebliche Müh zu ersparen. Große Männer reden gern. Sie schwadronieren darüber, wie mächtig und im Recht sie sind – aber ihr Mädels und ich … wir kennen die Wahrheit.«

»Welche Wahrheit?«, fragte Darcy, als wir in Geraldines Zimmer gezogen wurden.

»Dass eine Frau so viel mehr Macht hat, als ein Mann es sich je erhoffen könnte. Wir sind tapfer und aufrichtig, wir lieben leidenschaftlich und beschützen verbissen, wir sind freundlich, wenn Freundlichkeit angebracht ist, und stur, wenn das Richtige getan werden muss. Und das Beste von allem ist, dass wir uns nicht von den Launen eines dusseligen Dödels zwischen unseren Schenkeln blenden lassen. Und obwohl Lady Petunia und ihre Kolleginnen gelegentlich ihre Aufmerksamkeit auf sich ziehen, haben wir nach wie vor eine Macht, auf die Männer niemals hoffen können. Also soll der Dragoner ruhig glauben, dass er das Sagen hat, wenn sich dadurch seine Männlichkeit größer anfühlt.«

»Sie muss wirklich nicht noch größer sein«, murmelte ich, und Darcy lachte.

»Zu viel Info, Tor.«

»Ich sag's ja nur.« Ich zuckte mit den Schultern, und Geraldine kicherte mädchenhaft.

»Oh, erzähl, Mylady! Ich muss sagen, ich wollte schon immer wissen, wie groß ein Drachen-Dongle ist – die sind ja doch so verdammt groß. Und ich habe seine beeindruckende Größe zwar ein- oder zweimal gesehen, wenn er sich gerade in der Verwandlung befand, aber ich habe ihn noch nie in seiner vollen, erregtesten Pracht gesehen, wenn du verstehst, was ich meine. Steht die Donnerlunte eines Drachen im Verhältnis zu seiner beeindruckenden Statur?«

Ich grinste und zuckte mit den Schultern. »Bei Darius ist das definitiv der Fall. Aber nicht bei allen Drachen.«

»Bei den Sternen, du willst doch nicht sagen …«

»Entspann dich, Lionel hat seinen Stummelschwanz nie in meine Nähe gebracht. Aber ich habe oft genug gesehen, wie er ihn in Clara gerammt hat, als ich noch ein Schattenfreak war, um zu verstehen, warum er so viel verdammte Wut in sich hat. Er sieht aus wie ein Pilz, dem man den Kopf halb abgetrennt hat.«

Darcy brach in schallendes Gelächter aus, und Geraldine heulte so laut, dass ich mir ziemlich sicher war, dass sich etwas Staub von der Decke löste und auf uns herabrieselte.

»Nun, ich werde dich später bitten müssen, mich mit Geschichten darüber zu unterhalten, wie dein Schiff von deinem schuppigen Kumpan gekapert wurde. Ganz zu schweigen von dem einen oder anderen Bericht darüber, wie autoritär deine zahnige Fledermaus im Schlafzimmer ist, Darcy, meine Liebe. Ich habe ein – oder zehn – Gerüchte darüber gehört, wie die Geschwindigkeit eines Vampirs bei der Begattung eingesetzt werden kann. Und diese eng sitzenden Hosen, die er im Unterricht getragen hat, haben mir viel über seine kolossale männliche Ausbuchtung verraten. Ich werde euch sogar von meiner letzten Soiree mit dem windigen Wolfsbarsch selbst erzählen.«

»Warte«, unterbrach Darcy. »Du und Max, ihr habt wieder was am Laufen?«

Ich wurde sofort hellhörig, und Geraldine seufzte dramatisch, während sie eine Truhe am Fußende ihres Bettes öffnete. »Ja … na ja, ich gebe zu, dass ich Gefallen an seiner Pimpernuss gefunden habe. Leider befürchte ich, dass es nur in Herzschmerz enden wird.«

»Warum sagst du das?«, fragte ich. Glaubte sie wirklich, dass Hamish an der dummen arrangierten Ehe festhalten würde, sollte sie sich dagegen entscheiden? Er schien jedenfalls nicht der Typ zu sein, der seine Tochter willentlich unglücklich machen würde.

»Ach, das spielt jetzt keine Rolle«, sagte Geraldine abweisend, stand plötzlich auf und kam mit einem breiten Grinsen auf uns zu, das fast blendete. Sie hielt zwei große Stoffbündel in die Luft. »Die Königin selbst, eure Mutter, hat diese meinem Vater anvertraut und ihn gebeten, sie sicher aufzubewahren, bis der Tag kommt, an dem sie gebraucht werden. Seither sind viele Jahre vergangen, aber er hat nie an der Weisheit ihrer Entscheidung gezweifelt. Heute Morgen hat er mir gesagt, dass er es in seinem Urin gespürt hat. Und sein Urin täuscht sich nie. Es ist Zeit. Sie gehören euch.«

Ich runzelte leicht die Stirn, als ich das Gewicht des Bündels spürte, und legte es auf ihrem Bett ab. Dabei tauschten Darcy und ich einen verstohlenen Blick aus, während wir beide die Bänder lösten, mit denen das weiße Bündel verschnürt war. Die Knoten waren fest und das Ding war eng gewickelt, aber als ich den Stoff schließlich entrollt hatte, stieß ich einen erstickten Schrei aus, als mein Blick auf das Geschenk unserer Mutter fiel.

Mit offenem Mund betrachtete ich die wunderschöne Rüstung, die mich erwartete. Das Metall war von bronzener Farbe und sah so aus, als wäre es in Öl getaucht worden, mit roten und blauen Wirbeln, die jeden Zentimeter verzierten. Es schien, als würde das Metall selbst pulsieren, bevor ich es überhaupt in die Hand nahm.

»Diese Rüstung wurde für die einstigen Königinnen gefertigt. Eure Vorfahren aus vergangenen Zeiten, die euer Erbe teilten und eure Formgebung innehatten«, flüsterte Geraldine ehrfürchtig. »In diesen Rüstungen lebt das Feuer des Phönix. Sie sind absolut unzerbrechlich und nicht zu trüben.«

Auf der beeindruckenden Brustplatte lag ein kleiner Zettel, und ich schluckte den Kloß in meinem Hals hinunter, als ich mit zitternden Fingern danach griff. In der geschwungenen Schrift, die ich als Handschrift meiner Mutter wiedererkannte, stand *Roxanya*.

Fliege schnell und unbeirrt, süßes Mädchen. Geheimnisse warten unter der Erde – suche furchtlos und sie sollen gefunden werden.

Ich musterte prüfend das, was ich für eine Art Prophezeiung hielt, und streckte Darcy meinen Zettel hin, damit sie ihn ebenfalls lesen konnte, während sie mir den ihren zeigte.

Wenn die Dunkelheit näher rückt, lehne dich ins Licht. Die stärkste Waffe wird in der Flamme geschmiedet. Halte den Atem an und kämpfe gegen den Schmerz!

»Das klingt so erbaulich wie immer«, murmelte ich. Warum mussten diese verdammten Sterne auch immer so unglaublich kryptisch sein?

»Wir sollten uns die Worte einprägen und auf alle Hinweise achten, die uns helfen könnten, sie zu verstehen«, antwortete Darcy mit einem Achselzucken und biss sich nervös auf die Lippe.

»Ich werde es versuchen, aber ehrlich gesagt ergibt für mich nichts davon jemals einen Sinn, bis es verdammt noch mal zu spät ist.«

»Zieht euch um, meine Königinnen! Wir haben keine Zeit zum Trödeln«, rief Geraldine plötzlich. Ich zuckte zusammen, als sie aufsprang und wie wild mit den Armen fuchtelte.

»Herrgott, Geraldine, das kannst du nicht machen«, knurrte ich, beugte mich aber ihren Forderungen und zog die zugegebenermaßen extrem cool aussehende Rüstung an.

Das Bruststück war eindeutig für Frauen konzipiert und an den Seiten mit einem Material zusammengehalten, das fast wie Leder aussah, aber irgendwie härter und gleichzeitig geschmeidiger war. Etwas Weiches berührte meine Haut unter dem Metall. Die Hose bestand sowohl aus dem lederartigen Stoff als auch aus Metallplatten, die übereinander rutschten, damit ich meine Beine frei bewegen konnte, während sie sie trotzdem schützten. Diese Rüstung war – trotz ihres Gewichts – verdammt bequem.

Dazu gehörten auch Stiefel aus dem gleichen geschmeidigen Material und Armschienen, während der obere Teil meines Rückens frei blieb – genau wie meine Schulterblätter, damit sich meine Flügel frei entfalten konnten.

Zum Glück gehörte kein Helm zum Ensemble, denn ich war mir ziemlich sicher, dass ich hier die Grenze hätte ziehen müssen. Ich fühlte mich schon irgendwie komisch in diesem Scheiß und fragte mich, wie beleidigt Geraldine sein würde, wenn ich einfach wieder meine eigenen Klamotten anziehen würde. Aber als ich uns im Spiegel sah, verwarf ich diese Idee schnell wieder.

»Fuck«, murmelte ich und betrachtete sowohl Darcys als auch mein Spiegelbild. Mein Herz raste und meine Handflächen wurden glitschig. »Das sieht nach verflucht gutem Cosplay aus.«

Darcy schnaubte amüsiert, neigte den Kopf und nickte. »Comic-Con, wir kommen!«, erklärte sie und grinste mit mir, als ich mich umdrehte, um mich auch von hinten zu bewundern.

»Unsinn!«, rief Geraldine. »Das ist kein Kostüm und keine Verkleidung. Das ist die Rüstung eurer Art, geschmiedet im Feuer der Phönixe selbst – sie wurden von jenen Kriegerköniginnen getragen, die vor vielen Monden eure Ahnenlinie hervorgebracht haben. Also wandelt mit erhobenem Haupt, denn bald werdet ihr dieses Ensemble mit glänzenden Diademen vervollständigen. Und wenn ihr erst mal auf dem Thron sitzt, wird ganz Solaria jubeln und wissen, dass die wahren Königinnen endlich zurückgekehrt sind.«

Geraldine sank schluchzend auf die Knie, warf sich vor uns nieder und murmelte, was für ein freudiger Tag dies sei, während ich mir die Rüstung noch einmal im Spiegel ansah. Würde sie wirklich der vollen Kraft unserer Flammen standhalten können, wenn wir uns verwandelten?

»Wir sehen tatsächlich irgendwie königlich aus«, gab ich zu und tauschte ein Lächeln mit Darcy.

»Und unsere Mutter wollte, dass wir sie tragen«, sagte sie mit einem gewissen Schmerz in den Augen, während sie die wunderschöne Rüstung berührte. »Glaubst du, sie hat das vorhergesehen?«

»Vielleicht«, flüsterte ich.

»Ich werde mich definitiv nicht darüber beschweren, mich vollständig verwandeln zu können, ohne mich darauf konzentrieren zu müssen, meine Klamotten nicht zu verbrennen«, sagte sie plötzlich.

»Definitiv ein Pluspunkt«, erklärte ich, während ich das lederartige Material des Unterhemds zwischen meine Finger nahm. Es schien unwahrscheinlich, dass der Stoff unseren Phönixflammen wirklich widerstehen konnte, aber wenn es die Rüstung unserer Vorfahren gewesen war, dann war sie in der Vergangenheit sicherlich mehr als einmal auf die Probe gestellt worden.

Wir waren so sehr damit beschäftigt, unsere eigenen Outfits zu betrachten, dass wir kaum bemerkten, wie Geraldine ihre eigene Rüstung anzog, die wie das Sonnenlicht glänzte und sie von Kopf bis Fuß bedeckte. Sie sah aus wie ein Ritter, der an König Artus' Tafel erwartet wurde, und plötzlich schienen unsere eigenen Aufzüge gar nicht mehr so lächerlich. Ihr Brustpanzer war so geformt, dass er ihrer großen Brust Platz bot und sich an beiden Brüsten zu dreieckigen Spitzen verjüngte.

»Oh, jetzt fühle ich mich besser«, sagte ich, schaute erst sie an und grinste dann in Richtung Darcy.

»Ja, niemand wird uns bemerken, wenn du so angezogen bist«, meinte auch Darcy, als Geraldine ihren Flegel zu Hand nahm und ein paar Probeschwünge machte.

»Papperlapapp. Ich bin nur ein unbedeutender Wurm, der keiner Krähe auffällt. Aber ich bin ein Wurm, der sich zwischen euch und den Tod stellen wird, Myladys, koste es, was es wolle.«

»Ähm, danke?«, entgegnete Darcy, und ich zuckte mit den Schultern, da ich mir auch nicht ganz sicher war, wie man auf eine solche Ankündigung reagieren sollte.

»Lasst uns weniger über den Tod reden, ja?«, schlug ich vor. »Wir werden da einfach reinspazieren und ein paar Nymphen grillen, während Orion und Caleb den Riss flicken. Rechtzeitig zum Frühstück samt buttrigen Bagels sind wir wieder hier.«

»Und es werden die buttrigsten Bagels überhaupt sein«, krähte Geraldine. »Das unendliche himmlische Karma wird dafür sorgen.«

Wir gingen zur Tür, und Geraldine eilte voraus, um uns herum einen Verhüllungszauber zu wirken. Wir blieben in Schatten gehüllt, als wir in den Korridor traten, und sie murmelte etwas darüber, dass diese Mission geheim bleiben müsste, bis sie abgeschlossen war.

Damit hatte ich kein Problem. Ich war durchaus dafür, mein neues Aussehen vorerst geheim zu halten. Denn obwohl Geraldine darauf bestand, dass es damals »der letzte Schrei« für Phönixe gewesen sei, war ich nicht davon überzeugt, dass tausend Jahre alte Mode wirklich den heutigen Standards entsprach.

Mein Plan, uns in unserer Rüstung möglichst unauffällig zu halten, scheiterte jedoch auf spektakuläre Weise, als wir aus dem Bauernhaus oberhalb des Burrows traten. Tyler Corbin wartete mit seiner Kamera auf uns und knipste bereits wie wild darauf los.

»Eure Entscheidung, Prinzessinnen«, sagte er und trat schnell einen Schritt zurück, als ich ihn böse anfunkelte. »Ich kann diesen Schnappschuss verwenden oder ihr könnt dort drüben am Set, das Geraldine für euch gebaut hat, posieren.«

Ich schaute zu der anderen Seite der Scheune, auf die er zeigte, und entdeckte einen riesigen Felsbrocken, der inmitten eines Feldes blutroter Blumen stand. Ihre Blütenblätter lösten sich unaufhörlich in einer unnatürlichen Brise und wehten über den Bereich. Ich war froh, wieder einen Hauch von Licht in seinen Augen zu sehen. Er hatte sein Zimmer nach dem Mord an seiner Mutter zwei Wochen lang kaum verlassen, aber schließlich hatte er sich der Welt wieder gestellt. Jetzt sah ich eine Härte in ihm, die zuvor nicht da gewesen war.

»Wann hast du das denn bitte auf die Beine gestellt?«, fragte Darcy, als Geraldine vor Aufregung quietschte und uns zu ihrer Bühne führte.

Ich war ernsthaft versucht, Tyler einfach den Schnappschuss-Scheiß verwenden zu lassen. Aber als er mir zeigte, welch grässliche Fratze ich darauf zog, änderte ich meine Meinung. Ich überlegte auch, seine Kamera einfach zu sprengen, damit er keine weiteren Fotos mehr machen konnte, aber als ich den Anflug von Trotz in seinem Blick bemerkte, wurde mir klar, dass es für ihn um viel mehr ging als nur um einen FaeBook-Post.

»Du trittst die Nachfolge der Leitung des *Daily Solaria* an?«, fragte ich, als ich endlich verstand. Er nickte.

»Meine Mutter ist mit dem festen Vorsatz gestorben, den Bewohnern von Solaria die Wahrheit zu liefern. Sie hat nicht nachgegeben, egal, wie sehr Lionel sie bedroht hat, und ist bis zu ihrem letzten Atemzug mutig und ihren Überzeugungen treu geblieben. Diese Zeitung war mehr als nur ihr Job. Sie war ihr Vermächtnis. Und egal, wie viele Anstrengungen Lionel unternehmen mag, um mich an der Weiterführung zu hindern, er wird mich nicht aufhalten können. Es gibt hier Tech-Typen, die wissen, wie man jede von ihm eingerichtete Sperre umgeht, und die dafür sorgen können, dass unsere Artikel weiterhin in die Hände der Öffentlichkeit gelangen. Ich möchte es für sie tun. Ich möchte beweisen, dass er die Wahrheit nicht daran hindern kann, ans Licht zu kommen.«

Ich seufzte, konnte die Wahrheit seiner Worte nicht leugnen und wusste, dass ich ein totales Arschloch wäre, wenn ich seine Bitte jetzt ablehnen würde. Also nickte ich.

»Dann werden wir helfen, wo wir können«, erklärte Darcy entschlossen und sah ihn mit flammenden Augen an.

»Okay, wir machen ein paar schnelle Aufnahmen. Und du kannst die Story darüber bringen, wie wir einen Haufen Nymphen ausgeschaltet haben, sobald wir alle wieder sicher hier und nicht länger in Lionels Reichweite sind«, stimmte ich zu.

Geraldine stieß ihren Pterodaktylus-Schrei aus, woraufhin ich fast einen Herzkasper bekommen hätte, und wir gingen auf den Felsen zu und posierten für ein paar übertrieben dramatische Aufnahmen. Dabei versuchte ich permanent, nicht die Augen wegen dieses gestellten Mists zu verdrehen, und erinnerte mich daran, dass wir unsere Seite der Geschichte verbreiten mussten. Lionel arbeitete hart daran, uns bei jeder Gelegenheit zu diskreditieren. Die Fae von Solaria mussten wissen, dass wir nach wie vor kämpften und fest entschlossen waren, unser Königreich von diesem Ungeheuer von einem Mann zu befreien.

Die Erben und Orion kamen dazu, als wir gerade fertig waren. Seth stieß einen lauten Pfiff aus, während Max einen Witz über unser heißes Aussehen machte, bevor Geraldine ihm einen Schlag in die Magengegend versetzte und ihm sagte, er solle seine Zunge im Zaum halten.

Darius schien vergessen zu haben, dass wir uns mitten in einem Streit befanden. Er blieb vor dem Felsen stehen, auf dem ich mich noch immer befand, streckte die Hand aus, um meinen Oberschenkel zu berühren, und sah zu mir auf.

»Du siehst kampfbereit aus«, murmelte er, während er seinen Blick über die Rüstung schweifen ließ und besorgt die Stirn runzelte.

»Ach ja?«, fragte ich, während ich seine Lederjacke musterte und die rostrote Farbe und den Geruch von Rauch, der an seiner Haut haftete, bemerkte. Seine Muskeln waren angespannt, und der Drache in seinen Augen starrte mich aufmerksam an. Seine Streitaxt hielt er fest in seiner freien Hand, und ich konnte den Ruf der Flammen spüren, die in ihr lebten, als wären auch sie hungrig. »Und du siehst aus, als wärst du bereit, zu töten.«

»Verdammt richtig, das bin ich«, knurrte er und sein Griff um mich wurde fester. »Wirst du brav sein und tun, was man dir sagt, wenn wir da draußen sind?«

Ich machte einen Schritt nach vorn, ließ mich von dem Felsen fallen, sodass ich direkt vor ihm stand und wie üblich zu ihm aufblicken musste. Mir hatte es zwar gefallen, dass Darius Acrux sich vor mir verbeugte, aber ich war auch ganz zufrieden damit, mich direkt mit ihm zu messen. Er mochte größer als ich sein, aber das bedeutete einen Scheiß, wenn es um Stärke ging. Und ich war genauso stark wie er. Und noch ein bisschen stärker.

»Du Dummerchen«, sagte ich und stellte mich auf Zehenspitzen, um ihm ins Ohr zu flüstern: »Du würdest mich nicht mögen, wenn ich ein braves Mädchen wäre.«

Darius knurrte und machte eine Bewegung, um mich zu packen, aber seine Arme waren durch die Ranken, die ich geworfen hatte, als er durch meine Nähe abgelenkt gewesen war, an seinen Seiten gefesselt. Ich grinste ihn an und gesellte mich zu den anderen, die darauf warteten, durch die Barriere zu treten.

Ich warf einen Blick auf meine Schwester und sah, wie Orion sie wie ein Wolf umkreiste, während er ihre Rüstung mit einem Feuer in den Augen begutachtete. Sie biss sich auf die Lippe, als er sich ihr wieder zuwandte, und ich schnippte mit den Fingern, um ihre Aufmerksamkeit zu erregen, bevor er sich auf sie stürzen konnte.

»Versprich mir, dass du dafür sorgst, dass sich deine Schwester benimmt, Blue«, murmelte Orion zu Darcy, als ich mich ihnen näherte. »Tu einfach, was Darius sagt, und pass auf dich auf, während wir da draußen sind.«

»Keine Sorge«, erklärte Darcy, warf mir einen Blick zu und teilte mir auf ihre eigene Art mit, dass heute Abend keine von uns blind Befehle von meinem Freund entgegennehmen würde. »Ich werde Tory nicht aus den Augen lassen«, versprach sie, und Orion nickte erleichtert, nahm ihre Hand und drückte ihre Finger, als wir durch die Barriere und in das dunkle Feld dahinter traten.

»Sobald wir dort sind, rücken wir aus«, sagte Orion und musterte unsere Truppe, die sich jetzt eng zusammendrängte. Wir alle nickten zustimmend.

»Lasst uns unsere Stäbe zu den Sternen erheben und im Namen der Gerechtigkeit für den Wohlstand unseres großen Königreichs und die wahren Königinnen kämpfen, die dazu bestimmt sind, darüber zu herrschen!«, rief Geraldine, während sie den Sternenstaub aus einem Beutel nahm, den sie in ihrem Ausschnitt versteckt hatte.

»Ich glaube nicht, dass wir alle damit einverstanden waren, für …«, begann Seth, aber Geraldine warf ihm eine Prise Sternenstaub ins Gesicht, um seine Proteste zu unterbinden, und wir wurden in die Umklammerung des Himmels gezerrt, während uns das Geräusch meines Lachens umgab.

Wir landeten irgendwo tief in einem Wald, wo riesige immergrüne Bäume über unseren Köpfen aufragten – und es in Strömen regnete. Meine Füße versanken mehrere Zentimeter im Schlamm, und sofort gesellte sich auch eine echt fiese Kälte zum Geräusch des fallenden Regens.

»Nett«, murmelte ich und blickte zu den Wolken auf, die ich über dem dichten Blätterdach der Bäume kaum sehen konnte, gerade als es über uns donnerte.

»Das sollte uns zumindest etwas Schutz bieten«, sagte Max und verwandelte sich, gerade als ich in seine Richtung schaute. Seine Haut wurde von marineblauen Schuppen verdrängt, und sein Körper schien sich dem Kuss des Regens regelrecht in die Arme zu werfen.

»Natürlich liebt die Sirene das Wetter«, höhnte Caleb, und ein Lächeln huschte über meine Lippen, als wir uns alle in Richtung Wald aufmachten.

»Hier entlang«, sagte Darius und bewegte sein Kinn. »Ich kann ihren fauligen Geruch praktisch im Wind schmecken.«

Er trat an die Front der Gruppe und ging so zielstrebig, dass ich annehmen musste, dass er wirklich wusste, wovon er sprach. Ich ging neben ihm her, schnupperte in die Luft, roch aber nichts als Regen und Moos.

»Hast du nur deine Nase verwandelt oder so, Bro?«, fragte ich, und er warf mir einen Blick zu, der bestätigte, dass er seine Drachenkräfte angezapft hatte.

»Nenn mich nicht Bro«, knurrte er – und verdammt, es gefiel mir, wenn er knurrte.

»Warum nicht?«

»Weil ich nicht dein verdammter Bro bin. Ich bin der Typ, der dich so hart kommen lässt, dass du kaum atmen kannst, geschweige denn klar sehen. Ich bin derjenige, der dein Herz jedes verdammte Mal höherschlagen lässt, wenn du mich ansiehst, weil du weißt, dass ich nie aufhören werde, so nach dir zu lechzen, wie ich es tue. Weil du weißt, dass ich nie genug von dir bekommen oder dich mit mehr Leidenschaft lieben kann als in diesem Moment. Und ich bin der Typ, dem du Rede und Antwort stehen musst, wenn du heute Abend gegen meine Befehle verstößt – was, glaub mir, mindestens genau so viel Schmerz wie Genuss mit sich bringen wird. Verstanden?«

»Verstanden. Nicht mein verdammter Bro«, neckte ich ihn, und er knurrte erneut.

Ja, er hatte mir so ziemlich jede Ausrede geliefert, die ich brauchte, um mich danebenzubenehmen, obwohl das bisher nicht mein endgültiger Plan gewesen war. Aber jetzt wollte ich beweisen, dass er mich nicht kontrollieren konnte.

Ich spürte, wie sich eine Stillekuppel um mich herum bildete, und sah mich um. Orion und Caleb starrten beide in die Bäume zu unserer Rechten, wo der Boden nach unten abfiel.

»Ich glaube, da kommen zwei auf uns zu – wahrscheinlich eine Patrouille oder so etwas«, sagte Orion, und wir alle spannten uns an.

»Drei um genau zu sein«, widersprach Caleb, und nach einer weiteren kurzen Pause nickte Orion.

»Klingt nach der perfekten Menge für unseren Köder«, sagte Seth aufgeregt.

»Dann wird es wohl Zeit, dass wir uns an die Arbeit machen«, erklärte Geraldine düster, und ich musste lächeln, als das Bedürfnis nach einem Kampf durch meine Adern strömte.

Es war verdammt lange her, dass wir in diesem Krieg einen echten Schlag gelandet hatten, und ich war bereit, eine weitere Schlacht zu schlagen.

Scorpio
Gemini
Virgo
Aries
Cancer
Leo
Sagittarius
Taurus
Capricorn
Aquarius
Libra
Pisces

MAX

KAPITEL 24

Der Regen küsste meine Schuppen an Armen und Hals, als wir in Richtung Wald aufbrachen und ich meinen Bogen von meinem Rücken nahm und einen Pfeil bereit machte. Gleichzeitig konzentrierte ich mich auf meine Wassermagie und stellte eine Verbindung mit dem Element her.

Ich konnte spüren, wie Feuchtigkeit die Luft durchtränkte, als die Regentropfen unablässig vom Himmel fielen, durch die Kieferbäume prasselten und zu unseren Füßen in den Boden sickerten. Dies war mein Element und kleine Flüsse des Behagens rannen durch meinen Körper.

Mit etwas mehr Mühe konzentrierte ich mich auch auf die uns umgebende Luft und schloss für einen Moment die Augen, während ich mich auf die Muster konzentrierte, die die beiden Elemente erzeugten, wenn sie auf Felsbrocken, Bäume und die mich umgebenden Fae trafen.

Ich ging mit geschlossenen Augen weiter und nutzte meine Verbindung zu meinen Elementen, um die Umgebung zu kartieren, während ich mein Bewusstsein aus meinem Körper herausschob und eine umfassende Sicht auf den umliegenden Wald aufbaute. Damit sah ich so viel mehr, als ich es mit meinen Augen im Dunkeln und im Regen hätte tun können.

Unsere Gruppe bewegte sich leise den Hügel hinauf. Cal und Orion bewegten sich zu beiden Seiten von Darius, während sie ihre Gaben nutzten, um nach den Nymphen zu lauschen. Aber ich spürte sie zuerst.

Oben auf dem Hügel erstreckte sich ein Grat entlang einer Waldlichtung. Harte Felsen ragten aus dem durchnässten Boden und erzeugten eine Lücke in meinem Wahrnehmungsvermögen. Auf diesem Grat bewegten sich drei hochgewachsene Gestalten, die sich in ihre Nymphenform verwandelt hatten und wie Raubtiere, die ihr Zuhause bewachten, am Lichtungsrand entlangschlichen.

»Sie sind etwa hundert Meter weiter oben«, sagte ich und zeigte auf sie, während ich stehen blieb und die anderen meiner Führung folgten und sich um mich herum gruppierten.

Ich schärfte meine Wahrnehmung weiter und suchte nach weiteren Gestalten, die im Dunkel der Bäume lauerten, und fand sie, Gruppe für Gruppe. Sie patrouillierten entweder am Rand des Waldes, der diese Lichtung umgab, oder hatten sich im Zentrum versammelt.

Ich konzentrierte mich auf diese Richtung und spürte dem Regen und dem Wind nach. Beide Elemente trafen auf eine riesige Steinstruktur, die sie abhielt und in meinem Kopf einen dunklen Punkt bildete – diese Struktur musste der Grund für ihre Anwesenheit dort sein.

»Hinter ihnen befindet sich – auf einer Lichtung zwischen den Bäumen – eine riesige Struktur«, sagte ich, unterbrach meine Verbindung zu den Elementen und öffnete die Augen, um mich nach meinen Freunden umzusehen. »Ich vermute, dass es sich dabei um den Tempel handelt, in dem sie den Altar aufgestellt haben. Und dass sich der Riss auch darin befindet.«

»Oh, du kannst bisweilen ein dämonisch durchtriebener Delfin sein, nicht wahr?«, schnurrte Gerry, während sie mich ansah, ihren Flegel lässig gegen ihre Schulter gelehnt; die mit Stacheln versehene Kugel an seinem Ende schwang langsam hin und her. Ich wollte etwas gegen den Delphinkommentar sagen, aber wurde abgelenkt, als ich ihren Anblick in dieser Rüstung auf mich wirken ließ, und bevor ich eine Antwort formulieren konnte, sprach Darcy.

»Klingt, als müssten die Erdelementare hier übernehmen«, sagte sie mit einem gefährlichen Funkeln in den Augen, während sie erwartungsvoll ihre Finger bewegte.

»Caleb und ich werden uns in weitem Bogen durch die Bäume bewegen, damit wir in Position sind, sobald ihr sie herausgelockt habt«, sagte Orion, während sein Blick auf Darcy ruhte, als wollte er sie nicht verlassen. Seth stellte sich neben sie und legte seinen Arm um ihre Schultern.

»Keine Sorge, Lancey, ich kümmere mich um dein Mädchen«, sagte er selbstsicher, doch als sein Blick zu Caleb huschte, konnte ich eine Spur von Besorgnis in seinen Emotionen erkennen. Sie wurde jedoch schnell durch sein gewohntes Selbstvertrauen gemildert, und ich wusste, dass er volles Vertrauen in Cal hatte, die Sache durchziehen zu können. Dennoch war unser Vorhaben ein gefährliches, und ich konnte nicht anders, als mir Sorgen um meine Freunde zu machen, jetzt, da wir alle in den Kampf zogen.

»Nimm deine verdammten Pfoten von ihr!«, knurrte Orion und machte einen Schritt nach vorn, aber Darius schlug eine Hand auf seine Brust und drängte ihn einen Schritt zurück.

»Seth, hör auf, ein Arsch zu sein, und Lance, hör auf, dich von ihm ködern zu lassen! Wesentlich wichtigere Dinge erfordern unsere Aufmerksamkeit«, sagte er bestimmt.

»Zumindest die der Erdelementare«, erwiderte Tory und provozierte ihn mit jeder ihrer Bewegungen, während sie sich in Richtung der Nymphen entfernte. Ernsthaft, dieses Mädchen schien wirklich unter Todessehnsüchten zu leiden, wenn es darum ging, den Drachen in ihm zu reizen. Andererseits brauchte Darius wahrscheinlich jemanden, der sich wehrte, wenn er zu dominant wurde. »Du und Max solltet wahrscheinlich einfach hierbleiben und uns den Rücken freihalten. Wir wollen doch nicht, dass sich jemand an uns heranschleicht, während wir die ganze Arbeit erledigen, oder?«

Darius knurrte, während Darcy grinsend Seths Arm von ihren Schultern schüttelte und einen Schritt nach vorn trat, um Orion innig zu küssen. Sie packte ihn am Shirt und zog ihn für einen Moment an sich, bevor sie ihn entschlossen zurückstieß.

»Stirb nicht!«, befahl sie, woraufhin er amüsiert lächelte.

»Ja, meine Königin«, antwortete er – eine beiläufige Bezeichnung, doch die anderen Erben und ich spannten uns alle sofort an. Orion ignorierte uns einfach, nickte in Richtung der Bäume zu unserer Linken, um Caleb eine entsprechende Anweisung zu geben, und schoss dann in die Dunkelheit davon.

»Passt auf euch auf!«, sagte Cal zu uns allen, und sein Blick verweilte einen Augenblick lang auf Seth, bevor auch er davonschoss.

Ich beäugte Seth, der sich räusperte und von mir abwandte. Seine mentalen Schutzschilde schlossen sich so abrupt und heftig wie das Arschloch einer Ente, woraufhin ich misstrauisch die Augen zusammenkniff.

»Vorwärts, Myladys, lasst uns diese edelste aller Aufgaben bestreiten!« Geraldine schritt hinter Tory her, schwang ihren Flegel und enthauptete dabei einen jungen Baum. Ich starrte nur auf ihren Hintern in ihrem Kettenhemd und fragte mich, warum zum Teufel ich so besessen von einer verrückten Royalistin wie ihr war. Aber ich konnte verdammt noch mal nicht anders.

»Wir kommen mit«, knurrte Darius und eilte los, um Tory einzuholen, die nur unschuldig mit den Achseln zuckte, als wäre es ihr egal. Aber ich fing genug von ihren Emotionen auf, um den Eindruck zu bekommen, dass sie etwas im Schilde führte, und als Darcy in ihre Richtung schaute, spürte ich, dass auch von ihr Unruhe stiftende Schwingungen ausgingen.

Diese verdammten Vega-Zwillinge würden uns allen noch zum Verhängnis werden, wenn sie nicht bald ihren Platz akzeptierten. Bis dahin würde dieser Machtkampf zwischen uns jedoch immer intensiver werden. Eines Tages würden wir uns ihnen vielleicht wirklich entgegenstellen müssen, und ich hoffte, dass wir danach wieder zu dem würden zurückkehren können, was wir uns hier geschaffen hatten.

Andererseits neigte Macht immer dazu, selbst die besten Dinge zu korrumpieren. Meine eigene Mutter war dafür ermordet worden, also sollte ich es wissen.

Wir kletterten durch den Wald in Richtung Kamm, und mein Herz pochte heftiger, als wir uns den Nymphen näherten, die ich mit meiner Wassermagie immer noch vor uns spüren konnte.

Die Dunkelheit der Bäume lastete schwer auf uns, und der Regen übertönte weiterhin jedes Geräusch – abgesehen von seinem eigenen Kontakt mit dem Blätterdach und dem Donnergrollen, das ihn von irgendwo weit über uns begleitete.

Die Zwillinge gingen voran, während wir uns dem Aufenthaltsort der Nymphen näherten. Geraldine und Seth gingen zu beiden Seiten, während ich mich mit Darius etwas zurückhielt.

Ich warf meinem Freund einen Blick zu, als er stocksteif neben einem riesigen Mammutbaum stehen blieb, seine Axt fest umklammert und den Blick auf Torys Rücken geheftet, während er ihr zusah, wie sie weiter den Hügel erklomm.

»Sie schafft das schon«, murmelte ich und ließ meinen Blick auch über Gerry und Seth schweifen, die sich gerade in die Schatten begaben, um unsere Zielobjekte zu umzingeln.

»Ich weiß«, antwortete er mit schwerer Stimme. »Aber das macht es nicht einfacher, ihr dabei zuzusehen, wenn sie sich in Gefahr begibt.«

»Sie wirkt nicht wie eine Frau, die darauf steht, wenn du ständig an ihrer Seite klebst.«

»Korrekt. Aber ich werde ihr keine wirkliche Wahl lassen, wenn es wirklich drauf ankommt.«

»Du liebst sie wirklich, was?«, fragte ich, weil ich die Intensität dieses Gefühls auf seiner Haut schmeckte. Mit einem freudigen Prickeln absorbierte ich es.

»Sie bedeutet mir alles«, antwortete er schlicht. Seine veränderten Gefühle hätten mir fast ein Grinsen entlockt. Darius hatte in seinem Leben so viel Dunkelheit, so viel Schmerz und so viel Angst erlebt. Und obwohl diese Gefühle jetzt nicht völlig verbannt waren, konnte ich die Liebe, Hoffnung und Freude, die ihn in diesen Tagen umgaben, so deutlich spüren, dass es meine verdammte Seele leichter machte, nur davon zu wissen.

Ein scharfer Windstoß traf uns, gerade stark genug, um sich unnatürlich anzufühlen, ohne uns von den Füßen zu reißen – er signalisierte, dass die anderen in Position waren.

»Mach dich bereit«, murmelte Darius, und ich hob meinen Bogen, während er seine Axt schwang und das Phönixfeuer darin zum Brennen brachte, woraufhin die Helligkeit der Flammen die Dunkelheit des Waldes durchdrangen.

Ich blinzelte wegen des grellen Lichts, und ein Alarmschrei ertönte von der Hügelkuppe, als die Nymphen die Flammen entdeckten.

Ich stellte mich breitbeinig hin, um die Stellung zu halten, als sie auf uns zukamen. Das Geräusch ihrer riesigen Körper, die durch das Unterholz krachten, machte mich nervös, und Adrenalin durchströmte meinen Körper. Ein Kampf stand bevor.

Ich zog meinen Pfeil zurück, als die Nymphen durch die Bäume brachen. Die drei rasten direkt auf uns zu, und das laute Rasseln ihrer magischen Kraft traf mich und unterbrach meine Verbindung zu meinen Elementen, während ich meinen Bogen fester umklammerte und auf den Anführer der Gruppe zielte.

Darius verkrampfte sich neben mir. Er bereitete seine Axt zum Wurf vor, aber bevor einer von uns zum Handeln gezwungen werden konnte, sprossen Ranken rings um die Nymphen herum aus dem Boden und brachten sie zu Fall. Ihre Arme und Beine wurden gefesselt und ihre Münder mit Erde gestopft, um den Gebrauch ihrer Rasseln zu unterbinden.

Seth stieß irgendwo im Wald einen Triumphschrei aus, während die Nymphen in ihrer Falle zappelten. In dem Moment fielen die Vegas vom Himmel. Sie nutzten ihre Luftmagie, um sich herabzulassen und neben den Kreaturen zu landen, die nach unserem Tod lechzten.

»Max?«, rief Darcy, und ich trat vor, immer noch meinen Bogen bereithaltend, als ich mich den Nymphen näherte, die vor uns auf dem Boden zappelten.

Ich ließ meinen Blick umherschweifen, um nach Gerry Ausschau zu halten, aber sie war nirgends zu sehen. Mein Magen verkrampfte sich, doch ich zwang mich, diese Sorge zu verdrängen und näher an die gefesselten Nymphen heranzutreten.

Mit meinen Gaben tastete ich nach ihrer Gefühlswelt, durchforstete ihre Emotionen und suchte nach Anzeichen dafür, dass sie nicht nur die hirnlosen, bösartigen Kreaturen waren, für die wir die Nymphen im Allgemeinen gehalten hatten, bevor Diego mit seiner Wahrheit in unser Leben getreten war.

Ich konzentrierte mich auf die Nymphe, die mir am nächsten war, aber spürte nichts als Hass und gewalttätige Absichten von ihr. Sie funkelte mich mit ihren tiefroten Augen an und sträubte sich gegen ihre Fesseln. Bei den anderen war es das Gleiche; nichts als Bosheit und Abscheu strömte aus ihnen heraus, sodass es für mich einfach war, meinen Plan ohne Schuldgefühle fortzusetzen.

»Nichts«, sagte ich, blickte zu den anderen und entfernte mich ein Stück von den Kreaturen, die immer noch darum kämpften, sich zu befreien. »Sie sind durch und durch unsere Feinde.«

»Gut. Das macht das hier einfacher«, erklärte Darius und trat nach der Nymphe, die ihm am nächsten war. »Lasst uns diesen Kampf beginnen!«

Ich hob den Kopf, als ich Schritte hörte, und Erleichterung durchströmte mich, als Gerry hinter einem Busch hervorkam, ihren Flegel in der Hand und das Kinn hocherhoben. Sie atmete schwer.

»Ich habe die Umgebung überprüft, meine Königinnen. Alles ist sauber, wir können loslegen.«

»Gut. Dann lasst uns ein paar Nymphen aufhängen! Mal schauen, wie laut sie schreien, wenn Phönixfeuer ihre Füße kitzelt«, meinte Tory mit dem gleichen dämonischen Funkeln in den Augen, das ich eigentlich von Darius kannte. Und wieder einmal wurde ich daran erinnert, wie seltsam perfekt sie füreinander waren – obwohl sie dieses kleine Machtspielchen fortsetzten, während wir uns eigentlich konzentrieren sollten.

Seth und Darcy ließen geschwind dicke Holzpflöcke aus dem Boden wachsen, woraufhin Geraldine die Nymphen daran festband. Dann versteckten wir uns alle im Wald, weit genug von den Kreaturen entfernt, um vor dem schlimmsten Rasseln sicher zu sein, sobald es ertönte.

Tory, Darcy und Darius entzündeten jeweils eine Flamme unter einem der Pfähle, und Geraldine entfernte die Erdknebel aus den Mündern der Nymphen, damit sie – wie geplant – um Hilfe schreien konnten.

Aufgeregt ließ ich mich von einer Windböe in die Baumkronen erheben, wo ich schließlich meine Gaben nutzte, um am Eingang zur Lichtung eine Mauer des absoluten Schreckens zu errichten. Durch sie würden die Nymphen gehen müssen, wenn sie ankamen. Sie könnten sich zwar mühelos gegen unsere Elementarmagie wehren, aber sie hatten keine Ahnung, womit sie es zu tun hatten, wenn sie den Monstern in uns gegenübertraten. Wir waren die mächtigsten unserer Formgebungen im ganzen Königreich – und konnten es kaum erwarten, dieses Spiel einzuläuten.

Scorpio
Gemini
Virgo
Cancer
Aries
Leo
Sagittarius
Taurus
Capricorn
Aquarius
Libra
Pisces

ORION

KAPITEL 25

Caleb und ich kauerten auf dem Ast einer riesigen Kiefer und spähten über den Hügelkamm zu einer schwarzen Steinpyramide, die sich wie ein verfluchter Berg zwischen den Bäumen erhob. Schier endlose Stufen führten an der uns am nächsten gelegenen Seite des Tempels hinauf; auf ihnen drängten sich die Nymphen in Scharen. Doch als hinter uns schmerzverzerrte Schreie durch die Luft hallten, eilten die Nymphen geschlossen darauf zu.

Wir blieben im Schatten der Baumkronen und bewegten keinen einzigen Muskel, während die Nymphen unter uns durch das Unterholz stürmten und ich den Griff des Phönix-Schwertes an meiner Hüfte fester umklammerte. Diese Arschlöcher steuerten direkt auf das Mädchen zu, das ich liebte. Aber als ich an Blue dachte, erinnerte ich mich auch an die monströsen Flammen der Zerstörung, die sie mit ihrem Phönixfeuer zu entfachen vermochte. Dieses Mädchen könnte diese Welt in den Untergang schicken, und ich wusste in meinem Herzen, dass sie sich verteidigen konnte. Sie war eine Naturgewalt, ein verdammter Hurrikan. Und ich wusste, dass sie, zusammen mit Tory, Darius und den anderen, klarkommen würde. Die Nymphen rannten auf einige der mächtigsten Fae zu, die je auf dieser Erde gewandelt hatten, und es war einfach eine Schande, dass ich nicht dabei sein würde, um mich dem Kampf anzuschließen.

Ich tauschte einen Blick mit Caleb, als die letzte der Nymphen unter uns davonhuschte und ihre schweren Schritte in der Ferne verhallten. Der Tempel blieb ohne eine einzige Wache auf den Stufen zurück. Ein herausforderndes Lächeln umspielte meine Lippen, und seine Augen funkelten wettbewerbsbereit. Mit einem Nicken beantwortete er meine stumme Frage.

Wir sprangen von dem Baum, den wir als Versteck benutzt hatten, schossen im selben Moment los und sprinteten mit der vollen Kraft unserer Formgebung auf den Tempel zu, wobei meine Füße den Boden kaum berührten, so schnell bewegte ich mich. Die Luft peitschte mir ins Gesicht und die Spannung eines bevorstehenden Krieges umgab mich.

Wir erreichten die schwarzen Stufen des Tempels, meine Schulter traf Calebs, als wir sie mit hohem Tempo erklommen. Wir befanden uns beide im Konkurrenzmodus und wetteiferten darum, unsere Schnelligkeit zur Schau stellen. Mein Schädel dröhnte und mein Herz raste, so schnell rannten wir.

Die Welt verschwamm zu grauen Schlieren, während ich den Blick auf die ominöse Öffnung an der Spitze der Pyramide richtete und mich bis an meine absoluten Grenzen trieb. Ein unbändiger Rausch durchströmte mich, als wir den Eingang erreichten, in die Dunkelheit im Inneren preschten und sofort vollständig davon verschluckt wurden.

Wir sprinteten den abschüssigen Boden hinunter und hörten die heiseren Stimmen der Nymphen, die aus dem Inneren des Pyramidenbauchs unter uns drangen. Als wir das untere Ende der Rampe erreichten, entdeckte ich die Scharen von Nymphen vor uns. Mein Herz dröhnte wie ein Presslufthammer.

Wir wurden nicht langsamer, das konnten wir nicht. Wenn wir auch nur einen Schritt ausließen, würden wir entdeckt. Also hasteten wir mit aller uns zur Verfügung stehenden Kraft auf die offenen Türen am Ende des dunklen Raums zu. Die Nymphen drehten sich um, als sie unsere Anwesenheit spürten, aber wir waren zu schnell, um von ihnen erwischt zu werden. Ihr Rasseln knisterte in meinen Ohren, als sie versuchten, unsere Magie zu bannen.

Schreiend und kreischend verfolgten sie uns, und ich wirbelte nach links und rechts, um ihnen auszuweichen, während Caleb an meiner Seite das Gleiche tat. Wir schossen gemeinsam durch die Tür an unseren Feinden vorbei, und ein Jubelschrei entfuhr mir. Zur selben Zeit drehten wir uns um, schlugen die Tür hinter uns zu und verstärkten sie mit einer Kombination aus meiner Eis- und Calebs Erdmagie. Ich wusste nicht, wie lange das standhalten würde, wenn die Nymphen diese Tür erreichten.

Wir rannten weiter in die Dunkelheit hinein, sprinteten durch gewundene Gänge, in denen Spinnweben von den Wänden hingen und Staub auf meine Kehle traf.

Als wir schließlich eine große Kammer erreichten, wurden wir langsamer und mir lief ein Schauer über den Rücken. Unsere Füße rutschten auf dem glatten Stein aus, während sich die Energie um uns herum veränderte.

Ich blieb stehen, wirkte ein Fae-Licht, ließ es über uns schweben und betrachtete stumm den sich uns bietenden Anblick.

Im Herzen der Kammer stand ein riesiger Steinaltar, auf dessen steinerner Oberfläche alte Blutflecken sichtbar waren. Darauf häuften sich die Artefakte. Juwelen, Halsketten, Edelsteine – alles vibrierte mit einer dunklen Macht, die das Atmen hier drinnen erschwerte.

Der Altar selbst und die Wände waren mit uralten Ritzungen verziert, die die Geschichten der Nymphen erzählten. Viele von ihnen zeigten eine Frau, die Lavinia verdächtig ähnlich sah, aber ich konnte ihre Bedeutung nicht entschlüsseln, zumal ich von dem erdrückendsten Ding in diesem Raum abgelenkt wurde.

Über dem Altar befand sich ein Riss in der Luft – wie ein Tor ins absolute Nichts. Im Inneren wirbelten und pulsierten die Schatten, und es war, als würden sie danach lechzen, befreit zu werden. Ich spürte, wie sie mich riefen, wie damals, als ich mit dem Aussaugenden Dolch in meine Hand geschnitten hatte. Sie flehten mich an, mich ihrer Macht zu unterwerfen.

Auch Caleb lief weiter, sichtlich in Versuchung, und für einen Moment fragte ich mich, wie es wohl wäre, einfach durch dieses tödliche Tor zu gehen und mich ihnen vollständig hinzugeben.

»Was ist das?«, hauchte Caleb voller Ehrfurcht, als er den Altar erreichte und seine Finger einen Dolch mit schwarzem Griff streiften.

Er nahm ihn seufzend in die Hand und drehte ihn zwischen seinen Fingern, seine Augen wurden zu Schlitzen, als er ihn gegen seinen eigenen Arm richtete und seltsam lächelte.

Die Anziehungskraft der Schatten war so stark, dass ich ihn beinahe gewähren ließ, aber dann spürte ich das Echo der Hand meines Vaters auf meiner Schulter, seine Warnungen vor dunkler Magie. Ich musste mich am Guten festhalten, das Licht in meinem Geist bewahren, damit sich keine Dunkelheit einschleichen konnte.

Ich dachte an jenen Moment, als ich Darcy im Swimmingpool des Acrux-Anwesens unter Wasser gezogen und mir den Kuss gestohlen hatte, nach dem ich mich so verdammt lange gesehnt hatte, dass ich fast verrückt geworden wäre vor Verlangen. Und dann dachte ich daran, wie sie während des Sturms an meiner Tür aufgetaucht war, ihre Haare frisch gefärbt, ihr Körper klatschnass und das Wort *Blue* auf ihren Lippen. Sie war mein Untergang und meine Bestimmung zugleich. Sie hatte sich mir in diesem Moment angeboten, obwohl ich schon lange zuvor einen heimlichen Anspruch auf sie erhoben hatte. Aber in dieser Nacht war dieser real geworden.

Mit ihr im Vordergrund meines Geistes riss ich mich aus der drückenden Benommenheit, eilte auf Caleb zu und schlug ihm den Dolch aus der Hand.

Er blinzelte und sah mich mit Wut in den Augen an, aber als er meinem Blick begegnete, senkten sich seine Schultern ein wenig und er erwachte aus seiner Trance.

»Verdammt, hätte ich mir gerade fast die sternverdammten Pulsadern aufgeschnitten?«, fluchte er, schob eine Hand in seine blonden Locken und starrte angewidert auf den Dolch auf dem Boden. »Ich bin zu hübsch, um in irgendeiner hässlichen Schattenhöhle zu sterben.«

»Du darfst dich an diesem Ort nicht selbst verletzen«, sagte ich eindringlich und betrachtete den Riss mit Besorgnis, während ich spürte, wie diese Worte mit Bestimmtheit über meine Lippen kamen. »Dieses verdammte Ding wird dir sonst die Seele aus dem Leib reißen und sie verschlingen. Konzentriere dich und widerstehe dem Drang! Du musst an etwas Gutes denken.«

»Und woran?«, blaffte er. Die Schatten beeinflussten ihn nach wie vor, denn er starrte erneut sehnsüchtig in Richtung Riss und bewegte sich entschlossen darauf zu.

Ich packte ihn am Arm, drängte ihn einen Schritt zurück und hielt ihn fest.

»Caleb«, knurrte ich. »Denk an deine beste Erinnerung und halte sie mit aller Kraft fest!«

»Wovon redest du?«, murmelte er und versuchte, sich wieder zu befreien, wobei sein Blick wieder auf den Dolch fiel. Aber ich hielt ihn fest und schob mein Gesicht vor seins, sodass er mich ansehen musste. Damit versperrte ich ihm den Blick auf das Portal oder die Waffe, die er gegen sich selbst richten wollte. Obwohl ich ihm vermutlich nicht viel nützte, wenn man berücksichtigte, dass er mich hasste.

»Denk an die Erben«, versuchte ich es. »An Darius und Max. An Seth.«

Seine Augen wurden weicher, als ich den letzten Namen aussprach, und die Anspannung wich aus seiner Haltung.

»Denk an Seth«, wiederholte ich, weil ich die Veränderung in ihm wahrgenommen hatte. Er nickte, entspannte sich langsam und trat einen Schritt vom Riss zurück.

»Hast du eine glückliche Erinnerung, an die du dich klammern kannst?«, fragte ich, weil ich ihn nicht loslassen wollte, falls er doch beschließen sollte, seine Geschwindigkeit zu nutzen, um sich kopfüber in dieses Portal zu stürzen.

»Ja, ja, Tinkerbell«, murmelte er. »Ich habe meine verfluchte glückliche Erinnerung. Du kannst mich jetzt loslassen.« Er stieß mich von sich, und ich bleckte gereizt die Zähne, was ihn dazu veranlasste, mir seine zu zeigen. Wieder flammte das Konkurrenzdenken zwischen uns auf. Aber wir hatten keine Zeit für diesen Scheiß. Wir mussten das Portal schließen und verdammt noch mal von hier verschwinden.

»Die Schattenprinzessin hat diesen Ort in ihrer Gewalt«, sagte ich mit belegter Stimme und musterte den Riss, der direkt in das Schattenreich geschnitten worden sein musste.

Das Kreischen einer Nymphe ließ uns beide herumwirbeln und wir schossen nach vorn und versuchten gemeinsam, die Türen wieder zu verschließen. Caleb nahm eine riesige Holzstange vom Boden und schob sie durch den Riegel, um uns noch mehr Zeit zu verschaffen. Die Tür bebte, als eine Gruppe Nymphen dagegen prallte, aber Caleb nutzte seine Erdmagie, um die Tür gründlicher zu versiegeln. Dabei fluchte er unaufhörlich.

»Dann beeil dich, Arschloch!«, sagte er. »Ich kümmere mich um diese Tür, du schließt das verdammte Schattenportal.«

»Schon dabei«, knurrte ich, trat auf den wirbelnden Riss in der Luft zu und holte die magische Bindenadel aus meiner Tasche, um ihn zu versiegeln. Aber die ungeheure Macht an diesem Ort deutete darauf hin, dass es mich einiges an Anstrengung kosten würde.

Aber ich würde es irgendwie schaffen. Denn dies war, als würde ich Lavinia selbst ins Herz treffen. Lavinia, die Schlampe, die meine Schwester getötet und versucht hatte, Blue zu verfluchen. Und obwohl ich nicht genau verstand, wofür dieser Ort genutzt wurde, war offensichtlich, dass hier im Laufe der Jahre etliche Opfergaben für die Schattenprinzessin gebracht worden waren. Die dunkle Macht in diesen Artefakten auf dem Altar schien das Schattenreich und die Schattenschlampe selbst mit Energie zu füttern.

»Hi Lavinia.« Ich grinste das dunkle Portal an und hob die Hände, während ich mich darauf vorbereitete, den Zauber zu sprechen, der sie von diesem Strom der Macht abschneiden würde. »Ich bin nur gekommen, um *Fick dich!* zu sagen.«

Scorpio
Gemini
Virgo
Cancer
Aries
Leo
Sagittarius
Taurus
Capricorn
Aquarius
Libra
Pisces

DARIUS

KAPITEL 26

Mehr Nymphen, als wir je hätten vorhersehen können, strömten aus dem Wald – sie alle in ihrer verwandelten Form. Ihr Kreischen und Rasseln war in voller Lautstärke zu hören, als sie zwischen den dicken Baumstämmen hindurchrannten, um ihren Kameraden zu Hilfe zu eilen.

Wir hatten einen Ring um die Lichtung gebildet und kauerten in den Bäumen darüber, um das bevorstehende Gemetzel abzuwarten. Aber es waren so viele Nymphen, dass es uns unmöglich schien, unseren Plan einzuhalten, sie einzeln von oben zu erledigen.

Max schwang sich zwischen den Bäumen zu meiner Rechten hindurch, schoss mit Pfeil und Bogen und nutzte seine Luftmagie, um oben zu bleiben. Es schien ihn einige Anstrengung zu kosten, die Kontrolle über seine Elementarmagie zu behalten, dennoch blieb er hoch genug über ihnen, um den Effekt ihrer Rasseln zu mildern.

Die Zwillinge flogen über die Lichtung vor mir; aus ihren Händen strömte Phönixfeuer, mit dem sie ein riesiges loderndes X erzeugten, das den Boden aufschlitzte und in Brand setzte. Die Nymphen wurden effektiv voneinander getrennt, da sie sich vor den Flammen zurückziehen mussten. Einige fanden im Feuer auch direkt ihren Tod.

»Bleib in meiner Nähe!«, brüllte ich und blickte zu Roxy, die in ihrer vollständig verwandelten Form über die Lichtung fegte, wobei das Feuer die Rüstung, die Geraldine ihr gegeben hatte, in Gold tauchte und ihre Haare in scharlachroten Flammen erleuchtete.

»Dann versuch, mitzuhalten, Arschloch!«, rief sie zurück, und ich knurrte, während ich meine Axt fester umklammerte und auf die Lichtung hinunterblickte. Von meinem Platz in den Baumwipfeln schoss ich weiterhin Magie auf die Nymphen unter mir.

Aber als Roxy und ihre Schwester mit den Flügeln schlugen und sich weiter von mir entfernten, mit der klaren Absicht, weiterzufliegen, anstatt meinen Befehlen zu folgen, biss ich die Zähne zusammen und sprang mit erhobener Axt vom Baum.

Ich stieß ein Furcht einflößendes Brüllen aus, als ich auf einer Nymphe landete, die zwischen den Bäumen unter mir gerannt war, und meine Axt auf ihren Kopf hinabsausen ließ, gerade als ich den scharfen Stich ihrer Fühler an meiner Seite spürte.

Ich hatte hier nicht den Raum, mich zu verwandeln, da die Bäume so dicht beieinanderstanden, also machte ich mich zu Fuß auf den Weg. Meine flammende Axt leuchtete in der Dunkelheit, als ich auf meinen nächsten Gegner zulief, und mein Blick schweifte zwischen der Nymphe und den beiden Phönixen hin und her, die zwischen den Bäumen vor mir verschwanden.

Ich verlor sie komplett aus den Augen, als ich auf meinen Gegner traf, meine Axt wild schreiend schwang und ihm ein Bein abtrennte, als er einen Satz in meine Richtung machte. Die Kreatur fiel wie der Baum, dem sie ähnelte, und ich stürzte mich auf sie, sobald sie auf dem Boden aufschlug. Mit der Waffe, die mir die Schwester der Frau, die ich liebte, geschenkt hatte, tötete ich sie schließlich.

Der Kampf artete von nun an schnell in Chaos aus. Blut floss, und ich hatte keine Ahnung, wo Roxy und ihre Schwester waren, also widmete ich mich ganz dem Kampfgeschehen.

Ich schwang meine Axt mit solcher Brutalität, dass meine Arme schmerzten. Jeder Hieb meiner Waffe traf auf Knochen oder holziges Fleisch und hallte in meinem Körper wider wie der Marsch der Toten.

Ein Heulen drang durch die Bäume hinter mir, und kurz darauf sprang Seth in seiner riesigen weißen Wolfsform über mich hinweg. Mit seinen flammenden Metallklauen streckte er eine Nymphe nieder und versenkte seine Zähne tief in der Kehle der Kreatur, die unter ihm knurrte und um sich trat.

Ich riss meine Axt aus der Brust meines letzten Opfers, und ein heftiges Knurren kam über meine Lippen. Rauch quoll aus meinem Mund, und der Drang, mich zu verwandeln, zerrte unaufhörlich an mir – mein inneres Tier sehnte sich danach, sich dem Kampf anzuschließen.

Ein Pfeil schoss so dicht an meinem Kopf vorbei, dass ich die Hitze der Flamme spürte. Ich wirbelte herum und sah, wie er im Auge einer der Kreaturen landete, einen Moment, bevor ein massives Gewicht mit mir kollidierte und mich auf den Waldboden schleuderte.

Ich schaffte es, mich im Fallen abzurollen, und meine Faust krachte gegen die rindenartige Haut der Nymphe, als diese ihr volles Gewicht auf mich niedergehen ließ. Ihr Rasseln war so laut, dass meine Gliedmaßen angesichts der Macht darin geradezu erstarrten.

Die Magie in mir war verstummt, und meine Axt wurde mir aus der Hand geschlagen, während meine Muskeln damit zu tun hatten, sich gegen das fremde Gefühl zu wehren, als die Nymphe von mir Besitz ergriff. Ich knurrte vor Wut, als die Nymphe mit ihren Fühlern nach mir stach, und wich ruckartig zur Seite, um dem Schlag auszuweichen, der stattdessen die Blätter neben meinem Kopf traf.

Die Nymphe schlug wieder und wieder auf mich ein, während ich mich von einer Seite zur anderen warf, um den Hieben ihrer scharfen Fühler kontinuierlich auszuweichen. Ich schaffte es, meine eigene Faust zu heben und in ihre Seite zu rammen – ein Versuch, mich aus dieser misslichen Lage zu befreien.

Die Nymphe schrie mir ins Gesicht, und noch mehr von ihrer widerlichen

Kraft prallte auf mich ein. Mir blieb die Luft weg, und ich fühlte mich nun vollends gelähmt. Der Schmerz in meiner Brust durchbrach die Taubheit in meinem Kopf und flüsterte mir Todesversprechen zu, während mich die Qualen zu überwältigen drohten.

Aber gerade, als ich versuchte, mich an meinen Drachen zu klammern und mich zu verwandeln, um mich zu retten, kreischte die Nymphe vor Schmerz und ging über mir in Flammen auf. Ihr Körper zerfiel in ein Gemisch aus Asche und Glut, das sich schließlich in Luft auflöste und das in Flammen stehende Mädchen dahinter zum Vorschein brachte. Das Mädchen, das grüßend das Kinn hob.

»Steh auf, Arschloch!«, schnauzte Roxy, als machte es sie wütend, dass sie mich hatte retten müssen, und ich rappelte mich auf und versuchte, meine Magie zu aktivieren, damit ich die blutende Wunde an meiner Seite heilen konnte. Dann bückte ich mich, um meine Axt aufzusammeln.

»Geh zurück in die Luft!«, keifte ich sie an. Mein Herz pochte, als sie ihren animalischen Blick auf ein Trio von Nymphen richtete, das uns gerade zwischen den Bäumen entdeckt hatte.

Roxy musterte mich kurz, wobei ihre Lippen amüsiert zuckten, woraufhin ich ebenfalls grinste.

»So verdammt bossy«, kommentierte sie, bevor sie kräftig mit den Flügeln schlug und abhob – genau, wie ich es befohlen hatte.

Aber anstatt in die sichere Höhe zu fliegen, wo sie weiterhin aus der Ferne auf unsere Feinde feuern konnte, wie ich es ihr und Darcy befohlen hatte, flog sie nur wenige Zentimeter über dem Waldboden und steuerte direkt auf sie zu.

»Roxy!«, brüllte ich und nahm die Verfolgung zu Fuß auf. Meine Axt war erhoben und ich war bereit, zu töten, denn das Bedürfnis, sie zu beschützen, verschmolz mit dem Hunger des Monsters in mir. Und als ich den Nymphen vor mir erneut meine Aufmerksamkeit schenkte, versprach ich ihnen ihren Untergang durch meine Hand.

Ich rannte hinter Roxy her, die Hitze ihrer Flammen erwärmte die Luft, durch die ich lief, und das grelle Licht ihres rot-blauen Feuers blendete mich fast, als ich ihm nachjagte.

Roxy stieß einen Kampfschrei aus, sobald sie sich in Schlagdistanz zu den Nymphen befand, und die Welle der Kraft, die ihr entwich, hätte mich fast auf den Hintern geworfen. Eine Hitzewelle brachte über mich herein, so intensiv, dass der fallende Regen für mehrere Sekunden noch in der Luft verdunstete.

Feuer quoll in einem steten Strom aus ihr heraus und verschlang die drei Nymphen. Und als ich endlich bei ihnen ankam, war von ihren Körpern nur noch Glut und Asche übrig. Ich beobachtete Roxy, als sie sich schließlich dem Himmel zudrehte und aus meiner Reichweite verschwand.

Weitere Nymphen näherten sich uns, und ich drehte mich um, um zu den Kreaturen zurückzukehren, die wir an die Pfähle in der Mitte unserer Falle gebunden hatten. Aber in dem Moment trat eine riesige Nymphe aus dem Wald und versperrte mir den Weg.

Das Geräusch eines Tarzanschreis lenkte meine Aufmerksamkeit nach links, und ich warf einen Blick in die entsprechende Richtung. Geraldine schwang sich an einer dicken Liane durch den Wald, ihren flammenden Flegel mit brutaler Präzision auf eine Nymphe gerichtet, während sie sie anschrie: »Nicht heute, du Windbeutel!«

Die riesige Nymphe stieß ein so starkes Rasseln aus, dass ich es bis in die Fingerspitzen und Fußzehen spürte. Wieder einmal war meine Magie wie erstarrt, aber ich ließ lächelnd meine Axt vor und zurück schwingen und marschierte weiter durch den Wald. Der Regen prasselte dabei unaufhörlich auf meinen Kopf.

Ich war jemand, der im Kampf zu Hause war. Und ich war bereit, meinen Mut gegen jede dunkle Kreatur hier zu beweisen.

Gemini
Scorpio
Virgo
Cancer
Aries
Leo
Sagittarius
Taurus
Capricorn
Aquarius
Libra
Pisces

CALEB

KAPITEL 27

Orion arbeitete fluchend daran, den Riss zu schließen, und ich biss die Zähne zusammen, während ich all meine Kraft darauf verwendete, die Türen weiterhin festzuhalten. Ich schöpfte tief aus meiner Erdmagie, und die Nymphen heulten und stimmten ihr verdammtes Todesrasseln an.

Sie hatten nicht annähernd lange genug gebraucht, um die erste Tür zu durchbrechen, die wir versiegelt hatten, und ich vermutete, dass die Nähe des Schattenrisses sie regelrecht wahnsinnig machte. Mir war zwischenzeitlich auch klar, wieso. Selbst jetzt, während ich verzweifelt versuchte, die Tür mit Steinen und Ranken zu verbarrikadieren, um sie vor den Angriffen der Nymphen auf der anderen Seite zu schützen, spürte ich die Anziehungskraft dieser dunklen und verdorbenen Magie.

Es war, als würde ein geliebter Fae meinen Rücken streicheln und süße Nichtigkeiten in mein Ohr flüstern. Es war wie der Ruf einer Sirene, die noch mächtiger war als Max und mich unbedingt ins Paradies locken wollte.

Die Ranken der Dunkelheit griffen nach mir, wie sie auch nach den dunklen Objekten griffen, die den Altar säumten. Ich hatte keinen Zweifel daran, dass andere Fae vor mir hierhergekommen und in die Falle ihres Rufes getappt waren. Bei mehreren der dunklen Gegenstände handelte es sich um Waffen, die nur darauf warteten, benutzt zu werden, um das Blut jener Opfer zu vergießen, die offensichtlich immer wieder hierhergebracht worden waren. Zumindest ließen der Geruch von Blut und die Flecken auf dem Stein das vermuten.

Bei geschlossenen Türen war der Raum fast völlig schwarz, kaum ein Hauch von Tageslicht fand seinen Weg durch die winzigen Schlitze an den Türrändern. Das Fae-Licht, das Orion gewirkt hatte, war die einzige Lichtquelle.

Ich knirschte mit den Zähnen, als ein weiteres Beben die Tür erschütterte.

»Wie läuft es?«, rief ich über meine Schulter, meine Finger zu Fäusten geballt, als die Tür mit noch immenserer Wucht geschlagen wurde. Der ganze Tempel schien zu wackeln, Staub fiel von der Decke und bedeckte meine Haare.

»Es würde besser laufen, wenn ich nicht abgelenkt werden würde«, grunzte Orion – Arschloch wie immer –, und ich schüttelte nur den Kopf. Hatte ich wirklich etwas anderes erwartet? Ich knallte meine Hand auf die Holztür und verstärkte meine Zauber mithilfe der Magie, die durch meine Adern strömte.

»Tja, wenn wir nicht fertig sind, muss ich uns eben vollständig einschließen«, murmelte ich, holte tief durch den Mund Luft, schloss die Augen und setzte eine Explosion mächtiger Erdmagie frei. Ich drückte die Handflächen gegen die Tür, erfasste ihre Essenz und zwang das Holz, sich in Stein zu verwandeln. Das Ding verfestigte sich vor meinen Augen, während die Nymphen draußen vor der Tür weiter vor Wut kreischten.

Ich versiegelte die Tür vollständig, verstärkte und verdickte sie, bis eine undurchdringliche Granitplatte zwischen uns und den Monstern stand, die es auf uns abgesehen hatten. Damit waren wir hier eingeschlossen, während sie draußen bleiben mussten.

Ich wandte mich wieder Orion zu und entzündete ein Feuer in meiner Handfläche, damit ich mehr von dem sehen konnte, was er tat. Mein Atem stockte, als mein Blick stattdessen auf den Riss fiel.

Er pulsierte und wand sich jetzt, während sich eine verzweifelte Art von Energie darin aufbaute. Es machte geradezu den Anschein, als würde er versuchen, sich von Orion loszureißen, während dieser damit beschäftigt war, das Gefüge der verdammten Reiche wieder zusammenzunähen. Fast so, als würde er ein verdammtes Kostüm für eine Karnevalsparade schneidern.

Als meine Aufmerksamkeit auf den Strudel der Dunkelheit fiel, spürte ich einen scharfen Ruck in meiner Brust und bevor ich wusste, was geschah, schoss ich nach vorn. Meine Schenkel krachten gegen den Rand des Altars, woraufhin ich einen teuflischen schwarzen Dolch ergriff. Ein Stöhnen der Lust glitt über meine Lippen.

Schatten krochen über meine Haut und flüsterten mir Versprechen von unermesslicher Glückseligkeit zu, während ich den Kopf zurücklegte und erneut stöhnte. Die Liebkosung von tausend Fingerspitzen lösten mich Stück für Stück auf und erzählten von mehr Macht, als ich sie mir je erträumt hatte.

Orion rief etwas und ich hörte einen einzelnen Namen zwischen den Worten, die er mir entgegenschleuderte. Einen Namen, der mich dazu brachte, den Kopf zu schütteln, um ihn zu klären. Sofort erinnerte ich mich an das Gefühl warmer Hände auf meiner Haut und Blut auf meinen Lippen.

Mit aller Kraft klammerte ich mich an dieses Gefühl, schloss für einen kurzen Moment die Augen und durchtrennte die Fesseln, mit denen die Schatten mich an die Leine zu legen versucht hatten. Dann öffnete ich die Augen wieder, blickte auf den Dolch in meiner Hand hinunter und knurrte, als mir klar wurde, dass die verdammten Schatten mich fast zu Fall gebracht hatten.

Ich rief meine Feuermagie herbei, entzündete die heißesten Flammen, die ich beschwören konnte, in meiner Faust und begann, die Klinge in meiner Hand zu zerstören. Das Metall schmolz und die Schatten zischten und spuckten vor Wut.

Ich warf den geschmolzenen Metallklumpen von mir weg, und die Luft über dem Altar schien zu vibrieren, als die Schatten protestierend aufheulten, sodass mein Blick auf die unzähligen anderen dunklen Objekte fiel, die dort verteilt waren.

Ich sprang über den Altar und wandte dem Riss den Rücken zu, während

Orion weiterhin – und lautstark fluchend – versuchte, ihn zu schließen. Seine Arme zitterten vor Anstrengung, während er weiterhin die Kluft zwischen diesem und dem nächsten Reich zusammennähte.

Ich packte den Rand des steinernen Altars und riss mit einer Kombination aus Erdmagie und Vampirstärke den Steintisch aus seiner Verankerung. Jeder dunkle Gegenstand, der die Oberfläche geziert hatte, fiel zu Boden und vom Riss weg. Die Schatten schrien und jammerten noch lauter, und der Klang drohte meine Ohren zum Bluten zu bringen, aber ich biss die Zähne zusammen und streckte die Hände aus. Mit dem stärksten mir möglichen Feuer beschoss ich die Objekte und zerstörte so viele, wie es mir nur irgendwie möglich war.

Ich spürte die Peitsche der Schatten auf meinem Rücken und stemmte mich gegen das Stechen und Brennen der Lust, die sie mir boten. Stattdessen konzentrierte ich mich auf meine allerbesten Erinnerungen und verankerte mich fest in diesem Reich, in dem die wahren Hüter meiner Lust und Liebe lebten.

Ein panischer Fluch ließ mich herumfahren, und ich sah, wie sich Orion an den Rand des zerbrochenen Altars klammerte. Seine Augen waren weit aufgerissen und voller Angst, als sein Blick auf meinen traf. Irgendetwas schien ihn zum letzten offenen Abschnitt des Risses zu ziehen, während die Nadel lose in seinen Fingerspitzen hing und Blut von seiner anderen Hand tropfte. Eine kleine Wunde an seinem Finger ließ tiefrote Tropfen durch die Luft in Richtung des Risses schweben, der mit einer gewaltigen Kraft summte und ächzte. Ich wusste, dass dieser Riss unser gesamtes Reich verschlingen würde, wenn er nur die Chance dazu bekäme.

»Was soll ich tun?«, fragte ich, während ich panisch auf ihn zustürmte, seinen Arm packte und versuchte, ihn von dem Riss wegzuziehen, der immer lauter heulte, während immer mehr von seinem Blut darauf zuströmte.

Ich versuchte, heilende Magie in seinen Körper zu drücken, um die Verbindung zu seinem Blut zu blockieren, aber sobald Orion erkannte, was ich zu tun gedachte, brüllte er mich an, aufzuhören.

»Vermische deine Magie nicht mit meiner, sonst bist du auch verloren!«, knurrte er und stieß mich gegen den zerbrochenen Altar, während Schmerz und Freude gleichermaßen in seinen Augen leuchteten. »Wenn ich mich nicht länger halten kann, wird er mich verzehren«, keuchte er. »Du musst einen Weg finden, ihn zu schließen. Du musst Lavinia von seiner Macht ...«

»Fang nicht an, so zu reden, als wärst du schon tot, Arschloch! Ist es deine Magie, an der sich die Schatten festhalten?«, fragte ich verzweifelt.

Orion grunzte bestätigend, sein Gesicht war schmerzverzerrt. Ich wusste, dass das nichts mit dem zu tun hatte, was auch immer die Schatten mit ihm anstellten. Nein, es war das, was er zu verlieren glaubte, würde er aus diesem Leben gerissen.

»Sobald sich die Schatten durch meine Magie gebrannt haben, werden sie meine Seele mitnehmen«, presste er hervor. »Du musst fliehen, du musst ...«

Ich stürzte mich knurrend auf ihn, bleckte meine Fangzähne und kollidierte mit seinem Rücken. Dann legte ich einen Arm um seine Brust und packte ihn mit der anderen Hand an den Haaren, bevor ich seinen Kopf zur Seite riss und meine Zähne tief in seine Kehle bohrte.

Orion knurrte wütend. Seine steife Haltung verriet die Empörung, die er angesichts dessen, dass ich ihn biss, empfand, aber ich ignorierte seine Gefühle, füllte meinen Mund mit seinem Blut und schluckte gierig.

In dem Moment, in dem die Macht seiner Magie über meine Zunge strömte, wurde seine Fähigkeit, sie zu nutzen, blockiert und seine Verbindung zu den Schatten über sie unterbrochen.

Er stolperte einen Schritt zurück, als seine Verbindung zum Riss getrennt wurde, aber ich hielt ihn fest, während ich immer noch von ihm trank und den berauschenden Geschmack seines Blutes genoss. Meine Reißzähne ließ ich sicherheitshalber in seinem Hals vergraben, damit sich die Verbindung nicht wiederherstellen konnte.

Orion wehrte sich noch ein bisschen länger, bis er endlich die Chance zu erkennen schien, die ich ihm gab, und die Nadel erneut anhob. Er rammte sie in den Rand des Risses und knurrte vor Anstrengung, während er seine bleiernen Gliedmaßen einsetzte, um das Gewebe zu flicken.

Ich trank weiter, während er seine Arbeit beendete, und die gesamte Kammer, in der wir standen, bebte und zitterte. Der Riss kämpfte bis zum letzten Moment gegen seine Zerstörung an.

Es folgte eine tiefe und schwere Stille, als der Riss endlich geschlossen war, und der Druck in der Kammer ließ so plötzlich nach, dass in meinen Ohren ein Plopp ertönte.

Orion ließ die Nadel fallen und sackte gegen mich, während ich mich im Blutrausch gefangen sah. Ich war nicht in der Lage, mich zurückzuziehen, wie ich es hätte tun sollen, sondern labte mich weiter an seinem Blut.

Das war nicht okay und verstieß sogar gegen den Vampirkodex.

Aber er war ein verdammt mächtiger Vampir, und ich konnte nicht leugnen, dass es mich erregte, ihn mir so ausgeliefert zu sehen.

Knurrend saugte ich noch kräftiger, und Orion knurrte zurück. Dann – blitzschnell – packte er meinen Arm, mit dem ich ihn noch immer festhielt, und hob mein Handgelenk an. Mein Herz setzte einen Schlag aus, als ich verstand, was er vorhatte. Aber ich war nicht schnell genug, um ihn aufzuhalten, bevor er seine Fangzähne in mein Handgelenk bohrte und ein siegreiches Knurren ausstieß.

Ich befand mich geradezu in Schockstarre, als er zu trinken begann. Meine Elemente gaben ihre Arbeit auf, und mein Herz hämmerte inbrünstig.

Das war jenseits aller Tabus. Der Kodex war unter anderem dazu entwickelt worden, genau das zu verhindern. Seit dem Höhepunkt des Blutalters vor fast zweitausend Jahren war die Praxis der Gründung von Zirkeln als Teil des Pakts zur Beendigung des blutigen Hasses zwischen Vampiren und anderen Fae verworfen worden. Das war schon lange her, aber damals hatten unsere Artgenossen Zirkel gegründet, indem sie genau das getan hatten: Sie hatten voneinander getrunken und waren damit eine Bindung eingegangen, die sie aneinander geknüpft und ihnen somit ermöglicht hatte, im Rudel zu jagen. Jahrelang waren Vampirzirkel durchs Land gezogen, hatten etliche Fae getötet und ihre gebündelte Grausamkeit genutzt, um weit und breit Schrecken zu verbreiten. Es hatte nicht lange gedauert, bis andere Fae begonnen hatten, unsere Art zu jagen und sie zu töten, um das Blutvergießen zu stoppen. Dadurch wären die Vampire beinahe ausgestorben.

Aber dann war ein Deal zustande gekommen. Die letzten verbliebenen Vampire hatten den Kodex ins Leben gerufen und die Praxis der Zirkelbildung war abgeschafft worden. Außerdem hatte unsere Art versprochen, nicht mehr zu jagen, um unseren Blutdurst im Zaum zu halten.

Bis zum heutigen Tag war unsere Formgebung an diesen Kodex gebunden. Es lag in unserer Verantwortung, ihn zu befolgen, oder die Konsequenzen des Kontrollverlusts über unseren Blutdurst zu tragen.

Der Fluss unserer kombinierten Magie, die von meinem Körper in seinen und dann wieder zurück in meinen floss, ließ meinen Kopf schwirren und meinen Puls in die Höhe schnellen.

Ich konnte spüren, wie sich die Kraft dieser Verbindung zwischen uns beiden aufbaute, bis die Bestien, die wir waren, zu einer einzigen zu verschmelzen schienen. Die Mischung aus Macht und Blutrausch wurde immer berauschender, und nur andere Vampire würden dieses Gefühl voll und ganz zu schätzen wissen.

Mein Blut brodelte und rauschte in meinen Adern; eine uralte Magie wütete in uns, veränderte unsere Natur und ließ uns zu einer Einheit finden, die zwischen uns beiden vor diesem Moment nie möglich erschienen war. Ein tiefer und unerschütterlicher Respekt und eine Verbundenheit keimten in uns auf, als wir zu etwas wurden, das so viel mehr war als das, was wir zuvor gewesen waren.

Gleichzeitig zogen wir uns zurück, stolperten auseinander und starrten uns heftig atmend, mit blutbeschmierten Lippen und pochenden Herzen an.

»Fuck«, hauchte Orion geschockt, und ich nickte, weil ich es auch spürte.

»Wir haben keine Zeit dafür«, keuchte ich. Ich brauchte einen klaren Kopf, während mich der Rausch und der Jagddrang meiner neuen Natur ganz kribbelig machten.

Orion nickte, leckte sich die Lippen und warf mir einen hungrigen Blick zu. Ich schmeckte wohl genauso gut wie er. Aber ich konnte mich nicht von der Tatsache ablenken lassen, gerade die Grenze des größten Tabus überhaupt überschritten zu haben.

»Lass uns versuchen, hier irgendwie rauszukommen, damit die Zwillinge zerstören können, was von diesem Ort noch übrig ist«, sagte Orion entschlossen und hob den Blick zur Dach über unseren Köpfen. Ich grinste, als mir klar wurde, was er vorhatte.

»Erde und Luft gäben ein tolles Team ab«, gab ich zu bedenken und reichte ihm meine Hand. Er zögerte nur eine halbe Sekunde, bevor er seine Hand in meine legte, und der Strom unserer Magie kollidierte augenblicklich, als hätten unsere Barrieren nie existiert.

»Scheint, als würde ich dir jetzt vertrauen, Blutsbruder«, sagte er und schenkte mir ein dunkles Lächeln, das meine Fangzähne zum Kribbeln brachte.

»Sieht ganz so aus«, sagte ich und erwiderte sein Lächeln, während wir beide unsere Hände erhoben und unsere kombinierte Magie einsetzten, um den ganzen Tempel mit einer gewaltigen Explosion zu sprengen. Ich könnte schwören, dass wir damit den ganzen Wald zum Zittern gebracht hatten.

Wir schossen durch das zerschmetterte Gestein nach draußen. Noch immer wirbelte Staub durch die Luft und Gesteinsbrocken flogen umher. Orion hob uns auf einer Böe magischer Luft empor, während ich die Felsen, auf denen wir landeten, so weich wie eine Matratze machte. Und als wir schließlich rannten, taten wir es so schnell, dass nicht einmal die Sterne uns sehen konnten.

Gemini
Scorpio
Virgo
Cancer
Leo
Taurus
Capricorn
Libra
Pisces
Sagittarius
Aquarius
Aries

DARCY

KAPITEL 28

Ein gewaltiges Beben erschütterte die Erde unter mir und warf zwei Nymphen vor mir zu Boden. Ich schlug kräftig mit den Flügen und hob ab, um nicht auch zu fallen, und schwebte dann in der Luft, während ich versuchte, herauszufinden, woher das Beben gekommen war.

Ich warf einen Blick auf Tory, die gerade einen unserer Feinde mit einer Explosion von Phönixfeuer erledigte und damit zu Asche verwandelte. Sie sah aus wie eine Kriegerprinzessin; das Feuer loderte um sie herum und wurde von ihrer Rüstung reflektiert.

Die Nymphen unter mir rappelten sich wieder auf, und ich hob die Hände und bleckte die Zähne, während die Wut wie ein Tornado in mir wütete. Es erschreckte mich, wie animalisch ich mich heute fühlte – als wäre eine Bestie in mir erwacht, die entschlossen war, jedes einzelne dieser Monster für all die Fae büßen zu lassen, die sie getötet hatten.

Aber bevor ich die unheilige Wut, die in meinen Adern brodelte, entfesseln konnte, schoss ein verschwommener Schatten an mir vorbei. Ein silberner Schimmer glitt an ihren Kehlen vorbei und schlitzte ihre rindenartige Haut auf. Orion wirbelte herum und versetzte ihnen beiden nacheinander einen Hieb ins Herz, woraufhin sie vor seinen Augen zu Asche zerfielen. Er drehte sich zu mir um, ein schiefes Grinsen auf den Lippen, und ich lächelte erleichtert über seine Rückkehr.

»Das waren meine Opfer, Professor«, knurrte ich in gespielter Wut und landete vor ihm.

»Warum sind sie dann durch mein Schwert gestorben, Miss Vega?«, neckte er mich.

Eine Nymphe rannte aus dem Waldstück hinter ihm auf uns zu. Mit einem Keuchen schleuderte ich eine wütende Feuerwelle aus meiner Handfläche über seine Schulter. Sie traf die Brust der Kreatur und warf sie zu Boden, wo sie schreiend starb. Die schwarze Asche tanzte durch die Luft, als sie aus dieser Welt schied.

Darius und Tory jubelten – sie hatten gerade eine riesige Nymphe zu unserer Rechten erledigt –, und zwei von Max' Pfeilen pfiffen kurz nacheinander durch die Luft und töteten sofort zwei weitere.

Seth war in seiner Wolfsform und zerfetzte die Nymphen mit seinen feurigen Panzerhandschuhen. Sein Schwanz wedelte beim Laufen und Caleb sprang auf seinen Rücken und benutzte seine Dolche, um jede Nymphe zu erstechen, die ihnen zu nahe kam.

Geraldine befand sich hinter Max und schwang enthusiastisch ihren Flegel. Ihre Hüften wippten und wackelten bei jedem Hieb, den sie landete, als würde sie eine Art Killertanz aufführen.

Plötzlich packte mich Orion und schoss mit mir in Richtung Darius und Tory. Er schirmte uns mit einem Luftschild ab, um uns eine kurze Verschnaufpause zu gönnen.

»Ihr zwei müsst zum Tempel«, drängte Orion Tory und mich. »Dort befindet sich ein Altar voller dunkler Artefakte, der zerstört werden muss. Caleb hat damit angefangen, aber mit eurem Phönixfeuer solltet ihr es schaffen, ihn dem Erdboden gleichzumachen.«

Ich warf meiner Schwester einen aufgeregten Blick zu. Wir nickten, und Orion ließ den Luftschild fallen, wirbelte herum und rammte sein Schwert in die Brust einer Nymphe, während Darius in die Luft sprang und seine Axt schwang, um eine weitere Bestie zu enthaupten. Überall um uns herum stob Asche auf. Die beiden lachten vor Aufregung und blieben dicht beieinander, während Tory und ich losflogen. Unsere Flügelschläge wurden immer kräftiger und brannten immer heller, während wir uns auf den Weg zur Baumgrenze machten und diese schließlich überquerten.

Der Regen prasselte auf uns nieder, als ich den Tempel aus den Bäumen vor uns auftauchen sah, und wir legten einen Zahn zu.

Für einen kurzen Moment erlosch das Feuer meiner Flügel. Mein Atem stockte vor Panik, da ich mir fast schon sicher war, dass meine Flügel im Begriff waren, abzufallen.

Im nächsten Moment flammten sie wieder auf, und ich warf einen Blick auf Tory vor mir. Zum Glück hatte sie nichts davon bemerkt, also beruhigte auch ich meinen rasenden Herzschlag und flog weiter. Ich vermutete, dass meine Magie zur Neige ging, aber das erklärte nicht, warum sich mein Phönix so schwer anfühlte, als ich ihn zurück an die Oberfläche zog.

Der Nebel, der an den Rändern des Waldes hing, ließ es so aussehen, als würden wir uns dem Ende der Welt nähern. Wir zogen ein paar Kreise über dem Tempel, und mein Blick blieb an einem Schwarm Nymphen hängen, die gerade die Stufen erreichten und sie in Richtung des aufgesprengten Daches hinaufsprinteten.

Die Verzweiflung, mit der sie sich bewegten, bestätigte meine Vermutung, dass sie es auf die Artefakte abgesehen hatten, die sich zwischen den herumliegenden Steinen befanden. Tory positionierte sich mir gegenüber, und gemeinsam schwebten wir über dem Tempel und erhoben unsere Hände. Eine unheimliche Energie durchströmte meine Glieder, während ich mich darauf vorbereitete, jeden einzelnen dieser dunklen Gegenstände zu zerstören und sie Lavinia und ihrer monströsen Nymphenarmee zu entreißen.

»Zusammen?«, fragte Tory, und ich grinste, legte eine Hand in ihre und ließ meine Barrieren fallen, damit sich unsere Magie vereinen konnte.

Aber genau das passierte nicht. Meine Magie stotterte wie die flackernde Flamme einer Kerze im Wind, und auch das Feuer auf meinen Flügeln erlosch.

»Darcy?«, rief Tory alarmiert, während ich nach wie vor versuchte, meine Magie in ihre Richtung zu drücken. Mit zusammengebissenen Zähnen zerrte ich an den Fäden der Macht in mir, die einer nach dem anderen zu reißen und auszufransen schienen.

»Moment«, knurrte ich, während Panik und Entschlossenheit in mir aufeinanderprallten. Ich wusste nicht, was los war, aber ich musste dagegen ankämpfen. Ich musste die Kraft finden, von der ich wusste, dass sie in mir wohnte.

Die Nymphen hatten den obersten Abschnitt des Tempels fast schon erreicht. Fluchend versuchte ich nach wie vor, die Kontrolle über meine Macht zu finden und sie meiner Schwester entgegenzustrecken.

Mein Phönix erwachte stotternd zum Leben, und ich atmete erleichtert auf, als unser Feuer in einer nicht enden wollenden Welle zusammenfloss. Tory musterte mich besorgt, aber wir hatten keine Zeit, zu hinterfragen, was vorgefallen war. Wir mussten es zu Ende bringen.

Die Nymphen kletterten über das umgestürzte Mauerwerk, um den Altar zu erreichen, und wir konnten keine Sekunde länger warten. Also ließen wir unsere Macht wie einen feurigen Todesspeer auf sie los. Die Flügel eines wunderschönen rot-blauen Vogels lösten sich von uns und stürzten in einem Feuerwerk unglaublicher Energie durch den Himmel, bevor er auf die Tempelspitze prallte.

Die Nymphen kreischten, denn das Feuerwerk verzehrte nicht nur den Altar, sondern den ganzen Tempel. Das Feuer floss sich wie glühende Lava und verschlang alles, was in seinem Weg lag. Ich keuchte angesichts der Unermesslichkeit unserer Fähigkeiten auf.

Die Nymphen versuchten, zu fliehen, aber sie waren zu langsam und wurden von der flammenden Welle des Todes erfasst, die sich bis zum Boden des Tempels ausbreitete und das ganze Gebäude zum Einsturz brachte.

Steine purzelten, als der Tempel zitternd und brennend unter unserer Kraft in sich zusammenfiel.

Doch bevor ich unseren Sieg feiern konnte, durchströmte mich eine ungeheure Wut. Eine schwarze Wolke legte sich über mich, zerrte an meiner Kraft und riss sie mir aus den Händen.

Ich wehrte mich knurrend und voller Angst vor dem, was mich in seinen Griff gebracht hatte. Mein Feuer versagte ein weiteres Mal, und Tory sah mich mit Angst in den Augen an, während sie meinen Namen rief.

Ich kämpfte gegen das chaotische, hungrige Ding, das meine Flammen in seiner Gewalt hatte – und plötzlich entlud sich meine Kraft in einer Explosion, die durch meinen Körper in den meiner Schwester krachte und Tory und mich auseinandertrieb, als wären wir von einer Schockwelle getroffen worden.

Meine Ohren dröhnten, meine Arme und meine Brust schmerzten. Ein Schrei entrang sich meiner Kehle, während ich den Namen meiner Schwester rief. Sie wurde mit einer solchen Wucht von mir geschleudert, dass mein Herz stehen zu bleiben drohte.

Ich sah sie fallen, sah, wie ihre Flammen erloschen, als sie mit einem Schreckensschrei vom Himmel stürzte. Aber ich war wie gelähmt vor Angst und Entsetzen über das, was ich gerade getan hatte.

Aber die Schwärze in mir erhob sich wieder, und als ich meine Hände ausstreckte, um Luftmagie zu wirken, passierte nichts.

Ich stürzte über fünfzig Meter durch den Himmel und fühlte mich plötzlich so schrecklich sterblich, als sich meine Flügel auflösten. Ein paar bronzefarbene Federn wehten im Wind um mich herum und jagten schließlich zu den Sturmwolken weit über mir, während ich so schnell fiel, dass ich sicher war, dass dies mein Ende bedeutete.

Ich dachte an Lavinia, an ihr Zeichen und ihre teuflischen Augen, als sie mich mit ihrem Fluch belegt hatte. Und plötzlich brach die Dunkelheit so schnell über mich herein, dass ich nichts dagegen tun konnte. Ich wurde ohnmächtig. Die Bäume und schließlich auch der felsige Boden kamen immer näher, und alles, woran ich denken konnte, waren meine Schwester, Lance und mein Bruder. Denn ich konnte nichts tun, um mich zu retten, und ich würde mich nicht einmal verabschieden können.

Die Dunkelheit holte mich ein und Angst erfüllte mein Herz. Ich war mir des Schreis nur halb bewusst, der immer noch aus meiner Kehle drang.

Ein gewaltiges Gewicht kollidierte mit mir, und plötzlich rollte ich, gehalten von starken Armen und an eine harte Brust gedrückt. Orion umschloss mich mit seinem Körper, sodass ich den Aufprall nicht spürte, als wir über den Boden purzelten und er mich vor dem ziemlich sicheren Tod bewahrte.

Aber noch stärker als die Arme, die mich festhielten, war das monströse Ding, das nach wie vor die Kontrolle über mich hatte. Es war so mächtig, dass ich ihm nicht entkommen konnte. Aber vor allem war es verzweifelt: Es wollte meine Kraft mehr als alles andere auf dieser Welt.

»Ich bin ja da, Blue«, knurrte Orion mit angsterfüllter Stimme, und ich versuchte, mich aus der Dunkelheit hochzukämpfen, um zu ihm zu gelangen. Aber ich fand den Weg nicht zurück.

Wir rollten mittlerweile nicht mehr, aber er ließ mich trotzdem nicht los. Und voller Schrecken stellte ich fest, dass heißes, nasses Blut auf meine Wange tropfte.

In meinem Kopf waberte ein erdrückender, schneidender Nebel, und die Wut erfüllte jeden Teil meiner Seele.

Ich schlug um mich und versuchte, meinen Phönix zu finden, aber ich konnte ihn nicht erreichen. Er war so tief in mir begraben, dass es so war, als existierte er gar nicht. Und das machte mir mehr Angst als alles andere.

Ein Lachen dröhnte durch den Wald, und es war ein grausames und hohes Geräusch, das ich jetzt überall würde erkennen können. Denn seit jenem Tag in der Arena des Palastes der Seelen verfolgte sie mich in meinen Albträumen.

»Lavinia kommt!«, schrie Max. »Wir müssen los!«

Ich versuchte, den Namen meiner Schwester auszusprechen, aber brachte keinen Ton heraus, bevor ich wieder tief in die Dunkelheit hinabglitt und das Bewusstsein verlor.

Für eine Sekunde schienen mich zwei schwarze Augen in meinem Kopf anzustarren, und es war, als würde ich direkt in die Seele der Schattenprinzessin selbst blicken. Sie hatte mich in ihrer Gewalt, ihre Faust drückte mein Herz zusammen und ihr Lachen hallte noch immer in meinem Schädel nach.

Ich konnte mich nicht befreien, ich konnte nichts anderes tun, als immer tiefer und tiefer in den Schatten zu versinken, die in meinem Körper zu leben schienen. Doch sie fühlten sich nicht mehr so an wie früher. Es war jetzt, als würden sie sich in meiner Seele verstecken, gerade so außer Sichtweite, aber dennoch so präsent, dass ich kaum atmen konnte.

Wieder stieg diese Wut in mir auf, und ich schlug auf denjenigen ein, der mich festhielt. Knurrend versuchte ich, mich zu befreien. Doch dann fiel mir wieder ein, was geschehen war – und die Welle des Terrors überrollte mich aufs Neue.

Tory.

Meine Schwester.

Wo ist sie?

»Los!«, rief Seth, und um mich herum brach Panik aus, obwohl ich nichts davon sehen konnte.

Mein Kopf drehte sich und mein ganzer Schwerpunkt schien sich zu verschieben. Ich begriff, dass ich mittels Sternenstaub reiste, und Panik stieg in mir auf. Denn ich konnte meine Zwillingsschwester nicht spüren. Ich konnte sie nicht finden. Sie war nicht hier.

»Tor?«, presste ich hervor, aber es war nicht mehr als ein Flüstern.

»Wach auf, meine Schöne! Sieh mich an!«, flehte Orion, und seine Heilmagie glitt aus seiner Haut in meine. Aber er konnte dieses Reißen in mir nicht aufhalten. Es war, als würde sich ein Abgrund in der Mitte meines Körpers auftun und mich hineinziehen. Nein … nicht mich. Nur meine Kraft, meinen Phönix.

Nein, nein, nein.

In meinem Kopf drehte sich alles, und die Wut nahm wieder überhand, woraufhin ich mich gegen die Arme wehrte, die mich festhielten. Ich wollte weg, zurück zu mir, zu Tory. Aber ich konnte nichts anderes finden als noch mehr Dunkelheit.

Ich zerrte an der Quelle der Kraft, in der meine Magie wohnte, aber sie war kaum noch vorhanden. Es war, als würde meine Kraft in einem Abfluss versickern, und dieses Mal würde kein Feuer in Solaria sie wiederherstellen.

Und inmitten der Schwärze dachte ich wieder an meine Zwillingsschwester. Ich konnte sie nicht spüren. Aber ich musste wissen, dass sie hier war, dass es ihr gut ging … vor allem nach dem, was ich getan hatte.

»Mach die Augen auf, Blue!«, befahl Orion und daran hielt ich mich fest. Ich lag auf dem Rücken, so viel konnte ich fühlen. Und jetzt, da ich die Wärme seines Körpers an meinem spürte, erkannte ich ihn wieder.

Seth wimmerte ganz in der Nähe, und Geraldine heulte vor Angst.

»Meine Königin!«, rief sie. »Bitte sieh in das Gesicht deines Geliebten! Komm zurück zu uns!«

Irgendwie schaffte ich es, der Aufforderung Orions nachzukommen. Ich öffnete die Augen, und zwei vertraute dunkle Augen starrten mich an. Blut rann von einer Wunde an seiner Schläfe über seine Wange, und Panik machte sich in meiner Brust breit.

»Du bist verletzt«, röchelte ich, und sofort war da Caleb, der seine Finger auf Orions Kopf drückte, während unter seiner Handfläche Heilmagie glühte.

»Danke, Blutsbruder«, sagte Orion, und Caleb nickte, aber ich war zu benommen, um zu fragen, was das bedeutete.

Orions Kopf fiel nach vorn, während ein schwerer Atemzug der Erleichterung ihn verließ, und er presste seine Lippen auf meine Stirn.

»Tory«, murmelte ich, und Darius' Kopf flog herum, um nach ihr zu sehen.

Er kniete neben mir und hatte seine Hände um meine Handgelenke gelegt, als wollte er mich festhalten.

Orion hob den Kopf und drehte sich ebenfalls um, und es vergingen zwei schmerzhaft stille Sekunden, in denen ich im Grunde meines Wesens wusste, dass sie nicht hier war.

Irgendetwas kollidierte mit Darius und riss ihn zu Boden, während sich zwei große schwarze Flügel von den Schultern seines Angreifers ausbreiteten. Geraldine schrie derweilen wie eine Todesfee.

Ich keuchte, als Orion mich aus dem Weg zog, und starrte Gabriel an, der einen gelben Schlafkristall gegen Darius' Kopf rammte, sodass dieser bewusstlos zu Boden ging. Doch als sich Gabriel gerade wieder aufrappeln wollte, erhob sich Darius wie ein Toter hinter ihm, mit einem Knurren auf den Lippen und wahrer Blutgier in den Augen. Gabriel stürzte sich abermals auf ihn und schlug ihn immer wieder mit dem Kristall, bis Darius schließlich keinen Mucks mehr von sich gab.

Wir starrten alle entsetzt zu Gabriel, der mit nackter Brust, die etliche Tätowierungen zierten, aufstand und seine Flügel hinter sich zusammenfaltete. Seine Augen waren voller Reue.

»Gabriel ist böse geworden!«, brüllte Max, und Caleb stürzte sich auf meinen Bruder und versuchte, ihm einen Schlag gegen den Unterkiefer zu verpassen, dem er mit einer blitzschnellen Bewegung auswich. Ich wusste, dass er diesen Angriff bereits vorhergesehen hatte – und vermutlich auch die Tatsache, dass sich Seth knurrend auf ihn stürzen würde.

Gabriel schubste Seth mit einem Wasserstrahl zurück und blieb vor Darius' leblosem Körper stehen, während wir ihn alle schockiert anstarrten.

»Was sollte das denn?«, fragte ich schockiert.

»Er wollte zurückgehen, um Tory zu holen«, erklärte er voller Ernst und Bedauern. »Aber er wird sterben, wenn er das tut. Ich habe es gesehen.«

Die Erben sahen sich schweigend an, und das Entsetzen über das, was er gesagt hatte, kroch wie eine Schlange durch meine Brust.

»Aber sie ist ganz allein«, rief ich alarmiert und versuchte, mich aus Orions Griff zu befreien. Aber mein Körper war noch schwach und seine Arme waren wie Eisen.

Ich musste zu ihr zurückgehen. Ich musste dafür sorgen, dass sie in Sicherheit war.

»Sie kann das überleben«, versprach mein Bruder. »Wir müssen auf ihre Rückkehr warten, Darcy. Wenn jemand zurückgeht, um ihr zu helfen, wird das alles nur noch schlimmer machen.«

»Nein«, zischte ich. Das brutale Tier in mir erhob sich, woraufhin ich noch härter kämpfte. Ich wusste, dass ich alles tun würde, um meine Schwester zurückzubekommen. Für sie würde ich es mit Lavinia aufnehmen. Für sie würde ich es mit allem und jedem aufnehmen. Ich würde eine Schneise des Todes und der Zerstörung hinterlassen, aber sie würde sicher und gesund nach Hause zurückkehren.

»Blue, hör auf ihn!«, befahl Orion, aber das würde ich nicht tun. Sie war meine andere Hälfte. Und sie war allein inmitten unserer Feinde. Ich hatte das getan, ich hatte ihr wehgetan. Und wer wusste schon, was mit ihr passiert war, nachdem sie aus dem Himmel gesprengt worden war? Niemand hatte sie aufgefangen, so wie Orion es für mich getan hatte.

Ich schlug noch fester um mich, aber Gabriel sah mich traurig an, während er nach vorn trat und mir den Schlafkristall auf den Kopf legte.

»Es tut mir leid, aber du musst mir vertrauen«, sagte er, bevor die Kraft des Kristalls auf mich übergriff und mich zusammen mit der Erschöpfung, die meinen Körper bereits im Griff hatte, in die Dunkelheit schickte.

Aber in ihr fand ich keinen Frieden. Nur diese gewalttätige, endlose Wut, die mir die Essenz dessen raubte, was ich war. Sie ertränkte mich in Grausamkeit, und ich wusste, dass sie mich nie wieder loslassen würde.

Gemini
Scorpio
Virgo
Aries
Cancer
Leo
Sagittarius
Taurus
Capricorn
Aquarius
Libra
Pisces

TORY

KAPITEL 29

Ich schlug mit der Wucht eines verdammten Güterzugs auf dem Rücken auf. Mein Schädel hämmerte, und meine Flügel wurden unter mir zerquetscht. Ich verlor das Bewusstsein vor Schmerz, und die höhnisch grinsenden Sterne waren das Letzte, was ich sah.

»Wach auf!«

Ich spürte, wie ätherische Finger über meine Wange strichen. Stöhnend kroch ich wieder an die Oberfläche meines Bewusstseins, wo mich die Qual meiner Verletzungen sofort wieder überwältigte.

Lange Grashalme streiften meine Wangen, während der Regen unaufhörlich auf mich niederging. Der Geruch von nassem Gras holte mich schließlich aus der Leere meines Geistes zurück.

Ich war allein und verletzlich, und der Schmerz brannte heller als das Feuer meines Phönix.

Ich bewegte meine Finger und drückte sie dort auf ein freies Stück an meiner Seite, wo der metallene Brustpanzer anfing. Heilende Magie floss in meinen Körper, und ich dankte den Sternen und unseren fortgesetzten magischen Lektionen dafür, dass ich mittlerweile wusste, wie man gebrochene Knochen heilte.

Ich atmete scharf und mit aufeinandergepressten Zähnen ein, während ich mich zunächst meines Schmerzes entledigte und dann meine Aufmerksamkeit darauf richtete, die Verletzungen selbst aufzuspüren und zu heilen. Meine gebrochenen Flügel hatten die Hauptlast meines Sturzes getragen, und ich schloss die Augen, um mich zu konzentrieren, während ich die Brüche heilte, bevor ich mich daran machte, auch den Rest meines Körpers zu flicken.

Als es vorbei war, blinzelte ich in Richtung der dunklen Wolken über mir, die unablässig Wasser auf mich herabregnen ließen. Ich fröstelte, als ich die Kälte spürte, die mir während meiner Bewusstlosigkeit bis in die Knochen vorgedrungen war.

Mit einer Handbewegung errichtete ich einen Schild, um den Regen abzuhalten, und ich rief mein Feuerelement an, mich zu trocknen und die Kälte aus meinem Körper zu verbannen. Dann setzte ich mich auf, um mich zu orientieren.

Ich war auf einem kleinen grasbewachsenen Hügel gelandet und spähte nun zwischen den Bäumen hindurch auf die andere Seite der Lichtung, auf der sich die zerstörten Überreste des Tempels befanden. Ein Blick auf den Boden, auf dem ich saß, offenbarte eine perfekte Silhouette meines Körpers und meiner Flügel, die sich bei meiner Landung ins Gras gebrannt hatte. Mein Magen verkrampfte sich, als ich über das Geschehene nachdachte.

Wir hatten lediglich unsere Kräfte miteinander geteilt, also warum zum Teufel war unsere Magie explodiert, anstatt sich wie immer zu vereinen?

Ich hörte schwere Schritte, die immer näher zu kommen schienen, und mir gefror das Blut in den Adern und lenkte meine Aufmerksamkeit von diesem Gedanken ab. Ein Blick in den Wald offenbarte eine Gruppe riesiger Gestalten, die sich zwischen den Bäumen bewegten und sich meiner Position rasch näherten.

Ich konnte keine Kampfgeräusche mehr hören, und als ich den Kopf hob, sah ich weder Phönix noch Drache vorbeifliegen. Ich runzelte die Stirn. Wo zur Hölle waren die anderen?

Das eindringliche Rasseln einer Nymphe bohrte sich wie ein Splitter unter meine Haut, bahnte sich seinen Weg zu meiner Magie und versuchte augenblicklich, sie zu blockieren.

Ich wandte meinen Blick den rauchenden Überresten des Tempels zu und sah, wie sich immer mehr der Kreaturen zwischen den Trümmern herumtrieben, weit mehr, als ich hier erwartet hatte. Als sich die Gestalten zwischen den Bäumen in meine Richtung drehten, wurde mir klar, dass ich zahlenmäßig weit unterlegen und vor allem allein war – leichte Beute, die nur darauf wartete, vernichtet zu werden.

Die Fae in mir wollte aufstehen und kämpfen, aber als eine schattenumhüllte Gestalt am wolkenverhangenen Mond vorbeischoss und ich Lavinia auf der Jagd erkannte, beschlich mich das schreckliche Gefühl, dass dieser Kampf definitiv zu meinen Ungunsten ausfallen würde.

Die Nymphen ließen wieder dieses schreckliche Rasseln ertönen, und als ich spürte, wie mich ihre Macht bis ins Mark durchdrang, traf ich die Entscheidung, mich zu verstecken. Ich rammte meine Finger in die Erde zu beiden Seiten von mir und nutzte meine Erdmagie, um im Boden zu versinken.

Ich schuf eine Lufttasche um mich herum, verbannte meine Flügel, damit mein Körper leichter unter die Erde gleiten konnte, und befahl dem Gras, üppig und dicht über mir zu wachsen, um sämtliche Spuren meiner Anwesenheit zu verdecken.

Dank meiner Verbindung zur Erde konnte ich die starken Erschütterungen spüren, die von der sich nähernden Nymphentruppe ausgingen. Ihr Rasseln traf mich aufs Neue, und mein Atem ging nur noch stoßweise, während mein Adrenalinpegel immer weiter stieg.

Ich hatte keine Ahnung, ob die Kreaturen meine Magie spüren konnten oder ob sie merkten, dass ihre Kraft auf eine Fae in der Nähe wirkte. Aber ich würde definitiv nicht hierbleiben und es austesten, indem ich zuließ, dass sie mich von meiner Magie abschnitten, damit sie mich wie ein Gänseblümchen vom Boden pflücken und in meiner Gesamtheit zerstören konnten.

Ich biss die Zähne zusammen, versuchte, an meiner Kraft festzuhalten, und begann, mich nach unten zu drücken. Ich versank immer tiefer unter der Erde, weit weg von den jagenden Nymphen, begrub mich bei lebendigem Leib und tauchte in die Dunkelheit ein.

Ich war so darauf konzentriert, meine Sinne auf die Nymphen zu konzentrieren, dass ich erst bemerkte, dass sich der Raum unter mir öffnete, als ich durch die Decke des Tunnels unter mir fiel.

Mein Schrei blieb mir in der Kehle stecken, während mein Magen rebellierte. Ich streckte die Hände weit aus, um mich mit Luftmagie aufzufangen, bevor ich auf dem Boden aufschlagen konnte. Sobald ich auf meinen Füßen gelandet war, wirkte ich ein Fae-Licht und sah mich nach potenziellen Feinden um. Von oben rieselte Erde auf mich herab.

Der Tunnel, in dem ich mich befand, war aus dem gleichen schwarzen Stein gehauen wie der Tempel auch, obwohl ich mich nicht in der Nähe der Trümmer dieses Ortes befand. Ich vermutete also, dass der Tunnel entweder mit ihm verbunden oder als eigene Struktur daneben errichtet worden war.

Ich sprach einen Verstärkungszauber und hielt den Atem an, während ich versuchte, Schritte oder Stimmen auszumachen. Aber ich hörte niemanden außer den Nymphen, die jetzt die Waldlichtung erreichten, auf der ich noch wenige Augenblicke zuvor gelegen hatte.

Nachdem ich mir sicher sein konnte, dass ich hier unten auf keine Nymphe stoßen würde, ließ ich meinen Blick durch den dunklen Tunnel schweifen und betrachtete die dunklen Wandleuchter, die die Wände säumten, und die Ritzungen, die den schwarzen Stein zierten.

Ich trat näher an eine von ihnen heran und entdeckte das Bild einer Frau, die Lionels Schattenfreak sehr ähnlich sah – und sich mit einer offensichtlich scharfen Klinge das eigene Fleisch aufschnitt. Das Bild daneben zeigte, wie ihre nun blutenden Rauchranken von ihrem Körper in die Hände einer vor ihr knienden Nymphe quollen.

Mit hochgezogenen Augenbrauen ging ich weiter und sah, wie die Nymphen den Rauch akzeptierten, von dem ich nun vermutete, dass er die Schatten darstellen sollte, bevor sie aufstanden und sich zu einer Armee zusammenschlossen.

Ich ließ meine Finger über die Furchen der Ritzungen im schwarzen Stein gleiten, während ich die Kampfszenen betrachtete, die schließlich in einer Menge feiernder Nymphen und einer Schattenschlampe gipfelten, die auf einem Thron saß und eine Krone auf ihrem Psychokopf trug.

Ich hoffte, dass das ganze Szenario eher Wunschdenken des Künstlers war und nicht eine Art Prophezeiung. Aber ich war bereit, gegen die Sterne selbst zu kämpfen, wenn es Letzteres sein sollte. Denn solange ich atmete, würde ich auf keinen Fall zulassen, dass diese Zukunft eintrat.

Meine Stiefel hallten auf dem harten Boden wider, als ich mich weiter durch den leeren Tunnel bewegte, und ich wirkte eine Stillekuppel, nur für den Fall, dass jemand zufällig nahe genug kam, um mich zu hören. Den Blick nach oben gerichtet, fragte ich mich, was zum Teufel ich jetzt tun sollte.

Sternenstaub wäre jetzt nett gewesen, aber den hatten wir aufgeteilt und ich hatte keinen bei mir – nicht zuletzt, weil mein Phönixfeuer ihn wohl zerstört hätte, wenn ich welchen eingepackt hätte. Ich steckte also hier fest, in einem Nymphentunnel und ohne eine Ahnung, wo die anderen sein könnten. Vor allem aber mit dem unguten Gefühl, dass etwas schrecklich schiefgelaufen war.

Als ich aufgewacht war, hatte ich keinen von ihnen gesehen und auch keine Kampfgeräusche gehört. Was bedeutete das? Sie würden mich nicht einfach hier zurücklassen, aber ich konnte auch keine Version der Realität akzeptieren, in der sie geschlagen oder gefangen genommen worden wären. Was zum Teufel ging hier vor sich?

Bevor ich mich zu sehr auf diese Frage versteifen konnte, berührte etwas – jemand – meine Hand, und ich wirbelte abrupt herum, während sich Phönixflammen in meiner Faust entzündeten, als ich mich zum Kampf bereit machte. Aber da war niemand.

»Komm!«, forderte die ätherische Stimme, die mich zuvor geweckt hatte, und ich erstarrte vor Schreck. Ich suchte den leeren Korridor ab, während meine Sinne prickelten und ich nach wie vor krampfhaft versuchte, herauszufinden, was zum Teufel hier vor sich ging.

Aber bevor ich einen auf Phönix machen und alles um mich herum in die Luft jagen konnte, um hoffentlich auch das unsichtbare Wesen im Raum zu treffen, entdeckte ich einen goldenen Schimmer zwischen den Steinen am Fuße des Ganges.

Ich kniete mich hin, grub mit dem Fingernagel nach dem kleinen Metallteil, um es aus seinem Versteck zu befreien, woraufhin ein winziger goldener Anhänger in Form einer Hydra in meine Handfläche fiel.

Eine intensive Energie – fast wie ein Kuss der Wiedererkennung – durchströmte mich, und ich richtete mich stirnrunzelnd auf. Silberne Fußspuren erschienen auf dem dunklen Stein am anderen Ende des Tunnels, und ich erstarrte, als ich endlich verstand.

»Mom?«, hauchte ich in die Stille und fühlte mich wie eine verdammte Idiotin, weil ich das tatsächlich laut ausgesprochen hatte. Aber jetzt, da mich die Schatten nicht mehr ablenkten, war ich mir sicher, dass sie es war. Oder zumindest ihre Erinnerung.

»Komm!«, wiederholte sie, und die Stimme klang jetzt weiter entfernt, fast so, als würde sie aus der Richtung kommen, in der die Schritte gegangen waren.

Ich schluckte den Kloß in meinem Hals hinunter, während ich mir wünschte, Darcy an meiner Seite zu haben. Dann eilte ich dem Geist meiner Mutter mit dem Talisman in meiner Faust hinterher.

Der Tunnel setzte sich über mehrere Korridore fort, kurze Treppen führten mich immer weiter unter die Erde, und ich verlor komplett die Orientierung. Schließlich fand ich mich in einer großen Kammer mit einer dunklen Aura wieder. Zögernd blieb ich an der Schwelle stehen.

»Du musst es sehen«, hallte die Stimme meiner Mutter durch den offenen Raum, und ich betrat ihn, wobei ich meinen Blick über die Ketten wandern ließ, die von der Wand hingen. In der Ecke des Raumes stand eine Holztruhe, die wusste-der-Teufel-was verbarg.

Aber als ich noch einen Schritt nach vorn machte, schien sich der Raum vor meinen Augen zu verschieben. In meinem Bauch kribbelte es wie beim freien Fall, als die schwarzen Wände verschwanden und ich mich plötzlich außerhalb des Palastes der Seelen wiederfand. Ich sah meinen Eltern dabei zu, wie sie die Stufen hinauf und in den Thronsaal schritten, gefolgt vom Jubel der Menge draußen.

»Geschafft«, meinte Hail Vega mit schwerer Stimme, winkte mit der

Hand, um die Tür hinter sich zu schließen, und zog meine Mutter näher zu sich heran, die strahlend lächelte.

»Habe ich dir nicht gesagt, dass sie mich akzeptieren würden?«, neckte sie ihn, und er erwiderte ihr Lächeln, packte sie an der Taille und zog sie an sich.

»Natürlich tun sie das«, knurrte er. »Ich bin ihr König. Sie akzeptieren alles und jeden, wenn ich es ihnen befehle.«

Er beugte sich zu ihr hinunter, um sie innig zu küssen, und ich registrierte erst jetzt das weiße Kleid, das sie trug, und die Krone, die auf ihrem Kopf balancierte. Ich hatte Bilder von den beiden in genau diesen Outfits gesehen, als ich mir die Berichte über die unerwartete königliche Hochzeit zu Gemüte geführt hatte.

Hail war von seiner Reise in das südliche Königreich Voldrakia mit einer ausländischen Prinzessin am Arm zurückgekehrt und hatte sie noch am selben Tag geheiratet – was das gesamte Königreich in Aufruhr versetzt hatte. Es hatte einige Gegenreaktionen von der Familie des Mannes gegeben, mit dem sie in ihrem Heimatreich verlobt gewesen war, aber Hail hatte mit Krieg gedroht, und das Problem war durch einige politische Abkommen und den Eintausch einer Ersatzbraut aus unserem eigenen Königreich gelöst worden.

Hail ließ seinen Mund auf den der Frau sinken, in die er sich so unwiderruflich verliebt hatte, und ich genoss den Anblick der beiden. Sie strahlten nur so vor Glück, und sie ließ zu, dass er ihr einige Küsse stahl, bevor sie sich wieder zurückzog.

»Sie werden nach uns suchen, wenn wir selbst nicht auf sie zugehen«, meinte sie seufzend, und er knurrte frustriert.

»Der Himmel möge mich vor den Unannehmlichkeiten der Politik bewahren. Bringen wir es hinter uns, damit ich dich endlich für mich allein habe«, brummte er, nahm ihre Hand und führte sie durch den Palast zu einem großen Raum voller Gäste. Mein Blick fiel auf die Celestia-Ratsmitglieder, und meine Kehle war plötzlich wie zugeschnürt, als Lionel sie herzlich begrüßte und ihnen überschwänglich gratulierte.

Ich trat näher, um zu hören, was sie sagten, aber meine Aufmerksamkeit wurde auf eine Gruppe von Männern und Frauen gelenkt, die am Rand des Raumes standen. Sie alle trugen königsblaue Umhänge und blickten interessiert in Richtung meiner Eltern.

Ein Mitglied der Gruppe fiel mir besonders ins Auge, und ich erstarrte, als ich Vard erkannte. Der schmierige Zyklop hatte damals noch keine lange Mähne und auch keine Narbe im Gesicht getragen, aber mein Herz pochte, als ich ihn so nah bei meiner Familie stehen sah.

»Regen!«, rief plötzlich eine der verhüllten Frauen in seiner Gruppe, und wenige Augenblicke später prasselte Regen gegen die Fenster.

»Das hätte ich dir schon vor einer Woche sagen können«, rief meine Mutter lachend und blickte zu ihrem neuen Ehemann auf. Ihre Augen waren voller Liebe, als seine Aufmerksamkeit auf die Fae und ihre Roben gelenkt wurde.

»Seit Narbord, der Seher meines Vaters, vor acht Jahren gestorben ist, hat es in unserem Königreich keine großen Seher mehr gegeben«, erklärte Hail und ließ seinen Blick mit leichter Abneigung über die Gruppe schweifen. »Also war ich gezwungen, eine Gruppe von Personen zusammenzustellen, die genug von der Gabe besitzen, um relevant zu sein – in der Hoffnung, dass sie zumindest zusammen einen fähigen Seher ausmachen.«

»Und? Tun sie das?«, neckte Merissa mit einem wissenden Funkeln in den Augen.

»Nicht einer von ihnen kann auch nur auf dem Stuhl des königlichen Sehers Platz nehmen«, murmelte er gereizt. »Aber vielleicht liegt das daran, dass er auf dich gewartet hat. Genau wie ich.«

Vards Kopf fuhr herum, und er beäugte meine Mutter mit viel mehr Interesse als zuvor.

»Die neue Königin verfügt über die Gabe des Sehens?«, fragte er neugierig, obwohl ich genau sah, welche Bedrohung er und der Rest seiner Gruppe weniger talentierter Seher in dieser Tatsache sahen.

»Die hat sie in der Tat«, schnurrte Hail und zog seine neue Braut näher an seine Seite. »Sie kann besser *sehen* als jeder andere, den ich kenne.«

Die Seher brachen daraufhin in aufgeregtes Gemurmel aus, und ihre Aufmerksamkeit galt fortan der neuen Königin, die ihre Fragen höflich und mit einem sanften Lächeln beantwortete.

Plötzlich straffte Merissa ihr Rückgrat, und ihre Hand schnellte nach vorn, um einen Apfel aufzufangen, der auf Hails Gesicht abgefeuert worden war. Lionel stieß ein Lachen aus und klatschte laut in die Hände, während alle sich zu ihm umdrehten.

»Mein König, ich glaube, Ihr habt hier wirklich eine Perle gefunden, die es zu schätzen gilt«, rief er und sah aus, als wäre er aufrichtig glücklich. Aber nach Monaten in seiner Gesellschaft kannte ich ihn genug, um diesen gefährlichen, hinterhältigen Blick in seinen Augen deuten zu können. »Ich habe die Frucht auf Euch gerichtet, während sie abgelenkt war, und doch hat sie sie kommen *sehen*. Sie ist in der Tat eine wahre Seherin, und ihre Liebe zu Euch muss groß sein, wenn sie Bedrohungen gegen Euch so leicht aufspüren kann.«

Die Leute im Raum brachen unter Lionels Führung in Applaus aus, und Hail grinste, während er seine neue Braut näher zu sich zog, ihr Kinn mit den Fingerspitzen anhob und ihr tief in die Augen sah.

»Ja, sie ist wirklich etwas ganz Besonderes«, sagte er und küsste sie vor allen Anwesenden, was zu noch mehr Applaus führte. Aber meine Aufmerksamkeit schweifte zu Vard und Lionel, die beide überhaupt nicht glücklich über die Ankunft der neuen Königin zu sein schienen.

Ich öffnete den Mund, um zu fragen, was noch passiert war, aber die Vision veränderte sich bereits und zeigte mir nun, wie Merissa zum ersten Mal auf dem königlichen Seherstuhl saß. Ich verfolgte sowohl ihre offizielle Erhebung in die Position der königlichen Seherin als auch verschiedene anderen Gelegenheiten, bei denen sie etwas *gesehen* hatte, von dem Vard und die anderen nicht einmal im Entferntesten etwas mitbekommen hatten. Immer wieder zuckte Vards Unterkiefer vor Frustration, und er lieferte auch weiterhin Vorhersagen – mit unterschiedlichen Leveln der Genauigkeit.

Mit der Zeit traf Hail die anderen Seher immer seltener und informierte sie oft nicht einmal mehr über die Vorhersagen, die Merissa getroffen hatte. Sein Interesse an ihren Visionen ließ so weit nach, dass er sie schließlich kaum noch zurate zog.

Vard war mehr als einmal zu ihm gekommen und hatte darum gebeten, die Königliche Seherkammer nutzen zu dürfen, um seine eigenen Visionen zu verbessern, war aber stets abgewiesen worden.

Abrupt wurde ich in eine andere Szene geworfen und fand mich in genau diesem Raum wieder. Meine Mutter saß auf dem Stuhl und schien – darauf deuteten zumindest ihre glasigen Augen hin – gerade eine Vision zu haben. Mein Vater stand über ihr.

»Und?«, fragte er, und seine Stirn war voller Sorgenfalten, als sie wieder zurückkam und ihre Augen heller wurden. Sie schüttelte den Kopf.

»Heute nichts, mein Liebster«, bestätigte sie, und seine Besorgnis fiel mit einem Seufzer von ihm ab.

»Ich schwöre, dass sich für mich alles verändert hat, seit du hier bist«, sagte er, ging auf sie zu und fiel vor ihr auf die Knie. »Dafür sollte ich dich belohnen.«

Meine Mutter kicherte, als er sich ihr näherte, ihren Rock hochzog und sich vorbeugte, um ihren Hals zu küssen. Mit gerümpfter Nase fragte ich mich, warum zum Teufel ich mitansehen sollte, wie meine Eltern es miteinander trieben. Ich hatte sogar tatsächlich etwas Mitleid mit Gabriel, da ich keinen Weg aus der Sache herauszufinden schien.

Mein Vater knurrte hungrig, zerrte an ihrem Kleid und zerriss den Stoff und senkte seinen Mund auf ihre Brust, worauf ich mich abrupt von ihnen abwandte, da ich definitiv genug gesehen hatte. Ihr lautes Stöhnen hörte ich dennoch.

Mit dem Gesicht zur Tür hielt ich mir die Hände auf die Ohren und fragte mich, ob ich wohl hindurchtreten könnte, um dieser Hölle zu entkommen. In dem Moment wurde die Tür aufgerissen.

»Mein König, ich muss wirklich darauf bestehen, dass man mir die Nutzung der …« Vard verstummte abrupt, als ihm klar wurde, wo er gelandet war. Hail Vega stieß ein grollendes Brüllen aus, das die verdammten Wände erzittern ließ, und ich drehte mich wieder zu meinen Eltern um.

Ich hatte erwartet, ihn in seiner verwandelten Form vorzufinden, aber er schnappte stattdessen nach Luft, als ein Messer in meine Richtung geschleudert wurde. Der Sonnenstahl blitzte bedrohlich auf, als es durch mich hindurchflog und in Vards Gesicht landete.

Blut spritzte gegen die Wand, und Vard stieß einen Schmerzensschrei aus, bevor er zu Boden ging und die Hand auf sein zerstörtes Auge presste, aus dem unaufhörlich Blut floss.

»Du wagst es, einen Blick auf den Körper meiner Frau zu werfen?«, brüllte Hail und stürzte sich mit Mordlust in den Augen auf den blutenden, schluchzenden Mann auf dem Boden. Meine Mutter schrie erschrocken hinter ihm auf.

Sie packte seinen Arm, richtete ihre Hand in Richtung Vard und umschlang ihn mit magischen Ranken, die ihn aus dem Raum zerrten.

»Du kannst kein Mitglied des königlichen Hofes töten. Nicht ohne Gerichtsverfahren!«, schrie sie und grub ihre Fingernägel in den Arm meines Vaters, während sie versuchte, seine Wut zu zügeln. Ich konnte sehen, wie sich die Essenz des Monsters in ihm rastlos hinter seinen Augen bewegte, während er damit rang, sie anzusehen. »Das ist nicht der König, der du sein willst. Erinnerst du dich, worum du mich gebeten hast? Du wolltest, dass ich dir helfe, einen Weg zurück ins Licht zu finden.«

»Kein Mann wird deinen Körper so sehen und das überleben«, knurrte er, packte ihr Gesicht und blickte auf sie hinab, als wäre sie das Kostbarste auf der ganzen Welt. »Das kann ich nicht zulassen. Und das weißt du.«

»Ja, das weiß ich«, flüsterte sie, blieb aber trotz seines Zornes standhaft und zuckte nicht ein einziges Mal zusammen. Mein Herz schwoll an, als ich dieses Feuer in ihr sah und beobachtete, wie sie mit der Bestie umging, die sie zu lieben beschlossen hatte. Ihre Verbindung war so pur – sie war sein Licht und er war ihre Dunkelheit. Sie glichen einander aus, aber nur, wenn sie für diese Einheit arbeiteten, wie sie es jetzt eindeutig versuchten.

Hail schien vor Wut platzen zu wollen, rief aber einige Wachen herbei, Vard aus seinem Blickfeld zu schaffen. Aber die Vision veränderte sich, bevor sie eintreffen konnten, und ich sah zu, wie Merissa mitten in der Nacht erwachte. Eine Vision zog sie mit solcher Dringlichkeit aus dem Bett ihres Mannes, dass sie aus ihrem Zimmer rannte und aus einem Fenster in die Nacht sprang.

Ich genoss die Erfahrung, an ihrer Seite zu fliegen, als sie sich in ihre Harpyienform verwandelte und mit heftigen Flügelschlägen direkt zum Amphitheater flog, wo Darcy und Orion an Weihnachten gezwungen worden waren, gegen die Nymphen zu kämpfen.

Ich folgte ihr, als sie sanft landete, an den Leichen zweier toter Wachen vorbeirannte und zu den Zellen eilte, in denen Gefangene in der Dunkelheit festgehalten wurden. Niemand schien sie zu bemerken.

Sie kam abrupt vor einer offen stehenden Zelle zum Stehen und stieß einen Fluch aus, während sie die Stirn runzelte und versuchte, eine Vision zu erzwingen.

»Wie schaffst du es, dich vor mir zu verstecken?«, zischte sie, und ihre Frustration war deutlich zu spüren, als sie weiterhin versuchte, eine Vision zu empfangen, die sie zu dem Mann führen würde, der aus dem königlichen Kerker entkommen war.

Plötzlich riss sie den Kopf hoch, holte eine Prise Sternenstaub aus ihrer Tasche, warf ihn über ihren Kopf und riss mich mit sich durch die Sterne, durch die sie gezogen wurde.

Ich holte überrascht Luft, als wir in genau dem Wald landeten, in dem ich erst vor Stunden an der Seite meiner Freunde gekämpft hatte.

Ich folgte meiner Mutter, als sie durch die Bäume auf den pyramidenförmigen Tempel im Herzen des Waldes zuschlich, wo sie Vard entdeckte, der auf ihn zueilte. Worte strömten aus seinem Mund, die sie genauso wenig zu verstehen schien wie ich, und in seiner Hand hielt er einen Aussaugenden Dolch, der mit einer dunklen Macht summte, die ich nur allzu gut kannte.

Ein Kreischen ertönte, als sich Vard dem Tempel näherte, und zwei Nymphen tauchten oben auf den Stufen auf, die wir kurz zuvor zerstört hatten.

Vard hielt erschrocken inne und wandte sich ab, um wegzurennen, aber vier weitere Kreaturen waren hinter ihm aufgetaucht. Er war umzingelt.

»Ich bin gekommen, um die Schattenprinzessin um Gnade zu bitten«, rief er laut. »Ich habe ihre Präsenz bei meiner Arbeit mit dieser Waffe gespürt und möchte mich ihr als ihr demütiger Diener anbieten. Ich verfüge über die Gabe des Sehens und war Mitglied am Hof des Grausamen Königs, bis er mir das angetan hat.«

Vard zitterte, als die Nymphen auf ihn zukamen, und ich warf meiner Mutter einen Blick zu. Sie hatte bereits eine Prise Sternenstaub zwischen den Fingern, verharrte aber noch, um zu beobachten.

Als Nächstes trat ein Mann aus dem Tempel, und mir lief es kalt den Rücken hinunter, als ich Diegos Onkel Alejandro mit seinen schwarzen Locken, dem dünnen Schnurrbart und der dunklen, bedrohlichen Aura erkannte.

»Wartet!«, rief er, hob eine Hand zu den Nymphen, die Vard immer dichter umringten, und brachte sie dazu, stehen zu bleiben. »Die Schattenprinzessin hat Verwendung für ihn.«

Alejandro winkte Vard mit einem Finger zu sich, und die Nymphen hinter ihm trieben ihn die Stufen hinauf. Er stieß ein angstvolles Wimmern aus, das mich glauben ließ, dass er seine Entscheidung, hierherzukommen, möglicherweise bereute.

Ich wartete mit meiner Mutter in der Dunkelheit, während Alejandro, Vard und die Nymphen im Tempel verschwanden. Meine Aufmerksamkeit galt nun ganz ihr, und ich umkreiste sie langsam, um mir ihr Aussehen, ihr Gesicht, einzuprägen. Ihr Anblick löste einen Schmerz in mir aus, den ich schon lange zu ignorieren versucht hatte, aber das war mir jetzt unmöglich. Denn jetzt stand ich direkt vor der Frau, die Darcy und mich so sehr geliebt hatte, dass sie ihr eigenes Leben für die Chance, uns zu beschützen, aufgegeben hatte.

In uns beiden steckte so viel von ihr, und mit jeder Ähnlichkeit, die ich – entweder zu uns oder zu Gabriel – fand, klopfte mein Herz schneller. Sie war die Erinnerung an ein Leben, das wir hätten leben sollen. Ein Leben, das uns gestohlen worden war. Und der Schmerz, den ich deswegen empfand, würde nie wirklich verschwinden.

Lionel Acrux hatte eine Menge zu verantworten.

Merissas Blickrichtung veränderte sich plötzlich, und ihre Augen fixierten die meinen. Ein Keuchen entwich ihr, als sie mich ansah, und ein leises »Oh« kam über ihre Lippen, als sie die Hand ausstreckte, als wollte sie meine Wange berühren.

»Kannst du mich sehen?«, fragte ich zitternd, als der Geist ihrer Hand mein Kinn streifte und ich das schwache Echo dieser Berührung spürte.

»Du musst das sehen, nicht wahr?«, fragte sie, und ich war mir nicht sicher, ob sie mich hören konnte oder ob sie überhaupt wirklich mit mir sprach. Aber als ich die Stirn runzelte, lief sie einfach los. Sie ging direkt durch mich hindurch, als wäre ich gar nicht da. Die brüchigen Teile meines Herzens zersprangen vor Liebe, nach der ich mich so sehr sehnte.

Ich drehte mich um und sah zu, wie sie auf den Tempel zuging, die Dunkelheit dicht um sich scharte und sich so gründlich versteckte, dass selbst ich sie nicht sehen konnte. Ich wusste aus reinem Instinkt, wohin sie ging.

Ich nahm die Verfolgung auf und eilte ihr die Stufen hinauf in den Tempel nach, wo Schreie an unser Ohr drangen. Meine Mutter folgte ihnen, schlich durch dunkle Gänge und über Steintreppen, bis sie einen Raum erreichte, in dem die Schreie so laut waren, dass sie meinen Schädel zum Dröhnen brachten.

Sie zögerte am Eingang und warf dann einen Blick hinein, um mir die Gelegenheit zu geben, es auch zu sehen. Wir beide wussten, dass sie keine Vision von diesem Ort bekommen konnte, solange die Schatten so eng mit ihm verbunden waren. Also musste sie das Geschehen mit eigenen Augen sehen, um diese Erinnerung weitergeben zu können.

Die qualvollen Geräusche aus diesem Raum brachten mich dazu, mich abwenden zu wollen, aber ich tat es nicht, da ich das Risiko verstand, das sie eingegangen war, um dies für uns zu bezeugen. Was auch immer sie dort sah, schien wichtig zu sein, und ich musste wissen, was es war.

Ich machte einen Schritt nach vorn, stellte mich an den Eingang und erstarrte, als ich Vard entdeckte, der bis zur Taille entblößt an einen Steintisch gekettet war, wo er flehte und nach Luft rang. Alejandro stand mit einer blutigen Klinge in der Hand über ihm, und mein Magen rebellierte, als er sich zur Seite drehte und das blutige Schlachtfeld enthüllte, das einst Vards Gesicht gewesen war. Ich konnte nicht anders, als zusammenzuzucken, als er einen zerstörten Augapfel beiseite warf und ihn mit einem nassen Klatschen auf den Boden fallen ließ.

»Ich flehe dich an – lass mich die Schattenprinzessin treffen!«, jammerte Vard, und Alejandro lachte grausam zur Antwort.

»Niemand trifft unsere Göttin«, fauchte er. »Aber du bist am richtigen Ort, wenn du ihr dienen willst.«

Er pfiff laut, und eine Nymphe trat in ihrer verwandelten Form aus der Ecke des Raumes. Ihr riesiger baumartiger Körper sandte eine Welle der Angst durch meinen Körper, und ich sah, wie sie vor Alejandro auf die Knie fiel und ihn mit der blinden Verehrung eines wahren Fanatikers ansah.

Alejandro hob seine Waffe erneut, während er sich der Kreatur näherte, und murmelte Worte, die wie ein Gebet – oder vielleicht etwas viel Unheilvolleres – klangen. Mir stockte der Atem, als er die Kehle der Nymphe packte und die Klinge in ihre Augenhöhle rammte.

Das Wesen erstarrte, und ein Schmerzensschrei entrang sich ihm, aber es versuchte nicht, sich zu wehren, als Alejandro weitermachte, das blutrote Auge der Nymphe aus deren Gesicht zu schneiden und dann in seine Handfläche zu legen.

Mir kam die Galle hoch, als ich sah, wie der Augapfel in Alejandros Hand zu zucken und zappeln begann. Alejandro hob die Hand, während er sang und skandierte, und die Worte ließen mir die Haare zu Berge stehen, als ich spürte, wie die Schatten in den Raum stürmten.

Die Dunkelheit schwappte in Richtung des Auges der Nymphe, und während Alejandro weiterhin die Macht der Schattenprinzessin anrief, zuckte das Ding immer heftiger. Plötzlich sprang es aus seiner Hand und landete mit einem nassen und blutigen Klatschen auf Vards Brust.

»Verdammte Scheiße!«, keuchte ich, als ich sah, wie sich das Ding mit immer mehr Ranken der Dunkelheit umgab, während es sich wie eine Art verdammter Wurm an Vards Brust nach oben wand und sich seinen Weg zu seinem Gesicht bahnte. Dort setzte es sich in der leeren Augenhöhle fest.

Vard schrie wie am Spieß, als sich das Schattenauge an seinem Körper verankerte, und ich musste gegen den Drang ankämpfen, mich zu übergeben, während Alejandro mit einem grausamen und bösartigen Lächeln im Gesicht zusah.

»Wer suchet, der findet«, säuselte er und beobachtete, wie Vard sich gegen seine Fesseln wehrte, während die Dunkelheit der Schatten seine Seele ergriff.

Ein Tumult lenkte meine Aufmerksamkeit auf den Korridor hinter mir, und ich erschauderte vor Angst, als ich mich umdrehte und unzählige Nymphen auf mich zukommen sah. Sie starrten meine Mutter alarmiert an, während ich versuchte, herauszufinden, wie zum Teufel sie diesem Ort des Schreckens entkommen war. Aber sie beantwortete meine Frage ganz einfach, indem sie den Sternenstaub, den sie in der Hand gehalten hatte, über ihren Kopf warf, verschwand und mich mit sich riss, als die Vision verblasste.

»Ich habe Hails Tod gesehen, sollte ich ihn jemals an diesen Ort bringen.« Ihre Stimme hallte um mich herum, als ich wieder zu mir kam, und ich fröstelte bei dem Gedanken daran.

Ich landete wieder in meinem Körper im Tunnel unter dem Berg und erkannte plötzlich, dass dies der Raum war, in dem Vard sein widerliches Nymphen-Schattenauge bekommen hatte. Jetzt ergab das alles einen Sinn. Warum er in der Lage gewesen war, die Schatten zu *sehen*, und warum mich die tiefrote Farbe immer so ungemein beunruhigt hatte. Er trug ein verdammtes Nymphenauge im Gesicht, und niemand hatte es jemals infrage gestellt. Oder vielleicht hatten sie das, und ich war nur zu spät zur Party gekommen. Lionel wusste mit ziemlicher Sicherheit davon, und Vard hatte eindeutig mit Lavinia um Macht gehandelt, seit er dieses Ding erhalten hatte.

Hatten sie es so geschafft, die Visionen meiner Mutter zu umgehen? War dieser Moment der entscheidende Faktor für ihr Schicksal gewesen? Trug ein verschmähtes Arschloch die Schuld an ihrem Tod? Alles, weil er einen Tobsuchtsanfall bekommen hatte, weil jemand seinen Job besser machte als er?

Meine Brust zog sich zusammen, als ich daran dachte. Wie etwas so Kleines so wichtig werden konnte. Mein Vater war wütend und vielleicht übermäßig hart gewesen, aber das Monster, das er mit seinen Handlungen in Vard erschaffen hatte, musste jenseits aller Vorhersehbarkeit gewesen sein.

Tief ausatmend, scannte ich den dunklen Raum um mich herum, während ich mich vor Angst um meine Freunde versteifte.

Ich musste hier raus. Ich musste zu ihnen zurückkehren und herausfinden, was zum Teufel mit ihnen geschehen war.

Ich wollte nicht allzu viel darüber nachdenken, was bei Darcy und mir schiefgegangen war, als unsere Kräfte kollidiert waren, aber auf meiner Seele lastete eine enorme Schwere. Die Angst um meine andere Hälfte verweilte dort und wartete darauf, bei Gelegenheit wieder aufzutauchen. Ich blieb mit dem verzweifelten Wunsch zurück, wieder mit ihr vereint zu sein, damit ich mich vergewissern konnte, dass es ihr gut ging.

Ich nahm den Weg zurück, den ich gekommen war, folgte einem langen Gang und tastete mich mit meiner Verbindung zu meiner Magie voran, um sicherzustellen, dass ich hier unten im Dunkeln nicht auf Überraschungsgäste traf.

Der Gang machte eine Biegung, und ich fand mich am Fuße einer langen Treppe wieder. Der Hauch frischer Luft auf meinen Wangen ließ mich glauben, dass ich den Weg zurück an die Oberfläche gefunden hatte.

Ich vergewisserte mich, dass meine Verhüllungszauber und meine Stillekuppel stabil waren, und begann dann meinen Aufstieg. Auf der Jagd nach der frischen Luft, die ich um mich herum spüren konnte, rannte ich die Stufen hinauf.

Ich wollte raus aus diesen feuchten Tunneln. Und ich musste zurück zu meinen Freunden.

Am oberen Ende der Treppe fand ich mich in einem Steinbogen wieder, der in die Seite des Hügels gehauen war, und von dort aus konnte ich den jetzt zerstörten Tempel unter mir überblicken, wo ich eine große Gestalt ausmachen konnte, die sich zwischen den Trümmern bewegte.

Mein Blut gefror beim Anblick der Nymphe, und ich zögerte kurz hinter dem Steinbogen, als ich durch den strömenden Regen auf sie hinausblickte und nach Darcy, Darius und den anderen suchte, mit denen ich hierhergekommen war. Aber nichts.

Mein Kopf arbeitete bereits an einem Plan, näher an die Zerstörung heranzukommen, um nach ihnen zu suchen und herauszufinden, wo sie sich befanden. Aber dann ertönte Lavinias Stimme, und ich zuckte zusammen und zog mich stattdessen in die Schatten zurück.

»Kommt raus, kommt raus, wo immer ihr seid ... Ich will heute Nacht einen Schluck Rebellenblut kosten.«

Ich erspähte sie, als sie im Tal unter mir zwischen den Trümmern landete. Wütend kreischend herrschte sie ihre Nymphen an, intensiver zu suchen und ihr Beute zu bringen.

Als ich ihre Frustration wahrnahm, keimte Hoffnung in meiner Brust auf. Plötzlich war ich mir sicher, dass sie sie noch nicht gefunden hatte. Aber wo waren sie dann?

Es fiel mir schwer, zu glauben, dass sie ohne mich von hier weggegangen wären, aber vielleicht hatten sie keine andere Wahl gehabt. Vielleicht hielten sie mich sogar für tot. Die Explosion unserer Magie hatte ausgereicht, um mich weit von ihr und den anderen wegzuschleudern, und ich hatte keine Ahnung, wie lange ich bewusstlos im Gras gelegen hatte.

Ein Ziehen in meinem Bauch brachte mich dazu, mich umzudrehen und Richtung Norden zu schauen. Und plötzlich, als ich in den Sturm hinaus blinzelte, erfüllte mich ein Gefühl – ein regelrechtes Bedürfnis – dorthin zu fliegen. Ich spürte erneut die Anwesenheit meiner Mutter, und mir war, als gäbe es noch mehr, was sie mir zeigen wollte.

Außerhalb des Palastes hatte ich sie noch nie so gespürt, und ich war mir nicht sicher, ob es an dem goldenen Schmuckstück in meiner Hand oder an der Kopfverletzung lag, die ich mir zugezogen hatte. Ich musste einfach hoffen, dass es Ersteres war.

Ich warf noch einen Blick auf den kleinen Hydra-Anhänger in meiner Hand, bevor ich meine Faust darum schloss und Lavinia und der Zerstörung, die wir hier hinterlassen hatten, den Rücken kehrte. Und dann beschloss ich, einmal in meinem verdammten Leben ein wenig Vertrauen zu haben, und rief meine Flügel herbei.

Ich achtete darauf, meine Phönixflammen in Schach zu halten, als ich abhob, mich mittels eines Verhüllungszaubers an die Dunkelheit klammerte und den Sturm nutzte, um mich vor Blicken zu verbergen, während ich mich von diesem Ort und seinen abscheulichen Erinnerungen entfernte.

Ich schoss durch die donnernden Gewitterwolken und flog dabei immer höher und höher, während das eisige Wasser meine Haut und Rüstung benetzte, mir eine Gänsehaut bescherte und meine Haare an meinen Wangen klebte.

Die Wolken waren dicht und eiskalt, als ich in sie hineinflog, und das Knistern der Elektrizität war allgegenwärtig. Erinnerungen an meine Folter durch Lionels Hand drangen wieder an die Oberfläche. Er hatte ein besonderes Interesse daran gehabt, mich von den Blitzen, die er in seinen Gläsern gefangen hielt, treffen zu lassen – und dann mein Schreien zu beobachten. Selbst dieses schwache Kribbeln jetzt brachte mich zurück in diesen Raum und zurück in seine Gewalt. Und wieder einmal war ich gefangen in meinem eigenen Kopf.

Ich versuchte mit aller Kraft, diese Erinnerungen abzuschütteln und mich an die Lektionen zu klammern, die Max mir in Bezug auf mentale Abschottung und Atemübungen erteilt hatte. Aber Meditation war absolut nicht mein Ding, da ich Schwierigkeiten hatte, diesen ruhigen Ort in mir zu finden, der mir immer zu leicht zu entgleiten schien. Also arbeitete ich stattdessen an meinem bevorzugten Bewältigungsmechanismus: Rache. Mein Verlangen nach kalter, harter Rache war es, was mich durch diese Flashbacks bringen würde. Ich gab mich den Gedanken hin, Lionel, Lavinia und Vard auf jede erdenkliche Weise dafür bezahlen zu lassen, was sie mir und unzähligen anderen angetan hatten.

Und während ich mich in Fantasien verlor, sie zu zerstückeln und in meinem Phönixfeuer zu verbrennen, durchbrach ich die Barriere der Gewitterwolken und erreichte den Frieden über ihnen, wo nur die Sterne mich sehen konnten, während ich weiterflog.

Ich ließ mich von dem Gefühl leiten, das der Hydra-Anhänger verströmte, und wärmte meinen Körper mit der Hitze meiner Feuermagie, während ich die Kälte des Sturms hinter mir ließ – zusammen mit der Schattenschlampe, die um ihren verlorenen Riss trauerte.

Ich war mir nicht sicher, wie lange ich flog, aber als ich das Bedürfnis verspürte, den Himmel zu verlassen, erhellte die Morgendämmerung den Horizont und meine Flügel schmerzten vor Müdigkeit.

Ich ließ mich durch die Wolken fallen, die jetzt weiß und dunstig waren. Der Sturm war längst vorbei, und ich glitt über eine riesige flache Ebene, die mit Gras und Wildblumen bedeckt war, die vom Morgentau benetzt waren.

Der Anhänger in meiner Faust wurde immer heißer, je weiter ich flog, bis ich schließlich einen Steinkreis entdeckte, der sich in der Mitte einer ansonsten offenen Grasfläche befand.

Ich sprach einen Aufspürzauber, um herauszufinden, ob sich hier jemand versteckt hielt, fand aber nichts, was darauf hindeutete, dass ich nicht allein war. Also ließ ich mich fallen und landete sanft in der Mitte des Steinkreises.

Ich sah mich um, musterte die riesigen Felsbrocken und fragte mich, ob ein Erdelementar sie erschaffen hatte, denn es gab keine Anzeichen für andere Steine in der Umgebung.

Der Anhänger in meiner Faust erhitzte sich noch stärker, und ich öffnete die Hand, um ihn mir anzusehen. Augenblicklich fand ich mich in eine weitere Vision gezogen, in der sowohl mein Vater als auch meine Mutter zu sehen waren – genau wie Lionel und die anderen Celestia-Ratsmitglieder, die zum König blickten, der in der Mitte dieses Steinkreises stand.

»Wurden die Nymphen vernichtet, die ihn erschaffen haben?«, fragte Seths Mutter Antonia, und ich versuchte, herauszufinden, worauf sie sich bezog. Dabei bemerkte ich das Knistern in der Luft in der Mitte des Steinkreises.

»Das FIB ist auf der Jagd«, antwortete König Hail, trat einen Schritt nach vorn und steckte eine Hand in die Tasche, während er finster auf den Riss starrte.

»Wie viele dieser Dinger wurden entdeckt?«, fragte Tiberius Rigel, der näher trat, um den Riss zu untersuchen. Der Geruch dunkler Magie lag in der Luft und schien sie alle misstrauisch zu machen.

»Genug, um Anlass zur Sorge zu geben«, antwortete der König. »Ich denke, wir müssen unsere Anstrengungen darauf konzentrieren, die Nymphen zu jagen und ihre verdorbene Rasse ein für alle Mal auszulöschen.«

»Sie sind mit den Jahren zu gut darin geworden, sich zu verstecken«, murmelte Melinda Altair. »Aber wenn wir diese Risse beseitigen, stellen sie vielleicht kein so großes Problem dar.«

»Die Nymphen werden immer ein Problem darstellen«, antwortete meine Mutter.

»Woher wollt Ihr das wissen, wenn Ihr sie doch nicht einmal *sehen* könnt?«, fragte Lionel in einem neckischen Ton.

»Ich habe genug von der Zukunft *gesehen*, um zu wissen, dass sie unserer Art alle möglichen Probleme bereiten könnten, wenn nichts unternommen wird, um sie aufzuhalten«, antwortete sie.

»Vielleicht betrachten wir das Ganze aus der falschen Perspektive«, murmelte Lionel, trat neben den König in den Steinkreis und streckte seine Hand in Richtung des Risses aus, wodurch sich die Schatten um seine Finger wickelten. »Wenn wir einen Weg finden könnten, sie zu nutzen … Die Macht, die wir dann zur Verfügung hätten …«

Mein Vater lachte laut und stieß Lionel mit der Schulter so hart zur Seite, dass dieser gegen einen der riesigen Steine taumelte.

»Azriel, erkläre Lord Acrux bitte, warum das eine schreckliche Idee ist«, meinte der König in einem herablassenden Ton, der Lionel, wie ich erkennen konnte, maßlos verärgerte. Die anderen Celestia-Ratsmitglieder schien die Zurechtweisung zu amüsieren.

Ein Mann, den ich zuvor gar nicht bemerkt hatte, trat hinter einem der größten Steine hervor und schob sich eine goldene Brille auf die Nase, die so magisch summte, dass ich wusste, dass sie weit mehr als nur seine Sicht verbesserte. Er hatte dunkle zerzauste Haare und einen blassen Teint, seine Kleidung war teuer, aber ohne viel Sorgfalt angezogen, als würde er sich nur so gepflegt anziehen, um dem äußeren Anschein zu genügen. Er schien leicht irritiert zu sein, von dem, was auch immer er gerade studiert hatte, abgelenkt worden zu sein, und ich stellte belustigt die Ähnlichkeit zu seinem Sohn fest.

»Die Schatten sind weder ein Spielzeug noch sonst etwas, das wir für uns beanspruchen sollten«, sagte er, nahm seine Brille ab und steckte sie in seine Brusttasche. »Sie sind eine lebendige, fühlende Verkörperung ihres Reiches. Wir könnten niemals hoffen, sie so zu beherrschen, wie wir die Elementarmagie beherrschen, egal, wie sehr wir uns auch bemühen würden, sie zu bändigen. Ihre Macht ist verderblich, mächtig und endlos. Jeder Schatten ist mit dem nächsten verbunden, auch wenn wir sie zu trennen versuchen. Ein Fae, der dumm genug ist, zu versuchen, sie für sich selbst zu beanspruchen, muss mit dem Tod rechnen.«

»Man sollte meinen, es würde dir reichen, zu den mächtigsten Fae unserer Generation zu gehören, Lionel«, neckte Tiberius, und Lionel lachte mit.

»Nun, man kann nie zu viel Macht haben«, antwortete er lachend.

Sein Blick blieb voller Hunger, während er ihn auf den Riss gerichtet hielt. Er schien wie ein ausgehungertes Wesen, das sich nach einem Hauch von Leben sehnte.

»Wissen ist Macht. In der Hinsicht bin ich also ganz deiner Meinung«, antwortete Azriel, und Lionel warf ihm einen prüfenden Blick zu, sagte aber nichts weiter.

»Tretet zurück!«, befahl mein Vater, und alle anderen zogen sich aus dem Kreis zurück, während er seine Hand ausstreckte und Azriel Orion einen Stab aus dem Gewebe der Luft an seiner Seite beschwor, in dessen Spitze ein atemberaubender Stein eingelassen war. Er summte mit so viel Kraft, dass praktisch jeder anwesende Fae zu sabbern begann. Der Imperiale Stern leuchtete heller, als der König den Stab ergriff, und ich atmete zusammen mit den anderen scharf ein, als er das Ende des goldenen Stabes in den

Boden rammte und ein Wort sprach, das in meinem Schädel vibrierte und dann verhallte.

»Suturi!«

Seine Stimme echote in alle Richtungen; sogar die Grashalme wurden von der Kraft dieses einen Befehls platt gedrückt. Mit einem blauen Blitzen übernahm der Imperiale Stern die Kontrolle über den Riss zum Schattenreich und versiegelte ihn.

»Lasst uns zum Palast zurückkehren!«, rief Hail, als er seine Arbeit beendet hatte, und gab Azriel den Stab zurück, der ihn sofort dorthin zurückbrachte, wo auch immer er ihn hergeholt hatte. Augenblicklich verschwand er aus dem Blickfeld.

Die Ratsmitglieder und Azriel verschwanden in einem Blitz aus Sternenstaub, aber Merissa trat vor und umfasste das Kinn des Königs.

»Wie viele dieser Risse hast du mittlerweile gefunden?«, fragte sie, und er seufzte schwer und schaute ihr in die Augen. Sie schien zu versuchen, die Antwort darin zu finden, und er erlaubte ihr, alle Risse zu sehen, die er bisher entdeckt und geschlossen hatte.

Ich erhaschte einen Blick auf das, was sie sah, und vor meinen Augen flackerten Bilder verschiedener Landschaften und Orte auf, einige mit Altären wie der des Risses, den wir gerade zerstört hatten, andere an abgelegenen Orten, die völlig unzugänglich schienen. Jeder von ihnen ließ ein wenig der Schatten in unser Reich schlüpfen.

»Zweifellos gibt es noch unzählige weitere, die erst entdeckt werden müssen«, murmelte er, und sein Blick war plötzlich voller Sorge. »Ich fürchte mich vor dem, was sie für Solaria bedeuten könnten, wenn es uns nicht gelingt, sie alle zu versiegeln. Im Schattenreich lauert eine große Macht, die versucht, auf unsere Seite durchzudringen. Dank der offenen Risse besteht für sie die Möglichkeit, hindurchzuschlüpfen.«

»Dann werden wir sie alle finden, damit du sie schließen kannst«, schwor sie, und er nickte.

»Das ist der Plan.«

Hail warf eine Prise Sternenstaub über sie, und die Vision verblasste, als sie weggezogen wurden. Das Licht um mich herum veränderte sich, als ich mich plötzlich wieder in der Realität befand – in einem Steinkreis, der keinerlei Anzeichen dafür zeigte, dass hier jemals ein Riss gewesen war.

Aber seine Worte hallten in mir nach, und ich konnte nicht anders, als zu den Sternen aufzublicken und mich zu fragen, ob ihm sein Vorhaben gelungen war oder nicht. Denn wenn er bei seiner Suche einen Riss übersehen hatte, dann fürchtete ich, dass es noch mehr geben könnte, die nicht berücksichtigt worden waren. Und jeder einzelne könnte Lavinia mit Energie aus dem Schattenreich versorgen. Jetzt stellte sich nur noch die Frage, wie zum Teufel sollten wir sie finden?

Ich breitete meine Flügel aus, schaute mich um und versuchte, mich zu sortieren, während ich den Ortungszauber wirkte, den Orion uns beigebracht hatte. Er sollte uns helfen, das Burrows wiederzufinden, falls wir jemals in eine Situation wie diese geraten sollten. Ich strömte heilende und belebende Magie in meine Gliedmaßen, um den Schmerz des langen Fluges zu lindern, den ich bereits hinter mir hatte, und hob dann erneut ab.

Die Risse mochten schon damals ein Problem gewesen sein, aber zumindest wusste ich jetzt mehr über sie. Wir mussten also nur herausfinden, wie wir sie aufspüren und schließen konnten, denn ich hatte das Gefühl, dass wir, wenn uns das gelang, bald auf Augenhöhe mit der sogenannten Schattenprinzessin sein würden. Und sobald das der Fall war, würde alles möglich sein.

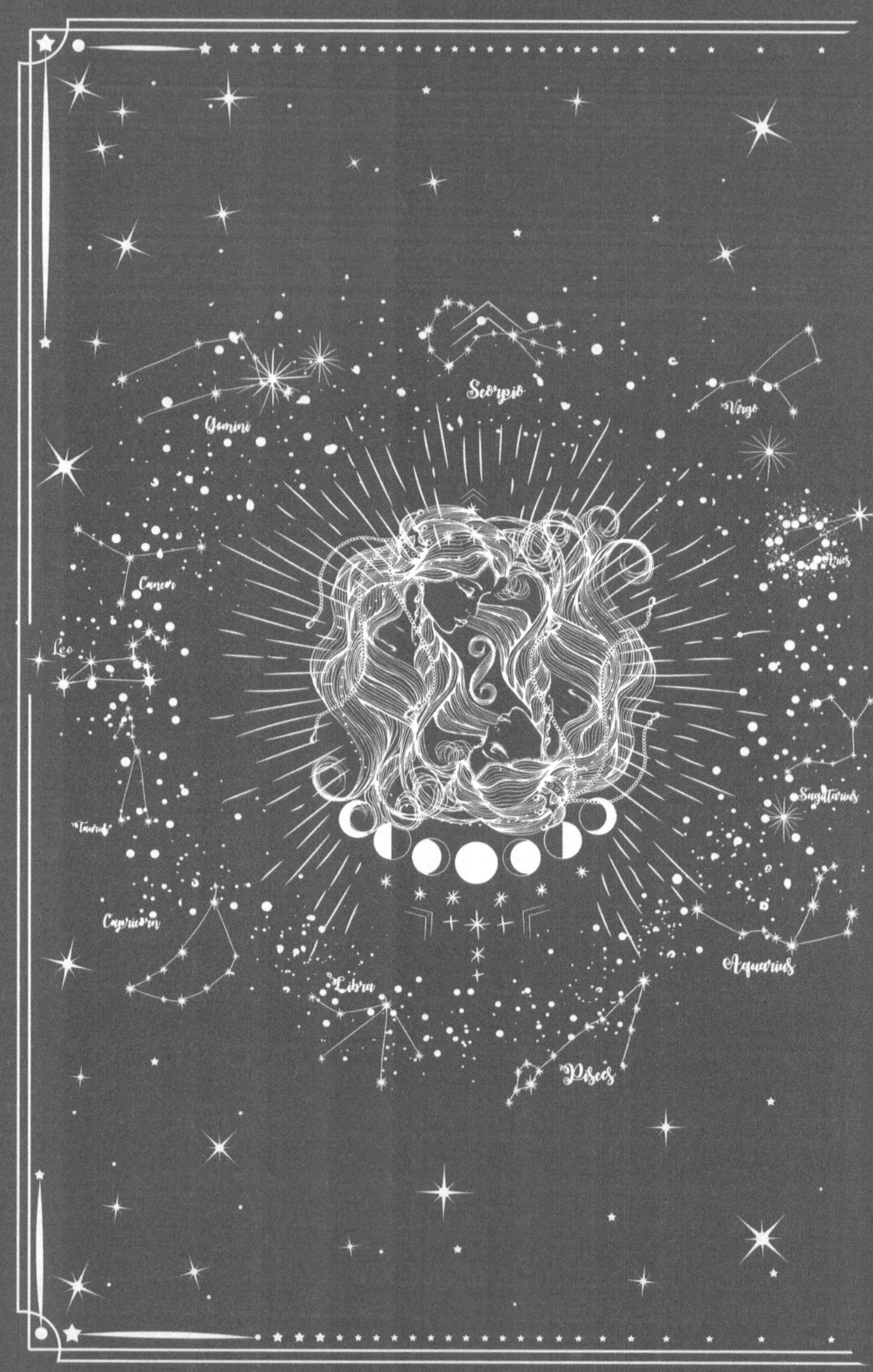

Scorpio
Virgo
Gemini
Aries
Cancer
Leo
Sagittarius
Taurus
Capricorn
Aquarius
Libra
Pisces

DARCY

KAPITEL 30

Ich erwachte durch ein lautes Hämmern, das scheppernd in meinem Schädel widerhallte. Instinktiv griff ich nach meiner Magie, um mich zu schützen, und war unendlich erleichtert, als sie aus der Dunkelheit zu mir kam, obwohl mein Phönix langsamer reagierte als sonst.

Ich zwang mich, die Augen zu öffnen, während ich alles zusammenfügte, was passiert war. Voller Panik stellte ich fest, dass ich mich in Orions und meinem Zimmer befand.

»Tory«, keuchte ich, setzte mich auf der weichen Matratze auf und stellte fest, dass Darius mit mir im Zimmer war – und seine flammenüberzogenen Fäuste wieder und wieder gegen die Tür schlug. Aber die Tür schimmerte mit einer Magie, die im ganzen Raum zu spüren war, und hielt ihn eindeutig davon ab, sie zu durchbrechen.

Ich trug einen weichen blauen Schlafanzug mit Rüschen an den Ärmeln und am Kragen und wusste sofort, dass er Geraldine gehörte. Vermutlich hatte sie mich im Schlaf aus meiner Rüstung befreit.

»Was ist los?« Ich hastete auf Darius zu, aber als ich bei ihm ankam, fühlte ich mich so schwach, dass ich mit den Knien auf dem Boden aufschlug.

Nein, steh auf! Kämpfe für sie! Finde Tory!

Darius ergriff unvermittelt meinen Arm, zog mich mit besorgten Augen auf die Beine und wiegte mich vorsichtig in seinen starken Armen. »Geht es dir gut?«

»Ich weiß es nicht«, gab ich zu und befreite mich mit einer brennenden Entschlossenheit aus seinem Griff. »Aber das spielt auch keine Rolle. Wir müssen von hier verschwinden. Wir müssen zurück zu Tory.«

Er nickte, doch sein Blick blieb auf mir haften. Die Sorge stand ihm ins Gesicht geschrieben, als ich mich der Tür zuwandte und meine Hände dagegen stemmte, um mein Erdelement dazu aufzufordern, sich zu erheben. Es bewegte sich schwerfällig, als würde es aus einem Erdloch gezogen, und ich knurrte entschlossen, während ich es zwang, meinem Befehl zu gehorchen.

Ich schlug mit der Wucht eines Erdbebens auf die Tür ein und versuchte, sie aus den Angeln zu heben, aber das Kraftfeld, das sie umgab, wollte nicht nachgeben.

»Lance!«, rief ich. »Bist du da draußen?«

»Ich bin hier, Blue«, antwortete er düster. »Bitte mich nicht darum, dich rauszulassen. Gabriel hat uns angewiesen, das zu tun.«

»Gut, dann weiß ich ja, wem ich zuerst den Kopf abreißen muss, sobald ich draußen bin«, brummte ich, während sich Darius an meine Seite begab und seine eigene Magie abermals auf die Tür wirkte, um einen gemeinsamen Versuch zu wagen.

»Es ist besser so, Darcy«, meinte Gabriel. »Glaubst du wirklich, ich würde etwas tun, das euch in Gefahr bringt?«

»Sie ist also nicht in Gefahr?«, fragte ich und Hoffnung regte sich in meiner Brust.

»Na ja …« Sein Zögern entlockte mir ein Fauchen, und Darius' Faust prallte erneut gegen die Tür, während er ein Drachenbrüllen ausstieß.

»Lass uns raus!«, schrie ich.

»Das werdet ihr bereuen. Ihr alle«, fauchte Darius wie ein Wilder.

»Wann habe ich euch jemals in die Irre geführt?«, fragte Gabriel ruhig, und ich hätte ihn am liebsten für seinen entspannten Ton geschlagen.

Ich wusste, dass er Tory nicht direkt in Gefahr bringen würde, aber sie war nach wie vor allein da draußen. Und selbst ihre Stärke würde ihr nicht helfen, wenn sich Lavinia mit ihrer Nymphenarmee gegen sie stellte.

»Bitte«, flehte ich. »Bitte lass mich zu ihr gehen.«

»Du musst dich ausruhen«, knurrte das herrische Arschloch.

»Ich muss zu meiner Schwester«, knurrte ich.

»Geht es dir gut?«, fragte Lance, als hätte ich ihn nicht gerade angeschnauzt.

»Bestens«, stieß ich hervor.

»Sie ist wieder zusammengebrochen«, sagte Darius, und ich warf dem Verräter einen anschuldigenden Blick zu.

Er zuckte mit den Schultern und zeigte mir damit genau, wo seine Loyalität lag, woraufhin ich ihm einen Schlag auf den Arm verpasste.

»Du und deine Schwester, ihr seid gewalttätige Frauen«, murmelte er, obwohl er kein Problem damit zu haben schien.

Ich drehte mich wieder zur Tür um, während die Wut in mir tobte und brodelte. »Ihr habt kein Recht, uns hier festzuhalten!«

»Du musst Gabriel vertrauen«, drängte Orion.

»Nein«, zischte ich. Eine giftige Wut durchströmte meine Adern, während eine wilde und gewalttätige Kreatur in mir emporstieg, bereit, die ganze Welt für meine andere Hälfte zu zerstören.

Darius hämmerte wieder gegen die Tür und schien in eine Art Rausch zu verfallen, um uns hier herauszuholen. Ich half ihm, solange ich konnte, bevor ich aufs Neue von dieser Schwäche überrollt wurde.

Plötzlich fiel ich und Darius hob mich in seine Arme, bevor ich auf dem Boden aufschlug. Er ging zum Bett, legte mich ab und setzte sich neben mich, um Heilmagie in meinen Körper zu leiten.

»Ich bin ja da, kleine Spitzmaus«, murmelte der weiche Teddybär von einem Drachen, und nicht das wütende Tier. Und ich spürte, wie ernst es ihm mit dieser Aussage war.

»Was ist los mit mir?«, flüsterte ich ängstlich, weil ich vor niemandem außer ihm davon sprechen konnte. Ich wollte nicht, dass Orion oder mein Bruder dachten, ich könnte nicht auf mich selbst aufpassen. Tory brauchte mich, und ich musste die beiden überzeugen, mich zu ihr gehen zu lassen.

Darius runzelte die Stirn, tastete meine Stirn nach Fieber ab und ließ dann seine Hand sinken. »Vielleicht bist du krank«, meinte er leise, aber ich schüttelte den Kopf. Ich wusste, was es war, aber mir fehlte der Mut, es laut zuzugeben.

»Was ist los?«, fragte er. Offensichtlich schien mich mein Gesicht zu verraten. »Und ich will keinen Bullshit hören, Spitzmaus.«

Ich schluckte schwer und riss die Worte aus den Tiefen meiner Brust. »Lavinias Fluch.«

Die Tür ging auf und Orion schoss in den Raum. Er durchquerte das Kraftfeld, als wäre es nicht vorhanden, und eilte zu mir. Darius rannte auf die Tür zu, prallte aber gegen die Magie, die darauf lag, und stürzte mit einem Grunzen zu Boden.

Gabriel trat über ihn hinweg und eilte an meine Seite. Sowohl er als auch Orion beugten sich über mich. Natürlich hatten sie mich gehört. Orion nahm mein Gesicht in seine Hände und untersuchte meine Augen, auf der Suche nach etwas, das meine Aussage bestätigen oder verneinen könnte, aber ich war mir nicht sicher, was er fand.

»Du bist nicht verflucht, Blue«, sagte er auf eine Art und Weise, die mir verriet, wie sehr er sich davor fürchtete, dass ich es sein könnte. Als könnten seine Worte diese Realität verhindern.

Ich legte meine Hände auf seine und spürte den Schmerz in meinem Herzen. »Aber was, wenn ich es bin?«

Seine Gesichtszüge verzerrten sich, und ich starrte hoch zu diesem düsteren und einschüchternden Mann, der alles tun würde, um mich vor diesem Schicksal zu bewahren.

»Dann werde ich meine Seele verkaufen, um dich zu retten«, knurrte er und die Wucht dieser Worte vergrößerte die Grube der Angst in mir. Denn ich wollte nicht, dass er irgendeinen Preis für mich bezahlte. Er hatte bereits sein ganzes Leben für mich aufgegeben, und das würde ich nicht noch einmal zulassen.

»Nein«, sagte ich mit zusammengepressten Zähnen. »Wir werden das gemeinsam durchstehen.«

Er nickte, doch das dunkle Versprechen in seinen Augen verriet mir, welches Opfer er für mich zu bringen bereit war. Und das verunsicherte mich.

»Das werden wir alle«, stimmte Gabriel zu, und ich hob den Blick. Orion ließ mich los, und ich entdeckte die Sorgenfalte auf der Stirn meines Bruders. »Jeder Fluch kann gebrochen werden«, fügte er bedrückt hinzu, und ich runzelte die Stirn und hoffte inständig, dass es einen einfachen Ausweg gab. Aber wann hatten wir je so viel Glück gehabt?

»Kannst du etwas sehen, das uns helfen könnte?«, fragte ich.

»Wenn Lavinia dahintersteckt, dann ist sie der Schlüssel, um den Fluch rückgängig zu machen«, erklärte Gabriel mit ernster Miene. »Ich kann weder sie noch diesen Fluch *sehen*.«

»Was ist mit Blues Schicksal?«, brummte Orion und packte den Arm seines Freundes fest, um Gabriel dazu zu zwingen, ihn anzusehen. »Du musst doch *sehen* können, ob sie das überlebt. Was *siehst* du, Bruder?«, bettelte er.

Gabriel schluckte, und seine Augen waren schmerzerfüllt. »Orio, du musst verstehen, dass wir uns in einem Krieg befinden. Ich *sehe* euch alle so regelmäßig sterben, dass ich es kaum ertragen kann. Es gibt so viele mögliche Schicksale, dass ich eure Zukunft nicht sicher vorhersagen kann.« Sein Blick wanderte zu Darius, der sich jetzt wieder zu uns gesellte und mich mit zuckendem Unterkiefer ansah.

»Und wenn wir Lavinia töten?«, meinte Darius, und ich nickte, weil mir die Idee gefiel. Ich würde ihr sofort einen Speer aus Eis durch die Brust rammen, wenn ich es könnte.

»Flüche sind oft nicht so einfach«, sagte Orion, wobei er seinen Blick nicht von mir abließ, als würde er verzweifelt darauf warten, dass meine Augen ihm eine Antwort präsentierten.

»Korrekt«, erklärte Gabriel seufzend, dann wurden seine Augen für einen Moment glasig, und wir starrten ihn alle schweigend an, während wir darauf warteten, dass er uns etwas sagen würde, das uns helfen könnte. Als er zu uns zurückkam, griff er nach meiner Hand und drückte sie fest. »Ich *sehe, dass* du und Lance die Bibliothek der Verlorenen besuchen werdet. Ich kann nicht viele der Bücher *sehen*, die ihr lesen oder was ihr darin finden werdet, aber ich bin sicher, dass diese Bücher Wissen über die Schatten enthalten.«

»Ich gehe nirgendwo hin, bevor meine Schwester nicht in Sicherheit ist«, erklärte ich stur, und Gabriel nickte langsam, seine Augen wurden wieder glasig, dann atmete er erleichtert aus.

»Sie wird sehr bald zurück sein«, meinte er schließlich, und eine unglaubliche Last fiel von mir ab – als hätte der ganze Himmel auf meinen Schultern geruht.

Gabriels Haltung wurde weicher, und mir wurde klar, wie schrecklich es für ihn sein musste, alle, die er liebte, in seinen Visionen sterben zu *sehen*. Er erlebte ihr Ende tausendmal mit, konnte aber nur bedingt etwas tun, um sie von ihrem Tod zu bewahren. Das musste die Hölle sein.

»Bist du sicher?«, fragte Darius mit einer Falte der Besorgnis zwischen den Augenbrauen.

»Ja«, versprach Gabriel. »Das Schicksal ist beschlossen.«

»Dem Teufel sei Dank.« Orion wischte sich mit der Hand über das Gesicht und ließ sich dann mit zuckendem Unterkiefer neben mir aufs Bett fallen. »Erzähl mir alles, was du mir darüber sagen kannst, wie du dich fühlst, Blue. Ich muss so viel wie möglich wissen, damit ich dir bei der Suche nach den richtigen Büchern in dieser Bibliothek helfen kann.«

Ich nickte. Das, was ich ihm gleich erzählen würde, erfüllte mich mit Scham. Denn plötzlich wollte ich nicht, dass die Welt von dem erfuhr, was mir, wie ich befürchtete, bevorstand. Es machte mich schwach, und Fae waren das genaue Gegenteil davon. Aber ich konnte das nicht vor allen verheimlichen, ich musste dagegen ankämpfen und einen Weg finden, es zu stoppen. Und das konnte ich nicht allein.

»Es ist, als wäre da diese Kluft in mir«, sagte ich mit fester Stimme und legte eine Hand auf meine Brust, wo ich sie spürte. »Und aus ihr strömen Wut, Zorn und Hass. Aber sie nimmt mir auch etwas. Sie saugt meine Magie auf, ernährt sich davon wie ein hungriges Tier, und …« Ich verschluckte mich an meinen nächsten Worten, denn die Angst, die sie in mir auslösten, war von unglaublicher Intensität. »Sie will mir meinen Phönix nehmen. Als ich meine Kraft mit Tory geteilt habe, war es, als würde diese Wut von mir Besitz ergreifen. Ich habe versucht mich zu wehren, doch daraufhin ist meine Kraft in einer Art Explosion aus mir herausgeschossen. Aber als ich dann fiel, konnte ich meine Magie überhaupt nicht mehr spüren. Ich habe mich ...« Tränen brannten in meinen Augen, aber ich ließ sie trotz dieser Angst in meiner Brust nicht fließen.

»Was, Blue?«, fragte Orion, und seine Augen spiegelten meine eigene Angst wider.

»Ich habe mich wie eine Sterbliche gefühlt«, flüsterte ich, und ich könnte schwören, dass alle im Raum zusammenzuckten.

»Das ist nicht möglich.« Orion lehnte die Idee sofort ab, aber Darius schaute zu Gabriel und suchte bei ihm nach einer Antwort – genau wie ich.

Gabriel schüttelte den Kopf und starrte mich ungläubig an. »Ich könnte dein Schicksal nicht mehr *sehen*, wenn du deine Magie verlierst«, krächzte er. »Anders als bei den Schatten würde mir deine Zukunft einfach gar nicht mehr gezeigt werden.«

»Aber es ist nicht möglich«, beharrte Orion und stand auf, während seine Reißzähne hervorschnellten. Er schien nach einem Ziel für seinen Zorn zu suchen, aber in diesem Raum gab es niemanden, dem er die Schuld geben konnte. Er packte Gabriel und zog ihn näher zu mir heran. »Sieh dir ihr Schicksal genauer an! Du musst eine Antwort finden. Es muss eine geben. Eine, die du finden kannst.«

»Ich werde danach suchen«, versprach Gabriel sowohl ihm als auch mir.

Sie begannen alle zu diskutieren, was zu tun sei, und mein Atem wurde schwerer, als der Klang ihrer Stimmen von meinen Ohren abprallte. Ich zog meine Knie an meine Brust und umarmte sie fest. Ich konnte nicht sterblich werden, ich konnte nicht in das Leben zurückkehren, aus dem ich gekommen war. Die Panik überrollte mich so schnell, dass ich sie kaum ertragen konnte. Eine Flut von Erinnerungen verschlang mich, als ich an mein Leben in Armut und in einer Welt dachte, in der ich mich nie dazugehörig gefühlt hatte. Ich dachte an Nächte, in der ich mich an meine Schwester gekuschelt hatte, meine Zwillingsschwester, der einzige Trost in einer Welt, die so dunkel gewesen war, dass wir es nie wirklich geschafft hatten, das Licht zu finden. Noch schlimmer: Wenn ich dorthin zurückkehren müsste, würde ich allein gehen. Und ohne Magie in meinen Adern könnte ich nie wieder nach Solaria zurückkehren. Diejenigen, die ich liebte, könnten mich nur selten besuchen kommen oder würden mit der Zeit krank werden. Ich würde von ihnen allen getrennt sein, von meiner Schwester, Orion, Gabriel, all meinen Freunden ...

Ich wusste, dass ich voreilig und mein Schicksal noch nicht besiegelt war. Aber wie viel Zeit blieb mir noch? Was, wenn meine Magie morgen für immer verschwand und mich durch das Leben in der Welt der Fae schwach machen würde? Was, wenn die einzige Möglichkeit für mich darin bestünde, Solaria zu verlassen, meine Freunde und Familie einem Krieg zu übergeben, in dem ich selbst nie wieder würde kämpfen können? Es war undenkbar. Unerträglich.

Ich atmete langsam ein und aus und zwang mich, nicht in Panik zu geraten. Ich war Darcy Vega. Ich machte mir keine Sorgen um das Schlechte, sondern konzentrierte mich immer auf das Gute. Und das musste ich auch jetzt tun, denn wenn ich es nicht täte, würde mich dieser Horror verschlingen und nie wieder loslassen.

Noch war nichts Dauerhaftes passiert, und ich war von Personen umgeben, die mir helfen konnten, Antworten zu finden. Der beste Seher Solarias war mein Bruder und der klügste Professor der Mann an meiner Seite.

»Was ist los?« Torys Stimme riss mich aus meinen Gedanken, und ich schnappte nach Luft, sprang auf und rannte zu ihr, sobald sie den Raum betreten hatte. Ich stieß mit ihr zusammen und umarmte sie fest, während mir die Tränen in die Augen stiegen. »Es tut mir so leid. Es war alles meine Schuld.«

»Ist schon gut.« Sie drückte mich an sich, und mein Herzschlag verlangsamte sich ein wenig, als ich endlich wieder mit meinem Zwilling vereint war.

Darius entriss sie meinen Armen, küsste sie auf den Scheitel und knurrte beschützend. Sie musste sich halb aus seinen Armen befreien, um wieder zu mir zu gelangen. »Was ist passiert?«, fragte ich.

»Nichts, womit ich nicht hätte fertig werden können«, erwiderte sie bestimmt und sah mich besorgt an, als Gabriel sich ebenfalls anschickte, sie zu umarmen. »Was ist los? Warum sehen alle so beunruhigt aus?«

Ich holte tief Luft und sagte ihr die Wahrheit, hob aber trotzig mein Kinn.

»Ich bin verflucht«, erklärte ich, und diese Worte schienen den ganzen Raum auszufüllen. Meine Schwester schüttelte sofort ablehnend den Kopf.

»Nein, du hast gesagt, du hättest den Fluch abgewehrt. Du hast gesagt, dein Phönix hätte sich darum gekümmert«, entgegnete sie, als versuchte sie, diese Wunschwelt zu manifestieren.

»Ich habe mich geirrt.« Mein Herz schmerzte mehr für sie als für mich selbst, weil ich sehen konnte, wie die Angst von ihr Besitz ergriff. Und ich hasste es, der Grund dafür zu sein.

Orion trat an meine Seite und legte seinen Arm um meine Schultern. »Wir gehen sofort in die Bibliothek.« Er sah meine Schwester an. »Ich werde eine Antwort finden«, schwor er, und Torys Kehlkopf wippte. Ich konnte sehen, dass sie versuchte, ihr Vertrauen vollständig in ihn zu legen.

Ich schaute zu Orion auf und runzelte die Stirn, als ich zwei silberne Punkte an seinem Hals entdeckte. »Was ist das?« Ich streckte die Hand aus und fuhr mit den Fingern darüber.

»Caleb und ich …« Er räusperte sich und blickte zu Gabriel, der ihm einen wissenden Blick zuwarf. »Wir haben am Altar voneinander getrunken und versehentlich eine Art … Vampirzirkel gegründet. Das verstößt gegen den Vampirkodex, weil es unseren Jagdinstinkt antreibt. Er ist jetzt mein Blutsbruder, mein Sanguis Frater. Es ist ein Band, das uns dazu gebracht hat, ein Bündnis zu schließen und unsere Rivalität zu beenden.«

»Ein Band?«, knurrte ich, weil ich sofort an das Wächterband dachte, das ihm so viel Leid zugefügt hatte, aber er schüttelte den Kopf.

»Dieses Band verlangt nichts von mir. Es verschafft mir nur eine Art Verwandtschaft mit Caleb«, erklärte er.

»Es ist mehr als das«, sagte Darius und zog überrascht die Augenbrauen hoch. »Du wirst noch unerträglicher mit ihm sein als mit deinem geliebten Noxy.«

»Halt's Maul, er wird mit niemandem unerträglicher sein als mit mir«, fauchte Gabriel und deutete dann auf die Tür. »Kommt schon. Wenn ihr jetzt geht, seid ihr vor Einbruch der Dunkelheit zurück … Es sei denn … Ach, verdammt, egal.« Er rieb seine Augen. »Beeilt euch einfach, okay?«, fügte er etwas schroff hinzu, und wir nickten schnell.

Ich eilte zum Kleiderschrank, nahm einen schwarzen Rock und einen eng anliegenden weißen Pullover heraus, zog mich hinter der Tür um und schlüpfte in ein paar kniehohe flache Stiefel. Dann folgte ich Gabriel und den anderen aus dem Zimmer.

Tory blieb an meiner Seite und warf mir immer wieder ängstliche Blicke zu, und ich befreite mich aus Orions Griff, um stattdessen ihre Hand zu nehmen. »Bitte sieh mich nicht so an. Das ertrage ich nicht.«

Sie nickte und wandte den Blick ab, aber ich drückte ihre Finger, um ihre Aufmerksamkeit wieder zu erregen. »Was ist passiert? Warst du in Gefahr?«

»Ein bisschen«, gab sie zu. »Aber dann habe ich … unsere Mutter gesehen.« Sie holte einen kleinen Anhänger aus ihrer Tasche, zeigte ihn mir und ich bewunderte überrascht die winzige Hydra.

»Wirklich?« Es schmerzte mich, dass ich das verpasst hatte.

Tory erzählte, was sie *gesehen* hatte, und auch die anderen wurden langsamer, um zuzuhören. Als sie berichtete, was Vard getan und welch abscheuliches Ritual er durchlaufen hatte, um sein Schattenauge zu bekommen, überkam mich ein Schauder des Ekels.

»Warum, glaubst du, hat sie dir das gezeigt?«, fragte Gabriel, während Tory den Hydra-Anhänger untersuchte.

»Ich weiß es nicht, aber ich denke, es ist wichtig.«

Wir schwiegen nachdenklich, während wir weiter nach draußen gingen. Bevor wir das Burrows verließen, trat Darius vor und umarmte mich, woraufhin meine Augenbrauen sofort in die Höhe schossen.

»Ich werde den anderen von all dem erzählen, kleine Spitzmaus. Du sollst wissen, dass du einen Berg von Drachengold zur Verfügung hast, um jedes Heilmittel dieser Welt zu kaufen. Und ich werde dir mit dem vollen Zorn meiner Formgebung dabei helfen, eine Antwort auf diesen Fluch zu finden.«

Er ließ mich los und ich sah zu ihm auf, während sich mein Herz zusammenzog. »Danke, Darius.«

Er nickte, blickte zu Orion und tätschelte seine Schulter. Gabriel, Orion und Darius tauschten einen Blick, der versprach, dass sie die Welt in Stücke reißen würden, um eine Antwort auf diesen Fluch zu finden. Dann küsste Darius meine Schwester zum Abschied und eilte zurück durch die Gänge.

»Immerhin muss ich nicht dabei sein, wenn Geraldine davon erfährt«, sagte ich zu Tory und stieß ein kleines Lachen aus, aber Tory lächelte nicht.

»Du lächelst immer. Auch wenn es regnet«, sagte sie, und in ihren Augen glitzerten die Tränen.

»Wer den Regenbogen sehen will, muss den Regen ertragen«, erwiderte ich, aber als sie mich ansah, als würde ihr Herz brechen, umarmte ich sie fest. »Ich schwöre, dass wir das durchstehen werden. Wie jeden anderen Regenschauer auch. Gemeinsam finden wir einen Weg.«

Sie nickte an meiner Schulter. »Ich werde gegen jeden einzelnen Regentropfen ankämpfen, wenn es sein muss. Einen nach dem anderen werde ich sie aus der Luft holen.«

»Ich weiß«, erwiderte ich. Es wärmte mich, zu wissen, wie sehr meine Schwester mich liebte.

Wir gingen alle zusammen nach draußen, und Orion hielt seinen Arm fest um meine Schultern geschlungen. Sein Gesichtsausdruck passte zu einer Hexenjagd, als er mich hinter Gabriel herführte, während Tory an meiner anderen Seite ging.

Mein Bruder drehte sich zu mir um, sobald wir die Grenze überschritten hatten, und befreite mich aus Orions Griff, um mich selbst in seinen Armen zu erdrücken. »Eine Freundin von mir wird euch dort erwarten. Sie wird euch helfen, das zu finden, was ihr braucht.«

Ich nickte an seiner Schulter und drückte ihn fest an mich, woraufhin er stirnrunzelnd einen Schritt zurücktrat und über meine Schulter zu Orion blickte. »Pass auf sie auf, Orio!«, warnte er.

»Immer, Noxy«, knurrte Orion.

»Bist du sicher, dass ich nicht mitkommen sollte?«, fragte Tory besorgt und zog mich ebenfalls in eine feste Umarmung.

»Ich passe auf sie auf«, antwortete Orion für mich.

»Du musst dich ausruhen«, erwiderte ich mit einem schmalen Lächeln. »Wir sind bald wieder zurück.«

»Wir sind dann zurück, wenn wir einen Weg gefunden haben, den Fluch zu brechen«, korrigierte mich Orion und Tory deutete mit dem Finger auf sein Gesicht.

»Finde eine Antwort, Lance Orion, oder ich werde es dich bereuen lassen! Mach dein Nerd-Ding und überlege dir, wie wir das Problem lösen können!«, befahl sie und Orion streckte ihr seine Hand entgegen.

»Ich schwöre, dass ich alles in meiner Macht Stehende tun werde, um den Fluch zu brechen«, versprach er und Tory legte ihre Handfläche in seine, bevor ich sie aufhalten konnte. Als der Deal besiegelt war, entfachte sich ein magisches Leuchten zwischen ihnen.

»Ihr sollt doch keine Deals mit den Sternen machen«, meinte ich besorgt.

»Keine Sorge, es besteht keine Gefahr, dass er den Deal bricht, Darcy. Sieh ihn dir doch mal an. Er würde einen Weg finden, die Sonne vom Himmel zu holen und uns alle ins Verderben zu stürzen, wenn es dich vor Lavinias Fluch retten würde«, sagte Tory und lächelte ihn düster an.

»Das ist das Problem«, murmelte ich, aber niemand hörte mir zu, als Orion meine Hand ergriff und Gabriel einen Beutel mit Sternenstaub aus seiner Tasche zog. Ich wusste, dass wir den Sternenstaub eigentlich nicht entbehren konnten, aber sein Gesichtsausdruck signalisierte mir, dass wir ihn verwenden würden – ob es mir gefiel oder nicht. Ich musterte die drei mächtigen Mitglieder meiner Familie und mir wurde ganz warm ums Herz. Das Band zwischen uns war so stark, dass ich wusste, dass nichts es jemals würde brechen können.

»Sie wartet auf euch«, sagte Gabriel und nahm eine Prise Sternenstaub aus dem Beutel, den er Orion reichte.

Gabriel blies den Sternenstaub über uns und lenkte uns zu unserem Ziel, woraufhin wir in ein funkelndes Lichtermeer eintauchten.

Wir landeten unter einem dunklen, wolkenverhangenen Himmel und standen vor einem weiten schwarzen See mit einer kleinen Insel in der Mitte. Der Boden war grün und üppig, und als ich mich umsah, stellte ich fest, dass wir uns in einer hügeligen Moorlandschaft befanden. Sofort dachte ich an Fotos, die ich einmal von Irland gesehen hatte. Dichter Nebel zog über das Land, die Kälte in der Luft drang mir bis in die Knochen, und ich beschwor Feuer in meine Adern und ließ die Wärme durch den Punkt, an dem sich unsere Handflächen berührten, auch in Orion fließen.

Eine Reihe von felsigen Stufen war in den Boden unter unseren Füßen gehauen, die zum Ufer des Sees hinunterführten und im vollkommen stillen Wasser verschwanden.

»Prinzessin Darcy?«, rief eine sanfte weibliche Stimme von hinten, und wir drehten uns beide um. Vor uns stand eine hübsche Frau mit kurzen Haaren und dunkler Haut. Sie trug ein Jeanskleid mit einem Buch in der Tasche vorn und eine Skylarks-Pitball-Team-Anstecknadel auf der Brust.

»Hi«, sagte ich. Es war immer noch seltsam für mich, so angesprochen zu werden.

»Ich bin Laini«, sagte sie und machte einen Knicks, wobei sie den Blick senkte, bevor sie ihn wieder hob, um mich anzusehen. »Ihr seid wunderschön.«

»Oh ... danke.« Verlegen steckte ich mir eine blaue Haarlocke hinters Ohr.

»Wir brauchen Zugang zur Bibliothek der Verlorenen«, erklärte Orion unvermittelt, und Lainis Blick wanderte zu dem grüblerischen Mann an meiner Seite.

»Du bist Lance Orion«, flüsterte sie, und Orion seufzte.

»Lass uns das Würgen und den Ekel über meinen Status als Geächteter überspringen«, knurrte er. »Wir müssen in die Bibliothek.«

»Oh, du ekelst mich nicht. Ich meine, mein Magen rumort zwar ein bisschen, wenn ich daran denke, aber da kann ich mich durchbeißen«, erklärte sie fröhlich. »Wir haben tatsächlich sogar ziemlich Respekt vor dir.«

»Was? Warum?«, wehrte er ab, und ich lächelte überrascht.

»Meine Freunde und ich haben die Sache auseinandergenommen«, sagte sie mit einem Hauch von Stolz in der Stimme. »Zunächst einmal glaube ich kein Wort von dem Geschwätz, das in der *Celestial Times* gedruckt wird. Also habe ich selbst recherchiert, jeden Artikel über den Gerichtsprozess gelesen und auch mit Gabriel und seiner Frau gesprochen. Ich weiß, was du für eine der Vega-Prinzessinnen getan hast.« Sie zeigte auf mich. »Sie würde jetzt nicht neben dir stehen, wenn das, was alle anderen glauben, wahr wäre.«

Erleichterung durchströmte mich, und ich mochte dieses Mädchen sofort, als sie Orion mit genau der Bewunderung ansah, die er verdiente.

»Danke. Ich wünschte, mehr Leute würden das erkennen«, sagte ich schwer, und sie nickte traurig.

»Ich meine, die meisten Fae hier verstehen es ebenfalls nicht. Aber ich werde dich denen vorstellen, die es tun«, meinte sie munter.

»Wie viele gibt es denn, die genauso denken wie du?«, fragte ich hoffnungsvoll.

»Ähm, vier. Mich eingeschlossen«, sagte sie.

»Bei den Sternen, mit dieser Art von Unterstützung wird sich mein Schicksal sicherlich noch vor Mitternacht wenden«, sagte Orion trocken, und ich stieß ihn in die Seite.

»Sollen wir jetzt reingehen?«, fragte sie, wobei sie seinen schnippischen Tonfall ignorierte. Ich sah mich um, unsicher, was sie damit meinte.

»Ja«, knurrte Orion frustriert, weil er warten musste. Seine Manieren hatte er offenbar zusammen mit seinem Lächeln zurückgelassen.

Sie ging an uns vorbei und die Stufen hinunter in Richtung des dunklen Sees, und ich runzelte verwirrt die Stirn.

Als sie am Fuß der Stufen ankam, schnappte ich nach Luft. Sie spazierte direkt aufs Wasser zu, woraufhin sich eine schmale Steinbrücke aus dem See erhob. Ich ging ihr nach und Orion blieb dicht hinter mir, als wir das Wasser überquerten. Die Oberfläche war nun durch das Hervortreten der Brücke gekräuselt und voller kleiner Wellen.

Wir erreichten die Insel in der Mitte des Sees, und als Laini uns auf den moosigen Boden führte, wurde mir klar, dass wir uns in einem alten Zodiac-Rad befanden. Die Sternzeichen waren alle in den Boden um uns herum eingraviert, und als Laini in die Hocke ging und in der Mitte des Kreises etwas von dem Moos entfernte, entdeckte ich das Sonnensymbol, das dort eingraviert war. Sie legte ihre Hand darauf und goldenes Licht erstrahlte unter ihrer Handfläche, eine Sekunde bevor ein schweres Poltern unter unseren Füßen ertönte.

Das Zodiac-Rad senkte sich ein paar Zentimeter, und mir wurde flau im Magen, bevor wir gemeinsam mit dem Rad in den Boden hinabglitten.

In dem Moment, als wir unter der Erde waren, schob sich ein weiteres Steinrad über uns in Position und versiegelte den Eingang. Wir waren jetzt in völlige Dunkelheit getaucht.

Wir sanken weiter hinab, und ein Grollen erfüllte die Luft und vibrierte in meinen Knochen. Plötzlich lichtete sich die Dunkelheit, und mir verschlug es die Sprache, als ich die kristallklare Blase wahrnahm, in der wir uns befanden und die uns einen Blick in den See erlaubte. Aber hier unten war es überhaupt nicht dunkel. Der See war voller tanzender Lichter, und als eine Gruppe dieser Lichter an uns vorbeirauschte, wurde mir klar, dass es sich um Fische handelte. Silbern leuchtende Fische, die glitzernde Spuren hinter sich herzogen.

Ich drückte meine Hand gegen die Wand der Blase – die Oberfläche fühlte sich an wie weicher Kunststoff und schmiegte sich an meine Hand, als ich dagegen drückte, gab aber nicht nach.

»Es wird noch besser«, meinte Laini aufgeregt. »Wartet nur ab!«

Wir sanken schließlich unter den Grund des Sees, ließen den sandigen Boden hinter uns, zusammen mit den atemberaubenden Fischen, die über unseren Köpfen tanzten, und wieder waren wir von Schwärze umgeben, während wir weiter durch die Erde stürzten.

Die Dunkelheit lichtete sich und wieder wurde es hell um uns herum. Mir stockte der Atem, als wir in eine höhlenartige Anlage hinabstiegen, die so groß war wie zwei Kathedralen zusammen.

Die Schönheit dieser Bibliothek schien nicht von dieser Welt zu sein. Die Wände waren in einem dunklen Grau gehalten und wölbten sich in prächtigen Streben über uns. An den vier Seiten des riesigen Raumes befanden sich prächtige Steingesichter von Frauen, die jeweils eines der Elemente darstellten.

Die Frau, die das Element Erde repräsentierte, war mit Moos und Efeu bedeckt, Blumen blühten in ihren Augen und auf ihren Lippen. Das Gesicht des Wassers hatte einen weit geöffneten Mund, und ein Wasserfall ergoss sich von ihren Lippen bis hinunter zu einem glitzernden Becken am Boden der Bibliothek, das im Licht funkelte. Das steinerne Feuer-Gesicht hatte Augen, die in leuchtendem Blau brannten; Lavaströme schossen durch die Risse im Gestein. Und die Frau des Elements Luft war mit weißen, flauschigen Wolken bedeckt, und obwohl ihre Haare aus Stein gemeißelt waren, schienen sie sich in einem magischen Wind zu bewegen und zu kräuseln.

Um sie herum führten Treppen zu in die Wände eingebauten Bücherregalen, Tunnel mündeten in die tieferen Gänge der Bibliothek.

Unter uns wanden sich endlose Bücherregale aus Holz, Stein und Glas ineinander. Es gab Brücken, die unterhalb des Wasser-Gesichts über den Pool führten, und auf jeder befanden sich kleinere Bücherregale, in denen Fae blätterten.

Das Zodiac-Rad unter unseren Füßen landete im Herzen der Höhle, und ich sah mich erstaunt um. Laini schlenderte zu einigen der Regale und führte uns weiter, während ich die unglaubliche Umgebung auf mich wirken ließ und nicht blinzeln wollte, um ja nichts zu verpassen.

Schmetterlinge tanzten in der Luft vor uns, ihre Flügel waren golden und hinterließen Lichtspuren, genau wie die Fische oben im See. Ich beobachtete Orions Reaktion, da ich wusste, wie sehr er Bücher liebte, und erwartete, einen Ausdruck der Freude in seinen Augen zu finden. Aber darin war nichts als Dunkelheit, und ich war mir sicher, dass der Fluch daran schuld war.

Ich nahm seine Hand, um ihn zu beruhigen, aber er sah nicht in meine Richtung, sondern folgte Laini, während wir an den uralten Büchern zu beiden Seiten vorbeigingen.

»Wir müssen uns alle Texte ansehen, die es über die Schatten oder schwarze Magie gibt«, sagte Orion und bohrte seine Augen in ihren Hinterkopf.

Laini warf ihm einen Blick zu und nickte. »Natürlich«, stimmte sie zu. »Aber begleitet mich zuerst zu meinen Freunden, sie können es kaum erwarten, euch kennenzulernen.«

Orion schien bereit zu sein, zu widersprechen, aber ich zog an seiner Hand und warf ihm einen Blick zu, der ihn aufforderte, den Mund zu halten. Sie wussten nicht, dass ich verflucht war, und ich würde es ihnen auch ganz sicher nicht sagen. Wir konnten uns ein paar Minuten nehmen, sie zu treffen.

Wir umrundeten die Regale und kamen in einem Bereich der Bibliothek an, in dem Tische aufgestellt waren, an denen Fae lasen. Ein Mädchen mit dunklen Haaren sprang mit einem seltsamen Röhren auf. Ich riss überrascht die Augen auf, und sie ließ sich schnell fallen, um sich vor mir zu verbeugen.

»Das ist Brittny«, verkündete Laini, gerade als ein anderes Mädchen mit blau gesträhnten Haaren auf uns zugerannt kam. »Das ist Kandice.« Das Mädchen verbeugte sich tief vor mir, bevor sie ihren Blick schnell auf Orion richtete.

»Das ist so aufregend«, quietschte Kandice. »Kann ich Euch ein Getränk holen? Vielleicht einen Snack? Oder eine Fußmassage anbieten? Brittny ist großartig darin, nicht wahr, Brittny?«

Brittny öffnete den Mund, um etwas zu sagen, aber stattdessen ertönte wieder dieses seltsame Röhren, und sie hielt sich die Hand vor den Mund, wobei ihre Wangen vor Verlegenheit rot wurden.

»Sie ist ein Elchwandler. Sie röhrt, wenn sie nervös ist«, erklärte Laini. »Das ist Eugene.«

»Ich kenne dich«, sagte ich plötzlich. »Du wohnst in den Burrows. Du bist der Höchste Bock der, ähm, Ratten? Oder so?«

»Das stimmt. Der Höchste Bock des Solarischen Unfugs Tiberianischer Ratten. Es ist mir eine Freude, Euch richtig kennenzulernen, Prinzessin.«

»Gleichfalls. Was machst du hier?«, fragte ich.

»Ich wohne jetzt schon seit ein paar Wochen in der Bibliothek, um dabei zu helfen, neue Reisemöglichkeiten zu finden, die Sternenstaub ersetzen könnten. In einigen der alten Legenden ist von der sogenannten Verdampfung die Rede. Dabei verwandelt man sich selbst in Gasform und lässt sich dann von einem Luftelementar mit hoher Geschwindigkeit durchs Land schleudern«, quietschte Eugene.

»Wir lieben es, alte Legenden als wahr zu enthüllen«, erklärte Brittny aufgeregt.

»Leider glauben wir, dass die Verdampfung schwerwiegende Nebenwirkungen haben könnte – wie das Ablösen einiger Hautschichten und das Verfaulen der Fingernägel«, fügte Kandice mit gerunzelter Stirn hinzu.

»Oh.« Ich zog eine Grimasse.

»Sind wir jetzt fertig mit den Vorstellungen?«, fragte Orion irritiert.

»Der Retter der Prinzessin sieht uns an«, hauchte Kandice, und Brittny röhrte nervös, während die beiden erröteten.

»Moment, wenn ihr gern Legenden beweist ... Es gibt da tatsächlich eine, zu der wir ein paar Informationen brauchen«, sagte ich plötzlich, und Eugene quietschte mit begeistertem Blick in den Augen.

»Welche Legende? Wir wären geehrt, zu helfen.« Er schien bei der bloßen Vorstellung, uns helfen zu können, fast zu platzen, und ich wirkte eine Stillekuppel um uns herum.

»Wir suchen nach den Edelsteinen von Lariom.« Ich hatte beschlossen, diesen Leuten zu vertrauen, obwohl Orion mich ansah, als wäre er sich nicht sicher, ob wir das sollten. Ich war allerdings verdammt gut darin, Leute zu lesen, und Gabriel hätte etwas gesagt, wenn er etwas Verdächtiges an ihnen bemerkt hätte.

»Oh, das ist meine Lieblingslegende!«, rief Brittny, und Eugene eilte zu einem Bücherregal, nahm ein Buch heraus, das doppelt so groß war wie sein Kopf, trug es keuchend rüber und legte es mit einem lauten Knall auf einen Tisch.

»Wir werden uns gleich darum kümmern, Mylady«, quietschte Eugene. »Dies ist ein Verzeichnis aller Bücher über Legenden in der Bibliothek.« Er blätterte schnell durch die abgegriffenen Seiten, hielt dann aber bei einer inne und zeigte auf den Titel über einer scheinbar endlosen Liste von Büchern: *Schriften über die Edelsteine von Lariom.* »Wir werden uns alle diese Bücher ansehen, Eure Hoheit, und wenn wir auch nur einen vagen Hinweis auf die Aufenthaltsorte der Steine erhalten, werden wir Euch sofort Bescheid geben.«

»Nicht alle«, unterbrach Orion und gab meinem Wunsch nach, ihnen diese Aufgabe zu übertragen. »Wir brauchen Informationen über die Edelsteine der Sternzeichen Waage, Skorpion, Schütze, Steinbock, Wassermann und Fische.«

»Alles klar, Kaviar!« Eugene strahlte bis über beide Ohren, und Orion nickte nur steif und wandte sich dann wieder Laini zu.

»Wir sind wegen einer dringenden Angelegenheit hier. Bring uns zum Bereich über schwarze Magie, wir können nicht weiter Zeit verschwenden«, sagte er schroff, seine Geduld war offensichtlich am Ende.

»Bitte«, fügte ich hinzu.

Laini nickte schnell und murmelte eine Entschuldigung, bevor sie ihren Kopf ruckartig drehte und uns bedeutete, ihr zu folgen. Kandice winkte uns zum Abschied zu und ich dankte ihr und ihren Freunden für ihre Hilfe, während Orion bereits meine Hand ergriff und mich hinter Laini herzog.

»Der Bereich für schwarze Magie befindet sich in den Labyrinthen«, sagte Laini und führte uns durch einen steinernen Torbogen in einen anderen Abschnitt der Bibliothek.

Alles hier war riesig. Wohin ich auch schaute, entdeckte ich mehr Bücher, mehr Regale, mehr Schönheit. Wir passierten eine kleine Brücke über einem plätschernden Bach und näherten uns dann einer großen Tür, die so schwarz wie Eisen und verriegelt war. Laini drückte ihre Hand auf die Mitte der Tür, und ein magisches Blitzen schien unter ihrer Handfläche, flimmerte über die Tür und ließ den Riegel mit einem lauten Klappern zurückschnellen.

Die Tür öffnete sich vor uns, und ein riesiger Mann trat aus der Dunkelheit hervor. Sein Kopf hatte die Form eines Stiers mit riesigen Hörnern, die sich nach oben krümmten, und sein menschlicher Körper war riesig und mit dunkelbraunem Fell bedeckt. Der Minotaurus verbeugte sich vor mir, und Laini bedeutete uns, ihm zu folgen.

»Arnold wird Euch zur Abteilung für schwarze Magie bringen. Weicht ihm niemals von der Seite, sonst verirrt Ihr Euch hier unten und wir finden Euch nie wieder. Nur die Minotauren kennen den Weg durch diese Abteilung. So schützen wir das gefährlichste Wissen dieser Bibliothek.«

Wir bewegten uns auf Arnold zu, und er stieß ein tiefes Muhen aus, bevor er sich umdrehte und uns in die Dunkelheit führte. Wir beeilten uns, Schritt zu halten, während das Geräusch der sich hinter uns schließenden Tür ein widerhallendes Dröhnen in die Tunnel vor uns sandte.

Mein Puls raste, und ich wirkte sofort ein Fae-Licht, um die Schatten zu vertreiben. Arnold schien hier unten offenbar keine Probleme damit zu haben, etwas zu sehen, aber er sagte nichts gegen das Fae-Licht, das ich gewirkt hatte, sondern beschleunigte sein Tempo und bog in einen schmalen Gang ein, der von beiden Seiten näher zu kommen schien.

Die Luft wurde kühler, je weiter wir gingen, und der Boden war rutschig unter meinen Füßen, als wir tiefer in die Erde hinabstiegen. Als meine Finger die Wand berührten, spürte ich die Feuchtigkeit an ihrer Oberfläche.

Die Wege des Labyrinths machten scharfe Links- und Rechtskurven, und mein Orientierungssinn war längst dahin. Arnold verlangsamte nie sein Tempo, und manchmal bog er so schnell ab, dass Orion uns mit Vampirgeschwindigkeit voranbrachte, um sicherzustellen, dass wir nicht zurückfielen. Schließlich mündete einer der Gänge in eine dunkle Höhle, und mein Herz hämmerte noch heftiger.

Über uns wölbte sich das Dach, und unter uns fiel der gesamte Boden in einen Abgrund, der einen erschreckenden Anblick bot. Wir standen unglaublich nah am Rand, und ich wusste, dass jemand, der zu scharf aus diesem Tunnel herausgeschossen käme, direkt in den dunklen Abgrund und folglich seinen Tod stürzen würde.

Eine schmale Plattform erstreckte sich darüber, und in der Mitte stand ein Lesepult aus dunklem Metall. Darauf lag ein weißes Buch, dessen Seiten offen und leer waren. Arnold drehte sich um und bedeutete mir, mich dem Buch auf dieser tödlich aussehenden Plattform zu nähern. Ich starrte ihn überrascht an.

»Was ist das?«, fragte Orion.

Arnold sah erst ihn und dann wieder mich an, bevor er den Blick senkte. »Ich kann ihn nicht adressieren, Mylady.«

Ein Knurren wollte mir über die Lippen dringen, aber wir hatten keine Zeit, um zu versuchen, Orions Namen vor einem x-beliebigen Minotaurus reinzuwaschen. Und ein Blick auf Arnold verriet mir, dass es nicht einmal einen Versuch wert war.

»Dann sag es mir«, bat ich.

Arnold nickte mit entschuldigendem Blick, wandte mir seinen massigen Körper zu und drehte sich so, dass Orion nur noch seinen Rücken zu Gesicht bekam. Es war, als würde dem Minotaurus allein Orions bloßer Anblick körperliche Schmerzen bereiten. »Das Buch ist das Tor zu all den dunklen Büchern, die wir hier aufbewahren. Ihr müsst ihm nur sagen, wonach Ihr sucht, und es wird Euch alles präsentieren, was Ihr braucht.«

»Was, wenn wir nicht wissen, wonach wir suchen?«, knurrte Orion.

Arnolds Blick schnellte zu ihm und dann wieder zu mir; Schweißperlen bildeten sich auf seiner Kuhstirn.

»Sag es mir«, sagte ich frustriert, und Arnold nickte.

»Ihr müsst versuchen, so genau wie möglich zu sein, wenn Ihr überlegt, was Ihr braucht, Mylady. Wenn es etwas gibt, das Ihr braucht, aber nicht finden könnt, werde ich versuchen, Euch so gut wie möglich zu helfen. Wenn Ihr hier fertig seid, signalisiert mir ein Glockenläuten, dass Ihr abgeholt werden wollt. Ihr könnt aber auch läuten, wenn Ihr meine Hilfe braucht.« Er zeigte über meinen Kopf, und ich drehte mich um und sah die bronzene Glocke, die über dem Eingang hing und an der ein langes Seil baumelte.

In der Ferne ertönte eine Glocke, und Arnold muhte laut zur Antwort, bevor er in die Tunnel davonstürmte. Das Klackern seiner Hufe auf dem Steinboden war noch lange zu hören.

»Zum Glück ist der weg«, murmelte Orion und marschierte direkt auf die Plattform und das bedrohlich aussehende Buch zu.

Ich folgte ihm, während ich immer wieder in Richtung des furchterregenden Abgrunds unter mir schielte. Das Wissen, dass ich Luftmagie besaß, tröstete mich irgendwie nicht. Ich fragte mich, wie tief dieses Loch war und ob es in den Schlund der Erde abfiel – allein bei dem Gedanken rebellierte mein Magen.

Ich gesellte mich zu Orion und musterte das weiße Buch. Aus der Nähe war klar zu erkennen, dass der Buchdeckel aus einer Art weißem Glas bestand, und als Orion mit dem Daumen darüberfuhr, verriet mir ein Blick auf seinen Gesichtsausdruck, wie wertvoll die Substanz war.

Orion überflog die leeren Seiten, bevor er mich ansah. »Du solltest besser selbst danach fragen, Blue«, forderte er mich auf und trat zur Seite, damit ich meine Aufmerksamkeit ganz dem Buch widmen konnte. »Denk an alle Symptome, die dir einfallen.«

Ich atmete langsam ein, konzentrierte mich auf die leere Seite vor mir und beschwor jedes dunkle Gefühl herauf, das sich an meine Seele geklammert hatte, als ich im Tempel vom Himmel gefallen war. Während ich an diesen schrecklichen Gefühlen festhielt, formte ich in meinem Kopf eine Frage, die ich schließlich laut ausstieß: »Welche Schattenflüche können die Magie einer Fae stehlen?«

Dunkle Tinte breitete sich auf den Seiten aus – wie Regen, der vom Himmel gefallen war –, und plötzlich war das einst leere Buch voll. Auf der Seite vor mir sammelte sich eine Liste von Flüchen, unter denen jeweils ein einzelner Absatz stand.

Orion trat näher, um mitzulesen, und warf mir dabei einen verstohlenen Blick zu.

»Kommt dir davon irgendetwas bekannt vor?«, fragte er besorgt.

Ich las mir jeden einzelnen Fluch durch – von dem, der die Haut verrotten ließ, bis zu einem, der die Knochen von innen auffraß, bis man nicht mehr gehen konnte. Aber Magieverlust schien ein Nebenprodukt dieser Flüche zu sein, etwas, das in der Endphase geschah, bevor die Fae unweigerlich starben.

»Nein«, sagte ich. »Es ist keiner davon.« Was auch verdammt erleichternd war, denn das Zeug klang nach einem blutigen Horrorfilm.

»Dann frag noch mal!«, drängte Orion. »Sei genauer!«

Ich nickte und versuchte, mir eine neue Frage auszudenken, die mir helfen würde, meine Antwort zu finden. »Welcher Schattenfluch könnte mich einerseits mit Wut erfüllen und mich andererseits unfähig machen, meine Magie zu benutzen?«

Die Seite wurde wieder leer, bis sich abermals Tinte darauf ausbreitete, aber dieses Mal mit wesentlich weniger Inhalt. Ich schüttelte den Kopf. Der Text beschrieb die Anatomie einer Schattenbestie, einer dunklen Pflanze, die Wurzeln in einem wachsen lassen und einen von innen nach außen kehren konnte. Und die eines Schattenwurms, der sich in Schädel grub und die betroffenen Fae in den Wahnsinn trieb.

»Wir übersehen etwas. Irgendetwas«, sagte ich zu Orion und schaute zu ihm auf, während sich eine Falte auf meiner Stirn bildete. Er streckte die Hand aus, um meine Wange zu berühren, und seine Augen leuchteten intensiv.

»Du schaffst das, Blue. Wir bleiben hier, bis du es schaffst.«

Ein Schauer lief mir über den Rücken, aber ich nickte und wandte den Blick wieder dem Buch. Ich stellte ihm Frage um Frage, auf der Suche nach der Antwort, die wir so verzweifelt brauchten.

»Lass uns allgemeiner werden«, sagte ich, nachdem ich eine Stunde lang erfolglos versucht hatte, das Gesuchte zu finden. Orion nickte zustimmend, seine Haare waren zerzaust, weil er so oft mit den Fingern hindurchgefahren war.

»Wie können die Schatten die Magie einer Fae beeinflussen?«, fragte ich.

Eine ganze Seite erschien vor uns, und ich runzelte neugierig die Stirn und beugte mich vor, um den Text zu lesen.

Der Gelehrte Hanson Edgelight stellte einst die Hypothese auf, dass die Nymphen ursprünglich in Harmonie mit den Fae lebten. Obwohl seine Ansichten weitläufig verspottet und viele seiner Theorien abgelehnt wurden, schien in dieser ein wahrer Kern zu stecken.

Es ist schon lange bekannt, dass es eine Zeit gab, in der Nymphen und Fae nicht so unversöhnlich aufeinander trafen wie heute. Viele der Texte aus dieser Zeit sind jedoch inzwischen verloren gegangen. Edgelight behauptete, Beweise für ein Dorf von Nymphen gefunden zu haben, das im Nebelwald von Serendipity versteckt und unabhängig von der Fae-Gesellschaft lebte. Angeblich habe er dieses Dorf besucht, wollte aber seinen Standort nicht preisgeben, aus Angst, der Celestia-Rat könnte die dort lebenden Nymphen angreifen.

Ein einziges Foto überlebte seine Berichte, nachdem er die Beweise verbrannt hatte, als eine Gruppe von Nymphenjägern an seine Tür klopfte, um Anhaltspunkte auf das Dorf zu erhalten. Die verkohlten Überreste dieses Fotos zeigen Edgelight, wie er vor einer Nymphe steht, deren Hände in einer scheinbar friedlichen Geste gefaltet sind.

Wenn ein solches Dorf wirklich existieren sollte, würde dies alles infrage stellen, was wir über ihre Art wissen. Nymphen können nur überleben, indem sie sich von der Magie der Fae ernähren, sobald sie ihre eigene Schattenkraft erweckt haben. Wenn also wirklich ein Nymphendorf außerhalb unseres Einflussbereichs existiert, können wir nur annehmen, dass sie entweder Fae jagen und Edgelight davon nichts wusste – oder dass sie einen Weg gefunden haben, ohne uns zu überleben.

Heutzutage kümmert sich das FIB darum, die Gesellschaft vor den Angriffen der Nymphen zu schützen, aber wenn wir Edgelights Theorie glauben und dieses Foto als Beweis für eine friedliche Nymphenpopulation irgendwo in Solaria nehmen, dann müssten wir auch die Moral hinter dem Töten ihrer Art infrage stellen.

»Das ist doch nicht möglich, oder?«, fragte ich Orion, und er fuhr nachdenklich mit der Zunge über seine Fangzähne.

»Alles ist möglich, auch wenn es unwahrscheinlich erscheint.«

»Vielleicht lohnt es sich aber, dem nachzugehen, was meinst du? Wenn es Nymphen gibt, die keine Magie stehlen müssen, um zu überleben, dann können sie vielleicht anderen Nymphen beibringen, wie man so lebt«, sagte ich hoffnungsvoll.

Orion nickte langsam, obwohl er von der Idee nicht überzeugt zu sein schien. »Lass uns weiter nach Informationen über den Fluch suchen, Blue.«

»Vielleicht gehen wir die Sache mit dem Fluch von der falschen Seite an«, meinte ich seufzend, und er legte den Kopf schief.

»Wie sollten wir sie deiner Meinung nach angehen?«

»Vielleicht sollten wir uns die Macht meines Phönix ansehen. Möglicherweise verfüge ich ja über einen Zauber, eine Gabe oder etwas anderes, das mir helfen könnte. Danach könnten wir suchen, anstatt zu versuchen, den genauen Fluch zu finden, an den ich gebunden bin.«

Orions Augen leuchteten auf, und er verließ die Plattform, ging zurück zur Glocke und läutete sie kräftig. »Gute Idee«, sagte er.

Arnolds Muhen hallte durch die Tunnel, als er dem Ruf folgte. Das Klackern seiner Hufe hallte durch die Gänge und wurde immer lauter.

»Ich habe mehr zu bieten als nur ein hübsches Gesicht«, neckte ich ihn, und Orion zeigte mir ein klitzekleines Lächeln, das sofort wieder verschwand. Das Schlimmste an diesem Fluch schien es zu sein, zu sehen, wie er sich bereits auf alle um mich herum auswirkte. Ich wusste in meinem Herzen, dass ich alles tun würde, um ihn zu brechen – um ihretwillen und um meinetwillen.

Schnaubend und trampelnd erreichte uns Arnold, woraufhin er sich sofort vor mir verbeugte. »Mylady, wie kann ich helfen?«

»Gibt es hier Bücher über Phönixe?«, fragte ich.

»Meine Königin, wir haben Bücher über alles.«

»Dann bring uns zu ihnen, Arnold«, entgegnete Orion ungeduldig und ohne einen Hauch von Freundlichkeit in seiner Stimme.

Arnold tat weiterhin so, als wäre er nicht da, und sah mich einfach nur fragend an, woraufhin ich ein frustriertes Schnauben ausstieß.

»Bring uns zu ihnen!«, sagte ich bestimmt, und er stieß ein fröhliches Muhen aus, bevor er sich umdrehte und uns erneut in die dunklen Höhlen führte.

Wir folgten ihm in schnellem Tempo und mussten fast rennen, um mit ihm Schritt zu halten. Orion hielt meine Hand fest, für den Fall, dass wir schnell zu Arnold aufschließen mussten.

Wir drangen immer tiefer in das Labyrinth ein, und trotz meiner Versuche, die Abbiegungen zu zählen, geriet mein Verstand an diesem Ort völlig durcheinander. Als wäre er so konzipiert, dass ich mich nicht an den Weg erinnern konnte.

Panisch dachte ich daran, hier unten ohne Aussicht auf einen Ausweg umherzuirren, und gab mir noch ein bisschen mehr Mühe, Arnold nicht aus den Augen zu verlieren.

Er betrat eine weitere Höhle, und der Schein eines Feuers streifte meine Wangen, als ich einen riesigen Steinkelch im Herzen des Raumes erblickte, der in einem kräftigen Rot-Blau loderte.

Arnold drehte sich mit einem strahlenden Lächeln auf den Lippen zu mir um. »Vor über tausend Jahren haben die Phönixe diesen Ort besucht. Sie haben dieses Feuer im Kelch der Ewigen Flammen entzündet, und es ist nie erloschen. Eure Vorfahren, Prinzessin Vega, haben es entzündet.« Er zeigte feierlich darauf, und ich trat näher heran und spürte, wie meine magischen Reserven unter seiner immensen Kraft anschwollen.

Orion blieb hinter mir, während ich meine Hände in die Flammen schob und den Kuss der Vergangenheit auf meiner Haut spürte. Irgendwie wünschte ich, ich könnte direkt durch diese Flammen hindurchgreifen und diejenigen berühren, die sie entzündet hatten. Ein Teil meines Wesens gehörte in dieses Feuer, und das Gefühl von Zugehörigkeit und Sehnsucht überkam mich, als ich in seiner Wärme stand.

Ich warf einen Blick zurück auf Orion, der am Eingang der Höhle wartete, und bat ihn stillschweigend, näher zu kommen. Aber er rührte sich nicht, ganz so, als hätte er das Gefühl, diesen heiligen Ort meiner Vorfahren nicht weiter betreten zu dürfen. Aber er gehörte überall dorthin, wo ich war, also auch hierher.

Hinter den lodernden Flammen, die bis zur hohen Decke reichten, befanden sich riesige hölzerne Bücherregale, die mit Leitern versehen waren.

»Diese Bücher haben einst den Phönixen gehört«, erklärte Arnold. »Sie können nur von einem Phönix berührt werden, daher wurden sie seit vielen Jahrhunderten nicht mehr gelesen, Mylady. Die darin enthaltenen Geheimnisse gehören Euch und Eurer Schwester.«

Völlig überwältigt öffnete ich den Mund, als ich auf die Bücher zuging. Ich neigte den Kopf nach hinten, um das unendliche Wissen zu betrachten, das dort vor mir lag – ein Geschenk meiner Vorfahren. Und ich wünschte, Tory wäre hier, um es mit mir zu teilen.

»Die Antwort ist hier«, sagte ich zu niemandem Bestimmten. »Das muss sie sein.« Ich drehte den Kopf und ließ meinen Blick auf Arnold ruhen. »Ich wünschte, Orion könnte diese Bücher auch lesen. Kann ich ihm irgendwie erlauben, sie zu berühren?«

»M-Mylady«, stammelte er entsetzt. »Einem geächteten Fae zu erlauben, so etwas zu tun, wäre eine Abscheulichkeit.«

»Ist es möglich, Arnold?«, fragte ich wütend, und er senkte erneut den Kopf und nickte schnell.

»Ja, es ist möglich. Ihr müsst einfach ein Buch aus dem Regal nehmen und es ihm geben, dann wird der Zauber es freigeben.«

»Danke.« Ich nickte ihm zu, und er trottete davon in den Tunnel, während er etwas über geächteten Abschaum murmelte, der antike und unbezahlbare Bücher in die schmutzigen Finger nahm. Meine Nackenhaare sträubten sich vor Wut.

Wenn diese Bücher wirklich für meine Schwester und mich bestimmt waren, würde ich sie geben, wem auch immer ich sie geben wollte.

Und es gab niemanden, dem ich sie lieber zum Lesen geben wollte als Orion.

»Bist du sicher, meine Schöne?«, fragte er, als ich direkt auf die Regale zuging.

»Natürlich bin ich mir sicher.« Ich warf ihm einen flüchtigen Blick zu und zog eine Augenbraue hoch. »Glaubst du wirklich, ich würde sie dir vorenthalten?«

»Du schuldest mir nichts, und doch hast du mir alles gegeben. Ich bin immer wieder überrascht, was du mir so bereitwillig gibst.«

»Du bist der wertvollste Mann auf der Welt für mich, Lance. Ich wünschte, du würdest das auch so sehen. Jetzt komm her, damit ich dir ein Buch geben kann. Und bitte krieg deshalb nicht gleich einen Ständer.«

Er grinste, als er aus dem Schatten trat und auf mich zukam, während die wirbelnden Flammen über ihn tanzten und ihn in goldenes und rotes Licht tauchten.

Sie schienen sich fast zu ihm zu beugen, als er um sie herumging und sich mir näherte.

»Ich glaube, deine Vorfahren richten gerade über mich«, sagte Orion, und ich lachte leise.

»Hast du Angst, dass sie von den Toten auferstehen und dir eine Lektion erteilen?«, stichelte ich.

»Ich habe vor nichts Angst, wenn es um dich geht.«

Ich lächelte, stieg auf eine Leiter am Fuß der riesigen Regale und begann zu klettern, während meine Augen über die alten Wälzer um mich herum glitten. Ich versuchte, so viele Namen auf den Buchrücken zu lesen, wie ich konnte, ohne genau zu wissen, wonach ich suchte, aber während ich suchte, kletterte ich immer höher und höher, und eine seltsame Kraft in mir trieb mich voran.

Es gab alle möglichen Bücher über Numerologie, Astrologie, Sternzeichen, die Sternbilder und eine ganze Reihe von Zaubersprüchen und Tränken, und ich war unendlich neugierig, welche Geheimnisse in ihnen verborgen waren.

»Wonach suchst du?«, rief Orion mir zu.

»Ich weiß es nicht«, erwiderte ich, spürte aber wieder dieses seltsame Ziehen in meiner Brust, das mich zu etwas hinzuziehen schien.

»Höher.«

Das Flüstern der ätherischen Stimme ließ mich nach Luft schnappen, und ich fluchte, als ich den Halt verlor und mehrere Sprossen nach unten rutschte. Orion wirkte einen Luftzauber, der mich wieder nach oben beförderte.

»Was zum Teufel war das?«, zischte ich.

»Eine tollpatschige Prinzessin?«, erwiderte Orion.

»Arschloch«, entgegnete ich. »Und *das* meinte ich nicht. Ich habe eine Stimme gehört. Die der Sterne oder … so etwas. Sie hat gesagt, dass ich höher klettern soll.«

»Dann klettere höher«, ermutigte mich Orion, und ich kletterte weiter, bis ich ganz oben ankam.

Dort, allein auf dem Regal, lag nur ein Buch auf der Seite. Und ich wusste tief in meinem Inneren, dass ich dieses Buch finden sollte. Ich griff danach und zog es aus dem Regal. Der Einband war aus roter gewebter Seide, die so weich war, dass es mir fast aus der Hand glitt.

Ich konnte die Kraft in diesem Buch spüren, und sie drang bis in meine Knochen. Zitternd drückte ich es an meine Brust, und das Echo meiner Vorfahren hallte in mir wider.

»Was ist es?«, rief Orion mir zu.

»Ein Buch«, rief ich zurück.

»Sehr witzig«, knurrte Orion. »Wie heißt es?«

»Du bist heute aber mürrisch.« Ich drehte es auf die Seite, um den Namen zu lesen, aber fand dort nichts als eine einzelne Flamme, die in den Einband selbst gestickt worden war. Ich klappte den vorderen Buchdeckel auf, um die erste Seite zu lesen, und sah den Titel in bronzefarbener Tinte schimmern, die fast wie Flammen zu flackern schien.

Feuer im Blut von Petonius Vega

Mein Atem stockte, als ich auf diese Worte starrte und spürte, dass ich ein Geschenk der Vergangenheit in meinen Händen hielt, das dazu bestimmt gewesen war, mich zu finden.

»Komm wieder runter, Blue!«, drängte Orion.

»In Ordnung«, antwortete ich, klemmte mir das Buch unter den Arm und begann, die Sprossen hinunterzusteigen. Bevor ich mich daran erinnerte, dass ich ja über Magie verfügte.

Ich ließ die Leiter los und stürzte ein ganzes Stück in die Tiefe. Orion stieß einen Fluch aus, bevor ich mich mit einem Luftzauber auffing, auf ihn zuschwebte und vor ihm auf meinen Füßen landete. Ich bemerkte, dass seine Hände ein wenig angehoben waren, und neigte den Kopf zur Seite.

»Ich kann mich selbst auffangen«, erklärte ich.

»Das hast du letztes Mal nicht getan. Ich bin dein Ersatzfallschirm«, sagte er ernst.

Ich streckte die Hand aus, drückte meinen Daumen in seinen Mundwinkel und zog ihn nach oben.

»Vergiss nicht, zu lächeln. Es macht mich traurig, wenn du nicht lächelst.«

»Es ist schwer zu lächeln, wenn ich weiß, welches Schicksal uns bevorsteht.«

»Glaubst du, ich werde sterben?«, fragte ich leise und kaute auf meiner Unterlippe.

»Nein. Denn ich werde nicht ruhen, bis du in Sicherheit bist«, erwiderte er mit Nachdruck.

»Ich bin in Sicherheit. Ich bin bei dir.«

Endlich lächelte er, und ich streckte ihm mit leuchtenden Augen das Buch entgegen. Er hob die Hand, als wollte er es unbedingt ergreifen, brachte es aber nicht über sich.

»Nimm es!«, beharrte ich. »Du scheinst dich geradezu danach zu verzehren, es zu nehmen.«

»Bist du sicher?«, fragte er. »Ich glaube nicht, dass du verstehst, was du mir hier anbietest.«

»Das tue ich. Und deshalb möchte ich, dass du es nimmst.«

Orion atmete langsam ein und nahm dann das Buch entgegen, während ein Hunger in seine Augen trat, als er den Blick über den alten Wälzer schweifen ließ. »Der Einband ist aus glendianischer Seide«, erklärte er. »Der Seidenwurm, der dieses Material hergestellt hat, ist vor Hunderten von Jahren ausgestorben.«

»Ist es teuer?«, fragte ich neugierig.

»Du hast ja keine Ahnung. Der Wert dieses Buches ist unermesslich. Und das nur aufgrund des Einbands. Ich kann mir vorstellen, dass der Inhalt es noch viel wertvoller macht.«

»Dann lass uns einen Blick darauf werfen«, sagte ich eifrig.

Er lachte leise, und wir gingen durch den Raum zu einem eisernen Tisch, an dem wir uns nebeneinander niederließen, während Orion das Buch so vorsichtig hinlegte, als wäre es aus zerbrechlichem Glas.

»Ich glaube nicht, dass du so vorsichtig damit sein musst«, meinte ich und streckte die Hand aus, um es zu öffnen.

Seine Finger berührten die meinen, und als wir es gleichzeitig öffneten, könnte ich schwören, dass ein Stöhnen der Lust über seine Lippen kam – ausgelöst durch die kombinierte Berührung meines Fingers und des Buches.

»Macht dich das an?«, flüsterte ich ihm zu, und er warf mir einen Blick zu, der die ganze Welt in die Knie hätte zwingen können. Aber da ich die Einzige war, die es mitbekam, war ich die Einzige, die fiel.

»Pass auf!«, sagte er streng. Sein Professorenton kam zum Vorschein, was mir außerordentlich gut gefiel.

In gewisser Weise war es einfacher gewesen, damals, als wir uns heimlich auf dem Campusgelände getroffen und uns jeden gemeinsamen Moment hart erarbeitet hatten. Jetzt hatte ich ihn für mich allein, und doch wollte er mich wegen seines Status nicht vor der Welt zu seiner Freundin erklären. Das war etwas, was mich Tag für Tag schmerzte. Damals hatten wir zumindest davon geträumt, der Welt unsere Liebe zu erklären, aber jetzt ließ sich Orion nicht mehr auf diese Träume ein, wenn ich sie ansprach. Er sprach davon, mich beschützen zu wollen, und ich wusste, dass das sein voller Ernst war. Aber unsere Beziehung nach allem, was wir durchgemacht hatten, weiterhin verheimlichen zu müssen, riss eine Wunde in mir auf, von der ich nicht wusste, wie ich sie heilen sollte.

Sein Finger glitt über das Inhaltsverzeichnis, als würde er meinen Rücken streicheln, und es war fast, als könnte ich spüren, wie er mich berührte, während er das Buch berührte. Ich verdrängte alle Gedanken an seinen Status als Geächteter aus meinem Kopf und genoss einfach seine Gesellschaft, während ich mich an die schweren Zeiten erinnerte, in denen ich ohne ihn hatte auskommen müssen.

»Sollte ich mir Sorgen machen, dass du mich für ein Buch verlässt?«, fragte ich mit einem Grinsen auf den Lippen.

Orion drehte sich zu mir um und sah immer noch todernst aus. »Ich werde dich nie verlassen, Blue. Jetzt hör auf, so ungezogen zu sein, sonst muss ich dich bestrafen.«

»Ist das eine Drohung oder ein Versprechen?«, flüsterte ich, und seine Hand klatschte unter dem Tisch auf meinen Oberschenkel, was einen Schauer der Erregung durch mich sandte.

»Was ist in dich gefahren?«, knurrte er – offensichtlich hatte er keine

Lust auf mein Spiel. »Du findest heraus, dass du verflucht bist, und sitzt hier und lächelst.«

»Ich sitze neben der Liebe meines Lebens in einer magischen Bibliothek unter der Erde. Und das in einer Welt, von der ich vor ein paar Jahren bisher nicht einmal wusste, dass sie existiert. Ich war schon immer optimistisch veranlagt, aber jetzt habe ich einen echten Grund, an Wunder zu glauben.«

»Du bist dir also sicher, dass wir eine Antwort finden werden?«, fragte er, als wollte er sich von meiner positiven Einstellung nähren.

»Nein«, gab ich zu. »Ich habe nach wie vor unglaubliche Angst, dass wir keine finden. Aber gleichzeitig bin ich voller Hoffnung, dass wir eine finden werden.« Er starrte mich mit der Last der Welt in seinen Augen an, und ich schob meine Finger in seine Haare und streichelte ihn sanft, um zumindest etwas von seinen Sorgen aufzulösen. »Warum siehst du so verängstigt aus, Lance?«, flüsterte ich.

Er hob eine Hand und umklammerte den Imperialen Stern an meinem Hals. Seine Knöchel wurden weiß, während sich sein Griff um ihn herum verfestigte. »Weil die Sterne mir alles genommen haben. Meinen Traum, meinen freien Willen, meinen Status, meine Familie.« Bei diesem letzten Wort wurde seine Stimme schwerer, und mein Herz verkrampfte sich angesichts seines schmerzhaften Verlustes. »Und als es fast nichts mehr gab, was sie mir noch hätten nehmen können, haben sie mir dich gegeben.«

Ich nahm meine Hand von seinem Kopf und legte meine Finger um seine Faust, die den Stern umschloss, als wollte er ihm wehtun.

»Ich dachte, vielleicht wendet sich das Blatt zu meinen Gunsten, aber jetzt fürchte ich, dass sie mir dich nur gegeben haben, um mir noch etwas wegnehmen zu können. Ich weiß nicht, womit ich sie verärgert habe, aber sie haben mir bisher jede gnadenlose Forderung gestellt, die ihnen eingefallen ist.«

»Ich gehe nirgendwo hin«, schwor ich, und er nickte, sein Gesichtsausdruck nahm etwas Dämonisches an.

»Ich weiß«, sagte er mit rauer, fester Stimme. »Denn ich werde nicht zulassen, dass sie dich mir wegnehmen, Blue, selbst wenn sie selbst vom Himmel kommen, um zu versuchen, dich mir aus den Armen zu reißen. Ich bin nicht ohne Grund nach dem Sternbild des Jägers benannt. Ich werde die Sterne zu meiner Beute machen, wenn sie dich ins Visier nehmen. Und ich werde jeden einzelnen von seinem Platz am Himmel reißen und ihm beim Fallen zusehen.«

Er ließ den Imperialen Stern los und den Kopf herumschnellen, um sich wieder dem Buch zu widmen. Ich blieb atemlos zurück und starrte ihn an, Hitze durchströmte meinen Körper und zwischen meinen Schenkeln brannte ein Feuer.

Er blätterte entschlossen durch das Buch, um etwas zu finden, das uns helfen könnte, und ich versuchte, mich zu sammeln, während ich das Zucken seines Unterkiefers beobachte. Doch dann hallte eine Zeile aus Gabriels Prophezeiung in meinem Kopf wider – und Angst erfüllte meine Seele.

»Der Jäger wird den Preis zahlen«, flüsterte ich, während ich Orion nach wie vor ansah und mich erschrocken fragte, was diese Zeile der Prophezeiung bedeuten könnte. »Was, wenn das du bist?«

Seine Augen blitzten auf, und er ließ seinen Daumen über mein Kinn gleiten. »Das könnte so vieles bedeuten.«

»Aber du könntest gemeint sein«, drängte ich und atmete immer hektischer.

»Du wirst dich verrückt machen, wenn du anfängst, zu deuten, was die Sterne meinen könnten«, sagte er sanft. »Wir können nichts mit Sicherheit sagen.«

»Was ist der Sinn von Prophezeiungen, wenn ihre Bedeutung unklar ist, bis sie eingetreten sind?«, fragte ich frustriert.

»Uns in den Wahnsinn zu treiben?«, gab er scherzhaft zurück, aber ich konnte kein Lächeln aufbringen. Zu sehr war ich in dem Gedanken gefangen, dass wir auf einem dunklen Pfad auf ein bitteres Schicksal zusteuerten, dem wir nicht würden entkommen können.

Er nahm meine Hand und legte sie an seine Brust, sodass ich das kraftvolle Schlagen seines Herzens spüren konnte. »Ich bin hier, Blue. Verliere dich nicht in einer imaginären Zukunft, die vielleicht nie eintritt. Alles, was wir haben, ist jetzt, also sollten wir uns nur darauf konzentrieren.«

Er beugte sich vor und küsste mich innig und mit dem Geschmack einer besseren Zukunft auf den Lippen. Eine, in der wir glücklich waren, in der wir einander vom Kern unseres Seins bis an die äußersten Ränder des Universums liebten. Und das erfüllte mich mit so viel Freude, dass ich dort verweilte, mich daran festhielt und mir selbst das stille Versprechen gab, dass ich mit allem, was ich hatte, für diese Zukunft kämpfen würde.

Ich atmete erleichtert auf und legte einen Moment lang meine Stirn an seine, bevor wir uns voneinander lösten und er sich wieder dem Buch zuwandte. Wir saßen eine Weile still da und lasen die Seiten durch, und obwohl ich von den Beschreibungen der Phönixe von einst fasziniert war, fanden wir nichts Brauchbares. Ich war kurz davor, vorzuschlagen, dass wir uns ein anderes Buch ansehen sollten, als Orion eine weitere Seite umblätterte und ein Zauber vor uns erschien.

Die Macht des Stammes der Phönixe.
Es heißt, dass die Phönixflammen in der Formgebung der Phönixe im Ganzen leben, was bedeutet, dass in allen Phönixen dasselbe Feuer brennt. Das Ergebnis ist eine enorme Energie, die durch die Zugabe einer oder mehrerer Phönixflammen noch verstärkt werden kann.
Dieses Teilen von Energie verstärkt diese auch. Die Gaben ihrer Art lassen sich also in der Gruppe verstärken. Diese Technik könnte verwendet werden, um tödliche Fae-Krankheiten zu heilen oder sogar Flüche zu brechen.

»Verdammt, ja«, jubelte Orion und schlug mit der Hand auf den Tisch, während sich ein großes Lächeln auf seinem Gesicht ausbreitete.

»Tory«, hauchte ich.

»Ihr könnt den Fluch gemeinsam bekämpfen.« Orion strahlte so hell, dass sein Grübchen auf seiner rechten Wange zum Vorschein kam. »Warum sind wir nicht schon früher darauf gekommen?«

»Weil wir Idioten sind.« Lachend warf ich mich auf Orion und umarmte ihn, während er seine kräftigen Arme so fest um mich schloss, dass ich fast keine Luft mehr bekam.

Nachdem wir Seite für Seite gelesen hatten und zu dem Schluss gekommen waren, dass Tory und ich versuchen mussten, den Fluch Stück für Stück zu verbrennen, bis er schließlich unseren vereinten Flammen erlag, schloss Orion das Buch und stand auf.

»Lass uns zurück zum Burrows gehen«, sagte er. »Ihr könnt sofort anfangen.«

Ich stand ebenfalls auf und ging zum Ausgang, um nach Arnold zu klingeln. Allerdings hatte ich eine viel bessere Idee. »Wir sind in der Bibliothek der Verlorenen. Wir können uns ein wenig Zeit für die Erkundung nehmen.«

Orion kam auf mich zugeschossen, ein Schimmer seines alten Selbst in den Augen, als er das hörte. »Bist du sicher?«

»Es kann Wochen dauern, bis der Fluch durchgebrannt ist«, sagte ich. »Es macht keinen Unterschied, wenn wir erst in ein paar Stunden damit anfangen.«

Orions Gesicht leuchtete wie das eines Kindes an Weihnachten, und ich grinste ihn an, während ich auf meinen Zehen vor und zurück wippte, da er mich mit seiner Aufregung ansteckte. »Wir haben uns ein bisschen Spaß verdient.«

Bei dem Wort »Spaß« wurde sein Grinsen zu einem wahrlich bestialischen; seine Reißzähne schnellten hervor und blitzten mich an, woraufhin die Schmetterlinge in meinem Bauch einen kleinen Tanz aufführten.

Arnold erschreckte mich mit einem lauten Muhen beinahe zu Tode und ich verfluchte ihn, als er uns zurück in die Tunnel und aus dem Labyrinth führte. Wir kehrten durch die großen Türen in die Hauptbibliothek zurück und eilten sofort zu einer Reihe schmaler Bücherregale, wo goldene Schmetterlinge in der Luft tanzten und rote Blumen an Ranken über uns hingen, die blühten und sich dann wieder schlossen.

Die Magie dieses Ortes war surreal, und ich verlor mich bald in einem Labyrinth aus Bücherregalen, wobei ich bei jedem weiteren Gang über die Schönheit des Ortes staunte. Es gab Wasserfontänen, aus denen kleine durchsichtige Delfine sprangen, die dann wieder in die Tiefe abtauchten, und ganze Bereiche, in denen das Gras bis zu unseren Knien reichte und wir hindurchwaten mussten, um zu riesigen Fliegenpilzen zu gelangen, auf deren bequemen Oberflächen wir klettern und sitzen konnten. In einem anderen Areal befand sich ein Baumhaus mit versteckten Türen im Stamm; Bücher waren zwischen Moosnestern und Zweigen eingebettet. In den Baumkronen schrien sogar Eulen, und ein Adler kam angeflogen, um uns zu beobachten, wie wir in einer riesigen Hängematte zwischen zwei der riesigen Äste faulenzten. Wir lagen eng aneinander gekuschelt da, während wir ein sterbliches Buch namens *Eternal Reign* lasen, das von Zwillingsschwestern handelte. Die eine war von den königlichen Vampiren entführt worden, die New York City übernommen hatten, die andere hatte sich mit dem letzten Vampirjäger der Welt zusammengetan – der natürlich verdammt heiß war.

Einige Sphinxe nahmen Bücher aus den Regalen und legten sich ins Gras, wo sie völlig verzückt dreinschauten, woraufhin mir Orion zuflüsterte, dass ihre Art direkt in die Seiten einer Geschichte eintreten konnte. Sie sahen die Szenen nicht nur in ihrem Kopf, sondern lebten jedes Wort, als wären sie die Hauptfigur. Das klang fantastisch. Es musste unglaublich sein, die eigenen Lieblingsbücher aus erster Hand zu erleben und so tief in die Seiten einzutauchen, dass es schien, als würden diese Welten wirklich existieren.

»In welches Buch würdest du eintauchen?«, fragte ich Orion und strich mit den Fingern über die dicken Bartstoppeln an seinem Kinn.

»Es gibt nur eine Geschichte, in der ich leben möchte, und das ist unsere«, antwortete er schlicht – und verdammt, dieser Mann war echt wortgewandt.

Mein Herz hätte fast seine Koffer gepackt, um aus meiner Brust auszuziehen und in seiner weiterzuleben. Es gehörte ihm ohnehin.

Als Nächstes gingen wir nach oben zu einem Ort, der voller schwebender Wolken war. Wir konnte auf ihnen stehen und uns von ihnen durch einen Bereich tragen lassen, der aus Spiegelglas bestand, das einen azurblauen Himmel auf uns zurückwarf. Die Bücher waren zwischen den Spiegeln versteckt, ihre Einbände durchsichtig, bis wir sie in der Hand hielten. Ich lächelte angesichts all der unglaublichen Magie, als wir uns darin verloren und sämtliche Probleme vergaßen, die uns an der Erdoberfläche erwarteten.

Als wir zu einer geschnitzten Holztür kamen, die so groß wie ein Haus war, warf ich einen verträumten Blick auf Orion, bevor ich den bronzenen Griff ergriff und ihn drehte. Das Ding ließ sich unglaublich leicht bewegen, vor allem, wenn man seine Größe betrachtete.

Wir betraten einen vollkommen stillen Teil der Bibliothek, in dem sich Bücher in dunklen Holzregalen, die sich zwei Stockwerke über unseren Köpfen erhoben, unendlich weit vor uns erstreckten. Der Boden war aus tiefrotem Mahagoni und wir bewegten uns darauf leise vorwärts, wobei wir die Gänge hinunterblickten, die zu den höhlenartigen Räumen zu beiden Seiten von uns führten.

Orion zog an meiner Hand, um meine Aufmerksamkeit zu erregen, und ich schaute zu ihm zurück. Er presste grinsend den Finger auf die Lippen, bevor er mich hochhob und mit mir durch einen der Gänge davonrannte. Er blieb stehen, aber seine Schuhe rutschten auf dem hochglanzpolierten Boden aus, und wir stießen gegen eines der Bücherregale, wodurch das gesamte Regal zur Seite kippte und Bücher über den Tisch und den Boden verstreute.

Orion packte das Regal, bevor es umkippen konnte, und brachte es mit einem lauten Knall, der im ganzen Raum widerhallte, wieder in seine Position.

»Ups«, sagte er lachend, ließ mich los und ich hob eine Hand, um eine Stillekuppel zu erzeugen. Mit einem schelmischen Glitzern in den Augen schob er meine Hand beiseite. »Sieht so aus, als wären wir allein.«

Er drückte seine Hand auf meine Brust und stieß mich nach hinten auf den Tisch, sodass mein Hintern auf ein Buch fiel und meine Hand auf einem anderen ausrutschte, während ich mich aufzurichten versuchte.

Aber Orion schoss vor mich, trat meine Beine auseinander, beugte sich über mich und drückte mich wieder auf die Bücher, während er seine Zunge zwischen meine Lippen schob.

Sein Herzschlag passte zum zügellosen Rhythmus meines eigenen, und mein Körper füllte sich mit Adrenalin, als ich daran dachte, was wir im Begriff waren, zu tun.

»Ich will hören, wie deine Schreie den ganzen Raum füllen und zu mir zurückhallen«, sagte Orion an meinem Mund, drückte meine Knie noch weiter auseinander, trat dazwischen und schob eine Hand unter meinen Rock.

Mein Rücken krümmte sich, noch bevor er mich berührte und seine Fingerknöchel über die feuchte Stelle meines Höschens glitten. Mein Körper war immer so bereit für ihn. Er knurrte voller Begierde, schob dann mein Höschen beiseite und versenkte gnadenlos drei Finger in mir.

»O Gott!«, keuchte ich.

»Braves Mädchen«, knurrte er und neckte mich weiter, während er seine Finger so langsam in mir bewegte, dass ich wimmerte.

»Mehr!«, befahl ich und griff nach seinem Gürtel, aber er packte mein Handgelenk, drückte meine Hand auf seine Jeans gegen die Wölbung seines Schwanzes und ließ mich jeden Zentimeter durch das raue Material spüren.

»Wenn du mehr willst, musst du höflich darum bitten.« Er grinste, drückte seine Finger tiefer in mich hinein und behielt sie dort, während ich für ihn stöhnte.

»Bitte«, sagte ich atemlos, und ein verführerischer Ausdruck trat in seine Augen, als ich ihn anflehte.

Er ließ mein Handgelenk los, und ich hielt meine Hand an seinem Schwanz, drückte und streichelte ihn durch seine Jeans, während ich mich mit einer Hand hinter mir abstützte und meinen Körper halb aufrecht hielt.

Dann kam er endlich näher und schob meinen Rock nach oben, damit er zusehen konnte, wie er mich mit seiner Hand fickte. Ein gieriger Ausdruck legte sich auf sein Gesicht, während er sich die Lippen befeuchtete.

Ich biss auf meine Unterlippe, um nicht zu viel Lärm zu machen – aus Angst vor dem Echo in diesem riesigen Teil der Bibliothek. Aber Orion streckte die Hand aus, drückte seinen Daumen auf meine Lippe und befreite sie.

»Halte dich nicht zurück! Wie soll ich wissen, ob du es genießt, wenn ich dich nicht schreien höre?«, stichelte er und krümmte seine Finger tief in mir, während ich ein weiteres Stöhnen unterdrückte und mit den Hüften wackelte.

»Das weißt du doch, Arschloch«, keuchte ich, und er grinste, sein Gesicht halb im Schatten, als er sich über mich beugte.

»Ja, das weiß ich«, gab er zu, während sein Daumen über meine Klit kreiste und meinen ganzen Körper in Spannung versetzte. »Ich weiß genau, was dir gefällt.«

»Dann gib es mir!«, forderte ich, und er lachte laut. Das Geräusch drang durch den ganzen Raum, und meine Wangen erröteten.

»Spar dir deine Befehle für die Zeit auf, wenn du das Königreich regierst, meine Schöne«, sagte er, während seine Augen langsam meinen Körper entlangglitten und alles in sich aufnahmen, bevor sein Blick wieder auf meinen traf. »Aber wenn wir ficken, habe ich das Sagen. Und selbst wenn du Königin bist und jeder in Solaria dich verehrt, werde ich der Einzige sein, der dich so verehren darf. Verstehst du?«

Er bewegte seinen Daumen schneller über meine Klit, und ich ritt auf seiner Hand, schrie auf und verlor die völlige Kontrolle über meinen Körper. Mein Höhepunkt kam so schnell, dass ich die Geräusche, die meine Kehle verließen, nicht mehr aufhalten konnte. Mein Schrei hallte in der gesamten Bibliothek wider. Ich konnte seinen Blick auf mir spüren, während ich durch eine Welle der Lust taumelte; seine Finger stießen in mich hinein und wieder heraus, bis ich erschöpft war und auf den Büchern zusammenbrach.

Orion zog seine Hand zurück, packte meine Handgelenke, drückte sie über meinen Kopf, wirkte Fesseln aus Eis darum, befestigte sie mit einer Eiskette aneinander und fixierte diese am Tisch.

Er neckte meine Brüste durch mein Oberteil und nahm sich Zeit, seine Hände über meine Hüften gleiten zu lassen, bevor er meine Schenkel spreizte, mir mein Höschen vom Leib riss und sich zwischen mir positionierte.

»Das war eines meiner liebsten Höschen«, beschwerte ich mich, als er das blassrosa Material mit einem leichten Achselzucken einsteckte.

»Und mir sind die Dinger in Stücke gerissen am liebsten.« Er befreite seinen Schwanz und beobachtete mich, während er seine riesige Länge streichelte. Erwartungsvoll hob ich die Hüfte, während mein Herz wie verrückt in meiner Brust schlug.

Er richtete sich aus und schob schließlich die Spitze seines dicken Schwanzes in mich hinein. Ich rang nach Luft, als er so langsam in mich eindrang, dass mir schwindelig wurde.

»Fuck«, stöhnte er, als er mich ausfüllte. Seine Hände glitten unter mich, um meinen Arsch zu umfassen und mich an ihn zu ziehen.

Ich stöhnte laut auf, als er eine unglaublich empfindliche Stelle in mir traf, und er ließ seine Hüften nach vorn schnellen, um es noch einmal zu tun. Er kannte mich so verdammt gut. Es war, als wäre er im Einklang mit meinem Körper. Und er schien genau zu wissen, was mir gefiel, als er anfing, mich zu einem weiteren Höhepunkt zu ficken, der versprach, mich über den Abgrund zu stürzen.

Ich beobachtete, wie sich sein kraftvoller Körper bewegte, während er über mir stand. Sein Blick brannte sich in meinen, als ich es aufgab, meine Schreie zurückzuhalten, sie aus meiner Lunge entweichen ließ und mich daran erfreute, ihn damit zum Stöhnen zu bringen. Er war so hart in mir, und mein Körper umklammerte ihn bei jedem Stoß. Ich bekam nicht genug von seinem hübschen Schwanz, mit dem er mich füllte.

Ich zerrte an den Fesseln, mit denen er meine Hände zusammengebunden hatte, als er seine Finger mit Wassermagie benetzte und begann, meine Klitoris zu massieren. Wie geblendet sah ich mich seiner Gnade ausgeliefert. Er war unerbittlich und quälte mich mit seinem Körper, während er mich an den Rand des Abgrunds brachte und mich dann wieder zurückzog, ohne mich in Glückseligkeit versinken zu lassen.

Er lächelte mich lasziv an, als wüsste er genau, was er tat – was natürlich der Fall war. Aber als er mich schließlich von der Klippe stieß, konnte ich nur dankbar sein, denn mein Orgasmus traf mich härter als ein Omnibus. Jeder Zentimeter meines Körpers pochte und vibrierte vor Glück.

Er fickte mich unablässig weiter, während mein Stöhnen in dem Raum um uns herum widerhallte, meine Beine fest um seine Taille geschlungen, während er immer wieder in mich eindrang. Schließlich beschleunigte er sein Tempo, um seiner eigenen Erlösung hinterherzujagen.

Ich brannte mich durch meine Handfesseln, bäumte mich auf und zog ihn auf mich. Meine Hüften bewegten sich im Takt mit seinen, als er die Kontrolle verlor und die Hitze seines Körpers auf meinem lastete. Er war ein Tier, meine wilde Kreatur, geboren, um über meinen Körper zu herrschen und mich zu verschlingen wie ein göttlicher Sünder.

Seine Schultern wurden hart, dann erstarrte er in mir und kam mit einem tiefen Stöhnen, das mich von innen heraus erleuchtete. Seine Hitze sickerte zwischen meine Schenkel, als er seinen Schwanz noch zweimal in mich hinein- und aus mir herauspumpte, was mich am ganzen Körper erschauern ließ.

Sein Mund fand den meinen, und ich hielt ihn fest, während die Welt völlig still zu werden schien und wir schließlich das Einzige waren, was in diesem höhlenartigen Raum existierte.

»Ich würde jedes einzelne dieser Bücher für dich verbrennen«, sagte er an meinem Mund, und ich schob meine Finger in seine Haare und versenkte meine Zunge zwischen seinen Lippen.

»Wenn ich Königin bin, werde ich dir diese Bibliothek kaufen«, beschloss ich, und er hob den Kopf, und seine Augen funkelten vor Überraschung. »Dann kannst du mit diesen Büchern machen, was du willst. Denn sie werden ganz allein dir gehören.«

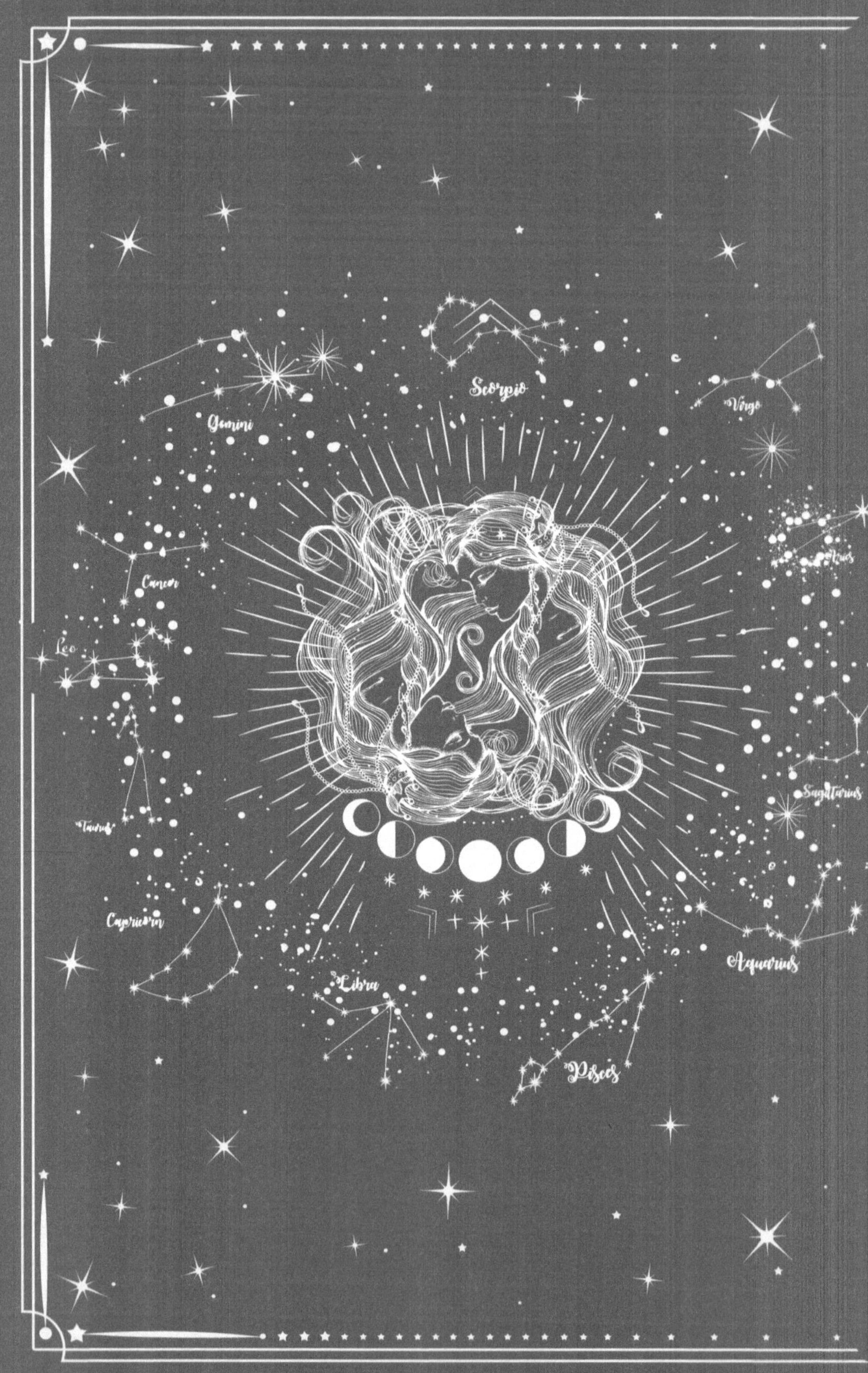

Gemini
Scorpio
Virgo
Cancer
Aries
Leo
Sagittarius
Taurus
Capricorn
Aquarius
Libra
Pisces

TORY

KAPITEL 31

Ich beendete meinen morgendlichen Lauf mit einem Seufzen, ließ mich nach vorn fallen und stützte meine Hände auf die Knie, während ich wieder zu Atem kam. Darius tat es mir an meiner Seite gleich.

»Du bist wild entschlossen, mich so hart arbeiten zu lassen, wie es nur geht, oder?«, neckte er mich, und ich lächelte ihn an.

»Tja, ich kann es dir schließlich nicht leicht machen, nur weil wir ficken«, antwortete ich.

»Oh, ist es das, was wir tun?«, fragte er, und in seinen Augen funkelte diese gefährliche Art von Hitze, die wahrscheinlich als Warnung gedacht war, aber immer eher wie eine rote Fahne für den Tory-Bullen in mir wirkte.

»Darius Acrux, hast du den größten Teil der letzten Nacht zwischen meinen Schenkeln verbracht oder nicht?«, stichelte ich. »Denn wenn du das nicht als Ficken bezeichnest, dann weiß ich nicht, was es sonst gewesen sein könnte.«

Darius richtete sich auf; seine Augen waren dunkel und versprachen mir, dass ich für diese abweisende Bemerkung bezahlen würde. Trotzdem stand ich nur allzu gern meine Frau.

»Nein, Roxanya Vega, das ist kein Ficken«, antwortete er. »Das ist die Verehrung meiner Göttin. Es ist Liebe machen mit der schönsten Frau in ganz Solaria. Es ist meine Buße für all die schlechten Dinge, die ich dir angetan habe, und das Mindeste, was ich als Vergeltung anbieten kann. Aber vor allem ist es Liebe – mit der Intensität der Sonne und der Hingabe des Mondes. Denn du bist mein Lebenssinn, Baby. Der einzige Traum, den ich nie zu haben gewagt habe. Und doch bist du hier, jederzeit in Reichweite. Und glaub mir, wenn ich dir sage, dass ich dir niemals wieder widerstehen kann. Ich habe vor, jeden Zentimeter deines Körpers so gründlich mit der Erinnerung an meine Berührung zu markieren, dass du sie nie vergessen wirst.«

»Warum sollte ich sie jemals vergessen?«, fragte ich verwirrt, woraufhin er die Stirn in Falten legte, aber weiterhin meinen Blick festhielt.

»Wir befinden uns im Krieg, Roxy«, sagte er langsam. »Und ich glaube nicht daran, dass die Sterne so freundlich gesinnt sind, uns alle ungeschoren davonkommen zu lassen. Ich werde mich meinem Vater stellen und ihn vernichten, um die Bedrohung, die er für uns alle darstellt, zu beseitigen. Aber dieses Versprechen ist nicht ohne Risiko. Das musst du doch wissen.«

»Tja, und ich verbiete es«, antwortete ich und trat einen Schritt nach vorn, sodass ich seinen Atem in der Luft zwischen uns schmecken konnte, während ich meine Hand in den ärmellosen Kapuzenpulli schob, den er zum Laufen angezogen hatte.

»Ich wünschte, das könntest du. Aber egal, was kommt – ich habe vor, jeden Tag in vollen Zügen zu genießen und alles zu tun, um sicherzustellen, dass wir diesen Krieg gewinnen.«

»Zum Beispiel deinen Bruder und mich bis in die Puppen zu trainieren? Und Magie zu nutzen, um nicht schlafen zu müssen?«, fragte ich und zog eine Augenbraue hoch, denn wenn er glaubte, ich hätte nicht bemerkt, dass er seit unserer Ankunft im Burrows praktisch in einen Schlafstreik getreten war, dann irrte er sich.

Darius zögerte, seufzte dann, streckte seine große Hand aus, um meine Kehle zu umschließen, und hob mein Kinn an, während er mich nach wie vor so festhielt. Es war dominierend und besitzergreifend, aber irgendwie auch zärtlich und liebevoll. Die Liebkosung seiner rauen Finger an meinem Pulspunkt ließ mein Herz höherschlagen und meine übermütige Front verrutschen, als ich in die Intensität seines Blicks fiel.

»Ich will einfach nichts bereuen«, murmelte er und betrachtete mich dabei intensiv. »Ich will, dass du weißt, wie sehr ich dich liebe. Dass du verstehst, dass der einzige Ort, an dem ich jemals sein möchte, genau hier bei dir ist, egal, was passiert. Und wenn ich in diesem Krieg sterbe, indem ich es mit meinem Vater aufnehme, dann musst du verstehen, wie sehr ich dich geliebt habe …«

»Hör auf, so zu reden, sonst scheuer ich dir eine!«, warnte ich ihn, und er lachte leise.

»Natürlich würdest du zu Gewalt greifen, um zu beweisen, wie sehr dir der Gedanke missfällt, dass ich verletzt werden könnte«, scherzte er.

»Tja, der Tod kann dich eben nicht haben. Ich habe meinen Anspruch nämlich bereits geltend gemacht.«

»Bullshit«, antwortete er und bewegte seine Finger so, dass er meinen Mund auf seinen richten konnte. Ich spürte, wie seine Worte meine Lippen berührten. »Wenn du mich beansprucht hättest, wären wir bereits verheiratet.«

Ich verschluckte mich an meiner eigenen Spucke und ein überraschtes Lachen entfuhr mir. »Du bist verrückt. Ich bin neunzehn.«

»Nächste Woche zwanzig«, gab er zu bedenken, und ich schüttelte den Kopf, aber nicht so energisch, wie ich es hätte tun sollen.

»Warum gehst du nicht aufs Ganze und schwängerst mich auch gleich?«, forderte ich ihn heraus.

»War das ein Angebot? Ich würde mich nämlich nicht beschweren«, antwortete er, und seine Hand streifte meinen flachen und definitiv unbesetzten Bauch. Aber seine Stimme war so verdammt ernst, dass ich vor Schock nur den Mund öffnen und ihn anstarren konnte.

»Vielleicht nur eine Hochzeit«, räumte er mit einem trockenen Lachen ein und beugte sich vor, um sich einen Kuss von meinen immer noch unbeweglichen Lippen zu stehlen. Ich schüttelte den Kopf, während ich gleichzeitig zu einer Pfütze für ihn dahinschmolz.

»Du bist verdammt verrückt«, murmelte ich, als er sich zurückzog.

»Nein, Roxy. Ich weiß einfach, was ich will, und das bist du. Auf jede erdenkliche Weise, die ich haben kann. Die du mir anbietest. Wenn ich dich also dazu bringen kann, meine Braut zu sein, dann werde ich diese Gelegenheit verdammt noch mal am Schopf ergreifen. Wenn du nie heiraten willst, dann akzeptiere ich das. Wenn du mich nicht so nah bei dir haben willst und mir nur die Möglichkeit bleibt, dich aus der Ferne zu beobachten und nach dir zu hungern, so wie ich es tun musste, als wir sternverflucht waren, dann akzeptiere ich das auch. Du bist alles für mich, Roxy. Nur du. Ich bin hier und gehöre dir. Der Rest ist deine Entscheidung.«

Ich absorbierte die Ehrlichkeit in seinen dunklen Augen wie ein Schwamm. Ein Schwamm, der diese Aufrichtigkeit so dringend benötigte, dass ich gar nicht anders konnte, als sie aufzusaugen und sie all die dunklen, unwürdigen Winkel meines Herzens füllen zu lassen, von denen ich so lange geglaubt hatte, dass sie ein unveränderlicher Teil meiner selbst seien. Ich hatte nie zu hoffen gewagt, dass mich jemand jemals so lieben würde, wie er es gerade zu tun beteuert hatte. Und als ich das in seinem Blick sah, öffnete sich etwas in mir, von dem ich befürchtet hatte, dass ich es nie erreichen würde.

»Es gibt nur ihn«, flüsterte ich, verlor mich in seinem Blick und wusste, dass ich mit diesem Mann noch in Teufels Küche kommen würde. Denn er hatte recht. Egal, wie lange ich plante, das alles hinauszuzögern und mich selbst davon zu überzeugen, dass wir uns Zeit lassen und einander besser kennenlernen sollten, ich wusste bereits alles, was es über ihn zu wissen gab. Verdammt, wir waren fast sechs Monate zusammen, und es gab keinen Tag, an dem die Spannung zwischen uns oder mein Verlangen nach ihm nachgelassen hätte. Wir waren mit Haut und Haaren dabei. Also standen für uns Heirat, Kinder und all der verrückte Scheiß, den die Leute so veranstalteten, wenn sie wussten, dass sie den Partner fürs Leben gefunden hatten, im Raum. Aber ich hatte trotzdem vor, zuerst diesen Krieg zu gewinnen.

Darius lächelte, neigte den Kopf zur Seite, während er mich ansah, und nahm langsam seine Hand von meinem Hals, um mich aus dem Bann seiner Berührung zu lösen.

»Keine Hochzeit, verstanden«, sagte er und grinste mich mit diesem übermütigen Funkeln in den Augen an. Ich wusste, dass er glaubte, hier einen Punkt für sich gewonnen zu haben, aber ich würde mich nicht beirren lassen.

Ich beugte mich vor und küsste ihn, wobei die Berührung unserer Lippen und das Kratzen seiner Bartstoppeln ein Prickeln auf meiner Haut entfachten, bevor ich einen Schritt zurücktrat und mit zwei klitzekleinen Worten antwortete: »Fürs Erste.«

Ich drehte mich auf dem Absatz um und spazierte davon, während er mir schockiert nachsah. Ich lachte nur, als er mir noch etwas zurief.

Ich ließ den Boden zu seinen Füßen beben, als ich zurück in Richtung Burrows joggte. Ein weiteres Lachen entrang sich mir, als ich spürte, wie er mich verfolgte und mich mit Wasser bespritzte, das gegen den Luftschild spritzte, den ich hinter mir errichtet hatte.

Ich schaffte es bis zum Bauernhaus, betrat es rennend und schoss an den erschrocken dreinblickenden Wachen vorbei, bevor ich um eine Ecke bog und die Tür, die sich hinter der Standuhr verbarg, aufriss und hindurchsprang.

Nachdem ich die Tür hinter mir zugeschlagen hatte, rannte ich noch ein paar Schritte den dunklen Tunnel hinunter, bis ich abrupt stehen blieb, als das Geräusch seiner donnernden Schritte hinter mir meinen Puls in die Höhe schnellen ließ.

Ich presste meinen Rücken gegen die Steinwand, sprach einen Verhüllungszauber und setzte meine Erdmagie ein, um die Felswand um mich herum wachsen zu lassen. Als Darius schließlich die Tür aufstieß, war ich nicht mehr zu sehen.

Er rannte den Korridor entlang, und ich hielt den Atem an und unterdrückte ein Lachen, um meine Anwesenheit zu verbergen, während er sich meinem Versteck näherte. Gerade als ich dachte, ich wäre mit dem Spiel davongekommen, blieb er abrupt stehen, streckte seinen Arm aus und packte meine Taille, um mich an seine Brust zu ziehen.

»Du kannst dich nicht vor mir verstecken, Roxy«, knurrte er, küsste mich hart, bevor ich antworten konnte, und drückte mich gegen die Wand.

Ich stöhnte gegen seinen Mund, als er meine Schenkel packte, mich hochhob, gegen den Stein drückte und mich atemlos küsste, während er seinen harten Schwanz an mir rieb und mich genau wissen ließ, was er statt eines Frühstücks geplant hatte.

»Du musst an deinen Verhüllungszaubern arbeiten«, murmelte er gegen meine Lippen.

»Zweifellos könntest du das besser«, erwiderte ich.

»Ich könnte uns so gut verbergen, dass niemand dich schreien hören würde, wenn du auf meinem Schwanz kommst. Geschweige denn, dass dich jemand an dieser Wand für mich stöhnen sehen würde«, sagte er großspurig – und verdammt, ich war versucht, sein Angebot anzunehmen.

Er küsste mich erneut, während ich meine Knöchel hinter seinem Rücken verschränkte und stöhnte, als er seinen kräftigen Körper an mich presste und mich dabei gegen die Wand drückte. Aber bevor ich mich zu sehr in diese Vorstellung verlieren konnte, hallten ein erstickter Schrei und ein bestialisches Heulen durch den Tunnel. Mir gefror das Blut in den Adern.

Atemlos lösten wir uns voneinander und blickten beide in die Dunkelheit des Tunnels hinunter, aus der erneut das unheimliche Heulen ertönte.

»Das klingt nicht nach einem Werwolf«, sagte ich und packte Darius an den Unterarmen, während er mich weiterhin gegen die Wand drückte.

»Nein, das tut es nicht«, antwortete er mit gerunzelter Stirn.

Der Schrei ertönte erneut, Hilferufe erfüllten die Luft und ließen mich erschauern.

Darius ließ mich augenblicklich los, ich löste meine Knöchel von seinem Rücken und glitt an der Wand zu Boden, während ihm ein Knurren entwich und sich seine Augen in goldene Drachenschlitze verwandelten. Die Bestie in ihm stieg an die Oberfläche seiner Haut.

»Bleib in meiner Nähe und hinter mir!«, befahl er.

»Nein, danke, Bro«, antwortete ich, schob ihn zur Seite, übernahm die Führung und rannte mit ihm im Gefolge den Tunnel hinunter.

Darius saß mir im Nacken, gezwungen, hinter mir zu bleiben, als wir in eine Seitenkammer bogen, in der die Schreie immer lauter und verzweifelter wurden. Sie erstarben mit einem gurgelnden Laut, der in Würgen überging, und das Brüllen einer riesigen Formgebung hallte durch die Luft. Sofort war ich kampfbereit und ließ Magie in meinen Fingerspitzen fließen, als wir uns der Quelle des Geräusches näherten.

Wir erreichten das Ende des Ganges, der als Lager für Vorräte diente, und ich streckte die Hand nach dem Griff der leicht geöffneten Tür aus, wo uns das Geräusch einer riesigen Kreatur begrüßte, die etwas in Stücke riss.

Darius packte mich an der Schulter und schob mich hinter sich, um als Erster durch die Tür zu treten. In seiner anderen Faust loderte Feuer, sodass ich angesichts der plötzlichen Helligkeit blinzeln musste, während hinter den gestapelten Vorratskisten in der dunkelsten Ecke des Raumes der Rücken einer riesigen, haarigen Bestie zum Vorschein kam.

»Hey!«, donnerte Darius, und sein Feuer leuchtete noch heller. Die Bestie wirbelte herum, rannte davon und stieß dabei ein paar der Kisten um, sodass sie auf uns zuflogen und ich meine Hände hochreißen musste, um uns mit einem Luftzauber davor zu schützen, zerquetscht zu werden.

Sobald diese Gefahr vorbei war, ließ ich meinen Schild fallen und Darius sprang über die nächstgelegene Kiste. Als er auf der anderen Seite des Raumes ankam, fluchte er, und ich folgte ihm schnell, während mir die Galle in den Hals stieg, als ich die blutigen Überreste der Frau entdeckte, von der ich annehmen musste, dass sie es war, die um Hilfe gerufen hatte.

»Die Bestie ist in diese Richtung gegangen«, sagte Darius, sprang über weitere Kisten und stürmte einen anderen Tunnel hinunter, der von diesem abzweigte.

Ich kniete mich hin und fühlte am Handgelenk der Frau nach einem Puls, fand aber keinen. Das Blut, das aus den riesigen Krallenspuren ihrer Brust sickerte, durchtränkte das Knie meiner Leggings.

Ich stand wieder auf und wandte mich ab, um Darius hinterherzulaufen, da ich wusste, dass ich jetzt nichts mehr für sie tun konnte. Also nahm ich die Verfolgung auf, dem Geräusch seiner Schritte folgend, die von mir weg in die Dunkelheit führten.

Darius fluchte vor mir, und ich rannte ihm so schnell ich konnte hinterher, bog um eine Ecke und kollidierte fast mit ihm, als ich ihn an einem Kreuzungspunkt mehrerer Gänge stehen sah, die er finster musterte.

»Ich weiß nicht, welchen Gang ich nehmen soll«, sagte er und sprach einen Verstärkungszauber, aber alles, was an unsere Ohren drang, war der Lärm von Leuten, die zum Speisesaal gingen oder auf ihren Zimmern Geräusche machten. Nichts von der Bestie, die wir gejagt hatten.

»Was zum Teufel war das?«, fragte ich und sah mich um, als könnte ich einen Hinweis darauf finden, welchen Gang das … Ding genommen hatte. Aber nichts deutete auf eine Richtung hin.

»Ich weiß es nicht. Ich habe nur einen kurzen Blick erhascht. Etwas Großes und Haariges – vielleicht ein Monolrianischer Bär oder ein Zerberus.«

»Ein Nemëischer Löwe könnte auch so groß sein«, hauchte ich und sah mich um. »Sollen wir weiterjagen?«

Darius überlegte einen Moment und schüttelte dann den Kopf. »Lass uns die anderen warnen. Wenn sich noch andere der Jagd anschließen, haben wir eine bessere Chance, das Ding aufzuspüren.«

Ich nickte zustimmend, und Darius nahm meine Hand und zog mich hinter sich her, während wir zurück zum Haupttrakt des Burrows rannten.

Wir bahnten uns einen Weg durch die langsam wachsende Menge im Speisesaal, rannten dann in die königlichen Gemächer und direkt auf Darcy und Orions Zimmer zu.

Darius hämmerte gegen die Tür, riss sie auf und durchbrach den Zauber, der sie verschlossen hielt, als sie nicht schnell genug reagierten.

»Ich reiß dir den Arsch auf«, murmelte Orion schläfrig, während er sich im Bett aufrichtete und uns verwirrt anblinzelte.

»Wacht auf! Es hat einen weiteren Mord gegeben«, rief Darius, zog mich weiter in den Raum und versetzte Seth, der in seiner verwandelten Form am Fußende des großen Bettes schlief, einen Klaps auf den haarigen Hintern.

»Wo ist Darcy?«, fragte ich und schaute mich alarmiert um. Orion warf verwirrt einen Blick auf die andere Bettseite, doch in dem Moment schob Darcy die Decke von ihrem Kopf und schielte zu uns hoch.

»Hier«, murmelte sie und rieb sich benommen den Schlaf aus den Augen. »Hast du Mord gesagt?«

»Ja. Und wir haben das Ding gesehen, das dafür verantwortlich ist, obwohl wir es nicht identifizieren konnten. Aber es war ein großer Wandler mit einem massiven behaarten Rücken. Wir können die Sache also zumindest eingrenzen«, antwortete Darius, als Seth sich verwandelte und sich dann uns zugewandt aufsetzte, wobei er seinen Schwanz voll zur Schau stellte.

»Die Bestie hat eine Frau in den Vorratshöhlen in der Nähe des Tunneleingangs getötet«, fügte ich hinzu. »Wir haben sie um Hilfe schreien hören, aber waren nicht rechtzeitig bei ihr.«

»Okay. Lasst uns weiterjagen!«, erklärte Orion bestimmt. »Ich hole Cal, damit wir einen Plan ausarbeiten können.«

»Seit wann nennst du ihn Cal?«, fragte Seth mit einem Winseln, aber Orion ging kommentarlos davon.

»Das ist wahrscheinlich nur eine Blutsbrudersache«, sagte ich abweisend. »Kannst du jetzt bitte deinen Schwanz wegstecken?«

»Ich nenne ihn Cal«, beschwerte sich Seth, stand auf und sah aus, als wollte er Orion hinterherjagen, um sich ihnen anzuschließen.

»Jeder nennt ihn Cal, Alter«, erklärte ich, aber Seth legte den Kopf in den Nacken und heulte.

»Ich ziehe mich nur schnell an und dann können wir los«, sagte Darcy, sprang aus dem Bett und ging sich etwas zum Anziehen holen, während Darius eine Jogginghose vom Boden nahm und sie Seth in den Schoß warf.

»Hör auf, nackt vor meinem Mädchen zu sitzen, sonst brenne ich ihn dir vom Leib«, murmelte er abgelenkt und drehte sich zur Tür, die einen Augenblick später aufgestoßen wurde. Caleb und Orion schossen lachend und einander anstupsend herein.

»Was ist so lustig?«, fragte Seth, sprang auf und zog sich seine Hose an, während er hoffnungsvoll zwischen den Vampiren hin und her blickte.

»Insider«, meinte Caleb lachend und schüttelte den Kopf, während er einen Blick mit seinem neuen besten Freund austauschte. Ich rollte nur mir den Augen.

»Sind alle bereit?«, fragte ich, und die anderen stimmten zu, obwohl Seth immer noch schmollte, als wir den Raum verließen, um die anderen zu suchen. Max hatte es sich zur Gewohnheit gemacht, Geraldine morgens mit ihren Bagels zu helfen, und Hamish und Catalina hatten immer ein Auge auf die

Küchen, sodass wir uns schnell auf den Weg zurück zum Speisesaal machten.

Caleb und Orion rannten vor uns her, um die anderen zu informieren, was los war, und als wir sie eingeholt hatten, ließ Hamish seine Stimme bereits durch das gesamte Rebellenrefugium schallen, um alle aufzufordern, wieder auf ihre Zimmer zurückzukehren.

»Wer braucht meine bescheidene Hilfe?«, rief Washer und drängte sich durch die Menge auf uns zu. Er trug ein Leopardenmusterhemd aus Lycra, aber dort, wo die Knöpfe hätten sein sollen, befand sich ein Reißverschluss. Ein Reißverschluss, der so weit geöffnet war, dass seine verdammten Brustwarzen zu sehen waren. Er sah extra sonnengebräunt aus, dank des schönen Wetters, das ihn dazu verleitet hatte, sich zu jeder verdammten Tageszeit auf dem Dach der Scheune draußen zu sonnen. Nackt. Er behauptete, aus Gründen der Privatsphäre dorthin gegangen zu sein, aber natürlich hatten alle fliegenden Formgebungen seinen winzigen Schniedel zu sehen bekommen, wenn wir nach dem Training dort oben zur Landung angesetzt hatten. Und das war einfach nur verdammt großartig gewesen.

»Igitt, nein«, sagte ich und wich aus, aber sein Blick fiel trotzdem direkt auf uns.

»Oh, arme, süße Mädchen! Braucht ihr Hilfe bei der Verarbeitung des Traumas, weil es unter denjenigen, die euch in der Hoffnung auf Zuflucht hierher gefolgt sind, einen weiteren Mord gegeben hat?«, fragte er und öffnete die Arme, woraufhin ich angewidert zusammenzuckte.

»Es ist nicht unsere Schuld, dass hier ein Verrückter herumläuft«, sagte Darcy wütend. »Und nein, wir brauchen keine Hilfe. Vor allem nicht von dir.«

Washer seufzte und wandte sich ab, um seine glitschigen Umarmungen anderen Fae anzubieten, und ich sah ihm mit einem Schaudern nach.

Darius und Orion begannen, Befehle an alle zu erteilen, wie sie die Suche ausgeführt haben wollten, und ich bot Hamish an, ihm zu zeigen, wo die Leiche zurückgelassen worden war.

Darius packte mein Handgelenk, zog mich an sich, küsste mich innig und schaute mir in die Augen. »Bleib bei Darcy! Und nutzt euer Phönixfeuer bei jedem Arschloch, das euch auch nur schief ansieht!«

»Ich bin ein großes Mädchen, Darius, ich komme schon klar«, versicherte ich ihm, und er kniff die Augen zusammen, nickte dann aber energisch und wandte sich ab, um die Jagd wieder aufzunehmen.

»Ihr braucht euer königliches Frühstück, bevor ihr euch auf eure grausame Mission begeben könnt, Myladys«, rief Geraldine und schob uns zwei Teller mit buttrigen Bagels zu. Ich nahm meinen mit einem Wort des Dankes an, da mir nach dem Lauf am Morgen der Magen knurrte.

Die anderen Erben und Geraldine folgten Darius und Orion, und Darcy trat an meine Seite und drückte meine Finger, während wir durch die Tunnel zurück zur Leiche gingen.

»Alles in Ordnung?«, fragte sie, während ich einen Bissen von meinem Bagel nahm.

»Ja, nur etwas erschrocken, weil dieses Ding nach wie vor durch die Tunnel streift und wir es noch nicht gefangen haben«, antwortete ich, während Hamish anfing, über all die rachsüchtigen, fruchtbasierten Strafen zu sinnieren, die er dem Schurken, der das getan hatte, angedeihen lassen wollte. Sobald dieser gefasst worden war, logisch.

Ich aß meinen Bagel auf und Darcy bot mir ihren an, als sie bemerkte, dass ich mir die Finger ableckte. Sie behauptete, noch satt vom Abendessen zu sein, und da ich mich niemals über kostenloses Essen beschweren würde, nahm ich das Angebot nur zu gern an.

Als wir den Raum erreichten, in dem die Frau getötet worden war, hielten wir uns zurück und ließen Hamish eintreten, um den Tatort zu untersuchen. Wir warteten, bis er beim Anblick der zerstückelten Leiche vor Entsetzen aufschrie.

»Wie geht es dir heute?«, fragte ich Darcy, während wir im Korridor verweilten, unsicher, wie wir jetzt weiterhelfen könnten. Sollten wir uns den anderen anschließen und bei der Jagd helfen?

Wir hatten jeden Tag versucht, den Fluch aus ihr herauszubrennen, indem wir unser Phönixfeuer vereint und es ermutigt hatten, ihren Körper zu durchströmen – ähnlich wie ich damals, als ich die Dunkle Manipulation aus Darius und seiner Familie verbrannt hatte. Wir hofften, dass es etwas brachte, obwohl sie jedes Mal, wenn wir fertig waren, völlig erschöpft war.

»Besser, denke ich«, sagte sie. »Obwohl ich immer noch ziemlich schlapp bin.«

»Bist du sicher, dass das nicht vor allem mit dem Vampir in deinem Bett zu tun hat?«

»Mit Seth als Zuschauer? Nein, danke.« Sie rümpfte die Nase, und ich lachte.

»Ja … das verstehe ich. Vielleicht musst du dich einfach noch öfter ausruhen?«, meinte ich, und sie seufzte.

»Ich will mich nicht ausruhen, ich will kämpfen«, antwortete sie entschlossen, woraufhin ich zustimmend nickte.

»Na, wenn das nicht meine Lieblingsschwestern sind«, rief Gabriel, und wir schauten beide auf, als wir ihn den Korridor entlang auf uns zuschreiten sahen, ohne Shirt und mit ausgebreiteten Flügeln. »Das Schicksal ruft nach euch.«

»Was soll das denn bedeuten?«, fragte ich und löste mich von der Wand, an die ich mich gelehnt hatte, um ihn besser sehen zu können.

»Die Sterne haben mir nicht viel verraten, aber sie haben Folgendes gesagt: Es ist Zeit, den Palast der Flammen zu besuchen.«

Darcy riss überrascht die Augen auf und starrte ihn mit offenem Mund an. »Wirklich?«

»Ich dachte, der Palast besteht mittlerweile nur noch aus Ruinen?«, entgegnete ich, während mir ein Schauer der Vorfreude über den Rücken lief.

»Das ist korrekt«, stimmte Gabriel zu. »Aber offenbar haben die Geister eurer Vorfahren einige Geheimnisse mit euch zu teilen.«

»Jetzt gleich?«, fragte Darcy, und er nickte.

»Ich habe den anderen eine Nachricht hinterlassen. Kommt, sonst wendet sich das Schicksal vielleicht wieder und ihr verpasst diese Chance.«

Ich tauschte einen Blick mit meiner Schwester, aber wir bewegten uns beide bereits auf ihn zu. Die Hitze unserer Phönixe brannte hell unter unserer Haut bei der Vorstellung, in ihre Heimat zu reisen.

»Klingt, als sollten wir uns beeilen«, sagte ich aufgeregt, und Darcy grinste breit, während wir uns neben unseren Bruder stellten.

Gabriel legte seine Arme um unsere Schultern, führte uns zum Ausgang und brachte uns durch das Farmhaus zurück nach draußen, bis wir es auf die andere Seite der Barriere geschafft hatten, wo er einen Beutel mit Sternenstaub aus seiner Tasche zog.

»Sollten wir nicht fliegen, um Sternenstaub zu sparen?«, fragte Darcy und verschränkte die Finger ineinander.

Da Lionels Materialbeschränkungen weiterhin galten, fiel es uns immer schwerer, genug davon zu beschaffen, um die Versorgungsfahrten für die Rebellen durchzuführen. Wir waren alle dazu übergegangen, so oft wie möglich ohne Sternenstaub zu reisen.

»Nicht dieses Mal«, antwortete Gabriel. »Aber ich bin mir sicher, dass es sich lohnen wird.«

Er warf eine Handvoll glitzernden Sternenstaubs über unsere Köpfe, und wir wurden durch die Sterne davongetragen, bevor wir schließlich in der drückenden Hitze eines Dschungels landeten – umgeben von Tiergeräuschen und einer Luftfeuchtigkeit, die von allen Seiten auf uns einzudrücken schien.

»Wo zum Teufel sind wir?«, fragte ich neugierig, während sich Gabriel bereits einen Weg durch die Bäume bahnte und dabei schien es, als wüsste er genau, wohin er ging – entweder durch die Hilfe seiner Gabe oder durch etwas anderes.

»Irgendwo im tiefen Süden«, antwortete er ausweichend. »Wahrscheinlich nicht einmal mehr in Solaria, obwohl ich es nicht genau weiß. Ich weiß nur, wie man hierherkommt, weil mir meine Visionen genug gezeigt haben. Ich war noch nicht oft hier. Vor einigen Jahren habe ich dringend etwas gebraucht, um meinen Geist von den Fesseln eines Monsters zu befreien, und die Sterne haben mich hierhergeschickt. Dort habe ich auch meinen Phönix-Kuss bekommen.« Er streckte seine Hand aus, um uns den tätowierten Ring aus Phönixflügeln zu zeigen, der seinen Finger zierte, ähnlich dem, den ich Darius in Form eines Armbands geschenkt hatte.

»Von einem Phönix?«, fragte ich mit hoffnungsvoll hochgezogenen Augenbrauen, aber er schüttelte schnell den Kopf.

»Nein. Ich habe den Ring von der Hand eines Skeletts genommen, das ich in den Ruinen unterhalb des eigentlichen Palastes gefunden habe. Es scheint, dass ein Phönix-Kuss beim Tod der damit beschenkten Person wieder seine metallische Form annimmt, weshalb ich dazu in der Lage war, den Ring für mich zu beanspruchen. Ich vermute, dass die Magie darin Hunderte, wenn nicht sogar Tausende Jahre alt ist und dennoch mit der ganzen Hitze einer Sternschnuppe brennt.«

»Das ist unglaublich«, murmelte Darcy, während sie meinen Arm berührte, als sie zu mir aufschloss.

»Das ist es. Aber ich wage, zu behaupten, dass es nur einer von unzähligen Schätzen ist, die hier im Palast der Flammen verborgen sind. Und ich glaube nicht, dass diese Geheimnisse für mich bestimmt sind.«

»Glaubst du, dass unsere Vorfahren wollten, dass wir hierherkommen?«, fragte Darcy, und ihre Stimme klang voller Ehrfurcht, obwohl mein natürlicher Zynismus Zweifel an diesem Verdacht aufkommen ließ.

»Dieser Ort liegt seit Hunderten von Jahren in Trümmern, Darcy. Ich bezweifle ernsthaft, dass sie die ganze verdammte Zeit darauf gewartet haben, dass wir endlich unsere langsamen Ärsche hierherschleppen. Wahrscheinlicher ist, dass sie diese Chance jedem Phönix angeboten hätten, der seit dem Niedergang ihrer Art aufgetaucht wäre. Aber da seither außer uns niemand mit dieser Formgebung geboren wurde, sind wir jetzt eben an der Reihe.«

Darcy und Gabriel tauschten einen Blick aus, von dem ich wusste, dass er meine skeptische Haltung betraf, und ich zeigte ihnen den Mittelfinger, woraufhin sie – auf meine Kosten natürlich – loslachten. Währenddessen bewegten wir uns weiter durch den überwucherten Dschungel auf etwas zu, von dem Gabriel überzeugt war, dass es existierte – trotz der Tatsache, dass nichts darauf hindeutete, dass wir vor uns etwas anderes als noch mehr üppiges Grün finden würden.

Plötzlich erfasste uns ein Energiestoß, und ich atmete scharf ein, als meine Haut summte und brummte, als würden tausend Küsse darauf gedrückt. Und jedes Härchen stand mir zu Berge.

»Nachkommen der königlichen Linie«, sprach eine Stimme von überirdischer Macht in meinem Kopf, und ein Blick auf Darcy bestätigte, dass sie sie auch hören konnte. *»Bringer eines neuen Zeitalters. Sucher der Vergangenheit.«*

Ich biss die Zähne zusammen, als die Kraft noch mehr Energie entfaltete, und mein ganzer Körper verkrampfte sich. Es war, als würde sich diese Kraft bis in meine Knochen graben, mein Innerstes aufspüren und messen, was sie dort vorfand.

»Die Zeit eures Aufstiegs ist nahe.«

Die Kraft ließ von mir ab, und ich stolperte einen Schritt nach vorn, wobei ich Gabriels Hand ergriff, die er mir bereits entgegenstreckte, als hätte er meinen Sturz kommen *sehen* und darauf gewartet, mich aufzufangen. Darcy prallte voll gegen ihn, und er stabilisierte sie ebenfalls, wobei er leise lachte, als sie fluchte.

»Die Magie, die hier verweilt, ist uralt und unglaublich mächtig«, sagte er, als wäre das überhaupt nicht beängstigend. »Kommt. Der Palast der Flammen wartet.«

»Weil ein Palast, der auf uns wartet, überhaupt nicht gruselig oder beunruhigend ist«, murmelte ich und folgte ihm weiter. »Leblose Objekte warten nicht.«

Darcy kicherte, und ich grinste sie an, während wir einem Pfad folgten, der von bronzefarbenem Metall gesäumt war, das unter dem überwucherten Laub hervorlugte. Mein ganzer Körper schien von einer lebendigen Art von Energie erfüllt zu sein, als ob die Steine selbst empfindungsfähig wären und wüssten, wer wir waren.

»Ein Großteil des Palastes befindet sich jetzt unter der Erde. Es gibt aber Tunnel, die zu zahlreichen Stellen führen. Bei meinen wenigen Besuchen hier haben mich die Sterne immer dorthin gelotst, wo ich hinwollte«, erklärte Gabriel, als wir eine Weggabelung erreichten. Ein Pfad führte direkt auf eine in den Felsen gehauene dunkle Höhle zu, während der andere nach links abbog. Und ich hätte schwören können, ein riesiges Gebäude hinter den Bäumen zu sehen.

»Wir müssen in diese Richtung«, sagte ich und zeigte nach links, wo sich ein riesiges goldenes Tor befand – geschlossen und mit Ranken und anderem Dschungelgrün überwuchert. Es war fast unmöglich, es ganz auszumachen, und doch wusste ich in dem Moment, als ich es ansah, einfach, dass es da war. Fast so, als wäre ich schon einmal hier gewesen. Aber das war ich verdammt noch mal nicht.

Darcy nickte zustimmend und spürte offenbar die gleiche Anziehung auf ihre Kraft wie ich, das Gefühl, das wie eine Schnur an meinem Nabel zog und mich vorantrieb.

Gabriel zog eine letzte Schlingpflanze beiseite, und ich hielt unwillkürlich den Atem an, als mein Blick auf den uralten Eingang zum Palast der Flammen fiel.

»Wow«, hauchte Darcy, während ich auf eine viel weniger zivilisierte Weise fluchte.

Der Dschungel hatte gute Arbeit geleistet, um zu verbergen, dass es sich hier eindeutig um einen beeindruckenden Palast aus gelbem Stein handelte, der mit Quarzadern durchzogen war und im Licht der Sonne, die über uns durch die Bäume schien, golden schimmerte.

Gabriel trat zur Seite, um Darcy und mich voranschreiten zu lassen, und wir bewegten uns auf das Tor zu, während das dichte Laub unsere Beine streifte und sie mit Feuchtigkeit benetzte.

Ein Affe kreischte in den Bäumen über uns, und ich reckte den Hals, um nach oben zu schauen. Dabei entdeckte ich auch einige bunte Vögel, die zwischen den Ästen hin und her flogen. Meine Augen wurden groß vor Staunen.

Wir erreichten das Tor, und ich streckte im selben Moment wie Darcy die Hand aus, um es zu ergreifen. Dabei verbanden wir uns mit unserer Erdmagie und ermutigten die Ranken, sich vom Metall zu lösen, wodurch der Dschungel zurückwich, bis die hohen goldenen Tore unversperrt vor uns standen.

In dem Moment, in dem wir unsere Hände zurückzogen, öffnete sich das Tor und schwang mit einem dröhnenden Klirren auf, das die Tiere im Dschungel aufschreckte und sie durch die Bäume davonflitzen ließ.

Hinter dem Tor erstreckte sich ein Innenhof, und die Mauern eines riesigen Gebäudes waren jenseits des Kopfsteinpflasters gerade noch zu erkennen.

»Hier verlasse ich euch«, sagte Gabriel und lenkte unsere Aufmerksamkeit wieder auf sich.

»Du verlässt uns?«, fragte Darcy traurig, und er nickte.

»Ihr werdet hierbleiben, bis ihr die Geheimnisse eurer Art entschlüsselt und gelernt habt, wie eure Vorfahren zu kämpfen. Mit Feuer, Blut und Knochen. Der Phönix wird immer auferstehen.«

Diese letzten Worte klangen so wahr, dass mir die Haare zu Berge standen, als die Kreatur in mir erwachte und den Kopf hob, um sich der Herausforderung zu stellen, die gerade für uns dargelegt worden war.

»Wie lange wird das dauern?«, fragte ich, und Gabriel konzentrierte sich einen Moment lang, während er die Antwort in den Sternen selbst zu suchen schien.

»Das ist schwer zu sagen. Ein Monat, ein Jahr … Die Macht zu verstehen und zu akzeptieren, ist die halbe Miete. Ihr habt Lektionen zu lernen, und es liegt an euch, wie schnell ihr das schafft. Findet eure inneren Fae und hört auf sie! Der Leitstern wird euch an einen Ort des Friedens bringen, und wenn die Zeit reif ist, werdet ihr bereit sein, weiterzukämpfen.«

»Ein Jahr?«, widersprach Darcy. »Wir befinden uns mitten in einem verdammten Krieg, Gabriel. Und ich will nicht so lange von allen weg sein.« Sie dachte eindeutig an Orion, und mir ging es genauso, wenn ich an Darius dachte. Wir hatten uns gerade erst zusammengerauft, ich wollte nicht für weiß-Gott-wie-lange von ihm getrennt sein.

»Ja, das ist völlig verrückt«, sagte ich und trat einen Schritt von den Toren weg, obwohl die Schnur, die mich durch sie hindurchzuziehen schien, immer energischer wurde. »Wir können nicht einfach für eine lächerlich lange Zeit verschwinden, während Lionel da draußen ist und Blödsinn anstellt.«

»Es ist wichtig«, sagte Gabriel bestimmt. »Wenn ihr euch jetzt von diesen Toren abwendet, werden sie sich für immer schließen. Die Sterne bieten euch diese eine Chance, und wenn ihr euch gegen diesen Weg entscheidet, sehe ich nur Dunkelheit in eurer Zukunft. Ihr braucht das Wissen, das hier verborgen ist. Ihr müsst zu den Fae heranwachsen, die ihr sein müsst, wenn ihr jemals hoffen wollt, die Krone zu ergreifen und mit Anmut und Macht zu regieren. Wenn ihr eure Rollen als Königinnen verdienen wollt.«

»Aber … hier gibt es nichts. Seit tausend Jahren hat hier niemand mehr gelebt – was sollen wir essen?«, fragte ich, denn dieser Ort mochte zwar wunderschön und faszinierend sein, aber ein luxuriöses Urlaubsziel war er nicht.

»Die Sterne werden euch versorgen«, antwortete er geheimnisvoll, und ich sah ihn mit zusammengekniffenen Augen an, denn das war einfach nur Bullshit.

»Die Sterne haben mir immer nur Kummer bereitet«, murmelte ich, während sich Darcy erneut umsah.

»Ich kann die Kraft dieses Ortes spüren«, sagte sie mit leiser Stimme. »Glaubst du, dass wir hier wirklich alles über unsere Phönixe erfahren können?« Ich konnte die Hoffnung in ihren Augen glitzern sehen und wusste, dass sie an den Fluch dachte. War dies der Ort, an dem wir herausfinden würden, wie wir ihn endgültig brechen könnten? Damit sie zu ihrer vollen Stärke zurückkehren konnte, bereit, in die Schlacht zu ziehen und Lavinia als Rache dafür den verdammten Kopf abzureißen?

»Ich kann es auch fühlen«, stimmte ich zu, und meine Verärgerung über die Lächerlichkeit, dass wir hier für längere Zeit ohne Kaffee ausharren sollten, schwand, als ich mich zu fragen begann, ob dies wirklich der Ort sein könnte, an den sie hatte kommen müssen, um den Fluch zu beenden. Wir arbeiteten täglich daran, sie davon zu erlösen, aber schließlich hatte sie gelesen, dass es einen Stamm von Phönixen brauchte, um so etwas zu bezwingen. Wir waren kein Stamm, wir waren nur zu zweit. Vielleicht würden wir hier eine stärkere Macht finden, eine, die uns helfen könnte. Um *ihr* zu helfen.

»Es ist an der Zeit, dass ihr all eure Kraft beansprucht«, sagte Gabriel bestimmt, und ich atmete tief aus, während ich durch die goldenen Tore auf den gepflasterten Innenhof dahinter blickte. Auf der anderen Seite befand sich eine offene Tür zwischen zwei Säulen, die ebenfalls mit goldenen Platten verkleidet waren und das Innere des Palastes in Schatten tauchten, sodass wir nicht sehen konnten, was sich dahinter befand. Aber ich wusste, dass wir unsere Erkundungstour nicht einfach so fortsetzen konnten. Wenn wir die Schwelle dieses Tors überschritten, würden wir eine Entscheidung treffen, und ich hatte das Gefühl, dass wir unsere Meinung nicht mehr ändern könnten, sobald sie getroffen war.

»Sag Lance, dass er sich keine Sorgen um mich machen soll«, meinte Darcy – offensichtlich hatte sie ihren Entschluss gefasst. »Wir werden hart daran arbeiten, hier alles zu lernen, was wir können, und schnell zurückkehren.«

Ich nickte zustimmend und schluckte schwer, während ich mich darauf vorbereitete, über die Schwelle zu treten.

»Hast du eine Nachricht für Darius?«, fragte Gabriel mich, und meine Haut prickelte, als ich nur daran dachte.

»Sag … ihm einfach, dass er kein Arsch sein soll, während ich weg bin«, murmelte ich.

»Scheint unwahrscheinlich, aber ich werde es ihm ausrichten«, antwortete Gabriel. »Soll ich ihm außerdem deine unendliche Liebe übermitteln? Oder nur die Sache mit dem Arsch?«

Ich warf ihm einen strengen Blick zu, und er musste lachen.

»Na gut«, entgegnete ich schnaubend. »Sag ihm, dass ich ihn liebe *und* dass er kein Arsch sein soll, während ich weg bin. Reicht das, Arschloch?«

»Mir kommen die Tränen«, sagte Gabriel und legte spöttisch die Hand aufs Herz, woraufhin ich die Augen verdrehte.

Gabriel trat vor, schloss uns beide in seine Arme und drückte uns fest an sich, bevor er uns je einen Kuss auf den Scheitel drückte.

»Ihr werdet die besten Königinnen sein, die Solaria je hatte«, sagte er leidenschaftlich und hielt uns noch einen Moment länger im Käfig seiner Arme, während ich lachte.

»Hast du das *gesehen*?«, fragte Darcy neugierig, und er grinste, während er einen Schritt zurücktrat.

»Nein. Aber ich spüre es in meiner Seele.«

Darcy schenkte mir ein zögerliches Lächeln und streckte mir ihre Hand entgegen, woraufhin ich mich abermals den Toren zuwandte.

»Alles oder nichts«, sagte ich mit leiser Stimme, und wir traten über die Schwelle.

Die Luft war voller Magie, und mein Körper brannte heiß mit der Hitze meines Phönix. Ich wurde so plötzlich zur Verwandlung gezwungen, dass sich mein Phönix durch meine Klamotten brannte, meinen Körper mit rot-blauen Flammen überzog und Flügel aus meinem Rückgrat sprießen ließ.

Darcy keuchte, als sie sich ebenfalls verwandeln musste, und sie hielt meine Hand fester. Die Tore hinter uns schlossen sich mit einer Endgültigkeit, die mir keinen Zweifel daran ließ, dass sie sich erst wieder öffnen würden, wenn wir unsere Aufgabe hier erledigt hatten.

»*Willkommen zu Hause, Feuergeborene!*«, rief eine kommandierende weibliche Stimme, die gleichzeitig von überall und nirgendwo zu kommen schien und die Luft vibrieren ließ. »*Es ist Zeit, den Weg der Flammen zu lernen.*«

Gemini
Scorpio
Virgo
Cancer
Aries
Leo
Taurus
Sagittarius
Capricorn
Aquarius
Libra
Pisces

DARCY

KAPITEL 32

Wir durchquerten einen überwucherten Hof, aber mit jedem unserer Schritte wichen die Ranken und das Unkraut zurück und gaben den Blick auf ein altes Mosaik auf dem Boden frei. Es zeigte einen Phönix, der mit seinen eigenen Flammen tanzte. In der Mitte des Mosaiks stand ein steinerner Brunnen, aus dessen Mitte ein Phönixvogel aufstieg, und als wir uns näherten, sprudelte frisches Wasser aus seinem Schnabel.

»Hier scheint es einen roten Faden zu geben«, murmelte Tory.

»Phönixe?«, vermutete ich und lachte, woraufhin sie ein Schnauben ausstieß.

Wir wandten uns dem dunklen Eingang zu, aus dem dichte Schatten drangen, und traten ein. In dem Moment, in dem unsere Füße die Steinplatten berührten, flammten in den Leuchtern entlang der Wände Feuer auf.

Wir folgten dem Licht tiefer in den alten Palast hinein und kamen dabei an einem weiteren alten Innenhof vorbei, in dessen Mitte ein hoher Baum stand, der ihn in Schatten tauchte. An seinen Ästen hingen große grüne Mangos, und ich fragte mich, ob wir hier wohl genau das essen würden.

Obwohl der Palast durch unsere Anwesenheit zum Leben zu erwachen schien, verstand ich nicht, was wir hier allein durch unser Hiersein lernen sollten.

Vor uns öffneten sich zwei Steintüren, und wir warfen uns einen flüchtigen Blick zu, bevor wir auf Zehenspitzen hindurchtraten und uns in dem riesigen Thronsaal umsahen, in dem wir daraufhin landeten. Der Thron bestand aus rubinrotem Glas, dessen Rücken die Form zweier riesiger Phönixflügel besaß. Darauf lag eine einzelne Feder, in der ein Feuer brannte, das ihren bronzenen Farbton zum Glühen brachte. Hinter dem Thron, hoch oben an den blassen Wänden, saß ein bogenförmiges Fenster; Sonnenlicht drang in schrägen Strahlen in den Raum.

Ich blieb dicht bei Tory, als wir uns dem Thron näherten, und streckte die Hand aus, um die Feder zu berühren.

In dem Moment, als meine Haut mit ihr in Berührung kam, flatterte die

Feder von mir weg und wirbelte direkt vor unseren Augen in der Luft herum, während sich ein schimmerndes rotes und blaues Licht um sie herum ausbreitete.

Wir wichen zurück, als sich die Feder plötzlich verwandelte und eine gottgleiche Frau an ihrer Stelle auf dem Thron saß, die bronzefarbenen Flügel zu beiden Seiten ausgestreckt. Ihr Körper war in eine Rüstung gehüllt, die der ähnelte, die Geraldine uns geschenkt hatte. Ihre Haare waren so dunkel wie Holzkohle, ihre Haut hatte einen satten Braunton und sie hatte einen Mund, der es gewohnt zu sein schien, zu lächeln. Zuerst schien es, als wäre ihr Körper aus solider Masse, bis sich ihre Flügel hinter ihr falteten und ich erkannte, dass ich fast durch sie hindurchsehen konnte.

»Nachkommen«, sagte sie seufzend. Ihre hübschen Gesichtszüge erstrahlten vor Glück, und ihre Augen leuchteten so hell, dass sie brannten. »Endlich seid ihr hier.«

»Ähm, Hi«, sagte ich, und Tory hob die Hand zum Gruß.

Die Erscheinung blickte zwischen uns hin und her, warf dann den Kopf in den Nacken und lachte so laut, dass das Geräusch den ganzen Raum ausfüllte.

Tory und ich tauschten einen Blick aus und traten einen weiteren Schritt zurück, als die Frau aufstand und uns erwartungsvoll anlächelte.

»Ihr wisst nicht, wer ich bin, oder?«, fragte sie, und wir schüttelten beide den Kopf. Aber dann wurde mir klar, dass sie mir irgendwie bekannt vorkam, obwohl ich sie nicht einordnen konnte. »Vielleicht hilft euch das weiter.« Sie hob eine Hand und schnippte mit dem Finger, woraufhin eine wunderschöne Krone erschien, die so atemberaubend war, dass mir der Atem stockte. Das Platin war mit tiefroten und blauen Steinen besetzt, die das Feuer, das meine Haut bedeckte, noch heißer brennen ließen.

»Du bist eine Königin?«, vermutete Tory, und ich schnappte nach Luft, als mir plötzlich einfiel, wo ich sie schon einmal gesehen hatte. In Lavinias Erinnerungen.

»Sie ist die Vega-Königin, die ich durch Diegos Mütze gesehen habe. Sie ist diejenige, die Lavinia ins Schattenreich verbannt hat«, sagte ich, und die Augen der Königin verdunkelten sich, als sie diesen Namen hörte.

»Ja, ich bin Avalon Vega«, bestätigte sie. »Oder zumindest war ich das. Jetzt bin ich nichts weiter als ein Geist, der an diesen Ort zurückgerufen wurde, um meinen Nachkommen zu helfen.« Sie lächelte uns warm an, streckte die Hand aus und berührte meine Wange. Meine Haut kribbelte, woraufhin ich fröstelte, obwohl ich ihre Finger selbst nicht spüren konnte. Als Nächstes berührte sie Torys Schulter, und meine Schwester zuckte zusammen, als die Königin sie musterte.

»Lavinia ist zurück, nicht wahr?«, fragte sie mit Biss in der Stimme.

»Ja, sie ist definitiv zurück«, erwiderte Tory mit gefletschten Zähnen. »Und sie spielt Happy Family mit Lionel Acrux.«

»Acrux«, knurrte die Königin. »Ja … jetzt sehe ich es. Die Sterne bieten mir das Wissen, das ich brauche, um euch zu helfen. So viele Jahre«, seufzte sie. »Ganze Reiche sind in der Zeit, in der ich fort war, entstanden und untergegangen.« Sie schnappte nach Luft, dann fiel ihr Blick auf den Imperialen Stern an meinem Hals. »Ihr seid im Besitz des Sterns.«

Ich berührte den Stern schützend und nickte, als die Königin mit einem hungrigen Blick näher trat. Ich würde nicht zulassen, dass eine von den Toten zurückgekehrte Geisterfrau ihn mir wegnahm.

»Du darfst ihn niemals loslassen«, sagte Avalon bestimmt und blickte zwischen uns hin und her. »Er wird euer größtes Geschenk sein, wenn ihr euch erhebt.« Sie streckte die Hand aus und berührte den Stern mit den Fingern – fast so, als wünschte sie, ihn ergreifen zu können.

Ich wich ein Stück zurück und räusperte mich. »Wir haben viel durchgemacht, um an ihn zu kommen.«

»Ja, alles Große hat seinen Preis.« Ihre Hand fiel zur Seite, während sie erneut zwischen uns hin und her blickte. »Meine Güte … ihr werdet einen solch hohen Preis dafür zahlen, damit eine von euch herrschen kann. Was für ein Fluch es für Zwillinge sein muss, wenn sie um dasselbe Ziel wetteifern.«

Ich streckte meine Hand aus, genau wie Tory es tat, und unsere Finger umschlossen einander.

»Wir streben den Thron nur an, weil wir Lionel und Lavinia vernichten und den Frieden in Solaria wiederherstellen wollen«, knurrte Tory.

Königin Avalon lächelte traurig. »Das mag im Moment so sein. Aber wenn die Zeit kommt, werdet ihr beide den Thron wollen, und ihr werdet einander bekämpfen, um ihn zu beanspruchen.«

»Wir werden nie gegeneinander kämpfen«, erklärte ich wütend.

»Macht ist die Wurzel unserer Art«, sagte Königin Avalon leise. »Es ist keine Schande, sie unseren Geschwistern vorzuziehen. Das ist der Weg der Fae. Ich habe mit meinem Bruder um genau diesen Thron gekämpft«, sagte sie.

»Dann sind wir nicht wie du«, erwiderte Tory, und die Augen der Königin funkelten, aber nicht vor Wut, sondern vor Neugier.

»Vielleicht … aber vielleicht auch nicht«, sagte sie. »In jedem Fall habe ich euch viel beizubringen. Es gibt so viel, was ihr wissen müsst, wenn ihr meine alte Rivalin besiegen wollt.«

»Was ist mit uns passiert? Mit den Phönixen?«, fragte ich. »Warum sind sie ausgestorben?«

Sie zögerte eine Sekunde, bevor sie antwortete. »Ich bin gestorben, bevor unsere Art verloren ging.«

»Aber du hast gesagt, die Sterne hätten dich über die Jahre nach deinem Tod aufgeklärt. Also, was ist passiert?«, hakte Tory nach.

»Ich … kann es nicht sagen.«

»Weil du es nicht weißt oder weil du es uns nicht sagen willst?«, fragte ich frustriert.

»Weil ich es nicht weiß«, sagte sie und rauschte an uns vorbei. Ihre Flügel durchdrangen unsere Körper, als sie praktisch über den Boden glitt. »Jetzt kommt, ich habe euch viel beizubringen. Ihr müsst in den Wegen unserer Art unterwiesen werden. Ihr müsst unsere Gaben kennenlernen und auf jeden Gegner vorbereitet sein.«

»Woher wusstest du, dass wir kommen würden?«, rief Tory, während wir ihr nacheilten, unsere Haut noch immer mit dem Feuer unserer Formgebung brennend.

»Es war eine Prophezeiung, die mir von einer großen Seherin zuteilwurde«, sagte sie, ohne sich umzudrehen. »Ich wusste, dass meine Nachkommen eines Tages zurückkehren würden. Und ich wusste, dass ihr unwissend und in Not zu mir kommen würdet – zu einer Zeit, in der Lavinia von dort zurückkehrt, wohin ich sie verbannt habe. Ich habe mich bei meinem

Tod an diesen Ort gebunden, damit ich zurückkehren und euch ausbilden kann. Damit ich euch lehren kann, so zu kämpfen, wie ich kämpfe, und zu herrschen, wie ich geherrscht habe.«

»Haltet das gebrochene Versprechen.«

Die geflüsterten Worte hallten in meinem Kopf wider, und Tory versteifte sich, als hätte sie sie auch gehört. Sie sah mich alarmiert an. Genau diese Worte hatte der Imperiale Stern zu unserem Vater Hail Vega gesagt.

»Hat er gerade …« Ich schaute auf den Stern hinunter und nahm ihn beim Gehen in meine Handfläche, wobei die Flammen an meinen Fingern ihn liebevoll berührten, während sie ihn und die Kette, an der er hing, intakt ließen.

»Kommt jetzt«, rief Königin Avalon, als hätte sie nichts gehört, und verließ den Raum, um uns in den Hof zu führen, wo der große Obstbaum stand. »Es ist Zeit für eure erste Lektion.«

Die Frau blieb unter dem Baum stehen, hob eine Handfläche und wirkte ein geisterhaftes Phönixfeuer in ihrer Handfläche. Die Flammen bewegten sich, wurden größer und größer, bevor sie sich von ihrem Körper lösten und zu einem vollwertigen Phönixvogel wurden. Das Wesen flog um uns herum und hinterließ auf seinem Weg Spuren von blauem und rotem Feuer. Es öffnete seinen Schnabel und stieß einen wunderschönen Schrei aus, der die Luft erfüllte und ein Beben durch den gesamten Palast sandte.

Ich warf Tory einen aufgeregten Blick zu, und wir warteten gespannt darauf, zu lernen, wie man das machte.

Königin Avalon lächelte uns an. »Es wird einige Zeit dauern, bis ihr das gelernt habt, aber die Kraft eures Phönixfeuers kann erst dann vollständig entfesselt werden, wenn ihr es so freisetzen könnt.«

»Wir sind bereit«, sagte Tory, und ich nickte und hob bereitwillig die Hände.

Die einstige Königin kam auf uns zu, und mein Herz pochte vor lauter Vorfreude auf das, was wir gleich lernen würden. Und mir wurde klar, dass mich der Fluch in diesen Mauern kaum noch zu beeinflussen schien. Vielleicht würde ich mich also wirklich für immer davon befreien können, wenn wir hier fertig waren.

Gemini
Scorpio
Virgo
Cancer
Aries
Leo
Taurus
Sagittarius
Capricorn
Aquarius
Libra
Pisces

ORION

KAPITEL 33

»Ich werde diesem Biest die Gedärme rausreißen«, knurrte Darius an meinem Ohr, während er sich an meinen Rücken klammerte und ich mit hoher Geschwindigkeit durch das Burrows schoss – auf der Jagd nach dem Mörder, wie schon seit Stunden.

Das Arschloch war vom Tatort geflohen, aber es konnte nicht weit sein. Es musste irgendwo in der Nähe sein, und der metallische Geruch in der Luft verriet, dass es das noch immer feuchte Blut seines Opfers an sich trug.

Wir hatten diese Tunnel immer wieder durchkämmt und jeden Raum überprüft, aber dann hatte mich das Geräusch von Schritten hierhergelockt. Und ich war mehr als bereit, den Verräter, der unter uns lebte, zur Strecke zu bringen.

»Du kannst ihm die Gedärme rausreißen, nachdem ich ihm die Gliedmaßen abgebissen habe«, schlug ich vor, und Darius lachte dunkel.

Wir gelangten in eine große Höhle, die als Küche hergerichtet worden war. Überall befanden sich steinerne Arbeitsflächen und an der Wand hingen Metallutensilien.

Das Geräusch von fließendem Wasser ließ mich herumfahren, und ich entdeckte Justin Masters am Waschbecken, der fluchend rote Flecken von seinem Sweatshirt schrubbte.

Ich blieb stehen, und Darius ließ sich von meinem Rücken fallen, während ich Justin ins Visier nahm. Justin hob den Blick, kreischte alarmiert auf und spritzte überall Wasser herum, während er versuchte, den Wasserhahn zuzudrehen – ihn aber stattdessen bis zum Anschlag aufdrehte.

»Ihr habt mich zu Tode erschreckt«, zischte er, als es ihm endlich gelang, das Wasser abzustellen. »Was macht ihr hier unten?«

Er griff nach einem Handtuch, trocknete sich die Hände und verschränkte die Arme vor der Brust, um einen der größeren roten Flecken auf seinem Sweatshirt zu verdecken.

»Wir suchen nach einem Mörder«, schnurrte Darius.

»Na, dann viel Glück dabei.« Justin wandte sich von uns ab und marschierte in Richtung Ausgang auf der anderen Seite des Raumes.

Ich schoss in hohem Tempo an ihm vorbei, blieb direkt vor ihm stehen und senkte den Kopf, während ich meine Fangzähne entblößte. Er wich erschrocken einen Schritt zurück, und ich warf einen Blick an seinem Kopf vorbei, um Darius dabei zu beobachten, wie er sich ihm von hinten näherte.

»Was willst du?«, fragte Justin und versuchte, mir dabei nicht in die Augen zu sehen. »Ich kann nicht glauben, dass sie dich überhaupt mit so viel Freiheit durchs Burrows laufen lassen«, murmelte er. »Es ist für alle unangenehm, dich anschauen zu müssen.«

Ich knurrte, und Darius stieß ein Grollen aus, das durch den ganzen Raum hallte. Er packte Justin an der Schulter und riss ihn so heftig herum, dass er einen Moment später ihm zugewandt dastand.

»Was hat es mit den Flecken auf sich?«, fragte er, und ich beugte mich vor, um an einem dunklen roten Fleck auf Justins Schulter zu schnuppern.

»Es ist Blut«, bestätigte ich, und Justin wich mir aus, als er merkte, wie nah ich ihm gekommen war. Stattdessen stieß er gegen Darius' Brust. Er war zwischen zwei Raubtieren gefangen – und konnte nirgendwo hin.

»Ich habe mir in die Hand geschnitten, das ist alles«, beharrte Justin.

Darius griff nach seinen Händen, um sie zu untersuchen, woraufhin Justin sofort versuchte, sich loszureißen.

»Die Wunde ist mittlerweile offensichtlich geheilt«, sagte Justin schnell. »Ich glaube, ich habe eine Arterie getroffen – das war eine regelrechte Blutfontäne.«

»Wie praktisch«, entgegnete ich unwirsch, woraufhin er den Kopf in meine Richtung drehte.

»Ich weiß nicht, wovon du sprichst«, sagte er, aber Schweiß brach auf seiner Stirn aus – und ich wusste, dass wir ihn am Haken hatten.

»Welcher Formgebung gehörst du an, Jacob?«, fragte Darius.

»Ich b-bin ein Z-Zerberus«, stotterte er. Augenscheinlich ahnte er mittlerweile, dass wir die Gefahr in diesem Raum waren. »Und mein Name ist Justin. Warum fragst du?«

»Weil eine gewaltige Bestie im Burrows umherstreift und Fae tötet«, erklärte ich, während ich ihn am Kragen seines Sweatshirts packte und ihn zu mir zog, damit ich direkt an seinem Ohr sprechen konnte. »Ein weiteres Opfer wurde gefunden. Und hier bist du – blutüberströmt.«

»Wenn ich jemanden in meiner Zerberus-Gestalt getötet hätte, wären meine Kleider nicht blutverschmiert, oder?«, zischte er.

»Doch, wenn du sie für deine anschließende Flucht bei dir behalten hättest.« Darius packte Justin am Hals und drückte zu.

Ich packte ein Büschel seiner blonden Haare, woraufhin er einen Fluch ausstieß, und Darius und ich rissen ihn vor und zurück – wie zwei Löwen, die sich beide nach dem Kill sehnten.

»Hört auf!«, schrie er vor Angst, und eine perverse Form der Befriedigung durchströmte mich. »B-bitte, ich habe niemanden getötet. Ihr habt gar keine Beweise.«

»Ein Zyklop könnte uns die beschaffen«, gab ich zu bedenken.

»Aber ich denke, die Beweislage ist auch so deutlich genug, Jeremy«, fügte Darius hinzu, und wir teilten ein animalisches Lächeln.

»N-nein, bitte, lasst mich einfach gehen«, flehte er.

»Du tötest deine Opfer, indem du sie mit Zähnen und Klauen in Stücke reißt und zerfleischst«, knurrte ich und riss so fest an seinen Haaren, dass sie sich an den Wurzeln lösten. »Vielleicht geben wir dir eine Kostprobe deiner eigenen Medizin.«

»Fair ist fair, Joseph«, ergänzte Darius, sein Monster nun kaum mehr zurückgehalten.

»Rosige Rosinen auf Sandkuchen!« Hamish stürmte in den Raum, gefolgt von Geraldine. »Ihr könnt ihn nicht einfach so töten – es muss ein formelles Verfahren geben. Wir sind keine Stallhühner; wir müssen nach den Gesetzen unserer Art handeln. Was wären wir sonst außer Cowboys, die auf eigensinnigen Ziegen unter dem Mond reiten?«

»Papa hat recht«, beharrte Geraldine, trat einen Schritt nach vorn und nahm einen Bückling, der in einer Wanne mit Eis am Spülbecken lag. Sie klatschte ihn gegen Justins Kopf und entlockte ihm einen Schrei, der einer Schleiereule würdig gewesen wäre. »Aber wenn du dafür verantwortlich bist, du elende Holzlaus, dann werde ich dir diesen Bückling so weit in deinen Matrosenhintern schieben, dass er nie wieder das Tageslicht erblicken wird.«

»Ich war es nicht!«, schrie Justin, während seine Hand zu dem nassen roten Fleck auf seiner Wange wanderte. Geraldine schlug weiterhin mit dem Bückling auf ihn ein und unterstrich jedes ihrer nächsten Worte mit einem Klatschen.

»Ich. Werde. Dich. Wie. Eine. Fragwürdige. Orange. Begraben. Die. Den. Wahren. Königinnen. Zum. Essen. Nicht. Gebührend. Genug. Ist. – Höre. Mich. Heute. Und. Für. Immer.«

Ich trat einen Schritt zurück, um die Show zu genießen. Justin bekam wiederholt den Bückling ins Gesicht, bevor sie sich daran machte, seine Eier zu bearbeiten, indem sie den ganzen Fisch gegen seine Kronjuwelen knallte. Hustend fiel er vor ihr auf die Knie.

»Ich bin unschuldig«, krächzte er, als Geraldine den Bückling wie eine Waffe auf ihre Schulter legte.

»Wir werden bald herausfinden, in welche Richtung die Wellhornschnecken fallen«, sagte Hamish, wobei er seine Brust aufblähte und Justins Arm packte. »Du wirst wie Rote Beete in einem Marmeladenglas eingeschlossen, um die Sicherheit der wahren Königinnen und ihres Volkes zu gewährleisten.« Er zerrte ihn aus dem Zimmer, und Justin sah hilfesuchend zu Geraldine, aber die drehte ihm nur den Rücken zu und legte den Bückling zurück in sein Gefäß.

»Er hat mir schon immer das größte Zittern bereitet«, sagte sie mit einem Schaudern. »Vielleicht hatte ich ja recht mit meiner Eingebung, dass eine Schlange in meinen Gewässern lauert. Eine Frau darf ihre Instinkte niemals ignorieren. Ich fürchte, ich habe die wahren Königinnen enttäuscht.« Sie fiel auf die Knie, drückte ihr Gesicht gegen Darius' Schenkel und klammerte sich so fest an seine Hose, dass sie zu rutschen drohte.

»Bei den Sternen, Geraldine«, murmelte Darius und versuchte, seine Hose wieder hochzuziehen, aber Geraldine zog immer fester daran, sodass sie schließlich mitsamt seiner Boxershorts nach unten glitt und seinen nackten Hintern entblößte. »Geraldine!«

Er schaffte es, sich wieder anzuziehen, während sie ihn losließ, sich auf mich stürzte und stattdessen versuchte, sich an meiner Hose zu vergehen. Aber ich schoss mit meiner Vampirgeschwindigkeit davon, kam neben Darius zum Stehen und drückte meine Schulter an seine.

»Lass uns zu den Zwillingen gehen und sie auf den neuesten Stand bringen«, schlug ich vor, woraufhin Geraldine einen Schrei ausstieß und ihre Hand gegen die Stirn schlug.

»Oh, ihr wisst es noch gar nicht«, keuchte sie und schlurfte auf den Knien auf uns zu. »Die Vollblutpferde meiner holden Ladys wurden nicht informiert.«

»Worüber?«, presste Darius hervor.

»Die Ladys Tory und Darcy wurden auf den Schwingen des Schicksals davongetragen. Gabriel ist gerade erst zurückgekehrt, um uns davon zu berichten, nachdem er sie an den Türen ihrer Bestimmung abgesetzt hat.«

»Wovon sprichst du?«, fragte ich.

»Sie sind zum Palast der Flammen gereist, wo ihre Vorfahren vor so vielen Jahrhunderten gelebt haben, um die Lebensweise ihrer Art zu erlernen. Unser edler und tapferer Gabriel glaubt, dass sie eine Weile dortbleiben werden. Vielleicht sogar Monate.«

»Monate?«, keuchte Darius. »Das ist ein Scherz, oder? Sag mir, dass das ein Scherz ist!«

Ein gefährliches Feuer entzündete sich in seinen Handflächen, und Geraldine wich jammernd auf den Knien zurück. Mein Herz verkrampfte sich, und meine Arme hingen schlaff an meinen Seiten, als mich eine Welle der Traurigkeit überkam. Blue war fort? Und würde *monatelang* fortbleiben?

»Oh, aber das kann ich nicht. Und ja, wir werden sie sehr vermissen, aber wir müssen den Sternen für ihr großzügiges und wundersames Geschenk danken.«

»Nein!«, fauchte Darius. »Sag mir, wo sie sind! In diesem Augenblick.«

»Ich weiß es nicht. Der Standort des Palastes der Flammen ist längst in Vergessenheit geraten. Manche sagen, er sei nur ein Mythos, eine Legende oder ein Gerücht«, berichtete Geraldine dramatisch. »Und Gabriel wird nichts verraten, um ihre wichtige Mission nicht zu gefährden. Wir müssen hier auf sie warten und oft an sie denken und positive Schwingungen in den Äther zu ihnen aussenden, damit sie …«

»Nein«, schnauzte Darius und zeigte auf sie. »Wo ist Gabriel?«

»Ich weiß es nicht. Er ist wie ein Geist in der Nacht verschwunden, nachdem er uns die Neuigkeiten überbracht hat. Er hat behauptet, sich um eine weitere wichtige Aufgabe kümmern zu müssen, die ihm der Himmel aufgetragen hat.«

»Er versteckt sich vor uns«, stieß ich hervor. »Aber ich werde ihn finden. Steig auf, Darius!«

Darius sprang wortlos auf, schlang seine Arme und Beine um mich, und ich schoss mit hoher Geschwindigkeit aus der Küche. Wenn wir wenigstens herausfinden könnten, wo sie waren, könnten wir sie vielleicht besuchen. Hatte Blue mich wirklich einfach so verlassen, ohne mit mir darüber zu sprechen? Es war ja nicht so, dass ich es ihr missgönnte, etwas über ihre Art zu erfahren, und offen gesagt war ich fasziniert, von den Geheimnissen dieses Palastes zu hören. Aber hätte sie mich nicht vorwarnen können?

»GABRIEL!«, brüllte Darius und verstärkte seine Stimme mit Magie, sodass sie im ganzen Burrows widerhallte und der Bastard wusste, dass wir kommen würden.

Wir blieben vor Gabriels Zimmer stehen, und Darius beschoss es mit einem Feuerschwall, während ein Drachenbrüllen über seine Lippen glitt. Aber das Feuer prallte an einem soliden Luftschild ab und löste sich genauso schnell wieder in Luft auf.

Ich ließ ihn runter und runzelte die Stirn. Ja, verdammt, ich war auch sauer, dass sie gegangen waren, ohne sich zu verabschieden, und ich würde Blue verdammt vermissen. Aber er benahm sich, als hätte Geraldine ihm gerade gesagt, dass Tory nie zurückkehren würde.

»Beruhige dich! Was ist denn los?«, fragte ich, als er vor der Tür auf und ab ging.

»Sie wird erst in Monaten zurückkehren«, stieß er hervor. »Ich habe keine Monate.«

»Was soll das heißen?«, fragte ich verwirrt, aber er schüttelte nur den Kopf, während immer noch Rauch aus seinen Lippen quoll.

»Ich werde sie vermissen, das ist alles«, murmelte er.

»Ja, und ich werde Blue vermissen, aber … vielleicht ist das eine gute Sache. Sie werden mehr über ihre Formgebung erfahren. Vielleicht entdecken sie neue Gaben, die uns helfen können …«

»Das ist mir egal«, blaffte er, und seine Augen verwandelten sich in die goldenen Schlitze seines Drachen. »Sie muss hier sein. Bei *mir*.« Er ging zur Tür und hämmerte mit der Faust dagegen. »Gabriel! Komm raus und stell dich mir!«

»Er ist beschäftigt«, ertönte eine männliche Stimme, und wir wirbelten beide herum. Vor uns stand ein goldhaariger Löwenwandler im Schatten, mit einem Bein an die Wand gelehnt.

»Leon«, sagte ich, sobald ich ihn erkannte, und ging auf ihn zu. »Wo ist Gabriel?«

»Er könnte auf seinem Zimmer sein. Er könnte kilometerweit weg sein. Wer vermag das schon zu sagen?« Er schob beiläufig die Finger in seine lange Mähne.

»Du vermagst das zu sagen«, beharrte ich.

Darius schlug erneut mit der Faust gegen die Barriere zu Gabriels Zimmer, und ein weibliches Stöhnen drang von der anderen Seite zu uns herüber.

»Gabe ist beschäftigt«, sagte Leon mit einem Grinsen.

»Und was bist du? Sein Bodyguard?«, zischte Darius.

»Ich bin nur ein mysteriöser Löwe, der im Schatten lauert und viele Geheimnisse hat«, sagte er mit einer Stimme, von der ich annahm, dass er sie für gruselig hielt. Er verschränkte die muskulösen Arme vor der Brust und schmollte uns an, als wir nicht sofort darauf reagierten. »Wollt ihr meine Geheimnisse nicht wissen?«

»Ist eines davon, wo Gabriel ist?«, fragte ich.

»Ja … und nein«, antwortete er und bedachte Darius mit einem Grinsen, während er ihn mit zusammengekniffenen Augen musterte.

»Wenn du es weißt, dann sag es mir sofort!«, befahl Darius, wobei er die Schultern nach hinten drückte – in seinen Augen sah ich nun eindeutig seinen Vater. Ein lautes Stöhnen ertönte, das definitiv Gabriel gehörte, und ich fluchte leise vor mich hin.

»Wow, ich zittere in meinen kleinen Stiefeln«, entgegnete Leon glucksend. »Gabe ist nicht hier, Alter. Entweder vögelt er seine Frau in diesem Raum in eine andere Dimension oder er schwimmt mit den Delfinen in der Sunshine Bay. Wer weiß das schon?«

»Du«, schnauzte Darius. »Du weißt es. Und ich kann ihn da drin hören, also kenne ich die Antwort sowieso.«

»Tatsächlich?«, fragte Leon, wedelte mit den Händen und wackelte mit den Fingern. »Oder ist das alles nur eine Illusion?«

Ich fuhr mir mit der Hand über das Gesicht und seufzte, weil ich tief in meinem Herzen wusste, dass wir Gabriel nicht zu fassen kriegen würden. Er hatte jede mögliche Route *gesehen*, die wir einschlagen könnten, um ihn zu erreichen, und ich ließ die Schultern hängen, als ich das akzeptierte.

»Komm schon. Lass uns gehen«, sagte ich zu Darius, aber Leons Hand schoss nach vorn, und er versetzte mir eine Ohrfeige.

»Hey«, knurrte ich.

»Spürst du das, Lance? Das ist der Schlag des Schicksals.« Er packte mein Shirt und zog mich dicht an sein Gesicht, während er grinste wie die Grinsekatze höchstpersönlich. »Und ich bin sein Bote. Reite auf mir in Richtung deines Schicksals. Reite auf mir!«

»Bei aller Liebe zum Mond, Leon.« Ich stieß ihn zurück. »Persönliche Grenzen, schon vergessen? Ich weiß nicht, wie oft ich das noch sagen muss.«

Ich drehte mich um und ging los, Darius zog wütend hinter mir her, nachdem er aufgegeben hatte, zu Gabriel zu gelangen.

»Aber was ist mit meinen Geheimnissen?«, rief Leon uns verzweifelt nach, aber wir gingen einfach weiter. »Gabriel hat uns eine geheime Mission aufgetragen«, platzte es aufgeregt aus ihm heraus, als er kapierte, dass uns das alles scheißegal war.

»Scheiß auf Gabriel«, brummte Darius, und ich legte meine Hand auf seine Schulter.

»Sie werden bald zurück sein, Bruder«, sagte ich – in der Hoffnung, dass meine Worte wahr waren.

»Nicht bald genug«, entgegnete er und ließ den Kopf hängen. Ich wollte ihn fragen, was ihn wirklich beunruhigte, aber Leon kam von hinten auf uns zugestürmt, riss uns auseinander und legte seine Arme um unsere Schultern.

»Gabe hat gesagt, dass ich ein paar Rekruten für unsere Mission brauche. Also dachte ich, dass das eine gute Gelegenheit für mich wäre, ein paar neue Freunde zu finden.«

»Ja, klar. Bis dann«, knurrte Darius und schritt dann den Korridor entlang, wobei Rauch hinter ihm aufstieg, bevor er im Nebel verschwand.

»Wow, das war dramatisch«, flüsterte Leon und beugte sich zu meinem Ohr. »Dann sind es wohl nur wir beide, Shamesy.«

»Shamesy?«, knurrte ich.

»Ja, weil du doch ein Geächteter bist und so voller Scham und so. Ich dachte, ich mache einen niedlichen Spitznamen daraus, damit es nicht so, du weißt schon, fürchterlich klingt.«

Ich schüttelte ihn ab und verschränkte die Arme vor der Brust. »Gibt es wirklich eine Mission?«

»Natürlich gibt es eine Mission«, sagte er und verdrehte die goldenen Augen. »Für wen hältst du mich, Shamesy?«

»Ich würde es wirklich vorziehen, wenn du mich nicht so nennen würdest«, erklärte ich trocken.

»Wen sollen wir sonst noch mitnehmen?«, fuhr er fort, als hätte ich nichts gesagt.

»Worum geht es denn überhaupt bei dieser Mission?«, fragte ich frustriert.

»Oh, bei den Sternen, ich habe dir noch gar nichts von der Mission erzählt.« Er sprang vor mich und drückte seine Hände auf meine Schultern. »Gabe sagt, du suchst nach Edelsteinen. Stimmt das? Das stimmt, oder?«

»Das stimmt, ja.« Ich runzelte die Stirn angesichts der Wendung, die dieses Gespräch nahm.

Ich hatte bei meinen Recherchen in Bezug auf die Steine der Zodiac-Garde noch keine konkreten Fortschritte erzielt, obwohl ich einige Hinweise hatte, denen ich nachgehen konnte. Eugene und seine Freunde hatten mir einige Informationen aus der Bibliothek der Verlorenen über Edelsteine geschickt, bei denen es möglicherweise um die Steine gehen könnte, nach denen wir suchten. Aber aufgrund des Mangels an Sternenstaub und der Tatsache, dass ich Spuren verfolgte, die vor Hunderten von Jahren kalt geworden waren, war es ziemlich schwierig, weiterzukommen.

»Und es sind ganz besondere Edelsteine. Stimmt das? Das stimmt, oder?«, hakte Leon nach.

»Das stimmt, ja.« Würde er jemals zum Punkt kommen?

»Okay.« Er trat näher, warf einen Blick nach links und rechts, bevor er eine Hand vor den Mund hielt. »Ich weiß, wo sich einer dieser Steine befindet. Und normalerweise würde ich keinen der gestohlenen Schätze meiner Familie preisgeben – wir sind schließlich die besten Diebe Solarias –, aber mein Vater hatte diesen Stein an einem besonderen Ort versteckt. Und ich habe ein Recht auf ein klitzekleines bisschen Rache an meinem Vater.«

»Wegen deines Bruders?«, fragte ich traurig. Roary Night hatte sich in Darkmore als anständiger Verbündeter erwiesen, und ich musste zugeben, dass mir der Grund, warum er dort war, den Magen umdrehte.

»Ja, Dad redet nicht einmal mehr mit ihm, weil er jetzt ein Geächteter ist. Ich schätze, damit kennt du dich aus, also kannst du das vermutlich nachvollziehen, Shamesy. Ich will mich an ihm rächen, weil er so ein Arschloch ist ...«, sagte Leon, und Traurigkeit huschte über sein Gesicht, das aber sofort von einem erneuten Lächeln abgelöst wurde. »Ich will also meinen Vater bestehlen und dir seinen Schatz für deine kleine Kieselsteinsammlung geben.«

»Es ist keine Kieselsteinsamm...«

»Es wird der wertvollste Stein in deiner Kieselsteinsammlung sein«, verkündete er stolz, drehte sich um und stolzierte den Tunnel vor mir entlang. Ich entschied, mir nicht die Mühe zu machen, ihn erneut zu korrigieren.

Leon trug enge Jeans, die sich an seine dicken Oberschenkel schmiegten. Sein weißes T-Shirt spannte sich über seinen muskulösen Oberkörper, und seine goldenen Haare leuchteten förmlich im Licht der Wandleuchter. Ich schüttelte den Kopf, als ich den Typen musterte, wobei sich ein kleines Lächeln auf meine Lippen schob. Er war mir ein wenig ans Herz gewachsen, seit er sich mit Gabriel angefreundet hatte – vor allem, seit er meine Pitball-Karriere nicht mehr wie ein übereifriger Fan verfolgte. Natürlich lebte er jetzt die Träume, die ich einst für mich selbst hatte, also hätte ich wohl derjenige sein sollen, der ihm hinterhergeiferte. Noch dazu war ich jetzt ein Geächteter, also kaum noch die Berühmtheit, die er vor all den Jahren kennengelernt hatte, als er an einem Austauschprogramm mit der Zodiac Academy teilgenommen hatte.

Ich folgte ihm eilig, denn ich würde mir die Gelegenheit, einen weiteren Edelstein zu ergattern, nicht entgehen lassen. Er warf mir ein verschmitztes Lächeln zu.

»Wen rekrutieren wir?«, fragte Leon.

»Lass uns Caleb mitnehmen!«, entschied ich.

»Ja – ich liebe Caleb! Und er ist jetzt dein Sanguis Frater, nicht wahr?«, gurrte er, drehte sich zu mir um und strich mit dem Daumen über die stecknadelkopfgroßen silbernen Male an meinem Hals.

»Ja.« Ich schlug seine Hand weg. »Hat Gabriel dir davon erzählt?«

»Ja. Aber er hat auch gesagt, dass ich nicht weiter darüber reden soll, wie cool das ist. Schließlich sind Vampirzirkel schlecht, und wenn ich sie als cool hinstelle, könnten andere Vampire auf dumme Ideen kommen und sich ebenfalls anschließen wollen. Ich bin mir allerdings nicht ganz sicher, ob er damit recht hat, denn für mich scheint das Ganze irgendwie eine gute Sache zu sein. Und ich möchte, dass es meinem Lieblingsvampir gut geht.«

»Die Zirkel verstoßen nicht grundlos gegen den Vampirkodex«, sagte ich, obwohl ich nicht behaupten konnte, selbst ein Problem mit der Sache zu haben. »Sie fördern Probleme mit der Rudeljagd, der Blutlust und …«

»All diese Dinge klingen doch spitze, Shamesy. Vielleicht stimmt Caleb mir zu, dann finden wir euch sicher schnell einen weiteren Rekruten. Lass uns ihn suchen gehen!« Er rannte los, und ich schoss nach vorn, hob ihn hoch und warf ihn über meine Schulter, während ich in Richtung der königlichen Gemächer rannte. Leon jubelte vor Freude.

Ich stellte ihn vor Calebs Zimmer ab und klopfte mit den Knöcheln an die Tür. Caleb strahlte, als er die Tür öffnete und mich entdeckte.

»Blutsbruder!«, rief er aufgeregt, und wir umarmten uns. »Hast du dir den Dokumentarfilm über den Blutfluss im Osten Voldrakias angesehen, von dem ich dir erzählt habe?«

»Ja«, sagte ich, sobald wir uns voneinander gelöst hatten. »Der Film hat mich so durstig gemacht, dass ich Darcy wecken musste, um von ihr zu trinken.«

»Ja, ging mir ähnlich. Ich hatte fest vor, von der nächsten Person zu trinken, die mir über den Weg lief – bis ich Washer entdeckte«, sagte Caleb und rümpfte die Nase.

»Nova hat mich einmal gezwungen, von ihm zu trinken. Zu Demonstrationszwecken für einen Kurs«, sagte ich angewidert. »Er hat sich an mir gerieben, und ich konnte meine Reißzähne eine Woche lang nicht mehr verlängern.«

»Fuck, du hattest seinetwegen Reißzahn-Angst?« Caleb schnappte nach Luft.

»Aber so richtig«, sagte ich, und Caleb drehte sich zu Leon um und umarmte ihn ebenfalls.

»Oh, ich wette, Reißzahn-Angst ist furchtbar, ich kann das nachvollziehen«, sagte Leon traurig. »Löwen bekommen Mähnen-Angst, wenn jemand unerlaubt unsere Mähnen berührt. Das ist mir mal passiert … Ich bin nie richtig darüber hinweggekommen.« Er zitterte und Caleb drückte eine Hand auf seinen Arm.

»Das muss furchtbar gewesen sein«, sagte er, woraufhin Leon traurig nickte. Plötzlich streckte Seth seinen Kopf unter Calebs Arm durch die Tür.

»Ich hatte einmal Schamhaar-Angst, nachdem sich jemand beim Sex mit seinen Schamhaaren in meinen verheddert hat. Es war schrecklich«, sagte er und lächelte, während er in die Runde sah.

»Das ist überhaupt nicht das Gleiche«, sagte ich gereizt, und Seth wimmerte mit Blick auf Caleb.

»Ja, das kannst du nicht vergleichen Alter. Das ist sogar irgendwie beleidigend«, entgegnete Caleb mit gerunzelter Stirn.

»Nicht unbedingt«, warf Leon ein. »Ich habe mir einmal meine Schamhaare in einem Besteckberg verheddert, und jetzt bekomme ich bei jedem noch so kleinen Löffel, der sich in diese Richtung bewegt, Schamhaar-Angst.«

»Wie zum Teufel hast du es geschafft, da unten Besteck zu verheddern?«, fragte ich verwirrt.

»Habt ihr ›Schnipp, schnapp, Schamhaar ab!‹ gespielt?«, fragte Seth wissend.

»Genau!«, rief Leon. »Weißt du, wie viele Leute so tun, als hätten sie keine Ahnung, was ›Schnipp, schnapp, Schamhaar ab!‹ ist? Dabei ist das ein echter Klassiker.«

»Ein Klassiker, bei dem Schamhaare und Besteck eine Rolle spielen?« Ich schnaubte und verschränkte die Arme vor der Brust.

»Wie lauten die Regeln?«, fragte Caleb amüsiert.

»Man muss versuchen, so viel Besteck wie möglich an seinen Schamhaaren aufzuhängen«, erklärte Leon.

»Es zählt nur, was länger als zehn Sekunden hängt«, fügte Seth hinzu.

»Was, also … ihr lasst eure Schwänze einfach so in der Gegend herumhängen, während ihr spielt? Vor anderen Leuten?«, fragte ich, unsicher, warum ich neugierig auf dieses Spiel war. Denn ich hatte definitiv nicht vor, es auszuprobieren.

»Jep«, sagten sie unisono, und ich schaute zwischen ihnen hin und her, während sie sich angrinsten. Ich war mir ziemlich sicher, dass die beiden zusammen eine sehr explosive Mischung sein könnten. Sie waren beide einfach so … peppig.

»Sollen wir los?«, fragte ich, und Leon sah mich an.

»Ja! Wir ziehen in ein Abenteuer!«, rief Leon fröhlich.

»Oh, welches Abenteuer?«, fragte Seth und kam eifrig näher.

Leon erklärte es, während wir ihm den Gang hinunter zum Ausgang folgten, und schon bald waren wir draußen. Die Sommersonne schien auf das leuchtend grüne Gras, überall sprießen Gänseblümchen und Löwenzahn.

Die Wachen warfen mir finstere Blicke zu, drehten sich um und tuschelten miteinander, aber ich ignorierte sie, da ich es inzwischen mehr als gewohnt war, so behandelt zu werden.

Wir hatten zwischenzeitlich die Barriere überschritten, und der Löwenwandler holte einen Beutel mit Sternenstaub aus seiner Tasche, mit dem er sich zu uns umdrehte.

»Du hast einen ganzen Beutel?«, fragte Caleb geschockt.

»Für schlechte Zeiten zurückgelegt. Und meine Löwen-Sinne sagen mir, dass uns heute ein richtig übler und definitiv dunkler Tag bevorsteht«, erklärte Leon. Ich beäugte den blauen Himmel, die Singvögel, die über uns tanzten, und die Sonne, die so hell brannte, dass der Tag alles andere als dunkel anmutete.

»Ja, ein definitiv dunkler Tag«, stimmte Seth verschwörerisch zu. »Also, wohin geht die Reise?«

»In meine Heimatstadt«, sagte Leon. »Alestria.« Er warf den Sternenstaub über uns, und wir wurden mitgerissen, durch die Sterne transportiert und in einer dunklen Gasse abgesetzt, in der der Geruch von Pisse schwer in der Luft hing.

»Argh, sind wir in der Hölle?«, murmelte Caleb und trat näher an mich heran, als könnte ich den Gestank abwehren. »Bei den Sternen, ist das Scheiße? Verdammter Fae-Kot? Genau dort bei dem Müllcontainer?« Er zog sein Shirt über die Nase, und ich konnte es ihm nicht wirklich verübeln.

»Das ist die Magie von Alestria«, säuselte Leon. »Trotz des Drecks, der Pisse und der Scheißhaufen, die die Penner in den Gassen hinterlassen, ist dieser Ort etwas ganz Besonderes.«

»Ich glaube, mir gefällt es hier«, flüsterte Seth, und Caleb und ich tauschten einen Blick aus.

Leon ging zu einem Gullideckel, kniete sich hin und sprach einen Zauber. Seine Hand bewegte sich über dem Metall hin und her, bis dieses zu schimmern begann. Er griff danach und zog es nach oben, um eine Leiter sichtbar zu machen, die in die Dunkelheit führte.

»Wisst ihr was, ich glaube, ich gehe lieber zurück ins Burrows und nehme eine heiße Dusche. So heiß, dass sie mir die oberste Hautschicht vom Körper brennt, um diesen Geruch loszuwerden«, meinte Caleb und trat ein Stück zurück, aber ich drückte ihm eine Hand auf die Schulter und schob ihn vorwärts.

»Komm schon, Prinzessin, mit einem bisschen Dreck wirst du doch noch klarkommen«, stichelte ich, und Seth schaute eifrig nickend zu uns zurück.

»Das können wir von unserer Bucketlist streichen, Cal«, rief er.

»Ich habe kein ›in eine Scheißgrube kriechen‹ auf der Liste der Dinge, die ich vor meinem Lebensende getan haben will.« Caleb schüttelte den Kopf, ließ sich aber trotzdem von mir weiterführen.

»Das wird eine dieser Geschichten, die wir noch in vielen Jahren erzählen werden«, ermutigte Seth. »Wie damals, als ich auf dem Mond war und meinen Schwanz in einen Krater gesteckt habe.«

»Hast du das?«, fragte Leon und sah ihn ehrfürchtig an, woraufhin Seth stolz nickte. »Heilige Scheiße, erzähl mir alles! Wie hat es sich angefühlt? Hast du magische Schwanzkräfte bekommen?«

Ich stöhnte, als Seth die Gelegenheit ergriff, jemandem, der seine Mondgeschichten noch nicht kannte, davon zu erzählen. Ich versuchte, ihn auszublenden, während Leon den Weg in den Abwasserkanal anführte und Caleb widerwillig folgte.

Bevor ich unten von den Sprossen stieg, wirkte ich ein Fae-Licht, um mich in dem feuchten Tunnel umsehen zu können, in dem wir uns nun befanden. Neben uns rauschte Wasser, und wir folgten Leon den schmalen Pfad entlang. Seine und Seths Stimmen hallten um uns herum, während sie lachten und Geschichten austauschten, und ich blieb dicht bei Caleb, der sich bemühte, nichts anzufassen. Dabei murmelte er immer, dass er all seine Klamotten verbrennen würde, die er trug, sobald wir wieder im Burrows waren.

Als Leon und Seth nach rechts abbogen, verlor ich sie aus den Augen – und bemerkte, dass Caleb nicht mehr neben mir war. Ich blickte zurück und sah, dass sein Kopf und ein Arm in einem dicken Spinnennetz verheddert waren, das von der Decke hing.

»Verdammte Scheiße!«, grunzte er und versuchte, es von sich zu brennen, verfing sich aber nur noch mehr darin, sodass er sich fast die eigenen Augenbrauen versengte.

Ich lief zu ihm zurück, um ihm zu helfen, und wirkte eine Eisklinge in meine Hand.

»Halt still, Cal!«, beschwichtigte ich ihn, und er gehorchte, verzog aber das Gesicht, als ich das klebrige Netz durchtrennte. Er erschauderte am ganzen Körper, als er sich endlich davon losriss, das letzte bisschen von seinen Haaren zupfte und dann von seiner Hand schnippte.

Ich untersuchte das Netz eine Sekunde lang, da mir die Größe nicht gefiel – und auch nicht, wie es in einem breiten Loch in der Wand über uns verschwand. Es hätte einer harmlosen Webspinne gehören können, aber angesichts der anderen Möglichkeit zog sich mein Magen zusammen. Gnarla-Spinnen waren verdammt selten, aber ihre Netze waren notorisch klebrig, und ein Ort wie dieser war perfekt für etwas ihrer Größe. Ich betete einfach zu den verdammten Sternen, dass ich mit dieser Einschätzung falschlag.

»Lass uns weitergehen!«, drängte ich, da wir Leon und Seth nicht mehr hören konnten. Ich war der festen Meinung, dass wir zusammenbleiben sollten, schließlich suchte jeder Polizist im Königreich nach uns.

Wir nutzten unsere Vampir-Geschwindigkeit, um den anderen hinterherzujagen, und bogen in den Tunnel ein, den sie genommen hatten, aber er war leer.

Ich kam zum Stehen, und Caleb fluchte, als er neben mir anhielt und mit seinem Fuß in einer trüben Pfütze versank. Er schüttelte sein Bein aus und benutzte Feuermagie, um sich abzutrocknen.

»Verfickte Scheiße!«, brummte er und sah von der ganzen Situation völlig angewidert aus.

»Seth!«, rief ich in den dunklen Tunnel vor uns und knurrte, als er nicht antwortete. Hier gab es mehrere Abzweigungen, die allesamt in verschiedene Richtungen führten. Wo zum Teufel waren sie hin?

»Scheiß drauf! Wenn sie uns abgehängt haben, können sie uns später im Burrows treffen«, sagte Caleb, aber bevor er sich umdrehen und diesen Plan in die Tat umsetzen konnte, ertönte ein Brüllen und die schattenhafte Gestalt eines Monsters mit zehn Armen kam aus der Dunkelheit auf uns zu.

»Fuck!«, knurrte ich, hob die Hände und schleuderte Luftmagie in seine Richtung. Das Monster stolperte sofort weg, ging zu Boden – und brach in lautes Gelächter aus. Als ich mein Fae-Licht darüber schweben ließ, wurde mir klar, dass es sich bei dem vermeintlichen Monster um Seth und diesen verdammten Leon handelte.

Seth hatte Ranken gewirkt und offenbar auf Leons Schultern gesessen, denn jetzt steckte er unter ihm fest und seine Schenkel umklammerten Leons Ohren. Die beiden lachten wie verrückt, und Seths Ranken peitschten um ihn herum. Eine davon traf das Wasser und schleuderte eine Ladung nach oben, die Caleb ins Gesicht klatschte.

»Argh!«, schrie er. »Damit hast du meinen verdammten Mund getroffen, du Wichser.«

Seth lachte heiser, befreite sich von Leon und umklammerte seine Seite, als er aufstand. Aber Caleb schoss vor, ließ seine Hände auf Seths Brust knallen und schleuderte ihn mit einem riesigen Platschen rückwärts in den Abwasserfluss. Ich lachte laut, als Seths Kopf wieder auftauchte und er mit einem Schreckensschrei auf der Strömung davontrieb.

»Du Arschloch!«, schrie er, während Cal und ich uns vor Lachen krümmten.

Leon stand auf, rannte Seth nach, zog ihn aus dem Wasser, trocknete ihn mit der Hitze seines Feuerelements ab und lachte dabei selbst.

»Von dem Zeug werde ich sicher krank. Faeitis. Faephylis. Eine verdammte Bindehautentzündung«, schrie Seth panisch.

»Keine Sorge, Alter«, sagte Leon gelassen. »Dieses Wasser ist sauber. Der Scheißfluss befindet sich im nächsten Tunnel.«

»Den Sternen sei Dank«, murmelte Caleb, während er seine Haare mit Feuermagie trocknete.

Leon führte uns weiter in die Tunnel hinein, und schließlich gelangten wir zu einer riesigen Tür mit einem Rad in der Mitte. Er drehte sich dramatisch zu uns um, und seine goldenen Augen funkelten. »Hinter dieser Tür befinden sich jahrelang gesammelte Familienerbstücke, Dinge, die meine Vorfahren gestohlen haben, und viele unserer wertvollsten Besitztümer.«

»Wie können es Erbstücke sein, wenn ihr sie gestohlen habt?«, fragte ich, und Leon bedeutete mir, zu schweigen.

»Fasst hier drin nichts an, sonst löst ihr einen Fluch aus, der euch die Augen aus dem Kopf fallen und die Nase in den Kopf hineinwachsen lässt.«

»Ernsthaft?« Cal schreckte zurück. »Dann gehe ich nicht rein.«

»Nein, nur ein Scherz.« Leon lachte. »Aber wenn ihr versucht, etwas zu stehlen, werde ich es erfahren, und dann werde ich euch und alle, die ihr liebt, verdammt noch mal umbringen.« Er lächelte fröhlich, drehte sich dann um und drückte seine Hand auf die Tür, woraufhin Magie unter seiner Handfläche hervorschoss. Das Rad drehte sich mit rasender Geschwindigkeit, und die Tür wurde mit einem Klackern entriegelt. Leon zog sie weit auf und enthüllte einen Schatz, der von Immerflammen erleuchtet wurde.

Wir folgten ihm ins Innere, und mein Mund stand offen angesichts der endlosen Wunder in diesem Raum. Da waren Truhen, die überquollen vor Juwelen, eine glänzende Krone auf einem Regal, das alle möglichen Tränke und seltene Artefakte enthielt, und sogar eine ganze Rüstung, die blutrot war und das Sternbild des Löwen auf der Brust trug.

»Zum Glück haben wir Darius nicht mitgebracht, er hätte versucht, dir das alles abzunehmen«, sagte ich, und Leon knurrte bei dem bloßen Gedanken daran.

Der Löwe ging zu einem alten Holzschrank, schloss ihn mit einem kleinen Schlüssel auf, den er aus seiner Tasche gezogen hatte, und holte eine silberne Schachtel heraus. Er öffnete sie und enthüllte alle möglichen Edelsteine, die er durchwühlte, bis er schließlich den makellosesten von allen herausnahm. Es war ein ovaler Topasstein, der goldbraun war und mit der Magie glitzerte, die in seinen Tiefen lebte.

Ich griff danach, das versteckte Gardezeichen auf meinem Arm juckte, als wüsste es, worum es ging. Für einen Moment schien sogar das Flüstern der Sterne in der Luft zu hängen und mich zu drängen, nach dem Stein zu greifen. Aber Leon schloss seine Finger fest darum, bevor ich es konnte.

»Dafür schuldest du mir etwas«, verkündete Leon, und ich sah ihn stirnrunzelnd an.

»Was?«, entgegnete ich.

»Die Wahrheit über das, was zwischen dir und Gabriel in jener Nacht passiert ist, als er dich vor fünf Jahren an der Zodiac Academy besucht und eine mysteriöse Abneigung gegen Proballs entwickelt hat. Ich weiß, dass etwas passiert ist, Lance Orion. Also verrate es mir!«

Ich riss entsetzt die Hand zurück. »Nein«, zischte ich. »Das nehme ich mit ins Grab. Ich habe es geschworen.«

Seth und Caleb sahen mich neugierig an, aber ich verschränkte die Arme und schüttelte den Kopf.

»Kein Geheimnis, kein Stein«, meinte Leon lässig und zuckte mit den Schultern, woraufhin ich knurrte.

»Wir brauchen diesen Stein. Ich werde Gabriel einfach sagen, dass er ihn dir abnehmen soll«, sagte ich, und Leon schnappte nach Luft und hielt beleidigt die Hand vor die Brust.

»Das würdest du nicht tun«, flüsterte er.

»Würde ich sehr wohl. Du kannst ihn mir natürlich auch einfach geben.« Ich streckte die Hand aus, und Leon wirkte etwas unentschlossener, rückte aber nach wie vor nicht damit raus.

»Ich will deine Ryan-Luxian-Pitball-Liga-Karte«, wechselte er die Taktik.

»Das ist ein Sammlerstück«, sagte ich frustriert – ganz zu schweigen davon, dass der Typ in meiner Kindheit mein Lieblingsspieler gewesen war.

»Entweder das oder ich schlucke den Stein runter. Dann kannst du ihn aus meinem Kot buddeln.« Leon hielt den Stein drohend an seinen offenen Mund, und ich fluchte.

»Na schön!« Ich schnaubte. »Du kannst die Karte haben, gib mir einfach den Stein.«

»Klar.« Leon steckte ihn in seine Tasche. »Wir können den Tausch später vollziehen.«

Ich knurrte, und er grinste mich an.

»Kann ich diesen Hut haben?«, fragte Seth, und wir drehten uns um und sahen, dass er einen lächerlichen roten Cowboyhut mit Lederquasten trug. »Ich fand schon immer, dass ich ein Hutgesicht habe.«

»Du siehst lächerlich aus«, sagte Caleb mit einem Schnauben.

»Klar, Mann«, sagte Leon gelassen.

»Wie kommt es, dass er ihn nicht aus deiner Kacke ausgraben muss, obwohl er dir nichts dafür gibt?«, warf ich ihm vor.

»Sei nicht so ein Miesepeter, Shamesy«, sagte Leon und legte den Arm um mich. »Du bist immer noch mein Liebling.« Er leckte mir übers Gesicht. »Oh, wow, du schmeckst wirklich wie ein Geächteter.« Er leckte mich erneut. »Nach Zimt und gescheiterten Träumen.«

»Okay, das reicht, Löwe!«, warnte ich, sauer über den Shamesy-Kommentar und auch nicht gerade begeistert von seiner Spucke auf meinem Gesicht.

»Sorry, wollte dich nicht beleidigen, Shamesy«, murmelte er, als würde es ihm wirklich leidtun, obwohl es seinem Fall nicht gerade half, mich weiterhin Shamesy zu nennen. »Ich denke sogar, du könntest das Ganze als Parfum abfüllen. Irgendwie riechst – und schmeckst – du verlockend. Du könntest es *Eau de Shamesy* nennen.«

»Danke«, erwiderte ich trocken. »Das mache ich, sobald ich meine eigene Modelinie für gescheiterte Träume fertiggestellt habe.«

»Ich glaube, du hast da wirklich Potenzial, Lance«, sagte Leon ernst. »Du könntest es an alle anderen Loser da draußen verkaufen. Es gibt nicht viele, die so viel Schande über sich bringen, wie du es getan hast, aber du könntest deine Marke auf Waschlappen, Möchtegerns und sogar Junkies ausweiten.«

»Ich kann es kaum erwarten«, entgegnete ich tonlos.

Wir verließen die Schatzkammer, und Leon schloss die Tür fest ab, während Seth mit den Quasten an seinem neuen Hut spielte. Caleb schüttelte den Kopf, während er vor sich hin lächelte.

Irgendwo über uns war ein Scharren zu hören, und ich blickte zu den Rohren auf, die sich über uns schlängelten. Dann sah ich fragend zu Caleb, um mir bestätigen zu lassen, dass er es auch gehört hatte. Ich hob meine Hand und brachte Magie in meine Fingerspitzen, während wir weitergingen; das Scharren verschwand irgendwo vor uns.

Wir bogen um die nächste Ecke und Seth schrie vor Schreck auf. »Heilige Mutter einer achtbeinigen Schlampe!«

Mein Blick fiel auf die riesige Gnarla-Spinne, die unseren Ausgang versperrte. Ihre weißen Augen blitzten uns an und ihre riesigen haarigen Beine bewegten sich in unsere Richtung. Sie ließ ihre Scheren schnappen, während sie ein schreckliches Grunzen von sich gab.

Caleb stürmte los und schlug ihr mit flammender Faust ins Gesicht, sodass sie durch die Kraft seiner Formgebung nach hinten flog. Die Spinne richtete sich wieder auf, und ich keuchte, als ich bemerkte, dass weitere die Wände herunterkletterten. Das Klackern von dünnen Beinen auf dem Boden hinter uns ließ mich herumwirbeln.

»Lasst euch nicht von ihnen beißen!«, rief ich. »Ihr Gift wird eure Lunge zum Platzen bringen.«

»Ahhh!« Seth stürmte in den Kampf und schleuderte eine Spinne mit seiner Luftmagie ins Wasser, und ich nahm es mit der vor mir auf, indem ich einen Eisspeer in meiner Hand formte und ihn mit Präzision auf ihren Kopf schleuderte. Er krachte in ihr hässliches Gesicht, und sie schrie, als sie starb. Aber sofort nahm eine andere ihren Platz ein.

Leon eilte an meiner Seite nach vorn und schickte eine Flut von Feuerbällen durch den Tunnel. Die Hitze seiner Kraft erwärmte meine Wangen, während einige Spinnen vor seinen Flammen davonhuschten und andere vom Feuer verzehrt wurden.

Ich warf eine weitere der Bestien mit einem Luftstoß ins Wasser, und Caleb brannte sich einen Weg mitten durch sie hindurch.

»Los!«, brüllte Cal, und ich packte Leon, warf ihn über meine Schulter, während Caleb Seth packte und wir davonschossen. Seths lautstarkes »Yeehaw« schallte durch den Tunnel.

Wir schafften es zurück zur Leiter, wobei uns das Geräusch der krabbelnden Monster nach wie vor verfolgte, und ich kletterte die Sprossen hinauf und drückte den Gullydeckel über uns auf, bevor ich mich nach draußen schob.

Caleb folgte mir mit Seth auf dem Rücken, seine Hutquasten flatterten im Wind. Leon sprang von meinem Rücken, schlug den Gullideckel zu und versiegelte ihn mit einem Zauber wieder.

»Da sind Spinnen, da unten im Loch.« Eine raue Männerstimme ließ mich herumfahren und ich entdeckte einen nackten haarigen Kerl, an dessen Schamhaaren eine ganze Reihe Besteck hing.

»Bei den Sternen, er ist ein ›Schnipp, schnapp, Schamhaar ab!‹-Champion«, keuchte Seth und begann, dem Mann zu applaudieren. Der war offensichtlich high und begann, sich im Kreis zu drehen und in den Himmel zu zeigen.

Leon warf Sternenstaub über uns, und wir wurden zurück zum Burrows getragen. Aber das Bild der Gabeln und Messer, die in den Schamhaaren dieses Mannes steckten, hatte sich für immer in meine Netzhaut eingebrannt. Gleichzeitig war ich voller Erleichterung – wir hatten einen weiteren Edelstein, und obwohl ich mich würde sauber schrubben müssen und mich das Ganze meine wertvolle Pitball-Karte gekostet hatte, verbuchte ich den kleinen Ausflug als Gewinn.

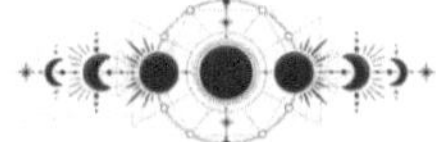

Ich saß im Bett, vermisste Darcy und war dankbar, dass Seth sich an diesem Abend mit den anderen Erben traf. Ich drehte den wunderschönen Topas in meiner Handfläche und fragte mich, was Blue wohl gerade tat.

Ein leises Klopfen ertönte an der Tür. »Herein«, rief ich, ohne zu wissen, wer auf der anderen Seite war. Einen Augenblick später trat Darius mit einem verzweifelten Gesichtsausdruck in den Raum.

»Möchtest du Gesellschaft?«, fragte er, und ich nickte und schob die Bettdecke neben mir zur Seite, um ihm den Platz anzubieten.

Darius schloss die Tür, zog seine Schuhe aus und legte sich neben mich ins Bett. Die Vertrautheit seiner Gesellschaft entspannte mich sofort, und ich lehnte mich an ihn, woraufhin er zu mir rutschte.

Er seufzte schwer, Traurigkeit strömte von ihm aus und erfüllte die Luft.

»Ich weiß, Bruder«, sagte ich. »Hoffentlich kommen sie bald zurück.«

Stille folgte, aber es war eine so vertraute Art von Stille, dass sie überhaupt nicht unangenehm war. Darius und ich waren immer in der Lage gewesen, in stiller Zufriedenheit zusammen zu sein, und ich war so verdammt froh, dass das auch jetzt noch der Fall war, obwohl das Wächterband nicht länger existierte.

»Du weißt, dass ich dich liebe, oder, Arschloch?«, brach Darius nach einer Weile das Schweigen, und ich sah ihn überrascht an.

»Willst du mich jetzt fragen, ob ich mit dir durchbrenne, jetzt, wo Tory aus dem Spiel ist?«, neckte ich ihn, und er schlug mir auf den Arm.

»Ich meine es ernst«, knurrte er, und ich hob die Augenbrauen, weil ich spürte, dass etwas nicht stimmte.

»Was ist los?«, fragte ich, aber er schüttelte nur den Kopf, bevor er eine Rauchwolke ausstieß.

»Man weiß einfach nie, was passieren wird. Und sobald ich die Chance bekomme, mich an meinem Vater zu rächen, werde ich sie ergreifen. Ich weiß nicht, ob ich das überleben werde, Lance, also sage ich, was gesagt werden muss, falls dem nicht der Fall sein sollte.«

Bei dem Gedanken, ihn zu verlieren, wurde meine Kehle eng. Ich wusste, dass er recht hatte. Wann immer wir das Burrows verließen, waren wir alle in Gefahr. Aber es war einfacher, so zu tun, als wäre dem nicht so, als sich jedes Mal zu verabschieden, wenn jemand, der mir etwas bedeutete, zur Tür hinausging.

Natürlich überkam mich bei diesem Gedanken Panik, weil Blue gegangen war, ohne dass ich sie noch einmal zu Gesicht bekommen hatte. Aber Gabriel hatte sie an einen weit entfernten Ort gebracht. Er hatte bestimmt *gesehen*, dass sie dort sicher waren. Zumindest hoffte ich das.

Ich überlegte, ob ich die Stimmung mit einem dummen Spruch auflockern oder ihn noch mehr dafür verspotten sollte, dass er mir seine

Liebe gestanden hatte. Aber als ich seinen gequälten Blick sah, merkte ich, dass ich das nicht tun konnte. Stattdessen lehnte ich meinen Kopf an seinen und seufzte: »Ich liebe dich auch, Bruder.«

»In diesem und im nächsten Leben«, schwor er, und meine Brust wurde eng, weil es sich so anhörte, als glaubte er wirklich, das sagen zu müssen. Aber der Mann, den ich kannte, würde die Hoffnung nicht einfach so aufgeben. Wo war die Arroganz? Die Selbstsicherheit? Das absolute Vertrauen, diesen Kampf siegreich beenden zu können? Ich musste ihn daran erinnern, wer zum Teufel er war. Und wie sicher ich war, dass er diesen Kampf gewinnen würde, sobald wir Lavinia vernichtet und damit ein direktes Gegenübertreten zwischen seinem Vater und ihm überhaupt erst ermöglicht hatten.

»Du bist größer als er«, sagte ich bestimmt, denn das stimmte jetzt mehr als je zuvor. Er hatte sich letzte Woche in seiner verwandelten Form von mir messen lassen, und nach meinen Berechnungen war er über eine Tonne schwerer als sein Vater in Drachenform und fast zwei Meter länger.

»Und wachse noch immer«, antwortete er mit einem schwachen Lächeln auf den Lippen, obwohl es seine Augen nicht erreichte. Selbst diese Tatsache schien seinem Selbstvertrauen keinen Schub zu geben.

»Und du wirst jeden Tag stärker«, fügte ich hinzu. »Außerdem habe ich jetzt, da die Zwillinge anderweitig unterrichtet werden, mehr Zeit, die ich dir widmen kann. Und wir haben etliche Knochen, sodass wir uns wieder darauf konzentrieren können, deine Fähigkeiten zu verbessern, indem wir Elemente von den Toten borgen.«

Sein Lächeln wurde echter, und er nickte. »Ich würde gern seinen Gesichtsausdruck sehen, wenn ich dunkle Magie gegen ihn einsetze«, gab er zu, und seine Augen leuchteten bei dem Gedanken daran auf.

»Da ist mein Drache«, sagte ich und tätschelte fest seinen Arm, woraufhin er amüsiert schnaubte.

Wir lösten uns voneinander, und ich griff in die Schublade des Nachttisches.

»Holst du das Gleitmittel?«, fragte Darius, und ich lachte.

»Nein, den vibrierenden Mammutwandlerzahn, der dir beim letzten Mal so gut gefallen hat.«

Darius lachte, während ich mir Diegos Mütze schnappte und mich wieder zu ihm umdrehte. Mein Blick fiel auf eine dunkle Gestalt, die im offenen Türrahmen stand und uns anstarrte.

»Verdammte Scheiße!«, fluchte ich. »Was zum Teufel machst du da, Schwachkopf?«

Seth trat mit einem Wimmern ins Licht und warf einen Blick aufs Bett. »Kann ich mitmachen? Ich habe schon ewig nicht mehr mit dem Rudel gekuschelt. Meine Haut ist ganz verrückt nach Berührungen und Cal und Max sind ins Bett gegangen.«

»Nein«, sagte ich sofort, aber Darius klappte die Bettdecke neben sich nach unten.

»Komm schon!« Darius tätschelte die freie Stelle, und ich biss die Zähne zusammen, als Seth die Tür zuschlug, sein Shirt auszog, seine Schuhe in zwei verschiedene Richtungen schleuderte und sich neben Darius aufs Bett warf. Aber anstatt dort zu bleiben, wo ich ihn ignorieren konnte, kletterte er über Darius und kuschelte sich zwischen uns.

»Bei den Sternen, ist das gemütlich. Ist das nicht einfach fantastisch?« Er zog die Decke über uns drei und kuschelte sich an Darius' Kopf, bevor er das Gleiche bei mir versuchte. Was ich natürlich nicht zuließ.

Er schob seine Hände unter die Decke und wackelte herum. Eine Sekunde später zog er seine Hand wieder hoch, mit seiner Jogginghose und seinen Boxershorts in der Hand, die er mit einem magischen Luftzug durch den Raum warf.

»Bei den Sternen, bist du nackt?« Ich kochte vor Wut und versuchte, mich von ihm zu entfernen, während er sich an mir rieb. Im Ernst, ich konnte die Seite seiner verdammten Arschbacke an meinem Bein spüren. »Hör sofort damit auf!« Ich schubste ihn unsanft gegen Darius, und er legte den Kopf mit einem klagenden Heulen in den Nacken.

»Ich brauche vollständigen Körperkontakt«, beschwerte sich Seth. »Das ist ein Bedürfnis meiner Formgebung. Ihr könnt euch auch ausziehen, das macht mir nichts aus.«

»Nein, zur Hölle! Such dir ein paar Wölfe, an denen du dich reiben kannst. Bei aller Liebe zum Mond! Ich wette, Washer wäre gern bereit, mit dir zu kuscheln«, schlug ich vor.

»Oder du verwandelst dich, wenn du unbedingt nackt sein musst«, befahl Darius. Seth gehorchte augenblicklich, sodass ich fast ganz aus dem Bett geschoben wurde, als ein riesiger weißer Wolf an seiner Stelle erschien und das Bett unter unserem Gewicht ächzte. Seine Zunge hing aus seinem Maul, und er schlug mit einer Pfote nach Darius, der mit den Augen rollte, bevor er seine Brust kitzelte.

Seth schlief sofort ein, aber sein Schwanz wedelte unter der Bettdecke weiter, sodass die Bettlaken raschelten.

»Ich weiß nicht, was mir unangenehmer ist – mit diesem Tier in diesem Bett zu liegen oder eine Mütze aufzusetzen, die seit Monaten, vielleicht Jahren nicht mehr gewaschen wurde«, sagte ich und betrachtete das Ding in meiner Hand.

»Kannst du nicht deine Wassermagie darauf anwenden?« Darius rümpfte die Nase.

»Ich hätte Angst, dabei die Seelen rauszuwaschen«, sagte ich, stellte mir Diegos piepsige Schreie vor, als er Richtung Abfluss floss, und entschied mich dann gegen diese Idee. »Wie auch immer, mal sehen, ob Diego uns noch etwas zu bieten hat.« Ich setzte die Mütze auf und streckte Darius meine Hand entgegen.

Kurz bevor ich in die Schattentiefen der verzauberten Strickwaren gezogen wurde, ergriff Darius meine Hand, um sich mir anzuschließen.

Ich erwartete, von Diego begrüßt zu werden, wurde aber von einer ganz anderen Stimme überrascht.

»Endlich. Ich habe auf euch gewartet«, sagte die unbekannte Stimme, und mein Herz schlug schneller.

»Wer bist du?«, fragte ich, obwohl es eher ein Gedanke war und keine tatsächliche Frage.

»Miguel Polaris«, sagte er und klang nervös. »Ich bin Diegos Vater.«

Sofort wich ich zurück, Panik durchströmte mich. »Lass uns von hier verschwinden, Darius!«, befahl ich und zog mich aus diesem dunklen Ort zurück, in dem wir schwebten.

»Nein – wartet! Hört mir zu!«, flehte Miguel. »Du warst in der Nacht dort, als ich befreit wurde, Lance Orion. In jener Nacht, in der Darcy Vega meine Frau Drusilla mit ihrem Phönixfeuer getötet hat.«

Ich hielt inne, spürte, wie Darius verzweifelt an meinem Unterbewusstsein zog. Aber dann erinnerte ich mich daran, wie dieser Mann uns an jenem Tag angeschrien hatte, wegzulaufen. Als hätte er gewollt, dass wir es schafften, zu fliehen.

»Was willst du?«, fragte ich zögerlich.

»Ich will Darcy für das, was sie getan hat, vergelten. Sie hat mir meinen Verstand zurückgegeben. Drusilla hatte mich durch den Willen der Schattenprinzessin an sich gebunden. Vor vielen Jahren wurde ich von ihr gefangen genommen und versklavt, denn meine Macht ist stark und solange sie in meinen Adern fließt, hilft meine Stärke der Schattenprinzessin. Drusilla wollte einen Sohn gebären, der ebenso stark ist und meine Kraft mit der ihren verbindet. Aber ich war nur eine Schachfigur, mit so vielen Schatten gefüttert, dass ich in ihnen ertrank. Die Dunkelheit hat meinen Geist über die Jahre infiziert, während Drusilla Lavinia darum gebeten hat, mich in ihrer endlosen Macht schwelgen zu lassen, damit ich gefügig und praktisch hirntot blieb. Aber jetzt ist Drusilla fort, und ich bin erwacht. Ich sehe mein Leben als das, was es war. Mein armer Sohn ist tot. Ich habe ihn kaum kennengelernt, und jetzt bleibt mir nichts als das Verlangen nach Rache in meinem Herzen.«

»Wie können wir dir vertrauen?«, zischte Darius. »Du könntest für sie arbeiten.«

»Ich kann euch hier nichts antun. Alles, was ich tun kann, ist, euch Erinnerungen an die Vergangenheit zu zeigen. Ich war nie Teil des Seelennetzes, aber ich habe es geschafft, einen Faden von Drusillas Handschuh zu retten, als sie gestorben ist. Dieser Faden ermöglicht es mir seitdem, mich mit diesem Ort, mit meinem Sohn, zu verbinden.«

»Bitte hör ihn an, Orion«, sagte Diego aus der Dunkelheit. Seine Stimme war voller Verzweiflung, dass ich wusste, dass ich Miguel meine Aufmerksamkeit schenken musste.

»In Ordnung«, antwortete ich. »Was willst du uns zeigen?«

»Ihr müsst verstehen, dass nicht alle Nymphen der Schattenprinzessin treu ergeben sind«, erklärte Miguel hastig. »Viele sind versklavt, so wie ich es war, aber noch viel mehr verstecken sich.«

»Warte, was ist, wenn Alejandro dieses Gespräch hören kann?«, fauchte Darius.

»Außer den Erinnerungen im Netz kann er nichts sehen«, versprach Miguel. »Und er lädt selbst keine Erinnerungen mehr hier hoch, da er es für ein sinnloses Unterfangen hält, jetzt, da seine Schwester tot ist und es keine Informationen mehr gibt, die er teilen könnte.«

»Also, was willst du uns sagen?«, fragte ich.

»Ich weiß von eurer Arbeit«, sagte er aufgeregt. »Ihr habt einen der Risse geschlossen und die Schattenprinzessin geschwächt. Sie ist sehr verärgert, und es war schwer, meinen Jubel zu verbergen und so zu tun, als wäre ich nach wie vor ein Sklave in ihren Reihen.«

»Was weißt du über die Risse?«, fragte ich hoffnungsvoll.

»Ich weiß nicht, wo sie sich befinden, aber ich weiß, wie ihr sie finden könnt. Ich war an jenem Tag dabei, als Vard sein Schattenauge geschenkt bekommen hat. Ich weiß um seine Macht. Und ich glaube, dass man sie verwenden kann, um die Risse zu finden.«

»Willst du damit sagen, dass wir sein Auge brauchen?«, fragte Darius verwirrt.

»Ja«, erwiderte Miguel eifrig. »Es ist kein normales Auge, es ist mit den Schatten infiziert. Wenn ihr ein Fernrohr herstellen könntet, das stark genug ist, um es in Schach zu halten, glaube ich, dass es euch die Standorte der Risse zeigen könnte.«

»Und wie sollen wir an dieses Arschloch rankommen?«, fragte Darius.

»Vielleicht findet ihr einen Weg«, sagte Miguel besorgt. »Denn wenn ihr diese Risse lokalisiert und schließt, könnt ihr Lavinia von ihrer Macht abschneiden.«

Mein Herz pochte immer schneller. Wenn wir sie vollständig schwächen und von den Schatten abschneiden könnten, würden wir sie nicht nur vernichten, sondern auch den Schattenfluch, den sie Darcy auferlegt hatte, ein für alle Mal zerstören.

»*Mierda*, ich muss los«, sagte Miguel besorgt. »Ich werde versuchen, mich bald wieder bei euch zu melden. *Viva las verdaderas reinas.*«

Er verschwand, und ich löste mich von der Verbindung zum Seelennetz. Sobald ich in meinen Körper zurückfiel, riss ich mir die Mütze vom Kopf und öffnete die Augen.

Ich warf einen Blick auf Darius, der auf der anderen Seite des schlafenden Seth lag, und zwischen uns flammte ein grimmiger Vorsatz auf.

»Wie zum Teufel sollen wir an dieses Schattenauge rankommen?«, murmelte Darius.

»Wir müssen einen Weg in den Palast finden«, sagte ich nachdenklich. »Dann brauchen wir nur einen Plan – und die Eier, ihn durchzuziehen.«

Gemini
Scorpio
Virgo
Cancer
Aries
Leo
Taurus
Sagittarius
Capricorn
Aquarius
Libra
Pisces

LIONEL

KAPITEL 34

Ich saß in dem kleineren der beiden Büros, von denen ich wusste, dass sie sich im Palast der Seelen befanden, und verachtete die Tatsache, dass ich immer noch keinen Zugang zu Hails Gemächern und seinem Hauptarbeitszimmer hatte, das wahrscheinlich unzählige Geheimnisse barg. Aber ich würde mir mit der Zeit meinen Weg hinein bahnen, und zumindest für den Moment konnte ich mich daran erfreuen, diesen Raum zu beherrschen, den auch er einst beansprucht hatte. Hoffentlich beobachtete er mich von jenseits des Schleiers, sah den Mann, zu dem ich geworden war, und schäumte vor Wut angesichts des besseren Fae, der seine Krone an sich gerissen hatte.

Ich saß groß und dominierend an dem Eichenschreibtisch, der sich über die gesamte Länge des riesigen Fensters an der Rückwand erstreckte, und ließ meine Finger über die Maserung des Holzes gleiten. Der Himmel war klar, und die Sonne warf Schatten in den Raum, die auch die Köpfe der Hydra erfassten, aus denen der eiserne Kronleuchter über mir bestand. Ich hatte mit dem Gedanken gespielt, den Palast zu entkernen und die Spuren des alten Königs vollständig zu beseitigen. Aber es hatte etwas überaus Befriedigendes, an der Stelle eines Mannes zu sitzen, der sich einst für so viel größer gehalten hatte.

Aber Hail war eine Marionette meiner Pläne gewesen. Mein Weg zur Krone wäre so viel reibungsloser verlaufen, wenn er nicht diese Hure von einer Königin aus der Wildnis geheiratet hätte. Sie hatte alles für mich viel komplizierter gemacht, denn ihre Gabe des Sehens war ein schwer zu umschiffendes Hindernis gewesen. Aber schließlich hatte ich Wege gefunden. Ich hatte mich mit den Nymphen verbündet und die Schatten genutzt, um meine Pläne zu verschleiern, was selbst eine mächtige Seherin wie sie nicht hatte vorhersehen können.

Ihr Tod hätte das Ende meiner Probleme sein sollen, aber nun waren ihre Töchter zurückgekehrt und hatten sowohl meinen Erben als auch seinen Wächter mit ihren Pussys verführt. Aber das war egal, ich hatte alles unter Kontrolle. Ich würde bald einen weiteren Erben zeugen, um sicherzustellen, dass die Acrux-Linie fortgeführt wurde. Und diejenigen, die sich mir widersetzten, würden unter meinem Absatz zermalmt und wie die wertlosen Ameisen, die sie waren, dem Erdboden gleichgemacht werden.

Und was noch besser war: Sie spielten mir in die Hände, indem sie den Riss zum Schattenreich geschlossen hatten.

Lavinia hatte sich über die dadurch verursachte Schwäche beklagt, und das war etwas, worüber ich mich sehr freute. Denn sie konnte mich jetzt nicht mehr so leicht kontrollieren. Außerdem hatte sie einen Großteil ihrer Zeit allein verbracht und versucht, einen hasserfüllten Racheplan gegen sie zu schmieden. Was bedeutete, dass sie mir aus den Augen geblieben war.

Ich brauchte sie nach wie vor – aber an einer Leine, an der ich reißen konnte, wann immer es mir passte. Von mir aus konnten sie sie ruhig schwächen, denn dann würde sie, sobald sie wieder formbar war, noch leichter zu kontrollieren sein.

Ich würde die Situation jedoch im Auge behalten müssen. Ich konnte nicht zulassen, dass sie mir die Schattenprinzessin vollständig wegnahmen. Aber vorerst würde ich sie in dem Glauben lassen, dass sie einen Vorteil mir gegenüber errungen hatten, während sie in Wirklichkeit nur dafür gesorgt hatten, dass ich meine Waffe leichter schwingen konnte.

Es klopfte leise an der Tür, und das Geräusch war mir so vertraut, dass ich sofort wusste, dass es mein Butler Jenkins war.

»Ja?«, blaffte ich.

»Mein König, Stella Orion ist hier, um Euch zu sehen«, antwortete er, und ein leises Seufzen entrang sich mir.

Ich überlegte, sie abzuweisen, wie ich es schon seit einiger Zeit tat, aber andererseits … Lavinia war nun nicht mehr so leicht zu unterwerfen und zu ficken, wie sie es gewesen war, als sie in Claras Körper gewohnt hatte.

Ich stieß ein kehliges Knurren aus, weil ich voller Drang war, meine Macht auch auszuüben. Am liebsten hätte ich scharenweise Frauen in den Palast gebracht – die schönsten in Solaria. Ich war schließlich der König. Ich sollte meinen Schwanz in jede Pussy stecken, in die ich ihn stecken wollte, aber als ich das einmal versucht hatte, waren alle fünf Frauen verstümmelt in der Eingangshalle aufgefunden worden.

Lavinia hatte zwischen ihren Leichen in ihrem Blut gestanden, bedrohlich lächelnd und mit einem Klumpen Fleisch in ihrer Hand, aus dem ein großes Stück herausgebissen worden war.

Seitdem hatte ich keine einzige Frau mehr hierhergebracht.

Aber Stella konnte kommen und gehen, wie es ihr gefiel, und sie war eine schöne Frau, eine, deren Gesellschaft ich lange genossen hatte, auch wenn sie mit der Zeit langweilig geworden war. Lavinia war gegenwärtig nirgends zu sehen. Mein Schwanz sehnte sich bereits danach, in einem warmen Körper zu stecken, denn Lavinias war kalt und abweisend. Ich brauchte das heiße Fleisch einer Fae, um mich zu befriedigen, und es schien, als wäre es an der Zeit, das zu bekommen, was ich haben wollte.

»Lass sie rein!«, rief ich, worauf die Tür aufging. Stella stand in hohen schwarzen High Heels im Türrahmen. Sie trug ein eng anliegendes weißes Kleid, das ihren perfekten, zum Ficken einladenden Körper umschmeichelte.

»Mein König.« Sie trat mit gesenktem Kopf ein, und ich lehnte mich in meinem Sitz zurück, während ich ihre schlanke Figur bewunderte, als sie auf mich zukam.

Einst hatten sie und ich zusammen mit Hail Vega, den anderen Celestia-Ratsmitgliedern und Azriel Orion an der Zodiac Academy studiert. Natürlich war ich damals nur der Ersatz-Erbe gewesen, der die meiste Zeit kaum beachtet worden war. Mein älterer Bruder Radcliff hatte das stets gegen mich benutzt und doch tatsächlich geglaubt, für immer der mächtigste Fae unserer Linie zu sein. Nie hätte er gedacht, dass ich jemals eine Bedrohung für seine Position darstellen könnte.

An diesem Glauben war er schließlich erstickt. Oh, wie entsetzt er mich angestarrt hatte, als er eines Nachts aufgewacht war und feststellen musste, dass ich unbemerkt eine Norian-Wespe in sein Bett hatte fallen lassen. Seine Hände hatte ich mit Luftmagie an seinen Seiten gefesselt, sodass er sich nicht von der schweren Reaktion auf ihren Stich hatte heilen können. Mit Heilmagie war der Stich der Norian-Wespen für die meisten Fae keine große Bedrohung, aber für jeden, der es nicht schaffte, die Auswirkungen des Stichs zu beseitigen, kam es zu einem langsamen und qualvollen Tod. Die inneren Organe schwollen dabei immer weiter an, bis sie schließlich platzten. Es hatte fast eine Stunde gedauert, bis ein Mann von der Größe meines Bruders erstickt war. Das war ein ziemlicher Schock für meine Eltern gewesen, die ihn am nächsten Morgen gefunden hatten. Alle glaubten, er sei im Schlaf gestochen worden und erstickt. Dass seine Zunge zu geschwollen gewesen war, um nach Hilfe zu rufen, als er aufgrund der Schmerzen aufgewacht war.

Aber so war es nicht passiert. O nein. Mein großer, kräftiger Bruder war die ganze Zeit über wach gewesen, geweckt durch das scharfe Knacken seiner Gliedmaßen, als ich ihn mit meiner Kraft bewegungsunfähig gemacht hatte. Und natürlich durch die wütende rot-schwarze Wespe, die in einem Glas auf seiner Brust gefangen gewesen war.

Er hatte geflucht und geschrien, während er gestorben war, und all das war in der Stillekuppel geschehen, die ich geschaffen hatte. Aber ich hatte genau gesehen, welche Qual sich in seinen Augen abgespielt hatte. Und ich war voller Genugtuung gewesen, zu wissen, dass er mich nie wieder als *Lame Lionel* würde bezeichnen können. Ich hatte ihn deswegen verspottet, als er an seinem eigenen Blut erstickt war und mich angefleht hatte, ihn zu heilen. *»Wer ist jetzt lahm, Radcliff? Wer?«*

Seine Antwort – seine letzte – jedoch hatte einen bitteren Geschmack bei mir hinterlassen. *»Du«*, hatte er mit geschwollener Zunge geknurrt. *»Du bist unFae, unerwünscht und wirst immer Lame Lionel sein, egal, was du erreichst.«*

Seine Freundin hatte bei seiner Beerdigung unglaublich laut geweint. Ich konnte mich nicht mehr an ihren Namen erinnern, aber ich erinnerte mich gut daran, wie ich sie getröstet und in sein Zimmer gebracht hatte, um ihr die Gelegenheit zu geben, sich ein Erinnerungsstück auszusuchen. Ich hatte sie auf seinem Bett gefickt, während ich zugesehen hatte, wie ihr die Tränen über die Wangen gelaufen waren. Es war ihr verzweifelter Versuch gewesen, ihren Kummer in Zuneigung für mich zu begraben. Gleichzeitig hatte ich meinen Schwanz in seiner Trulla begraben, um zu beweisen, dass ich keineswegs lahm war.

Stella hatte meine Vision für die Welt immer geteilt und war in vielerlei Hinsicht eine perfekte Komplizin gewesen. Ihre Besessenheit von mir hatte sich immer als nützlich für meine Bedürfnisse erwiesen, und sie hatte gern die Rolle gespielt, die ich für sie auf meinem Weg nach oben geschaffen hatte.

Sie hatte sogar Azriel Orion geheiratet, um mir Zugang zu den Forschungen zu verschaffen, die er für den König betrieben hatte. So war ich in der Lage gewesen, immer mehr über das Schattenreich herauszufinden und Pläne zu schmieden, uns ihre Macht anzueignen.

Die Orions hatten in der Vergangenheit ein langjähriges Bündnis mit meiner Familie gepflegt und uns die Wege der dunklen Magie gelehrt. Aber Azriel hatte sich nach Radcliffs Tod von mir distanziert und ich den Platz meines Bruders als Erbe eingenommen. Seine kleine Freundschaft mit Hail hatte immer Vorrang vor seinen Verpflichtungen gegenüber der Familie Acrux gehabt. Am Ende hatte ich jedoch einen Weg gefunden, Azriel zu manipulieren, indem ich seine Heirat mit Stella gefördert hatte. Ich erinnerte mich daran, wie leicht es gewesen war, ihn mit einem ermutigenden Lächeln auf den Lippen zu überzeugen.

»Weißt du, Azriel, ich glaube, es würde dir guttun, wenn du deine Nase mal aus einem Buch nehmen und etwas Zeit in Gesellschaft einer schönen Frau verbringen würdest. Ich werde dich meiner lieben Freundin Stella Columba vorstellen müssen – sie ist eine mächtige Vampirin und sollte mehr als interessant genug sein, um dich von der Monotonie all der Bücher loszureißen, die du so sehr liebst.«

»Ich weiß nicht, ob ich für die Ehe geeignet bin«, antwortete Azriel mit einem nervösen Lachen. »Die meisten Frauen finden es nicht gut, dass sie mit meiner Liebe zum Wissen um meine Aufmerksamkeit konkurrieren müssen.«

»Unsinn«, schnurrte ich. »Sie wäre die perfekte Partnerin für dich. Ich werde es in die Wege leiten.«

Innerhalb eines Jahres waren sie verheiratet gewesen. Und der Narr hatte sogar geglaubt, Stella würde ihn lieben. Bis er sie während ihres Hochzeitstagessens dabei erwischt hatte, meinen Schwanz zu lutschen. Im Ernst, ich hatte sein Herz in zwei Teile zerbrechen sehen, als ich meinen Samen auf ihrer Zunge verteilt hatte. Nicht lange danach hatte sich der Narr mit einem eigenwilligen Zauber umgebracht, sodass er nicht lange unter dem gebrochenen Herzen gelitten hatte. Wirklich schade. Er hatte sich immer gegen die Verbindung zu mir gewehrt, aber letztlich hatte ich seinen Sohn mit meinem verbunden, was sich wie eine süße Rache für Azriels Überheblichkeit angefühlt hatte.

»Welche Freude, dich zu sehen«, säuselte ich, während mein Blick über Stellas volle Brüste und ihre schmale Taille glitt. Heute wollte ich mit der Wildheit meiner Art ficken. Ich wollte, dass sie meinen Namen rief, während sie unter der Macht des Drachenkönigs stöhnte.

»Eine Freude, die du schon oft hättest haben können«, sagte sie mit strenger Stimme, und meine Augenbrauen hoben sich bei ihrem eisigen Ton.

»Verbitterung steht dir nicht, Stella«, warnte ich sie und richtete meine Krawatte, während meine Finger zuckten, um sie zu bestrafen.

»Ich bin seit Jahren an deiner Seite. Verdiene ich in diesen Tagen nicht einen Augenblick deiner Zeit?«, fragte sie, und ihr Gesicht zeigte Schmerz.

Frauen und ihre Gefühle waren etwas durch und durch Lästiges.

»Wie nennst du das, wenn nicht einen Moment meiner Zeit?« Ich lockerte meine Krawatte, zog sie aus meinem Nacken und öffnete die oberen Knöpfe meines Hemdes. Der Drache in mir erhitzte meinen Körper mit dem Verlangen, sie zu haben.

»Hart erkämpft«, antwortete sie, blieb vor dem Schreibtisch stehen und ließ ihren Blick auf eine silberne Zigarrenschachtel auf dem Schreibtisch fallen. Darauf war eine Hydra eingraviert, die von zwei Flügeln umschlungen wurde. »Denkst du jemals an sie? An das, was wir getan haben?«

»Du hast doch kaum etwas getan. Ich war es, der sich um sie gekümmert hat«, knurrte ich, und sie hob ihre dunklen Augen.

»Ich habe dir alles beigebracht, was du über dunkle Magie weißt«, zischte sie, und ich setzte mich gerader hin. Ihr Ton ließ das Feuer in mir heißer brennen.

»Du warst nützlich, jetzt bist du es weniger«, sagte ich mit einem Achselzucken und erhob mich, sodass ich auf sie hinabschauen konnte. Mein Schatten fiel über sie und verschlang sie.

Ich hatte Stella immer erlaubt, offener mit mir zu sprechen, als die meisten anderen es durften. Aber etwas an der Schärfe ihrer Augen reizte die Bestie in mir.

»Weshalb bist du hier, Stella? Um zu versuchen, etwas von meinem Ruhm für dich zu beanspruchen?«, spottete ich, während ich mich langsam um den Schreibtisch herum auf sie zubewegte und mein Blick wieder auf ihre prallen Brüste fiel.

»Natürlich nicht«, murmelte sie, ließ meinen Blick los und drehte ein Armband an ihrem Handgelenk. »Ich bin gekommen, um um Gnade zu bitten.«

»Gnade?« Ich lachte. »Ich habe kein Hühnchen mit dir zu rupfen, Stella.«

»Nicht um Gnade für mich«, sagte sie und hob abermals den Blick, um dem meinen zu begegnen. »Gnade für meinen Sohn.«

Ich knurrte und trat näher an sie heran, während eine gefährliche Energie in mir aufstieg. »Dein Sohn ist ein Verräter am König.«

»Ich weiß«, hauchte sie, und ihr Kehlkopf wippte, während sich Angst in ihre Züge zu schleichen schien. »Ich bitte nicht um Begnadigung. Ich bitte nur darum, dass er nicht getötet wird, sollte er gefasst werden. Ich habe bereits den Verlust meiner Tochter erlitten, und ihn auch noch zu verlieren …«

Ich verpasste ihr eine Ohrfeige, und meine Hand landete so fest auf ihrem Gesicht, dass ein feuerroter Abdruck zurückblieb.

»Törichte Frau«, zischte ich. »Du solltest deine Verbindung zu ihm an der Wurzel trennen. Er hat deinen Namen noch mehr beschmutzt als sein Vater. Dein Leib und Blut hat dich im Stich gelassen. Du tust besser daran, dich von ihm loszusagen.«

Tränen stiegen ihr in die Augen, als sie mich ansah und die Stelle berührte, die ich geschlagen hatte, während ihre Unterlippe zitterte. Ich streckte die Hand aus, um eine Strähne rabenschwarzer Haare, die ihr ins Gesicht gefallen war, hinter ihr Ohr zu schieben. Dabei trat ich näher an sie heran und atmete den üppigen Duft ihrer Haut ein. Ich liebte es, wenn sie sich etwas wehrten, umso befriedigender war es, wenn ich in ihnen steckte. Stella war immer so langweilig willig gewesen, und ihr Widerstand war jetzt definitiv appetitlicher. Ich wusste ohnehin, was sie wirklich wollte, denn wer würde nicht die Aufmerksamkeit des Drachenkönigs ganz für sich allein haben wollen?

»Jetzt sei ein braves Mädchen und beglücke deinen Löwen, ja?« Ich öffnete meinen Hosenschlitz und ließ eine Hand auf ihre Brüste gleiten, während sie sich versteifte und versuchte, sich zurückzuziehen. Aber ich packte sie an der Taille, nahm ihre Hand und führte diese zu der mächtigen Beule meines Schwanzes.

»Das war ein Befehl deines Königs«, säuselte ich und beugte mich vor, um den süßen Duft ihrer Angst einzuatmen.

»Daaaadddy!«, schallte Lavinias Stimme durch die Luft, als würde sie von einem ätherischen Wind getragen, und ich richtete mich sofort kerzengerade auf. »Ich war ein böses Mädchen, Daddy. Komm und fiiiinde mich!« Ein Kichern folgte, und ich nahm widerwillig meine Hände von Stella. Frustration erfüllte mich, als ich sie zurückstieß und meinen Reißverschluss hochzog.

»Wir müssen uns an einem privateren Ort treffen«, murmelte ich. »Ich lasse dich rufen, wenn der Zeitpunkt gut ist.« Ich schob mich an ihr vorbei und stürmte zur Tür, während ich nach meiner psychotischen Mitbewohnerin suchte, mein Schwanz immer noch wütend, hart und unbefriedigt.

Als ich durch die hallenden Gänge schritt, kam Lavinias Singsang näher, und mein Atlas summte in meiner Tasche.

Ich zog ihn hervor, und ein Grinsen huschte über meine Lippen, als ich sah, dass sich mein E-Mail-Postfach mit Nachrichten zu einem Artikel füllten, der online über mich veröffentlicht worden war. Mein PR-Team versuchte bereits, das Ganze ins rechte Licht zu rücken, und ich rief den Artikel hastig auf, um zu sehen, worum es bei dem ganzen Aufruhr ging.

Catalina Acrux lebt!

Eine schockierende Entdeckung, die die Nation erschüttern wird: Catalina Acrux – die Frau von König Lionel Acrux – galt nach einem tragischen Unfall im Palast der Seelen als tot. Sie wurde jedoch nicht nur lebend aufgefunden, nein, es wurde auch direkt bekannt gegeben, dass sie ihre Ehe mit dem König aufgelöst und den bekannten Vega-Anhänger und Rebellenführer, Hamish Grus, geheiratet hat.

Ich erstarrte, jede Faser meines Körpers verwandelte sich in festes, unnachgiebiges Eis, als ich auf das Foto starrte, das dem Artikel über meine Frau – meine verdammte Frau – beilag. Sie sah gesund und munter aus – und so umwerfend wie an jenem Tag, an dem ich sie in einem ganz anderen Hochzeitskleid geheiratet hatte. Jetzt allerdings war sie am Arm dieses widerlichen Rebellen Grus zu sehen.

Ein Drachenbrüllen entrang sich meiner Brust, während ich meinen Blick über den Artikel wandern ließ und jedes Detail in mich aufnahm. Dabei kroch mir die Wut unaufhaltsam die Wirbelsäule hinauf.

An der Hochzeit nahmen keine Geringeren als die Prinzessinnen Solarias, Tory und Darcy Vega, Hamishs Tochter Geraldine Grus, die vier ehemaligen Celestia-Erben Caleb Altair, Seth Capella, Max Rigel und die beiden Söhne des falschen Königs Darius und Xavier Acrux teil.

Die Fotos zeigen die starke Allianz zwischen den Erben und den Vega-Zwillingen. Seit ihrem Verschwinden nach der Schlacht am Palast der Seelen ist klar, dass sie eine Verbindung eingegangen sind, die die Grundfesten des Königreichs erschüttern könnte.

Catalina stand für eine Stellungnahme zur Verfügung, und die Geheimnisse, die sie über den falschen König Lionel Acrux enthüllt hat, lassen ihn in einem furchterregenden Licht erscheinen. Einem Licht, das ihn seine Unterstützung in Scharen kosten wird.

Catalina erklärte, dass Lionel sie »mit Dunkler Manipulation dazu zwang, seinen Willen zu befolgen«, und dass sie »unter seiner Kontrolle unaussprechlicher Grausamkeit ausgesetzt war«. Einer der wohl erschütterndsten Momente ihres Berichts war, als sie über die Geschäftsfreunde ihres Ex-Mannes sprach und darüber, wie er Geschäfte mit hochrangigen Beamten wie Gregory Gander, Percy Nostar und Christopher Bloodstone abschloss. Dabei zwang er Catalina, ihnen ihren Körper anzubieten, und setzte dunkle Magie ein, um sie »gefügig« zu halten.

Catalina schilderte tapfer die Jahre des Missbrauchs, während ihr neuer Ehemann Hamish Grus an ihrer Seite blieb, ihre Hände in einer Vereinigung gefaltet, die von einer tiefen und fürsorglichen Beziehung zwischen ihnen zeugt.

Auch Darius und Xavier Acrux berichteten von jahrelanger Misshandlung und zeichneten das erschreckende Bild eines gewalttätigen Vaters, der seiner Familie ein angstvolles Zuhause mit wenig Stabilität und ständigem Leistungsdruck schuf.

Xavier erzählte, wie sein Vater ihn nach seinem Auftauchen als Pegasus im Acrux-Anwesen einsperrte und ihn der bösartigen und zuvor verbotenen Praxis der Formgebungsumwandlung unterzog. Wir wissen noch nicht, warum sein Vater solche Maßnahmen ergriffen hat, aber es ist möglich, dass er vorhatte, eine Illusion über seinen zweiten Sohn zu legen, um ihn als Drachen erscheinen zu lassen und so zu verhindern, dessen wahre Formgebung zugeben zu müssen. Dies wirft natürlich die Frage auf, warum der sogenannte König so etwas tun sollte, und deutet darauf hin, dass seine Formisten-Gesetze eher auf Vorurteilen als auf legitimen Fakten beruhen, wie er es nach wie vor steif behauptet.
Der Daily Solaria *hat König Acrux um eine Stellungnahme gebeten, und wir warten auf seine Antwort. Was wir mit Sicherheit wissen, ist, dass der falsche König, der sich als großer Herrscher darstellt, nichts weiter als ein Missbrauchstäter zu sein scheint, der jahrelang schändliche Geheimnisse verborgen hat. Wir können nur rätseln, was er sonst noch verheimlicht, und in dieser Zeit großer Unruhen im Königreich müssen wir uns fragen, auf wessen Seite wir moralisch gesehen stehen sollten.*

<u>Mit einem Klick kann hier das vollständige Interview mit Catalina Acrux und ihren Söhnen Darius und Xavier Acrux angeschaut werden.</u>
(Alle Aussagen wurden von dem angesehenen Zyklopen und ehemaligen FIB-Agenten Blane Moonbead überprüft.)

- Von Tyler Corbin

Ich warf meinen Atlas so wütend gegen die Wand, dass er in Stücke zerbrach, die sich im ganzen Flur verteilten, während ich meine ganze Wut in den Palast brüllte. Das ganze Gebäude zitterte.

»Daddy, was ist los?«, rief Lavinia, und ich ging mit geballten Fäusten auf ihre Stimme zu. Ich war gerade im Begriff, durch die Tür vor mir zu treten, als mir diese so heftig ins Gesicht schlug, dass meine verdammte Nase brach.

»Argh!«, schrie ich, hielt mein Gesicht und heilte die Wunde, bevor ich meine Faust gegen die Tür warf.

Der verdammte Palast sperrte mich aus immer mehr Räumen aus, und ich hämmerte mit den Knöcheln auf die Tür ein, um einen Weg zu finden, sie zu durchdringen.

»JENKINS?«, schrie ich nach meinem Diener, der mir meinen Sternenstaub bringen sollte.

Ich würde zur Presse gehen und dafür sorgen, dass jedes einzelne Wort dieses Artikels widerlegt wurde. Ich würde jeden rechtschaffenen Fae im Königreich dazu bringen, in meinem Namen zu sprechen, um jedes einzelne Wort dieses dreckigen Pegasus zu verunglimpfen.

Ich gab es auf, die Tür, die sich vor mir geschlossen hatte, zu öffnen, und bog in den nächsten Korridor ein, um den langen Umweg zu Lavinias Stimme zu nehmen. Am liebsten hätte ich sie erwürgt, um sie zum Schweigen zu bringen.

Mein Blick fiel auf eine Blutspur auf dem Boden. Es sah aus, als wäre jemand darüber geschleift worden, und ich verzog verwirrt das Gesicht, während ich meinen Schritt beschleunigte, um der Spur zu folgen.

»Jenkins!«, brüllte ich. »Wer hat hier dieses verdammte Chaos hinterlassen?«

Ich rutschte im Blut aus und fletschte wütend die Zähne, als ich fast auf meinen verdammten Arsch fiel, bevor ich mich mit Luftmagie balancierte und abermals der Blutspur hinterhereilte. »JENKINS!«

Das Blut führte nach links in einen Raum, und ich riss die Tür auf. Rauch drang zwischen meinen Zähnen hervor, während Wut jeden Gedanken in meinem Kopf trübte. Und da stand Lavinia in einem Meer aus Schatten. Sie hielt Jenkins über ihrem Kopf und hatte ihre Hand in seiner Brust vergraben, während er zuckte und um sich trat, unfähig zu schreien, da die Schatten in seinen Mund strömten. Seine Arme fehlten, und ich entdeckte sie auf dem Boden, halb aufgefressen wie rohes Fleisch.

Nein, er war mein bester Mann. Mein treuester Diener. »Warte!«, befahl ich, aber Lavinia lächelte nur hexenhaft und riss ihm das Herz aus der Brust, woraufhin er zu Boden fiel und seine Beine beim Aufprall brachen.

Sie warf sein Herz beiseite, ließ sich auf seinen Körper fallen und nahm einen blutigen Bissen aus seiner Seite, während ich einen Schritt zurückstolperte und mit dem Rücken gegen die offene Tür prallte. Dabei fixierte sie mich nach wir vor mit ihren wilden Augen.

»Ich werde ihn Biss für Biss auffressen«, sagte sie und lachte manisch. Ich hob eine Hand, Feuer loderte an meinen Fingerspitzen, während ich mich darauf vorbereitete, mich zu verteidigen.

»Warum?«, keuchte ich. »Warum er?« Von allen Fae auf dieser Welt war Jenkins derjenige, den ich am meisten vermissen würde. Er war unerbittlich in seiner Liebe zum Detail gewesen, unerschütterlich in seiner Verehrung für mich, so vollkommen verzückt von meiner Macht und Gewalt, wie ein Mann es nur sein konnte. Er war ein hingebungsvoller Fan der Brutalität von Pitball gewesen und der makelloseste Schuhputzer, den ich je gekannt hatte. Es gab keinen Fae in ganz Solaria, der es mit seinen Kalligrafie-Fähigkeiten aufnehmen konnte. Um es einfach auszudrücken: Er war unersetzlich. Und von all den wertlosen Fae in diesem verdammten Palast, die uns dienen sollten, hatte diese Schlampe ihn ausgewählt, um ihre abscheulichen Spielchen zu treiben. Warum verfluchten mich die Sterne so?

»Dafür sollte ich dich umbringen!«, brüllte ich, und meine Wut entlud sich, als ich einen Schritt auf sie zumachte, entschlossen, sie wieder auf ihren verdammten Platz zu verweisen und sie dafür zu bestrafen, dass sie mir meinen besten Mann gestohlen hatte.

Aber dann schoss meine verräterische Schattenhand zwischen meine Schenkel, und ich stieß einen hustenden Laut aus, fiel auf die Knie und löschte die Flammen in meiner Handfläche, bevor ich meinen Schritt umklammerte.

Lavinia riss das Kinn hoch und schlug die Tür hinter mir mit einer Schattenranke zu. Zwei weitere ergriffen mich und schleiften mich über den Boden in ihre Richtung.

»Hör auf!«, schrie ich, streckte meine Hand erneut aus und versetzte ihr einen Feuerstoß. Sie lenkte ihn mühelos ab; ihre Schatten verschluckten die Flammen, während sie auf mich zuschritt, ihr Gesicht und ihr Körper blutverschmiert.

»Du vergisst, wer ich bin, mein König«, höhnte sie, während Blut ihr Kinn hinunterlief. Als sie näher kam, sah ich, dass ihre Augen ein tobender Sturm aus Schatten waren. »Ich bin die Schattenprinzessin, Herrscherin meines Reiches und bald deine Königin. Ich habe es satt, auf meine Krone zu warten, und ich werde den Schmerz nicht ertragen, meine Schatten zu verlieren, ohne meinen Kummer in Blut ertränken zu dürfen.«

Panik stieg in mir auf, als sie meinen Körper mit Schattenpeitschen umschloss und meine Arme an meine Seiten fesselte, während ich weiterhin versuchte, sie mit meiner Magie zu vernichten. Aber sie war eine unaufhaltsame Kraft, eine Kreatur, die so mächtig war, dass ich mich plötzlich ihrer Gnade ausgeliefert wiederfand. Und ich hatte keine Ahnung, was sie tun würde.

»Genug! Ich bin dein König«, herrschte ich sie an, als sie über mir stand und mich wieder auf den Boden drückte.

»Ja, das bist du«, sagte sie und leckte sich das Blut von den Lippen. »Und ich schulde dir einen Erben, Daddy.«

Sie ließ meinen rechten Arm los, ergriff die Schattenhand, die sie mir geschenkt hatte, und zwang mich, meine Hose zu öffnen und meinen angeschlagenen Schwanz zu befreien. Ihre Absicht erregte mich, aber es war nicht sehr angenehm, derjenige zu sein, der dominiert wurde.

»Um der Sterne willen, sei sanft damit«, krächzte ich, als sie mich zwang, mich kräftig zu pumpen. Sie beobachtete mich mit einer ungemeinen Freude in den Augen, während sie mich so grob behandelte, dass ich befürchtete, sie würde ihn mir abreißen. »Bitte, Lavinia«, keuchte ich panisch, und sie genehmigte mir eine Atempause, indem sie mir erlaubte, mich sanfter zu streicheln.

»Mach mich zu deiner Königin!«, zischte sie. In ihren Augen funkelte die Drohung, was sie mit mir tun würde, sollte ich ablehnen. »Du hast es lange genug hinausgezögert.«

»Wir brauchen einen Geistlichen«, platzte ich heraus, verzweifelt auf der Suche nach einem Grund, die Sache hinauszuzögern.

»Das Wort des Königs wird ausreichen, um uns vor den Augen der Sterne zu vermählen«, antwortete sie mit einem animalischen Blick in den Augen, während sie auf meine Zustimmung wartete. Ich konnte ihr ansehen, dass ich sie zu lange hingehalten hatte. Sie würde nicht länger warten, und vielleicht war meine Hochzeit mit ihr genau der Publicity-Trick, den ich brauchte, um die Aufmerksamkeit von Catalinas Vereinigung mit diesem verdammten Rebellen Grus abzulenken.

»Na gut«, gab ich nach und versuchte, zu ignorieren, wie meine verdammte Schattenhand immer noch an meiner Männlichkeit zerrte. »Ich werde es für dieses Wochenende arrangieren. Eine riesige Feier, der gesamte Hofstaat wird anwesend sein und …«

»Nein«, knurrte sie und fletschte die Zähne. »Sag es den Sternen jetzt, Daddy! Ich will meine Krone.«

Ich schluckte schwer und starrte zu ihr hoch, während sie den Kopf neigte und meine Hand meinen Schwanz etwas fester drücken ließ. So, als wollte sie mich warnen, was passieren würde, wenn ich mich weigerte. Natürlich gab ich nach.

»Bei der Macht der Krone«, rief ich aus, legte den Kopf in den Nacken, um zum Himmel aufzublicken, und schrie erschrocken auf, als Lavinia mit ihren Schatten ein Loch in das Dach schlug, sodass ich die Sterne tatsächlich sehen konnte. »Als König Solarias beschließe ich, mich mit dieser Frau zu vermählen. Lasst uns diese Verbindung mit Klarheit und Ehrlichkeit eingehen und für immer durch die Sterne verbunden sein.«

Lavinia klatschte aufgeregt, neigte ihren Kopf ebenfalls zum Himmel und wiederholte die Worte ihrerseits. »Ich beschließe, mich mit meinem König zu vermählen. Lasst uns diese Verbindung mit Klarheit und Ehrlichkeit eingehen und für immer durch die Sterne verbunden sein, indem er mich zu seiner Königin macht.«

Ich spürte, wie das magische Band auf uns fiel wie ein Donnerschlag, der unheilvoll durch meine Seele dröhnte. Und als ich zu meiner neuen Braut aufsah, lächelte sie mich mit einem bösen, blutigen und triumphierenden Lächeln an. Dabei drängte sie meine Hand, immer schneller an meinem nach wie vor schlaffen Schwanz auf und ab zu gleiten.

»Es ist vollbracht«, hauchte ich und beobachtete, wie sie den Kopf wieder senkte. Eine Krone aus Schatten wuchs auf ihrer Stirn, was ihr ein Stöhnen entlockte, und sie begann, ihre Brüste zu streicheln.

»Ich will dir doch nur gefallen, Daddy«, schnurrte Lavinia, und der Schattenmantel auf ihrem Körper fiel ab und entblößte ihren nackten Körper. Sie war blutverschmiert und wunderschön, und vielleicht war es gar nicht so schlecht, eine so mächtige Königin zu haben, solange sie mir wirklich gefallen wollte. Sie gehörte mir, ich könnte sie zerstören, wenn ich das wollte. Und als sie mich aus dem Griff der Schatten befreite und mich aufstehen ließ, ließ ich mich von ihrem sinnlichen Körper verwöhnen.

Sie strich mit der Hand über meine Brust, bohrte ihre Fingernägel durch mein Hemd und riss es mir vom Leib, während sie mich mit großen Augen ansah. Die Krone auf ihrem Kopf milderte offenbar etwas von ihrer Wut und schien sie an ihren Platz zu erinnern. Schließlich war es die Aufgabe einer Königin, ihrem König zu dienen.

Endlich, als ihre Brustwarzen meinen Oberkörper berührten und sie leise stöhnte und ihren blutigen Mund auf meine Kehle fallen ließ, wurde ich hart.

Ihre Haut war fast durchsichtig, und Dunkelheit floss durch ihre Adern anstelle von Blut, aber es hatte etwas unendlich Verführerisches, dieses mächtige Wesen zu besitzen.

»Du hast meinen Butler getötet. Ich werde nie jemanden finden, der gut genug ist, um ihn zu ersetzen«, zischte ich und streckte meine Finger nach ihrer Kehle aus.

»Dann zeigst du mir besser, wie böse ich gewesen bin, Daddy«, sagte sie und biss sich auf die Unterlippe. Und ich konnte nicht leugnen, wie gut es mir gefiel, diesen Einfluss auf sie zu haben.

Außerdem war ich der Drachenkönig – wenn jemand sie zähmen konnte, dann ich.

Ich wirbelte sie herum, stieß sie gegen die Wand zu meiner Rechten und drückte sie fest dagegen. Sie presste eifrig ihren Arsch nach hinten, und ich richtete meinen Schwanz vor ihrem Eingang aus. Ein Rausch der Macht durchströmte mich, als ich die Kontrolle über sie übernahm und sie daran erinnerte, dass ich ihr König war.

Mit einem harten Stoß war ich in ihr. Ich knurrte, ließ meine Wut über diesen Artikel und über Jenkins an ihr aus, während ich meine Finger schmerzhaft fest um ihre Arme schloss. Sie schrie, als würde ihre Lust gemeinsam mit meiner Brutalität wachsen.

»Ich werde dir einen Erben schenken«, stöhnte sie. »Ich werde dir gefallen, mein König. Gib mir nur deinen Samen, und ich werde uns einen Jungen zeugen, der mächtiger ist als alle, die du zuvor gezeugt hast.«

»Du machst dich besser bald an die Arbeit«, knurrte ich und fickte sie bei dem Gedanken daran noch härter. Ein Ersatz für die verräterischen Kreaturen, die mich für Vega-Huren verlassen hatten. Ein wahrer Erbe, dem ich vertrauen konnte, dass er an meiner Stelle regierte, wie dieses Königreich regiert werden musste, während er mein Vermächtnis erfüllte.

»Du hattest hinreichend Zeit, mir einen zu geben. Also, wo ist er?« Ich drückte ihr Gesicht fester gegen die Wand, und sie stöhnte lauter.

»Ich habe dir gesagt, dass ich dir einen Erben schenken werde, sobald ich deine Königin bin. Nicht vorher«, keuchte sie.

»Nun, jetzt bist du meine Königin. Also gib ihn mir!«, grunzte ich, während mein Schwanz fast platzte, als ich ihn abermals in der Enge ihres Körpers vergrub.

»Wie du wünschst«, antwortete sie, ihre Worte ein brutales Versprechen, auf das ich nicht schnell genug reagierte, während ich mich darauf vorbereitete, in ihr zu kommen.

Gerade als ich kurz davor war, meine Erlösung zu finden, übernahm Lavinia erneut die Kontrolle über meine Schattenhand und versetzte mir damit einen Schlag gegen den Kopf. Ich stolperte angesichts der Wucht, die sie eingesetzt hatte, rückwärts und brüllte vor Wut, als mein Schwanz aus ihrem Körper gerissen wurde und meine Beine gegen einen Tisch hinter mir stießen.

Lavinia drehte sich um und rannte kreischend auf mich zu. Ich errichtete einen Luftschild um mich herum, um mich zu schützen, aber ihre Schatten durchdrangen ihn wie Papier. Sie stürzte sich auf mich und zwang mich auf den Tisch.

Sie knallte ihre Pussy auf meinen Schwanz, wobei sie ihn zur Seite bog, und ich schrie vor Schmerz, bevor sie ihn packte und in sich hineinschob. Sie ritt mich hart, während sie ihre beiden Hände um meinen Hals legte.

»Ich will die Kontrolle haben«, würgte ich hervor und versuchte, sie zurückzudrängen, während sie wie wild auf meinem Schoß hüpfte und die Krone auf ihrem Kopf immer größer wurde, als sie vor Ekstase stöhnte. Sie fesselte meinen guten Arm an meine Seite, während sie meine Schattenhand dazu zwang, meine eigenen Brustwarzen so stark zu zwicken, dass sie fast abrissen.

»Lavinia!«, zischte ich.

»Daddy!«, antwortete sie, als wäre meine Forderung, dass sie sich meinem Willen beugen solle, ein Ausruf der Freude gewesen. Und ich wimmerte, als sie mich dazu brachte, die Schattenhand unter mich zu schieben und meine Arschbacken zu spreizen.

Ich brüllte und versuchte, Lavinia von mir runterzudrücken, damit ich sie nach vorn beugen und auf meine bevorzugte Weise ficken konnte, aber das spornte sie nur noch mehr an.

Ich war kurz davor, zu platzen, und das wusste sie – ihr teuflisches Lächeln verriet es mir unmissverständlich.

Meine nächsten Worte blieben mir im Hals stecken, als sie ihre Macht über meine Hand nutzte, um mir zwei Schattenfinger in den Arsch zu schieben. Das darauffolgende Brennen veranlasste mich dazu, wie ein neugeborener Welpe zu kläffen.

Lavinia heulte wie eine Todesfee, ihre Pussy zog sich auf fast unnatürliche Weise um meinen Schwanz zusammen, und ich konnte mich nicht länger zurückhalten. Plötzlich entlockte sie mir einen Orgasmus, der irgendwie schmerzte, als würde ein Feuer aus meinem Schwanz hervorbrechen, während ich mich in ihr ergoss. Sie hüpfte weiter, bis ich ihr alles gegeben hatte und mein Schwanz sich anfühlte, als wäre er irreparabel gebrochen.

Ich stöhnte unbehaglich, als sie von mir sprang und mich gefesselt auf dem Tisch zurückließ, unfähig, mich zu bewegen, da die Schattenfinger nach wie vor tief in meinem Arsch steckten und meine andere Hand immer noch an meiner Seite fixiert war.

Lavinia bewegte sich durch den Raum, während die Schatten über ihre Haut tanzten. Entsetzt stellte ich fest, dass ihr Bauch immer dicker wurde, als wäre sie schwanger. Aber das war völlig unmöglich.

»Was passiert hier?«, fragte ich mit schwacher Stimme, während ich mich weiter gegen ihren Griff wehrte.

»Dein Erbe wird geboren, was denn sonst?«, erwiderte sie mit einem manischen Lächeln, umklammerte ihren Bauch, ließ sich auf die Couch fallen und spreizte die Beine weit, dass ich einen unverdeckten Blick auf ihre Vagina hatte. »Er will seinen Daddy kennenlernen.«

»Hör auf!«, bat ich und schüttelte den Kopf, unsicher, was das für ein Spiel war, aber es gefiel mir überhaupt nicht. »Lass mich los, Lavinia. Ich bin dein König – gehorche mir!«

Sie stöhnte genüsslich, umklammerte ihren geschwollenen Bauch und spreizte ihre Beine noch weiter. »Er kommt.«

»Wer?«, flüsterte ich voller Angst, aber meine Antwort wurde mir auf die schrecklichste Weise gegeben, als sich kleine Schattenhände aus ihrer Vagina gruben. Schnell folgte ein dunkler Kopf mit zwei blutroten Augen, die mich sofort fixierten, während sich das Ding aus ihr krallte und ihr ein Schreien entlockte.

»Er ist hier!«, keuchte Lavinia, und ich erschauderte, während ich nach wie vor versuchte, mich zu befreien. Aber ich war an Ort und Stelle gefesselt, und sie erlaubte mir nicht, den Blick abzuwenden.

Das Schattenwesen befreite sich vollständig aus ihrem Körper. Das Ding war so groß wie ein Baby, aber kein Baby. Seine Gliedmaßen waren zu lang, sein Kopf zu rund, und in dem Moment, als es sich von seiner Mutter löste, stellte es sich auf zwei Beine. Seine Augen leuchteten rot, und sein Körper war glatt und von einer schmierigen schwarzen Substanz, die neben seinen Schwimmfüßen auf den Boden tropfte.

»Sag Hallo, Baby«, ermutigte Lavinia das Ding.

»Hallo, Daddy«, knurrte es mit einer Albtraum-Stimme, und ich schrie.

Ich schrie, wie ich noch nie zuvor in meinem Leben geschrien hatte.

Gemini
Scorpio
Virgo
Cancer
Aries
Leo
Sagittarius
Taurus
Capricorn
Aquarius
Libra
Pisces

Max

KAPITEL 35

Ich lag im Pool des Badehauses und nutzte meine Verbindung zum Element, um auf der Wasseroberfläche zu treiben. Ich hatte meine volle Sirenenform angenommen, meine Haut war mit marineblauen Schuppen bedeckt, die beim Kontakt mit dem Wasser vor Wonne kribbelten.

Ich holte tief Luft und versuchte, mich abzuschotten und mich dem unaufhörlichen Druck der Emotionen aller zu entziehen, die darauf abzielten, meine eigenen Gefühle zu verändern. Es war anstrengend, hier unten zu sein, jederzeit in der Nähe unzähliger Fae.

In Wahrheit musste ich mich schon im besten Fall ziemlich anstrengen, um mich von den Emotionen anderer nicht beeinflussen zu lassen. An der Academy hatte ich oft mit diesem Problem zu kämpfen gehabt, da mich der Ruf so vieler Emotionen aus dem Schlaf gerissen oder es mir schwer gemacht hatte, mich zu konzentrieren, wenn sie meine Sinne berührt hatten.

Hier unten war es noch viel schlimmer. Auf dem Campusgelände hatte ich mich zumindest ins Baumhaus flüchten können, und mein Zimmer in Haus Aqua war von Wasser umgeben, was den Druck äußerer Emotionen weitaus besser dämpfte als Erde oder Luft. Hier fühlte ich mich, als würde ich ersticken unter dem Schmerz von gestoßenen Zehen, der Empörung über Portionsgrößen, unbefriedigter Lust und allgemeiner Frustration.

Es war ein langer Zeitraum für so viele Fae in einem Versteck, und die Siege, die wir gegen Lionel errungen hatten, als wir seine Nebula-Inquisitionszentren niederrissen, waren nur eine kurze Atempause von der Monotonie des Lebens im Verborgenen gewesen. Ich hatte es weitaus besser als die meisten anderen. Die königlichen Gemächer waren größer, genau wie unsere Freiheiten, aber der Druck der Langeweile und Frustration, der vom Rest der Rebellen ausging, wurde immer stärker, sodass es für mich von Tag zu Tag schwieriger wurde, alles effektiv auszublenden.

»Ich habe gerade von meiner Mutter gehört«, unterbrach Caleb meine kleine Oase der Ruhe, aber ich verbannte den Anflug von Verärgerung, der mich durchfuhr. Stattdessen öffnete ich die Augen und sah ihn an, in der Hoffnung, auch Neuigkeiten von meiner Familie zu hören.

»Irgendetwas Besorgniserregendes?«, fragte ich, drehte mich um und schwamm durch das Wasser auf ihn zu, während er sich auf den Rand des Beckens setzte.

»Nein. Sie sagt, dass Lionel immer noch dafür sorgt, dass sie mit niederen Aufgaben beschäftigt sind. Er behält seine Pläne für den Rest des Königreichs für sich und schickt das FIB auf die sinnlose Suche nach Informationen, die von Sphinxen und Minotauren gestohlen wurden. Obwohl es dafür eigentlich keine handfesten Beweise gibt. Oh, und es gab irgendeine bescheuerte Party, auf der sie alle seine Hochzeit mit der Schattenschlampe feiern mussten.«

»Er führt etwas im Schilde«, murmelte ich. Das spürte ich in meiner Seele, und ich hasste es, dass wir nicht herausfinden konnten, was dieses Etwas war.

»Ja. Mom wird weiter versuchen, mehr herauszufinden, aber ich mache mir Sorgen, weil sie so eng mit ihm zusammenarbeitet. Sie sagt, dass Hadley und die anderen Ersatz-Erben in Spezialklassen an der Zodiac Academy unterrichtet werden. Von diesem verdammten Troll Highspell. Niemand darf das Gelernte infrage stellen, aber ich kann mir nur vorstellen, dass eine Menge Lionel-liebender Schwachsinn darin enthalten ist.«

»Ich vermute mal, dass Ellis kein Problem damit hat«, murmelte ich bitter, wohl wissend, dass meine kleine, verzogene Schwester jede Minute genoss, als Erbin meines Platzes im Celestia-Rat gehandelt zu werden. Aber wenn sie ernsthaft glaubte, sie könnte ihn mir kampflos abnehmen, dann machte sie sich etwas vor.

»Ja.« Caleb seufzte, lehnte sich zurück und stützte sich auf seine Hände, während er über die Wasserfläche blickte.

»Was ist los?«, fragte ich und versuchte automatisch, seine Gefühle zu erspüren. Aber er hielt sie unter Verschluss, wie er es in letzter Zeit immer tat, und ich verzog das Gesicht. »Du verschließt dich immer öfter vor mir.«

Caleb runzelte die Stirn und sah mich an, unsicher, ob er über das, was ihn beschäftigte, sprechen wollte, bevor er eine Stillekuppel um uns herum wirkte und sich vorbeugte.

»Du weißt, dass ich in letzter Zeit viel Jagd auf Seth gemacht habe?«, fragte er und senkte die Stimme, obwohl das dank der Stillekuppel unnötig war.

»Klar.« Die Aufregung, die Seth ausstrahlte, wenn er an mir vorbeirauschte und vor Calebs Reißzähnen um sein Leben rannte, zauberte mir jedes Mal ein Lächeln ins Gesicht.

»Na ja, ich denke viel darüber nach. Immer, wenn ich gerade nichts anderes tue, schweifen meine Gedanken ab, und ich fange an, über den Kick nachzudenken, den ich verspüre, wenn ich ihn jage. Darüber, wie es sich anfühlt, um die Chance zu kämpfen, meine Reißzähne in seiner Haut zu versenken. Und darüber, wie sehr ich es genieße, ihn unter mir festzuhalten und mir einfach zu nehmen, was ich will, so grob, wie ich es mag. Und ich … ich fange an, mich zu fragen, ob da noch mehr ist …«

»Ach ja?« Ich hatte bei Seth mehr als nur einen Hauch von Lust bemerkt, wenn er und Cal miteinander spielten, und ich konnte mir vorstellen, wie sehr der Nervenkitzel die beiden in Fahrt bringen konnte. Vor allem, wenn man bedachte, dass wir alle Nacht für Nacht hier unten gefangen waren und Darius und Tory praktisch die verdammten Wände mit ihrer Leidenschaft zum

Einsturz brachten, während wir anderen nur sehr begrenzte Möglichkeiten hatten, unsere eigenen Bedürfnisse zu befriedigen. Ich hatte nach der Hochzeit ihres Vaters eine einzige Nacht damit verbracht, Gerrys Körper zu verehren. Aber seitdem befand ich mich wieder im Universum der dicken Eier, während sie mich für jedes bisschen Aufmerksamkeit hart arbeiten ließ.

»Ja, und ich mache mir langsam Sorgen, dass meine Mutter vielleicht recht hatte.«

»Deine Mutter?«, fragte ich verwirrt.

»Ja. Ich meine, ich hätte Tory während dieses dämlichen Spiels beinahe umgebracht. Und manchmal, wenn ich auf der Jagd bin, fällt es mir wirklich schwer, einen kühlen Kopf zu bewahren. Ich lasse mich von meinem Blutrausch leiten und habe das Gefühl, dass er mich zu Handlungen drängt, die ich sonst nicht begehen würde. Oder … vielleicht ist das nur ein Haufen Mist, und alles, was er wirklich tut, ist, zu enthüllen, was ich am meisten will. Vielleicht zeigt er mir meinen sehnlichsten Wunsch.« Eine Sorgenfalte bildete sich auf seiner Stirn, bevor er den Blick wieder abwandte, und ich kratzte mich am Kinn.

»Und du denkst, dass es dabei um Seths Blut geht?«

Calebs Lippen teilten sich, als wollte er zustimmen, dann beugte er sich noch weiter vor. »Nicht nur um sein Blut. Ich will ihn besitzen. Ich will ihn auf eine ursprüngliche Weise beanspruchen, die von niemandem und nichts infrage gestellt werden kann. Ich habe mich ein wenig so gefühlt, als Tory meine Quelle war, aber bei ihm ist es noch viel intensiver. Allein der Gedanke, dass ihn jemand anderes beißen oder irgendeine Art von Anspruch auf ihn erheben könnte, bringt mein verdammtes Blut in Wallung. Ich muss gegen den Drang ankämpfen, ihn einfach zu packen und wegzusperren, wo ihn niemand finden kann. Neulich nachts ist er mit Rosalie Oscura und ihrem Rudel unter dem Mond gelaufen, und ich bin zwei Stunden lang in meinem verdammten Zimmer auf und ab gegangen, bevor ich ausgerastet und losgeschossen bin, um ihn zu suchen. Er war im totalen Wolfsmodus, also war der Kampf, den wir daraufhin hatten, episch. Aber als ich es endlich geschafft habe, ihn unter mich zu zwingen und meine Zähne in seinen Hals zu versenken, schwöre ich, dass ich das Nirwana erreicht habe. Und ich dachte, das wäre alles, was ich brauche. Aber als ich gesättigt war und Rosalie Seth zu sich rief, um weiterzurennen, musste ich mich echt beherrschen, sie nicht anzugreifen. Ich komme einfach nicht mit dem Gedanken klar, dass irgendjemand versuchen könnte, ihn auf irgendeine Weise zu haben. Das macht mich wahnsinnig.« Calebs Fangzähne schnellten hervor, und ein Knurren entwich ihm, als er darüber nachdachte. Ich hob ergeben die Hände.

»Beruhige dich, ich habe kein Interesse daran, deine kostbare Quelle zu beißen.«

Er lachte leise, und ich erwiderte sein Lächeln.

»Das klingt nach Vampirkram. Vielleicht solltest du einfach mal mit Orion darüber reden? Könnte es mit eurem Vampirzirkel zu tun haben?«, schlug ich vor.

»Ja«, stimmte er zu und blickte auf, als hoffte er, dass sein neuer kleiner Kumpel jeden Moment auftauchen würde. Ich schüttelte den Kopf, angesichts der Tatsache, dass sie ihre Beziehung um hundertachtzig Grad gewendet hatten. Sie waren von erbitterten Rivalen zu verdammten besten Freunden geworden, die nichts weiter als einen kleinen Liebesbiss miteinander geteilt hatten. Und ich konnte ihr neues Band nicht einmal anzweifeln, weil ich spüren konnte, wie es zwischen ihnen summte, als wären sie seit ihrer Kindheit beste Freunde. Es war irgendwie seltsam, aber sie schienen glücklich zu sein und es war ja auch nichts Schreckliches passiert – sie hatten einfach nur den Drang verloren, ständig um Blutquellen zu konkurrieren, und dabei einen Weg gefunden, sich über alles, was mit Vampiren zu tun hatte, zu verbrüdern.

Caleb sah sich um, legte den Kopf schief und richtete sein Gehör auf ein Geräusch aus, das ich nicht hören konnte. Dann stand er auf.

»Gabriel ist gerade im Speisesaal angekommen und hat einen Plan, wie wir das Schattenauge in die Finger bekommen können«, sagte er und winkte mich aus dem Wasser.

Ich seufzte, zog mich aus dem Becken und verwandelte mich wieder in meine Fae-Gestalt, bevor ich mich mit meiner Wassermagie abtrocknete und mich schnell anzog.

Wir eilten durch die weitläufigen Tunnel in Richtung Speisesaal und entdeckten Gabriel inmitten einer Gruppe von Rebellen, die ihm alle mit gespannter Aufmerksamkeit zuhörten. Ihre Aufregung war in der Luft zu spüren und berührte meine Haut.

Cal stupste mich an, um auf unsere Gruppe hinzuweisen, und wir schlüpften durch die Menge in ihre Richtung, während Gabriel den Rebellen bereits erste Anweisungen gab.

»Ich möchte, dass jeder im kommenden Monat einen Plan zur Ermordung des Sehers des falschen Königs – Vard – schmiedet«, sagte er. »Ihr könnt einen beliebigen Zeitpunkt für den Anschlag wählen und die dunkelsten und grausamsten Angriffsmethoden wählen, die ihr euch vorstellen könnt. Es ist unerlässlich, dass ihr dies zu eurer Priorität macht. Er muss sterben, und zwar so schnell wie möglich.«

In der Menge wurde es unruhig, die Stimmung blutrünstig, hungrig und entschlossen. Ich warf Caleb einen überraschten Blick zu, während wir uns zu unserer Gruppe gesellten und Gabriel sich uns anschloss.

»Wird Vard nicht all das kommen *sehen*?«, fragte ich verwirrt, und Gabriel grinste dämonisch.

»Oh, ich gehe davon aus, dass er in naher Zukunft endlose Versionen seines Todes *sehen* wird«, stimmte er zu.

»Wenn er sie kommen *sehen* kann, wie kannst du dann erwarten, dass sie Erfolg haben?«, hakte ich nach.

»Das tue ich nicht«, antwortete er schlicht. »Ich will nur, dass ihn all diese Todesdrohungen so sehr ablenken, dass er uns nicht kommen sieht, wenn wir ihn heute Nacht angreifen.«

»Also werden wir ihn töten?«, fragte Darius, der sich für diese Idee nur allzu bereit zeigte.

»Nein«, keifte Gabriel. »Und du solltest auch nicht eine Sekunde lang daran denken.«

»Flippige Forelle, ich glaube, ich verstehe!«, rief Geraldine, hüpfte auf ihrem Sitz auf und ab und lenkte meine Aufmerksamkeit auf ihre Brüste. »Das ist ein altmodisches Plappblenkungs-und-Vlubble-Manöver, nicht wahr?«

»Ganz genau«, stimmte Gabriel zu.

»Was zur Hölle soll das bitte sein?«, fragte Orion schroff.

»Es ist, als würdest du zu einem Mädel sagen, dass es mit einer Ohrfeige rechnen muss, es dann aber mit deiner langen Lanze in der Begonie überraschen«, erklärte sie, als würde sie mit einem Kind sprechen, und Xavier stieß ein munteres Wiehern aus.

»Korrekt. Aber anstatt uns Vards fauliger Begonie auch nur zu nähern, werden wir uns an ihn heranschleichen und das Schattenauge direkt aus seinem Minderwertiger-Seher-Gesicht stehlen«, sagte Gabriel stolz.

»Wir sollen ihm also das Auge stehlen, ohne ihn zu töten?«, fragte Seth, als hielte er das für eine unmögliche Aufgabe.

»Seth Capella, man könnte meinen, du hättest noch nie einem hinterlistigen kleinen Scheißer ein Auge ausgestochen«, tadelte Geraldine. »Manchmal denke ich, ihr Jungs seid so grün hinter den Ohren wie ein junger Fisch.«

»Willst du damit sagen, dass du Erfahrung darin hast, Leuten die Augen herauszureißen?«, fragte ich sie, halb angewidert und halb angeturnt von der Vorstellung. Geraldine im knallharten Krieger-Modus war so ziemlich mein ultimativer feuchter Traum – und den träumte ich verdammt oft.

»Lavinia und Lionel müssen vom Palast gelockt werden, um dem Angriff die besten Erfolgsaussichten zu gewähren. Vard wird sich zweifellos in seinen Gemächern einschließen, sobald er Visionen von all diesen Morddrohungen gegen ihn bekommt, also sollte er leicht zu finden sein.«

»Und ich kann uns in den Palast der Seelen bringen – das haben wir Torys Ring zu verdanken, mit dem sie mir Zugang zu den Geheimgängen des Königs verschafft hat«, sagte Orion, dessen Augen bei dem Gedanken, sie mitten in ihrem Machtzentrum anzugreifen, leuchteten.

»Perfekt. Ich denke, du, Darius und Geraldine solltet Vard aufspüren. Wir anderen werden das neue Nebula-Inquisitionszentrum angreifen, das Lionel gerade westlich von Tucana eröffnet hat«, sagte Gabriel.

»Hast du eine Möglichkeit *gesehen*, es zu zerstören?«, fragte ich, weil wir schon seit dem Bau des Gebäudes versucht hatten, dagegen vorzugehen.

Lionel war es offensichtlich leid, dass wir ständig seine Inhaftierungseinrichtungen verwüsteten, und hatte dieses neueste Gebäude mit unglaublich viel Magie ausgestattet. Die Rebellen hatten noch keinen brauchbaren Plan entwickeln können, um es zu zerstören und die Gefangenen zu befreien, die er darin festhielt, ohne die Verteidigungssysteme auszulösen, die sie alle töten würden.

»Ja, mit der Hilfe meiner Familie bin ich zuversichtlich, dass wir die Gefangenen da rausholen können«, bestätigte Gabriel, und mein Blut pumpte schneller bei dem Gedanken, mich erneut in den Kampf zu stürzen.

»Oh, ich liebe einen guten Showdown«, quietschte Geraldine und klatschte in die Hände.

»Geraldine wird das Kommando übernehmen, wenn ihr beim Palast ankommt«, befahl Gabriel und sorgte dafür, dass sowohl Darius' als auch Orions blutrünstiges Grinsen zu einem missmutigen Stirnrunzeln wurde.

»Warum?«, wollte Darius wissen.

»Weil sie am unberechenbarsten ist. Außerdem weiß ich, dass sie den Plan versteht – ihr könnt eure Meinungen nicht ändern und plötzlich beschließen, ihn zu töten, sonst wird er euch kommen *sehen*. Er muss von all den Morddrohungen so überwältigt sein, dass er eine einfache Verletzung nicht *sehen* kann, weshalb ihr nur planen dürft, ihm sein Auge rauszureißen.«

»Wir müssen ihn am Leben lassen?«, fragte Darius und sah deswegen höllisch sauer aus. »Weißt du, was dieser kranke Wichser Roxy angetan hat?«

Xavier wieherte traurig und sah seinen Bruder mit schmerzverzerrtem Gesicht an.

»Glaub mir, ich weiß es«, knurrte Gabriel, und seine brüderliche Liebe für sie war in seinem Tonfall deutlich zu hören. Aber er blieb bei seiner Entscheidung. »Sein Tag wird kommen, aber nicht heute. Wir brauchen sein Auge mehr als seinen Tod. Ich kann die Schatten nicht *sehen*, also ist das Auge unsere einzige Möglichkeit, die Risse zu finden. Ich kann eine Zukunft *sehen*, in der wir dieses Auge erfolgreich benutzt haben. Meine Familie hat die Lücken in Vards Fähigkeiten mit nicht tödlichen Angriffen getestet, und ich kann bestätigen, dass er sie nie kommen sieht. Er ist nicht einmal annähernd geeignet, um auf dem Stuhl des königlichen Sehers zu sitzen, und ich kann es nicht ertragen, dass er es versucht.«

»Deshalb hat deine kleine Gang von Hooligans Lionel also mit Scheiße beworfen, ihn stolpern lassen, sodass er in fragwürdige Pfützen gefallen ist, und ihm bei seinen öffentlichen Auftritten Dildos in Form von Drachenschwänzen an den Kopf geworfen?«, fragte Seth, und sein Blick füllte sich mit Verständnis. »Du hast die Grenzen von Vards Fähigkeiten ausgelotet.«

»Genau«, antwortete Gabriel stolz. »Und als ich mir gestern Abend bei der offiziellen Krönung seiner Schattenkönigin in der Zeitlupenwiederholung angesehen habe, wie ihn dieser große glitzernde Pegasex-Plastikpimmel im Gesicht getroffen hat, wusste ich, dass der Zeitpunkt gekommen ist.«

»Ich habe den nötigen Glitzer dafür besorgt«, erklärte Xavier stolz, und ich musste lachen, als er seine Brust aufblähte.

»Wie auch immer, der Punkt ist, wir brauchen sein Auge und wir können ihn absolut nicht töten. Verstanden?«, wiederholte Gabriel und sah sich in der Gruppe um, um sicherzustellen, dass wir mit seinem Plan einverstanden waren.

Darius sah nicht glücklich darüber aus, nickte aber zustimmend, woraufhin Geraldine aufsprang.

»Oh, welch ein Freudentag! Ich hole die Augenschaufel meiner Urgroßmutter und treffe euch gerissenen Gesellen flugs an der Grenze.« Sie machte sich auf den Weg, ohne dass einer von uns die Chance hatte, sie nach der Augenschaufel zu fragen, aber ich musste annehmen, dass das nur eine seltsame Redewendung war.

»Ich schätze, wir werden dann mal die Gefängniszellen des Psychokönigs zerstören«, sagte ich beiläufig, als wir zu unseren Zimmern gingen, um unsere Waffen zu holen.

»Und oh, was für eine Nacht das werden wird«, sang Seth fröhlich, während er voraushüpfte. Und ich grinste, als ich an die uns bevorstehende Herausforderung dachte.

Gemini
Scorpio
Virgo
Cancer
Aries
Leo
Taurus
Sagittarius
Capricorn
Aquarius
Libra
Pisces

DARIUS

KAPITEL 36

Wir arbeiteten uns durch die steinernen Gänge, die sich wie ein Spinnennetz unter dem Palast der Seelen erstreckten. Geraldine ging voran und sang leise ein verdammt seltsames Lied, während ich mir auf die Zunge biss und mich zwang, ihr ohne zu murren zu folgen.

Es war höllisch schwer.

Sie hatte hier unten schon buchstäblich dreimal völlig grundlos die Richtung geändert, und obwohl ich wusste, dass ihre Entscheidungen uns weiter von Vards Kammer wegführten anstatt näher an sie heran, konnte ich kein verdammtes Wort dagegen sagen.

»Bist du sicher, dass du diesen Weg gehen willst?«, fragte ich zähneknirschend, während Orion mich angrinste. Er wusste genau, wie angepisst ich war. Aber im Ernst? Sollte ich während dieses gesamten Ausfluges wirklich ihren Anweisungen folgen müssen? Wohl wissend, dass sie verrückte Entscheidungen traf, die die ganze Sache nur in die Länge zogen? »Ich finde, wir sollten versuchen, einen direkteren Weg zu nehmen …«

»Natürlich tust du das.« Geraldine stieß ein Seufzen aus. Sie klang völlig entnervt von mir, obwohl ich seit dem Betreten dieser Tunnel nur dreimal den Mund aufgemacht und hundertmal den Drang dazu unterdrückt hatte. »Weil du den linearen und einfachen Verstand einer reinrassigen Milchkuh hast. Wenn du das Gras siehst, willst du direkt darauf zugehen – egal, ob dich im Sumpf vor dir ein Sumpfmonster erwartet.«

»Inwiefern riskieren wir hier einem Sumpfmonster zu begegnen?«, zischte ich, und Orion lachte leise.

»Das tun wir nicht«, antwortete sie hastig. »Weil wir durch die fairen und ruhigen Gewässer der Göttin des Schicksals schwimmen. Ihre Launen allein sind es, die uns heute Abend zum Erfolg führen werden.«

Ich gab es auf, mit der Verrückten vernünftig reden zu wollen, und behielt mein inneres Murren für mich, als sie eine versteckte Treppe fand und den Weg nach oben wies. Immer weiter nach oben, weit über die zweite Ebene des Palastes hinaus, wo sich Vards Zimmer befand.

»Achtung!«, verkündete Geraldine plötzlich, riss eine Tür auf und schob einen Wandteppich beiseite, um ins Innere des Palastes zu treten. »Los, lieber Bruder und mein treuer Scharfzahn, es ist ein Spiel im Gange!«

Wir eilten hinter meiner verrückten Stiefschwester in den Korridor, und sie marschierte mit entschlossenen Schritten zum anderen Ende.

Ich krümmte die Finger, um das Gefühl meiner Axt in meiner Hand zu spüren, aber ich ließ sie auf meinem Rücken. Meine Versuchung, Vard den verdammten Kopf abzuschlagen, wenn ich ihn sah, war auch so schon groß genug. Eine Waffe zur Hand zu haben, wäre zu einfach. Das musste ich mir immer wieder einreden.

Bring den Wichser, der die Frau, die ich liebe, gefoltert hat, nicht um. Bring den Wichser, der die Frau, die ich liebe, gefoltert hat, nicht um. Bring den Wichser, der die Frau, die ich liebe, gefoltert hat, nicht um.

Aber ich könnte ihn doch sicher ein bisschen verstümmeln – als Bezahlung für das, was er ihr angetan hatte.

Ein scharrendes Geräusch ließ mich herumfahren. Ein dunkler Schatten tauchte in meinem Augenwinkel auf, und ich runzelte die Stirn, fast sicher, dass ich dort etwas gehört hatte. Außerdem war ich mir ziemlich sicher, beobachtet zu werden.

»Habt ihr das gehört?«, murmelte ich zu den anderen, wohl wissend, dass meine Worte dank unserer Stillekuppel nicht nach außen dringen würden.

»Ja«, antwortete Orion; seine scharfen Augen scannten das andere Ende des Ganges, während mein Gefühl, verfolgt zu werden, zunahm.

»Ich wittere einen hinterlistigen Hohlkopf im Hintergrund«, flüsterte Geraldine, nahm ihren Flegel vom Rücken und schwang ihn bedrohlich, während sie vor uns trat, um nachzusehen. »Wenn wir in einen Hinterhalt geraten, dann musst du wegrennen, lieber Bruder, denn Mylady braucht deine Dienste mehr als meine. Also werde ich den Kopf hinhalten, wenn es zu einem solchen Schicksal kommt.«

»Meine Dienste?«, fragte ich, während ich nach wie vor prüfend den Gang absuchte, aber niemanden fand.

»Ja. Du wärmst ihre Herzmuscheln auf die angenehmste Art und Weise. Obwohl du ein unausstehlicher Unhold bist, scheinst du dich mit ihrem Rasen auszukennen.«

»Ähm, danke?« Ich warf Orion einen Blick zu, der von der ganzen Sache viel zu amüsiert schien, und funkelte ihn wütend an.

»Bitte belästige meine Ohren nicht mit Fabeln zu deinem Wünschelruten-Willy. Ich will die Bilder, die von solchen Erzählungen inspiriert werden, nicht vor Augen haben. Sie könnten inzestuöse Gedanken über deine Leistung hervorrufen.«

»Wir sind nicht wirklich verwandt, also wären sie nicht inzestuös ...«

»Ab durch die Gischt! Wir müssen die Möglichkeit vergessen, dass uns ein wandelnder Vagabund folgt, und uns weiter unserer Aufgabe widmen.« Geraldine drehte sich abrupt um und schob sich zwischen Orion und mich. Dabei drängte sie uns beide mit der Schulter ab, um in die entgegengesetzte Richtung des Geräusches zu stürmen, von dem ich sicher war, dass ich es gehört hatte.

»Du hast die Dame gehört«, sagte Lance. »Ab durch die Gischt!«

Ich schnaubte und drehte mich um, um ihr zu folgen. Sofort kam mir der Gedanke, Vard zu überraschen – und dann der Wunsch, ihn für das, was er meinem Mädchen angetan hatte, in Stücke zu reißen.

»Ich habe mein Sonnenstahlschwert mitgebracht, damit du ihm ein paar ordentliche Narben zufügen kannst«, sagte Lance im Gehen. »Ich dachte, das wäre das Mindeste, was er für das, was er Tory angetan hat, verdient.«

»Ernsthaft?«, fragte ich, viel zu begeistert von der Idee, diesem Mistkerl ein solch dauerhaftes Souvenir schenken zu können. Das war vermutlich alles andere als gesund, aber ich würde mich nicht selbst psychoanalysieren.

»Ja. Ich weiß, dass du es kaum erwarten kannst, ihn zur Strecke zu bringen. Verdammt, ich würde ihn selbst ausweiden, wenn ich es könnte. Aber vielleicht kann Tory die Ehre für sich beanspruchen, wenn sie zurückkommt.«

»Wann auch immer das sein soll«, knurrte ich, und meine Stimmung verschlechterte sich sofort, als ich an den Monat dachte, den ich bereits mit ihr verloren hatte. »Ich habe ihren verdammten Geburtstag verpasst.«

»Ich weiß, Bruder, ich habe Darcys auch verpasst. Aber Gabriel ist sich sicher, dass sie das tun müssen. Sie müssen alles lernen, was der Palast der Flammen zu bieten hat, wenn sie stark genug sein wollen, um Lionel zu besiegen und …«

»Für dich ist das etwas anderes«, fuhr ich ihn an. Augenblicklich wurde mir klar, dass ich das nicht hätte sagen sollen, denn sein Blick verdunkelte sich und er fletschte die Reißzähne. Aber er kannte die Wahrheit nicht. Ich hatte nicht nur ihren verdammten Geburtstag verpasst, sondern den einzigen Geburtstag, den ich jemals ordentlich mit ihr würde feiern können. An dem Tag war ich völlig durchgedreht, hatte mich verwandelt und war vom Burrows weggeflogen, entschlossen, meinen Vater zu finden und ihn zu vernichten. Dann könnte sie zu mir zurückkehren und ich die kurze Zeit, die mir mit ihr noch blieb, voll ausnutzen – ohne dass die dunkle Wolke seiner Anwesenheit weiterhin über uns schwebte.

Aber natürlich hatte das nicht geklappt. Ich war auf halber Strecke zum Palast der Seelen gewesen, als Gabriel wie aus dem Nichts aufgetaucht war und mir gesagt hatte, dass meine Zukunft in dieser Nacht enden würde, wenn ich den eingeschlagenen Weg weiterginge.

Also war ich gezwungen gewesen, umzukehren. Ja, ich wäre bereit gewesen, mein eigenes Leben zu opfern, um den Mann zu vernichten, der so viel davon beherrscht und zerstört hatte. Aber ich hätte den Gedanken nicht ertragen, sie nie wiederzusehen. Sie ohne Abschied zu verlieren. Genauso wenig konnte ich es ertragen, die Wochen, Tage, Stunden und Sekunden ohne sie verstreichen zu sehen, in dem sicheren Wissen, dass mir die Zeit weglief.

Ich hatte noch knapp fünf Monate – ohnehin bei Weitem nicht genug. Aber jetzt wurde uns sogar das bisschen Zeit gestohlen, und Gabriel hatte immer noch keine Antwort darauf, wie lange ich auf ihre Rückkehr würde warten müssen. Er hatte sogar die Möglichkeit zugegeben, dass diese erst nach Weihnachten stattfinden könnte – was bedeutete, dass ich ihr möglicherweise schon den letzten Kuss gegeben, ihr letztes Lächeln gesehen und ihr letztes Lachen gehört hatte. Dass alles vorbei war, bevor es überhaupt richtig begonnen hatte. Und ich war so wütend auf die Sterne, auf mich selbst und auf alles dazwischen, dass ich nicht einmal mehr dieses Geheimnis ordentlich für mich behalten konnte.

»Inwiefern ist das etwas anderes?«, knurrte Orion, packte mich am Arm und drehte mich zu sich, während Geraldine eine Treppe hinunterging, als könnte sie uns nicht hören. »Denkst du, dass euer Band stärker ist als Darcys und meins? Weil Tory einst deine Elysische Gefährtin war?«

Ich öffnete den Mund, halb bereit, dem zuzustimmen – nur damit ich die Kraft seiner Wut spüren und mich von dieser endlosen Qual ablenken lassen konnte, weil ich die Zeit mit der einzigen Frau, die ich jemals lieben würde, verlor. Aber dann zögerte ich. Fast hätte ich die Wahrheit gesagt, bevor mir klar wurde, dass das auch egoistisch wäre. Ich hatte dieses Geheimnis aus gutem Grund für mich behalten, denn wir alle mussten uns auf den Krieg konzentrieren und durften keine Zeit damit verschwenden, gegen die Sterne meines verdammt hoffnungslosen Schicksals anzukämpfen. Ich hatte meine Wahl getroffen und musste nun die Konsequenzen tragen.

»Das ist es nicht«, stieß ich zwischen aufeinandergepressten Zähnen hervor. Ich zwang mich, die Fassung zu bewahren, obwohl ich am liebsten die Beherrschung verloren hätte. »Ich weiß eben, dass ich mich bald mit Lionel werde anlegen müssen. Und ich habe das Gefühl, dass ich gerade die einzigen Momente verliere, die mir noch mit ihr bleiben. Es gibt keine Garantie, dass ich diesen Kampf gewinnen werde – trotz deiner Versuche, mir mit dunkler Magie einen Vorteil zu verschaffen. Das weißt du. Wenn es also dazu kommt, bevor sie zurück ist, bekomme ich vielleicht nicht einmal mehr die Chance, mich zu verabschieden.«

Ich wusste, dass es eine miese Nummer war, ihm diese Halbwahrheit anzubieten, aber ich musste hoffen, dass mir meine Freunde und Familienmitglieder vergeben und meine Gründe für meine Lügen letztlich verstehen würden.

Lance entspannte sich, legte die Stirn in Falten und schüttelte den Kopf. »Du wirst diesen Kampf gewinnen, wenn die Zeit dafür gekommen ist«, sagte er mit Nachdruck. »Wir müssen nur zuerst Lavinia aus dem Weg räumen. Dann bekommst du deine Chance, Lionel zu besiegen – eine Chance, die du dir redlich verdient hast. Er wird zu deinen Füßen verbluten und für all die Dinge büßen, die er dir und uns allen angetan hat. Tory wird schneller zurück sein, als du denkst, und du wirst dich auf eine Zukunft freuen können, in der ihr Mini-Drachen und Mini-Phönixe erschafft, die in einem friedlichen Königreich hintereinander herjagen.«

Ich presste die Kiefer aufeinander, unfähig, mehr über Roxy zu sagen oder zu erklären, warum ich mich auf nichts davon freuen konnte – weder in einem Traum noch sonst wie. Stattdessen nickte ich einmal.

Lance wollte sich schon von mir abwenden, aber ich hielt ihn fest und zwang ihn, mir wieder in die Augen zu sehen.

»Du warst mir immer ein Bruder«, sagte ich rau. »Und die Liebe, die ich für dich empfinde, ist stärker als jedes Band, das uns auferlegt wurde. Wenn ich sterbe, möchte ich, dass du weißt, dass …«

»Darius, nicht …«

»Kümmere dich um sie!«, knurrte ich, nahm seine Hand in meine und zwang ihn, dieses Gelübde für mich abzulegen. »Wenn ich nicht mehr bin … Versprich mir, dass du alles tun wirst, um ihr zu helfen, darüber hinwegzukommen! Damit sie wieder glücklich sein kann. Liebe sie wie einen Bruder und hilf ihr … Frieden jenseits von mir zu finden. Schwöre es! Ich muss wissen, dass sie ohne mich nicht allein sein wird.«

Lance sah aus, als wollte er protestieren, aber dann schlich sich die gleiche Angst und Dunkelheit, die mich in diesen Tagen so oft verzehrte, in seinen Blick und er nickte.

»Nur, wenn du schwörst, das Gleiche für Darcy zu tun, falls mir etwas zustößt«, antwortete er.

Ich hätte erwidern sollen, dass ich nicht da sein würde, um das zu tun. Aber ich tat es nicht. Ich wusste, dass ich dieses Versprechen in diesem wie im nächsten Leben halten würde. Und er musste seinen Schwur abgeben. Für Roxy.

»Ich schwöre«, stimmte ich zu, und als er es auch tat, ertönte ein magisches Klatschen zwischen unseren Handflächen, um das Versprechen zu besiegeln und uns daran zu binden.

Ich zog ihn an seiner Hand zu mir heran, legte meinen Arm um seine Schultern und umarmte ihn einen kurzen Moment lang fest, bevor ich ihn losließ. Ich hoffte, dass er nicht bemerkt hatte, dass ich versuchte, mich von ihm zu verabschieden – für den Fall, dass ich keine weitere Gelegenheit mehr dazu bekommen würde, bevor meine Zeit wirklich ablief. Denn eines wusste ich mit Sicherheit: Wenn Weihnachten vor der Tür stand und mein Countdown zu Ende ging, würde ich meinen letzten Tag nicht umgeben von denjenigen verbringen, die mich liebten. Ich würde zum Palast der Seelen fliegen und alles geben, um sicherzustellen, dass mein Vater und seine verdammten Schergen zusammen mit mir untergingen.

Wir lösten uns voneinander und gingen los, um Geraldine einzuholen. Wir entdeckten sie, als sie gerade den dritten Stock des Palastes erreichte und den Korridor dort betrat. Sie befand sich nach wie vor ein ganzes Stockwerk über Vards Schlafgemach, aber ich hatte keine Lust, sie zu fragen, warum sie schon wieder einen Umweg nahm. Stattdessen versuchte ich, mich daran zu erinnern, dass Gabriel unseren Erfolg in dieser Sache gesehen hatte – solange wir bei ihr blieben.

»Oh, süße Zwiebeln im Roggenkorb!«, rief sie, als die Tür zwischen uns zuschlug, und Lance und ich verfielen in einen Sprint, zogen unsere Waffen und tauchten sie in Phönixfeuer, als wir durch die Tür hinter ihr brachen. Wir fanden uns in einer riesigen Kammer wieder, in der uns ein raumhohes Gemälde der toten Königin erwartete.

Geraldine war auf die Knie gefallen und murmelte Lobpreisungen auf die tote Frau, obwohl sie offensichtlich nicht mehr als Farbe auf Leinwand war. Ich fluchte über so viel Albernheit, steckte meine Axt wieder weg und löschte die Flammen.

Ich musste davon ausgehen, dass dies einer der Räume war, die sich vor meinem Vater verschlossen hatten, da er völlig unberührt schien. Er war immer noch voller Dinge, die mit dem Grausamen König und seiner Königin zu tun hatten, und ich fragte mich kurz, warum wir Zugang dazu erhielten.

»Geraldine, ich glaube nicht, dass wir wirklich Zeit haben, um irgendwelche Gemälde zu preisen«, sagte ich.

»Du dorschiger Dragoner«, seufzte sie. »Du bist manchmal so ermüdend, dass es schwer ist, in deiner überheblichen, ungehobelten Anwesenheit überhaupt zu funktionieren.«

»Wir sind hier, um uns ein Schattenauge unter den Nagel zu reißen«, zischte ich. »Nicht, um eine verdammte Tour durch den Palast zu machen. Wer weiß, wie lange die anderen meinen Vater und Lavinia noch von hier fernhalten können?«

»Na schön«, erwiderte sie in einem Tonfall, der besagte, dass sie mich verdammt irritierend fand. Ich seufzte und biss mir auf die Zunge, um diesen Scheiß einfach hinter mich zu bringen.

Wir machten uns wieder auf den Weg, aber plötzlich schrie Geraldine auf, hob eine Hand und zeigte mit zitterndem Finger auf die Wand. Ich drehte mich in ihre Richtung, griff nach meiner Axt und zögerte dann, als mir klar wurde, worauf sie zeigte. Ein Paar schimmernder silberner Flügel war an der Wand unter dem Gemälde erschienen. Ein Energiefeld schwirrte darum und machte es unglaublich schwer, die Flügel zu ignorieren.

»Darcy hat mir erzählt, dass Königin Merissa Visionen für sie hinterlassen hat, die durch ein Symbol wie dieses gekennzeichnet waren«, flüsterte Orion und trat mit einem Ausdruck der Ehrfurcht auf seinem Gesicht auf die Markierung zu.

Ich hob misstrauisch eine Augenbraue. »Warum sollte die Königin eine Vision für uns hinterlassen haben?«

»Du hast recht«, flüsterte Geraldine. »Du bist höchst unwürdig, ein schuppiger, suspekter Salamander, Ausgeburt des falschen Königs, ein inadäquater Schurke von einem Mann. Und von dem geächteten Grottenolm, der hier im Raum ist, will ich gar nicht erst anfangen.«

»Okay, Grus, das reicht«, brummte Orion, während er mit ausgestreckter Hand vortrat. Ich folgte ihm.

In dem Moment, in dem meine Finger die Wand berührten, wurde ich in eine Vision hineingezogen, die mir den Atem raubte. Und ich erhaschte einen Blick auf das Leben, das hätte sein können.

»Diese Zukunft wurde uns allen gestohlen«, hallte Merissa Vegas Stimme durch meinen Schädel, und mein Mund blieb offen stehen, als ich ein Leben voller Erinnerungen im Schnelldurchlauf sah. Ein Leben, in dem die Vega-Zwillinge zusammen mit den anderen Erben und mir aufgewachsen waren.

Auch Lance und Clara waren mit uns aufgewachsen. Wir alle verbrachten unzählige Stunden in Gesellschaft der anderen und planten ein gemeinsames Leben, in dem wir mit vereinten Kräften über Solaria zu herrschen bestimmt waren.

Ich erhielt Visionen einer jungen Roxy und eines jungen Darius, die sich immer wieder zueinander hingezogen fühlten. Unser erster Kuss fand in diesem Palast während der Feier zu ihrem fünfzehnten Geburtstag statt. Dabei wurden wir von ihrem Vater erwischt, der mich fast in zwei Hälften biss, während er mich zum Teufel jagte.

Lance und Darcy verliebten sich ineinander, als er in seiner ersten Spielpause seiner Profi-Pitball-Saison nach Hause kam, und erlebten eine stürmische Romanze, über die die Presse nur so herfiel. Roxy und ich schlichen immer wieder umeinander herum und versuchten, das zu bekämpfen, was wir füreinander empfanden – vor allem wegen unserer Positionen und der Konsequenzen für den Celestia-Rat.

Aber irgendwann gaben wir nach, und mein Mund blieb offen stehen, als ich Bild für Bild sah, wie ich meinen Platz für sie aufgegeben, sie geheiratet und meine Position an Xavier abgetreten hatte.

Das gesamte Königreich lebte in Frieden und liebte seine Prinzessinnen. Als es Zeit für ihre Thronübernahme war, stand ich an Roxys Seite und Lance an Darcys. Und alles war so verdammt gut, dass ich es fast schmecken konnte. Eine Zukunft, die für uns – dank meines Vaters – nie wirklich möglich gewesen war.

Geraldine begann zu schluchzen, als die Vision verblasste, und murmelte immer wieder ihre Liebe zu den wahren Königinnen, während ich versuchte, nicht um ein Leben zu trauern, das ich nie würde leben können. Denn mein Tod kam unweigerlich und schnell. Ich würde in keiner Version von Roxys Zukunft dabei sein. Aber die Erinnerung an diese Vision hallte noch länger in meinem Kopf wider, und ich begann, mich zu fragen, ob eine Zukunft, in der die beiden den Thron beanspruchten, wirklich so schlimm wäre, wie ich es befürchtete.

Unter der Anleitung der anderen Erben könnten sie vielleicht lernen, was für die Herrschaft über unser Königreich erforderlich war. Ich hingegen würde nicht dabei sein, um herauszufinden, welche Zukunft sie wirklich erwartete.

Der Schmerz der Trauer über etwas, das ich nie erfahren hatte, lastete schwer auf meiner Brust. Und doch konnte ich nicht umhin, mich zu fragen, was passieren würde, wenn es mir wirklich gelänge, meinen Vater zu vernichten und ihn aus dieser Welt zu reißen, bevor ich gezwungen wäre, ihm durch den Schleier zu folgen. Denn vielleicht würde dann das Zeitalter der Drachen enden und der erneute Aufstieg der Phönixe beginnen.

Gemini
Scorpio
Virgo
Cancer
Aries
Leo
Taurus
Sagittarius
Capricorn
Aquarius
Libra
Pisces

SETH

KAPITEL 37

Dante schwebte über uns hinweg und tötete eine ganze Reihe von Nymphen durch Stromschläge. Nymphen, die auf dem Weg waren, die fliehenden Rebellen abzufangen. Er hatte mit seinen Blitzen die Hälfte des Zauns zerstört, und wir hatten den Rest der Arbeit erledigt, indem wir die magischen Grenzen dahinter durchtrennt hatten – kurz bevor Lionel und Lavinia aufgetaucht waren, um so viele Fae wie möglich mit dem Tod zu bestrafen.

Die Magie der Rebellen war blockiert, ihre Hände in leuchtend blauen Manschetten eingeschlossen, aber Caleb war zwischen die Wachen gerannt, hatte ihre Schlüssel gestohlen und so viele Rebellen befreit, wie er konnte. Je mehr von ihnen ihre Magie zurückerlangten, desto mehr wendete sich das Blatt zu unseren Gunsten. Aber die Nymphen folgten ihrer Königin in Scharen, und ich wusste nicht, wie lange wir die Oberhand behalten würden.

Washer und Max standen hinter mir am zerbrochenen Zaun und lockten mit ihrem verführerischen Sirenenruf alle Rebellen zu sich. Sie fütterten sie mit einem Gefühl der Freiheit, das ich in meiner eigenen Brust spüren konnte. Gleichzeitig wirkten die beiden Schilde und Eisbarrieren, um sich selbst vor feindlichen Angriffen zu schützen.

Xavier schwebte tief über die fliehenden Fae hinweg, trat mit den Hufen nach den FIB-Agenten, die ihre Waffen gegen die Rebellen erhoben, und wieherte laut zur Ermutigung. Sein Horn wurde von einem scharfen Stachel aus Metall gekrönt, den die Zwillinge für ihn angefertigt hatten und der von Phönixflammen erleuchtet wurde. Jedes Mal, wenn er seine Mähne schüttelte, wieherte er vor Freude – der Glitzer darin ließ die Flammen in der Farbe des Regenbogens brennen. Er hatte ziemlich lächerlich ausgesehen, als er sich das Ding in seiner Fae-Gestalt um den Kopf geschnallt hatte, aber ich musste zugeben, dass es jetzt regelrecht badass war. Vor allem, weil er daran arbeitete, das FIB aufzuhalten, wie er es sich zur Aufgabe gemacht hatte. Aber ich? Ich hatte die wichtigste Aufgabe von allen.

»Auuuuu!«, heulte ich in meiner Fae-Gestalt und hielt mir die Hände wie einen Trichter an den Mund. Dabei stand ich auf einer der schlammigen Hütten, in denen die gefangenen Fae hatten schlafen müssen. Und als die Nymphen ihre Aufmerksamkeit auf mich richteten, anstatt auf die Rebellen, die versuchten, an ihnen vorbeizukommen, erschuf ich eine mächtige Illusion ebendieser Fae, die sich von dem Weg, den sie tatsächlich nahmen, abspaltete. Die Nymphen wurden in verschiedene Richtungen geführt, wobei ihre riesigen Fühler kontinuierlich ins Leere meiner Illusion trafen. Weit hinter ihnen, auf der anderen Seite des Geländes, jagten Lavinia und Lionel weitere meiner Illusionen im Kreis und kämpften sich lediglich durch die Produkte meiner Magie – nicht durch die Fae, die wir zu retten versuchten.

Das Chaos entlockte mir ein Lachen, und ich entdeckte Cal, der sich wie der Wind zwischen den echten Rebellen bewegte und ihre Magie freisetzte, damit sie sich verteidigen konnten. Rauchwolken und Blitze explodierten über dem riesigen Gelände, als sich die Fae für ihre Behandlung an diesem höllischen Ort rächten. Ich grinste.

Mein Blick blieb an zwei kleinen Kindern hängen, die Hand in Hand auf Max und Washer zuliefen und dabei immer wieder fast stürzten, wenn die Menge an ihnen vorbeistürmte, und mein Lächeln verblasste.

»Hier entlang! Genau so! Bewegt eure Hintern!«, feuerte Washer die Rebellen an, die an ihm vorbeizogen. Sie wurden direkt zu Leon und seiner Familie geleitet, die daran arbeiteten, sie mit Zaubern zu tarnen und vor den Blicken unserer Feinde zu verbergen.

Ich knurrte, als das Knie eines Mannes gegen den Hinterkopf eines der Kinder krachte und die beiden in den Schlamm fielen.

Ein Heulen entrang sich mir, aber dieses Mal war es echtes Wolfsgeheul, als ich mir die Kleidung vom Leib riss, mich verwandelte und in den Kampf eilte. Meine riesigen Pranken pflügten durch den Schlamm, während ich gegen den Strom der fliehenden Fae anrannte, um die Kinder zu erreichen. Die Phönixfeuer-Handschuhe an meinen Händen hatten sich verwandelt, um meine Pfoten zu beherbergen, aber ich ließ die Flammen nicht aufleuchten, während ich durch das Meer unserer Verbündeten rannte, um sicherzustellen, dass ich niemanden verletzte.

Vor mir ertönten Schreie, und ein riesiger Schatten verdunkelte den Mond, als eine gewaltige Nymphe durch die Menge stürmte, Fae niederschlug und ihre Fühler in ihre Brust rammte.

Fae prallten gegen mich, überall herrschte Terror, und etliche der ehemaligen Gefangenen warfen mit Zaubern um sich, was für noch mehr Gefahr sorgte, als Explosionen von Feuer und Eis über die Menge hinweggingen.

Ich bellte laut auf, um ihnen Einhalt zu gebieten, musste mich aber selbst ducken, als eine Eiskugel vom Himmel fiel und einen Mann neben mir traf. Ich sprang über zwei Frauen vor mir und landete direkt über den zusammengekauerten Körpern der beiden Kinder, vor denen sich die Nymphe aufbäumte. Dabei traf ihr astähnlicher Arm meinen Kopf.

Ich stolperte jaulend zur Seite, fiel aber nicht hin, sondern machte einen Satz nach vorn und rammte der Nymphe mit einem wilden Knurren meine Krallen in die Brust. Das Feuer an meinen Pfoten flammte auf und fraß sich in den Körper der Kreatur.

Die Nymphe schrie vor Schmerz und stolperte zurück, aber ich nutzte meinen Vorteil, sprang in die Luft und biss ihr in die Kehle, während ich mit meinen Krallen an ihrem Körper riss. Unter dem Druck meines Gebisses brach etwas, und die Nymphe zerfiel zu Asche. Meine Pfoten landeten auf dem Boden, und ich drehte mich inmitten einer Wolke aus Staub und Glut wieder den Kindern zu, um sie mit meiner Schnauze anzustupsen und sie zum Aufstehen zu bewegen.

Der Junge war etwas älter, und er zog seine jüngere Schwester an der Hand hoch. Ihre winzigen Finger verhedderten sich in meinem Fell, als ich ihnen half, auf meinen Rücken zu klettern.

Dann richtete ich mich zu meiner vollen Größe auf und stürmte zusammen mit der Menge auf den zerstörten Zaun zu. Washers und Max' Kräfte überrollten mich, und mein Herz schlug höher. Die Freiheit war zum Greifen nah, wir waren so nah dran.

Max' entdeckte mich inmitten der außer Kontrolle geratenen Rebellen, und er rannte auf mich zu, zog die Kinder von meinem Rücken und drückte sie an seine Brust.

»Ich bringe sie hier raus. Cal braucht Hilfe«, sagte er eindringlich, drehte sich um und rannte zurück auf die andere Zaunseite.

Seine letzten Worte waren es, die mich mit einem Gefühl des Schreckens in der Brust zurückließen. Sofort sprang ich auf einen der Schuppen, um das Gelände zu überblicken und ihn zu finden.

Caleb kämpfte gerade gegen drei Nymphen, bewegte sich schnell und hieb mit seinen Dolchen auf sie ein. Aber er konnte sie nicht alle aufhalten, selbst mit seiner Schnelligkeit nicht. Und als eine der Nymphen ihm ihre Faust gegen den Kopf rammte, sodass er von den Füßen gerissen wurde und auf dem Rücken landete, heulte ich laut auf. Hoffentlich konnte er mich hören – ich wollte, dass er wusste, dass ich auf dem Weg war. Ich sprang vom Dach des Schuppens, und kaum hatten meine Pfoten den Boden berührt, rannte ich auch schon los. Auf meinen besten Freund und den Typen zu, den ich so sehr liebte, dass der Gedanke, ihn zu verlieren, mir eine Heidenangst einjagte.

Ich heulte erneut auf, ein Versprechen, dass ich in der Nähe war, und stürzte mich dann in den Kampf, um ihm zu helfen. Ich kollidierte mit der Nymphe, die ihm am nächsten war, und brachte das Monster zu Fall. Meine Krallen ließ ich mit einer solchen Wucht über sein Gesicht fahren, dass ich Knochen sah. Die Bestie starb bei meinem nächsten Schlag, und Asche explodierte um meine Füße herum. Als ich herumwirbelte, sah ich, dass eine der Nymphen ihre Fühler an Cals Brust drückte, der regungslos auf dem Rücken lag, die Augen geschlossen, die Lippen blass.

Ich brüllte meine verzweifelte Angst in die Welt hinaus und rannte voller mörderischer Wut auf sie zu. Bevor die Kreatur ihre Fühler in Cals Brust stecken konnte, stieß ich mit ihr zusammen und biss ihr den Kopf ab. Ein abscheuliches Knirschen ertönte und mein Opfer zerfiel zu Asche.

Die letzte der drei Nymphen drehte sich um und rannte davon, aber ich ließ sie nicht entkommen. Mit dem Blut ihrer Freunde auf den Lippen und den Zähnen zum Töten gefletscht rannte ich ihr nach.

Ich sprang in die Luft, landete auf ihrem Rücken und stieß sie mit einem lauten Krachen zu Boden. Ich verwandelte mich wieder in meine Fae-Gestalt und ließ meine Handschuhe auf ihren Hinterkopf niedergehen, während ich mit der Wut eines Mannes, dem die Seele entrissen worden war, zuschlug.

Immer und immer wieder. Denn wenn Cal tot war, dann war es, als hätte ich meine Seele verloren.

Die Nymphe starb mit einem gequälten Wehklagen, und ich fiel in den Schlamm. Als ich mich aufrappelte, war ich von Kopf bis Fuß mit Dreck und Blut und Schmutz bedeckt. Ich rannte zu meinem Freund zurück, wischte mir die Asche aus den Augen, ließ mich neben ihm nieder, riss sein Shirt auf und legte meine Hände auf seine Brust. Xavier sauste mit einem wütenden Wiehern über uns hinweg und rammte sein Horn in die Brust einer anderen Nymphe, die auf uns zugerannt kam. Sie war sofort tot, und sein Glitzer wehte über uns hinweg, als er weiterflog.

Sobald ich mich mit Caleb verbunden hatte, ließ ich Heilmagie in ihn einfließen; ein Stöhnen der völligen Erleichterung entwich mir, als ich spürte, dass er noch bei mir war.

»Cal, komm zurück! Wach auf!«, krächzte ich und bot ihm Welle um Welle heilende Magie an, während ich spürte, wie seine Kopfverletzung heilte. Schließlich öffnete er blinzelnd die Augen.

»Ich wusste, dass du es sein würdest«, sagte er mit trockener Stimme, während er schief lächelte. »Du bist es immer.« Sein Blick fiel an mir vorbei, und plötzlich weiteten sich seine Augen vor Angst. Er packte mich und rollte uns herum, sodass er auf mir lag, und ein Keuchen blieb mir im Hals stecken, als ich sah, wie Lionel Acrux vom Himmel aus auf uns zusteuerte. Seine jadegrünen Schuppen glitzerten, und Feuer zielte aus seinem offenen Maul direkt auf uns.

Eine Kuppel aus dicker Erde erhob sich um uns herum und verwandelte sich in Stein, kurz bevor Lionels Feuerschwall mit ihr kollidierte. Caleb kämpfte zähneknirschend, sie aufrechtzuerhalten. Ich drückte eine Hand auf seinen Arm und bot ihm meine Magie an. Augenblicklich ließ er seine mentalen Barrieren sinken, und ein Stöhnen der Freude entwich mir, als sich unsere Kräfte vereinten und ich seine Stärke auf meiner Zunge schmecken konnte.

Der Stein verwandelte sich in ein undurchdringliches Metall, das in der Kraft unserer vereinten Erdelemente silbern blitzte, während wir Lionels Feuer davon abhielten, uns zu berühren. Dabei fielen ein paar von Calebs goldenen Locken nach vorn und streiften meine Stirn. Wir atmeten dieselbe Luft, während wir versuchten, einander zu beschützen.

Ein wütendes Brüllen drang von jenseits unserer Barriere zu uns durch, und wir beide lachten ausgelassen.

»Wir sollten durch einen Tunnel verschwinden und ihn seine Kraft verschwenden lassen, indem er versucht, hier reinzukommen«, schlug Caleb vor, und ich grinste und nickte zustimmend. Aber keiner von uns bewegte sich, und plötzlich fühlte sich der Raum so klein an. Und unter dem Gewicht seines Körpers konnte ich kaum noch atmen.

»Cal«, flüsterte ich. »Ich wollte dir schon lange sagen, dass … Ich meine, Darcy meint, ich sollte es tun. Und Orion auch. Genau wie Tory. Der Zeitpunkt ist jetzt vielleicht nicht der günstigste, aber …«

Plötzlich wurde die Kuppel von uns gerissen und Lionel tauchte auf. Er hatte seine Klauen darum geschlungen und ein Drachenlächeln auf seinem schuppigen Gesicht, als er uns ungeschützt vorfand. Mit einem Wutschrei schleuderte Caleb einen seiner Dolche, der in Lionels Wange stecken blieb.

Dieser brüllte vor Zorn, stolperte zurück und schlug nach seinem Gesicht, um ihn zu entfernen.

»Wir müssen unter die Erde!« Ich packte Caleb am Shirt und ließ die Erde unter uns wegsacken, sodass wir nicht mehr zu sehen waren. Die Erde um uns herum wurde immer heißer, als Lionels Flammen versuchten, uns zu folgen.

Aber wir sanken immer tiefer, und schließlich waren wir auf den Beinen und rannten durch den Tunnel, den wir währenddessen gruben, um etwas Abstand zwischen uns und diese Psycho-Echse zu bringen.

»Wir müssen ihn von den Rebellen weglocken«, sagte ich eindringlich, und Caleb nickte, während wir einander ansahen und wussten, dass wir heute definitiv sterben könnten. Trotzdem machten wir uns gleichzeitig daran, nach oben zu graben – keiner von uns würde sich einfach unter der Erde verstecken.

»Du bist der beste Fae, den ich kenne, Cal«, sagte ich aufrichtig. »Und ich liebe dich verdammt noch mal von ganzem Herzen.«

»Das darfst du noch mal wiederholen, wenn wir hier rauskommen, Seth«, sagte er und schenkte mir eines seiner übermütigen Grinsen, das jedoch verschwand, als wir uns der Oberfläche näherten und er mir einen intensiven Blick zuwarf. »Aber nur für den Fall: Ich möchte, dass du weißt, dass ich niemanden sonst an meiner Seite würde haben wollen, wenn ich sterbe. Du bist mein treuster Gefährte, weißt du das? Ich liebe Darius und Max, aber du und ich? Wir haben etwas Besonderes, das ich nicht mal wirklich in Worte fassen kann.«

»Meinst du wirklich?«, fragte ich. Sagte er gerade wirklich das, von dem ich dachte, dass er es sagte?

»Ich weiß es«, knurrte er. »Du bist mein Interstellarer Verbündeter auf Speed, Alter.«

Meine Kehle wurde trocken, als ich verstand, was er damit andeutete. Verbündeter war gleichbedeutend mit Freund. Und ich wusste nicht, warum ich erwartet hatte, dass er etwas anderes sagen würde. Aber gleichzeitig erkannte ich, dass mir das in diesem Moment eigentlich egal war. Ich hatte das verdammte Privileg, Caleb Altairs Freund zu sein, und wenn das alles war, was uns vorherbestimmt war, dann würde mir das reichen. Denn ich hatte den Großteil meines Lebens damit verbracht, den Mond zu lieben, ohne jemals eine Pfote auf seine Oberfläche zu legen. Also würde Caleb mein neuer Mond sein, meine unerreichbare Liebe, die über mir am Himmel hing. Und ich würde Nacht für Nacht auftauchen, um ihn zu betrachten, ohne Groll in meinem Herzen, nur ein einsamer Wolf auf einem Berg, der versuchte, nah genug heranzukommen, um in seinem Licht zu baden.

Gemini
Scorpio
Virgo
Cancer
Aries
Leo
Taurus
Sagittarius
Capricorn
Aquarius
Libra
Pisces

ORION

KAPITEL 38

Zu sehen, wie unser Leben hätte sein können, wenn Lionel nicht jede unserer Bemühungen zunichtegemacht hätte, hinterließ ein unglaublich erdrückendes Gefühl in meiner Brust. Was er uns genommen hatte. Den Zwillingen. Sie hatten es nicht verdient, so zu leben, wie sie es getan hatten. Sie hatten die beschissenen Pflegefamilien und die fehlende Stabilität nicht verdient, sie hatten die Armut nicht verdient, die Nächte, in denen sie hatten hungern müssen, das Fehlen jeglicher elterlicher Liebe.

Bis heute machte es mich wütend, wenn ich an die Verhältnisse dachte, in denen ich sie vorgefunden hatte. Diese kalte Wohnung mit Schimmel an den Decken. Und mein Mädchen in diesem abgetragenen Häschen-Pyjama und einem Blick, der verriet, dass ich ihr gerade den letzten Nerv raubte.

Verdammt, wenn ich zurückgehen und alles anders machen könnte, würde ich es tun. Ich würde zu ihnen gehen, sie hinsetzen und sie erst einmal verdammt noch mal umarmen. Und zweitens würde ich die Erben mitbringen und sie nicht gehen lassen, bis sie sich alle miteinander angefreundet hatten. Jeder hätte sich einen ganzen Ozean an Herzschmerz ersparen können, wenn wir unseren Scheiß früher geklärt hätten.

Aber ich hatte schon vor langer Zeit gelernt, dass das Zurückschauen in die Vergangenheit der Feind der Zukunft war. Wir konnten nicht ändern, was getan worden war. Was verloren war, blieb verloren. Wir bewegten uns nach vorn und die Türen hinter uns waren verschlossen worden. Ich mochte über genug Reue verfügen, um den ganzen Himmel zu füllen, aber das war mir so nützlich, wie wenn ich eine Tonne Steine auf meinem Rücken herumtragen würde. Und größtenteils hatte ich diese Reue auch abgelegt, in meiner Vergangenheit gelassen. Aber diese Vision erinnerte mich daran, dass Lionel für so viele Qualen in unserem Leben verantwortlich war.

Es war seltsam gewesen, mich in einer Welt zu sehen, in der mein Leben nie aus mir herausgerissen worden war. Zu sehen, wie ich von einem Pitball-Turnier nach Hause gekommen war, Blue getroffen und mich in sie verliebt hatte. Wie viel einfacher wäre es für uns gewesen, wenn unser Schicksal so ausgesehen hätte …

Hätte sie diese Version von mir bevorzugt? Er sah glücklich aus, stressfrei, ohne diesen Hauch von Dunkelheit in seinen Augen. Mein heutiges Ich war manchmal hart und kalt, aber Darcy war diejenige, die all das durchbrochen hatte. Sie war mein Sonnenschein nach einem ewigen Winter, und ich wusste nicht, ob ich um das Leben trauern sollte, das wir verpasst hatten, oder ob ich dankbar sein sollte, dass wir trotzdem den Weg zueinander gefunden hatten.

In meinem Innersten fühlte ich auch eine seltsame Distanz zu dem Mann, den ich in der Vision gesehen hatte. Er war nicht ich. Ich hatte mich an jenem Tag von ihm losgelöst, als Clara gestorben war und Lionel mich mit Darius verbunden hatte. Und wenn er nicht ich war, bedeutete das, dass die Darcy-Version der Vision auch nicht wirklich sie war. Sie war ein Mädchen, das in Solaria aufgewachsen war, voller Privilegien – und das zeigte sich in ihrer Ausstrahlung, wie ich es so oft im Auftreten der Erben gesehen hatte. Und ich war mir nicht sicher, ob mir das gefiel. Ich wollte meine Blue. Die Blue, die unwissend in diese Welt gekommen war und die ich zu einer Fae-Königin hatte erblühen sehen. Unsere Geschichte war nicht schön und sie war sicherlich nicht einfach. Es hatte Kämpfe und Trennungen gegeben, Streit und Schmerz. Aber es war unsere Geschichte, bis ins kleinste Detail, und ich erkannte, dass ich sie nicht gegen das schöne, einfache Leben würde eintauschen wollen, das ich gerade gesehen hatte. Vielleicht war es egoistisch von mir, so zu denken, nach allem, was sie durchgemacht hatte. Aber ich hätte nichts an ihr und der Frau geändert, zu der sie geworden war. Sie hatte gebrochen und unter Druck gesetzt werden müssen, um wie Kohle zu einem Diamanten zu werden.

»Oh, wie einfach alles hätte sein können. Wie ein auf einer Meeresbrise reitender Sandwurm«, schluchzte Geraldine.

»Diese Leute sind nicht wir«, sprach ich meine Gedanken aus, und Darius sah mich stirnrunzelnd an.

»Immerhin hatten sie eine Zukunft«, murmelte er.

»Die haben wir auch«, zischte ich. »Hör auf, so zu reden, als ob dein Schicksal besiegelt wäre! Du *kannst* Lionel besiegen.«

Er zuckte mit den Schultern, und Geraldine wischte sich mit ihrem Ärmel über die Augen und schniefte laut. »Vielleicht hast du recht, Orion, vielleicht ist das der bessere Weg. Die saftigste Grapefruit hängt schließlich nicht am unteren Ende des Baumes.«

»Das ergibt tatsächlich irgendwie Sinn«, sagte Darius überrascht.

»Ach was, du Wackeldackel? Natürlich ergibt das Sinn, du übergroßer Croûton!«, empörte sie sich. »Jetzt komm, wir müssen ab durch die Gischt.«

»Ich weiß wirklich nicht, was du mit *ab durch die Gischt* meinst«, murmelte Darius.

»Ab durch die Gischt eben. Wie in ›lass uns die Anker lichten und ab durch die Gischt schippern‹, du Muffelcreme. Ich weiß nicht, wie ich mich noch deutlicher ausdrücken kann«, höhnte sie und verließ den Raum. Darius und ich warfen einander fragende Blicke zu, bevor wir ihr folgten.

Wir eilten durch die höhlenartigen Gänge des Palastes, und ein ungutes Gefühl überkam mich. Denn mein geschärftes Gehör registrierte erneut ein huschendes Geräusch irgendwo hinter uns.

Ich wirbelte herum und zog das Phönix-Schwert aus der Scheide. Darius reagierte im selben Moment und hob die Axt von seinem Rücken. Ich starrte in die Schatten hinter einer angelehnten Tür und versuchte, durch die Dunkelheit zu sehen, aber sie war so dicht, dass ich überhaupt nichts erkennen konnte.

»Warum habe ich ständig das Gefühl, dass wir beobachtet werden?«, flüsterte ich, und Darius nickte und machte einen Schritt auf die Tür zu, aber ich hielt seinen Arm fest und zog ihn zurück.

»Wir sollten weitergehen«, sagte ich und festigte die Stillekuppel um uns herum. »Aber bleib auf der Hut.«

Er nickte, und wir drehten uns um, um Geraldine zu folgen, die gerade eine riesige, mit einem tiefblauen Teppich ausgelegte Treppe hinunterhüpfte.

Wir hielten leise mit ihr Schritt, und ich warf immer wieder einen Blick über die Schulter zurück und hielt meine Ohren auf alles hinter uns gerichtet, falls das seltsame Geräusch erneut auftauchen sollte.

Geraldine bog am Ende der Treppe in einen Korridor ein, und wir blieben dicht hinter ihr, als sie ihr Tempo beschleunigte.

»Sein Quartier ist hier drüben«, ermutigte Darius.

»Ja, ja, du bizarrer Beuteldachs. Ich werde uns an unser Ziel bringen. Leg einfach dein Schicksal in meine Hände und ich werde dich nicht in die Irre führen.« Geraldine bog nach rechts in einen Korridor ein, während Darius sie anfauchte, dass sie schon wieder in die falsche Richtung ging. Aber nach mehreren willkürlichen Abbiegungen trafen wir wieder auf den richtigen Korridor. Sie ging auf eine Tür zu, hielt mit der Hand aufs Holz gepresst inne und deaktivierte die magischen Schlösser und Alarme, bevor sie die Tür aufstieß.

»Ah ja«, säuselte sie. »Der schmierige Kabeljau ruht sein narbengeschändetes Gesicht auf einem luftigen Lagaluffin.«

»Was zum Teufel ist ein Lagaluffin?«, flüsterte ich und trat vor, um über ihren Kopf hinweg in den dunklen Raum zu spähen.

»Ich glaube, sie meint ein Kissen«, sagte Darius, während er die Tür weiter aufstieß, damit auch er etwas sehen konnte.

Vard lag schlafend in seinem Himmelbett, die Augen geschlossen und die Stirn gerunzelt, als würde er im Schlaf von Albträumen geplagt.

Mein Blutdurst wuchs, und der Drang, diesen Abschaum zu töten, erfüllte mich. Ich folgte den anderen ins Zimmer, wobei wir uns ihm näherten wie Poltergeister, die gekommen waren, um seine Seele in die Hölle zu verschleppen.

Ich zog das Sonnenstahlschwert und reichte es Darius. »Lass ihn bezahlen!«, knurrte ich, und er nickte mir zu, während er sich dichter an ihn heranschlich.

Doch bevor er dort ankam, stürzte sich Geraldine aufs Bett, setzte sich rittlings auf ihn und verpasste ihm eine kräftige Ohrfeige.

»Ah!«, schrie er und hob die Hände, um sie von sich zu stoßen, aber sie fesselte sie mit Ranken an seine Brust und wirkte eine schwanzförmige Aubergine in ihre Hand, die sie ihm tief in den Mund schob, um seine Schreie zum Verstummen zu bringen.

In der nächsten Sekunde holte sie einen silbernen Gegenstand aus ihrer Tasche, der einem Eisportionierer ähnelte, und rammte ihn mit einer Präzision in seine Augenhöhle, die vermuten ließ, dass sie das schon einmal gemacht hatte.

Vard schrie gegen die Aubergine an und strampelte wie verrückt, als

Geraldine einen Hebel an der Kelle drückte und das Ding sich mit einem Knacken um sein Schattenauge schloss.

Ich schaute mit offenem Mund zu, wie sie ihm das Ding in einem Schwall von Blut aus dem Gesicht riss und dann siegreich hochhielt, während er um den Gemüseknebel in seinem Mund herumschrie.

»Blute zum Entzücken der Familie Grus, Satan!«, triumphierte sie. »Ich erkläre dieses Auge zum Besitz der wahren Königinnen!«

Vard bäumte sich auf und schluchzte gegen die Aubergine, als Geraldine von ihm runter kletterte, eine Plastiktüte aus ihrer Tasche beförderte und das Auge hineinschob, bevor sie den Reißverschluss fest verschloss. Das groteske rote Auge war von Schatten umgeben, die wie winzige Füße von ihm abstanden, während es sich wütend in der Tüte wandte.

»Igitt.« Ich zuckte zurück, als sie es in ihre Tasche steckte, doch dann hörte ich Vard noch lauter schreien und stellte fest, dass jetzt Darius auf dem Bett war und einen von Vards Fingern abschnitt.

»Verdammte Scheiße«, keuchte ich und schoss nach vorn, als Darius Vards Shirts aufriss und seiner Brust tiefe Schnittwunden zufügte. Ein wildes Grinsen legte sich auf meine Lippen, als sein Blut in Strömen floss und er vor Schmerz brüllte.

»Das ist das Vorspiel für das, was ich in Zukunft mit dir machen werde.« Darius spuckte Vard ins Gesicht, dann stieg er vom Bett, warf den Finger in ein Glas Wasser auf Vards Nachttisch und wischte das Blut von seiner Hand an seiner Hose ab.

Er reichte mir das Sonnenstahl-Schwert, und ich beugte mich hinunter und fügte Darius' Kunstwerk auf Vards Brust ein paar weitere Schnitte hinzu, während Darius mit einem finsteren Lachen zusah. Wir beide wussten, dass diese Wunden niemals komplett geheilt werden konnten. Er würde diese Narben bis zu dem Tag tragen, an dem einer von uns kam, um ihn zu töten.

Ich wischte die Klinge an Vards Bettlaken ab, bevor ich das Schwert wieder in die Scheide steckte und ihm den Rücken zuwandte.

Doch dann stellte ich verwirrt fest, dass Geraldine nicht mehr da war.

»Wo zum Teufel ist sie hin?«, flüsterte Darius, und wir rannten beide aus dem Zimmer und suchten den Korridor ab, aber auch der war leer.

Ein Rascheln lenkte meine Aufmerksamkeit auf die Decke, und ich fluchte, als ich Geraldine in einem Netz aus Dunkelheit gefesselt vorfand, ihren Körper an Ort und Stelle fixiert und ihr Mund von Schatten geknebelt, als sie versuchte, uns eine Warnung zuzurufen.

Eine rasche Bewegung hinter mir ließ mich herumwirbeln, kurz bevor eine dunkle Kreatur mit mir zusammenstieß.

Mit einem Knurren landete ich auf dem Boden und blickte zu dem tiefschwarzen Körper auf, der mit einer glitschigen Substanz überzogen war. Das Ding war halb Mensch, halb Monster, und ich stieß es entsetzt von mir, als ich feststellte, dass sein Gesicht eine seltsame Kombination aus Darius und Xavier war. Es stürzte kreischend und von Schatten umgeben die Treppe zu meiner Linken hinunter.

»Was zum Teufel ist das?«, fragte ich fröstelnd, als Darius mich auf die Füße zog.

Das Ding machte einen Rückwärtssalto auf der Treppe, seine Arme und Beine wurden länger, als es auf uns zukam, sein Kopf drehte sich auf seinem Hals, und eine riesige schwarze Zunge peitschte links und rechts aus seinem Mund.

»Ah!« Darius stürzte sich auf das Wesen, als es von der Treppe sprang, schlug mit seiner Axt zu und trennte ihm den Arm ab, sodass die gruselige Kreatur von ihm wegtaumelte und sich stattdessen auf mich stürzte.

Ich hob mein Phönix-Schwert, machte einen Schritt auf dieses seltsame Monster zu und rammte ihm die Klinge direkt unterhalb des Kiefers in die Kehle, sodass sie Schatten und Knochen durchtrennte.

Die Kreatur sprang kreischend von mir weg und über meinen Kopf. Schwarzes Blut spritzte über die Fliesen, während sich das Ding an der Wand festhielt, wie eine verstörte Spinne an ihr hinaufkletterte und auf Geraldine zuraste, die sich gegen die Schatten wehrte, die sie festhielten.

Darius schleuderte eine Handvoll Flammen zwischen sie und die Kreatur, die daraufhin aufschrie, nach hinten taumelte und ihren Halt an der Decke verlor.

Mit einem Heulen stürzte sie auf mich zu, und ich schoss zur Seite, bevor ich unter ihr zerquetscht werden konnte. Ich schwang mein Schwert, während noch mehr schwarzer Schleim und Blut an meinen und Darius' Beinen hochspritzte.

Darius warf seine Axt, aber das Ding rollte zur Seite, und die Klinge landete laut klirrend auf den Fliesen, als es auf die Füße sprang.

Schreiend kam es abermals auf mich zu, und die grotesk vertrauten Gesichtszüge ließen mich aufs Neue zurückschrecken, da sie mich an meinen besten Freund erinnerten. Trotzdem stürzte ich mich nach vorn und rammte dem Monster mit einem angestrengten Grunzen mein Schwert in die Brust.

»Puh.« Ich trat zurück und zog eine Grimasse angesichts des schwarzen Schleims, der uns jetzt bedeckte, während Darius seine Axt schwang und das Ding köpfte, um sicherzugehen, dass es wirklich tot war. Die abscheuliche Kreatur verursachte eine Pfütze aus schwarzem Blut um unsere Füße herum, und wir tauschten einen schockierten Blick aus.

»Ahhh, Myladys, ich liebe euch!«, schrie Geraldine, als sie von der Decke fiel, nachdem die Schatten sie freigegeben hatten. Ich bewegte einen Finger, um ihr mit Luftmagie zu Hilfe zu kommen, und stellte sie vorsichtig neben mir ab.

»Bei den Sternen, ich wurde von einem feschen, aber leider geächteten Fae gerettet«, keuchte sie, dann fiel ihr Blick auf die Stelle, wo die monströse Kreatur gestorben war, und sie stampfte mit den Füßen durch das Blut – wie ein Kind, das in einer Pfütze spielte. »Ich muss sagen, ich hatte gedacht, dass dieser bestialische Vagabund eine größere Herausforderung darstellen würde. Aber was für ein Glück, es scheint eine leichte Beute gewesen zu sein, nachdem es mich unvorbereitet erwischt hatte.«

»Ja, ich dachte auch, das Ding würde sich weniger einfach töten lassen«, sagte Darius nachdenklich. »Aber dann, bumm, zack, platsch, tot.«

»Das hätte auf jeden Fall schwieriger sein müssen«, stimmte ich zu – erleichtert, dass es nicht so war. »Was zum Teufel war das? Und warum sah es so aus wie du?« Ich schnitt eine Grimasse, und Darius erschauderte.

»Ich weiß es nicht, und es ist mir auch egal, Bruder. Lasst uns von hier verschwinden!«, sagte er und führte uns die Treppe hinunter. Wir zogen Wandteppiche beiseite, bis wir einen Weg zurück in die Tunnel fanden.

»Auf in die Nacht!«, rief Geraldine, als wir durch die Dunkelheit rannten. »Mit einem Schattenauge in der Tasche und einer weiteren Schlappe für den falschen König. Oh-ho!«

Scorpio
Gemini
Virgo
Cancer
Aries
Leo
Taurus
Sagittarius
Capricorn
Aquarius
Libra
Pisces

CALEB

KAPITEL 39

Seth rannte heulend durch die Gegend, die Hände wie ein Sprachrohr um den Mund gelegt. Das Geräusch ließ Adrenalin durch meinen Körper strömen, während ich neben ihm hin und her rannte und immer mehr Illusionen von Fae wirkte, die aus den Ruinen des Nebula-Inquisitionszentrums flohen. Gleichzeitig betete ich, dass es Max, Xavier und den anderen gelungen war, die echten Gefangenen wegzubringen.

»Lang lebe die Rebellion!«, schrie Seth und lachte, während Lionel so laut brüllte, dass die Erde unter unseren Füßen bebte.

Der jadegrüne Drache spie einen mächtigen Strom Drachenfeuer in unsere Richtung, und ich schoss auf Seth zu, ergriff seine Hand und lieh ihm meine Magie, während er einen mächtigen Luftschild hinter uns errichtete, der auch unsere falsche Gruppe von Flüchtenden abschirmte, um die Illusion aufrechtzuerhalten.

Der Fluss seiner Magie in meinen Adern ließ mich scharf einatmen, als ich die massive Kraft seiner Erd- und die reine und wilde Freiheit seiner Luftmagie spürte.

Seth grinste mich an, während ich seine Hand festhielt, an dem vereinten Faden unserer Kraft zog und sie stattdessen in meine Richtung lenkte. Er folgte meiner Führung und übertrug seine Kraft auf mich. Es war ein berauschendes Gefühl, und ich hob meine Hand und schleuderte die volle Wucht meiner Feuermagie auf Lionel, wobei ich scharfe Pfeilspitzen aus Stein in den Flammen versteckte. Er versuchte nicht einmal, auszuweichen, weil er glaubte, dass ihn seine feuerfeste Haut ausreichend schützen würde.

Ein wütendes Brüllen entrang sich ihm, als die Pfeilspitzen die Schuppen durchbohrten, die sein Gesicht bedeckten. Ich jubelte vor Freude, als sich mein Phönix-Dolch aus seiner Wange löste, und schoss unter seinen schuppigen Bauch, um ihn aufzufangen, bevor er auch nur den Boden berühren konnte.

Seth hinter mir herziehend, warf ich einen Blick zurück und sah, wie Blut über das Gesicht des Drachenkönigs tropfte. Im nächsten Moment drehte er sich um und jagte mit einem wütenden Brüllen über den Nachthimmel. Ich aber entdeckte die Armee der Nymphen, die uns nun verfolgte.

Mein Siegesjubel war nur von kurzer Dauer, als ich außerdem die Schattenschlampe auf einer Wolke der Dunkelheit durch die Luft flitzen sah. Ihre Haare und ihre Kleidung aus Schatten peitschten um sie herum und enthüllten immer wieder Stücke ihres nackten blassen Körpers. Auf ihrem Kopf saß eine schwarze Krone, die die Dunkelheit tiefer als die Nacht selbst in die sie umgebende Luft sickern zu lassen schien.

Ihr Gesicht war in eine wütende Maske gehüllt, und ich biss die Zähne zusammen, während ich all die Magie in meinem Besitz einsetzte und für einen Angriff bereithielt, als sie näher kam.

Erneut ließ ich eine Feuerkugel in meiner Hand entstehen, wobei ich die zusätzliche Kraft von Seths Macht nutzte, um sie immer heißer brennen zu lassen. Schließlich wirbelte ich ihn herum, damit er ihr zugewandt war.

»Lass sie brennen, Cal!«, knurrte er, und sein Tonfall war ganz Wolf. Gleichzeitig intensivierte er die Kraft seiner Magie, die er in mich fließen ließ.

Mit einem Kreischen hob auch Lavinia ihre Hände, und ich schleuderte den Feuerball in ihre Richtung, gerade als sie ihre Schatten auf uns warf.

Die Angriffe kollidierten mit einem gewaltigen Knall, und die Schockwelle traf uns so hart, dass wir von den Füßen gerissen und rückwärts durch die Luft geschleudert wurden.

Seth hielt mich fest, übernahm im letzten Moment die Kontrolle über die Luft und verlangsamte unseren Fall gerade so weit, dass ich meine Hand ausstrecken und dem Boden hinter uns befehlen konnte, nachzugeben.

Als wir auf der schwammigen, federnden Textur des Bodens landeten, wurden unsere Hände auseinandergerissen und ich rollte über den Boden.

Meine Konzentration ließ für einen Moment nach und die Illusion der fliehenden Menge flackerte. Das Ganze dauerte nur den Bruchteil einer Sekunde, aber Lionels Drachenbrüllen, das von wilder Wut zeugte, reichte aus, um mir zu signalisieren, dass er es gesehen hatte.

Ich fluchte, als mir klar wurde, dass ich unseren gesamten Plan versaut hatte, aber bevor ich mir Gedanken darüber machen konnte, wie zum Teufel wir jetzt die Aufmerksamkeit unserer Feinde auf uns ziehen sollten, stieß Lavinia einen so lauten Schmerzensschrei aus, dass ich schwören könnte, den Himmel unter der Wucht erzittern zu sehen.

»Unser Erbe!«, schrie sie, während sich die Schatten um sie legten. Sie schoss in die Luft und auf Lionel zu. Den Kampf mit uns schien sie aufzugeben – fast, als hätte sie ihn völlig vergessen.

Ich stand auf und rannte zu Seth, bot ihm meine Hand und zog ihn hoch, als Lionel seinen wütenden Blick erneut auf uns richtete. Aber noch während er wie wild mit den Flügeln schlug und seine Reißzähne fletschte, wurde er plötzlich herumgerissen. Seine Schattenkralle war vor ihm ausgestreckt, als wäre ein unsichtbares Band daran befestigt, das ihn zwang, Lavinia zu folgen, anstatt seinen Kampf mit uns fortzusetzen.

»Bei den Sternen«, hauchte Seth. »Wir haben sie tatsächlich verjagt.«

Ein halbes Lachen entwich mir, als wir unsere Feinde zurückweichen sahen. Lionel dröhnte wütend, als er davonflog, aber ich hatte nicht den Eindruck, dass wir der Grund für ihren Rückzug waren.

Als Lionel es zu Lavinias Seite schaffte, blitzte Sternenstaub auf und die beiden verschwanden im Schoß der Sterne. Das beklemmende Gefühl, das die Schatten ausgestrahlt hatten, ließ nach, als sie verschwand, und ich holte zögerlich Luft, um erleichtert aufzuatmen.

»Ich vermute, sie haben gerade herausgefunden, dass der Palast angegriffen wird«, murmelte ich, während die Sorge um unsere Freunde an mir nagte. Ich beobachtete einen Moment lang den Himmel, bevor das Heulen eines Wolfes meine Aufmerksamkeit erregte. Sofort fiel mein Blick zurück auf die Trümmer des Nebula-Inquisitionszentrums, wo das FIB immer noch auf der Jagd war.

Etliche Nymphen rasten ebenfalls auf uns zu, und mein Herz machte einen Satz, als mir klar wurde, dass sie alle immer noch von der Illusion getäuscht wurden, die wir geschaffen hatten. Die anderen schienen die echten Rebellen getarnt zu haben und waren wie geplant von hier entkommen.

»Willst du die Behörden auf eine fröhliche kleine Reise schicken?«, fragte Seth, und seine Augen funkelten schelmisch, als er mich im Sternenlicht ansah. Ich grinste, nickte und wandte mich wieder der Illusion unserer Flüchtigen zu, die alle noch immer schreiend in die falsche Richtung rannten, während die echten Fae hoffentlich schon auf dem besten Weg zum Burrows waren.

»Mal sehen, wie gut ich mich als Beute mache«, entgegnete ich, konzentrierte mich auf meine Illusion und erhöhte die Lautstärke der Geräusche, die sie von sich gaben, damit alle Vampire, die zufällig für das Fae Investigation Bureau arbeiteten, sie definitiv hören konnten.

Seth hüllte uns in eine Illusion, die den Eindruck erweckte, wir seien nichts weiter als ein Fleckchen hohes Gras am Straßenrand, und meine Fangzähne kribbelten, als ich auf ihre Ankunft wartete.

Es dauerte nicht länger als ein paar Sekunden, bis sie eintrafen. Sechs Vampire schossen über das offene Feld in Richtung der Stadt, in die ich meine Illusionen geschickt hatte, und ihre Uniformen kennzeichneten sie als Agenten der untersten Ebene aus.

Aber als sie sich uns näherten, ballte ich meine Hand zu einer Faust und ließ den Boden in einem riesigen Krater unter ihnen einstürzen. Die Schreie eines Vampirs erfüllten die Luft, während die anderen versuchten, sich zu retten, anstatt in Panik zu geraten.

Seth nutzte ihre Ablenkung voll aus, schnippte mit den Fingern und raubte ihnen die Luft, während er sie hochhob, sodass sie vor uns hingen. Dann traten wir aus unserem Versteck.

Die Agentin, die uns am nächsten war, riss die Augen auf, während sie mit den Füßen strampelte, um sich gegen unseren Zauber zu wehren. Der Mann zu ihrer Rechten besaß sogar die Frechheit, einen Holzspeer in unsere Richtung zu schleudern.

Ich parierte den Angriff mit einer Handbewegung und grinste die sechs Vampire mit ausgefahrenen Fangzähnen an, um sie daran zu erinnern, dass sie sich in der Gegenwart des mächtigsten Vampirs meiner Generation befanden. Und dass besagter mächtigster Vampir sie gerade mit seinen Ranken fesselte.

Sobald ich sie mittels Erdmagie vollständig bewegungsunfähig gemacht hatte, ließ Seth sie wieder atmen und auf der anderen Seite des riesigen Kraters, den ich in den Boden gerissen hatte, auf ihre Ärsche fallen.

»S-sie sind Caleb Altair«, keuchte einer der Männer und sah dabei verdammt verängstigt aus, was tatsächlich ein ziemlich netter Ego-Schub war.

»Wir machen nur unsere Arbeit«, flehte eine Frau mit weit aufgerissenen Augen, den Blick auf mich gerichtet.

»Ich bin auch hier«, knurrte Seth und zog für einen Moment ihre Aufmerksamkeit auf sich, aber sie wandten sich schnell wieder mir zu.

»Nimm es nicht persönlich, Kumpel. Das ist eine Vampir-Sache«, neckte ich ihn, und er knurrte wölfisch. Ich wusste, dass er davon alles andere als beeindruckt war. Aber ich war schon oft mit ihm unter Werwölfen gewesen und war jedes Mal buchstäblich beiseitegeschoben worden, während sie darum gekämpft hatten, wer zuerst seinen Schwanz lutschen durfte. Der Vergleich war also hinfällig.

»Scheint, als wäre heutzutage alles eine Vampir-Sache«, murmelte er.

»Was soll das denn bitte heißen?«, fragte ich stirnrunzelnd.

»Du weißt, was ich meine. Lance und ich hätten eigentlich beste Mondfreunde werden sollen. Und wir beide haben seit jeher dieses besondere Band, das nur uns gehört. Aber seit eurem Ausflug in den Tempel seid ihr super dicke miteinander, und jetzt bin ich das fünfte Rad am Wagen, während ihr über Blut, Beißspielchen und … *Reißzähne* witzelt.«

Ich zog eine Augenbraue hoch. »Bist du eifersüchtig?«, fragte ich, woraufhin er leise schnaubte.

»Nein. Wie kommst du darauf?«

»Ähm … Mr. Altair?«, hauchte einer der FIB-Agenten, und ich drehte mich wieder zu den Vampiren um. »Werden Sie uns töten?«

Auf der anderen Seite des Feldes ertönte ein Heulen, und ich blickte an den Agenten vorbei, die wir gefangen genommen hatten. Sofort entdeckte ich die zweite Welle, die auf uns zuraste: Werwölfe, Nemëische Löwen, Monolrianische Bären und Mantikore stürmten in verwandelter Form und voll im Jagdmodus auf uns zu.

Hinter ihnen stürmten auch die Nymphen auf uns zu, aber sie waren plump und eher auf Stärke als auf Geschwindigkeit ausgelegt, sodass ich mir keine allzu großen Sorgen machte, dass sie uns erreichen würden.

»Nein, wir werden euch nicht töten«, sagte ich und blickte erneut auf die Agenten vor uns hinab. »Ich überbringe eine Botschaft. Der falsche König wird fallen, und man wird sich an diejenigen erinnern, die an seiner Seite standen. Wenn ihr eure Positionen behalten wollt, sobald wir unser Königreich zurückerobert haben, dann schlage ich vor, dass ihr ernsthaft darüber nachdenkt, euch der Rebellion anzuschließen.«

»Und das könnt ihr auch eurem Boss ausrichten«, fügte Seth hinzu.

Sie alle starrten uns mit großen, angsterfüllten Augen an, als könnten sie nicht glauben, dass wir sie wirklich einfach dort zurücklassen würden. Aber ich hatte nicht vor, FIB-Agenten zu töten, solange ich eine Wahl hatte. Außerdem machten sie wirklich nur ihre Arbeit, indem sie den Befehlen des Königs folgten, und sollten zumindest die Chance bekommen, zu erkennen, dass sie mehr tun mussten, als nur der Befehlskette zu folgen, wenn sie in diesem Krieg auf der richtigen Seite stehen wollten.

Ich schenkte ihnen ein Reißzahn-Grinsen, und sie wurden blass, als sie sich gezwungen sahen, ihre Köpfe vor meiner Machtposition zu verneigen. Dann schoss ich auf Seth zu, warf ihn über meine Schulter und raste in die Nacht davon, bevor die zweite Welle eintreffen konnte – oder schlimmer noch, die Nymphen.

Ich rannte in die Straßen der Stadt, in die wir unsere Flüchtenden-Illusion geschickt hatten, und übernahm wieder die Kontrolle über sie. Ich ließ sie sich zerstreuen, damit sie nicht alle auf einmal verschwanden. Das FIB sollte mit der Jagd auf sie lange genug beschäftigt sein, um sicherzugehen, dass die anderen es zwischenzeitlich bis zum Burrows schafften.

Als ich mir sicher war, dass die falschen Spuren gut genug gelegt waren, um für ordentlich Ablenkung zu sorgen, holte ich die kleine Prise Sternenstaub, die wir mitgebracht hatten, aus meiner Tasche und warf sie über unsere Köpfe.

Wir kehrten im Licht der Sterne zum Burrows zurück, wo ich Seth wieder absteigen ließ. Meine Aufmerksamkeit galt sofort dem Sturmdrachen, der durch die Wolken über uns brach und zur Landung ansetzte.

Ich erblickte meinen Cousin auf seinem Rücken reitend, bevor ich die unzähligen winzigen Kreaturen bemerkte, die außerdem seine Schuppen bedeckten.

Dante landete auf dem Hügel neben der Barriere, und ich sah zu, wie etwa hundert Tiberianische Ratten in ihrer verwandelten Form von ihm kletterten, über seine Beine nach unten huschten und den Boden erreichten. Die Masse der Nagetiere war so dicht, dass ich fürchtete, mich zu bewegen, um niemanden zu zertrampeln.

Ein Lichtblitz lenkte meine Aufmerksamkeit auf sich, und als ich herumwirbelte, sah ich Geraldine, Darius und Orion auftauchen, die mehr als nur ein wenig mitgenommen aussahen. Sie waren alle blutbespritzt und sowohl Darius als auch Orion mit schwarzem Schleim bedeckt. Aber der siegreiche Ausdruck auf ihren Gesichtern verriet mir, dass die ganze Sache ein Erfolg gewesen war.

Gabriel flog über uns hinweg, und sein selbstgefälliges Grinsen sagte mir alles, was ich wissen musste. Und als Washer anfing, alle Neuankömmlinge aufzufordern, ihm im Gänsemarsch nach drinnen zu folgen, beschloss ich, dass ich nicht länger als nötig hier draußen verweilen musste.

Ich hob das Kinn, um den anderen zu zeigen, in welche Richtung ich unterwegs war, und Darius nickte zustimmend, woraufhin ich Seths Arm ergriff und ihn in Richtung Burrows zog.

»Geht es dir gut?«, fragte er mich, als wir vorsichtig über die Tiberianischen Ratten hinwegstiegen und durch die Schutzbarriere traten, wobei wir fast mit Hamish Grus zusammenstießen, der mit Kisten voller Kleidung herbeigeeilt kam, die von den Gestaltwandlern benutzt werden konnten, sobald sie wieder ihre Fae-Gestalt angenommen hatten.

»Ja, Mann, dank dir«, sagte ich und stieß meine Schulter gegen seine. Er lächelte, als er sich im Gegenzug an mich lehnte, seinen Kopf beim Gehen an meine Wange drückte und mir ein Lächeln ins Gesicht zauberte.

»Ich war ein ganz schöner Held, was?«, sinnierte er und schob seine Finger in seine langen Haare, die mindestens genauso schmutzig waren wie meine eigenen.

»Sollen wir zum Badehaus gehen?«, schlug ich vor, als wir das Bauernhaus passiert hatten. Er öffnete die versteckte Tür hinter der Standuhr und hielt sie weit auf, damit ich hindurchgehen konnte, bevor er wieder direkt an meine Seite trat, sobald wir die Tunnel erreichten.

Es war seltsam, wie sehr ich seine wölfische Art akzeptierte. Ich genoss das Gefühl, wie er mich beim Gehen streifte, anstatt mich von ihm zu distanzieren, wie ich es bei so ziemlich jedem und jeder anderen Fae getan hätte. Aber bei Seth war es anders. Ich mochte es. Und als ich über die Risiken nachdachte, die wir heute eingegangen waren, und darüber, wie viele weitere uns wahrscheinlich noch bevorstanden, bevor dieser Krieg zu Ende war, überrollte mich eine Welle der Angst, ihn zu verlieren.

Wir erreichten das Badehaus, wo ich mir die zerrissenen Überreste meines Shirts vom Leib riss, als Nächstes meine Hose fallen ließ und schließlich einen Blick über die Schulter auf Seth warf, da ich nicht hörte, wie er sich ebenfalls auszog.

Mein Blick traf den seinen, und meine Haut kribbelte angesichts der Hitze in seinen Augen. Ich bemerkte, dass er seine Aufmerksamkeit über meinen Rücken bis zu meinem Hintern gleiten ließ, bevor er den Blick hob und mir in die Augen sah.

»Checkst du mich ab?«, neckte ich ihn. Und bei dieser Vorstellung wurde mir irgendwie wärmer.

Seth lächelte unschuldig, dann hob er das Kinn, nickte ruckartig und tat so, als würde sein Verhalten nichts bedeuten.

»Tu nicht so, als wüsstest du nicht, wie heiß du bist, Cal«, sagte er. »Ich bezweifle, dass es in Solaria jemanden gibt – egal, ob Mann oder Frau –, der noch nicht von dir geträumt hat.«

»Einschließlich dir?«, fragte ich. Die Worte kamen ungebeten über meine Lippen, und Seth hob die Augenbrauen, als hätte ihn diese Frage unvorbereitet erwischt.

Aber bevor er mir eine Antwort geben konnte, betraten Darius, Orion, Xavier und Max den Raum. Sie diskutierten lautstark über das, was sie heute Abend erlebt hatten, während sie sich auszuziehen begannen. Seth wandte seine Aufmerksamkeit von mir ab und richtete sie stattdessen auf sie.

Ich bewegte mich durchs Becken, ließ mich ins heiße Wasser sinken und seufzte, als die Anspannung von meinem Körper abfiel, sobald ich mir erlaubte, mich zu entspannen.

Ich tauchte unter die Oberfläche, griff nach einer Waschlilie und schrubbte damit meine Locken, um sie von Schmutz und Dreck zu befreien.

Als ich wieder hochkam, um Luft zu holen, waren auch die anderen alle im Wasser und wuschen sich die Spuren des Kampfes von der Haut. Dabei tauschten sie immer noch Geschichten aus.

Ich hörte Max und Xavier zu, die den panischen Sprint durch die Wildnis beschrieben, um die größeren Wandler hierher zurückzubringen, während mein Blick immer wieder zu Seth wanderte, der sich abmühte, den ganzen Schmodder aus seinen langen Haaren zu rubbeln. Ein frustriertes Wimmern entfuhr ihm, und als er zum dritten Mal die Verfilzungen beschimpfte, hatte ich Mitleid mit ihm. Ich wusste, dass er es gewohnt war, von seinem Rudel gewaschen zu werden, und er es seit unserer Ankunft hier sehr vermisste.

»Komm her!«, sagte ich, packte ihn am Ellbogen, um seine Aufmerksamkeit zu erregen, und zog ihn an mich, damit ich ihm die schäumende Blume aus der Hand nehmen konnte. Ich drehte ihn so, dass er mir abgewandt war, um ihm die Haare zu waschen.

»Ernsthaft?«, fragte er und warf mir über seine Schulter hinweg einen hündischen Blick zu. Ich nickte nachsichtig, erschuf mit Erdmagie eine Bürste in meiner Handfläche und benetzte diese mit dem Schaum der Waschlilie, bevor ich mich daran machte, die Knoten aus seinen langen dunklen Haaren zu kämmen.

»Da war so ein abgefucktes Schattenwesen im Palast«, sagte Darius, während er sich den schwarzen Schleim abwischte, der an seiner Haut zu kleben schien wie Öl. Orion hatte mit dem gleichen Problem zu kämpfen.

»Wirklich?«, fragte Seth neugierig. »Eine große haarige Schattenbestie, die es auf die Seelen der Störenfriede abgesehen hat? Die alle Karens und Thusneldas im Lande tötet und ihrer Herrschaft des langweiligen Bullshits ein Ende setzt?«

»Das wäre wahrscheinlich weniger unheimlich gewesen«, antwortete Orion trocken. »Das Ding war so groß wie ein Mann und hatte ein Gesicht, das Darius und Xavier seltsam ähnlich sah. Es ist herumgekrabbelt wie eine Art Spinne und hat sich dabei sogar an die Decke geklammert.«

»Was zum Teufel?« Ich zog etwas zu fest an Seths Haaren und entschuldigte mich schnell, als er wimmerte.

»Was war es?«, fragte Max und legte die Stirn in Falten.

»Ich will es gar nicht wissen. Aber wir haben es getötet, also ist es nicht mehr da«, sagte Darius und verzog angewidert die Lippen.

»Lavinia und Lionel hatten es plötzlich sehr eilig, den Kampf zu verlassen. Sie hat geschrien wie ein Schwein, das an Weihnachten geschlachtet werden soll«, sagte ich nachdenklich. »Glaubt ihr, dass dieses Ding mit ihr in Verbindung stand? Eine Manifestation ihrer Schatten oder so?«

»Wenn ja, dann ist das nur ein weiterer Beweis für ihre wachsende Macht. Der Hölle sei Dank haben wir das Schattenauge gefunden. Hoffentlich können wir jetzt die restlichen Risse aufspüren und sie schließen, um Lavinia von ihrer Macht abzuschneiden und die beiden endlich verwundbar zu machen«, sagte Orion.

»Ja. Dann kann ich meinen Vater töten und Roxy ihren Arsch wieder zu mir zurückbewegen. In meine Arme, wo sie hingehört«, knurrte Darius.

»Scheiße, Bro, du übertreibst es mit deinem Besitzdenken ein bisschen. Ich meine, ich weiß, dass du sie vermisst, und ich schätze, dass kalter Sexentzug ziemlich ätzend ist, aber du musst dich zusammenreißen«, sagte ich. »Was sind schon ein paar Monate im Verhältnis zum Rest des Lebens?«

Rauch quoll zwischen Darius' Zähnen hervor, bevor er scharf ausatmete und ihn vertrieb.

»Ich habe einfach verdammt lange geglaubt, sie nie haben zu können«, sagte er achselzuckend und berührte die Schulter, wo die Flammen des Phönix, die auf seinen Rücken tätowiert waren, gerade noch sichtbar waren. »Ich will die Zeit, die wir haben, nicht verschwenden.«

Seth heulte auf, und Max streckte seine Hand aus, um Darius' Arm zu streicheln, wobei eine Welle entspannender Gefühle von ihm ausging, die vom Wasser noch intensiviert wurde.

Ich seufzte, als ich seine Gaben auch auf mich wirken ließ. Ich ließ meine mentalen Barrieren fallen und erlaubte, dass er dieses Gefühl in mich hineindrückte, um den Knoten der Anspannung zu lösen, der mich in letzter Zeit immer wieder gefesselt zu haben schien. Ich machte mir unglaublich viele Sorgen. Der Großteil meiner Familie befand sich nach wie vor in Lionels Einflussbereich, Hadley wurde für einen Posten im Rat vorbereitet, den er wahrscheinlich nie antreten würde, und meine Mutter war einfach aufgrund ihrer Macht in großer Gefahr. Ich traute Lionel zu, dass er sich irgendwann gegen all unsere Familien richten würde, um einfach alle Fae-Linien auszulöschen, die stark genug waren, um eine Bedrohung für ihn darzustellen.

Gleichzeitig machte ich mir Sorgen um meine Freunde hier. Wir waren Rebellen, auf der Flucht vor einem Wahnsinnigen, der jeden Einzelnen von uns zum Tode verurteilt hatte und uns für die Ausführung dieser Verdammnis nur noch in die Finger bekommen musste. Heute Abend waren wir diesem Schicksal verdammt nahe gekommen.

Also ließ ich Max' Sirenengeschenke in mich eindringen. Ich badete in diesem Gefühl der völligen Entspannung, verbannte die Bürste aus meiner Hand und bearbeitete Seths Haare stattdessen mit meinen Fingern. Er versteifte sich vor Überraschung und sah mich über seine Schulter hinweg an.

»Willst du, dass ich aufhöre?« Ich fragte mich, ob ich mich von Max' Sirenenmacht zu weit hatte treiben lassen. Es wäre nicht das erste Mal. Als Max seine Gaben entwickelt hatte, war es seine Lieblingsbeschäftigung gewesen, an uns allen zu üben. Und ich war tatsächlich ein bisschen süchtig danach geworden, ihn diese Art von Magie an mir anwenden zu lassen, bis meine Mutter es gemerkt und mich gezwungen hatte, härter daran zu arbeiten, ihn abzublocken. Es hatte einfach etwas verdammt Schönes an sich, sich von einer Sirene die Sorgen und Hemmungen nehmen zu lassen.

Und jetzt, da ich mir sicher war, dass ich seinen Einfluss wieder zurückdrängen konnte, wann immer ich es wollte, konnte es nicht schaden, gelegentlich etwas nachsichtig zu sein.

»Nein, nicht aufhören«, murmelte Seth, und ich spielte weiter mit seinen Haaren, wobei ein Lächeln meine Lippen umspielte.

Max grinste mich an, als er meine Stimmung las, und verwandelte sich. Marineblaue Schuppen bedeckten nun seinen Körper, und ich stöhnte auf, als sich die Kraft seiner Magie verstärkte. Mein ganzer Körper fühlte sich jetzt wie Wackelpudding an. Ich wurde immer entspannter, und meine Augen wurden schwer, als ich mich an den Beckenrand lehnte und einfach weiter mit Seths Haaren spielte.

Seth schaute zwischen Max und mir hin und her und grinste ebenfalls, bevor er seine Schilde senkte. Ich beobachtete, wie sich seine Pupillen langsam weiteten und er sich neben mir an den Beckenrand lehnte.

Max tauchte unter und verschwand länger, als er es in seiner Fae-Gestalt gekonnt hätte. Er genoss den Kuss des Wassers auf seinen Schuppen, bevor er auf meiner anderen Seite auftauchte und meinen Arm um seine Schultern legte.

»Ich bin mir ziemlich sicher, dass mich das sauer machen sollte«, murmelte ich, fühlte mich aber verdammt berauscht, als er mir noch weitere meiner Sorgen aus dem Körper zog. Es war, als würde er sie mir direkt aus meinen Knochen holen, denn ich war mittlerweile so entspannt, dass ich fast einschlief.

Max lachte nur leise, während er mir weiterhin meine Magie stahl – Arschloch! –, aber ich brachte nicht genug Energie auf, mich darum zu kümmern. Stattdessen konzentrierte ich mich auf das Gefühl von Seths weichen Haaren zwischen meinen Fingern.

»Verdammt, es ist lange her, dass ich mich so entspannt habe«, murmelte Orion plötzlich.

»Ich glaube, ich habe mich in meinem ganzen Leben noch nie so entspannt gefühlt«, seufzte Darius. Kurzzeitig empfand ich Mitleid mit ihm – bis Max mir auch dieses Gefühl nahm.

»Ich liebe euch, Leute«, sagte Seth verträumt. »Sogar dich, Lance. Ich weiß, dass deine bissigen Kommentare immer nur liebevoll gemeint sind.«

»Das sind sie nicht«, entgegnete Orion.

Ich lachte leise und streichelte weiter Seths Haare, doch dann berührten meine Finger seinen Nacken, und ich spürte, wie ein Zittern durch seinen Körper lief, wo er sich an mich drückte. Mein schläfriges Lächeln wurde noch breiter.

»Ich war so cool heute«, sagte Xavier schläfrig. »Habt ihr gesehen, wie cool ich war, Jungs?«

Wir alle murmelten zustimmend, und ein paar laute Lacher gingen durch die Runde, während wir im Nebel der Sirenenmagie faulenzten. Der Geschmack des Sieges lag in der Luft.

»Na, sieh mal einer an«, rief Geraldine jenseits meiner Blase der Entspannung, aber ich schaffte es nicht einmal, die Augen zu öffnen. »Wenn ich gewusst hätte, dass diese Party bereits von so vielen wunderbaren Würstchen besucht wird, hätte ich nicht noch mehr mitgebracht.«

Als ihre schwere Metallbrustplatte lautstark auf dem Boden landete, riss ich letztlich doch die Augen auf. Stirnrunzelnd beobachtete ich, wie sie ihr Shirt auszog und uns allen – ohne Vorwarnung – ihre riesigen Titten präsentierte.

»Bei den Sternen«, murmelte Orion, wurde aber unterbrochen, als Max sich von mir losriss und mir seine Sirenengaben so plötzlich entzog, dass ich mich fühlte, als hätte mir jemand in den Schwanz geboxt. All meine Emotionen und Sorgen kamen mit der Wucht eines Meteoriten, der auf die Erde krachte, zu mir zurück.

»Fuck!«, keuchte ich, Seth heulte neben mir, und Darius knurrte wütend.

Max sprang so schnell aus dem Wasser, dass ich ihn für einen verdammten Vampir hätte halten können. Er schnappte sich ein Handtuch vom Stapel neben der Tür und wickelte es so fest um Geraldine, dass ihre Arme an ihren Seiten fixiert waren.

»Was in aller Welt und beim Namen der einzigen Sonne tust du da, du aufdringlicher Aal?«, schrie Geraldine. »Ich muss die Spuren des Kampfes von meinen Nipoleanern waschen und werde mich nicht von deinen Schwanzflossen verscheuchen lassen.«

»Na schön«, knurrte Max. »Ihr anderen seid fertig. Also verpisst euch, damit sich Gerry in Ruhe waschen kann.«

»Ernsthaft?«, brummte ich. »Ich interessiere mich nicht für ihre Titten, egal, wie hübsch sie auch sein mögen, Alter. Ist das denn wirklich ein solches Problem?«

»Sprich nicht über ihre verdammten Titten!«, zischte Max, und ich rollte mit den Augen. Darius gab nach und stieg bereits aus dem Wasser, ich würde mich also auch geschlagen geben müssen.

»Oh, Hotdogs!«, rief Seth, der die riesige Platte mit Essen bemerkt hatte, die Geraldine mitgebracht haben musste.

»Nun, ich dachte, wir hätten uns nach unseren vergnüglichen Eskapaden heute Abend ein Festmahl verdient«, säuselte Geraldine mit funkelnden Augen. »Ich bin völlig aus dem Häuschen, wenn ich daran denke, wie ich diesem hinterhältigen Gesellen das schemenhafte Auge aus dem Kopf gerissen habe. Das möchte ich gebührend feiern.«

»In der Sekunde, in der du dich ausgezogen hast, wurde aus der Party ein Dinner for two«, erklärte Max bestimmt. »Ihr anderen könnt euch euer Essen mitnehmen und verpissen.«

»Kein Problem«, sagte Orion, schoss aus dem Wasser und wickelte sich in ein Handtuch. Max schirmte Geraldines Augen ab, und sie fluchte laut, weil er ihr den Blick auf das ausgestellte Männerfleisch verweigerte. Er schnappte sich einen Hotdog und verschwand – und ich vermisste meinen Sanguis Frater schon jetzt.

»Gilt dieser Befehl auch für mich?« Washers Stimme ertönte aus dem Wasser, und ich schrie vor Schreck auf, als ich ihn aus der Mitte des Pools auftauchen und in Richtung Beckenrand schwimmen sah – mit dunkelblauen Schuppen und klatschnassen Haaren.

»Ahh!«, schrie Seth alarmiert. »Wie lange warst du unter dem verdammten Wasser?«

»Nur eine klitzekleine Weile«, erklärte Washer. Wassertropfen rannen über seine Schuppen, und Max schlug schnell erneut die Hand vor Geraldines Augen. Dieses Mal, um sie vor dem Anblick seines schrumpeligen Schwanzes zu schützen. »Ich bin gleich nach der Schlacht hierhergeeilt, um meinen Willy zu befeuchten. Hätte ich mich etwa bemerkbar machen sollen, als ihr alle hier aufgetaucht seid?«

»Ja«, blaffte ich sofort und schlang mir ein Handtuch um die Hüften, während die anderen sich beeilten, den Pool ebenfalls zu verlassen und sich zu bedecken. Xavier wimmerte verzweifelt, als ihm das Handtuch aus der Hand rutschte.

»Oh, was ich noch sagen wollte, Xavier, das ist ein mächtiges Päckchen, das du da mit dir herumträgst«, sagte Washer, während er direkt auf seinen Schwanz starrte. Xavier beeilte sich, das Handtuch wieder in Position zu bringen, trat aber in seiner Eile darauf. Mit einem frustrierten Wiehern mühte er sich ab, sich zu bedecken. »Ich habe alle dreißig funkelnden Edelsteine in der Reihenfolge des Regenbogens von vorn nach hinten gezählt, während ich unter den Wellen geplanscht habe.«

»Bei den Sternen, nein!«, keuchte Xavier. Endlich gelang es ihm, sich in sein Handtuch zu wickeln, und er rannte ohne ein weiteres Wort aus dem Badehaus.

»Warte einen Moment, mein Lieber!«, rief Washer, der ebenfalls aus dem Wasser sprang. Unterwegs schnappte er sich eine pfirsichfarbene Schwanzsocke, die er sich überstülpte, bevor er Xavier nachlief und uns alle in entsetztem Schweigen zurückließ. »Ich wollte mit dir über die richtigen Reinigungspraktiken für diese kunterbunten Kugeln sprechen.«

Xavier wieherte erschrocken, und ich lachte, als dem Geräusch das abrupte Zuschlagen einer Tür folgte. Washer hingegen murmelte etwas über die Undankbarkeit der heutigen Jugend.

»Okay«, sagte Max und sah Darius, Seth und mich an, während er Geraldines Körper weiterhin vor uns abschirmte. »Ihr drei könnt euch jetzt auch verpissen.«

»Schon gut, schon gut«, willigte ich ein und ging zur Tür, während Geraldine seine Hände wegzuschlagen versuchte.

»Ich habe mit dem lieben Gabriel über das Schattenauge gesprochen«, rief sie uns nach. »Er hat uns dazu aufgefordert, uns davon fernzuhalten, bis wir es zur Nutzung in ein Nachteisen-Fernrohr stecken können. Andernfalls könnte es uns ins Gesicht kriechen, unser eigenes Auge verschlingen und seinen Platz einnehmen – genau wie ein Wuselschnapper im Tau. Seid gewarnt!«

»Was zur Hölle«, murmelte ich und erschauderte bei dem Gedanken. Dieser Warnung leistete ich nur allzu gern Folge. Ich würde dem Ding aus dem Weg gehen, bis es in Position war, und selbst dann hätte ich kein Problem, jemand anderem den Vorzug zu lassen. Denn ich wollte auf keinen Fall riskieren, dass es sich in meinem verdammten Gesicht festkrallte.

Ich folgte Seth aus dem Badehaus und schimpfte dabei leise über die Art und Weise, wie Max mir gerade mein Entspannungs-High gestohlen hatte, während ich mir ein paar Hotdogs nahm.

Zusammen mit Darius traten wir in den Korridor. Schweigsam aßen wir die verdammt guten Hotdogs und machten uns dabei langsam auf den Weg zurück in unsere Zimmer.

»Also, ich werde mir jetzt einen kleinen Mitleidswichs gönnen und dabei die Sterne verfluchen, dass sie mir mein Mädchen für wer-weiß-wie-lange weggenommen haben«, scherzte Darius, als wir sein Zimmer erreichten. Ich lachte und klopfte ihm auf die Schulter, während ich den letzten Bissen meines Hotdogs hinunterschluckte.

»Sie wird bald zurück sein, Mann. Dann kannst du uns wieder mit deinem Sexpensum neidisch machen, während wir unter den dicksten Eiern der Geschichte leiden.«

Seth lachte laut auf, und wir gingen allein weiter, während Darius in sein Zimmer ging und dabei verdammt elend aussah. Ich fragte mich, ob ihn noch etwas anderes bedrückte. Andererseits vermutete ich, dass wir alle genug Sorgen hatten, die uns nachts wach hielten; es sollte mich also nicht überraschen, dass es ihm ähnlich ging.

Wir erreichten meine Schlafzimmertür, ich öffnete sie, trat ein und ergriff Seths Hand, als er versuchte, mir eine gute Nacht zu wünschen.

Ein Klumpen bildete sich in meinem Hals, als ich auf seine Finger hinunterblickte, die zwischen meinen gefangen waren, und ich hob den Blick zu seinen erdbraunen Augen. Ein Lächeln legte sich auf meine Lippen, während ich den Kopf anbietend neigte.

»Ich habe möglicherweise eine Flasche von Orions Bourbon in meinem Besitz«, sagte ich und ließ seine Hand los. »Wenn du darauf anstoßen willst, dass wir heute Nacht nicht gestorben sind?«

»Du bist also nicht nur auf der Suche nach einem schnellen Drink aus meinen Adern?«, neckte Seth, während er mir nach drinnen folgte und die Tür mit einem Klicken hinter sich schloss, das meinen Puls in die Höhe schnellen ließ.

»Nicht nur«, stimmte ich zu, während mein Blick auf seinen Hals fiel. Augenblicklich stellte sich ein dumpfer Schmerz in meinen Reißzähnen ein. Nach dem heutigen Kampf – und nachdem Max mich ausgelaugt hatte – war ich ziemlich am Ende meiner Kräfte, aber in diesem Moment interessierte ich mich mehr für seine Gesellschaft als für sein Blut.

Ich wandte mich ab, ging durch mein Zimmer, nahm ein paar Klamotten aus dem Schrank, zog schwarze Jeans an und warf Seth eine graue Jogginghose zu. Ihm den Rücken zugewandt, ließ ich mein Handtuch fallen und zog mich blitzschnell an. Ich machte mir nicht die Mühe, ein Shirt überzuziehen, weil es hier unten immer warm war, und als ich mich wieder meinem besten Freund zuwandte, fiel mein Blick auf das V seiner Bauchmuskeln, das in seinem Hosenbund verschwand.

Ich ging an ihm vorbei, griff nach der Flasche Bourbon auf meinem Nachttisch und nahm einen Schluck direkt aus der Flasche, bevor ich sie an seine Lippen hielt. Sein Kehlkopf wippte, als er schluckte, und er nahm mir die Flasche aus der Hand, wobei seine Finger die meinen berührten. Ich ließ langsam los, meine Augen immer noch auf ihn gerichtet, als er die Flasche senkte. Seine Lippen waren feucht vom Alkohol und nahmen meine gesamte Aufmerksamkeit in Anspruch.

»Hast du Lionels Gesichtsausdruck gesehen, als du ihn mit deinem Phönix-Dolch getroffen hast?«, fragte Seth und grinste mich an, während er mir die Flasche erneut anbot. Ich nahm sie, stellte sie auf meinen Nachttisch und ließ mich auf mein Bett fallen, ohne zu trinken. Dabei nickte ich.

»Er sah aus, als hätte er Verstopfung.« Ich lachte.

Es wurde still zwischen uns, und ich runzelte die Stirn angesichts der seltsamen Spannung, die sich zwischen uns aufbaute. Ich hatte sie in letzter Zeit immer öfter bemerkt – wie eine Frage, die in der Luft zwischen uns hing und auf eine Antwort wartete, von der ich nicht sicher war, ob ich sie hatte. Aber als ich ihn wieder ansah, die dunklen Stoppeln an seinem Kinn und die ausgeprägten Muskeln seines Oberkörpers betrachtete, schlich sich die Vermutung ein, dass ich die Antwort doch kannte. Ich war mir nur nicht sicher, was zum Teufel ich damit anfangen sollte.

»Ich habe darüber nachgedacht, mir ein Tattoo stechen zu lassen«, sagte er unvermittelt, ließ sich neben mir aufs Bett fallen und brach das Schweigen, als hätte es ihm körperliche Schmerzen bereitet und ihm keine Wahl gelassen.

»Ach ja?« Ich widerstand dem Drang, meinen Blick über seinen Körper schweifen zu lassen, während ich darüber nachdachte. »Was denn?«

»Einen Mond«, antwortete er grinsend, und ich schnaubte, weil ich das hätte wissen müssen.

»Wo?«

»Das ist das Problem – ich kann mich nicht entscheiden. Wo würde es deiner Meinung nach am besten aussehen?«

Ich fuhr mit der Zunge über meine Zähne und ließ meinen Blick langsam auf seine Brust sinken. Ich hatte das Gefühl, als hätte er mir gerade die Erlaubnis gegeben, etwas zu tun, wogegen ich mich sträubte, seitdem er sich aufs Bett hatte fallen lassen.

Ich streckte die Hand aus, strich mit dem Finger über seine Brustmuskeln, runzelte die Stirn, weil das nicht richtig schien, und ließ meine Hand stattdessen über seinen Bizeps gleiten.

»Oh, ich weiß«, sagte ich, als es mir wie Schuppen von den Augen fiel. Ich packte ihn so plötzlich, dass er nach Luft schnappte, drehte ihn auf den Bauch und setzte mich auf seinen Hintern, während ich seine Schultern in die Matratze drückte. »Hier«, sagte ich, strich seine langen Haare beiseite und zeichnete mit meiner Fingerspitze direkt zwischen seinen Schulterblättern die Form eines Halbmondes auf seine Haut.

Eine Gänsehaut zierte seinen nackten Oberkörper, und ein Knurren entwich ihm. Aber es war kein Knurren, das mich abschreckte, sondern eines, das mich antrieb. Aber was wollte er von mir?

Ich zögerte und malte noch einmal die Form eines Mondes auf seine Haut, um Zeit zu gewinnen. Dabei fiel mein Blick auf seinen Nacken. Sein Gesicht hatte er im Kissen vergraben, und er stieß ein weiteres leises Knurren aus. Mein Schwanz zuckte, als er nach meinem Laken griff.

Er sah verdammt gut aus, wie er so unter mir lag und mir ausgeliefert war.

Ich beugte mich vor und ließ meine Lippen über seinen Nacken streifen. Noch während ich seinen Geruch einatmete, wurden meine Reißzähne länger.

Seth versteifte sich unter mir, als ich mein Gesicht in seine Haare drückte und mein Mund seinen Nacken berührte. Das Bedürfnis, ihn zu beißen, überwältigte mich fast.

Doch bevor ich diesem Drang nachgeben konnte, hob Seth seine Hüften und stieß mich von sich, sodass ich neben ihm auf die Matratze fiel.

»Ist es das, was du willst?«, fragte er. Er stand abrupt auf, ein Knurren auf den Lippen, während er heftig atmete. Mit einem silbernen Schimmer in den Augen funkelte er mich an, und ich konnte den Wolf in ihnen sehen. »Mein Blut?«

»Du weißt, dass ich dein Blut will«, sagte ich und neigte den Kopf zur Seite. Ich sah seine Wut und versuchte nun verzweifelt, herauszufinden, was sie ausgelöst hatte.

»Und was noch?«, fragte er. »Denn jedes Mal, wenn ich mir einrede, dass mir das reicht, machst du so einen Scheiß und ich … Ich glaube einfach nicht, dass ich mein Herz weiter wie ein verdammtes Jo-Jo herumwirbeln lassen kann, ohne zu wissen, ob es dir mehr bedeutet oder …«

»Oder was?« Ich richtete mich vor ihm auf, während er sich seine langen Haare raufte. Seine Augen waren voller Schmerz.

»Sag mir, was du willst, Cal!«, flehte er. Sein Winseln wurde zu einem Knurren, als ich die Stirn runzelte, und er drehte sich wütend zur Tür um.

Er war schon im Begriff, die Tür aufreißen, aber ich schoss vor und nahm seine Hand, um ihn aufzuhalten.

»Geh nicht!«, drängte ich. Ich wusste, dass ich nicht wollte, dass er ging. Was den Rest anging, war ich mir weniger sicher.

Seth drehte sich zu mir um, den Rücken gegen die Tür gepresst, und sah mir in die Augen. Und sofort war ich wie gefangen in der Intensität seines Blickes.

»Beiß mich!«, forderte er. »Nimm, was du von mir brauchst, und dann gehe ich.«

Ich bewegte mich plötzlich, griff nach seinen Armen und drückte ihn gegen die Tür. Das Monster in mir stieg an die Oberfläche und lechzte mit einer Intensität nach seinem Blut, die mich fast völlig in Besitz nahm.

Aber anstatt nach seiner Kehle zu schnappen, zögerte ich, ließ meinen Blick zunächst über den pochenden Puls an seinem Hals schweifen, bevor ich ihn Richtung Süden gleiten ließ. Dort betrachtete ich die definierten Konturen seines kraftvollen Körpers. Und ich bewunderte das V, das unter dem hellgrauen Hosenbund der Jogginghose verschwand, die sich auf eine Weise an ihn schmiegte, dass ich die Wölbung seines dicken Schwanzes nicht übersehen konnte.

Plötzlich schien sich etwas in mir zu verändern, etwas, das ich schon so verdammt lange gefühlt, aber nicht erkannt hatte. Jetzt war es, als würde in meinem verdammt dummen Gehirn ein Licht angehen, und ich hob wieder den Blick zu ihm. Er musterte mich so verflucht vorsichtig – geradezu reserviert –, dass meine Kehle eng wurde.

»Ich war einfach schon so lange mit niemandem mehr zusammen«, flüsterte er und bewegte sich, als würde er seinen Schwanz in der Hose zurechtrücken wollen. Aber ich drückte seine Arme fester zusammen, um ihn aufzuhalten. »Und mit meinem Rudel habe ich mich daran gewöhnt ... Verdammt, bitte lass nicht zu, dass ich unsere Freundschaft ruiniere!«

Ich ignorierte seine Worte und machte einen Schritt auf ihn zu; mein Körper verschlang nach und nach den Raum zwischen uns, während ich mich vorbeugte. Und erneut fiel meine Aufmerksamkeit auf seinen Hals, denn meine Reißzähne sehnten sich nach seinem Geschmack.

»Bitte, Cal«, sagte er, und die Rauheit seiner Stimme ließ mir die Nackenhaare zu Berge stehen, als ich mich noch ein bisschen weiter vorbeugte. Dabei näherte ich mich einer Grenze, von der ich nicht einmal gewusst hatte, dass ich mich danach sehnte, sie zu durchbrechen. »Nimm einfach, was du willst!«, forderte er erneut.

Ich beugte mich knurrend vor, senkte den Kopf und zielte auf seine Kehle, wobei meine Reißzähne seine Haut streiften. In Erwartung des Bisses, von dem er wusste, dass er kommen würde, verkrampfte er sich in meinem Griff.

Aber er hatte nicht verlangt, dass ich ihn biss. Er hatte mir aufgetragen, mir zu nehmen, was ich wollte. Und in diesem Moment gab es etwas, das ich viel sehnlicher wollte als sein Blut. Egal, wie durstig ich war.

Mein Mund berührte seine Haut, als ich ihn gegen die Tür drückte, und unsere Körper wurden auf eine Art und Weise aneinandergepresst, die mein verdammtes Herz vor Aufregung schneller schlagen ließ. Es ging um Versprechen, um Versuchung und um Gefahr. Denn das, was hier vor sich ging, war verdammt gefährlich. Wie ein freier Fall ohne Fallschirm oder Luftmagie – nur mit der Hoffnung auf eine sanfte Landung. Denn ich wusste, dass es kein Zurück mehr gab, sobald ich diese Grenze überschritten hatte. Aber ich wusste auch, dass ich schon jetzt nicht mehr zurückkonnte.

Ich küsste Seths Nacken, während ich ihn an die Tür drückte; meine Reißzähne kratzten über seine Haut, ohne sie zu durchbohren. Ich schmeckte ihn einfach nur, während ich ihn so festhielt, und stöhnte auf, als das berauschendste Gefühl als Reaktion darauf durch meinen Körper strömte.

Seth erstarrte, sein Rücken war kerzengerade, als ich ihn erneut küsste, meine Zunge über die Seite seines Halses gleiten ließ und vor Verlangen knurrte, während der Schwanz in meinen Jeans härter wurde.

Seth holte tief Luft, als ich meinen Mund zu seinem Unterkiefer bewegte, immer noch regungslos, als ich ihn erneut küsste. Das raue Kratzen seiner Bartstoppeln auf meinen Lippen war gleichzeitig seltsam und berauschend. Und während ich dieses neue Verlangen in mir erforschte, stellte ich fest, dass ich mehr davon wollte.

Als ich seinen Mundwinkel erreichte, fluchte er. Der Geschmack seiner Lippen neckte mich, als ich sie kurz mit meinen eigenen Lippen berührte. Aber es war bei Weitem nicht genug.

»Fuck«, murmelte er. »Bei den Sternen, bitte lasst das keinen Traum sein. Macht, dass es real ist. Macht, dass es ...«

Ich brachte ihn zum Schweigen, indem ich meinen Kopf drehte und die letzte Barriere überwand, ohne mich darum zu scheren, dass er mein bester Freund war. Und dass ich bisher nur mit Mädchen geschlafen hatte. Oder dass dies etwas zwischen uns zerstören könnte. Denn ich brauchte es zu sehr, um es mir von irgendwelchen sinnlosen Zweifeln nehmen zu lassen.

Trotzdem war dieser erste Kuss zunächst zögerlich, weil ich nicht verhindern konnte, dass sich ein einziger Zweifel einschlich, der diesen Moment tatsächlich ruinieren könnte. Denn wenn ich ihn missverstanden hatte und er das überhaupt nicht wollte, dann bestand die Möglichkeit, dass er mich von sich stieß, mich aufforderte, aufzuhören, und mir diese Fantasie entriss, bevor ich überhaupt die Zeit bekommen hatte, mich ihr hinzugeben. Vielleicht war es wirklich ein Rudelbedürfnis, das diese Lust in seinen Augen angetrieben hatte, und es ging nicht speziell um mich. Aber ich hoffte wirklich, dass es das tat.

Meine Lippen trafen auf seine, und ich könnte schwören, dass eine verdammte Explosion meinen Körper erhellte. Jedes Nervenende feuerte gleichzeitig, als ein ganzes Leben der Liebe zu ihm durch die Grundfesten meiner Person hallte und sich zu diesem neuen Monster formte – dieser perfekten Möglichkeit, die ich nicht einmal zu benennen wagte.

Aber ich brauchte keinen Namen für das, was ich in diesem Moment wollte. Denn als ich seinen Mund schmeckte, konnte ich es verdammt noch mal fühlen. Und alles, was ich wissen musste, war, dass ich mehr wollte.

Ich drückte mich fester an ihn, küsste ihn innig und öffnete meine Lippen, um mit der Zunge über den Saum seiner zu fahren.

Aber Seth reagierte überhaupt nicht, und als dieser eine schreckliche Zweifel in mir aufs Neue hochkam, zog ich mich zurück. Mit rasendem Herzen sah ich ihn an. Meine Haut brannte und mein verdammter Schwanz drückte sich so offensichtlich gegen sein Bein, dass es für ihn keine Zweifel geben konnte, was ich wollte.

Ich öffnete den Mund, um mich zu entschuldigen, ihn zu fragen, warum er mich nicht zurück küsste oder was auch immer. Aber das spielte keine Rolle, denn gerade, als ich mich zurückziehen wollte, packte er mich am Gürtel und zog mich wieder an sich. Und dann küsste er mich so heftig, dass meine Lippen gequetscht wurden und meine ganze verdammte Welt – neben meiner Haut – in Flammen aufging.

Seth schob seine Hand in meine Locken, krallte sich fest und öffnete endlich seine Lippen, sodass ich seine Zunge schmecken konnte, als sie über meine strich. Und in diesem Moment war es mir egal, dass diese ganze Sache höllisch beängstigend war. Denn dieser Kuss war so gut, dass ich nicht wollte, dass er jemals aufhörte.

Er küsste mich mit einem Hunger, der mich glauben ließ, dass er das schon genauso lange wollte wie ich. Ich war einfach nur der dumme Arsch gewesen, der zu blind gewesen war, um zu sehen, was direkt vor meiner Nase lag.

Er drehte uns um, drückte mich gegen die Wand und ließ den Alpha hervorblitzen, als er auf besitzergreifende Weise knurrte. Meine Reißzähne kribbelten, und mein Schwanz pulsierte mit dem Verlangen, ihn in seine verdammten Schranken zu weisen.

Plötzlich waren seine Hände auf meinem Körper, wanderten über meine Brust und fanden meinen Gürtel, dessen Schnalle er so verflucht schnell löste, dass ich kaum Zeit hatte, darüber nachzudenken, was er da tat.

Mein ganzer Körper kribbelte mit einem dringenden Bedürfnis, als er meinen Hosenschlitz öffnete, seine Hand unter den Bund meiner Boxershorts schob und meinen Schwanz mit der Faust umfasste. Ich stöhnte auf, woraufhin er unseren Kuss unterbrach und mich ansah.

»Willst du das wirklich?«, fragte er, während er seinen Daumen über die Spitze meines Schwanzes gleiten ließ, sodass er in seiner Hand zuckte.

»Ich will dich«, bestätigte ich, während mir durch den Kopf schoss, was das bedeutete, weil ich das nicht wirklich durchdacht hatte. Und plötzlich dachte ich darüber nach, wie viele Typen Seth schon gefickt hatte, und mir wurde klar, dass ich hier überfordert war, weil ich nicht einmal wusste, wo ich anfangen sollte.

»Verdammt, allein diese Worte würden mir reichen, um mich über den Abgrund zu stoßen«, knurrte Seth, schob seine freie Hand erneut in meine Haare und küsste mich so heftig, dass ich alles darüber vergaß, etwas falsch machen zu können. Weil es sich so verdammt richtig anfühlte.

Er bearbeitete meinen Schwanz, als wüsste er instinktiv, was mir gefiel, und ich konnte nicht anders, als ihm meine Hüften entgegenzudrücken. Das Gefühl, von seiner großen Hand umschlossen zu werden, turnte mich so verdammt an, dass ich zu befürchten begann, wie lange ich überhaupt durchhalten würde.

Ich schob all meine Bedenken beiseite, als ich nach ihm griff, meine Hand in seine Jogginghose schob und ihn darin steinhart vorfand. Auf seinem Schwanz sammelten sich bereits die ersten Lusttropfen, die ich über den Schaft verteilte, bevor ich meine Hand daran hinuntergleiten ließ.

Seth knurrte in meinen Mund und pumpte mich härter. Seine gekonnten Berührungen brachten meinen Kopf zum Schwirren, und ich küsste ihn mit einer Forderung, die ich unbedingt befriedigen wollte.

Plötzlich löste er sich von mir; sein Mund wanderte zu meinem Hals, dann zu meinem Schlüsselbein und schließlich zu meiner Brust. Er arbeitete sich ganz nach unten und zog dabei meine Hose tiefer, während er meinen Schwanz weiterpumpte, selbst als ich den Griff um seinen verlor.

Er fiel auf die Knie, sah mich mit einem schelmischen Grinsen an, leckte sich die Lippen – und brachte meinen Schwanz damit erneut zum Zucken. Im nächsten Moment glitt mein Schwanz zwischen seine Lippen, und ein Knurren der Begierde entrang sich ihm, das meine Hüften instinktiv nach vorn schnellen ließ. Ein Schauer der Lust durchfuhr mich, als ich spürte, wie seine Bartstoppeln über die Länge meines Schafts streiften.

Seth packte meinen Arsch mit seinen Händen und zog meine Hüften noch weiter nach vorn, bis ich direkt in seinem Rachen war. Und als ich stöhnte, war es sein Name, der wie ein verdammtes Gebet über meine Lippen kam.

Dann begann er, sich zu bewegen. Er saugte und leckte, als könnte er nicht genug von mir bekommen, und ich lehnte an der Wand und sah zu, wie er mir einen blies, während mein Herz so heftig pochte, dass ich befürchtete, es könnte stehen bleiben. Denn ich war mir ziemlich sicher, dass dieser Anblick – er, wie er meinen Schwanz lutschte –, das Geilste war, was ich je gesehen hatte.

Ich ließ ihn so lange führen, wie es mir möglich war, aber als er eine Hand hob, um meine Eier zu streicheln, rastete ich aus. Ich griff nach seinem Hinterkopf und packte seine langen Haare, während ich meine Hüften nach vorn bewegte und anfing, seinen Mund zu ficken.

Er wehrte sich nicht einmal gegen meine fordernde Geste, sondern hielt einfach meinen Blick fest, während ich ihn beobachtete und mir wünschte, ich könnte diesen Moment aufzeichnen, um ihn mir immer wieder vorzuspielen. Ich wusste, dass es niemals genug sein würde.

Ich stieß fester und tiefer zu, genoss es, wie er mich nahm, und fluchte, als ich Mühe hatte, mich zurückzuhalten. Ich wollte nicht, dass es aufhörte. Aber Seth ließ sich nicht so leicht dominieren, und als ich meinen Schwanz wieder in seinen Rachen trieb, bewegte er die Hand, die immer noch meinen Arsch umklammerte, und stieß zwei Finger direkt in mich hinein.

Ich kam sofort – als hätte er einen verdammten Schalter zu meiner Ekstase gefunden. Ein leises Stöhnen der Verzückung entwich mir, als ich von der Lust überwältigt wurde, die er mir entlockte, und ich fand – völlig überwältigt und mit einem Knurren der Befriedigung – meine Erlösung. Er schluckte gierig und beanspruchte mein Verlangen für sich, während ich mich gegen die Wand lehnte und angesichts dessen, was er mir gerade geschenkt hatte, keuchte. Er bewegte seine Finger in meinem Arsch und ließ dieses unglaubliche Gefühl irgendwie sogar noch in mir nachklingen. Gleichzeitig hatte ich Mühe, nach dieser Explosion aufgestauten Verlangens wieder zu Atem zu kommen.

Seth zog sich langsam zurück, und mein Körper zitterte vor Glückseligkeit, während er sich vor mir erhob.

Er küsste mich erneut, und ich schmeckte mich auf seinen Lippen. Das Ganze war so berauschend, dass ich nichts weiter tun konnte, als in diesem Gefühl zu baden, während ich meine Zunge über seine zog, dieses Mal langsamer, als würden wir beide die reine Perfektion dieses Moments bewahren wollen.

Seth drückte sich an mich, und ich spürte seine Erektion an meiner Hüfte. Wir waren noch nicht fertig. Ich wollte mich revanchieren. Ich wollte, dass er sich so fühlte, wie ich mich gerade gefühlt hatte.

Aber als ich mich zurückzog und unseren Kuss unterbrach, wuchs erneut die Sorge in meiner Brust. Ich fühlte mich wie eine verdammte Jungfrau, als ich ihm mit gerunzelter Stirn in die Augen sah und versuchte, ihm zu sagen, dass ich keine verdammte Ahnung hatte, wie man einen Schwanz so lutschte, wie er es gerade getan hatte. Ich wollte es nicht vermasseln und Seth hatte eine ganze Menge Referenzen, mit denen er mich vergleichen könnte, wenn ich mich verdammt noch mal blamierte.

»Seth«, sagte ich mit rauer Stimme, während ich nach Worten rang. »Ich ... ich weiß nicht ...«

»Was?«, hauchte er und wich zurück, als hätte ich ihn geschlagen, und meine Kehle wurde noch enger, als er mich so anstarrte.

»Was du gerade mit mir gemacht hast ...«, begann ich, ohne zu wissen, wie ich diesen Satz beenden sollte, ohne mich wie ein verdammter Idiot zu fühlen. Denn jetzt, da ich mir darüber Sorgen machte, war das alles, woran ich denken konnte. Ich erinnerte mich an all seine Erzählungen ... Daran, wie hart er gekommen war, als Frank seinen Schwanz gelutscht hatte. Und daran, wie sehr er es geliebt hatte, Maurice in den Arsch zu ficken, nachdem der den ganzen Tag versucht hatte, sich wie ein Alpha zu verhalten. Er hatte uns erzählt, wie gut er ihn genommen hatte und wie toll das alles gewesen war. Und ich fühlte mich völlig überfordert. »Ich glaube einfach nicht, dass ...«

»Fuck, ich bin so bescheuert«, raunte er und wich zurück. Sofort vermisste ich das Gefühl seines Körpers an meinem. »Ich hätte das nicht tun sollen. Es ist meine Schuld. Ich vermisse einfach mein Rudel und hatte schon lange keinen

Sex mehr. Und ich hätte nicht … *Fuck!* Vergiss einfach, dass es passiert ist! Du warst geil, und es liegt in meiner Natur, die Mitglieder meines Rudels zu befriedigen. Das ist alles.«

»Das ist alles?«, wiederholte ich, während mein Herz in meiner Brust zu Staub zerfiel, denn es hatte sich nicht so angefühlt, als wäre das verdammt noch mal alles gewesen. Es hatte sich angefühlt, als würde man nach einem viel zu langen Schlaf aufwachen und endlich erkennen, wonach man sich gesehnt hatte.

»Ja. Ich lutsche buchstäblich allen meinen Freunden einen, außer euch, und das nur, weil ihr auf Mädchen steht. Es war nicht mehr als ein Blowjob unter Freunden. Keine große Sache. Ich werde Darius auch einen anbieten gehen.« Seth riss die Tür auf und hielt zum Abschied die Hand mit zwei ausgestreckten Fingern hoch.

»Ist das das Peace-Zeichen?«, fragte ich verwirrt, weil er mich gerade so hart hatte kommen lassen, dass ich Sterne gesehen hatte, und sich jetzt benahm wie ein Kind der Neunziger auf einem Spice-Girls-Konzert.

»Ja. Ich zeige all meinen Kumpels nach dem Blowjob das Peace-Zeichen. Jetzt weißt du Bescheid.«

Die Tür fiel hinter ihm zu, bevor ich etwas fragen konnte, und ich blieb an die Wand gelehnt stehen, während ich nach wie vor zitterte. Mein Herz pochte mit dem bitteren Schmerz der Zurückweisung.

»Oh«, hauchte ich in die Leere, denn Seth hatte bekommen, was er gewollt hatte. Er hatte meine ganze Welt auf den Kopf gestellt, sich mit einem Peace-Zeichen verabschiedet und mich und meinen Schwanz allein in meinem Zimmer zurückgelassen. »Fuck.«

Gemini
Scorpio
Virgo
Cancer
Aries
Leo
Taurus
Sagittarius
Capricorn
Aquarius
Libra
Pisces

SETH

KAPITEL 40

Ich schleppte mich durch die dunklen Tunnel, während mein Herz wie ein Stein in die kalten Tiefen meines Körpers sank. Calebs Worte wirbelten in meinem Kopf herum wie Klamotten im Schleudergang der Waschmaschine. *»Ich glaube einfach nicht, dass ...«*

Ich kannte das Ende dieses Satzes, wusste in meinem Bauch, meinem Herzen, meinem Schwanz und meiner verdammten Seele, was er hatte sagen wollen. *»Ich glaube einfach nicht, dass wir das hätten tun sollen.«* Darauf hatte er hinauswollen. Ich hatte es in seinen Augen gesehen. Ich hatte die Veränderung gesehen, den genauen Moment, in dem ihm klar geworden war, dass er einen einzigen riesigen irreversiblen Fehler begangen hatte. Und ich war die Personifikation dieses Fehlers.

Anstatt ihm die Wahrheit zu sagen, wie ich es vielleicht hätte tun sollen, hatte ich versucht, mich zu schützen. Ich hatte versucht, so gut wie möglich zu lügen, und ihm gesagt, dass ich bei allen meinen Blowjob-Kumpels zum Abschied die Finger zum Peace-Zeichen hob. Ich hatte gesagt, dass ich es möglicherweise auch Darius anbieten würde, ihm einen zu blasen. Als wäre das eine völlig normale Sache für mich und nicht völlig abgefuckt.

Das Peace-Zeichen? Das verdammte Peace-Zeichen? Jetzt würde ich Farbe bekennen und versuchen müssen, das Peace-Zeichen zurückzubringen, indem ich es willkürlichen Typen zeigte, wann immer Caleb in der Nähe war. Alles, um meine Lüge aufrechtzuerhalten, sie in Sonnenstahl zu hüllen und niemals brechen zu lassen. Ich würde einen auf Rambo machen müssen, indem ich jeden Krümel Ehrlichkeit tötete und das Blut der Wahrheit vergoss, bis nur noch die Lüge übrig blieb.

Ich würde diese Längen gehen müssen, denn wenn Caleb mich jemals infrage stellen oder gar die Wahrheit herausfinden sollte, würde ich sterben. Und das nicht nur auf dramatische, metaphorische Weise. Nein, ich würde buchstäblich sterben. Ich würde unter den Mond treten und ihn bitten, mich zu töten. Denn ich konnte in keiner Welt leben, in der ich Caleb Altair verloren hatte.

Selbst wenn ich für den Rest meines Lebens in Elend leben und dieses Geheimnis für immer in meiner Brust würde verschließen müssen, bis es mein Herz verschlang und nichts als Bitterkeit zurückließ. Ich würde es ertragen müssen, Caleb ein Mädchen heiraten zu sehen, würde mit einem Lächeln auf dem Gesicht an seiner Hochzeit teilnehmen, zusehen, wie er Kinder mit ihr bekam, und mich dabei die ganze Zeit daran erinnern, wie ich ihm einst einen geblasen und ihm zum Abschied das Peace-Zeichen gezeigt habe. Und ich würde so tun müssen, als hätte mir das absolut nichts bedeutet.

Ich würde schlecht gelaunt und einsam durch die Welt gehen und nie heiraten, zu verbittert, um etwas anderes zu tun, als in meinen eigenen Gefühlen zu schwelgen. Und am letzten Tag meines Lebens, wenn ich alt und grau war und allein in einem Palast voller schöner Dinge lebte, die ich gesammelt hatte, um die Leere in mir zu füllen, würde ich ein Messer nehmen, mein Herz herausschneiden und es vor Calebs Haustür legen. Dann, und nur dann, würde ich ihn wissen lassen, wie sehr ich ihn geliebt hatte. So unerwidert, dass es mich jeden Tag meines Lebens seit unserem gemeinsamen Moment in seinem Zimmer zerstört hatte.

Oder vielleicht ist er jetzt auch fertig mit mir und wird ohnehin nie wieder mit mir sprechen.

Ach, Sterne, ich habe alles vermasselt. Ich habe Cal für immer verloren.

Ein klagendes Wimmern kam über meine Lippen, und ich zitterte in der eisigen Luft, während ich tiefer in die Dunkelheit eintauchte. Mein Körper sehnte sich nach der Nähe eines Rudels. Es lag in meiner Natur, den Trost der Wölfe zu suchen, aber ich hatte hier unten kein Rudel, jedenfalls keines, an das ich mich im Moment wenden konnte. Die Oscuras nahmen mich zwar immer auf, wenn ich wirklich den Trost anderer Wölfe brauchte, aber sie hatten bereits ihre Alphas, und ich verspürte einfach keine Lust, mit ihnen um die Kontrolle über das Rudel zu kämpfen. Außerdem würde ich dort Rosalie begegnen und mich daran erinnern, wie Caleb ausgesehen hatte, als wir sie zusammen gefickt hatten. Meine Seele brannte zu Asche, als ich an ihn und seine Pussy-Liebe dachte, und mir wurde klar, dass ich ihr wahrscheinlich die Kehle herausreißen würde, wenn ich ihr jetzt über den Weg liefe.

Mit Max oder Darius konnte ich nicht darüber reden, und jetzt, da Darcy weg war, gab es niemanden mehr, an den ich mich wenden könnte. Orion war der Einzige hier, der überhaupt von meinen Gefühlen für Caleb wusste, aber er wollte mich nicht. Er hatte meine Zuneigung immer wieder abgewiesen, und ich konnte im Moment keine weitere Zurückweisung ertragen. Also fand ich meinen Weg in die dunkelste, einsamste Ecke des Burrows, setzte mich dorthin und wimmerte. Die klagenden Laute strömten nur so aus mir heraus, während ich die Hände in meine Haare schob und mein Gesicht in meinen Knien vergrub.

Ich hatte ihn verloren. Das war es gewesen. Ich hatte in sechzig Sekunden von nichts auf Blowjob beschleunigt.

Ich war mit dem Zug nach Schwanzleckhausen gefahren, ohne auch nur einen Zwischenstopp in Kuss-City einzulegen. Ich hätte mehr Zeit mit seinem Mund verbringen sollen, um sicherzustellen, dass er das auch wirklich wollte. Ich hätte so viele Dinge mit meiner Zunge zwischen seinen Lippen tun und herausfinden können, ob er überhaupt wollte, dass ich mich auf eine Reise nach Süden begab. Was hatte ich mir nur dabei gedacht? Ich war einfach so aufgeregt gewesen. Aber das war schon immer mein Problem gewesen, nicht wahr? Ich war ein dummer Köter, dem ein kleines Leckerli reichte, um auf Hochtouren zu kommen. Und Caleb hatte mir ein riesiges Leckerli angeboten. Es lag in meiner Natur, den irgendwo vergraben zu wollen, aber mein Mund war eindeutig nicht die beste Option gewesen.

Ich hatte eine Grenze überschritten und jetzt würde er sich von mir zurückziehen. Ich musste ihn völlig falsch gelesen haben, und jetzt fühlte ich mich, als hätte ich meinen Freund sexuell belästigt. Ihm war es wahrscheinlich nur um mein Blut gegangen. Ja, vielleicht war er für einen Moment verwirrt gewesen, und wie ein Arschloch hatte ich mich selbst glauben lassen, dass er mich wollte. Was jetzt? Wie sollten wir das jemals überwinden? Die abscheuliche Wahrheit überrollte mich, und ich wusste, dass wir das *niemals* würden überwinden können. Ich hatte unsere Freundschaft mit einem schwanzförmigen Hammer erschlagen, sie schreiend und strampelnd in den Wald gezerrt, ihr mit einem weiteren blutigen Schlag auf den Kopf den Rest gegeben und sie dann zwei Meter tief unter der Erde begraben. Es war Freundschaftsmord gewesen. Mord einer verdammten Freundschaft.

Langsam zog ich meine Jogginghose aus. Vielleicht würde ich mich besser fühlen, wenn ich mich verwandelte und nach oben ginge, um im Mondlicht zu rennen. Zumindest würde sich der Mond mein Leid anhören; er war immer da, wenn ich ihn brauchte.

»Will ich überhaupt wissen, warum du weinst und dich im Dunkeln ausziehst?« Lance Orions tiefe Stimme füllte den Raum, und mein Kopf schoss nach oben, während ein Wimmern in meiner Kehle stecken blieb.

»Ich weine nicht«, sagte ich mit belegter Stimme und zog meine Hose wieder hoch. »Ich wimmere.«

»Kommt aufs Gleiche raus, Köter.« Er biss in den Burrito in seiner Hand, und ich runzelte die Stirn.

»Warum isst du hier unten? Ganz allein?« Mein Versuch, von mir und meinen Problemen abzulenken.

»Weil ich nach dem Hotdog immer noch Hunger hatte, und es für mich die Hölle auf Erden ist, allein im Speisesaal zu essen. ich werde dort von allen wie ein verdammter Ausgestoßener behandelt«, murmelte er, nahm einen weiteren Bissen von seinem Burrito und schluckte. »Also habe ich mir in der Küche einen Snack gemacht – na ja, genau genommen habe ich einen kleinen Mauswandler dazu gebracht, einen für mich zu machen.« Er lachte leise. »Dann lasse ich dich wohl mal weiter weinen.«

»Wimmern«, knurrte ich.

»Mhm«, erwiderte er leise und wandte sich von mir ab.

»Warte!«, rief ich. »Hast du … mich wimmern gehört und bist gekommen, um zu sehen, ob es mir gut geht?«

»Auf keinen Fall«, erklärte er entschieden. Aber sicherlich hatten seine Vampirohren mein Wimmern aufgeschnappt, oder? Er musste gewusst haben, dass ich es war, und sich offensichtlich entschieden, mir zu helfen. Und wenn er helfen wollte, dann würde er mir vielleicht geben, was ich brauchte.

Ich stand verzweifelt auf und rannte ihm nach. Die Tatsache, dass er nicht mit Vampirgeschwindigkeit davonlief, gab mir die absolute Gewissheit, dass er mich trösten wollte.

»Du brauchst Gesellschaft. Du vermisst Darcy«, sagte ich, und er stürzte sich noch aggressiver auf seinen Burrito, ohne zu antworten. »Vielleicht könnte ich manchmal nachts bei dir schlafen? Ich könnte mich mit einer Blaue-Haare-Illusion belegen und wenn ich mir dann noch eine höhere Stimme zulege, dann könnte ich vielleicht …«

»Ich werde dich direkt hier unterbrechen, Seth«, sagte er, nachdem er geschluckt hatte. »Unter keinen Umständen – und ich wiederhole – unter *keinen* Umständen werde ich so tun, als wärst du Darcy, damit du in unserem verdammten Bett mit mir kuscheln kannst.«

»Okay.« Ich seufzte und ließ den Kopf hängen.

»Warum gehst du nicht zu den Oscura-Wölfen und knüpfst dort Kontakte, wenn du diese Art von Aufmerksamkeit brauchst?«, fragte er.

»Weil ich mehr brauche als Gekuschel und Geschmuse«, sagte ich traurig. »Ich muss über das reden, was vorgefallen ist, während ich kuschle und schmuse.«

»Was meinst du?«, fragte er, und ich sah ihn mit großen Augen und zitternder Unterlippe an.

»Ich habe etwas Schreckliches getan«, flüsterte ich.

»Was?«, fragte er, aber ich schüttelte den Kopf.

»Ich kann nicht, Lance. Ich kann es nicht sagen. Nicht ohne Kuscheleinheiten. Ich muss mich sicher fühlen, während ich es sage.«

»Dann geh und sag es einem der Erben!«, sagte er bestimmt, aber ich wimmerte und schüttelte wieder den Kopf.

»Ich kann nicht«, krächzte ich. »Es geht um Caleb. Und jetzt ist Darcy weg und … und …« Ich legte den Kopf in den Nacken und heulte. Mein Schmerz floss aus mir heraus und füllte jeden Winkel dieses eiskalten, dunklen Abschnitts des Burrows.

Orion legte eine Hand auf meinen Mund, um mich zum Schweigen zu bringen, und aß seinen Burrito auf, während er mich mit zusammengekniffenen Augen ansah. Er seufzte lange und müde und nahm dann langsam seine Hand von meinem Mund.

»Ich werde dir das nur einmal anbieten, und nur, weil Darcy mich darum bitten würde, wenn sie könnte.«

»Was?«, flüsterte ich.

»Du darfst mit auf mein Zimmer kommen, wo ich dich kurz – wirklich kurz – umarmen werde«, erklärte er, und ich schnappte nach Luft. Voller Aufregung warf ich mich auf ihn und hüpfte auf und ab, wohl wissend, dass mein Schwanz in meiner verwandelten Form wie verrückt wedeln würde.

Er stieß mich mit einem Knurren von sich.

»Was habe ich gerade gesagt?«, schnauzte er.

»Eine kurze Umarmung. Verstanden.« Ich trat einen Schritt zurück, fast platzend vor dem Bedürfnis, gehalten zu werden, während er einen weiteren langen Seufzer ausstieß und in die Dunkelheit davonging.

Ich folgte ihm zurück in unser Zimmer, und Orion schloss die Tür fest hinter mir ab, als hätte er Angst, dass jemand diesen Moment stören könnte. Ich griff nach meinem Hosenbund, um mich auszuziehen, aber er zeigte sofort auf mich und fauchte: »Nein! Die Klamotten bleiben an, Capella! Lass uns das nicht noch seltsamer machen, als es ohnehin schon ist.«

»Okay«, stimmte ich zu. »Wie willst du mich? Soll ich der große oder der kleine Löffel sein? Oder stehst du mehr auf die Reiterstellung? Die Missionarsstellung? Oh, wie wäre es mit dem doppelten Löffel mit etwas Angewinkeltes-Bein-Action?« Ich legte mich aufs Bett und tätschelte ermutigend die Laken neben mir. Orion hingegen blieb an der Tür stehen und sah aus, als würde er sämtliche Lebensentscheidungen infrage stellen.

»Ich werde dort liegen.« Er zeigte auf die freie Stelle neben mir. »Und du darfst einen Arm um mich legen.«

»Darf ich auch ein Bein um dich schlingen?«, flehte ich.

»Nein.«

»Nicht einmal ganz kurz? Für dreißig Sekunden?«, bettelte ich, und er fuhr mit der Hand über sein Gesicht. Aber ich konnte sehen, dass er aufgab.

»Na gut«, meinte er resigniert und ging zum Bett. Ich beeilte mich, das Licht auszuschalten, bevor ich mich wieder auf die Matratze warf und stattdessen das kleine Nachttischlicht anmachte.

»Warum hast du das getan?«, knurrte er.

»Stimmungslicht«, sagte ich. »Jede Umarmung hat ihre eigene Stimmung, Lance. Bei den Sternen, bekommt Darcy von dir stimmungslose Umarmungen? Ich muss dir wirklich mein Umarmungsmanifest geben. Es wird dein Leben verändern.«

Er legte sich aufs Bett, den Kopf auf das Kissen gestützt, und ich kroch auf ihn zu, während er mich ansah, als wäre ich ein Piranha, der im Begriff war, ihm den Schwanz abzubeißen.

»Entspann dich!«, raunte ich, drückte seine Schultern ins Kissen und massierte sie. »So kann ich dich nicht umarmen. Hör auf, dich zu verkrampfen!«

Er knirschte mit den Zähnen, dann wurde sein Körper schlaffer, und ich lächelte, ergriff seinen rechten Arm und zog ihn zur Seite, bevor ich in dem von seinem Arm markierten Raum im Kreis herumkrabbelte.

»Was zum Teufel machst du jetzt?«, fragte er gereizt, als ich an den Laken kratzte und mich kreisförmig um mich selbst bewegte.

»Ich suche nach Schlangen, Lance. Bei den Sternen, das ist Kuschelsicherheit für Anfänger.« Endlich zufrieden legte ich mich neben ihn, drapierte meinen Kopf auf seiner Schulter, legte einen Arm über seinen Körper und mein Bein über seinen Oberschenkel.

»Jetzt schließe deinen rechten Arm um mich«, flüsterte ich, und seine Lippen zuckten widerwillig, bevor er gehorchte und mich an sich drückte. Endlich konnte ich mich entspannen, und ich schloss die Augen, während mein pochendes Herz endlich langsamer schlug.

Ich lag da und genoss das Gefühl, umarmt zu werden, während die Instinkte meiner Formgebung endlich gestillt wurden.

»Also, wirst du mir jetzt sagen, warum du geweint hast?«, murmelte er.

»Gewimmert«, korrigierte ich. Ich drückte die Augen zusammen, als sich meine Brust erneut vor Schmerz verkrampfte. Ich dachte an Calebs bittere Zurückweisung und spürte, wie dieser Schmerz Welle um Welle durch mich hindurchströmte. »Ach Lance, ich habe etwas so verdammt Dummes getan.«

»Was?«, grunzte er, und ich holte zitternd Luft.

»Ich habe Cal einen Tiberianischen Spitzenwirbler spendiert«, gab ich zu.

»Einen was?«

»Einen Likranischen Dödeltanz inklusive Zungenakrobatik«, erklärte ich.

»In einer Sprache, die ich verdammt noch mal verstehen kann?«, fragte er, und ich stieß ein lautes Schnauben aus.

»Einen Blowjob, Lance. Ich habe ihm einen geblasen, verflucht noch mal.«

»Richtig, okay. Und warum hat dich das so am Boden zerstört?«, fragte er verwirrt, und ich heulte lange und tief direkt in sein Ohr, was ihn zusammenzucken ließ, aber ich hielt mich vehement an ihm fest.

»Weil er meinen Blowjob nicht wollte«, gab ich wimmernd zu. »Der Blick, den er mir zugeworfen hat, Lance … Es war, als … als hätte die Apokalypse seinen Schwanz ereilt. Bei den Sternen, ich bin die Apokalypse«, stieß ich aus, als mich diese Erkenntnis traf.

Ich umarmte ihn fester, hob mein Bein höher und kuschelte mich an seine Schulter, während ich mir den Trost stahl, den ich brauchte. Orion atmete schwer, und sein Unterkiefer zuckte, als tobte in ihm ein innerer Sturm. »Normalerweise kann ich Leute so gut lesen. Ich schwöre, ich dachte, er hätte mir grünes Licht gegeben. Er hat mich geküsst. Er hat mich geküsst, Lance! Mit Zunge und allem Drum und Dran. Dann hat er mir den Blowjob-Blick zugeworfen. Und ich bin immer so gut darin, den Blowjob-Blick zu erkennen.«

»Ich bin wirklich nicht der beste Ansprechpartner für diesen Scheiß«, sagte er. »Ich denke, du solltest Max und Darius davon erzählen. Die wissen, was sie sagen müssen.«

»Nein«, knurrte ich. »Das werde ich nicht tun. Ich habe schon eine Freundschaft ruiniert, ich werde nicht alle anderen da mit reinziehen und meine Freundschaft mit ihnen kaputtmachen. Aber wie kann ich meine Beziehung zu Cal retten? Was kann ich tun? Auuuuuuuu!« Ich brach in ein trauriges Heulen aus.

»Mögen mir die Sterne Kraft geben«, sagte Orion leise, aber er ließ mich nicht los, als ich mich noch fester an ihn kuschelte und schwer atmend an seinem Ohr keuchte. »Hör zu, es tut mir leid, Seth, aber es ist nun mal passiert. Also ist das Beste, was du tun kannst, mit ihm zu sprechen. Sag ihm, was du fühlst, und entschuldige dich dafür, wie die Sache gelaufen ist. Dann könnt ihr gemeinsam herausfinden, wie ihr damit umgehen könnt. Ihr seid schon lange genug befreundet, dass eure Beziehung trotzdem zu retten sein sollte. Er fühlt sich wahrscheinlich auch beschissen deswegen.«

Ich nickte und winselte leise. »Oder wie wäre es, wenn ich meine Gefühle runterschlucke, so tue, als wäre nichts passiert, und hoffe, dass all unsere Probleme auf magische Weise verschwinden?«, schlug ich vor.

»Ich glaube nicht, dass das …«

»Ja, das werde ich tun, danke, Lance. Das ist ein toller Rat«, sagte ich entschlossen und kuschelte mich an ihn, während ich mich auf ein Nickerchen vorbereitete.

»Das war nicht mein Rat«, zischte er, aber ich war bereits weggeschlummert. Ich hatte in den Armen meines neuen Freundes zumindest ein kleines bisschen Frieden gefunden und war dankbar dafür, dass er einen Plan entwickelt hatte, der mir wirklich weiterhelfen würde.

Gemini
Scorpio
Virgo
Cancer
Aries
Leo
Sagittarius
Taurus
Capricorn
Aquarius
Libra
Pisces

TORY

KAPITEL 41

Vier Monate konnten verdammt lang sein – vor allem, wenn es darum ging, gesund und von Produkten zu leben, die wir selbst anbauen konnten. Vor allem Mangos. Diese verfluchten Mangos. Wenn ich danach nie wieder eine Mango sehen würde, wäre ich eine glückliche Fae.

Natürlich wurde die begrenzte Speisekarte durch die Tatsache relativiert, dass wir uns den Arsch aufgerissen hatten, um die Methoden unserer Vorfahren zu erlernen. Wir verfügten nun über umfassende Kenntnisse in den Disziplinen Schwertkampf, Bogenschießen und Nahkampf und konnten sogar mit einer Reihe seltsamer Waffen wie Flegel, Streitkolben und Speer einigermaßen geschickt umgehen.

Das war ziemlich cool, und ich würde mich definitiv nicht darüber beschweren, diese Dinge erlernen zu dürfen. Trotzdem machte es mich unruhig, hier in diesem Palast festzusitzen. Sicher, es war wunderschön hier, und wir hatten die ersten Wochen damit verbracht, in jeder freien Minute, die wir neben dem Training hatten, die Umgebung zu erkunden. Ich hatte mich sogar daran gewöhnt, die Tuniken und langen Kleider zu tragen, die wir in einer Truhe gefunden hatten. Die Sachen waren einst mit einem Zauber belegt worden, der für anhaltende Frische und Sauberkeit gesorgt hatte, aber das war schon unglaublich lange her. Trotzdem fühlte sich dieser Palast nicht nach unserem Zuhause an. Die tropischen Innenhöfe und die drückende Hitze waren mir einfach zu fremd, und obwohl ich all das bis zu einem gewissen Grad genoss, sehnte ich mich nach einer Wetteränderung, einer Temperaturschwankung – und vor allem danach, Darius und den Rest unserer Freunde zu sehen.

Aus Tagen der Sorge darüber, wie es ihnen ging und welche Entwicklungen der Krieg nahm, waren Wochen und Monate geworden. Unsere Fragen blieben unbeantwortet, da wir keine Möglichkeit hatten, diesen Ort zu verlassen und es herauszufinden. Die goldenen Tore waren fest verschlossen, und Königin Avalon hatte eine Sache mehr als deutlich gemacht: Der Zauber, der ihren Geist oder ihre Seele oder was auch immer sie war, hier festhielt, würde in dem Moment, in dem wir gingen, brechen. Womit sie für immer verschwunden wäre. Dies war also unsere einzige Gelegenheit, von ihr zu lernen, und bisher war sie nicht davon überzeugt, dass wir genug gelernt hatten.

Zusätzlich zu dem Training, das wir absolvierten, hatten wir Stunden damit verbracht, unsere Phönixflammen durch Darcys Körper zu lenken und den Fluch zu verbrennen. Und wir waren sicher, dass es funktionierte.

Sie wurde nicht mehr so schnell müde oder schwach wie vor unserer Ankunft, und ihre Magie hielt der intensiven Routine, die uns Königin Avalon auferlegte, gut stand.

Jeden Morgen nach dem Aufwachen trafen wir sie in dem großen Flur, dessen Wände mit Tierkreis-Schnitzereien verziert waren und dessen lange Fenster zum Dschungel hinausgingen. Dort übten wir, unsere Phönixmagie auf eine Weise einzusetzen, die ich mir vorher nicht einmal hätte vorstellen können.

Wir hatten gelernt, Waffen herzustellen – so, wie es Darcy auch zuvor schon getan hatte –, aber diese Fertigkeit sogar noch verfeinert und sie außerdem auf subtilere Weise mit unserer Feuermagie versehen. Wir wären nun in der Lage, eine Armee mit den Mitteln auszustatten, die nötig waren, um sich gegen die Nymphen zu erheben – und zu gewinnen. Anstatt uns auf eine mächtige Waffe zu konzentrieren, wie es Darcy für die Erben, Orion und Geraldine getan hatte, verfügten wir nun über das Wissen, eine kleinere Menge unserer Flammen auf einmal an eine größere Menge von Waffen zu übertragen. Und das sollte reichen, um die Rebellen zu bewaffnen, wenn der Kampf gegen die Nymphen anstand. Das war der Vorteil, den wir unbedingt brauchten, um Lionels Armee auf dem Schlachtfeld entgegentreten zu können, und es war so beruhigend, zu wissen, dass wir Dinge lernten, die den Verlauf dieses Kampfes wirklich verändern könnten.

Königin Avalon hatte uns auch mehr über die Magie des Phönix-Kusses gelehrt, aber uns auch davor gewarnt, ihn zu verschenken, wann immer wir die Wahl hatten. Er stahl uns nämlich eine Glut unserer eigenen Flammen, die nie wieder zu uns zurückkehren würde. Das hatten wir uns zwar schon gedacht, aber sie hatte den Eindruck gemacht, Angst vor der Vorstellung zu haben, etwas von ihrem Feuer an andere Fae weiterzugeben. Sie sah keinen Grund, warum wir das jemals tun sollten.

Sie brachte uns auch bei, Tränke herzustellen, von denen einige die Wirkung der meisten Gifte aufheben konnten, falls jemand jemals versuchen sollte, uns etwas in unser Getränk zu mischen. Allerdings wollte keine von uns ständig einen der dazugehörigen extravaganten Kelche mit sich herumtragen, um im Falle des Falles daraus zu trinken – auch wenn Avalon es definitiv ermutigte.

Außerdem zeigte sie uns, wie wir verfolgbare Flammen wirken konnten. Sie gab sie in Gläser und versteckte sie vor uns im ganzen Palast, bis wir unsere Verbindung zu jeder einzelnen Flamme erspürt hatten.

Königin Avalon war eindeutig eine kalte Anführerin gewesen, die mit eiserner Faust regiert hatte – mit einem Herz so verhärtet, wie man es auch von unserem Vater vermutet hatte. Mit der Zeit hatten wir beide begonnen, einige ihrer Lehren infrage zu stellen. Sie war unversöhnlich und schnell darin gewesen, jeden hinzurichten, der ihr im Weg gestanden oder sich ihren Gesetzen entgegengestellt hatte. Und sie drängte uns, das Gleiche zu tun.

Von ihr ging außerdem eine kontinuierliche unterschwellige Rivalität aus, und die Art und Weise, wie sie unsere Fähigkeiten einschätzte, bereitete mir des Öfteren eine Gänsehaut. Nach wie vor deutete sie an, dass wir eines Tages gegeneinander kämpfen würden, um den Thron allein zu beanspruchen.

Aber dieser Tag würde niemals kommen – auch nicht, wenn alle Sterne am Himmel es vorhersagten. Ich würde eher mein eigenes Leben beenden, als mich gegen meine Schwester zu wenden, und die Tatsache, dass sie dieses Band zwischen uns nicht verstehen konnte, veranlasste mich dazu, sie als schwach wahrzunehmen. Wie so viele selbstsüchtige Fae es waren. Ihr Machthunger lieferte ihnen die Entschuldigung, schreckliche Dinge zu tun, und ich war der Meinung, dass sich das ändern musste.

Güte war keine Schwäche, was mir meine Schwester öfter gezeigt hatte, als ich zählen konnte. Dazu gehörte auch das Wissen, wann man zugeben musste, im Unrecht zu sein. Arroganz war eines der Grundprobleme der Fae-Gesellschaft, und eines Nachts legten wir beide ein Gelübde ab, dass wir, sollten wir den Thron tatsächlich besteigen, niemals blind unseren eigenen Wünschen folgen würden. Vor allem nicht, wenn es darum ging, Entscheidungen für die Fae in unserem Königreich zu treffen.

Wann immer wir unser Phönixfeuer aufgebraucht hatten, folgte stets eine kurze Essenspause – in der es leider viel zu oft Mangos gab –, bevor wir mit dem physischen Kampftraining begannen. Königin Avalon bestand darauf, dass diese Reihenfolge korrekt war, da wir im Kampf erst dann zu einer Waffe greifen würden, wenn die Fähigkeiten unserer Formgebung völlig aufgebraucht waren. Deshalb mussten wir lernen, körperlich stark zu werden und die Erschöpfung zu überwinden, die durch das Nutzen unserer Phönixgaben verursacht wurde.

Anfangs schien es fast unmöglich. Meine Glieder fühlten sich bleischwer an, sobald die Kraft meines Phönix erschöpft war, aber je mehr ich mich durch das Gefühl hindurchkämpfte, desto mehr konnte ich erreichen, desto länger konnte ich weiterkämpfen. Königin Avalon kämpfte selbst gegen uns; ihre Fähigkeiten waren beeindruckend und schienen unübertrefflich zu sein. Ihre Waffen kollidierten sogar irgendwie mit unseren, während sie aber dennoch durch unseren Körper drangen, ohne uns zu verletzen, wenn sie mit unserer Haut in Berührung kamen.

Ich befand mich in einem Zustand ständiger Erschöpfung, fühlte mich aber auch mehr denn je mit meinem Phönix verbunden und genoss das Gefühl, zu erfahren, wie mächtig ich war.

Ein metallisches Klirren hallte durch die Luft, und der Schmerz in meinen Armen nahm zu. Ich stieß ein trotziges Brüllen aus, als Königin Avalon begann, mich zurückzudrängen. Sie brachte mich dazu, mehrere Schritte nach hinten zu machen, indem sie ihr Schwert auf meinen Kopf zu hieb.

Ich duckte mich tief und schwang meine Klinge hoch, um den nächsten Schlag zu parieren, dann drehte ich mich von ihr weg, bevor ich mit einem Aufschrei der Entschlossenheit auf sie zulief.

Königin Avalon parierte den Schlag meines Schwertes, aber in dem Moment, in dem ich ihre Verteidigung durchdrang, griff ich nach dem Dolch an meiner Hüfte und rammte ihn ihr mit einem wütenden Knurren in die Brust.

Ich spürte für den kürzesten Moment, wie der Schlag sie traf, bevor sie schimmerte und ihre körperliche Form verlor, was mich keuchend ein paar Schritte nach vorn stolpern ließ. Darcy, die aufgesprungen war, um zu applaudieren, grinste mich triumphierend an.

»Gut«, sagte Königin Avalon, als sie wieder auftauchte. Das kleine Lob war immer hart verdient, und mein Lächeln wurde breiter, während ich mir einige lose dunkle Haarsträhnen aus den Augen schob und meine Waffen wieder einsteckte. »Ihr habt mich beide mit eurem Einsatz und eurer Selbstbeherrschung beeindruckt. Ausgeglichenheit, Stärke und unerschütterlicher Wille sind erforderlich, wenn es darum geht, die Krone zu beanspruchen, und ihr beide verfügt in Hülle und Fülle darüber. Lasst uns herausfinden, ob ihr bereit seid, in euren Krieg zurückzukehren und sie zu beanspruchen.«

Sie wandte sich ab und verließ den Raum, ihre Kampfmontur veränderte sich in einem Flackern, bis sie stattdessen ein goldenes Kleid trug, das sich an ihre geschmeidige Figur schmiegte und mit wunderschön gestickten Details verziert war.

Die Träger des Kleides waren so konzipiert, dass ihre Flügel stets herausragen konnten, und sie ermutigte uns, das Gleiche zu tun und unsere Flügel so oft wie möglich in Position zu lassen, damit wir sie besser kennenlernen konnten. Und sie hatte recht. Durch das ständige Benutzen meiner Flügel hatte ich mich an ihr Gewicht gewöhnt, wodurch ich mich besser bewegen konnte. Stunden des Fliegens und der Perfektionierung aller Arten von akrobatischen Fähigkeiten hatten sie gestärkt. Ich war sogar mehr als einmal mit ausgefahrenen Flügeln eingeschlafen und hatte das seidige Gefühl der bronzefarbenen Federn auf meiner Haut genossen.

Wir hatten stundenlang mit ihr einen riesigen Hindernisparcours durchflogen, der für unsere Art geschaffen worden war. Wir hatten mit unserem Feuer Barrieren durchbrochen, die Spannweite unserer Flügel kennengelernt, indem wir durch Spalten geschossen waren, und herausgefunden, wie wir am besten gleiten, im freien Fall fliegen und manövrieren konnten, um während eines Kampfes so unangreifbar wie möglich zu sein.

Und sobald wir völlig erschöpft gewesen waren und nicht einmal mehr einen Arm zum Kämpfen hatten heben können, hatten wir uns hingesetzt und die Überlieferungen der Phönixe studiert. Es gab etliche Legenden über unsere Formgebung, von denen einige sogar in Geschichten aus dem Reich der Sterblichen eingeflossen waren. Aber uns war schnell klar geworden, dass viele davon reine Fantasie waren. Wir waren nicht unsterblich, worüber ich persönlich verdammt froh war. Warum sollte ich ewig leben wollen und zusehen, wie alle um mich herum starben? Das klang wie eine eigene Art von Hölle. Ich wollte leben, nicht stagnieren, und ich war mehr als nur ein wenig erleichtert, als ich herausgefunden hatte, dass an der Geschichte absolut nichts dran war. Wir konnten die Toten auch nicht wiederbeleben, was etwas enttäuschender war, vor allem, weil wir in diesem Krieg mit einem Monster steckten, das uns alle tot sehen wollte. Aber es war absolut unbestreitbar: Wir waren keine Nekromanten, sondern Feuergeborene.

Unsere Tränen waren jedoch in anderer Hinsicht nützlich, denn sie konnten zur Herstellung von Elixieren verwendet werden, die mehrere tödliche Fae-Krankheiten heilten. Daher rührten die Gerüchte über Heilkräfte, aber in Wirklichkeit war es die Magie unseres Feuers, die zur Ausrottung dieser Krankheiten beitrug. Sie brannte sich durch die Krankheit hindurch, ähnlich wie wir Darcys Fluch loszuwerden versuchten.

Etwas, von dem wir vor unserer Ankunft hier absolut gar nichts gewusst hatten, war die Macht unseres Liedes. Bei richtiger Anwendung konnte unser

Feuer einen Vogel hervorbringen, der ein Lied erklingen ließ, das Armeen zusammenrufen und Verzweiflung vertreiben konnte. Es war sogar dazu in der Lage, Schmerzen zu unterdrücken und Mut einzuflößen. Es existierten sogar Erzählungen über besonders begabte Fae unserer Formgebung, die ein Phönixlied erschaffen hatten, das so rein gewesen war, dass es selbst Kraft hatte erzeugen können.

Darcy ging an meiner Seite, und ich warf ihr einen verstohlenen Blick zu und dachte daran, wie sie ihren Kampf mit Königin Avalon gewonnen hatte, indem sie es geschafft hatte, hinter sie zu gelangen und ihr das Schwert direkt in den Rücken zu stoßen. Wir waren schon vor unserer Ankunft hier eine ernst zu nehmende Macht gewesen, aber jetzt? Jetzt hatte ich das Gefühl, es mit der ganzen Welt aufnehmen und gewinnen zu können, wenn wir uns nur darauf konzentrierten.

Königin Avalon geleitete uns in ihren Thronsaal, und ich spürte, wie die Kraft dieses Ortes mich wie eine warme Umarmung umschloss. In den Wandleuchtern loderten Feuer; sie wirkten wie in jedem anderen Teil des Palastes wie Energiespender für unsere Magie. Ich konnte mich kaum noch daran erinnern, wie es sich anfühlte, wenn meine Magie zur Neige ging.

»Es gibt noch eine letzte Prüfung, die ihr bestehen müsst, um zu beweisen, dass ihr eure Phönixe vollständig beherrscht«, sagte sie, während sie sich auf ihren Thron fallen ließ und uns beide mit prüfendem Blick musterte. »Eine von euch muss die Krone beanspruchen.«

Sie bewegte die Hand, und das Knirschen von Stein ertönte, als eine der Steinplatten zu ihren Füßen einige Zentimeter nach unten glitt, bevor sie zur Seite rutschte, um ein in Flammen gehülltes Podest aus dem verborgenen Raum emporsteigen zu lassen. Darauf lag eine schimmernde Platinkrone mit blutroten und tiefblauen Steinen, eine Spiegelung der Krone, die sie zu tragen schien.

»Solarias Krone ist nach wie vor im Palast der Seelen eingeschlossen«, sagte ich und betrachtete einen Moment lang die wunderschöne Krone, bevor ich meinen Blick wieder auf sie richtete. »Diese Krone hier macht uns beide nicht zu Königinnen.«

»Nein«, stimmte Königin Avalon seufzend zu. »Der Sitz der Macht ruhte einst hier, aber mit dem Ende unserer Art wurden meine Nachkommen als Mitglieder anderer Formgebungen geboren. Sie verließen die Heimat unserer Art, aus Angst, dieser Ort könnte einen Fluch bergen, der die Ursache für den Untergang der Phönixe war. Sie bauten einen neuen Palast im Norden, in dem auch eure Eltern residierten, und regierten von dort. Und sie schmiedeten eine neue Krone, einen neuen Thron und eine neue Welt. Aber das Vergessene ist immer nur so lange verloren, bis es wiederentdeckt wird. Damit eine von euch aufsteigen kann, muss sie sich über alle anderen erheben. Einschließlich ihrer Schwester.«

Schweigen folgte, und weder Darcy noch ich machten Anstalten, zu kämpfen oder den Preis zu beanspruchen, den sie uns anbot.

»Haltet das gebrochene Versprechen!«, zischte der Imperiale Stern eindringlich in meinem Kopf, woraufhin ich fröstelte. Aber die Königin schien davon nichts zu merken. Seit unserer Ankunft hier forderte uns der Stern dazu auf – aber wir hatten keine Ahnung, was das bedeutete, nur, dass es ein weiteres Teil dieses Puzzles gab, das wir noch nicht aufgedeckt hatten.

»Und wenn wir das nicht tun?«, fragte Darcy und ignorierte den Stern zugunsten der Herausforderung, die die Königin uns gestellt hatte.

»Dann werdet ihr hierbleiben«, antwortete Königin Avalon. »Und ich werde euch Tag für Tag, Jahr für Jahr weiter ausbilden, bis eine von euch die Entschlossenheit einer wahren Fae findet und vortritt, um für das zu kämpfen, was ihr rechtmäßig zusteht. Es kann nur eine Königin geben.«

Ihre Worte trafen mich wie Peitschenhiebe, und ich richtete mich wütend auf, während ich die Krone und die Tatsache, dass sie unser einziger Weg nach draußen war, auf mich wirken ließ. Wir hatten hier getan, worum man uns gebeten hatte, und alles Wichtige gelernt. Nun war es an der Zeit, in den Krieg zurückzukehren. Wir hatten genug Zeit verschwendet. Und wir hatten nicht vor, hier noch länger zu verweilen.

»Na schön«, sagte ich und fixierte die Königin mit dunklen Augen. »Wir werden für das kämpfen, was uns rechtmäßig zusteht.«

Darcy straffte ihr Rückgrat, und für einen Moment flackerte Überraschung über ihr Gesicht, als ich mich zu ihr umdrehte und sie herausfordernd ansah. Aber als sie meinem Blick begegnete, schien sie zu verstehen, und sie antwortete mit einem verschmitzten Lächeln.

»In Ordnung«, stimmte sie zu. »Du hast es so gewollt.«

Die Königin lächelte triumphierend, während sie darauf wartete, zu sehen, wer von uns als Siegerin hervorgehen würde. Aber ich hatte nicht vor, meine Klinge mit dem Blut meiner anderen Hälfte zu benetzen. Sie war der Meinung, nur eine könnte die Krone beanspruchen? Okay. Denn wir waren schon immer zwei Hälften eines Ganzen gewesen, und wenn sie glaubte, dass ihre Herausforderung ausreichen würde, um uns zu trennen, dann hatte sie uns falsch eingeschätzt.

Ich fokussierte meinen Blick auf die Königin, ging auf meine Schwester zu und streckte ihr meine Hand entgegen.

Unsere Kräfte verschmolzen augenblicklich, und die Königin richtete sich auf ihrem Thron auf. Sie öffnete den Mund, um sich zu beschweren, aber dazu kam sie nicht, bevor sich zwischen uns ein tobendes Inferno aufbaute.

Immer höher loderten die Flammen meiner Seele, bis ich sie nicht mehr zurückhalten konnte und sie sich mit einer Kraft aus meinem Körper lösten, die mich fast umwarf. Rote und blaue Flammen brachen aus dem Innersten meines Wesens hervor und kollidierten mit der gleichen Kraft, mit der sie auch aus meiner Zwillingsschwester explodierten.

Als die Flammen aufeinandertrafen, verschmolzen sie, und aus ihnen brachen Flügel hervor, die weitaus mächtiger waren als alles, was ich je allein beschworen hatte. Das restliche Feuer wuchs weiter an, bis ein ganzer Phönix aus den Flammen geboren wurde.

Er sah fast wie ein Adler aus, obwohl sein Gesicht immer noch menschlich war und uns beiden ähnelte, und als er auf die Königin zuschoss, schrie sie vor Schreck, als könnte er ihr wirklich etwas antun.

Er flog auf sie zu, und seine Flügel schlugen so kraftvoll, dass meine Haare von der Wucht nach hinten geweht wurden, während er auf das hohe Dach des Thronsaals zusteuerte. Mein ganzer Körper vibrierte angesichts der Kraft, die wir beschworen, und ich umklammerte Darcys Hand so fest, dass es schmerzte, während wir gemeinsam unsere Flammen antrieben.

Der Phönix stieß einen musikalischen Triumphschrei aus, bevor er wie ein

Falke auf Beutezug vom Himmel herabsauste. Die Königin hob ihr Schwert, als er sich auf sie stürzte.

Eine Explosion erschütterte das Fundament des Palastes, als sie kollidierten. Die Königin, der Thron und die Krone wurden von der Druckwelle verzehrt, während Darcy und ich von den Füßen gerissen wurden und mit schwindender Kraft zu Boden stürzten.

Mir wurde schwarz vor Augen, als ich auf dem Boden aufschlug, und schien nicht richtig wach bleiben zu können. Ich war mir nur einer Sache sicher: Ich hielt nach wie vor die Hand meiner Schwester.

Ich war mir nicht sicher, ob ich tatsächlich ohnmächtig geworden war oder nicht, aber als ich die Augen öffnete und Darcys unsicheren Blick auf mir ruhen sah, während wir auf dem kalten Steinboden lagen, huschte ein Lächeln über mein Gesicht. Denn egal, was dieser Ausbruch verursacht hatte, ich wusste, dass wir einander nach wie vor hatten. Nichts konnte uns trennen, schon gar keine bescheuerte Krone.

Darcy erwiderte mein Lächeln, und ich richtete mich neben ihr auf und schaute zu dem jetzt leeren und verkohlten Thron hinüber, als aus der Ferne ein metallisches Klirren ertönte, gefolgt vom Knarzen der Scharniere, das mir einen Schauer über den Rücken laufen ließ.

Darcy stand auf und half mir ebenfalls auf die Beine, bevor wir uns gemeinsam in Bewegung setzten. Die Stille, die auf diese Unmenge an Macht gefolgt war, war fast greifbar, während unsere Schritte auf den Steinplatten widerhallten.

Die Königin war fort. Ich konnte es in meinem Herzen spüren und hatte keinen Zweifel daran, dass es wahr war. Und als wir den Thron erreichten, entdeckte ich die Krone dort, wo sie gesessen hatte. Sie war exakt in zwei Hälften geteilt, und die darin eingefassten Steine schienen im Glanz der Flammen zu brennen, die versucht hatten, sie zu zerstören.

Ich streckte vorsichtig die Hand aus und nahm die linke Seite der Krone, während Darcy die rechte ergriff. Das Metall fühlte sich seltsam kalt an, trotz der Hitze, die es gerade überstanden hatte.

»Viele werden fallen, damit einer aufsteigen kann.«

Die Worte der Prophezeiung hallten durch die Luft, und ich lachte den Sternen ins Gesicht.

»Ich habe mich euch schon einmal widersetzt«, rief ich ihnen zu und umklammerte meine Hälfte der Krone fester. »Und ich scheiße auf eure verdammte Vorstellung von Schicksal.«

»Wir werden unser Schicksal selbst bestimmen«, erklärte auch Darcy, und wir tauschten ein dunkles Lächeln aus, bevor wir uns umdrehten und den Thronsaal verließen. Wir schritten durch den Palast auf die goldenen Tore zu, von denen ich instinktiv wusste, dass sie offen stehen würden, um uns gehen zu lassen.

Aber als wir in den großen Korridor traten, der zum Innenhof führte, hielt ich überrascht inne und stellte fest, dass er sich verwandelt hatte. Ein Wasserfall aus goldener Flüssigkeit rauschte durch die Mitte, bildete ein Loch im Dach und sammelte sich auf dem Steinboden.

Ein Flüstern hallte durch die Luft, als wäre der Raum mit tausend Stimmen gefüllt, obwohl er eindeutig leer war. Aber ich hatte das Gefühl, dass es die Sterne waren, die uns jetzt beobachteten, darauf warteten, unseren nächsten

Schritt zu sehen, und erneut versuchten, über unser Schicksal zu entscheiden.

Vor der herabstürzenden goldenen Flüssigkeit befand sich eine Steintafel, auf die, anscheinend mit Kohle, Worte geschrieben worden waren:

Eine wahre Fae bezwingt die Angst und verweigert sich ihrem Ruf.

Hey, das gefiel mir. Ich warf Darcy einen Blick zu, woraufhin sie nur mit den Schultern zuckte und auf das goldene Wasser zusteuerte. Ich musste rennen, um sie einzuholen, damit wir gemeinsam unter den Wasserfall treten konnten.

Ein Stöhnen entrang sich meiner Kehle, als die Flüssigkeit über meinen Körper strömte und weit mehr von meiner Haut wusch als nur Schmutz und Schweiß. Sie löste Zweifel und Ängste von mir, und als ich auf der anderen Seite wieder heraustrat, fühlte ich mich allgemein verjüngt.

Alles, was wir getragen hatten, war irgendwie auch weggespült worden, und wir tauchten nackt jenseits der Wasserfälle auf. Nur die Teile der Krone waren noch intakt, während die losen Tuniken, die wir für unser Training getragen hatten, und unsere Waffen verschwunden waren, als hätten sie nie existiert.

Ich hob eine Hand an meine Kehle und stellte erleichtert fest, dass die Rubinkette, die Darius mir geschenkt hatte, immer noch dort hing, genau wie der Imperiale Stern an Darcys Hals. Wir tauschten einen amüsierten Blick aus, während wir unsere Haut mit Luftmagie trockneten.

An der bogenförmigen Tür, die nach draußen führte, hingen zwei atemberaubende bodenlange Kleider, das eine in kaltem Silber mit tiefblauen Kristallen und das andere in blassem Gold mit blutroten Rubinen, jedes in Königin Avalons Stil mit dünnen Trägern, einer langen Schleppe und ausreichend Platz für unsere Flügel.

Wir bewegten uns darauf zu, und ich nahm das rot-goldene Kleid, während Darcy das blau-silberne wählte. Wir zogen uns an, erweckten unsere Flügel wieder zum Leben und drehten uns im Kreis, um einander zu bewundern.

»Wow! Endlich sehen wir wirklich wie Prinzessinnen aus!«, rief ich lachend, und Darcy grinste und hielt ihre Hälfte der Krone hoch.

»Mit Diademen würden wir noch besser aussehen«, sagte sie und wirkte eine winzige, mit kleinen weißen Blumen bedeckte Ranke, um die Hälfte der Krone auf ihrem Kopf zu befestigen. Ich tat es ihr gleich, aber färbte meine Blumen rot, damit sie zu meinem Kleid passten.

»Gehen wir«, sagte ich und streckte ihr meine Hand entgegen. Wir traten hinaus in die Sonne des Hofes und direkt durch die goldenen Tore, ohne uns noch einmal umzusehen.

Die Zeit der Rückkehr in den Krieg war gekommen, und jetzt, da wir die volle Kontrolle über unsere Formgebung hatten, war ich mehr als bereit, ihn endgültig zu beenden.

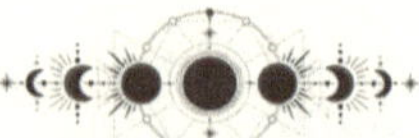

Wir verbrachten den Rest des Tages und die ganze Nacht damit, zum Burrows zurückzufliegen. Mithilfe des Ortungszaubers hielten wir Kurs und wärmten unsere Haut mit Feuermagie, während wir Stunde um Stunde weiterflogen.

Als wir den letzten Bergrücken überquerten und die Berglandschaft, die das Versteck verbarg, zum Vorschein kam, stieß ich einen Jubelschrei aus.

Darcy lachte an meiner Seite, und wir stürzten vom Himmel herab, passierten die magische Barriere und landeten vor dem Bauernhaus, wo eine Gruppe von Rebellen sich fast in die Hose machte, als wir sie überraschten.

»Die wahren Königinnen!«, keuchte einer von ihnen, und im Handumdrehen hatten sich alle fünf zu unseren Füßen auf den Boden geworfen. Sie dankten den Sternen für unsere sichere Rückkehr und baten uns, sie mit unserer gottgleichen Berührung zu segnen.

Darcy gab nach und legte die Hände auf sie, aber ich war nicht wirklich bereit, willkürliche Fremde zu berühren und ihren falschen Glauben zu füttern, dass ich sie irgendwie segnen könnte. Also machte ich ihnen nur ein Kompliment für ihre großartige Arbeit.

Ich ging an ihnen vorbei, öffnete die Tür, lehnte ihre Bitte ab, unsere Ankunft offiziell anzukündigen, und steuerte direkt auf die Standuhr zu, dicht gefolgt von Darcy.

Wenige Augenblicke später fanden wir uns in dem riesigen Steintunnel wieder und fragten uns, ob die anderen schon frühstückten oder noch im Bett lagen. Ich hoffte auf Ersteres.

»Ich kann es kaum erwarten, etwas stark Verarbeitetes und Zuckerhaltiges zu essen«, stöhnte ich hungrig, und Darcy nickte eifrig.

»Donuts, Pfannkuchen oder einfach eine große, fette Tafel Schokolade«, stimmte sie verträumt zu.

»Ja. Alles. Ich will essen, bis ich platze, und dann werde ich Darius finden und mich eine Woche lang mit ihm in einem Zimmer einschließen.«

»Seth wird diese Woche auch definitiv nicht bei uns schlafen«, erklärte Darcy entschlossen. »Wenn er und Caleb ihren Scheiß immer noch nicht geklärt haben, kann er einfach auf dem Boden von Max und Xaviers Zimmer schlafen. Ich brauche Lance ganz für mich allein.«

Irgendwie schafften wir es, auf unserem Weg durch die Tunnel keinen einzigen Fae zu treffen, bevor wir den Speisesaal betraten, in dem bereits einige Leute aßen. Ich entdeckte Geraldine am anderen Ende des Raumes mit einem Tablett buttriger Bagels in der Hand.

Ich rief ihr zur Begrüßung zu, und ihr Kopf schnellte so abrupt in unsere Richtung, dass ich überrascht war, dass sie sich nicht das Genick verrenkte. Sie stieß einen lauten Pterodaktylus-Schrei aus, der mehrere andere Fae dazu brachte, sich erschrocken die Hände auf die Ohren zu schlagen.

Ich lachte laut auf, aber dann schlug sie sich mit dem Handrücken auf die Stirn und wurde tatsächlich ohnmächtig, wobei eine Kaskade von buttrigen Bagels über sie hinwegstürzte und sie lebendig begrub.

»Geraldine!«, schrie Darcy und rannte auf sie zu, aber bevor sie mehr als ein paar Schritte machen konnte, nahm ich eine verschwommene Bewegung wahr; Orion riss sie von den Füßen und küsste sie so fest, dass es doch sicherlich wehtun musste.

»Du bist zurück«, schwärmte er, als er sich von ihr löste, um sie zu mustern. Sein Blick huschte über ihr Kleid, die Halbkrone und den Trotz in ihren Augen, bevor er auch mich ansah, um die Veränderungen in mir aufzunehmen.

»Hey«, sagte ich winkend und versuchte, die Schmetterlinge in meinem Bauch zu ignorieren, während ich nach meinem großen, bösen, tätowierten Arschloch von einem Freund Ausschau hielt. Dabei fühlte ich mich wie ein albernes verliebtes Mädchen; trotzdem donnerte mein Herz bei dem Gedanken an ein Wiedersehen mit ihm wie ein galoppierender Hengst.

Seth heulte laut auf, als er in den Raum trat, gefolgt von Max, Caleb, Xavier, Sofia, Tyler und einer ganzen Reihe anderer Fae, die sich alle darum zu reißen schienen, uns nahe zu sein.

Wir wurden umarmt, angeschrien, wieder umarmt und im Grunde wie eine heiße Kartoffel herumgereicht. Alle schienen wegen unserer Rückkehr völlig aus dem Häuschen zu sein, und ich war erleichtert, als Geraldine auftauchte, um mich in den Arm zu nehmen und mir mein ganzes Kleid vollzuheulen, wie langweilig und leer die Welt ohne uns gewesen sei.

Aber obwohl ich mich ungeheuerlich über das Wiedersehen mit allen freute, gab es wirklich nur eine Person, die ich sehen wollte – und die war immer noch nicht aufgetaucht.

Gabriel erwischte mich als Nächstes, und seine ganze Familie drängte sich um mich und erklärte, wie sehr sie mich vermisst hätte, während Leon mir ins Ohr flüsterte, dass er stolz darauf sei, mit den wahren Königinnen befreundet zu sein.

»Wo ist Darius?«, fragte ich meinen Bruder, unfähig, die verdammte Frage noch länger für mich zu behalten, während ich meinen Neffen fest in die Arme drückte und Küsse auf seiner Wange verteilte, was ihn zum Kichern brachte.

»Wir haben den Mörder geschnappt, kurz nachdem ihr gegangen seid. Und ich habe letzte Nacht vorgeschlagen, dass er eine Wachschicht übernimmt.«

»Warum?«, fragte ich. Auch Darcy hatte es zwischenzeitlich geschafft, sich zu uns gesellen, während Orion sie nach wie vor eisern festhielt. »Wer war es?«

»Justin Masters«, antwortete Gabriel mit gerunzelter Stirn, und Geraldine brach neben uns in Tränen aus, während sie eine Wehklage ausstieß, die ich nur undeutlich verstehen konnte.

»Ich habe euch so sehr beschämt, Myladys«, jammerte sie. »Mein eigener Verlobter war eine Schlange in eurem Garten, ein Tiger in eurem Kuchen, ein Wurm in euren Haferflocken!«

»Im Ernst?«, fragte ich überrascht. »Justin? Aber er ist so ein Weichei.«

»Wir haben ihn blutüberströmt aufgegriffen, und seit seiner Festnahme hat es keinen weiteren Todesfall gegeben. Der Plan ist, ihn hinzurichten, sobald die Zyklopen ein paar Beweise aus seinem Kopf geholt haben. Allerdings steht die Debatte im Raum, wer die Befugnis hat, das anzuordnen – ohne die wahren Königinnen vor Ort. Was bedeutet, dass er auf der Prioritätenliste nach unten gerutscht ist«, erklärte Orion, und ich rümpfte die Nase bei dem Gedanken, eine Hinrichtung anzuordnen.

»Aber warum hast du Darius gestern Abend angewiesen, eine Schicht zu übernehmen? Hast du nicht *gesehen*, dass wir zurückkommen würden?«, fragte ich Gabriel, als dieser mir seinen Sohn aus den Armen nahm, um ihn zu kitzeln.

»Weil ich wollte, dass alle anderen die Chance bekommen, dir Hallo zu sagen, bevor er dich uns wegschnappt«, erklärte er mit einem wissenden Grinsen.

»Du wusstest, dass sie zurückkommen würden?«, fragte Orion wütend, und Gabriel zuckte nur mit den Schultern.

»Vielleicht.«

»Warum hast du dann nicht …«

Orion wurde von einem Drachenbrüllen unterbrochen, das durch den gesamten Speisesaal hallte und Staub von der gewölbten Steindecke rieseln ließ.

»Bewegung!«, herrschte Darius sie an, und seine Stimme triefte nur so vor Manipulation, dass sich fast alle Rebellen ihm unterwarfen und ihm trotz ihrer mentalen Schutzschilde aus dem Weg gingen. Aber wenn ich es mir recht überlegte, hatten sie vielleicht einfach nur Angst davor, ihm im Weg zu stehen.

Mir wurde warm, als ich ihm dabei zusah, wie er sich seinen Weg durch die Menge bahnte, fast einen Kopf größer als die meisten anderen und auch doppelt so breit. Die gemurmelten Abschiedsworte meiner Freunde nahm ich kaum wahr, da sich meine ganze Welt auf ihn und mich zu beschränken schien.

»Verschwindet!«, befahl Darius mit einer weiteren heftigen Welle der Manipulation, während er eine Hand ausstreckte und einen Abwehrzauber zu wirken begann, um damit auch den Rest auf Abstand zu bringen.

Orion lachte, hob Darcy in seine Arme und schoss mit ihr aus dem Raum. Alle anderen verschwanden ohne ein weiteres Wort, während Darius auf mich zumarschierte, sein Blick so vorsätzlich und dunkel, dass mir die Luft wegblieb.

Ohne zu zögern, kam er auf mich zu und stieß in einem Taumel der Leidenschaft mit mir zusammen. Er schob seine Hand in meine Haare und riss meinen Kopf zurück, um mich zu küssen, noch bevor ich überhaupt das Gefühl seines Arms um mich herum richtig wahrgenommen hatte.

Ich stöhnte in seinen Mund, während mein Feuer aufloderte, um dem seinen zu begegnen. Er führte mich nach hinten, drückte mich an die Wand, wobei er meine Flügel hinter mir zerquetschte, hob mich hoch und schob mir die Zunge zwischen die Lippen. Dabei stieß er ein wildes und besitzergreifendes Knurren aus, das mich bis aufs Höschen feucht machte und meinen Puls vor unendlichem Verlangen nach ihm in die Höhe jagte.

Er küsste mich noch inniger, während er seinen Gürtel aufriss und seine Hose öffnete. Sein harter Schwanz drückte gegen meine Mitte und verlangte etwas, dem ich unbedingt nachkommen wollte. Darius riss den Stoff beiseite und stieß sich mit einem Knurren in mich, das die Grundfesten meiner verdammten Seele erschütterte. Ich schrie auf, meine Pussy umklammerte ihn, und mein ganzer Körper zitterte angesichts der Kraft dieser Bestie. Einer Bestie, die ganz und gar mir gehörte.

Darius verweilte dort, seinen Schwanz tief in mir vergraben, während er mich an den Haaren nach hinten zog, um unseren Kuss zu unterbrechen und mich zu zwingen, dem tobenden Strudel in seinen Augen zu begegnen. Sie hatten sich zwischenzeitlich zu reptilienartigen Schlitzen verwandelt, und der Geschmack von Rauch bedeckte meine Zunge, als ich meine malträtierten Lippen befeuchtete.

»Du läufst mir nicht noch einmal so davon«, knurrte er. Mein Rückgrat krümmte sich, während ich mich gegen den Gedanken wehrte, dass er versuchen könnte, mich auf diese Weise zu besitzen.

»Ich …«

Er brachte meinen Protest mit einem harten Hüftschwung zum Schweigen, und ich keuchte auf, als er mich gegen die Wand fickte und mich mit seiner Hand in meinen Haaren zwang, ihn anzusehen. Gleichzeitig bohrte ich meine Fingernägel in seine Brust, und das heftig genug, dass er durch sein weißes T-Shirt blutete.

»Schwöre es!«, zischte er und stieß seine Hüften so hart nach vorn, dass es schmerzte. Mein Verstand überschlug sich angesichts des köstlichen, fast schmerzhaften Gefühls, während er mir mit jeder Bewegung seines riesigen Schwanzes den Atem raubte.

Ich wollte diskutieren, ihm sagen, dass er mich nicht kontrollierte, und ihm irgendeine Arschloch-Beleidigung an den Kopf werfen. Aber als die Wut in seinen Augen einer verzweifelten Art von Angst wich, die er mit Zorn überspielt hatte, gab ich nach.

»Ich schwöre es«, keuchte ich, krallte meine Hände in sein Shirt und zog ihn näher zu mir. »Ich gehöre dir. Ich bin hier. Ich werde dich nie wieder im Stich lassen.«

Darius knurrte, und seine Augen blitzten triumphierend, als er seine Lippen auf meine presste und meine Haare losließ, damit er auch meine andere Hüfte ergreifen konnte.

Er fickte mich so hart, dass ich nichts weiter tun konnte, als mich an ihm festzuhalten, seine Lippen zu schmecken und in diesem Vergnügen zu baden, das sich mit alarmierender Geschwindigkeit in meinem Körper aufbaute.

Ich kam mit einem Schrei, den er mit seinen Küssen verschluckte, und er stieß ein letztes Mal in mich, woraufhin ich mich fest um ihn schloss. Mit einem Brüllen kam auch er, füllte mich mit seiner Erlösung und gab mir das Gefühl, die einzige Frau auf der ganzen Welt zu sein. Dabei hielt er mich fest, als könnte ich jeden Moment wieder verschwinden.

Wir verharrten so, keuchten schwer und atmeten die Luft des anderen ein, während er seine Stirn an meine drückte und mich in seinen starken Armen wiegte.

»Andererseits, wenn alle unsere Wiedervereinigungen so sind ...«, neckte ich ihn, aber er knurrte nur.

»Nein. Ich werde keine Sekunde mehr verschwenden, Roxanya. Du hast dir gerade einen Stalker in Drachenformat angelacht, und ich werde nirgendwo hingehen, bis der Tod mich aus deinen Armen reißt. Selbst dann werde ich versuchen, zu bleiben. Ich werde die Luft auf deinen Wangen und das Licht auf deiner Haut sein und dich nie verlassen, egal, wohin du gehst.«

»Sag so etwas nicht!«, protestierte ich, schlang meine Arme um seinen Hals und zog ihn an mich, während ich den Duft von Zedernholz und Rauch auf seiner Haut einatmete und etwas in meinem Herzen wieder an seinen Platz zurückkehrte.

»Wir sollten gehen«, murmelte er, obwohl er nicht geneigt schien, mich loszulassen. Aber da wir gerade den gesamten Speisesaal zum Vögeln beschlagnahmt hatten, schien es eine gute Idee zu sein, zu gehen, bevor jemand Hunger bekam und versuchte, zurückzukommen.

»Wohin?«, fragte ich, und er löste sich von mir, um mich erneut anzusehen. Seine Augen waren jetzt wieder tiefbraun.

»Raus«, erwiderte er entschlossen. »Wir gehen aus.«

»Wirklich?« Ich zog die Augenbrauen hoch. »Gibt es keinen Kriegskram, mit dem ich mich beschäftigen sollte und ...«

»Nein«, keifte er und hob seine Hand, um meine Krone zu richten, bevor er mich wieder abstellte und seine Hose zuknöpfte. Wir waren immer noch vollständig angezogen und ich konnte nicht anders, als rot zu werden, als ich mich im leeren Raum umsah, wohl wissend, dass jeder Wichser, der bei meiner Ankunft hier gewesen war, genau gewusst hatte, womit wir hier eben beschäftigt gewesen waren. »Du warst monatelang weg, also kommen sie auch noch einen Tag ohne dich zurecht«, sagte er energisch. »Und es ist an der Zeit, dass du das verdammte Motorrad ausprobierst, das ich dir gekauft habe.«

Meine Augen wurden groß vor Aufregung, und ich quietschte wie Geraldine vor einem Bagel-Buffet.

»Wirklich?«, fragte ich und fühlte mich ein bisschen wie ein ungezogenes Kind, das kurz davor war, die Schule zu schwänzen.

»Wirklich«, erwiderte er, nahm meine Hand und führte mich in Richtung unseres Zimmers. »Allerdings musst du diese Krone abnehmen, Prinzessin, denn dort, wo wir hingehen, wirst du einen Helm brauchen.«

»Und wo ist das?«, fragte ich grinsend, obwohl ich wusste, dass die anderen vielleicht sauer auf uns sein würden, wenn wir uns einfach so aus dem Staub machten. Aber es war so lange her, dass ich Zeit mit meinem Drachen verbracht hatte, und dieses Date war definitiv überfällig, also würde ich mich nicht gegen die Idee aussprechen.

»Die Welt der Sterblichen«, entgegnete er. »Ich werde mit dir Fast Food essen gehen, bevor wir dein hübsches Biest so lange durch die Gegend jagen werden, wie du möchtest. Dann bezahle ich für eine Nacht im schicksten Hotel von New York City – wo ich jede Sekunde damit verbringen werde, deinen Körper meinem Willen zu unterwerfen und das nachzuholen, was wir in den letzten vier Monaten verpasst haben.«

»Okay«, stimmte ich zu und leckte mir die Lippen, denn das klang wie der Himmel auf Erden. »Können wir mit Pfannkuchen anfangen?«

»Baby, wenn du Pfannkuchen willst, kaufe ich dir ein ganzes verdammtes Pfannkuchenhaus. Ich werde den Tag in Gesellschaft dieses Lächelns verbringen – und die Nacht damit, mir deine Schreie anzuhören. Jeder deiner Wünsche ist mir Befehl, und ich werde dafür sorgen, dass sie heute alle erfüllt werden.« Darius zog an meiner Hand, damit ich schneller ging, und allein bei dem Gedanken daran biss ich mir auf die Lippe.

»Na, wenn das so ist, gehöre ich ganz dir.«

Gemini
Scorpio
Virgo
Cancer
Aries
Leo
Taurus
Sagittarius
Capricorn
Aquarius
Libra
Pisces

GABRIEL

KAPITEL 42

»Willst du nicht bleiben und mit deinem neuen Freund abhängen?«, fragte ich Orion, als er gemeinsam mit mir den Speisesaal verließ, und zeigte mit meiner Kaffeetasse auf Seth, der sich gerade mit Rosalie Oscura unterhielt.

Er warf ihm einen flüchtigen Blick zu und beäugte mich dann skeptisch. »Er ist nicht mein Freund, Noxy.«

»Natürlich nicht«, sagte ich wissend, weil ich eine ganz andere Zukunft für sie sehen konnte. »Und ich bin nicht dein Interstellarer Verbündeter.«

Er stöhnte. »Bitte sag nicht, dass der Köter dazu bestimmt ist, mich um den Finger zu wickeln?«

Ich lachte. »Nicht unbedingt. Aber die Chance besteht definitiv.«

»Dann werde ich mich noch mehr anstrengen müssen, um diese Chance zu zerstören«, erwiderte er mit einem Grinsen. »Angeblich bin ich nicht der Freundschaftstyp, es sei denn, sie werden mir aufgezwungen wie du, Darius und jetzt auch Caleb.«

»Ich wurde dir nicht aufgezwungen«, sagte ich.

»Ich könnte argumentieren, dass die Sterne dich mir aufgezwungen haben«, entgegnete er.

»Ich könnte argumentieren, dass sie dich mir aufgezwungen haben.« Ich sah ihn an und dachte an jene Nacht zurück, in der ich ihn kennengelernt hatte. Ihm war ein Liebestrank verabreicht worden, und er war heftig in mich verknallt gewesen, bis ich ihm ein Gegenmittel verabreicht hatte.

Er lachte schallend. »Ja, na ja, aber diese Nacht nehmen wir mit ins Grab, richtig?«

»Solange wir den Proballs-Vorfall auch mit ins Grab nehmen«, murmelte ich, und er nickte mir ernst zu. Ich wollte nie wieder daran denken, denn ich hatte nach wie vor Albträume und mein Schwanz litt unter PTBS.

»Für jemanden, der keine Freunde hat, scheinst du verdammt viele zu haben«, stichelte ich, und er drückte seine Schulter an meine.

»Nein, habe ich nicht.«

»Ich glaube, du hast dein Ziel, *nicht mehr Freunde zu haben als Finger an der Hand*, deutlich übertroffen. Ich erinnere mich doch richtig, oder?«

»Wie auch immer. Seth Capella wird nicht dazugehören«, erklärte er mit Nachdruck.

»Warum hatte ich dann die Vision, dass du die ganze Nacht mit ihm gekuschelt hast, während Darcy weg war?«

»Ach, leck mich doch«, murmelte er. »Ich habe ihm eine Umarmung gestattet, und dann sind wir beide eingeschlafen, das ist alles. Und überhaupt, was bist du jetzt, die Freundschaftspolizei?«

»Ich genieße es nur, dir dabei zuzusehen, wie du dich in einen Erben nach dem anderen verliebst«, neckte ich, und er stieß ein warnendes Knurren aus.

»Pass auf, Noxy. Cal und Darius sind die Einzigen, für die ich Zeit habe.«

»Du hast fünf Minuten lang gelacht, nachdem Max dir von dem Vampir erzählt hat, der in die Welt der Sterblichen gekommen ist und alle hat glauben lassen, der echte Edward Cullen zu sein, indem er sich mit Pegasus-Glitzer beschmiert hat.«

»Das war verdammt lustig«, verteidigte er sich. »Ich mag nicht ihn, sondern die Geschichte.«

»Warum lachst du dann immer über seine Witze?«

»Witze sind lustig, Gabriel«, knurrte er. »Deshalb heißen sie ja Witze.«

»Orio, ich war einmal, genau wie du, unfähig, andere an mich heranzulassen. Und ich habe echt hart daran gearbeitet, so zu tun, als wäre mir jeder, der versucht hat, meine Abwehr zu durchbrechen, egal«, sagte ich ernst, und er sah mich stirnrunzelnd an. »Ich möchte einfach nicht, dass du die besten Freundschaften deines Lebens verlierst, weil du ein stures Arschloch bist. Oder schlimmer noch, dass etwas Schreckliches passiert und du für immer die Chance verpasst, sie zu schließen.«

»Ich habe Darcy, ihre Schwester, dich und deine Familie, Darius, Xavier und Cal. Ist das nicht genug?«, fragte er und bewies damit aufs Neue seine Sturheit.

»Ja, das ist genug«, gab ich zu. »Aber mehr gehen immer.« Er zuckte mit den Schultern, und ich tätschelte seinen Rücken. »Wie auch immer, erzähl mir von dir und meiner Schwester! Behandelst du sie gut? Du weißt, dass ich dein Leben zerstören werde, wenn dem nicht der Fall ist«, sagte ich mit einem dunklen Lächeln.

Als Darcy zurückgekommen war, hatte ich sie zusammen mit Orion auf Anzeichen des Fluchs untersucht und keine eindeutige Spur von Lavinias Einfluss auf sie gefunden. Sie hatte behauptet, dass sich ihre Kraft wiederhergestellt anfühlte, und obwohl mir meine Gabe keine eindeutige Antwort darauf hatte geben können, ob sie wirklich frei von dem Fluch war, hoffte ich, dass das Phönixfeuer meiner Schwestern ihn hatten abwehren können.

»Natürlich tue ich das«, versicherte er kategorisch. »Und du kannst mein Leben nicht zerstören, Noxy. Was willst du tun? Mir meinen Status nehmen und dafür sorgen, dass mich alle verabscheuen? Oh, warte, zu spät!«

Ich krallte meine Finger in seinen Rücken, und mein diabolisches Lächeln wurde intensiver. »Zunächst würde ich jedes Buch verbrennen, das du liebst.«

Er atmete scharf ein und sah mich entsetzt an. »Das würdest du nicht tun.«

»Doch, das würde ich. Ich würde die Seiten herausreißen und die Hardcover zum Schreien bringen.«

»Du bist ein Monster«, fluchte er.

»Sie ist also glücklich mit dir?«, bohrte ich weiter nach, und eine Falte bildete sich auf seiner Stirn.

»Ja. Na ja. Meistens, denke ich.«

»Was meinst du damit?« Ich musterte ihn prüfend.

Er sah mich an. »Mach mir deshalb nicht meine verdammten Bücher kaputt, aber ich weiß, dass sie mit meiner Einstellung zu unserer aktuellen Situation nicht gerade glücklich ist.«

»Inwiefern?«, fragte ich, und er seufzte. Sein Blick war voller Schmerz, als seine dunklen Augen mich durchbohrten.

»Mein Status als Geächteter ist ihr egal, weil sie nicht in dieser Welt aufgewachsen ist. Sie versteht nicht, wie tiefgreifend sich das auf uns auswirken wird. Immer. Ich werde nie wieder ein akzeptiertes Mitglied der Gesellschaft sein. Wenn dieser Krieg vorbei ist, werden die Vegas – so wahr mir die Sterne helfen – den Thron besteigen. Und was dann? Ich kann nicht an ihrer Seite stehen, denn dann wird sie die Unterstützung ihres Volkes verlieren. Man wird sie verspotten. Was, wenn sie mir das übel nimmt? Sie verdient ein einfaches Leben, einen Partner, mit dem sie offen zusammen sein kann, ohne dass die ganze verdammte Welt darüber urteilt.«

Ich versuchte, mehr von der Zukunft zu *sehen*, von der er sprach, aber das Schicksal war zu schwach, kaum plausibel, solange Lionel auf dem Thron saß.

»Was hast du vor? Denn ich schwöre beim Mond, Orio, wenn du sie verlässt …«

»Ich werde sie nicht verlassen«, versprach er. »Aber ich werde mich im Hintergrund aufhalten und die Welt in dem Glauben lassen, dass wir nicht zusammen sind.«

»So wie du es hier im Burrows versuchst?«, höhnte ich, und er nickte. »Du solltest stolz darauf sein, sie als dein beanspruchen zu können.«

»Das bin ich«, knurrte er. »Aber du kannst nicht leugnen, dass mich diese Situation in eine schwierige Lage bringt. Was würdest du denn tun?«

Ich dachte darüber nach, dachte an meine Frau und stellte mir vor, wie es für uns wäre, wenn wir uns dieser Art von Prüfung stellen müssten. Und verdammt, Orion hatte recht. Ich würde nicht zulassen, dass sie von der Last meiner Schande niedergedrückt würde. Aber … es musste doch eine bessere Lösung geben.

Ich wandte mich erneut Rat suchend an die Sterne und *sah* eine solche Vielfalt an Schicksalen, dass ich die Augen davor verschloss. Meine Visionen waren dieser Tage voller Tod. Ich hatte meine Familie und Freunde unzählige Male und auf unzählige Arten sterben *sehen*, und manchmal wünschte ich mir, ich könnte einfach abschalten und im Jetzt leben. Es musste so verdammt friedlich sein, während dieses Krieges wenigstens die Hoffnung zu haben, dass alles gut werden würde. Aber für so viele Fae an diesem Ort schien es, als ob das nicht der Fall sein würde.

»Ich schätze, ich würde tun, was du tust. Und meine Frau würde mir die Hölle heißmachen«, gab ich zu, und Orion lachte verächtlich.

»Tja, willkommen in meiner Welt«, sagte er, und ich richtete meine Gabe speziell auf diese Situation und versuchte, nicht zu weit zu *sehen*, damit ich nicht in die chaotischen Visionen des Krieges verwickelt wurde.

Eine kleine Möglichkeit tat sich auf, als ich *sah*, wie Orion Darcy vor den Rebellen öffentlich zu seiner Gefährtin erklärte und damit einiges an Empörung auslöste. Aber meine Schwester lächelte, als wäre es der glücklichste Moment ihres Lebens, und mein Herz verkrampfte sich. Ich wusste, dass ihre gesamte Beziehung von Geheimnissen geprägt gewesen war. Sie hatte etwas Besseres verdient. Sie verdiente die ganze verdammte Welt. Genau wie Tory, aber dieser verfluchte Darius hatte ihr Schicksal zum Scheitern verurteilt. Ich konnte nur eine begrenzte Anzahl von Bränden löschen, und sein Feuer war ein tobendes Inferno, das ich nicht kontrollieren konnte.

Die Vision dauerte an, und ich *sah*, wie sich die Rebellen von Darcy lossagten und nur noch Torys Befehlen folgten. Immer mehr wandten ihrer Zwillingsschwester den Rücken zu. Ich *sah* auch, wie Orion begann, sich selbst für das, was er getan hatte, zu hassen, und wie seine Selbstvorwürfe ihn dazu trieben, die Schuld, ihren Anspruch auf den Thron ruiniert zu haben, in Alkohol zu ertränken.

Ich kehrte aus dieser möglichen Zukunft zurück und lächelte meinen Freund traurig an. »Liebe sie einfach von ganzem Herzen, Orio«, seufzte ich, da ich wusste, dass ich mich nicht in ihr Schicksal einmischen konnte. Sie mussten ihre eigenen Entscheidungen treffen und ihre eigenen Hindernisse überwinden. Aber ich blieb mit einer Angst zurück, die mir das Atmen erschwerte.

Würden die Männer, die sich meine Schwestern als Partner ausgesucht hatten, am Ende ihr Unglück sein? Der Gedanke war unerträglich, aber die Sterne würden mir wahrscheinlich keine andere Wahl lassen, als darüber nachzudenken.

»Immer«, versprach er.

Wir erreichten die langen Gänge, in denen sich die Klassenzimmer befanden, und ich betrat das mir zugewiesene Zimmer, während Orion mir folgte.

»Was gibt es Neues von Justin Masters?«, fragte er.

»Noch immer nichts«, sagte ich ernst. »Die Zyklopen werden aber nicht aufhören, nach harten Beweisen oder einem Geständnis zu suchen.«

»Wenn Hamish mich nur in seine Zelle lassen würde. Ich hätte die Wahrheit in Minuten aus ihm draußen«, sagte er mit einem Anflug von Bosheit in den Augen.

»Ja, und du würdest deiner Sammlung ein weiteres Verbrechen hinzufügen. Bist du sicher, dass du zum Mörder werden willst?«, fragte ich.

»Was macht ein kleines Verbrechen mehr? Ich bin ohnehin auf der Flucht«, sagte Orion mit einem Achselzucken, und ich lachte.

»Möchtest du bei der heutigen Unterrichtsstunde dabei sein?«, fragte ich ihn. »Ich könnte deine Unterstützung gebrauchen – heute geht es um Ceromantie.«

»Klar«, stimmte er zu, und ich ging zu meinem Schreibtisch. Eine Vision durchzuckte mich einen Augenblick, bevor mein Stuhl in Flammen aufging.

»Was zum Teufel?«, fluchte ich, stellte meine Kaffeetasse auf den Schreibtisch und machte mich eilig daran, das Feuer zu löschen. Aber in dem Moment, als ich es unter Kontrolle gebracht hatte, ging meine ganze Tafel in Flammen auf.

»Orio!«, rief ich um Hilfe, als überall im Raum kleine Feuer aufflammten und mir blitzartig klar wurde, wer dafür verantwortlich war. »Xavier, was zur

Hölle?!« Wir hatten die Flammen endlich unter Kontrolle, und als ich mich umdrehte, stand Xavier mit geröteten Wangen und einem verlegenen Lächeln auf dem Gesicht an meinem Schreibtisch.

»Nur ein kleiner Scherz«, sagte er unschuldig, und ich sah, wie Tyler und Sofia das Klassenzimmer betraten. Sie waren eigentlich nicht in diesem Kurs, aber Xavier hatte darum gebeten, dass Sofia mitmachen durfte, und nachdem ich zugestimmt hatte, war auch Tyler aufgetaucht – und weigerte sich, zu gehen. Meine Gabe hatte mir verraten, dass es sich nicht lohnte, mit ihm zu streiten, also hatte ich mir seitdem nicht die Mühe gemacht, ihn wegzuschicken.

»Zum Totlachen«, sagte Orion mit ausdrucksloser Miene, setzte sich auf einen der Tische und verschränkte die Arme vor der Brust.

»Ich würde dir zwar Nachsitzen aufbrummen, aber tatsächlich würde ich mir lieber die Augen ausstechen, als eine Stunde meines Abends damit zu verbringen, dir bei einer niederen Aufgabe zuzusehen«, murmelte ich, nahm meinen Kaffee und leerte die Tasse. Ein seltsamer Geschmack blieb auf meiner Zunge zurück, und ich schmatzte mit den Lippen, bevor ich Xavier ansah, dessen Wangen, Ohren und Hals jetzt knallrot waren. »Setz dich!« Ich winkte ihn weg, und er trottete zu seinem Platz neben Sofia im vorderen Bereich des Klassenzimmers.

Tory, Darcy und die Erben kamen an, dicht gefolgt von Geraldine, die ein lautes Liedchen über den Mond sang, der zu einem königlichen Ball herunterkam, und ich wartete, bis sie alle an ihren Plätzen saßen, bevor ich ein paar Kerzen von meinem Schreibtisch nahm.

Orion schnappte sie mir aus der Hand und verteilte sie fast aggressiv an alle, indem er sie auf ihre Tische warf. Als er sich jedoch Darcy näherte und sie die Hand ausstreckte, um eine der Kerzen entgegenzunehmen, bewegte er sie außer Reichweite und tippte sich grinsend auf die Lippen. Sie stand auf und küsste ihn, während sie um seinen Rücken herumgriff, um ihm die Kerze aus der Hand zu nehmen.

»Ihr dürft euch jetzt zwar im Unterricht küssen, aber das bedeutet nicht, dass ihr es auch tun solltet«, rief Max ihnen zu, und Orion richtete sich auf und fixierte ihn wie ein Beutetier.

»Ich mache, was zum Teufel ich will. Und wenn du willst, dass ich dich weiter unterrichte, damit du dein letztes Studienjahr nicht verpasst, dann schlage ich vor, dass du deine Meinung für dich behältst«, sagte er mit einem tödlichen Lächeln, und Max rollte mit den Augen, sagte aber kein weiteres Wort.

»Ich halte es für romantisch!«, schwärmte Geraldine und stützte das Kinn in die Hände. »Ein geächteter, abstoßender Fae-Professor, der eine Prinzessin für sich beansprucht, obwohl es die ganze Welt vorziehen würde, wenn er es nicht täte.«

»Geraldine!«, zischte Darcy.

»Verzeih mir, Mylady. Habe ich mich im Ton vergriffen?«, keuchte sie.

»Nenne ihn nicht abstoßend!«, beharrte Darcy.

»Heilige Keksdose!«, entfuhr es Geraldine. »Verzeih mir, liebe Darcy. Ich werde in Zukunft ein passenderes Wort wählen. Vielleicht grässlich? Oder abscheulich? Oder vielleicht würde dir das Wort rauflustig besser gefallen?«

»Er ist nichts davon«, knurrte Darcy.

»Oh, ich … ähm … Verzeihung! In die Jauchegrube mit meinem Gebäck!« Geraldine schien geradezu defekt zu sein – gefangen zwischen der kulturellen

Norm, sich gegen geächtete Fae zu wenden, und dem Wunsch, ihrer Königin zu gefallen. Seine Schande war etwas, mit dem ich mühelos umgehen konnte. Er war mein Interstellarer Verbündeter und ich viel zu mächtig, um mir so etwas zu Herzen zu nehmen, was auch der Grund war, warum die Erben sich nicht von ihm gestört fühlten. Viele Fae glaubten, dass die Gesellschaft eines geächteten Fae ihren eigenen Status herabsetzte, aber das war mir scheißegal. Ich würde Orion in jeder Situation zur Seite stehen, er hatte das Gleiche immer für mich getan.

»Fangen wir an?«, schlug ich vor und ließ Orion vom Haken, während er Geraldine kühl anstarrte. Aber als alle ihre Aufmerksamkeit auf mich richteten, schnappte Tyler nach Luft und zeigte auf meinen Schritt.

»Bei den Sternen, Sir, bewahren Sie eine Bestie da drin auf?« Er holte seinen Atlas heraus, machte ein Foto, und ich schaute nach unten und sah, wie dunkle Haare aus meinem Hosenbund sprossen und mein Schritt sich ein wenig ausbeulte.

»Was zum …«

Der Knopf meiner Jeans sprang plötzlich ab, flog durch den Raum und traf Seth direkt ins Auge.

»Warum?«, jammerte er, während er sich das Gesicht hielt. In dem Moment platzte auch mein Reißverschluss.

»Orio«, keuchte ich, und völlige Panik erfüllte mich bei dem Gedanken an das, was gerade geschah.

»Alter, hast du einen Zwergspitz in der Hose?«, fragte Tory entsetzt.

Orion starrte mich an, und ich zwang mich, erneut den Blick nach unten zu senken, während ein klagender Laut der Trauer aus mir herausbrach, als meine Jeans vorn vollständig aufplatzte. Oben aus meinen Boxershorts, die das schnelle Wachstum kaum noch zurückhalten konnten, sprossen dicht und schnell Haare.

Die Erben brachen in schallendes Gelächter aus, aber das war kein verdammter Scherz. Meine Schamhaare wuchsen mit Lichtgeschwindigkeit, und als ich versuchte, sie wieder in meine Boxershorts zu stopfen, riss das Material und gab die Haare frei, die zwischenzeitlich zu einem drahtigen schwarzen Busch herangewachsen waren.

Dieser verfluchte Tyler Corbin nahm jede Sekunde mit einem manischen Glitzern in den Augen auf, und ich fluchte, drehte der Klasse den Rücken zu, nahm eine silberne Schere in die Hand und begann, die Haare abzuschnippeln, woraufhin sie alle zu meinen Füßen schwebten.

»Geht es dir gut, Gabriel?«, rief Darcy besorgt.

»Jemand hat mir einen Zaubertrank verabreicht!«, knurrte ich, und Orion schoss besorgt an meine Seite.

»Was kann ich tun, Noxy?«, fragte er ernsthaft.

»Schaff sie alle hier raus«, bat ich, und er nickte und wandte sich wieder der Klasse zu.

»RAUS!«, brüllte er in seinem besten Professorenton.

»Auf keinen Fall, ich will sehen, wie es weitergeht«, sagte Darius mit einem Grinsen in der Stimme. Und wenn dieser Drache nicht schon dem Tod geweiht wäre, hätte ich ihn auf der Stelle getötet.

»Schneidet er sich gerade die Schamhaare ab?«, flüsterte Sofia und löste damit schallendes Gelächter aus.

Ich gab den Scherenversuch auf, da die Schamhaare außer Kontrolle gerieten und schneller wuchsen, als ich sie zurückhalten konnte. Sie kletterten mir mittlerweile bis zum Kinn, und ich schob sie mit einem Schmerzenslaut nach unten, während die Wut durch meine Glieder brandete.

»Wer war das?«, brüllte ich und versuchte, die Antwort zu sehen, aber alles, was mich erreichte, war die Vision, wie meine Schamhaare außer Kontrolle gerieten. Keuchend wandte ich mich wieder Orion zu. »Besorg etwas, um ihr Wachstum zu stoppen!«, flehte ich, und Orion nickte, schoss aus dem Klassenzimmer und ließ mich den lachenden Arschlöchern im Raum ausgeliefert zurück. Sogar Darcy und Tory lachten nun, und ich knurrte meine Schwestern an, bevor ich auf Tyler zuschritt, um mir seinen Atlas zu schnappen und ihn zu zerbrechen. Aber bevor ich dort ankam, durchliefen meine Schamhaare einen weiteren enormen Wachstumsschub. Ich schrie auf, als sie sich um mich herum ausbreiteten, und würgte, als sie bis zu meinem Gesicht wuchsen und in meinem Mund stecken blieben.

Ich kämpfte sie zurück, während ich versuchte, über sie hinwegzusehen – das einzige Geräusch, das mich erreichte, war das unaufhörliche Gelächter im Raum. Plötzlich riss meine Hose in der Mitte und fiel mir bis zu den Knöcheln, woraufhin sich die Schamhaare um meinen Rücken kringelten und sich in alle Richtungen im Raum ausbreiteten.

Meine einzige Gnade war, dass die Schamhaare so dicht waren, dass mein Schwanz zweifellos darin verborgen war, aber als ich spürte, wie die Haare gegen meinen Schreibtisch drückten und dieser unter dem Druck der Haare zu kreischen begann, wusste ich, dass das kaum ein Trost war.

»Hilfe!«, schrie ich und schaffte es, einen Spalt vor meinen Augen zu öffnen, sodass ich hinausspähen konnte. Ich sah, wie meine Schwestern mir zu Hilfe eilten, während der Rest der Klasse auf ihren Sitzen zusammenbrach.

Tory und Darcy wirkten Scheren in ihre Hände und schnippelten drauflos, gaben dann aber auf. Nachdem sie sich einen kurzen Blick zugeworfen hatten, hoben sie die Hände.

»Vertrau uns!«, meinte Darcy, und ich sah, was passieren würde, eine Sekunde zu spät, um sie aufzuhalten.

»Nein – wartet!«, keuchte ich, als sie Feuer einsetzten, um die Schamhaare zu verbrennen. Die Flammen verschlangen die Haare blitzschnell, verbrannten dabei meine gesamte Kleidung und hielten erst kurz vor meinem Schwanz inne.

Jetzt stand ich nackt vor allen anderen, Rauch waberte um mich herum, und der Geruch von verbrannten Schamhaaren hing in der Luft, während meine Schwestern ein zufriedenes Lächeln austauschten. Ich atmete erleichtert auf, als ich feststellte, dass es vorbei war. Und obwohl Tyler auf seinem Sitz hüpfte und seinen Atlas auf meinen Schwanz richtete, wusste ich, dass es schlimmere Schicksale gab als dieses.

Xavier lachte sich neben ihm kaputt, und als ich seinem Blick begegnete, sah ich die Wahrheit. Ich sah, wie er einen Trank in meinen Kaffee getan hatte, und wusste sofort, dass er dahintersteckte. Wusste, was er getan hatte. Und als ihm das klarzuwerden schien, verstummte sein Lachen.

»XAVIER!«, brüllte ich vor Wut und machte einen Schritt auf ihn zu, aber sofort sprangen die Schamhaare wieder in Aktion, offensichtlich angetrieben von dem Feuer, das sie gestohlen hatte. Sie wuchsen so schnell, dass ich mich in wenigen Augenblicken in ihnen verlor. Ihr Gewicht drückte mich nach unten und ich ging zu Boden. Das Quietschen und Scharren von Tisch- und Stuhlbeinen, die von den Haaren zurückgedrängt wurden, drang an meine Ohren.

»Ah! Rennt! Die Schamhaare kommen!«, schrie Caleb, und ich hörte nur noch, wie sich alle in Richtung Tür verpissten.

»Sorry, Gabriel!«, schrie Tory, als auch sie mich zurückließ.

»Ich komme!« Orios Stimme erreichte mich, und ich hörte ein Schwingen und Schlitzen. Und dann war da Orion, der sich seinen Weg durch den Wald aus Schamhaaren bahnte, der jetzt den ganzen Raum ausgefüllt haben musste. Seine Miene wirkte angestrengt, als er mit dem Schwert aus Sonnenstahl in der Hand zu mir zu gelangen versuchte, wobei die Schamhaare ihn immer wieder zurücktrieben. Aber er biss die Zähne zusammen und kämpfte weiter. »Halte durch, Noxy! Ich bin fast da.«

Ich streckte verzweifelt die Hand nach ihm aus, aber die Schamhaare drückten mich sofort wieder nach unten, sodass ich ihn immer wieder aus den Augen verlor. Doch mein kämpferischer Freund arbeitete sich weiter zu mir vor und trotzte dem Meer meiner Schamhaare, die sein Gesicht kitzelten und in seinen Mund sprießten.

Würgend und keuchend machte er weiter, bis seine Hand die meine erreichte und ich sie fest umklammerte.

»Lass nicht los!«, flehte ich – wie Rose, die am Ende von Titanic versuchte, Jack festzuhalten. Aber wir alle wussten, wie das ausgegangen war.

»Werde ich nicht. Versprochen!«, schwor er, während er versuchte, mich aus den Schamhaaren zu ziehen, die ihn mit der Flut fortzutragen versuchten. Ich drückte die Hand, mit der er mich zu sich zog.

Aber die Strömung war zu stark, und er wurde nach hinten gezwungen, während er mir mit der anderen Hand einen Trank hinhielt. Ich streckte meine freie Hand aus, um ihn zu ergreifen, aber die Schamhaare bildeten eine Wand, durch die ich nicht durchkam.

»Orio!«, rief ich.

»Noxy!«, antwortete er, während seine Hand aus meiner zu rutschen begann.

Er kämpfte sich erneut vor, und der Trank schwebte nun auf einem von ihm erzeugten Luftstoß und brachte ihn an meine Lippen.

»Mund auf!«, befahl er, und ich neigte den Kopf nach hinten und tat, was er verlangte. Aber als Orion das Gefäß mit seiner Luftmagie kopfüber drehte, griffen die verfluchten Schamhaare ein und stießen es zur Seite. Der Trank ergoss sich stattdessen in mein Auge, und die Flüssigkeit brannte fürchterlich.

»Ahh!«, jammerte ich, während das Brennen immer stärker wurde.

Ich spürte, wie Orions Hand immer weiter aus meinem Griff glitt, obwohl ich seine Finger mit all meiner Kraft festhielt.

»Lass nicht los!«, knurrte ich erneut und spähte in die Schamhaare, um ihn ausfindig zu machen.

Sein Gesicht tauchte wieder auf, seine Augen voller Bedauern, als er den Kopf schüttelte.

»Es tut mir so leid, Noxy.« Seine Finger entglitten meinem Griff, und mein Freund wurde in den schwarzen Wald aus Schamhaaren gesogen, als hätte ihn ein Monster in seine Tiefen gezerrt.

Ich schrie ihm verzweifelt nach, während die Schamhaare immer dichter wurden, bis ich in Dunkelheit getaucht war. Und dort hatte ich nur noch einen Gedanken: *Dafür wird Xavier Acrux bezahlen.*

Scorpio
Gemini
Virgo
Cancer
Aries
Leo
Taurus
Sagittarius
Capricorn
Aquarius
Libra
Pisces

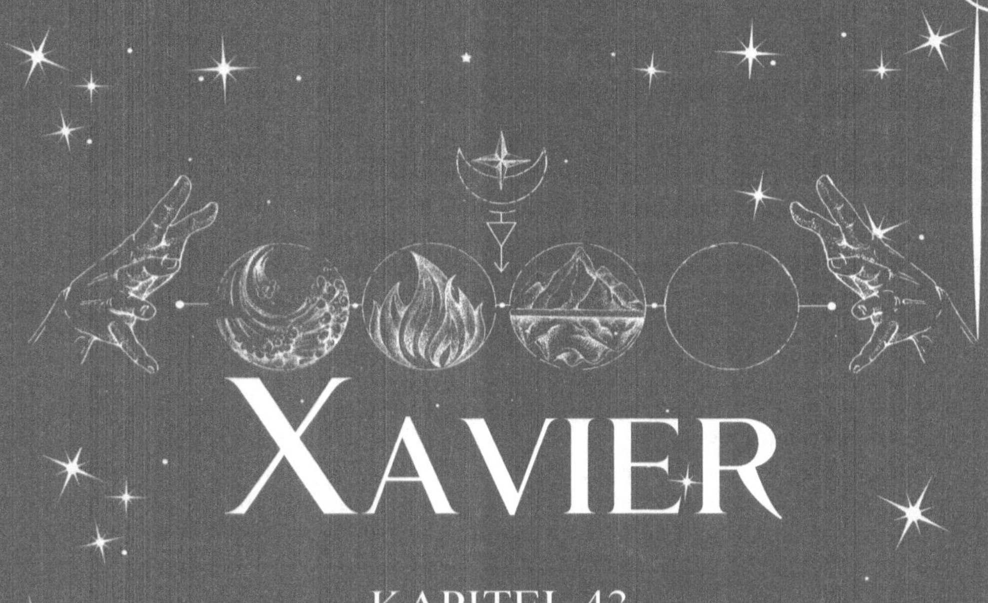

XAVIER

KAPITEL 43

Ich galoppierte in meiner Fae-Gestalt und mit einem siegessicheren Wiehern durch die Gänge. Sofia lief lächelnd neben mir her, während rosafarbener Glitzer aus ihren Haaren rieselte.

»Das warst wirklich du?«, rief sie lachend.

»Ja, und er wird mich umbringen, sobald er da rauskommt«, sagte ich prustend.

»Du bist so witzig, Xavier.« Sie grinste breit.

»Ach ja?« Meine Brust schwoll an, während wir um eine weitere Ecke bogen und schließlich stehen blieben. Völlig außer Atem versteckten wir uns im Dunkeln; Adrenalin erfüllte meinen ganzen Körper.

»Wie hast du das angestellt?«

»Am wichtigsten war die Ablenkung«, sagte ich mit einem Achselzucken. »Ich habe den Trank bei jemand anderem in Auftrag gegeben und dann den Rest dem Zufall überlassen.«

»Das ist genial.« Sie lächelte, wobei ihr Blick auf meinen Mund fiel. Plötzlich sehnte ich mich unglaublich nach ihr. Ich trat näher auf sie zu, schob meine Hand in ihre Haare und drückte sie mit dem Rücken gegen die Wand.

Sie stieß ein leises Keuchen aus, und ich gab ihr die Gelegenheit, mich wegzustoßen, aber das tat sie nicht.

Meine Kehle war wie zugeschnürt, als ich auf dieses perfekte Geschöpf hinunterblickte, das meine Träume beherrschte. Sie war die schönste Stute, die ich je gesehen hatte, und ich konnte nicht glauben, wie sie mich gerade ansah.

Ich warf alle Vorsicht über Bord, beugte mich vor, drückte meinen Mund auf ihren und stahl einen Kuss, der mir zwar nicht gehörte, den ich aber trotzdem nahm. Zunächst sträubte sie sich, doch dann schmolz sie an meinen Körper und zog mich näher zu sich heran, während Leidenschaft und Verlangen uns zueinander trieben.

»Tyler«, flüsterte sie an meinen Mund.

»Vergiss Tyler!«, beharrte ich.

»Nicht unbedingt einfach, wo er doch direkt hinter euch steht«, knurrte Tyler und packte mich am Shirt, um mich von Sofia wegzuziehen.

Ich drehte mich zu ihm um und stampfte wütend mit dem Fuß auf. Meine Stirn prallte gegen seine, während wir einander wütend anfauchten.

»Wir anderen sind übrigens auch hier«, bemerkte Darius und erschreckte mich damit zu Tode. Ich entdeckte ihn, die Zwillinge und die anderen Erben, die alle darauf warteten, vorbeigelassen zu werden. In meiner Lust hatte ich völlig vergessen, dass wir das Klassenzimmer zusammen verlassen hatten. Und jetzt stand ich verdammt unbeholfen da, machte eine verflixte Szene und blockierte den Tunnel, sodass sie alle gezwungen waren, mich anzustarren.

»Oh, äh, sorry«, sagte ich. »Ich lasse euch durch.«

Ich machte einen Schritt nach links – genau wie Darius. Abrupt blieb ich stehen und wich stattdessen nach rechts aus, aber er schien die gleiche Idee zu haben. Das Ganze wurde noch schlimmer, als Tory neben ihm zu kichern anfing. Beim dritten Mal blies mir Darius eine Rauchwolke ins Gesicht, packte mich an den Armen, hob mich hoch und drückte mich gegen die Wand, sodass die gesamte Gruppe an uns vorbeiziehen konnte.

Ich funkelte Tyler durch die Gruppe hindurch an, und sobald sie alle im Tunnel verschwunden waren, stürzten wir uns wieder aufeinander. Lautes Wiehern erfüllte die Luft.

»Denkst du wirklich, meine Freundin betatschen zu können und damit durchzukommen?«, knurrte Tyler.

»Sie will den stärksten Pegasus, Tyler. Und der bin ich«, keifte ich.

»Hört auf!«, rief Sofia. »Ich mag euch beide, okay?« Sie versuchte, uns auseinanderzuziehen, aber wir ignorierten sie, stießen erneut die Köpfe zusammen, während wir um die Vorherrschaft kämpften und versuchten, den anderen zur Unterwerfung zu zwingen.

Ich hatte es so satt, dass Tyler sich so verhielt, als wäre ich weniger wert als er. Mein Instinkt verlangte danach, ihn unter mir zu zermalmen und meine rechtmäßige Position als Dom unserer Herde einzunehmen. Ich hatte mich schon vor langer Zeit in Sofia verliebt, und ja, wahrscheinlich wusste ich, dass es nicht mein Recht war, mich an die Freundin eines anderen heranzumachen. Aber es ging um mehr als das. Es war ein Bedürfnis meiner Formgebung. Ich musste sie für mich beanspruchen, genauso wie ich die Dom-Position einfordern musste. Außerdem ging es mir nicht um irgendein primäres Besitzdenken. Ich liebte Sofia. Und ich wollte sie in jeder Hinsicht. Ich wollte, dass sie an meiner Seite als meine Stute durch Wolken und Regenbögen ritt.

»Das reicht jetzt!«, schnaubte Sofia, als Tyler und ich anfingen, uns gegenseitig zu schubsen. »Bis ihr das zwischen euch geklärt habt, bin ich raus.«

»Was meinst du damit?« Tyler drehte sich alarmiert zu ihr um.

»Dass ich raus bin, Tyler«, erklärte sie bestimmt. »Ich kann diesen ganzen Aufruhr nicht mehr ertragen. Ich glitzere in letzter Zeit kaum noch. Ich brauche eine entspannte Umgebung. Das hier ist für keinen von uns gesund.« Sie seufzte, sah uns mit einem Ausdruck der Sehnsucht in den Augen an, drehte sich dann um und ging mit einem traurigen Wiehern von uns weg, um sich den anderen anzuschließen, die in Richtung Speisesaal gegangen waren.

»Jetzt sieh dir an, was du angerichtet hast.« Tyler stieß mir in die Brust, sodass ich gegen eine Wand prallte. »Alles war in Ordnung, bis du mit deinen bescheuerten gestylten Haaren und deinen verdammt heißen Bauchmuskeln aufgetaucht bist. Und jetzt stellt dein verdammter Pejazzle alle anderen Pejazzles in den Schatten. Das ist Bullshit. Und weißt du was?« Er griff nach seinem Shirt, zog es aus und warf es zur Seite. »Ich bin fertig mit diesem Spiel. Wenn du meine Position einnehmen willst, dann hol sie dir, Xavier!« Er schlug mit der Hand auf seine gebräunte Brust. »Wir kämpfen. Und wer auch immer gewinnt, beansprucht den Dom-Titel ein für alle Mal für sich. Der andere muss das akzeptieren und darf den anderen nie wieder herausfordern.«

»Von mir aus gern«, antwortete ich, zog mein eigenes Shirt aus und stampfte mit dem Fuß auf, um mich auf den Kampf vorzubereiten.

»Oh, hallo Jungs«, schnurrte Washer, der in seiner Badehose und mit einem Handtuch über dem Arm am Ende des Korridors erschien. Aber dieser Tunnel führte zu keinem Badehaus, warum zum Teufel war er so angezogen? »Braucht ihr einen Schiedsrichter für euren kleinen Zank? Ich würde mich sehr freuen, euch meine Hilfe anzubieten.«

Ich rümpfte die Nase, und Tyler verschränkte die Arme, als wollte er etwas von seiner muskulösen Brust verdecken.

»Zuerst solltet ihr euch ein bisschen auflockern«, ermutigte Washer, während er auch schon damit begann, sich im Ausfallschritt zu dehnen. »Folgt meinem Beispiel! Spürt ihr eure Gesäßmuskeln?«

Ich warf Tyler einen flüchtigen Blick zu, der wiederum eine Grimasse zog.

»Sollen wir dazu auf mein Zimmer gehen?«, murmelte Tyler, und ich nickte schnell, woraufhin wir uns beide umdrehten und so schnell wir konnten von Washer weggaloppierten.

»Ach, jetzt seid doch nicht so!«, rief Washer uns hinterher. »Denkt wenigstens daran, eure Körper einzuölen, bevor ihr loslegt. Das sorgt für schöne, flüssige Bewegungen.«

»Igitt!«, stieß ich hervor.

Auch Tyler zuckte zusammen, und ich war erleichtert, als wir sein Zimmer erreicht hatten und er die Tür öffnete. Ich folgte ihm nach drinnen und dehnte meine Schultern, während er die Tür zuschlug, bereit, mich wie ein wilder Mustang auf ihn zu stürzen.

Tyler nahm eine Flasche Öl von seinem Nachttisch, spritzte es über seine Brust und massierte damit seine Haut ein.

»Was machst du da?«, fragte ich überrascht und mein Blick fiel auf seine festen Muskeln, die durch das Öl noch stärker betont wurden.

»Washer ist ein Perversling, aber was das Öl angeht, hat er recht«, erklärte Tyler.

»Warum hast du das hier herumliegen?«, fragte ich verwirrt, und er warf mir einen schmutzigen Blick zu.

»Ach Xavier, du kleine Jungfrau.« Er grinste, und ich erkannte, dass das Öl Glitzer enthielt, der auf seiner Haut funkelte.

»Halt die Klappe!«, knurrte ich. »Ich bin keine Jungfrau.«

Er wieherte ein Lachen. »Es ist traurig, wie vehement du es immer wieder leugnest.« Er warf mir das Öl zu, und ich goss eine ganze Menge davon in meine Hand, um es auf meiner Brust und meinen Armen zu verteilen.

Als ich den Blick wieder hob, sah ich, wie Tyler seine Jogginghose stramm zog und aus seinen Schuhen schlüpfte.

»Keine Magie«, sagte er. »Lass uns einfach drauflos prügeln und herausfinden, wer der beste Hengst ist.«

Ich schluckte schwer, aber hob das Kinn angesichts der Herausforderung und nickte. Ich konnte es mit ihm aufnehmen, ich hatte mein Training hier durchgezogen, machte morgendliche Work-outs und trieb mich tagtäglich an, um in Form zu bleiben. Darius hatte mir nur zu gern dabei geholfen, ein Trainingsprogramm aufzustellen, und wenn ich mit seinen unerbittlichen Übungen mithalten konnte, dann würde ich das hier auch schaffen. Aber Tylers muskulöser Körperbau ließ darauf schließen, dass er wahrscheinlich genauso viel trainierte.

Ich warf die Ölflasche aufs Bett, und wir beäugten uns einen Moment lang. Die Spannung im Raum war so intensiv, dass mein ganzer Körper zu kribbeln begann.

»Dann komm mal her«, stachelte er mich an und breitete die Arme aus. »Oder hat Xavier Acrux, Ersatz-Erbe und Jungfrau, Angst davor, gegen mich anzutreten?«

Ich wieherte vor Wut, stürmte auf ihn zu und versetzte ihm einen Schlag in den Bauch. Er krümmte sich, rammte mir aber als Reaktion eine Faust in die Niere – der Schmerz strahlte bis in meine Seite aus. Ich stieß ihn von mir weg, woraufhin er auf dem Bett landete, die Beine anhob und mir mit nackten Füßen gegen den Oberkörper trat, sodass ich nach hinten taumelte.

Er stürzte sich mit einem aufgebrachten Wiehern auf mich und rammte mir seine Faust in den Unterkiefer. Ich erwiderte den Schlag mit einem ebenso harten Hieb gegen seine Rippen. Er packte meine Schultern, und ich packte seine im Gegenzug und versuchte, ihn abzuwehren, während unsere Hände über unsere eingeölten Körper rutschten.

Ich bohrte meine Fingernägel in seine Schultern, als er sich aufbäumte und mich in die Schulter biss. Ein lautes Wiehern entwich mir, und ich stieß ihn zurück und holte zu einem erneuten Schlag aus. Aber ich verfehlte, und er warf sich mit seinem vollen Gewicht auf mich. Ich krachte in einen Tisch, woraufhin ein Haufen Mist zu Boden fiel – und das mit einem Knall, der durch den ganzen Raum hallte. Tarotkarten flogen durch die Luft und verteilten sich auf dem Boden; die Karte *Der Turm* starrte zu mir hoch, als würde sie uns mit ihren Vorhersagen von Zerstörung und Chaos verhöhnen wollen. Aber das war mir recht, denn dieser Kampf war schon lange überfällig.

Ich rammte ihm meine Schulter in die Brust und stieß ihn damit zurück, während ich meine Fersen in den Boden grub und an Sofia dachte. Meine Instinkte loderten auf. Ich musste ihn unter mich zwingen. Ich musste ihn unterwerfen.

Seine Kniekehlen trafen die Bettkante, und er fiel unter meinem Gewicht zu Boden. Ich kletterte auf ihn, drückte ihn auf die Matratze und versetzte ihm einen Schlag ins Gesicht.

»Ich bin der Dom!«, schrie ich, und seine Lippen teilten sich, als er zu mir aufblickte. Dann stemmte er seine Hüften in die Höhe, um mich von sich zu befördern, bevor er sich umdrehte, in die Knie ging und versuchte, mir zu entkommen.

Erneut stürzte ich mich auf ihn und drückte seinen Kopf in die Laken. »Sag es! Sag, dass ich der Dom bin, Tyler! Sag es!«

Ich ließ seinen Kopf los, damit er mich ansehen und es sagen konnte.

Aber stattdessen musterte er meinen Schritt. Ich folgte seinem Blick und realisierte, dass ich steinhart war; die Umrisse meines Schwanzes drückten gegen meine Jogginghose.

Meine Wangen brannten und waren sicherlich knallrot, als Tyler mich ansah. Aber mich erwartete kein spöttisches Grinsen – womit ich definitiv gerechnet hatte. Nein, seine Augen waren voller Lust.

»Du bist erst der Dom, wenn du dich bewiesen hast«, krächzte er, und ich verstand, was er da von mir verlangte. Es folgte ein Moment des Schweigens, dann veränderte sich der Kampf plötzlich, und die Energie im Raum brannte auf eine ganz andere Art und Weise.

»Beweise dich!«, forderte er erneut, und plötzlich drückte ich ihn zurück in die Matratze und griff – allein von Instinkt angetrieben – nach der Flasche Öl auf dem Bett. Ich befreite meinen geschmückten Schwanz und übergoss ihn mit dem glitzernden Öl, bevor ich auch seine Jogginghose nach unten zog.

»Tu es!«, stöhnte Tyler, seine Worte waren gleichzeitig Bitte und Aufforderung.

Ich erlaubte mir keinen einzigen Zweifel, bevor ich meinen Schwanz an seinem Arsch ausrichtete und in ihn hineintrieb. Ich zwang ihn unter mich und bewegte meine Hüften mit einem Wiehern der Lust. Und – bei den Sternen! – es fühlte sich unglaublich an. Mein Schwanz wurde fest von seinem Körper umschlossen, als wäre er genau dafür gemacht. Als wäre er genau dort, wo er sein sollte. Und als er meinen Namen stöhnte, wusste ich, dass es ihm genauso ging. Warum hatte ich das noch nie zuvor gemacht? Warum zum Teufel hatte ich dieses Gefühl der Ekstase so lange zurückgehalten?

»Jetzt bin ich keine Jungfrau mehr, oder, Tyler?« Ich lachte ausgelassen, und mein Blut rauschte förmlich, als ich anfing, mich zu bewegen.

»Fick dich!« Er stöhnte, drückte seinen Arsch gegen mich und begegnete jedem Stoß meiner Hüften, während ich ihn unter mir festhielt. Ich keuchte, weil es sich so verdammt gut anfühlte, und verlor mich in einem Dunst aus Verlangen, Wut und Instinkt. Mein Verstand war wie vernebelt.

»Wer ist der Dom?«, fragte ich atemlos, während ich ihn unter mir fixierte und meine Hüften schneller schwingen ließ.

»Du«, gab er stöhnend zu, und ich antwortete mit einem Wiehern der Lust, als ich mich am Rande zum Abgrund wähnte. Zwischen uns hatten sich so viel Wut und Zorn angestaut, dass es mich fast um den Verstand brachte, als all diese Gefühle nun in diesem perfekten Akt gipfelten. Es fühlte sich so verdammt unvermeidlich an, dass es mir ein Rätsel war, warum ich das nicht schon früher erkannt hatte.

»Du bist der Dom. Bei den Sternen, du bist der Dom«, hauchte Tyler.

Ich kam mit einem lauten Wiehern, verharrte dann in ihm, während ich ihn nach wie vor energisch in die Matratze drückte. Keuchend kam ich von dem Rausch herunter, der ein intensiveres Summen in meinem Körper ausgelöst hatte, als ein Flug durch einen Regenbogen es je hätte schaffen können.

Aber als meine Gedanken wieder klarer wurden, schaute ich auf Tyler hinunter und erkannte, was ich getan hatte.

»Fuck!«, stieß ich hervor. »Sofia.«

»Xavier«, antwortete Sofia. Mein Kopf schnellte herum, und ich sah sie im Türrahmen stehen, von wo aus sie ihren Blick schockiert über uns schweifen ließ.

»Es tut mir leid«, platzte es aus mir heraus, während Tyler den Kopf hob und sie ebenfalls ansah.

»Scheiße, Sofia, Baby. Das war nicht geplant, es ist einfach passiert. Ich weiß nicht einmal, wie es passiert ist«, stammelte er.

Sie betrat den Raum, stieß die Tür hinter sich zu und zog ohne zu zögern ihr Kleid aus. Ihre Brüste waren nackt und der winzige glitzernde rosafarbene String, den sie trug, schmiegte sich eng an ihre blasse Haut, als sie auf uns zukam.

Ich bewegte meine Hüften zurück, ließ Tyler los und zog meine Jogginghose hoch, während er sich umdrehte. Schließlich kniete ich auf dem Bett.

»Was machst du da?«, fragte ich mit einem Kloß im Hals, und sie trat mit einem schelmischen Glitzern in den Augen an uns vorbei und durch eine weitere Tür. Kurz darauf drang das Geräusch einer laufenden Dusche zu uns.

Tyler stand auf und zog seine Hose hoch, während er ihr hinterherlief, und ich rannte ihm nach, unsicher, was zum Teufel ich tun sollte. Angst tobte in meiner Brust, aber mein Blut summte – ich hatte meine Position als Dom der Herde gefestigt. Und obwohl ich ein schlechtes Gewissen haben sollte, rief mir meine Formgebung laut und deutlich zu, dass ich das Richtige getan hatte. Es war verdammt verwirrend.

In den Fels war eine Dusche gehauen worden, und Wasser strömte aus einem Rohr, das mit Erdmagie hergestellt worden sein musste. Es ergoss sich in einem Sprühregen über Sofia, während sie sich wusch und ihre Brüste mit geschlossenen Augen und nach hinten geneigtem Kopf streichelte.

Tyler sah mich an, als wir Schulter an Schulter vor ihr standen, und schließlich öffnete sie die Augen, biss sich auf die Lippe und winkte uns näher heran.

»Wir beide?«, fragte ich, woraufhin sie nickte. Und als wir uns gemeinsam unter die Dusche begaben und sie ihre Zunge in Tylers Mund schob, verließ mich jegliches Zögern.

»Er hat mich unterworfen, es war reiner Instinkt«, sagte er, und sie lehnte sich zurück, griff nach meinen Haaren und zog mich näher zu sich heran.

»Ich weiß, ich habe es gesehen«, keuchte sie, als meine Hände auf die weichen Rundungen ihrer Taille fielen. Innerhalb von Sekunden war ich klatschnass. »Und ich bin glücklich. Denn das ist die Antwort, nach der wir gesucht haben.«

Ich fing erneut Tylers Blick auf, und sein Kehlkopf bewegte sich, als er meinen Mund beäugte. Sofia drückte unsere Köpfe eng aneinander, woraufhin er seine Lippen auf meine presste und ich seine Zunge in Beschlag nahm, ihn küsste und spürte, wie mein Herzschlag wieder schneller wurde.

Ich hatte immer mal wieder an Männer gedacht und mir zu solchen Fantasien einen runtergeholt, aber seit ich Sofia verfallen war, hatte ich mich dem Wunsch verschrieben, mit ihr zusammen zu sein, anstatt diese Sehnsüchte in mir zu erforschen. Aber als ich ihn inniger küsste und daran dachte, wie verdammt gut es sich angefühlt hatte, in ihm zu sein, wusste ich, dass es das war, wonach ich mich in all den spannungsgeladenen Momenten, die wir geteilt hatten, gesehnt hatte. Meine Gefühle für Sofia hatten dieses Verlangen in mir getrübt, aber jetzt, da ich ihm nachgegeben hatte, wusste ich, dass ich mehr wollte. Und als mein Schwanz wieder hart wurde und Sofia ihren Arsch gegen mich drückte, wusste ich, dass ich dieses Arrangement voll und ganz unterstützen konnte. Es fühlte sich so verdammt richtig an, dass ich nicht glauben konnte, nicht realisiert zu haben, wie sehr Tyler mich anturnte. Ich war so sehr damit beschäftigt gewesen, ihn dominieren zu wollen, dass ich nicht einmal bemerkt hatte, welche Begierde er außerdem in mir weckte.

Ich unterbrach unseren Kuss und beugte mich vor, um stattdessen Sofia zu küssen, und sie stöhnte gegen meinen Mund, während Tyler meine Jogginghose packte und sie nach unten zog. Ich trat sie zur Seite und stöhnte, als er meinen Körper einseifte und seine Hand über die Erhebungen der Edelsteine auf meinem Schwanz gleiten ließ. Sofort wollte ich mehr. Tyler entledigte Sofia ihres winzigen Strings, warf ihn auf den Boden und entblößte ihre mit Edelsteinen besetzte Pussy, was mich so hart werden ließ, dass es schmerzte.

Tyler stellte sich hinter mich und legte seinen Mund an meinen Nacken, während er Sofia nach vorn drückte, sodass sie sich an der Wand abstützen musste. Dann packte er meinen Schwanz und führte ihn in ihre feuchte Hitze.

»Genau so«, knurrte Tyler, presste seine Hüften gegen meine und stieß mich mit einem einzigen harten Stoß in sie hinein, sodass Sofia aufschrie und mir ein Wiehern der Lust entfuhr.

Tyler packte ihre Hüften, zog sie zurück, um jeden meiner Stöße zu erwidern, während er weiter von hinten gegen mich stieß und mir zeigte, wie ich sie befriedigen konnte, während sie sowohl Tylers als auch meinen Namen stöhnte.

»Bei den Sternen, das ist so gut!« Sofia seufzte, und meine Brust schwoll an, als Tyler meine Hand ergriff, sie um ihre Taille und über die Edelsteine, die ihre Mitte schmückten, und schließlich zu ihrer Klitoris führte.

Er bewegte meine Finger im Kreis, und sie zitterte vor Verlangen, bevor er meine Hand losließ und mich den Rhythmus beibehalten ließ, um sie zur Ekstase zu bringen. Sie umklammerte meinen Schwanz immer fester, und jedes einzelne meiner Piercings rieb auf eine Art und Weise in ihr, die sie vor Verzückung förmlich zerfallen ließ.

Ich griff nach hinten; der Instinkt, meine Subs zu befriedigen, trieb mich an, als ich Tylers Jogginghose nach unten zog und seinen Schwanz umklammerte. Er stöhnte kehlig und bewegte sich an meine Seite, um Sofia und mich zu beobachten, während er mich die Zügel übernehmen ließ. Seine Augenlider wurden schwerer, als er zusah, wie sich mein Schwanz in sie hinein- und wieder aus ihr herausbewegte, während meine Faust an seiner Länge auf und ab glitt.

Sofia kam keuchend, und ihr Stöhnen erfüllte den Raum, während ihre Pussy plötzlich meinen Schwanz umklammerte. Sie zwang mich, ihrem Beispiel zu folgen, und ich trieb meine Hüften noch ein paar Mal nach vorn, um die Welle der Lust auszureiten – völlig unfähig, zu glauben, wie gut sich das anfühlte.

Ich zog mich aus Sofia zurück, und sie drehte sich mit einem Blick purer Begierde zu uns um. Dann griff sie ebenfalls nach Tylers Schwanz, und wir arbeiteten zusammen daran, ihn zu befriedigen. Unsere Fäuste glitten an seiner Länge auf und ab, bis er gegen Sofias Schenkel kam und wir drei in einem verzweifelten, schmutzigen Kuss zusammenstießen, während das heiße Wasser kontinuierlich über unsere Körper rann.

Mein Herz pochte in der aufregendsten Melodie, die es je gekannt hatte, und ich wusste, dass ich genau hier hingehörte. Denn zu dritt fanden wir vollkommene Harmonie. Und obwohl ich zum Dom geworden war, hatte ich nie erwartet, dass die Dinge so laufen würden. Wir fielen in eine natürliche Ordnung, die unseren inneren Fae gefiel, und hatten einen Weg gefunden, die Triebe unserer Art auszugleichen. Und verdammte Scheiße, es fühlte sich himmlisch an.

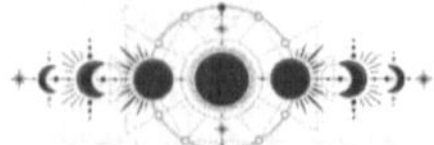

Ich galoppierte durch die Flure und suchte nach den anderen, während mein Schwanz angesichts der schieren Menge an Sex kribbelte. Ich war ein Sexhengst, ein Hengst in Sachen Sex, ein Sexpferd – verdammt, ich war keine Jungfrau mehr und das war alles, was zählte. Ich war definitiv keine Jungfrau mehr.

Ich wieherte vor Freude, als ich weiter vorn Stimmen hörte. Es war Orion, der sagte: »Das ändert die Dinge.«

Ich bog um die Ecke, froh, dass er da war. Schließlich war er derjenige gewesen, der mich vor allen anderen als Jungfrau bezeichnet hatte, und jetzt würde er seine Worte zurücknehmen müssen.

Ich sprang in den Flur und stemmte die Hände in die Hüften. »Ha-ha! Du kannst mein Blut nicht mehr für dein Elixier verwenden, Orion. Ich hatte Sex. Jede Menge Sex. Mit einem Mann *und* einer Frau. Gleichzeitig. Und nacheinander. Und dann wieder gleichzeitig. Ich hatte meinen Schwanz in allen Löchern, Orion. In *allen*.«

Orion sah mich geschockt an, ebenso wie der Rest unserer Gruppe, die um ihn herum stand. Aber niemand lächelte, und Darius fuhr mit der Hand über sein Gesicht und schüttelte den Kopf.

»Jemand ist gerade *gestorben*, Xavier«, zischte Max, und Orion trat zur Seite, wodurch eine übel zugerichtete Leiche hinter ihm auf dem Boden zum Vorschein kam. Außerdem gab er den Blick auf meine Mutter und Hamish frei, die hinter der Leiche standen.

Mom war blass, als sie mich ansah. »Das sind wunderbare Neuigkeiten, Schatz, klasse. Es klingt, als hättest du einen tollen Job gemacht, aber wir müssen das später besprechen, okay?«

Nein ... nein. Nicht schon wieder.

Ich wollte nicht mit meiner Mutter über mein Sexleben sprechen. Ich hatte ihr gerade ganz unverblümt erzählt, dass ich einen Typen und ein Mädchen in alle Löcher gefickt hatte. *Bei den Sternen, ich habe gerade vor meiner Mutter »alle Löcher« gesagt.*

»Es tut mir leid, ich wollte nicht ... Bei den Sternen, ich dachte, der Mörder wurde gefasst«, stammelte ich und trat einen Schritt zurück, während ich auf das Blutbad zwischen ihnen allen starrte.

»Sieht ganz so aus, als wäre Justin Masters nicht der Mörder gewesen«, sagte Tory, und Geraldine schrie auf und schlug sich eine Hand an die Stirn.

»Dieser pelzige Wurm wurde so schrecklich behandelt. Und jetzt muss er entlastet werden. Befreit, um wie ein Käfer gen Himmel zu fliegen«, sagte Geraldine, lehnte sich an Max und schluchzte an seiner Schulter.

»Was zur Hölle werden wir tun?«, fragte Darcy besorgt. »Warum können die Zyklopen nicht herausfinden, wer dahintersteckt?«

»Heiliger Strohsack, wir müssen die Verhöre intensivieren«, erklärte Hamish. »Wir werden sofort damit beginnen.« Er nahm die Hand meiner

Mutter und schritt den Korridor entlang. Ein paar Rebellen eilten herbei und bedeckten die verstümmelte Leiche mit einer Decke, während sich alle anderen mir zuwandten.

Als ich mich umdrehte, stand ich plötzlich Gabriel gegenüber. Und er bleckte die Zähne, während er knurrend meinen Arm ergriff. »Hallo, du kleiner Wichser.«

Fuck.

»Weißt du, wie lange es gedauert hat, bis Orion mich aus diesem Schamhaardschungel befreien konnte?«, zischte er.

»Ähm … eine Weile?«, krächzte ich.

»Lange genug, dass ich mich fast an meinen eigenen Schamhaaren verschluckt hätte, Xavier. Lange genug«, fauchte er, holte seinen Atlas heraus, öffnete etwas und zeigte es mir. »Bring deinen kleinen Arschloch-Freund dazu, das hier zu löschen!«

»Tatsächlich ist er jetzt mein Sub«, sagte ich mit einem Hauch von Stolz in der Stimme, während ich mir das Video ansah, das Tyler gerade auf FaeBook gepostet hatte.

»Es ist mir egal, ob er der Sohn des Mondes selbst und auf die Erde gekommen ist, um uns alle mit Mondmagie zu segnen, Xavier. Du wirst ihm sagen, dass er das entfernen soll.«

Ich nickte schnell, während ich den Beitrag las, den Tyler online gestellt hatte – darunter das Video von Gabriel, dessen Schamhaare gerade Geraldine zu Boden warfen, die um ihr Leben zu rennen versuchte und darüber jammerte, dass sie genauso sterben würde, wie sie es immer befürchtet hatte. Sie kroch verzweifelt auf die Tür zu, die Hand ausgestreckt, während sie in den dunklen Haaren zu verschwinden begann, bevor Max sie herauszog, versprach, dass sie nicht auf diese Weise sterben würde, und mit ihr zusammen den Raum verließ.

Tyler Corbin:

Ein ziemlich #haariger Unterricht heute – inklusive #schamhaarkatastrophe, nachdem @Gabriel Nox versucht hatte, uns die Bedeutung eines gepflegten Intimbereichs zu vermitteln. Seine Schamhaare gerieten schnell außer Kontrolle und sein #schwanzschopf verwandelte sich in weniger als einer Minute von einem #fellfreund in ein #borstigesbiest. Lance Orion sprang schnell ein, um zu helfen, wurde aber sofort vom dem #schwanzteppich verschluckt. Als er dann auch noch die Sackhaare seines Freundes im Mund hatte, wusste er wirklich nicht mehr weiter. Trotz Orions hartem Kampf gegen den #pimmelpelz verirrte er sich im #tiefenschamhaarozean. Wir haben ihn seitdem nicht mehr gesehen.
#daistwasimbusch #bombastischesbuschwerk #dasistjazumhaarerausreißen
#imdickichtverloren #jetzerstmalgrasüberdiesachewachsenlassen

Kommentare
Carson Alvion:

*Gerechtigkeit. *Busch-Emoji**

Mikaela Colgan:

Orion kann jederzeit in meinem Busch kämpfen! #buschbravour
#einbuschvollerbanditen

Leon Night:
HAHAHAHAHA! Orion steckt in Gabes #schwanzsträhnchen fest.

Erica Collins:
Ich vermisse dich, Leon. Warum beantwortest du meine Anrufe nicht????
#einsamelöwin #lassmalwiederdielianeschwingen

Savannah Desiree:
Heilige Mondsteine! Ich würde jederzeit in diesem #schamhaarsee tauchen
gehen, um die #heißeharpie zu retten

Reg Carrot:
Eine neue Frisur für Gabriel! Wir helfen alle! #ichbringemeinescheremit
#weresfindetdarfesbehalten

Marta Segura:
Wirklich eine haarige Situation
#rettetdieheißenprofessoren #ichlernenurwennichgeilbin

Telisha Mortensen:
Ich will ja nicht seltsam rüberkommen, aber ich würde mich durch diesen
#spaghettiberg zu Gabriel und Orion futtern #mehralsnureinhaarindersuppe
#felligesfestessen

Poppy Poppet:
Ich hoffe, er hat keine Mantiläuse! #rausmitderlaus

»Es tut mir leid?«, erklärte ich zögerlich, während ich ein Lachen hinunterschluckte und überlegte, ob ich den Deal erklären sollte, den ich für meine Schwanzjuwelen gemacht hatte. Aber Gabriel schien nicht in der Stimmung zu sein, sie sich jetzt anzusehen, also beschloss ich, sie nicht herauszuholen.

»Es tut dir nicht leid«, knurrte er. »Aber das wird es noch.« Er stieß mich in Richtung des blutigen Chaos auf dem Boden, wo die Leiche gelegen hatte. »Mach das sauber! Ohne einen einzigen Tropfen Wassermagie zu verwenden!«

»Aber …«, keuchte ich, und er drückte mich vor dem Gemetzel auf die Knie.

»Mir fallen noch wesentlich schlimmere Dinge ein«, warnte Gabriel, und ich seufzte resigniert und begann, das Chaos zu beseitigen.

Aber als er mit dem Rest unserer Gruppe wegging und ich zurückblieb, um Blut und Gedärme vom Boden zu entfernen, hatte ich trotzdem das Gefühl, einen der besten Tage meines Lebens hinter mir zu haben. Und ich murmelte vor mich hin: »Das war es wert.«

Gemini
Scorpio
Virgo
Cancer
Aries
Leo
Taurus
Sagittarius
Capricorn
Aquarius
Libra
Pisces

GERALDINE

KAPITEL 44

Ich ging in meinem Zimmer auf und ab und grübelte über die Bedeutung aller Dinge nach, während ich das Schattenfernrohr in meiner Handfläche tätschelte und das befriedigende Klatschen genoss, das das Auge darin jedes Mal machte, wenn ich es fest genug schüttelte.

Das Ding war ein hinterlistiges Biest, das bereits dreimal versucht hatte, mir ins Gesicht zu kriechen, als ich daran gearbeitet hatte, es in diesem Nachteisen einzusperren – einem Metall, das speziell dafür entwickelt wurde, Nymphen zu verletzen, indem es auf die Schatten zielte und sie neutralisierte. Aber jetzt, da ich es ordentlich eingesperrt hatte, blieb nichts mehr zu befürchten.

Und doch waren wir unserem Ziel dadurch nicht näher gekommen, und ich hatte die Herausforderung auf mich genommen, weil ich tief in meinem Inneren wusste, dass wir diesen Krieg niemals gewinnen würden, wenn wir bei diesem Unterfangen keinen Erfolg hatten.

Wir mussten eine Karte von Espial in die Finger bekommen, um mit diesem heimtückischen Auge Risse aufspüren zu können. Aber die verdammten Dinger waren heutzutage seltener als die Gebärmutter eines Drachen, und es gab nur fünf bekannte Exemplare – allesamt im Besitz des FIB und streng bewacht.

Allein der Gedanke an diese hinterlistigen Hampelmänner brachte meinen Schmortopf zum Brodeln. Sie folgten nach wie vor diesem falschen Fuffziger von einem König und führten seine Befehle aus, egal, wie schändlich seine Absichten waren. Sie brachten meinen Magen zum Schlingern, und ich war fest entschlossen, ihnen bei der nächsten Gelegenheit eine ihrer Karten von Espial zu entreißen.

Das Problem war, dass der liebe, süße, flattrige Gabriel nur eine der Karten gesehen hatte – und die befand sich im Besitz der höchsten Abteilung des FIB. Jeden unserer Pläne hatte er in seinen Visionen scheitern sehen. Und Tod. So viel Tod. Der kleine Nussknacker hatte sogar so entsetzt aus der Wäsche geschaut, dass ich ihm dringend empfohlen hatte, sich hinzulegen, um darüber hinwegzukommen, was er jedoch vehement verweigert hatte. Aber er war so traurig wie ein begossener Pudel gewesen, und ich hatte ihn nicht mehr gebraucht, weshalb ich ihn trotzdem weggeschickt hatte.

Es war wirklich eine große haarige Drachennuss, die es zu knacken galt, und die Zeit, die wir mit der Entwicklung eines erfolgssicheren Plans verschwendeten, ging mir gehörig auf den Wecker.

Es klopfte an der Tür, und ich bewegte mich seufzend darauf zu, um sie zu öffnen. Ich warf das Fernrohr auf meine Bettdecke, wobei der Augapfel darin herumhüpfte wie ein feuchter Tischtennisball im Wäschetrockner.

»Hallo Täubchen«, sagte Papa freundlich und tippte mit seinen Fingerknöcheln gegen mein Kinn. »Bist du bereit?«

»Die Sterne mögen Erbarmen mit mir haben!«, keuchte ich, folgte ihm aber trotzdem hinaus auf den Flur. Ich mochte zwar nicht in der Lage gewesen sein, eine Karte von Espial aufzuspüren, um meinen Königinnen dabei zu helfen, die Schattenrisse zu lokalisieren und diese hinterhältige Lavinia zu Fall zu bringen. Aber ich konnte Wiedergutmachung bei meinem Verlobten leisten. Obwohl ich mir eingestehen musste, dass ich mich davor sträubte.

Papa musterte mich aus den Augenwinkeln, sein prüfender Blick machte mich ganz unbeholfen und ich stolperte über meine eigenen Füße, wobei er mich gerade noch vor einem Sturz auf meine Petunie bewahrte, indem er meinen Ellbogen ergriff und mich aufrichtete.

»Weißt du, wenn dir diese Verlobung nicht mehr zusagt ...«, begann er, aber ich unterbrach ihn mit einem Keuchen.

»Süßes Sauerkraut, wie kommst du denn darauf?«, fragte ich entsetzt.

»Nun, ich bin nicht blind, Honigtöpfchen, ich sehe die Blicke, die du mit dem Rigel-Jungen austauschst. Ich weiß auch, dass er eine fragwürdige Meinung hinsichtlich des Throns hat, aber vielleicht ist das gar nicht so schlimm. Offensichtlich werden sich unsere Myladys dennoch erheben, und sobald er von der süßen und strengen Hand des Schicksals eingeschüchtert wurde, könnte er ein passender Partner für dich sein.«

»Aber was ist mit Justin?«, rief ich. »Dem armen süßen, dummen Justin, der zu Unrecht beschuldigt wurde? Was für eine Lady wäre ich, wenn ich jetzt nicht zu ihm zurückkehren würde? Nach allem, was er durchgemacht hat?«

»Popkins ...«

»Nein. Ich kann hier nicht schwanken«, antwortete ich energisch, obwohl meine Unterlippe leicht zitterte, und als wir in den Tunnel einbogen, in dem sich Justins Zelle befand, ließ er das Thema fallen wie ein Blatt in einen Brunnen.

Es waren nicht nur meine Launen, die mich an diese Verlobung banden, sondern auch meine geliebte Mutter. Auf ihrem Sterbebett – wo sich die grausame und lang anhaltende Faeitis in ihre Knochen gefressen hatte und meine Mutter schließlich auf den Schwingen des Abendseglers zu den Sternen getragen worden war – hatte sie mich darum gebeten, immer zu meinem Wort zu stehen. Denn es gab nichts Schlimmeres in den Augen meiner süßen Mama als eine Zunge, die in träumerischen Worten von einem Schneeglöckchen sprach, nur um sich dann ein anderes auszusuchen. Sie war der Inbegriff einer loyalen, treuen Frau gewesen, mein Leitstern, seitdem sie vor all den Jahren durch den Schleier in die Arme unserer leuchtenden Schicksalsweberinnen geschritten war. Und wenn ich mein Wort gegenüber Justin brechen würde, was würde sie dann von mir denken?

Papa eilte zur Zellentür, schloss sie auf, befreite Justin, entschuldigte sich und erklärte ihm, dass eine weitere Leiche entdeckt worden war. Dabei verweilte ich wie ein Pups, den noch niemand bemerkt hatte, im Hintergrund. Doch als sein Blick auf meinen traf, wusste ich, dass mein verräterischer Gestank entdeckt worden war.

»Oh, du süßer Salamander«, sagte ich. »Kannst du mir jemals verzeihen, dass ich dich für fähig gehalten habe, solch abscheuliche und brutale Taten zu begehen?«

Justins Augenbrauen hoben sich überrascht, sein simples Gesicht war ein Bild der Verwirrung, als er sich plötzlich frei fand. Papa entfernte die magischen Handschellen mit einem Schlüssel aus seiner Tasche.

»Habt ihr den wahren Schuldigen geschnappt?«, fragte er, ohne meine Frage zu beantworten, und ich atmete beschämt aus, während ich den Kopf schüttelte.

»Was muss ich tun, um deine Vergebung zu verdienen?«, flehte ich ihn an, und er wurde rot, als sein Blick auf die Fülle meiner Brüste fiel. Aha. Es war also mein Körper, nach dem er sich sehnte.

»Bagels!«, rief ich so laut, dass Papa fast umfiel und Justin zusammenzuckte. »Dieser Mann braucht einen Bagel, wie kein Fae ihn zuvor gebraucht hat.«

Ich drehte mich abrupt um und eilte davon. Justin folgte mir, und die schreckliche Aussicht, ihm zu erlauben, meinen Rasen zu bewässern, machte mir Angst und Bange.

Ich rannte wie ein Pfau auf einem Tennisplatz und führte ihn zum Speisesaal, wo ich alle Anwesenden anherrschte, ihm zu applaudieren und sich dafür zu entschuldigen, jemals an seinem starken Herzen gezweifelt zu haben, bevor ich durch die Menge in die Küche floh.

Ein Schluchzen schnürte mir die Kehle zu, als ich begann, den Teig zuzubereiten. Wie eine Eidechse auf einem Steppenläufer schlug ich darauf ein, um meine unverwechselbaren Bagels zu formen. Aber die heutige Ladung würde mit Sicherheit ein Reinfall werden. Denn meine Tränen waren salziger als ein Barrakuda mit einem wunden Hintern, und jeder, der davon aß, würde alsbald die Wahrheit kennen.

»Gerry?«

Mein Herz setzte aus, als ich diese Stimme hörte. Ich atmete scharf ein, erstarrte an Ort und Stelle und fragte mich, ob ich mir diese Stimme gerade vielleicht nicht einfach nur eingebildet hatte.

»Gerry, sprich mit mir.«

Ich spürte ihn in meinem Rücken, noch bevor er mich berührte. Seine Hände fanden meine Unterarme und glitten über meine Haut, bis seine Finger auf meine trafen und er begann, mich im Tanz des Teigknetens zu führen.

»Ich kann fühlen, wie dein Herz bricht«, flüsterte er an meinem Ohr, und ich stieß einen weiteren Seufzer aus, während ich die Augen schloss, mich an ihn lehnte und mich auf das Gefühl des Teigs zwischen unseren Fingern und seines Oberkörpers an meinem Rücken konzentrierte.

»Wer bin ich, wenn nicht eine Lady, die zu ihrem Wort steht?«, fragte ich und spürte seinen heißen Atem auf meinem Nacken – wie eine Feder in der morgendlichen Brise.

»Du bist Geraldine Grus«, antwortete er. »Und du bedeutest mir verdammt noch mal alles.«

Mein flatterndes Herz rutschte ungehindert in meine Unterleibsregion.

Und dann zerbrach ich für ihn. Ich öffnete mich wie Eierschale und bot ihm einen Blick auf mein Eigelb.

»Aber du bist ein Flegel und ich bin eine Lady«, hauchte ich. »Dass wir zusammen wahre Liebe finden, ist so unwahrscheinlich wie die Beziehung zwischen Fisch und Löwenzahn.«

»Nun, diesem Fisch würden Beine wachsen. Und er würde aus dem Wasser krabbeln, um sich zu dir zu setzen, Löwenzahn.«

Mein Kehlkopf wippte, und meine Finger erstarrten im Teig.

»Und was ist, wenn der Wind weht und meine Samen davonfliegen?«, murmelte ich.

»Dann würde ich mir Flügel wachsen lassen und dir zum Mond folgen«, antwortete er. »Denn nichts auf dieser Welt ist mir wichtiger, als du es bist, Gerry. Und es gibt nichts, was wir nicht überwinden könnten, um zusammen zu sein.«

Ich drehte den Kopf, öffnete die Augen und warf einen tränenverhangenen Blick auf sein hübsches Gesicht.

»Dann komm mit mir zum Mond«, hauchte ich. Und damit erklärte ich mich mit einer Sache einverstanden, von der ich wusste, dass ich ihr nicht zustimmen sollte. Aber ich öffnete meine Lippen für die Liebkosung seines Mundes. Würde Mama mich dafür hassen? Würde sie meinen Namen einmal, zweimal, dreimal jenseits des Schleiers verfluchen und mich als Heißluftverkäuferin und Zungenakrobatin bezeichnen?

Er küsste mich, als wäre ich eine Motte, die im Wind tanzte, und ich küsste ihn, als wäre er eine Mondgans, die nichts anderes brauchte als Liebe.

Es war süß und aufrichtig und ganz und gar wir. Und als unsere Hände wieder den Teig kneteten, fiel ich gemeinsam mit ihm in einen Rhythmus. Zusammen machten wir die butterigsten Bagels, die ich je gemacht hatte und die wir gemeinsam abseits der Menge verschlangen. Und kein einziger Krümel landete auf Justins dünnen Lippen.

Scorpio
Gemini
Virgo
Aries
Cancer
Leo
Sagittarius
Taurus
Capricorn
Aquarius
Libra
Pisces

LIONEL

KAPITEL 45

Ich starrte in den strömenden Regen, der auf das Glas des königlichen Wintergartens prasselte, die Hände hinter meinem Rücken verschränkt. Die Glastüren vor mir enthielten die fast durchsichtigen Bilder einer Hydra und einer Harpyie, und ich beobachtete, wie die Regentropfen darüber rannen, sodass der König und die Königin zu weinen schienen. Aber nicht einmal das konnte mir an diesem Morgen Befriedigung verschaffen.

»Der Wind kommt aus dem Osten, mein König«, erklärte Vard irgendwo hinter mir, und ich schnaubte verächtlich und drehte wütend den Kopf in seine Richtung. Ich hatte ihn für seine Verfehlungen foltern lassen – schließlich hatte er es zugelassen, dass mein Sohn und seine Leute in meinen Palast eingedrungen waren und ihm das Auge aus seinem wertlosen Gesicht geschnitten hatten.

»Wenn du mir bis zum Ende der Woche keine nützliche Prophezeiung bieten kannst, werde ich dich zurück in den Kerker schicken. Und dort wirst du bleiben, bis mein Folterknecht etwas Nützliches aus deinem Kopf herausholt.«

»E-entschuldigt, Majestät«, stotterte er ängstlich. »Ich muss mich nach wie vor daran gewöhnen, ohne mein Schattenauge zu sehen.«

Ich drehte mich zu ihm um und ließ die Arme an meine Seiten fallen, während ich mich diesem Wiesel von einem Mann näherte. Das Schattenauge hatte mir große Sorgen bereitet. Ich hatte keine Ahnung, warum es einen Einbruch in den Palast wert sein sollte. Wofür wollte mein Sohn es benutzen? Vard hatte mir versichert, dass sie damit nicht die Zukunft vorhersagen konnten, solange sie es nicht selbst einsetzten. Vielleicht war das ihr Plan. Mein Sohn war herzlos genug, um jemandem dieses Schicksal aufzuzwingen, und diese Vorstellung beunruhigte mich. Denn wenn meine Feinde die Schatten sehen konnten, ließen sich meine Bewegungen vorhersagen.

»Weißt du, warum du nicht tot bist, Vard?«, fragte ich kühl, und er schüttelte zitternd den Kopf.

»Du bist aus nur dem einzigen Grund nicht tot, weil sich mir noch kein fähigerer Seher präsentiert hat. Aber ich versichere dir, dass ich auf der Suche bin, also solltest du entweder einen Weg finden, dir ein weiteres Schattenauge zu beschaffen, oder auch ohne Auge ein besserer Seher werden. Denn ansonsten ist dein Schicksal besiegelt. Und ich verspreche dir, dass du wochenlang schreien wirst, bis ich dir erlaube, jenseits des Schleiers zu treten. Ich werde dich für all die Probleme büßen lassen, die du mir bereitet hast.« Ich verpasste ihm eine Ohrfeige, während die Hitze auf meiner Haut loderte, und er jammerte angesichts der Verbrennungen seiner rechten Wange.

Mit finsterem Blick verließ ich den Wintergarten, als auch schon mein neuer Diener Horace mit einem Glas Whiskey auf einem goldenen Tablett herbeieilte. Ich nahm es an und fegte an ihm vorbei. Er war passabel, aber Jenkins war von einem besonderen Kaliber gewesen, das sich nicht reproduzieren ließ. Er war im Besitz einer sadistischen Seele gewesen, was mir gefallen hatte, und er war so gut auf meine Bedürfnisse eingegangen, dass ich kaum bemerkt hatte, dass sie erfüllt wurden. Ich hatte Horace bereits zweimal für seine Fehler bestraft, aber er schien gewillt zu sein, sich zu bessern. Das war eine Eigenschaft, die ich bei meinen Untergebenen schätzte.

»Mein König«, rief Lavinia von der Wendeltreppe zu meiner Rechten, die mit einem tiefschwarzen Teppich ausgelegt war.

Ich blickte auf und entdeckte sie in Schatten gehüllt; meine Haut prickelte unbehaglich. Ein Gutes hatte der Versuch der Vega-Schwestern, mich zu überlisten. Sie hatten meinem Seher zwar das Schattenauge aus dem Gesicht gerissen, aber als wir in den Palast zurückgekehrt waren und festgestellt hatten, dass der Monster-Erbe, den sie mir geschenkt hatte, abgeschlachtet worden war, hatte ich durchaus Erleichterung empfunden. Als sie mir ein Kind angeboten hatte, war ich davon ausgegangen, dass es sich um ein Fae-Kind handeln würde. Aber mein Magen verkrampfte sich immer noch, wenn ich darüber nachdachte, was auch immer diese Schattenkreatur gewesen war. Definitiv kein reinblütiger Drache, so viel stand fest. Gut, dass wir das Ding los waren.

Ich hatte jetzt einen neuen Plan, was meinen Erben anging. Einen Plan, von dem ich kein Wort verlieren würde, während ich die notwendigen Schritte unternahm. Ich würde dieses widerwärtige Mädchen Mildred Canopus mit meinem eigenen Samen befruchten. Alles, was ich brauchte, war ein reinblütiger Drachenschoß, der meinen Erben austrug. Die Frau, die das tat, war mir egal. Und ich würde meinen Schwanz keineswegs in dieses abscheulich aussehende Mädchen stecken müssen, um das zu erreichen. Ich musste nur herausfinden, wie ich meine neue Königin von der Idee überzeugen konnte, sodass ich sicher sein konnte, dass sie die Besitzerin der von mir benötigten Gebärmutter nicht tötete. Schließlich gab es keine Alternativen zu dem Canopus-Mädchen.

»Komm, leg dich zu mir!«, befahl Lavinia und ließ ihr Schattenkleid fallen, woraufhin ihre nackte Haut zum Vorschein kam.

Ich behielt die Fassung, obwohl ich innerlich fröstelte. Seit ich gesehen hatte, wie diese widerliche Kreatur aus ihrem Körper in die Welt gekrochen war, hatte sie keinen Reiz mehr für mich. Ganz zu schweigen von der Art und Weise, wie sie meinen Körper zu ihrem eigenen Vergnügen benutzt hatte, und den Qualen, die mir das bereitet hatte. Nein, ich wollte meinen

Schwanz nicht riskieren, indem ich ihn noch einmal in sie steckte – egal, wie attraktiv sie manchmal wirken mochte.

»Ich habe geschäftlich in der Stadt zu tun«, erwiderte ich energisch, drehte ihr den Rücken zu und schritt davon. Sie kreischte vor Wut, aber wenigstens versuchte sie nicht, meine Schattenhand gegen mich einzusetzen.

Draußen wartete ein Gefolge von FIB-Agenten auf mich, und ich zog meinen Luftschild fester um mich, während ich meinen Blick auf den Hintern der hübschen Francesca Sky schweifen ließ, als sie mir die hintere Tür des Wagens öffnete.

»Guten Abend, Hoheit«, sagte sie pflichtbewusst, als sie sich mir zuwandte, den Blick auf den Boden gerichtet und den Kopf gesenkt. Ihre dunklen Haare waren zu einem Zopf geflochten, und ich stellte mir vor, wie ich ihn um meine Finger wickelte, während sie meinen Schwanz lutschte. Würde ich sie heute Abend nach dem Interview vielleicht entführen können?

»Kommen Sie nach der Show auf einen Drink zu mir!«, forderte ich, und sie hob abrupt den Blick. In ihren Augen blitzte etwas auf, das Angst sein könnte. Und das stand ihr gut.

»Nur ich, mein König?«, hauchte sie verwirrt.

»Nur du«, säuselte ich.

»Ich muss arbeiten«, erklärte sie schnell, und für eine Millisekunde flackerte ein Hauch von Trotz in ihrem Blick auf. Aber das war nichts, was ich ihr nicht mit Leichtigkeit würde abgewöhnen können.

»Ich bin der König, und ich befehle dir, keine Verpflichtungen zu haben.« Ich strich mit einem Finger über ihre Wange, bevor ich mich in den Wagen begab und sie die Tür hinter mir zuschlug.

Wir erreichten Tucana, und ich strich mit der Handfläche über mein gestärktes weißes Hemd. Ich rückte gerade mein dunkelrotes Jackett zurecht, als die Autotür auch schon wieder geöffnet wurde. Ich trat hinaus in das chaotische Licht der Kcamerablitze und wurde auch sogleich von dem Antimagie-Zauber umhüllt.

Ich ließ die Menge gewähren, erlaubte den Paparazzi, mich abzulichten, und gab – von meinem PR-Team perfekt ausgearbeitete – Zitate, die morgen die Zeitungen füllen würden. Ich war der beliebteste Mann im Königreich, und jeder wollte ein Stückchen von mir haben. Das ließ ich mir nur allzu gern gefallen, während ich sie mit meinem gewinnenden Lächeln fütterte und mich im Ruhm meiner Herrschaft sonnte.

Sie fragten nach meiner Königin, und ich erzählte von ihrer Erschöpfung und dass sie bald wieder auf den Beinen sein würde. Schließlich war dies mein Abend, und ich hatte nicht die Absicht, sie hierherzubringen, damit sie etwas von meinem Triumph für sich beanspruchen konnte.

Als es Zeit war, ging ich mit meinem Gefolge die mit rotem Teppich ausgelegten Steintreppen hinauf in das große Gebäude, das für die Veranstaltung geschmückt war. Das FIB blieb in meiner Nähe, aber nicht so dicht, dass die Agenten die Fotografen blockierten, als ich mich umdrehte und der Menge, die lautstark jubelte, ein letztes Mal zuwinkte. Dann wurde ich nach drinnen geleitet und durch einen glitzernden Korridor voller goldener Skulpturen geführt, die den inneren Drachen in mir mobilisierten.

Ich wurde zunächst hinter der Bühne untergebracht, aber es dauerte nicht lange, bis ich meinen großen Auftritt hatte. Der Saal war zum Bersten voll mit Fans, und während ich an der Bühne darauf wartete, von meiner guten Freundin von der *Celestial Times*, Portia Silverstone, angekündigt zu werden, badete ich in der Aufregung, die in der Luft lag.

Ich befand mich auf dem Höhepunkt meiner Karriere, auf diesen Moment hatte ich jahrelang hingearbeitet, und heute Abend würde mein Leben in einem Interview gefeiert werden, das in die Geschichte eingehen sollte. Es würde live im ganzen Königreich ausgestrahlt werden, alle anderen Sendungen waren zugunsten dieses Interviews abgesagt worden, und eine Verfügung war erlassen worden, die sicherstellte, dass alle Fae Solarias vor den Fernsehern saßen. Um mich anzusehen. Ihren Herrscher, den größten König, der je gelebt hatte.

»Ohne weitere Umschweife begrüße ich auf der Bühne unseren höchst großmütigen, ruhmreichen, bedeutenden und mächtigen König Lionel Acrux!«, rief Portia, und ich setzte mein strahlendstes Lächeln auf, als ich auf die Bühne schritt. Das gesamte Publikum erhob sich, um zu klatschen und mir zuzujubeln.

Die Sitze reichten hoch bis zu den breiten Balkonen darüber, und in den goldumrandeten Logen saßen Pitball-Stars und Prominente, die mich alle beobachteten und deren Anwesenheit nicht verhandelbar gewesen war, nachdem ich ihnen persönliche Einladungen geschickt hatte. In der ersten Reihe des nächstgelegenen Balkons saßen die Ratsmitglieder neben den neuen Erben ihrer Sitze, Ellis Rigel, Hadley Altair und Athena Capella.

Portia trug ein dunkelblaues Kleid, das sich an ihren kurvenreichen Körper schmiegte, als sie sich vor mir verbeugte und sich auf einen grünen Samtstuhl setzte. Ich knöpfte mein Jackett auf und ließ mich dann in den viel größeren Ohrensessel ihr gegenüber fallen.

Zwischen uns stand ein Tisch, auf dem neben Portias Weinglas bereits ein Glas meines Lieblingswhiskeys auf mich wartete, und ich nahm es in die Hand, um an dem feinen Nektar zu nippen. Die holzigen Aromen rollten über meine Zunge, während sich die Menge beruhigte und wieder Platz nahm, und ich stellte das Glas zurück auf den Tisch.

Hinter uns befand sich ein riesiger Bildschirm, der die gesamte Rückwand der Bühne ausfüllte. Darauf war ein Schwarz-Weiß-Foto von mir zu sehen, wie ich majestätisch auf dem östlichen Balkon des Palastes der Seelen stand und in die Ferne blickte, während ich einen Ellbogen auf das Geländer stützte und mein Kinn auf die Faust legte. Es war ein wahres Meisterwerk. Und daneben standen die Worte: *Ein Abend mit König Lionel Acrux. Der Mann hinter der Krone.*

Ah, die Mühen meines Lebens hatten sich endlich gelohnt. Ich hatte für diesen Moment mit allem gekämpft, was ich hatte. Als Junge hatte ich dieses Interview in meinem Zimmer unzählige Male durchgespielt, und nun war es so weit, all meine Bemühungen hatten sich ausgezahlt. Ich wurde so gefeiert, wie ich seit so vielen Jahren hätte gefeiert werden sollen. Sie sahen mich und meine Macht und wichen vor ihr zurück. Und ich war mir sicher, dass ich diesen Abend nie vergessen würde.

Portia begann mit ein paar einfachen Fragen, um die Menge aufzuwärmen, während ich heitere Geschichten aus meiner Jugend zum Besten gab, von dem Tag, als ich eine fast ausgestorbene Art von Wüstenfalken gejagt und die letzten ihrer Art an meine Wand gehängt hatte, bis zu der Zeit, an der ich in meinem

Namen ein Hotel in Nord-Baruda hatte bauen lassen, das den schönsten See von Solaria überblickte. Natürlich hatte ich einige Hände schmieren müssen, um die Stadtbewohner davon abzuhalten, sich in dieses Projekt einzumischen. Ihre Beschwerden darüber, dass mein Turm ihnen den Blick auf das Wasser versperrte, hätten mir fast einen Strich durch die Rechnung gemacht. Aber ich war es mehr als gewohnt, meinen Willen durchzusetzen.

»Erzählt uns mehr über Eure Zeit an der Zodiac Academy«, meinte Portia, die mit ihren Fragen nun tiefer ging, damit wir zu den Wurzeln meines Erfolgs kommen konnten. »Stimmt es, dass Ihr vom Grausamen König und seinen Freunden gemobbt wurdet?«

»Gemobbt?« Ich schnaubte. »Ich bin in meinem ganzen Leben noch nie gemobbt worden, Portia. Nein, ich glaube, du beziehst dich auf die Gerüchte, dass Hail Vega eifersüchtig auf mich war und während unserer gemeinsamen Zeit an der Academy entsprechend gehandelt hat.«

»Und sind diese Gerüchte wahr?«, fragte Portia neugierig.

Ich ließ eine traurige Maske über mein Gesicht fallen und nickte. »Leider hat Hail die Größe in mir schon früh gesehen. Es war eine wahre Schande, denn alles, was ich wollte, war, mit ihm verbündet zu sein. Aber leider konnte er den bloßen Anblick meiner Macht nicht ertragen. Deshalb hatte er es in der Schule auf mich abgesehen und sogar meine perfekten Noten geändert, um weniger bedrohlich zu wirken. Er wollte seinen Status bewahren, aber wie wir alle wissen, hatten die Sterne am Ende andere Pläne.«

»Meine Güte, was für ein Skandal!«, keuchte Portia, und ich spürte, wie die Menge an jedem Wort hing.

»Vielleicht, aber ich nehme an, es ist nicht allzu überraschend, dass der Grausame König schon zu Jugendzeiten grausam war«, sagte ich und freute mich im Stillen darüber, dass ich Hails Namen noch mehr beflecken konnte, als es mir zu seinen Lebzeiten bereits gelungen war. »Er war außerdem der Kapitän des Pitball-Teams und hat sich geweigert, mich spielen zu lassen, obwohl ich das Spiel sehr gut beherrschte.«

»Ihr wart gut in Pitball?«, fragte Portia interessiert, und plötzlich fing die Menge an zu lachen. Ich drehte mich überrascht in ihre Richtung und bemerkte, dass ihre Blicke über meinen Kopf hinweg schweiften. Und tatsächlich – über mir lief ein Video, das an jenem Tag aufgenommen worden war, als ich mein Testspiel für das Pitball-Team der Zodiac Academy durchgeführt hatte.

Hail warf träge Bälle in meine Richtung, während ich keinen einzigen fing und mehr als einmal in den Schlamm fiel – mit einem Gesicht, das von Ball zu Ball röter vor Wut wurde. Ich wurde in diese Erinnerung hineingesogen, und erneut braute sich die Wut in mir zusammen, während das Lachen in meinem Kopf immer lauter wurde. Als Hail die Bälle ausgingen, wurde auch der Ton des Videos angeschaltet – und ich sträubte mich, als ich nach so langer Zeit erneut seine Stimme hörte.

»Ich dachte, du hättest gesagt, du wärst gut«, rief Hail lachend, und mein rechtes Auge zuckte, als ich mich an jene Worte erinnerte.

»Ich bin gut. Ich bin der Beste«, knurrte mein junges Ich.

»Dann bist du vielleicht besser in der Defensive aufgehoben. Versuch mal, meinen Angriff zu blocken!«, befahl er und ging sofort auf mich los. Ich wirkte links und rechts Luftmagie, aber er wich jedem Schlag aus und prallte mit mir zusammen wie ein Rammbock. Mein Rücken knallte unter seinem Gewicht zu Boden, und ein Schrei – der ganz und gar weiblich klang – entrang sich mir. Das Gelächter im Saal wurde immer lauter.

Das Video wurde angehalten, und Rauch quoll aus meinen Nasenlöchern, als ich mich umdrehte und Portia anfunkelte. Wer zum Teufel hatte das Video gefunden? Und wie konnte sie es wagen, es während dieses Interviews abzuspielen?

Ich hielt mich zurück, behielt einen kühlen Kopf und ließ niemanden meinen inneren Kummer sehen.

»Seid Ihr Euch Eurer Begabung sicher, mein König?«, fragte Portia mit einem neckischen Unterton in der Stimme, und ich ließ ein leichtes Lachen über meine Lippen kommen, während ich die Armlehnen meines Stuhls fest umklammerte.

»Ich war an jenem Tag an der Fae-Grippe erkrankt«, versuchte ich mich an einer Ausrede, während sich die Menge wieder beruhigte. »Keine Woche später, als ich mich erholt hatte, habe ich ihn auf dem Spielfeld fertiggemacht. Aber Hail hat mein zweites Testspiel unter den Teppich gekehrt, da er sich mein Talent nicht eingestehen wollte.«

»Ich verstehe«, antwortete Portia. »Nun, lasst uns zu einer anderen wichtigen Beziehung in Eurem Leben übergehen. Euer Bruder Radcliff Acrux ist tragischerweise gestorben, als er gerade mal zwanzig war. Aber sicherlich hatte er auch davor schon einen großen Einfluss auf Euch?«, fragte sie. Das Bild auf der Leinwand verschwand – dankenswerterweise –, aber mein Magen krampfte sich zu einem harten Ball zusammen, als stattdessen ein Foto von Hail, Azriel, Tiberius, Antonia, Melinda und Radcliff erschien. Sie standen Arm in Arm in ihren schlammigen Zodiac-Academy-Pitball-Uniformen da und lächelten breit.

»In der Tat«, sagte ich und nickte traurig, während ich den Blick vom Bild meines Bruders abwandte, der mit seinen Freunden lächelte. Stattdessen gab ich mich mit der Tatsache zufrieden, dass er und zwei der anderen Fae auf diesem Bild nun tot unter der Erde lagen. »Radcliff war ein guter Bruder, aber er hat seine Schwächen gut versteckt. Es ist das erste Mal, dass ich darüber spreche, aber … kurz vor meinem Erwachen hat mir Radcliff anvertraut, das Gefühl zu haben, sich seinen Weg zum Erben erschwindeln zu müssen. Dass er Vater davon überzeugt hatte, der Stärkste in der Familie zu sein, während er in Wirklichkeit die Kraft in mir sah. Nach meinem Erwachen ist er mehrmals zu mir gekommen und hat mich gefragt, ob ich meine Macht für ein paar Jahre herunterspielen würde, damit er seine Position als Erbe noch ein bisschen länger genießen konnte. Erbe zu sein – das war alles, was er sich jemals gewünscht hatte. Aber er hat natürlich stets gewusst, dass ich ihm die Position jederzeit würde streitig machen können – und das auch tun würde. Ich habe meinen Bruder von ganzem Herzen geliebt und versprochen, die Wahrheit über meine unermessliche Macht geheim zu halten, bis es an der Zeit war, aufzusteigen und ihn in einem Kampf zu schlagen, um seinen Platz einzunehmen. Aber natürlich ist es zuvor zu den unglücklichen Ereignissen gekommen, die ihn vor seiner Zeit fortgerissen und mir keine andere Wahl gelassen haben, als die Nachfolge zu übernehmen, ohne jemals gegen ihn um seine Position zu kämpfen.« Ich blickte direkt in die Kamera und tat so, als würde ich mir eine Träne aus dem Auge wischen. »Ich weiß, dass du mich heute Abend von jenseits des Schleiers beobachtest, Radcliff. Und ich möchte, dass du weißt, dass ich gut regieren und dem Namen Acrux für uns beide unendlichen Ruhm einbringen werde.«

Applaus hallte durch den Raum, und Portia lächelte traurig.

»Eine schreckliche Tragödie, in der Tat. Aber eine, die nicht ohne Nachforschungen vonstattenging«, sagte Portia, und mir lief es kalt den Rücken hinunter.

»Nachforschungen? Welche Nachforschungen?« Ich stellte mich dumm, aber natürlich hatte ich den Schwachsinn im *Daily Solaria* gelesen, die Verschwörungstheorien, die auf einen vertuschten Mord hindeuteten. Aber es waren nie Beweise gefunden worden, und ich wollte solche Dinge ganz sicher nicht live im verdammten Fernsehen diskutieren.

Portia zeigte erneut auf den Bildschirm, und ich sah plötzlich die geschwollenen Gesichtszüge meines Bruders Radcliff nach seinem Tod. Das grausame Bild ließ die Menge nach Luft schnappen, bevor alle zu murmeln und zu raunen begannen.

»Die Stiche befanden sich ausschließlich an dieser einen Stelle«, sagte Portia, und ein Ring erschien, um die mit Blasen übersäten roten Stiche auf Radcliffs Brust zu markieren. »Und einige Biologen behaupten, dass die Norian-Wespe unregelmäßig sticht und nicht wiederholt an einer bestimmten Stelle. Es sei denn, sie wird durch Magie oder vielleicht ein Glas an dieser Stelle festgehalten.«

»Absurd«, platzte es aus mir heraus, während ich mit der Hand fuchtelte. Hitze durchströmte meinen Körper. Was zum Teufel war das? Warf sie mir etwas vor? Das sollte meine Nacht der Zelebration sein, wie konnte sie es wagen, den Tod meines Bruders ins Spiel zu bringen?

Sie fuhr schnell fort und ging auf meine Stärken an der Academy und die Auszeichnungen ein, die ich in der Kunst der Illusion und der Manipulation gewonnen hatte. Ich entspannte mich, während ich das Lob absorbierte und es genoss, in den Erinnerungen an meinen Aufstieg zur Größe zu schwelgen. Und ich ließ den Ärger los, den ich zuvor wegen der Radcliff-Fragen empfunden hatte. Ich nahm an, dass Portia die Pflicht hatte, zu einem so kritischen Moment in meinem Leben eine Reaktion in mir hervorzurufen. Es war nur logisch, dass ich aufgrund der geheimen Natur seines Todes empfindlich war.

»Nach Eurem Abschluss hattet Ihr offiziell den Platz Eures Bruders als Erbe des Celestia-Rates eingenommen. Hail Vega sollte den Thron besteigen und die Nachfolge seines Vaters antreten. Es schien, als hätte sich Eure Freundschaft zu Tiberius Rigel, Antonia Capella und Melinda Altair gefestigt, und Eure öffentlichen Auftritte an der Seite von Prinz Hail wurden weithin bekannt gemacht.« Ein Strom von Zeitungsartikeln lief über den Bildschirm. Die Aufnahmen zeigten uns als Einheit und als Unterstützer des kleinen gekrönten Prinzen, der den Thron besteigen sollte. Aber schon damals hatte ich Pläne gefasst, die weit über die mir gesetzten Grenzen hinausgegangen waren. Warum sollte Hail den ganzen Ruhm für sich beanspruchen? Warum sollte ich mich mit dem Zweitbesten zufriedengeben, wenn ich den ersten Platz haben konnte?

»Eine Freundschaft, die bis heute besteht.« Ich hob mein Glas und stieß auf die Ratsmitglieder auf ihrem Balkon an. Sie lächelten schmallippig und hoben ihrerseits ihre Gläser, während das Publikum klatschte und gurrte.

»Und doch«, warf Portia ein, woraufhin ich sie wieder ansah, »scheint genau das nicht immer der Fall gewesen zu sein.«

»Wie meinst du das?« Ich lachte leise, nahm einen großen Schluck von meinem Drink und warf dieser Frau einen tödlichen Blick zu.

»Nun, schauen wir uns dieses exklusive Undercover-Material von der Abschlussfeier der Zodiac Academy etwas genauer an«, verkündete Portia. Ein neues Video erschien – und diese Aufnahmen ließen mir das Blut in den Adern gefrieren. Denn jene Nacht jagte mir noch immer einen Schauer über den Rücken, wenn ich daran zurückdachte. Sie war nach wie vor ein Bestandteil meiner Albträume. Es war etwas, das sich fest in meinem Gedächtnis verankert hatte, als ich Hail und seine Frau hatte sterben sehen.

Ich saß in einer abgesperrten Nische im Orb, und irgendein Idiot schien mich heimlich mit seinem Atlas aufgenommen zu haben. Ich hatte ein Mädchen auf dem Schoß, das ich mit auf mein Zimmer nehmen wollte, und ich wünschte, ich hätte es bereits getan, als ich Tiberius aufgeregt auf mich zurennen sah.

»Hey, sie wollen, dass du dich draußen in deiner Drachenform messen lässt. Die Cheerleader wollen wissen, ob du jetzt größer bist als Radcliff«, sagte er eifrig, und ich schob das Mädchen von meinem Schoß und sprang vor Aufregung auf.

»Natürlich wollen sie das«, sagte ich, zupfte mein Shirt zurecht und folgte Tiberius durch die Menge, während uns der hinterlistige Fae, der die Aufnahmen machte, folgte. Er richtete die Kamera kurz auf sich selbst – und es war Hail, der seinen Daumen in die Kamera hob. Die Menge lachte.

Ich rutschte in meinem Sessel hin und her, schüttelte den Kopf in Portias Richtung und hielt mein Mikrofon zu, als ich mich zu ihr beugte. »Das ist unangemessen. Schalte das sofort aus!«, befahl ich.

»Damit macht Ihr Euch nahbarer«, sagte Portia, ohne sich die Mühe zu machen, ihr Mikrofon abzudecken. Ich schluckte einen Fluch hinunter, während die Hitze in meinen Adern loderte und der Drache in mir mich anflehte, mich darum zu kümmern.

»Unterbinde das sofort!«, zischte ich, aber das Video war bereits beim schlimmsten Teil angelangt.

Ich war draußen auf einer Plattform aus Erdmagie, die Melinda gewirkt hatte, während sich der Großteil der Academy versammelt hatte, um zuzusehen. Ich zog mich aus, mein nackter Körper war in voller Pracht zu sehen, ebenso wie der riesige Schwanz, der zwischen meinen Schenkeln hing, ein wenig verstärkt durch eine Illusion – das war nicht weiter schlimm, jeder heißblütige Mann hatte schon einmal damit experimentiert.

»Portia«, knurrte ich, Rauch quoll aus meinen Nasenlöchern, während die Menge über mein riesiges Glied schwärmte, und ich wäre mehr als froh gewesen, wenn das Video hier geendet hätte. Aber das tat es nicht.

Mein jüngeres Ich war gerade im Begriff, sich zu verwandeln, als Ranken aus Hails Händen schossen und mich festhielten. Mit einem Schwall von Magie entfernte er die Illusion von meinem Penis, zeigte seine wahre Größe und wirkte außerdem einen Lupenzauber auf meinen Schwanz, damit ihn auch wirklich jeder in der Menge sehen konnte. Tiberius illuminierte ihn sogar noch mit Fae-Lichtern. Hail brach – zusammen mit der Menge – in Gelächter aus, und mein junges Ich schrie, wehrte sich gegen die Ranken und schaffte es schließlich, sie zu Staub zu verbrennen, nach seinen Boxershorts zu greifen und sie anzuziehen.

»Definitiv nicht so groß wie Radcliffs«, rief Hail, und diese Worte sollten für immer und ewig in meinem Kopf widerhallen.

Ich spürte, wie mich die Schmach jenes Tages überrollte, die enorme Verlegenheit, als Hail in schallendes Gelächter ausbrach und auf mich zukam, um mir auf die Schulter zu klopfen, als wäre das alles nur ein Spiel.

»Ach, sei nicht so lahm, Lionel«, meinte er seufzend, als er meine Wut wahrnahm. Und diese Worte sandten eine Welle glühender Hitze meinen Rücken hinauf.

»Stimmt! Lame Lionel!« Tiberius lachte, als er neben meinem jungen Ich auf und ab sprang. »Hat Rad dich nicht immer so genannt?«

Die Studenten stimmten alle in den Sprechchor ein und riefen die Worte immer wieder. Ich rastete aus, stieß meine Handflächen gegen Hails Brust und ließ ihn zurücktaumeln, wobei ich Brandmale im Stoff seines Shirts hinterließ.

»Ein Scherz unter Freunden«, sagte Hail und heilte die Verbrennungen, als würden sie ihn überhaupt nicht stören. »Du hast mir letzte Woche sämtliche Haare vom Kopf gebrannt. Das ist die Rache.«

Der junge Lionel brodelte vor Wut, während er diesen Mistkerl anstarrte, der es gewagt hatte, sich mit ihm anzulegen. Und ich erinnerte mich noch gut daran, was ich in jenem Moment gedacht hatte: Wenn er mich für seinen Freund hielt, würde ich der verdammt beste Freund sein, den er jemals gehabt hatte. Ich würde ihm so lange näherkommen, bis ich ihm ein Messer in den Rücken stechen und zusehen konnte, wie er vor Schmerz schrie.

Gelächter hallte durch den Saal, und ich riss mich aus meiner Schreckensstarre und wurde in die Realität zurückgeholt, wo mein Albtraum vor meinen Augen wieder zum Leben erwachte. Die Menge lachte und rief immer wieder »Lame Lionel«, und Portia klatschte mit, als wäre es ein lustiges kleines Liedchen.

»GENUG!«, brüllte mein Drache, und meine Stimme hallte durch das gesamte Theater, bis alle im Raum totenstill wurden und mich geschockt anstarrten.

Ich bemerkte, dass ich aufgestanden war, und drehte mich zu Portia um, die mich mit ein wenig Angst in den Augen anstarrte. Aber nein, das war nicht richtig. Ich war live im Fernsehen. In der Öffentlichkeit war ich kein Monster. Ich war ein gefasster, hoch angesehener Drache, der den Respekt aller im Königreich genoss.

Ich stieß ein leises – definitiv gezwungenes – Lachen aus, während ich versuchte, mich zusammenzureißen. »Vielleicht können wir weitermachen?«, schlug ich vor, setzte mich wieder und versuchte, mir zu überlegen, wie ich hier am besten vorgehen sollte.. »Die Zeiten sind etwas heikel. Verzeih mir meinen Ausbruch. Ich trauere täglich um Hail, sodass ich beim Gedanken an unsere Freundschaft schon mal etwas emotional werden kann.«

»Natürlich«, sagte Portia und senkte den Kopf. »Verzeihung, Eure Hoheit. Wir wollten nur zeigen, dass die Beziehung zwischen Euch und den anderen Ratsmitgliedern nicht immer rosig war. Und vielleicht hat dieses Video auch einen Hauch der Grausamkeit des Grausamen Königs demonstriert.«

Ich spürte, dass sie versuchte, mich zu beruhigen, indem sie mir das sagte, was ich hören wollte – und es funktionierte. Es half mir, meine Fassung wiederzufinden, während ich meine Wut abschüttelte, mir eine Hand in die Haare schob und verschmitzt lächelte.

»Ah, ja. Er konnte in der Tat grausam sein. Das war noch gar nichts. Ich habe viele seiner Grausamkeiten gesehen, und natürlich war es einer seiner eher harmloseren Scherze gewesen, meinen Penis vor allen Leuten schrumpfen zu lassen.« Das sollte all die Gerüchte über die Größe meines Schwanzes im Keim ersticken. Er war nämlich auch gar nicht klein; ich war nur ein sehr großer Mann, sodass es auf den ersten Blick so aussah.

Portia ermutigte mich, weitere Geschichten zu erzählen, und ich erfand eine Lüge nach der anderen über Hail, wie er die Studenten an der Academy schikanierte. Manchmal fügte ich meine eigenen Wahrheiten hinzu und schrieb stattdessen seinen Namen darunter. Als weitere Videos gezeigt wurden, fühlte ich mich bereits besser. Sie handelten davon, wie ich die Drachen-Gilde übernahm, an Partys mit berühmten Fae teilnahm und meine Hochzeit mit der schönsten Frau des Landes, Catalina Nightbell, feierte. Natürlich hatte das Bildmaterial von der Hochzeit jetzt einen bitteren Beigeschmack, als ich daran dachte, wie sie diesen Rebellen, Grus, fickte. Aber ich würde sie bald in unser Ehebett zurückbringen und sie daran erinnern, wem sie gehörte. Es war nur eine Frage der Zeit.

»Als Dank für alles, was Ihr für die Drachen der Gilde geleistet habt, möchten die Mitglieder Euch heute Abend mit etwas ganz Besonderem überraschen«, verkündete Portia aufgeregt, und ich wurde hellhörig.

»Ach ja?«, erkundigte ich mich. Ich fragte mich, ob sie mir großartige Schätze schenken würden, vielleicht eine goldene Statue von mir?

»Wenn Ihr Eure Aufmerksamkeit auf den Bildschirm richtet, werdet Ihr dort eine Nachricht von einem Eurer Gildenmitglieder finden«, wies Portia mich an, und ich lehnte mich in meinem Sessel zurück und lächelte, während ich darauf wartete, zu erfahren, was einer meiner Drachen über mich zu sagen hatte. Vielleicht würde er vom Glanz meiner Schuppen oder der Stärke meines Gebrülls sprechen. Oder vielleicht war es die Kraft meines Drachenfeuers, auf die er sich konzentrieren würde.

Aber es war Dante Oscuras Gesicht, das auf dem Bildschirm erschien, und ich erstarrte in meinem Sitz und ballte die Hände zu Fäusten, während ich den Rebellen anstarrte, der mich im Stich gelassen hatte.

»Portia«, zischte ich, aber Dantes Stimme hallte bereits durch den Raum, übertönte mich und sorgte dafür, dass seine Worte von allen gehört wurden.

»*Buona serata* Solaria, ich möchte dem falschen König meine Grüße ausrichten. Vor langer Zeit hat er mich an seine Gilde gebunden und mich zu seinem kleinen *cagna* gemacht. Ich habe immer dafür gesorgt, Dreck über meine Feinde zu sammeln. Und jetzt, da ich ihm den Rücken gekehrt habe und er nicht mehr die Kontrolle über mich hat, ist es an der Zeit, Lionel Arschcrux' schmutzige Wäsche zu waschen. Lang leben die wahren Königinnen!« Ein weiteres Video erschien. Es zeigte mich dabei, wie ich eine Frau fickte und sie dabei grunzend vornüber auf ein Bett drückte. Ich war wie gelähmt vor Angst und Schrecken, als ich begriff, was dieses Video bedeutete. Es war eine verdammte Falle gewesen. Vor Jahren hatte dieser verdammte Drache versucht, sich gegen mich zu wehren, und das war es, was er sich ausgedacht hatte, um seine Freiheit zurückzukaufen. Lange Zeit hatte ich genug Einfluss auf ihn besessen, um die Sache geheim zu halten, aber jetzt hatte er keinen Grund mehr, das Video, das er von mir aufgenommen hatte, nicht zu veröffentlichen. Und jetzt konnte ich nichts mehr tun, um es zu verhindern.

Ich stand auf, stellte mich vor den Bildschirm und fuchtelte mit den Armen, um diesen Wahnsinn zu beenden.

»Genug! Vorhang! Das Interview ist vorbei!«, schrie ich, aber niemand hörte zu. Selbst meine FIB-Agenten, die sich durch die Gänge bewegten, handelten nur langsam und warfen einander immer wieder verstohlene Blicke zu.

»Die Show ist zu Ende! Hör auf damit!« Ich wirbelte zu Portia, zeigte mit dem Finger auf sie und wünschte mir, ich könnte meine Magie einsetzen, um sie an Ort und Stelle zu verbrennen. Aber die vorhandenen Antimagie-Zauber hinderten mich daran. »VERHAFTET SIE!«, schrie ich, und die Agenten bewegten sich ein bisschen schneller, aber nicht annähernd schnell genug. Sie waren die Einzigen hier, die in der Lage waren, sich ihr in diesem Moment entgegenzustellen. Mit ihren an der Hüfte befestigten Waffen könnten sie sie im Handumdrehen ausschalten.

Ein Wiehern ertönte, und die Menge hielt den Atem an – offensichtlich eine Reaktion auf das Video. Ich drehte mich um, obwohl ich eigentlich gar nicht hinsehen wollte, aber aus irgendeinem Grund tat ich es doch. Das Mädchen verwandelte sich in dem Moment, in dem ich in ihr kam und ihr einen Klaps auf den Hintern verpasste – und plötzlich stand ich hinter einem verdammten glitzernden Pegasus. Die ganze Welt sah zu, wie ich einen Pferdearsch fickte. Ein kehliges Stöhnen verriet meine Erlösung, bevor ich merkte, was passiert war. Und es wirkte, als hätte ich sie in ihrer Formgebung ficken wollen. Als wäre das einer meiner Fetische.

Im Video schrie und zappelte ich in dem Versuch, von ihr wegzukommen, aber das Filmmaterial wurde bereits ein zweites Mal abgespielt. Es war eine komplette Inszenierung gewesen, und jetzt wurde ich erneut von diesem Arschloch von einem Drachen reingelegt. Einem Drachen, den ich am Tag unseres Kennenlernens hätte umbringen sollen.

Ich stürzte mich auf Portia, als diese aufstand, und legte meine Hand auf ihre Schultern, während sie sich zurückzuziehen versuchte.

»Dafür wirst du bezahlen«, zischte ich, während die Menge immer lauter lachte und plötzlich ein Sprechchor vom Balkon über mir ertönte – angeführt von Hadley Altair, Athena Capella und ihrem Bruder Greyson. »Lame Lionel, Lame Lionel, Lame Lionel!«

Die Menge stimmte mit ein, und Portia entkam meinem Griff und schoss davon.

»STOPP!«, befahl ich mit einem Brüllen. Eine unglaubliche Wut erfüllte meine Brust, als diese Worte überall um mich herum widerhallten. »Ich bin euer König! Ihr werdet euren König respektieren!«

Portia hatte die Bühne mittlerweile fast verlassen, und ich zeigte auf Francesca Sky, die ihr am nächsten stand.

»Halte sie auf!«, befahl ich, aber Francesca reagierte nur langsam und konzentrierte sich stattdessen darauf, die Menge zurückzuhalten. Ich stieß einen Fluch aus, als Portia es bis zum Bühnenrand schaffte.

Hinter ihr tauchte ein Schwarm von FIB-Agenten auf, die sie zurück zu mir drängten, und ich biss die Zähne zusammen und fletschte sie vor ihr. Der Schmerz, den ich dieser Verräterin zufügen würde, sobald ich sie in eine

Arrestzelle irgendwo außer Sichtweite gebracht hatte, machte mich jetzt schon ganz hibbelig. Oh, ich würde sie an einen Ort bringen, wo dem sie niemals wieder zurückkehren würde.

Ein Dröhnen und ein Krachen ertönten, kurz bevor ein Blitz wie ein Dolch durch die Wand zu meiner Rechten explodierte, gefolgt vom allmächtigen Grollen des Donners. Der Sturmdrache selbst erschien und zwang seinen riesigen marineblauen Körper durch das Loch in der Seite des Gebäudes.

Auf mein Kommando richteten die FIB-Agenten ihre Waffen auf ihn, und elektrischer Strom schoss aus ihren Tasern und traf seine Brust. Er lachte nur, da seine Sturmkräfte jedes bisschen davon ohne Schaden absorbierten.

Ich zupfte an meinen eigenen Klamotten, als er sich herabstürzte, bereit, mich zu verwandeln und dieses Stück Scheiße eigenhändig zu zerreißen, während die Menge in Deckung rannte. Aber bevor ich dazu kam, wurde ich von mehreren Agenten zurückgestoßen, die mich zum Bühnenrand drängten.

»Ihr müsst von hier verschwinden, Sire!«, rief einer von ihnen, während ich mich gegen ihren Griff wehrte.

»Die Rebellen sind hier«, sagte ein anderer nervös.

Dante sprang auf die Bühne und senkte die Flügel, woraufhin sich Portia auf ihn stürzte, seinen Rücken erklomm und sich dort festklammerte, als wäre er ein gewöhnlicher Packesel. Ich stieß ein weiteres Knurren aus, als die Agenten mich erneut aus der Gefahrenzone zu zerren versuchten. Aber ich würde mich der Gefahr frontal stellen. Ich würde diesen verdammten Drachen vernichten und jedes Mitglied seiner Familie in einem blutigen, unvergesslichen Massaker töten. Sobald ich sie denn gefunden hatte.

Dante drehte sich um, sprang wieder durch das Loch und verschwand einfach so im tobenden Sturm dahinter. Und ich blieb zurück, brüllte meinen Schmerz zu den Sternen und schwor bei jedem einzelnen von ihnen, dass ich dafür Rache nehmen würde. Gnadenlose, blutige Rache.

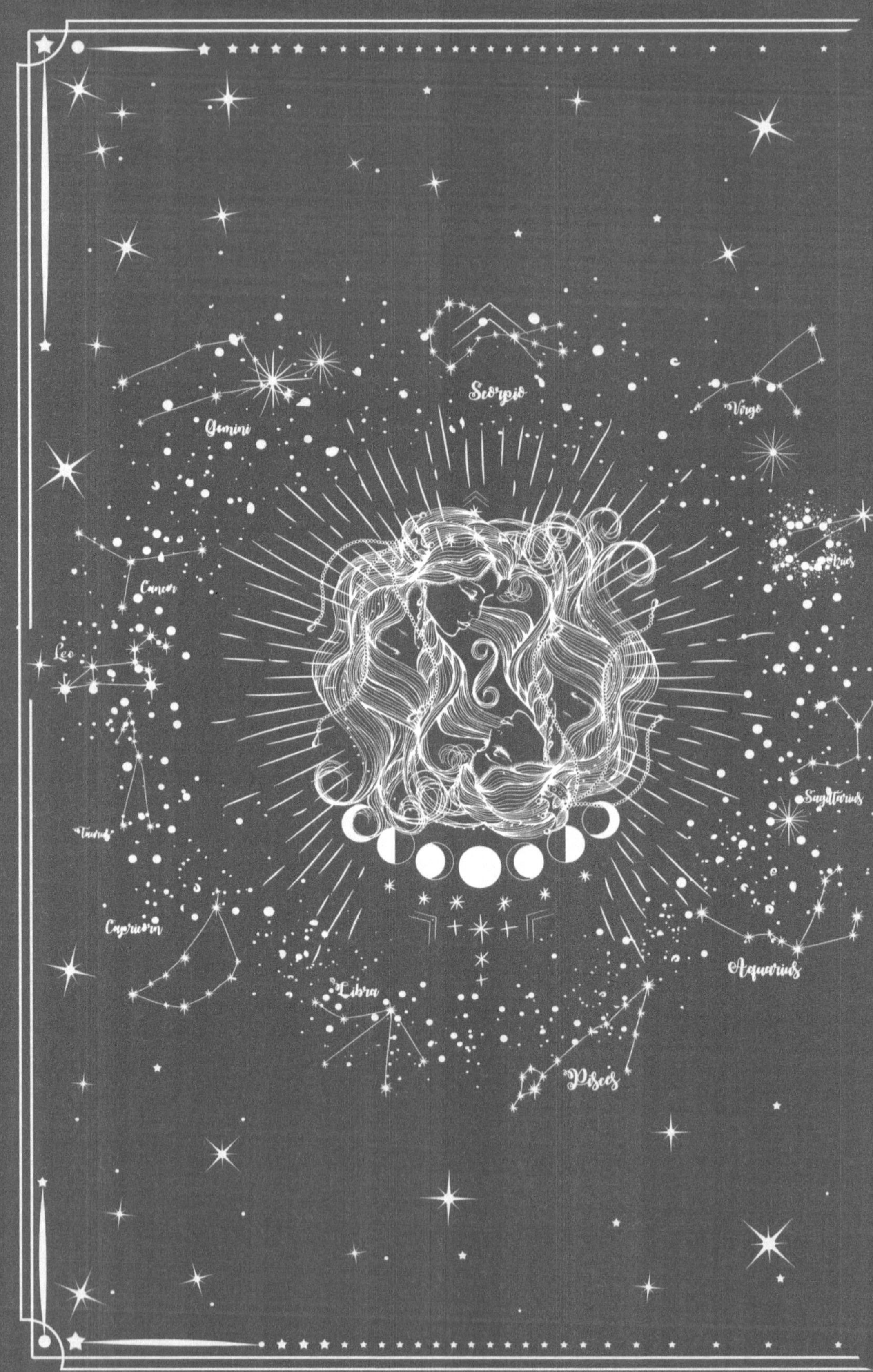

Gemini
Scorpio
Virgo
Cancer
Aries
Leo
Taurus
Sagittarius
Capricorn
Aquarius
Libra
Pisces

DARCY

KAPITEL 46

Ich machte mich auf den Weg zum Abendessen, unsicher, wo Orion abgeblieben war, und holte meinen Atlas heraus, um ihm eine Nachricht zu schicken. Ich bekam keine Antwort und schmollte kurz, aber meine Stimmung hellte sich auf, als ich einen Blick auf FaeBook warf und einen Post nach dem anderen über Lionels Demütigung während seines Interviews sah. #lamelionel verbreitete sich wie verrückt.

Gabriel hatte uns kein Wort davon erzählt, aber er war stark in die Pläne involviert gewesen, die ganze Sache zu sabotieren, und hatte uns ermutigt, uns das Interview anzusehen, bevor er gestern Abend mit Dante verschwunden war. Wir hatten uns schlapp gelacht, und als sie alle mit Portia Silverstone im Schlepptau hier aufgetaucht waren, war das gesamte Burrows in Jubel ausgebrochen. Ich würde nie vergessen, wie sich Lionel auf der Bühne gewunden hatte, und es hatte mich verdammt stolz gemacht zu sehen, wie mein Vater ihn zu Schulzeiten in seine Schranken verwiesen hatte.

Ich schob meinen Atlas zurück in die Tasche und bog in einen Gang ein, der eine geheime Abkürzung zum Speisesaal war und den Tory und ich angelegt hatten, um den Weg von den königlichen Gemächern zum Speisesaal und zurück zu verkürzen. Es war extrem dunkel hier unten, und ich wirkte ein Fae-Licht und ließ die bernsteinfarbene Kugel über meinem Kopf schweben. Der Lichtkreis verdrängte die Dunkelheit, aber jenseits dieses Kreises konnte ich absolut gar nichts sehen.

Vor mir bewegte sich etwas, und ich blinzelte in die entsprechende Richtung, wobei ich mich fragte, ob sich meine Freunde vielleicht auch hier herumtummelten, aber als ich rief, antwortete niemand.

Ich brachte Magie in meine Fingerspitzen und dachte an die brutalen Morde, die sich in diesen Tunneln ereignet hatten. Mit rasendem Puls bereitete ich mich darauf vor, einen Angreifer ins Jenseits zu befördern. Ich hatte keine Angst, weiterzugehen. Ich war von einer Königin der alten Zeit ausgebildet worden, kannte die Tiefen meiner Macht und könnte es mit einem feigen Fae aufnehmen, der durch die Dunkelheit schlich und meine Verbündeten niedermetzelte.

»Komm raus!«, befahl ich knurrend.

Ein Luftzug fegte durch meine Haare, und ich atmete scharf ein, bevor ich herumwirbelte. Ich war mir jetzt sicher, dass etwas an mir vorbeigeschlichen war. Und es hatte sich sehr nach …

»Du solltest nicht allein im Dunkeln umherwandern, Blue. Was, wenn hier unten ein Monster lauert?«, brummte Orion. Ein erleichtertes Lachen entwich mir, als er hinter mir auftauchte, seinen Arm um meine Taille legte und seine Reißzähne über meinen Hals gleiten ließ.

»Dann würde ich es töten«, antwortete ich. Meine Haut kribbelte und ich neigte meinen Kopf zur Seite, um mich ihm anzubieten.

»Und was, wenn ich das Monster bin?«, fragte er, und sein Atem in meinem Nacken machte mich benommen, während er mich mit seinen Zähnen neckte.

»Du bist kein Monster, Lance«, entgegnete ich, und sein kehliges Knurren bereitete mir eine Gänsehaut.

»Nein? Aber du bist eine Prinzessin. Ich könnte das grausame Biest sein, das dich in einen Turm sperren will.«

»Du wärst nicht in der Lage, mich hinter Schloss und Riegel zu halten«, konterte ich.

»Stimmt …«, räumte er ein.

»Hast du noch andere Optionen?«

»Dann werde ich mich eben darauf beschränken, dein brutaler Kampfhund zu sein und jeden zu vernichten, der dich anfasst«, sagte er mit einem Grinsen in der Stimme.

»Dafür könntest du verhaftet werden«, erklärte ich und kämpfte gegen ein weiteres Zittern an, als er seine Reißzähne an die empfindliche Haut hinter meinem Ohr führte.

»Das wäre ziemlich unangenehm.«

»Ja, davon gehe ich aus«, erwiderte ich trocken, und er lachte tief in seiner Kehle.

In dem Moment, in dem er mich beißen wollte, drehte ich mich schnell weg – eine Bewegung, die mir Königin Avalon beigebracht hatte. Ich befreite mich aus seinem Griff und drehte mich zu ihm um; mein Fae-Licht folgte mir, als ich mich mit einem herausfordernden Lächeln im Gesicht zurückzog.

»Komm und beiß mich im Speisesaal«, meinte ich, und der spielerische Ausdruck in seinen Augen verschwand.

»Du weißt, dass ich das nicht tun kann.«

»Tja, vielleicht ist das dann der einzige Ort, an dem ich es dir fortan erlauben werde.« Wut loderte in mir auf. Ich hatte es so satt, dass er sich vor den Rebellen so verhielt, als wären wir kein Paar, und sich immer von mir abwandte, wenn ich versuchte, seine Hand zu nehmen oder mich zu ihm zu beugen, um ihn zu küssen.

»Blue«, knurrte er.

»Lance«, knurrte ich zurück, und er seufzte und trat näher an mich heran, während ich zurückwich.

»Du weißt, warum es so sein muss.«

»Ich scheiß auf das, was die anderen denken.« Ich schnaubte und ließ meine Gedanken in einem regelrechten Wortschwall aus mir herausströmen.

Ich hatte die Nase voll davon, mich an die Regeln zu halten, die er aufstellte, und ihm zu erlauben, zu diktieren, wie diese Beziehung verlaufen sollte. »Ich gebe dir alles, was ich bin, aber du gibst mir nur einen Teil von dir, um mich zu beschützen. Hast du wirklich vor, mich zu verlassen, sollte ich eines Tages den Thron besteigen?«

Er hielt inne. Sein Schweigen sprach Bände, und jetzt floss die Wut wie Lava durch meine Adern. »Ich werde immer für dich da sein.«

»Das klingt danach, als würde sich ein Aber dahinter verstecken.«

»Darcy, es ist besser so.«

»Für wen?«, fauchte ich. »Für mich wäre es nämlich das Beste, nicht mehr unter einem Schleier aus Geheimnissen zu leben. Ich will dich vor allen in Solaria als den Mann an meiner Seite beanspruchen, aber du lässt mich nicht.«

»Weil es dich zerstören würde«, blaffte er.

»Dann lass es mich zerstören«, grummelte ich. »Ich werde lieber dafür verurteilt, ein Leben nach meinen Wünschen zu führen, als in Bezug auf dich lügen zu müssen. Als zusehen zu müssen, wie du dich jedes Mal von mir entfernst, wenn irgendein Fae in unsere Richtung schaut. Es ist mir egal, was sie denken.«

Er schüttelte den Kopf. »Ich werde nicht für deinen Untergang verantwortlich sein.«

»Du bist für rein gar nichts verantwortlich, Lance. Aber du lässt mich nicht die Wahl treffen, die ich treffen will. Es ist mein Untergang, also lass mich ihn haben, wenn ich ihn will.«

»Du weißt nicht, was du da sagst«, zischte er und machte wieder einen Schritt auf mich zu, während ich weiter zurückwich. »Solaria braucht dich. Das ist wichtiger, als eine öffentliche Beziehung zu führen.«

»Oder vielleicht willst du einfach keine öffentliche Beziehung mit mir führen«, presste ich hervor, wohl wissend, dass es Worte der Wut waren, aber ich sagte sie trotzdem.

»Oh, sei nicht so kindisch«, meinte er abweisend.

»Vielleicht ist das gar nicht so weit hergeholt, Lance. Ich war doch immer dein schmutziges kleines Geheimnis. Vielleicht magst du den Nervenkitzel. Vielleicht ist das der Reiz für dich.«

Er schoss in einer verschwommenen Bewegung auf mich zu, drückte mich gegen die Wand und fletschte seine Zähne vor meinem Gesicht. »Verharmlose nicht, was ich für dich empfinde! Ich würde Berge für dich versetzen. Die Sterne schauen verächtlich auf mich herab. Sie verabscheuen mich dafür, dass ich die Möglichkeit habe, dich zu lieben, während sie da oben hocken und nie etwas Reales fühlen dürfen. Nie etwas so Schönes wie dich berühren können. Ich bin das Objekt ihres Neids, weil sie dich nicht haben können, solange du dich auf der Erde und im Käfig meiner Arme befindest. Aber wenn sie darauf warten, dich im Tod zu beanspruchen, muss ich sie enttäuschen. Denn ich werde auch dann an deiner Seite sein, um dich zu bewachen. Niemand wird dich mir wegnehmen, und niemand wird dich jemals so sehr lieben, wie ich es tue. Wohin du auch gehst, ich werde dir folgen. Keine Macht in diesem oder im nächsten Leben ist stark genug, um dich von mir zu trennen. Also wage es nicht, meine Liebe zu dir infrage zu stellen!«

Mir stiegen die Tränen in die Augen, und ich stieß seine Schultern an, weil ich Luft zum Atmen brauchte, aber er ließ mich nicht los.

»Warum kannst du mich dann nicht vor aller Welt lieben?«, flüsterte ich, und meine Stimme versagte. »Du sagst, du liebst mich mehr als alles andere, aber du hältst unsere Liebe geheim, als wäre sie etwas Verwerfliches. Weißt du, wie sehr es mich verletzt, dass du von mir erwartest, zu akzeptieren, dass der Mann, den ich liebe, mich nur vor unserem Kreis von Vertrauten berührt? Es bringt mich um.«

Sein Gesicht wurde starr vor Schmerz, als er mich ansah, und in seinen Augen spiegelte sich ein ganzer Ozean aus Qual und Zwiespalt wider.

»Lass mich mein Schicksal selbst wählen. Wenn es mich ruiniert, dann soll es so sein. Denn ich wäre trotzdem glücklich«, forderte ich.

Er beugte sich vor und sein Mund berührte meinen in einem sanften Kuss, der schrecklich nach gebrochenem Herzen schmeckte.

»Bis später, Blue.« Er trat zurück, und bevor ich antworten konnte, war er in der Dunkelheit und der Richtung, aus der ich gekommen war, verschwunden. Tränen flossen über meine Wangen, und ich blieb mit wundem Herzen zurück.

Ich wischte mir die Tränen aus dem Gesicht und straffte meinen Rücken. Eigentlich hatte ich gar keinen Hunger mehr, aber ich ging trotzdem in Richtung Speisesaal, weil ich Tory und meine Freunde sehen wollte. Als ich in der großen Höhle ankam, hatte ich mich wieder im Griff, und ich sah sie alle vor dem großen Buffet sitzen, das Geraldine wie immer auf unserem Tisch aufgebaut hatte.

Ich gesellte mich zu ihnen und setzte mich mit einem aufgesetzten Lächeln neben Tory. Aber in dem Moment, als sie mich ansah, warf sie mir einen Zwillingsblick zu, der besagte, dass sie wusste, dass etwas nicht stimmte. Ich schüttelte fast unmerklich den Kopf, und sie drückte meine Hand unter dem Tisch – ein Versprechen in ihren Augen, später für ein Gespräch Zeit zu finden, wenn ich das wollte. Sie kannte mich so gut, aber offen gesagt sah ich keinen Sinn darin, darüber zu reden. Orion hatte sich entschieden. Er würde nie an meiner Seite stehen und der Welt sagen, dass er mein war, weil er glaubte, dass dies das Ende meines Anspruchs auf den Thron bedeuten würde. Aber wer gab ihm das Recht, das für mich zu entscheiden?

Ich arbeitete mich durch meinen Gemüseburger und versuchte, mit meinen Freunden zu lachen, während sie Witze über Lionels Interview machten und unseren nächsten Schritt gegen ihn besprachen. Aber mein Herz war schwer, und ich war überhaupt nicht wirklich bei der Sache.

Seth setzte sich leise wimmernd neben mich, während Max mich mit einem Gesichtsausdruck bedachte, der verriet, dass es mir nicht wirklich gelang, meine Gefühle zu verbergen. Ich wusste nicht, warum ich es überhaupt versucht hatte. Sie alle kannten mich zu gut.

Caleb saß am anderen Ende des Tisches, und ich sah meinen Wolfsfreund neben mir mit einem traurigen Lächeln an. Ich wusste, wie sehr er litt. Er hatte mir erzählt, was zwischen ihnen vorgefallen war, und ich wünschte, ich könnte helfen, aber ehrlich gesagt klang es so, als müssten sie sich einfach aussprechen – und Seth war nicht bereit, das zu tun. Stattdessen redeten die beiden kaum miteinander, und wenn sie es taten, benahmen sie sich übertrieben höflich und taten so, als wäre alles in Ordnung. Aber sobald sie der Gesellschaft des anderen entkommen konnten, gingen sie in verschiedene Richtung. Es war schmerzhaft, das mit anzusehen.

Geraldine holte das Fernglas mit dem Schattenauge heraus und knallte es auf Darius' Teller.

»Verdammt noch mal, Geraldine, warum?«, beschwerte sich Darius, dessen Burger jetzt völlig ruiniert war. Das Auge wackelte im Fernglas wie ein groteskes schleimiges Tier hin und her.

»Weil ich ein Zeichen setzen will, du Trottel von einem Dragoner.« Sie rollte mit den Augen, als wäre Darius derjenige, der unvernünftig war, und Tory brach in Gelächter aus, was ihr einen schmalen Blick ihres Freundes einbrachte.

»Wir müssen die Suche nach einer Karte von Espial vorantreiben«, sagte Geraldine.

»Und muss das verdammte Schattenauge auf meinem Teller liegen, damit wir das besprechen können?«, fragte Darius mit einem Knurren.

»Natürlich muss es das, du Echsenlümmel«, sagte sie bestimmt. »Hat unser geächteter Verbündeter schon etwas von seinem Kontakt beim FIB gehört? Kann sie uns eine Karte besorgen?«

»Nein«, sagte Darius. »Francesca hat seine Nachricht nicht beantwortet.«

»Diese verfluchte Fran«, murmelte ich, und Tory warf mir einen zustimmenden Blick zu.

»Ja, der gehört eine Kokosnuss in den Hintern gesteckt«, fügte Tory hinzu.

»Und eine Ananas«, ergänzte Seth. »Und einen Büschel Kaktusfeigen.«

»Und eine verrottete Karotte«, rief Tyler über den Tisch, und ich warf einen Blick in seine Richtung. Er hielt mit Xavier Händchen auf dem Tisch, während Sofia auf Xaviers anderer Seite saß und sich mit einem Ausdruck der Zufriedenheit im Gesicht an ihn kuschelte.

Ich freute mich wahnsinnig für die drei, aber könnte gleichzeitig kotzen. Denn es war nur eine weitere perfekte Beziehung, die für alle sichtbar zur Schau gestellt wurde. Xavier prahlte bei jeder Gelegenheit mit seinen Subs, und sie erwiderten die Geste. Ich umklammerte meine Gabel fester, während ich meine Zähne so fest zusammenbiss, dass es wehtat, und Max hob die Augenbrauen.

»Alles in Ordnung, kleine Vega?«, fragte er. »Du strahlst eine mörderische Stimmung aus, die mir irgendwie den Appetit verdirbt.«

»Sorry«, murmelte ich und versuchte, mich so weit zu konzentrieren, dass ich eine Barriere errichten und meine Emotionen vor ihm verbergen konnte. Mein Phönix konnte ihn davon abhalten, zu meinen Gefühlen vorzudringen, aber ich musste trotzdem magische Barrieren errichten, wenn ich nicht wollte, dass er meine Emotionen las.

Ich seufzte, stocherte missmutig in meinem Burger herum und gab jeden Anschein guter Laune auf, während sich Seth an meinen Kopf schmiegte.

»Alles in Ordnung, Babe?«, fragte er, und ich zuckte mit den Schultern.

»Bei den Sternen!«, flüsterte Seth und zupfte an meinem Ärmel, aber ich ignorierte ihn und attackierte meinen Burger noch rigoroser.

»Fuck«, keuchte Tory.

»Ist er betrunken?« Cal lachte.

»Er läuft gerade; ich glaube, er ist nüchtern.« Darius lachte leise, und Seth zupfte weiter an meinem Ärmel, aber ich riss meinen Arm hoch, um ihn zu stoppen.

»Mylady!«, keuchte Geraldine und kletterte halb auf den Tisch, während sie mit der Hand fuchtelte, um meine Aufmerksamkeit zu erregen. »Deine große Liebe, dein geächteter Vampir, ist hier und macht eine ziemliche Szene.«

Ich hob abrupt den Blick, runzelte die Stirn – und entdeckte dann Orion, der mit nacktem Oberkörper durch die Höhle schritt. Auf seiner nackten Brust stand mit Lippenstift geschrieben: »Ich liebe Darcy Vega.« Er sprang auf einen Tisch, und die Rebellen schnappten nach Luft, versuchten aber, ihn zu ignorieren, während er gegen ihre Teller trat und ihr Besteck und Essen im Raum verteilte.

»Verbrannte Apfelstrudel am Grabe meiner Großtante Tulip«, jammerte Hamish von der anderen Seite des Raumes und sprang auf, woraufhin Catalina versuchte, ihn wieder auf seinen Platz zu ziehen.

»Ich kann weder singen noch tanzen noch Gedichte schreiben, also werde ich einfach verdammt laut schreien«, verkündete Orion und sah mich mit einem Grinsen auf den Lippen an. Er hob eine Hand an seine Kehle und sprach einen Verstärkungszauber, bevor er den Kopf in den Nacken warf und so laut brüllte, dass die Decke der Höhle bebte. »Ich liebe Darcy Vega, Thronerbin von Solaria, Tochter des Grausamen Königs – der übrigens von Lionel Acrux ausgetrickst wurde und eigentlich gar kein teuflischer Mistkerl war. Und ich weiß, dass ihr mich alle für völlige Sauerstoffverschwendung haltet.« Er kickte Justin Masters ein Brötchen ins Gesicht, das an seiner Stirn abprallte, als dieser versuchte, nicht zu reagieren. »Dass meine Schande ansteckend ist und ihr sie nicht in eurer Nähe haben wollt, geschweige denn in der Nähe eurer kostbaren Prinzessin.« Er sprang von einem Tisch zum andere, wobei er sich in unsere Richtung bewegte, und ich stand auf und lächelte so breit, dass mein Gesicht zu platzen drohte. »Aber wie sich herausstellt, will sie mich trotzdem. Und ich bin es leid, Entscheidungen für ein Mädchen zu treffen, das immer bessere Entscheidungen getroffen hat als ich. Wenn es das ist, was sie will, dann kann sie es haben. Denn ich gehöre ihr – bis in mein schwarzes Herz hinein.« Er machte einen Sprung nach vorn, und empörtes Gefluche ertönte, als er auf meinem Tisch landete, auf mich herabblickte und seine Hand ausstreckte. Darin befand sich ein gefaltetes Stück Papier.

Ich nahm es mit einem neugierigen Stirnrunzeln, öffnete es und erkannte, was es war, während mein Herz wild und voller Verzweiflung hämmerte. Es war der letzte der Gutscheine, die ich Orion zum Geburtstag geschenkt hatte.

Gutschein
für einen Kuss – wo auch immer du ihn willst

»Das geht zu weit!«, rief jemand verzweifelt.

»Krabbenküchlein im Briefschlitz! Bitte hört auf mit diesem Wahnsinn!«, flehte Hamish, während er sich schwerfällig zu unserem Tisch schleppte.

»Papa!« Geraldine sprang auf, um ihn aufzuhalten. »Sie sind verliebt. Und Mama hat immer gesagt: Liebe ist wie ein Pfefferkorn, vergraben in einem Salzfass.«

»Aber meine süße Gerrykins«, krächzte er und hielt sich das Taschentuch vor den Mund. »Ich kann es nicht ertragen, das mit anzusehen.«

»Dann sieh nicht hin!«, knurrte ich, nahm Orions Hand und ließ mir von ihm auf den Tisch helfen.

Er packte mich an der Taille und zog mich eng an seinen Körper. Seine Wärme umhüllte mich und der Duft von Zimt hing in der Luft.

»Du schuldest mir einen Kuss«, säuselte er mit einem teuflischen Funkeln in den Augen.

»Wo willst du ihn haben?«, fragte ich, berauscht von diesem Moment, während Schmetterlinge in mir tobten.

Er tippte auf seine Lippen, während er nach wie vor grinste. Und ganz im Ernst – ich würde nie genug von diesem Mann bekommen.

»Bist du dir sicher?«, flüsterte ich, während die Menge murmelte und ihn verfluchte.

»Nein«, gab er zu. »Ich habe eine unglaubliche Angst davor, was das für dich bedeuten wird, Blue. Aber noch viel mehr Angst habe ich davor, dich zu verletzen. Wenn es das ist, was du möchtest, dann gehört es dir. Außerdem kann ich jetzt, da die Entscheidung gefallen ist, tun, was ich tun will, seit ich dich zum ersten Mal gesehen habe.«

»Und was ist das?«, fragte ich, während meine Hände über seine breiten Schultern glitten und sich um seinen Hals schlangen. Ich blendete die Schreie des Ekels um mich herum aus, konzentrierte mich auf ihn und nichts anderes. Denn er war alles, was zählte.

»Dich vor aller Welt küssen und ihnen zeigen, dass du mir gehörst.« Er beugte sich vor, und ich schenkte ihm meinen Mund und alles andere, was mich ausmachte – bis hin zum Staub, aus dem meine Knochen bestanden. Unsere Lippen trafen aufeinander, und ich war mir sicher, dass die Sterne uns beobachteten. Ihr Flüstern lag gerade noch an der Grenze meines Hörvermögens, als würden sie etwas aushecken. Ich betete, dass sie endlich aufhörten, gegen uns zu arbeiten. Wir hatten genug gelitten, und es war an der Zeit, dass wir glücklich waren.

Seine Zunge traf energisch auf meine, und meine Schwester jauchzte laut auf und schlug mit der Faust auf den Tisch. Die Erben folgten ihrem Beispiel, und alle meine Freunde arbeiteten plötzlich zusammen, um die Rebellen zu übertönen.

Noch nie in meinem Leben hatte ich so viel Freude empfunden wie in diesem Moment. Und ich hoffte, dass dieses Glück nie enden würde.

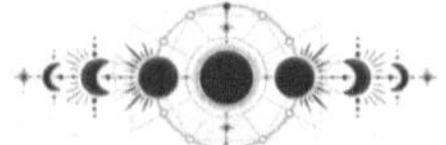

»Krebstiere auf einem Cracker!«, keuchte Geraldine. »Und wo ist dann der zweite lange Lümmel hin?«

Sofia kicherte und stieß ein pferdeähnliches Schnauben aus, während sie auf ihren Hintern zeigte, und wir brachen alle in Gelächter aus.

Wir veranstalteten einen Mädelsabend in Geraldines Zimmer und verwöhnten uns mit Angelicas überraschend umfangreicher Sammlung an Nagellacken und Schönheitsprodukten. Geraldine hatte mir gerade die Haare in einem frischen Blauton gefärbt, die nun glitzernd und in lockeren Wellen über meinen Rücken fielen, während ich sie föhnte.

»Vielleicht sollte ich meine Haare auch etwas peppiger färben«, sagte Geraldine nachdenklich, während sie Tory und mir auf dem Bett gegenübersaß.

»Scharlachrot würde dir stehen«, schlug Angelica vor.

»Unsinn! Damit meine Haare nach gekochtem Hummer aussehen und noch mehr hungrige Hammerfische an meine Küste locken? Das ist doch Kokolores, Angelica«, sagte Geraldine und schüttelte heftig den Kopf.

»Wie läuft es mit dir und Max?«, fragte Tory.

»Ach, Mylady«, seufzte Geraldine. »Ich bin ganz verdattert. Maxy-Boy hat sich bereit und willens erklärt, meinen Garten nach meinen Wünschen zu pflegen. Und oh, wie gern würde ich ihm die Schlüssel zu meinen wilden Wiesen und wandernden Narzissen für immer geben, aber leider ... fürchte ich, dass ich stattdessen Justin Masters heiraten muss.«

»Igitt!«, stieß Tory hervor. »Er ist so ... *nett*. Er hat mir die Tür aufgehalten, während ich hundert Meter davon entfernt war. Ich musste verdammt weit laufen, um zu ihm zu gelangen. Und er hat trotzdem gewartet.« Sie erschauderte.

»Das ist nicht unbedingt etwas Schlechtes, Tor.« Ich stieß ein Schnauben aus. »Und Darius hält dir ständig die Tür auf.«

»Ja schon, aber er macht es auf eine lästige Art und Weise. Das ist also etwas völlig anderes«, sagte sie und warf ihre Haare zurück, woraufhin ich lachte.

»Ich verstehe, was du meinst, Justin hat keine Ecken und Kanten. Er ist ...« Ich versuchte, das richtige Wort zu finden.

»Langweilig?«, ergänzte Geraldine. »Langweiliger, als es im Rahmen unserer Art möglich sein sollte?«

»Ähm, ja«, gab ich zu, und Geraldine jaulte wie eine halb erwürgte Ziege.

»Kannst du die Hochzeit nicht einfach absagen?«, fragte Sofia. »Ich bin sicher, dass dein Dad nichts dagegen einzuwenden hätte.«

»Papa hat mir seinen Segen gegeben, die Verlobung zu lösen. Aber ich stehe zu meinem Wort. Und was bin ich ohne mein Wort, Sofia?« Geraldine schnappte nach Luft und presste entsetzt eine Hand auf ihre Brust.

»Was, wenn wir die Verlobung für dich auflösen?«, schlug ich vor. »Im Rahmen unseres Amtes als Prinzessinnen. Oder so.«

»Das würdet ihr für mich tun?« Geraldine stieß ein ehrfürchtiges Keuchen aus. »Ihr würdet zwischen mich und eine lieblose Ehe mit einem unglücklichen Wurm treten und sie für aufgelöst erklären? Ihr würdet den Wurm in ein fernes Land verbannen, damit ich seine Traurigkeit darüber nie wieder in seinen knopfigen Schneckenaugen sehen muss?«

»Ähm, das mit dem Verbannen scheint mir etwas übertrieben, aber das Dekret gegen eure Verlobung können wir gern erlassen«, sagte ich achselzuckend.

»Heilige Scheiße, seit wann haben wir denn diese Dekret-Macht?«, fragte Tory verblüfft. »Ich möchte dekretieren, dass kein verdammter koffeinfreier Kaffee neben koffeinhaltiger Herrlichkeit serviert werden darf.«

»Und so sei es dekretiert.« Geraldine schlug sich auf die Schenkel, obwohl ich mir ziemlich sicher war, dass Darius in letzter Zeit sowieso immer Torys Kaffee holte.

»Kann ich dekretieren, dass alle aufhören, Orion und mich entsetzt anzustarren, wenn wir einander berühren?«, brummte ich.

Geraldine streckte die Hand aus und tätschelte mitfühlend mein Knie. »Nein, meine süße und sanfte Darcy. Du kannst nur Dinge dekretieren, die im Rahmen des Zumutbaren liegen.«

Ich knurrte, verschmierte den pinkfarbenen Nagellack, den ich aufgetragen hatte, und benutzte Wassermagie, um es zu korrigieren. »Verdammt.«

»Darf ich euch etwas fragen?«, quietschte Angelica, und wir alle schauten sie an. Kurzzeitig stieg Rauch aus ihren Nasenlöchern, und sie wurde knallrot. »Wie ihr wisst, führe ich eine Beziehung mit einem umwerfenden Minotaurus, und sexuell läuft alles super. Aber letzte Nacht hat er mich um etwas gebeten, von dem ich noch nie gehört habe. Ich habe gesagt, ich würde darüber nachdenken, aber ich bin mir nicht sicher ... Vielleicht habt ihr das schon mal ausprobiert?«

»Geht es um das eingetunkte Ölmessstäbchen?«, fragte Geraldine, aber Angelica schüttelte den Kopf. »Den rückwärtsgerichteten Unzuchtsünder? Den sprießenden Entenschwanz?«

»Ähm, nein«, sagte Angelica. »Er möchte, dass ich mich in meine Formgebung verwandle, damit er meinen Schwanz hochklettern und mich wie ein Cowboy reiten kann.«

Meine Kinnlade fiel runter, während sie alle in schockiertem Schweigen anstarrten.

»Also ... eine von euch muss doch schon mal Formgebungs-Sex gehabt haben, oder?«, fragte sie hoffnungsvoll und blickte von Sofia zu Geraldine.

»Moment mal, er will dich ficken, während du ein riesiger Drache bist?«, platzte es aus Tory heraus.

»In seiner Minotaurusform oder seiner Fae-Gestalt?«, fragte ich entsetzt, unsicher, warum das eine Rolle spielte oder welche Antwort schlimmer wäre.

»Ähm, Letzteres«, flüsterte sie, während ihre Wangen immer röter wurden. »Also habt ihr noch nie ...«

»Du willst wissen, ob ich schon jemanden meine Petunie habe pflegen lassen, während ich ein riesiger dreiköpfiger Hund bin?«, rief Geraldine. »Ganz sicher nicht, Angelica.«

»Na ja, ich hatte meine Flügel schon öfter währenddessen ausgefahren, aber ich habe keine Hundevagina ... also ist es nicht wirklich das Gleiche«, fügte ich hinzu.

»Oh«, hauchte Angelica.

»Ich habe mir mal von Tyler ein paar Zuckerwürfel in den Hintern stecken lassen, aber da war ich nicht in meiner Pegasusform«, gab Sofia zu, und wir brachen alle in schallendes Gelächter aus.

Wir vergnügten uns den ganzen Abend, und als ich gegen Mitternacht ins Bett ging, roch ich nach Vanille und freute mich darauf, Orion zu wecken. Ich hatte einen seidenblauen, fast durchsichtigen Body angezogen und meinen weißen Morgenmantel darüber geschlungen und lief nun durch den kühlen Flur zu meinem Zimmer. Ich hatte eine Rebellin bestochen, mir bei ihrem letzten Einkauf hübsche Unterwäsche zu besorgen, um die zu ersetzen, die Orion zerstört hatte, aber er hatte schon ein paar davon zerfetzt. Das wäre ziemlich nervig gewesen. Wenn es nicht so verdammt heiß wäre.

Ich streifte den Morgenmantel ab, als ich unsere Tür erreichte, warf ihn zu Boden und nahm mir einen Moment, um meine Haare über die Schultern zu drapieren und sie ein wenig aufzulockern, bevor ich den Raum betrat. Das Nachttischlicht war an, aber ich runzelte die Stirn, als ich den Raum leer vorfand.

Ich nahm meinen Atlas vom Nachttisch und tippte eine Nachricht an Orion, wurde aber abgelenkt, als in meinem Kopf ein Trommeln einsetzte und ich von dem absoluten Gefühl durchflutet wurde, irgendwohin gehen zu müssen. Ich war mir nur nicht sicher, wo dieser Ort war ...

Ich warf meinen Atlas aufs Bett, drehte mich zur Tür und eilte hinaus, während die Dringlichkeit immer intensiver wurde. Barfuß ging ich durch die eiskalten Tunnel, zu abgelenkt, um Feuer durch meine Adern strömen zu lassen und mich aufzuwärmen.

Einen Moment später war ich draußen und meine Füße versanken im Schlamm, der vom Sturm der letzten Nacht zurückgeblieben war. Die Wachen riefen mir über die lauter werdenden Trommeln in meinem Kopf etwas zu. Ich hatte irgendwie die Zeit aus den Augen verloren, die ich gebraucht hatte, um hierherzukommen, und obwohl ich tief im Inneren wusste, dass etwas daran gefährlich sein könnte, konnte ich mich nicht von dem Pfad des Schicksals losreißen, der mich antrieb, weiterzugehen.

»Prinzessin!«, rief eine der Wachen und versuchte, auf mich zuzurennen und mich zu packen, als ich auf die Barriere zuging. Aber ich schnippte mit dem Finger und stieß sie mit einem Luftstoß zurück.

Ich durchbrach die Grenze und ließ meine Flügel von meinem Rücken schnellen, während ich in den unglaublich klaren Himmel starrte. Die Sterne schienen heller zu leuchten als je zuvor, als ich auf sie zuflog. Sie flüsterten, intrigierten, sprachen meinen Namen und bedeuteten mir, weiterzufliegen. Und ich flog schnell und weit über das dunkle und schlafende Land unter mir.

Erneut verlor ich jegliches Zeitgefühl, ertappte mich aber plötzlich dabei, über eine Stadt zu segeln. Aus den Fenstern der Häuser schien Licht, und die ganze Stadt schien zu glitzern.

Ich flog ein paar Kreise, wobei ich immer tiefer sank; das Ziehen in meiner Brust wurde stärker, bis ich einen grasbewachsenen Hügel entdeckte, der sich hinter einem hohen Gebäude am Rande der Stadt erhob und an dessen Hängen Bäume wuchsen. Ich hatte keine Angst, als ich landete, und als meine Füße das goldene Laub berührten, knirschte es unter meinem Gewicht. Der Wind frischte auf und ließ die gefallenen Blätter um mich herum im Kreis schweben, sodass ein Ring entstand, der vor erwartungsvoller Energie zu vibrieren schien.

Mit verkrampften Flügeln hob ich den Blick zu den Sternen und spürte, wie ihre unvorstellbare Kraft auf mir lastete. Mein Herz schlug in einem wunderschönen, hungrigen Tempo.

Das Schicksal rief mich, und ich wusste, dass ich genau dort stand, wo es mich haben wollte. Ich konnte spüren, wie mich meine Bestimmung umhüllte und mich an diesen Moment fesselte. Und ausnahmsweise war ich mir sicher, dass es sich hierbei nicht um einen Fluch oder eine grausame Wendung des Schicksals handelte. Dies war ein Geschenk der Sterne, und sie waren im Begriff, mir eine Frage zu stellen, die ich beantworten musste. Und während ich den Himmel beobachtete, begann er, sich zu verschieben. Der Himmel ordnete sich neu, bis das Sternbild der Zwillinge direkt neben dem Sternbild der Waage saß und so hell funkelte, dass es schwer war, den Blick nicht abzuwenden.

Meine Atmung ging flacher und sammelte sich vor ihm im Nebel. Denn plötzlich wusste ich, was hier vor sich ging. Ich hatte im Unterricht darüber gelernt, Tory hatte es mir beschrieben, ich hatte mich sogar zu fragen gewagt, ob Orion und ich vielleicht auch Elysische Gefährten sein könnten. Aber dass mir tatsächlich ein Band mit diesem Mann angeboten wurde – einem Mann, dem mein Herz gehörte –, machte mich dennoch sprachlos.

»Hallo, Blue.«

Ich neigte den Kopf und sah Orion vor mir. Sein Atem ging schwer, als wäre er den ganzen Weg hierher gerannt, und ich nahm an, dass er genau das getan hatte. Er trat in den Kreis des Friedens, der für uns geschaffen worden war, und plötzlich verschwamm die Welt außerhalb des Blätterrings und wir waren in einer Kuppel aus Sternenlicht gefangen und standen voreinander. Die Sterne waren unser einziges Publikum. Die Luft in dieser Blase der Ruhe war vollkommen still und alles war so leise, als wäre die Welt in Watte gepackt worden.

Ich trat vor, unsere Hände fanden einander, und seine Augen leuchteten auf, als sein Blick an mir hinabglitt. »Dir muss eiskalt sein.«

»Ich kann nichts anderes fühlen als diesen Moment«, flüsterte ich und starrte zu meinem Seelenverwandten auf. Dem Fae, der für mich auserwählt worden war, perfekt geschaffen, um in jeder Hinsicht zu mir zu passen. Und als ich zu den Sternen aufblickte, fragte ich mich, ob sie wirklich boshaft waren oder ob sie nur eine verdrehte Art hatten, uns zu unserem Schicksal zu führen. »Sie haben uns füreinander auserkoren.«

Er nickte, ein Lächeln breitete sich auf seinem Gesicht aus, als er mich näher zu sich zog. Ich konnte kaum atmen, so dringend brauchte ich ihn in diesem Moment. Die Sterne flüsterten unsere Namen, führten uns zusammen und boten uns ein Leben in Einheit, verbunden und einander in jeder Hinsicht versprochen. Und obwohl ich die Bestätigung unserer Liebe durch die Sterne nicht brauchte, um glücklich zu sein, konnte ich jetzt, da wir hier waren, die Aufregung nicht leugnen, die ich bei dem Gedanken verspürte, ihn als mein zu markieren. Einen dauerhaften Anspruch auf diesen Mann zu erheben, der so viel Gutes in mein Leben gebracht hatte, dass ich mich fühlte, als würde die Sonne selbst in mir leben.

»Sag mir, dass das real ist«, murmelte er und schob eine meiner blauen Haarlocken hinter mein Ohr. »Ich habe Angst, dass mir die Sterne lediglich einen bösen Streich spielen.«

»Es ist real«, antwortete ich grinsend.

»Blue.« Er trat näher an mich heran und füllte den Raum zwischen uns aus, bis mein Blut zu kochen begann und jeder Teil meines Körpers mit dem Verlangen summte, ihm noch näher zu kommen. »Wirst du mich küssen und auf jede erdenkliche Art und Weise mein sein? Wirst du dieses mürrische Arschloch von einem Vampir als deinen einzig wahren Gefährten akzeptieren?«

Ich lächelte zu ihm hoch, während ich meine Zehen in den toten Blättern unter meinen Füßen vergrub; meine Flügel flatterten ein klitzekleines bisschen. »Ja. Aber nur, wenn du diesen tollpatschigen, unbeholfenen Nerd von einer Prinzessin als deine Gefährtin akzeptierst.«

Er beugte sich zu mir herunter, bis unsere Lippen nur noch einen Hauch voneinander entfernt waren. Das Flüstern der Sterne füllte meinen Kopf und drängte uns, flehte uns an, zusammen zu sein. Aber sie mussten nicht betteln – ich hatte mich schon lange vor diesem Moment für diesen Mann entschieden. Das hier war wirklich nur das Sahnehäubchen.

»Ich werde dich lieben, bis die Welt zu Staub zerfallen ist«, flüsterte Orion, und diese Worte sandten ein köstliches Beben in den Kern meines Wesens.

»Ich werde dich sogar noch darüber hinaus lieben«, antwortete ich, und unsere Lippen trafen aufeinander. Wir akzeptierten unser Schicksal, und eine Welle der Kraft durchzuckte meinen Körper, während die Sterne unsere Seelen miteinander verbanden.

Unsere Zungen bewegten sich in perfekter Synchronität, und ich stöhnte, als mich eine unbändige Lust zu ihm trieb. Unser Kuss wurde intensiver, ich spürte ihn überall und meine Haut prickelte. Das Band knisterte und ich verlor mich in der Ekstase, als er stöhnte, seine Hand gegen den Ansatz meiner Wirbelsäule drückte und mich fest an sich zog. Aber ich brauchte mehr, so viel mehr.

Meine Finger zerrten an seiner Kleidung, während er in meinen Mund knurrte und meine Unterlippe zwischen seine Zähne zog. Seine Hand umfasste meine Brust und sein Daumen strich durch den dünnen Stoff über meine verhärtete Brustwarze, was mir ein weiteres Stöhnen entlockte. Aber als ich gerade darüber nachdachte, ihm die Klamotten vom Leib zu reißen und ihn hier auf diesem Hügel zu ficken, drangen Sirenen an mein Ohr und wir lösten uns voneinander.

Rote und blaue Lichter ließen mich erstarren, und ich wirbelte herum, als ich eine Reihe von FIB-Agenten um uns herum auf dem Hügel stehen sah – mit magischen Waffen in den Händen.

»Lance Orion und Darcy Vega, bleiben Sie, wo Sie sind!«, rief ein großer Mann, dessen Stimme durch Magie verstärkt wurde. »Sie sind auf Anordnung des Königs verhaftet.«

Orion zog mich näher zu sich heran, und ich verfluchte die Tatsache, dass wir keinen Sternenstaub hatten, als sich die Reihe von FIB-Agenten auf uns zubewegte.

»Scheiße«, knurrte ich, breitete meine Flügel aus und griff nach Orion, um mich gemeinsam mit ihm in die Lüfte zu erheben. Doch dann traf ein Pfeil meinen Hals, und Orion knurrte wütend, riss ihn aus meiner Haut und warf ihn beiseite, gerade als auch er getroffen wurde.

Ich begegnete seinem entsetzten Blick, als ich spürte, wie mein Phönix tief in meiner Brust eingeschlossen wurde, während das Mittel zur Unterdrückung meiner Formgebung zu wirken begann und meine Flügel verschwanden.

»Was jetzt?«, keuchte ich, während ich meine Hände in Kampfhaltung hob, aber er drückte sie nach unten und schüttelte den Kopf mit einem verzweifelten Gesichtsausdruck.

»Sie werden uns töten, wenn wir uns wehren«, warnte er, und plötzlich waren die Agenten bei uns, zogen uns auseinander und legten uns Handschellen an, die unsere Magie blockierten.

Ich wurde herumgedreht – und fand mich plötzlich in den Händen von Orions Ex Francesca Sky wieder. Ihre Kinnlade fiel nach unten, als sie mir in die Augen sah.

»Du bist seine Elysische Gefährtin«, krächzte sie ungläubig und zog mich dann mit sich. Voller Angst sah ich mich nach Orion um und stellte erleichtert fest, dass er direkt hinter mir abgeführt wurde. Für einen Moment war ich wie gebannt von den silbernen Ringen, die seine dunklen Augen zierten und mich wie Sternenlicht anblitzten.

Meine Haut brannte noch immer und juckte vor dem Bedürfnis, meinem Elysischen Gefährten näher zu sein. Das Band zwischen uns brannte so hell, dass es mir fast wichtiger war, wieder in seine Arme zu kommen, als die Tatsache anzuerkennen, dass wir verhaftet wurden und wahrscheinlich in unser Verderben liefen.

Francesca schob mich in den hinteren Teil eines Streifenwagens, der auf halber Höhe des Hügels auf einem Feldweg geparkt worden war. Orion wurde nach mir hineingestoßen, die Tür zugeschlagen und fest verriegelt.

Augenblicklich stürzte ich mich auf Orion und schwang mein Bein über seinen Schoß, woraufhin er mich mit einem Knurren der Begierde an sich zog. Sein Schwanz war hart zwischen meinen Schenkeln, als unsere Münder aufeinandertrafen und wir einander küssten, als befände sich die einzige Sauerstoffquelle der Welt zwischen uns.

»Hey!«, blaffte ein Mann, als er sich auf den Fahrersitz fallen ließ und mit einem Schlagstock gegen die Stange zwischen uns und dem vorderen Teil des Wagens schlug. »Schluss damit!«

Francesca setzte sich auf den Beifahrersitz und starrte uns an, als ich meinen Kopf drehte, aber Orion packte mein Gesicht, zwang mich erneut, ihn anzusehen, und versenkte seine Zunge abermals zwischen meinen Lippen.

»Lance!«, schimpfte Francesca. »Das ist ernst. Verstehst du, was hier gerade passiert?«

»Absolut. Ich werde verhaftet, während ich versuche, meine Gefährtin zu ficken«, knurrte er gegen meine Lippen. Seine Hände glitten den Rücken meines knappen Outfits hinauf, packten meinen Arsch und ließen mich laut stöhnen.

»Aufhören!«, schrie der Typ erneut und schlug mit dem Schlagstock gegen die Gitterstäbe. »Ihr werdet getrennt, wenn ihr euch nicht unter Kontrolle bekommt.«

Wir ignorierten ihn, unsere animalischen Bedürfnisse verdrängten alles andere, während wir versuchten, einander näher zu kommen, uns küssten, bissen und aneinanderrieben, während das Auto den Feldweg hinunterfuhr.

»Wusstet ihr, dass ihr direkt vor einem FIB-Revier standet?«, rief Francesca.

»Verdammte Sterne!«, fluchte ich, als Orion seine Finger zwischen meine Schenkel schob, wo ich nackt und feucht für ihn war.

»Mein«, knurrte er und schob zwei Finger in mich hinein. Ich keuchte auf, ritt seine Hand und stöhnte, während ich so fest auf seine Unterlippe biss, dass Blut floss. Er schmeckte sein eigenes Blut mit einem Stöhnen und bewegte seine Hand noch schneller. Wir waren einander völlig verfallen, unfähig, auch nur daran zu denken, dass wir in einem Polizeiauto saßen, mit zwei Agenten auf den vorderen Sitzen.

»Verdammt, ich muss in dir sein«, stöhnte Orion, und ich griff nach seinem Hosenbund, um seine Jeans zu öffnen und ihm diesen Wunsch zu erfüllen. Aber in dem Moment blieb der Wagen stehen, die Tür wurde aufgerissen und ich nach draußen gezerrt.

Ich knurrte, trat wie ein wildes Tier um mich und ritzte mit meinen Nägeln die Arme dessen auf, der mich festhielt. Aber dann verpasste mir ein Taser einen Stromschlag, und ich schrie auf. Meine Knie knallten auf den Beton und platzten auf, als der Impuls durch meine Gliedmaßen schoss. Völlig benommen blinzelte ich die Dunkelheit weg, hob den Blick und sah, wie Orion dem Typen, der mich mit dem Taser attackiert hatte, die Scheiße aus dem Leib prügelte. Er war völlig außer Kontrolle. Ich lächelte meinen furchtlosen Gefährten an, während mich jemand auf die Füße zog.

Ich sah, wie Francesca mich besorgt ansah. »Die Sterne haben uns alle verflucht, indem sie euch hierhergebracht haben«, flüsterte sie.

»Dann lass uns gehen«, knurrte ich und sie sah fast so aus, als wünschte sie, das tun zu können.

Drei Agenten waren nötig, um Orion wieder zu bändigen, und ich blickte zu dem riesigen Gebäude vor uns auf, über dessen Eingangstor der Schriftzug »FIB« prangte.

Wir wurden nach drinnen getrieben, Orions Shirt hing halb von seinem Oberkörper und seine Schultern hoben und senkten sich fast schon verzweifelt, als er mich ansah. Und noch immer fühlte ich nichts außer heftigem Verlangen, das beim Anblick seiner silbernen Ringe und des lüsternen Ausdrucks in seinem Gesicht noch stärker wurde.

Wir wurden an einem Schreibtisch vorbeigeführt und durch mehrere Sicherheitstüren geschleift, bevor wir beide zusammen in eine vergitterte Zelle gestoßen wurden. Acht Agenten starrten uns an, während einer von ihnen die Tür fest verschloss und ich in einem Fleckchen Mondlicht stand, das durch ein vergittertes Fenster hinter mir fiel.

»Wir müssen den König kontaktieren«, sagte einer der Männer besorgt.

»Er ist auf einer Pressekonferenz«, meinte ein anderer besorgt. »Wir sind angehalten, ihn nicht zu stören.«

Mein Herz setzte für eine Sekunde vor Angst aus, aber dann sah ich Orion an, das Band zwischen uns flammte erneut auf und trieb mich zu ihm.

Ich vergaß die zusehenden Agenten, rannte zu ihm, sprang auf ihn und schlang meine Beine um seine Taille. Unsere Münder vereinten sich in einem wütenden Kuss, der mich von innen heraus erleuchtete.

»Bist du sicher, dass wir sie zusammenbleiben lassen sollten?«, fragte einer der Agenten unsicher.

»Das ist die einzige freie Zelle, die wir nach der Sphinx-Razzia heute Nachmittag haben«, antwortete ein anderer, während mich Orion gegen die Gitterstäbe drückte. Sein Stöhnen hallte durch die gesamte Zelle. Ich zog ihm die Reste seines zerrissenen Shirts aus und stöhnte ebenfalls, als die Hitze seines muskulösen Körpers mit meiner eigenen Hitze kollidierte.

»Wir, ähm, brauchen eure Hilfe beim Ausfüllen von Formularen«, sagte ein Mädchen im Versuch, uns anzusprechen, und Orion unterbrach unseren Kuss. Meine Lippen waren aufgeplatzt und geschwollen, aber ich wollte immer noch mehr. Mehr von seiner Leidenschaft und Stärke, mehr von allem, was er mir zu bieten hatte.

»RAUS!«, brüllte er. »Jeder, der bleibt, wird mir dabei zusehen müssen, wie ich meine Gefährtin ficke. Und wer das tut, kann sich schon mal sein Grab aussuchen, weil er einen Blick auf ihre nackte Haut erhascht hat. Ich werde ihn bis ans Ende der Welt jagen, um dieses Versprechen einzulösen.«

»Lance!«, zischte Francesca. »Du musst dich beruhigen, du musst dich konzentrieren.«

»RAUS!«, schrie ich sie an, und sie wich zurück, als hätte ich sie geohrfeigt.

Die Agenten warfen einander einen kurzen Blick zu, zuckten dann mit den Schultern und verließen fluchtartig den Raum. Francesca war die Letzte, die ging. Sie sah Orion mit einem Anflug von Verlust in den Augen an. Ich bleckte die Zähne und schob meine Hand besitzergreifend um seinen Nacken, woraufhin sie den Kopf senkte und sich aus dem Raum schlich, sodass wir endlich allein waren.

Orion öffnete bereits seinen Reißverschluss, platzierte mich dann auf der harten Holzbank im hinteren Teil der Zelle, packte meine Hüften und führte die Spitze seines Schwanzes zu meinem Eingang.

»Lass mich deine Augen sehen, meine Schöne!«, befahl er, und ich hob meinen Blick, während ich keuchte und mit den Hüften wackelte, weil ich wollte, dass er aufhörte, mich zu quälen.

Er betrachtete meine Elysischen Ringe mit einem Stöhnen der Begierde und umfasste mein Kinn mit seiner Hand, während er meinen Kopf nach links und rechts drehte, um sie zu untersuchen. Dann brachte er mich dazu, wie eine Wahnsinnige aufzuschreien, als er sich mit einem welterschütternden Stoß in mich schob, bis er mit jedem Zentimeter in mir steckte. Er packte meine Hüften und öffnete mich noch weiter für ihn, während er sich quälend langsam aus mir herauszog und mich dabei beobachtete wie ein Falke, der am Himmel jagte.

»Verdammt perfekt«, seufzte er, dann stieß er erneut in mich hinein, sodass sich mein Rücken von der Bank hob und meine Schreie das gesamte Revier erfüllten, während er die volle Kraft seines inneren Tieres auf mich losließ.

Meine Hüften passten sich jedem seiner Stöße an, und plötzlich wurde er langsamer und drückte seine Hände oberhalb meines Kopfes gegen die Wand. Unsere Körper arbeiteten auf die köstlichste verdammte Weise zusammen; er ließ seine Hüften kreisen und rieb sich an mir, bis ich Sterne sah. Mein Kopf fiel nach hinten, als mich eine Welle der puren Lust durchströmte und mein Körper angesichts der Macht, die er über mich hatte, zu zittern begann. Ich kam immer noch, als er sich aus mir zurückzog, obwohl er seine eigene Erlösung noch nicht gefunden hatte; er zog mein Nachthemd nach unten, um meine Brüste zu befreien, und saugte an einer meiner Brustwarzen, während er mit der anderen spielte.

Ich konnte ihn überall spüren; meine Haut war wie elektrisiert, als würde seine Magie unter meiner Haut kribbeln. Aber ich wusste, dass das nicht möglich sein konnte, da die magischen Handschellen unsere Kraft blockierten.

Er glitt weiter an meinem Körper hinunter, bis seine Zunge meine Klit erreichte. Und er labte sich an mir, als wäre meine Pussy die Quelle seines Lebens. Meine Schenkel umschlangen ihn, während er mich leckte und neckend an mir knabberte. Er tauchte seine Finger in meine Nässe und nahm sie mit einem zufriedenen Brummen in den Mund, bevor er seine Zunge in mich stieß und meinen Arsch mit seinen Händen anhob, damit er mich wie ein verdammtes Buffet vor sich ausbreiten konnte.

Ich kam noch zweimal, bevor er sich aufsetzte, mit dem Handrücken über seinen feuchten Mund wischte und mich wie ein verdammtes Arschloch angrinste. Gott, diese silbernen Ringe standen ihm gut. Sie waren wie Diamanten, die seine Pupillen umgaben, und so hell, als trügen sie Mondlicht in sich.

Er stürzte sich erneut auf mich, aber ich war schneller, sprang auf und drückte meine Hände auf seine Schultern, damit er sich mit dem Rücken zur Wand auf die Bank setzte. Dann kniete ich mich über ihn, packte seinen harten Schwanz, schaute ihm direkt in die Augen und führte ihn erneut in mich ein.

Ein unglaublich erotisches Stöhnen kam über seine Lippen, als ich ihn ganz in mich aufnahm und meine Hüften zu bewegen begann. Unsere Münder schwebten voreinander, ohne uns zu berühren, während wir einander einfach nur anstarrten und unsere Hände liebkosend über den Körper des anderen streifen ließen. In mir loderte ein Feuer, während das Vergnügen aufs Neue durch meinen Körper strömte.

Ich konnte an nichts anderes denken als an ihn, als er an seinem Daumen lutschte, ihn dann an meine Klit legte und mich seine Hand reiben ließ, während ich auf einen weiteren, unmöglichen Höhepunkt zusteuerte. Und plötzlich kam ich wieder, mein Körper verkrampfte sich um seine harte Länge, und er packte meinen Arsch und führte mich auf und ab, während ich die Welle ausritt. Er zwang mich, seinem Tempo zu folgen, während er mich von unten fickte und die totale Kontrolle über meine Bewegungen übernahm. Er stieß mit einer Intensität in mich hinein, die mir signalisierte, dass auch er am Abgrund stand. Ich umklammerte jeden seiner Zentimeter, während er mich ansah, als wäre ich ein göttliches Wesen, das auf die Welt gekommen war, um ihn zu beherrschen.

Sein Kopf fiel mit einem letzten harten Stoß seiner Hüften gegen die Wand, und ich spürte, wie er sich heiß in mich ergoss. Sein Atem ging schwer, während er stöhnte, als wäre er im Nirwana.

Als meine Stirn auf seine fiel, wusste ich, dass wir noch lange nicht fertig waren, denn dieses Verlangen in mir brannte immer noch lichterloh. Die Welt würde also warten müssen, bis wir genug hatten, denn ich würde mich nicht von seinem Körper trennen, bis ich physisch nicht mehr dazu in der Lage wäre, weiterzumachen.

Er ließ seinen Daumen zwischen meinen Schulterblättern auf und ab gleiten, während meine Hüften zu kreisen begannen, und setzte ein schelmisches Grinsen auf. »Hat das noch nicht gereicht, Gefährtin?«

»Nicht mal annähernd«, antwortete ich mit einem Keuchen. Ich spürte, dass er schon wieder hart für mich wurde, und beugte mich vor, bis ich nur noch diese leuchtenden, von den Sternen gegebenen Ringe in seinen Augen sehen konnte.

»Wenn ich mit dir fertig bin, Blue, wirst du das Gefühl meiner Berührung nie wieder abwaschen können.«

Gemini
Scorpio
Virgo
Cancer
Aries
Leo
Sagittarius
Taurus
Capricorn
Aquarius
Libra
Pisces

DARIUS

KAPITEL 47

Ich flog mit heftig schlagenden Flügeln durch den Himmel. Um uns herum braute sich ein Sturm zusammen, der meine Schuppen vibrieren und meine Haut kribbeln ließ.

Wir waren keine zwei Kilometer mehr von der Arrestzelle des FIB entfernt, und Gabriels Warnung klang in meinen Ohren: *»Fliegt schnell und hart und verschwendet keine Zeit damit, unauffällig zu sein!«*

Das war einfach.

Roxy flog vor mir; ihre bronzefarbenen Flügel reflektierten den ersten Blitz wie Metall. Sie hatte sich nur halb verwandelt, damit ihre Flammen sie nicht verrieten.

Der Sturmdrache flog über uns, so hoch, dass ich ihn nicht sehen konnte, wenn ich in den immer dunkler werdenden Himmel blickte. Er bot uns die Deckung, die wir brauchten, um das Ganze durchzuziehen. Ich verfluchte die Tatsache, dass wir dank der neuen Gesetze keinen Sternenstaub mehr zur Verfügung hatten, aber wir hatten es nicht mehr weit. Unser Ziel war etwa achtzig Kilometer vom Burrows entfernt gewesen – eine Strecke, die wir bei der Geschwindigkeit, mit der wir unterwegs waren, in weniger als zwanzig Minuten zurückgelegt hatten.

Wir kamen immer näher, und die Wahrscheinlichkeit, dass ich bei dieser Aufgabe scheitern würde, lag verdammt noch mal bei null.

Donner grollte über uns und Regen brach aus den Wolken hervor, als hätte das Geräusch seine Ankunft angekündigt. Ich widerstand dem Drang, zu brüllen, während ich so schnell ich konnte flog und dem Mädchen nachjagte, das die Sterne für mich ausgewählt hatten. Das Mädchen, das ich trotz ihres Fluches als mein beansprucht hatte.

»Ich sehe es!«, rief Roxy über das Geräusch des Sturms hinweg, zeigte auf den Boden und presste ihre Flügel fest an ihre Seiten, während sie sich in rasendem Tempo vom Himmel fallen ließ.

Ich folgte ihrem Beispiel, drückte meine Flügel zusammen und stürzte hinter ihr her, wobei ich mir endlich das Brüllen erlaubte, als ich das FIB-Gelände unter mir entdeckte, das Gebäude plump und aus grauen Ziegeln gebaut.

»In welcher Richtung liegt Westen?«, rief Roxy, was mir ein Lachen entlockte, und ich zeigte mit einem Krallenfuß in die entsprechende Richtung und deutete auf die Wand, die uns am nächsten war und in der sich laut Gabriel die Zellen befanden, in denen sie festgehalten wurden.

Sie grinste – ganz die Grausame Prinzessin – und brachte mein Blut wie nichts anderes auf dieser Welt in Wallung. Mit einem wütenden Schrei hob sie ihre Hände und ließ einen Vogel aus roten und blauen Flammen aus ihren Handflächen schießen, während sie ihre Kraft auf die Schutzzauber um das Gebäude herum richtete.

Ich verlangsamte mein Tempo nicht, als ich an ihr vorbeizog, sondern jagte ihrem Phönixfeuer hinterher. Ich kniff lediglich die Augen zusammen, als es mit einem widerhallenden Knall auf die Barrieren prallte, die dadurch kurzgeschlossen wurden und völlig auseinanderbrachen.

Ich stieß ein lautes Brüllen aus und hoffte, dass Lance und Darcy die Warnung verstanden, bevor ich mich in letzter Sekunde umdrehte und direkt in die Seite des Gebäudes krachte und die Wand dem Erdboden gleichmachte. Steine flogen in alle Richtungen.

Roxy flog hinter mir her, die Hände erhoben, als sie ihre Erdmagie einsetzte, um die einstürzende Wand zu kontrollieren, jeden einzelnen Ziegelstein nach außen zu lenken und sicherzustellen, dass wir nicht versehentlich diejenigen zerschmetterten, die wir retten wollten.

»Heilige Scheiße!«, keuchte Lance und ich sah, wie er und Darcy drinnen vom Boden aufstanden. Darcy zog ein fast durchsichtiges blaues Nachthemd nach unten, während Lance seine Hose hochzog – seine Brust war entblößt und sein Shirt irgendwo auf dem Boden hinter ihnen.

Wollten sie mich jetzt verarschen? Hatten sie sich tatsächlich mit Sex unterhalten, während mein Vater auf dem Weg hierher war, um sie hinzurichten?

»Beeilung!«, rief Roxy ihnen zu, als ich mich von den Trümmern entfernte und beobachtete, wie Lance über die Steinberge kletterte. Er zog Darcy mit sich, während der Regen auf sie herabströmte.

Ihre Magie wurde von Handschellen blockiert, wie wir es erwartet hatten, und Roxy landete, während ich gezwungen war, wieder nach oben zu fliegen, einen Kreis zu drehen und sie bei meinem zweiten Vorbeiflug aufzugreifen. Derweil kamen FIB-Agenten mit Warnrufen und Waffen in den Händen aus dem Gebäude geeilt.

»Kämpft nicht, dann wird euch auch nichts geschehen!«, rief Roxy laut, während sie einen soliden Luftschild zwischen uns und den Agenten aufbaute.

»Lance!«, schrie jemand am Boden, und mein Blick fiel auf Francesca, die hinter ihren Kollegen her angerannt kam.

Während ich sie beobachtete, verschmolzen ihre Augen zu einem und sie verwandelte sich in ihre Zyklopenform. Eine Schockwelle psychischer Kraft schoss so plötzlich aus ihr heraus, dass ich kaum eine Chance hatte, zusammenzuzucken, bevor sie mich traf.

Doch statt des erwarteten Angriffs sah ich, wie die restlichen FIB-Agenten wie Dominosteine umfielen, zu Boden krachten und dort zuckend liegen blieben.

Ich landete unsanft auf dem Boden und stieß ein Knurren aus. Roxy schirmte uns weiterhin ab, während Lance und Darcy es aus den Trümmern herausschafften und an meine Seite eilten.

»Ich habe die Karte von Espial, um die du gebeten hast!«, rief Francesca, als sie jenseits von Roxys Schild zum Stehen kam, und mein Mädchen warf einen fragenden Blick auf Lance, während sie den Schild weiterhin aufrechterhielt.

»Lass sie durch!«, befahl er, und Roxy ließ den Schild fallen und trat einen Schritt zurück, bis sie an meiner Seite war. Francesca kam auf uns zugerannt, zog ein langes Metallrohr aus ihrer Gesäßtasche und hielt es ihm hin.

»Glaubst du wirklich, dass du damit den Krieg beenden kannst?«, fragte sie. Ihre Augen kehrten wieder an ihre ursprünglichen Positionen zurück, als sie ihren Interstellaren Verbündeten hoffnungsvoll ansah, und mein Herz verkrampfte sich.

»Ja«, erklärte Lance entschlossen. »Damit können wir Lavinia vernichten. Und ohne die Schatten ist das Spielfeld wieder ausgeglichen. Der falsche König wird sterben und die wahren Königinnen werden aufsteigen.«

Ich knurrte angesichts der Überzeugung in seiner Stimme, aber ich war mir nicht einmal mehr sicher, ob ich dieser Einschätzung widersprach. Denn wenn ich die Frau, die ich liebte, betrachtete, sah ich eine Königin vor mir. Aber es spielte ohnehin keine Rolle mehr, was ich dachte. Ich hatte bestenfalls noch ein paar Monate auf dieser Erde und würde nicht miterleben, wie die Welt nach dem Untergang meines Vaters aussehen würde. Mein einziger Wunsch war es nun, ihn sterben zu sehen, bevor ich dem Deal erlag, den ich mit den Sternen geschlossen hatte.

»Dann nimm die Karte!«, sagte Francesca knurrend. »Und sorge dafür, dass es wehtut, wenn du ihn tötest.«

Lance nahm das Rohr mit der Karte von Espial entgegen, warf seine Arme um sie und drückte sie fest an sich, während Darcy ebenfalls näher kam.

»Hier«, sagte Francesca, trat einen Schritt zurück und holte zwei Spritzen aus ihrer Tasche. »Das ist das Gegenmittel für das Formgebungsunterdrückungsmittel.« Lance rammte sich wie ein Wilder eine Spritze in den Arm und drückte den Kolben nach unten, bevor er das Gleiche bei Darcy wiederholte – allerdings wesentlich sanfter.

»Komm mit uns«, bat Lance, aber Francesca schüttelte den Kopf.

»Sie werden sich nicht daran erinnern, dass ich diejenige war, die sie angegriffen hat. Ich werde neue Erinnerungen in ihren Köpfen erschaffen, um mein Handeln zu vertuschen«, sagte sie. »Und ich kann hier noch mehr Gutes tun. Ich habe bereits unzählige ungerechtfertigte Verhaftungen vereitelt. Ich muss bleiben.«

»Danke«, hauchte Darcy, schlang ihre Arme ebenfalls um Francesca und ließ die Zyklopin vor Überraschung nach Luft schnappen. »Das wird der Wendepunkt in diesem Krieg sein.«

»Wir müssen gehen«, sagte Roxy bestimmt, den Blick auf den stürmischen Himmel gerichtet, und ich wusste, dass sie an Gabriels Warnung dachte. Mein Vater würde jeden Moment hier sein, wahrscheinlich mit der Schattenschlampe an seiner Seite.

»Pass auf dich auf!«, befahl Lance, und Francesca löste schnell seine Handschellen, bevor sie auch Darcy von den magischen Fesseln befreite. Die beiden sprangen in dem Moment auf meinen Rücken, als erneut ein Donnerschlag über uns krachte.

»Ihr auch«, rief sie, und ich flog mit Roxy an meiner Seite in den Himmel, wandte mich in Richtung Burrows und raste in den Sturm davon, den Dante nach wie vor über uns wüten ließ.

Es regnete wie wild, aber als wir das FIB-Revier hinter uns ließen, war ich überglücklich, denn wir hatten Lance und Darcy nicht nur vor einem Schicksal gerettet, das schlimmer war als der Tod – wir hatten auch den Gegenstand gesichert, den wir brauchten, um diesen Krieg zu beenden und den Mann zu Fall zu bringen, der so hart dafür gearbeitet hatte, mein Leben zu ruinieren.

Scorpio
Virgo
Gemini
Aries
Cancer
Leo
Sagittarius
Taurus
Capricorn
Aquarius
Libra
Pisces

ORION

KAPITEL 48

Darius flog durch die Begrenzung, die das Burrows umgab, während Tory an seinem Kopf schwebte und Dante hinter uns. Seine Sturmkräfte dröhnten noch immer durch die Luft und der Regen durchnässte uns.

Darcy und ich hatten uns nicht einmal die Mühe gemacht, uns vor dem peitschenden Regen zu schützen. Sie schmiegte ihren Körper an meinen, während wir uns küssten, und das Band krachte noch immer durch meinen Körper wie der Donner am Himmel. Ich bekam nicht genug von diesem Mädchen – meiner verdammten Elysischen Gefährtin.

Wir wurden ordentlich durchgeschüttelt, als Darius landete, und ich musste all meine Kraft aufbringen, um mich von ihr zu trennen und von seinem Rücken zu klettern. Ich warf Tory das Rohr mit der Karte zu und wies sie barsch an, gut darauf aufzupassen. Dann streckte ich meine Arme nach Blue aus, um sie aufzufangen.

»Herrgott, Dante, chill mal mit dem Regen!«, schrie Tory, als Dante dumpf neben Darius landete. Stromimpulse knisterten über seine marineblauen Schuppen, während er ein knurrendes Drachenlachen ausstieß.

Die beiden verwandelten sich in ihre Fae-Gestalten und rannten nach drinnen, während Tory und ich nach Blues Händen griffen, um sie an uns zu drücken, während wir ihnen hinterherjagten. Dabei tauschten Blue und ich ein amüsiertes Grinsen in Erwartung dessen, was gleich kommen würde.

Wir ließen den Sturm hinter uns und traten nach drinnen, wo sich Darius und Dante gerade abtrockneten, sich anzogen und aufgeregt über ihren gemeinsamen Flug sprachen.

Ich warf einen Blick auf Darcy, ihr Nachthemd war jetzt völlig durchsichtig und klebte auf ihrer Haut, ihre dunkelblauen Haare tropften, so durchnässt waren sie. Sie sah verdammt heiß aus, und ich dachte an jenen Abend zurück, als sie im Sturm über den Campus gerannt war, um mich zu besuchen. In jener Nacht hatten wir die verbotenste aller Grenzen überschritten. Ich verstand jetzt, warum wir nie voneinander hatten lassen können. Wir waren füreinander bestimmt, vom Schicksal dazu erkoren, zusammen zu sein. Aber mein Verstand wurde allmählich ein bisschen klarer, und so verlockend sie auch gerade aussah, wusste ich eins mit Sicherheit: Niemand sonst sollte sie so zu Gesicht bekommen.

Ich packte sie, warf sie über meine Schulter, rannte an unseren Freunden vorbei tiefer ins Burrows, rief ihnen noch zu, dass wir uns später sehen würden, und schoss dann direkt in unser Zimmer, wo ich sie aufs Bett warf.

Ich schloss die Tür mit einem Zauber und versiegelte den Bereich, damit wir durch kein Klopfen gestört werden konnten. Dann bewegte ich mich langsam auf sie zu.

Sie sah so sternverdammt fickbar aus, dass ich mich für weitere zwanzig Minuten in ihr vergrub, bevor ich sie entkommen ließ. Ich säuberte uns beide mit Wassermagie, bis wir den Sturm von uns gewaschen hatten, und trocknete uns mit Luft. Dann verbrachte ich die nächsten fünf Minuten damit, jedes Mal und jeden Bluterguss, die ich auf ihrem Körper hinterlassen hatte, zu heilen und durch Küsse zu ersetzen. Schließlich holte ich schwarze Spitzenunterwäsche und ein langärmeliges silbernes Kleid aus dem Kleiderschrank und reichte ihr die Sachen mit einem Grinsen.

»Zieh das an!«

»Warum soll ich mich schick machen?«, fragte sie lachend, tat es aber trotzdem. Ich beobachtete sie hungrig, während ich mir ebenfalls etwas überzog.

»Weil ich dich allen im Burrows als meine Gefährtin vorstellen möchte«, sagte ich und hob stolz mein Kinn, woraufhin sie mich mit geröteten Wangen anlächelte.

»Aber es ist mitten in der Nacht«, konterte sie, und ich zuckte entschlossen mit den Schultern. Sie biss sich auf die Lippe und gab meinen Forderungen nach.

Als sie angezogen war, umrundete ich sie und summte meine Zustimmung, während ich meine Jeans zuknöpfte und in ein schickes schwarzes Hemd schlüpfte.

Darcy trat sofort vor, um die Knöpfe für mich zuzumachen, und ich beobachtete sie, während mein Herz wie ein eingesperrtes Tier in meiner Brust tobte. Als sie fertig war, schoss ich zum Kleiderschrank, griff nach einer Flasche Bourbon, die dort versteckt war, und öffnete sie.

»Ich will trinken und fröhlich sein, meine Schöne«, sagte ich, nahm einen langen Schluck und grinste sie an. Es war mir völlig egal, dass wir heute Abend wahrscheinlich dem Tod von der Schippe gesprungen waren, denn es schien, als wären die Sterne endlich auf unserer Seite – und ich war hellwach und bereit für eine verdammte Party.

»Dann scheiß drauf, lass uns feiern.« Sie strahlte.

Ich holte ein Paar schwarze High Heels aus dem Schrank und bedeutete Darcy, sich aufs Bett zu setzen. Sie beobachtete mich amüsiert und setzte sich auf die Bettkante, aber ich schob sie nach hinten, zog ihr die High Heels an, beugte mich über sie und kippte einen Schluck Whiskey in ihre Halsbeuge. Ich leckte sie sauber und versenkte dann meine Zunge zwischen ihren Lippen, um ihr ebenfalls eine Kostprobe zu geben, während ein sinnliches Stöhnen sie verließ.

Ich küsste mich zu ihrem Hals vor, meine Reißzähne fuhren aus und mein Herzschlag beschleunigte sich, als ich daran dachte, was ich wollte.

»Beiß mich!«, befahl sie atemlos, und ich tat es. Meine Zähne drangen tief in sie ein, und sie seufzte laut, als ihr süßes Blut auf meine Zunge traf und ich vor Verzückung stöhnte. Sie war nicht nur meine Blutquelle, sie war die Quelle aller reinen und guten Dinge in meinem Leben. Und ich würde nie genug von ihrem Geschmack bekommen.

Bevor ich meinen hundertsten Ständer in dieser Nacht bekam, trat ich zurück und zog sie auf die Füße. Ich brachte sie sogar dazu, eine Drehung zu vollführen, damit ich sie begutachten konnte. Ich liebte es, wie ihr Hintern das Kleid ausfüllte und die Heels ihre Beine besonders lang aussehen ließen. Ich heilte die Wunde an ihrem Hals und leckte das restliche Blut von meinem Daumen, bevor ich meine Hand wegzog und meine magischen Reserven anschwellen ließ.

»Du bist eine verdammte Augenweide.« Ich zog sie zur Tür. »Bist du bereit, allen zu erzählen, was passiert ist?«

»Ja, aber ich vermute, sie könnten sauer sein, dass wir einfach so verschwunden sind«, sagte sie und öffnete die Tür. Vor uns stand eine verdammt wütend aussehende Tory mit vor der Brust verschränkten Armen, hinter ihr die Erben und Geraldine, die nervös an ihren Haaren zupfte.

»Was zum Teufel?«, fragte Tory, und Darcy eilte auf sie zu und ergriff ihre Hand.

»Es tut mir leid, Tor«, sagte sie schnell.

»Warum bist du so angezogen?«, fragte Tory. Dann schnappte sie nach Luft, zog ihre Schwester zu sich und ergriff ihren Kopf, um ihr in die Augen zu sehen. »Warte – was? Ernsthaft?!«

»Ja«, meinte Darcy lachend. »Es ist passiert, bevor das FIB uns erwischt hat. Die verdammten Sterne haben uns für unseren Moment nämlich direkt vor ein verfluchtes Revier gelockt.«

»Von welchem Moment sprichst du?« Geraldine schob sich an den Erben vorbei, die ihrerseits versuchten, einen Blick auf Darcy zu erhaschen, und Darius drängte sich ebenfalls nach vorn, packte meinen Arm und zog mich zu sich heran, um mir in die Augen zu sehen.

»Heilige Scheiße!«, keuchte er, dann schlug er mir auf die Schulter, sodass ich fluchte, bevor er mich in eine feste Umarmung zog.

»Vermauschelte Seetangsprossen!«, brüllte Geraldine, als sie Darcy erreicht hatte. Sie schüttelte sie und sank dann schluchzend zu Boden. »Heiliger Mondpopo, das kann nicht sein! Mylady Darcy hatte ihren Göttlichen Moment. Sie wurde unter die Sterne gerufen, um sich an ihren Orry-Mann binden zu lassen«, jammerte sie, krallte sich an Torys Beinen hoch, schluchzte und vergrub ihr Gesicht in Torys Flügeln, die auf deren Rücken gefaltet waren.

Seth heulte vor Aufregung, sprang nach vorn und umarmte Darcy, bevor er wie ein übermütiger Welpe auf mich zustürmte. Er fiel fast über seine eigenen Füße, als er mit mir zusammenstieß und Darius zur Seite drängte.

Ich war so verdammt glücklich, dass ich ihn nicht einmal wegstieß, sondern einfach seinen Rücken tätschelte. Plötzlich stürzte sich auch Cal auf mich und umarmte mich ebenfalls, bevor er und Seth einen verlegenen Blick austauschten und mich gleichzeitig losließen. Max trat als Nächstes vor, gratulierte mir und umarmte dann Darcy herzlich. In diesem Moment bemerkte ich, dass Geraldine ohnmächtig geworden war. Ihre Arme waren über ihrem Kopf ausgestreckt und ihr Mund stand weit offen, während sie auf dem Boden lag.

Max nahm mir grinsend die Bourbonflasche aus der Hand. »Also feiern wir, richtig?«

»Richtig«, stimmte ich zu.

»Auuuuu!«, brüllte Seth, und ich brüllte verdammt noch mal auch, denn warum zur Hölle nicht?

Die Erben stimmten ein und Darcy und Tory taten es ihnen gleich, bis unser Geheul überall in den königlichen Gemächern und darüber hinaus widerhallte und in Gelächter überging. Ich kauerte mich hin und spritzte Geraldine einen Schwall kaltes Wasser ins Gesicht. Sie wachte mit einem Wimmern auf, stürzte sich auf mich und schlang ihren ganzen Körper um mich, sodass ich fast erstickte, während sie schluchzte.

»Oh, dein Fluch ist gebrochen. Ich habe nicht länger das Bedürfnis, über deine Schulter hinwegzuschauen und mir vorzustellen, dass du jemand anderes bist und kein geächteter Fae.«

»Was meinst du damit?«, keuchte Darcy und kniete sich neben mich, um mir dabei zu helfen, Geraldine von mir zu lösen.

Geraldine wischte sich die Tränen aus den Augen, hielt Darcys Gesicht fest und starrte voller Staunen auf ihre Elysischen Ringe. »Meine süße, liebe Königin! Er hat seinen Wert unter Beweis gestellt. Er ist in der Rangordnung aufgestiegen wie eine Wellhornschnecke zum Wal.«

»Was soll das heißen, Geraldine?«, wiederholte ich Darcys Frage.

»Siehst du es denn nicht, mein wunderschöner Reißzahn-Räuber?«, krächzte sie und ergriff mein Gesicht mit der anderen Hand, während alle anderen näher kamen. »Das wird dich entlasten. Denn wie kann man dich der schändlichen Unzucht bezichtigen, wenn du von den Sternen selbst als der einzig wahre Gefährte Darcys auserwählt wurdest? Niemand in Solaria wird ihre Entscheidung infrage stellen. Du bist ein edles und treues Ross, und du wirst Mylady gute Dienste leisten. Du wirst das ultimative Feuer in ihren Lenden entfachen, du wirst Erben zeugen, die aus Tapferkeit und Loyalität geboren werden. Eure Geschichte soll in ein Liedchen verwandelt werden, das von jedem Hügel in Solaria gesungen wird.« Tränen liefen über ihre Wangen, und ich warf einen schockierten Blick auf Darcy. Konnte das wahr sein? Konnte ich wirklich hoffen? Und könnte ich es ertragen, wenn diese Hoffnungen zerschlagen werden würden, falls es nicht wahr sein sollte?

»Was soll der ganze Aufruhr?« Hamishs dröhnende Stimme erreichte uns, und alle traten einen Schritt zurück, während ich Geraldine auf die Beine zog und einen Arm um Darcys Taille legte.

Na, wenn das nicht der ultimative Test war.

Ich beäugte Hamish, der in einem gestreiften Schlafmützchen und passenden offenen Pantoffeln den Korridor entlang auf uns zuwatschelte, wobei sein Brusthaar unter seinem Morgenmantel hervorschaute.

»Gerrykins, entferne dich von diesem geächteten Tro…« Er wollte gerade würgen, hielt dann aber abrupt inne. Sein Blick fiel auf meine Augen, dann auf Darcys, dann wieder auf meine.

Er öffnete und schloss den Mund wie ein Fisch ohne Wasser – jegliche Worte schienen ihn verlassen zu haben.

»Papa, die Sterne haben unserer Lady Darcy einen Elysischen Gefährten auserkoren«, gurrte Geraldine.

»Mögen die Sterne meine salzigen Cracker auf ihrem Bett aus Grünkohl segnen! Mögen sie meine nussigen Teigstränge mit Sultaninen zwirbeln! Mögen sie meine Rübe kitzeln und mich in einem Haufen zerschlagener Roter Bete vergraben!« Hamish streckte seine Hand nach meinen Augen aus, als wäre er der Sonne nahe und könnte nicht widerstehen, sie zu berühren. Doch bevor er das tatsächlich tun konnte, verschwanden seine Augen im Hinterkopf und er sackte zu Boden.

Ich stieß ein schnaubendes Lachen aus, was mir einen vernichtenden Blick von Geraldine einbrachte, die Max bat, ihr dabei zu helfen, ihren Vater auf die Beine zu ziehen.

Als er wieder zu sich kam, stürzte er sich auf mich, nahm mich in seine riesigen Arme und wirbelte mich herum.

»Oh-ho! Mein Junge! Du bist gerettet! Lass uns feiern! Lasst uns die Glocken läuten, die Blubbertrommel schlagen und an der Scherrzither zupfen, um diesen schönsten aller Tage zu zelebrieren! Oh-ho! Oh-ho!«

Er stellte mich ab und ich lächelte verlegen, bevor er sich auf Darcy stürzte und sie herumwirbelte. Geraldine ergriff Seths und Torys Hände und zwang sie, einen Ringelreihen um uns herum zu bilden und auch die anderen an den Händen zu fassen. Sogar Darius ließ sich mitziehen, bis nur Hamish, Darcy und ich in der Mitte standen. Hamish warf den Kopf in den Nacken verstärkte seine Stimme, sodass sie durch das gesamte Burrows hallte: »Freuet euch, freuet euch! Ihr müsst erwachen! Es ist Zeit, dieses denkwürdigste aller Ereignisse zu feiern, denn unsere Prinzessin Darcy Vega hat ihren Elysischen Gefährten gefunden!«

Es folgte ein Moment der Stille, dann ertönten das Getrampel von Schritten und aufgeregtes Geplapper in allen Tunneln und aus allen Richtungen. Ich lachte, als unsere Freunde uns in Richtung des Speisesaals trieben, und drückte Darcy fest an mich, während sich unsere Finger ineinander verschränkten. Ich beobachtete, wie sie lachte, und konnte nicht glauben, dass die Sterne sie mir wirklich auf diese Art und Weise angeboten hatten. Ich hatte immer gewusst, dass wir füreinander bestimmt waren, und mich sogar gefragt, ob wir Elysische Gefährten sein könnten. Aber bis sie mich in dieser Annahme bestätigt hatten, war ich nie der Meinung gewesen, ihrer würdig zu sein.

Jetzt trug ich die Ringe in den Augen, die allen zeigten, dass ich genug war, dass ich ihr alles geben konnte, was sie verdiente. Und ich würde dieses Band mit meinem Leben ehren. Ich würde jeden Tag damit verbringen, meine Königin, meine Gefährtin, zu verehren, und ich wusste mit meiner ganzen Seele, dass es keinen anderen Fae auf dieser Welt gab, der das besser könnte als ich.

Wir erreichten den Speisesaal, wo etliche Fae bereits eingetroffen waren und uns mit verschlafenen Augen und neugierigen Blicken ansahen.

»Ein freudiger Tag!«, rief Hamish. »Wir werden ein Festmahl veranstalten, und wir werden trinken, bis wir nicht mehr trinken können. Sammelt zusammen, was ihr finden könnt, als Opfergabe für unsere Königin und ihren Gefährten.«

Die Rebellen rannten los, um seiner Aufforderung Folge zu leisten, schauten über die Köpfe der anderen hinweg und reckten ihre Hälse, um einen Blick auf uns beide zu erhaschen. Ich fühlte mich mehr beobachtet als je zuvor und musste feststellen, dass ich mich mit dieser Aufmerksamkeit nicht ganz wohlfühlte. Aber alles war besser als verdammt noch mal geächtet zu sein, denn jeden Blick in unsere Richtung begleiteten Lächeln und gehauchte Küsse.

Sie sahen mir in die Augen und erkannten darin wieder jemanden, der würdig war. Sie sahen einen Fae, dessen Status nicht nur wiederhergestellt worden war, sondern der gerade durch sein Band mit einer Vega-Prinzessin mehrere Stufen emporgestiegen war.

Jemand drückte mir ein Glas in die Hand, und ich erkannte, dass die Oscura-Wölfe eingetroffen waren, angeführt von Dante und Rosalie, die Flaschen von Arucso-Wein in den Händen hielten.

»Trinkt, *amici*! *Che le stelle benedicano ogni giorno che condividi insieme*«, sagte Dante in seiner Muttersprache. Er füllte unsere Gläser, bevor er auch den goldenen Kelch in seiner Hand füllte. Ich wusste nicht, was er gesagt hatte, aber es hatte sich gut angehört, also stieß ich gern darauf an.

Wir stießen an, und ich schluckte den süßen Wein hinunter. Die Wölfe begannen zu tanzen, sobald jemand für Musik sorgte und das Licht gedämpft wurde.

Gabriel trat als Nächster vor uns. Er umklammerte meinen Nacken und legte seine Stirn für einen Moment an meine, mit einem breiten Grinsen im Gesicht, bevor er sich hinunterbeugte, um Darcys Wange zu küssen.

»Die Sterne haben mich ordentlich hinters Licht geführt«, meinte er lachend. »Ich dachte, eure Beziehung wäre zum Scheitern verurteilt.«

»Danke für die Info.« Darcy schlug ihm auf den Arm, und Gabriel lachte. »Ich habe immer gehofft, dass sich für euch beide ein neuer Weg ergeben würde. Und ich bin so verdammt froh darüber.«

Leon schob sich an ihm vorbei und leckte mir das ganze Gesicht ab, bevor er sich auf Darcy stürzte. Ich wischte mir den Speichel vom Gesicht, ohne mich auch nur einen Deut darum zu scheren, als ein Oscura-Wolf abermals mein Glas füllte und ich noch einen großen Schluck nahm.

»Ich habe Geschenke für euch!«, verkündete Leon und legte mir einen Kranz aus bunten Blumen um den Hals, auf den er ein kleines Bild von Darcy geklebt hatte. Er schmückte auch Darcy mit einem solchen Kranz; auf ihrem klebte ein Foto von mir, das definitiv von der Website der Zodiac Academy stammte. Ich sah aus wie ein mürrisches Arschloch im Anzug. »Ich habe sie von ein paar Mindys superschnell anfertigen lassen. Aber sie sind toll geworden, nicht wahr?«

»Wundervoll.« Ich zupfte an dem scheußlichen Ding, machte mir aber nicht die Mühe, es abzunehmen.

»Mindys?«, fragte Seth verwirrt, als er neben mich trat und an einem Donut knabberte. Natürlich trug er auch wieder seinen roten Cowboyhut mit den Quasten. »Was sind das für welche?«

»Fae, die mir dienen wollen«, erklärte Leon einfach, bevor er seinen Blick auf den Hut schweifen ließ. »Der Fluch hat also noch nicht eingesetzt?«, fragte er murmelnd.

»Was?«, fragte Seth, der ihn offensichtlich nicht gehört hatte.

»Nichts – ooh, Polonaise!« Leon sprang los, um sich den Oscura-Wölfen anzuschließen, die gerade eine Schlange bildeten. Er packte Rosalies Hüften und warf die Beine in die Luft, während sie ihre Polonaise durch den Raum begannen.

»Ach, Lance«, seufzte Catalina, die als Nächstes auf uns zukam, und ich vergaß Leons Worte. Darius' Mutter nahm Darcys und meine Hand in ihre und blickte mit feuchten Augen zwischen uns hin und her. »Ich freue mich so für euch.«

»Danke«, sagte ich, während Darcy sie fest umarmte und mein Herz sich vor Zuneigung zu Catalina zusammenzog. Sie war mir in der Zeit, die wir hier unten verbracht hatten, sehr ans Herz gewachsen, und ich konnte nicht anders, als sie wie ein Elternteil zu betrachten. Schließlich zog sie auch mich in ihre Arme und drückte mir einen Kuss auf die Haare. Ich hielt sie an mich gepresst und atmete ihren Duft ein, während mich der Trost ihrer Aura umgab.

Sie zog los, um mit Hamish zu tanzen, der in einem braunen Anzug und mit einer leuchtenden rosafarbenen Fliege um den Hals wieder aufgetaucht war. Die meisten Rebellen waren nur halb angezogen oder im Schlafanzug und schlossen sich den Feierlichkeiten an, die schnell wild wurden.

Einige der Oscura-Wölfe erwischten uns, hoben uns mit Luftmagie über ihre Köpfe und ließen uns oberhalb der Menge schweben. Darcys Lachen ließ unser Band noch stärker glühen, so glücklich war sie.

Als wir wieder festen Boden unter den Füßen hatten, tanzten wir ausgelassen; unsere Freunde schlossen sich uns an, bis wir von den besten Leuten, die ich kannte, umgeben waren und immer volle Getränke in der Hand hielten.

Als die Nacht voranschritt – und ich immer weniger nüchtern war –, schien es, als wollte jeder Rebell im Burrows mit mir reden und die Sterne dafür preisen, dass sie mich von meiner Schande befreit hatten.

Hinter dem Kompliment versteckte sich natürlich auch eine Beleidigung, aber das war okay, denn verdammt, ich hätte nie gedacht, dass es diese Realität für mich geben könnte. Seit meiner Verurteilung hatte ich angenommen, mich für immer verflucht zu haben. Ich hatte an jenem Tag im Namen meiner Königin viel geopfert, und ich musste mich fragen, ob die Sterne schon immer geplant hatten, mir das zurückzugeben. Denn wenn ich unsere Beziehung Revue passieren ließ, konnte ich die Prüfungen erkennen, denen wir uns hatten stellen müssen. Da war unser Kampf gewesen, zusammenzubleiben, obwohl es gegen das Gesetz gewesen war, dann die Konfrontation mit Seths Zorn, als er uns entdeckt hatte, und schließlich der Tag, an dem uns Kylie entlarvt und ich mich entschieden hatte, Darcy zu schützen, anstatt sie mit mir in den Abgrund zu ziehen.

Blue hatte sich immer gegen jeden gestellt, der sich uns widersetzt hatte, und sogar verlangt, dass ich mich vor aller Welt zu ihr bekannte, obwohl sie wusste, dass mein Status sie zerstören könnte. Und ich kam zu dem Schluss, dass es vielleicht unsere letzte Prüfung gewesen war, als ich mich endlich ihren Wünschen unterworfen und die Kontrolle losgelassen hatte, an der ich festzuhalten versucht hatte. Hier in diesem Saal hatte ich meine Liebe zu ihr erklärt, während sie mir die ihre erklärt hatte. Und das, obwohl uns klar gewesen war, dass es nicht einfach werden würde. Dass die Welt sich gegen uns wenden könnte. Aber statt des erwarteten Lebens – Darcys Verspottung durch die Presse und der Möglichkeit, die Unterstützung ihres Volkes zu verlieren – hatten die Sterne ein anderes Schicksal für uns beschlossen. Und verdammt, manchmal hasste ich diese glitzernden Arschlöcher, aber ihre Geschenke machten ihren Bullshit zumindest ein bisschen wett.

Darcy wurde von mir weggezogen und von ihrem eigenen Schwarm Rebellen belagert, aber ich hielt ihren Blick fest und hörte nicht einmal wirklich, was der Mann vor mir sagte.

Ich war über und über mit Schmuck, Anstecknadeln und Abzeichen behängt, die mir die Rebellen als Opfergaben überreicht hatten, als wäre ich eine Art Gott, den sie verehren wollten. Auch Darcy sammelte Geschenke, die eine Mischung aus allem zu sein schienen, was die Rebellen entweder durch Magie geschaffen oder in ihrem eigenen Besitz gefunden hatten.

Irgendwann tauchte Geraldine mit einem Buffet auf, das ausschließlich aus ringförmigem Essen bestand und komplett silbern besprüht war – von Donuts, Bagels und Kranzkeksen bis hin zu Zwiebelringen.

Einer der Kipling-Brüder, der als Anwalt an meinem Fall gearbeitet hatte, stand in der Nähe und betrachtete alles mit Entsetzen, als würde es ihn irgendwie beleidigen. Aber ich hatte keine Ahnung, warum, obwohl er interessierter aussah, als ein Tablett mit großen Kuchen herausgebracht wurde, auf deren Zuckerguss silberne Ringe abgebildet waren.

Ich verlor jegliches Interesse, als Tory erschien. Sie hatte ein eng anliegendes rotes Kleid angezogen und silbernen Eyeliner auf ihre Augen gemalt.

»Wir spielen Wahrheit oder Pflicht«, verkündete sie und deutete auf die Erben und eine Gruppe der Oscuras, darunter Dante und Rosalie.

»Ist das eine Einladung?«, fragte ich und schwankte ein wenig, als ich auf sie zuging. Mist, betrunkene Füße.

Sie streckte die Hand aus, kniff mir in beide Brustwarzen und drehte so fest, dass ich knurrte. Dann drehte sie sich um und rannte mit einem wilden Lachen zurück zu den anderen – und mir wurde klar, dass ich das Ziel ihrer Aufgabe gewesen war.

»Okay, dann fordere ich dich verdammt noch mal heraus … Ich meine, Wahrheit oder Pflicht? Und dann wirst du schon sehen. Denn ich bin der wahre König dieses Spiels.« Ich lallte ein wenig, dann fing ich wieder Darcys Blick auf, die von einem Kreis aus bewundernden Fans umgeben war. Sie biss sich auf die Lippe und winkte mich zu sich herüber.

Ich schoss in ihre Richtung, sah aber den Tisch vor mir nicht, sodass ich darüber flog, zu Boden stürzte und drei Stühle mit mir umriss. Aber davon ließ ich mich nicht lange aufhalten, und ich schob die Hände der Leute beiseite, die versuchten, mir beim Aufstehen zu helfen. Als ich mich aufrappelte, sah ich Seth auf einem Stuhl vor mir sitzen, mit einem Teller Essen auf den Knien – und leuchtend roten Cowboystiefeln an den Füßen, die zu seinem Hut passten.

»Woher hast du die?«, blaffe ich ihn an.

»Woher habe ich was?« Er runzelte die Stirn und fuhr dann fort: »Oh, übrigens, ich habe mir einen neuen Spitznamen für dich überlegt: Professor No Shame«, verkündete er aufgeregt. »Ist der nicht großartig?«

»Nein«, brummte ich. »Ich möchte einen guten Namen. Warum musst du meinen Status überall einfließen lassen, Seth? Warum?«

»Na, wegen deines Status.«

Ich knurrte ihn an. »Der jetzt nicht mehr existiert. Und ich bin nicht einmal mehr Professor, also gib mir einen Namen, der das beschreibt, was ich bin.«

Seth musterte mich mit zusammengekniffenen Augen, als würde er angestrengt darüber nachdenken. »Besoffenes-Ring-Vamp-Arschloch?«

Ich warf ihm einen ausdruckslosen Blick zu. »Ich hasse dich.«

»Nein, tust du nicht. Okay, okay, ich kann das besser. Ich werde dich den BFV nennen – den Big Friendly Vampire. Das umfasst deine Größe, deine Freundlichkeit und dein Vampirsein.«

»Seit wann bin ich freundlich?«, höhnte ich, obwohl ich fand, dass dieser Name gar nicht so schlecht war.

»Du hast mich geknuddelt – und das in einem Moment, an dem ich sehr, sehr dringend geknuddelt werden musste. Dringender, als du es dir vorstellen kannst«, sagte er leise, und ich starrte ihn überrascht an, als er sich räusperte. »Du bist der anständigste Typ der Prärie.«

Hm, seine letzten Worte schienen so gar nicht zu ihm zu passen, und ich runzelte die Stirn. Seltsam.

Aber ich war viel zu sehr von Blue abgelenkt, die mich aufreizend ansah, um das zu hinterfragen. Also kehrte ich Seth den Rücken zu, um mich zu meiner Gefährtin zu gesellen.

»Hey, meine Schöne.« Ich wirbelte sie herum, stieß die Rebellen beiseite, um sie aus deren Fängen zu befreien, und schoss mit ihr unterm Arm durch den Raum, um mich zu unseren Freunden zu gesellen. Ich setzte sie auf einen Stuhl neben Tory, als Seth ebenfalls herüberkam, mit seinem Teller Essen in der Hand. *Hat er eben schon diesen riesigen Hufeisengürtel getragen?*

Wir redeten über alles und jeden und forderten einander zu Aufgaben heraus, wann immer wir an unser Spiel dachten, aber meistens genoss ich einfach die Gesellschaft all derer, die ich liebte. Und ich hatte das Gefühl, dass nichts auf der Welt jemals wieder meine Stimmung trüben könnte.

»… aber ich meine rein *hypothetisch*«, sagte Max mir gegenüber. »Wenn du eine andere Formgebung haben könntest, welche wäre das?«

»Das ist eine Beleidigung für das Reich der Fae!«, bellte Geraldine. »So etwas ist nicht möglich und es beleidigt meine Ohren, auch nur darüber nachzudenken, du schurkischer Seebarsch!«

»Es ist ein Spiel, Gerry«, sagte Max entnervt. »Es ist nicht real. Ich sage nur, wenn du *müsstest*.«

»Dann wäre ich ein Zerberus.« Sie hob stolz das Kinn.

»Aber du bist ein Zerberus.« Max seufzte und fuhr mit der Hand über sein Gesicht.

»Und ein Zerberus werde ich bleiben«, verkündete sie.

»Na schön.« Max gab auf und sah uns stattdessen an. »Was würdet ihr wählen?«

»Pegasus«, erklärte Darius ohne zu zögern. »Einfach, um meinen Vater doppelt zu ärgern.«

Xavier prustete vor Lachen. »Du wärst ein beschissener Pegasus.«

»Und du wärst ein beschissener Drache«, gab Darius zurück und sie boxten einander freundlich.

»Ich wäre ein Löwenwandler«, meinte Caleb. »Ich könnte ihre Charismakräfte nutzen, um eine Armee von Dienern zu bilden, und ich habe bereits die besten Haare, also würde ich problemlos dazu passen.«

Seth schenkte ihm ein vorsichtiges Lächeln, aber als Caleb in seine Richtung schaute, wandte er den Blick wieder ab und Unbehagen erfüllte die Luft. Ich war mir ziemlich sicher, dass nur Darcy und ich bemerkten, dass Seth in unsere Richtung schaute, und ich musste zugeben, dass ich ein bisschen Mitleid mit dem Kerl hatte.

»Ich auch«, stimmte Tory zu. »Die schlafen den ganzen Tag in der Sonne, um ihre Kraft wieder aufzuladen, oder? Das ist genau mein Ding.«

»Es ist allerdings die Aufgabe der Löwinnen, dem Löwen zu dienen, Baby«, gab Darius zu bedenken, und Tory rümpfte die Nase.

»Äh, dann nehme ich das zurück«, erklärte sie schnell, und Darius lachte leise.

»Was ist mit dir? Was wärst du gern?« Ich stupste Darcy an. Sie saugte an ihrer Unterlippe und lenkte meine Aufmerksamkeit darauf, woraufhin mein Schwanz sofort zu zucken begann. »Ein flauschiger kleiner Häschenwandler, den ich in meine Tasche stecken kann?«, neckte ich, und sie lachte, warf mir einen Blick zu und stupste mich ebenfalls.

»Vergiss es!«, knurrte sie, und ich konnte sehen, dass sie in diesen Tagen durch und durch Raubtier war. Und das liebte ich verdammt noch mal. Nach außen hin mochte sie süß sein, aber damit verbarg sie nur die wilde Kreatur im Inneren. Und ich genoss es, sie herauszulocken, um mit ihr zu spielen.

»Ich würde gern wissen, wie es ist, einer der Tierwandler zu sein«, entschied sie. »Vielleicht etwas Pelziges und Gemeines – ein Bär zum Beispiel.«

»Oder ein Wolf«, warf Seth ein. »Wir könnten zusammen unter dem Mond rennen gehen – auuuuu!«

»Auuuu!«, antwortete Darcy lachend, und ich grinste sie an.

»Oh, was für ein Spaß!« Geraldine klatschte in die Hände. »Aber bei meinem Maulbeerbaum, es gibt keine bessere Formgebung für unsere Königinnen als ihre rechtmäßige, ehrenwerte Formgebung – die des tapferen Phönix.«

»Es ist nur ein Spiel, Gerry«, beharrte Max.

»Und ich bin nur eine Leuchtgarnele, die auf einem Stück Treibholz ins Jenseits reitet, Maxy-Boy, aber ich könnte niemals ein Plankton sein«, erklärte sie.

»Was zum Teufel soll das bedeuten?« Max schüttelte den Kopf, und auch ich runzelte die Stirn. Ich hatte schon im besten Zustand keine Ahnung, wovon Geraldine sprach. Und ganz sicher nicht dann, wenn ich vom Oscura-Wein benebelt war.

»Ich sage euch, was ich nicht sein möchte«, sagte Darius und rümpfte die Nase. »Ein Zyklop.«

»Na, na, wir beschämen keine Formgebungen, du großer Dragoner. Alle Formgebungen haben ihre Vorzüge«, entschied Geraldine.

»Ich habe nichts gegen ihre Formgebung, ich will nur kein Glupschauge«, sagte er.

»Bei den Sternen, Lance, hat Francesca Sky ihr Glupschauge rausgeholt, als du ihre Hintertür gerammt hast?«, platzte Seth heraus, und bevor ich ihn selbst zurechtweisen konnte, hob Darcy eine Hand und beschoss ihn mit Wasser, sodass er kreischend vor Schreck durch den Raum flog und zwischen Gabriel und seiner Familie zu Boden ging.

Ich drehte mich zu Darcy um, die einen wilden Gesichtsausdruck aufgesetzt hatte, und beugte mich vor, um ihr einen Kuss von ihrem wilden, knurrenden kleinen Mund zu stehlen.

»Es gibt keine Fae auf dieser Welt, die ich mehr will als dich«, sagte ich an ihren Lippen, um sie zu beruhigen, und ihre Schultern entspannten sich.

Seth kam zurückgerannt; er trocknete sich mit Luftmagie ab, und seine Haare flogen über seine Schultern, als er seinen Cowboyhut geraderückte. Ich bemerkte, dass er jetzt eine rote Lederweste trug, sein Shirt fehlte und seine Muskeln waren zur Schau gestellt. Wo zum Teufel hatte er das Outfit her?

»Was zum Teufel hast du da an, Mann?«, fragte Max, als er näher kam, und Seth schaute nach unten, als würde er seine Kleidung zum ersten Mal bemerken.

»Wowwww!«, gurrte er, und seine Jeans verwandelten sich plötzlich in rote Chaps. Er drehte sich keuchend um und wackelte mit dem Hintern, um zu zeigen, dass es sich tatsächlich um arschfreie Chaps handelte.

Calebs Mund stand offen, als Seth sich selbst bewunderte. In dem Moment erschienen Sporen an seinen Stiefeln.

»Was zum Bison geht hier vor sich?«, fragte Seth, dessen Akzent wieder eindeutig von der rustikaleren Sorte war, und er legte schockiert eine Hand auf den Mund. »Habt ihr das gehört?«

Leon eilte durch die Menge zu Seth, lachte sich kaputt und klopfte ihm auf die Schulter. »Er hat dich erwischt.«

»Was hat mich erwischt?«, fragte Seth verwirrt.

»Der Hut. Der Typ, dem er gehört hat, war ein Bullenwandler namens Bo Vine. Er hatte einen letzten Wunsch – und der wurde in diesem Hut gefangen, als er aus dieser Welt schied, zertrampelt von seinem eigenen Kuhharem, der von einem umherstreifenden Löwenwandler aufgeschreckt wurde.« Er schüttelte traurig den Kopf. »Tragisch.«

»Warst du der Wandler?«, fragte ich trocken, und Leon starrte mich an entsetzt an.

»Was willst du damit andeuten? Dass ich mich auf Bos Land geschlichen habe, um seinen Lederhut zu stehlen, und ihn dabei versehentlich getötet habe?« Leon schnappte nach Luft.

»Ja, genau das will ich andeuten«, erwiderte ich, und er hielt sich die Hand an sein Herz, als hätte ich es verletzt.

»Lance Orion, du hast keine Beweise und nichts, worauf du deine Vermutungen stützen kannst. Ich weiß nichts über Bos Tod, aber ich weiß, dass er ein gemeines Arschloch war, das gern Tauben von seinem Fenster aus erschossen hat und einmal wegen Belästigung eines Abflussrohrs verhaftet wurde. Tut es uns also leid, dass er tot ist? Oder ist dieser unbekannte, namenlose Löwe ein Held?«

Ich warf ihm einen starren Blick zu, während die Erben lachten.

»Ich finde, dieser Look steht mir.« Seth wackelte wieder mit dem Hintern. »Kann ich das alles behalten?« Er sah Leon mit großen Augen an, aber dieser schüttelte ernst den Kopf.

»Bo hat seinen letzten Wunsch mit seinem letzten Atemzug geäußert – nicht, dass ich vor Ort gewesen wäre –, aber *angeblich* hat er gesagt, dass er sich sehnlichst wünscht, in seiner schönsten roten Lederkluft auf einem Pegasus zu reiten und dabei so laut wie möglich *Cotton Eye Joe* von Rednex zu singen.« Leon runzelte die Stirn und sah Seth an. »Und wenn du seinen Wunsch nicht erfüllst, wird sich das Leder mit deiner Haut verbinden, zu Säure werden und deine Knochen zum Schmelzen bringen.«

»Ah!«, schrie Seth, und Caleb schoss an seine Seite, um nach dem Hut zu greifen.

»Nimm ihn ab!«, knurrte Caleb, aber Leon stieß ihn mit einem Zischen zurück, bevor er ihn greifen konnte.

»Nein! Der Wunsch muss erfüllt werden!«, schrie Leon. »Wenn du auch nur eines der Kleidungsstücke ausziehst, löst du den Fluch aus und das Leder wird sich mit deiner …«

»Mit meiner Haut verbinden. Verstanden«, knurrte Seth. »Was soll ich tun?«

»Du könntest Bos Wunsch erfüllen«, hauchte Leon geheimnisvoll und zeigte dabei dramatisch auf Xavier, der seufzte und aufstand.

»Na, dann komm eben.« Xavier begann, sich auszuziehen, und Seth eilte vor, schlug ein Bein über Xaviers Hüfte, noch bevor dieser sich überhaupt in seine Pegasusform verwandelt hatte, sodass seine Arschbacke vollständig aus den Chaps herausquoll.

»Alter!« Xavier schlug ihn weg. »Gib mir eine Sekunde!«

Seth wich wimmernd zurück und sah wartend zu, wie Xavier einen Sprung nach vorn machte und sich verwandelte. Sofort eilte Seth auf ihn zu, um auf seinen Rücken zu klettern.

Tory ging zu den Oscuras, die für die Musik verantwortlich waren, und sprach mit ihnen. Eine Sekunde später ertönte *Cotton Eye Joe* von Rednex und Xavier erhob sich über uns hinweg. Ein Lasso tauchte in Seths Hand auf, und er begann, es zu schwingen, während er den Text schmetterte, als hinge sein Leben davon ab. Was wohl auch so war.

Ich warf einen Blick auf Darcy, die sich neben mir vor Lachen krümmte, und musste selbst über die Lächerlichkeit dieser Situation lachen. Tory kehrte zu unserer Gruppe zurück, lachte Seth aus, der über ihr seine Kreise zog, und ließ sich wieder auf ihren Platz fallen.

»Wird ihm der Scheiß wirklich die Haut abbrennen?«, fragte ich Leon, der mit einem breiten Grinsen auf uns zukam.

»Jepp«, sagte er. »Ich trage den Hut jedes Jahr an meinem Geburtstag. Ich schwöre, ich kann Bo sogar aus dem Grab mitsingen hören. Man könnte sagen, ich habe ihm das größte Geschenk gemacht, das man jemandem machen kann.«

»Was? Den Tod?«, fragte ich.

»Ach, Lance!« Leon lachte und ging zurück in die Menge, als Xavier landete und Seth von seinem Rücken rutschte. Seine Klamotten kehrten in ihren Normalzustand zurück, sobald er den Hut abnahm.

»Ich glaube, ich will das noch mal machen«, sagte Seth und hob den Hut langsam an seinen Kopf, als würde er ihn wieder aufsetzen wollen.

Caleb schoss an seine Seite, riss ihm den Hut aus der Hand, verbrannte ihn zu Staub und ging wortlos zu seinem Platz zurück, während Seth ihm verwirrt nachstarrte.

»Lasst uns noch ein paar Runden Wahrheit oder Pflicht spielen!«, schlug Xavier vor, während er wieder seine Fae-Gestalt annahm und sich anzog.

Tyler und Sofia kamen vom Buffet zurück, reichten ihm einen Teller mit Essen und küssten ihn, woraufhin er selbstgefällig grinste. Es war süß, ihn endlich so zufrieden in seiner Herde zu sehen. Die natürliche Ordnung zwischen ihnen schien endlich hergestellt zu sein.

Gabriel schwebte herüber, landete hinter Xavier und beugte sich vor, um ihm etwas ins Ohr zu flüstern: »Du schuldest mir noch was, Junge. Also werde ich dir eine Herausforderung stellen, und du wirst sie erfüllen.«

Xavier schreckte auf und hob mit einem leisen Winseln der Entschuldigung in der Kehle den Blick.

»Schon gut, schon gut«, stimmte er zu, und Gabriel lächelte zufrieden und flüsterte ihm erneut etwas ins Ohr.

Xavier wieherte ein Lachen, nickte dann zustimmend, sprang auf und machte sich auf den Weg, um zu tun, worum Gabriel ihn gebeten hatte. Mein Interstellarer Verbündeter setzte sich auf meine andere Seite und lächelte mich auf eine Weise an, die verriet, dass er genauso betrunken war wie ich.

»Hey, Professor, schau dir das an!« Tyler warf mir seinen Atlas zu und ich fing ihn aus der Luft auf, bevor er mein Gesicht rammen konnte, und zog eine Augenbraue hoch.

»Ich bin nicht dein Professor«, korrigierte ich.

»Aber du bringst uns doch Zeugs bei.« Tyler runzelte die Stirn, als könnte er das nicht verstehen.

»Das ist etwas anderes«, erklärte ich abweisend.

»Inwiefern?«, verlangte er – so nervig wie eh und je.

»Weil es so ist, Corbin!«, bellte ich und war kurz davor, ihm Hauspunkte zu stehlen. Ich bekam meine Zunge unter Kontrolle, bevor es dazu kommen konnte, und Tyler lachte mich aus.

»Voll der Professor«, murmelte er, und ich seufzte und schaute auf den Atlas, den er mir gegeben hatte. Auch Darcy rutschte näher, um den Artikel zu lesen.

Lance Orion wird von den Sternen entlastet!

Eine wundersame Nacht hat sich für den ehemaligen Professor der Zodiac Academy und einst beliebten aufstrebenden Pitball-Star, Lance Orion, in einen wundersamen Morgen verwandelt. Er wurde mit keiner Geringeren als Darcy Vega für ihren Göttlichen Moment unter die Sterne gerufen – ein Moment, der die Nation in Aufruhr versetzen sollte. Als sie die Frage nach dem Schicksal gestellt bekamen, sprangen sie eifrig in die Arme des anderen, nur um sich dann betäubt und verhaftet vom FIB umzingelt wiederzufinden.

Die beiden Liebenden mit den silbernen Ringen in den Augen wurden auf Befehl des falschen Königs gnadenlos in eine Zelle gezerrt. Aber noch war nicht alles verloren, denn es folgte ein galanter Ausbruch, und sie entkamen dem sicheren Tod, bevor der Drachenkönig eintreffen konnte, um sie zweifellos beide hinzurichten.

Die Enthüllung geht mit einer Geschichte einher, die Solaria gleichzeitig schockieren als auch zum Schwärmen bringen wird. Das sterngebundene Paar ist gemeinsam durch dick und dünn gegangen, um zusammen zu sein. Nachdem die beiden an der Zodiac Academy gegen ihre Gefühle füreinander angekämpft hatten, waren sie schließlich ihrem sterngetriebenen Drang erlegen, zusammen zu sein. Doch das Gesetz, das Lance Orion davon abhalten sollte, eine Studentin als Partnerin zu beanspruchen, holte sie schließlich ein, und Orion wurde wegen seines Verbrechens vor Gericht gestellt, nachdem Kylie Major die beiden beim FIB angezeigt hatte.

Jetzt, da die Wahrheit ans Licht kommt, stellen wir fest, dass die Geschichte, die er im Zeugenstand erzählt hat, nichts anderes als eine Lüge war. Er wollte die Frau, die er liebt, schützen und sie vor der Schande bewahren, indem er behauptete, sie mit Dunkler Manipulation beeinflusst zu haben. Eine Lüge, die ihm eine fünfundzwanzigjährige Haftstrafe in Darkmore einbrachte, ihn zum Geächteten machte und sein Leben ohne jeden Zweifel ruinierte. Aber heute erfahren wir von dem großen und unvorstellbaren Opfer, das er für die Vega-Prinzessin gebracht hat, um ihren Namen rein zu halten, indem er eine Last auf sich nahm, die manche nicht einmal in Betracht ziehen würden.

Seit seiner Flucht aus dem Hausarrest im Palast der Seelen ist er der vollen Tragweite ausgesetzt, die sein Status als Geächteter mit sich bringt. Sein Name wird wieder und wieder durch den Dreck gezogen, während die Fae um ihn herum ihn meiden und verspotten. Doch nun haben die Sterne in einer wilden Wendung des Schicksals ein Band zwischen ihm und seiner einzigen wahren Liebe geknüpft. Ein Band, das die Schande von seiner Seele nimmt und ein Licht auf ihn wirft – für alles, was er für seine Elysische Gefährtin geopfert hat.

Darcy Vega stand für eine Stellungnahme zur Verfügung und erklärte, dass »Lance der hingebungsvollste, edelste und selbstloseste Mann ist, den ich je getroffen habe«. Sie fühle sich »privilegiert, seine Elysische Gefährtin zu sein«. Sie sagte auch: »Für mich ist er wertvoller als die Sonne selbst, und ich werde mein ganzes Leben damit verbringen, ihn so zu lieben, wie er es verdient, geliebt zu werden.«

Ich hob den Blick und sah, wie Darcy mich anstrahlte. Ihre Augen leuchteten und waren voller Emotionen, woraufhin sich ein Klumpen in meinem Hals bildete.

»Das hast du gesagt?«, fragte ich, und sie nickte und beugte sich vor, um sanft meine Wange zu küssen.

»Und ich habe jedes Wort gemeint«, schwor sie, und ich starrte sie sprachlos an, bevor ich Tyler ansah.

»Ich hatte gehofft, auch einen Kommentar von dir einfügen zu können«, bemerkte Tyler. »Damit ich den Artikel bis morgen früh veröffentlichen kann.«

»Ich weiß nicht, was ich sagen soll«, sagte ich, ließ mich auf meinen Sitz zurückfallen und fuhr ratlos mit der Hand durch meine Haare, während mein Verstand noch immer verarbeitete, dass dies wirklich geschah.

Ich war frei von meinem Status als Geächteter, ich hatte das unglaublichste, erstaunlichste Mädchen zur Elysischen Gefährtin – und jetzt würde die ganze Welt erfahren, dass ich kein Monster war, das sie missbraucht hatte.

»Doch, das tust du«, flüsterte Gabriel mit einem wissenden Blick in den Augen, und ich musste lachen, als die Worte zu mir kamen.

Tyler tippte auf seinen Atlas, während ich sprach, und schrieb das Einzige auf, was ich wirklich sagen konnte: »Ich bin der glücklichste Mann auf der ganzen verdammten Welt.«

Pisces
Scorpio
Virgo
Gemini
Aries
Cancer
Leo
Sagittarius
Taurus
Capricorn
Aquarius
Libra
Pisces

CALEB

KAPITEL 49

Die Feierlichkeiten wurden ziemlich … intensiv, und ich konnte mir ein Grinsen nicht verkneifen. Zum einen, weil ich ziemlich betrunken war, aber auch, weil die Dinge endlich einmal gut liefen.

Mein Sanguis Frater hatte seine Rehabilitierung als Elysischer Gefährte gefunden, und ich badete in der Freude und Liebe, die ihm von allen Rebellen entgegengebracht wurde. Augenscheinlich hatten alle sofort vergessen, dass er jemals ein geächteter Loser gewesen war.

Hamish hatte so verdammt viel geheult, dass Catalina ihn schließlich frühzeitig ins Bett verfrachtet hatte. Sie hatte nicht einmal auf die haarigen Eier hingewiesen, die Xavier an Hamishs Kinn hatte wachsen lassen – eine Herausforderung Gabriels, logisch. Die riesigen Eier wackelten bei jedem seiner Schluchzer, und ich fand, das war die gerechte Strafe dafür, wie er meinen Blutsbruder während seiner Zeit als Geächteter behandelt hatte. Ich hatte das Gefühl, dass Gabriel das auch so sah, denn er war vorhin mit Orion durch den Saal gerannt und hatte alle auf die Eier aufmerksam gemacht. Dabei hatten sich die beiden wie kleine Kinder kaputtgelacht.

Ich genoss mein Bier von meinem Platz an der Seite des Raumes, während ich den anderen beim Tanzen zusah. Alle schienen sich zu amüsieren, und ich lauschte dem fröhlichen Gelächter der anderen. Xavier war mitten in einem Tyler-Sofia-Sandwich gefangen. Die beiden küssten seinen Hals und gaben fröhliche Wieherlaute von sich, während sie Glitzerstaub über die Menge verteilten. Zu diesem Zeitpunkt funkelte so ziemlich jeder im Raum.

Es war fast so, als würde hinter diesen Tunneln gar kein Krieg toben. Fast.

Mein Lächeln verschwand, als ich zwei weitere Tänzer im Raum erblickte. Seth hatte seine Arme um Rosalie Oscura geschlungen, die sich zur Musik bewegte, als wäre sie dafür geboren: ihr Körper schwang im Takt und es war schwer, sie nicht zu bemerken. Nur war sie nicht diejenige, die ich anstarrte. Nein. Meine Augen waren auf Seths Hände gerichtet, die über ihren Hintern glitten, und sie legte den Kopf in den Nacken, um laut zu heulen, was die Wölfe im ganzen Raum dazu veranlasste, es ihr gleichzutun.

Sie sahen gut zusammen aus. Verdammt perfekt aufeinander abgestimmt. Zwei wunderschöne, mächtige Werwolf-Alphas, die zweifellos die starke Art von Nachkommen hervorbringen könnten, mit denen seine Eltern sich nur allzu gerne brüsten würden.

Ich biss mir auf die Zunge, um die Frustration zu unterdrücken, die ich empfand, als ich sie zusammen beobachtete. Mein Unterkiefer zuckte, als ein weiteres Werwolf-Mädchen mit langen dunklen Haaren zu ihnen stieß, gefolgt von einem Typen mit blonden Locken – den Seth mit einem verfluchten Peace-Zeichen begrüßte.

Verdammt perfekt.

Mein Schwanz pochte in meinen Jeans, weil ich die Erinnerung daran, ihn vor mir auf den Knien zu haben, nicht verdrängen konnte. Ich konnte einfach nicht vergessen, wie verdammt gut sich sein Mund um meinen Schwanz angefühlt hatte. Und wie verdammt dumm ich gewesen war, zu glauben, dass ihm dieser Moment irgendetwas bedeutet hatte.

Sex war für Werwölfe wie Essen. Wenn ein Mitglied des Rudels hungrig war, fütterten sie es, und wenn ein Mitglied einen harten Schwanz hatten, dann lutschten sie diesen. Ende der Geschichte. Ich bezweifelte, dass er sich überhaupt noch daran erinnerte – mein Schwanz war verloren in einem Meer von Schwänzen und Pussys, die vor und nach mir gekommen waren.

Ich war so ein verdammter Vollidiot.

»Warum das mürrische Gesicht?«, fragte Tory. Ein kleiner Schluckauf entwich ihr, als sie sich auf einen Stuhl neben mir fallen ließ und einen Kuchenteller auf den Tisch vor sich stellte. Darauf befand sich ein Stück saftigen Schokoladenkuchens, der verdammt lecker aussah, aber seltsamerweise ein Loch in der Mitte hatte und aussah, als hätte sich jemand darauf gesetzt.

Tory schob den Teller mit den Fingerspitzen auf die andere Tischseite, erschauderte ein wenig, als sie ihn dort stehen ließ, und musterte mich dann mit ihren großen grünen Augen, während sie auf meine Antwort wartete. Sie sah gut aus. Glücklich. Und etwas an ihr linderte den Schmerz in meiner Brust ein wenig, denn sie und Darius hatten dieses Glück wirklich verdient.

»Ach, es ist nichts. Ich überlege nur, ob ich heute noch jemanden klarmachen will«, log ich und ließ meinen Blick wieder durch den Raum schweifen, wo Rosalie immer noch mit den anderen Wölfen tanzte. Seth war verschwunden, und ich hatte keine Ahnung mehr, wo er war. Nicht, dass es mich interessierte. Aber dieser blonde Typ war ebenfalls weg, und ein Kloß bildete sich in meiner Kehle, wodurch mir irgendwie schlecht wurde.

»Rosalie sieht heute Abend verdammt heiß aus«, sagte Tory und folgte meinem Blick – natürlich zur falschen Person, aber ich machte mir nicht die Mühe, sie zu korrigieren. »Ich glaube, ich stehe auf sie.«

»Ja.« Mehr sagte ich nicht, denn obwohl sie recht hatte, war Rosalie einfach nicht die, die ich wollte. »Was ist mit dem Kuchen?«

Torys Lächeln wurde verschlagen, und sie beugte sich vor, um mir etwas ins Ohr zu flüstern. »Das ist eine Falle«, sagte sie aufgeregt.

»Für wen?«, fragte ich.

Sie sah sich um, bevor sie antwortete, und senkte erneut ihre Stimme. »Seth. Er klaut mir ständig meine verdammten Snacks. Und ich habe gerade Orions Anwälte kennengelernt – Darius hat sie bereits dazu gebracht, den

Papierkram zu erledigen, um ihr ›Elysische Gefährten‹-Band zu besiegeln und seinen Status als Geächteter aus seinen Aufzeichnungen zu entfernen.«

»Ich folge nicht ganz«, gab ich zu und warf einen erneuten Blick auf den zerquetschten Kuchen.

»Na ja, einer dieser Anwälte hat einen Kuchenfetisch. Er wird bei nichts hart, wenn kein Fondant darauf ist. Er war mit dem hier fertig.« Sie neigte den Kopf in Richtung des Kuchens, und ich rümpfte die Nase, als das Loch in der Mitte plötzlich einen ganzen Haufen ekligen Sinn ergab.

»Nicht dein Ernst?!«

»Oh, doch. Und ich habe mich immer noch nicht an Seth gerächt, weil er mich damals angepisst hat. Das ist also völlig gerechtfertigt.«

»Bei den Sternen«, murmelte ich und überlegte, ob ich ihn warnen sollte, aber Torys Augen wurden gefährlich schmal, als sie meine Überlegungen erriet.

»Fae gegen Fae, Caleb. Verrate mich nicht!«

»Na gut«, stimmte ich zu, obwohl ich mir beim Anblick des Kuchens die Frage stellen musste, ob ich mein Wort in dieser Sache halten konnte.

Bevor ich diese Entscheidung treffen konnte, tauchte Seth aus der Menge auf, ein Grinsen im Gesicht, als er den Kuchen erspähte. Und ich musste mich beherrschen, meine Erleichterung nicht zu zeigen, dass er doch nicht mit diesem blonden Typen abgehauen war.

»Das ist *mein* Kuchen«, warnte Tory und zeigte mit dem Finger auf Seth, während sie wieder Schluckauf bekam. »Du bekommst nichts davon.«

»Ach ja?« Das Funkeln in seinen Augen verriet, dass er sich jeden Moment mit dem Kopf voran in das Ding stürzen würde.

»Seth!«, warnte ich, unfähig, dies geschehen zu lassen. »Tu's nicht …«

»Bist du jetzt auf ihrer Seite?«, fragte er empört. »Nachdem ich die riesige Tafel Schokolade aus ihrem Zimmer mit dir geteilt habe?«

Tory schnappte nach Luft, presste eine Hand auf ihre Brust und starrte mich vorwurfsvoll an. Ich formte mit den Lippen eine Entschuldigung, und Seth nutzte die Gelegenheit, um sich auf den Kuchen zu stürzen.

»Nein!«, schrie ich – und auch Tory kreischte.

»Ich habe es mir anders überlegt, das ist zu eklig!«

Aber Seth hatte den Kuchen schon halb im Mund, es war zu spät. Das dachte ich zumindest.

Tory schoss ihm so viel Wasser ins Gesicht, dass er rückwärts von seinem Stuhl fiel und mit einem Krachen auf dem Boden landete. Die Fliesen unter unseren Füßen zitterten, und der Kuchen flog in die Menge der tanzenden Körper.

»Es war ein Sexkuchen«, erklärte Tory und stand lachend auf. »Ich konnte es nicht durchziehen.«

»Warum?«, fragte Seth.

»Du hast mich angepinkelt«, antwortete sie, und die beiden starrten einander wütend an, bevor er in Gelächter ausbrach und sich aufrappelte.

»Na, vielleicht mach ich's ja noch mal!«

Tory schrie auf und stürmte in die Menge, Seth ihr hinterher, während sie in ihren High Heels mehr als nur einmal stolperte und er heulte, als wäre er auf der Jagd.

Meine Reißzähne kribbelten bei ihrem Anblick, aber als ich ebenfalls aufstand, erinnerte ich mich an mein Versprechen an Darius, sie niemals wieder zu jagen. Mit zu Fäusten geballten Händen versuchte ich, meine Instinkte in den Griff zu bekommen.

Ich durchquerte den Raum, um mir noch etwas zu trinken zu holen, und sah Rosalie Oscura wieder, wie sie mit dem blonden Kerl tanzte. Sollte ich mich selbst an sie ranmachen? Der beste Weg, über jemanden hinwegzukommen, war schließlich, mit jemand anderem zu schlafen. Warum hatte ich also ungefähr genauso viel Interesse daran wie an diesem widerlichen Kuchen?

Ich entdeckte meine Cousine am anderen Ende des Raums und steuerte auf sie zu. Auf dem Weg leerte ich mein Bier und ließ mich dann auf den Stuhl neben ihr fallen. Sie hob grüßend den Arm und lauschte dann weiter der Geschichte, die Leon gerade erzählte.

»Hey, verlorenes Mädchen«, begrüßte ich sie, wobei mein Spitzname für sie ein Lächeln auf ihre Lippen zauberte.

»Hey, kleiner Cousin«, antwortete sie, und Leon nickte mir zu, ohne in seiner Geschichte auch nur einen Moment innezuhalten.

»… dann sprang ein Mann aus dem Busch, mit einem Dachs auf dem Hintern und einer Bierflasche auf dem Kopf«, sagte er dramatisch und erregte mehr Aufmerksamkeit, als er sein eigenes Getränk auf dem Kopf balancierte und Dante seine Geschichte als Schwachsinn abtat. Die beiden verfielen in eine Diskussion, die ich amüsiert beobachtete.

Ich blieb sitzen, während Leon von einer Geschichte zur nächsten überging – eine lächerlicher als die andere –, bis ich nicht mehr wirklich wusste, was überhaupt noch wahr war. Aber egal, wie oft er mich zum Lachen brachte, meine Aufmerksamkeit wanderte immer wieder zur Tanzfläche, wo Seth schon wieder mit Rosalie und ihrem Wolfsrudel tanzte.

Sie strichen immer wieder über seine Arme und seine Brust, zogen ihn in ihr Rudel und heulten vor Aufregung, je länger er dortblieb. Es war höllisch nervig.

Ich riss meinen Blick ein letztes Mal von ihnen los und stellte meinen Stuhl so hin, dass ich sie gar nicht mehr sehen konnte. Meine Haut kribbelte vor Verlangen, mich umzudrehen und hinzuschauen, aber ich kämpfte mit allem, was ich hatte, dagegen an.

Plötzlich fiel mir ein Mädchen in den Schoß. Ein Kichern entwich ihr, als sie mit den Wimpern klimperte und nach meinem Kinn griff, um es zu streicheln.

»Hey, ich bin Lucy – und extrem gelenkig«, säuselte sie. »Willst du herausfinden, wie gelenkig ich bin?«

Der Wunsch, sie wegzustoßen, war enorm, aber ich hielt mich zurück, um zumindest zu versuchen, ihr Angebot in Erwägung zu ziehen. Seth war eindeutig nicht an mir interessiert. Sollte ich also wirklich hier sitzen bleiben und mir die ganze Nacht Leons lächerliche Geschichten anhören, bevor ich allein zurück auf mein Zimmer ging? Das Mädchen war heiß, das konnte ich nicht leugnen, und die Art, wie sie sich auf die Lippe biss, veranlasste mich zu der Annahme, dass sie ein verdammtes Feuerwerk im Bett sein könnte, aber …

»Nicht heute Nacht, Sweetheart«, sagte ich, stand auf und lächelte sie entschuldigend an, während ich sie auf die Füße stellte.

Ich musste mich zusammenreißen und meinen Scheiß auf die Reihe kriegen. Denn wenn ich meine Probleme nicht mit einer Nacht im Bett dieses Mädchens begraben würde, musste ich mich ihnen direkt stellen. Was bedeutete, dass ich mit meinem besten Freund reden musste.

Aber als ich mich wieder der Tanzfläche zuwandte, bereit, zu ihm zu gehen und ihn um ein Gespräch zu bitten, rutschte mir das Herz in die Hose.

Seth war fort. Und Rosalie Oscura auch.

Ein Gefühl der Kälte und Leere breitete sich in meiner Brust aus, während mein Puls in meinen Ohren pochte und ich den Raum nach ihnen absuchte. Nichts. Sie waren nicht hier. Und ich hasste den Gedanken daran, wo sie sein könnten, so sehr, dass meine Reißzähne bei der bloßen Vorstellung ausfuhren.

Ich spitzte die Ohren, konzentrierte mich auf die Räume, die diesem am nächsten lagen, und versuchte, ihn zu orten. Stattdessen hörte ich Rosalies Stimme, die sich zu einem hohen Stöhnen erhob.

»Ja, genau so«, keuchte sie. »Zeig mir, wie sehr du mich befriedigen willst!«

Ein Knurren entrang sich meiner Kehle, und ich schoss auf das Geräusch ihres Stöhnens zu, bevor ich weiter darüber nachdenken konnte. Ich konnte das nicht zulassen. Nicht, ohne ihn zumindest zu fragen, ob er vielleicht genauso empfand wie ich. Ob er vielleicht auch … mehr wollte.

Fuck.

Ich schoss durch einen dunklen Tunnel und kam vor einer Tür zum Stehen, die nur angelehnt war, sodass ich Rosalies Stöhnen laut und deutlich hören konnte.

Ich riss die Tür mit einem Knurren auf, und mir stockte das Herz, als ich Rosalie in dem dunklen Raum auf der Kante eines Tisches sitzen sah. Ihren Rock hatte sie hochgeschoben und ihre Hand in Seths langen Haaren vergraben, während er ihre Pussy leckte und sie erneut laut aufstöhnen ließ.

»*Dalle stelle* … ja, genau so«, drängte sie mit dieser heiseren Stimme. Ihre Hüften rieben sich an seinem Gesicht, während er sie leckte und saugte, und sie stöhnte laut für ihn.

Aber gerade, als ich das Gefühl hatte, dass meine gesamte verdammte Brust im Begriff war, in sich zusammenzufallen, erreichte mich ein weibliches Stöhnen, das nicht nach Rosalie klang. Mein Atem stockte, als das Mädchen sprach: »Du schmeckst so gut, Alpha«, stöhnte sie. »Komm auf mir! Sag meinen Namen, während du auf meinem Gesicht kommst!«

»Ich kenne deinen verdammten Namen nicht«, fluchte Rosalie. »Aber wenn du deine Zunge für etwas Nützlicheres als das Sprechen verwendest, erinnere ich mich vielleicht danach daran.«

»Okay.« Das Mädchen tauchte erneut zwischen Rosalies Schenkeln ein und stöhnte, als sie sie weiterleckte. Ich streckte die Hand aus, um das Licht anzuschalten, weil ich mir sicher sein musste, aber die Hoffnung in meiner Brust und das, was ich von dem dunklen Raum sehen konnte, ließen mein Herz bereits höherschlagen.

»Ah, *stronzo*, was zum Teufel machst du da?«, blaffte Rosalie, die mich entdeckt hatte und den Kopf des Mädchens schnell wieder zwischen ihre Schenkel drückte, als dieses sich ebenfalls umzusehen versuchte. »Hör nicht auf!«, fügte sie hinzu, und die Wölfin auf dem Boden machte sich sofort wieder daran, sie mit dem Mund zu ficken.

»Ich habe nach Seth gesucht«, sagte ich, da ich der Meinung war, es an dieser Stelle auch einfach zugeben zu können. Ich scannte den leeren Raum und akzeptierte schließlich, dass er wirklich nicht hier war.

Rosalie schenkte mir ein verschmitztes Lächeln, bevor sie nickte.

»Natürlich tust du das. *Siete destinati l'uno all'altro.*«

»Ich weiß nicht, was das bedeutet«, gab ich zu und warf einen kurzen Blick auf das Mädchen auf den Knien, während Rosalie mit den Hüften wackelte und erneut stöhnte.

»Das wirst du noch. Ich kann es *sehen*«, antwortete Rosalie geheimnisvoll.

»Also ... habt ihr beide nicht ...«

Sie lachte laut auf, hielt meinen Blick fest und schien sich nicht darum zu scheren, dass wir dieses Gespräch führten, während sie ihre Schenkel um den Kopf eines Mädchens geklemmt hatte. »Nein, *vampiro*. Obwohl ich mich nach dem Geschmack eines Alphas sehnen mag, werde ich nicht versuchen, einen zu beanspruchen, der nicht für mich bestimmt ist. Ich habe ihn nicht mehr gevögelt, seit wir drei letztes Jahr zusammen waren. Und ich habe auch nicht die Absicht, mich wieder mit einem von euch einzulassen.«

»O-kay. Dann lasse ich euch mal allein«, sagte ich. Ihre aufrichtige Antwort entlockte mir ein Lächeln, und ich streckte die Hand aus, um das Licht auszuschalten.

Rosalie antworte nicht, sondern ließ sich stattdessen auf den Tisch zurückfallen und befahl dem Mädchen, auch ihre Finger zu benutzen, bevor sie noch lauter stöhnte – ihren Anweisungen war offensichtlich Folge geleistet worden.

Ich schloss die Tür hinter mir, hörte gerade noch, wie die beiden sich immer mehr in die Sache hineinsteigerten, und traf eine Entscheidung. Ich würde Seth finden und diese unangenehme Situation zwischen uns auf die eine oder andere Weise beenden. Denn ich war es leid, ohne ihn zu sein, und das bedeutete, dass wir eine Lösung brauchten.

Gemini
Scorpio
Virgo
Aries
Cancer
Leo
Sagittarius
Taurus
Capricorn
Aquarius
Libra
Pisces

SETH

KAPITEL 50

Ich schlüpfte zurück in das Zimmer, das ich mit Darcy und Orion teilte – na ja, das Zimmer, dass ich bis zu Darcys Rückkehr aus dem Palast der Flammen mit ihnen geteilt hatte. Aber ich war es leid, auf dem Boden in Max und Xaviers Zimmer zu schlafen, auch wenn ich mir dort ein schönes, gemütliches Moosnest gebaut hatte. Ich konnte mit Max nicht über meine Probleme sprechen. Nein, ich musste mit den Leuten zusammen sein, die die Wahrheit kannten und den Rest der Nacht mit mir darüber plaudern wollten, bis ich mich ein wenig besser fühlte.

Aber als die Tür einen Augenblick später geöffnet wurde und Orion und Darcy ins Zimmer stürmten und einander beim Küssen die Klamotten vom Leib rissen, war ich mir nicht sicher, ob sie mich gesehen hatten.

Ich wartete darauf, dass sie mich bemerkten, meine Arme hingen an meinen Seiten, während Orion Darcy aufs Bett drückte und ihr Kleid hochzog. Die beiden verhielten sich, als wären sie süchtig nacheinander. Aber sie hatten schon so viel miteinander gevögelt, und ich musste mir das von der Seele reden.

Ich öffnete den Mund, war mir aber nicht sicher, was ich sagen sollte, also schloss ich ihn wieder. In dem Moment ermutigte Darcy Orion, sich auf den Rücken zu drehen, dann riss sie sein Hemd auf und küsste sich ihren Weg nach Süden. Er verfolgte ihre Bewegungen mit seinem Blick, Lust glitzerte in seinen Augen.

Ich überlegte, ob ich ein paar der Snacks holen sollte, die ich unter meinem Bett versteckt hatte, um das Ganze auszusitzen. Schließlich wollte ich nicht unhöflich sein – es war die Nacht, in der sie als Elysische Gefährten zueinander gefunden hatten und so. Aber als Darcy seinen Hosenschlitz öffnete und ich einen Schritt nach hinten zu meinem Snackvorrat machte, erregte meine Bewegung Orions Aufmerksamkeit. Wenn Blicke töten könnten …

»Seth!«, brüllte er und Darcys Kopf schnellte nach oben, aber einen Moment später stieß sie ein Quietschen aus, weil sich ihre Haare in Orions Hosenschlitz verfangen hatten.

»Au, au, au!«, zischte sie, während sie versuchte, sich zu befreien, und Orion setzte sich auf und versuchte, ihr zu helfen.

»Oh, das ist eine knifflige Angelegenheit, mit der ich mich schon des Öfteren befassen musste. Ich kann dir helfen.« Ich eilte auf sie zu und streckte die Hand aus, aber Orion schlug sie beiseite, woraufhin ich ein Winseln ausstieß.

»Wofür war das denn?«, fragte ich, und er knurrte mich an.

»Weil ich deine Hand nicht in der Nähe meines Schwanzes haben will«, fauchte er.

»Okay, dann werde ich wohl wie in alten Zeiten Darcys Haare abschneiden müssen«, scherzte ich, aber den beiden schien der Witz nicht zu gefallen.

»Du wirst meinen Haaren nicht zu nahe kommen, Seth Capella«, warnte Darcy. »Oder ich schneide dir die Eier ab.«

»Dann lass mich mal daran wackeln. Ich habe ein Händchen dafür«, versprach ich. Darcy seufzte und nickte Orion zu, damit er sich zurückzog, zuckte aber zusammen, als ihre Haare am Reißverschluss zogen.

Ich beugte mich vor, mein Gesicht direkt vor Orions Schwanz, der immer noch steinhart war und sich gegen seine Jeans wölbte.

»Bei aller Liebe zum Mond!«, seufzte Orion, als ich Darcys Haare ergriff und eine vorsichtige Dreh- und Zugbewegung vollführte, die schon so manche Fae-Frisur gerettet hatte. Es gab nichts Schlimmeres als eingeklemmte Haare beim Oralsex.

»Genau so«, sagte ich, als der Zug auf den Strähnen nachließ.

»Vielleicht solltest du in diese Richtung ziehen«, schlug Darcy vor, wobei mein Kopf gegen ihren stieß.

»Bring es einfach hinter dich!«, ermutigte Orion.

»Ich muss in diese Richtung arbeiten. Und dann meine Zähne benutzen«, erklärte ich.

»Ja, genau so«, rief Darcy aufgeregt, als sich die Haare zu lösen begannen.

»Fast geschafft«, sagte Orion, der uns beobachtete. Mein Kopf wippte auf und ab, als ich sanft mit den Zähnen am Reißverschluss spielte, um das Ende, das sich verfangen hatte, hin und her zu bewegen.

»Was zum Teufel ist hier los?« Calebs Stimme hallte durch den Raum.

»Wonach sieht es denn aus?«, fragte ich mit einem Mund voller Haare.

»Es sieht so aus, als würdest du unserem ehemaligen Professor zusammen mit seiner verdammten Gefährtin einen blasen«, brüllte Caleb, und starke Hände umschlossen mich in dem Moment, in dem ich Darcys Haare befreit hatte.

Darcy quietschte vor Freude, als sie sich aufrichtete, und ich wurde von Caleb durch den Raum geschleift und gegen die Wand geworfen. Er hielt mich an der Kehle, und seine Augen waren voller Feindseligkeit.

»Cal«, würgte ich hervor und versuchte, seine Hand von meinem Hals zu bekommen. In seinen marineblauen Augen brannte etwas, das ziemlich nach Schmerz aussah.

»Meine Haare haben sich in Lance' Reißverschluss verfangen«, erklärte Darcy, packte Calebs Arm und versuchte, ihn von meiner Kehle wegzuziehen.

Calebs Griff lockerte sich, als er einen Blick auf Orion warf, dessen Schwanz immer noch vollständig in seiner Hose steckte, während er auf dem Bett nach oben rutschte.

»Glaubst du wirklich, ich würde den Köter in die Nähe meines Schwanzes lassen?« Orion schnaubte.

Caleb ließ seinen Arm sinken und stieß einen langen Seufzer aus. Ich bemerkte, dass seine Schultern zitterten.

»Cal, was ist denn los?«, fragte ich mit belegter Stimme. Die ganze Situation wurde schnell seltsam.

Ich hatte keine Ahnung mehr, wie ich mit ihm reden sollte. Es war, als hätte der Moment, in dem ich seinen Schwanz in den Mund genommen hatte, alles verändert. Und ich wünschte, ich könnte es verdammt noch mal rückgängig machen. Denn meine schlimmsten Befürchtungen waren wahr geworden, und ich wusste, dass ich ihn mit jedem Tag, der verging, mehr verlor. Aber jetzt war er hier.

»Du bist meine Quelle«, donnerte er plötzlich, wirbelte herum und wandte sich an Orion. »Ich nehme meine Quelle mit«, verkündete er, und Orions Augenbrauen hoben sich.

»Sicher, Blutsbruder«, sagte Orion gelassen. »Viel Spaß.«

Sein hungriger Blick fiel auf Darcy, und plötzlich hob mich Caleb wie ein verdammtes Baby hoch, einen Arm unter meinen Beinen und den anderen um meinen Rücken geschlungen.

»Was machst du da?«, flüsterte ich verwirrt.

»Ich habe Hunger«, murmelte er und verließ dann den Raum.

»Komm her!«, knurrte Orion und schoss auf Darcy zu, die albern kicherte. Die Tür fiel hinter uns zu und das Klicken des Schlosses ertönte.

Caleb legte einen kleinen Sprint ein, und das Nächste, was ich mitbekam, war, dass ich auf sein Bett geworfen wurde und er vor mir auf und ab ging wie ein wildes Tier.

»Willst du gegen mich kämpfen?«, fragte ich mit gestrafften Schultern, als meine Alpha-Instinkte den Kopf hoben und auf die Wut in seinen Augen reagierten.

»Nein!«, fauchte er. »Halt einfach die Klappe und hör mir eine Sekunde zu!«

»Okay, aber …«

»Seth«, knurrte er und kam auf mich zu, während ich mich auf die Bettkante setzte. »Du bist mein bester Freund und ich will dich nicht verlieren. Wir sind zusammen aufgewachsen. Wir sind in guten wie in schlechten Zeiten füreinander da gewesen, also kann ein bedeutungsloser Blowjob das nicht ruinieren.«

Ich nickte langsam, meine Kehle war so eng, dass es wehtat. Das Wort bedeutungslos kreiste in meinem Kopf wie ein Geier, der gekommen war, um sich an meinem gebrochenen Herzen zu laben.

»Wie machen wir weiter? Wie bekommen wir zurück, was wir hatten?«, fragte Cal und beugte sich so weit vor, dass er Nase an Nase mit mir war und ich plötzlich überhaupt keine Luft mehr bekam. Weil ich wusste, dass es für mich keinen Weg zurück gab. Ich war erledigt. Ein verdammter Wolf, der sein Herz seinem besten Freund geschenkt hatte. Daran konnte ich nichts ändern. Aber ich war schon immer verdammt gut darin gewesen, so zu tun als ob.

»Es ändert nichts«, sagte ich. »Ich ficke alle meine Freunde«, beharrte ich und fütterte ihn wieder mit diesem Schwachsinn. Aber dieser Schwachsinn war das Einzige, was ich hatte, um meinen Stolz zu retten. Denn wenn ich zugeben würde, dass ich hoffnungslos und unerbittlich in ihn verliebt war, würde sich zwischen uns alles für immer ändern. Er würde um meine Gefühle herumtanzen, versuchen, zu sagen, dass es in Ordnung war, während er sich immer weiter von mir entfernen würde, weil es ihm unangenehm wäre, mir zu nahe zu kommen. Wenn ich ihn also davon überzeugen könnte, dass es absolut nichts bedeutet hatte, dann könnten wir vielleicht etwas retten. Selbst wenn mich der Gedanke, dass er bereute, was vorgefallen war, innerlich zerstörte. »Ich dachte nur, dass dir die ganze Sache vielleicht unangenehm ist. Also habe ich dir etwas Freiraum gegeben, aber ich meine es ernst. Es fällt mir leichter, die Freunde zu zählen, die ich nicht gevögelt habe, als die, mit denen ich im Bett *war*. Ich glaube, ich bin jetzt bei sieben verbleibenden ...«

»Ich hab's kapiert«, zischte Caleb und begann wieder, auf und ab zu gehen. »Es war also nur eine einmalige Sache. Eine dumme Entscheidung, als ich nicht klar denken konnte, weil ich durstig war. Du hast Mitleids-Blowjobs verteilt, wie du es mit den Leuten aus deinem Wolfsrudel machst, wenn einer von ihnen schon lange nicht mehr flachgelegt wurde.«

Ich zögerte, weil alles in mir Nein sagen wollte. Nein, so war es nicht gewesen. Ich hatte ihn verwöhnen wollen, weil ich ihn verdammt noch mal liebte. Und weil ich kurz gedacht hatte, dass es ihm genauso ging. Aber ich hatte mich hinreißen lassen, und jetzt bereitete es mir Magenschmerzen, daran zu denken, wie er mich jetzt wahrnahm. Vielleicht glaubte er, ich hätte ihn ausgenutzt und seinen Ständer mit etwas Bedeutenderem verwechselt. Und vielleicht war es ja auch so. Vielleicht wollte ich ihn so sehr und hatte so lange von diesem Moment geträumt, dass mich alle Vernunft verlassen hatte, weil ich so sehr glauben wollte, dass er meine Gefühle erwiderte.

»Ja«, krächzte ich, denn die Wahrheit war zu bitter, um sie auszusprechen. »Genau so war es.«

Ich hasste diese Worte, die da meinen Mund verließen. Sie schmeckten nach Asche und Ruß und verdammtem Tod. Dem Tod jeder Chance, dass zwischen uns jemals wieder etwas passieren würde. Und es tat weh. Bei den Sternen, es tat so weh.

Ich konnte spüren, wie sich diese Tür schloss und so fest verriegelt wurde, dass sie nie wieder geöffnet werden könnte. Und ich wusste nicht, ob es schmerzhafter war, mit einem kleinen Hoffnungsschimmer zu leben, dass er mich auch mögen könnte – oder ob das Wissen, dass er mich nicht mochte, einer absoluten Zerschmetterung meiner Seele gleichkam. So oder so, es tat weh.

»Richtig«, sagte er.

»Richtig«, wiederholte ich, und er blieb vor mir stehen, seine Finger krümmten und streckten sich, und er war einfach so verdammt schön, dass es mir aufs Neue das Herz brach, ihn einfach nur anzusehen.

»Ich habe Durst«, sagte er. »Bist du nach wie vor meine Quelle? Darf ich dich nach wie vor jagen?«

Ich hätte fast Nein gesagt, um meiner selbst willen, denn ich wusste, dass es zehnmal schlimmer sein würde, seinen Mund auf meinem Hals zu spüren, jetzt, da ich wusste, dass er nichts von mir wollte außer meinem Blut. Aber ich war auch ein egoistischer, selbstsüchtiger Loser und wollte diese Momente mit ihm haben. Obwohl sie mein Herz Stück für Stück zerbrechen würden.

»Klar«, sagte ich beiläufig, als würde es nichts bedeuten.

Er befeuchtete seine Lippen und sein Blick fiel auf meinen Hals. »Ich habe heute Abend eine Menge Gefühle, die ich verarbeiten muss«, sagte er. »Vampir-Gefühle. Ich war zu lange von dir getrennt, und da du meine Quelle bist, muss ich ... ein paar Dinge erledigen. Okay?«

»Okay«, sagte ich so verdammt bereitwillig, dass es wirklich traurig war. Denn wenn Caleb mich an Knöcheln und Handgelenken an die Decke fesseln und mein Blut ablassen müsste, als wäre ich eine Opfergabe, würde ich mich auch nicht wehren.

Seine Augen funkelten, dann stürzte er sich auf mich und drückte mich in die Laken, während er meine Handgelenke packte und sie über meinem Kopf festhielt. Mein Atem kam stoßweise, während ich meine Hüften bewegte. Ich war nicht bereit, Opfer zu spielen. Meine Instinkte waren zu stark, um ihm einfach so mein Blut zu geben.

Ich drehte uns um, befreite meine Handgelenke aus seinem Griff und drückte stattdessen ihn aufs Bett.

Er bleckte die Zähne, und ich grinste über meinen Sieg, bevor er mich von sich schob und mir in die Nieren boxte.

»Heilige Scheiße!«, keuchte ich, als er mich abschüttelte und ich mit dem Gesicht nach unten auf den Boden fiel. Ich hatte mich gerade auf die Knie erhoben, als ein schweres Gewicht auf mich herabfiel.

Caleb zog meine Haare in seine Faust und presste seine Knie in meine Kniekehlen, um mich unten zu halten. Ich gab den Versuch auf, mich zu wehren, als er meinen Kopf zur Seite riss und seine Reißzähne in meinem Hals versenkte.

Ein verräterisches Stöhnen entwich mir, und seine Hüften bewegten sich bei diesem Geräusch nach vorn. Sein Schwanz drückte hart gegen meinen Arsch, während ich keuchte und versuchte, nicht wieder durcheinanderzukommen.

Es geht um mein Blut. Nur um mein Blut.

Er trank weiter und hielt mich in seiner Gewalt, während ich vehement dagegen ankämpfte, dem Gefühl seines Mundes auf meiner Haut zu viel Aufmerksamkeit zu schenken. Er zog sich erst zurück, als mir bereits ein wenig schwindlig wurde. Dann stand er auf, nahm meinen Arm und zog mich ebenfalls auf die Beine, bevor er sein Hemd auszog und seine Hose herunterließ.

»Ähm ...« Mein Blick fiel auf seinen durchtrainierten Körper, mein Schwanz pochte und mein Kopf war in einen Nebel der Verwirrung gehüllt.

»Wir gehen ins Bett«, sagte er.

»Richtig«, murmelte ich und zog meine eigenen Sachen aus, bis ich nur in Boxershorts bekleidet dastand. Sein Blick glitt über die Konturen meines Schwanzes, der für ihn strammstand, und ich verfluchte ihn dafür, dass er versuchte, mich zu verraten.

Wir mussten eine ernsthafte Schwanzkussion führen, denn ich konnte nicht einfach mit einem Ständer herumlaufen, während Cal mich beobachtete.

Caleb sagte nichts, führte mich zum Bett, schlug die Decke zurück und zeigte auf die Matratze.

»Leg dich hin!«, befahl er, und ich zog eine Augenbraue hoch, tat aber, was er sagte.

Er folgte mir und bewegte mich so, dass ich mich von ihm wegrollte, bevor er seine Arme um mich legte und mich eng an sich zog, meinen Rücken an seine Brust. Seine Finger glitten über die Bisswunde an meinem Hals, und ich zitterte, als er die Wunde heilte. Gleichzeitig versuchte ich, das Blut, das in meinen Schwanz schoss, und das Gefühl seiner harten Muskeln an meinen zu ignorieren.

»Du bist meine Quelle«, flüsterte er an meinem Ohr. »Und du bist mein bester Freund. Also wirst du künftig bei mir schlafen.«

»Ja, Master«, flüsterte ich.

»Was?«, blaffte er, und ich lachte leise.

»War nur ein Scherz«, sagte ich, und er stieß ebenfalls ein Lachen aus, während sich sein Körper entspannte und er mich fest an sich drückte.

Es war nicht so, dass wir noch nie zuvor miteinander gekuschelt hatten, aber dieses Mal fühlte es sich absichtlicher an. Und ich musste mich immer wieder daran erinnern, dass es hier um eine Vampir-Quelle-Sache ging, die ich wahrscheinlich nie verstehen würde. Aber ich würde mich nicht beschweren, denn zum ersten Mal seit unzähligen Nächten fühlte ich mich endlich geborgen und schlief fast augenblicklich ein. Ich lag in den Armen des Mannes, den ich liebte, obwohl ich wusste, dass er nie wirklich mein sein würde.

Gemini
Scorpio
Virgo
Cancer
Aries
Leo
Sagittarius
Taurus
Capricorn
Aquarius
Libra
Pisces

TORY

KAPITEL 51

Mit einem Stöhnen wachte ich auf. Das leise Lachen eines selbstgefälligen Drachenarschlochs wummerte durch mein Gehirn, während meine ausgetrocknete Zunge wie Watte an meinem Gaumen klebte und ich blind nach einem Glas Wasser griff.

»Hier.« Etwas Hartes und Kaltes berührte meine Lippen, und ich öffnete sie, um wie eine sterbende Frau an dem Eiszapfen zu saugen. Das kühle Wasser schmolz in meinem Mund und linderte einige der selbst verschuldeten Probleme, unter denen ich gerade litt.

»Wenn dieser Eiszapfen wie ein Schwanz aussieht, bin ich sauer«, murmelte ich, bevor ich erneut daran saugte.

»Ich könnte dir einen machen, wenn du möchtest?«, entgegnete Darius neckisch. »Den könnte ich dann benutzen, um …«

»Alter! Sehe ich – in diesem Moment – aus wie eine Frau, die auf Doppelpenetration inklusive Pussy-Frostbeulen steht?«, fragte ich, riss ihm den Eiszapfen aus der Hand und öffnete die Augen, während ich weiter daran lutschte.

Darius neigte den Kopf zur Seite, als könnte er sich nicht entscheiden, und ich schlug ihm auf den Arm und zwang mich stöhnend, mich aufzusetzen.

»Okay, vielleicht nicht in diesem Moment«, räumte er ein. »Aber vielleicht, nachdem du deinen Kater in fettigem Essen ertränkt hast …«

Ich schlug ihn erneut, aber mein Grinsen wurde etwas koketter, als ich dem Gedanken etwas mehr Aufmerksamkeit schenkte, bevor ich den Kopf schüttelte und ihn wieder verwarf. Ich hatte diese Lektion auf die harte Tour gelernt – im wahrsten Sinne des Wortes. Wenn ich einer seiner Fantasien länger als acht Sekunden Interesse schenkte, spielte er sie an meinem Körper aus. Und ich hatte nicht wirklich ein Problem damit, aber im Moment musste ich pinkeln, essen und das Ausmaß der Peinlichkeiten, die ich in der vergangenen Nacht begangen hatte, mental verarbeiten.

Erinnerungen an Lance und mich schossen durch den Kopf, wie wir unter Tischen herumgekrochen waren, um uns vor Seth zu verstecken. Ich erschauderte bei dem Gedanken an den Prank, den ich Seth beinahe gespielt hätte. Natürlich hätte er es total verdient, weil er mich damals angepinkelt hatte, also wären wir jetzt irgendwie quitt. Aber er war wahrscheinlich immer noch ziemlich sauer deswegen.

»Willst du unseren Lauf heute Morgen ausfallen lassen?«, fragte Darius, als ich aus dem Bett kroch und nach Klamotten suchte. Ich trug eines von Darius' Shirts, aber mein Höschen war weit und breit nicht zu sehen. Und ich hatte ziemlich lebhafte Erinnerungen daran, wie er mich über das Bett gebeugt und mich für ihn schreien lassen hatte, nachdem wir gestern Abend hierher zurückgestolpert waren. Ganz zu schweigen von dem Schmerz zwischen meinen Schenkeln, den er als Beweis hinterlassen hatte. Ich war mir ziemlich sicher, dass er mir zeitweise auch meine halbe Krone aus dem Palast der Flammen auf den Kopf gesetzt, über mein Fluchen hinweg gelacht und mich so heftig kommen lassen hatte, dass ich nicht in der Lage gewesen war, mich zu beschweren.

Ganz ehrlich – wenn wir uns im Reich der Sterblichen getroffen hätten, wäre ich wahrscheinlich gezwungen gewesen, einen Vagina-Ruheplan für ihn aufzustellen. Aber da ich solche Dinge heilen konnte, war ich stattdessen auf Abruf einsatzbereit, und als mein Blick auf seine nackte Brust und den Eiszapfen fiel, den ich auf dem Bett zurückgelassen hatte, begann ich, seinen Vorschlag in Betracht zu ziehen.

Nein, Tory. Lass dich nicht schon wieder von ihm verführen. Nicht vor dem Frühstück.

»Erst essen. Dann die gruselige Kartensache«, sagte ich entschlossen. »Heute werden Schattenrisse geschlossen.«

Geraldine hatte gestern Abend die Karte von Espial an sich genommen, mir versprochen, dass sie sich bestens darum kümmern würde, und mich – zum Glück – davor bewahrt, selbst dafür verantwortlich sein zu müssen.

Darius zog die Unterlippe zwischen seine Zähne, während er mich vom Bett aus weiter beobachtete, und ich kniff die Augen zusammen, als ich ihn ansah, weil ich spürte, dass es etwas gab, das er nicht sagte.

»Spuck's aus, großer Mann!«, forderte ich ihn auf, und sein Blick schoss von meinen Beinen zu meinen Augen, während er seufzte.

»Wenn wir diese Risse schließen, werden Lavinia und mein Vater endlich verwundbar sein«, sagte er. »Was bedeutet, dass es Zeit sein wird, sie anzugreifen.«

»Ja, das ist der Plan«, neckte ich ihn.

»Roxy ... ich möchte, dass du mich derjenige sein lässt, der sich um Lionel kümmert.«

Ich musterte ihn skeptisch. Mein Wunsch, diesem Echsenarschloch den Kopf abzureißen und ihn zu meinen Füßen liegen zu lassen, war riesig. Schließlich hatte ich durch seine Hand einiges ertragen müssen. Aber als ich den Mund öffnete, um meine Chance zu verlangen, zögerte ich. Ja, ich hatte Monate in der Gesellschaft dieses verdorbenen Arschlochs verbracht und in dieser Zeit einiges durchgemacht. Aber Darius hatte ein Leben lang darunter gelitten. Selbst meine Behandlung durch seinen Vater war eigentlich auf ihn zurückzuführen, denn Lionel hatte die Fae in seiner Umgebung vor allem deshalb angegriffen, um ihm wehzutun. Dazu gehörte neben mir auch

Orion, Xavier und Catalina. Darius litt seit dem Tag seiner Geburt unter der Herrschaft dieses Tyrannen. Könnte ich es also wirklich mit mir vereinbaren, ihm das zu nehmen?

»Und was würde das aus dir machen, wenn du derjenige wärst, der den König tötet?«, fragte ich mit leiser Stimme, denn es ging um mehr als nur darum, herauszufinden, wer von uns den Todesstoß mehr verdient hatte.

Darius atmete langsam aus, sein Blick blieb auf mich gerichtet. »Ein Mann, der deiner würdig ist«, antwortete er. »Zumindest hoffe ich das. Ich würde gern glauben, dass ich damit Wiedergutmachung leisten könnte. Wenn ich Rache für das Leid nehmen könnte, das er dir und allen anderen angetan hat. Wenn ich den Zorn, den er mir immer wieder entgegengebracht hat, auf ihn zurückwerfen und ihn und seine Macht für immer beenden könnte.«

Ich ging auf ihn zu, streckte meine Hand aus, um seine Wange zu berühren, und spürte, wie sich unsere Seelen zueinander hingezogen fühlten, während Liebe zwischen uns in der Luft knisterte.

»Ihn zu töten hat nichts damit zu tun, dass du meiner würdig bist«, sagte ich, während ich mit dem Daumen über seine Wangenknochen strich und ihn eingehend betrachtete. »Das schafft allein diese Liebe zwischen uns. Du hast mir etwas gegeben, das ich nie zu besitzen gehofft habe. Und ich weiß, dass du nicht perfekt bist, aber ich will kein perfekt. Ich will deine Fehler, dein Temperament, deine Kraft und deine Leidenschaft. Ich will *dich*, Darius Acrux. Keinen weißen Ritter, der für mich einen Drachen erschlägt.«

Ein Lächeln huschte über sein Gesicht, und er drückte mich mit einer Intensität an sich, die meinen Puls rasen und mein Herz in meiner Brust donnern ließ. Zumindest, bis mein Magen laut knurrte und er sich mit einem leisen Lachen von mir löste.

»Lass uns dafür sorgen, dass du was in den Magen bekommst, Baby«, sagte er ernst, und ich nickte, beendete meine Kleiderjagd und zog eine petrolfarbene Jogginghose und ein bauchfreies Top an, bevor ich meine dunklen Haare zu einem unordentlichen Dutt band und ein Paar Kuschelsocken anzog.

Darius schlüpfte in ein graues Tanktop und eine schwarze Jogginghose, legte seinen riesigen Arm um meine Schultern, als wir zur Tür gingen, und führte mich nach draußen in den Flur.

»Hier entlang, Mylady!«, rief Geraldine und ich drehte mich um und schaute den Tunnel entlang zu ihrem Zimmer, wo sie im Türrahmen stand und mich heranwinkte. »Oh, und du auch, du hinterhältiger Dragoner, ich hatte dich gar nicht bemerkt«, fügte sie hinzu, obwohl das keinen Sinn ergab, denn Darius hatte zwischen ihr und mir gestanden. Außerdem war er verdammt groß. Aber ich grinste ihn nur an, als ich uns in ihre Richtung drehte. Der Duft von Essen lag in der Luft.

Ich stöhnte laut auf, als wir ihre Tür erreichten und der Geruch stärker wurde. Mein Blick fiel auf den Tisch, den sie in die Mitte des Raumes gestellt hatte, wo normalerweise ihr Bett stand, und auf den dahinter, der mit Essen beladen war. Es handelte sich um das beste, ungesündeste, fettigste Essen – ohne eine einzige Mango.

»Verdammt, Geraldine, du hast hier den Himmel auf Erden geschaffen!«, stöhnte ich begeistert, als ich Darius stehen ließ und direkt auf das Essen zusteuerte.

»Nein, Mylady. Ich habe einen Kriegsrat geschaffen«, antwortete sie triumphierend. »Und wir haben uns seit dem Morgengrauen abgerackert, um dieses Festmahl dafür vorzubereiten.«

»Wir?«, fragte ich verwirrt, bevor ich mich fast zu Tode erschreckte, als Max hinter dem Tisch hervorkam, einen Teller Pfannkuchen in der Hand, den er zu den anderen Köstlichkeiten stellte.

»Es war drei Uhr morgens, nicht Morgengrauen«, brummte er und wischte sich mit dem Handrücken über die Wange, um einen Mehlfleck zu entfernen, was die Sache nur noch schlimmer machte. »Und du hast mich dafür gezwungen, die Party zu verlassen. Wenn ich gewusst hätte, was du gemeint hast, als du mich in dein Zimmer eingeladen hast, um Muffins zu backen, wäre ich nicht gekommen. Ich bin davon ausgegangen, dass du nicht wirklich von Muffins gesprochen hast.«

»Was hätte ich denn sonst meinen sollen?«, fragte sie ihn.

»Sex, Gerry. Sex.«

»Oh, manchmal bist du so vulgär. Jetzt sei kein Schlappschwanz am Esstisch, sonst machst du das Essen ganz trübselig«, jammerte Geraldine und fuchtelte mit einem Spüllappen, als wollte sie die Beschwerde einfach wegwischen.

»Tja, was auch immer es ist, ich bin dabei«, sagte ich begeistert und füllte meinen Teller mit so viel Essen, dass ich wusste, dass ich ernsthaft Schwierigkeiten haben würde, alles aufzuessen. Aber das war eine Herausforderung, der ich mich gern stellen wollte.

Ich schritt durch den Raum, um mich an Geraldines Kriegstisch zu setzen, und sie wies mir einen Stuhl mit hoher Rückenlehne und aufwendigen Schnitzereien zu. Darauf waren Dinge wie Phönixe, Kronen und eine Gruppe von Männern zu sehen, die den Erben verdächtig ähnlich sahen – und die sich alle tief vor zwei Königinnen verbeugten.

Geraldine kreischte, als Darius sich auf den identischen Stuhl neben mir setzen wollte, und scheuchte ihn davon, um ihn auf einen dreibeinigen Hocker auf meiner anderen Seite zu dirigieren, der in seiner Schlichtheit zu allen anderen Stühlen am Tisch passte.

Als ich mit dem Essen begann, nahm Geraldine die Metallröhre, in der sich die Karte von Espial befand, von ihrem Nachttisch und zog die Karte mit einer dramatischen Geste heraus. Dann schnippte sie mit den Fingern, sodass sie sich auf der Mitte des Tisches vor ihr entfaltete.

Ich hielt inne – meine Gabel auf halbem Weg zu meinem Mund –, als Geraldine die Hand ausstreckte, um ihren Finger auf die Karte von Solaria zu legen. Sie sandte einen magischen Impuls aus, der das Ding zu aktivieren schien. Meine Lippen teilten sich, als Berge und Wälder aus dem Blatt wuchsen, Flüsse sich zu bewegen begannen, die Wellen im Meer rauschten und Wolken aufzogen, die den Himmel darüber imitierten. Einige von ihnen waren weiß und flauschig, andere dunkel, voller Regen oder von Blitzen durchzuckt.

»Wow!«, hauchte ich, und Darius Hand glitt unter dem Tisch über meinen Oberschenkel, wo er mich leicht drückte.

»Manchmal vergesse ich, wie verdammt sterblich du bist«, neckte er mich, aber als ich zu ihm aufsah, fand ich in seinem dunklen Blick nichts als Zuneigung. Er beobachtete meine Faszination, als wäre sie interessanter als die Karte selbst.

»Das ist echt cool«, protestierte ich. In dem Moment ging die Tür auf, und Darcy kam mit einem »Ooooh« herein.

Orion lachte, als sie auf uns zueilte, um einen besseren Blick zu erhaschen, und er bewegte sich zum Buffet, um ihr etwas zu essen zu holen, während auch Caleb und Seth hereinspazierten.

»Kommt her, kommt her!«, rief Geraldine laut. »Füllt eure Bäuche und lasst uns dann durch das Auge unserer Feinde blicken!«

»Kommt Xavier auch?«, fragte Darius und sah sich nach einem Anzeichen für die Anwesenheit seines Bruders um, aber Caleb schüttelte den Kopf.

»In seinem Zimmer war so viel verdammtes Wiehern und Stöhnen zu hören, Mann. Er ist viel zu beschäftigt, um sich uns zeitnah anzuschließen.«

»Dann muss er eben verzichten«, verkündete Geraldine mit einer Handbewegung. »Wenn seine lustige Berg- und Talfahrt Vorrang vor dieser Aufgabe hat, dann soll es so sein.«

»Können wir nicht über seine Berg- und Talfahrten reden, während ich esse?«, murmelte Darius, und Geraldine seufzte, als dachte sie, er würde übertreiben.

Alle füllten ihre Teller, und ich konzentrierte mich aufs Essen, während sie als Nächstes das Fernrohr aus einer Schublade ihres Nachttisches holte. Ich wollte mir das eklige Auge, das am Ende des Fernrohrs hing, nicht ansehen, während ich aß.

»Wer möchte den Untergang des falschen Königs genauer unter die Lupe nehmen?«, fragte Geraldine und streckte das Fernrohr aus, während sie auf ein Knie sank und ich angewidert die Nase rümpfte.

»Definitiv nicht«, sagte Caleb mit einem Mund voller Toast. »Du hast mir gesagt, dass das Ding mir ins Gesicht krabbelt und mein Auge verschlingt, wenn es die Chance dazu bekommt. Meine Augen sind zu schön, um verschlungen zu werden.«

»Ja genau, wenn man ihm die Chance dazu gibt«, seufzte Geraldine, als würde sie mit einem Einfaltspinsel sprechen. »Aber ich habe volles Vertrauen in das Fernrohr, in dem es sich befindet. Ich bin mir zu mindestens vierzig Prozent sicher, dass es nicht entkommen und in eure Gesichter kriechen kann. Keine Sorge.«

»Vierzig Prozent sind keine gute Quote«, widersprach Seth. »Ich möchte das Ding auch nicht in der Nähe meines Gesichts haben.«

»Her damit!«, sagte Darius verärgert und streckte seine Hand aus, aber Geraldines Blick glitt von ihm zu Darcy und mir, und ein leises Wimmern entwich ihr.

»Diese Ehre sollte eigentlich den wahren Königinnen gebühren«, sagte sie, und ich warf Darcy einen Blick zu, die tatsächlich zusammenzuckte.

»Na gut«, sagte ich und versuchte, zu ignorieren, wie das Ding mich ansah, während sie es auf mich richtete. Ich streckte die Hand aus, um das Fernrohr zu greifen, in dem das Auge steckte. Ich hatte keine Lust, ihr Schluchzen darüber ertragen zu müssen, dass wir nicht die Ersten gewesen waren, die hindurchgesehen hatten.

»Ich halte das für keine gute Idee, Tor«, sagte Darcy und schüttelte energisch den Kopf.

»Ich auch nicht«, pflichtete Darius ihr bei und streckte die Hand aus, um es mir zu entreißen. Aber meine Sturheit flammte bei seinem fordernden Ton auf.

»Tja, Pech gehabt, Arschloch«, sagte ich und lehnte mich von ihm weg, damit er es mir nicht stehlen konnte.

Ich hob das Fernrohr vorsichtig an, ohne es ganz an mein Gesicht zu halten, und spähte durch das Glas zum Schattenauge. Scharf einatmend blickte ich schließlich durch das gruselige Ding.

Die Welt schien durch das Fernrohr dunkler, irgendwie verschwommener. Und als ich es auf die Karte richtete, sah ich Dinge, die ich zuvor nicht gesehen hatte. Eine dunkle Spirale der Macht hing über dem Palast der Seelen, was meiner Meinung nach nur Lavinia selbst zu verdanken war. Aber als ich mich davon abwandte, bemerkte ich weitere Schattenschleier, die über die Karte verstreut waren, und die Risse zeigten sich einer nach dem anderen, bis ich sieben gezählt hatte.

»Dort«, zeigte ich, und Geraldine kreischte, während sie eine normale Papierkarte zur Hand nahm und die Stelle darauf mit einem X markierte. »Und dort«, erklärte ich, während ich auf einen weiteren Riss zeigte, der in den Tiefen einer Schlucht versteckt zu sein schien, die sich östlich des Königreichs in rötlichem Gestein gebildet hatte.

Ich zeigte auf weitere Risse, bis sie alle notiert hatte, und gab Darius dann das Fernrohr, damit auch er einen Blick darauf werfen konnte. Er murmelte etwas von einer frechen Göre, aber ich zuckte nur unschuldig mit den Schultern.

Ich wischte meine Handfläche an meiner Hose ab, froh, das Ding los zu sein, und erschauderte bei den Erinnerungen, die der Anblick dieses verdammten rot-schwarzen Auges in mir geweckt hatte.

Max stand auf, kam auf mich zu und legte eine Hand auf meine Schulter, während die Erinnerungen in mir aufstiegen und die Geräusche meiner eigenen Schreie in meinen Ohren erklangen. Er stahl mir die Emotionen nicht, wie er es früher für mich getan hatte, sondern half mir dabei, die Erinnerungen zu nutzen, um meine Wut auf Vard, Lionel, Lavinia und ihr ganzes Regime zu schüren. Und ich schwor, sie zu Fall zu bringen, koste es, was es wolle.

»Also, wie sieht der Plan aus?«, fragte ich und warf einen Blick auf Orion, der konzentriert und mit gerunzelter Stirn die Karte betrachtete, die Geraldine gezeichnet hatte.

»Ohne Sternenstaub werden wir Wochen brauchen, um zu einigen dieser Orte zu reisen. Es sei denn, wir könnten irgendwo ein Flugzeug auftreiben, aber es wird verdammt schwer sein, uns vom FIB ungesehen damit zu bewegen«, sagte er frustriert. »Und wenn wir sie alle auf einmal angreifen wollen, wie wir es geplant hatten, bedeutet das auch, dass wir uns dafür aufteilen müssen.«

»Diese ganze Sternenstaub-Situation ist echt beschissen«, brummte Caleb, und ich wusste, dass die Tatsache, dass sie es nicht geschafft hatten, mehr von der unschätzbaren Substanz in die Finger zu bekommen, während Darcy und ich weg gewesen waren, eine Menge Probleme verursacht hatte.

»Wir brauchen nur einen Beutel«, brummte Darius. »Wir müssen doch in der Lage sein, so viel in die Finger zu bekommen, um ...«

Es klopfte an der Tür, und als wir uns in die entsprechende Richtung drehten, trat Gabriel ein.

»Noxy«, begrüßte Orion ihn herzlich. »Wo warst du? Wir haben ohne dich angefangen.«

»Sorry«, antwortete Gabriel. »Ich musste einen Deal mit einem wirklich nervigen Löwenwandler abschließen, der das hier für schlechte Zeiten aufbewahrt hatte.« Er warf eine Tüte Sternenstaub auf den Tisch zwischen uns, und ich grinste breit, als ich ihn sah.

»Das sollte reichen, oder?«, fragte ich und blickte zu Darius, der den Beutel in die Hand nahm und ihn wog.

»Ja, ich denke schon. Aber nur knapp, und ich bezweifle, dass mehr als zwei Personen zu jedem Ort reisen können.«

Ich sah fragend die anderen an, aber Gabriel unterbrach mich, bevor ich irgendwelche Pläne darüber schmieden konnte, wie wir uns aufteilen sollten, um das zu schaffen.

»Seth und Orio sollten zu diesem Riss in der Wüste gehen«, sagte er. »Ihr braucht Schnelligkeit und einen starken Schild, aber mehr kann ich nicht sagen.

Geraldine und Darcy zu diesem. Darius und Max in die Höhle. Ich kann einige Mitglieder meiner Familie bitten, mir zu helfen, die beiden Risse im Norden und den in den Schneefeldern bei der Polarhauptstadt auszuschalten. Tory und Caleb können sich um den in der Schlucht kümmern.«

»Ich bleibe bei Roxy«, erklärte Darius.

»Nein. Die Höhle erfordert rohe Kraft und die Schlucht Schnelligkeit. Wenn wir uns so aufteilen, wie ich es vorschlage, sehe ich eine mögliche Zukunft, in der wir alle später am Abend hierher zurückkehren. Bei jeder anderen Kombination ändert sich das Schicksal und es wird immer unwahrscheinlicher, dass wir Erfolg haben werden.«

Darius sah aus, als wollte er widersprechen, aber ich schlug ihm auf den Bizeps. »Glaubst du nicht, dass ich das hinkriege?«, forderte ich und zog die Stirn in Falten.

»Ich will einfach nur bei dir sein, um dich zu beschützen.«

»Du hast Gabriel gehört. Wenn du die Dynamik veränderst, bringst du sie in Gefahr«, sagte Darcy mit Nachdruck, und ich konnte mir ein Grinsen angesichts der Unterstützung meiner Schwester nicht verkneifen.

»Na schön«, sagte Darius, nachdem er den Tisch nach einem Verbündeten abgesucht und keinen gefunden hatte. »Dann bringen wir es eben hinter uns.«

»Muss ich noch mal erklären, wie man die Bindenadel benutzt?«, fragte Orion, seine Haltung war angespannt, als er eine Schachtel auf den Tisch stellte und sie öffnete, um die zusätzlichen Bindenadeln zu enthüllen, die er in Erwartung dieses Ereignisses angefertigt hatte.

Es waren insgesamt zehn Stück, aber zum Glück würden wir nicht so viele brauchen. Die anderen hatten alle genug Training in dunkler Magie, um die Risse erfolgreich zu schließen, wenn wir sie erreichten. Er hatte geplant, auch mich und Darcy zu unterrichten, aber wir hatten noch nicht genug Übung, also würde ich diese Aufgabe an Caleb weitergeben.

»Mir nicht«, bestätigte Darius, und die anderen nickten alle zustimmend und standen auf.

»Also gut, dann lasst uns gehen!« Gabriel drehte sich um und verließ den Raum, wobei er sich ein paar Bagels schnappte. Seth schob sich am Tisch vorbei und gesellte sich zu Orion. Und wenn er in seiner Wolfsform gewesen wäre, hätte er sicherlich mit seinem verdammten Schwanz gewedelt.

»Ich kann nicht glauben, dass wir Missionskameraden sind«, flüsterte Seth laut und stupste Orion an, der sein Lächeln nicht erwiderte. Tatsächlich war das, was er ihm zuwarf, so etwas wie ein Antilächeln, wenn es so etwas überhaupt gab. »Das muss Schicksal sein.«

»Nun, ich schätze, ich habe mein ganzes Glück aufgebraucht, um meine Gefährtin zu finden, also war wohl etwas Unglück nötig, um das wieder auszugleichen.« Orion verließ den Raum, und ich kicherte mit Darcy, als wir uns auf den Weg machten, um unsere Waffen zu holen.

»Das könnte wirklich funktionieren«, flüsterte sie, nahm meine Hand und drückte meine Finger ganz fest. »Wenn das klappt, könnten wir Lionel und Lavinia stürzen und unseren Thron zurückerobern, bevor das Jahr zu Ende ist.«

Meine Brauen hoben sich bei dieser Vorstellung. Ich hatte mir nicht allzu viele Gedanken darüber gemacht, wie unsere Welt aussehen könnte, wenn wir diesen Krieg wirklich gewinnen würden. Ich war zu sehr in den endlosen Kampf vertieft gewesen, um überhaupt zu diesem Punkt zu gelangen, dass ich nicht wirklich darüber nachgedacht hatte, was passieren würde, wenn wir den Krieg gewinnen würden. Aber sie hatte recht. Alles könnte sich ändern. Und ich war mir plötzlich nicht mehr sicher, was das bedeutete.

Wir hatten eine Art Frieden mit den Erben geschlossen, an den ich mich so sehr gewöhnt hatte, dass ich mich kaum mehr erinnern konnte, dass sie gegen uns waren, wenn es darauf ankam. Was würde das für uns sechs bedeuten, wenn Lionel nicht mehr im Spiel war? Was würde es für Darius und mich bedeuten?

Mit diesem Gedanken – und dem vehementen Versuch, ihn zu verdrängen – folgte ich Darcy. Denn egal, was nach diesem Krieg kommen würde, wir mussten ihn gewinnen. Und heute würden wir einen vernichtenden Schlag ausführen.

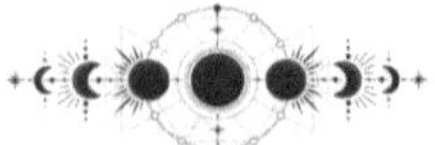

Der Sternenstaub ließ uns am Boden der riesigen Schlucht, in der der Riss versteckt war, aus seiner Umarmung fallen. Keuchend neigte ich den Kopf zurück, um zu dem blauen Himmelsfetzen zu blicken, der sich so weit über meinem Kopf befand, dass mir schwindlig wurde.

»Die Schlucht von Cragoon ist an ihrer tiefsten Stelle fünf Kilometer tief«, sagte Caleb, der meinem Blick gefolgt war und nun etwas näher an mich herantrat.

»Und wie groß ist also die Wahrscheinlichkeit, dass wir hier unten allein sind?«, fragte ich, senkte den Kopf wieder und nahm unsere Umgebung in Augenschein.

Die Felswände wichen einem lebendigen Wald, der in diesem kleinen, von der Welt abgeschiedenen Paradies prächtig zu gedeihen schien. Vögel zwitscherten in den Bäumen, kleine Säugetiere huschten durch das Unterholz, und in der Ferne hörte ich das Geräusch von fließendem Wasser.

»Es gibt eine alte Legende, die besagt, dass hier unten irgendwo ein uralter und vergessener Stamm der Fae lebt«, antwortete er nachdenklich. »Allerdings ist es bisher niemandem gelungen, Beweise dafür zu finden, dass an dem Gerücht etwas dran ist. Aber die gesamte Schlucht steht unter dem Schutz des Solarischen Gesetzes, um Besucher davon abzuhalten, hierherzukommen und diesen wertvollen Lebensraum zu zerstören. Man braucht eine Sondergenehmigung der königlichen Familie, um überhaupt einen Fuß hierhersetzen zu dürfen. Seit dem Tod des Grausamen Königs gab es niemanden mehr, der neugierigen Forschern Zugang hätte gewähren können.«

»Woher sollte jemand wissen, dass wir hier sind?«, fragte ich neugierig, während ich die Schlucht scannte und überlegte, wo wir mit der Suche beginnen sollten. »Gibt es einen magischen Alarm?«

»Ja. Aber er alarmiert seit dem Tod deiner Eltern meine Mutter und nicht Lionel. Sie wird meine magische Signatur erkannt haben und sollte keinen Alarm auslösen.«

»Hoffentlich nicht«, stimmte ich zu, während eine ungute Vorahnung meinen Körper erfüllte.

»Dann spring auf! Mit meinem Tempo sind wir viel schneller als mit deinem.« Caleb wandte mir den Rücken zu und klopfte auf seine Schultern. Ich trat näher, um aufzuspringen, wobei ich mich fragte, ob unsere Vergangenheit das Ganze seltsam machte oder nicht.

»Zwischen uns ist doch alles in Ordnung, oder?«, fragte ich ihn, um mich zu vergewissern, und er warf mir einen verwirrten Blick zu, bevor er begriff, wonach ich wirklich gefragt hatte.

»Ja, mach dir keine Sorgen, Sweetheart. Dieser Tage spielt jemand anderes mit meinen Gefühlen.«

»Du bist also der Meinung, dass ich mit deinen Gefühlen gespielt habe?«, fragte ich unbehaglich und er stieß ein Schnauben aus.

»Ein bisschen. Aber auf keine Weise, die ich nicht gewollt hätte. Und ganz ehrlich? Ich glaube, egal, was die Sterne für dich und Darius vorgesehen hatten, es hätte nie etwas Langfristiges aus uns werden können. Behalten wir das Ganze also einfach als schöne Erinnerung – die wir deinem Freund gegenüber niemals ansprechen werden, weil ich nicht gegrillt werden will. Wir sind Freunde, nicht mehr und nicht weniger.«

»Klingt gut. Sagst du mir jetzt, wer deine Gefühle durcheinanderbringt?«, fragte ich.

»Wie wäre es, wenn ich es dir sage, sobald wir diesen Riss geschlossen haben?«, erwiderte er, wobei sein Lächeln schwächer wurde. »Bei dem Thema habe ich nämlich keine Ahnung, wo ich anfangen soll. Und den Riss zu schließen, ist wahrscheinlich wichtiger.«

»Okay.« Ich nickte, und er schoss ohne ein weiteres Wort davon.

Ich lachte auf, während ich mich fest an ihn klammerte, und musste angesichts des heftigen Windstoßes blinzeln, als wir zwischen Bäumen hindurchrasten, über einen Fluss sprangen und so schnell durch die Schlucht schossen, dass mein Kopf schwirrte, als er auf dem Kies, der den Fluss säumte, zum Stehen kam und mich runterließ.

Das Wasser des Flusses rauschte an uns vorbei, und das Gefälle machte mich ein bisschen schwindelig, als ich in die reißenden Stromschnellen blickte und die kalte Gischt auf meinem Gesicht spürte.

»Fuck, das wird nicht einfach«, sagte Caleb und deutete auf eine Stelle, die sich etwa zwei Meter über dem tosenden Wasser befand. Ich stieß einen Fluch aus, als ich das Flackern sah, das die Position des Risses in der Welt markierte.

»Du wirst mir vertrauen müssen, Kumpel.« Ich nahm mich der Aufgabe an und hüllte Caleb in meine Luftmagie, um ihn über dem Boden schweben zu lassen. Er holte die Bindenadel aus seiner Tasche.

»Und du wirst mich unglaublich still halten müssen«, erwiderte er, während ich ihn über das Wasser vor dem Riss schweben ließ.

»Du klingst, als würdest du mir nicht vertrauen«, sagte ich.

»Es geht nicht um Vertrauen. Es geht darum, dass ich in das verdammte Schattenreich gesaugt werde, wenn du es vermasselst. Also vermassle es nicht, Tory! Ich habe zu viel, wofür es sich zu leben lohnt.«

Ich schnaubte, während ich mich darauf konzentrierte, ihn in Position zu halten, und Caleb streckte die Hand aus, um den Schnitt zwischen den Reichen wieder zusammenzunähen.

»Das läuft überraschend gut«, rief ich ihm zu, während ich mich umschaute. Sollte ich mich auf einen Angriff gefasst machen? Die Vögel sangen und die Sonne schien nach wie vor weit über der Schlucht. Nichts deutete darauf hin, dass sich das ändern könnte.

Ich zuckte zusammen, als ein Ast brach, und ließ alarmiert den Blick herumschnellen, während ich versuchte, nicht zu wackeln. Mein Herz raste, während ich nach Anzeichen dafür suchte, dass sich uns etwas durch die Bäume näherte.

Es war schwer, über das Rauschen der Stromschnellen hinweg auf Bewegungen zu achten, und meine Augen huschten nach links und rechts, während ich meine Umgebung absuchte und mich auf einen Angriff vorbereitete. Ich rief meinen Phönix an die Oberfläche meiner Haut, während ich darauf wartete, dass etwas aus dem Wald herausbrach.

Hatte Caleb sich geirrt? War der Alarm doch an Lionel gesendet worden? Oder versteckten sich hier zwischen den Bäumen Nymphen, die darauf warteten, sich auf uns zu stürzen?

Ich war so nervös, dass ich so heftig zusammenzuckte, als Caleb mich rief, dass ich fast über meine eigenen Füße fiel. Und das, obwohl ich einfach nur dastand.

»Das war's«, verkündete er.

»Im Ernst?«, fragte ich überrascht, drehte mich zu ihm um und brachte ihn mit meiner Luftmagie zurück auf den Boden.

»Jepp. Orion hat so einen Aufstand darum gemacht, wie schwer das war, aber ich glaube, er wollte nur sein Ego streicheln lassen, denn das war ein Kinderspiel. Natürlich waren da beim letzten Mal all diese dunklen Artefakte und so weiter und sofort. Oder ich bin einfach ein Pro.«

Ich blinzelte ihn mehrere Sekunden lang an, unfähig, zu glauben, dass etwas einfach so nach Plan verlaufen war.

»Sieht so aus, als wären uns die Sterne endlich wohlgesonnen«, sagte ich mit einem leisen Lachen.

»Hoffen wir, dass sie auch den anderen wohlgesonnen sind«, erwiderte er, rückte näher an mich heran und holte die winzige Prise Sternenstaub aus seiner Tasche.

Ich ergriff seinen Arm, um die Reise noch einfacher zu machen, in der Hoffnung, dass wir genug Sternenstaub für den gesamten Weg hatten, und Caleb warf ihn über uns.

Mein Magen rebellierte, als ich in die Arme der Sterne gezogen wurde. Wir wurden im Kreis herumgewirbelt, und total benommen fielen wir schließlich im üppigen Gras vor dem Burrows auf unsere Ärsche.

»Verdammt. Jetzt weiß ich wieder, warum ich es hasse, mit Sternenstaub zu reisen, wenn man nicht genug davon hat«, stöhnte Caleb, während ich mich lachend zurückfallen ließ und die Wolken beobachtete, die sich über mir drehten, und mich daran erinnerte, wie ich das als Kind mit Darcy getan hatte.

Wir hatten uns im Kreis gedreht, bis wir umgefallen waren, und dann beobachtet, wie sich der Himmel für uns drehte, als wären wir auf dem

Jahrmarkt. Natürlich waren wir nie auch nur in die Nähe eines Jahrmarkts gekommen, also hatte es sich vielleicht gar nicht so angefühlt, aber so hatten wir es uns damals zumindest vorgestellt.

Caleb fluchte, und ich hob meinen Blick in dem Moment, in dem Darcy aus dem Nichts auftauchte und direkt auf ihn fiel, während Geraldine neben ihr landete.

»Oh, heilige Männerbrust, ich bin gestorben und im Bauchmuskel-Himmel gelandet!«, schrie Geraldine, als sie mit dem Gesicht auf Calebs Bauch aufkam, und Darcy entschuldigte sich, während sie sich aus seinem Schritt befreite. Ich lachte nur.

»Habt ihr es geschafft?«, fragte ich.

»Jepp«, erklärte Darcy. »Ich schätze, die Nymphen wussten nichts von dem Riss, denn er war völlig unbewacht und schien geradezu auf uns gewartet zu haben.«

»Unserer auch«, sagte ich und stand auf, als sich die Luft erneut kräuselte und Gabriel mit Leon neben sich auftauchte. Die beiden erklärten schnell, wie schlecht bewacht ihr Riss gewesen war, bevor auch Dante und Rosalie auftauchten und bestätigten, dass sie ihren ebenfalls geschlossen hatten.

Mein Herz machte einen aufgeregten Satz, als ich mich umdrehte, um nach den anderen Ausschau zu halten. Hoffnung durchströmte mich bei dem Gedanken, dass wir das so verdammt einfach hinbekommen hatten.

Aber diese Hoffnung wurde zunichtegemacht, als Orion und Seth zurückkamen. Seth heulte laut, während Orion sich bei ihm entschuldigte; der Geruch von verbrannten Haaren und Blut hing so stark an ihnen, dass er in meiner Kehle stecken blieb.

»… ich habe dir gesagt, dass es ein Unfall war. Es ist ja nicht so, dass ich es absichtlich getan hätte«, schnauzte Orion.

»Ich weiß, was das war, Lance Orion. Das war schlicht und einfach Haarmord!«, knurrte Seth, und als er sich zu uns umdrehte, stieß ich einen Schrei aus, als ich die rechte Seite seines Kopfes betrachtete. Seine langen braunen Haare waren sauber vom Kopf gebrannt worden. Sein Gesicht war mit Ruß befleckt, und er war von Kopf bis Fuß nass.

»Was ist passiert?«, fragte Darcy, während sie auf Orion zuging und ihn gründlich nach Verletzungen absuchte.

»Dein tollpatschiger Freund hat mir mit seinem Phönix-Schwert die Hälfte meiner verdammten Haare abgeschnitten«, zischte Seth, wobei sich das Geräusch in ein Wimmern verwandelte, als er nach seinen versengten Haaren griff.

»Nein. Du bist der dumme Arsch, der mitten in einer verdammten Schlacht seine Haare nach hinten geworfen hat«, keifte Orion. »Woher hätte ich wissen sollen, dass ich nicht nur die Nymphe köpfen, sondern auch deine Haare erwischen würde?«

»Euer Riss war bewacht?«, fragte ich besorgt, während ich mich nach Darius umsah.

»Ja«, bestätigte Orion. »Aber wir haben ihn geschlossen, bevor es zu viele Nymphen zu uns geschafft hatten.«

»Wir waren ein echtes Dream-Team«, sagte Seth sehnsüchtig. Darcy stieß ein kleines aufgeregtes Quietschen aus, während sie hoffnungsvoll zwischen den beiden hin und her blickte. Aber Orion warf ihr einen Blick zu, der »keine

Chance« zu bedeuten schien. »Bis er sich dann doch dazu entschieden hat, meinen voluminösen Locken den Garaus zu machen.«

Ein Lachen erregte meine Aufmerksamkeit, und als ich über meine Schulter blickte, sah ich, wie Gabriel mit der Faust an den Lippen dastand. Er und Leon schienen sich beide wirklich verdammt schwer zu tun, vor Lachen nicht völlig zusammenzubrechen, während sie Seths neue Frisur beäugten.

»Du wusstest es!«, rief Seth plötzlich und hob einen zitternden Finger in Richtung Gabriel, als er ihn ebenfalls lachen sah. Auch ich konnte mich nicht mehr zurückhalten, als mir klar wurde, dass er recht hatte. Gabriel hatte das *gesehen* – und nichts unternommen, um es zu verhindern.

»Geschieht dir recht dafür, meiner Schwester die Haare abgeschnitten zu haben, du Köter«, stichelte er. Dante stand lachend hinter ihm, als Seth auf ihn zugestürmt kam.

Gabriel machte einen Schritt zur Seite, noch bevor Seth ihm auch nur zu nahe kam, und ich beobachtete sie ein paar Minuten lang amüsiert, während Seth wirklich alles versuchte, um Solarias größtem Seher einen Schlag ins Gesicht zu verpassen. Ohne Erfolg.

Aber trotz meiner Belustigung darüber, dass er nun seine eigene Medizin zu schmecken bekommen hatte, konnte ich mich nicht ganz auf ihr Geplänkel konzentrieren. Meine Gedanken wurden von der Angst um Darius beherrscht.

Ich erhaschte einen Blick auf Geraldine und sah ihre eigene Angst um Max in ihren Augen. Ich trat an ihre Seite und stieß sie mit dem Ellbogen an.

»Die beiden kommen schon klar«, sagte ich, sowohl zu mir selbst als auch zu ihr.

»Oh, dessen bin ich mir sicher, Mylady«, stimmte sie enthusiastisch zu. »Ich mache mir mehr Sorgen um schwere Verletzungen oder Verstümmelungen als um den Tod. Verlorene Gliedmaßen, zerfetzte Wunden, halb aufgefressene Extremitäten oder …«

»Ja, ich hab's kapiert«, sagte ich, meine Stimme ein wenig schroff, weil ich sie zum Schweigen bringen wollte.

»Ach, du liebe Güte, es tut mir so leid. Natürlich ist es höchst unwahrscheinlich, dass dein Dragoner halb aufgefressen wird, ihm ein Fuß fehlt, dass er einen Finger in den Bombenschacht eines Dachses gesteckt hat oder …«

Ein Lichtblitz beendete ihr schreckliches Geschwätz, und ich kreischte wie eine verliebte Idiotin, als Darius und Max endlich auftauchten. Ich rannte auf meinen Drachen zu, blieb dann aber abrupt vor ihm stehen, als ich die klebrige grüne Substanz wahrnahm, die ihn von Kopf bis Fuß bedeckte.

»Du hättest die verdammte Eperio-Schnecke erwähnen können, die in dieser Kloake von einer Höhle lebt, Gabriel«, knurrte Darius wütend. Seine Brust hob und senkte sich kraftvoll, während er Schleim über den ganzen Boden tropfte.

Auch Max war mit dem Schmodder bedeckt, und er wischte ihn aggressiv aus seinem Gesicht, wobei er ihn von seinen Fingerspitzen schnippte, sodass er auf das Gras neben ihm spritzte. Ich trat einen gemessenen Schritt zurück. Die Umarmung konnte warten.

»Oh, richtig, ja … Das tut mir leid«, sagte Gabriel mit diesem wissenden Arschloch-Glitzern in den Augen, und ich schnaubte belustigt, bevor ich mich zurückhalten konnte.

»Das hast du auch *gesehen*?«, fragte Darcy und biss sich auf die Lippe, um ihr Lächeln zu unterdrücken.

»Was ist eine Eperio-Schnecke?«, fragte ich neugierig und trat einen weiteren Schritt aus Darius' Wirkungskreis, während er erfolglos versuchte, sich noch mehr Schleim vom Körper zu wischen.

»Oh, das ist eine der grausamsten Kreaturen«, erklärte Geraldine. »Eine riesige und fleischfressende Schnecke, die groß genug ist, um einen ganzen Minivan mit einem Biss zu verschlingen, wenn sie ihre volle Größe erreicht hat. Sie hält sich gern in dunklen, feuchten Höhlen auf und wartet auf unachtsame Lebewesen. Dann stürzt sie sich auf ihre Beute, fängt sie in ihrem Schleim ein und verschlingt sie im Ganzen, wo diese sich dann über einen Zeitraum von etwa einer Woche langsam in ihrer Magensäure auflöst. Es soll eine äußerst schreckliche Art zu sterben sein.«

»Ja, das wäre es gewesen«, knurrte Darius. »Aber wir haben es schließlich geschafft, uns den Weg aus dem verdammten Ding freizusprengen – dafür habe ich allerdings fast jeden Tropfen Magie verbraucht, den ich besitze.«

»Der Schleim brennt«, stöhnte Max, und Gabriel lachte noch lauter. Mein Bruder konnte manchmal ein echter Arsch sein. Aber irgendwie liebte ich das an ihm. »Ich muss rein und mich waschen.«

»Nur über meine Nelly!«, schrie Geraldine, hob die Hände und beschoss die beiden mit so viel Wasser, dass sie von den Füßen gerissen wurden und den Hügel hinunterpurzelten, während sie sie anschrien, aufzuhören.

Sie hörte jedoch nicht auf. Nicht, bis nicht jedes bisschen Schleim von ihnen entfernt war und sie keuchend und fluchend in einer Schlammlache am Fuße des Hügels zurückblieben.

»Ich kann nicht zulassen, dass das Burrows von diesem widerlichen Schleim überschwemmt wird«, erklärte Geraldine, als wäre ihr Handeln vollkommen vernünftig gewesen. Ich schüttelte den Kopf über sie, während ich loseilte, um Darius auf die Beine zu helfen.

Er sah ziemlich sauer aus, als er den Hügel heraufstakste und erst Gabriel und dann Geraldine finster ansah, bevor er seine Aufmerksamkeit Orion zuwandte, der als Einziger sein Lachen unterdrücken konnte.

»Wir haben den Riss trotz der verdammten Schnecke geschlossen«, sagte er bestimmt. »War's das jetzt? Haben wir alles getan, was nötig ist, um Lavinia zu schwächen?«

»Ich denke schon«, bestätigte Orion. »Ich kann in der Seelenmütze nachsehen, ob Miguel das bestätigen kann, aber wenn es funktioniert hat, können wir die Rebellen endlich marschbereit machen. Wir werden den Krieg vor Lionels Tür bringen und ihm endlich die Krone von seinem unwürdigen Haupt reißen.«

»Ich habe einen besseren Plan«, sagte Darius. »Sobald meine Magie wiederhergestellt ist, gehe ich persönlich zu ihm. Wir müssen keine Armee in einem Krieg gegen ihn riskieren, wenn ich ihm einfach den Kopf abschlagen kann. Ich bin größer als er, genauso stark und ich habe viel mehr Lust, zu gewinnen, als er sie jemals aufbringen könnte. Ich kann diese ganze Sache heute Nacht beenden, dann können wir diesen verdammten Krieg für immer hinter uns lassen.«

»Nein«, erwiderte ich, und auch die anderen protestierten. »Nur weil Lavinia geschwächt ist, heißt das nicht, dass sie überhaupt keine Bedrohung mehr darstellt. Und was ist mit Vard? Oder Lionels Drachengilde? Du kannst nicht einfach erwarten, dass wir zustimmen, dass du allein losfliegst, um es mit allen aufzunehmen.«

»Wenn ich scheitere, könnt ihr euren Plan, eine Armee vor seine Tore zu bringen, weiterverfolgen«, erwiderte Darius bestimmt. »Aber es muss sich lohnen, das Risiko einzugehen. Auf diese Weise riskieren wir nur mein Leben und ...«

»Ich bin nicht bereit, dein Leben zu riskieren, Darius. Was ist daran so schwer zu verstehen?«, fragte ich und in seinen Augen blitzte sein Drache auf. Die Verärgerung in ihm wuchs, weil ich ihm nicht einfach die Kontrolle überlassen wollte. Aber er hatte hier nicht das Sagen, und ich würde ihn auf keinen Fall so etwas Dummes machen lassen, wie in einen Kampf zu fliegen, von dem er unmöglich sicher sein konnte, ihn zu gewinnen.

»Besser mein Leben als eines von euren«, zischte er, und Gabriel atmete scharf ein, als seine Augen von einer Vision getrübt wurden. Das lenkte mich für einen Moment ab, und auch Orion konzentrierte sich jetzt auf seinen Freund.

»Wie kannst du behaupten, dass dein Leben weniger wert ist als eines der unseren?«, fragte Seth, und ich starrte Darius wütend an, während ich auf die Antwort wartete.

»Es ist nicht weniger wert«, knurrte er. »Aber Weihnachten steht sowieso vor der Tür, also macht es Sinn, wenn ich einfach ...«

»Was zum Teufel hat Weihnachten damit zu tun?«, fragte Max, und sein Gesichtsausdruck verriet, dass er eine Emotion gelesen hatte, die ihm nicht gefiel.

»Ich muss vorher noch meinem Vater gegenübertreten«, sagte Darius wütend, während sich Rauch zwischen seinen Zähnen kräuselte und er uns anstarrte, als würde er uns herausfordern, das infrage zu stellen.

»Warum?«, fragte ich. »Wen zum Teufel interessiert Weihnachten, während das alles hier passiert?«

»Mich«, antwortete er, und er fing meinen Blick auf. Für einen Moment blitzte Schmerz darin auf, bevor seine Wut ihn genauso schnell verschlang.

»Mir ist es egal, welche bescheuerten Fristen du für Lionels Lebenserwartung festgelegt hast«, antwortete ich. »Denn das ist nicht deine Entscheidung und du fliegst verdammt noch mal nicht auf einer Selbstmordmission in die Nacht hinaus. Wir müssen einen Plan ausarbeiten, um diesen Kampf zu ihm zu bringen. Wir bereiten uns seit letztem Jahr darauf vor und ...«

»So viel Zeit habe ich nicht, Roxy«, sagte Darius, trat einen Schritt auf mich zu und packte mich an den Armen, um mich zu zwingen, ihn wieder anzusehen.

Eis bildete sich um mein Herz, als ich den Blick in seinen Augen sah, und mir stockte der Atem. Ich spürte, dass dieser Moment äußerst fragil war, und ich zögerte, die Frage zu stellen, von der ich wusste, dass ich sie als Nächstes stellen musste. Aber ich brauchte nicht die Gabe des Sehens, um zu wissen, dass mir seine Antwort nicht gefallen würde. Ich konnte bereits spüren, wie der Schmerz durch die Luft schwirrte und darauf wartete, mich zu verschlingen.

»Warum?«, hauchte ich, und etwas in seinem Blick zerbrach, als er den Mund öffnete, um mir meine Antwort zu geben.

»Weil ich sterbe, Roxy.«

Stille. Schwere Stille. Die Art, die schmerzte und nachhallte und von einer Ewigkeit des Nichts erfüllt war. Denn sie zu durchbrechen würde seine Worte nur zur Realität werden lassen.

»Nein, das wirst du nicht«, widersprach ich, packte seine Unterarme und drückte so fest zu, dass meine Fingernägel Abdrücke auf seiner Haut hinterließen. »Du stehst direkt vor mir, stark und unzerstörbar. Du stirbst nicht, Darius. Mit dir ist alles in Ordnung.«

»Ich habe einen Deal mit den Sternen geschlossen«, raunte er. »Letztes Weihnachten, als der Kampf im Palast der Seelen ausgebrochen ist, hat mich Gabriel zu den Höhlen der Vergessenen gebracht und in einen Raum geführt, in dem ich einen Deal geschlossen habe, um dein Leben zu retten.«

»Nein«, sagte ich und schüttelte den Kopf, als diese Worte in meinen Schädel krochen und Wurzeln schlugen. »Nein.« Ich lehnte die Wahrheit dessen, was er da sagte, ab. Weil es viel zu viel Sinn ergab.

»Die Bande«, flüsterte Darcy, während sie ihre Hand auf meine Schulter legte und sich hinter mich stellte, um mir Halt zu geben. Gleichzeitig wuchs die Ungerechtigkeit des Ganzen in meinen Adern. Es war die Realität, die verdammte Wahrheit.

Darius nickte, während ich den Kopf schüttelte. »Die Sterne haben mir euren Tod gezeigt. Deinen und Darcys. Und sie haben mir die Chance gegeben, euch zu retten, das Schicksal zu wenden und uns eine Chance zu geben, meinen Vater zu besiegen. Jedes Band wurde zerrissen und mir wurde ein einziges Jahr gegeben, um zu beweisen, dass ich ein Mann hätte sein können, der deiner Liebe würdig ist, Roxy.«

»Nein«, knurrte Orion.

»Ein Jahr?« Ich schnappte nach Luft, und mein Herz hämmerte, als mir klar wurde, wie verdammt nahe wir dem Ablauf dieser Frist bereits gekommen waren.

»Deshalb warst du so wütend, als sie im Palast der Flammen waren«, sagte Orion mit zitternder Stimme. »Weil das deine Zeit mit ihr verkürzt hat.«

Darius nickte, aber er wandte den Blick nicht von mir ab, sondern nahm mein Gesicht zwischen seine Hände und verlangte von mir, dass ich diese beschissene Entscheidung verstand, die er für mich getroffen hatte – ohne mir auch nur den Anstand zu erweisen, mich darüber zu informieren.

»Keine Zeit mit dir wäre jemals genug gewesen, Roxy. Das musst du wissen. Ein Jahr, ein Leben, eine verdammte Ewigkeit – nichts wäre jemals genug gewesen. Aber ich konnte dich nicht sterben lassen. Ich musste diese Entscheidung treffen. Ich musste ...«

Ich holte mit der Faust aus und schlug ihn so hart, dass ich mir ziemlich sicher war, dass etwas in meiner Hand gebrochen war. Ein Schrei brach aus mir heraus, der jeder Logik, jeder Vernunft und jedem Verständnis trotzte und stattdessen von Schmerz und Schrecken erfüllt war. Denn ich wusste, dass ich bereits so kurz davor war, ihn zu verlieren.

Ich würde den einzigen Mann verlieren, den ich jemals lieben würde. Den einzigen Mann, den ich jemals wollen würde. Den Mann, den ich mit jeder Faser meiner Seele verdammt noch mal brauchte. Und er hatte mich belogen. Er hatte mich Monate verschwenden lassen, die ich mit der Suche nach einer Lösung hätte verbringen können, und hatte mir stattdessen nur Wochen gegeben, um eine zu finden.

Das war zu viel. Viel zu viel.

»Du hattest nicht das Recht, diese Entscheidung für mich zu treffen«, zischte ich, und das Blut seiner aufgeplatzten Lippe färbte meine Fingerknöchel. Ich machte einen Schritt zurück, und er starrte mich mit schmerzverzerrten Augen an. Es war ein Schmerz, dem ich mich nicht stellen wollte, weil er derjenige war, der uns das angetan hatte. Und es war nicht fair, dass er mich jetzt so ansah.

»Roxy«, begann er, aber ich schüttelte heftig den Kopf.

»Nein«, knurrte ich, und all mein Schmerz und meine Wut über diese verdammte Lüge prasselten in diesem einen Wort und mit solcher Wucht auf ihn ein, dass er zusammenzuckte.

Ich schüttelte weiter den Kopf, während ich einen weiteren Schritt zurücktrat und diesen Mann ansah, den ich so gut zu kennen geglaubt hatte – und der mich so verdammt leicht belogen hatte als wäre er ein Fremder. Denn so fühlte es sich an. Es waren die Handlungen einer Person, die ich nicht kannte. Oder schlimmer noch, die Handlungen des Monsters, das immer dazu bestimmt gewesen war, mich am Ende zu zerstören.

Und während mein Herz brach und meine Seele zerriss, brannte so viel Wut in mir, dass ich es nicht einmal ertragen konnte, ihn anzusehen. Meine Flügel schnellten hervor und ich erhob mich in den Himmel. Ich flog verdammt noch mal davon, von ihm, dem verdammten Krieg, seinem verdammten Vater und meinem verdammten Herzen, das in tausend Stücke gebrochen war, während Tränen über meine Wangen liefen und vom eiskalten Wind gestohlen wurden.

Gemini
Scorpio
Virgo
Cancer
Aries
Leo
Sagittarius
Taurus
Capricorn
Aquarius
Libra
Pisces

ORION

KAPITEL 52

Ich starrte Darius an und brachte vor Schock kein einziges Wort heraus. Vor lauter Angst konnte ich nicht mal mehr wirklich atmen. Darcy folgte ihrer Schwester; ihre Flügel schossen von ihrem Rücken, bevor sie sich in die Lüfte erhob, und ich machte einen Schritt auf Darius zu. Aber die Erben waren zuerst da, umzingelten ihn wie ein Wolfsrudel und verlangten Antworten. Ich konnte sie jedoch nicht hören. Ich konnte nichts hören außer dem Klingeln in meinen Ohren, als ich versuchte, die Tatsache zu verarbeiten, dass einer meiner besten Freunde auf der ganzen Welt sein Leben eingetauscht hatte und verdammt noch mal sterben würde.

Und das Schlimmste war, dass ich es hätte wissen müssen. Ich hätte erkennen müssen, dass die Bande nicht einfach so zerrissen waren. Und tief im Inneren hatte ich es vielleicht auch gewusst. Vielleicht hatte ich ihn nicht auf das Thema angesprochen, weil ich gewusst hatte, dass so etwas seinen Preis hatte. Und weil ich die Wahrheit nicht hätte ertragen können. Oder vielleicht war ich einfach ein beschissener Freund, der die ganze verdammte Zeit über nicht bemerkt hatte, dass in seinen Augen ein Geheimnis lauerte. Denn jetzt war es so verdammt offensichtlich. Er war ausweichend gewesen, hatte Bemerkungen gemacht, die ich abgetan hatte, und sich sogar von mir verabschiedet – obwohl ich das auf die Worst-Case-Szenarien zurückgeführt hatte, auf die er immer wieder zurückgekommen war. Aber jetzt ergab das alles so viel Sinn, dass mein Kopf schwirrte.

»Noxy.« Ich wandte mich an Gabriel, und er streckte die Hand nach mir aus. Mit schmerzverzerrtem Blick nahm er meinen Arm, während Leon Rosalie und Dante nach drinnen scheuchte. »Du wusstest davon?«

»Es tut mir so leid, Orio«, hauchte er. »Wirklich. Das tut es. Es stand mir nicht zu, etwas zu sagen.«

Ich nickte mit hängendem Kopf, während Seths klagendes Heulen zum Himmel drang. Und ich spürte, wie der Schmerz dieses Geräusches meine Brust in der Mitte aufriss.

»Es gibt keine Möglichkeit, das zu stoppen?«, fragte ich Gabriel. Das hatte Darius uns zwar bereits erklärt, aber ich musste es noch einmal hören, denn es musste doch eine Chance geben. Selbst eine Chance von einem Prozent. Ein Schicksal, das ein Münzwurf ändern könnte. Aber er schüttelte nur traurig den Kopf, schloss das winzige Fenster der Hoffnung in meinem Herzen und verriegelte es.

Die Erben umarmten Darius abwechselnd, und Caleb setzte sich auf einen Felsbrocken und stützte den Kopf in die Hände, während Seth sich beeilte, an seine Seite zu gelangen und sich an ihn zu schmiegen. Max sprach leise mit Darius, seine Hand auf seinem Arm, als würde er einige der Emotionen, die in ihm tobten, ableiten. Ich hörte, dass er anbot, dies für alle einfacher zu machen, sollte Darius das wollen. Aber das wollte ich nicht. Wenn das wirklich passieren sollte, dann würde ich mich jedem einzelnen herzzerreißenden Moment stellen. Ich würde mich nicht vor dem Schmerz drücken, auch wenn es die verlockendste Sache der Welt wäre, sich an die Verleugnung zu klammern und sie als Beruhigungspille zu benutzen. Aber Darius' Augen sagten alles, und als er meinen Blick traf und den Kopf senkte, um mir anzubieten, näher zu kommen, gab ich dem Bedürfnis nach, trat vor und schlang meine Arme fest um ihn.

»Fick dich!«, knurrte ich an seinem Ohr, und er tätschelte meinen Rücken, während sich meine Gefühle bis in meine Magengrube brannten.

»Es tut mir so verdammt leid, Lance.«

»Es muss dir nicht leidtun, du Arschloch«, knurrte ich. »Weil ich weiß, warum du es getan hast.«

»Du hättest das Gleiche getan«, sagte er, und ich wollte ihm eine reinhauen, aber stattdessen hielt ich ihn fester und weigerte mich, loszulassen. Aus Angst vor dem Moment, der in der nahen Zukunft über uns schwebte und nach dem ich ihn nie wieder so würde festhalten können.

»Was kann ich tun?«, fragte ich hilflos, weil ich dieses Problem lösen wollte, wie ich immer alles lösen wollte. Ich wollte in meinen Büchern nach einer Antwort suchen, ich wollte Noxy schütteln, bis er eine fand. Denn nichts zu tun war keine Option.

»Verändere dich nicht!«, flehte er. »Behandle mich nicht wie einen Sterbenden! Sei einfach du selbst – der Lance Orion, den ich verdammt noch mal liebe, der mir sagt, wenn ich ein Arschloch bin, und der versucht, mich davon zu überzeugen, den Thron mit den Vegas zu teilen.«

Ich lachte schwach und ließ ihn immer noch nicht los.

Ein entsetztes Wiehern durchbrach die Luft, und ich drehte mich um und sah Xavier, der mit Catalina an seinen Fersen auf uns zugerannt kam. Caleb erschien hinter ihnen – sein Gesichtsausdruck betrübt. Er war derjenige, der sie geholt und ihnen die Neuigkeiten überbracht hatte.

»Darius, sag mir, dass das nicht wahr ist!«, forderte Xavier, und ich ließ seinen Bruder los, sodass Xavier herantreten und Darius am Shirt packen konnte. Er umklammerte den Stoff fest und bleckte die Zähne.

»Es tut mir leid, Xavier«, sagte Darius schwer, als Catalina mit ihm kollidierte und so laut schluchzte, dass das Geräusch durch die ganze Welt zu dröhnen schien. Und nachdem Darius alles noch einmal erklärt hatte, sackte Xavier gegen ihn, klammerte sich an ihn und weinte an der Brust seines Bruders. Und irgendwie war das schlimmer, als es selbst zu fühlen. Zu sehen, wie alle um ihn herum zusammenbrachen. Es war, als stünde man an seiner Bahre, nur dass er am Leben war und uns anstarrte. Aber sein Schicksal war besiegelt, unmöglich zu ändern.

Gabriel legte eine Hand auf meine Schulter und führte mich weg. Ich wusste, dass ich Darius Zeit mit seiner Familie geben musste, und auch die Erben folgten uns. Bevor wir nach drinnen traten, warf ich einen Blick zurück auf meinen Freund, wohl wissend, dass ich nie bereit sein würde, mich von ihm zu verabschieden.

Scorpio
Gemini
Virgo
Cancer
Aries
Leo
Sagittarius
Taurus
Capricorn
Aquarius
Libra
Pisces

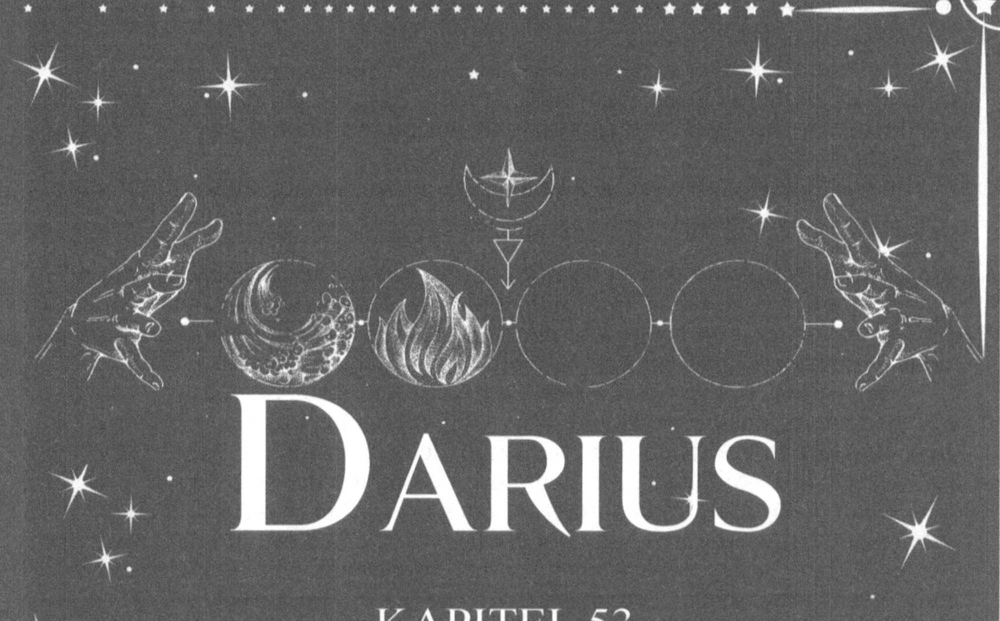

DARIUS

KAPITEL 53

Ich saß in Gold gehüllt in meinem Bett und fühlte mich wie das größte Arschloch der Welt, während ich in der Stille badete, die mir gefolgt war, nachdem ich mich endlich der Wahrheit meiner Situation gestellt hatte. Ich hatte versucht, bei meinen Freunden und meiner Familie zu bleiben, aber nach ein paar Stunden waren die Tränen meiner Mutter und ihre verzweifelten Blicke einfach zu viel geworden und ich hatte um etwas Zeit allein gebeten.

Aber jetzt, da ich allein war, begann ich zu denken, dass das noch schlimmer war. Ich wollte sie um mich herum haben, in ihrer Gegenwart schwelgen und alles aufsaugen, solange ich konnte. Aber genau deshalb hatte ich ihnen bis jetzt nichts davon erzählt. Weil sie sich jetzt anders verhalten würden. Ich war jetzt der Verurteilte, der auf den Tod wartete.

Die Angst, der Schmerz und das Mitleid würden fortan an ihnen haften, und ich würde nie wieder Zeit mit ihnen verbringen können, ohne von diesen Gefühlen begleitet zu werden.

Ich trauerte um diesen Verlust, während ich einfach nur dasaß. Um die einfache Freude, Zeit mit denjenigen zu verbringen, die ich liebte, ohne dass sie wussten, dass unsere Zeit knapp wurde.

Aber vor allem fehlte mir Roxy.

Ich hatte die aufgeplatzte Lippe, die sie mir zugefügt hatte, bislang nicht geheilt. Der kleine Stich des Schmerzes war eine winzige Erinnerung daran, was dies für sie bedeuten würde. Und dafür hasste ich mich mehr als für alles andere, was ich in meinem Leben getan hatte.

Wenn ich versuchte, unsere Rollen vertauscht zu betrachten, in dem Wissen, dass mir nur noch Wochen bis zu ihrem Tod blieben und ich danach einer Zukunft ohne sie entgegensehen würde, konnte ich nicht atmen. Der bloße Gedanke, ohne sie zu leben, war ein Horror, wie ich ihn mir nicht hätte vorstellen können. Und ich wusste, dass ich diese Zukunft nicht ertragen hätte. Es machte mir Angst, dass es meine Bestimmung sein könnte, sie auch nur einen Hauch des Schmerzes spüren zu lassen, den ich erleiden würde, sollte man mich aus ihrer Umarmung reißen. Aber genau das wäre der Fall, sobald meine Zeit gekommen war und ich meine Schuld bei den Sternen begleichen musste.

Es war mir wie eine lange Zeit vorgekommen, als ich zugestimmt hatte. Aber jetzt? Jetzt war es nur noch ein Tropfen auf den heißen Stein im Vergleich zu der unendlichen Liebe, die ich mit diesem Mädchen teilen wollte. Sie hatte so viel mehr verdient als dieses Schicksal. So viel mehr als mich, verdammt.

Es klopfte an der Tür, und mein Puls beschleunigte sich. Ich rief, dass die Tür offen war, und hoffte wie ein Narr, dass sie dahinter stand, dass sie in meine Arme zurückgekehrt war, wo ich sie brauchte.

Aber natürlich war sie es nicht. Das war nicht ihre Art. Sie war verletzt, was bedeutete, dass sie wütend war. Und niemand wusste, wie lange sie diese Wut aufrechterhalten oder wie lange sie sich fernhalten würde. Und ich verstand es. Ich wollte, dass sie sich diese Zeit nahm, um wütend auf mich zu sein, wenn es ihr half, mich verdammt noch mal dafür zu hassen, dass ich ihr das angetan hatte. Aber ich hatte nur noch so wenig Zeit mit ihr, dass mich der Gedanke, dass Tage oder Wochen ohne ihre Vergebung vergehen könnten, viel mehr erschreckte als das Schicksal, das mich am Weihnachtstag erwartete.

Ich fürchtete den Tod nicht. Aber ich fürchtete ein Schicksal, das bedeutete, dass ich ihr keinen Abschiedskuss würde geben können.

Darcy betrat den Raum, ihre Augen waren rot und geschwollen, aber ihr Blick war fest.

»Hey«, sagte ich lahm, unsicher, was ich sagen sollte. Ich wusste, dass sie mich hassen musste für das, was ich ihrer Zwillingsschwester angetan hatte. Dafür, dass ich sie wieder verletzte, nachdem ich geschworen hatte, das nie wieder zu tun.

»Darius …«, sagte sie leise und ließ ihren Blick über mich gleiten. Sie zögerte einen Moment, bevor sie sich auf mich stürzte und ihre Arme um meinen Hals schlang.

Ich brauchte ein paar Sekunden, um ihre Umarmung zu erwidern; der Schock traf mich unvorbereitet, denn ich hatte auch von ihr Wut erwartet.

»Danke«, hauchte sie an meinem Ohr und eine Träne fiel auf meinen Hals, als sie mich fest an sich drückte. »Ich kann mir nicht vorstellen, wie schwer es gewesen sein muss, dieses Geheimnis so lange für dich zu behalten. Ich hasse die Tatsache, dass du diesen Deal gemacht hast. Mit allem, was ich habe. Aber ich verstehe es. Du hast es für sie getan. Weil du sie liebst. Und ich kann dir nicht böse sein, dieses Opfer gebracht zu haben, um das Leben meiner Schwester zu retten – egal, wie bitter der Preis dafür sein mag.«

Ich seufzte und entspannte mich in ihrer Umarmung, während der Schmerz in meiner Brust ein wenig zurückging. Denn ich konnte mich an dieser einen Tatsache festhalten, an die ich mich in all den Monaten jedes Mal geklammert hatte, wenn ich versucht gewesen war, in die Falle der Angst vor meinem Schicksal zu tappen. Ich bereute meine Entscheidung nicht. Für sie hätte ich immer wieder so gehandelt. Für Roxy. Und für Darcy.

»Ich habe es auch für dich getan«, sagte ich. »Die Sterne haben mir auch deinen Tod gezeigt, kleine Spitzmaus. Und das konnte ich nicht zulassen.«

Sie schluchzte, während sie mich fester umklammerte, und noch mehr Tränen fielen auf meine Haut, als sie mich festhielt, als würde ich ihr wirklich etwas bedeuten. Und mir wurde klar, wie viel sie mir bedeutete. Sie war jetzt wie eine kleine Schwester für mich. Meine alberne kleine Spitzmaus von einer Schwester, die mich so mühelos in ihren Bann gezogen hatte.

»Du bist ein guter Mann, Darius. So viel besser als das Monster, das versucht hat, dich nach seinem Ebenbild zu formen. Die Welt wird ohne dich ein viel trostloserer Ort sein.«

Ich war mir nicht sicher, was ich darauf antworten sollte, obwohl mir die Worte mehr bedeuteten, als ich es je ausdrücken könnte – besonders, weil sie von ihr kamen. Sie rettete mich vor dem Versuch, darauf zu antworten, indem sie sich zurückzog, meine Wange in ihre Hand nahm und traurig lächelte.

»Sie liebt dich so sehr, dass sie nicht weiß, was sie mit all dem anfangen soll«, hauchte sie. »Hasse sie nicht, weil sie wütend ist.«

»Ich könnte sie niemals hassen«, murmelte ich, und sie nickte, stand auf und trat zurück.

»Sie könnte dich auch niemals hassen. Auch damals nicht, als sie es wirklich wollte. Sie hat dich nie gehasst, Darius.«

Sie verließ den Raum und schloss die Tür hinter sich, und mir blieben diese Worte und das unendliche Bedauern darüber, wie ich Roxy behandelt hatte, als wir uns zum ersten Mal begegnet waren. Alles zwischen uns hätte so anders sein können, wenn ich nur früher einen Weg gefunden hätte, mich meinem Vater zu widersetzen. Obwohl ich jetzt wusste, dass Bedauern nicht die Erinnerungen wert war, in denen es verweilte.

Ich seufzte, stand auf und nahm meine Truhe mit dem Gold in die Arme, bevor ich alles auf dem Bett verteilte, damit ich meine Magie schneller wieder auffüllen konnte. Nicht, dass ich vorhatte, meinem Vater jetzt gegenüberzutreten. Ich konnte meinen Tod nicht riskieren, ohne zu versuchen, die Sache mit Roxy zu klären. Ohne mich richtig von ihr zu verabschieden, bevor ich ging.

Ich zog mein Shirt aus, setzte mich wieder aufs Bett und legte weitere Ringe, Ketten und Armreifen an, bevor ich eine goldene Krone in die Hand nahm und sie nachdenklich betrachtete. Aus irgendeinem Grund wollte ich ihr Gewicht heute Abend nicht auf meinem Kopf spüren.

Ich war nie dazu geboren worden, eine Krone zu tragen. Alles, was ich wirklich gewollt hatte, war, dass Solaria von Fae regiert wurde, die wussten, was das Beste für ihre Untertanen war. Und ich musste akzeptieren, dass das niemals mein Schicksal sein würde – wie auch immer dieser Krieg ausgehen würde. Ich würde den Thron nicht mit den anderen Erben teilen, ich würde meinen Platz im Celestia-Rat nicht einnehmen, ich würde nicht einmal den Beginn des neuen Jahres erleben.

Das war's gewesen für mich. Meine letzten Tage waren ein Countdown, und alles, was ich hoffen konnte, war, wenigstens meinen Vater fallen zu sehen, bevor ich diese Welt hinter mir ließ und durch den Schleier trat.

Ich schloss die Augen und machte mir nicht einmal die Mühe, gegen den Schlaf anzukämpfen, der mich übermannte. Die Erschöpfung, die ich nach so vielen Monaten der Wachsamkeitszauber und Antischlafmittel verspürte, lastete schwer auf mir. Ich hatte keinen Augenblick der Zeit verpassen wollen, die mir noch blieb, aber jetzt sehnte ich mich danach, all dem im Schlaf zu entfliehen.

Ich wollte dieses leere Zimmer hinter mir lassen und von dem Mädchen träumen, das ich liebte, sie wenigstens auf diese Weise haben, wenn ich sie schon in der Realität nicht in die Arme schließen konnte.

Ich schlief schnell ein, aber mein Schlaf war alles andere als erholsam. Er war geplagt von Albträumen und Bildern von Roxy, wie sie um mich trauerte, als ich weg war.

Aber als ich immer tiefer in die Verzweiflung fiel, die durch das Wissen, wie viel ich sie kosten würde, hervorgerufen wurde, riss mich das Geräusch einer sich schließenden Tür zurück in die Gegenwart.

Ich schreckte auf, und eine kleine Kaskade von Goldmünzen fiel zu Boden. Ich begegnete ihrem Blick auf der anderen Seite des Raumes, hielt mich zurück und starrte sie genauso aufmerksam an, wie sie mich anstarrte.

»Ich bin so verdammt wütend auf dich, Darius«, raunte Roxy, und in ihrer Stimme schwang ein Schmerz mit, den ich so gern verbannt hätte.

»Es tut mir leid, Baby«, sagte ich, obwohl ich wusste, dass es verdammt egal war, wie leid es mir tat.

»Ich bin wirklich, wirklich wütend«, wiederholte sie; ihre Flügel flatterten an ihrem Rücken, während ein Feuer in ihren Augen tanzte. »Aber ... ich werde die Zeit, die wir haben, nicht mit diesem Gefühl verschwenden.«

»Wirst du nicht?« Mein Kehlkopf wippte voller Hoffnung, und sie schüttelte den Kopf, während ich mich aufsetzte.

»Wir haben einen Krieg zu gewinnen«, sagte sie fest und machte einen Schritt auf mich zu. »Hamish und die anderen arbeiten bereits an den Details. Wir werden den Kampf bis zum Ende der Woche in den Palast der Seelen bringen. Darcy und ich werden Hunderte von Waffen mit unseren Flammen gesegnet haben, um die Rebellen gegen die Nymphen zu wappnen, damit sie gegen sie bestehen können. Und du wirst mir schwören, dass du bis dahin nicht versuchen wirst, Lionel anzugreifen.«

Ich wandte den Blick nicht von ihr ab, als sie einen weiteren Schritt auf mich zumachte. Die Distanz zwischen uns löste sich auf, als sie ihre Forderungen an mich stellte, und ich spürte, wie mein ganzes Verlangen, sie zu bekämpfen, einfach schwand. Ich hatte diesen Deal für sie geschlossen. Sie besaß mich seit Langem. Warum also sollte ich weiter gegen die Befehle meiner Königin kämpfen?

»Okay«, stimmte ich zu.

Roxy trat nach vorn und schob ihre Hand in meine Haare, wobei sie meinen Kopf nach hinten neigte, um mir in die Augen zu schauen. Sofort verlor ich mich in der Falle ihrer endlos grünen Augen, die meine ganze Seele gefangen hielten und jeden Teil von mir vollständig in Besitz nahmen.

»Fragst du dich, wie sie mit silbernen Ringen ausgesehen hätten?«, fragte ich sie, und ein vorsichtiges Lächeln schlich sich auf ihr Gesicht, als sie den Kopf schüttelte. Ihre Flügel bewegten sich an ihrem Rücken.

»Nein. Ich will die Sterne nicht für mich entscheiden lassen, Darius. Ich habe dich für mich auserkoren, und das gefällt mir. Das Schicksal hat da nichts mitzureden. Du bist mein Gefährte, weil *ich* dich ausgewählt habe, nicht sie. Du bist mein Partner, weil *du* bewiesen hast, dass du der Einzige für mich bist. Das Schicksal hatte damit nichts zu tun. Unsere Liebe brennt heiß, mit unvergleichlicher Leidenschaft und einer Hingabe, die so endlos ist wie das gesamte Universum, weil wir verdammt noch mal dafür gekämpft haben, wie es keine anderen Fae jemals zuvor getan haben und jemals tun werden. Du bist nicht irgendein Geschenk der Sterne an mich, Darius. Du bist die Beute eines Krieges, den niemand außer uns jemals hätte gewinnen können. Und mir gefallen deine Augen, die so unendlich dunkel sind wie der Tag, an dem du sie zum ersten Mal auf mich gerichtet hast. Und wenn die Sterne uns wieder Ringe dafür anbieten, werde ich ihnen die gleiche Antwort geben wie zuvor. Denn nein, ich will nicht, dass sie dich für mich auswählen oder mich für dich. Ich will nicht, dass sie irgendetwas für uns tun. Wir brauchen sie nicht. Ich habe dich ohne sie als mein beansprucht und gehöre auch dir ohne ihr Zutun.«

»So verdammt stur«, kommentierte ich, und ihr Lächeln wurde breiter.

»Ich weiß einfach, was ich will.«

Ihre Hand glitt an meinem Unterkiefer entlang, und ihre Augen wanderten über mein Gesicht, als würde sie es sich einprägen. Und obwohl ich das Gefühl ihrer Aufmerksamkeit liebte, hasste ich den Grund dafür. Ich hasste es, dass sie in der Lage sein musste, sich an mich zu erinnern. Und dass unsere Momente vor meinem Ende begrenzt waren.

Ihre Hand wanderte meinen Nacken hinunter, ihre Fingerspitzen glitten über meine Schulter und berührten meine Tätowierungen dort. Sie senkte ihr Kinn, während ihr Blick tiefer glitt und mich Zentimeter für Zentimeter aufnahm, bis ihre Hand meinen ganzen Arm nachgezeichnet hatte und sie ihre Finger mit meinen verschränkte.

»Schwöre es!«, sagte sie mit unerschütterlichem Ton und festem Blick. Das war mein Mädchen. Jede Weichheit wurde von Stahl begleitet. Und ja, sie war hier, um in meiner Nähe zu sein und den Schmerz wegzuküssen, aber sie war nach wie vor höllisch wütend auf mich. Und ich wusste, dass ich diese Wut verdient hatte.

»Vertraust du mir denn nicht?«, fragte ich.

»Nachdem ich herausgefunden habe, dass du mich unsere gesamte Beziehung über belogen hast? Seltsamerweise tue ich das nicht, nein.« Ihre Augen blitzten mit dem Feuer ihres Phönix, was meinen Puls in die Höhe schnellen ließ, und ihre Flügel raschelten ein wenig, was meinen Blick auf sie zog.

»Unsere Beziehung begann lange bevor ich dich in meine Arme geschlossen habe«, protestierte ich.

»Wenn du möchtest, dass ich alle Tage mitzähle, an denen ich damit gerechnet habe, dass du mich auf jede erdenkliche Weise verletzt, dann wird das deinem Fall nicht viel helfen. Außerdem ist das wohl das Schlimmste, was du mir je angetan hast«, erwiderte sie.

»Roxy«, flüsterte ich, und meine Stimme versagte bei diesem Namen. Das Wort war eine Bitte, aber ich war mir nicht sicher, worum ich sie jetzt bitten könnte.

»Schwöre es!«, wiederholte sie mit unerschütterlichem Ton, und ich gab nach, denn wenn es darauf ankam, würde ich alles für sie tun.

»Ich schwöre, dass ich meinem Vater nicht vor der Schlacht nachstellen werde«, antwortete ich. Ein magisches Klatschen ertönte und band mich an diesen Eid.

»Dann schwöre jetzt, dass du dieses Schicksal nicht zulassen wirst«, forderte sie, und ihr Tonfall wurde düsterer. Etwas huschte durch ihre Augen, das mich an die Schatten erinnerte. Es war jedoch schon immer etwas Dunkles in ihr gewesen, genau wie in mir. Zweifellos war das ein Teil der Anziehung.

Ich befeuchtete meine Lippen, und mein Herz riss auf, als ich diesen flehenden Blick in ihren Augen erblickte und mich der Tatsache gegenübersah, dass sie überhaupt wollte, dass ich ein solches Gelübde ablegte.

»Du weißt, dass ein Schwur nichts daran ändern wird«, sagte ich leise.

»Ich weiß, dass du aufgegeben hast«, erwiderte sie mit tödlicher, ruhiger Stimme, obwohl ich den Schmerz in ihren grünen Augen sehen konnte. »Und ich weiß, dass der Mann, der so verdammt hart gekämpft hat, um mich von den Sternen zurückzuholen, mich nicht so einfach aufgeben würde.«

»Das denkst du also?«, fragte ich, und mein Blut geriet in Wallung. Aber sie hob lediglich eine Augenbraue und nahm diese Worte nicht zurück.

»Ich glaube, du hast dich zu sehr daran gewöhnt, Schläge einzustecken, als du noch bei deinem Vater gelebt hast, Darius. Anstatt dich jetzt mit aller Kraft dagegen zu wehren, rollst du dich einfach zusammen und lässt es über dich ergehen.«

»Manchmal bist du eine richtige Bitch«, knurrte ich.

»Das heißt nicht, dass ich falschliege«, erwiderte sie und zuckte mit den Schultern.

»Was erwartest du von mir, Roxy?«, fragte ich, und obwohl ich mich beherrschen wollte, wurde ich immer wütender.

»Du hast dich schon einmal für mich den Sternen widersetzt. Was ist da schon ein weiteres Mal?«, fragte sie.

»Dieses Schicksal war der Preis dafür, mich ihnen überhaupt widersetzen zu können«, erklärte ich, und meine Seele schmerzte, als ich diese Worte aussprach. Aber ich hatte darüber nachgedacht. Ich hatte monatelang an *nichts* anderes gedacht, und ich sah keine Möglichkeit, mein Schicksal zu verändern. »Mir wurde ein Jahr gegeben, dich zu lieben. Und das habe ich getan.«

»Wenn du mich so sehr liebst, warum bist du dann so versessen darauf, mich zu verlassen? Mich zu zerstören?«, fragte sie kühl.

»Das tue ich nicht«, protestierte ich.

»Dann schwöre es, Darius!«

»Gabriel hat bereits in meine Zukunft geblickt. Er weiß, dass es keinen Weg daran vorbei gibt. Es gibt keinen Ausweg. Mein Schicksal ist besiegelt. Wenn ich euch allen schon vor Monaten davon erzählt hätte, wäre das eine zu große Ablenkung gewesen. Ihr hättet alle nach einer Möglichkeit gesucht, dieses Schicksal zu ändern, aber es gibt keine. Das wusste Gabriel genauso gut wie ich. Glaubst du nicht, dass ich alles in meiner Macht Stehende getan hätte, um meine Zukunft zu ändern, wenn ich könnte?«

»Offensichtlich nicht.« Ihre Finger umklammerten meine fester, und ich knurrte sie an und ließ sie den Drachen in mir sehen. Aber sie breitete die bronzefarbenen Flügel auf ihrem Rücken aus und offenbarte mir auch ihr Monster.

Roxy nahm einen Lapislazuli aus ihrer Tasche, drehte meine Hand und malte die Konstellation meines Sternzeichens darauf, bevor sie ihr eigenes auf ihre Hand malte. Sie zog eine Augenbraue hoch, als sie meine Hand wieder in ihre nahm, und machte damit deutlich, dass sie wollte, dass ich mit ihr ein Sternenversprechen ablegte.

Ich sah diese Frau an, diese Prinzessin, meine ultimative Fantasie, und sie starrte mich nieder, während sie wartete, wohl wissend, dass ich ihr, wenn es darauf ankam, niemals etwas verweigern könnte. Wenn sie also von mir verlangte, zu schwören, dass ich meine verdammte Seele nach meinem

Tod aus dem Griff des Himmels riss und ihr zurückgab, dann würde ich das schwören. Ganz gleich, ob ich nur ein Mann war, der für sie gegen alle Sterne am Himmel antrat. Denn es gab keinen Kampf, dem ich mich in ihrem Namen nicht stellen würde. Egal, wie unmöglich die Chancen auch standen.

»Ich werde dieses Schicksal nicht zulassen«, sagte ich.

»Ich auch nicht«, antwortete sie düster, und ich schnappte nach Luft, während ich versuchte, meine Hand aus ihrer zu ziehen. Aber die Magie zwischen uns klatschte, bevor ich mich losreißen konnte, und Roxy blieb mit einem triumphierenden Lächeln vor mir stehen und wartete darauf, dass ich wegen dem, was sie gerade getan hatte, die Nerven verlor.

»Hast du uns gerade ernsthaft beide verflucht?«, fragte ich, während ich meine Hand aus ihrer riss und sie den Kristall beiseitewarf.

»Nein«, antwortete sie. »Denn ich habe vor, diesen Schwur zu halten.«

»Und was, wenn du das nicht kannst? Ich kann dich wohl kaum über das Grab hinaus davon entbinden.«

»Das wirst du nicht müssen, wenn du dein Wort hältst.«

»Wovon du da sprichst, ist unmöglich«, beharrte ich.

»*Wir* waren einst unmöglich, Darius Acrux. Also versuche nicht, dem, was wir tun oder nicht tun können, Grenzen zu setzen.«

Mein Kehlkopf wippte, als ich sie ansah. Meine Angst brachte mich dazu, diesen Schwur brechen zu wollen. Aber meine Liebe war stärker – und sie wollte es einhalten. Denn natürlich wollte ich nicht sterben. Ich wollte sie nicht verlieren. Ich wollte jedem Wunsch zustimmen, den sie an mich hatte, und ihr die ganze Welt versprechen.

»Ich liebe dich, Roxanya Vega«, sagte ich, und meine Stimme klang roh. »Egal, was mit diesem Schicksal, dem Krieg, meinem Vater und dem Thron passiert – all das verblasst neben meiner Liebe zu dir. Und ich weiß, dass ich nicht gut genug für dich bin, aber das macht es mir umso leichter, dich so zu verehren, wie du es verdienst. Denn ich werde nie aufhören, zu versuchen, der Mann zu sein, den du verdienst. Nicht bis zu meinem letzten Atemzug und auch darüber hinaus, wenn es das ist, was du willst.«

»*Du* bist das, was ich will«, antwortete sie entschlossen.

Ihre Handfläche wanderte zu meiner Brust, und sie drückte mich zurück, bis ich am Kopfteil saß. Mein Blick war fest auf ihren geheftet, während sie sich langsam ihrer Kleidung entledigte, sie zu ihren Füßen fallen ließ und lediglich ihren schwarzen BH und das dazu passende Höschen anbehielt. Mein Blick wanderte über ihre tief bronzefarbene Haut, verweilte auf der Wölbung ihrer Brüste und dem Heben und Senken ihres Brustkorbes, bevor er auf ihre straffe Taille fiel – und dann auf das Tattoo, das sie mit mir verband und mein verdammtes Herz jedes Mal höherschlagen ließ, wenn ich es ansah.

Sie hatte recht. Die Sterne würden uns das nicht nehmen können. Es war zu mächtig, zu schön, zu verdammt richtig. Und ich würde nicht zulassen, dass sie uns das nahmen, weil es mir gehörte. Sie war mein wertvollster Schatz, und ich würde sie vor den Augen der Sterne selbst verstecken, wenn es nötig wäre, um sie zu behalten.

Roxy kletterte erst aufs Bett und dann auf meinen Schoß wo sie ihre Stirn an meine legte, während sie die Augen schloss und mich einatmete, so wie ich sie einatmete. Sie war das berauschendste Geschöpf – seelenvernichtend, herzzerreißend, einfach alles.

Ich ließ meine Hände unter ihren Flügeln an ihrer Wirbelsäule entlanggleiten, bis ich die Stelle fand, an der sie sich mit ihren Schulterblättern verbanden. Ich begann, mit meinen Fingern über diesen Grat aus Haut und Federn zu streichen.

»Mein«, murmelte ich und wiederholte, was ich diesem Mädchen schon unzählige Male gesagt hatte. Aber noch nie hatte es sich so brutal ehrlich angefühlt.

»Sogar jenseits des Schleiers«, hauchte sie, und ich nickte, drehte mein Gesicht und küsste ihren Hals unter dem Ohr, was ihr ein Frösteln entlockte, während ich weiter die empfindliche Stelle massierte, an der ihre Flügel aus ihrem Rücken hervorkamen.

Roxy schob ihre Hüften über meine, und ich stöhnte, als sie auf der festen Wölbung meines Schwanzes in meiner Hose ritt. Sie hielt sichtlich den Atem an, als sie spürte, wie sehr ich sie in jedem Atom meines Körpers wollte.

Ich bewegte meinen Mund zum unteren Rand ihres Kinnes und küsste sie erneut. Sie wiegte ihre Hüften, und diese langsame, sinnliche Bewegung entlockte mir ein kehliges Knurren, während Münzen vom Bett zu Boden fielen.

Ich fand ihre Lippen und küsste sie noch einmal, meine Bartstoppeln gruben sich in ihre weiche Haut, und der Geschmack von Salzwasser überzog meine Zunge, als eine Träne ihre Wange hinunterlief.

»Ich liebe dich«, schwor ich ihr, wohl wissend, dass ich ihren Schmerz nicht mit Worten lindern könnte, aber in der Hoffnung, dass sie die Wahrheit darin spürte.

»Ich liebe dich auch«, antwortete sie und drehte ihren Kopf, um meinen Kuss zu erwidern. Der Geschmack ihrer Tränen wurde intensiver, als ich sie so innig küsste, dass es mir wehtat. Ich konnte jeden schmerzhaften Schlag ihres Herzens spüren, wo meine Hand noch immer ihren Rücken streichelte. Ihr ganzer Körper schien im Rhythmus dieses Pulses zu summen, der so viel Angst und Trauer in sich barg.

Sie öffnete ihre Lippen für meine Zunge, und ich vertiefte unseren Kuss und wünschte mir, unser erster Kuss hätte so sein können. Ich wünschte, sie hätte spüren können, wie viel sie mir bedeutete, anstatt immer nur das Schlechteste in mir zu sehen.

Aber das stimmte nicht mehr. Ich hatte mich völlig für sie geöffnet und jegliche Barrieren fallen lassen – und trotzdem war sie hier in meinen Armen und hatte ihre Hände um meinen Hals geschlungen, während sie mich festhielt und küsste, als wäre ich der einzige Grund für ihre Existenz. Ich war das Reich, das sie erobern wollte. Ich war das Schicksal, das sie sich ausgesucht hatte. Wenn sie also wollte, dass ich über dieses Leben hinaus für uns kämpfte, dann würde ich das tun. Ich würde dafür kämpfen, zu bleiben, und ich würde mich weigern, zu gehen – auch, wenn der Himmel selbst käme, um mich aus diesem unwürdigen Körper zu zerren. Auch, wenn es mich meinen Platz im Jenseits kosten würde.

Denn eine Ewigkeit mit den Sternen bedeutete mir nichts im Vergleich zu einem Leben in ihren Armen.

Roxy wiegte noch einmal ihre Hüften, und ich stöhnte vor Verlangen nach ihr. Es spielte keine Rolle, wie oft wir zusammen gekommen waren, ich sehnte mich immer so nach ihr, und jetzt brauchte ich mehr denn je das Gefühl, dass unsere Körper eine Einheit waren.

Ich ließ meine Finger über ihre Wirbelsäule gleiten, während ich weiterhin ihre Tränen wegküsste, und öffnete langsam ihren BH, zog ihn ihr über die Arme und warf ihn beiseite, damit meine Hände ihren Weg zu ihren Brustwarzen finden konnten.

Sie stöhnte leise, als ich ihre harten Nippel berührte – zwei harte und empfindliche Punkte, an denen ich zog und mit denen ich spielte, bevor ich unseren Kuss unterbrach und meinen Mund senkte, um an einem von ihnen zu saugen.

Roxy wölbte sich nach hinten, ihre langen Haare fielen über ihren Rücken, während sie ihre Hüften weiter gegen meine bewegte – und das in diesem langsamen und berauschenden Rhythmus, der meinen Schwanz, der gegen den Stoff drückte, der ihn umhüllte, nach mehr verlangen ließ.

Die Geräusche, die von ihren sinnlichen Lippen erklangen, sorgten dafür, dass mein Körper ein Eigenleben entwickelte. Und als ich meinen Mund zu ihrer anderen Brustwarze bewegte, ließ ich meine Hände an die Seiten ihres Höschens sinken, um es nach unten zu schieben.

Roxy zog sich zurück, stand auf und ließ ihre Unterwäsche fallen. Dabei beobachtete sie, wie auch ich meine Hose auszog, und ihr Blick fiel auf meinen Schwanz, als dieser zum Vorschein kam. Sie befeuchtete ihre Lippen mit ihrer Zunge, bevor sie wieder auf mich kletterte.

Ich küsste sie erneut, als sie auf mir saß und ihre feuchte Mitte über die Länge meines Schaftes rieb. Wir beide zitterten mit dem Verlangen, einander zu beanspruchen.

Ich fand ihren Eingang, ohne dass einer von uns meinen Schwanz führen musste, und ihr Rückgrat krümmte sich auf verführerischste Weise, als sie sich vorbeugte und die Spitze meines Schwanzes in sie eindrang.

»Es gibt nur dich, Roxy«, sagte ich, fand ihre immergrünen Augen und hielt meinen Blick auf sie gerichtet. »Die Sterne können alles haben, wirklich alles, aber nicht dich.«

»Es gibt nur dich, Darius«, antwortete sie, und ihre Hände bewegten sich zu meinen Schultern, während sie sich ganz auf mich herabsenkte. Ein Stöhnen entwich ihrem perfekten Mund, das meinen ganzen Körper vor Verlangen nach ihr erzittern ließ.

Sie hielt meinen Blick fest, während sie mich langsam zu reiten begann, und immer noch rannen ihr alle paar Augenblicke Tränen über die Wangen. Aber als ich von meinem Verlangen nach ihr verzehrt wurde, verdunsteten sie, sobald sie auf meine Brust fielen. Die Hitze meines Drachen brachte meine Haut zum Glühen, als ich für sie auseinanderfiel.

Roxys Augen glühten, als die Hitze zwischen uns weiterwuchs, und ich ließ meine Finger auf ihre Klit sinken, verschlang ihr Stöhnen der Lust mit meinen Küssen und begann, im Rhythmus ihrer Hüften auf meinen, langsame Kreise auf der empfindlichen Stelle zu reiben.

Sie presste ihre Handflächen auf meine Brust und das Gewicht ihrer Magie auf meiner entlockte mir ein Fluchen. Sofort ließ ich meine Barrieren fallen und gewährte ihr Einlass – die kombinierte Hitze unserer Magie floss wie Lava durch meinen Körper.

Diese Hitze zwischen uns stieg weiter an, als ich meine Hüften in ihrem Rhythmus bewegte und sie mit meinen Händen führte, während ich begann, mich tiefer in sie hineinzutreiben. Ihr Atem stockte mit jedem meiner Stöße.

Ich konnte spüren, wie sich der Druck in ihrem Körper aufbaute, wie eine Spirale, die nur darauf wartete, zu zerbrechen. Und ich massierte weiter ihre Klit, während sie gegen dieses Vergnügen ankämpfte. Ich knurrte fordernd ihren Namen, während ich mich in sie drückte und sie so innig küsste, bis sie schließlich für mich über den Abgrund fiel.

Aber als ihre Pussy pulsierte und meinen Schaft umklammerte, wuchs unsere Hitze noch weiter an. Die Flamme, die sie mir mit jenem Phönix-Kuss geschenkt hatte, erhob sich in meiner Brust, um sich erneut mit ihren eigenen Flammen zu vereinen. Und plötzlich brannten wir.

Fluchend unterbrach ich unseren Kuss, und meine Augen weiteten sich, als ich die blauen und roten Flammen sah, die nicht nur ihren Körper, sondern auch meinen verzehrten. Dieses Feuer zwischen uns wurde immer heller und größer und beanspruchte alles um uns herum, so wie wir einander beanspruchten.

Roxy ließ ihre Hüften erneut kreisen, und ich stieß ein Drachenbrüllen aus, als das Feuer durch meine Adern strömte und jeden einzelnen Berührungspunkt zwischen uns vor Lust vibrieren ließ, wie ich es noch nie erlebt hatte.

Ihre Flügel breiteten sich weit auf ihrem Rücken aus, das Feuer färbte sie so wunderschön, dass ich nur auf diese atemberaubende Kreatur starren und mein Glück preisen konnte, sie für mich gewonnen zu haben.

Roxy stöhnte, als sie die Länge meines Schwanzes auf und ab ritt, und ich stieß tiefer in sie hinein und starrte sie an, während sie bei jeder meiner Bewegungen aufschrie. Ich spürte, wie die Goldmünzen unter uns durch die Kraft unserer Flammen schmolzen.

Das rot-blaue Feuer wurde gesprenkelt vom Gold meines Drachen, und es war so fesselnd, zu sehen, wie es ihre Haut bedeckte, dass ich sie nur noch anstarren und versuchen konnte, diesen Moment zwischen uns ewig andauern zu lassen.

Aber natürlich konnte mein Körper ihren Orgasmus genauso wenig aufhalten, wie ich das Vergehen der Tage aufhalten konnte, und als ich sie weiter langsam und intensiv fickte, wusste ich, dass mein Ende nahte.

Ich schob mich nach oben, um sie erneut zu küssen. Die Tränen waren durch das Feuer verbrannt, sodass ich auf ihren Lippen nur noch Verlangen und Liebe schmecken konnte – zwei Dinge, die ich genauso stark für sie empfand.

Ich packte ihren Hintern, drehte uns um, fixierte ihre Flügel unter ihrem Körper, legte ihr Bein über meinen Arm und traf dann den perfekten Punkt in ihr, der sie dazu brachte, meinen Namen zu keuchen, während ich ihr das größtmögliche Vergnügen bereitete.

Roxys Lippen fanden erneut die meinen, als ich meine Hüften auf sie legte und diese langsame Qual aufrechterhielt. Ich küsste sie innig und ließ meine Zunge mit ihrer tanzen, während ich noch einmal in sie stieß und sie so wunderschön für mich kam, dass ich keine andere Wahl hatte, als mich ihrem Höhepunkt anzuschließen.

Ich küsste sie leidenschaftlich, als ich in ihr kam, sie mit meinem Samen füllte und sie als mein markierte, während ihre Pussy um mich herum pulsierte und die Flammen zwischen uns schließlich erloschen.

Ich fiel keuchend aufs Bett, von dem immer noch geschmolzenes Gold auf den Boden tropfte, und ich konnte mich nicht einmal um meinen zerstörten Schatz kümmern. Stattdessen schlang ich meine Arme um sie und hielt sie so fest, dass ich mich fast davon überzeugen konnte, sie nie wieder loslassen zu müssen.

»Heirate mich, Roxy«, sagte ich, obwohl ich wusste, dass es unfair von mir war, das zu fordern, aber ich tat es trotzdem. Denn es gab viele Dinge, die ich in meinem Leben nicht mehr tun würde, aber das war etwas, was ich noch erleben wollte.

»Bleib bei mir, Darius«, antwortete sie. Und damit bat sie mich, das eine zu tun, von dem ich fast sicher war, dass ich es nicht konnte. Aber wenn es einen Weg gab, dann würde ich es für sie tun.

»Wenn ich es kann, dann werde ich es tun«, antwortete ich ehrlich. Und ich hasste mich dafür, das nicht mit größerer Bestimmtheit schwören zu können.

»Dann heirate ich dich«, antwortete sie. »Ohne Bullshit. Nur wir.«

»Wirklich?«, fragte ich, und meine Brust schwoll bei dem Gedanken daran, dass sie auf so unerschütterliche Weise mir gehören würde.

»Wirklich.«

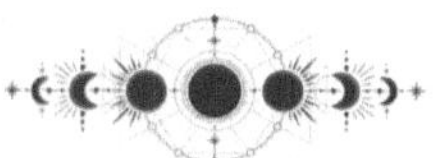

Ich erwachte in den Armen der Frau, die ich liebte, mit geschmolzenem Schatz, der das Bett bedeckte und uns an die verdammte Matratze klebte.

Mit einem Stöhnen erwachte auch Roxy. Eines ihrer Beine steckte ebenfalls in dem nun erstarrten Gold, während sie den Rest ihres Körpers über meinen drapiert hatte, sodass sie dem Schlimmsten entkommen war.

Ich war mir nicht sicher, wo ich anfangen sollte, das Problem zu beheben, aber sie rollte nur mit den Augen, als ich einen Kommentar dazu machte, hob die Hand und setzte ihre Erdmagie ein, um die Kontrolle über das Metall zu übernehmen. Sie zwang alles in die Form zurück, in der es gewesen war, bevor wir es in eine geschmolzene Masse verwandelt hatten. Mit einer einzigen Handbewegung beförderte sie die Münzen und den Schmuck zurück in die Schatztruhe neben dem Bett und stand dann auf, bevor ich sie aufhalten konnte.

»Wir müssen heute unseren Angriff auf deinen Vater planen«, sagte sie, marschierte durch den Raum, öffnete den Kleiderschrank und durchsuchte ihre Kleidung aggressiv.

»Das müssen wir«, stimmte ich zu, folgte ihren Bewegungen mit den Augen und versuchte, mich nicht darauf zu konzentrieren, wie viele Morgen uns noch blieben, bevor die Sterne kamen, um ihre Schulden einzutreiben. Denn ich wusste, dass sie es tun würden. Ich konnte so viele Gelübde ablegen, wie ich wollte, und so hart kämpfen, wie ich konnte, aber am Ende sah ich keinen wirklichen Ausweg aus diesem Schicksal – sosehr ich mir auch wünschte, es gäbe einen.

»Das heißt, wir müssen uns beeilen.« Sie nahm das lange goldene Kleid, das sie damals im Palast der Flammen getragen hatte, aus dem Schrank und zog es an, während ich sie weiterhin beobachtete. »Ich bin mir ziemlich sicher, dass du mich nicht sehen solltest, Alter.«

»Ich bin nicht dein Alter«, knurrte ich gereizt. »Und warum sollte ich dich nicht sehen?«

»Hast du deine Meinung schon geändert?«, fragte sie neugierig. »Weil du derjenige bist, der unbedingt heiraten will. Ich bin vollkommen zufrieden damit, ein Leben in Sünde zu führen.«

»Wirklich?«, fragte ich und richtete mich – plötzlich hellwach – auf.

»Ich habe es dir gesagt, keinen Bullshit. Entweder du bist dabei oder nicht. Ich will weder eine Kirche voller Gäste noch das Jungfrau-in-Weiß-Ding. Du kannst mich so nehmen, wie ich bin, oder eben gar nicht.«

»Du weißt, wie ich dich am liebsten nehme«, sagte ich vulgär, und sie grinste mich an.

»Dann lass uns gehen. Ich habe Geraldine und den anderen bereits geschrieben, und sie wird zweifellos total ausflippen und ein paar verrückte Vorbereitungen treffen. Ich will ihr nicht genug Zeit geben, um etwas Ausgefallenes aus der Sache zu machen.«

»Himmel bewahre«, neckte ich sie.

»Der Kriegsrat tagt in einer halben Stunde«, entgegnete sie, und ich zog eine Augenbraue hoch.

»Du meinst das ernst«, stellte ich fest.

»Willst du jetzt ein Vega werden oder nicht?«, fragte sie gereizt, und ich merkte, dass diese ganze Sache sie aus ihrer Komfortzone drängte. Aber da war sie, sah zum Anbeißen aus und wartete darauf, dass ich sie heiratete.

»Du wirst eine Acrux sein«, korrigierte ich sie, und sie lächelte mich verschmitzt an.

»O nein! Ich weiß, wie das hier funktioniert. Das Paar nimmt den Namen des mächtigeren Fae in der Beziehung an. Und das wäre in diesem Szenario ich.«

Als sie das sagte, öffnete ich überrascht den Mund und mir wurde klar, dass sie recht hatte. In meinem ganzen Leben hatte es nie die Aussicht gegeben, dass es für mich einen Partner geben könnte, der die mächtigere Partei sein könnte. Also war ich immer davon ausgegangen, dass meine Frau meinen Namen annehmen würde. Aber ihre Behauptung stimmte. Andererseits hatte sie mich immer noch nicht besiegt, sodass es unwahrscheinlich war, dass ich mich in nächster Zeit ihrer Macht beugen würde.

»Du wirst mich schon sehr hart rannehmen müssen, bevor ich zugebe, dass das stimmt, Baby«, antwortete ich.

Roxy warf einen Blick auf die goldene Uhr auf dem Nachttisch und seufzte. »Keine Zeit. Wir können uns die Sache mit dem Namen überlegen, nachdem wir deinen Vater getötet haben. Sein abgetrennter Kopf kann zusehen, wie ich dir in den Arsch trete. Er wird einen Platz in der ersten Reihe haben, wenn sein geliebter Erbe gezwungen ist, sich endlich vor seiner Königin zu verbeugen. Denn dann stirbt auch die letzte Hoffnung für sein Imperium. Das wird romantisch.«

»Verdammt, ich liebe es, wenn du redest wie ein Psychopath«, sagte ich.

»Das mache ich viel öfter, seit ich dich kenne«, antwortete sie.

Ein wildes Klopfen an der Tür erregte unsere Aufmerksamkeit, und sie seufzte.

»Das wird der Bullshit sein. Beeil dich, verdammt noch mal, bevor das Ganze zu sehr nach Hochzeit aussieht.«

»Was natürlich keineswegs der Fall sein darf«, stimmte ich sarkastisch zu, und sie zeigte mir den Mittelfinger, bevor sie zur Tür ging, wo Geraldine vor Aufregung so laut kreischte, dass mir die Ohren klingelten.

Ich entdeckte auch Darcy und Sofia dort und hob eine halbe Sekunde lang die Hand zum Gruß, bevor Roxy nach draußen gezerrt und mir die Tür vor der

Nase zugeschlagen wurde, während Geraldine mir befahl, mir den Anblick ihrer Königin aus den Augen zu reiben.

Das Mädchen war verdammt verrückt, aber ich musste zugeben, dass sie mir ein bisschen ans Herz gewachsen war.

Noch während ich mein Hemd zuknöpfte, tauchten Xavier, die Erben und Orion auf, und ich konnte mir ein breites Grinsen nicht verkneifen, als sie mich alle umringten, mir gratulierten und mir auf die Schulter klopften. Seth hatte sich die Seite, die Orion verbrannt hatte, abscheren lassen und seine verbliebenen Haare zu Zöpfen geflochten. Darcy hatte wohl gesagt, dass er damit wie ein Wikingerkrieger aussähe – was auch immer das heißen sollte –, und obwohl wir ihn deswegen verspotteten, war ich mir ziemlich sicher, dass wir alle insgeheim dachten, dass es ihm verdammt gut stand.

Ich trat aus dem Burrows und entdeckte meine Mutter und Hamish im Bauernhaus, das unser Versteck vor der Außenwelt verbarg. Auch Gabriel und seine Familie warteten dort. Meine Mutter stürzte sich sofort auf mich, als sie mich sah, schloss mich in ihre Arme und erklärte, dies sei der stolzeste Tag ihres Lebens.

Ich drückte sie fest an mich und versuchte, den Groll, unserem Vater so viel unserer Zeit überlassen zu haben, auszublenden und mich stattdessen auf die Momente zu konzentrieren, die uns jetzt geschenkt worden waren.

»Ich bin so stolz auf dich«, flüsterte meine Mutter, hielt mich an der Vorderseite meines Hemdes fest und sah mich mit Tränen in den Augen an. »Dein Vater hat so hart daran gearbeitet, dich zu einem Ebenbild seiner Person zu machen. Aber trotz aller Widrigkeiten ist es dir gelungen, dich von seinem Einfluss zu befreien und deinen eigenen Weg zu gehen. Du bist zu einem Mann geworden, der sein Herz aus den Klauen der Sterne zurückgefordert hat. Einem Mann, der der Liebe dieses Mädchens da draußen würdig ist.«

Ich zog sie in meine Arme, weil diese Worte etwas Tiefliegendes in mir berührten und dabei meinen ganzen Körper zum Vibrieren brachten.

Denn diese Worte verkörperten alles, was ich im letzten Jahr zu beweisen versucht hatte, und sie aus dem Mund der Frau zu hören, deren Liebe mir so lange verweigert worden war, bedeutete mir die Welt. Wir hätten mehr Zeit zusammen haben sollen, aber wenn ich ihren Worten Glauben schenken konnte, dann würde ich diese Welt zumindest in dem Wissen verlassen, dass ich bewiesen hatte, welche Art von Mann ich sein konnte. Und dass sie sich an einen Mann erinnern würde, der dieser Erinnerung würdig war.

Roxy wartete am äußersten Rand der Begrenzung, die das Burrows umgab, auf mich. Dort, wo die Hügel abfielen, eröffnete sich ein atemberaubender Blick über die Landschaft – Adler segelten am Himmel, und alle Schattierungen des Herbstes erstrahlten in den Bäumen, deren Blätter im kalten Wind, der das Ende ihrer Pracht verhieß, durch die Luft wirbelten.

Aber mein Blick galt meinem Mädchen, während ich die Distanz zwischen uns überbrückte; die anderen hatten sich längst hinter mir versammelt. Ich schritt durch ein Feld atemberaubender Wildblumen, die definitiv nicht da gewesen waren, als ich das letzte Mal hier draußen gewesen war.

Roxy sah mich lächelnd an. Sie trug jetzt ein atemberaubendes blutrotes Kleid aus handgenähter Spitze, das ihren Rücken frei ließ und eine Schleppe hatte, die um ihre Füße flatterte. Ihre langen dunklen Haare waren hochgesteckt, wobei lose Locken ihren Hals umspielten, und ihr Gesicht war geschminkt, ihre Augen schwarz umrandet und ihre Lippen rubinrot wie der Anhänger, den sie für mich um den Hals trug.

Verdammt, ich hatte keine Ahnung, wie Geraldine sie in den letzten zehn Minuten verwandelt hatte – oder woher zum Teufel dieses Kleid hergekommen war –, aber mein Puls hämmerte hungrig, während meine Augen sich an dem Anblick weideten, wie sie dort auf mich wartete.

Geraldine schluchzte laut, und Darcy strahlte mit Tränen in ihren silbernen Iriden. Ich wusste, dass sie für uns weinte, aber darauf konnte ich mich in diesem Moment nicht konzentrieren. Alles, was ich sehen konnte, war Roxy. Die Frau, der mein Herz schon gehört hatte, bevor ich ihr überhaupt begegnet war.

»Solltest du nicht auf mich zuschreiten?«, fragte ich, als ich sie erreichte, während meine Brüder und meine Familie dicht um sie herum standen.

»Ich habe es dir gesagt – kein Bullshit«, antwortete sie mit einem Achselzucken, und ich bemerkte den Rosenstrauß zu ihren Füßen. Ein leises Lachen entfuhr mir, als ich diese Frau ansah, der ich die Ewigkeit bieten wollte. Und ich versuchte, mein Herz nicht daran zerbrechen zu lassen, dass unser Happy End in ein paar kurzen Wochen enden würde.

»Wird es ein traditionelles Gelübde geben?«, presste Geraldine hervor, aber Roxy schüttelte sofort den Kopf.

»Nein. Ich werde einfach hier stehen und der Welt sagen, dass er mir gehört. Und wenn mir das jemand nicht glaubt, kann er es ja selbst mit mir ausmachen.«

»Immer so aggressiv«, witzelte ich, als ich vor ihr zum Stehen kam und ihr makelloses Make-up und die perfekt gestylten Locken in ihren ebenholzschwarzen Haaren bemerkte, die in der kühlen Brise tanzten. Geraldine arbeitete wirklich schnell unter Druck.

»Sagt der Drache, der versucht hat, mich zu ertränken.«

Ich schüttelte den Kopf, weil ich nicht glauben konnte, dass sie das jetzt erwähnen würde. Und gleichzeitig fragte ich, warum ich überhaupt mit etwas anderem gerechnet hatte. Dieses verdammte Mädchen würde mein Ende sein. Aber damit konnte ich leben.

»Hast du Ringe?«, fragte mich Darcy, während sich Lance vorbeugte, um einen Arm um ihre Schultern zu legen. Dabei bedachte er mich mit einem Gesichtsausdruck, der mir verriet, dass er sowohl glücklich als auch am Boden zerstört war. Was leider so ziemlich das Stimmungsbild aller unserer Gäste zu sein schien.

»Er ist ein schatzbesessener Drache. Du weißt, dass er Ringe hat«, scherzte Caleb, und ich lachte auf, zog sie aus meiner Tasche und hielt Roxy den Ring hin, der für mich gedacht war.

Sie betrachtete einen Moment lang den schlichten Platinring und sah mich dann überrascht an. Ich zuckte mit den Schultern. »Du hast gesagt, kein Bullshit.«

Ein Lächeln breitete sich auf ihrem Gesicht aus, und es war wie ein Sonnenstrahl, der durch die Wolkendecke stieß. Sie nahm ihn entgegen, kam auf mich zu und steckte mir den Ring an den Finger, ohne auch nur ein Wort zu sagen.

»Ich erkläre diesen Mann zu meinem Ehemann«, sagte sie mit einem Ausdruck der Macht in ihrer Stimme, der den Himmel selbst herausforderte, ihr das zu verweigern.

»Ich erkläre diese Frau zu meiner Ehefrau«, antwortete ich, um ihrem

Beispiel zu folgen, und steckte ihr den mit Rubinen besetzten Ring an, während ich sie hungrig anlächelte.

Geraldine begann, von unserer Vereinigung und den Sternen und all dem Scheiß zu schwärmen, was, wie ich vermutete, ihre Art war, die ganze Sache offiziell zu machen. Aber ich konnte mich nicht auf ein einziges Wort davon konzentrieren, als ich mein Mädchen in meine Arme schloss.

Roxys Augen brannten vor Liebe zu mir, und ich neigte mein Gesicht, um sie zu küssen. Dabei empfand ich es als völlig unmöglich, zu glauben, dass ich so verdammt viel Glück haben würde, die Frau meiner Träume in meinen Armen zu halten – meinen Ring fest an ihrem Finger. Sie hob ihr Kinn, um meinem Mund zu begegnen, und vergrub ihre Finger in der Vorderseite meines Hemdes. Ich schloss die Distanz zwischen uns und küsste sie unter den grauen Wolken, ohne einen einzigen verdammten Stern in Sicht.

Denn mit einem hatte sie recht: Wir brauchten weder das Schicksal noch Ringe in den Augen, um zu wissen, dass wir zusammengehörten. Und genau hier, ohne irgendetwas davon, spürte ich die Kraft unserer Verbindung, die weitaus tiefer ging, als es irgendein Band hätte erreichen können. Denn endlich hatte ich meinen Anspruch auf die Frau erhoben, nach der ich mich so verdammt lange gesehnt hatte.

Und ich wusste, dass selbst der Tod unsere Seelen jetzt nie wieder trennen könnte.

Gemini
Scorpio
Virgo
Cancer
Aries
Leo
Taurus
Sagittarius
Capricorn
Aquarius
Libra
Pisces

CALEB

KAPITEL 54

Der Kriegsrat hatte den ganzen Morgen getagt – auch, weil wir über eine Stunde auf Darius und Tory hatten warten müssen. Auf dem Weg zurück ins Burrows hatte er sie in ihr Zimmer gezerrt, um ihre verdammte Ehe zu vollziehen.

Wir hatten die ganze Zeit damit verbracht, nicht darauf zu achten, wie die Wände wackelten, und gleichzeitig alles darangesetzt, nicht in die Falle zu tappen, Darius' Schicksal zu beklagen.

Wir waren alle die ganze Nacht wach gewesen, um darüber zu diskutierten. Und schließlich hatten wir uns alle darauf geeinigt, uns auf diese Schlacht zu konzentrieren, bevor wir uns darum kümmern würden, sein Schicksal zu ändern.

Gabriel hatte sich intensiv damit beschäftigt, den besten Weg zum Erfolg zu *sehen*, und letztlich hatten wir beschlossen, dass der Kampf in einer Woche stattfinden würde.

Ohne Sternenstaub als Transportmittel würde es uns einige Anstrengungen kosten, den Kampf zu Lionel zu bringen. Deshalb planten wir, die Rebellen bereits in den nächsten Tagen loszuschicken. Wir hatten den Nachmittag damit verbracht, eine riesige Kundgebung abzuhalten, um alle für die Schlacht zu motivieren.

Aber nach stundenlangen Sprechchören, in denen sie ihre Unterstützung für die wahren Königinnen bekundet hatten – und ich mir wie ein Statist in dieser ganzen Kriegskampagne vorgekommen war –, bekam ich allmählich die Folgen der fehlenden Nachtruhe zu spüren.

»Stell dir vor, in einer Woche könnten wir wieder zu Hause sein«, sagte Max, der an meiner Seite erschienen war. Er legte seine Hand auf meine Schulter und half mir, mich wieder erfrischt und wach zu fühlen.

»Es fällt mir schwer, mir das vorzustellen«, gab ich zu, während die Jubelrufe der Rebellen durch die Tunnel drangen und in meinem Schädel widerhallten. Es wurden mehr als nur ein paar Drinks konsumiert, und es war klar, dass sich die ganze Sache bei Einbruch der Dunkelheit in einen Rave verwandeln würde. Aber es fiel mir schwer, die Kraft aufzubringen, mich den Feierlichkeiten anzuschließen.

»Wir werden eine Lösung finden«, schwor Max, der meine Angst um Darius spüren konnte. Ich sah ihn hoffnungslos an. Natürlich wünschte ich mir das, aber sein Schicksal schien unumstößlich. »Er hat noch mehrere Wochen. Wir sind die mächtigsten Fae Solarias – es muss einfach einen Weg geben.«

»Ich hoffe wirklich, dass du …« Ich stockte, als meine Haut summte und mich warnte, dass im ledernen Tagebuch, das meine Mutter mir gegeben hatte, eine neue Nachricht auf meine Aufmerksamkeit wartete. »Meine Mom hat uns gerade eine Nachricht geschickt«, erklärte ich, und Max' Augen weiteten sich vor Angst, wie jedes Mal, wenn sie mit uns in Kontakt trat. Es hatte noch nie Probleme mit unseren Familien gegeben, aber wir alle rechneten fest damit, dass sich Lionel früher oder später gegen sie stellen würde. Unsere Angst um ihre Sicherheit schwand also nie.

»Wo sind die anderen?«, fragte ich und scannte die Menge schreiender blutrünstiger Fae. Seth und Darius standen auf der anderen Seite des Raumes, aber der Rest unserer Gruppe war nicht zu sehen.

Ich packte Max, warf ihn mir über die Schulter und schoss durch die Menge – wobei ich möglicherweise ein paar Leute zwischen den dicht gedrängten Körpern umstieß –, bevor ich vor den anderen Erben zum Stehen kam.

»Hey, was gibt's?«, fragte Seth und blickte zwischen Max und mir hin und her, wobei ihm das Unbehagen in unseren Gesichtern nicht entging.

»Meine Mom hat uns eine Nachricht geschickt«, erklärte ich.

»Dann lass uns gehen«, antwortete Darius. »Die Zwillinge sind in der Menge untergegangen, und Lance sorgt dafür, dass sie nicht überrannt werden. Ich glaube, das könnte die ganze Nacht so weitergehen.«

»Okay, dann los«, stimmte ich zu und drehte mich in Richtung der königlichen Gemächer, wo ich auf das Zimmer zusteuerte, das ich mit Seth teilte.

Es fiel mir ziemlich schwer, nicht daran zu denken, wie gut sich sein Mund in genau diesem Raum auf meinem angefühlt hatte – ganz zu schweigen von den anderen Körperteilen. Aber seitdem ich ihn dazu gebracht hatte, hierher zurückzukommen, waren wir vorsichtig gewesen, uns nicht wieder in die Nähe dieser Grenze zu bewegen. Wir würden erneut darüber sprechen müssen, aber bislang zögerte ich dieses Gespräch noch hinaus. Zuerst wollte ich an einen Punkt kommen, an dem ich nicht jedes Mal an ihn dachte, wenn ich mir einen runterholte, damit ich mit ihm reden konnte, ohne Angst zu haben, mich völlig zum Narren zu machen.

Ich eilte durch den Raum, während die anderen bei der Tür stehen blieben, und zog vorsichtig das Lederjournal, das mir meine Mom gegeben hatte und das mit ihrem Schreibstein verknüpft war, aus seinem Versteck. Dann entfernte ich die magischen Schlösser und Tarnungen, die ich gewirkt hatte, um es zu schützen.

Mein Herz gefror zu Eis, als ich die wartende Nachricht las.

Lionel hat uns auf sein Anwesen bestellt, aber irgendetwas stimmt nicht. Er hat Hadley und die anderen und lässt uns sie nur dann sehen, wenn wir seinem Ruf folgen. Ich habe Angst vor dem, was er planen könnte.

»Fuck!«, fluchte Max, während Seth aufheulte.

»Was jetzt?«, fragte ich mit rasendem Puls.

»Wir gehen hin«, antwortete Darius bestimmt und blickte zwischen uns hin und her. »Ich werde nicht zulassen, dass mein Vater euch eure Familien wegnimmt.«

Ich schluckte schwer und fragte mich, ob wir verrückt waren, so etwas in Betracht zu ziehen. Aber wir waren die stärksten Fae unserer Generation und hatten fast ein Jahr lang daran gearbeitet, unsere Kampffähigkeiten zu verbessern, in Erwartung genau dieser Art von Situation.

»Sollen wir versuchen, die anderen zu finden?«, fragte Seth und schaute zur Tür.

»Nur der Teufel weiß, wo Darcy, Tory und Geraldine sind«, sagte Max. »Das Letzte, was ich gehört habe, war, dass Gerry sie dazu überreden wollte, jeden verdammten Fae hier unten einzeln mit ihrer Berührung zu segnen. Tory sah nicht gerade erfreut darüber aus, aber Hamish hat darauf bestanden, also sind sie zusammen in den Tunneln verschwunden.«

»Ich könnte sie vermutlich finden«, meinte ich, da ich wusste, dass ich mich in diesen Tunnelnetzen ohne allzu große Schwierigkeiten hin und her bewegen konnte, obwohl sie mittlerweile verdammt umfangreich waren.

»Wir könnten für Panik sorgen, wenn die Rebellen mitbekommen, dass wir gehen«, gab Max zu bedenken. »Ich sage, wir gehen einfach. Wir wissen alle, dass wir es sowieso tun werden, also warum riskieren, dass die Armee ausflippt, während sie sich auf einen Krieg vorbereiten muss?«

»Ja, da bin ich ganz bei dir«, stimmte ich zu; meine Angst um meine Familie trieb mich dazu, sofort zu handeln.

»Wir haben keinen Sternenstaub«, gab Darius zu bedenken. »Aber ich kann uns hinfliegen. Wir werden allerdings mindestens eine Stunde unterwegs sein.«

»Brechen wir auf!«, rief Seth entschlossen. »Wir werden gesund, munter und in Begleitung unserer Familien zurück sein, noch bevor die Kundgebung überhaupt vorbei ist. Und dann können sie sich unserem Kampfvorhaben ebenfalls anschließen. Der Plan ist bombensicher; da kann gar nichts schiefgehen.«

Wir sahen einander an und wussten, dass der Plan in vielerlei Hinsicht schiefgehen könnte. Aber wir wussten auch, dass wir keine Wahl hatten. Es ging hier um unsere Familien. Und sie brauchten uns.

Ich nickte zustimmend, und wir verteilten uns, um unsere Waffen zu holen und uns für den Kampf umzuziehen. Ich schnappte mir meine Dolche vom Nachttisch und rief den anderen zu, dass ich draußen auf sie warten würde.

Ich musste ein paar Runden durch die Tunnel drehen, bevor ich Gabriel fand, und wäre fast mit ihm zusammengestoßen, als er mir mit einem wissenden Gesichtsausdruck in den Weg trat.

»Ihr geht?«, fragte er mit besorgter Stimme.

»Meine Mutter und die anderen Ratsmitglieder sind in Schwierigkeiten. Lionel hat sie zu sich bestellt – und sein Grund scheint kein guter zu sein. *Siehst* du etwas, das uns helfen könnte?«, fragte ich.

Gabriel runzelte die Stirn, während er sich auf seine Gabe konzentrierte, um nach den Antworten zu suchen, die ich brauchte, bevor er schließlich kopfschüttelnd aufgab und mir einen entschuldigenden Blick zuwarf.

»Dieser Ort ist in den Schatten verborgen«, sagte er. »Aber ich *sehe* viele Pfade für deine Zukunft nach dieser Nacht, also glaube ich nicht, dass du bei diesem Unterfangen sterben wirst. Es sei denn, es verändert sich etwas, klar.«

»Super beruhigend«, murmelte ich.

»Ich gebe mein Bestes«, erwiderte er trocken.

»Kannst du den anderen sagen, wo wir sind?«

»Die Zwillinge werden nicht begeistert sein«, warnte er.

»Nein, aber hier geht es um unsere Familien. Das werden sie verstehen.«

Er nickte, und ich klopfte ihm auf den Arm, bevor ich von ihm wegschoss, das Burrows durch die Tunnel verließ und schließlich jenseits der riesigen Barriere trat, die diesen Ort schützte. Darius hatte sich bereits in seine riesige goldene Drachenform verwandelt, Seth und Max saßen auf seinem Rücken und trugen Darius' Klamotten gebündelt in den Händen.

»Gabriel konnte nichts *sehen*, was uns helfen könnte«, erklärte ich, als ich ebenfalls aufsprang.

»Das kann er nie, wenn es darauf ankommt«, raunte Seth, und ich seufzte zustimmend, ergriff einen der riesigen Stacheln auf Darius' Rücken und ließ mich hinter Seth nieder. Dabei fiel mein Blick sofort auf die rasierte Seite seines Kopfes und die sich darüber windenden Zöpfe.

Darius erhob sich mit einem trotzigen Gebrüll und einem Schwall von Drachenfeuer in den Himmel – ein brutales und schnelles Ende für jeden, der sich uns in den Weg stellen sollte. Ich hoffte nur, dass wir rechtzeitig ankommen würde.

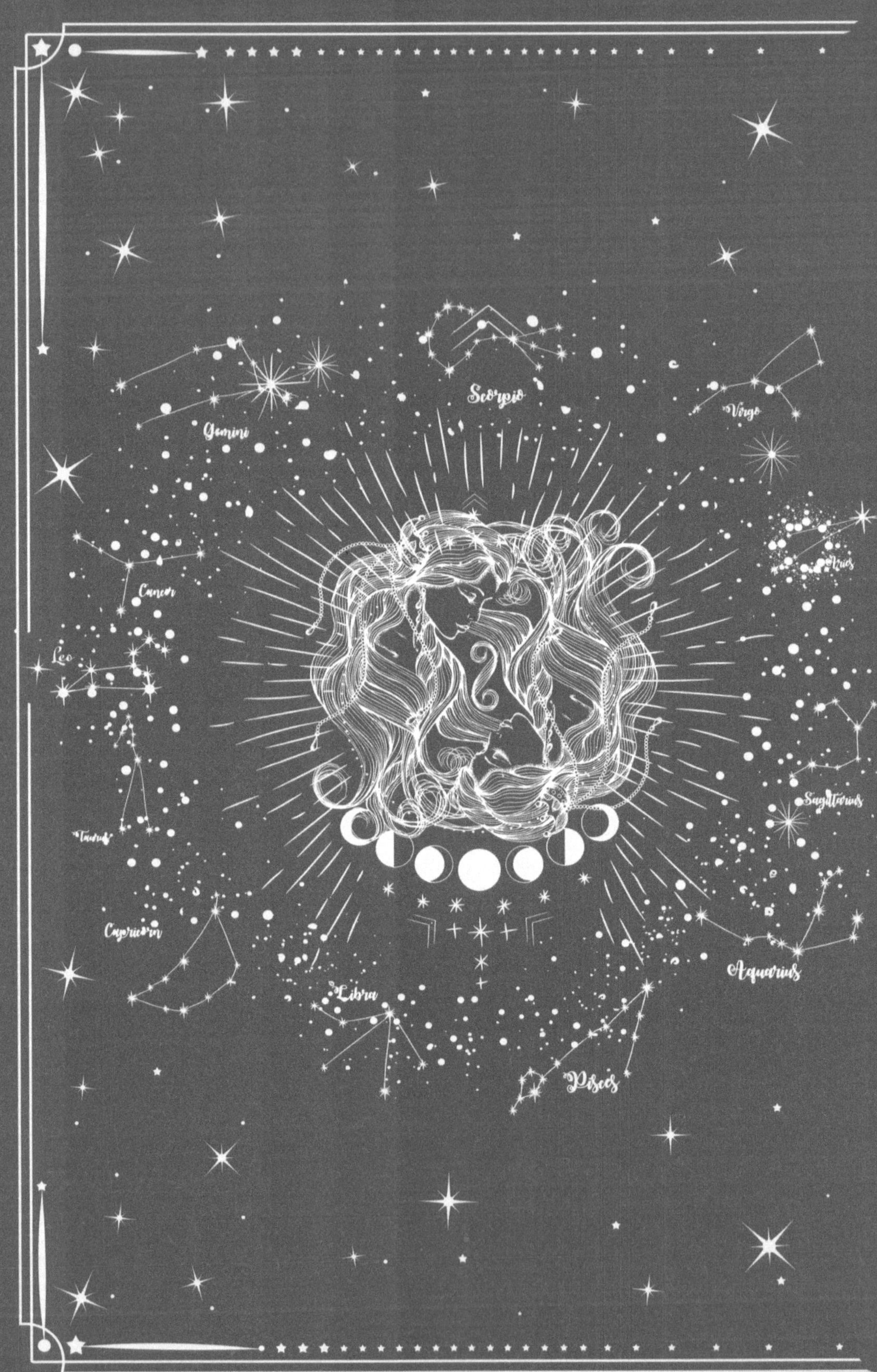

Gemini
Scorpio
Virgo
Cancer
Aries
Leo
Sagittarius
Taurus
Capricorn
Aquarius
Libra
Pisces

DARCY

KAPITEL 55

»**H**ier entlang!«, rief Geraldine und führte Tory und mich durch die Tunnel, wo wir die Köpfe der Rebellen berührten, die sich vor uns verneigten, um *gesegnet* zu werden.

Ich wusste, dass ich nicht wirklich über die Macht verfügte, jemanden zu segnen, aber ich kannte auch die Macht des Glaubens. Und wenn sie an die Wirkung dieses Segens glaubten, dann hatte er wohl tatsächlich eine.

Tory machte widerwillig mit, und ich warf ihr immer wieder besorgte Blicke zu, während ich an Darius dachte. Jedes Mal, wenn ich den Schmerz in ihren Augen sah, zog sich meine Brust zusammen. Er war unter einer harten Schale verborgen, aber ich konnte meine Schwester lesen wie ein Buch. Ich hoffte, dass wir hier schnell fertig wurden, damit wir zusammen mit Gabriel fliegen gehen konnten – vielleicht an einen stillen Ort, wo ich sie in meinen Armen halten konnte. Oder vielleicht wollte sie zu Darius zurückkehren, sobald wir diese Veranstaltung verlassen konnten. Schließlich hatte sie gerade den Mann geheiratet, den sie liebte und das, nachdem sie herausgefunden hatte, dass ihre gemeinsame Zeit knapp war. Trotzdem musste sie ihr Herz nun zugunsten des Krieges zurückstellen. Und ich hoffte, dass Lionel für all die Zerstörung, die er angerichtet hatte, brennen würde.

Ich war erleichtert, als Geraldine eine Pause ausrief und uns zurück in den Speisesaal führte, bis zu dem Bereich ganz hinten, der nur für uns reserviert war. Dort standen bequeme Stühle und eine Stillekuppel vermittelte ein Gefühl von Ruhe. Tory stöhnte vor Erleichterung, als sie sich zu einem Sessel bewegte, der neben einem lodernden Feuer stand und verdammt einladend aussah.

Geraldine tätschelte liebevoll meinen Kopf, drehte sich dann um und trottete aus dem Speisesaal, wobei sie etwas von einem dringend benötigten königlichen Snack stammelte.

Orion führte ein angespannt wirkendes Gespräch mit Gabriel, und als Tory in ihrem Sessel versank, gesellte ich mich zu ihnen. Orion schlang sanft seinen Arm um mich, und ich genoss den Trost seiner Umarmung. Ich legte den Kopf an seine Schulter und schloss die Augen, ohne auch nur zu hören, worüber er mit meinem Bruder sprach, weil mein Puls einen langsamen Trommelrhythmus in meinen Ohren angestimmt hatte.

Je länger meine Augen geschlossen blieben, desto erschöpfter fühlte ich mich, und als ich an meiner Magie zupfte, um mich mit einem Wachzauber zu putschen, erfasste mich stattdessen eine Welle sengend heißer Wut. Ich war wütend auf diesen Krieg, auf diesen verdammten Lionel und die Bedrohung, die über uns allen schwebte und jede einzelne Person, die ich liebte, in Gefahr brachte.

»Die Erben sind weg, sie sind vor ein paar Stunden aufgebrochen.« Gabriels Stimme durchbrach den Nebel meiner Gedanken.

»Weg?«, keuchte Tory. »Was meinst du mit weg?«

»Ihre Familien sind in Gefahr«, erklärte Gabriel. »Darius ist mitgegangen, um zu helfen.«

»Inwiefern in Gefahr? Wann kommen sie zurück? Warum haben sie uns nicht geholt?«, fragte Tory panisch.

»Ich bin mir ziemlich sicher, dass sie zurückkommen werden«, entgegnete Gabriel.

»*Ziemlich* sicher? Das reicht mir nicht«, blaffte Tory. »Du warst dir vergangenes Weihnachten auch *ziemlich sicher*, dass es eine gute Idee sein könnte, Darius mit den Sternen verhandeln zu lassen.«

Ich riss die Augen auf, stürzte mich knurrend auf Gabriel und stieß ihm meine lodernden Hände gegen die Brust, woraufhin er fluchend zurücktaumelte.

Ich keuchte auf, als mir klar wurde, was ich getan hatte, und Orion zog mich von ihm weg.

»Tut mir leid, das wollte ich nicht«, sagte ich entsetzt, während Gabriel die Verbrennungen auf seiner Brust heilte. Sein Shirt qualmte dort, wo ich ihn versengt hatte, noch immer.

Gabriel runzelte die Stirn, und ich bemerkte, dass Tory mich ebenfalls überrascht ansah. Mir wurde heiß vor Scham, und ihre Wut auf Gabriel wich ihrer Sorge um mich.

»Es tut mir leid«, wiederholte ich.

»Was ist los, Blue?« Orion drehte mich zu sich um und musterte mich beunruhigt. Auch bei ihm entdeckte ich keine Spur von der Wut, mit der ich gerechnet hatte.

Gabriel trat näher an mich heran und legte seine Hand auf meine Wange, um mir tief in die Augen zu sehen. Ich hatte das Gefühl, dass er direkt in meine Seele blickte, während er in meinem Blick nach etwas zu suchen schien.

»Was ist los?«, fragte Tory, aber Gabriel schüttelte nur den Kopf und runzelte die Stirn.

»Ich kann nichts *sehen* …«, murmelte er, während sein Gesichtsausdruck verriet, dass das alles andere als beruhigend war.

Ein lautes Dröhnen hallte durch das gesamte Burrows, der Boden zu meinen Füßen schaukelte, und ich fröstelte, als mir das Blut in den Adern gefror.

»Was war das?«, keuchte Tory, und die Antwort schallte bereits durch die Tunnel.

»Die Schutzzauber sind unten!«

»Die Barriere ist gefallen!«

»Macht euch bereit!«

Dann Schreie. Schrille, markerschütternde Schreie.

Das Geräusch kam von irgendwo über uns in den Tunneln, und Panik durchströmte mich wie Kerosin, das Feuer gefangen hatte.

»Los!«, schrie ich und rannte zur Tür, während mir meine Familie durch den Speisesaal folgte.

»Es sind die Nymphen – sie sind in den Tunneln«, rief jemand in den Saal und begann, den Ausgang mit seiner Erdmagie zu versiegeln.

»Hör auf – du wirst uns alle einsperren.« Eine ältere Frau in seiner Nähe zog an seinem Arm.

Ich ahnte, dass gleich Chaos ausbrechen würde, und als immer mehr Schreie durch die Tunnel drangen – dieses Mal näher – wusste ich, dass wir die Monsterflut nicht würden aufhalten könnten. Aber wir konnten die Schwachen in Sicherheit bringen und unsere Feinde selbst abfangen.

»Dante!«, rief ich, als ich ihn sah, und rannte an seine Seite. Die Oscura-Wölfe scharten sich bereits um ihn.

»Schafft die Kinder und die Alten hier raus! Wir müssen einen neuen Tunnel graben«, erklärte ich schnell.

»Darum kann ich mich kümmern«, meinte Rosalie, die ebenfalls an seiner Seite erschienen war.

»Ich bleibe bei ihnen und beschütze die Kinder«, sagte Leon voller Leidenschaft, während Feuer in seinen Handflächen aufflammte.

»Grabt einen Tunnel durch die hintere Wand!« Tory zeigte in die entsprechende Richtung, und sie rannten los, um sofort loszulegen, während etliche Erdelementare herbeieilten, um zu helfen.

Ich wandte mich an Orion und versuchte, ruhig zu bleiben, während immer mehr Schreie aus den Tunneln zu uns durchdrangen. »Hol unsere Rüstungen und Waffen!«, wies ich ihn an. »Wir gehen zum Ausgang, um sie aufzuhalten und ihnen den Weg nach drinnen zu versperren. Dort treffen wir uns wieder.«

Er nickte, bevor er von mir fort und in den Gang schoss, und ich wandte mich an Gabriel, dessen Augen sich unruhig bewegten, während er die Sterne nach Antworten absuchte. Doch als er zu uns zurückkam, war er sehr ernst.

»Ich habe sie nicht kommen *sehen*«, fluchte er. »Und jetzt *sehe* ich so viel Tod, dass ich es nicht ertragen kann.«

»Ist Lionel hier?«, fragte Tory mit einem Knurren.

Ihre Antwort kam eine Sekunde später. Ein lautstarkes Brüllen ertönte über uns an der Erdoberfläche, und alle Fae im Raum hoben den Kopf, bevor viele von ihnen auf uns zugerannt kamen.

»Meine Königinnen, was sollen wir tun?«, rief jemand, während andere nach weiteren Anweisungen verlangten.

Ich war mir nicht sicher, ob ich wirklich bereit war, eine Armee in die Schlacht zu führen, aber es sah nicht so aus, als hätten wir in dieser Angelegenheit eine Wahl. Und wenn Lionel hier war, dann stand ein Kampf bevor – und wir würden ihn anführen müssen.

»Hamish!«, rief ich, und er brach aus der Menge hervor. »Bewaffne die Rebellen! Hol die Waffen, die wir bereits mit unserem Feuer aufgeladen haben, und sorge dafür, dass jeder eine hat!«

»Ja, Mylady.« Er rannte zurück in die Menge und versammelte eine Gruppe von Fae um sich, die ihm dabei helfen sollten, darunter Washer und einige der Oscuras.

»Wir müssen verhindern, dass die Nymphen hier reinkommen«, rief Tory.

»Folgt uns! Gemeinsam werden wir unsere Feinde vernichten!«, schrie ich, und ein Jubelschrei hallte durch den Saal und brachte das Dach zum Vibrieren.

»Ich komme gleich nach.« Gabriel lief zu seiner Familie und sprach eindringlich mit ihnen. Mein Herz zog sich vor Angst zusammen, als mein Blick auf meinen kleinen Neffen fiel. Ein kehliges Knurren entwich mir. Ich würde nicht zulassen, dass ihm heute etwas zustieß.

Tory und ich breiteten unsere Flügel aus – die Kleider, die wir trugen, ermöglichten es ihnen, sich weit zu beiden Seiten auszustrecken. Wir erhoben uns über die Rebellen, schossen zur Tür und riefen unseren Leuten zu, uns zu folgen.

Mütter drängten sich mit ihren Kindern durch die Rebellen und versuchten, sie aus der Schusslinie zu bringen, während Dante und Rosalie Oscura mit Leon und den Erdelementaren zusammenarbeiteten, um den neuen Tunnel in der Rückwand zu erweitern und alle Familien hindurchzuführen.

Wütende, blutrünstige Augen blickten zu uns auf, als die Fae, die kämpfen wollten, in den Gang hinter dem Speisesaal strömten. Wir führten sie von den Verwundbaren weg und eilten auf unsere Feinde zu, um sie aufzuhalten.

Als wir durch die gewundenen Tunnel flogen, brannte die Wut in meinen Adern. Es war ein wahres Inferno. Dieser Ort war zu unserem Zuhause geworden, einem Ort voller Licht, Lachen und Liebe. Und ich würde nicht zulassen, dass dieser Ort zerstört wurde.

Wir flogen über Hamish und Washer hinweg, die Schwerter an der Front verteilten, um unsere Leute zu bewaffnen. Und jeder, der ausgestattet worden war, folgte unserem Vorstoß.

Ich presste zwei Finger an meine Kehle und sprach einen Verstärkungszauber, damit meine Stimme zu den Rebellen durchdrang, froh, dass Orion mir diesen Zauber beigebracht hatte. »Lionel mag uns gefunden haben, aber er weiß nicht, dass er auf einem Nest unbändiger Kreaturen steht. Wir sind eine Familie, die im Dreck geschaffen wurde und bereit ist, mit aller Macht für diejenigen zu kämpfen, die wir lieben. Also lasst ihn uns kommen hören! Brüllt wie die Bestien, die wir gemeinsam sein können. Er soll das Zittern zu seinen Füßen fürchten, denn er hat uns geweckt – und wir sind bereit, mit Händen und Füßen zu kämpfen!«

Die Rebellen antworteten mit einem grollenden Ton, der die Gänge füllte, gerade als wir einen weiteren Tunnel erreichten – und eine Reihe von Nymphen auf uns zustürmte.

Tory ergriff meine Hand und unsere Phönixe kollidierten. Eine Explosion lodernden Feuers schoss aus uns heraus und traf auf die erste Welle von Nymphen. Wir streckten zwei von ihnen mit der Druckwelle nieder, und die Rebellen stürmten nach vorn und schwangen ihre Waffen. Phönixfeuer umhüllte das Metall und erlaubte es ihnen, die Nymphen zu töten.

Das schreckliche Rasseln der Nymphen hallte durch die Luft, blockierte meine Magie und die Magie aller, die ihnen nahe standen. Ich stieß einen Fluch aus.

Tory und ich beschossen die Nymphen mit unserer Kraft, während wir weiterflogen und auf das Bauernhaus zusteuerten, da wir den Eingang zum Burrows so schnell wie möglich versiegeln mussten.

Unsere Formgebungen vereinten sich erneut, und der Phönixvogel schoss aus uns heraus. Mir schlug das Herz bis zum Hals, als ich sah, wie er davonflog, mit einer Nymphe nach der anderen kollidierte und sie zu Asche zerfallen ließ, die sich über die Menge verteilte, die zu unseren Füßen herumwuselte.

»Wir müssen Lionel vernichten«, knurrte Tory.

»Dann lass uns nach draußen gehen«, erwiderte ich, und wir schlugen mit den Flügeln und bewegten uns schneller durch die Gänge. Überall um uns herum ertönten Schlachtrufe, und ich sah das wütende Funkeln in den Augen unseres Volkes. Ihr Mut stärkte meinen eigenen, als wir über die Menge hinwegflogen.

Weitere Nymphen versperrten uns den Weg nach vorn, und überall in den Gängen brachen wütende Kämpfe aus. Wir schleuderten unser Phönixfeuer auf alle Nymphen, denen wir zu nahe kamen, und schickten sie damit in den Tod.

Ihr Rasseln hallte durch die Tunnel, blockierte die Magie unseres Volkes und schwächte unsere Streitkräfte augenblicklich. Immer weitere unserer Verbündeten wichen zurück, und wir riefen allen, die es noch nicht getan hatten, zu, ihre Formgebungen anzunehmen oder mit ihren Phönixfeuer-Waffen weiterzukämpfen.

Als wir den Gang erreichten, der nach draußen führte, erwartete uns das reinste Schlachtfeld.

Geraldine war bereits dort – samt Rüstung und Flegel –, und versuchte, die Nymphen zurückzuhalten. Sie kämpften sich durch den Torbogen, wo die Standuhr gewesen war; die gesamte Erdwand war nun aufgerissen und ein Loch klaffte im Bauernhaus. Wir flogen an Geraldines Seite, die gerade versuchte, das Loch zusammen mit einer anderen Gruppe von Erdelementaren zu versiegeln, und landeten neben ihr.

»Wir werden eine Mauer aus Phönixfeuer errichten. Tretet zurück!«, befahl Tory, und sie beeilten sich, dem Befehl Folge zu leisten, während wir gemeinsam unsere Hände erhoben. In dem Moment kam eine weitere Welle von Nymphen auf uns zu, um durch das Loch zu gelangen.

Eine riesige Feuerwolke löste sich von uns, und die Nymphen kreischten. Einige starben in der Explosion, während sich das Feuer in einer undurchdringlichen Wand um den Eingang wickelte und die Flut der Nymphen endlich stoppte. Das Rasseln verstummte, als sie sich vor unseren Flammen zurückzogen, und meine Magie kehrte zu mir zurück und knisterte an meinen Fingerspitzen.

»Tötet jede Nymphe, die noch in den Tunneln ist! Der Durchbruch ist versiegelt!«, rief ich und verstärkte meine Stimme noch einmal, damit alle Rebellen mich hören konnten.

»Geraldine, bring alle dazu, das Dach zu sichern! Niemand darf sich von oben einen Weg zu uns graben«, befahl Tory.

»Ja, Mylady«, sagte sie mit wildem Blick, während sie begann, die Leute anzuweisen, die Verteidigung zu verstärken.

»Blue!«, rief Orion und schoss mit Waffen und unseren Rüstungen in den Händen auf uns zu.

»Gott sei Dank.« Ich streifte sofort mein Kleid ab.

Tory schnappte sich eine Waffe und durchtrennte die rote Spitze ihres Hochzeitskleides, anstatt Zeit mit den Bändern zu verschwenden. Wir zogen unsere Rüstungen an und schnappten uns unsere neuen, selbst angefertigten Waffen, während Orion sein Schwert bereithielt. In seinen Augen lag eine Dunkelheit, die ich in meiner eigenen Seele spürte.

Xavier und Sofia erschienen auf Tylers silbernem Pegasusrücken und galoppierten auf uns zu. Xavier hatte seinen Phönixfeuer-Helm aus Metall festgeschnallt, bereit für den Fall, sich verwandeln zu müssen. Er sah uns, als Tyler langsamer wurde und schließlich zum Stehen kam.

»Wir müssen an die Oberfläche«, sagte Xavier eindringlich. »Wir müssen meinen Vater erreichen.«

Ich nickte, während Orion Xavier und Sofia mit Waffen ausstattete.

»Geraldine!«, rief ich, weil mir gerade eine Idee gekommen war. Sie rannte sofort auf uns zu.

»Wie kann ich behilflich sein?«, fragte sie.

»Wir müssen einen Tunnel nach oben graben, damit die Rebellen auch an der Oberfläche kämpfen können«, sagte ich.

»Absolut, dabei kann ich helfen. Und wenn das getan ist, werde ich euch wie ein Nachtfalke folgen und den Mond anheulen, um den Tribut des Todes zu fordern!«

Ich nickte ihr zu, während sich hinter uns eine Reihe von Rebellen aufbaute, alle bewaffnet und bereit, für den Sieg zu bluten.

»Folgt uns!«, rief Tory. »Wir gehen an die Oberfläche! Kämpft für die Welt, die Lionel euch gestohlen hat! Kämpft für unser Recht auf Frieden, Glück und ein sicheres Zuhause für unsere Familien! Kämpft für jedes Quäntchen Liebe in eurem Herzen und für die Liebe in den Herzen derer, die an eurer Seite stehen! Aber vor allem kämpft für das Gute, das uns entrissen wurde! Kämpft für unsere verdammte Freiheit!«

»Für die Freiheit!«, antworteten die Rebellen, und Tory und ich sprengten ein Loch in die Wand zu unserer Rechten, vergrößerten es mit Erdmagie und schufen einen Weg, der groß genug war, damit die Rebellen uns folgen konnten, während Geraldine ihn kontinuierlich um uns herum verbreiterte.

Orion stand mit erhobenem Schwert hinter mir, und wir tauschten einen Blick aus, der besagte, dass wir heute mit der geballten Leidenschaft unserer Liebe kämpfen würden. Ich würde für sie alle kämpfen, für ihn, meine Schwester, meinen Bruder, für die Familie, die ich in Solaria gefunden hatte und die mir so viel bedeutete, dass es mir leichtfiel, hier zu stehen – auch wenn es mich mein Leben kosten sollte.

»Bleib in meiner Nähe«, flüsterte ich, und ein Versprechen leuchtete in seinen Augen auf.

»Ich bin immer in deinem Schatten«, schwor er und hob sein Kinn mit einem Funken Entschlossenheit in seinem Blick.

»Ich liebe dich, Tor«, flüsterte ich meiner Schwester zu, und sie sah mich mit der gleichen Liebe in ihren Augen an.

»Ich liebe dich auch, Darcy.«

Wir rannten den lehmigen Pfad hinauf – die Rebellen in unserem Gefolge –, und der Boden öffnete sich im Rhythmus unserer Sprengungen über uns. Und plötzlich waren wir draußen. Die kühle Herbstluft peitschte um uns herum, das lange Gras war blutrot gefärbt – und innerhalb eines Augenblickes brach völlige Gesetzlosigkeit aus.

Ich breitete meine Flügel aus, während die Nymphen kreischten und Orion mit vampirischer Geschwindigkeit vorstürmte, sein flammendes Phönix-Schwert schwang und es in die Brust des nächsten Monsters rammte.

Ich erhob mich in den Himmel, schwang mich hinter einer Nymphe und versengte ihren Kopf mit Phönixfeuer, während ein Schrei der Wut meine Lippen verließ. Als sie zu Staub zerfiel und Tory auf eine andere Nymphe zurannte, ließ ich meinen Blick über das Feld unserer Feinde schweifen. Und dann entdeckte ich Lionel, der in seiner jadegrünen Drachenform war und gerade einen Mann in sein Maul zog, um ihn ganz zu verschlingen. Eine Gruppe von Rebellen schien nach draußen gegangen zu sein, als Lionel mit seinen Nymphen aufgetaucht war. Es hatte eindeutig ein Blutbad gegeben, denn überall lagen Leichen und die letzten von ihnen wurden gejagt und abgeschlachtet.

Ich starrte auf die Streitkräfte, die Lionel in der Hoffnung, uns zu vernichten, hierhergebracht hatte. Mein Herz hämmerte heftiger, als ich Tausende von Nymphen und die Legion von Drachen entdeckte, die ihnen den Rücken stärkte und mit gefletschten Zähnen und Krallen darauf wartete, uns anzugreifen, sobald ihr König es befahl. Er ließ die Nymphen Amok laufen, aber das war nur ein Kinderspiel im Vergleich zu dem, was er wirklich für uns auf Lager hatte.

Ein brüllender, dröhnender Schrei drang von den Rebellen hinter uns; unsere Armee quoll aus dem Tunnel und folgte Tory und mir in den Kampf. Ein Trupp Zentauren galoppierte mit erhobenen Schwertern an uns vorbei, gefolgt von einer Gruppe Minotauren, die sich beim Laufen auf die Brust schlugen und wütend muhten.

Gabriel kam aus dem Tunnel gesprintet und erhob sich mit seinen dunklen Flügeln in den Himmel. Ich sah den Schrecken in seinen Augen, der davon sprach, wie sehr es ihn schmerzte, dass er das nicht hatte kommen *sehen* können. Aber mein Bruder konnte die Schatten nicht *sehen*, und natürlich hatte sich Lionel hinter ihnen versteckt, als er diesen Angriff geplant hatte.

Wir schoben uns weiter, um Platz für unsere Armee zu schaffen, damit sie aus den Tunneln hervorbrechen und sich unseren Feinden entgegenstellen konnte. Ich nahm eine kleinere Waffe zur Hand, warf sie mit einem gellenden Schrei und traf damit das Auge einer Nymphe, die gerade auf meinen Gefährten zugestürmt war.

Orion streckte die Nymphe nieder, die ein lautes Jammern ausstieß, und mein Herz verkrampfte sich, als Tory davonflog und sich in einen eigenen Kampf stürzte, während ein Schwarm Rebellen ihr folgte.

Eine Gruppe von Nymphen umzingelte Xavier und Sofia auf Tylers Rücken, und ich flog auf sie zu, zog mein Schwert aus seiner Scheide und schwang es mit einer Präzision, die mir Königin Avalon beigebracht hatte. Die scharfe Feuerklinge schnitt durch Haut und Knochen und trennte einer der Nymphen den Kopf ab; Asche stob in die Luft, als sie starb.

Tyler galoppierte mit gesenktem Kopf vorwärts, und sein Horn bohrte sich in die Brust einer anderen Nymphe. Er warf sie zu Boden und trampelte auf ihr herum, bevor die drei tiefer in die Schlacht ritten.

Eine Nymphe griff nach mir in der Luft, ihr Fühler streifte mein Bein. Ich holte schreiend mit meinem Schwert nach ihr aus und durchtrennte ihre Fühler, bevor ich die Klinge in ihren Kopf rammte.

Sie zerfiel zu einem Regen aus Glut, und mein Blick fiel auf Orion, der mit der wilden und bösartigen Grausamkeit seiner Art tötete, seine Feinde niedermetzelte und sie gnadenlos und mit mächtigen Schlägen tötete.

Angst durchbohrte mein Herz, als ich an all jene dachte, die ich liebte. Und dann entdeckte ich Lavinia, die auf einem Turm aus Schatten stand und kontinuierlich Rebellen mit Blitzen ihrer dunklen Macht ausschaltete, ein bösartiges Grinsen auf den Lippen.

»Übernimm du die Führung, Blue!«, rief Orion vom Boden aus – mein treuer Gefährte, bereit, auf meinen Befehl hin zu kämpfen. »Ich folge dir.«

Ich nickte und nahm eine weitere Nymphe ins Visier, die gerade zwei unserer Leute niederschlug, meine Zähne vor Hass gefletscht.

Mein Phönixfeuer sprengte die Nymphe in Stücke, als ich Tory hundert Meter entfernt in einen Kampf verstrickt sah. Ihre Flügel leuchteten feuerrot, während sie sich durch Nymphen brannte und versuchte, sie zurückzutreiben, um unseren Truppen den Weg frei zu machen.

Orion streckte weitere von ihnen unter mir nieder, woraufhin ich sie mit Feuerbällen und der Schneide meines Schwertes erledigte.

Ich entdeckte Hamish und Catalina, die einander an den Händen hielten. Der Rebellenführer brüllte einen Befehl, und im nächsten Moment brach der gesamte Hügel hinter ihnen weg. Steine und Erde flogen durch die Luft und gaben den Blick auf das gesamte Heer unserer Armee frei. Die Stärke, die in ihren Augen brannte, ließ mein Herz höherschlagen. Wir konnten es schaffen, wir konnten wirklich gewinnen.

Catalina stieß einen herausfordernden Schrei aus, während sie ihre freie Hand hob und alle losen Steine und Erdbrocken auf die feindliche Armee schleuderte. Lionel brüllte vor Wut, während er an Höhe gewann, um ihren Geschossen auszuweichen. Die Nymphen unter ihm wurden jedoch getroffen und gingen kreischend zu Boden.

Die Erdelementare der Armee schufen riesige Steinhügel aus den Überresten der Tunnel, und die Rebellen drohten dem falschen König und seiner üblen Armee, während sie losrannten, um sie auf dem Schlachtfeld zu treffen.

Mein Blick fiel auf Lionel und Lavinia. Die Wut wandte sich wie eine Schlange durch meine Adern, und ein Tier hob den Kopf in meiner Brust, als ich ihnen versprach, dass sie heute Nacht sterben würden. Denn ich würde nicht zulassen, dass jemand, den ich liebte, starb. Und ich würde mit jedem Funken Feuer in meinem Blut kämpfen, bis unsere Feinde tot zu meinen Füßen lagen.

Sie würden bald herausfinden, was es bedeutete, sich gegen die Nachkommen der letzten Phönixkönigin zu stellen.

Scorpio
Gemini
Virgo
Cancer
Aries
Leo
Sagittarius
Taurus
Capricorn
Aquarius
Libra
Pisces

DARIUS

KAPITEL 56

Es hatte nicht lange gedauert, bis ich die Barrieren durchbrochen hatte, die mein Vater zum Schutz seines alten Zuhauses errichtet hatte, und wir vier schlichen mit angehaltenem Atem und dem Bedürfnis nach Rache durch das weitläufige Gelände des Acrux-Anwesens.

»Ich bin froh, unsere Eltern heute endlich von diesem Arschloch wegzuholen«, murmelte Seth, als wir uns durch das dichte Waldstück auf die Rückseite des Grundstücks zubewegten, den See umrundeten und uns so schnell wie möglich, aber dennoch vorsichtig dem Herrenhaus näherten.

»Ich mache mir nur Sorgen darüber, was er mit unseren Geschwistern gemacht hat«, erwiderte Caleb, und ich knurrte bei dem Gedanken, dass er Hadley oder die anderen verletzt haben könnte.

Max schwieg, und ich wusste, was er dachte, ohne dass er es aussprechen musste. Sein Vater würde ihn nach wie vor entschlossen unterstützen, aber seine Stiefmutter und Ellis waren wahrscheinlich mehr als glücklich mit dieser aktuellen Vereinbarung, die seiner jüngeren Schwester den Platz als Erbin zugesprochen hatte. Wir hatten in den letzten Monaten mehr als einmal darüber gesprochen. Und obwohl Max seine Stiefmutter nicht ausstehen konnte, war Ellis eine andere Geschichte. Ja, sie war nervig und nervtötend und sie gerieten ständig aneinander, aber sie war seine Schwester. Die Tochter seines Vaters. Und ich wusste, dass er sich Sorgen darüber machte, dass sie sich auf Lionels Seite schlagen könnte – und was das langfristig in diesem Krieg bedeuten würde.

»Hier entlang«, drängte ich und führte sie um den See herum, wobei ich die volle Kraft meiner Macht einsetzte, um uns in Schatten zu hüllen und ungewollte Blicke von uns abzulenken.

Hier verlief ein alter Wildwechsel durch das Unterholz, den Xavier und ich oft benutzt hatten, um zwischen dem formellen Pfad, der den See umgab, und der Wildnis des Waldes hin- und herzupendeln. Denn nirgends hatten wir besser spielen und so tun können, als wären wir frei.

Es war schon lange her, dass wir den Wildwechsel benutzt hatten, aber ich fand ihn trotzdem, und Seth nutzte seine Erdmagie, um ihn so breit zu machen, dass wir ihn mühelos passieren konnten.

In der Luft lag eine Schwere, die immer dichter zu werden schien, je näher wir dem Anwesen kamen, und ich kämpfte gegen die Welle der Übelkeit an, die mich zu überrollen drohte. Jetzt, da wir uns den Mauern näherten, die so lange mein Gefängnis gewesen waren.

Ich hasste diesen verdammten Ort. Ich hasste das Monster, das auch für meine Mutter und meinen Bruder die Hölle auf Erden geschaffen hatte. Und obwohl ich nur hier war, um mich reinzuschleichen und diesem Monster etwas wegzunehmen, anstatt gezwungen zu sein, wie ein Hund an der Leine zurückzukehren, konnte ich dieses Gefühl der bösen Vorahnung nicht abschütteln, das mich schon seit meiner Annäherung an diese dunklen Mauern begleitete.

Ein schriller Schrei durchschnitt die Luft, und wir blieben erschrocken stehen, um zu lauschen. Der Ton hallte um uns herum, bevor er in einem qualvollen Wehklagen verklang.

Seths Gesicht wurde blass, und Cal griff nach seiner Schulter, als wir alle die Stimme seiner Mutter in diesem Schrei erkannten. Die lodernde Wut in meinem Bauch wurde bei dem bloßen Gedanken an das, was in diesem verdammten Haus vor sich gehen könnte, noch intensiver.

»Wir müssen einen klaren Kopf bewahren«, sagte Max entschlossen und vermittelte unserer kleinen Gruppe ein Gefühl der Ruhe und des Mutes, während Seth sich auf die Zunge biss und kläglich heulte.

»Wir werden sie da rausholen«, schwor ich und wandte meine Aufmerksamkeit wieder dem Herrenhaus zu, wobei ich den hohen Turm im Auge behielt, in dem ich einst gelebt hatte.

»Wenn wir irgendwie aufs Dach meines alten Zimmers gelangen können, kann ich uns reinbringen«, sagte ich.

»Kein Problem«, antwortete Max selbstbewusst, und Seth nickte zustimmend.

»Dann liegt es an dir und mir, uns vor Blicken zu schützen, Cal«, sagte ich und drehte mich zu ihm um, während er sich seine blonden Locken aus den Augen strich und die Entfernung zwischen uns und dem Haus abschätzte. Es war ein langer Lauf über offenes Gelände, aber daran konnten wir wenig ändern.

»Ich bringe euch über den Rasen«, erklärte Caleb entschlossen. »Es wird viel einfacher sein, uns während eines so kurzen Zeitraums zu verstecken.«

Wir nickten zustimmend, und er rannte los, riss Max von den Füßen und schoss mit ihm über den Rasen davon. Er war so schnell, dass ich ihn innerhalb weniger Augenblicke aus den Augen verlor – die Kombination aus seiner Geschwindigkeit und ihrer gemeinsamen Magie machte es mir unmöglich, sie zu verfolgen.

»Ich freue mich schon darauf, mir die Leiche deines Vaters anzusehen, wenn das alles vorbei ist, Darius«, sagte Seth mit düsterer Stimme. »Tut mir leid, wenn das seltsam klingt, aber ich hoffe wirklich, dass er zu winzig kleinen Drachen-Sushi-Stücken w… ahh!«

Ich stieß ein Schnauben als, als sich Caleb als Nächstes Seth schnappte und mit ihm so schnell davonraste, dass ich die Bewegung kaum mitbekam. Ich machte mich bereit, während ich darauf wartete, dass er zu mir zurückkehrte.

Calebs Schulter traf meinen Bauch und er riss mich so abrupt von den Füßen, dass ich nur noch verschwommene Bewegungen um mich herum wahrnahm. Plötzlich wurden wir vom Boden gerissen und durch die Luft geschleudert.

Die Luftmagie, die uns nach oben brachte, katapultierte uns an allen zehn Stockwerken des Turms vorbei, und bevor mein Gehirn auch nur erahnen konnte, wo oben war, fand ich mich auf der steinernen Plattform des Turms wieder. Seth landete auf mir, und mir blieb kurzzeitig die Luft weg.

»Ich bezweifle ernsthaft, dass das jemand gesehen hat«, brummte ich, als ich mich aus dem Haufen herauskämpfte und mich aufrappelte. »Jetzt müssen wir nur noch reinkommen, ohne einen magischen Alarm auszulösen.«

»Und wir müssen uns beeilen«, drängte Seth und trat an meine Seite, während ich mich mit meiner Magie auf die Suche nach dem Geschmack der Macht meines Vaters machte. »Ich habe ein schlechtes Gefühl bei der Sache.«

»Da sind wir schon zu viert«, murmelte Max düster.

Gemini
Scorpio
Virgo
Cancer
Aries
Leo
Taurus
Sagittarius
Capricorn
Aquarius
Libra
Pisces

XAVIER

KAPITEL 57

»Bring mich zu meinem Vater!«, forderte ich Tyler auf, als dieser übers Schlachtfeld galoppierte.

Ich hielt mich an Sofias Taille fest, und Tyler stieß ein entschlossenes Wiehern aus, während er sich durch Verbündete und Feinde schlängelte, über Leichen sprang und mit seinem Horn jeden beiseitestieß, der versuchte, uns anzugreifen.

Mein Fokus galt meinem Vater, der eine Gruppe von Rebellen mit seinem Drachenfeuer in Brand setzte, über uns hinwegflog und mit seinen riesigen Flügeln die Luft um uns herum aufwirbelte. Ich schürte das Feuer in meinen Adern, um den kühlen Wind zu vertreiben.

»Sei vorsichtig!«, bat Sofia, als sie sich zu mir umdrehte und mich innig küsste. Ich drückte sie an mich, wohl wissend, dass es vielleicht das letzte Mal sein würde. Schließlich löste ich mich von ihr und erhob mich auf Tylers Rücken, um den Hornhelm auf meinem Kopf zurechtzurücken, den Tory und Darcy mit ihrem Phönixfeuer für mich angefertigt hatten.

Tyler wieherte zur Ermutigung, aber ich konnte die Angst darin hören. Ich setzte zum Sprung an und streifte mir die Klamotten vom Leib, während ich mich bereits in meinen lilafarbenen Pegasus verwandelte. Mit rasender Geschwindigkeit schoss ich nach oben, um Lionel zu verfolgen, sobald sich meine Flügel entfaltet hatten. Ein wütendes Wiehern drang von meinen Lippen.

Mein Herz trommelte lautstark in meiner Brust, als würde es gegen die Entscheidung ankämpfen, die ich getroffen hatte. Als wüsste es, dass dies seine letzten Schläge sein könnten. Aber das war mir egal. Ich würde nicht tatenlos zusehen, wie mein Vater diese Fae tötete. Ich hatte seine Tyrannei satt. Ich hatte es satt, mich im Dreck zu verstecken und darauf zu warten, dass die Welt unterging. In gewisser Weise war es eine Erleichterung, ihn jetzt hier zu treffen und ihm endlich gegenüberzutreten.

Ich schlich mich von hinten an, blieb in seinem toten Winkel und wich seinem Schwanz aus, der wütend hinter ihm peitschte. Er senkte den Kopf, um nach einem Opfer Ausschau zu halten, und ich flog unter seinen Bauch, richtete mein Horn aus und schlug mit den Flügeln, um unter seine Brust zu gelangen. Ich schüttelte den Kopf, um mein Horn mit Phönixfeuer zu bedecken, und im Nu loderten rote und blaue Flammen daran empor.

Er hatte mich nach wie vor nicht bemerkt, und die Hoffnung sang ein Lied in meinen Adern, als ich den Kopf senkte und mein brennendes Horn auf sein schwarzes Herz ausrichtete. Ich war bereit, es durch Schuppen und Knochen zu treiben, um ihn zu erledigen.

Dann trat ich mit den Beinen und schlug mit den Flügeln, um dem Hieb so viel Kraft wie möglich zu verleihen.

In letzter Sekunde drehte sich mein Vater um, und mein Horn traf ihn nicht mittig. Aber es drang trotzdem tief ein, und er brüllte vor Schmerz, während ich mein Horn befreite und heftig mit den Flügeln schlug, um mich darauf vorzubereiten, es erneut in ihn zu rammen und mein verzweifeltes Ziel zu treffen.

Ich war gerade im Begriff, erneut zuzuschlagen, aber eine seiner Krallen schlang sich um mein Bein, und er schleuderte mich durch die Luft, sodass mein Magen vor Schreck rebellierte.

Ich drehte mich in einer Fassrolle, und meine Flügel zuckten, während ich versuchte, die Kontrolle über meinen Fall zu bekommen. Ich verfehlte nur knapp das Schnappen seines Mauls, indem ich es schaffte, wieder an Höhe zu gewinnen. Ich ließ meine Hufe auf seinen Schädel krachen, während ich ihn als Sprungbrett benutzte, um höher zu kommen.

Er stieß ein erneutes Brüllen aus, und die Hitze auf meinem Rücken warnte mich vor dem Feuer, das meinen Schweif verfolgte, als ich in Richtung Himmel raste. Ein Angstschrei entrang sich meiner Kehle, als ich versengte Haare roch, und als ich einen Blick zurückwarf, musste ich entsetzt feststellen, dass mein Schweif in Flammen stand.

Ich ließ ihn heftig durch die Luft peitschen, bis das Feuer erlosch, und schaffte es mit einem Hauch von Erleichterung in die Wolkendecke, dankbar, dass ein Wasserelementar hier einen kleinen Sturm entfacht hatte, in dem ich mich verstecken konnte.

Die Schreie und das Getöse der Schlacht waren hier oben gedämpft, und während ich bedeckt war, konnte ich meinen Vater ebenfalls nicht sehen. Aber ich hörte sein tiefes Knurren, das durch die Luft um mich herum dröhnte.

Ich drehte mich nach links und rechts, unsicher, was ich als Nächstes tun sollte, und plötzlich spähten zwei jadegrüne Augen durch den dichten Nebel in meine Richtung.

Sein Feuer fraß sich seinen Weg zu mir durch und färbte die Wolken orange. Ich legte die Flügel an, ließ mich fallen und raste so schnell wie möglich zurück zum Boden.

Die Art und Weise, wie sich die Luft um mich herum bewegte, machte mir klar, dass er mir direkt auf den Fersen war. Ich schoss von einer Seite zur anderen, während das Feuer an mir vorbeizüngelte, so nah, dass es mich fast verzehrte. Ich konnte nichts anderes tun, als einfach ständig in Bewegung zu bleiben.

In letzter Sekunde streckte ich meine Flügel aus, zog mich aus dem Sturzflug hoch und drehte mich zu meinem Vater um. Ich prallte gegen seine Seite – sein riesiger Körper brauchte viel länger, um seine Richtung zu ändern, als meiner –, und mein feuriges Horn versank erneut in seinem Fleisch. Es zerbrach die Schuppen entlang seiner Rippen, und der süße Duft seines Blutes veranlasste mich dazu, ein siegreiches Wiehern auszustoßen.

Ich flog höher und rannte dann auf ihm nach vorn, meine Hufe trafen seinen Körper mit wuchtigen Schlägen. Aber ich hatte es auf seinen Kopf abgesehen. Mein Atem strömte schwer und in einem weißen Nebel aus meinen Nüstern, während ich mich auf mein Ziel konzentrierte und im Galopp seine Wirbelsäule hinaufritt. Der Sieg rief schon meinen Namen.

Ich würde mein Horn in seinen Schädel stoßen und ihn ein für alle Mal erledigen.

Ich war nicht mehr sein Opfer. Ich war ein Überlebender seiner Herrschaft, und er würde den Tag bereuen, an dem er es gewagt hatte, meine Art als schwach abzutun.

Doch gerade, als ich im Begriff war, auszuholen, kam aus dem Nichts eine Schattenranke, die meine Vorderbeine zusammenband. Ich wieherte vor Schreck, stolperte und fiel über den Kopf meines Vaters, während einer meiner Flügel ebenfalls an meiner Seite fixiert wurde.

Ich hörte Lavinias Lachen, als ich fiel, und strampelte schwach mit den Hinterbeinen, wobei ich meinen anderen Flügel ausstreckte, in der Hoffnung, meinen Fall zu verlangsamen, bevor ich auf dem Boden aufschlug.

Ich landete unsanft, und die Vorderklauen von Lionels Schattenfuß streiften meine Seite, als er mich in den Dreck drückte. Die Stelle schrie vor Schmerz, als er sein Gewicht darauf drückte und meine Rippen unter seiner enormen Masse brachen.

Ich stieß ein schmerzerfülltes Wiehern aus, und mein Blick fiel auf Sofia und Tyler, die durch die Menge der kämpfenden Fae und Nymphen auf mich zugaloppierten. Sofia, die nach wie vor auf Tylers Rücken saß, schleuderte mit Feuermagie um sich, während sie sich beeilten, mich zu erreichen, aber sie würden zu spät kommen. Und ich flehte sie stumm an, zu fliehen, denn ich wusste, dass sie meinem Vater nicht entgegentreten und gewinnen konnten.

Ein Schwarm Nymphen stürmte ihnen entgegen, versperrte ihnen den Weg zu mir und zwang sie zu einem Kampf – und ich betete, dass sie ihn gewinnen würden. Sofia zückte ein flammendes Schwert, und Tyler wieherte wütend, während er sich aufbäumte, aber eine weitere Gruppe Nymphen tauchte auf, und ich verlor meine Subs hinter ihnen aus den Augen. Panik stieg in mir auf, und ich hoffte bei den Sternen, dass dies nicht das letzte Mal sein würde, dass ich sie in diesem Leben sah.

Lionel richtete sich über mir auf, und ein Grollen der Wut dröhnte durch seinen riesigen Körper, bevor er seine Kiefer um meinen Flügel schloss und seinen Kopf zur Seite schnellen ließ.

Ein höllischer Schmerz durchzuckte meine Seite, als er mir meinen Flügel herausriss und in das zertrampelte lange Gras neben ihm fallen ließ. Ich war wie gelähmt vor Schock und konnte nichts anderes tun, als meinen Flügel voller Entsetzen anzustarren. Die lilafarbenen Federn waren jetzt rot und bewegten sich kläglich wie ein gebrochener Vogel im Wind.

Blut floss in Strömen, und Panik stieg in mir auf, als ich in die gnadenlosen Augen meines Vaters starrte – wohl wissend, dass er mir so viel Schmerz wie möglich bereiten würde, bevor er mich jenseits des Schleiers schickte.

Lavinia befreite mich aus den Schattenfesseln, als ihre Aufmerksamkeit von einer Reihe von Rebellen in Anspruch genommen wurde. Aber ich sah keine Möglichkeit, mich aufzurichten, solange das Gewicht eines Drachen auf mich drückte. Und als mein Tod immer näher rückte, wusste ich, dass dies mein Ende war.

Ein wütendes Wiehern durchschnitt die Luft, und mein Blick fiel auf Tyler, der mit Sofia auf dem Rücken vom Himmel herabschwebte und mit seinen Hufen Lionels Kopf traf. Mein Vater schnappte nach ihnen, und ich wieherte verzweifelt, um sie zur Flucht zu bewegen. Aber natürlich würden sie mich nicht im Stich lassen.

Das Gewicht auf meinem Körper verschwand, als Lionel sich umdrehte und zum Flug ansetzte, um zu versuchen, sie einzuholen. Aber ich konnte nicht aufstehen, um ihnen zu helfen, und musste stattdessen zusehen, wie er die beiden Fae zu den Sternen verfolgte, denen mein Herz gehörte.

Gemini
Scorpio
Virgo
Cancer
Aries
Leo
Sagittarius
Taurus
Capricorn
Aquarius
Libra
Pisces

DARIUS

KAPITEL 58

Kalte Luft wehte um uns herum, als wir auf dem Turm über meinem Zimmer standen. Die anderen hielten Ausschau nach Hinweisen darauf, dass uns jemand hier oben bemerkte, während ich daran arbeitete, uns nach drinnen zu bringen. Hier oben gab es eine Tür, die in mein altes Zimmer führte, aber ich hatte schon vor langer Zeit herausgefunden, dass mein Vater sie mit Aufspürzaubern und magischen Alarmen versehen hatte, um über meine Bewegungen auf dem Laufenden zu bleiben.

Stattdessen trat ich zur Seite, ignorierte die Tür und aktivierte die Magie, die ich dort platziert hatte. Die Steine unter mir begannen zu beben und teilten sich schließlich für mich, wodurch ich die Magie meines Vaters umgehen und trotzdem in mein altes Zimmer gelangen konnte.

Die anderen folgten mir in die Dunkelheit, während ich bereits die gewundene Treppe nach unten eilte. Das Gefühl eines Déjà-vus überrollte mich, als sich die Vertrautheit dieses Ortes mit der Tatsache, dass ich echt schon lange nicht mehr hier gewesen war, vermischte. Ich fröstelte.

Ich betrat den dunklen Raum, passierte die vertraute Anordnung meiner Möbel und ging dann schnellen Schrittes zu dem Safe, den ich unter einer Steinplatte am Fußende meines Bettes versteckt hatte. Die anderen waren nach wie vor hinter mir.

Ich schloss den Safe auf, nahm den dicken Beutel mit Sternenstaub heraus und grinste triumphierend. Sofort fragte ich mich, ob ich riskieren könnte, in Vaters Tresor einzubrechen und eine ganze Menge mehr davon zu stehlen, wenn ich schon mal hier war. Dieser Beutel würde nicht annähernd ausreichen, um unsere Armee zu befördern, aber wenn ich an seine Vorräte herankäme, könnte ich sein eigenes geliebtes Transportmittel nutzen, um eine ganze Legion sogenannter »unwürdiger« Fae damit fortzubewegen. Dieser Gedanke kam mit einem Reiz, der sich nur schwer ignorieren ließ.

Ich schnappte mir auch die wenigen Schätze, die ich im Safe versteckt hatte, und stopfte sie gierig in meine Taschen, während der Drache in mir vor Glück über die Wiedervereinigung fast schnurrte.

»Heilige Scheiße«, hauchte Caleb, und ich hob den Blick. Mein Körper kribbelte angesichts der Angst in seiner Stimme, und ich machte ihn am Fenster auf der anderen Seite meines Zimmers aus, von wo aus man auf den weit unter uns liegenden Innenhof blicken konnte.

Ich sprang auf und rannte zu ihm, wobei ich die Vorhänge weiter aufriss, damit ich ebenfalls etwas sehen konnte.

Meine Lippen teilten sich bei dem Anblick, der mich dort erwartete, und ich konnte nur entsetzt auf den Altar aus kohlschwarzem Stein starren, der nun den Hof beherrschte. Ein Schattenstrudel wirbelte darüber; er pulsierte und summte mit dieser dunklen Macht, die ich spürte, seit wir hier angekommen waren.

Aber das war noch nicht das Schlimmste. Mein Atem stockte, als ich auf die Reihe der Fae hinunterblickte, die vor dem Altar knieten, die Hände ausgestreckt, als würden sie etwas darbieten. Ihre Handgelenke waren aufgeschlitzt und an ihren Wunden hafteten Schatten, während sie unter der Macht der dunklen Magie zitterten.

Ich erkannte auch die Eltern der anderen Erben und ihre Geschwister, die jeweils durch Schatten an dieses abscheuliche Ding gekettet waren. Es schien sich von der Essenz ihrer Macht zu nähren und damit dann noch etwas anderes zu füttern.

»Lavinia hat einen Weg gefunden, sich wieder mit den Schatten zu verbinden«, raunte ich entsetzt, als ich verstand und mir das Ausmaß dieser beschissenen Situation bewusst wurde. »Sie scheint darüber auf die Schatten zuzugreifen und ihre Kraft zu nutzen, um die Öffnung zu befeuern und die Dunkelheit wieder in unsere Welt eindringen zu lassen.«

»Warum bringt sie das nicht um?«, keuchte Max, und ich konnte sehen, dass er kurz davor war, durchzudrehen und zu versuchen, seinen Vater aus dem Griff der dunklen Magie zu reißen und ihn von Lavinias Macht zu befreien. Aber wir alle wussten, dass es nicht so einfach sein würde. Und wer wusste schon, wo der Rest ihrer Familien war? Ich hatte bisher weder Seths noch Calebs Vater entdeckt. Und wo waren ihre anderen Geschwister? Waren sie überhaupt hier auf dem Anwesen?

»Ich glaube, das tut es«, flüsterte Seth und zeigte auf eine verhüllte Gestalt. Sie streckte die Arme in die Luft und lobte die Schattenprinzessin, bevor sie sich auf Calebs Bruder Hadley senkte und dessen Kinn nach oben reckte.

Hadleys Gesicht war schmerzverzerrt, und es tat mir in der Seele weh, mitanzusehen, wie Vard ihm eine Phiole in den Mund drückte. Ein grüner Heilzauber flammte in seiner Handfläche auf, die er daraufhin auf Hadleys Seite drückte.

»Was zum Teufel macht er mit ihm?«, knurrte Caleb und drückte dabei den Fensterrahmen so fest zusammen, dass ein Stück Holz in seinen Fingern zersplitterte.

»Ich glaube, es handelt sich um einen Trank zur Blutregenerierung«, sagte Max und runzelte die Stirn, während er seine Sirenenfähigkeiten einsetzte, um die Antwort zu erspüren. »Er gewinnt schnell wieder an Kraft.«

»Sie wollen sie am Leben erhalten, damit sie weiter leiden können«, knurrte ich. »Sie brauchen ihre Kraft eindeutig, um die Schatten in Richtung Lavinia zu kanalisieren. Tot hätten sie keinen Nutzen für sie.«

»Was ist mit ihrer Magie?«, fragte Seth. »Sie ist nicht unerschöpflich. Was passiert, wenn sie ausgebrannt sind?«

Die Antwort darauf wurde mehr als deutlich, als eine Nymphe aus einer dunklen Ecke trat, einen Mann in ihrer Kontrolle, der um sich trat und schlug und um Gnade flehte. Vard ging mit erhobenem Messer auf den Mann zu und schlitzte seinen Arm auf, woraufhin dieser wie am Spieß schrie. Sofort wurde er in Richtung Hadley gedrängt und sein verletzter Arm an dessen Mund gedrückt.

Hadley versuchte, gegen seine Instinkte anzukämpfen, schüttelte den Kopf und fluchte mit rauer Stimme, während er die Bestie in sich zu kontrollieren versuchte. Aber er brauchte eindeutig die Magie, und da die Schatten sich an seiner eigenen Kraft labten, wurde er in seinem Blutrausch immer verzweifelter.

Vard drückte den Arm des Mannes aufs Neue an seinen Mund, und Hadley knurrte, bevor er zubiss und gierig trank, um seine Magie wieder aufzuladen. Die Schatten wiederum intensivierten ihren grausamen Griff, um ihre Königin zu nähren.

»Die Sirenen werden mit Schmerz gefüttert«, brummte Max und deutete auf eine Bewegung auf der anderen Seite des Hofes, wo zwei Nymphen mehrere Fae folterten. Ihre Münder waren zu Schreien geöffnet, die vermutlich durch eine Stillekuppel aufgefangen wurden, da ich nichts hören konnte.

»Und sie zwingen meine Familie zum Rennen«, sagte Seth. Das Entsetzen in seiner Stimme verwandelte sich in Wut, als sich der Boden unter Antonias Füßen mithilfe der Magie eines Erdelementars zu bewegen begann. Eine Art Rad entstand, das ihre Beine zwang, sich zu bewegen. Genau genommen rannte sie jetzt unter dem Mond – was ihre Magie wieder auffüllte.

»Kommt schon«, knurrte ich, wandte mich von diesem Horrorschauspiel ab und biss die Zähne zusammen, während ich auf die Tür zuging. Ich war fest entschlossen, da hinunterzugehen und jede einzelne Nymphe und jeden Anhänger meines Vaters in Stücke zu reißen, um die Familien meiner Freunde zu retten.

Aber ich schaffte nur ein paar Schritte, bevor das Klingeln eines Atlas die Luft durchdrang. Ich schaute mich überrascht um und warf dann einen skeptischen Blick auf meinen Nachttisch, wo eines meiner alten Ersatzgeräte lag – noch eingesteckt und offensichtlich vergessen.

Max wollte weitergehen, aber ich hielt seinen Arm fest. Meine Haut kribbelte, und ich hatte das unleugbare Gefühl, dass dieser Anruf wichtig war. Und für einen Moment war ich mir sicher, dass ich die Sterne um uns herum flüstern hören konnte.

»Es ist Gabriel«, sagte Caleb, der durch den Raum geschossen war, um die Anrufer-ID zu überprüfen. Er nahm den Anruf entgegen, bevor wir unsere Überraschung darüber zum Ausdruck bringen konnten.

»Darius?«, blaffte Gabriel, sobald Cal den Anruf auf Lautsprecher gestellt hatte. Wir rückten alle näher an das Gerät ran, während ich antwortete: »Wir sind alle hier. Was gibt es?«

»Das Burrows wird angegriffen und dein Vater ist hier«, sagte er eindringlich und mit diesen Worten schwand auch der letzte Rest Hoffnung, an den ich mich geklammert hatte. »Lavinia muss das geplant haben. Ich habe es nicht kommen *sehen*, bis sie bereits hier waren.« Ich konnte die Qual in seiner Stimme hören, aber das machte die Nachricht nicht erträglicher.

»Erzähl mir, was vor sich geht!«, verlangte ich, während sich die Bestie unter meiner Haut krümmte. Sie wollte Blut sehen.

»Er ist mit kompletter Nymphenarmee und Drachenwache hier«, erklärte Gabriel schnell. »Wir treffen auf freiem Feld auf sie, und die Zwillinge führen den Angriff an. Ich glaube, Lavinia hat euch von hier weggelockt, um die Chancen zu ihren Gunsten zu wenden.«

»Oder um uns in eine Falle zu locken«, knurrte Seth, und ich ballte meine Hand zu einer Faust, als ich darüber nachdachte. Die Ratsmitglieder waren eindeutig schon eine Weile hier, was bedeutete, dass die Nachricht, die Cal erhalten hatte, gar nicht von seiner Mom gekommen war. »Sie wollen uns eine Rolle in dieser Shitshow da unten geben.«

»Fuck«, raunte Max zustimmend, und ein Knurren dröhnte durch meine Brust.

»Ich werde nicht ohne meine Familie von hier weggehen«, sagte Caleb entschlossen, und mein Herz schien in zwei Richtungen gerissen zu werden. Denn obwohl ich das verstand, musste ich zurück zum Burrows und mich diesem Kampf anschließen. Ich musste an der Seite meines Mädchens kämpfen. Und ich musste derjenige sein, der es mit meinem Vater aufnahm.

»Das Schicksal verändert sich zu schnell, als dass ich es verfolgen könnte«, sagte Gabriel. »Aber Darius, du musst jetzt zurückkehren, sonst wird Xavier sterben. Sein Schicksal ist besiegelt, wenn du es nicht änderst. Er hat sich gegen euren Vater gestellt, aber ich habe sein Schicksal *gesehen* und er kann nicht gewinnen. Ich überlasse euch die Entscheidung über den Rest, aber Darius – du hast nur sechs Minuten.«

Der Anruf wurde abrupt unterbrochen, als im Hintergrund Schreie zu hören waren, und ich schaute meine Brüder entsetzt an, während mir das Ausmaß dessen, wie spektakulär falsch das alles gelaufen war, wie eine endlose Last auf die Schultern drückte.

»Geh!«, befahl Max. »Wir können hierbleiben und unsere Familien retten. Dein Bruder braucht dich.«

Die anderen nickten zustimmend, und ich stürzte mich auf sie, schloss sie alle in meine Arme und drückte sie an mich. Und ich fürchtete, dass es unsere letzte Umarmung überhaupt sein könnte.

»Ich liebe euch alle seit dem Tag meiner Geburt wie Brüder«, sagte ich bestimmt. »Egal, wie sich das hier entwickelt, das solltet ihr wissen.«

»Wir lieben dich auch, Bruder«, erwiderte Caleb, und Seth heulte kläglich auf, als ich mich entfernte, den Sternenstaub aus meiner Tasche nahm und eine Handvoll davon für mich selbst nahm, bevor ich den Beutel Max zuwarf.

»Wir werfen dich zur Grenze«, sagte Max und schob mich zurück zur Wendeltreppe, die zum Dach führte. In wildem Tempo rannten wir nach oben.

»Viel Glück«, sagte ich, setzte zum Sprint an und stürzte mich von der Brüstung. Seth und Max schickten mir ihre Luftmagie hinterher, um mich aufzufangen und mich mit rasender Geschwindigkeit vom Anwesen zu schleudern.

Ich durchbrach die Barrieren, die an der Grundstücksgrenze das Reisen via Sternenstaub verhinderten, und warf die glitzernde Substanz im nächsten Atemzug über meinen Kopf. Die Sterne peitschten mich vom Anwesen weg und schickten mich direkt ins Herz der Schlacht.

Ich tauchte oberhalb des Kampfes auf; Magie und Schwerter trafen unter mir aufeinander, während die Rebellen mit dem rücksichtslosen

Überlebenswillen, den alle Fae tief in ihrem Herzen trugen, gegen die Armee meines Vaters kämpften. Phönixfeuer züngelte auf ihren Waffen.

Ich verwandelte mich, während ich fiel, und meine riesige goldene Drachenform löste sich von meinem Körper. In dem Moment entdeckte ich meinen Vater, das Arschloch, das mit seinen Kiefern nach Tyler schnappte, der mit Sofia auf dem Rücken durch die Luft flog. Tyler beschleunigte, und mein Vater gab auf, drehte sich um und stürzte zurück in Richtung Boden. Er landete mit einem lauten dumpfen Knall, und mein Herz setzte vor Schreck einen Schlag aus, als ich sah, wie er sich Xavier näherte, der in seiner Pegasusform im Schlamm lag. Mein Bruder versuchte, aufzustehen, aber Vater schlug mit einem krallenbewehrten Vorderfuß auf Xaviers Seite ein. Xaviers wunderschöner lilafarbener Körper war unter dem massigen jadegrünen Drachen eingeklemmt, den ich mehr als alles andere auf der Welt verabscheute.

Ein herausforderndes Brüllen entrang sich mir, und Vater riss den Kopf zur Seite. Xavier schrie vor Schmerz auf, als ihm der Drache, der ihn gezeugt hatte, seinen wunderschönen lilafarbenen Flügel vom Rücken riss. Blut und Federn flogen durch die geringe Distanz, die uns trennte, und der Flügel landete neben dem anderen, den er bereits verloren hatte.

Ich ging zum Sinkflug über und kollidierte mit ihm.

Meine Knochen klapperten, als ich ihn von meinem Bruder wegstieß, der blutend und gebrochen im Dreck lag. Und der Schmerz in meinem Herzen verwandelte sich in eine Wut, wie ich sie noch nie zuvor gefühlt hatte, als ich mir etwas schwor. Etwas, das ich um jeden Preis durchziehen würde.

Lionel Acrux würde heute Nacht sterben. Und ich würde derjenige sein, der die Welt mit seinem Blut rot färbte.

Gemini
Scorpio
Virgo
Cancer
Aries
Leo
Sagittarius
Taurus
Capricorn
Aquarius
Libra
Pisces

DARCY

KAPITEL 59

Asche und Blut befleckten meine Wangen. Ich kämpfte neben Orion auf dem Boden, Rücken an Rücken, während wir von einem Ring aus Nymphen angegriffen wurden.

Feuer schoss in einer Todesflamme aus meinen Händen, womit ich drei der Nymphen gleichzeitig zu Boden warf. Ich stolperte nach vorn, als mir für einen Moment schwarz vor Augen wurde.

Der Fühler einer Nymphe rammte mich und beförderte mich zu Boden, aber mein Gefährte war augenblicklich zur Stelle und rammte der Kreatur mit einem Zornesschrei, der die Grundfesten meines Wesens erschütterte, das Schwert in die Brust.

Ich rappelte mich schnell wieder auf und bediente mich an der Quelle meiner Kraft in mir. Feuer strömte durch meine Adern und forderte den Tod meiner Feinde. Ich streckte eine Nymphe zu meiner Rechten nieder, während Orion eine andere erledigte und dann schwer atmend zu meiner Seite schoss.

Für einen Moment konnten wir uns erholen, denn plötzlich fanden wir uns inmitten der Rebellen wieder. Wir heilten die Schmerzen in unseren Gliedern und sämtlich Wunden, die wir uns während der letzten Auseinandersetzungen zugezogen hatten. Irgendwann hatte ich mein Schwert fallen lassen, also eilte ich jetzt los, um es aus dem Boden zu ziehen – es war mit Schlamm und dem schwärzlichen Blut der Nymphen verkrustet.

Orion wirbelte sein eigenes Schwert in der einen Hand und hielt ein Messer in der anderen, während er sich darauf vorbereitete, wieder in die Schlacht zu stürmen. Wir tauschten einen Blick, der mir einen Schauer über den Rücken jagte. Ich spannte meine Finger an, und die Magie kribbelte erneut in ihnen, während das Rasseln der Nymphen um uns herum verstummte und der herrliche Klang ihres Todes meine Ohren erfüllte.

»Bereit, meine Schöne?«, fragte er.

»Bringen wir sie zum Schreien«, sagte ich in dem Moment, als ein grauer Drache über uns hinwegflog. Er öffnete sein Maul, um einen Schwall

Höllenfeuer auf uns und die umstehende Menge herabzulassen, was mir das Herz stocken ließ.

Ich handelte schnell, hob eine Hand und löschte die Flammen mit Luftmagie, wobei ein Schrei des Trotzes aus mir herausbrach. Gleichzeitig stahl ich der Bestie die Luft, und ihr wildes Gebrüll erstickte.

Schließlich steckte ich mein Schwert weg und hob meine andere Hand, um die Luft um den Drachen herum zu lenken, seinen gewaltigen Körper zu kontrollieren und ihn mit verkrampften, brennenden Muskeln vom Himmel zu ziehen – und jenseits des Kampfes in einen Teich krachen zu lassen.

Der Drache rutschte durchs Wasser, und mit jedem seiner verzweifelten, panischen Bewegungen spritzte er kleine Tröpfchen durch die Luft. Aber ich hielt seine Lunge fest und raubte ihm jeden einzelnen Atemzug, während meine Wut sich wie ein Feuer meinen Rücken hinauf fraß.

Plötzlich verschloss sich meine innere Kraft vor mir. Keuchend ging ich zu Boden, als meine Knie nachgaben, und in meinen Ohren ertönte ein Klingeln.

Ich war mir nur halb bewusst, dass ich auf dem Boden lag, meine Hände versanken im Schlamm, während der Lärm der Schlacht um mich herum weiterdröhnte.

»Darcy!«, keuchte Orion, packte mich und zog mich wieder auf die Beine.

Ein Beben durchzuckte meinen Körper, und ich klammerte mich an ihn, während ich die aufkommende Dunkelheit in mir zurückzuschlagen versuchte. Und während ich mich an den schimmernden Silberringen in seinen Augen festhielt, kehrte meine Kraft ruckartig zu mir zurück. Ich umklammerte seine Arme fester, um mich in diesem Moment zu erden.

»Was ist passiert?«, fragte er, und ich registrierte, dass er einen soliden Luftschild um uns herum errichtet hatte, um uns etwas Zeit zu kaufen.

»Nichts«, sagte ich, weil ich mich wieder dem Kampf zuwenden wollte.

»Lüg mich nicht an, Gefährtin!«, knurrte er wissend, während er mein Gesicht mit seiner Handfläche umfasste.

»Na gut, ich bin mir nicht sicher«, gab ich zu. »Es fühlt sich irgendwie an wie …« Ich hob meinen Blick zu Lavinia, die auf einem Turm aus Dunkelheit jenseits der endlosen Reihe von Nymphen stand. Ich fletschte die Zähne. »Es fühlt sich nach ihr an«, zischte ich. »Ich will zu ihr, Lance. Ich will sehen, wie sie in meinem Feuer verbrennt.«

Er warf einen Blick über seine Schulter und in ihre Richtung; Hass flackerte in seinen Augen auf, als er seine Reißzähne bleckte. »Das will ich auch sehen, Blue«, erklärte er düster.

»Dann los!« Ich ließ ihn los, und er ließ den Luftschild fallen, während er sein Schwert erhob, um gemeinsam mit mir Lavinia ins Visier zu nehmen.

Darius lieferte sich gerade einen wütenden Kampf mit Lionel; die riesigen Gestalten der beiden kollidierten in der Luft und mir stockte der Atem, als ich Orion auf ihn aufmerksam machte.

»Darius ist hier«, rief ich über den Lärm der Schlacht hinweg und betete, dass er den Kampf mit seinem Vater gewinnen konnte.

Orion riss mich einen Herzschlag später an seine Brust – eine Sekunde, bevor drei Nymphen durch die Menge stürmten, mehrere Fae unter sich begruben und ihnen ihre Fühler in die Herzen rammten.

Ein Knurren entrang sich mir, und ich hob die Hände, um ein Inferno auf die nächstgelegene Nymphe loszulassen, während Orion sich in Bewegung setzte, um eine weitere abzufangen. Die Rebellen warteten auf meine Befehle, und ich war mehr als bereit, sie zu erteilen und unsere Truppen aufzufordern, unsere Feinde niederzumachen.

»Schließt die Reihen! Lasst sie nicht zum Burrows gelangen!«, schrie ich.

»Ja, meine Königin!«, schrien die Rebellen und stürzten sich ohne Furcht in die Schlacht. Mein Herz schwoll an, als ich die Wildheit meines Volkes sah.

Washer ritt auf einer Welle aus Wasser, sein Körper war mit den hellblauen Schuppen seiner Formgebung bedeckt und seine Kleidung verschwunden. Er wirkte Wasserpeitschen, die sein Phönix-Schwert trugen es in die Brust der Nymphen schleuderten, bevor er es zu sich zurückholte.

»Nehmt ein winziges bisschen davon – und davon!«, rief er, während er sie erstach, und seine Geschicklichkeit und Treffsicherheit waren bewundernswert.

Die Rebellen streckten die dritte Nymphe nieder, während sie meinen Namen schrien, und als wir unsere Feinde erledigt hatten, zogen Orion und ich weiter.

Fae in unzähligen Formgebungen rasten an uns vorbei, und es war schwer, zu erkennen, wer auf unserer Seite und wer gegen uns war, da überall Fell, Hörner und Magie aufeinanderprallten.

Orion errichtete einen Luftschild um uns herum, als wir das Getöse der Nymphen hinter uns ließen, und ich fügte meine eigene Kraft dem Schild hinzu, um uns zu schützen, während wir unser Tempo erhöhten. Wir mussten zu Lavinia gelangen. Dabei schalteten wir alle Feinde aus, die uns über den Weg liefen, während ich den Rebellen ermutigende Worte zurief.

Auf dem Weg dorthin hielt ich nach Tory Ausschau. Sie flog über den Kopf einer riesigen Nymphe und streckte sie nieder. Es erfüllte mich mit Erleichterung, sie so kämpfen zu sehen, wie die Kriegerkönigin Avalon es ihr beigebracht hatte.

Fluchend stellte ich fest, dass die Rebellen uns zurückdrängten und unser Weiterkommen verlangsamten, weil eine Reihe von Nymphen ihnen den Weg nach vorn versperrte. Mit einer Idee wandte ich mich an Orion.

»Wir könnten einen Tunnel graben, um zu Lavinia zu gelangen«, sagte ich. »Wenn wir an ihr vorbeikommen, kann ich sie von hinten angreifen.«

»Ich werde dafür sorgen, dass wir schnell vorankommen«, stimmte Orion zu, aber bevor wir auch nur einen weiteren Schritt machten, hob ich meine Hände und beschwor mit meiner Luftmagie einen Tornado, der als monströser Wirbel vom Himmel herabkam und auf die Nymphen traf, die die Rebellen vor uns angriffen.

Die Nymphen wurden von meiner Kraft eingesogen, und der graue Wirbelsturm ließ meine Haare um mich herumflattern, während ich meine ganze Kraft in ihn steckte. Die Nymphen gingen kreischend zu Boden – und waren folglich verwundbar, als unsere Verbündeten auf sie trafen und die Waffen benutzten, die wir mit unserem Feuer gesegnet hatten. Wieder riefen sie preisend meinen Namen, der durch die Luft in den Himmel schwebte.

Ich löste den riesigen Tornado auf und atmete erschöpft durch. Orion sah mich an, als wäre ich eine Göttin der Hölle, die hierhergebracht worden war, um unsere Gegner auszulöschen. Und genau das hatte ich vor.

Ich drehte meine Hände in Richtung Boden und grub einen Tunnel unter unseren Füßen. Orion eilte gemeinsam mit mir hinein, woraufhin ich den Tunnel hinter uns wieder verschloss. Ich wirkte ein Fae-Licht, während die dumpfen Schreie der Schlacht durch die Erde um uns herum hallten, und betrachtete die Blutflecken auf den Wangen meines Gefährten, der auf meinen nächsten Befehl wartete.

»Beeilung!«, drängte ich, und Orion hob mich hoch, während ich einen Weg durch die Erde brannte, und schoss mit mir in seinen Armen nach vorn.

Das Grollen von tausend Schritten und das Getöse der Schlacht ließen die Erde um uns herum erzittern, und mein Herz war schwer vor Angst um meine Freunde. Aber sie waren stark; ich hatte gesehen, wie sie kämpften und wie sie ihre Feinde immer wieder niedermetzelten. Sie würden diese Schlacht bewältigen, wir hatten monatelang dafür trainiert, und obwohl sie uns überrumpelt hatte, hieß das nicht, dass wir nicht bereit waren. *Wir schaffen das.*

Als ich mir sicher war, dass wir Lavinia hinter uns gelassen haben mussten, kam Orion zum Stehen. Ich drehte meine Hände in Richtung der Erde über uns, während er mich auf meine Füße stellte.

»Warte!«, knurrte Orion und zog mich in einen Kuss, der mir jeden Zentimeter Angst in meinem Körper raubte. Er dauerte kaum ein paar Sekunden, aber er gab mir unendlichen Mut, und als wir uns trennten, brannten meine Lippen. »Mach sie fertig, Blue!«

»Für Clara«, versprach ich, und seine Augen funkelten traurig und wütend, als er den Namen seiner Schwester hörte. Er nickte.

Ich warf ihm einen grimmigen Blick zu, der ihm versichern sollte, dass ich das schaffen würde. Und während ich die Hände zur Erde hob und sie wegsprengte, ließ ich nicht zu, dass mich die Angst darüber übermannte, was uns an der Oberfläche erwartete.

Orion hob uns mit einem Windstoß in die Luft, und ich breitete meine Flügel aus, während ich gleichzeitig meine Hände hob. Wir befanden uns jenseits der alles überragenden Dunkelheit, auf der Lavinia stand.

Ich zögerte nicht einen einzigen Moment. Ich schoss nach oben, während Feuer über meine Arme und Beine züngelte und in meiner Seele brannte. In meinen Händen entzündete ich ein Inferno aus Phönixfeuer, das eine verdammte Stadt dem Erdboden gleichmachen könnte.

Dann hielt ich inne. Ich schwebte direkt hinter ihr, und ein verzerrtes Lächeln huschte über mein Gesicht.

Tschüss, Schattenschlampe.

Ich ließ das Feuer los, und die Druckwelle schleuderte mich rückwärts durch die Luft, während der Feuerball mit Lavinia kollidierte. Mit einer Hand versuchte ich, meine Augen vor den Flammen zu schützen. Ich schlug mit den Flügeln, um der Druckwelle entgegenzuwirken, und meine Augen passten sich der Helligkeit an, während ich mit der rücksichtslosen Entschlossenheit, sie zu töten, auf sie zuflog.

Ihr Körper wurde vom Feuer verzehrt, und Lavinia schrie und heulte, während der dunkle Turm unter ihr in meinen Flammen zerbröckelte. Ich folgte ihr in Richtung Boden, dem sie schreiend näher kam, während mich ein erstes Gefühl des Triumphs erfüllte. Erneut schleuderte ich eine feurige Explosion auf sie, während ich wie ein Raubvogel über ihr kreiste. Sie landete unsanft auf dem Boden, ihr Körper zuckte und wand sich in meinem Phönixfeuer.

Ich hielt über ihr inne, schlug mit den Flügeln und entfesselte alles, was ich hatte, auf diese monströse Schlampe – für alles, was sie meinen Freunden, Clara und mir angetan hatte.

»Fick dich!«, schrie ich und brutzelte das Monster, das es gewagt hatte, mich zu verfluchen. Das Monster, das geglaubt hatte, es könnte mit Brutalität und Dunkelheit gewinnen.

Aber sie war nichts im Vergleich zu unserem Licht.

Meine Kraft stotterte, und meine Flügel verschwanden, als ich neben ihr landete und ungeschickt auf dem Boden aufkam, aber es schaffte, auf den Beinen zu bleiben. Panik durchströmte mich, als ich nach meiner Formgebung griff, mein Phönix aber nicht auf meinen Ruf reagierte.

Orion war sofort an meiner Seite und beobachtete, wie Lavinia brannte und die Rebellen in der Nähe jubelten, während sich die Schlacht endlich zu unseren Gunsten wendete. Derweil versuchte ich angestrengt, wieder zu Atem zu kommen.

Ich bin müde. Das ist alles.

Atme einfach.

Orion wirkte einen Luftschild um uns herum, der die Nymphen zurückhielt, die versuchten, sich auf uns zu stürzen, um ihre Prinzessin zu retten. Aber sie brannte nach wie vor in meinem Feuer. Und ich würde nicht zulassen, dass mir jetzt jemand ihren Tod nahm.

Lavinias Schreie verhallten und meine Flammen erloschen vollständig, wobei sie eine Hülle aus verkohlten Knochen hinterließen. Und obwohl mich die Erschöpfung überwältigte und ich meinen Phönix überhaupt nicht erreichen konnte, lachte ich vor Erleichterung und verdammter Freude. Denn sie war tot. Verdammt noch mal tot. Und ohne sie war Lionel nichts.

»Du hast es geschafft«, rief Orion lachend, als hätte er gewusst, dass ich es schaffen würde. Und ich drehte mich um, warf mich in seine Arme und drückte ihn fest an mich, während mir ein ersticktes Schluchzen des Glücks entwich. Er küsste meine Wangen, meinen Kopf, alles, was er erreichen konnte, während ich mein Gesicht an seiner Brust vergrub und den Duft von Zimt und Sieg einatmete.

»Es ist vorbei. Sie ist tot. Dieser verdammte Albtraum ist vorbei«, sagte ich seufzend.

»Warte.« Orion versteifte sich und drückte mich zurück, woraufhin ich erneut einen Blick auf ihre Knochen warf. Und das Lächeln verschwand von meinem Gesicht, als ich sie dort stehen sah, eine skelettartige Hand auf mich gerichtet. Schatten wickelten sich um die schreckliche Kreatur und überzogen Lavinias Knochen wieder mit Haut.

Sie wurde von Kopf bis Fuß wiedergeboren; ihr Körper formte sich neu, während sich die Schatten wie ein lebendiges Wesen um sie bewegten. Orion und ich wichen entsetzt zurück, als ihr Gesicht zurückkehrte. Dunkle Haare wuchsen aus ihrem Schädel und tanzten im ätherischen Wind, den ihre Schatten erzeugten. Und als die Dunkelheit sie in ein schwarzes Kleid hüllte, sah sie mich mit einem bösartigen Grinsen auf den Lippen an.

Sie zeigte immer noch auf mich, und zwar auf eine Art und Weise, die mein Herz zu einem Klumpen aus festem Eis erstarren ließ.

Ich hob die Hände, während Orion sein Schwert auf sie richtete, aber ich brachte kein Phönixfeuer zustande. Ich brachte nicht mal ein Flüstern von Magie zustande.

Lavinia krümmte ihre Finger, und als Reaktion darauf verkrampfte sich etwas in meinem Magen, sodass ich vor Schmerz aufstöhnte und mich vornüberbeugte.

»Bleib zurück!« Orion stürmte mit einem trotzigen Schrei auf sie zu, sein Schwert erhoben und mit den Flammen meiner Formgebung bedeckt. Ein Schrei der Angst entfuhr mir, als Lavinia ihre Aufmerksamkeit auf ihn richtete. Doch als er seine Waffe schwang, stieß sie ihn einfach mit einer Schattensalve zur Seite, woraufhin er hart auf dem Boden aufschlug.

Eine Schattenranke riss ihm das Schwert aus der Hand, richtete es auf ihn und hielt ihm die Spitze an die Kehle. Im nächsten Moment zerschnitt sie mit ihrer dunklen Macht seinen Luftschild – wir waren ihr schutzlos ausgeliefert.

»Für die wahren Königinnen!«, brüllte einer der Rebellen und stürmte los, um Lavinia anzugreifen, aber sie schickte Schatten in seine Richtung, die ihn in zwei Hälften schnitten. Blut spritzte, und ich zuckte vor Horror zusammen, während ich nach wie vor verzweifelt versuchte, Magie in meine Hände zu bringen.

Lavinia kam auf mich zu, während sie ihre Schatten auf die Menge zu meiner Linken entfesselte. Angstschreie hallten durch die Luft, als diese mein Volk in Stücke rissen.

»Hör auf!«, schrie ich und blickte voller Qual zu Orion, der sich auf dem Boden wand. Panik durchströmte mich, als ich sein Ende so deutlich sah, dass die Angst mich fast ertränkte.

»Vega-Abschaum«, zischte Lavinia und starrte mich mit einem Meer aus Gift in den Augen an. »Du denkst also, dass dein Phönix stärker als meine Schatten ist?«

Ich bewegte meine Finger und flehte meinen Phönix an, sich zu erheben oder meine Magie zurückzubringen. Aber es war, als würde nichts davon in mir existieren. Ich war eine Sterbliche, die sich nach einer Macht sehnte, die nicht in meinen Knochen lebte. Und Lavinia schien das zu wissen.

»Hast du ernsthaft geglaubt, meinen Fluch besiegt zu haben?«, fragte sie mit einem diabolischen Lächeln. Sie schlug ihre Hand erneut durch die Luft und ich wurde von einer dunklen Macht in mir nach vorn gerissen. Ich schrie vor Schmerz, während ich meinen Bauch umklammerte. »Dein Phönix hat sich tapfer geschlagen, das muss ich ihm lassen. Es war nicht vorgesehen, dass es so lange dauert. Aber jetzt bist du hier – und meine Macht ist größer als je zuvor. Du kannst sie nicht aufhalten.«

»Was hast du mit mir gemacht?«, keuchte ich.

»Komm raus, komm raus, wo auch immer du bist«, sang Lavinia, während sie meine Frage ignorierte, und ich spürte, wie Krallen mein Inneres zerfetzten, was mir einen weiteren Schrei entlockte. Etwas Dunkles schien sich durch meine Brust zu winden.

»Hör auf«, stöhnte ich und taumelte zur Seite, als der Schmerz fast unerträglich wurde.

»Lass sie los!«, brüllte Orion, aber ich war jetzt völlig in Lavinias Kontrolle, und als sie vor mir stand, sah ich puren Hass in ihren Augen.

»Ambres tenus avilias mortalium avar«, knurrte Lavinia, und mein Kopf fiel nach hinten, sodass ich in den Himmel schaute. Wut breitete sich in meiner Brust aus und Dunkelheit schoss an den Ort, an dem meine Magie hätte leben sollen.

»Hör auf«, flehte ich erneut, meine Stimme nichts als ein Hauch von Luft, der meine Lunge verließ. Mein ganzer Körper wurde jetzt von ihr beherrscht.

»Du warst böse, kleine Vega. Wenn du all diese Fae retten willst, warum hast du ihnen dann wehgetan?«, schnurrte Lavinia.

Erinnerungen tauchten vor meinem inneren Auge auf, und ich sah entsetzt zu, wie ich mich in unserem Zimmer in Rauch verwandelte und in der Nacht mit zunehmender Blutlust unter der Tür verschwand. Hinter dem Bauernhaus traf ich auf die erste Gruppe von Wachen, die ermordet aufgefunden worden waren. Ich folgte einer von ihnen bis zur Scheune, und plötzlich verwandelte sich der Rauch in ein riesiges Tier. Ich trug dichtes schwarzes Fell, und meine Pfoten waren mit rasiermesserscharfen Krallen ausgestattet. Und ich war voller Wut, Hunger und Hass.

Nein, das bin ich nicht.

Aber das stimmte nicht. Ich war dieses Tier und für diese Morde verantwortlich. Ich war verantwortlich. Für Tod, Schmerz und Angst.

Ich sah in meiner Erinnerung, wie ich den ersten Mann in die Scheune schleppte und ihn mit Klauen und Zähnen tötete; seine Schreie hallten um mich herum und lockten die anderen Wachen an. Aber in dem Moment, in dem sie ankamen, wurden sie zu meiner Beute. Ihre Kraft war nichts im Vergleich zu meiner, als ich in ihre Körper eindrang, Teile von ihnen verschlang und den Rest im Heu verstreute.

Erinnerungen an jeden einzelnen Mord schossen mir durch den Kopf, und ich sah, wie ich nachts in Rauchform in unser Zimmer hinein- und hinausschlüpfte und dann meine Opfer zerfleischte. Und alles, was ich fühlte, war Wut. Sie war verzehrend und blendend und fraß meine Kraft, meine Formgebung, auf. Jedes Mal, wenn ich tötete, wurde sie ein wenig stärker – und mir meine Magie ein Stückchen weiter aus den Händen gerissen. Meine Formgebung hatte sich gewehrt, ich konnte die Wut der Bestie darüber spüren. Aber jetzt stand ich vor der Königin der Schatten – und sie besaß dieses Monster in mir, diese Kreatur, die mir alles genommen hatte, was ich war. Und sie wollte mehr, so viel mehr.

»Die Schattenbestie hat in dir Wurzeln geschlagen«, säuselte Lavinia, als ich aus meinen Erinnerungen erwachte und sie voller Entsetzen ansah. Kopfschüttelnd versuchte ich, das zu verneinen, was ich bereits wusste. »Sie ernährt sich von deiner Kraft. Du hast sie gut bekämpft, aber nicht gut genug. Und jetzt ist sie gesättigt und du bist nichts weiter als eine Sterbliche, die an eine Bestie gebunden ist. Und diese Bestie gehört *mir*.« Lavinia drehte ihre Hand erneut. »Komm raus zum Spielen, mein Tierchen.«

»Nein«, keuchte ich entsetzt, hob meine Hände wieder und versuchte, meinen Phönix an die Oberfläche zu bringen. Aber er war verschwunden, als wäre er aus meinem Körper geflohen und hätte mich verlassen. Und ich hatte noch nie etwas so Schreckliches wie diese Realität erlebt.

»Geh weg von ihr!«, schrie Orion, und Lavinia warf ihm einen flüchtigen Blick zu. Er war nach wie vor in ihren Schatten gefangen und seinem eigenen Schwert ausgeliefert. Dann wandte sie sich wieder mir zu.

»Ich glaube, die Bestie hat Hunger. *Novus estris envum magicae. Avilias avar!*« Sie krümmte ihre Finger, und plötzlich war meine Wut alles verzehrend. Meine Haut riss und meine Rüstung verschob sich, als sich ein riesiges Monster aus meinem Körper kämpfte. Die Rüstung zerbrach in Stücke, die mit scheppernden Klängen zu Boden fielen – und ich hörte den Tod in jedem einzelnen Ton. Die Kette an meinem Hals riss und der Imperiale Stern fiel zu Boden und versank im Schlamm.

Meine riesigen Pfoten gruben sich in die Erde, und jeder Teil meines Wesens war gezwungen, loszulassen. Denn jetzt übernahm das Tier auch in meinem Inneren die Kontrolle.

Lavinia ließ Orion aufstehen und reichte ihm auch sein Schwert, das mein Gefährte sofort auf sie richtete.

»Befreie sie von diesem Fluch!«, befahl er und schwang das Schwert auf sie, aber Lavinia stieß ihn mit einer Handbewegung zurück, als wäre er nichts weiter als eine leichte Irritation.

»Du solltest sie besser aufhalten, bevor sie deinen kleinen Freunden wehtut«, stichelte Lavinia.

»Ich werde ihr niemals etwas antun«, knurrte er, und sie beäugte ihn prüfend, während sie mich auf die Rebellen richtete. Mein Blick wanderte in die entsprechende Richtung, und ich sabberte im Angesicht meiner Beute.

Ich stapfte auf sie zu, in mir nichts als Hunger und Tod, mein Verstand in einem Dunstschleier der Dunkelheit.

»Nein – Blue! Sieh mich an!«, erreichte mich eine Stimme, aber ich konnte nicht mehr erkennen, wem sie gehörte.

Ich rannte auf die Menge zu, während Wut in mir aufwallte und meine Adern in Flammen setzte. Ich war hungrig, so unendlich hungrig, dass es schmerzte. Und als ich auf die ersten Fae traf und das erste Blut durch meine Krallen vergossen wurde, heulte ich zum Mond und spürte, wie sich die Dunkelheit in mir verdichtete.

Scorpio
Gemini
Virgo
Aries
Cancer
Leo
Sagittarius
Taurus
Capricorn
Aquarius
Libra
Pisces

TORY

KAPITEL 60

Ich kämpfte mit der Wut einer Königin, die ihr Königreich verteidigte, und der Kraft eines Monsters, das geboren worden war, um im Blut seiner Feinde zu baden. Und ich hatte so viele verdammte Feinde. Lionel und Lavinia standen ganz oben auf einer sehr langen Liste – und mit den verfluchten Sternen wollte ich gar nicht erst anfangen.

Sie beobachteten uns jetzt, funkelten am vollkommen klaren Himmel und genossen die Show, während die Fae, deren Schicksale sie mit ihren Launen so achtlos durcheinanderbrachten, hier unten im Schlamm um ihr Leben kämpften. Es war ihnen egal, wer hier als Sieger hervorgehen würde. Sie waren nur hier, um das von ihnen inszenierte Gemetzel zu beobachten.

Ich kämpfte mit Feuer und Wut und nutzte die Kraft meiner Flammen, um jederzeit für vollständig aufgeladene Magie zu sorgen. Dabei riss ich große Lücken in die Reihen unserer Feinde, doch sie griffen uns weiterhin aus allen Richtungen an.

Wir waren völlig unvorbereitet gewesen. Unsere Armee war größtenteils noch unter der Erde gefangen, in den Tunneln eingekeilt, und schaffte es nur langsam, sich an die Oberfläche zu kämpfen, um sich unseren Reihen anzuschließen. Wir waren in einer ernsthaften Unterzahl.

Mein Blick fiel auf Catalina und Hamish, die mit ihrer Erdmagie den Hang auseinanderrissen, um weitere Rebellen aus den Tunneln darunter befreiten. Gleichzeitig schützen sie sie gegen die Drachen, die in ihren verwandelten Formen über uns hinwegflogen und darauf abzielten, unsere Armee mit ihrem Drachenfeuer zu verbrennen, bevor sie sich überhaupt ganz dem Kampf anschließen konnten.

Blockierendes Nymphenrasseln ertönte immer wieder, woraufhin die Magie in mir zu einem eindringlichen Takt flackerte, wann immer ich einer zu nahe kam. Aber mein Flammenschwert war vom Blut ihrer Artgenossen benetzt, und jeder, der den Fehler machte, zu glauben, ich könnte nur mit meiner Magie kämpfen, musste auf die harte Tour herausfinden, dass er sich irrte.

Die riesige Nymphe, die ihre Gruppe anzuführen schien, war immer noch in meinem Blickfeld. Aber sie hatte sich weiter entfernt und stürmte jetzt auf die andere Seite des Schlachtfeldes zu, wo die Tiberianischen Ratten unter der Führung von Eugene Dipper Widerstand leisteten.

Der Mut unserer Armee ließ mein Herz anschwellen, als ich sie überall um mich herum kämpfen sah, aber dennoch war die schiere Anzahl von Lionels Anhängern erschreckend.

Ein Gebrüll, wie ich es noch nie zuvor gehört hatte, erschütterte den Boden zu meinen Füßen, und ich wirbelte nach rechts. Die Rebellen dort schrien und versuchten, vor dem zu fliehen, was dieses Geräusch verursacht hatte.

Meine Augen weiteten sich, als ich die Quelle ihrer Angst entdeckte: eine riesige Bestie, die mit Schattenklauen und den seelenlosen Augen eines Albtraums durch ihre Reihen riss. Das Monster war so groß wie ein Monolrianischer Bär und sah auch irgendwie so aus. Sein schwarzes Fell war nass vom Blut der Fae, die er bereits getötet hatte.

Ich hob meine Hand und stieß ein herausforderndes Brüllen aus, während ich meinen Phönix anrief. Rote und blaue Flammen loderten in meiner Faust und wurden immer größer, bis ich sie mit einem Energiestoß losließ, der mich fast von den Füßen riss.

Ein aus Feuer geborener Vogel brach aus meiner Hand hervor, schickte seinen unglaublich schönen Schrei zu den Rebellen und stärkte ihre Moral. Dann flog er über ihre Köpfe hinweg und direkt auf die Kreatur aus Schatten zu, die gekommen war, um uns alle zu vernichten.

Die Bestie blickte auf, als das Feuer des Phönix auf sie niederbrach, und ihr Blick fiel auf mich. Ein silberner Schimmer in ihren Augen ließ mich fast innehalten, während mir ein Schauer über den Rücken lief.

Mein Angriff traf die Kreatur, und sie brüllte, als sie von den Füßen gerissen wurde, rückwärts in die Reihen der Nymphen krachte und sie unter sich zermalmte. Sie zerschmetterte ihre knochigen Gliedmaßen und entlockte ihnen schmerzerfüllte Schreie.

Ich rannte auf die Kreatur zu, die sich gerade wieder aufrappelte, und runzelte die Stirn. Wie hatte sie diesen Schlag überlebt? Ich hielt mein Schwert bereit und stieß einen wütenden Schrei aus.

Die Rebellen versuchten, zur Seite zu weichen, als ich auf sie zulief, aber ich ignorierte sie, sprang in die Höhe und nutzte meine Luftmagie, um mich über ihre Köpfe zu schwingen. Ich packte mein Schwert mit beiden Händen und hielt es über mich, während ich mich auf den tödlichen Schlag vorbereitete.

Etwas prallte mit der Wucht eines Lastwagens auf mich, und ich wurde vor Schmerz fluchend aus der Bahn geworfen. Unter einem kräftigen Körper ging ich zu Boden und verlor den Halt an meinem Schwert, als wir über den Dreck rutschten.

Ich riss eine kleinere Waffe von meiner Hüfte, rammte mein Knie in den Boden, um unser Weiterrollen zu stoppen, und schwang den Dolch auf den Hals meines Gegners. Erschrocken riss ich die Augen auf, als ich Orion erkannte.

Ich schaffte es in letzter Sekunde, meinen Angriff zu stoppen. Die Spitze meines Dolches streifte noch seinen Unterkiefer, woraufhin er sofort blutete. Ich atmete scharf ein.

»Verdammte Scheiße, ich hätte dich fast getötet.«

»Die Bestie ist Darcy«, brüllte er und schien sich nicht einmal um das Blut zu scheren, das ihm jetzt übers Kinn tropfte. »Es ist der Fluch. Lavinia hat ihn dazu gebracht, sich in ihr zu manifestieren, und ich glaube nicht, dass es das erste Mal ist.«

Ich riss den Kopf herum und blickte durch die Menge kämpfender Fae auf die Bestie, die sich jetzt wieder aufrichtete. Ich öffnete entsetzt den Mund, als ich verstand, was er damit sagen wollte.

»Sie hat all diese Fae getötet?«, raunte ich, und als ich Orion ansah, nickte er.

»Ich denke schon. Aber ich glaube nicht, dass sie davon eine Ahnung hatte. Sie scheint dem Fluch völlig ausgeliefert zu sein, jetzt, da er sie im Griff hat. Ich werde sie von hier wegbringen. Du musst diese Schlacht gewinnen, Tory. Du musst die Rebellen zum Sieg führen.«

Ich schluckte schwer, während ich seine Worte verarbeitete, wirkte einen Schild aus Luftmagie um uns herum, stand auf und bot ihm ebenfalls eine Hand an.

»Also null Druck und so«, stieß ich hervor und warf einen Blick auf das Gemetzel, das uns umgab.

»Du schaffst das«, sagte Orion, packte meinen Arm und zwang mich, in seine Augen zu schauen, die von silbernen Ringen umgeben waren. Und ich sah in ihnen so viel mehr Vertrauen in mich, als ich es selbst hatte. Ich schluckte schwer.

»Bitte rette sie, Lance«, flüsterte ich, unsicher, ob er mich in dem Chaos überhaupt hören konnte, aber er nickte entschlossen.

»Ich werde tun, was nötig ist.«

»Brauchst du mehr Kraft?«, fragte ich, als die Bestie abermals brüllte und ich mich ihr abermals zuwandte. Wie zum Teufel wollte er sie von hier wegschaffen?

Seine Antwort kam in Form eines Brennens, als er seine Reißzähne in meinen Hals bohrte. Ich knirschte die Zähne, während ich mein Schwert fester umklammerte. Mein Blick fiel erneut auf diese riesige Nymphe, die sich gerade wieder in ihre Fae-ähnliche Gestalt verwandelte, und ein Knurren entrang sich mir, als ich Alejandro erkannte.

»Stirb nicht!«, befahl Orion, als er mich losließ, und ich begegnete seinem Blick ein letztes Mal.

»Du auch nicht.« Ich ließ den Schild fallen, der uns schützte, und er schoss auf Darcy zu, während ich mich zwang, ihm die Rettung meiner Schwester zu überlassen.

Ich eilte los, um mein fallen gelassenes Schwert aufzunehmen, hob es und nahm Alejandro ins Visier, der gerade begann, wilde Feuermagie auf die Rebellen zu schleudern, die die Nymphen an seiner Seite bekämpften.

Feuermagie, die er einst meinem Vater gestohlen hatte. Und ich würde ihn dafür bezahlen lassen, dass er ihn umgebracht hatte.

»Heute Nacht stirbst du, Arschloch.«

Gemini
Scorpio
Virgo
Cancer
Aries
Leo
Taurus
Sagittarius
Capricorn
Aquarius
Libra
Pisces

GERALDINE

KAPITEL 61

Jetzt hatte ich wirklich alles gesehen. Mylady Darcy hatte sich in ein wildes Tier aus der Wildnis verwandelt, und ihr Orry-Mann jagte ihr hinterher. Ich musste dringend zu ihr, um sie wie einen wilden Mustang auf meinen Weiden zu zähmen.

Ich rannte los, während sich die riesige Bestie, in die sich meine liebe Darcy verwandelt hatte, an unseren Leuten gütlich tat. Sie ähnelte einem großen Schwarzbären, und Schatten tanzten über ihr Fell, als wäre sie ein Wesen aus den tiefen Schluchten von Bagamagooth.

»Ich komme! Halte durch, Mylady!«, rief ich.

Ich schoss durch die Luft, um zu ihr zu gelangen, während ich unerbittlich meinen Flegel schwang. Die mit Stacheln besetzte Kugel traf das trottelige Gesicht einer Nymphe und verwandelte das Biest in Ruß. Es war ein kleiner Sieg in einem Feld der Verwüstung. Und jetzt, da Darcy unter unseren Leuten wütete, konnte ich unser Schicksal wie den Mond über einem stürmischen Meer aufsteigen sehen – der Schritt hinter den Schleier schien unausweichlich.

Orion schirmte die Rebellen mit Luftschilden ab, um Darcy von möglichst vielen fernzuhalten, aber sie durchbrach seine Abwehr immer wieder.

Ich streckte eine weitere Nymphe mit einem Schrei und einem Schwung meiner treuen Waffe nieder. Der Flegel des unendlichen himmlischen Karmas brachte unseren Feinden den Tod, als wäre er dazu geboren, uns zu beschützen.

»Nimm das, du Halunkengesindel!«, rief ich und wischte meine Stirn, während ich weiter voranpreschte. Meine süße Darcy war nun blutüberströmt, während Teile der Rebellen über uns hinwegflogen und das Wehklagen lauter wurde.

Ich hatte eine Ahnung, was diese Veränderung in ihr ausgelöst hatte. Lavinia trug eindeutig die Schuld an ihrer Verwandlung. Ich hatte ihre Interaktion gesehen, obwohl ich über den Tumult der Schlacht nicht ein Wort gehört hatte.

Orion versuchte weiter, sie zurückzudrängen; ein Arm blutete bereits, nachdem Darcys Krallen ihn dort erwischt hatten. Ich schrie wie ein Lappentaucher, während ich alles daransetzte, sie zu erreichen. Ich würde nicht zusehen, wie ihr Elysischer Gefährte unter ihren Klauen fiel oder wie sie ihm den Kopf von seinem feinen Körper riss, aber leider kam ich nicht schneller voran. Ständig wurde ich von Rebellen zurückgedrängt, die sich umdrehten und vor ihrer Königin davonliefen, während sie sie in Stücke hackte.

Aber ich würde mich nicht wie eine Mücke vor dem Rachen einer Libelle ducken. Nein! Ich würde Mylady zu Hilfe kommen. Ich würde ihren Namen in den Himmel jodeln und die Sterne anflehen, sie von dieser schrecklichen Gestalt zu befreien, die ihren Körper ergriffen hatte.

Orion gelang es, eine weitere Reihe von Rebellen mit Luftmagie zu schützen und ihnen so die Chance zur Flucht zu geben. Dann wirkte er einen Eiszauber, um zu versuchen, Darcys Beine zu fixieren und sie zurückzuhalten.

Ich schrie meine Ermutigung, aber Darcy brach durch das Eis und krachte in eine Reihe von Rebellen, die sie unter ihren Pfoten begrub.

»Glitzernder Gecko im Guacamole-See!«

Ich kam näher und Blut spritzte mir ins Gesicht, als Darcy einen Mann zwischen ihren Kiefern schüttelte. In den Augen meiner teuren Lady wirbelte die Dunkelheit der abscheulichen Schattenhexe, die ihr das angetan hatte, und ich schwor, sie zu retten.

Orion sprang auf Darcys Rücken, schob seine Hände energisch in ihr Fell und riss ihren Kopf zur Seite, um den Rebellen die Chance zu geben, zu fliehen. Aber ich floh nicht.

Ich stemmte meine Fersen in den Boden und rammte links und rechts Rebellen, während ich gegen die Flut von Körpern ankämpfte, die sich an mir vorbeidrängten. Aber ich erlaubte ihnen nicht, mich wie eine im Meer verlorene Kokosnuss mit sich zu reißen.

Darcy schüttelte den Kopf so heftig, dass Orion von ihr heruntergeschleudert wurde. Er landete mit einem solchen Krachen auf dem Rücken, dass ich wusste, dass ein wichtiger Knochen gebrochen sein musste. Und als er vor Schmerz knurrte, sah ich, dass er sich nicht bewegen konnte und sein Schwert im Dreck des Schlachtfeldes verloren hatte. In diesem Moment trat seine Elysische Gefährtin nach vorn, um ihn den Todesstoß zu versetzen.

Ein Keuchen blieb mir in der Kehle stecken, und ich bohrte meine Ellbogen in die Rebellen in meiner Umgebung, drängte sie beiseite und brach durch ihre Reihen wie eine Erbse aus ihrer Schote. Sofort rannte ich weiter, meinen Flegel hocherhoben, während ich so laut schrie, dass die Sonne mich dort hören konnte, wo sie jenseits des Horizonts schlief.

Darcy hob den Kopf und richtete ihren Blick auf mich statt auf Orion. Und ich rannte weiter, meinen Flegel immer noch schwingend, aber ohne die Absicht, Mylady wehzutun. Ich war in einem Konflikt gefangen, als sie ihre Fangzähne auf mich richtete, und sah meinen Tod in ihren Augen funkeln wie Diamanten.

»Du wirst deinem Orry-Mann nichts antun!«, jammerte ich und stürzte mich auf sie. Meine Füße verließen den Boden, als ich einen Salto machte, auf Orion landete und ihn mit allem heilte, was ich zu geben hatte.

Er grunzte, als die zersplitterten Teile seiner Wirbelsäule wieder zusammenwuchsen, und unsere Blicke trafen sich einen Moment, bevor scharfe Krallen meine Rüstung durchbohrten. Es war, als würde ein heißes

Messer durch Butter schneiden, als sie sich tief in meine Schulter gruben und mich von ihm warfen.

Ich segelte durch die Luft und verlor meinen Flegel; die Zeit schien sich zu verlangsamen, als ein heißer Blutstrom meinen Rücken hinunterlief und Himmel und Erde zu einer Einheit verschmolzen.

Ich roch den Fluss des Todes auf meiner Haut und fragte mich gerade, ob meine Zeit gekommen war, als ich auf dem Boden aufschlug und ein schlammiges Ufer hinunterrollte. Ein Meer aus Blut und Schlamm spritzte um mich herum auf, während mir der Atem aus der Lunge gepresst wurde.

Vielleicht war Mama in der Nähe und wartete darauf, mir ihre Hand zu reichen und mich zu den Sternen zu führen. Aber ich würde nicht leise gehen. Nein, ich würde kämpfen, bis kein Kampf mehr in meinen Knochen war. Ich würde kämpfen wie die tapferen Krieger von einst und heute Nacht so unerschütterlich meine Frau stehen wie ein Berg vor dem Mond.

Ich hob den Kopf und versuchte, aufzustehen, als ein gewaltiges Donnern ertönte. Angelica landete in ihrer riesigen roten Drachenform auf dem Boden. Sie brüllte, als Mildreds riesiger brauner Drache auf ihr landete; das hässliche Biest schlug mit geschärften Zähnen und blutigen Klauen auf ihre Kehle ein. Das Brüllen meiner lieben Angelica versagte, und ihr letzter Atemzug strömte über meine Wangen, als sie starb. Die abscheuliche Mildred riss ihr den Kopf von den Schultern und brüllte ihren Sieg in den Himmel, wohin sie schließlich verschwand.

Angst, Trauer und völlige Verzweiflung durchströmten mich, als ich mich aufraffte. Noch während ich mich selbst heilte, sah ich, wie Orion Darcy nach wie vor auf dem Schlachtfeld verfolgte, sein Shirt zerrissen und blutgetränkt.

Tränen liefen über meine Wangen, als ich meine liebe Freundin Angelica anstarrte. Und ich schluchzte wie ein Frosch auf einem Seerosenblatt.

»Süße, liebe Angelica!«, heulte ich, während heiße Tränen über meine Wangen kullerten. Und ich hob den Blick zum Himmel, wo ich Mildred fixierte und mit einem Fluch meiner eigenen Fertigung belegte. »Du sollst durch meine Hand sterben, und du sollst leiden, bevor ich dich schreiend und von innen heraus brennend in die Unterwelt schicke! Hör mich an! Ich werde meine Verbündete rächen, die ein starkes Herz hatte und mehr Wert in ihren Zehnägeln besaß, als du jemals besitzen wirst!«

Scorpio
Gemini
Virgo
Aries
Cancer
Leo
Sagittarius
Taurus
Capricorn
Aquarius
Libra
Pisces

SETH

KAPITEL 62

»**W**as jetzt?«, knurrte ich, verzweifelt darauf aus, nach draußen zu stürmen und meine Familie und die Familien meiner Freunde zu retten. Und wo zum Teufel war der Rest? Hier in diesem Haus? Denn ich wusste verdammt noch mal nicht, wo ich anfangen sollte, nach ihnen zu suchen, wenn dem so war. Und der Gedanke, dass sie vielleicht entbehrlich gewesen waren, dass Lionel sie losgeworden sein könnte, schwoll in meinem Kopf immer weiter an. Am liebsten wäre ich, ohne weiter darüber nachzudenken, in die Schlacht gestürmt. Aber ich musste einen klaren Kopf bewahren. Ich musste meine Emotionen in diese dunkle Grube in mir zwingen und das tun, was ich am besten konnte: das verdammt kaltherzige, blutrünstige Arschloch imitieren, das alles mit Fassung trug, und das ohne auch nur mit der Wimper zu zucken. Das war es also, was ich tun würde.

Wir hatten es nach unten in eine Art Lounge geschafft, aus der wir in den Innenhof sehen konnten. Ich kniete hinter einer Couch, Cal drückte sich an meine rechte Seite und Max an meine linke. Ein Winseln steckte mir in der Kehle fest, aber wir waren von einer Stillekuppel umgeben – kombiniert mit einem dichten Tarnzauber, der uns mit den Möbeln verschmelzen ließ. Wir hatten beobachtet, wie Vard gegangen war und eine große Gruppe von Nymphen mit sich geführt hatte. Sie waren zum vorderen Bereich des Anwesens gegangen, und Vard hatte gemurmelt, dass die Neuankömmlinge bald hier sein würden. Wir hatten schnell herausgefunden, dass wir diese Neuankömmlinge sein mussten. Was bedeutete, dass sie viel zu spät damit begonnen hatten, ihre Falle für uns vorzubereiten. Pech für sie, dass wir es bereits ins Haus geschafft hatten. Ich vermutete, dass Vard durch den Diebstahl seines Schattenauges zum schlechtesten Seher auf dieser Seite von Solaria geworden war. Aber es war ein kleiner Sieg angesichts alles anderen.

»Es sind einfach zu viele«, sagte Max frustriert. »Wir müssen sie weglocken.«

»Und wir brauchen eine Bindenadel, um diesen Riss zu schließen«, antwortete ich. »Glaubst du, einer von uns sollte mit Sternenstaub zurückgehen, um eine zu holen?«

»Wir haben nicht genug Sternenstaub für mehrere Reisen«, entgegnete Max mit gerunzelter Stirn.

»Wartet mal, Stellas Haus ist direkt nebenan«, sagte Cal, dem gerade eine Idee gekommen zu sein schien.

»Und?«, fragte ich.

»Und Orion hat mir von dem geheimen Keller dort erzählt, in der die alte Dunkle-Magie-Ausrüstung seines Vaters aufbewahrt wird«, erklärte Caleb. »Er befindet sich hinter einer Geheimtür im Flur unter der Treppe.«

»Natürlich hat dir dein bester Freund das erzählt«, murmelte ich, obwohl es natürlich praktisch war.

»Was, wenn dort keine Nadel ist?«, fragte Max besorgt.

»Die Nadeln gehören zu den am häufigsten verwendeten Objekten in der dunklen Magie – Orion hat mir eine Menge darüber erzählt. Es ist einen Versuch wert«, drängte Cal.

»Aber wir müssen diese Nymphen erst vom Altar weglocken, bevor wir überhaupt an diesen Riss herankommen«, sagte ich.

»Wie wäre es, wenn ich ein Feuer lege?«, schlug Cal vor, und ich überlegte.

»Dafür werden sie nicht alle verschwinden, vielleicht ein paar, aber ...« Ich schüttelte den Kopf.

»Ich könnte versuchen, ihre Emotionen so zu manipulieren, dass sie wie betäubt sind«, sagte Max nachdenklich. »Mit genug Zeit könnte ich sie sogar alle einschlafen lassen.«

»Damit würdest du auch unsere Familien umhauen, und das könnte sie – dank dieses verdammten Altar-Dings – in noch viel größere Gefahr bringen«, zischte Cal.

»Ich hab's!«, verkündete ich und lehnte mich auf meinen Fersen zurück, während die beiden mich abwartend ansahen. »Ich habe die Stimmenimitation perfektioniert. Ich kann eine Illusion erzeugen und so tun, als wäre ich Lionel. Das sollte ich lange genug aufrechterhalten können, um sie von draußen wegzurufen, damit ihr die Chance habt, eine Bindenadel zu holen und alle zu befreien.«

»Das ist keine furchtbar schlechte Idee«, räumte Caleb ein. »Aber wenn sie dir auf die Spur kommen und ihre Rasseln gegen dich einsetzen, bist du am Arsch.«

»Glaubst du wirklich, ich käme nicht mit einer Gruppe von Nymphen klar?« Ich schnaubte, aber mein Herz geriet für eine Sekunde aus dem Takt, als er mich intensiv ansah.

»Sei einfach vorsichtig!«, knurrte er und streckte die Hand aus, um meine Hand zu drücken. Die Berührung schickte einen Hitzepfeil mittig durch meine Brust.

»Immer.« Ich zwinkerte ihm zu und bemühte mich dann, die Illusion zu erzeugen. Sie war nicht perfekt, wenn man bedachte, dass ich Lionel nicht genau nachahmen konnte. Er hatte Zauber gewirkt, die mich davon abhielten, genau das zu tun. Aber mit dem großen Umhang, in den ich mich wickelte und dessen Kapuze ich hochzog, würde das schon irgendwie funktionieren. Es war sowieso dunkel draußen in diesem Hof, und meine Stimmenimitation würde perfekt sein.

»Igitt, du siehst ihm verdammt ähnlich«, sagte Cal mit gerunzelter Nase.

»Ich bin ein Leguan mit winzigem Schwanz«, erklärte ich mit Lionels dröhnender Stimme. »Wie war das?«

»Perfekt. Und jetzt verpiss dich!« Max stieß mich an, und ich straffte meinen Rücken, ging mit nach hinten gedrückten Schultern zur Tür und riss sie in einer dramatischen Bewegung auf, die dem Arschloch würdig war.

»Was zum Teufel veranstaltet ihr hier?«, brüllte ich, woraufhin sich die Nymphen erschrocken versteiften, als sie mich sahen.

»Wir tun das, worum uns Lavinia gebeten hat«, antwortete eine von ihnen mit einem Grunzen.

»Und ist Lavinia euer König?«, bellte ich, woraufhin sie verwirrte Blicke austauschten. »Na?«

»Nein, Eure Majestät.« Die nächststehende senkte den Kopf, und ich tätschelte kurz ihre Schulter, bevor mir klar wurde, dass das wahrscheinlich kein Lionel-Move war. Also wischte ich mir mit einer Grimasse die Hand an meinem Umhang ab. »Geht sofort hinein. Wir müssen reden. Ihr alle!«

Ich zeigte mit dem Finger auf sie, und die Nymphen beeilten sich, zu gehorchen. Mit gehorsam gesenkten Köpfen schossen sie an mir vorbei, während einige zurückblieben, um sich die Shitshow anzusehen, die sich um den Altar herum abspielte. Ich würde mich wohl darauf verlassen müssen, dass sich die anderen um sie kümmerten.

Ich folgte den Nymphen nach drinnen, warf einen Blick dorthin, wo sich Max und Cal versteckt hielten, und betete zu den Sternen, dass sie unsere Familien schnell von diesem höllischen Altar wegbringen konnten.

Ich folgte den Nymphen in den Korridor, jagte sie weiter und schoss schließlich an ihnen vorbei. Und obwohl ich als Kind unzählige Male hier gewesen war, verirrte ich mich in den endlosen Gängen. Ich trat durch eine Tür, von der ich ziemlich sicher war, dass sie in ein Esszimmer führte – aber der Raum dahinter entpuppte sich als großes Badezimmer.

Fuck.

Sie alle folgten mir, und ich zog meine Kapuze tiefer ins Gesicht. Die hellen Lichter in diesem Raum würden mich sofort verraten, wenn mich diese Arschlöcher zu gründlich ansehen würden.

Okay. Ich befinde mich in einem Badezimmer voller Monster. Was jetzt?

Ich räusperte mich, strich mit dem Finger über einen goldenen Wasserhahn und schnaubte, während ich ihn inspizierte, um mir einen Moment zum Nachdenken zu verschaffen.

Die Nymphen tauschten skeptische Blicke, und ich wusste, dass mir die Zeit davonlief. Ich musste mir einen plausiblen Grund einfallen lassen, warum ich sie alle in dieses Badezimmer geführt hatte.

Eine der Nymphen begann, mich etwas zu genau anzusehen, und ich senkte den Kopf, räusperte mich erneut, beugte mich vor und tat so, als würde ich den Wasserhahn genaustens inspizieren.

»Das ist nicht gut«, tadelte ich. »Überhaupt nicht gut.«

»Ähm, verzeiht mir, mein König, aber was ist nicht gut?«, fragte eine der Nymphen. Und verdammt, das war eine berechtigte Frage, auf die ich keine Antwort hatte.

»Die Wasserhähne natürlich«, knurrte ich. »Sie glänzen nicht so, wie sie glänzen sollten.«

»Vielleicht könntet Ihr das mit Euren Dienern besprechen, Eure Hoheit?«, schlug eine Nymphe vor.

»UNVERSCHÄMTHEIT!«, brüllte ich, griff mir ein Handtuch und peitschte sie damit, aber durch die Bewegung flog meine Kapuze zurück und mein Verhüllungszauber wurde in all seiner Unvollkommenheit … na ja, enthüllt.

»Moment mal, wer zum Teufel bist du?«, schnauzte eine der Nymphen. »Du bist nicht unser König!«

»Bei den Sternen, es ist eine Vega!«, brüllte ich und zeigte hinter sie. Idiotisch, wie sie waren, drehten sie sich alle um, und ich duckte mich und rannte los. Mit Luftmagie schoss ich sie beiseite und beförderte mich selbst mit einer kraftvollen Brise aus dem Badezimmer heraus.

Ich schlug die Tür hinter mir zu und versiegelte sie mit Erdmagie, wobei ich so viel Metall nutzte, bis die ganze Tür glänzte. Dann ließ ich den Zauber fallen, der meinen Körper getarnt hatte.

Ein Gewicht schlug gegen das Türblatt, gefolgt von einem weiteren und noch einem, aber meine Tür gab nicht nach.

»Ha!«, rief ich aufgeregt, aber dann ertönte ein Knall, als eine der Nymphen die Wand durchbrach und zusammen mit seinen Kumpels in den Flur trat. Ich schrie überrascht auf, drehte mich um und rannte zurück durch die Gänge. Aber ich kehrte nicht zu meinen Freunden zurück, sondern rannte immer tiefer ins Haus und schleuderte dem Meer von Nymphen hinter mir Zauber entgegen.

Ich sprengte Türen, warf Möbel in ihren Weg, schmiss Vasen und unbezahlbare Erbstücke durch die Luft und riss das Haus gewissermaßen in Stücke, um meine Verfolger zu bremsen und ihrem tödlichen Rasseln, das meine Magie einschließen würde, immer einen Schritt voraus zu sein.

»Ergreift ihn!«, rief jemand durch eine Reihe offener Türen zu meiner Rechten und ich sah, wie Vard ins Haus trat und mit wütendem – einäugigem – Gesicht direkt auf mich zeigte.

Ich hob eine Vase mit einem Windstoß Magie von einem Tisch und ließ sie gegen seinen Kopf fliegen. Fluchend schoss er eine Feuerfontäne in meine Richtung. Ich duckte mich und rannte weiter, wobei ich laut heulte, um die Nymphen zu ermutigen, mir zu folgen. Denn solange sie mich verfolgten, waren sie weit entfernt von meinen Familienmitgliedern und Freunden. Und ich hoffte, dass die gerade im Begriff waren, von hier zu verschwinden.

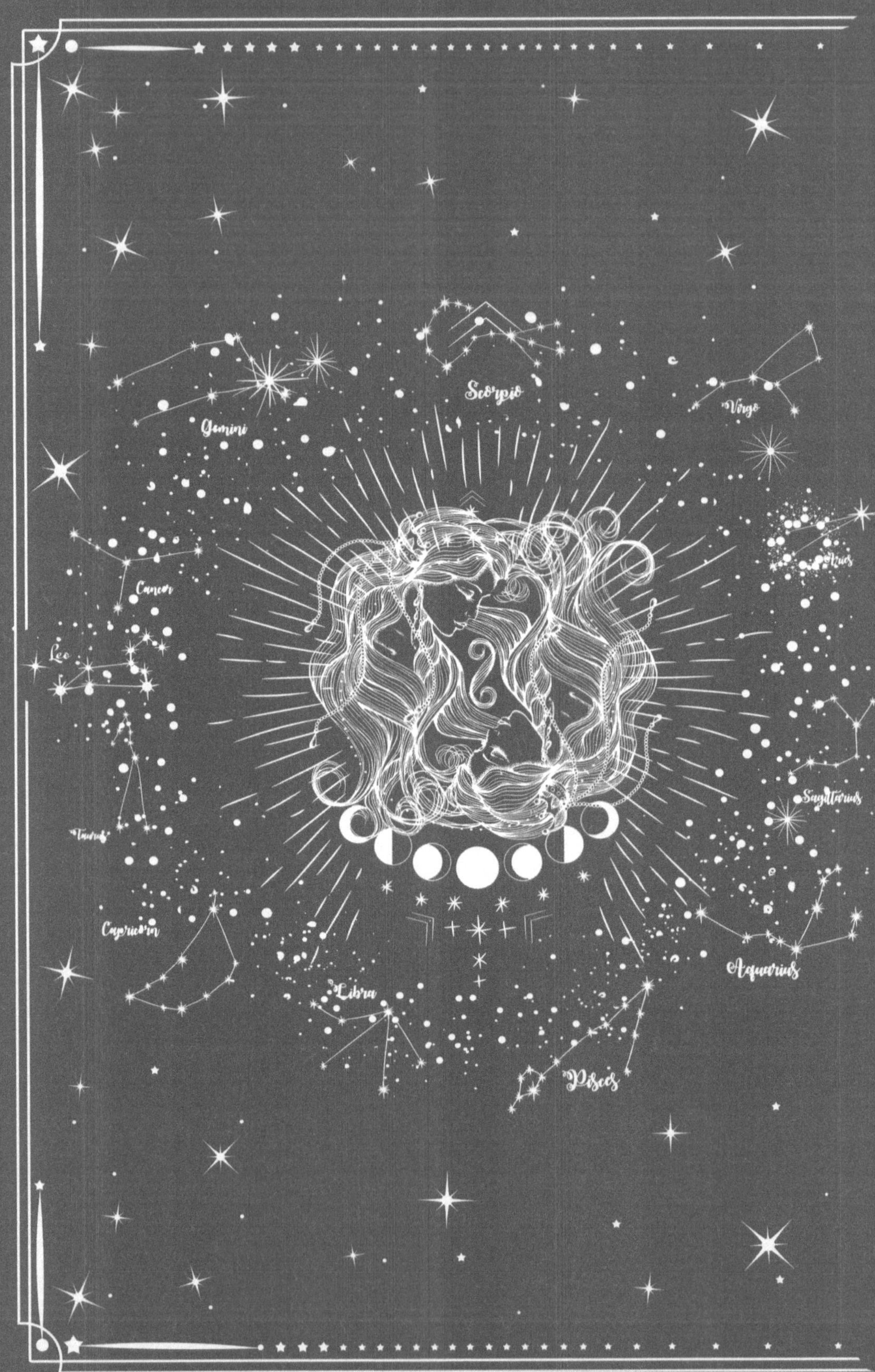

Gemini
Scorpio
Virgo
Cancer
Aries
Leo
Sagittarius
Taurus
Capricorn
Aquarius
Libra
Pisces

DARCY

KAPITEL 63

Wut durchströmte mich wie Säure. Eine Welle dieser Wut trieb mich nach vorn, während ich auf die Fae unter mir starrte und ihre Reihen durchbrach. Der Geschmack all dieses Blutes versetzte mich in eine Art Rausch.

Ich wollte mehr. Ich musste dieses dunkle und unaufhörliche Verlangen in mir stillen, das Land zu zerstören, zu verwüsten und zu brandschatzen.

Die Fangzähne in meinem Maul schmeckten wie Gift, der scharfe und bittere Geschmack rollte über meine Zunge und verursachte endlose Schmerzen und Leid bei jedem, der das Glück hatte, nach meinem Biss weiterzuleben. Aber niemand lebte lange, sobald das schwarze und verdorbene Gift einmal durch ihre Adern floss. Ein weiteres Opfer für mich. Für sie …

Lavinias Flüstern drang an meine Ohren. Sie drängte mich, weiterzumachen, und meine Seele war tief mit der ihren verbunden. Trotzdem kämpfte ein kleiner Teil in mir dagegen an, ihren Befehlen zu gehorchen. Aber es war unmöglich, sie zu verweigern. Ihre Worte entfachten ein Feuer in mir, das nie gelöscht werden konnte. Aber es war nicht das Feuer, das ich kannte. Es war etwas Böses, das alles Gute in mir verschlang.

Ein Mann erschien vor mir, die Arme ausgestreckt und mit einem flehenden Blick in seinen silbern umringten Augen. Ich schlug nach ihm, und meine Krallen trafen auf einen mächtigen Luftschild, den ich zu durchbrechen versuchte. Knurrend und fauchend stieß ich ihn zurück, während ich nach wie vor versuchte, seine Verteidigung zu durchbrechen. Er kämpfte eisern weiter, um sie aufrechtzuerhalten.

»Blue!«, schrie er, und das Wort berührte etwas tief in meiner Brust. Aber dann wurde Lavinias Flüstern lauter – und mein Hass stärker.

»Töte ihn! Töte sie alle!«, drängte sie in meinem Kopf. Meine Herrin. Die Lenkerin meines Wesens, diejenige, die mich auf eine Weise an sich gekettet und gefesselt hatte, die sich so tiefgründig anfühlte, dass ich sie wohl nie mehr loswerden würde.

Ich durchbrach seinen Luftschild und er schoss mit einem Geschwindigkeitsschub davon, sodass meine Pfote auf dem Boden landete, anstatt ihn zu treffen. Ich knurrte und richtete meinen Blick auf einen silbernen Pegasus, der auf dem Boden galoppierte, die Rebellen zusammentrieb und dann kurz innehielt, damit mehrere von ihnen auf seinen Rücken klettern konnten. Hinter ihm tat eine rosafarbene Pegasus-Frau das Gleiche, bevor sie abhob. Ich schlug nach ihr, als sie in Richtung der Wolken flog, erwischte ihren Huf und holte sie aus dem Himmel.

Ich warf sie zu Boden und stürzte mich auf sie, um sie zu töten, aber der silberne Pegasus stürmte auf mich zu und rammte mir ein Horn in den Arm. Brüllend wich ich zurück. Der rosafarbene Pegasus richtete sich auf, drehte sich um und rannte davon, während ihr silberner Artgenosse hinter ihr her galoppierte.

Ich jagte ihnen nach und holte sie ein, als sie gerade im Begriff waren, ihre Flügel auszubreiten, um in Richtung Himmel davonzufliegen. Aber ich war schneller und setzte zum Sprung an, um sie zurückzuholen und endgültig zu erledigen. Doch dann packte etwas von hinten mein Fell, riss mich zurück und warf mich zu Boden.

Der Mann mit den silbernen Iriden war wieder da, als ich mich aufrappelte, und ich knurrte ihn an, während er Luftseile um mich herum peitschen ließ und versuchte, mich an seinen Willen zu binden.

Ein Mädchen mit einem Flegel erschien, wirkte Ranken aus Erdmagie, fesselte mich und zwang mich erneut zu Boden, während ich gegen ihre Magie ankämpfte. Wut durchströmte mich, als mir das Mädchen einen Maulkorb baute, um meine Kiefer fest zu verschließen, und meinen Kopf auf den Boden zwang.

Der Mann eilte herbei, kniete sich vor mich und legte eine Hand auf meinen Kopf, während ich unaufhörlich versuchte, mich zu befreien. Ich musste trinken, so viel Blut wie möglich, um die Schattenkönigin, der ich gehörte, zu sättigen.

Ich knurrte, als der Mann mit mir sprach, ohne ihn wirklich anhören zu wollen, aber es war unmöglich, ihn zu ignorieren.

»Komm zu mir zurück, Blue!«, befahl er. »Sieh mich an! Du kennst mich.«

Er beugte sich so weit vor, dass ich nur noch seine Augen sehen konnte, und für einen Moment war ich mir sicher, ihn zu kennen. Die Wut in mir ließ nach, und das Knurren in meiner Kehle erstarb, während ich versuchte, ihn einzuordnen, unsicher, warum es sich so anfühlte, als würde dieser Mann mich genauso besitzen, wie Lavinia es tat.

Aber dann sprach meine Herrin erneut – ihre Stimme füllte meinen Kopf und übertönte ihn.

»Er ist dein Feind. Beiß ihn, zerreiß ihn, töte ihn! Vergieße das Blut der Rebellen und du sollst belohnt werden.«

Ich bäumte mich auf, als ein Energieimpuls meine Adern durchströmte. Schatten und Dunkelheit verbreiteten sich in meinem Blut wie ein Ölteppich. Ich brach aus meinen Fesseln aus, sprengte sie alle auf einmal und stürzte mich auf den Mann vor mir.

Ich schlug meine Krallen in seine Seiten, während ich ihn in meinen Pranken einklemmte. Er brüllte vor Schmerz, als ich ihn näher zu mir zog, meine Kiefer öffnete und das Maul aufriss, um ihm den Kopf von den Schultern zu reißen.

Etwas Scharfes traf meinen Oberschenkel, wieder und wieder, und ich heulte vor Wut, ließ meine Beute fallen und stürzte mich auf das Mädchen mit dem Flegel.

»Verzeih mir, Lady Darcy«, schluchzte sie halb, als sie sich umdrehte und davonrannte. »Ich kann nicht zulassen, dass du den Mann verletzt, der von den Sternen für dich auserwählt wurde.«

Ich sprang ihr nach, ein Knurren auf den Lippen, als sie Eiswände hinter sich errichtete, um mich aufzuhalten. Aber ich durchbrach sie alle. Scherben flogen und schnitten meine Beine auf, während ich ihr weiter nachjagte – nur, um plötzlich in eine riesige Erdspalte zu stürzen.

Ich heulte zornig auf, als ich am Grund der Spalte angekommen war, und blickte zu dem Mädchen auf, das am Abgrund stand und versuchte, ein magisches Netz über das Loch zu werfen, um mich hier unten festzuhalten. Aber ich war ein Geschöpf der Schatten, ein Monster der Nacht. Und ich ließ mich nicht festhalten.

Ich setzte zum Sprung an, kletterte die Erdwände hinauf und krallte mich höher, während sie sich beeilte, mich einzusperren. Aber ich kam oben an, bevor sie Erfolg hatte, schnitt mit meinen scharfen Krallen durch ihren Käfig und packte ihr Bein, während ich mich aus dem Loch herauskämpfte. Ich stieß sie unter mich, ihr Flegel glitt aus ihrer Hand, und ich sah das Weiße in ihren Augen, als sie zu verstehen schien.

»Ich sterbe nicht umsonst! Ich gehe ins Jenseits – ich liebe dich, Mylady!«, schrie sie, als ich meine Zähne in ihren Körper schlug und ihn zerfetzte und zerfleischte, bis ihre Schreie erstickten. Wie eine Stoffpuppe schleuderte ich sie von mir weg und in das Loch, das sie für mich gegraben hatte. Sie hinterließ eine blutige Spur, als sie in die Dunkelheit taumelte.

Ich hob den Kopf und stieß ein Heulen aus, um meinen Kill zu feiern. Als ich den Blick wieder senkte, sah ich den Mann mit den silbernen Augen, der ein flammendes Schwert über seinem Kopf hielt, um meine Aufmerksamkeit zu erregen, und es nach links und rechts schwang.

Ich rannte über das Schlachtfeld und ließ die anderen Rebellen zurück, während die Stimme in meinem Kopf mich drängte, diesen Kerl hier zu erledigen und mich an seinem Blut zu laben.

Und ich war eine Sklavin dieses Befehls.

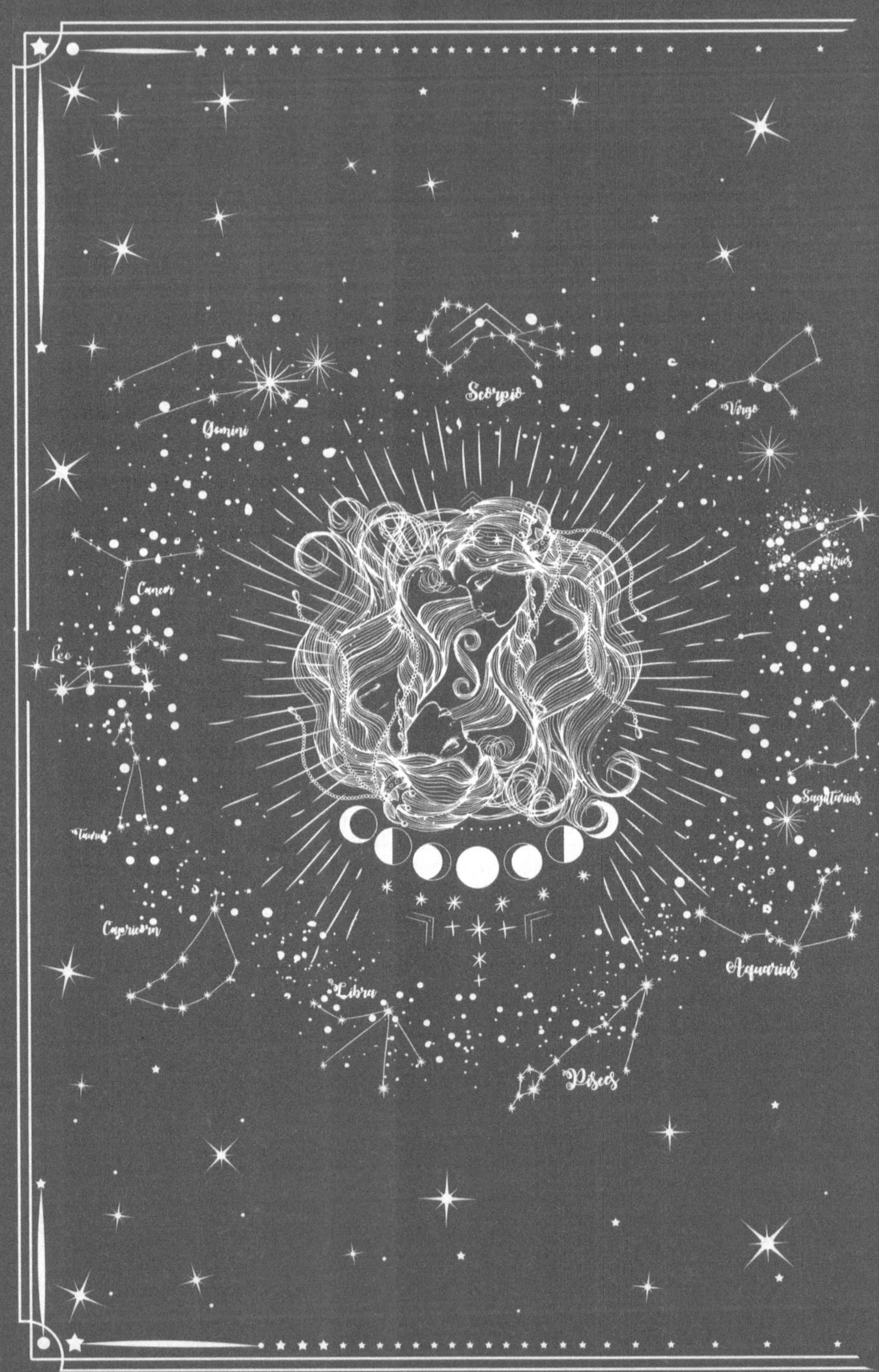

Scorpio
Virgo
Gemini
Cancer
Aries
Leo
Sagittarius
Taurus
Capricorn
Aquarius
Libra
Pisces

TORY

KAPITEL 64

Feuermagie schlug mit solcher Wucht auf meinen Luftschild ein, dass ich von den Füßen gerissen wurde. Meine Rüstung gab ein metallisches Klirren von sich, als ich auf den Rücken stürzte. Knurrend wälzte ich mich in dem Schlamm und dem Blut, die den Boden bedeckten. Ich rappelte mich wieder auf, rief meine Flügel an und hob ab.

Um mich herum tobte der Kampf nach wie vor unerbittlich, und ich fluchte, als eines von Lionels verdammten Fanclubmitgliedern Drachenfeuer auf mich schleuderte. Ich wich dem Angriff mit meiner Geschwindigkeit aus, anstatt Energie für einen Schild zu verschwenden, und warf Eis- und Holzsplitter auf die rote Bestie, wobei ich auf ihre Flügel und Augen zielte.

Der Drache stieß ein schmerzerfülltes Brüllen aus, als meine Magie die dünne Membran seiner Flügel durchbohrte, und ich ließ meinem Angriff einen Luftstoß folgen, der das Biest über die Reihen der Nymphen hinweg in die Tiefe stürzen ließ, sodass es auf sie herabfiel, anstatt die Rebellen zu treffen.

Ich hatte Alejandro in dem Getümmel wieder aus den Augen verloren. Ständig wechselte er zwischen seiner Nymphenform und seiner Fae-Gestalt hin und her, um auf unterschiedliche Weise anzugreifen. Die Nymphen unter seinem Kommando ließen ihn durch, während ich immer wieder gezwungen war, mich ihnen entgegenzustellen.

Hinter mir hatte sich eine loyale Gruppe von Rebellen gebildet, die sich meinem Kampfstil anpassten und an meiner Seite fochten. Mit jeder Minute, die verging, gewannen wir an Boden. Ich schenkte Justin ein grimmiges Lächeln, als dieser eine Nymphe mit seiner Feuermagie in Brand setzte und sie schreiend zurück in die Mitte ihrer Brüder schickte.

Ein ohrenbetäubendes Getöse erfüllte die Luft, und ich blickte über das Schlachtfeld zu dem Hügel, auf den Lionel und Darius ihren Kampf ausgetragen hatten. Ihre goldenen und grünen Schuppen schimmerten im Mondlicht rötlich. Blut?

Mein Herz zog sich vor Angst um meinen Gefährten zusammen, aber ich zwang mich, an ihn zu glauben, so wie er an mich glauben musste, um diesen Kampf durchzustehen. Doch als ich auf meine Leute hinunterblickte und den offenbar endlosen Schwarm von Lionels Armee auf sie zumarschieren sah, musste auch ich zugeben, dass ich den Ausgang dieser Schlacht fürchtete.

Ich steckte mein Schwert weg und rief meine Wassermagie herbei, während ich weiterhin über dem Kampf schwebte. Ich zog meine Kraft in meine Fingerspitzen und hielt sie dort fest, bis ich schwören könnte, das Rauschen des Wassers gegen mein Trommelfell pulsieren zu hören. Und seine Kraft drohte, mich zu überwältigen.

Meine Haare flogen zurück, als ich eine Flutwelle auf die vor uns stehenden Nymphen losließ und die Kraft der ausgesandten Energie mich selbst ein Stück zurückschleuderte. Ein wildes Knurren entrang sich mir, als die Welle sie ergriff, wegspülte und sie in den Schlamm des Schlachtfeldes trieb. Dann griff ich nach diesem Schlamm und zog so viele zappelnde Körper wie möglich hinein. Meine Hände waren zu Fäusten geballt und meine Arme zitterten unter der Kraft meiner Magie, als ich die Nymphen im Schlamm ertränkte und meiner Einheit eine kleine Atempause verschaffte.

Ich ließ mich vom Himmel fallen, um vor meinem Volk zu landen, und entdeckte Catalina in der Menge. Sie warf einen Holzspeer nach dem anderen auf die Rücken der Nymphen, die es geschafft hatten, meinem Angriff zu entkommen. Hamish drückte seine Hand auf ihre Schulter, um ihr seine Kraft zu leihen.

»Genau so, Kitty! Spieße sie auf, bis sie mehr Löcher haben als ein Feigenbusch!«

Mein Blick huschte über das Schlachtfeld, während meine kleine Einheit von Fae auf meine nächsten Befehle wartete. Justin kam mit erhobenem Metallschild näher – als hoffte er, mich vor einem Angriff abschirmen zu können. Seine glühende Phönix-Waffe hielt er in der anderen Hand bereit.

Ich entdeckte Alejandro zu meiner Linken; das Schreien, das aus seiner Richtung zu mir wehte, wurde immer unerträglicher. Eugenes Soldaten verwandelten sich in Tiberianische Ratten, und sie alle huschten entsetzt davon, als die Nymphen auf sie zustürmten und rasselnd ihre Magie erstickten.

Ich öffnete den Mund, um meine Gruppe in diese Richtung zu dirigieren, aber bevor der Befehl über meine Lippen kam, fiel Gabriel wie eine Kugel vom Himmel und landete in seiner vollständig verwandelten Harpyienform vor mir. Seine schwarzen Flügel flatterten an seiner Wirbelsäule, und sein Körper war mit den silbernen Panzerschuppen seiner Art bedeckt. Seine Brust hob und senkte sich, während er angestrengt atmete, Blut befleckte seine Wange, und der Blick, den er mir zuwarf, war von all dem Schrecken erfüllt, den er *gesehen* hatte.

»Ruf sie zum Rückzug auf!«, forderte er. »Der Tag ist verloren, und die Armee wird zerschlagen, wenn wir noch länger verweilen. Ich kann nicht *sehen*, was die Nymphen tun werden, aber wenn wir jetzt keine Niederlage eingestehen, bleibt uns keine Zukunft, in der die Armee bestehen bleibt.«

»Wir sind umzingelt, Gabriel«, hauchte ich voller Angst, veränderte meine Haltung aber nicht, für den Fall, dass mich jemand beobachtete. Es war die Wahrheit. Lionels Armee hatte uns schon vor ihrem Angriff umzingelt, und unser einziger Ausweg bestand darin, uns durchzukämpfen.

»Meine Familie hat eine große Gruppe von Erdelementaren mit in die

Tunnel genommen«, antwortete er mit einem Kopfschütteln. »Sie graben in diesem Moment einen Fluchtweg für uns. Ich habe *gesehen*, wie die Kinder und die Schwachen auf diese Weise entkommen sind, und es besteht eine gute Chance, dass der Rest unserer Armee es durch diese Tunnel ebenfalls nach draußen schafft. Ich habe nur noch nicht *gesehen*, was geschehen muss, um dieses Schicksal zu sichern. Aber dies ist der Moment der Entscheidung, Tor. Ruf den Rückzug aus, oder der Krieg ist noch heute Nacht verloren.«

Meine Augen weiteten sich vor Entsetzen, aber ich stellte ihn nicht weiter infrage, sondern vertraute auf seine Gabe. Ich drückte meine Finger an meine Kehle und verstärkte den Klang meiner Stimme, um so laut zu schreien, dass unsere gesamte Armee mich hören konnte.

»Rückzug! Kehrt in die Tunnel zurück! Rückzug!«

Die Rebellen hörten meinen Ruf, und plötzlich rannten alle zurück in Richtung Burrows, anstatt weiterzukämpfen. Niemand widersetzte sich meinem Befehl, nein, alle beeilten sich, ihn auszuführen. Aber die Nymphen waren ihnen auf den Fersen und lechzten nach ihrem Untergang.

»Errichtet einen Schild zwischen ihnen und unserer Armee, damit der Rückzug stattfinden kann«, befahl ich niemandem im Besonderen, aber Hamish hob verstehend das Kinn.

»Wird erledigt, meine Königin. Kitty und ich werden die Stellung halten, während unser Volk flieht.«

»Was hast du vor?«, fragte Catalina mit einem Keuchen und ergriff meine Hand, als ich wegsah. Sie schien zu begreifen, dass ich nicht mit ihnen gehen würde.

»Ich werde euch folgen, sobald dieser Kampf vorbei ist«, knurrte ich und suchte den Himmel nach Lionel und Lavinia ab, entdeckte aber keinen von beiden. »Wenn Lionel heute Nacht stirbt, können wir das hier noch retten.«

»Aber, meine Königin«, keuchte Hamish, woraufhin ich nur den Kopf schüttelte.

»Das ist ein Befehl. Ihr müsst unsere Leute von hier fortbringen. Kann ich mich darauf verlassen, dass ihr euch darauf konzentriert?« Ich fixierte ihn mit meinem Blick, und er senkte den Kopf, um sich meinem Befehl zu fügen.

»Es war mir eine Ehre, heute für die wahren Königinnen zu kämpfen«, sagte er, und mein Herz schwoll vor Rührung an. Dabei dachte ich an Darcy und fragte mich, ob Orion es wohl geschafft hatte, sie wieder zu ihrem normalen Selbst zurückzubringen. Ich hoffte von ganzem Herzen, dass es ihr gutging.

»Es war mir auch eine Ehre, mit dir zu kämpfen«, sagte ich fest, ergriff zum Abschied seine Hand und schnappte nach Luft, als Catalina ihre Arme um mich schlang.

»Lass diesen Wichser schreien, wenn er stirbt!«, knurrte sie, und ich lachte, während ich schwor, es zu versuchen. Schnell ließ ich sie wieder los, um mich dem Kampf zuzuwenden.

»Ich bitte um die Erlaubnis, zu bleiben und zu kämpfen, meine Königin«, sagte Justin und zog meine Aufmerksamkeit auf sich, als er sich schützend neben mich stellte. Ich nickte, als ich die Entschlossenheit in seinem Blick sah.

»Mal sehen, ob wir diese Sache beenden können.«

Ich rannte los, Justin einen Schritt hinter mir, und mein Blick fiel erneut auf Alejandro, der in der Menge der Nymphen auftauchte, die den sich zurückziehenden Rebellen nachjagten. Das Rasseln seiner Art hallte durch meine Knochen, und meine Magie schrumpelte dahin. Aber ich hob mein Schwert, stieß einen lauten Kampfschrei aus und rannte auf ihn zu.

Gemini
Scorpio
Virgo
Cancer
Aries
Leo
Taurus
Sagittarius
Capricorn
Aquarius
Libra
Pisces

Max

KAPITEL 65

Caleb schoss mit uns durch das Anwesen, während ich die Verhüllungszauber um uns beide herum aufrechterhielt. Ich hoffte, dass Seth verflucht noch mal wusste, was er tat, denn seine verrückten Ideen waren manchmal höllisch gefährlich.

»Keine Zeit für Subtilität«, rief Cal.

Ich spürte, wie die Hitze seiner Feuermagie seinen Rücken erwärmte, bevor er sie in die Schutzbarrieren schleuderte, die das Haus umgaben, in dem Stella Orion lebte.

Die Hitze der Flammen küsste meine Haut, während wir durch die Barrieren und Aufspürungszauber schossen, und ich klammerte mich fest an Caleb. Er lief so schnell, dass ich meinen Blick auf seinen Hinterkopf richtete, anstatt zu versuchen, etwas um uns herum zu sehen, damit ich nicht seekrank wurde.

Wir krachten durch die Eingangstür und Caleb schoss durch das Haus, wobei er Türen gegen Wände schlug, bevor er schließlich vor einer Wandverkleidung zum Stehen kam, die vermutlich den geheimen Eingang zum Keller darstellte. Meine Augen weiteten sich, als wir Stella Orion dort stehen sahen, ihre Reißzähne gefletscht und Erdmagie in ihren Händen tobend.

»Geh zur Seite!«, warnte ich, als Caleb seine Reißzähne ebenfalls zeigte.

»Warum seid ihr hier?«, fragte sie.

»Beweg dich!«, knurrte jetzt auch Caleb.

»Und was, wenn ich das nicht tue?«, raunte sie. Ich spürte etwas in diesen Worten, meine Fähigkeit nahm Angst, Hoffnung und Verlust wahr. Was ging ihr gerade durch den Kopf?

»Dann wirst du sterben«, fauchte Caleb, aber sie rührte sich immer noch nicht, während ihr Blick zwischen uns hin und her huschte.

»Ist es das, was du willst?«, fragte ich und zupfte stärker an meinen Gaben, woraufhin sie die Augen aufriss, als sie meinen Ruf spürte.

»Ich will so viele Dinge«, zischte sie, und ich spürte, wie sich ihr Schmerz durch mich brannte. »Ich möchte in eine Zeit zurückkehren, in der die Welt nicht voller Tod war.«

»Tja, daran hättest du denken sollen, bevor du deinem Drachenfreund geholfen hast, die Macht über die ganze verdammte Welt zu übernehmen«, fuhr ich sie an, als ich das Bedauern in ihr schmeckte. Die Tiefe ihrer Emotionen füllte meine Energiereserven wieder auf.

Sie versuchte, ihre mentalen Schutzschilde gegen mich aufzurichten, aber ich ließ mich nicht verbannen.

Schuppen überzogen Teile meiner Haut, und ich holte tief Luft und sog das Gefühl von Schmerz und Trauer ein, das an ihr haftete. Sie stieß ein ersticktes Schluchzen aus, und die Ranken in ihren Händen verschwanden.

»Wir werden dir wehtun, wenn du dich nicht bewegst«, warnte Caleb.

»Macht, was ihr wollt. Es ist mir egal«, sagte sie und schüttelte den Kopf. »Meine Tochter ist tot. Mein Sohn hasst mich. Und der Mann, dem ich mein Leben gewidmet habe, hat mich nur benutzt.«

»Lionel Acrux benutzt jeden«, gab ich zu bedenken. Trotz und Herzschmerz durchströmten sie, woraufhin sie den Kopf schüttelte. Aber sie konnte ihre Zunge nicht mehr im Zaum halten, jetzt, da ich ihre Emotionen unter Kontrolle hatte und immer mehr aus ihr herauslockte.

»Er hat mich geliebt«, sagte sie. »Wir waren etwas Besonderes. Zumindest waren wir das, bis …«

Hass und Eifersucht waren wie ein dunkler, schmerzender Fluss in ihr, und ich bekam Einblicke in ihre Erinnerungen. Da war Lionel mit seiner neuen Königin, der Schattenschlampe Lavinia, die er küsste, rühmte und heiratete.

»Wir brauchen eine Bindenadel, um sie aufzuhalten«, sagte ich, plötzlich sicher, dass sie sie uns geben würde. »Wenn wir in der Lage sind, sie von den Schatten abzuschneiden, können wir sie töten. Willst du sie nicht tot sehen?«

Aufregung brandete in Stella auf, gefolgt von Angst und einem Gefühl der Loyalität gegenüber dem Mann, der die Schattenschlampe hierhergebracht hatte. Aber ich kämpfte gegen dieses Gefühl an und konzentrierte mich darauf, die rachsüchtigen Gefühle in ihr zu fördern, die Eifersucht und den Hass. Ich schenkte ihr Bilder einer toten Lavinia, ihr Einfluss von Lionels Schultern genommen.

Stella hörte auf, zu schluchzen, bevor sie plötzlich zur Seite trat und den Weg für Caleb frei machte. Er schoss an ihr vorbei in den Keller und kehrte nur einen Moment später mit einer Bindenadel in der Faust zurück. Eine Welle von Erdmagie schoss aus ihm heraus und er band Stella mit Ranken fest, woraufhin sie erschrocken aufschrie. Sie war nicht in der Lage, eine Hand zu heben, um sich zu wehren, während ich sie mit der Kraft meiner Gabe festhielt.

Ich verstärkte meine Macht, zwang sie, einzuschlafen, und sorgte dafür, dass sie für die nächsten Stunden nicht mehr erwachen würde. Mit einem dumpfen Knall fiel sie zu Boden.

»Sollten wir sie töten?«, fragte ich und hob den Blick zu Caleb, der einen Moment lang darüber nachdachte, bevor er den Kopf schüttelte.

»Überlassen wir die Entscheidung Orion. Es ist schließlich seine Schlampe von Mutter.«

Ich nickte zustimmend, und er warf mich auf seinen Rücken, schoss aus ihrem Haus und raste über das weitläufige Gelände in Richtung des Acrux-Anwesens zurück.

Ich katapultierte uns erneut in die Luft, als wir uns dem Turm über Darius' Zimmer näherten, und Caleb raste durch das Haus, bis wir direkt vor dem Innenhof standen, wo unsere Eltern immer noch für die Schattenprinzessin bluteten.

»Willst du den Riss nähen oder mir Rückendeckung geben?«, fragte Caleb, und wir sahen uns ängstlich um, als wir Seth irgendwo im Haus heulen hörten. Aber es klang nicht so, als wäre er in Schwierigkeiten, sondern vielmehr, als wäre er auf der Jagd.

»Ich gebe dir Deckung«, sagte ich, wandte meine Aufmerksamkeit wieder dem Innenhof zu, fixierte den Blick auf meinen Vater und biss die Zähne zusammen. Ein paar Nymphen waren nach wie vor draußen, aber die würden uns nichts anhaben können.

Ich krümmte meine Finger und ließ Wasser aus meinen Fingerspitzen rinnen – direkt auf die Nymphen zu, die in ihren Fae-ähnlichen Gestalten Wache hielten. Das Wasser raste auf sie zu, bis es ihre Stiefel fand, dann bewegte es sich an ihnen hoch und über sie hinweg. Die Wassertemperatur ließ ich auf eine Art und Weise ansteigen, dass sie es nicht einmal bemerkten, als die Tropfen ihre Haut berührten.

In dem Moment, in dem ich mit allen Kontakt hatte, zerrte ich an meiner Kraft, ballte meine Hand zu einer Faust und ergriff das Blut in ihren Adern. Innerhalb eines Augenblicks ließ ich es gefrieren. Alle vier fielen tot auf den Steinboden des Innenhofes, bevor sie überhaupt merkten, dass sie angegriffen wurden. Es kostete mich einen guten Teil meiner Kraft, und ich atmete erleichtert auf.

Caleb schoss an mir vorbei, sprang mit der Nadel in der Hand auf den steinernen Altar und begann, den Riss zu schließen.

Ich rannte hinter ihm her, eilte zu meinem Vater und ergriff seinen Arm, woraufhin er den Kopf hob und mich geschockt ansah.

»Max?«, keuchte er. Seine Haut schien sich über seine Knochen zu spannen, als würde die Macht der Schatten seine Essenz direkt aus seiner Haut saugen.

Ich nickte energisch, während ich betrachtete, wie sein Blut und seine Kraft aus der Wunde an seinem Handgelenk strömten und ihn zu dieser widerlichen Instanz zogen. Er war mit schweren Ketten am Boden fixiert, damit er nicht ganz im Riss verschwinden konnte, und mein Magen verkrampfte sich vor Hass auf die verdammten Arschlöcher, die ihm das angetan hatten.

»Wir holen euch hier raus. Dann können wir alle zusammen Darius' Sieg über Lionel feiern.«

Mein Vater riss die Augen auf und sein Blick fiel auf die Tür hinter mir.

»Beeilung!«, zischte er. »Es gibt unzählige von ihrer Sorte hier.«

»Seth lenkt sie ab«, versicherte ich ihm, und Antonia wimmerte vor Angst um ihren Sohn.

»Es sind weit mehr«, beharrte Dad, aber bevor ich antworten konnte, ertönte ein schmerzerfülltes Heulen und mein Herz verkrampfte sich vor Angst. Ich trat von ihm weg und ging mehrere Schritte auf die Tür zu, bevor ich mich unsicher zu Caleb umdrehte.

»Geh!«, zischte er, seinen Blick nie von dem Riss abwendend, während er versuchte, die Nadel durch die Barriere zwischen unseren Reichen zu stoßen. »Seth braucht dich mehr als ich.«

Ich zögerte, aber als ich Seth erneut heulen hörte, stand meine Entscheidung fest und ich rannte zurück in das Herrenhaus.

Ein magisches Klatschen erschütterte die Dielen, und ich stürmte in die entsprechende Richtung. Eis überzog meine Fäuste, während ich meinen eigenen Angriff vorbereitete, aber als ich an der geschwungenen Treppe in der Mitte des Gebäudes vorbeirannte, spürte ich einen stechenden Schmerz in meiner Schulter.

Ich schaute auf die winzige Wunde hinunter und beobachtete, wie sich ein einzelner Blutstropfen bildete. Erschrocken schnappte ich nach Luft, als ich mich umdrehte und einen Speer aus Schatten sah, der direkt auf mich zuschnellte.

Die dunkle Energie traf mich so heftig, dass ich schreiend zu Boden ging. Meine Magie war in ihrem Griff gefangen; ein unnatürlicher Sog riss sie aus dem winzigen Schnitt an meinem Arm, woraufhin die Schatten sie eisern festhielten. Plötzlich wurde ich rücklings über den Boden geschleift.

Ich wehrte mich schreiend, während ich versuchte, mich irgendwo festzuhalten, aber die Schatten zerrten mich durch das Anwesen zurück in den Hof. Meine Fingernägel brachen, als ich versuchte, mich am Türrahmen festzuhalten, bevor ich auch davon losgerissen wurde.

Ich brüllte Caleb eine Warnung zu, als ich über die Steine zum Altar gezogen wurde, und er fuhr herum, ließ die Bindenadel fallen, sprang vom Altar und packte mich an den Schultern, um mich vom Riss wegzuziehen.

»Ich habe dich«, brüllte er, als ich um mich trat und mich ebenfalls vom Riss fernzuhalten versuchte.

»Cal, jemand hat mich geschnitten«, keuchte ich. »Du musst ...«

Calebs Schmerzensschrei traf mich wie ein Schlag ins Herz, und sein Griff um mich herum lockerte sich plötzlich, als die Schatten auch die Schnittwunde an seinem Arm erreichten und ihn in Richtung des Risses zogen.

Erneut wurde ich zum Riss gezerrt, und in meinen Ohren hallten die verzweifelten Schreie unserer Familien wider, als die Dunkelheit nach mir rief und mir endlose Freuden versprach. Freuden, von denen ich wusste, dass sie nur in meiner Vernichtung enden würden.

Ich dachte an Gerry, an all diejenigen, die ich liebte, und ich versuchte, mich an diese Liebe zu klammern, als ich mein Ende auf mich zurasen sah. Aber bevor ich in die Dunkelheit gerissen werden konnte, schnappte eine Fessel um meinen Knöchel zu und meine Vorwärtsbewegung wurde ruckartig gestoppt. Heftig atmend lag ich auf dem Boden.

Caleb, der in der gleichen Situation zu sein schien, fing meinen Blick auf. Und als das Geräusch schwerer Schritte ertönte, hob ich den Kopf. Vard kam mit einem triumphierenden Ausdruck auf seinem vernarbten Gesicht aus dem Haus, während eine Gruppe Nymphen einen geschlagenen, blutenden Seth hinter sich herzog.

Seth wehrte sich gegen seine eigenen Fesseln, und ich stöhnte auf, als das Ziehen der Schatten stärker wurde. Sie klammerten sich an meine Magie und nutzten meine Kraft, um ihre verdorbene Herrin zu füttern.

»Sieht so aus, als hätte ich euch doch kommen sehen«, zischte Vard und trat vor, um mein Handgelenk aufzuschlitzen. Ein Schrei der Verzweiflung entfuhr mir, der in den endlosen Himmel getragen wurde. Meine Kraft war nun ihre Geisel und ich der Gnade der hasserfüllten Sterne ausgeliefert.

Gemini
Scorpio
Virgo
Aries
Cancer
Leo
Sagittarius
Taurus
Capricorn
Aquarius
Libra
Pisces

DARIUS

KAPITEL 66

Ich jagte meinen Vater durch den Himmel, mit dem Geschmack seines Blutes auf meiner Zunge und dem Verlangen nach seinem Tod in meinem Bauch. Einem Verlangen, das ich unbedingt stillen wollte.

Er brüllte vor Schmerz und Wut darüber, zur Flucht gezwungen zu sein. Die lange Wunde, die ich ihm in die Seite gerissen hatte, färbte den ganzen Hügel unter uns blutrot, während ich ihm hinterherschoss, fest entschlossen, dem Ganzen endlich ein Ende zu bereiten.

Er war verdammt schnell, aber ich war schneller. Ich stürzte mich mit meiner überlegenen Kraft und Größe auf ihn und brüllte siegessicher, als ich mit ihm kollidierte. In einem Kampf aus Krallen und Zähnen fielen wir vom Himmel.

Ich drückte ihn unter mich und stürzte mich auf seine Kehle. Meine Kiefer schnappten direkt vor seinem Hals zusammen, als es ihm wieder gelang, mich von sich zu stoßen. Ich wurde nach hinten geschleudert, landete hart auf dem Boden und rollte den Hügel hinunter in Richtung der fliehenden Rebellen, wo ich mich zurück in meine Fae-Gestalt verwandelte

Vater jagte mir nach, sein Maul weit aufgerissen. Die Schreie unserer Armee drangen an mein Ohr, und ich konnte mich gerade noch rechtzeitig umdrehen, um einen riesigen Eisschild über ihre Köpfe zu wirken, während er sein Drachenfeuer auf ihre Reihen abfeuerte.

Ich schleuderte Eisspeere nach ihm und knurrte vor Anstrengung, die es mich kostete, meinen Schild aufrechtzuerhalten, während ich ihn angriff. Ich verfluchte seine feige, verdammte Taktik, als er sich von mir wegdrehte und über mich hinwegflog.

»Darius!« Eine Mädchenstimme erregte meine Aufmerksamkeit, als ich gerade im Begriff war, ihm zu folgen.

Ich drehte mich um und entdeckte Sofia mit weit aufgerissenen Augen und voller Angst. Sie versuchte, den in seiner Fae-Gestalt am Boden liegenden und blutenden Xavier von den sich zurückziehenden Rebellen wegzuzerren.

»Ich komme«, sagte ich erschrocken, rannte zu ihr, packte seinen

Arm und presste Heilmagie in seine Haut. Aber die blutenden Wunden auf seinem Rücken verkrusteten nur ein wenig, während die tiefen schwarzen Schnittwunden an seiner Seite die Magie wegzusaugen und jegliche Heilung zu verhindern schienen.

»Ich glaube, es war Lionels Schattenklaue«, schluchzte Sofia, packte Xaviers Wangen und drückte ihm einen Kuss auf den Mund. Sie hatte seinen Feuerhelm an ihrem Handgelenk hängen; und sein Kopf zeugte noch immer von der Stelle, wo er befestigt gewesen war.

Xavier kam stöhnend zu sich, blinzelte und fluchte über den Schmerz, den er sofort spürte, während sein Blick von ihr zu mir wanderte.

»Er hat mir die Flügel ausgerissen«, stieß er hervor, und Tränen schimmerten in seinen Augen, die mich bis ins Mark trafen.

»Ich werde ihn töten«, schwor ich und hob den Kopf, als ein wütendes Wiehern meine Aufmerksamkeit auf sich zog. Ein riesiger silberner Pegasus galoppierte durch die Menge auf uns zu.

»Tyler!«, schrie Sofia, und ich stand auf und hob meinen Bruder in meine Arme. Der Pegasus kam vor uns zum Stehen und wirbelte Schlamm auf, der über seine blassen Beine spritzte, die bereits blutüberströmt waren. An seinem Hals hing eine Tasche, deren Riemen halb durchtrennt waren, und Jeans fielen heraus, als er innehielt und seine Nase an Xaviers Wange drückte. Ein alarmiertes Wiehern entwich ihm.

Meine Brust wurde eng, als ich Geraldine auf seinem Rücken sah. Ihren Oberkörper zierten ein gewaltiger Biss und ähnliche schwarze Kratzspuren, wie auch Xavier sie hatte.

Sie sah tot aus, und ich zögerte einen Moment, bevor ich die Hand ausstreckte, um sie zu berühren. Ein Seufzer der Erleichterung durchfuhr mich, als ich einen schwachen Puls fand.

Ich versuchte auch, sie zu heilen, traf aber auf eine ähnliche Barriere wie bei Xavier.

»Diese verdammten Schatten!«, fluchte ich, als die Angst um die anderen Erben in mir aufwallte, während ich mich fragte, warum sie so verdammt lange brauchten. Lavinia befand sich immer noch auf der anderen Seite des Schlachtfeldes, wo sie auf einer Schattenwolke über den Nymphen flog, die speziell dafür geschaffen zu sein schien, mich mit ihrer Macht zu verhöhnen. Ich hatte keine Ahnung, was zum Teufel mit diesem Altar geschah, aber es konnte nichts Gutes sein. Sie war nach wie vor viel zu mächtig, und ich hasste die verdammten Sterne dafür, dass sie uns immer wieder so viele Hindernisse in den Weg stellten.

»Was sollen wir tun?«, fragte Sofia und sah mich erwartungsvoll an. Ich hatte keine Antwort.

»Ihr habt eure Königin gehört«, sagte ich bestimmt und trat vor, um Xavier ebenfalls auf Tylers Rücken zu setzen. »Sie hat den Rückzug angeordnet. Also geht zurück in die Tunnel und bringt euch verdammt noch mal in Sicherheit!«

»Was hast du vor?«, keuchte sie und streckte die Hand aus, um sie auf meinen Arm zu legen, während ich mir die Jeans schnappte, die Tyler fallen gelassen hatte, und sie anzog.

»Ich bin zu stur, um mich den Befehlen einer Vega zu beugen, obwohl ich sie mehr liebe als die Erde, auf der wir stehen«, knurrte ich, während ich den Himmel nach meinem feigen Vater absuchte. Ich entdeckte ihn auf einem

Hügel hinter den Nymphen, die immer noch den Rebellen hinterherjagten. Er hatte sich wieder in seine Fae-Gestalt verwandelt, zweifellos um die Wunde zu heilen, die ich ihm zugefügt hatte, und war nun in einen roten Umhang gehüllt, der ihn als Anführer der Drachengilde auswies.

»Du willst Lionel angreifen?«, flüsterte sie ängstlich, und ich wandte mich wieder ihr zu, hob sie mühelos hoch und setzte sie auf Tylers Rücken zu den anderen, damit sie dafür sorgen konnte, dass sie nicht herunterrutschten.

»Ich stelle mich meinem Schicksal«, bestätigte ich, bevor ich dem Pegasus auf den Hintern schlug, als wäre er ein gewöhnliches Maultier, und ihnen befahl, zu rennen.

Tyler galoppierte mit einem erschrockenen Wimmern los, schlug mit seinen kräftigen Flügeln und entfernte sich von mir in Richtung der Tunnel, die ihre einzige – wenn auch geringe Hoffnung – auf Überleben waren. Und ich wünschte, ich könnte mehr tun, als ihnen nachzusehen.

Ich wandte mich von ihnen ab, rannte los, wirkte dabei eine Eisbrücke direkt über die Köpfe der Nymphenarmee und beschoss sie mit Drachenfeuer, als sie aufblickten und mich vorbeiziehen sahen.

Die Klänge ihrer Schreie färbten die Luft wunderschön, und ein dunkles Lächeln erhellte meine Züge, als ich meine Axt vor mir im Boden stecken sah. Ich musste sie fallen gelassen haben, als ich mit Sternenstaub hierher zurückgekehrt war und mich verwandelt hatte, aber da war sie. Phönixfeuer umhüllte sie und hielt die Nymphen davon ab, sich ihr zu nähern. Sie schien auf mich gewartet zu haben, als wollte sie unbedingt wissen, wie es war, den Kopf meines Vaters abzutrennen.

Ich sprang von meiner Eisbrücke, griff nach der Axt und schwang sie auf die Beine der nächsten Nymphe. Sie blieb schreiend – und jetzt beinlos – zurück, während ich weiterlief und den Hügel hinaufstürmte. In den Handflächen meines Vaters tanzten die Flammen, und er wartete mit einem abscheulich siegessicheren Ausdruck in den Augen auf mich.

Er schleuderte die Flammen in meine Richtung, aber ich wurde nicht langsamer und rief meinen Drachen zu Hilfe – gerade genug, um meine Haut für einige Momente mit goldenen Schuppen zu überziehen, damit sie die Hitze ablenken und mich vor den Verbrennungen seines Angriffs bewahren konnten.

Ich grinste angesichts seines völlig entsetzten Gesichtsausdrucks, dankte meiner Beharrlichkeit, diesen Trick gelernt zu haben, und freute mich über die Stunden, die ich in Gabriels Gesellschaft verbracht hatte, um ihn zu perfektionieren.

Mit einem herausfordernden Brüllen entkam ich der Glut seines Angriffs und schwang meine Axt in Richtung seines Kopfes. Er schrie auf, als er sich gezwungen sah, zur Seite zu springen, sich vor dem nächsten Schwung meiner Axt zu ducken und sie beim dritten Versuch mit Luftmagie aus meinen Händen zu schlagen.

Ich stürzte mich auf ihn, drückte ihn zu Boden und rammte ihm meine Faust so hart ins Gesicht, dass ich seine Zähne brechen hörte.

Lionel brüllte und zappelte unter mir, während ich mich mit purer Willenskraft auf ihm aufrichtete und immer wieder auf ihn einprügelte, bis er es schließlich schaffte, mich mit einem Luftstoß auf den Rücken zu werfen.

Ein qualvolles Brüllen hallte durch den Himmel über uns, und ich blickte gerade noch rechtzeitig nach oben, um einen grauen Drachen durch die Luft auf uns zuschießen zu sehen. Aus seiner Kehle strömte Blut.

Ich sprang zur Seite und Vater rollte sich von mir weg. Der Drache landete mit einem Knall zwischen uns, der so mächtig war, dass der ganze Hang zitterte. Dann nahm er seine Fae-Gestalt an, und einer der widerwärtigen Cousins meines Vaters kam zum Vorschein.

Ignatius stieß einen Schrei aus, während er blutend im Dreck liegen blieb, und ich formte einen Speer aus Eis, den ich ihm in die Brust rammte, um ihn zu töten. Dabei klammerte ich mich an die Erinnerung, wie er meinen Vater bei einer seiner Prügelattacken auf mich erwischt hatte – damals war ich zehn Jahre alt gewesen. Er hatte meinen Blick getroffen, eine Augenbraue hochgezogen und sich für die Unterbrechung entschuldigt, bevor er sich zurückgezogen und mich den Schlägen überlassen hatte. Und als er meinem Blick jetzt begegnete, als ihm sein letzter Atemzug entwich, hoffte ich, dass er sich ebenfalls an diesen Moment erinnerte. Und dass er das Monster sah, das in jenem Haus erschaffen worden war, während er völlig ignorant zugesehen hatte.

Vater rappelte sich auf, während ich abgelenkt war, und fauchte mich herausfordernd an, bevor er sich anschickte, mich erneut anzugreifen. Ich riss den Eisspeer aus Ignatius' Brust und schleuderte ihn mit einem wütenden Schrei auf meinen Vater, sodass er einen Satz nach hinten machen und ein Inferno aus Feuer und Luft auf mich loslassen musste.

Ich ließ mich auf die Knie fallen, schützte mich mit Eis und biss die Zähne zusammen, während die Kuppel der Magie, die ich hielt, unter dem Ansturm seiner Macht zersplitterte. Dabei hielt ich meinen Blick fest auf die dunklen Umrisse seines Körpers gerichtet, die ich durch das Eis gerade so noch sehen konnte.

»Versteckst du dich vor mir, Junge?«, höhnte er, genau wie er Xavier immer verspottet hatte, wenn dieser versucht hatte, ihm aus dem Weg zu gehen, wenn er nach Hause gekommen war. Aber ich hatte mich nie versteckt. Ich war immer mit erhobenem Kinn auf ihn zugegangen, auch dann, wenn ich gewusst hatte, dass mir eine Tracht Prügel bevorstand. Oder, wenn er sich eine grausame und ungewöhnliche Methode überlegt hatte, um mich dazu zu bringen, meine Ängste zu bekämpfen. Ich hatte mich all dem wie ein Fae gestellt – genau, wie ich mich ihm jetzt stellte.

»Ich genieße einfach den Moment«, rief ich zurück, drückte meine Finger in den Boden und griff nach der Feuchtigkeit, die ich dort fand, bevor ich sie in einer Reihe von rasiermesserscharfen Stacheln aus dem Boden unter ihm emporschießen ließ.

Vater heulte vor Schmerz, als sie ihn durchbohrten, sein Angriff stotterte und gab mir Zeit, seinen Schild zu zerstören.

Ein dunkles und gefährliches Lächeln umspielte meine Lippen, als ich Ignatius' verkohltes Skelett vor mir entdeckte, sein Körper durch die Feuermagie meines Vaters verbrannt. Seine Knochen waren wie eine Opfergabe für mich ausgebreitet, und die Worte der dunklen Magie, die Lance mir zur Vorbereitung auf diesen Tag beigebracht hatte, drangen an meine Lippen. Ich nahm einen der Oberschenkelknochen in die Hand und ließ meine Finger in gut geübten Bewegungen darüberstreichen.

»Chiedo al buio di disturbare questo corpo dalla pace e di mettere la sua magia nel mio sangue«, hauchte ich, und die Kraft dieser Worte ließ

meinen ganzen Körper erzittern. Ich atmete scharf ein, als die in dem Knochen gespeicherte Magie entfesselt wurde.

Der Knochen glühte mit der Macht, die in ihm eingeschlossen gewesen war, während ich die dunkle Magie entfesselte, um sie für mich zu beanspruchen. Meine Muskeln verkrampften sich angesichts der Kraft dieser Worte, als dornige Ranken aus dem Knochen schossen, sich um meine Finger wanden und in meine Haut schnitten, während das fremde Gefühl seiner Erdmagie seinen Weg in meinen Körper fand.

Es tat verdammt weh, als ich das fremde Gefühl des Erdelements in mich aufnahm. Und es war, als würden sich diese Dornen ihren Weg durch jede Ader meines Körpers bahnen und sie aufreißen, in dem verzweifelten Versuch, wieder herauszukommen.

Vater rannte brüllend auf mich zu, seine Fäuste mit Feuer überzogen. Ich ließ den Knochen fallen und schaffte es, meine Haut wieder mit goldenen Schuppen zu schützen, bevor sein Schlag mich treffen konnte.

Auf das laute Knirschen, das ertönte, als seine Faust meinen Unterkiefer traf, folgte schnell mein eigenes Brüllen der Anstrengung, als sich die Dornenranken ihren Weg zurück aus meinem Körper bahnten. Das Feuer meines Drachen hatte sie vergoldet, und sie rissen meinen Vater mit solcher Wucht von mir, dass er den Hügel hinuntergeschleudert wurde.

Ich nahm die Verfolgung auf und ließ ihn genau sehen, was er aus mir gemacht hatte, während er verzweifelt versuchte, seinen Körper von den Ranken zu befreien. Dabei rauschte die gestohlene Magie weiterhin durch meinen Körper.

Wir kollidierten erneut, ein wütender Zusammenprall von Fäusten, Magie und Hass, der Knochen zum Knacken und Blut zum Fließen brachte und den gesamten Hang unter der Macht unserer Kräfte erzittern ließ.

Vater schrie erschrocken auf, als es mir gelang, die Ranken um seinen Hals zu schlingen, und die Flammen verbrannten ihn, weil er es erneut nicht schaffte, die feuerfeste Haut meines Drachen zu durchdringen, dessen goldene Schuppen mich wie ein Panzer schützten.

Ich stürzte mich auf ihn, Dunkelheit strömte durch meine Haut, als ich ihm meine Faust ins Gesicht schleuderte und die Dornen an seiner Kehle festzog. Seine Lippen färbten sich blau und seine Augen weiteten sich vor Schreck, als er endlich seinen Tod in mir sah. Und es fühlte sich so verdammt gut an, dass ich meinen Sieg schon in den Himmel brüllen wollte.

Aber gerade als ich mir sicher war, dass ich ihn besiegt hatte, erlosch die dunkle Magie, die ich gewirkt hatte. Mein Griff um das gestohlene Erdelement ließ nach, und die Ranken, die ihn ersticken sollten, wurden brüchig, bevor sie vollständig zerbrachen. Ich taumelte nach vorn, umklammerte stattdessen seinen Hals fester, fletschte die Zähne und drückte ihn unter mich, während ich mit einer Verzweiflung, die von dem Rasen meines Herzens begleitet wurde, darum kämpfte, seinem Leben ein Ende zu bereiten. Doch gerade als ich mir meines Sieges sicher war, zog Vater eine Waffe aus Sonnenstahl aus einer Falte seines Umhangs, zog sie mir quer über die Seite und zwang mich, von ihm abzulassen. Das gefährliche Metall hatte mich erwischt, und Blut schoss in Strömen aus der Wunde.

Ich rollte mich fluchend von ihm runter, schnappte mir meine Axt und sprang auf die Füße, während er seine eigene Waffe schwang. Ich hob eine Hand, um den Luftschlag, den er auf mich abfeuerte, mit Wasser abzuwehren. Der Hang war augenblicklich klatschnass, als unsere Kräfte aufeinanderprallten. Dabei fiel mein Blick wieder auf die tobende Schlacht.

Die Nymphen verfolgten weiterhin die Rebellen, die ihren Rückzug fortsetzten, und immer mehr schafften es unter die Erde und weg von ihren Feinden, obwohl ich keine Ahnung hatte, wohin sie von dort aus gehen wollten.

Vater versuchte erneut, mich mit seiner Luftmagie zu treffen, und seine Peitschen zischten um mich herum, um meine Wirbelsäule zu durchtrennen, während ich ihn mit einer Eisbarriere blockierte, die unter seinem Angriff bereits splitterte. Das Geräusch erinnerte mich an jene Nacht, in der ich Roxy in diesem Pool gefangen hatte.

Bei dem Gedanken an den Mann, zu dem ich wegen dieses Dämons fast geworden wäre, entwich mir ein Knurren, und ich brüllte laut auf, bevor ich erneut auf ihn zurannte und meine Axt im brutalen Versuch schwang, seinen Kopf von seinem Körper zu trennen.

Die Axt prallte gegen einen Luftschild, den er dicht an seiner Haut hielt, und seine Augen weiteten sich vor Schreck, als ich ein zweites Mal ausholte.

Wieder und wieder traf meine Axt auf seinen Schild, während sich seine Muskeln unter der Anstrengung, ihn aufrechtzuerhalten, anspannten. Sein Gesicht war knallrot, und seine Adern schienen kurz davor sein, zu platzen.

Er blickte in die Augen der Bestie, die er erschaffen hatte, und ich wusste, dass er in ihnen seinen Tod sah. Der Drache in mir spähte heraus und strahlte einen Hunger nach seinem Ende aus, der stärker war, als ich ihn je zuvor verspürt hatte.

Er war hier. Verdammt noch mal hier. Und ich konnte spüren, wie sein Schild unter dem Druck meiner Waffe bröckelte. Das Phönixfeuer, das meine Axt umhüllte, ließ die Luft zwischen uns vor Hitze flimmern.

»Und das alles wegen irgendeiner Hure?«, schrie er, während er mich weiterhin zurückhielt. Seine Beherrschung schwand, und der feige Mann, von dem ich wusste, dass er in ihm steckte, offenbarte sich mir. Denn dies war kein Fae, der aufgestanden war und gekämpft hatte, um seine Macht zu beanspruchen, sondern ein Betrüger und Schwindler, der so unFae war, wie es nur ging. Aber in diesem Moment ließ ich ihm keine Wahl. Er musste sich mir von Mann zu Mann stellen, und ich konnte an dem verängstigten Ausdruck in seinen seelenlosen Augen erkennen, dass er bereits wusste, wer gewinnen würde.

»Roxanya Vega ist keine Hure«, zischte ich, und meine Axt krachte mit solcher Wucht gegen seinen Schild, dass ich die Vibrationen in meinem schweißnassen Rücken spürte.

»Ich hätte die Vega-Zwillinge sofort bei ihrer Rückkehr töten sollen«, entgegnete er mit hasserfüllten Augen. Aber ich wusste jetzt, worum es hier wirklich ging: Eifersucht. Er hasste sie aus dem Grund, aus dem er ihren Vater gehasst hatte, seinen eigenen Bruder und sogar mich. Weil er sehen konnte, dass wir mächtiger waren als er. Er würde immer nur ein kleiner Mann sein, solange er neben uns stand.

Der Ehering an meinem Finger schien genauso heiß zu brennen wie meine Flammen, als ich an all die Dinge dachte, die dieser Mann dem Mädchen angetan hatte, dem meine ganze Seele gehörte. Meiner Gefährtin, meiner Frau.

»Ich habe sie geheiratet«, höhnte ich, während ich die Axt erneut schwang. »Und wenn ich zu ihr zurückkehre, mit deinem Kopf an meiner Faust baumelnd, werde ich mich vor ihr verneigen.«

Die Augen meines Vaters blitzten mit einer unnachgiebigen Wut auf, und mit einem lauten Dröhnen ließ er den Luftschild zwischen uns zersplittern und stürzte sich auf mich. Er tauchte unter dem Schlag meiner Axt durch und versenkte seine Schattenhand in meiner Seite, wobei seine Krallen meine Haut durchbohrten und mir den Atem raubten.

Ich holte mit aller Kraft aus, um ihm einen Stoß gegen den Unterkiefer zu verpassen, und meine Axt bohrte sich in seinen Oberschenkel, während wir beide darum kämpften, die Oberhand zu gewinnen. Schreiend fiel er zurück, aber seine Schatten peitschten und pulsierten in mir, während er sie zwang, sich dort festzusetzen.

Ich krümmte mich vor Schmerz, als sie mich zu beherrschen versuchten. Ihre Stärke war unnachgiebig.

Das Feuer des Phönix-Kusses, den Roxy mir geschenkt hatte, eilte ihnen entgegen und verbrannte sie mit der Wut unserer Liebe zueinander. Aber in dem einen Moment, in dem sie mich in ihrer Gewalt hatten, holte mein Vater aus und stieß mir seine Waffe aus Sonnenstahl direkt in die Brust.

Die Welt schien stillzustehen, als ich ihn anstarrte. Der Puls, den ich durch meine Adern hätte pochen spüren sollen, wurde unerträglich schwach, während mich Schock und eine unnachgiebige Art von Ablehnung durchzuckten.

Für mehrere quälend lange Momente konnte ich ihn nur entsetzt anstarren, während ich spürte, wie das Blut meines Herzens meine Haut rot färbte und mir einmal mehr mein Schicksal geraubt wurde.

So sollte es nicht enden.

Ich hatte immer gewusst, dass es auf ihn und mich hinauslaufen würde, aber was hier passierte, war das Gegenteil von dem, was hätte passieren sollen.

»Keiner meiner Söhne wird sich jemals vor einer verdammten Vega verneigen«, knurrte mein Vater, und er fletschte die Zähne, während er mir in die Augen sah und meinen Tod für sich beanspruchte. »Ich habe dir die Welt angeboten, und du hast sie abgelehnt. Also nehme ich jetzt das Privileg zurück, das ich dir mit deiner Empfängnis angeboten habe. Kehre zu den Sternen zurück, Darius. Vielleicht sind sie im Tod freundlicher zu dir als im Leben.«

Er stieß mich von sich weg – und ich fiel, meine Glieder gehorchten mir nicht und taten nichts, um mich aufzuhalten, als ich rücklings in den Dreck krachte und die Sterne anstarrte, die mich in meinem viel zu kurzen Leben so sehr verachtet hatten.

Lionel spuckte mich an, bevor er ging, und das Einzige, was ich fühlen konnte, war die tiefe Blutlache, die sich von der Klinge, die in meinem Herzen steckte, ausbreitete.

Meine Lippen teilten sich, ohne dass Worte herauskamen, und das erdrückende Gefühl der Enttäuschung erfüllte mich, als mir klar wurde, dass ich sie wieder im Stich gelassen hatte.

Ich hatte Roxanya Vega die Sterne versprochen und ihr nichts als Dreck geliefert. Ich hatte immer gewusst, dass ich nicht gut genug für sie war, und nun war mein Tod so plötzlich über mich gekommen – so kurz und sinnlos, wie mein Leben es gewesen war –, und ich hatte ihr nicht einmal den Kopf des Mannes schenken können, der ihr so sehr wehgetan hatte.

Ich hielt an der Liebe fest, die ich für sie empfand, als ich begann, aus dieser Welt zu gleiten, und nahm sie mit mir fort, während ich mich in dem Gefühl ihrer Umarmung fallen ließ. Und ich wusste, dass dies der einzige Ort in diesem oder im nächsten Leben war, an dem ich je würde sein wollen.

Ich hatte sie nie verdient. Aber sie war trotzdem mein gewesen. Wenn auch nur für kurze Zeit. Egal, wie beschissen mein Glück immer gewesen war, ich wusste, dass ich auf diese eine, wichtigste Weise gesegnet worden war. Ich hatte die Hitze ihres Kusses gespürt und war im Gewicht ihrer Liebe ertrunken. Ich war von ihr verzehrt worden, ihr verfallen und durch sie auch ganz geworden.

Ich war kein guter Mann. Und ich war ganz sicher kein perfekter Mann. Aber ich war ihr Mann gewesen.

Die Sterne erloschen, einer nach dem anderen, am grausamen Himmel über mir. Als würden sie ihre Aufmerksamkeit von mir abwenden, mein Versagen erkennen und jegliches Interesse an mir verlieren.

Doch dann erschien ein einzelner Lichtpunkt, der so viel heller leuchtete als sie, dass er sie in die Bedeutungslosigkeit verbannte. Und ich sah, wie sie im Himmel schwebte und heißer brannte als die Sonne selbst. Sie war so unendlich schön, so mächtig, so stark.

Mein Herz.

Meine Liebe.

Meine Königin.

Und so wollte ich aus diesem Leben scheiden, denn ich wusste, dass sie das Einzige war, was ich je wirklich gebraucht hatte. Für kurze, wirklich kurze Zeit hatte sie mir gehört. Und das war genug.

Es gibt nur sie.

Gemini
Scorpio
Virgo
Cancer
Leo
Taurus
Capricorn
Libra
Sagittarius
Aquarius
Pisces

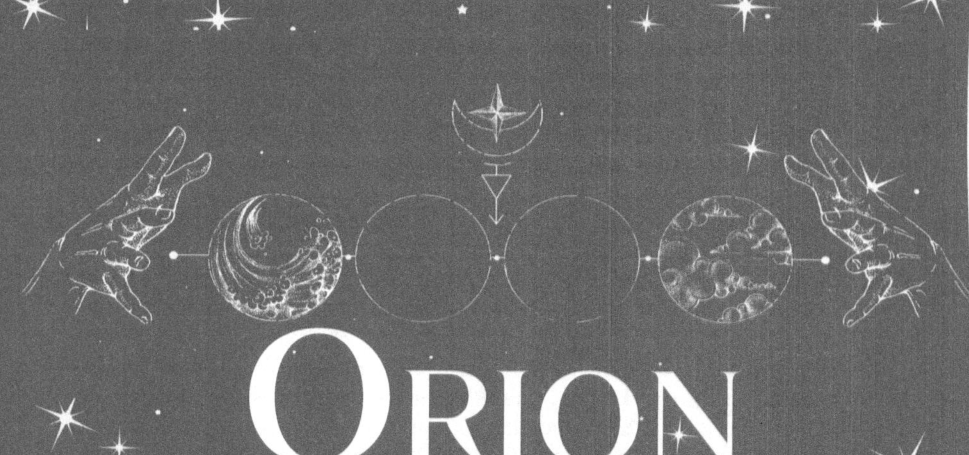

ORION

KAPITEL 67

Darcy verfolgte mich, bis wir jenseits des Kampfgetöses das hohe Gras erreicht hatten. Ich steckte mein Schwert weg; als ich weit genug entfernt war, um die fliehenden Rebellen nicht länger schützen zu müssen. Dann wandte ich mich ihr zu, mein Herz in der Hand der Sterne, die von oben zusahen, und mein Schicksal in der Schwebe, als ich sie zu mir kommen ließ.

Ich hatte sie von Geraldine wegbringen müssen und betete, dass diese sich erholen würde, aber zumindest hatte sie jetzt, da Darcy mir hierher gefolgt war, eine Chance.

Ich holte tief Luft, stellte mich breitbeinig hin und wusste, dass mich diese Aktion womöglich mein Leben kosten würde. Aber das war besser, als zu sehen, wie die Frau, die ich liebte, für immer in die Dunkelheit dieses Schattenwesens stürzte.

Sie nahm mich ins Visier, in ihren schwarzen Augen schimmerten nur noch schwach die silbernen Ringe unseres Bandes, und knurrte, bevor sie beschleunigte. Mir lief die Zeit davon. Und ich wusste, dass meine nächste Handlung ein lebensgefährliches Wagnis war.

»Ich gehe nirgendwo hin, Blue«, sagte ich leise.

Ich wirkte eine Illusion hinter mir und malte dabei tausend Erinnerungen an unsere Beziehung; das Echo unserer Liebe durchzog die Luft. Unser erster Kuss im Acrux-Pool, die Nacht, in der sie mit blauen Haaren zu mir gekommen war, der Tag, an dem das FIB mich mitgenommen hatte, das Gute, das Schlechte und alles dazwischen – bis hin zu unserem Göttlichen Moment, als wir uns unter den wachsamen Augen der Sterne einander versprochen hatten.

Ich blutete für sie und bot ihr gleichzeitig all die wunderschönen und schmerzhaften Momente, die wir zusammen erlebt hatten und die in mein Herz gewebt worden waren. Wir waren aus diesen Erinnerungen gemacht. Sie waren unsere Geschichte und unser Anfang, aber unser Ende war noch nicht gekommen.

Ich veränderte die Illusion und zeigte ihr ein Leben, das noch nicht gelebt worden war. Die Hoffnungen, die ich für uns hatte, die Dinge, für die ich diesen Kampf geführt hatte. Sie war der Traum, den ich nie hatte kommen sehen, der Sinn, nach dem ich gesucht hatte. Ich wollte jene Träume, die ich verloren hatte, als ich von Lionel an Darius gebunden worden war, nicht mehr. Das waren die Träume eines Jungen gewesen. Jetzt hatte ich neue Träume, die aus ihr geboren worden waren. Als ich sie kennengelernt hatte, war ich voller Dunkelheit und Sünde gewesen, kalt, hart und ungeliebt. Aber sie hatte einen Weg gefunden, mich zu lieben, zu befreien und aus dieser pechschwarzen Dunkelheit zu erlösen, die so lange mein Zuhause gewesen war. Stattdessen hatte sie mich unter die Sonne gezerrt. Aber jetzt war sie, mein Licht, in Dunkelheit gehüllt. Und ich würde sie für nichts auf der Welt im Stich lassen.

Also zeigte ich ihr das Leben, das ich mir für uns wünschte, ich zeigte ihr die Kinder, für die ich betete, und das Lachen, das ich ihr schenken wollte. Ich zeigte ihr Frieden, Liebe und unzählige Tage ohne Leid, aber mit ganz viel Freude. Und in diesem Moment versprach ich ihr diese Zukunft. Ich stellte sie vor die Wahl, mir mein Leben zu nehmen oder einen Weg zurück zu mir zu finden und alles anzunehmen, was ich zu geben hatte, solange meine Lunge und mein Herz arbeiteten.

»Ich gehöre dir. Und dieses Leben kann uns gehören«, rief ich ihr zu. »Du gehörst mir. Lavinia wird dich mir nicht wegnehmen.«

Darcy wurde langsamer, und ihr Blick fiel auf die Erinnerungen hinter mir. Währenddessen blieb ich einfach stehen, ohne Schutzschild, nur mit erhobenen Händen in einer Geste der Kapitulation.

»Bitte sieh mich an!«, krächzte ich, und meine Worte waren voller Angst, als sie blutverschmiert auf mich zukam. Und schließlich stand sie vor mir, so groß, dass ihr Schatten mich verschlang.

Ich wusste, dass ich hier sterben würde, wenn sie für mich verloren war. Denn ohne sie gab es keinen Platz für mich in dieser Welt.

»Blue, komm zurück zu mir!«, flehte ich.

Sie senkte ihr Gesicht zu meinem, und ich war mir sicher, dass mein Tod nahte, als ich zu ihr aufblickte. Meine Magie war fast vollständig erschöpft. Und ich würde mein Schwert nicht gegen sie richten.

Sie verwandelte sich so schnell, dass ich scharf einatmete. Plötzlich stand sie nackt und zitternd vor mir im Schnee. Ihre Haare waren nicht mehr blau, sondern tiefschwarz und wehten um ihre Schultern, wie Lavinias es auch taten. Sie blutete und war voller Prellungen und Blutergüssen, ihre Beine und Arme waren mit tiefen Wunden übersät, und es schmerzte mich in der Brust, sie so zu sehen.

Sie hob die Hände, um sie zu untersuchen, und drehte sie um, als würde sie sich selbst nicht erkennen. Und die Angst, die ich dabei empfand, hätte mich fast um den Verstand gebracht. Aber als sie aufblickte, sah ich mein Mädchen vor mir stehen.

»Lance?«, hauchte sie, und ihre Hände zitterten. Ich eilte erleichtert auf sie zu, drückte sie an mich und gab ihr den letzten Rest meiner Magie, um sie zu heilen, während sich die Kraftquelle in meiner Brust leerte.

Plötzlich stieß sie mich von sich, schüttelte den Kopf und fuhr sich mit der Hand übers Gesicht, während sie zurück aufs Schlachtfeld blickte. »Was habe ich getan? O mein Gott, Geraldine …«

»Das warst nicht du«, schwor ich und trat erneut auf sie zu, um mich zu vergewissern, dass es ihr gut ging.

»Doch«, sagte sie entsetzt, und Tränen strömten aus ihren Augen.

Ich fand die silbernen Ringe darin und beobachtete, wie sie flackerten, in einem Moment da und im nächsten verschwunden. Sie erloschen wie sterbende Sterne – und mein Herz vergaß, zu schlagen.

Die Angst war jetzt geradezu erdrückend, aber ich würde nicht aufgeben. Ich würde für sie da sein, egal, was passierte. Ringe hin oder her – sie war meine Gefährtin.

Sie keuchte auf, als hätte sie das Verschwinden der Ringe gespürt, und ihre Hand wanderte zu ihrer Brust. »Ich bin sterblich«, krächzte sie.

»Nein«, widersprach ich, ergriff ihre Hand und zog sie an mich, während sich der Schrecken wie eine Schlinge um meinen Hals legte. »Sieh mich an!«, flehte ich, aber sie weigerte sich. Ihr Blick fiel stattdessen auf das Blut an ihren zitternden Finger, bis ich ihr Kinn packte und sie zwang, zu mir aufzublicken. »Ich werde das in Ordnung bringen«, versprach ich so energisch, wie es mir möglich war.

»Es ist zu spät«, sagte sie ängstlich und stieß mich erneut von sich, um etwas Abstand zwischen uns zu bringen. »Du musst verschwinden. Ich spüre, dass es zurückkommt.«

»Ich verlasse dich nicht«, knurrte ich. »Dieser Fluch wird uns nicht trennen.«

»Ich kann nicht hierbleiben«, schluchzte sie halb. »Ich muss weg. Weg von euch allen.«

»Blue, bitte! Du kannst dagegen ankämpfen. Sieh mich an. Du kannst verhindern, dass das Monster wieder die Kontrolle übernimmt. Ich weiß, dass du das kannst.«

Aber sie schüttelte den Kopf, wieder flossen Tränen über ihre Wangen und bahnten sich ihren Weg durch Blut und Asche, die ihr Gesicht befleckten. Ich stieß ein schmerzerfülltes Knurren aus, als ich einen Schritt nach vorn machte und sie einen Schritt zurück.

»Bitte«, flüsterte sie und hob die Hand, um mich abzuwehren. »Bitte bleib weg, ich möchte dir nicht wehtun. O Gott … o Gott, was habe ich getan? All diese Leute …« Sie raufte sich die Haare, ein Schmerzenslaut entwich ihr, und ich schoss vor, ohne mich darum zu kümmern, was sie von mir verlangte. Ich würde sie nicht allein lassen. Sie brauchte mich mehr als je zuvor in ihrem Leben.

Ich drückte sie an mich, während sie in Tränen ausbrach, schluchzend an meiner Brust hing und sich an mich klammerte. Und ich schlang einfach meine Arme um sie und versuchte, herauszufinden, was zu tun war.

»Wir werden fliehen. Zusammen. Bis wir weit weg von all dem hier sind, okay?«, fragte ich. Aber sie wich zurück und holte zitternd Luft, während sie sich zu sammeln versuchte.

»Nein«, sagte sie, und ich konnte die Königin in ihrer Stimme hören. »Ich muss allein gehen. Wenn ich dir wehtue, werde ich mir das nie verzeihen.«

»Blue«, knurrte ich, als sich ihre grünen Augen mit so viel Dunkelheit füllten, dass sie fast schwarz wirkten. »Bitte.« Ich ergriff ihre Hand und versuchte, sie festzuhalten, während sie weiter zurückwich und die Schatten um sie herum dichter zu werden schienen.

»Ich muss los«, sagte sie.

»Ich werde mich nicht von dir verabschieden. Weil du mich nicht verlassen wirst«, erklärte ich. »Du wirst die Sterne selbst dazu bringen müssen, mich von dir fernzuhalten.«

Wie als Antwort auf meine Worte schoss ein Meteor durch den Himmel – ein gefallener Stern, der eine Spur glitzernden Feuers hinter sich herzog, als er über unsere Köpfe hinwegflog und schließlich mit einem Berg kollidierte. Die ganze Erde bebte daraufhin.

Ich stieß ein schockiertes Keuchen aus. »Ernsthaft? Stürzt jetzt auch noch der Himmel ein?« Ich warf einen Blick auf Darcy und stellte fest, dass sie sich immer weiter von mir entfernte, ihre Augen voller Reue.

»Das Monster erwacht«, sagte sie mit brüchiger Stimme, und als ich den Blick senkte, sah ich, dass sie meine Beine mit der Kraft der Bestie in Schatten gewickelt hatte. Sie hatte mich an die Erde selbst gebunden, und als ich ihr nachjagen wollte, zog mich ihre Kraft zurück.

»Warte!«, rief ich entsetzt, als sie sich abwandte, zu der riesigen schwarzen Schattenbestie wurde und klagend in die Nacht heulte.

»Darcy!«, brüllte ich mit wunder Kehle. Ich wusste, dass ich im Begriff war, sie zu verlieren. Und das konnte ich nicht ertragen. »Triff mich morgen bei Tagesanbruch dort, wo der Meteor eingeschlagen ist!«, rief ich ihr verzweifelt hinterher, als sie in Richtung der Berge davonschoss, und ich war mir nicht sicher, ob sie mich überhaupt gehört hatte.

Ich stieß einen wütenden Schrei aus, riss immer wieder an den Schatten und versuchte, mich zu befreien, während mir bei dem Gedanken, dass wir tatsächlich auseinandergerissen werden könnten, das Herz brach.

Ich würde sie nicht gehen lassen. Ich würde ihr bis an den Horizont folgen. Oder zum Mond, wenn das nötig war.

Ich setzte jeden Funken meiner verbliebenen Vampirstärke ein, um die Schatten von meinen Beinen zu reißen, und hob dann den Blick zu den Bergen. Aber meine Gefährtin war längst verschwunden.

»Blue!«, schrie ich panisch.

Ich wollte ihr gerade nachjagen, als mein Blick auf Lavinia fiel, die sich zwischen den letzten Kämpfenden befand.

Ich fröstelte, als die Sterne sich vorzubeugen schienen. Sie flüsterten miteinander, während sie die Show genossen, die ihre Spielzeuge für sie abzogen. Ich war es so leid, mich zermürben zu lassen, so leid, all das zu verlieren, was ich als mein beansprucht hatte. Ich hatte zusehen müssen, wie die silbernen Ringe in den Augen meiner Elysischen Gefährtin verblasst waren. Ich hatte zusehen müssen, wie ihr Herz zerbrochen war, als sie erkannt hatte, wozu diese Bestie sie gezwungen hatte. Und wenn sie daran zerbrach, würde auch ich zerbrechen.

Ich war so erschöpft vom Kampf um ein Leben, das die Sterne uns unbedingt nehmen wollten. Hatten sie jemals vor, uns einfach in Ruhe zu lassen? Oder würde das Leben ein einziger Verlust nach dem anderen sein?

»Seid ihr jetzt zufrieden?«, schrie ich die Sterne an. »Sind wir gefoltert genug für euren Geschmack?«

Ich musste all meine Kraft aufbringen, um stehen zu bleiben. Ich ließ den Blick von unseren funkelnden Schöpfern fallen und wandte meine Gedanken wieder Lavinia zu. Und eine Entscheidung formte sich in meinem Kopf.

Sie war diejenige, die Darcy das angetan hatte. Sie war die Macherin des Fluchs, also würde ich ihr die Antwort, wie man ihn brechen konnte, von ihren wertlosen Lippen reißen.

Ich holte zitternd Luft, schoss dann abrupt los und rannte dann dorthin zurück, wo sich die letzten Rebellen gerade ins Burrows zurückzogen. Ich wusste, was ich zu tun hatte, auch wenn die Sterne mir ein ums andere Mal einen Strich durch die Rechnung machten. Denn ich war zwar müde, aber noch nicht geschlagen. Ich würde mich diesem Schicksal nicht unterwerfen, selbst wenn ich mich bei dem Versuch, dagegen anzukämpfen, zerstörte. Ich würde für ein anderes Schicksal eintreten, ich würde eines aus dem Gewebe des Himmels bauen, wenn das die einzige Möglichkeit wäre.

Bevor ich es zu der Schattenschlampe schaffte, die ich mehr als jedes andere Lebewesen auf dieser Erde hasste, fiel mein Blick auf eine Leiche, die auf einem Hügel jenseits der tobenden Schlacht lag. Etwas Instinktives in mir zog mich dorthin – und ließ alles in mir erstarren.

Nein.

Die Grundfesten meines Wesens wurden erschüttert, als ich auf ihn zuging. Panik lähmte meine Glieder, während ich neben ihm zu Boden ging. Unfähig zu atmen, berührte ich sein Gesicht.

»Darius«, krächzte ich. Seine Haut war eiskalt und die Klinge aus Sonnenstahl steckte so verdammt tief in seiner Brust, dass wahrscheinlich überhaupt nichts mehr von seinem Herzen übrig war. Seine Augen waren geschlossen, seine Gesichtszüge starr, aber selbst im Tod sah er nicht friedlich aus.

Schmerz durchdrang meinen Körper wie ein Dolch, der wieder und wieder auf mich einstach.

»Es tut mir so leid«, stöhnte ich, fiel über ihn und drückte ihn an meine Brust, weil ich das Gefühl hatte, ihn im Stich gelassen zu haben.

Ich hätte hier sein sollen, ich hätte verhindern müssen, dass das passiert.

Ich hielt ihn fest, während um mich herum immer noch Schreie ertönten und Lavinia versuchte, die letzten Rebellen zu jagen. Ich wusste, dass der Tod jeden Moment über mich hereinbrechen könnte. Aber gleichzeitig musste ich mir diesen Moment mit meinem Bruder nehmen, während ein Teil von mir nach wie vor hoffte, dass er zurückkommen könnte. Aber tief im Inneren wusste ich, dass seine Seele fort war. Sie war hinter den Schleier verschleppt worden. Ich konnte die Leere seines Körpers spüren, und es zerschmetterte den Teil meines Herzens, der ausschließlich ihm gehörte.

»Bitte wach auf!«, flehte ich, unfähig, die Last dieses Verlustes zu ertragen. Er war mehr als mein bester Freund; über Jahre hinweg war er nahezu das einzig Gute in meinem Leben gewesen. Wir hatten hundert Kämpfe zusammen bestritten, und es schien unmöglich, ihn jetzt zu verlieren, nach allem, was wir durchgemacht hatten.

Ich stieß einen Laut der Verzweiflung aus, bevor ich mich zwang, ihn loszulassen und ihn zurück in den Schlamm zu legen.

»Ich komme zurück«, versprach ich mit einem stechenden Kloß im Hals. »Ich werde dich angemessen begraben, das schwöre ich.«

Ich hob den Kopf und stand nur mit Mühen auf, bevor ich den Blick auf Lavinia richtete, die jenseits des Schnees auf ihrem Turm aus Schatten drohte und mit ihrer perversen Macht eine Gruppe von Rebellen verfolgte. Meine Hände zitterten und die eisige Luft grub sich tief in meine Knochen, als ich mein Schwert zog und einen letzten Blick auf Darius warf. Mein Herz sehnte sich so heftig nach Rache, dass ich an nichts anderes denken konnte. Für ihn. Für Blue.

Mein Kummer verwandelte sich in die bitterste Art von Wut, die ich je verspürt hatte, und plötzlich bewegte ich mich und rannte mit der Geschwindigkeit meiner Formgebung auf die Hexe zu, die uns so viel Schmerz zugefügt hatte. Die Hexe, die meine Gefährtin mit einem Fluch an sie gebunden hatte, der sie heute Nacht hätte vernichten können. Die Hexe, die die Seele meiner Schwester in sich gefangen gehalten und sie so viele Jahre lang leiden lassen hatte.

Mit einem gewaltigen Hieb meines Schwertes durchschnitt ich die Schatten, die Lavinia in die Höhe hoben, und sie stürzte mit einem erschrockenen Kreischen auf mich zu.

Aber natürlich fing sie sich auf, bevor sie auf dem Boden landete, und schließlich schwebte sie nur einen halben Meter hoch auf einer Plattform aus Schatten. Ich schoss auf sie zu. Meine Trauer und meine Wut waren so schwer, dass es mich fast ertränkte, während ich ausholte. Keuchend taumelte sie nach hinten, um dem Hieb meines Schwertes auszuweichen, und ich schwang es erneut, während ich voller Hass aufschrie und meine gesteigerte Geschwindigkeit nutzte, um sie anzugreifen. Aber sie bewegte sich wie der Wind, um mir auszuweichen.

Schließlich rammte mein Schwert ihren Nacken, und sie schrie auf, als ihr Kopf fast vollständig abgetrennt wurde. Doch als sie sich in einem weiteren Wirbel aus Schatten erhob, um meinem nächsten Schlag auszuweichen, hüllte sich dunkle Macht um ihren Hals und heilte die Wunde, aus der nicht einmal ein Tropfen Blut gesickert war.

Dieses Monster war leer; in ihr lebten weder ein Herz noch andere Organe, um sie zu einem lebenden Wesen zu machen. Sie bestand aus Fäulnis und Tod, und solange die Schatten endlos in ihren Körper strömten, schien sie unsterblich zu sein. Aber ich würde es verdammt noch mal trotzdem versuchen, sie zu töten.

»Du widerspenstiger kleiner Höllenhund«, knurrte sie und näherte sich erneut dem Boden. Meine Reißzähne fuhren aus, als ich mich erneut auf sie stürzte, entschlossen, sie wenigstens zum Schreien zu bringen.

Ich versuchte, mein Schwert mit einem verzweifelten und wütenden Brüllen in ihre Brust zu stoßen, aber sie schnippte mit den Fingern und hüllte mich in ihre dunkle Macht, wobei sie mir das Schwert aus der Hand riss, als bestünde ich aus nichts als Papier. Und ich vermutete, dass ich genau das war – ein Papiermann, in der Kontrolle der Sterne. Sie hatten mich geschaffen, und sie würden mich in ihrer Faust zerknittern, sobald sie mit mir fertig waren. Oder vielleicht würde Lavinia das für sie erledigen.

»Sieh mal einer an«, schnurrte sie und erhob sich über mich, während sich ihre Schatten wie eine Python um mich schlangen und meine Arme an meine Seiten banden. »Ich habe mich schon gefragt, wann ich dich heute Abend wiedersehen würde.« Sie lächelte verschlagen, und ich bleckte die Zähne, während ich mich vergeblich gegen ihren Griff wehrte.

»Sag mir, wie ich den Fluch brechen kann!«, befahl ich, und sie lächelte, schwebte näher und schob einen Finger unter mein Kinn, damit ich meinen Blick zu ihr heben musste.

»Ich wusste, dass du zu mir kommen würdest«, flüsterte sie, ihre Haut war von schwärzlichen Adern durchzogen, als sie mir tief in die Augen starrte. »Sieh dir diese Ringe an!«, zischte sie. »Hübsche, hübsche kleine Silberschätze. Aber Sterbliche können sich nicht mit Fae verbinden, und wenn ich es leid bin, mit ihr zu spielen, werde ich mein kleines Haustier möglicherweise aus ihrem Körper zurückholen und sie als schwaches menschliches Mädchen dahinsiechen lassen«, höhnte sie. »Dann werden die Ringe deiner Prinzessin für immer verschwunden sein. Puff – und weg!«

»Fick dich!«, fauchte ich. »Sie wird immer meine Gefährtin bleiben.«

»Ach ja?« Sie lachte. »Und bist du gekommen, um den Preis für deine süße Prinzessin zu bezahlen, Lance Orion? Schließlich ist es dein Blut, das ich an den Fluch gebunden habe.«

Meine Kehle wurde eng, als ich an das Blut dachte, das sie mir an jenem Tag genommen hatte. Ich war also die Lösung? Umso besser.

»Ich werde jeden Preis bezahlen. Raus mit der Sprache! Und schwöre, dass sie frei sein wird!«, drängte ich, und sie schien darüber nachzudenken. Der Blick in ihren pechschwarzen Augen verriet mir, dass es das war, worauf sie gehofft hatte. Und mein Magen rumorte, als ich erkannte, dass ich ihr gerade komplett in die Hände spielte. Aber Darcy musste befreit werden. Und ich würde alles tun, was nötig war, um das zu gewährleisten.

»Warum tust du uns das an? Warum tötest du uns nicht einfach und bringst es hinter dich?«, fuhr ich sie an.

Sie kam näher, ihr Körper war von Tod und Dunkelheit behaftet.

»Weil mich vor langer, langer Zeit einmal eine Vega bestraft hat. Und jetzt bin ich an der Reihe, mich dafür zu revanchieren«, knurrte sie, und in ihrem Blick funkelte der sehnsüchtige Wunsch nach Rache. »Ich werde dafür sorgen, dass beide Schwestern auf jede erdenkliche Weise leiden werden. Sie sollen schreien und sich vor Qual winden. Und es ist so einfach, kleiner Jäger. Ich habe bereits eine von ihnen in eine Mörderin verwandelt, in ein Monster, jetzt muss ich ihr nur noch ihren König nehmen, so wie mir meiner genommen wurde.«

»Du willst also meinen Tod?«, erwiderte ich, und obwohl ich in Bezug auf den Tod geradezu gefühllos zu sein schien, war ich das sicherlich nicht, wenn es darum ging, deswegen von Blue getrennt zu werden.

»Vielleicht«, antwortete sie grinsend, während sie ihre Hand auf meine Brust legte. Ich spürte, wie ihre Schatten in meinen Körper eindrangen und mein Herz schmerzhaft für sie schlagen ließen. Ich war mir sicher, dass ich gleich sterben würde. Die Sterne zogen an meiner Seele, als wären sie im Begriff, sie aus mir zu reißen. »Du bist der Preis. Fleisch, Knochen, Herz – das überlasse ich dir. Du kannst dein Herz aus deiner Brust schneiden und es mir einfach so geben, wenn du möchtest.«

Mein Herz drohte zu zerspringen, als Lavinia mich aus den Fesseln ihrer Schatten befreite und mir mein Schwert zurückgab. Aber sie benutzte ihre Schatten, um meine Hand zu führen, sodass ich die Spitze der Klinge gegen meine eigene Brust richtete. Ich starrte ihr in die Augen, entriss ihr das Schwert und drückte es selbst fest gegen meine Haut. Ich konnte ihr diese Entscheidung nicht überlassen.

Der Schmerz war unerträglich, und ich biss die Zähne zusammen, während ich meinem Schicksal in die Augen starrte. Ich würde mich nicht vor seiner Grausamkeit ducken.

Blut floss aus der Wunde, als ich dieses Opfer ohne den geringsten Zweifel darbrachte. Der Gedanke an Blue machte es mir leicht. Ich behielt ihr Bild vor meinem geistigen Auge und ließ es nicht los, während sich das Adrenalin durch meinen Körper brannte und mich anflehte, aufzuhören. Aber für sie würde ich alles tun.

Es tut mir so leid, meine Schöne. Ich werde in den Sternen auf dich warten.

Sie war meine geflügelte Prinzessin, das Mädchen, das mich vor mir selbst gerettet und so viel Süße in mein Leben gebracht hatte. Der Gedanke, dass ich nach wie vor dieselbe Person war, schockierte mich geradezu. Sie hatte mich zu einem Mann gemacht, den ich nie zu sein gehofft hatte. Und es gab nichts, womit ich ihr das vergelten könnte. Aber das hier war etwas, das ich tun konnte – denn was war mein Leben hier auf dieser Welt überhaupt wert, wenn Blue verloren war?

»Meine Güte«, schnurrte Lavinia und umschloss meine Hand mit ihren Schatten, um zu verhindern, dass ich noch tiefer schnitt. »Was für ein treuer kleiner König. Treuer als mein eigener.«

»Willst du mein Herz oder nicht?«, knurrte ich, und sie schwebte näher, ließ ihren Daumen über das Blut auf meiner Brust gleiten, führte ihn zu ihrem Mund und leckte ihn sauber.

»Mm«, seufzte sie. »So süß, so verlockend. Aber du hast mir nicht richtig zugehört. Deshalb wiederhole ich es noch einmal: Du kannst mich in Fleisch, Knochen oder Herz bezahlen. Ich persönlich … denke, ich würde dein Fleisch bevorzugen.« Sie beugte sich vor und nahm mich erneut in ihren Schatten gefangen, bevor sie ihre Zähne in das Fleisch meiner Schulter versenkte. Ich knurrte vor Wut, als sie so tief biss, dass Blut floss. Dann labte sie sich daran wie eine Wilde, und ich fröstelte angesichts der Berührung ihrer kalten Zunge.

»Ich weiß nicht, was du von mir verlangst«, zischte ich angewidert, als sie sich zurückzog und ihre Lippen leckte. Eine rohe, verdorbene Art von Lust erfüllte ihre Augen.

»Du wirst dich mir freiwillig hingeben«, verkündete sie. »Dein Körper wird mein Spielhaus sein, mit dem ich tun kann, was immer ich will. Ich kann ihn zerschneiden, auspeitschen, verbrennen und ficken – wonach auch immer mir ist. Und du wirst mir das bereitwillig erlauben, ohne Beschwerden und ohne dich zu wehren.«

Mir stieg die Galle in die Kehle, als ich sie anstarrte. Der Preis schien fast unerträglich zu sein.

»Das oder der Tod?«, fragte ich mit hohler, leerer Stimme.

»Ja«, bestätigte sie. »Oder ich kann jeden einzelnen Knochen aus deinem Körper nehmen und brechen – aber das wird wahrscheinlich auch mit deinem Tod enden.« Sie lachte leise, als würden wir uns ganz normal unterhalten.

»Und wenn ich dir meinen Körper anbiete, wie lange willst du ihn dann haben?« Ich knurrte, weil ich wusste, dass der Tod einer Ewigkeit in der Gesellschaft dieser Schlampe vorzuziehen wäre. »Wann wird Darcy von dem Fluch befreit sein?«

»Sagen wir … drei Mondzyklen«, erklärte sie. »Gerechter kann ich es nicht machen. Wenn ich dich dann zu deiner Vega-Gefährtin zurückschicke, wird ihr Herz Stück für Stück zerbrechen, wenn sie erfährt, was du mir gegeben hast.«

»Du unterschätzt uns«, sagte ich, und meine Stimme wurde lauter, als ich von unserem Band sprach. »Wir können alles überleben.«

Sie grinste, aber es war abscheulicher als alles, was ich je gesehen hatte. »Wir werden sehen, Lance Orion. Also, haben wir einen Deal?« Sie reichte mir ihre Hand.

»Du musst einen Todesschwur darauf ablegen«, beharrte ich, während mein Herz anfing, unregelmäßig zu schlagen, als es langsam akzeptierte, womit ich mich hier einverstanden erklärte. »Dein Wort muss gelten und über jeden Zweifel erhaben sein.«

Sie rollte mit den Augen, fuhr dann mit ihrer Handfläche über mein Schwert, schnitt sie auf und griff nach meiner Hand, um das Gleiche auch damit zu tun. Dann klatschte sie ihre Hand gegen meine; ihr eisiges, nasses Blut fühlte sich widerlich auf meiner Haut an – obwohl ich mir nicht sicher sein konnte, ob es sich bei ihrem Blut tatsächlich um Blut handelte.

»Ich schwöre bei den Sternen, die Bedingungen unserer Vereinbarung zu erfüllen«, säuselte sie. »Du wirst mir deinen Körper willentlich über drei Mondzyklen hinweg zur Verfügung stellen. Und wenn diese Zeit abgelaufen ist, werde ich Darcy Vega von ihrem Fluch befreien.«

»Und du wirst mich aus deiner Gewalt entlassen«, knurrte ich, und sie lächelte gerissen, als hätte sie nicht vorgehabt, das zu erwähnen.

»Und ich werde dich, Lance Orion, aus meiner Gewalt entlassen. Und wenn ich meinen Teil der Abmachung nicht einhalte, werde ich sterben.«

»Kannst du überhaupt sterben?«, blaffte ich.

»Alle Wesen können sterben«, erklärte sie bitter.

Magie schwirrte zwischen uns, was bestätigte, dass ihre Nachahmung von Blut ausreichte, um diesen Deal zu besiegeln. Aber ich wusste, dass das noch nicht ausreichte, und meine Kehle wurde eng, als ich akzeptierte, was ich tun musste.

»Stimmst du diesem Deal auch zu?«, fragte sie, und ihre Augen funkelten siegessicher.

Ich zögerte, denn ich hatte Angst vor dem, was mir bevorstand. Aber mir blieb keine Wahl. Denn andernfalls würde ich zulassen, dass Darcy von einem Fluch verzehrt wurde, der ihre Magie für immer zerstören würde. Sie würde sterblich werden, ganz zu schweigen von dieser abscheulichen Bestie, die in ihrem Körper wohnte und sie gegen diejenigen aufhetzte, die sie liebte. Sie war zu gut, zu liebenswert, um dieses Schicksal zu verdienen. Und Solaria brauchte sie im Moment mehr, als sie mich brauchte.

Drei Mondzyklen würden vergehen. Und egal, wer ich danach auch sein mochte – ich würde sie nach wie vor lieben. Ich würde immer noch ihr gehören.

Ich wusste, dass meine Entscheidung bereits feststand und ich keinen Rückzieher machen würde, obwohl sich der pure Horror durch meinen Körper zog. Aber drei Mondzyklen in der Hölle würde ich für Darcy Vega überleben. Es würde die reinste Qual sein, aber mein Körper bedeutete nichts. Blue besaß jenen Teil meines Wesens, der zählte. Und Lavinia würde niemals in der Lage sein, ihn zu berühren. Zumindest war auf diese Weise sichergestellt, dass ich zu meinem Mädchen zurückkehren konnte, bereit, sie mit jedem Schlag meines pochenden Herzens zu lieben. Ich betete nur, dass sie mir diese Entscheidung nicht vorwerfen würde, wenn ich eines Tages wieder mit ihr vereint wäre. Und dass sie einen Weg finden würde, mir zu vergeben.

»Ich stimme zu«, erklärte ich, und das Band zwischen uns barst schmerzhaft. Die Sterne flüsterten vor sich hin, während ihre Magie sowohl unter meiner als auch ihrer Haut wütete. Licht flackerte um unsere Handflächen und unser Blut trocknete zu Staub.

Sie ließ mich los, und ich entdeckte einen roten Stern auf der Innenseite meiner Handfläche, der dort einen Moment lang flackerte, bevor er unter meiner Haut verschwand. Lavinia beobachtete, wie sich das gleiche Zeichen in ihrem eigenen Fleisch festsetzte, und ein Lächeln legte sich auf ihre Lippen.

Es war vollbracht. Ich war diesem abscheulichen Monster unterworfen, gefesselt und in Ketten gelegt.

»Drei Mondzyklen«, bestätigte sie und berührte meine Kehle. Ich spürte, wie sich ein Halsband aus Schatten darum wickelte und sich festzog.

»So. Jetzt gehörst du mir.« Sie schwebte auf mich zu und zog an einer Schattenranke, die wie eine Leine mit dem Halsband verbunden war. Damit holte sie mich an ihre Seite, bevor sie einen Beutel mit Sternenstaub aus dem Schattenmantel nahm, der ihren Körper umgab. »Lass uns nach Hause gehen, mein kleines Haustier. Ich kann es kaum erwarten, dich auf jede erdenkliche Weise zu brechen.«

Gemini
Scorpio
Virgo
Cancer
Aries
Leo
Sagittarius
Taurus
Capricorn
Aquarius
Libra
Pisces

CATALINA

KAPITEL 68

Hamish hielt meine Hand fest umschlungen; die Kombination unserer schwindenden Magie brodelte zwischen uns, während wir nach wie vor versuchten, die Nymphen aufzuhalten, die unsere Leute auf ihrem Rückzug verfolgten.

Hunderte Rebellen hatten uns bereits passiert, um tiefer unter die Erde zu rennen und den Tunneln zu folgen, die der Sturmdrache und sein Gefolge gegraben hatten. Das Ziel: ein sicherer Zufluchtsort weit weg von dieser Hölle des Kampfes.

Der Ansturm hatte sich inzwischen zu einem Rinnsal entwickelt, da die Verletzten entweder zurückgetragen wurden oder sich selbst in Sicherheit schleppten. Einige mutige Seelen waren geblieben und hatten so viele wie möglich geheilt, bevor auch ihre Kräfte nachgelassen hatten, aber jetzt waren nur noch wir beide übrig – und auch unsere Magie ließ rapide nach.

»Wir können sie nicht mehr lange aufhalten, Kitty«, presste Hamish hervor, während er jeden Tropfen seiner Kraft nutzte, um die Nymphen davon abzuhalten, uns zu erreichen. Die Ranken, die wir gewirkt hatten, schlangen sich um immer mehr Nymphen und schleuderten sie vom Eingang zu den Tunneln weg – und damit auch von den letzten Rebellen, die dringend dem Gemetzel entkommen mussten, das Lionel heute Abend hier angerichtet hatte.

»Ich weiß«, keuchte ich, während eine Träne über meine Wange lief. Nach wie vor hielt ich unter den Überlebenden, die immer noch versuchten, hierher zurückzukommen, Ausschau nach meinen Jungs. »Aber ich kann nicht gehen. Nicht, solange sie noch da draußen sind, Hammy.«

»Ich auch nicht«, stimmte er zu, und seine Augen leuchteten mit der Liebe für seine Tochter – und meine Jungs.

Wir hatten etwas unglaublich Reines zusammen geschaffen. Eine kleine Blase des Glücks, die auf nichts anderem als Liebe fundierte.

Er hatte mich als gebrochene Seele vorgefunden; meine jahrelange Misshandlung durch Lionel hatte mich zu der Hülle der Frau gemacht, die ich einmal gewesen war. Aber ihm war es gelungen, mein wahres Ich wieder herauszukitzeln. Er hatte mir geholfen, herauszufinden, wer ich wirklich war, ohne mich zu bevormunden oder zu kontrollieren. Und er liebte mich für das, was ich war. Er hatte mir gezeigt, was wahre Liebe wirklich war und wie unendlich schön sie sein konnte, während ich ihm mit dem Schmerz half, den er nach dem Verlust seiner Frau erlitten hatte.

Ein ängstliches Wiehern erregte meine Aufmerksamkeit, und mein Herz setzte einen Schlag aus, als ich einen silbernen Pegasus auf uns zugaloppieren sah. Auf seinem Rücken saß ein Mädchen und schoss Feuer auf die Nymphen, die sich ihnen näherten, während sie einen panischen Schrei ausstieß. Die Nymphen setzten ihr Rasseln ein, und das Feuer in den Händen des Mädchens erlosch in dem Moment, in dem ich es erkannte.

»Sofia!«, rief ich, streckte eine Hand aus und riss mit Erdmagie einen Abgrund in den Boden, in den die Nymphen zu ihrer Rechten stürzten, wobei sie Schreie des Zornes ausstießen. Hamish schuf zeitgleich einen Rammbock, der auf die Nymphen zu ihrer Linken krachte.

»Er kommt!«, schrie Sofia, aber ich schenkte ihren Worten nicht viel Aufmerksamkeit, als ich die beiden Gestalten entdeckte, die vor ihr auf dem Rücken des Pegasus lagen, von dem ich annahm, dass es Tyler war. Ich atmete scharf ein, als ich Xaviers blutüberströmten Körper entdeckte.

»Hammy, sie haben Xavier und Geraldine«, stieß ich hervor und drückte seine Hand fester, während ich den Pegasus antrieb, schneller zu laufen, und weiterhin den Boden hinter ihm zerstörte, um die Nymphen zurückzuhalten.

Tyler wieherte alarmiert und rannte noch schneller, wobei er Schlamm und Grasbrocken um sich herum aufwirbelte. Mit vor Angst aufgerissenen Augen rannte er auf uns zu. Als ich an ihm vorbeischaute, sah ich, warum.

Lionel tauchte hinter ihnen auf. Er nutzte seine Luftmagie, um über den Nymphen zu schweben, die immer noch alles daransetzten, uns zu erreichen. Er hob die Hände, während sein Blick auf den heranpreschenden Hengst und die Fae, die er trug, gerichtet war.

»Halt dich gut fest, Kitty, wir können diesen Tunichtgut aufhalten!«, sagte Hamish entschlossen, und obwohl mein Herz vor Angst zitterte, als ich den Mann sah, der mich einst unter seine grausame Kontrolle gezwungen hatte, hob ich mein Kinn und umklammerte die Hand meines Mannes fester. Ich gab ihm all meine Kraft, während er einen Luftschild hinter unseren Kindern errichtete, um Lionel davon abzuhalten, ihnen etwas anzutun.

Lionel schleuderte Feuer auf den Schild, und es kam mit einer solchen Wucht, dass unsere Verteidigung fast fiel. Aber dank unserer Entschlossenheit und der Liebe für unsere Kinder gelang es uns, ihn zu halten.

Ich holte scharf Luft, als meine magischen Reserven schwanden, und bat die Sterne um die Kraft, die ich brauchte, um noch ein wenig länger durchzuhalten.

Tyler kam mit einem lauten Wiehern näher; der Tunnel hinter uns war weit geöffnet und hieß ihn willkommen.

»Steigt auf!«, rief Sofia, als sie neben uns zum Stehen kamen, und ein Schluchzen entrang sich meiner Kehle, als ich die Wunden an Xaviers Wirbelsäule sah. Ich wusste genau, was sie verursacht hatte und wer der Schuldige war.

Geraldine war totenblass, der Gestank von Gift hing in der Luft, woraufhin sich mein Herz vor Angst verkrampfte. Ich streckte die Hand aus, um ihre Haare zu streicheln, bevor ich Xaviers Hand nahm und drückte.

»Wir müssen ihn zurückhalten«, stieß ich aus, während Hamish ein lautes Knurren ausstieß. Er zog so stark an meiner Magie, dass es wehtat, um Lionel nicht durchzulassen.

»Mom?«, stöhnte Xavier, und ich beugte mich vor, um ihm einen Kuss auf die Wange zu drücken.

»Ich liebe dich bedingungslos – und das seitdem ich von deiner Ankunft erfahren habe. Du bist mein sternheller Junge, mein Licht in der Dunkelheit, und ich bin so unendlich stolz auf den Mann, der du geworden bist, mein Schatz.« Ich spürte den kalten Geschmack des Abschieds auf meiner Zunge und wusste, dass es der einzige Weg war.

»Warum sagst du das?«, knurrte Xavier, als er sich aufrichtete, aber mir war klar, dass er es wusste.

»Wir können ihm nicht alle entkommen«, erklärte ich, und meine Stimme versagte, als meine Magie schwankte. Ich wusste, dass wir nur noch Augenblicke hatten, bevor sie ganz erlöschen würde.

»Lebe tapfer und wahrhaftig, mein süßestes Mädchen«, sagte Hamish, nahm Geraldines schlaffe Hand in seine und drückte sie fest, während ein schmerzerfülltes Stöhnen von ihren Lippen kam. »Ich weiß, dass du dieses Böse letztlich überwinden wirst.«

»Sag Darius, dass ich ihn liebe«, flüsterte ich Xavier zu, während mein Herz zerbrach bei dem Gedanken, dass ich meine Jungs nie wiedersehen würde. Aber die Kraft von Lionels Magie prallte mit unerbittlicher Stärke gegen unseren Schutzschild. »Ihr beide habt mein Leben vollkommen gemacht, auch wenn ich euch nie zeigen konnte, wie viel ihr mir bedeutet. Meine Liebe zu euch hat nie nachgelassen.«

»Mom, bitte!«, presste Xavier hervor, und Schmerz durchfuhr mich, weil ich wusste, dass ich ihm nicht das würde geben können, was er von mir verlangte.

»Geht!«, sagte ich, und mein Blick schoss zu Sofia, bevor ich Tylers wilden Ausdruck sah. »Und sorgt dafür, dass ihr ihn so liebt, wie er es verdient, geliebt zu werden!«

Sie sträubten sich immer noch, Xavier flehte uns an, mit ihnen zu kommen, und ich biss die Zähne zusammen, stählte mich mit all meiner Kraft und spickte meine Stimme mit so viel Manipulation, wie es mir möglich war. Tylers mentale Barriere brach schließlich, als ich diese Kraft auf ihn richtete.

»Lauf!«

Der Befehl traf ihn mit voller Wucht, und er rannte im Galopp davon, während Xaviers verzweifelte Schmerzensschreie zu mir zurück drangen.

Ich wandte mich vom Tunnel ab, während Hamish den Schild enger um uns zog. Unsere Magie pulsierte und knisterte, als Lionel weiterhin versuchte, sich einen Weg hindurch zu brennen.

Es war nur eine Frage der Zeit. Wir wussten beide, was das bedeutete. Ein letzter Widerstand, aber keiner, den wir überleben konnten.

Ich zog ein kleines Messer aus einer Scheide an meiner Hüfte und begegnete Hamishs dunklem Blick, als er es entdeckte.

»Ich werde nicht riskieren, dass er mich lebend gefangen nimmt«, flüsterte ich, und seine Augen flackerten vor Schmerz, als er meine Entscheidung zur Kenntnis nahm und sein eigenes Messer zog.

»Das werde ich auch nicht zulassen, meine Liebe«, schwor er, wohl wissend, was mir blühen würde, wenn es dazu käme. Ich hatte viel zu lange unter Lionels Grausamkeit gelitten und würde nie wieder sein Spielzeug sein.

»Zusammen?«, fragte ich, und eine Welle des Schmerzes überrollte mich, als ich den Mann ansah, der mir die Welt angeboten und mein Leben vollkommen gemacht hatte. Und das, lange, nachdem ich jede Hoffnung auf Glück aufgegeben hatte.

»Für immer, Kitty. Wir sind eins, du und ich.«

Ich stellte mich auf Zehenspitzen, um ihn zu küssen, und schmeckte die Süße unserer Liebe in seinem Kuss, als unsere Magie ein letztes Mal stotterte und schließlich versagte. Unser Schutzschild zerfiel unter Lionels Angriff, und seine Flammen erloschen, als er mit einem siegreichen Lächeln durch den Rauch trat.

»Ich hätte nie gedacht, dass ich den Tag erleben würde, an dem meine Braut mich für so ein rebellisches Stück Scheiße betrügt«, höhnte Lionel, als wir unseren Kuss unterbrachen und uns ihm zuwandten, immer noch Hand in Hand und voller Trotz gegenüber diesem falschen König. »Ich hoffe, der Geschmack seines Schwanzes war das Leid wert, das du dafür ertragen wirst, Catalina. Denn ich habe vor, dich für jeden verräterischen Moment, den du von mir getrennt verbracht hast, bezahlen zu lassen.«

»Du wirst nichts von mir bekommen, Lionel«, höhnte ich und ließ ihn meinen Ekel und meine Verachtung für ihn spüren, während ich mein Messer fester umklammerte.

»Und du wirst nie ein wahrer König sein«, fauchte Hamish.

Lionel lachte grausam, während er sich uns näherte. Das Feuer in seiner Handfläche loderte auf, als er Hamish mit Mordlust in den Augen ansah. Ich wusste, dass er wollte, dass ich zusah, wie er ihn tötete. Aber ich würde Lionel Acrux nicht länger erlauben, mir etwas wegzunehmen. Er würde nichts mehr von mir bekommen. Nicht einmal unseren Tod.

Ich wandte den Blick von dem Monster ab, das mir mein Leben gestohlen hatte, und sah dem Mann, den ich liebte, ein letztes Mal in die Augen.

»Auf in die Ewigkeit, meine Liebste«, hauchte er.

»Lass meine Hand nicht los«, antwortete ich, und das Letzte, was ich spürte, bevor ich mit meinem Messer über meine eigene Kehle fuhr, war, wie er meine Hand fester umklammerte. Und als er seine eigene Klinge in sein Herz stieß und wir beide zusammen zu Boden fielen, hielten wir an diesem Versprechen fest und glitten als Einheit in die Umarmung der Sterne.

Gemini
Scorpio
Virgo
Cancer
Leo
Taurus
Capricorn
Sagittarius
Libra
Aquarius
Pisces

TORY

KAPITEL 69

Die Rebellen waren alle losgerannt, um sich in die Sicherheit der Tunnel zu begeben, wie ich es befohlen hatte. Nur Justin und ich waren auf dem Schlachtfeld zurückgeblieben und kämpften uns durch die Nymphen, die uns mit einer Verzweiflung ausgehungerter Seelen angriffen – und so, als wären wir das letzte Essbare auf der Erde.

Ich hatte alle anderen aus den Augen verloren und konnte nur hoffen, dass sie entkommen waren, während ich mich auf das eine konzentrierte, was ich in diesem verdammten höllischen Kampf unbedingt erreichen wollte.

Die Nymphe, die meinen Vater getötet hatte, würde sterben, bevor ich diesen Ort verließ, und es war mir egal, was ich dafür tun musste.

Alejandro stieß ein so starkes Rasseln aus, dass es mich fast in die Knie zwang. Ich ermutigte das Feuer meiner Formgebung, meine Haut zu bedecken, um seine verdorbene Macht zu bekämpfen, während ich mein Schwert höher hob. Ich wollte es in meinem ganzen Körper widerhallen spüren, wenn ich den tödlichen Hieb landete.

Eine Bewegung erregte meine Aufmerksamkeit und ich wirbelte herum. Dort stand Justin, der sein eigenes Schwert schwang – in seinen Augen ein Ausdruck furchtloser Hingabe. Mein Herz setzte einen Schlag aus, während ich versuchte, rechtzeitig meine Deckung in Stellung zu bringen, um den Angriff abzuwehren.

Die Fühler der Nymphe krachten gegen meine Rüstung, und mir wurde eiskalt, als mir klar wurde, dass sie mein verdammtes Herz getroffen hätten, wenn Justin nicht da gewesen wäre, um mich zu retten. Er durchbohrte die Kreatur mit seinem Schwert, und schwarzes Blut spritzte auf den Boden zwischen uns, als sich unsere Blicke trafen.

Ein gequältes Heulen entfuhr ihm, als eine weitere Nymphe ihre Fühler auf ihn richtete, und ich rammte meine Waffe in das Herz des Monsters und schickte es in einen Tod aus Asche und Glut.

»Danke, meine Königin«, keuchte Justin, während er eine Hand auf seine Seite presste, um sich selbst zu heilen, und ich schüttelte den Kopf.

»Ich sollte dir danken.« Ich wusste offen gesagt nicht, warum ich jemals geglaubt hatte, er könnte der Bösewicht sein, denn er war einfach zu nett, um so einen Scheiß abzuziehen.

Ich wandte meinen Blick wieder Alejandro zu und zeigte mit meinem Schwert auf ihn, um meine Absicht klarzumachen. Augenblicklich stieß er ein lautes Brüllen aus, woraufhin immer mehr Nymphen auf uns zukamen. Ich war gezwungen, uns mit meiner Luftmagie abzuschirmen und eine Kuppel der Sicherheit um uns herum zu schaffen, während wir weiterliefen.

Doch je weiter wir gingen, desto intensiver wurde das Rasseln der Nymphen. Ihre widerliche Kraft drang in mich ein und versuchte, mir meine Magie zu rauben, damit sie ihren entscheidenden Schlag landen konnten.

Justin wimmerte hinter mir, und als ich mich umdrehte, sah ich, dass er bewegungslos auf den Knien saß. Das Rasseln der Nymphen raubte ihm seine Stärke – er war ihnen hilflos ausgeliefert.

Fluchend schleuderte ich ihm meine Magie entgegen, hob ihn die Luft und schlang Ranken um seine Brust, während ich ihm einen Fallschirm aus Blättern bastelte.

»Was machst du da?«, keuchte er.

»Danke für deine Hilfe, Kumpel, aber hier legst du deinen Abgang hin«, erklärte ich und überprüfte noch einmal, ob er ordentlich gesichert war, während er verneinend den Kopf schüttelte.

»Ich möchte bis zum bitteren Ende an deiner Seite kämpfen, Mylady. Ich werde dein standhafter und galanter …«

»Weiße Ritter sind einfach nichts für mich, Justin. Aber danke und so. Erzähl den anderen, dass ich wie eine Badass-Heldin gestorben bin, falls ich sterbe.«

»Warte!«, rief er, aber ich musste mich auf den Kampf konzentrieren, und das konnte ich nicht, während ich mir Sorgen um ihn machte. Also setzte ich all meine Kraft ein, um ihn mit meiner Magie in die Luft zu befördern. Seine Schreie schossen gemeinsam mit ihm in die Höhe und von mir weg, bis ich sie nicht mehr hören konnte. Ich erzeugte einen starken Wind, der ihn in die Richtung blasen sollte, in die die Rebellen meiner Vermutung nach geflohen waren – und ich hoffte aufrichtig, dass er klarkommen würde. Er war einfach zu nett, um zu sterben.

Die Schreie der Nymphen lenkten meine Aufmerksamkeit bald wieder auf den Kampf, und ich wandte mich Alejandro zu. Mit gebleckten Zähnen rammte ich meinen Fuß in den Boden, woraufhin ein riesiger Spalt zwischen uns entstand.

Der Boden um ihn herum brach auseinander und isolierte ihn von den anderen Nymphen. Ich streckte meinen Luftschild aus, um ihn ebenfalls zu umschließen, während ich mit erhobenem Schwert auf ihn zulief – mein Phönixfeuer floss dabei wie Magma durch meine Adern.

Alejandro stieß ein drohendes Kreischen aus; sein riesiger Körper machte einen Satz nach vorn, wobei die Erde unter uns bei jedem seiner Schritte vibrierte. Mein Herz schlug nach wie vor im rasenden Takt der Schlacht.

Er holte mit seiner Fühlerfaust aus, um nach mir zu schlagen, aber ich duckte mich darunter weg. Mein Schwert allerdings hielt ich erhoben, und ich trennte ihm seinen Arm ab, der mit einem dumpfen Schlag hinter mir landete.

Mit einem Schmerzensschrei wirbelte er herum, seine andere Hand erwischte mich und schleuderte mich zu Boden, aber ich rollte einfach weiter, bis ich zwischen seinen Beinen war. Ich ließ mein Schwert über seinen Rücken fahren, und er schrie noch lauter, als er auf die Knie fiel.

Ich sprang schnell auf, als er auf mich zustolperte, und trat ihn mit einem trotzigen Schrei. Mein Stiefel landete zwischen seinen Schulterblättern und er stürzte vor mir in den Schlamm.

Ich trennte seinen anderen Arm ab, während er im Dreck um sich trat, und tänzelte von ihm weg, während seine Schmerzensschreie die Luft vibrieren ließen. Plötzlich stieß er ein Rasseln aus, das so stark war, dass es mir die Luft aus der Lunge drückte und meine Magie so tief in mir einschloss, dass es mir unmöglich war, sie zurückzuholen.

Er erhob sich auf die Knie, als mein Luftschild fiel und die anderen Nymphen vor Freude brüllten, bevor sie auf mich losstürmten. Aber ich war noch lange nicht fertig.

»Ich bin die Tochter des Grausamen Königs!«, brüllte ich, hob mein Schwert und blickte in seine blutroten Augen. »Und ich bin gekommen, um seinen Tod zu rächen!«

Ich schwang mein Schwert mit einem markerschütternden Schrei; die Klinge durchtrennte seinen Hals, und das Lied des Sieges ertönte in meinem Kopf, als ich sein abscheuliches Leben in einer Fontäne aus Blut und Rache beendete. Diese Bestie hatte die Magie meines Vaters gestohlen – aber ich befreite sie, indem ich sie aus seinem unwürdigen Körper riss, und betete, dass sie ihn im Jenseits finden möge.

Die anderen Nymphen hatten mich zwischenzeitlich fast erreicht, aber als Alejandros Kopf auf den Boden aufschlug, erhob ich mich in den Himmel. Meine lodernden Flügel brannten hell, und ihre Schreie hallten um mich herum, als ich mich über das Schlachtfeld unseres Scheiterns erhob. Aber dieses Stück Ruhm würde mir niemand mehr nehmen können.

Gemini
Scorpio
Virgo
Cancer
Aries
Leo
Taurus
Sagittarius
Capricorn
Aquarius
Libra
Pisces

GABRIEL

KAPITEL 70

Ich ließ Tunnel um Tunnel einstürzen, drängte die Rebellen weiter und schickte sie meiner Familie hinterher, die sich viel tiefer im Netzwerk befanden und einen Fluchtweg unter den Bergen hindurchgruben. Die Erleichterung, zu wissen, dass sie in Sicherheit waren, reichte jedoch bei Weitem nicht aus, denn der Rest derjenigen, die ich liebte, war immer noch da draußen. Und alles, was ich tun konnte, war, im Hier und Jetzt zu bleiben und zu kämpfen, anstatt in Visionen der Gefahr zu verfallen, denen sie alle ausgesetzt waren.

Ich schloss einen weiteren leeren Tunnel und versiegelte ihn fest mit Erdmagie, wobei ich versuchte, so sparsam wie möglich damit umzugehen, um sicherzustellen, dass sie mir nicht ausging.

»Hier entlang!«, rief ich einer Gruppe von Rebellen zu, die den Tunnel zu meiner Rechten hinunterstürmte. Gerade, als sie an mir vorbeirannten, entdeckte ich Tyler in seiner Pegasusform, der mit drei Fae auf seinem Rücken auf mich zugaloppierte.

Geraldine hing über seinem Hals, während Sofia Xavier festhielt, den Kopf gesenkt, um heilende Magie auf ihn zu übertragen. Beide waren nackt, und ich eilte auf sie zu, um sie zu begrüßen. Aber Xaviers blasses Gesicht und Geraldines regloser Körper jagten mir Angst ein. Ich wirkte hastig eine Decke aus Moos, und Sofia zitterte, als sie sie mit einem Wort des Dankes ergriff.

Tyler schnaubte und rieb seine Nase einen Moment lang an mir, während ich eine Hand auf Geraldines kühle Stirn legte und versuchte, heilende Magie in sie zu leiten. Besorgnis durchzuckte mich, weil es kaum zu helfen schien.

Xavier sah verstört aus, und mein Herz verkrampfte sich vor Schmerz. Ich wusste, warum. Ich hatte *gesehen*, wie Catalina und Hamish zurückblieben, und wusste, was sie für uns getan hatten. Und ich konnte nicht zulassen, dass ihr Opfer umsonst gewesen war.

»Was ist mit Geraldine los?«, fragte ich voller Angst.

»Sie wurde von einer Schattenbestie angegriffen«, sagte Sofia mit einem Wimmern. »Wir haben sie aus einem Loch gezogen.«

»Ihre Wunden … sind nicht natürlich«, hauchte ich.

»Ich glaube, ich habe ein ähnliches Problem«, sagte Xavier mit trockener Stimme, während er die Decke anhob, um mir schwärzliche Kratzspuren an seiner Seite zu zeigen.

Ich versuchte, zu *sehen*, wie diese Wunden geheilt werden konnten und ob die beiden überleben würden. Aber ihre Verletzungen hatten ihren Ursprung in den Schatten, und es war schwer, etwas über den morgigen Tag hinaus zu erkennen, während so viel Tod um uns hing.

»Geht weiter!«, drängte ich und zeigte ihnen den Tunnel hinter mir. »Leon wird euch am anderen Ende erwarten, lauft, so schnell ihr könnt.« Ich warf ihnen einen entschlossenen Blick zu, aber Xavier runzelte die Stirn und packte meinen Arm, bevor ich mich aus dem Staub machen konnte.

»Sag mir, wie das hier ausgeht!«, forderte er, und ich schluckte schwer. »Sag mir, dass alle, die ich liebe, überleben!« Er sagte es so, als wüsste er bereits, dass sie es nicht tun würden, und ich konnte es nicht ertragen, ihm die Wahrheit zu sagen.

»Xavier«, seufzte ich und drückte seinen Arm, während ich seine Hand sanft von mir wegzog. »Ein Krieg ist zu chaotisch, um ihn vorherzusagen. Ich habe in dieser Nacht alle sterben *sehen* – und viele haben überlebt. Ich kann nicht sagen, wer es schaffen wird, aber ich schwöre, dass ich alles in meiner Macht Stehende tun werde, um so viele wie möglich zu retten.«

Xavier stöhnte, seine Augen schlossen und öffneten sich wieder. Seine Verletzungen schienen ihn zu übermannen, woraufhin ihm Sofia noch mehr ihrer Magie anbot und seine Wange küsste.

»Bleibt zusammen und geht so schnell ihr könnt!«, bat ich sie, und Tyler lief los, den Tunnel hinunter, während ich mich weiter in Richtung der Schlacht bewegte und die Tunnel um mich herum schloss, sodass nur noch dieser eine Weg übrig blieb.

Dabei öffnete ich mich meiner Gabe – voller Angst vor dem, was ich *sehen* würde. Aber ich wusste, dass ich hinsehen musste, um herauszufinden, wer von meinen Liebsten noch da oben war und kämpfte.

Meine Gedanken wanderten zuerst zu Darcy, denn schon zu Beginn der Schlacht hatte ich ihr Schicksal aus den Augen verloren. Die Dunkelheit hatte es verschleiert und mir Angst vor der Bedeutung gemacht. Aber selbst jetzt konnte ich sie nicht erreichen, und ich versuchte, die Panik in meinem Herzen zu stillen, als ich mich als Nächstes Orion zuwandte. Sein Schicksal war ebenso düster, nur flüchtige Blicke auf ihn wurden mir gewährt. Und sein Schicksal war von so viel Blut und Schmerz umgeben, dass es mir den Atem verschlug. Aber er lebte. Ich konnte nur nicht *sehen*, wo er war.

Als Nächstes suchte ich nach Tory, und mein Herz setzte einen Schlag aus, als ich *sah*, wie sich ihr Schicksal abspielte. Ich *sah* Darius mit einem Dolch in der Brust am Boden liegen und hörte, wie Tory schluchzte. Der Schmerz schnürte mir die Kehle zu, denn ich wusste, dass Darius' Tod bereits eingetreten war. Es kostete mich alles, weiterzumachen, um herauszufinden, wie sich die Vision entfalten würde. Ich *sah*, wie Lionel Tory fand, die vor Kummer zusammengesunken war. Er fesselte ihre Hände mit Luftmagie und stieß ihr ein Messer in den Rücken.

Ich schrak aus der Vision hoch und rannte voller Panik los.

Die Luft war voller Rauch, als ich durch die Tunnel nach oben lief, und ich realisierte, dass ein Teil des Burrows brannte. Ich blockierte die Tunnel, an denen die Flammen an den Wänden züngelten, und verhinderte so, dass sie sich in diesen letzten Abschnitt ausbreiteten, der die Chance auf Freiheit bot. Aber als ich *sah*, wie viele Überlebende noch übrig waren, wusste ich, dass es das gewesen war. Niemand sonst würde es hier runter schaffen, und plötzlich konnte ich überhaupt nicht mehr atmen. Ich hatte weder meine Schwestern noch Orion *gesehen*.

Und ich konnte sie nicht verlieren.

Mit zitternden Händen drehte ich mich um und folgte den Sternen. Ich wusste, dass meine Handlungen Tory retten würden, aber konnte nicht erkennen, warum.

Ich zerstörte den Eingang zum Tunnel, brachte alles zum Einsturz und versiegelte ihn mit einer Wand aus Eis und Erde, die so dick war, dass sie mir den letzten Rest meiner Kraft raubte. Aber es war geschafft. Die Tunnel waren verschlossen, und alle, die es hindurch geschafft hatten, waren in Sicherheit. Zumindest vorerst.

Ein tiefes und überraschtes Lachen erfüllte die Luft, und kaltes Wasser schien mir den Rücken hinunterzulaufen, als ich mich umdrehte. Vor mir stand Lionel Acrux in einem roten Mantel.

»Der Bastardsohn der toten Königin«, sagte er grinsend. »Und es sieht ganz so aus, als hätte er keine Magie mehr.«

Mein Magen zog sich zusammen, als mir die Sterne eine Vision meines Schicksals anboten. Eines Schicksals, das Tory vor dem Tod bewahren würde. Und ich schüttelte den Kopf über die Sterne und ihre hinterhältigen Wege – denn ich war das Opferlamm.

»Ich brauche einen neuen Seher«, verkündete er, während er auf mich zuschritt und einen Beutel mit Sternenstaub aus seiner Tasche zog.

Ich holte zum Schlag aus und traf sein Gesicht, woraufhin er fluchend zurücktaumelte. Blut spritzte aus seinem Mund, und er hob eine Hand, um mir den Sauerstoff zu entziehen. Mit seiner Luftmagie drückte er mich schließlich zu Boden.

Er spuckte mir einen Klumpen Blut ins Gesicht, während er mich mit Luftseilen an sich fesselte, und höhnte: »Das wirst du bereuen, du mächtiger verfickter Seher.«

Er warf Sternenstaub über mich, und ich wurde gemeinsam mit Lionel fortgerissen. Mein Herz hämmerte, als ich die flüsternden Sterne um mich herum um einen Blick in die Zukunft bat. Aber sie hatten nichts zu bieten, außer der Vision, die so trostlos war, dass sie mich erdrückte.

Also wandte ich meine Aufmerksamkeit denen zu, die ich liebte und die diesen Krieg führen mussten, schöpfte aus der Kraft der Sterne um mich herum und zwang sie, mir eine Prophezeiung zu geben, eine Antwort auf dieses schreckliche Schicksal, einen Weg, wie sie gewinnen konnten. Und als sie mir eine Antwort schenkten, sandte ich die Prophezeiung in den Äther und zu dem einen Mädchen, von dem ich wusste, dass es noch immer in dieser Schlacht stand und vielleicht einen Weg finden würde, die Führung der Sterne zu entschlüsseln. Dann betete ich mit allem, was mir lieb und teuer war, dass sie und ihre Schwester eines Tages einen Weg finden würden, Licht ins Dunkel zu bringen und ihr Volk zum Sieg zu führen.

Scorpio
Virgo
Gemini
Aries
Cancer
Leo
Sagittarius
Taurus
Capricorn
Aquarius
Libra
Pisces

TORY

KAPITEL 71

Ich schwebte über dem Schlachtfeld, mein Körper stand in Flammen und Wut durchströmte meine Adern, während ich den Tod um mich herum wahrnahm. Die letzten Überlebenden der Rebellen waren längst geflohen, und die Nymphen versuchten nun, in die Tunnel einzudringen.

Ich sah mich nach Lavinia und Lionel um und runzelte die Stirn, als ich sie nicht entdecken konnte. Tatsächlich waren auch die Drachen und Fae, die an ihrer Seite gekämpft hatten, verschwunden. Außer den Nymphen, die nach meinem Blut schrien und heulten, war sonst niemand mehr zu sehen. Sie streckten ihre Fühler vom Boden aus nach mir aus, als ob ihr Verlangen nach meiner Magie allein ausreichen könnte, um mich vom Himmel in ihre Umarmung zu ziehen, wo mein Tod auf mich warten würde.

Angst durchzuckte mich, als ich vergeblich nach einem Zeichen derjenigen suchte, die ich liebte. War es eine törichte Hoffnung, zu glauben, dass sie es vielleicht zurück in die Tunnel geschafft hatten?

Das Ende der Schlacht war ein einziges Chaos gewesen. Ich hatte kaum die Leute direkt neben mir im Auge behalten können, geschweige denn diejenigen, die weiter weg gewesen waren. Und jetzt befand ich mich dem Terror ausgeliefert, nach meiner Familie und meinen Freunden suchen zu müssen.

Was war mit Darcy und Orion passiert? Hatte er sie aus dem Kampf rausholen können? Hatte er es geschafft, sie zu sich selbst zurückzubringen?

Meine Brust schmerzte vor Sorge um meine andere Hälfte, und mein Puls raste, als ich das Schlachtfeld von oben absuchte und meinen Blick über die Toten und den von Blut getränkten, zertrampelten Boden schweifen ließ. Meine Suche blieb erfolglos.

Wo waren Gabriel, Geraldine, Sofia, Tyler und Xavier? Dieses Hämmern in meiner Brust wurde immer schwerer zu ertragen, aber mein Herz schien sich auf einen Angriff vorzubereiten, den ich nicht kommen sehen konnte. Als wüsste es etwas, das ich nicht wusste, während ich mühsam versuchte, aufzuholen.

Ich suchte das Land und den Himmel nach zwei sich bekämpfenden

Drachen ab, nach einem Aufblitzen goldener Schuppen oder einem mächtigen Gebrüll. Verzweifelte Panik baute sich in mir auf, während ich heftig mit den Flügeln schlug und über das Schlachtfeld fegte, um nach Darius Ausschau zu halten. Mein Herz zitterte in meiner Brust, und Risse bildete sich darum, von denen ich hoffte, dass sie nicht aufbrechen würden.

Ein plötzliches unheilvolles Gefühl traf mich tief in meiner Seele, während ich den leeren Himmel sah. Und die Angst erfasste mich so machtvoll, dass meine Hände zitterten.

»Darius?«, rief ich, während Adrenalin mich heißer als mein Phönixfeuer durchströmte. Ich scannte erneut das Schlachtfeld und flog es schnell und verzweifelt ab. Meine Haut kribbelte, als ich spürte, wie die Sterne ihre Augen auf mich richteten, um mich zu beobachten. Sie wussten es. Sie wussten verdammt noch mal, welches Schicksal mich erwartete, sobald ich ihn gefunden hatte. Und sie kamen näher, um sich an meiner Zerstörung zu laben, sobald sie mich ereilte.

Mein Herz setzte aus, als ich ihn entdeckte. Mein Atem stockte, mein Blut gefror zu Eis und ich war wie gelähmt. Da lag er, der Mann, der mein Herz und mein Wesen in Besitz genommen hatte, regungslos auf einem Hügel weit unter mir.

Ich fiel wie ein Stein vom Himmel, das Feuer meiner Formgebung erlosch in meinem Körper, während ich im freien Fall auf ihn zustürzte. In meinem Hals bildete sich ein Klumpen, und ich wurde von einem Schmerz beherrscht, der mich wie ein Schraubstock umklammerte.

Ich landete unsanft auf dem Boden und fiel auf die Knie. Ein Schluchzen stieg in meiner Brust auf, als ich den Dolch aus Sonnenstahl in seinem Herzen stecken sah, und ich schüttelte den Kopf, um das zu leugnen, was ich mit meinen eigenen Augen sehen konnte.

»Nein«, hauchte ich, und das Wort war ein Fluch auf meiner Zunge, der nach furchtbarem Leid schmeckte. Ich griff nach seiner Wange, seine rauen Stoppeln streiften meine Hand, und die Kälte seiner Haut ertränkte mich in einer Gewissheit, der ich mich nach wie vor verweigerte.

Der Schmerz erschütterte mich so sehr, dass ich ihn wie ein Beben in meinem Innersten spürte. Er sandte Schockwellen in den Himmel und in die ganze Welt, während er mich Stück für Stück zerstörte.

Tränen brannten in meinen Augen, als ich den Kopf schüttelte. Ich weigerte mich, dies zu akzeptieren, und beugte mich vor, um einen Kuss auf seine regungslosen Lippen zu drücken. Er fühlte sich so kalt an und schien mir auf den Schwingen des Schicksals ein leises Lebewohl zuzuflüstern.

Ich presste meine Lippen noch fester auf seine, schmeckte Blut und Schmerz und eine endlose Weite des Nichts. Weil ich *ihn* nicht mehr schmecken konnte. Meinen rücksichtslosen, brutalen, wunderschönen Mann, der das Schlimmste in mir ausgehalten und einen Weg gefunden hatte, es als sein tiefstes Verlangen zu betrachten. Er war es, der mich bis ins Innerste entflammt hatte, der alles von mir sah und es dazu brachte, noch heller für ihn zu brennen. Und all das, während er sich mir selbst mit Haut und Haaren hingegeben hatte. Er war mein dunkler Albtraum, mein wunderschöner Tagtraum, mein gestohlenes Schicksal.

»Bitte«, flehte ich, wissend, dass die Sterne mich hören konnten. Ich hoffte auf ihre Gnade, während ich ihn erneut küsste und ihn dazu drängte, den Kuss zu erwidern, seine Augen zu öffnen und mich anzusehen. »Bitte nicht er!«

Das Gewicht der Blicke der Sterne fühlte sich an, als würden sie versuchen, mich in den Dreck zu drücken. Dabei beobachteten sie weiterhin mit gebannter Aufmerksamkeit und kalter Gleichgültigkeit meinen Untergang. Sie machten mir jedoch kein Angebot. Als Antwort auf meine Bitte erklangen keine Worte, und der Mann, den ich so verzweifelt liebte, rührte sich nicht unter mir.

Ich berührte seinen Arm, und ein Schluchzen blieb mir im Hals stecken, als ich das kühle Metall des Phönix-Kusses spürte, den ich ihm geschenkt hatte und der nach seinem Tod wieder zu seinem Armreif geworden war – ein weiterer Nagel im Sarg dieses ungerechten Schicksals.

Das Geräusch der vor Aufregung schreienden Nymphen unterbrach meinen Schmerz. Sie kamen, um mich zu holen, jetzt, da sie mich endlich verwundbar am Boden sahen. Und sie wetteiferten um den Preis meiner Macht, während mein Herz in mehr Stücke zersprang, als sich jemals wieder zusammenfügen ließen.

Sie fielen wie Sandkörner aus meiner Brust und zerstreuten sich im kalten Wind, um ihn hinter dem Schleier zu suchen und ihn zu bitten, zu mir zurückzukehren.

Mit jeder Sekunde, die ich seine reglose Hand in meiner hielt und in der Qual seines Todes ertrank, wuchs meine Wut. Und ich weigerte mich, an eine Zukunft zu denken, in der ich gezwungen war, aufrecht zu stehen, während er tot unter der Erde lag. Diese wütende Energie wuchs immer weiter, bis sie die Tränen von meinen Wangen brannte und den Schmerz aus meinem Herzen scheuerte. Und schließlich wurde ich von einer Wut verzehrt, wie ich sie noch nie zuvor erlebt hatte.

»Das ist nicht unser Schicksal«, knurrte ich gegen seine Lippen, und meine Hand bewegte sich, um nach dem Dolch aus Sonnenstahl zu greifen, der in seiner Brust steckte. Das Metall brannte in meiner Handfläche, zeigte mir die bittere Realität, verhöhnte meine Bitte an die Sterne und erinnerte mich daran, was es mir genommen hatte.

Ich riss den Dolch mit einem Knurren der Wut heraus und unterbrach meinen Kuss mit der leeren Hülle, die den Mann hätte beherbergen sollen, den ich liebte. Dabei richtete ich meinen wütenden Blick auf die Sterne, die weiterhin meinem Schauspiel der Zerstörung zusahen, als wäre es ihnen völlig egal. In ihrer ewigen Existenz bedeutete ich ihnen nichts.

Aber damit lagen sie falsch.

Ich war nicht nichts. Ich war Wut und Schmerz und unermessliche Kraft, vereint in einer Seele, die sie schon viel zu oft zu zerreißen versucht hatten.

Meine Schwester war irgendwo in der Dunkelheit verloren, meine Freunde wurden vermisst und mussten sich wie immer mit schlechten Karten ihrem eigenen Schicksal stellen, und dieser Mann, der Hüter meines Herzens und Besitzer meines Wesens, lag tot in meinen Armen – ein Opfer ihrer grausamen Pläne.

Ich verlagerte meinen Griff um die Waffe, die ihn mir genommen hatte, und spürte, wie die kalte Klinge aus Sonnenstahl in meine Handfläche schnitt. Ich schaute auf sie hinab, während sich mein Blut mit dem seinen vermischte, und mein gebrochenes Herz zuckte bei dem Gedanken an ein Leben ohne ihn.

Blut tropfte zwischen meinen Fingern – sein, mein, *unser* Blut. Darin lag Magie. Uralte Magie, die ich durch die Luft um mich herum pochen fühlte. Und in mir wuchs eine Kraft, wie ich sie noch nie zuvor gefühlt hatte, als ich mich darauf einließ. Weder meine Elemente noch mein Phönix oder eine andere Art von bekannter Magie steckte dahinter. Was hier passierte, war roh, wild und die Essenz von allem, was wir waren und jemals sein würden.

Ich blickte mit einem Fluch auf den Lippen zum herzlosen Himmel und rammte die Klinge tiefer in mein Fleisch, wohl wissend, dass diese Verletzung Narben hinterlassen würde. Ich hieß den Schmerz willkommen, als ich die Waffe fallen ließ und meine Faust in die Höhe streckte, damit die Sterne die Mischung aus dem Blut meines Gefährten und meinem eigenen sehen konnten, die meinen Arm hinunterlief.

»Dafür werde ich den Himmel in Stücke reißen!«, knurrte ich, ließ meine freie Hand herumschnellen und nutzte meine Luft- und Wassermagie, um die Tröpfchen unseres Blutes in den Himmel zu schleudern, damit sie sich daran laben konnten. »Ich werde eure Welt zerschreddern und euch mit Blut, Feuer und Rache euren verdammten Griff um das Schicksal entreißen«, schrie ich sie an, während die Macht um mich herum peitschte und meine Haare in ihrem Wind wehten. Dabei schoss ich immer mehr Blut in Richtung Himmel. »Bei meinem Leben verfluche ich euch! Bei *seinem* Leben verfluche ich euch! Und für unser Schicksal werde ich euch vernichten!«

Die Dunkelheit erhob sich in mir, als ich in der Verzweiflung über diesen Ausgang unserer Liebe versank. Darius' Körper war kalt und schlaff unter mir, sein Blut befleckte meinen Körper, und seine starke und mächtige Präsenz war an einen Ort entschwunden, an den ich ihr nicht würde folgen können.

Die Nymphen schrien vor Freude, als sie den Hügel erklommen, unzählige von ihnen stürzten sich mit einem Hunger, der jede Vernunft überstieg, auf mich. Aber ihren Durst nach meinem Tod begegnete ich mit der Wut meiner Trauer.

Die erste der Nymphen erreichte uns und als ihre Fühler die Brust des Mannes berührten, dem mein ganzes Wesen gehört hatte, verlor ich das letzte bisschen Selbstbeherrschung. Ein qualvoller Schmerzensschrei entrang sich meiner Kehle. Ich warf den Kopf in den Nacken, und all die ungezügelte Kraft, die ich um uns herum hatte aufkommen spüren, entlud sich aus meiner Brust und hallte über das gesamte Schlachtfeld und darüber hinaus.

Eine Schockwelle aus rotem und blauem Feuer explodierte aus mir heraus, als ich meinen Schmerz zu den Sternen schrie. Die Nymphen kreischten ihre Antwort, während sie unter der vollen Wucht meiner Kraft starben.

Die Explosion, die ich geschaffen hatte, ähnelte einer Supernova – sie hinterließ nichts als Tod und Asche. Ich krümmte meinen Rücken, als sie durch mich hindurch in die Welt strömte und ein endloses Echo meines Schmerzes mit sich trug, das jeden Winkel dieser sternverfluchten Welt berührte und dafür sorgte, dass jeder, der auf ihr lebte, etwas davon spürte.

Ich fiel nach vorn, als mich der letzte Rest meines Feuers verließ. Ein heftiges Schluchzen schüttelte meinen Körper, während ich mich über den Körper des Mannes beugte, den ich den Sternen abgerungen hatte. Und ich presste mein Ohr an sein Herz, das nie wieder für mich schlagen würde. Ich flehte das Schicksal an, seine Meinung zu ändern, während meine Tränen die einzige Antwort waren, die mir gegeben wurde.

Aber als ich über den Verlust des einzigen Mannes, den ich je geliebt hatte, zusammenbrach, erschien ein tiefes goldenes Leuchten vor mir. Es zwang mich, den Kopf zu heben und die Prophezeiung zu betrachten, die für mich an den Himmel gemalt worden war.

NACHRICHT DER AUTORINNEN

Hallo, ihr Glücksbärchis … wie geht's? Alles cool? Bisschen wütend? Wollt ihr uns mit einem Bückling schlagen und uns einen lüsternen Lachs nennen? Oder ist es noch schlimmer? O nein … es ist schlimmer, nicht wahr?

Lasst uns auf die positiven Dinge konzentrieren! Lionel hat ein paar schicke neue Flügel für seine Wanddeko – yay! – und Lavinia ein süßes kleines Haustier. Darcy wollte schon immer herausfinden, wie es ist, ein flauschiger Gestaltwandler zu sein, und Darius hat … Na ja, er hat ein paar glitzernde neue Freunde zum Abhängen bekommen, wuhuuu!

Okay, okay. Ganz im Ernst, ich weiß, dass wir euch mit diesem Buch gefesselt, geknebelt und von einer Klippe in einen Haufen scharfkantiger Steine gestoßen haben. Aber das Gute daran ist, dass es nur noch zwei weitere Bücher in der Reihe gibt. Und ja, vielleicht wirkt Buch 8 im Moment ein bisschen wie ein Psychokiller, der sich euch mit einem Messer in der Hand und einem Lächeln im Gesicht über jene scharfen Steine nähert. Aber vergessen wir nicht all die Glücksmomente, die dieses Buch auch beschert hat!

Xavier hatte endlich Sex – juhuuu! Und sein glitzernder Dödel wird in die Geschichte eingehen. Außerdem hat er es geschafft, dem besten Seher in Solaria eins auszuwischen. Gabriel wird sich definitiv darüber kaputtlachen, während er von Lionel brutal gegen seine Freunde und Familie instrumentalisiert wird. Und vergessen wir nicht, dass Caleb seinen Blowjob bekommen hat. Und auch wenn das nicht ganz nach Plan gelaufen ist, wird er sich wahrscheinlich super gern daran zurückerinnern, während er in Lebensgefahr schwebt und befürchtet, dass seine Seele gleich aus seinem Körper gesaugt wird, oder? Oder?

Ihr habt es geschafft. Ich würde euch gern eine Medaille oder etwas in der Art überreichen, denn dieses Buch war das längste Buch, das wir je geschrieben haben – und ernsthaft, wir hatten so viel Spaß dabei. Diese Charaktere besitzen uns sowohl seelisch als auch körperlich, und wir freuen uns darauf, sie noch mehr zu quälen – ah, ich meine, ihnen Freude zu bereiten –, wenn die Serie weitergeht.

Und wenn ihr auch weiterhin mit uns und einer Menge unglaublicher Leser, die Bücher genauso lieben wie ihr, abhängen möchtet, dann könnt ihr euch hier unserem Tribe auf Facebook anschließen.

Das war's von uns! Aber bleibt dran, denn wie immer stehen große Dinge an, und wir können es kaum erwarten, die mit euch zu teilen.

Vielen Dank für eure anhaltende Unterstützung. Wir sind nur ein paar Schwestern, die zusammen in einem Zimmer sitzen, über Gott und die Welt plaudern und Tee trinken. Und wir wissen eure Unterstützung als Indie-Autorinnen sehr zu schätzen!

Alles Liebe
Caroline und Susanne
xxxx

PS: Wenn ihr Gabriel, Leon und Dante liebt, findet ihr sie in ihrer eigenen ABGESCHLOSSENEN Serie (*Ruthless Boys of the Zodiac*), die fünf Jahre vor der Zodiac-Academy-Serie spielt, bislang aber nur auf Englisch erhältlich ist. Und zwar hier. Und vielleicht erfahrt ihr ja auch, welches Geheimnis Orion für Gabriel hütet …

Caroline Peckham & Susanne Valenti

IHR WOLLT MEHR?

Um mehr zu erfahren, kostenloses Lesefutter zu erhalten und unserer Lesergruppe beizutreten, scannt einfach den QR-Code unten!

9 781916 926608